HEYNE BÜCHER

Tip des Monats

In derselben Reihe
erschienen außerdem als Heyne-Taschenbücher:

Victoria Holt · Band 23/6
Marie Louise Fischer · Band 23/33
Johanna Lindsey · Band 23/34
Robert Ludlum · Band 23/41
Johanna Lindsey · Band 23/43
Marie Louise Fischer · Band 23/45
John Saul · Band 23/50
Eric van Lustbader · Band 23/54
Barbara Cartland · Band 23/55
Mary Westmacott · Band 23/56
Pearl S. Buck · Band 23/58
Alistair MacLean · Band 23/59
Marie Louise Fischer · Band 23/63
Daphne Du Maurier · Band 23/64
Evelyn Sanders · Band 23/66
Philippa Carr · Band 23/67
Robert Ludlum · Band 23/68
Peter Straub · Band 23/70
Jackie Collins · Band 23/71
Marc Olden · Band 23/72
Mary Westmacott · Band 23/73
Alistair MacLean · Band 23/74
Xaviera Hollander · Band 23/75
Dean Koontz · Band 23/76
Gwen Bristow · Band 23/77
Johanna Lindsey · Band 23/78
Marion Zimmer Bradley ·
Band 23/79
Paul-Loup Sulitzer · Band 23/80
James Herbert · Band 23/81
Jackie Collins · Band 23/82
Philippa Carr · Band 23/83
Evelyn Sanders · Band 23/84
Dean Koontz · Band 23/85
Jacqueline Monsigny · Band 23/86
David Morell · Band 23/87
Marie Louise Fischer ·
Band 23/88
Eric van Lustbader · Band 23/89
Robert Ludlum · Band 23/90
Johanna Lindsey · Band 23/91
Ellis Peters · Band 23/92
Karen Robards · Band 23/93
Noel Barber · Band 23/94
Utta Danella · Band 23/95
Heinz G. Konsalik · Band 23/96
Ellen Tanner Marsh · Band 23/97
Marion Zimmer Bradley ·
Band 23/98
Eric van Lustbader · Band 23/99
Catherine Coulter · Band 23/100
Dean Koontz · Band 23/101
Charlotte Link · Band 23/102
Johanna Lindsey · Band 23/103
Ellis Peters · Band 23/104
Philippa Carr · Band 23/105

Robert Ludlum

ZWEI UNGEKÜRZTE THRILLER

Das Genessee-Komplott
Das Scarlatti-Erbe

WILHELM HEYNE VERLAG
MÜNCHEN

HEYNE TIP DES MONATS
Nr. 23/106

Aus dem Amerikanischen übersetzt von Heinz Nagel
(Der Titel erschien bereits in der Allgemeinen Reihe
unter dem Pseudonym Jonathan Ryder mit der Band-Nr. 01/6348
und unter dem Autorennamen Robert Ludlum
mit der Band-Nr. 01/7876)

Aus dem Amerikanischen übersetzt von Heinz Nagel
(Der Titel erschien bereits in der Allgemeinen Reihe
mit der Band-Nr. 01/6136)

2. Auflage

Printed in Germany 1996
Umschlaggestaltung: Atelier Ingrid Schütz, München
Umschlagillustration: Macia/Mauritius Bildagentur, Mittenwald
Autorenfoto: Michelle Ryder
Gesamtherstellung: Elsnerdruck, Berlin

ISBN 3-453-07608-7

Inhalt

Das Genessee-Komplott

FÜR GAIL & HENRY
Auf das Savoy! Auf Hampton!
Auf den Pont Royale und Bernini!
Und alles andere
Dank

VORWORT

Hie und da vereinen sich im Laufe der menschlichen Odyssee fast zufällig Kräfte und bringen Männer und Frauen von verblüffender Weisheit und ebensolchem Talent hervor; und daraus entstehen wahrhaft wunderbare Resultate. Die Künste und die Wissenschaften sprechen für sich selbst, denn sie umgeben uns und bereichern unser Leben mit Schönheit, Wissen und vielen Bequemlichkeiten. Aber da gibt es noch einen Bereich menschlichen Strebens, der sowohl eine Kunst und *zugleich* eine Wissenschaft ist; und auch dieser Bereich umgibt uns – und bereichert unser Leben oder zerstört es.

Ich meine damit die Führung einer Gesellschaft gemäß den allgemeinen Gesetzen der Regierungskunst. Ich bin kein Gelehrter; aber ich habe auf dem College einige Vorlesungen über politische Wissenschaften gehört, die mich zutiefst beeindruckt und bei mir einen tiefen Eindruck hinterlassen haben. Ich war fasziniert, hingerissen, wie erschlagen, und hätte es nicht andere, ausgeprägtere Neigungen gegeben, so wäre ich vielleicht der schlimmste Politiker der ganzen westlichen Welt geworden. Mein Temperament fängt etwa am Siedepunkt des Wassers an abzukühlen.

Die demokratische Regierungsform durch gewählte Volksvertreter ist für mich eine der wahrhaft großen Errungenschaften des Menschen. Und von all den Versuchen im Verlauf der Geschichte, ein solches System zu schaffen, war wohl der bedeutendste jenes großartige amerikanische Experiment, das sich in unserer Verfassung manifestiert. Sie ist nicht perfekt; aber, um Churchills Worte in etwas anderer Form zu wiederholen, wohl die beste, die wir in der ganzen Straße haben.

Doch es gibt immer jemanden, der versucht, sie kaputtzumachen.

Dies ist der Grund, weshalb ich vor beinahe zwei Jahrzehnten *Das Genessee-Komplott (Trevayne)* schrieb. Das war die Zeit von Watergate, und mein Stift flog empört über die Seiten. Worte und Sätze wie *Verlogenheit! Machtmißbrauch! Korruption! Polizeistaat!* drohten mir in jüngerer – nicht jugendlicher – Maßlosigkeit den Schädel zu sprengen.

Das war eine Regierung, das Gremium unserer höchsten gewählten und ernannten Beamten, denen die Obhut über unser System übertragen war – und diese Regierung belog das Volk nicht nur, sondern sammelte Millionen und Abermillionen, um weiterhin ihre Lügen zu verbreiten und damit die Macht auszuüben, von der sie glaubte, daß sie nur ihr alleine gehöre. Eine der furchterregendsten Aussagen bei den Watergate-Anhörungen war die folgende, die im wesentlichen vom höchsten Repräsentanten der Nation gemacht wurde, dessen Auftrag es doch war, über die Einhaltung der Gesetze zu wachen:

»Es gibt nichts, was ich nicht tun würde, um die Präsidentschaft zu behalten ...« Ich brauche den Satz nicht exakt zu Ende zu führen, die Bedeutung war klar. Die Präsidentschaft wie das Land gehörte *ihnen.* Nicht mir oder dir oder selbst den Nachbarn auf der anderen Straßenseite, mit denen wir häufig Meinungsverschiedenheiten über politische Fragen hatten. Nur *ihnen.* Wir übrigen waren irgendwie weder von Bedeutung noch kompetent. Sie wußten es besser, und deshalb mußten die Lügen fortgesetzt und die Schatztruhen der ideologischen Reinheit gefüllt bleiben, um so die Unreinen mit Geld niederzumachen und sie schon in den Startlöchern des politischen Wettbewerbs zu stoppen.

Ich mußte *Das Genessee-Komplott* auch unter einem anderen Namen veröffentlichen, nicht aus Angst vor politischer Vergeltung, sondern weil man damals der Ansicht war, daß ein Schriftsteller innerhalb eines Jahres nicht mehr als ein Buch herausbringen durfte. Warum das so war? Verdammt will ich sein, wenn ich mir das zusammenreimen konnte – es hatte wohl mit ›Marketingpsychologie‹ zu tun, was zum Teufel das auch sein mag. Doch all das liegt fast zwanzig Jahre zurück.

Plus ça change, plus c'est la même choses, sagen die Franzosen. Je mehr die Dinge sich verändern, desto mehr bleiben sie dieselben. Vielleicht wiederholt auch die Geschichte all ihre Narrheiten bis zum Erbrechen, weil der Mensch ein Geschöpf von ungezügeltem Appetit ist und immer wieder an die Gifttröge zurückkehrt, die ihn krank machen. Vielleicht werden auch die Sünden vergangener Generationen weitergetragen, weil die Kinder zu dumm sind, aus unseren schrecklichen Fehlern zu lernen. Wer weiß? Das einzige, was seit undenklichen Zeiten wahrhaft dokumentiert ist, ist, daß der Mensch fortfährt zu töten, ohne das Fleisch seines Opfers zu benötigen. Er lügt, um der Verantwortung zu entkommen, oder umgekehrt, um die Zügel der Verantwortung an einem Punkt zu ergreifen, wo es ihm alleine zusteht, den sozialen Kontrakt zwischen der Regierung und den Regierten zu schreiben; er strebt endlos danach, sich selbst auf Kosten des öffentlichen Wohls zu bereichern. Und während er damit beschäftigt ist, bemüht er sich nur allzuoft darum, seine persönliche Moralität oder Religion zur Legalität oder Religiosität aller anderen zu machen, ohne den Ungläubigen, die für ihn nur Parias sind, Gnade zu gewähren. Du großer Gott, so könnten wir immer weiterschreiben, nicht wahr?

Doch während ich diese Zeilen schreibe, hat unser Land gerade zwei der wohl widerwärtigsten, bedrückendsten, beleidigendsten und schändlichsten Präsidentenwahlkämpfe erlebt, an die sich irgendein lebender Bewunderer unseres Systems erinnern kann. Leute, die auf die zynischste Weise die niederen Ängste der Öffentlichkeit manipulierten, ›verpackten‹ die Kandidaten; schlagfertige Repliken wurden intelligenten Positionsdarstellungen vorgezogen, und das Image hatte den Vorrang vor der Sache. Die Debatten der Kandidaten waren weder Debatten noch eines zukünftigen Präsidenten würdig, sondern meist nur gezüchtete Pawlowsche Reaktionen, die mit den Fragen wenig oder gar nichts zu tun hatten. Und die Regeln für diese roboterhaften rituellen Tänze wurden von glattzüngigen intellektuellen Taugenichtsen aufgestellt, die eine so schlechte Meinung von ihren Klienten hatten, daß sie ihnen nicht erlaubten, länger als *zwei Minuten* zu sprechen! Die großen Redner jener Wiege unserer Zivilisation im antiken Athen hätten sich wahrscheinlich schon bei dem Gedanken an eine solche Beschneidung übergeben. Vielleicht werden wir eines Tages zu legitimen, zivilisierten Wahlkampagnen zurückkehren, wo man wieder einen offenen Gedankenaustausch pflegt. Aber ich fürchte, daß wird so lange nicht der Fall sein, bis die Werbefritzen wieder zu ihren Deodorant-Kampagnen zurückkehren.

Im Wahlprozeß jedenfalls sind sie nicht mehr willkommen, weil sie die beiden Kardinalsünden ihres Berufs begangen haben – und die gleichzeitig. Sie haben es geschafft, ihre ›Produkte‹

gleichzeitig widerwärtig und langweilig erscheinen zu lassen. Natürlich gibt es eine Lösung. Wäre ich einer der Kandidaten, würde ich es einfach ablehnen, ihre Rechnung zu bezahlen, und zwar wegen moralischer Verkommenheit. Zum Teufel, dieser Grund ist so gut wie jeder andere, und wer von diesen Imagemachern würde schon vor Gericht gehen und sich dagegen verteidigen können? Doch genug. Die Kampagne hat dem ganzen Land Ekel bereitet.

Und dieses widerliche Fiasko vollzog sich nicht einmal zwei Jahre, nachdem wir Bürger dieser Republik einer so albernen Folge von Ereignissen ausgesetzt waren, die überall Lachstürme ausgelöst hätten, wären sie nicht so scheußlich gewesen. Läßt man einmal die ganze Tölpelhaftigkeit beiseite, dann haben ernannte Beamte – nicht einmal gewählte! – die Flammen des Terrorismus geschürt, indem sie einem terroristischen Staat Waffen verkauften, während sie zur gleichen Zeit forderten, daß unsere Verbündeten ebendies nicht taten. Schuld wurde zu Unschuld; Amtsmißbrauch trug dem Amt Ehre ein; übereifrige, willfährige Darsteller wurden Helden, und als Zeichen tüchtiger Haushaltsführung sah man es an, im Keller Geschöpfe zu haben, die diesen schmutzig machten. Im Vergleich dazu war Alice' Spiegelwelt ein Ort unwiderlegbarer Logik.

Es gibt immer jemanden, der versucht, es kaputtzumachen. Jenes große Experiment, jenes wunderbare System, das wir besitzen und das auf dem Prinzip des Kräftegleichgewichts beruht.

Verlogenheit? Machtmißbrauch? Korruption? Polizeistaat?

Nun, ganz sicher werden diese Auswüchse nicht von Dauer sein, solange die Bürger solche Spekulationen zum Ausdruck bringen und ihre Anklagen, und wären sie noch so extrem, hinausschreien können. Man kann uns hören; das ist unsere Stärke, und die ist unbezwingbar.

Und so will ich auf meine bescheidene Art versuchen, mir wieder mit jener Stimme aus einer anderen Zeit, einer anderen Epoche, Gehör zu verschaffen, stets eingedenk, daß ich im Grunde lediglich ein Geschichtenerzähler bin, welcher hofft, daß Sie Spaß an dem haben, was ich schreibe, aber ebenso hofft, daß Sie mir auch ein oder zwei Ideen gestatten.

Zu guter Letzt habe ich der Versuchung widerstanden, den Roman zu ›aktualisieren‹ oder etwas an den Freiheiten zu verbessern, die ich mir mit den tatsächlichen Ereignissen oder der Geographie genommen habe, weil sie der Geschichte dienten, die ich damals schrieb. Jeder, der jemals ein Haus gebaut oder umgebaut hat, wird Ihnen sagen, daß Sie – fangen Sie erst einmal an, daran herumzubessern – ebensogut die Pläne gleich wegwerfen können. Es wird dann ein anderes Haus.

Danke für Ihre Zeit.

Robert Ludlum
alias (für kurze Zeit) Jonathan Ryder
November 1988

TEIL I

1.

Der glatte Teerbelag der Straße hörte plötzlich auf. An diesem Punkt auf der kleinen Halbinsel endete die Verantwortung der Gemeinde, und der Privatbesitz begann. Die Postbehörde von South Greenwich, Connecticut, führte die Zustellroute auf ihrer Karte als Shore Road, Northwest, aber die Zusteller, die mit ihren Fahrzeugen hierherkamen, kannten sie einfach als High Barnegat oder nur Barnegat.

High Barnegat.

Acht Acres Besitz am Ozean mit fast einer halben Meile, die direkt an den Sund grenzte. Zum größten Teil war das Anwesen wild bewachsen, unbeeinträchtigt, ungezähmt. Der Wohnkomplex wirkte im Vergleich dazu widersprüchlich – das Haus und der Grundstücksteil siebzig Meter vom Strand entfernt. Das lange, großzügig angelegte Gebäude war im zeitgenössischen Stil gehalten, mit großen holzgefaßten Glasflächen, die den Blick über das Wasser boten. Die Rasenflächen waren von tiefem Grün und dick, gleichsam manikürt, und von Plattenwegen und einer großen Terrasse direkt über dem Bootshaus unterbrochen.

Es war Ende August, in High Barnegat die beste Zeit im Sommer. Das Wasser war so warm, wie es nur überhaupt werden konnte. Die Winde kamen in Böen vom Sund herein, was das Segeln noch interessanter machte – oder gefährlicher –, je nachdem, wie man es betrachtete; das Blattwerk stand in vollstem Grün. Zu dieser Zeit trat ein Gefühl der Ruhe anstelle der hektischen Sommerwochen. Die Saison war fast vorbei.

Es war halb fünf Uhr nachmittags, und Phyllis Trevayne lehnte sich genüßlich in einem Liegestuhl auf der Terrasse zurück und ließ sich von der warmen Sonne bestrahlen. Sie dachte mit einigem Stolz, daß ihr der Badeanzug ihrer Tochter doch recht bequem paßte. Da sie zweiundvierzig und ihre Tochter siebzehn war, hätte die Befriedigung in einen kleinen Triumph umschlagen können, wenn sie sich gestattet hätte, länger darüber nachzudenken. Aber das konnte sie nicht, weil ihre Gedanken immer wieder zum Telefon zurückkehrten, zu dem Anruf aus New York für Andrew. Sie hatte das Gespräch auf der Terrasse entgegengenommen, da die Köchin mit den Kindern in der Stadt war und sich das kleine weiße Segel ihres Mannes noch immer weit draußen auf dem Wasser bewegte. Beinahe hätte sie das Telefon klingeln lassen, ohne abzuheben, aber nur sehr gute Freunde und sehr wichtige – ihr Mann zog das Wort ›notwendige‹ Geschäftsbekannte vor – besaßen die Nummer von High Barnegat.

»Hello, Mrs. Trevayne?« hatte die tiefe Stimme am anderen Ende der Leitung gefragt.

»Ja?«

»Hier Frank Baldwin. Wie geht es Ihnen, Phyllis?«

»Gut, sehr gut, Mr. Baldwin. Und Ihnen?« Phyllis Trevayne kannte Franklyn Baldwin schon seit einigen Jahren, konnte sich aber immer noch nicht dazu überwinden, den alten Herrn mit Vornamen anzusprechen. Baldwin war einer der letzten Angehörigen einer aussterbenden Gattung, einer der ursprünglichen Giganten des New Yorker Bankwesens.

»Mir würde es viel besser gehen, wenn ich wüßte, weshalb Ihr Mann meine Anrufe nicht erwidert hat. Geht es ihm gut? Nicht, daß ich so wichtig wäre, weiß Gott, aber er ist doch nicht krank, oder?«

»O nein. Überhaupt nicht. Er war jetzt seit einer Woche nicht mehr im Büro. Er hat überhaupt keine Anrufe entgegengenommen. Die Schuld liegt in Wirklichkeit bei mir; ich wollte, daß er sich etwas ausruht.«

»Meine Frau hat mich auch immer so gedeckt, junge Frau. Instinktiv. Die ist ständig in die Bresche gesprungen und fand auch stets die richtigen Worte.«

Phyllis Trevayne lachte freundlich und nahm das Kompliment zur Kenntnis. »Aber es ist wirklich wahr, Mr. Baldwin. Im Augenblick zum Beispiel weiß ich, daß er nicht arbeitet, weil ich das Segel seines Katamarans etwa eine Meile vor dem Ufer sehe.«

»Ein Kat! Du lieber Gott! Ich vergesse immer wieder, wie jung Sie sind! Zu meiner Zeit ist niemand in Ihrem Alter so verdammt reich geworden. Nicht aus eigener Kraft.«

»Wir haben eben Glück. Das vergessen wir nie.« Phyllis Trevayne sprach die Wahrheit.

»Es ist sehr schön, so etwas zu sagen, junge Frau.« Franklyn

Baldwin sprach ebenfalls die Wahrheit und wollte, daß sie das wußte. »Nun, wenn Captain Ahab an Land kommt, dann bitten Sie ihn, mich anzurufen. Würden Sie das tun? Es ist wirklich äußerst dringend.«

»Das werde ich ganz sicher.«

»Dann leben Sie jetzt wohl, meine Liebe.«

»Wiedersehn, Mr. Baldwin.«

In Wirklichkeit hatte ihr Mann täglich im Büro angerufen. Er hatte Dutzende von Anrufen wesentlich weniger wichtiger Leute als Franklyn Baldwin erwidert. Außerdem mochte Andrew Baldwin; das hatte er mehrere Male gesagt. Er war häufig zu Baldwin gegangen, um seinen Rat in der komplizierten Welt der internationalen Finanzen einzuholen.

Ihr Mann verdankte dem Bankier viel, und jetzt brauchte ihn der alte Herr. Warum hatte Andrew nicht zurückgerufen? Das paßte einfach nicht zu ihm.

Das Restaurant an der Achtunddreißigsten Straße zwischen der Park- und der Madison Avenue war klein und faßte höchstens vierzig Leute. Seine Klientel gehörte im allgemeinen den Rängen der Leitenden Angestellten an, die sich den mittleren Jahren näherten und plötzlich über mehr Geld verfügten, als sie je zuvor verdient hatten, und von dem Wunsch, vielleicht sogar dem Bedürfnis, erfüllt waren, sich ihr junges Aussehen zu erhalten. Die Küche war nur mittelmäßig, die Preise hoch und die Getränke teuer. Aber die Bar war geräumig, und die Vertäfelung reflektierte die weiche indirekte Beleuchtung. Dadurch kam eine Atmosphäre auf wie in den Lokalen, an die die Gäste sich aus ihrer Collegezeit in den fünfziger Jahren so angenehm erinnerten.

Und genau mit der Absicht war die Dekoration entworfen worden.

Wenn man dies bedachte, und das tat er stets, so überraschte es den Geschäftsführer ein wenig, einen kleinen, gut gekleideten Mann Anfang der Sechzig zögernd durch die Türe hereinkommen zu sehen. Der Gast sah sich um und paßte seine Augen dem schwachen Licht an. Der Geschäftsführer ging auf ihn zu.

»Einen Tisch?«

»Nein ... ja, ich treffe mich mit jemandem ... nein, lassen Sie nur, vielen Dank. Wir haben einen.«

Der gutgekleidete Mann hatte die Person, die er suchte, an einem Tisch ganz hinten entdeckt. Er ließ den Geschäftsführer stehen und schob sich ein wenig ungeschickt an den überfüllten Stühlen vorbei.

Der Geschäftsführer erinnerte sich an den Gast an dem hinteren Tisch. Er hatte darauf bestanden, gerade diesen zu bekommen.

Der ältere Herr setzte sich. »Es wäre vielleicht besser gewesen, wenn wir uns nicht gerade in einem Restaurant getroffen hätten.«

»Keine Sorge, Mr. Allen. Niemand, den Sie kennen, kommt hierher.«

»Hoffentlich haben Sie recht.«

Ein Kellner trat an ihren Tisch, und sie bestellten ihre Drinks.

»Ich bin gar nicht so sicher, daß *Sie* sich Gedanken machen sollten«, sagte der jüngere Mann. »Ich finde, ich bin derjenige, der das Risiko eingeht.«

»Man wird sich um Sie kümmern; das wissen Sie. Wir wollen keine Zeit vergeuden. Wie stehen die Dinge?«

»Die Kommission hat einstimmig Andrew Trevayne gebilligt.«

»Er wird ablehnen.«

»Man ist allgemein anderer Meinung. Baldwin soll das Angebot überbringen; vielleicht hat er es sogar schon getan.«

»Wenn er das hat, dann haben *Sie* sich verspätet.« Der alte Mann kniff die Augen zusammen und starrte die Tischdecke an. »Wir haben die Gerüchte gehört; wir nahmen an, es handle sich um bewußte Vernebelungstaktik. Wir haben uns auf Sie verlassen.« Er blickte zu Webster auf. »Wir waren davon ausgegangen, daß Sie die Identität bestätigen würden, ehe irgendwelche endgültigen Schritte unternommen werden.«

»Ich hatte keine Kontrolle darüber; niemand im Weißen Haus hatte das. Diese Kommission ist uns nicht zugänglich. Ich kann von Glück reden, daß ich den Namen überhaupt herausbekommen habe.«

»Davon reden wir noch. Warum glauben die, daß Trevayne annehmen wird? Weshalb sollte er? Seine Danforth-Stiftung ist genauso groß wie Ford oder Rockefeller. Weshalb sollte er das aufgeben?« fragte Allen.

»Das wird er wahrscheinlich nicht. Vermutlich nimmt er nur Urlaub.«

»Keine Stiftung, die so groß ist wie Danforth, würde einen so langen Urlaub akzeptieren. Besonders nicht in einer solchen Stellung. Die sind *alle* in Schwierigkeiten.«

»Ich kann Ihnen nicht folgen ...«

»Glauben Sie, daß die immun sind?« fragte Allen, ohne den anderen ausreden zu lassen. »Die brauchen Freunde in Ihrer Stadt, nicht Feinde ... Wie läuft es denn weiter? Wenn Baldwin tatsächlich das Angebot macht? Wenn Trevayne akzeptiert?«

Der Kellner kam mit den Drinks zurück, und die beiden Männer verstummten. Er ging, und Webster gab Antwort.

»Die Bedingungen lauten so, daß der Betreffende, den die Kommission auswählt, die Billigung des Präsidenten erhält und sich einer nichtöffentlichen Anhörung eines paritätisch aus beiden Parteien besetzten Senatsausschusses stellen muß.«

»Schon gut, schon gut.« Allen hob sein Glas und nahm einen langen Schluck. »Das gibt noch viel Arbeit; da können wir etwas tun. Wir werden ihn in dem Hearing disqualifizieren.«

Der Jüngere sah ihn verblüfft an. »Warum? Wozu denn? *Jemand* wird ja doch den Vorsitz in diesem Unterausschuß übernehmen. Soviel ich höre, ist dieser Trevayne zumindest ein vernünftiger Mann.«

»Soviel Sie hören!« Allen leerte schnell sein Glas. »Was *haben* Sie denn gehört? Was wissen Sie über Trevayne?«

»Was ich gelesen habe. Ich habe meine Recherchen angestellt. Er und sein Schwager – der Bruder ist Elektronikingenieur – haben Mitte der fünfziger Jahre eine kleine Firma in New Haven gegründet, die sich mit Entwicklungs- und Fabrikationsaufgaben für die Raumfahrtindustrie beschäftigte. Sieben oder acht Jahre später zogen sie das große Los. Sie waren beide Millionäre, als sie fünfunddreißig waren. Der Schwager machte die Konstruktionen, während Trevayne die Produkte verkaufte. Er hat sich die Hälfte der frühen Nasa-Verträge an Land gezogen und Tochtergesellschaften an der ganzen Atlantikküste aufgebaut. Trevayne stieg aus, als er siebenunddreißig war, und übernahm einen Posten im State Department. Übrigens, er hat dort verdammt gute Arbeit geleistet.« Webster hob sein Glas und sah Allen über den Rand an. Der junge Mann erwartete ein Kompliment für sein Wissen.

Statt dessen tat Allen seine Worte ab: »Scheiße. Material aus der *Time*. Einzig wichtig ist, daß Trevayne ein Original darstellt ... er ist völlig unkooperativ. Das wissen wir; wir haben schon vor Jahren versucht, an ihn heranzukommen.«

»Oh?« Webster stellte sein Glas weg. »Ich wußte nicht ... Herrgott. Dann weiß er Bescheid?«

»Nicht viel; aber es reicht vielleicht. Wir sind nicht sicher. Aber Sie verstehen immer noch nicht, Mr. *Webster.* Mir scheint, Sie haben von Anfang an nicht richtig verstanden ... Wir *wollen* nicht, daß er den Vorsitz in diesem verdammten Unterausschuß übernimmt. Wir wollen ihn nicht und auch sonst niemanden *wie* ihn. Diese Art von Wahl ist undenkbar.«

»Was können Sie denn dagegen tun?«

»Ihn hinausdrängen ... wenn er tatsächlich angenommen hat. Das läßt sich hoffentlich bei dem Senatshearing machen. Wir werden uns verdammte Mühe geben, daß er abgelehnt wird.«

»Und wenn Sie das schaffen, was dann?«

»Dann nominieren wir unseren eigenen Mann. Was von Anfang an hätte geschehen sollen.« Allen winkte dem Kellner und deutete auf die beiden Gläser.

»Mr. Allen, warum haben Sie ihn nicht aufgehalten? Wenn Sie dazu imstande waren, warum haben Sie es dann nicht getan? Sie sagten, Sie hätten die Gerüchte über Trevayne gehört; das war die Zeit, sich einzuschalten.«

Allen wich Websters Blick aus. Er trank das Eiswasser, das noch in seinem Glas war, und als er sprach, klang seine Stimme wie die eines Mannes, der sich große Mühe gibt, seine Autorität zu wahren, dies aber immer weniger schafft. »Wegen Frank Baldwin, das ist der Grund. Frank Baldwin und dieser senile Hundesohn Hill.«

»Der Botschafter?«

»Der verdammte Botschafter mit seiner verdammten Gesandtschaft im Weißen Haus ... Big Billy Hill! Baldwin und Hill; das sind die zwei Oldtimer, die hinter diesem Bockmist stehen. Bill kreist die letzten zwei oder drei Jahre schon wie ein Falke. Er hat dafür gesorgt, daß Baldwin in die Verteidigungskommission kam. Und die beiden haben sich Trevayne herausgepickt ... Baldwin hat seinen Namen vorgeschlagen; wer zum Teufel könnte da etwas dagegen sagen? Aber *Sie* hätten uns mitteilen müssen, daß das endgültig war. Wenn wir sicher gewesen wären, hätten wir es verhindern können.«

Webster beobachtete Allen scharf. Als er antwortete, klang eine neue Härte in seinen Worten. »Und ich glaube, daß Sie lügen. Irgendein anderer hat das verpatzt. Sie oder einer von den sogenannten Spezialisten. Zuerst dachten Sie, daß diese ganze Ermittlung von Anfang an auffliegen würde, im Ausschuß von jemandem gekillt werden würde. Aber Sie hatten unrecht. Und dann war es zu spät. Trevayne trat an die Oberfläche, und Sie konnten es nicht verhindern. Sie sind nicht einmal sicher, daß Sie ihn jetzt aufhalten können. Deshalb wollten Sie mich sprechen ... Also sparen wir uns doch besser diesen Unsinn, daß ich zu spät daran wäre und die Dinge nicht richtig sehe, ja?«

»Passen Sie auf, was Sie sagen, junger Mann. Vielleicht erinnern Sie sich, wen ich vertrete.« Diese Feststellung fiel, ohne besonders überzeugend zu wirken.

»Und Sie erinnern sich bitte, daß Sie mit einem Mann sprechen, der persönlich vom Präsidenten der Vereinigten Staaten ernannt wurde. Vielleicht paßt Ihnen das nicht, aber das ist der Grund, warum Sie zu mir gekommen sind. Also, wie steht es? Was wollen Sie?«

Allen atmete langsam aus, als wolle er damit seinen Zorn loswerden. »Einige von uns machen sich mehr Sorgen als andere ...«

»Und Sie sind einer davon«, warf Webster ruhig ein.

»Ja ... Trevayne ist ein komplizierter Mann. Teils jugendliches Genie der Industrie – was bedeutet, daß er seine Verbindungen hat. Teils Skeptiker – er ist mit bestimmten Realitäten nicht einverstanden.«

»Mir scheint, daß das sehr positive Eigenschaften sind, die gut zueinander passen.«

»Nur wenn man von einer Position der Stärke aus handelt.«

»Kommen Sie zur Sache. Worin liegt Trevaynes Stärke?«

»Wir wollen sagen, daß er nie Unterstützung braucht.«

»Wir wollen sagen, daß er sie abgelehnt hat.«

»Schon gut, schon gut. So kann man es auch sehen.«

»Sie sagten, Sie hätten versucht, mit ihm Verbindung aufzunehmen.«

»Ja, als ich bei ... lassen wir das. Es war Anfang der sechziger Jahre. Wir befanden uns damals in einer Konsolidierungsphase und dachten, er könnte ein nützliches Glied in unserer ... Gemeinschaft sein. Wir haben uns sogar erboten, die Nasa-Verträge zu garantieren.«

»Du großer Gott! Und er hat abgelehnt.« Webster gab damit eine Erklärung ab, stellte keine Frage.

»Eine Weile hat er uns hingehalten. Dann ist ihm klargeworden, daß er die Verträge auch ohne uns bekommen konnte. Und sobald er das wußte, sagte er uns, wir sollten uns gefälligst zum Teufel scheren. Tatsächlich ist er sogar noch viel weiter gegangen. Er hat mir erklärt, ich solle meine Leute dazu bringen, aus dem Weltraumprogramm auszusteigen, sich nicht mehr um Regierungsgelder zu bemühen. Er drohte damit, zur Staatsanwaltschaft zu gehen.«

Bobby Webster griff geistesabwesend nach seiner Gabel und stocherte damit auf dem Tischtuch herum. »Und wenn es nun umgekehrt gewesen wäre? Wenn er Sie *tatsächlich* gebraucht hätte? Hätte er sich dann Ihrer ›Gemeinschaft‹ angeschlossen?«

»Genau das wissen wir nicht. Einige von den anderen glauben ja, aber sie haben nicht mit ihm gesprochen; das habe nur ich getan. Ich war der Mittelsmann. Ich war der einzige, den er wirklich hatte ... Ich habe nie Namen benutzt, nie gesagt, wer meine Leute waren.«

»Aber Sie glauben, daß die bloße Tatsache, daß es sie *gab*, ausgereicht hat? Für ihn.«

»Auf die Frage gibt es keine Antwort. Er hat uns bedroht, nachdem er *hatte*, was er wollte; er war sicher, daß er niemanden brauchen würde, nur sich, seinen Schwager und seine verdammte Firma in New Haven. Wir können es uns einfach nicht leisten, dieses Risiko jetzt einzugehen. Wir dürfen nicht zulassen, daß er den Vorsitz in diesem Unterausschuß übernimmt. Niemand weiß, wozu er fähig ist.«

»Und was soll ich tun?«

»Sie sollen jedes vertretbare Risiko eingehen, um an Trevayne heranzukommen. Optimal wäre, wenn Sie sein Verbindungsmann im Weißen Haus werden könnten. Ist das möglich?«

Bobby Webster überlegte und antwortete dann mit Entschiedenheit. »Ja. Der Präsident hat mich in die Sitzung geholt, die sich mit dem Unterausschuß befaßte. Das war eine vertraulich klassifizierte Zusammenkunft; ohne Protokoll, ohne Notizen. Außer mir war nur noch ein weiterer Assistent zugegen; keine Konferenz. Das läßt sich machen.«

»Sie müssen verstehen; vielleicht ist es gar nicht nötig. Man wird gewisse Präventivmaßnahmen treffen. Wenn die greifen, dann ist Trevayne weg vom Fenster.«

»Da kann ich Ihnen helfen.«

»Wie?«

»Mario de Spadante.«

»Nein! Unter keinen Umständen! Wir haben Ihnen schon einmal gesagt, daß wir mit ihm nichts zu tun haben wollen.«

»Er hat Ihnen und Ihren Leuten schon oft geholfen. Mehr als Ihnen vielleicht klar ist. Oder als Sie zugeben wollen.«

»Er kommt nicht in Frage.«

»Es wäre kein Schaden, gewisse freundschaftliche Beziehungen zu ihm aufzubauen. Wenn Sie das stört, dann denken Sie an den Senat.«

Die Runzeln auf Allens Stirn glätteten sich. Der Blick, mit dem er jetzt den anderen ansah, wirkte fast billigend. »Ich glaube, ich verstehe.«

»Das wird natürlich meinen Preis gehörig nach oben treiben.«

»Ich dachte, Sie glauben an das, was Sie tun.«

»Ich glaube daran, daß ich meine Flanken schützen muß. Der beste Schutz besteht darin, daß ich Sie zahlen lasse.«

»Sie sind widerwärtig.«

»Und sehr talentiert.«

2.

Andrew Trevayne ließ den Doppelrumpf des Katamaran vor dem Wind laufen und nutzte so die schnelle Strömung zum Ufer. Er streckte seine langen Beine und griff nach der Ruderpinne, um eine zusätzliche Heckwelle zu erzeugen. Ohne jeden Grund, es war nur eine Bewegung, eine bedeutungslose Geste. Das Wasser war warm; seine Hand fühlte sich an, als würde sie durch einen klebrigen, lauwarmen Film gezogen.

Ebenso wie er – unaufhaltsam – in ein Rätsel hineingezogen wurde, an dem er keinen Anteil wollte. Und doch würde die letzte Entscheidung bei ihm liegen, und er wußte, wie sie lauten würde.

Das war es, was ihn an dem Ganzen am meisten irritierte; er begriff die Furien, die ihn zogen, und ärgerte sich über sich selbst, daß er auch nur in Betracht zog, sich ihnen zu unterwerfen. Er hatte sie schon lange hinter sich zurückgelassen.

Vor langer Zeit.

Das Boot war noch hundert Meter vom Ufer von Connecticut entfernt, als der Wind plötzlich umschlug – so wie der Wind das häufig tut, wenn er vom offenen Meer hereinweht und auf festen Boden trifft. Trevayne schwang die Beine über den Steuerbordrumpf und straffte das Hauptsegel, worauf das kleine Boot einen Bogen beschrieb und nach rechts schwenkte, auf das Dock zu.

Trevayne war ein großer Mann. Nicht unförmig, einfach größer und breiter als die meisten Männer, mit der Art von lockerer Körperbeherrschung, die auf eine viel aktivere Jugend hindeutete, als sie je in seinen Gesprächen zum Ausdruck kam. Er erinnerte sich an einen Artikel in *Newsweek,* der sich mit seinen früheren Errungenschaften auf dem Sportplatz befaßt hatte. Er war voll von Übertreibungen gewesen, wie das in solchen Artikeln stets der Fall war. Er war gut gewesen, aber nicht so gut. Er hatte immer das Gefühl gehabt, daß er besser *aussah* als er war, oder daß zumindest die Mühe, die er sich gab, seine Schwächen überdeckte.

Aber er wußte, daß er ein guter Segler war. Vielleicht sogar etwas mehr als gut.

Der Rest war für ihn ohne Bedeutung. Das war er immer gewesen. Nur in dem Augenblick nicht, in dem er im Wettbewerb gestanden hatte.

Und jetzt würde ihm ein unerträglicher Wettbewerb bevorstehen. Wenn er die Entscheidung traf. Die Art von Wettbewerb, in dem es keine Gnade gab, in dem Strategien eingesetzt wurden, die in keinem Regelverzeichnis enthalten waren. Er verstand sich auch auf diese Strategien, aber nicht, weil er schon Teil an ihnen gehabt hatte; das war wichtig, ungemein wichtig für ihn.

Man mußte sie verstehen, imstande sein, gegen sie zu manövrieren, sich am Rande mit ihnen zu befassen, aber nie Teil an ihnen zu haben. Vielmehr galt es, das Wissen einzusetzen, um sich einen Vorteil zu verschaffen. Es gnadenlos einzusetzen, unbarmherzig.

Andrew hatte einen kleinen Schreibblock und einen Stift an Deck neben der Ruderpinne befestigt, um sich, wie er immer sagte, Zeiten zu notieren, Bojen, Windgeschwindigkeiten – alles mögliche. Tatsächlich dienten sie nur dazu, um flüchtige Gedanken aufzuschreiben, Ideen, Notizen, die er sich machte.

Manchmal Dinge ... nun eben ›Dinge‹, die ihm klarer vorkamen, wenn er auf dem Wasser war.

Deshalb war er jetzt verstimmt, als er auf den Block sah. Er hatte ein Wort hingeschrieben. Es aufgeschrieben, ohne sich dessen bewußt zu werden.

Boston.

Er riß das Blatt ab, zerknüllte es mit mehr Kraft als notwendig und warf es ins Wasser.

Verdammt! Verdammt! dachte er. Nein!

Der Katamaran glitt an den Pier, und er beugte sich hinaus und hielt sich mit der rechten Hand am Dock fest. Mit der linken zog er am Schot, und das Segel flatterte. In weniger als vier Minuten hatte er das Ruder abmontiert, seine Jacke verstaut, die Segel vertäut und das Boot an den vier Ecken gesichert.

Er ging zu dem Plattenweg neben dem Bootshaus und dann den steilen Hang zur Terrasse hinauf. Dieser Weg war für ihn so etwas wie ein Barometer für seinen körperlichen Zustand. Wenn er die Hälfte zurückgelegt hatte und kurzatmig war oder seine Beine schmerzten, führte das gewöhnlich zu dem Gelöbnis, weniger zu essen oder mehr Sport zu treiben. Diesmal stellte er befriedigt fest, daß seine Kondition offenbar recht gut war. Aber vielleicht waren seine Gedanken auch zu abgelenkt, um den Streß überhaupt zu registrieren.

Nein, er fühlte sich recht gut, dachte er. Die Woche, die er nicht im Büro gewesen war, die dauernde Salzluft, die aktive Betätigung am Ende der Sommermonate; er fühlte sich ausgezeichnet.

Und dann fiel ihm wieder der Block ein und das unbewußt – unterbewußt – hingeschriebene Wort. *Boston.*

Jetzt fühlte er sich gar nicht mehr gut.

Er brachte die letzten Stufen hinter sich, erreichte die Terrasse und erblickte seine Frau, die in einem Liegestuhl lag, die Augen offen, aufs Wasser hinaus starrte, nichts sah, was er sehen würde.

Er hatte immer ein Gefühl von leichtem Schmerz, wenn er sie so antraf. Den Schmerz trauriger, qualvoller Erinnerungen.

Wegen *Boston,* verdammt.

Er bemerkte jetzt, daß seine weichen Sohlen den Klang seiner Schritte gedämpft hatten; er wollte sie nicht erschrecken.

»Hallo«, sagte er mit sanfter Stimme.

»Oh?« Phyllis blinzelte. »War's schön, Darling?«

»Schön. Gut geschlafen?« Trevayne trat neben sie und gab ihr einen leichten Kuß auf die Stirn.

»Ja, schon, so lange es ging. Aber man hat mich geweckt.«

»Oh? Ich dachte, die Kinder hätten Lillian in die Stadt gefahren?«

»Das waren nicht die Kinder. Und Lillian auch nicht.«

»Das klingt geheimnisvoll.« Trevayne griff in eine große rechteckige Kühlbox, die auf dem Tisch stand, und holte eine Dose Bier heraus.

»Nicht geheimnisvoll. Aber ich bin neugierig.«

»Wovon redest du?« Er riß den Verschluß der Dose auf und trank.

»Franklyn Baldwin hat angerufen ... Warum hast du nicht zurückgerufen?«

Trevayne hielt die Bierdose an den Lippen und sah seine Frau an.

»Habe ich diesen Badeanzug nicht schon an jemand anderem gesehen?«

»Ja, und vielen Dank für das Kompliment – ob es nun beabsichtigt war oder nicht –, aber ich würde trotzdem gerne wissen, warum du ihn nicht angerufen hast.«

»Ich versuche ihm aus dem Weg zu gehen.«

»Ich dachte, du magst ihn.«

»Tue ich auch. Sehr. Ein Grund mehr, ihm aus dem Weg zu gehen. Er wird mich um etwas bitten, und ich werde ablehnen. Zumindest glaube ich, daß er mich bitten wird, und ich will ablehnen.«

»Was denn?«

Trevayne ging geistesabwesend an die Steinmauer, die die Terrasse umgab, und stellte die Bierdose darauf. »Baldwin möchte mich für etwas gewinnen, so geht das Gerücht; ich glaube, man nennt das einen ›Versuchsballon‹. Er leitet diese Kommission, die sich mit den Verteidigungsausgaben befaßt. Sie sind gerade dabei, einen Unterausschuß zu gründen, um, wie das höflich formuliert wird, eine ›gründliche Studie‹ der Beziehungen zum Pentagon anzustellen.«

»Was bedeutet das?«

»Vier oder fünf Firmen – in Wirklichkeit sind es Konglomerate – bestreiten gute siebzig Prozent des Verteidigungsetats. Auf die eine oder andere Art. Es gibt keine wirksame Kontrolle mehr. Dieser Unterausschuß soll Ermittlungen für die Verteidigungskommission führen. Sie suchen einen Vorsitzenden.«

»Und der bist du?«

»Der will ich *nicht* sein. Ich bin da zufrieden, wo ich bin. Was ich jetzt tue, ist etwas Positives; der Vorsitz in diesem Ausschuß wäre das Negativste, das ich mir vorstellen kann. Wer auch immer diesen Job übernimmt, wird zum Paria der ganzen Nation ... wenn er auch nur die Hälfte von dem tut, was man von ihm erwartet.«

»Warum?«

»Weil das Pentagon sich in einem scheußlichen Zustand befindet. Das ist kein Geheimnis; du brauchst bloß die Zeitungen zu lesen. Jeden Tag. Man versteckt das nicht einmal mehr.«

»Warum wird man dann zum Paria, wenn man versucht, da Ordnung hineinzubringen? Wenn du gesagt hättest, daß du dir damit Feinde machst, würde ich es verstehen, aber nicht, daß du zum Paria wirst.«

Trevayne lachte leise, als er mit seinem Bier zu einem Stuhl neben seiner Frau ging und sich setzte. »Ich liebe dich wegen deines einfachen New-England-Gemüts und wegen des Badeanzugs.«

»Du gehst zuviel auf und ab. Deine Denkfüße machen Überstunden, Darling.«

»Nein, das tun sie nicht; ich bin nicht interessiert.«

»Dann beantworte meine Frage. Warum ein Paria?«

»Weil dieser scheußliche Zustand zu tief verwurzelt ist und zu weit verbreitet. Um überhaupt eine Wirkung zu erzielen, muß dieser Unterausschuß eine Menge Leute anprangern. Im Wesen muß er die Furcht zu seiner Waffe machen. Wenn man anfängt, von Monopolen zu sprechen, dann spricht man nicht nur von einflußreichen Männern, die mit Aktienpaketen jonglieren. Man bedroht Tausende und Abertausende von Arbeitsplätzen. Am Ende ist es immer das, worauf Monopole beruhen, von ganz oben bis ganz unten. Man tauscht die eine Verantwortung gegen die andere. Mag sein, daß es notwendig ist, aber man fügt damit vielen Schmerz zu. Viel Schmerz.«

»Mein Gott«, sagte Phyllis und setzte sich auf. »Du hast viel nachgedacht.«

»Gedacht ja, aber nicht getan.«

Andrew federte aus dem Stuhl, ging an den Tisch und drückte seine Zigarette aus. »Offen gesagt, mich hat es überrascht, daß die ganze Idee überhaupt soweit kam. Diese Dinge – Studien, Ermittlungen, du kannst sie nennen, wie du willst – werden gewöhnlich lautstark vorgeschlagen und in aller Stille abgewürgt. In der Garderobe des Senats oder im Speisesaal des Repräsentantenhauses. Diesmal ist es anders. Ich würde gerne wissen, weshalb.«

»Dann frag doch Frank Baldwin.«

»Das werde ich lieber nicht tun.«

»Das solltest du aber, das bist du ihm schuldig, Andy. Weshalb glaubst du, daß er dich ausgewählt hat?«

Trevayne ging wieder an die Mauer und blickte über den Long-Island-Sund hinaus. »Ich bin qualifiziert; das weiß Frank. Ich habe mit diesen Vertragsleuten gesprochen; ich habe mich in Zeitungsartikeln kritisch über die Kostenüberschreitungen geäußert, die Verträge, die das zulassen. Auch das weiß er. Ich bin sogar zornig gewesen, aber das reicht weit zurück ... Hauptsächlich, glaube ich, weil er weiß, wie sehr ich diese Art von Manipulation verachte. Und die Leute, die dahinterstehen. Die haben viele gute Männer ruiniert, ganz besonders einen. Erinnerst du dich?« Trevayne drehte sich um und sah seine Frau an. »Jetzt können die nicht an mich heran. Ich habe nichts zu verlieren, nur Zeit.«

»Ich glaube, damit hast du dich selbst so gut wie überzeugt.«

Trevayne zündete eine weitere Zigarette an und lehnte sich an die Mauer, die Arme vor der Brust verschränkt. Er starrte noch immer Phyllis an. »Ich weiß. Und das ist der Grund, weshalb ich Frank Baldwin aus dem Wege gehe.«

Trevayne schob sein Omelette auf dem Teller herum, er hatte keinen Appetit. Franklyn Baldwin saß ihm im Kasino der Bank gegenüber. Der alte Herr redete eindringlich auf ihn ein. »Diese Arbeit wird getan werden, Andrew, und das wissen Sie. Nichts wird das verhindern. Ich möchte nur, daß der beste Mann sie tut. Und ich glaube, dieser beste Mann sind Sie. Vielleicht sollte ich hinzufügen, daß die Kommission sich einstimmig entschieden hat.«

»Was macht Sie denn so sicher, daß die Arbeit getan werden wird? Ich bin da gar nicht so überzeugt. Der Senat ereifert sich immer über Einsparungen. Das ist populär und wird so bleiben. Das heißt, so lange, bis ein Straßenbauprojekt oder ein Flugzeugwerk in irgendeinem Distrikt gestrichen werden. Dann hört das Geschrei plötzlich auf.«

»Diesmal nicht. Mit zynischen Bemerkungen ist es in dem Fall nicht getan. Sonst hätte ich mich nie darauf eingelassen.«

»Sie äußern da Ihre Meinung. Da muß noch etwas sein, Frank.«

Baldwin nahm seine stahlgeränderte Brille ab und legte sie neben seinen Teller. Er blinzelte ein paarmal und massierte sich den Ansatz seiner Patriziernase. Dann lächelte er schwach, es wirkte beinahe traurig. »Ja. Sie sind sehr aufmerksam ... Nennen Sie es das Vermächtnis von zwei alten Männern, deren Leben – und das gilt auch für ihre Familien, über einige Generationen – in diesem unserem Lande auf höchst angenehme Weise produktiv war. Ich möchte sagen, daß wir unseren Beitrag geleistet haben, aber dafür auch mehr als reichlich belohnt worden sind. Besser kann ich es nicht formulieren.«

»Ich fürchte, ich verstehe nicht.«

»Natürlich nicht. Ich will das auch klarer ausdrücken. William Hill und ich kennen einander seit unserer Kindheit.«

»Botschafter Hill?«

»Ja ... Ich will Sie nicht mit den Exzentrizitäten unserer Beziehung langweilen – nicht heute. Ich will jetzt nur sagen, daß wir wahrscheinlich nicht mehr zu viele Jahre bleiben können. Ich bin auch gar nicht sicher, daß ich das möchte ... Diese Verteidigungskommission, der Unterausschuß – das ist unsere Idee. Wir wollen erreichen, daß daraus funktionierende Realität wird. Soviel können wir garantieren; wir sind jeder auf seine Art mächtig genug, um das zu bewirken. Und um diesen schrecklichen Begriff zu benutzen, auch hinreichend ›respektabel‹.«

»Und was glauben Sie, was Sie damit erreichen werden?«

»Die Wahrheit. Das Maß an Wahrheit, an das wir glauben. Dieses Land hat ein Recht darauf, das zu wissen, ganz gleich, wie weh es auch tun mag. Um eine Krankheit zu kurieren, bedarf es einer korrekten Diagnose. Vordergründige Behauptungen, Etiketten, wie sie von selbstgerechten Eiferern verteilt werden, bösartige Anklagen von Unzufriedenen ... die helfen nicht weiter. Die Wahrheit, Andrew. Lediglich die Wahrheit. Das wird unser Geschenk sein, das von Billy und mir. Vielleicht unser letztes.«

Trevayne hatte das Bedürfnis, sich zu bewegen, sich physisch abzureagieren. Der alte Herr, der ihm gegenübersaß, war im Begriff, genau das zu erreichen, was er sich vorgenommen hatte. Die Wände begannen ihn einzuschließen, und der Weg, den er zu gehen hatte, wurde immer schmaler.

»Warum soll dieser Unterausschuß das schaffen, was Sie sagen? Das haben schon andere versucht; es ist ihnen nicht gelungen.«

»Weil er durch Sie gleichzeitig unpolitisch und in keiner Weise ein Selbstzweck sein wird.« Baldwin setzte seine Brille wieder auf; seine plötzlich größer gewordenen alten Augen hypnotisierten Trevayne. »Und das sind die notwendigen Faktoren. Sie sind weder Republikaner noch Demokrat, weder ein Liberaler noch ein Konservativer. Beide Parteien haben versucht, Sie in ihren Einfluß zu bekommen, und Sie haben beide abgelehnt. In dieser Zeit der festen Definitionen sind Sie ein Widerspruch. Sie haben nichts zu gewinnen und nichts zu verlieren. Man wird Ihnen glauben. Das ist das Wichtige ... Wir sind ein polarisiertes Land geworden, festgelegt auf intransigente, in Konflikt stehende Positionen. Es ist dringend nötig, daß wir wieder an objektive Wahrheit glauben.«

»Wenn ich akzeptiere, wird sich das Pentagon und alle, die mit ihm in Verbindung stehen, an die Politiker wenden – oder an ihre Public-Relations-Leute. Das tun die doch immer. Wie werden Sie das verhindern?«

»Der Präsident. Er hat uns Zusicherungen gegeben; er ist ein guter Mann, Andrew.«

»Und ich bin niemandem verantwortlich?«

»Nicht einmal mir. Nur sich selbst.«

»Ich kann meine eigenen Leute anstellen; keine Personalentscheidungen von außen?«

»Geben Sie mir eine Liste der Leute, die Sie wollen. Ich werde dafür sorgen, daß sie freigegeben wird.«

»Ich tue, was ich für richtig halte. Ich bekomme die Unterstützung, die ich für notwendig erachte.« Das waren keine Fragen, die Trevayne aussprach; er traf Feststellungen, die nichtsdestoweniger Antworten vorwegnahmen.

»Vollkommen. Das garantiere ich. Das kann ich Ihnen versprechen.«

»Ich will den Job nicht.«

»Aber Sie werden ihn annehmen.« Wieder eine Feststellung, diesmal von Franklyn Baldwin.

»Ich habe schon zu Phyllis gesagt, Sie sind sehr überzeugend, Frank. Deshalb bin ich Ihnen aus dem Weg gegangen.«

»Kein Mann kann dem aus dem Wege gehen, was ihm bestimmt ist. In dem Augenblick, in dem es ihm bestimmt ist. Wissen Sie, woher ich das habe?«

»Klingt hebräisch.«

»Nein ... Aber weit weg sind Sie nicht. Mark Aurel. Kennen Sie Bankiers, die Mark Aurel gelesen haben?«

»Hunderte. Die glauben, das sei ein Aktienfonds.«

3.

Steven Trevayne starrte die ausdruckslosen Kleiderpuppen mit ihren Tweedjacken und den grauen Flanellhosen in unterschiedlichen Farbtönen an. Die gedämpfte Beleuchtung des College Shoppe entsprach dem gemessen wohlhabenden Image, das die Bewohner von Greenwich, Connecticut, suchten. Steven warf einen Blick auf seine eigenen Jeans, die schmutzigen Slipper und stellte dabei fest, daß einer der Knöpfe an seiner alten Cordjacke im Begriff war abzureißen.

Er sah auf die Uhr und ärgerte sich. Fast neun. Er hatte seiner Schwester versprochen, daß er sie und ihre Freundin nach Barnegat bringen würde, aber er hatte auch festgelegt, daß sie sich bis halb neun mit ihm treffen sollten. Er mußte das Mädchen, mit dem er verabredet war, um Viertel nach neun in Cos Cob abholen. Er würde sich verspäten.

Wenn sich nur seine Schwester nicht ausgerechnet diesen Abend für eine Mädchenparty ausgesucht hätte, oder zumindest nicht allen versprochen hätte, daß sie sie nach Hause bringen würden. Seine Schwester durfte nachts nicht fahren – eine Festlegung, die Steven Trevayne für lächerlich hielt; sie war schließlich siebzehn – und so fiel die Wahl bei solchen Anlässen immer auf ihn.

Wenn er ablehnte, konnte sein Vater auf die Idee kommen, daß alle ihre Wagen gebraucht wurden, und dann würde er ohne fahrbaren Untersatz sein.

Er war fast neunzehn. In drei Wochen ging es aufs College. Ohne Wagen. Sein Vater hatte gesagt, daß er in den ersten zwei Semestern keinen Wagen brauchte.

Steven wollte gerade über die Straße in den Drugstore gehen und sein Mädchen anrufen, als vor ihm ein Polizeiwagen hielt.

»Sind Sie Steven Trevayne?« fragte der Polizist am Fenster.

»Ja, Sir.« Der junge Mann war unsicher; der Polizist sprach mit barscher Stimme.

»Einsteigen.«

»Warum? Was ist denn? Ich stehe doch bloß da ...«

»Haben Sie eine Schwester, die Pamela heißt?«

»Ja. Ja, die habe ich. Ich warte auf sie.«

»Die kommt nicht hierher. Das können Sie mir glauben. Steigen Sie ein.«

»Was ist denn?«

»Hören Sie, junger Mann. Wir können Ihre Eltern nicht erreichen; die sind in New York. Ihre Schwester hat gesagt, daß Sie hier sein würden, also sind wir hergekommen. Wir tun Ihnen beiden einen Gefallen. Jetzt steigen Sie ein!«

Der junge Mann öffnete die hintere Tür des Wagens und stieg schnell ein. »Hat es einen Unfall gegeben? Ist sie verletzt?«

»Ist ja immer ein Unfall, nicht wahr?« sagte der Beamte, der am Steuer saß.

Steven Trevayne packte die Rücklehne des Vordersitzes. Er war jetzt beunruhigt. »Bitte sagen Sie mir, was los ist!«

»Ihre Schwester und ein paar Freundinnen haben sich da auf eine Rauschgiftparty eingelassen«, antwortete der andere Beamte. »Im Gästehaus der Swansons. Die Swansons sind in Maine ... natürlich. Wir haben vor einer Stunde einen Hinweis bekommen. Als wir hinkamen, stellten wir fest, daß es ein wenig komplizierter war.«

»Was meinen Sie damit?«

»Das war der Unfall, junger Mann«, warf der Fahrer ein. »Harte Sachen. Der Unfall war, daß wir das Zeug gefunden haben.«

Steven Trevayne war wie benommen. Vielleicht hatte seine Schwester gelegentlich gehascht – wer hatte das nicht? – aber keine harten Sachen. Das kam nicht in Frage.

»Ich glaube Ihnen nicht«, sagte er überzeugt.

»Sie werden ja selbst sehen.«

Der Streifenwagen bog an der nächsten Ecke nach links ab. Das war nicht der Weg zum Polizeirevier. »Sind sie nicht auf dem Revier?«

»Wir haben sie noch nicht offiziell festgenommen. Noch nicht.«

»Ich verstehe nicht.«

»Wir wollen nicht, daß etwas herauskommt. Wenn wir sie festnehmen, haben wir keine Kontrolle mehr darüber. Die sind immer noch im Haus der Swansons.«

»Sind die Eltern da?«

»Wir haben Ihnen doch gesagt, daß wir sie nicht erreichen konnten«, antwortete der Mann am Steuer. »Die Swansons sind in Maine; Ihre Eltern sind in der Stadt.«

»Sie sagten, daß da noch andere seien. Freundinnen.«

»Die sind von außerhalb Connecticuts. Freunde aus dem Internat. Wir wollen uns zuerst mit den hiesigen Eltern auseinandersetzen. Wir müssen vorsichtig sein. Das ist im Interesse aller. Sie müssen wissen, wir haben zwei Pakete Heroin gefunden. Schätzungsweise im Wert einer Viertelmillion Dollar.«

Andrew Trevayne nahm den Arm seiner Frau, als sie die Betontreppe zum Hintereingang des Polizeireviers von Greenwich hinaufgingen. Es war vereinbart, daß sie diesen Eingang benutzen würden.

Die Vorstellung war höflich und kurz angebunden, dann geleitete man die Trevaynes in das Büro von Detective Fowler. Ihr Sohn stand an einem Fenster und ging mit schnellen Schritten auf seine Eltern zu, als sie zur Türe hereinkamen.

»Mom! Dad! ... Das ist ja ganz große Kacke!«

»Beruhige dich, Steve«, sagte der Vater streng. »Bei Pam alles in Ordnung?«

»Ja, Mutter, alles klar. Die sind immer noch bei den Swansons. Sie ist bloß völlig durcheinander. Alle sind sie das. Und ich kann es ihnen wirklich nicht verübeln!«

»Du sollst ruhig bleiben, habe ich gesagt!«

»Das bin ich ja, Dad. Ich bin nur zornig. Diese Mädchen wissen gar nicht, was Aitsch ist, geschweige denn, wo sie es verkaufen könnten!«

»Wissen Sie das?« fragte Detective Fowler unpersönlich.

»Um mich geht es hier nicht, Bulle!«

»Jetzt sag ich es dir noch mal, Steve. Reiß dich zusammen oder halt den Mund!«

»Nein, das tue ich nicht! ... Tut mir leid, Dad, aber das tue ich nicht! Diese Witzbolde haben telefonisch den Tip bekommen, sich bei den Swansons umzusehen. Ohne Namen und ohne Grund. Sie ...«

»Augenblick mal, junger Mann!« unterbrach ihn der Polizeibeamte. »Wir sind keine ›Witzbolde‹, und ich gebe Ihnen den guten Rat, mit der Wahl Ihrer Worte etwas vorsichtig zu sein!«

»Er hat recht«, fügte Trevayne hinzu. »Ich bin sicher, daß Mr. Fowler uns erklären kann, was passiert ist. Was war das für ein Telefonanruf, Mr. Fowler? Den haben Sie bei unserem Gespräch nicht erwähnt.«

»Dad! Das wird er dir nicht *sagen!*«

»Ich *weiß* nicht! ... Das ist die Wahrheit, Mr. Trevayne. Heute abend um neunzehn Uhr zehn kam ein Anruf herein, daß bei den Swansons Gras wäre; daß wir nachsehen sollten, weil es um viel mehr ginge. Der Anrufer war ein Mann und sprach mit einem ... nun, sagen wir, etwas affektierten Tonfall. Ihre Tochter ist als einzige namentlich erwähnt worden. Wir sind der Sache nachgegangen ... Vier Mädchen. Sie gaben zu, sie hätten im Laufe der letzten Stunde zu viert eine Zigarette geraucht. Es war keine Party. Ehrlich gesagt, der Streifenbeamte machte den Vorschlag, wir sollten das Ganze vergessen. Aber als die gerade ihren Bericht über Funk durchgaben, war ein weiterer Anruf hereingekommen. Dieselbe Stimme. Dieselbe Person. Diesmal sagte man uns, wir sollten in der Milchbox auf der Veranda des Gästehauses nachsehen. Dort fanden wir die zwei Pakete mit unverschnittenem Heroin. Unverschnitten; wir schätzen zweihundert, zweihundertfünfzigtausend. Es ist eine ganze Menge.«

»Ja, und das ist auch die durchsichtigste konstruierte Geschichte, die ich je gehört habe. Das ist völlig unglaubwürdig.« Trevayne sah auf die Uhr. »Mein Anwalt sollte binnen einer halben Stunde hier sein; ich bin sicher, daß er Ihnen dasselbe sagen wird. So, ich bleibe hier und warte, aber ich weiß, daß meine Frau gerne zu den Swansons hinausfahren würde. Ist Ihnen das recht?«

Der Polizist seufzte hörbar. »Schon gut.«

»Brauchen Sie meinen Sohn noch? Kann er sie fahren?«

»Sicher.«

»Dürfen wir sie mit nach Hause nehmen?« fragte Phyllis Trevayne besorgt. »Sie alle zu unserem Haus mitnehmen?«

»Nun, es gibt da gewisse Formalitäten ...«

»Laß nur, Phyl. Fahr zu den Swansons. Wir rufen dich an, sobald Walter hier ist. Mach dir keine Sorgen. Bitte.«

»Dad, sollte ich nicht hierbleiben? Ich kann Walter sagen …«

»Ich möchte, daß du mit deiner Mutter fährst. Die Schlüssel sind im Wagen. Geh jetzt.«

Trevayne und Detective Fowler blickten den beiden nach. Als die Türe sich hinter ihnen geschlossen hatte, griff Trevayne in die Tasche und holte ein Päckchen Zigaretten heraus. Er bot dem Polizeibeamten eine an, aber der lehnte ab. »Nein, danke. Ich esse lieber Pistazienkerne.«

»Das ist gut für Sie. So, wollen Sie mir jetzt sagen, was das alles soll? Sie glauben doch genauso wenig wie ich, daß es eine Verbindung zwischen diesem Heroin und den Mädchen gibt.«

»Warum sollte ich das nicht? Das ist eine sehr teure Verbindung.«

»Weil Sie sie sonst schon lange hierher geholt und festgenommen hätten. Und zwar exakt aus dem Grund, den Sie gerade erwähnt haben. Weil es teuer ist. Sie betreiben den ganzen Fall in höchst unorthodoxer Weise.«

»Das ist richtig.« Fowler ging um seinen Schreibtisch herum und setzte sich. »Und Sie haben recht, ich glaube nicht, daß eine Verbindung besteht. Andererseits darf ich die Möglichkeit nicht ganz außer acht lassen. Die Geschichte ist hochexplosiv, das brauche ich Ihnen nicht zu sagen.«

»Was werden Sie tun?«

»Das wird Sie jetzt vielleicht überraschen, aber vielleicht lasse ich mich von Ihrem Anwalt beraten.«

»Was meine Behauptung unterstützt.«

»Ja, das tut es. Ich glaube nicht, daß wir Gegner sind, aber ich habe Probleme. Wir haben Beweismaterial; das darf ich nicht einfach ignorieren. Andererseits wirft die Art und Weise, wie das Material in unseren Besitz gekommen ist, natürlich Fragen auf. Ich kann es diesen Mädchen nicht anhängen – nicht, wenn ich alles in Betracht ziehe …«

»Ich würde Sie wegen unberechtigter Verhaftung vor Gericht ziehen. *Das* könnte teuer werden.«

»Ach, kommen Sie, Mr. Trevayne. Drohen Sie mir doch nicht. Im juristischen Sinne haben diese Mädchen einschließlich Ihrer Tochter zugegeben, daß sie Marihuana geraucht haben. Das ist gegen das Gesetz. Aber es handelt sich um ein geringfügiges Vergehen, und wir würden daraus nichts machen. Das andere wiegt schwerer. Greenwich will diese Art von Publicity nicht. Und Heroin im Wert von einer Viertelmillion Dollar ist eine ganze Menge Publicity. Wir wollen hier keine Zustände wie in Darien.«

Trevayne sah, daß Fowler es ernst meinte. Das Ganze war ein Problem. Und verrückt war es auch. Welches Interesse konnte jemand daran haben, vier junge Mädchen zu belasten und dafür eine solch ungeheure Summe Geldes wegzuwerfen? Es war eine außergewöhnliche Geste.

Phyllis Trevayne kam die Treppe herunter und betrat das Wohnzimmer. Ihr Mann stand vor der Glaswand und sah auf den Sund hinaus.

Es war lange nach Mitternacht, und der Augustmond stand am Himmel und leuchtete hell auf die Wellen.

»Die Mädchen sind in den Gästezimmern. Die reden bestimmt bis morgen früh; sie haben eine Heidenangst. Kann ich dir einen Drink holen?«

»Das wäre nett. Wir könnten beide einen gebrauchen.«

Phyllis ging zu der kleinen Bar links vom Fenster. »Was wird jetzt geschehen?«

»Fowler und Walter haben sich geeinigt. Fowler wird den Fund des Heroins melden und die Tatsache, daß er einen telefonischen Tip bekommen hat. Dazu ist er gezwungen. Aber er wird keine Namen und keine Orte erwähnen mit der Begründung, daß die Ermittlungen in Gange sind. Wenn man ihn unter Druck setzt, wird er sagen, daß er nicht das Recht hat, unschuldige Leute hineinzuziehen. Die Mädchen können ihm gar nichts sagen.«

»Hast du mit den Swansons gesprochen?«

»Ja. Die haben durchgedreht; Walter hat sie beruhigt. Ich habe ihnen gesagt, daß Jean bei uns wohnen und morgen oder übermorgen zu ihnen kommen könnte. Die anderen fahren morgen heim.«

Phyllis reichte ihrem Mann ein Glas. »Gibt es für dich einen Sinn?«

»Nein, überhaupt nicht. Wir können uns keinen Reim darauf machen. Die Stimme am Telefon klang wohlhabend, meinen Fowler und der Sergeant in der Vermittlung. Das könnte auf Tausende von Leuten zutreffen; vielleicht auch etwas weniger, weil er das

Gästehaus der Swansons kannte. Das heißt, er nannte es ›das Gästehaus‹; er beschrieb es nicht als separates Gebäude oder so etwas.«

»Aber *warum?*«

»Ich weiß nicht. Vielleicht hat jemand etwas gegen die Swansons; etwas Schwerwiegendes, meine ich; im Wert einer Viertelmillion Dollar. Oder ...«

»Aber Andy«, unterbrach ihn Phyllis. Sie wählte ihre Worte sorgfältig. »Der Mann, der angerufen hat, hat Pams Namen genannt. Nicht den von Jean Swanson.«

»Sicher. Aber das Heroin befand sich auf dem Anwesen der Swansons.«

»Ich verstehe.«

»Nun, ich nicht«, sagte Trevayne und führte sein Glas an die Lippen. »Das sind alles nur Vermutungen. Wahrscheinlich hat Walter recht. Vermutlich ist der Betreffende zwischen zwei Transaktionen in Panik geraten. Und dann kamen die Mädchen ins Spiel; reich, verzogen, die idealen Sündenböcke für ein Alibi.«

»Ich kann nicht so denken.«

»Ich kann das in Wirklichkeit auch nicht. Ich zitiere nur Walter.«

Von der Einfahrt vor dem Hause waren die Geräusche eines Wagens zu hören.

»Das muß Steve sein«, erklärte Phyllis. »Ich hab' ihm gesagt, daß er nicht zu spät kommen soll.«

»Das ist er aber«, meinte Trevayne nach einem Blick auf die Kaminuhr. »Doch ich werde ihm keinen Vortrag halten, das verspreche ich. Mir gefiel, wie er sich heute nacht verhalten hat. Seine Ausdrucksweise ließ vielleicht zu wünschen übrig, aber er hat sich nicht einschüchtern lassen. Das hätte leicht sein können.«

»Ich war stolz auf ihn. Er war der Sohn seines Vaters.«

Die Haustüre ging auf, Steven Trevayne kam herein und schloß sie langsam hinter sich. Er machte einen verstörten Eindruck.

Phyllis Trevayne ging auf ihren Sohn zu.

»Augenblick, Mom. Ehe du herkommst, will ich dir etwas sagen. Ich bin gegen Dreiviertel elf bei den Swansons weggefahren. Der Cop hat mich in die Stadt mitgenommen, weil dort mein Wagen stand. Dann bin ich zu Ginny, und wir sind beide in die Cos Cob Tavern gefahren. Gegen halb zwölf waren wir dort. Ich hatte drei Flaschen Bier, kein Gras, nichts.«

»Warum sagst du uns das?« fragte Phyllis.

Der hochgewachsene Junge stammelte, wirkte unsicher. »Wir sind vor etwa einer Stunde weggegangen, hinaus zum Wagen. Der Vordersitz sah schrecklich aus; jemand hatte Whisky oder Wein oder so etwas darüber gegossen; die Sitzbezüge waren aufgeschlitzt, die Aschenbecher ausgeleert. Wir hielten das für einen miesen Witz, einen lausigen Witz ... Ich hab' Ginny heimgebracht und wollte dann nach Hause fahren. Als ich an die Stadtgrenze kam, hat mich ein Polizeiwagen aufgehalten. Ich bin nicht zu schnell gefahren oder so etwas; niemand war hinter mir. Dieser Streifenwagen hat mich einfach aufgehalten. Ich dachte, er hätte vielleicht Probleme mit seinem Wagen. Ich wußte es nicht ... Der Beamte kam auf mich zu und verlangte meinen Führerschein und meine Papiere. Und dann hat er es gerochen und sagte, ich sollte aussteigen. Ich versuchte, es ihm zu erklären, aber er wollte nichts hören.«

»War er von der Polizei von Greenwich?«

»Ich weiß nicht, Dad. Ich denke nicht; ich war noch in Cos Cob.«

»Weiter.«

»Er hat mich durchsucht; sein Kollege hat sich den Wagen vorgenommen, wie in French Connection. Ich dachte, die würden mich mitnehmen. Irgendwie habe ich das sogar gehofft; ich war ja ganz nüchtern. Aber das taten sie nicht. Statt dessen haben sie eine Polaroidaufnahme von mir gemacht, mit ausgestreckten Armen vor dem Wagen – ich mußte mich so hinstellen, damit sie mir die Taschen durchsuchen konnten – und der eine fragte, wo ich hergekommen sei. Das habe ich ihm gesagt, und dann ging er zu seinem Streifenwagen und rief jemanden an. Er kam zurück und fragte mich, ob ich etwa zehn Meilen weiter hinten einen alten Mann angefahren hätte. Natürlich nicht, erklärte ich. Und dann erzählte er, daß dieser alte Knabe im Krankenhaus wäre, in kritischem Zustand.«

»In welchem Krankenhaus? Den *Namen!*«

»Das hat er nicht gesagt.«

»Hast du ihn denn nicht *gefragt?*«

»Nein, Dad! Ich hatte schreckliche Angst. Ich habe niemanden angefahren. Ich hab' überhaupt niemanden auf der Straße gesehen. Nur ein paar Wagen.«

»O mein Gott!« Phyllis Trevayne sah ihren Mann an.

»Was war dann?«

»Der andere Polizist hat weitere Bilder von dem Wagen aufgenommen, und dann hat er eine Nahaufnahme von mir gemacht, nur das Gesicht. Ich sehe den Blitz immer noch ... Herrgott, hatte ich Angst ... Und dann sagten sie, ich könnte jetzt gehen. Einfach so.« Der Junge blieb im Flur stehen; die Schultern hingen ihm herunter, und die Angst und Verwirrung in seinen Augen waren nicht zu übersehen.

»Hast du mir alles gesagt?« fragte Trevayne.

»Ja, Sir«, erwiderte der Sohn mit kaum hörbarer, von Furcht gequälter Stimme.

Andrew trat an den Tisch neben der Couch und nahm den Telefonhörer ab. Er wählte die Auskunft und erkundigte sich nach der Nummer des Polizeireviers von Cos Cob. Phyllis ging zu ihrem Sohn und führte ihn ins Wohnzimmer.

»Mein Name ist Trevayne, Andrew Trevayne. Wie ich höre, hat einer Ihrer Streifenwagen meinen Sohn angehalten an der ... wo war es, Steve?«

»Junction Road, an der Kreuzung. Etwa eine Viertelmeile vom Bahnhof.«

»... Junction Road, an der Kreuzung, in der Nähe des Bahnhofes; vor höchstens einer halben Stunde. Würden Sie mir bitte sagen, was in dem Bericht steht? Ja, ich warte.«

Andrew sah seinen Sohn an, der sich inzwischen gesetzt hatte. Phyllis stand neben ihm. Der Junge zitterte und atmete ein paarmal tief durch. Er sah seinen Vater an, hatte Angst, verstand nichts.

»Ja«, sagte Trevayne ungeduldig in den Hörer. »Junction Road, auf der Seite von Cos Cob ... Natürlich bin ich sicher. Mein Sohn ist hier bei mir! ... Ja, ja ... Nein, ich bin nicht sicher ... Augenblick.« Andrew sah den Jungen an. »Hast du an dem Polizeiwagen die Aufschrift Cos Cob gesehen?«

»Ich ... ich habe nicht hingeschaut. Er stand an der Seite. Nein, ich habe es nicht gesehen.«

»Nein, das hat er nicht. Aber es muß doch einer von den Ihren sein, oder? Er war in Cos Cob ... Oh? ... Verstehe. Sie könnten das nicht für mich nachprüfen, oder? Schließlich ist er auf Ihrem Gebiet aufgehalten worden ...? Schön, ich verstehe. Mir paßt das nicht, aber ich verstehe, was Sie meinen.«

Trevayne legte den Hörer auf und holte ein Päckchen Zigaretten aus der Tasche.

»Was ist denn, Dad? Waren die es nicht?«

»Nein. Die haben zwei Streifenwagen, und keiner von den beiden ist in den letzten zwei Stunden in der Nähe der Junction Road gewesen.«

»Was war das mit ›nicht passen‹, aber ›verstehen‹?« fragte Phyllis.

»Sie haben keine Möglichkeit, Wagen der anderen Gemeinden zu überprüfen. Nicht ohne formelle Aufforderung, und die müßte registriert werden. Das tun die nicht gern; da gibt es Übereinkünfte. Falls Polizeifahrzeuge bei der Verfolgung irgendwelcher Leute Verwaltungsgrenzen überschreiten, holen sie sie nur formlos zurück.«

»Aber du mußt das doch herausfinden! Die haben Fotos gemacht. Die haben gesagt, Steve hätte jemanden *angefahren!* «

»Ich weiß. Das werde ich auch. Steve, geh hinauf unter die Dusche. Du riechst wie eine Bar an der Eighth Avenue. Beruhig dich. Du hast nichts Unrechtes getan.«

Trevayne stellte das Telefon auf den Tisch vor der Couch und setzte sich.

Westport, Darien. Wilton. New Canaan, Southport.

Nichts.

»Dad, ich hab' das nicht geträumt!« schrie Steven Trevayne; er trug jetzt einen Bademantel.

»Sicher hast du das nicht. Wir versuchen es weiter; wir rufen die New Yorker Reviere an.«

Port Chester. Rye. Harrison. White Plains. Mamaroneck.

Das Bild seines Sohnes, nach vorne ausgestreckt, die Hände auf der Motorhaube eines Wagens, der mit Alkohol durchtränkt war, ein Verhör durch unauffindbare Polizisten auf einer dunklen Straße, ein unbekannter Mann überfahren – Fotografien, Anklagen. Es gab keinen Sinn; das Ganze hatte die abstrakte Qualität des Unglaublichen. Ebenso unglaublich, ebenso unwirklich wie das mit seiner Tochter und ihren Freundinnen und Heroin im Wert von zweihundertfünfzigtausend Dollar in einem Milchbehälter auf der Veranda des Swanson-Gästehauses.

Wahnsinn.

Und doch war das alles passiert.

»Die Mädchen sind endlich eingeschlafen«, sagte Phyllis, die wieder ins Wohnzimmer zurückkam. Es war fast vier Uhr. »Hast du etwas erfahren?«

»Nein«, antwortete ihr Mann. Er drehte sich zu seinem Sohn herum, der an dem großen Fenster saß. Der Junge starrte hinaus, und gelegentlich trat an die Stelle seiner Furcht zornige Verblüffung. »Du mußt versuchen, dich zu erinnern, Steven. Hatte der Streifenwagen vielleicht eine andere Farbe als schwarz? Vielleicht dunkelblau oder grün?«

»Dunkel. Das ist alles. Ich denke, er hätte auch blau oder grün sein können. Weiß war er nicht.«

»Hatte er Streifen? Irgendwelche Markierungen, ganz gleich wie undeutlich?«

»Nein ... ja, ich denke schon. Ich hab' einfach nicht hingesehen. Ich hab' nicht überlegt ...« Der Junge schlug sich mit der Hand gegen die Stirn. »Ich *habe* niemanden überfahren. Ich *schwöre*, daß ich es nicht war.«

»Natürlich warst du es nicht!« Phyllis ging zu ihm, beugte sich hinunter und legte ihre Wange an die seine. »Das ist ein schrecklicher Fehler, das wissen wir.«

Das Telefon klingelte. Es erschreckte sie alle, ein Eindringen in private Ängste. Trevayne nahm schnell den Hörer ab.

»Hello! ... ja ... Er wohnt hier; ich bin sein Vater.«

Steven Trevayne sprang aus seinem Sessel auf und trat schnell hinter die Couch. Phyllis blieb am Fenster stehen, von Angst erfüllt.

»Mein Gott! Ich habe in ganz Connecticut und New York herumtelefoniert! Der Junge ist noch minderjährig, der Wagen ist auf mich zugelassen. Man hätte mich sofort anrufen müssen! Ich hätte gerne eine Erklärung bitte.«

Die nächsten paar Minuten hörte Trevayne zu, ohne etwas zu sagen. Als er schließlich sprach, waren es vier Worte.

»Danke. Ich erwarte Sie.« Er legte auf und wandte sich seiner Frau und seinem Sohn zu.

»Andy? Alles in Ordnung?«

»Ja ... Die Polizeistation von Highport; es ist ein kleines Dorf, etwa fünfzehn Meilen nördlich von Cos Cob. Ihr Streifenwagen ist einem Auto die Coast Road hinunter gefolgt, Verdacht auf Raub. Sie waren der Sache über Funk nachgegangen, ehe sie eine Festnahme vornehmen wollten. Doch dann verloren sie es, und als sie an der Briarcliff Avenue nach Westen abbogen, sahen sie, wie ein Mann von einem Wagen angefahren wurde, der wie deiner aussah, Steve. Sie haben über Funk eine Ambulanz angefordert, die Polizei von Cos Cob informiert und sind dann, nachdem das alles erledigt war, nach Highport zurückgefahren. An der Junction haben sie dich entdeckt, sind in eine Parallelstraße eingebogen und haben dich eine Meile weiter unten an der Kreuzung eingeholt. Wenn sie sich in Cos Cob erkundigt hätten, hätten sie dich weiterfahren lassen können; der Fahrer des Unfallwagens hatte sich gestellt. Aber sie haben den Alkoholdunst gerochen und sich gedacht, sie würden dir Angst machen ... sie schicken uns die Fotos.«

Die schreckliche Nacht war vorbei.

Steven Trevayne lag auf seinem Bett und blickte zur Decke; das Radio war eingeschaltet, eine jener endlosen, die ganze Nacht dauernden Talkshows, wo jeder jeden niederschrie. Der Junge dachte, das Stimmengewirr könnte ihm vielleicht helfen, Schlaf zu finden.

Aber der Schlaf wollte sich nicht einstellen.

Er wußte, daß er etwas hätte sagen sollen; es war dumm, es *nicht* zu sagen. Aber die Worte wollten sich nicht einstellen, ebenso wenig, wie sich der Schlaf einstellen wollte. Die Erleichterung war so total, so vollkommen gewesen, so nötig; er hatte es nicht gewagt, wieder Zweifel aufzubauen.

Sein Vater hatte ihn, ohne es zu wissen, darauf gebracht.

Du mußt versuchen, dich zu erinnern, Steve. Hatte der Streifenwagen vielleicht eine andere Farbe als schwarz? ...

Vielleicht. Vielleicht dunkelblau oder grün.

Aber es war eine *dunkle* Farbe.

Das war es, woran er sich hätte erinnern sollen, als sein Vater ›Highport‹ gesagt hatte.

Highport-on-the-Ocean war der Name auf dem Schild an der Coast Road. Highport war ein kleines Dorf; sogar winzig. Es gab dort zwei oder drei großartige Strände – abgelegen, im Privatbesitz. An heißen Sommerabenden parkten er und ein paar Freunde – nie mehr als ein paar – häufig einige hundert Meter weiter unten an der Coast Road und schlüpften durch die Zäune, um an einen der Strände zu kommen.

Aber sie mußten vorsichtig sein; mußten immer vor dem Yellowbird auf der Hut sein.

So nannten sie ihn. Den *Yellowbird.*

Den einzigen Streifenwagen von Highport-on-the-Ocean.

Er war knallgelb lackiert.

4.

Andrew Trevayne bestieg am John-F.-Kennedy-Flughafen die Maschine, die ihn in einer Stunde nach Washington tragen würde.

Er löste den Sitzgurt, als das Flugzeug den Steigflug beendete und man die Warnleuchten abgeschaltet hatte. Es war Viertel nach drei, und er würde sich zu dem Gespräch mit Robert Webster aus dem Stab des Präsidenten verspäten. Er hatte veranlaßt, daß sein Büro in Danforth Webster im Weißen Haus anrief, um mitzuteilen, er wäre aufgehalten worden und Webster sollte, wenn er wegen der Verspätung den Treffpunkt ändern wolle, für ihn eine Nachricht am Dulles Airport hinterlassen. Trevayne hatte sich bereits damit abgefunden, übernachten zu müssen.

Er griff nach dem Wodka Martini, den ihm die hübsche junge Stewardeß gebracht hatte, und nahm einen langen Schluck. Dann stellte er das Glas auf das kleine Tablett, klappte den Sitz etwas nach hinten und breitete das in letzter Minute gekaufte New York Magazine vor sich aus.

Plötzlich wurde ihm bewußt, daß ihn der Passagier neben ihm anstarrte. Er erwiderte den Blick und registrierte sofort, daß er das Gesicht kannte. Der Mann war groß, hatte einen enormen Schädel und dunkle Hautfarbe – mehr von Geburt als von der Sonne. Er war vielleicht Anfang der Fünfzig und trug eine dicke Hornbrille. Der Mann sprach als erster.

»Mr. Trevayne, nicht wahr?« Die Stimme klang weich, jedoch tief, etwas schnarrend. Aber es war dennoch eine angenehme Stimme.

»Richtig. Ich weiß, daß wir uns schon einmal vorgestellt worden sind. Aber Sie müssen mir verzeihen, ich kann mich nicht ...«

»De Spadante. Mario de Spadante.«

»Natürlich«, sagte Trevayne, der sich sofort wieder erinnerte.

Mario de Spadante reichte in die Zeit von New Haven zurück. Das war vor neun Jahren gewesen. De Spadante hatte damals eine Baufirma vertreten, die mit Bauten zu tun hatte, die Trevayne und sein Schwager finanzierten. Trevayne hatte das Angebot abgelehnt – die Firma war ihm nicht erfahren genug erschienen. Aber Mario de Spadante war seit damals weit gekommen, und das lag nur kurze neun Jahre zurück. Das heißt, wenn man den Zeitungen glauben durfte. Er galt jetzt als ein mächtiger Mann der Unterwelt. ›Mario the Spade‹ nannte man ihn häufig – und bezog sich damit auf seine dunkle Gesichtshaut und die Tatsache, daß er eine ganze Anzahl seiner Feinde unter die Erde gebracht hatte. Aber verurteilt hatte man ihn nie.

»Das muß jetzt neun oder zehn Jahre her sein, würde ich sagen«, meinte de Spadante und lächelte angenehm. »Sie erinnern sich? Sie hatten mein Angebot wegen eines Bauauftrags abgelehnt. Und Sie hatten völlig recht, Mr. Trevayne, unsere Firma besaß damals noch nicht die nötige Erfahrung. Ja, Sie hatten recht.«

»Man kann in solchen Dingen ja bestenfalls Vermutungen anstellen. Freut mich, daß Sie es mir nicht mehr verübeln.«

»Natürlich nicht. Offengestanden habe ich das nie.« De Spadante blinzelte Trevayne zu und lachte dann leise. »Es war auch gar nicht meine Firma. Sie gehörte einem Cousin ... ihm habe ich es übel genommen, nicht Ihnen. Er hat mich seine Arbeit machen lassen. Am Ende gleicht sich immer alles aus. Ich habe das Geschäft – sein Geschäft, meine ich – besser gelernt als er. Jetzt gehört die Firma mir. Aber ich habe Sie beim Lesen unterbrochen, und ich muß mir auch noch ein paar Berichte ansehen – eine Menge langatmiger Achtzylinderabschnitte mit Zahlen, die weit über das hinausgehen, was ich in New Haven auf der Oberschule gelernt habe. Wenn mir dabei ein Wort unterkommt, das ich nicht kapiere, werde ich Sie bitten, es mir zu übersetzen. Dann sind wir quitt dafür, daß Sie vor zehn Jahren mein Angebot abgelehnt haben. Was meinen Sie?« De Spadante grinste.

Trevayne lachte und griff nach seinem Martini. Er hob sein Glas de Spadante entgegen. »Das Mindeste, was ich tun kann.«

Und das tat er. Etwa fünfzehn Minuten vor der Landung in Dulles bat ihn Mario de Spadante, einen besonders komplizierten Paragraphen zu erklären. Er war so kompliziert, daß Trevayne ihn einige Male lesen mußte, bevor er de Spadante den Rat gab, ihn abändern zu lassen, eine klarere Formulierung zu verlangen, ehe er akzeptierte.

De Spadante nahm die Papiere von Trevayne zurück und winkte der Stewardeß. Er schob die Papiere in einen großen Umschlag und bestellte für Trevayne und sich zu trinken. Als Trevayne sich eine Zigarette anzündete, spürte er, wie das Flugzeug langsam tiefer ging. De Spadante sah zum Fenster hinaus, und Trevayne las die Aufschrift – auf dem Kopf stehend – des Umschlags, den de Spadante im Schoß hielt. Sie lautete:

Department of the Army
Corps of Engineers

Trevayne lächelte bei sich. Kein Wunder, daß die Formulierung so kompliziert war. Die Ingenieure des Pentagon konnten einen zur Verzweiflung bringen, wenn man mit ihnen Geschäfte machen wollte.

Er selbst mußte das am besten wissen.

Die Nachricht, die ihn erwartete, bestand aus dem Namen Robert Websters und einer Telefonnummer in Washington. Als Trevayne anrief, stellte er überrascht fest, daß es sich um Websters Durchwahl im Weißen Haus handelte. Es war knapp nach halb fünf; er hätte auch die Vermittlung anrufen können. In Trevaynes Washingtoner Zeit hatten unmittelbare Mitarbeiter des Präsidenten nie ihre Durchwahlnummer bekanntgegeben.

»Ich wußte nicht, wann Sie hereinkommen würden; die Warteschleifen sind manchmal schrecklich«, gab Webster als Erklärung ab.

Das verwirrte Trevayne. Es war eine Kleinigkeit, eigentlich nicht wert, daß man es erwähnte, aber trotzdem beunruhigte es Trevayne. Die Vermittlung im Weißen Haus arbeitete rund um die Uhr.

Webster schlug vor, sich mit Trevayne nach dem Abendessen in der Cocktailbar von dessen Hotel zu treffen. »Dann haben wir Gelegenheit, uns vor dem morgigen Tag mit ein paar Dingen zu befassen. Der Präsident möchte sich gegen zehn oder halb elf kurz mit Ihnen unterhalten. In etwa einer Stunde habe ich seinen Terminplan.«

Trevayne verließ die Telefonzelle und ging zum Ausgang des Flughafengebäudes. Er hatte sich nur Wäsche mitgenommen; wenn er eine Audienz im Weißen Haus haben sollte, würde er sich vergewissern müssen, wie schnell der Bügeldienst im Hotel funktionierte. Weshalb der Präsident ihn wohl zu sehen wünschte? Ihm kam das ein wenig voreilig vor, schließlich waren die Formalitäten noch gar nicht abgeschlossen. Möglicherweise wollte der Präsident persönlich bestätigen, was Franklyn Baldwin gesagt hatte, daß nämlich das höchste Amt im Lande hinter dem vorgeschlagenen Unterausschuß stand. In dem Fall war das großzügig und bedeutsam.

»Hey, Mr. Trevayne!« Das war Mario de Spadante, der am Randstein stand. »Kann ich Sie in die Stadt mitnehmen?«

»Oh, ich will Ihnen keine Umstände machen. Ich nehme mir ein Taxi.«

»Gar keine Umstände. Mein Wagen ist gerade angekommen.« De Spadante wies auf einen langen, dunkelblauen Cadillac, der ein paar Meter rechts von ihm parkte. »Danke, sehr gerne.«

De Spadantes Chauffeur öffnete die hintere Tür, und die zwei Männer stiegen ein.

»Wo wohnen Sie?«

»Im Hilton.«

»Ausgezeichnet. Das ist nur ein Stück die Straße hinunter. Ich wohne im Sheraton.«

Trevayne sah, daß der Cadillac mit einem Telefon, einer Miniaturbar, einem Fernseher und einer Stereoanlage ausgestattet war. Mario de Spadante war tatsächlich seit den Tagen von New Haven weit gekommen.

»Schöner Wagen.«

»Man drückt die richtigen Knöpfe, und dann kommen Tanzmädchen aus dem Armaturenbrett. Offen gestanden, mir ist das zu protzig. Ich habe gesagt, es sei mein Wagen, aber das ist er nicht. Er gehört einem Cousin.«

»Sie haben eine Menge Cousins.«

»Große Familie ... Aber verstehen Sie mich nicht falsch. Ich bin einfach ein Bauunternehmer aus New Haven, der es zu etwas gebracht hat.« De Spadante lachte sein weiches, ansteckendes Lachen. »Familie! Was die über mich *schreiben!* Du großer Gott! Filmdrehbücher sollten die schreiben. Ich sage nicht, daß es keine

Mafiosi gibt; so dumm bin ich nicht, aber ich würde keinen von denen erkennen, wenn er vor mir stünde.«

»Zeitungen wollen auch verkauft werden.« Das war das einzige, was Trevayne einfiel.

»Yeah, sicher. Wissen Sie, ich habe einen jüngeren Bruder, etwa in Ihrem Alter. Selbst *der*. Der kommt zu mir und sagt: ›Wie steht's denn, Mario? Stimmt es?‹ ... ›Wie steht's mit was?‹ frage ich. ›Du kennst mich doch, Augie. Seit zweiundvierzig Jahren kennst du mich. Habe ich es etwa leicht? Muß ich nicht zehn Stunden am Tag schuften, um die Kosten niedrig zu halten, mich mit den Gewerkschaften herumzuschlagen und um rechtzeitig bezahlt zu werden?‹ ... Ha! Wenn ich das wäre, was die sagen, dann würde ich zum Telefon greifen und denen eine Heidenangst einjagen. So wie die Dinge stehen, gehe ich mit eingezogenem Schwanz zur Bank und bettle.«

»Sie sehen aber so aus, als würden Sie nicht schlecht leben.«

Wieder lachte Mario de Spadante und zwinkerte unschuldig und verschwörerisch, wie er es auch im Flugzeug getan hatte. »Ganz richtig, Mr. Trevayne. Ich lebe nicht schlecht. Leicht ist es nicht, aber mit dem Segen Gottes und einer Menge harter Arbeit schaffe ich es ... Hat Ihre Stiftung Geschäfte in Washington?«

»Nein. Ich bin in einer anderen Angelegenheit hier. Ich treffe mich mit ein paar Leuten.«

»So ist das in Washington. Der größte kleine Treffpunkt auf der westlichen Halbkugel. Und wissen Sie was? Jedesmal, wenn jemand sagt, daß er ›sich bloß mit Leuten trifft‹, heißt das, daß man nicht fragen soll, mit wem er sich trifft.«

Andrew Trevayne lächelte bloß.

»Wohnen Sie immer noch in Connecticut?« fragte de Spadante.

»Ja, außerhalb von Greenwich.«

»Nette Gegend. Ich baue dort ein paar Häuser. In der Nähe vom Sund.«

»Ich bin am Sund. Am Südufer.«

»Vielleicht kommen wir einmal zusammen. Vielleicht kann ich Ihnen einen Anbau an Ihr Haus verkaufen.«

»Sie können's ja versuchen.«

Trevayne ging durch den Seitenbogen in die Bar und sah sich die verschiedenen Leute an, die auf Sesseln und Sofas saßen. Ein Oberkellner im Smoking kam auf ihn zu. »Kann ich Ihnen behilflich sein, Sir?«

»Ja. Ich soll mich hier mit einem Mr. Webster treffen. Ich weiß nicht, ob er reserviert hat.«

»O ja. Sie sind Mr. Trevayne.«

»Richtig.«

»Mr. Webster hat angerufen, daß er sich ein paar Minuten verspäten wird. Ich führe Sie zu einem Tisch.«

»Vielen Dank.«

Der Kellner im Smoking führte Trevayne in eine abgelegene Ekke der Bar, die sich dadurch auszeichnete, daß es dort keine Gäste gab. Es schien, als wäre die Stelle durch ein unsichtbares Seil abgegrenzt, um sie zu isolieren. Webster hatte einen solchen Tisch verlangt, und seine Stellung garantierte die Erfüllung seines Wunsches. Trevayne bestellte sich einen Drink und ließ seine Gedanken zu seiner Arbeit im State Department zurückwandern.

Es war eine Zeit der Herausforderung gewesen, aufregend, fast so anregend wie die ersten Jahre in seinen Firmen. Besonders, weil nur wenige Leute glaubten, daß er der Aufgabe gewachsen sein würde, die man ihm gegeben hatte. Sie hatte in der Koordinierung von Handelsabkommen mit verschiedenen östlichen Satellitenstaaten bestanden – wobei den jeweiligen Ländern die günstigsten Bedingungen eingeräumt worden waren, die möglich waren – unter strenger Beachtung, daß das politische Gleichgewicht nicht gestört wurde. Es war nicht schwierig gewesen.

Seine Washingtoner Zeit hatte ihm Spaß gemacht. Das Wissen, sich nahe bei den Zentren der echten Macht zu befinden, war für ihn erhebend gewesen, ebenso wie das Wissen darum, daß Männer, die ihrer Sache echt ergeben waren, seinem Urteil Gehör schenkten. Und es *waren* solche Männer, gleichgültig, welchem politischen Lager sie angehörten.

»Mr. Trevayne?«

»Mr. Webster?«

Trevayne stand auf und schüttelte dem Mann aus dem Beraterstab des Präsidenten die Hand. Er sah, daß Webster etwa gleichaltrig war, vielleicht ein oder zwei Jahre jünger, ein angenehm aussehender Mann.

»Tut mir schrecklich leid, daß ich mich verspätet habe. Mit dem morgigen Terminplan hat es Ärger gegeben. Der Präsident hat uns

Vieren gesagt, wir sollten uns in ein Zimmer einsperren und es so lange nicht verlassen, bis der Plan steht.«

»Ich nehme an, daß Ihnen das gelungen ist.« Trevayne setzte sich gleichzeitig mit Webster.

»Ich will verdammt sein, wenn ich das weiß«, lachte Webster und winkte einen Kellner herbei. »Ich habe Sie für elf Uhr fünfzehn eingesetzt und es den anderen überlassen, den Nachmittag einzuteilen.« Er gab seine Bestellung auf und ließ sich in den Sessel zurückfallen, wobei er hörbar seufzte. »Was hat auch ein netter Junge von einer Farm in Ohio in einem solchen Job verloren?«

»Nun, ich würde sagen, da haben Sie einen beachtlichen Sprung gemacht.«

»Das schon. Ich schätze, die haben die Namen durcheinandergebracht. Meine Frau sagt immer wieder, daß es da einen Burschen namens Webster gibt, der in den Straßen von Akron herumläuft und sich den Kopf zerbricht, warum er eigentlich so viel Geld für Wahlspenden ausgegeben hat.«

»Das ist möglich«, erwiderte Trevayne, wohl wissend, daß Websters Berufung kein Fehler war. Er war ein intelligenter junger Mann gewesen, der einen schnellen Aufstieg in Ohio hinter sich hatte und dem man es zuschrieb, daß der dortige Gouverneur auf der Seite des Präsidenten geblieben war. Franklyn Baldwin hatte Trevayne gesagt, daß Webster ein Mann war, den man im Auge behalten mußte. »Hatten Sie einen guten Flug?«

»Ja, danke. Viel angenehmer jedenfalls als Ihr heutiger Nachmittag, denke ich.«

»Ganz sicher.« Der Kellner kam mit Websters Drink zurück, und die zwei Männer blieben stumm, bis er wieder gegangen war. »Haben Sie außer mit Baldwin mit jemandem gesprochen?«

»Nein. Frank hat mich darum gebeten.«

»Die Danforth-Leute ahnen nichts?«

»Dazu gab es keinen Anlaß. Selbst wenn Frank mich nicht gewarnt hätte, ist ja schließlich noch nichts entschieden.«

»Soweit es uns betrifft, schon. Der Präsident ist entzückt. Das wird er Ihnen noch selbst sagen.«

»Da ist immer noch dieses Senatshearing. Vielleicht haben die andere Vorstellungen.«

»Was sollte es denn für einen Grund geben? Das einzige, was die

Ihnen vorwerfen könnten, ist die gute Presse, die Sie in den sowjetischen Zeitungen haben.«

»Meine was?«

»Die Tass mag Sie.«

»Das war mir gar nicht bewußt.«

»Hat auch nichts zu sagen. Henry Ford mögen die auch. Und Sie haben im State Department gute Arbeit geleistet.«

»Ich habe nicht die Absicht, mich gegen so etwas zu verteidigen.«

»Ich sagte doch, daß es nicht wichtig ist.«

»Hoffentlich. Aber da ist noch etwas, von meiner Warte aus. Ich brauche gewisse ... nun, Sie würden das wahrscheinlich Übereinkünfte nennen. Die müssen klar sein.«

»Was meinen Sie?«

»Im wesentlichen zwei Dinge. Ich habe sie Baldwin gegenüber erwähnt. Unterstützung und keine Einmischungen. Beides ist für mich von gleicher Wichtigkeit. Ohne das schaffe ich es nicht. Ich bin nicht einmal sicher, daß ich es mit diesen Zusicherungen schaffe; ohne sie ist es unmöglich.«

»In der Beziehung werden Sie keine Schwierigkeiten haben. Die Bedingung würde jeder stellen.«

»Die ist leicht gestellt und schwer zu bekommen. Bedenken Sie, daß ich schon einmal hier gearbeitet habe.«

»Da kann ich Ihnen nicht folgen. Wie könnte sich jemand einmischen?«

»Beginnen wir doch mit dem Wort ›vertraulich‹. Und dann springen wir zu ›streng vertraulich‹. Und in der Gegend gibt es Begriffe wie ›geheim‹, ›streng geheim‹ und sogar ›Priorität‹.«

»Ach, zum Teufel, Sie bekommen Freigaben für alles das.«

»Ich möchte, daß das von vornherein festgelegt wird. Darauf bestehe ich.«

»Dann verlangen Sie es. Sie werden es bekommen ... sofern Sie es nicht fertiggebracht haben, alle zu täuschen, ist Ihre Akte geradezu eine Studie der Respektabilität; die würden sogar zulassen, daß Sie die kleine schwarze Box herumtragen.«

»Nein, danke. Die soll ruhig bleiben, wo sie ist.«

»Das wird sie auch ... So, und jetzt wollte ich Sie auf morgen vorbereiten.«

Robert Webster schilderte ihm die Routine einer Audienz im

Weißen Haus, und Trevayne erkannte, wie wenig sich seit früher geändert hatte. Die Ankunftszeit: eine halbe Stunde bis fünfundvierzig Minuten vor dem Einlaß in den Oval Room; welcher Eingang zu benutzen war; Webster lieferte den Passierschein; dann der Hinweis, daß Trevayne keine Metallgegenstände bei sich tragen sollte, die größer als ein Schlüsselbund waren; Klarheit darüber, daß die Zusammenkunft auf eine bestimmte Zahl von Minuten festgelegt war und vielleicht auch abgekürzt werden würde, wenn der Präsident gesagt hatte, was er sagen wollte, oder gehört, was er hören wollte. Wenn Zeit gespart werden konnte, würde das auch geschehen.

Trevayne nickte und bestätigte damit, daß er verstanden hatte und zustimmte.

Als sie fast fertig waren, bestellte Webster einen zweiten, abschließenden Drink. »Ich habe Ihnen am Telefon einige Erklärungen versprochen; es schmeichelt mir, daß Sie sie nicht verlangt haben.«

»Das war nicht wichtig, und ich nahm an, daß der Präsident mir die Frage beantworten würde, die mir am wichtigsten erscheint.«

»Und die wäre ... weshalb er sie morgen sprechen möchte?«

»Ja.«

»Das hängt alles zusammen. Deshalb habe ich Ihnen auch meine Durchwahlnummer gegeben, und deshalb werden Sie und ich Vorkehrungen treffen, um sicherzustellen, daß Sie mich zu jeder Tages- oder Nachtzeit erreichen können, gleichgültig, wo ich bin, hier oder in Übersee.«

»Ist das notwendig?«

»Da bin ich nicht sicher. Aber der Präsident will es so. Ich werde ihm nicht widersprechen.«

»Ich auch nicht.«

»Der Präsident möchte Ihnen natürlich klarmachen, daß er den Unterausschuß unterstützt und Ihre Wahl persönlich billigt. Das steht an erster Stelle. Und da ist noch etwas – ich will es mit meinen Worten sagen, nicht mit seinen; wenn ich einen Fehler mache, dann ist das *mein* Fehler, nicht der seine.«

Trevayne beobachtete Webster aufmerksam. »Aber Sie haben doch das, was Sie mir jetzt sagen wollen, diskutiert, die Abweichung kann doch nur geringfügig sein.«

»Natürlich. Sehen Sie mich nicht so besorgt an; es ist zu Ihrem Nutzen ... Der Präsident hat viele politische Schlachten hinter sich, Trevayne. Er ist ein routinierter alter Profi. Er weiß Bescheid, im Department of State, im Repräsentantenhaus, im Senat – er war überall und weiß, was Ihnen bevorsteht. Er hat eine Menge Freunde, und ich bin sicher, daß denen die gleiche Zahl an Feinden gegenübersteht. Natürlich hält sein Amt ihn jetzt aus all diesen Auseinandersetzungen heraus, aber es erlaubt ihm doch gewisse Bewegungsfreiheit und gibt ihm gewisse Druckpunkte. Er möchte, daß Sie wissen, daß alles das zu Ihrer Verfügung steht.«

»Das weiß ich zu schätzen.«

»Aber die Sache hat einen Haken. Sie dürfen nie versuchen, persönlich mit ihm Verbindung aufzunehmen. Ich bin Ihre einzige Kontaktperson, die einzige Brücke zwischen ihm und Ihnen.«

»Es würde mir nie in den Sinn kommen, persönlich mit ihm Fühlung aufzunehmen.«

»Und ich bin sicher, daß es Ihnen nie in den Sinn gekommen ist, daß das offizielle Gewicht des Präsidentenamtes in einem höchst praktischen Sinne hinter Ihnen steht. Nämlich dann, wenn Sie es brauchen.«

»Nein, wahrscheinlich nicht. Ich bin Geschäftsmann; ich bin die Strukturen gewöhnt. Ich verstehe, was Sie meinen. Ich weiß es *wirklich* zu schätzen.«

»Aber er darf nie erwähnt werden, das ist Ihnen klar.« Webster sprach das mit fester Stimme, um keinen Raum für Zweifel zu lassen.

»Ich verstehe.«

»Gut. Wenn er es morgen erwähnt, sagen Sie ihm einfach, daß wir alles besprochen haben. Selbst wenn er es nicht erwähnt, könnten Sie vielleicht von sich aus sagen, daß Ihnen sein Angebot bekannt ist; daß Sie dankbar sind, oder wie Sie es eben ausdrücken wollen.«

Webster leerte sein Glas und stand auf. »Mann! Noch nicht einmal halb elf. Auf die Weise bin ich vor elf Uhr zu Hause; meine Frau wird das gar nicht glauben können. Bis Morgen.« Webster griff über den Tisch, um Trevayne die Hand zu schütteln.

»Gute Nacht.«

Trevayne blickte dem jüngeren Mann nach, wie der sich seinen Weg zwischen den Sesseln bahnte und schnell auf den Bogen zuging. Webster war mit jener ganz besonderen Energie erfüllt, die einmal sein Lebenselixier gewesen war. Begeisterungssyndrom, überlegte Trevayne. Das hier war die Stadt dafür; nirgendwo anders war es so. In der Kunst gab es Ähnliches, oder in der Werbung, aber in jenen Bereichen war die Chance des Mißerfolgs zu ausgeprägt – und das erzeugte stets ein Gefühl der Furcht. Nicht in Washington. Dort war man entweder drinnen oder draußen. Wenn man drinnen war, war man ganz oben. Wenn man im Weißen Haus war, stand man auf dem Gipfel.

Er sah auf die Uhr; es war zu früh, um schon schlafen zu gehen, und nach Lesen war ihm nicht zumute. Er würde in sein Zimmer gehen, Phyllis anrufen und dann einen Blick in die Zeitung tun.

Er zeichnete die Rechnung ab und griff nach der Jackettasche, um sich zu vergewissern, daß der Zimmerschlüssel da war. Als er am Zeitungsstand vorüberkam, sah er zwei Männer, die ihn beobachteten und auf ihn zukamen, als er vor der ersten Aufzugtür stehenblieb.

Der eine von ihnen nahm ein kleines Etui aus der Tasche und sprach ihn an. Der andere Mann holte ebenfalls ein Etui heraus.

»Mr. Trevayne?«

»Ja?«

»Secret Service, Abteilung Weißes Haus«, sagte der Agent mit leiser Stimme. »Dürfen wir dort drüben mit Ihnen sprechen, Sir?« Er deutete auf eine Stelle etwas abseits.

»Natürlich.«

Der zweite Mann hielt ihm sein Etui hin. »Würde es Ihnen etwas ausmachen, einen Blick darauf zu werfen, Mr. Trevayne? Ich gehe einen Augenblick hinaus.«

Trevayne sah zuerst das Foto und dann das Gesicht des Mannes an. Der Ausweis war authentisch, und er nickte. Der Agent drehte sich um und ging weg.

»Was ist los?«

»Ich möchte warten, bis mein Partner zurückkehrt. Er vergewissert sich, daß alles in Ordnung ist. Wollen Sie eine Zigarette?«

»Nein danke. Aber ich hätte gerne gewußt, was das alles soll?«

»Der Präsident möchte Sie heute abend noch sehen.«

5.

Der braune Wagen des Secret Service parkte am Seiteneingang des Hotels. Die zwei Agenten eilten mit Trevayne die Treppe hinab, während der Fahrer die hintere Tür offenhielt. Sie jagten die Straße hinunter und bogen an der Nebraska Avenue nach Süden ein.

»Wir fahren nicht zum Weißen Haus, Mr. Trevayne. Der Präsident ist in Georgetown. So ist es für ihn bequemer.«

Nach einigen Minuten holperte der Wagen über die schmalen, kopfsteingepflasterten Straßen, die den Übergang in die Wohnviertel kennzeichneten. Trevayne sah, daß sie jetzt in östlicher Richtung fuhren, auf das Stadtviertel mit den großen, fünfstöckigen Stadthäusern zu, renovierten Überresten einer eleganteren Zeit. Sie hielten vor einem besonders breiten Backsteingebäude mit vielen Fenstern und gestutzten Bäumen am Bürgersteig. Der Geheimdienstmann, der auf der rechten Wagenseite saß, stieg aus und bedeutete Trevayne, ihm zu folgen. An der Eingangstür standen zwei weitere Agenten in Zivil, die sich in dem Augenblick zunickten, als sie ihren Kollegen erkannten. Erst jetzt nahmen sie die Hände aus den Taschen.

Der Mann, der Trevayne im Hotel angesprochen hatte, führte ihn durch den Eingangsflur zu einer winzigen Liftkabine am Ende des Korridors. Sie traten ein; der Agent zog das Messinggitter zu und drückte den Knopf für die dritte Etage.

»Eng hier«, meinte Trevayne.

»Der Botschafter sagt, seine Enkel spielen oft stundenlang hier drinnen, wenn sie zu Besuch sind. Ich finde, daß es ein Kinderaufzug ist.«

»Der Botschafter?«

»Botschafter Hill. William Hill. Das ist sein Haus.« Trevayne stellte sich den Mann vor. William Hill war jetzt um die Siebzig. Ein wohlhabender Industrieller von der Ostküste, mit vielen Präsidenten befreundet, Reisediplomat, Kriegsheld. ›Big Billy Hill‹ war der wenig respektvolle Spitzname, den die *Time* dem kultivierten, redegewandten Herrn gegeben hatte.

Die Liftkabine hielt an, und die zwei Männer stiegen aus. Vor ihnen war ein weiterer Korridor, und ein weiterer Agent in Zivil vor einer weiteren Türe. Als Trevayne und sein Begleiter auf ihn zugingen, zog der Mann unauffällig einen kleinen Gegenstand, der nur wenig größer als ein Päckchen Zigaretten war, aus der Tasche, und vollführte damit ein paar kreisende Bewegungen in Richtung auf Trevayne.

»Sieht aus, als bekäme man einen Segen, nicht wahr?« sagte der Agent. »Betrachten Sie sich als gesegnet.«

»Was ist das?«

»Ein Scanner. Routine, seien Sie nicht beleidigt. Kommen Sie.« Der Mann mit dem winzigen Apparat öffnete ihnen die Tür.

Der Raum dahinter war eine riesige Bibliothek, die zugleich als Arbeitszimmer diente. Die Bücherregale reichten vom Boden bis zur Decke. Die Orientteppiche waren dick, das Mobiliar aus schwerem Holz und sehr maskulin wirkend. Die indirekte Beleuchtung kam aus einem halben Dutzend Lampen. Einige Ledersessel und ein schwerer Mahagonitisch, der zugleich als Schreibtisch diente, waren zu sehen. Hinter dem Tisch saß Botschafter William Hill, rechts von ihm, in einem Armsessel, der Präsident der Vereinigten Staaten.

»Mr. President. Mr. Ambassador ... Mr. Trevayne.« Der Geheimdienstmann drehte sich um und ging hinaus.

Hill und der Präsident erhoben sich, als Trevayne auf letzteren zukam und die ihm entgegengestreckte Hand nahm. »Mr. President.«

»Mr. Trevayne, sehr liebenswürdig von Ihnen, daß Sie gekommen sind. Ich hoffe, ich habe Ihnen keine Umstände bereitet.«

»Ganz und gar nicht, Sir.«

»Kennen Sie Mr. Hill?« Trevayne und der Botschafter schüttelten sich die Hand. »Ist mir ein Vergnügen, Sir.«

»Das bezweifle ich um diese Stunde«, lachte William Hill. »Lassen Sie sich von mir einen Drink bringen, Trevayne. In der ganzen Verfassung steht nichts davon, daß man während Sitzungen, die nach sechs Uhr einberufen sind, abstinent bleiben muß.«

»Ich wußte nicht einmal, daß es für vor sechs Uhr Vorschriften gibt«, sagte der Präsident.

»Oh, ich bin sicher, es existieren da ein paar Phrasen aus dem achtzehnten Jahrhundert, die vielleicht gelten könnten. Was nehmen Sie, Trevayne?« fragte der alte Gentleman.

Trevayne sagte es ihm und begriff zugleich, daß die zwei Männer sich Mühe gaben, ihn aufzulockern. Der Präsident lud ihn mit einer Handbewegung zum Sitzen ein, und Hill brachte ihm sein Glas.

»Wir sind uns schon einmal begegnet, aber Sie erinnern sich wahrscheinlich nicht, Mr. Trevayne.«

»Natürlich erinnere ich mich, Mr. President. Das war vor vier Jahren, glaube ich.«

»Das stimmt. Ich war im Senat, und Sie hatten hervorragende Arbeit für das Außenministerium geleistet. Ich habe von Ihrer Einleitungsbemerkung bei der Handelskonferenz gehört. Wußten Sie, daß der damalige Außenminister sehr verärgert über Sie war?«

»Mir kamen Gerüchte davon zu Ohren. Aber zu mir hat er nie etwas gesagt.«

»Wie könnte er auch?« warf Hill ein. »Sie haben ja Ihren Auftrag erledigt. Da hätte er sich doch in die Ecke geredet – «

»Das machte das Ganze ja so amüsant«, fügte der Präsident hinzu.

»Damals schien es mir die einzige Möglichkeit, das Eis ein wenig aufzutauen«, erklärte Trevayne.

»Ausgezeichnete Arbeit, ausgezeichnet.« Der Präsident lehnte sich in dem Armsessel nach vorn und sah Trevayne an. »Ich meinte das ernst, was ich zuerst gesagt habe, von wegen Ungelegenheiten. Ich weiß, daß wir uns morgen noch einmal sehen werden. Aber ich hatte das Gefühl, daß bereits heute abend wichtig wäre. Ich will nicht lange um die Dinge herumreden. Ich bin sicher, daß Sie gerne in Ihr Hotel zurückkehren möchten.«

»Das hat keine Eile, Sir.«

»Sehr liebenswürdig von Ihnen.« Der Präsident lächelte. »Ich weiß, daß Sie sich mit Bobby Webster getroffen haben. Wie ist es gelaufen?«

»Sehr gut, Sir. Ich glaube, ich verstehe alles; ich bin Ihnen dankbar für das Angebot, mich zu unterstützen.«

»Die Unterstützung werden Sie brauchen. Wir waren nicht sicher, ob wir Sie bitten würden, heute abend hierherzukommen. Das hing von Webster ab ... Er hat mich gleich, nachdem er Sie verlassen hat, hier angerufen. Nach meiner Anweisung. Dann wußten wir, daß wir Sie herholen mußten.«

»Oh? Warum?«

»Sie sagten Webster, Sie hätten mit niemandem außer Frank Baldwin über den Unterausschuß gesprochen. Ist das richtig?«

»Ja, Sir. Frank hat mir zu verstehen gegeben, daß ich das nicht sollte. Jedenfalls gab es keinen Anlaß, mit jemandem darüber zu sprechen; es war ja noch nichts festgelegt.«

Der Präsident der Vereinigten Staaten sah zu William Hill hinüber, der Trevayne eindringlich musterte. Hill erwiderte den Blick und schaute daraufhin wieder Trevayne an. Als er dann sprach, klang seine Stimme weich, aber besorgt. »Sind Sie *absolut sicher?*«

»Natürlich.«

»Haben Sie Ihrer Frau gegenüber etwas erwähnt? Könnte es sein, daß Sie etwas gesagt hat?«

»Das habe ich, aber so etwas würde sie nicht tun. Da bin ich ganz sicher. Warum fragen Sie?«

Jetzt sprach wieder der Präsident. »Es ist Ihnen bekannt, daß wir Gerüchte in Umlauf gesetzt haben, daß man an Sie wegen der Stelle herantreten würde.«

»Die sind an mein Ohr gelangt, Mr. President.«

»Das sollten sie auch. Ist Ihnen auch bewußt, daß die Verteidigungskommission aus neun Mitgliedern besteht – jeder in seinem Bereich führend, darunter einige der höchst geehrten Männer dieses Landes?«

»Das hat mir Frank Baldwin berichtet.«

»Hat er Ihnen auch erzählt, daß sie sich einstimmig verpflichtet haben, über die dort getroffenen Absprachen keine Verlautbarungen abzugeben, nichts über irgendwelche Fortschritte zu sagen, keinerlei konkrete Informationen preiszugeben?«

»Nein, das hat er nicht, aber das kann ich verstehen.«

»Gut. Und jetzt muß ich Ihnen folgendes sagen. Vor einer Woche haben wir ein weiteres Gerücht in Umlauf gesetzt. Ein bestätigtes Gerücht – die Kommission hatte zugestimmt –, daß Sie den Posten kategorisch abgelehnt hätten. Wir ließen keinerlei Raum für Zweifel bezüglich Ihrer Position. Das Gerücht lautete, daß Sie sich dem ganzen Konzept heftig widersetzten und es als gefährliche Beeinträchtigung betrachteten. Sie warfen sogar meiner Administration Polizeistaattaktiken vor. Es war die Art von geheimgehaltener Information, von der wir aus Erfahrung wissen, daß man sie am bereitwilligsten glaubt, weil sie peinlich ist.«

»Und?« Trevayne gab sich keine Mühe, seinen Ärger zu verbergen. Nicht einmal der Präsident der Vereinigten Staaten hatte das Recht, ihm solche Ansichten zu unterstellen.

»Wir hörten, daß Sie den Posten nicht abgewiesen, sondern akzeptiert hätten. Sowohl die zivile als auch die militärische Abwehr bestätigten uns, daß das in gewissen Machtkreisen allgemein bekannt sei. Unser Dementi wurde ignoriert.«

Der Präsident und der Botschafter blieben stumm, als wollten sie damit erreichen, daß das, was sie gesagt hatten, seine Wirkung an Trevayne zeitigte. Der blickte unsicher, verwirrt, wußte nicht, wie er reagieren sollte.

»Dann hat man mir also die ›Ablehnung‹ nicht geglaubt. Mich überrascht das nicht. Wahrscheinlich gingen die Zweifel von Leuten aus, die mich kennen – jedenfalls so, wie sie formuliert waren.«

»Selbst wenn sie vom Präsidenten persönlich gegenüber ausgewählten Besuchern bestätigt waren?« fragte William Hill.

»Nicht einfach von *mir*, Mr. Trevayne. Dem *Büro* des Präsidenten der Vereinigten Staaten. Wer auch immer der Mann sein mag, man nennt ihn nicht so leicht einen Lügner, besonders in einem solchen Bereich.«

Trevayne sah zu den beiden Männern hinüber. Er begann zu begreifen, aber das Bild, das in ihm langsam entstand, hatte noch keine klaren Konturen. »Ist es ... war es notwendig, so viel Verwirrung zu schaffen? Ist es von Bedeutung, ob ich die Aufgabe übernehme oder ein anderer?«

»Offenbar ja, Mr. Trevayne«, antwortete Hill. »Wir wissen, daß der geplante Unterausschuß beobachtet wird; das ist verständlich. Aber wir waren nicht sicher, wie intensiv. Wir sorgten dafür, daß Ihr Name an die Oberfläche gelangte, und machten uns dann daran, Ihre Zusage zu dementieren – heftig zu dementieren. Das hätte ausreichen müssen, um die Neugierigen zu Spekulationen über andere Leute zu veranlassen. Es hat es aber nicht. Ihre Besorgnis reichte aus, um sie zu weiterem Bohren zu veranlassen, so lange zu bohren, bis sie die Wahrheit erfuhren.«

»Was der Botschafter meint – entschuldige, Bill – ist, daß die Möglichkeit, Sie könnten den Vorsitz des Unterausschusses übernehmen, für so viele Leute so erschreckend war, daß sie sich ungewöhnliche Mühe gaben, sich Sicherheit zu verschaffen. Sie mußten ganz sicher sein, daß Sie aus dem Spiel waren. Sie fanden das Gegenteil und verbreiteten die Information schnell. Offenbar als Vorbereitung.«

»Mr. President, ich nehme an, daß dieser Unterausschuß, wenn er richtig funktioniert, mit vielen Leuten in Berührung sein wird. Natürlich wird man ihn beobachten. Das habe ich erwartet.«

William Hill lehnte sich über seinen Schreibtisch nach vorn. »Beobachten? ... Was wir hier geschildert haben, geht weit über die Bedeutung des Wortes ›beobachten‹, so wie ich es verstehe, hinaus. Sie können sicher sein, daß große Summen Geldes die Besitzer gewechselt haben, alte Schulden bezahlt worden sind und daß man einer Anzahl von Leuten mit peinlichen Enthüllungen gedroht hat. Das mußte geschehen, sonst hätte man einen anderen Schluß gezogen.«

»Unsere Absicht ist es«, sagte der Präsident, »Ihnen das ins Bewußtsein zu rufen, Sie zu warnen. Dies hier ist eine Stadt in Angst, Mr. Trevayne. Sie hat Angst vor Ihnen.«

Andrew stellte langsam sein Glas auf das kleine Tischchen neben dem Sessel. »Wollen Sie damit empfehlen, Mr. President, daß ich mir die Berufung noch einmal überlege?«

»Keinen Augenblick. Und wenn Frank Baldwin weiß, wovon er redet, wenn er über Sie spricht, sind Sie auch nicht die Art von Mann, den so etwas beeinträchtigen würde. Aber Sie müssen verstehen. Es handelt sich hier nicht um eine kurzfristige Berufung an ein geschätztes Mitglied der Geschäftswelt, um ein paar empörte Stimmen zu beruhigen. Wir haben uns verpflichtet – ich habe mich persönlich verpflichtet –, dafür zu sorgen, daß dieser Unterausschuß zu Resultaten gelangt. Daraus muß folgen, daß es ein gewisses Maß an Häßlichkeiten geben wird.«

»Ich glaube, darauf bin ich vorbereitet.«

»Sind Sie das?« fragte Hill und lehnte sich wieder in seinem Sessel zurück. »Das ist sehr wichtig, Mr. Trevayne.«

»Ich glaube schon. Ich habe es mir überlegt, ausführlich mit meiner Frau darüber gesprochen ... meiner sehr diskreten Frau. Ich mache mir keine Illusionen, daß es sich um einen populären Auftrag handelt.«

»Gut. Es ist notwendig, daß Sie das verstehen ... wie der Präsident gesagt hat.« Hill nahm einen Aktendeckel von der großen braunen Schreibunterlage auf seinem Tisch. Der Hefter war ungewöhnlich dick und von Metallklammern zusammengehalten. »Dürfen wir uns eine Minute lang mit etwas anderem befassen?«

»Selbstverständlich.« Trevayne sah Hill dabei an, konnte aber den Blick des Präsidenten auf sich spüren. Er drehte sich, und die

Augen des Präsidenten wanderten sofort zu dem Botschafter hinüber. Es war ein etwas unangenehmer Augenblick.

»Das ist Ihre Akte, Mr. Trevayne«, sagte Hill und hielt sie in der Hand, als wiege er sie. »Verdammt schwer, finden Sie nicht auch?«

»Im Vergleich mit den wenigen, die ich gesehen habe, ja. Ich kann mir nicht vorstellen, daß sie sehr interessant ist.«

»Weshalb sagen Sie das?« fragte der Präsident und lächelte.

»Oh, ich weiß nicht … Mein Leben war nicht mit der Art von Ereignissen angefüllt, über die man interessant schreiben kann.«

»Jeder Mann, der vor dem vierzigsten Lebensjahr ein solches Maß an Wohlstand wie Sie erreicht, liest sich interessant«, erklärte Hill. »Ein Grund für den Umfang dieser Akte ist der, daß ich immer wieder zusätzlich Informationen angefordert habe. Ein bemerkenswertes Dokument. Darf ich auf ein paar Punkte eingehen, die mir wichtig erschienen und von denen ein paar nicht ganz klar sind?«

»Selbstverständlich.«

»Sie sind sechs Monate vor der Abschlußprüfung von der juristischen Fakultät der Yale-Universität abgegangen. Sie haben nie irgendwelche Versuche unternommen, Ihre Studien abzuschließen oder als Anwalt zugelassen zu werden. Und doch waren Ihre Studienergebnisse gut; die Universität hat versucht, Sie zum Bleiben zu überreden, aber ohne Erfolg. Das kommt mir seltsam vor.«

»Das ist es aber eigentlich nicht. Mein Schwager und ich hatten unsere erste Firma gegründet. In Meriden, Connecticut. Da war keine Zeit für etwas anderes.«

»War das nicht auch eine Belastung für Ihre Familie? Das Studium?«

»Man hatte mir ein Stipendium angeboten. Ich bin sicher, das steht in der Akte.«

»Ich meine, in dem Sinne von Beiträgen.«

»Oh … Ich verstehe, worauf Sie hinauswollen. Ich glaube, Sie messen dem mehr Bedeutung bei als es verdient, Mr. Ambassador … Ja. Mein Vater hat neunzehnhundertzweiundfünfzig Bankrott erklärt.«

»Die Umstände waren etwas unordentlich, wie ich höre. Würde es Ihnen etwas ausmachen, sie zu schildern?« fragte der Präsident der Vereinigten Staaten.

Trevayne sah die beiden Männer an. »Nein, ganz und gar nicht.

Mein Vater hat dreißig Jahre damit verbracht, eine mittelgroße Strickwarenfabrik in Hancock, Massachusetts, aufzubauen; das ist ein Vorort von Boston. Er hat ein Qualitätsprodukt hergestellt, und ein Konglomerat in New York wollte seinen Markennamen. Sie kauften seine Fabrik mit der Übereinkunft – so sah es mein Vater –, daß er zeit seines Lebens in der Geschäftsleitung von Hancock bleiben könnte. Statt dessen nahmen sie das Markenzeichen, schlossen die Fabrik und verlegten die Produktion nach Süden, wo der Arbeitsmarkt günstiger war. Mein Vater versuchte, die Fabrik wieder zu eröffnen, benutzte illegal sein altes Etikett und ging unter. Hancock wurde zu einer Zahl in den Schließungsstatistiken von New England.«

»Eine unglückliche Geschichte.« Der Präsident sagte das ganz ruhig. »Ihr Vater hatte keine Unterstützung bei den Gerichten? Hätte er die Firma nicht zwingen können, wegen Nichterfüllung den alten Zustand wiederherzustellen?«

»Nichterfüllung lag nicht vor. Seine Annahme basierte auf einer unklaren Klausel. Und mündlichen Vereinbarungen. Im juristischen Sinne hatte er keine Basis.«

»Ich verstehe«, nickte der Präsident. »Das muß für Ihre Familie ein schrecklicher Schlag gewesen sein.«

»Und für die Ortschaft«, fügte Hill hinzu. »Die Zahl in den Statistiken.«

»Es war eine ärgerliche Zeit. Aber das ging vorbei.« Andrew erinnerte sich an den Zorn und die Enttäuschung nur noch zu gut. Den wütenden, verwirrten Vater, der die stummen Männer anbrüllte, die nur lächelten und auf Paragraphen und Unterschriften zeigten.

»Hat dieser Ärger Sie dazu veranlaßt, von der Universität abzugehen?« fragte William Hill. »Die Ereignisse fielen ja zeitlich zusammen; in sechs Monaten hätten Sie Ihre Prüfung ablegen können. Man hat Ihnen finanzielle Hilfe angeboten.«

Andrew sah den alten Botschafter mit widerwilligem Respekt an. Langsam begann ihm die Richtung der Frage klarer zu werden. »Ich kann mir vorstellen, daß das mit dazu beitrug. Es gab noch andere Überlegungen. Ich war sehr jung und der Ansicht, daß es wichtigere Prioritäten gab.«

»Gab es in Wirklichkeit nicht nur eine Priorität, Mr. Trevayne? Ein Ziel?« fragte Hill leise.

»Warum sagen Sie nicht, was Sie sagen wollen, Mr. Ambassador? Vergeuden wir damit nicht die Zeit des Präsidenten?«

Der Präsident blieb ruhig. Er fuhr fort, Trevayne zu beobachten, wie ein Arzt vielleicht einen Patienten studiert.

»Schön, dann will ich das tun.« Hill klappte die Akte zu und tippte sachte mit seinen alten Fingern darauf. »Ich habe diese Akte jetzt seit fast einem Monat. Ich habe sie in der Zwischenzeit wenigstens zwanzigmal gelesen. Und wie ich Ihnen schon sagte, habe ich wiederholt zusätzliche Einzelheiten verlangt. Zuerst geschah das nur, um mehr über einen erfolgreichen jungen Burschen namens Trevayne zu erfahren, weil Frank Baldwin überzeugt war – und es immer noch ist –, daß Sie der einzig richtige Mann für den Vorsitz dieses Unterausschusses sind. Und dann kam etwas anderes dazu. Wir mußten herausfinden, weshalb die Reaktionen jedesmal, wenn Ihr Name erwähnt wurde, so feindselig waren. Auf stumme Art feindselig, darf ich vielleicht hinzufügen.«

»›Sprachlos‹ wäre vielleicht passender, Bill«, warf der Präsident ein.

»Einverstanden«, sagte Hill. »Die Antwort mußte irgendwo da sein, aber ich konnte sie nicht finden. Und dann entdeckte ich sie schließlich, indem ich das Material in chronologischer Reihenfolge ordnete. Aber ich mußte bis zum März neunzehnhundertzweiundfünfzig zurückgreifen, um zu verstehen. Ihre erste zwanghafte, scheinbar unvernünftige Handlung. Ich würde das gerne zusammenfassen…«

Und während Botschafter William Hill weiterdröhnte und die Schlüsse, die er gezogen hatte, Punkt für Punkt erläuterte, fragte sich Andrew, ob der alte Mann wirklich begriff. Es lag alles so weit zurück, und doch war es wie gestern. Damals hatte es nur eine Priorität, ein Ziel, gegeben. Das Ziel, viel Geld zu machen, riesige Beträge, die ein für allemal auch die entfernteste Möglichkeit ausschlossen, je das erleben zu müssen, was sein Vater in jenem Gerichtssaal in Boston duchzumachen hatte. Es war nicht so sehr ein Gefühl der Empörung – obwohl die Empörung da war – als ein Gefühl der Vergeudung, der schieren Vergeudung von Ressourcen – finanziell, physisch, geistig: das war das grundlegende Verbrechen, die Essenz des Bösen.

Er sah, wie die Produktivität seines Vaters durch die Unbequemlichkeit der plötzlichen Armut zunichte gemacht und schließlich zerstört worden war. Fantasie wurde zur Realität; Rechtfertigung zum Zwang. Am Ende verlor seine Vorstellungskraft jegliche Kontrolle, und ein einst stolzer Mann – angemessen stolz, angemessen erfolgreich – verwandelte sich in eine leere Schale. Hohl, voll Selbstmitleid und nur noch vom Haß getrieben. Ein vertrautes, liebendes menschliches Wesen war in einen grotesken Fremden verwandelt worden, weil er nicht über den Preis des Überlebens verfügte. Im März 1952 ertönte der letzte Hammerschlag in einem Gerichtssaal in Boston, und Andrew Trevaynes Vater wurde davon in Kenntnis gesetzt, daß ihm nicht länger erlaubt werden konnte, in der Gemeinschaft seiner Standeskollegen tätig zu sein.

Die Gerichte des Landes hatten denen recht gegeben, die das Gesetz manipuliert hatten. Formulierungen wie *sich bemühen, wohingegen* und *demzufolge* begruben das Werk eines Lebens für immer und ewig.

Der Vater war impotent gemacht worden, ein verwirrter Eunuch, der mit gequälter, fälschlich maskuliner Stimme Rechtfertigung suchte.

Und der Sohn hatte jedes Interesse am Anwaltsberuf verloren.

Wie so oft, wenn es um materiellen Erfolg geht, spielte der Faktor des Zufalls, des richtigen Zeitpunkts, die hervorragende Rolle. Aber jedesmal, wenn Andrew Trevayne diese einfache Erklärung lieferte, glaubten sie die wenigsten. Sie zogen es vor, nach tieferen, manipulativeren Gründen zu suchen. Oder, in seinem Fall, nach einem emotionellen Motiv, das auf Ekel basierte und zum Glück führte.

Unsinn.

Der Zeitpunkt wurde vom Bruder des Mädchens geliefert, das seine Frau wurde. Phyllis Paces älterer Bruder.

Douglas Pace war ein brillanter, introvertierter Elektronikingenieur, der in Hartford für Pratt & Whitney arbeitete; ein geradezu schmerzhaft scheuer Mann, der sich am glücklichsten in der Isoliertheit des Labors fühlte, zugleich aber auch ein Mann, der wußte, wann er recht und andere unrecht hatten. Die anderen waren in seinem Falle die Vorgesetzten bei Pratt & Whitney, die sich entschieden weigerten, Mittel für die Entwicklung engtolerierter Spheroidscheiben zu bewilligen. Douglas Pace war überzeugt, daß die Spheroidscheibe die wichtigste Komponente der neuen Antriebstechniken für Weltraumbedingungen war. Er war seiner Zeit voraus, aber nur um etwa einunddreißig Monate.

Ihre erste ›Fabrik‹ bestand aus einem kleinen Teil eines nicht benutzten Lagerhauses in Meriden; ihre erste Maschine war eine Bullard aus dritter Hand, welche sie einer Werkzeugfirma abgekauft hatten, die gerade liquidierte; ihre ersten Aufträge galten der Herstellung einfacher Scheiben für Düsenmotoren für die Lieferanten des Pentagon, darunter auch Pratt & Whitney.

Weil ihre Unkosten winzig und ihre Arbeit gut war, bekamen sie eine wachsende Zahl militärischer Unteraufträge, bis sie zweite und dritte Bullards installierten und schließlich das ganze Lagerhaus mieteten. Zwei Jahre später trafen die Fluggesellschaften eine Branchenentscheidung. Der Düsenmaschine würde die Zukunft gehören. Pläne wurden aufgestellt, die Ende der fünfziger Jahre düsenbetriebene Passagiermaschinen vorsahen, und plötzlich mußte an das Wissen, das bei der Entwicklung militärischer Düsenmaschinen erarbeitet worden war, auf zivile Bedürfnisse adaptiert werden.

Und Douglas Paces Arbeiten an der Spheroidscheibe paßten in diese neue Richtung; ja, was noch wichtiger war, paßten nicht nur, sondern waren den großen Firmen weit voraus.

Ihre Expansion ging schnell vonstatten, und das bei gesicherter Finanzierung; ihr Auftragsbestand war so umfangreich, daß sie zehn Fabriken fünf Jahre lang in drei Schichten hätten beschäftigen können.

Und Andrew entdeckte einige Dinge an sich. Man hatte ihm gesagt, daß er ein hervorragender Verkäufer sei. Aber es gehörte nicht viel Verkaufskunst dazu, um Märkte zu erobern, auf denen Nachfrage nach dem Produkt bestand. Statt dessen kamen andere Talente ins Spiel. Das erste war vielleicht die Kunst der Verwaltung. Er war nicht nur gut; er war superb, und er wußte es. Er konnte Talente entdecken und sie – zum Nachteil irgendeiner anderen Firma – binnen Stunden unter Vertrag nehmen. Talentierte Männer glaubten ihm, wollten ihm glauben, und er hatte einen schnellen Blick für die Schwächen ihrer augenblicklichen Situation; konnte diese abklopfen und gangbare Alternativen anbieten. Schöpferisches wie leitendes Personal fand in seiner Umgebung ein Klima vor, in dem es funktionieren konnte, und dabei Anreize, die unter seiner Führung ihr Bestes forderten. Auch mit Gewerkschaftsführern konnte er sprechen. In einer Art und Weise sprechen, daß man ihn leicht verstand. Und kein einziger Vertrag mit der Gewerkschaftsseite wurde je unterzeichnet, der nicht die Präzedenzklausel enthielt, für die er bei der ersten Expansionswelle seiner Firma in New Haven gekämpft hatte – einer Produktivitätsklausel, die die Löhne mit den Endresultaten der Statistiken aus der Fließbandmontage in Verbindung brachte. Seine Löhne waren großzügig, lagen über denen des Wettbewerbs, waren aber nie von den Endergebnissen isoliert. Man nannte ihn ›fortschrittlich‹, aber er erkannte, daß es sich dabei um einen irreführenden Begriff handelte. Er führte seine Verhandlungen auf der Basis der Theorie aufgeklärten Selbstinteresses und war dabei völlig überzeugend. Und während die Monate und Jahre verstrichen, konnte er immer mehr Erfolge verbuchen; das war unwiderlegbar.

Doch das überraschendste Talent, das Andrew in sich entdeckte, war völlig unerwartet, ja unerklärlich. Er besaß die Fähigkeit, die kompliziertesten Verhandlungen zu behalten, ohne dabei Verträge oder Notizen zu brauchen. Eine kurze Zeit lang hatte er sich gefragt, ob er über eine Art Trickgedächtnis verfügte, aber Phyllis widerlegte das schnell, indem sie darauf hinwies, daß er sich nur selten an einen Geburtstag erinnerte. Ihre Erklärung war seinem Gefühl nach der Wahrheit näher. Sie sagte, er träte nie in eine Verhandlung ein, wenn er nicht völlig von seiner Sache überzeugt war und erschöpfende Analysen angestellt hatte. Und dann deutete sie vorsichtig an, daß man dieses Verhalten vielleicht auf die Erfahrungen zurückführen konnte, die er mit seinem Vater gemacht hatte.

Das alles wäre genug gewesen – die Fluggesellschaften, die Expansion, das Produktionsnetz, das anfing, sich über eine Anzahl von Staaten an der Atlantikküste zu erstrecken. Wenn man alles zusammenrechnete, hätte man meinen können, daß sie das Ziel ihrer Hoffnungen erreicht hatten, aber plötzlich war wiederum kein Ende abzusehen.

Denn in der Nacht des vierten Oktober neunzehnhundertsiebenundfünfzig schreckte eine Nachricht die Welt auf.

Moskau hatte Sputnik I in eine Umlaufbahn geschossen.

Die Aufregung fing wieder von vorne an. Nationale und industrielle Prioritäten wurden drastisch geändert. Die Vereinigten Staaten von Amerika fanden sich plötzlich auf den Status einer zweitrangigen Macht zurückgedrängt, und der Stolz der erfindungsreichsten Wählergemeinschaft war verletzt, das Volk verwirrt. Man forderte die Wiederherstellung des Primats, gleichgültig, was es kostete.

Am Abend der Sputniknachricht war Douglas Pace zu Andys Haus in East Haven hinausgefahren, und Phyllis hielt bis vier Uhr früh Kaffee bereit. Eine Entscheidung wurde getroffen, die sicherstellte, daß die Pace-Trevayne Company als der größte unabhängige Lieferant von Spheroidscheiben für Raketenschübe bis sechshunderttausend Pfund hervortrat. Die Entscheidung bestand darin, sich auf den Weltraum zu konzentrieren. Sie würden ihr Brot-und-Butter-Geschäft mit den Flugzeugfirmen aufrechterhalten, aber neu investieren, um für die Anforderungen der Weltraumindustrie gewappnet zu sein und damit zugleich auch für die Probleme, die sich ohne Zweifel Ende der sechziger Jahre in der zivilen Luftfahrt stellen würden.

Das Risiko war ungeheuer, aber die vereinten Talente von Pace und Trevayne waren bereit.

»Wir kommen jetzt in diesem ... höchst bemerkenswerten Dokument zu einer bemerkenswerten Periode, Mr. Trevayne. Das hat unmittelbar mit den Bereichen zu tun, denen unsere Sorge gilt – die des Präsidenten und die meine. Natürlich spreche ich vom März neunzehnhundertzweiundfünfzig.«

Du lieber Gott, Phyllis. Sie haben es gefunden! Du hast es das ›Spiel‹ genannt. Das Spiel, das du verachtet hast, weil du sagtest, es würde mich ›schmutzig‹ machen. Es fing mit diesem schmutzigen kleinen Dreckskerl an, der sich wie ein schwuler Schneider kleidete. Es fing mit Allen an ...

»Ihre Firma hat damals einen mutigen Schritt getan«, fuhr Big Billy Hill fort. »Ohne irgendwelche Garantien haben Sie siebzig Prozent Ihrer Fabriken – fast alle Ihrer Laboratorien – neu strukturiert, um sich auf einen unsicheren Markt einzustellen. Unsicher im Sinne seiner realistischen Bedürfnisse.«

»An dem Markt hatten wir nie Zweifel gehabt; nur die Nachfrage haben wir unterschätzt.«

»Ja, offensichtlich. Und Ihre Entscheidung erwies sich als richtig. Während sich alle anderen noch im Konstruktionsstadium befanden, waren Sie bereit für die Produktion.«

»Ich muß widersprechen, Mr. Ambassador. So einfach war es nicht. Jahrelang waren der Wunsch und die Überzeugung der Nation mehr rhetorisch als finanziell. Noch sechs Monate, dann wären unsere Mittel erschöpft gewesen. Wir schwitzten.«

»Sie brauchten die NASA-Verträge«, sagte der Präsident. »Ohne diese Verträge befanden Sie sich auf schwankendem Boden; Sie hatten sich bereits zu weit eingelassen, um noch zurück zu können.«

»Das ist richtig. Wir verließen uns auf unsere Vorbereitungen, unsere Zeitpläne. Niemand war dem Wettbewerb mit uns gewachsen; darauf verließen wir uns.«

»Aber die Industrie war sich doch darüber im klaren, in welchem Maße Sie umgerüstet hatten, nicht wahr?« fragte Hill.

»Das war unvermeidbar.«

»Und die Risiken?« Das war wieder Hill.

»Die in gewissem Maße auch. Wir waren eine Firma in Privatbesitz; wir veröffentlichten unsere Bilanzen nicht.«

»Aber man konnte Schlüsse auf sie ziehen.« Hill kam seinem Ziel immer näher.

»Ja, das schon.«

Hill nahm ein Blatt Papier aus der Akte und drehte es so, daß Andrew es lesen konnte. »Erinnern Sie sich an diesen Brief? Er ist an den Verteidigungsminister adressiert mit Kopien an den Bewilligungsausschuß des Senates und die Militärausschüsse des Repräsentantenhauses. Das Datum ist der 14. April 1959.«

»Ja, ich war zornig.«

»Sie erklärten in dem Brief kategorisch, daß Pace-Trevayne sich zu hundert Prozent in Privatbesitz befinde und in keiner Weise mit irgendeiner anderen Gesellschaft oder Firma in Verbindung stand.«

»Das ist richtig.«

»Auf persönliches Befragen erklärten Sie, die Vertreter irgendwelcher Interessensgruppen wären an Sie herangetreten und hätten angedeutet, daß ihre Unterstützung notwendig sei, um die NASA-Verträge zu bekommen.«

»Ja. Ich war verärgert. Wir besaßen selbst die notwendige Qualifikation.«

Botschafter Hill lehnte sich zurück und lächelte. »Dann war dieser Brief in Wirklichkeit ein strategischer Trick, nicht wahr? Sie haben einer Menge Leute eine Heidenangst eingejagt. Im Prinzip stellte er sicher, daß Sie die Aufträge bekamen.«

»Diese Möglichkeit hatte ich damals in Betracht gezogen.«

»Und doch haben Sie trotz Ihrer so stolz verkündeten Unabhängigkeit während der nächsten paar Jahre, in denen Pace-Trevayne die anerkannte Führungsposition Ihrer Branche übernahm, aktiv Verbindungen nach draußen gesucht ...«

Erinnerst du dich, Phyl? Du und Doug, ihr wart wütend. Ihr habt es nicht verstanden.

»Dadurch waren Vorteile zu erzielen.«

»Sicher waren sie das, wenn Sie es mit Ihren Absichten ernst gemeint hätten.«

»Wollen Sie andeuten, daß das nicht der Fall war?«

O Gott, ich habe es ernstgemeint, Phyl! Ich war besorgt. Ich war jung und zornig.

»Den Schluß habe ich auch gezogen, Mr. Trevayne. Ich bin sicher, daß andere das ebenfalls getan haben. Sie ließen durchsickern, daß Sie an Gesprächen über einen Firmenzusammenschluß interessiert sein könnten. Nacheinander führten Sie Gespräche mit nicht weniger als siebzehn wichtigen Lieferanten des Verteidigungsministeriums. Das ging drei Jahre so. Über eine Anzahl dieser Gespräche wurde in den Zeitungen berichtet.« Hill blätterte weiter und holte eine Reihe Zeitungsausschnitte hervor. »Imponierend, wer sich da alles um Sie bemüht hat.«

»Wir hatten viel anzubieten.«

Nur ›anzubieten‹, Phyl. Sonst nichts; sonst war nie etwas.

»Sie gingen sogar so weit, daß Sie mit einigen Vorverträge schlossen. Es gab eine Anzahl überraschender Fluktuationen an der New Yorker Börse.«

»Meine Buchprüfer werden Ihnen bestätigen, daß ich damals nicht selbst auf dem Markt tätig war.«

»Absichtlich?« fragte der Präsident.

»Absichtlich«, antwortete Trevayne.

»Und doch wurde aus keinem dieser Gespräche, aus keinem dieser Vorverträge etwas.«

»Die Hindernisse waren unüberwindbar.«

Die Leute waren unüberwindbar. Die Manipulatoren.

»Darf ich vermuten, Mr. Trevayne, daß Sie nie die Absicht hatten, zu einer festen Vereinbarung zu kommen?«

»Das dürfen Sie, Mr. Ambassador.«

»Und wäre es unrichtig, wenn ich weiter vermutete, daß Sie sich relativ detaillierte Informationen über die finanziellen Operationen von siebzehn großen Firmen verschafften, die in der Verteidigungswirtschaft tätig waren?«

»Nicht unrichtig. Aber ich würde Wert darauf legen, daß es hier um die Vergangenheit geht. Das liegt mehr als zehn Jahre zurück.«

»Eine kurze Zeit, wenn man über Firmenpolitik spricht«, sagte der Präsident. »Ich nehme an, daß die meisten leitenden Persönlichkeiten noch dieselben sind.«

»Wahrscheinlich.«

William Hill stand auf und ging ein paar Schritte bis an den Rand des Mahagonitisches. Er blickte auf Trevayne herab und sagte leise, freundlich: »Sie haben ein paar Dämonen ausgetrieben, nicht wahr?«

Andrew sah dem alten Herrn in die Augen und konnte nicht anders; er lächelte, ein Lächeln der Niederlage. »Ja, das habe ich.«

»Sie haben es den Leuten zurückgezahlt, die Ihren Vater vernichtet haben, der Art von Leuten wenigstens ... März neunzehnhundertzweiundfünfzig.«

»Das war kindisch. Eine nichtssagende Rache; sie waren nicht verantwortlich.«

Erinnerst du dich, Phyl? Du hast zu mir gesagt: »Du mußt du selbst sein. Das bist nicht du, Andy! Hör auf!«

»Aber befriedigend, würde ich meinen.« Hill ging um den Tisch herum und lehnte sich zwischen Trevayne und dem Präsidenten an die Kante. »Sie haben eine Anzahl mächtiger Männer dazu gezwungen, Konzessionen zu machen, Zeit zu verlieren, haben sie in die Defensive gedrängt. Und alles das für einen jungen Mann, gerade Anfang der Dreißig, der ihnen eine große Karotte hinhielt. Ich würde sagen, das war sehr befriedigend. Was ich nicht verstehen kann, ist, weshalb Sie so abrupt aufhörten. Wenn meine Information richtig ist, befanden Sie sich in einer außergewöhnlich starken Position. Es ist durchaus vorstellbar, daß Sie aus diesen Manövern als einer der reichsten Männer der Welt hätten hervorgehen können. Sicherlich wären Sie in der Lage gewesen, am Ende eine Anzahl jener Leute zu ruinieren, die Sie für Feinde hielten. Besonders an der Börse.«

»Wahrscheinlich könnte ich sagen, daß ich moralische Skrupel bekam.«

»Das wäre nicht das erste Mal, daß so etwas passierte«, sagte der Präsident.

»Dann wollen wir es so formulieren ... Es kam mir in den Sinn – mit Hilfe meiner Frau –, daß ich mich auf dieselbe Art von Verschwendung eingelassen hatte, die ich im ... März neunzehnhundertzweiundfünfzig ... so widerwärtig gefunden hatte. Ich stand zwar auf der anderen Seite, aber Verschwendung war es trotzdem ... Und das, Mr. President, Mr. Ambassador, ist alles, was ich darüber sagen möchte. Ich hoffe ehrlich, daß das genügt.«

Trevayne lächelte, so gut er konnte, weil er es *wirklich* ernst meinte.

»Völlig.« Der Präsident griff nach seinem Glas, während Hill nickte und zu seinem Sessel zurückging. »Unsere Fragen sind beantwortet; wie der Botschafter sagte, wir waren neugierig, wir mußten es wissen. Unter anderem wollten wir mehr über Ihren Geisteszustand wissen, an dem wir, offen gestanden, nie zweifelten.«

»Wir vermuteten, daß er ganz gesund war.« Hill lachte, während er das sagte. »Jeder, der seine eigene Firma aufgibt, um einen undankbaren Job im State Department anzunehmen und sich dann all die Kopfschmerzen einer philanthropischen Stiftung auflädt, ist kein brutaler Cäsar der Finanzwelt.«

»Danke.«

Der Präsident beugte sich vor, und seine Augen bohrten sich in die Andrews. »Es ist von ungeheurer Wichtigkeit, daß dieser Auftrag erfüllt wird, Mr. Trevayne; daß Sie das durchstehen. Der Schatten der finanziellen und politischen Korruption ist immer häßlich. Und er wird noch schlimmer, wenn sich der Argwohn erhebt, daß etwas vertuscht wird. Mit anderen Worten, sobald Sie einmal zugesagt haben, gibt es kein Zurück mehr.«

Andrew begriff, daß der Präsident ihm eine letzte Möglichkeit gab, sich alles noch einmal zu überlegen. Aber in Wirklichkeit war die Entscheidung bereits getroffen worden, als er die Gerüchte zum erstenmal gehört hatte. Er wußte, daß er der richtige Mann war. Er *wollte* tun, was zu tun war. Aus vielen Gründen.

Und dazu zählte auch die Erinnerung an einen Gerichtssaal in Boston.

»Ich würde den Posten gerne haben, Mr. President. Ich werde nicht aufgeben.«

»Ich glaube Ihnen.«

6.

Es kam nicht oft vor, daß Phyllis Trevayne sich über ihren Mann ärgerte. Er war unaufmerksam, aber das schrieb sie seiner außergewöhnlichen Konzentration auf die Dinge zu, mit denen er sich jeweils beschäftigte, nicht etwa seiner Gleichgültigkeit.

Aber heute abend ärgerte sie sich über ihn.

Er hatte sie aufgefordert – sie gebeten –, sich mit ihm in der Stadt zu treffen. Um halb acht hatte er gesagt, und es gäbe für ihn keinen Grund, sich zu verspäten. Darauf hatte er sie ausdrücklich hingewiesen.

Es war Viertel nach acht, und bis jetzt war noch keine Nachricht eingetroffen, um seine Abwesenheit zu erklären. Sie war schrecklich hungrig, unter anderem. Und außerdem hatte sie eigene Pläne für den Abend gehabt. Die beiden Kinder würden in einer Woche auf ihre jeweiligen Schulen abreisen; Pamela zurück zu Miß Porter's, Steve nach Haverford. Männer hatten nie Verständnis für die Vorbereitungen; wenn man Kinder auf drei Monate wegschickte, dann erforderte das ebenso viele praktische Entscheidungen wie in den meisten geschäftlichen Vorgängen. Wahrscheinlich mehr. Sie hatte den Abend für einige dieser Entscheidungen vorgesehen, nicht dafür, um nach New York zu fahren.

Außerdem mußte sie einen Vortrag vorbereiten. Nun, das eigentlich nicht, das hatte Zeit.

O verdammt, verdammt, verdammt! Wo er nur blieb?

Jetzt war es zwanzig Minuten nach acht. Was Unaufmerksamkeit gewesen war, schlug jetzt in Rücksichtslosigkeit um.

Sie hatte sich einen zweiten Vermouth-Casiss bestellt und ihn fast geleert. Es war ein unschuldiges Getränk, ein feminines, gut dazu geeignet, daß man während des Wartens daran nippte, weil sie Vermouth-Casiss eigentlich nicht mochte. Und natürlich war es notwendig, daß sie ihn nicht mochte. Es schmeichelte ihr, daß einige Männer, die am Tisch vorbeigegangen waren, ihr zum zweiten Mal Blicke zugeworfen hatten. Gar nicht schlecht für zweiundvierzig – beinahe dreiundvierzig – und zwei erwachsene Kinder.

Mit dem Sex stimmte es bei ihr, überlegte Phyllis. Andy war ein leidenschaftlicher Mann, ein interessierter Mann. Sie hatten beide Spaß im Bett.

Plötzlich war Phyllis Trevayne übel, schrecklich übel. Ihre Augen sahen nicht mehr klar, der ganze Palm Court schien sich um sie zu drehen. Und dann hörte sie Stimmen über sich.

»Madame! Madame! Ist Ihnen nicht gut? Madame! Boy! Boy! Riechsalz!«

Andere Stimmen, lauter werdend, Worte, die ineinander verschwammen. Nichts gab einen Sinn, nichts war wirklich. Sie spürte etwas Hartes an ihrem Gesicht und wußte unbestimmt, daß es der Marmorboden des Saals war. Alles begann dunkel zu werden, schwarz. Und dann hörte sie die Worte.

»Ich kümmere mich um sie! Es ist meine Frau! Wir haben oben eine Suite! Hier, helfen Sie mir! Es ist schon in Ordnung!«

Aber die Stimme war nicht die ihres Mannes.

Andrew Trevayne war wütend. Das Taxi, das er in seinem Büro in Danforth genommen hatte, hatte eine Chevrolet Limousine gerammt, und der Polizist hatte darauf bestanden, daß er am Unfallort blieb, bis alle Aussagen aufgenommen waren. Das Warten dauerte ewig.

Zweimal war Trevayne zu einer Telefonzelle an der Ecke gegangen, um seine Frau im Plaza anzurufen und ihr seine Verspätung zu erklären, aber jedesmal, wenn er den Bell Captain erreichte, um sie ausrufen zu lassen, sagte man ihm, daß sie nicht im Palm Court wäre. Wahrscheinlich war der Verkehr von Connecticut in die Stadt dicht, und sie würde doppelt verärgert sein, wenn sie zu spät kam und ihn nicht vorfand.

Verdammt! Verdammt!

Schließlich war es acht Uhr fünfundzwanzig, er hatte der Polizei seine Aussage gemacht und konnte den Unfallort verlassen.

Als er sich ein Taxi rief, kam ihm in den Sinn, daß der Bell Captain beim zweiten Anruf anscheinend seine Stimme erkannt hatte. Zumindest schien die Zeitspanne zwischen seiner Bitte, seine Frau ausrufen zu lassen, und der Antwort diesmal viel kürzer als beim ersten Anruf. Aber Trevayne wußte, daß er besonders ungeduldig zu sein pflegte, wenn er verärgert war. Vielleicht war es das.

Und doch, wenn es so war, warum kam es ihm dann nicht länger vor?

Nicht kürzer.

»Ja, Sir! Ja, Sir! Die Beschreibung stimmt ganz genau! Sie hat dort gesessen!«

»Wo *ist* sie dann?«

»Ihr Mann, Sir! Ihr Mann hat sie nach oben gebracht, in ihr Zimmer!«

»*Ich* bin ihr Mann. Sie verdammter Idiot! Und jetzt raus mit der Sprache!« Trevayne hatte den Kellner an der Kehle gepackt.

»Bitte, Sir!« Der Kellner schrie, und die meisten Gäste des Palm Court drehten sich in die Richtung, aus der die lauten Stimmen kamen. Zwei Plaza-Hausdetektive zerrten Trevayne von dem jammernden Ober weg. »Er hat gesagt, daß sie Zimmer oben hätten – eine Suite –!«

Trevayne schüttelte die Hausdetektive ab und rannte zum Empfang. Als einer der Detektive von hinten herankam, tat er etwas, wovon er nicht geglaubt hatte, daß er dazu imstande wäre. Er hieb dem Mann die Faust gegen den Hals. Der Detektiv fiel nach hinten, während sein Kollege eine Pistole zog.

Gleichzeitig stieß der verängstigte Angestellte hinter dem Tresen hysterisch hervor:

»Hier, Sir! Trevayne! Mrs. A. Trevayne. Suite Fünf H und I! Die Reservierung ist heute nachmittag gemacht worden!«

Trevayne dachte überhaupt nicht an den Mann hinter sich. Er rannte auf die Tür mit der Aufschrift ›Treppe‹ zu und die Betonstufen hinauf. Er wußte, daß der Detektiv ihm folgte; er hörte ihn rufen, er solle stehenbleiben, aber das interessierte ihn jetzt nicht. Wichtig war nur die Suite mit der Aufschrift ›Fünf H und I‹.

Er trat mit ganzer Kraft gegen die Korridortür und kam auf der anderen Seite auf dem dünnen Teppich heraus, der an bessere Zeiten erinnerte. Auf den Türen vor ihm stand ›Fünf A‹, dann ›B‹, dann ›Fünf C und D‹. Er bog um die Ecke, und die Buchstaben starrten ihn an.

›H und I‹.

Die Tür war abgesperrt, er warf sich dagegen. Sie gab unter seinem Gewicht nur ein kleines Stück nach. Trevayne ging zwei Schritte zurück und trat dann mit dem Fußabsatz nach dem Türschloß.

Ein Knacken ertönte, aber die Tür blieb geschlossen.

Inzwischen hatte ihn der schon etwas ältliche Hausdetektiv eingeholt.

»Sie verdammter Hundesohn! Ich hätte sie niederschießen können! Und jetzt verschwinden Sie hier, sonst schieße ich doch noch!«

»Das werden Sie *nicht!* Meine Frau ist dort drinnen!«

Die Eindringlichkeit in Trevaynes Stimme verfehlte ihre Wirkung nicht. Der Detektiv sah ihn an und lieh dann Trevaynes nächstem Angriff seinen eigenen Fuß. Die Tür löste sich aus der oberen linken Angel und krachte schräg in den kurzen Vorraum. Trevayne und der Detektiv rannten hinein.

Der Detektiv sah, was er sehen mußte, und drehte sich um. Das war nicht das erstemal, daß er so etwas zu Gesicht bekam. Phyllis Trevayne lag nackt auf den weißen Bettüchern. Die Laken waren am Fußende zusammengeknüllt, so als hätte man sie hastig abgestreift. Auf dem Nachttisch, links vom Bett, stand eine Flasche Drambuie, zwei Gläser, halbvoll.

Auf Phyllis Trevaynes Brüsten waren Lippenstiftschmierereien. Phallussymbole, die auf die Brustwarzen wiesen.

Der Detektiv nahm an, daß jemand hier seinen Spaß gehabt hatte. Hoffentlich hatte der unbekannte Dritte das Gebäude inzwischen verlassen.

Phyllis Trevayne saß im Bett und trank Kaffee, sie war in Handtücher eingehüllt. Der Arzt hatte seine Untersuchung inzwischen abgeschlossen und winkte jetzt Trevayne ins Nebenzimmer.

»Ich würde sagen, ein sehr kräftiges Beruhigungsmittel, Mr. Trevayne. Ein Mickey Finn, wenn Sie wollen. Das gibt keine besonderen Nachwirkungen, vielleicht Kopfschmerzen, einen verdorbenen Magen.«

»Hat man sie … belästigt?«

»Fraglich bei einer so oberflächlichen Untersuchung, wie sie mir hier nur möglich ist. Wenn ja, dann hat es einen Kampf gegeben; ich glaube nicht, daß es zum Eindringen gekommen ist … Aber ich denke schon, daß der Versuch stattgefunden hat; das will ich nicht verhehlen.«

»Sie weiß nichts von dem … Versuch, oder?«

»Es tut mir leid. Das kann nur sie selbst beantworten.«

»Danke, Doktor.«

Trevayne ging in den vorderen Raum der Suite, griff nach der Hand seiner Frau und kniete neben ihr nieder.

»Du machst mir Sachen!«

»Andy?« Phyllis Trevayne blickte ihren Mann ruhig an, aber in ihrem Gesichtsausdruck war eine Furcht, die er bisher noch nie an ihr gesehen hatte. »Wer auch immer das war, er hat versucht, mich zu vergewaltigen. Daran erinnere ich mich.«

»Darüber bin ich froh. Das hat er nicht.«

»Ich glaube nicht ... Warum, Andy, warum?«

»Ich weiß nicht, Phyl. Aber ich werde es herausfinden.«

»Wo warst du?«

»Ein Verkehrsunfall. Zumindest dachte ich, es wäre ein Unfall. Jetzt bin ich da nicht mehr sicher.«

»Was werden wir tun?«

»Nicht wir, Phyl. Ich. Ich muß einen Mann in Washington erreichen. Ich will mit denen nichts zu tun haben.«

»Ich verstehe nicht.«

»Ich auch nicht. Aber ich glaube, daß da eine Verbindung besteht.«

»Der Präsident ist in Camp David, Mr. Trevayne. Es tut mir leid, es wäre jetzt unzweckmäßig, ihn zu stören. Was ist denn?«

Trevayne erzählte Robert Webster, was seiner Frau widerfahren war. Der Mann aus dem Stab des Präsidenten war sprachlos.

»Haben Sie gehört, was ich gesagt habe?«

»Ja ... ja, schon. Schrecklich.«

»Ist das alles, was Sie dazu sagen können? Wissen Sie, was der Präsident und Hill mir letzte Woche eröffnet haben?«

»Ich kann es mir etwa vorstellen. Der Chef und ich haben darüber diskutiert; das erklärte ich Ihnen doch.«

»Besteht da eine Verbindung? Ich möchte wissen, ob das damit zu tun hat! Ich habe ein Recht, es zu erfahren!«

»Das kann ich nicht beantworten. Ich weiß nicht, ob er das könnte. Sie sind im Plaza? Ich rufe Sie in ein paar Minuten zurück.«

Webster legte auf, und Andrew Trevayne hielt den stummen Telefonhörer in der Hand. Sollten die doch alle zum Teufel gehen! Das Hearing im Senat war für halb drei Uhr am kommenden Nachmittag angesetzt, und er würde ihnen sagen, daß sie alle zur Hölle gehen sollten! Er würde diese Bastarde morgen um halb drei niedermachen, wie sie noch nie jemand niedergemacht hatte! Und anschließend würde er eine Pressekonferenz geben. Das ganze

Land sollte erfahren, was für Schweine in einer Stadt namens Washington D.C. lebten! Er brauchte das nicht! Er war *Andrew Trevayne!*

Er legte den Hörer auf die Gabel zurück und ging zu Phyllis hinüber. Sie war eingeschlafen. Er setzte sich auf einen Stuhl und strich ihr übers Haar. Sie bewegte sich leicht, schickte sich an, die Augen aufzuschlagen und schloß sie dann wieder. Sie hatte so viel durchgemacht, und jetzt das!

Das Telefon klingelte, und das Schrillen ließ ihn zusammenfahren, erschreckt, wütend.

Er rannte hin.

»Trevayne! Hier spricht der Präsident. Ich habe es gerade gehört. Wie geht es Ihrer Frau?«

»Sie schläft, Sir.« Trevayne wunderte sich über sich selbst. In all seiner Angst besaß er immer noch genügend Geistesgegenwart, um ›Sir‹ zu sagen.

»Du lieber Gott, Mann! Mir fehlen die Worte! Was kann ich Ihnen sagen? Was kann ich tun?«

»Geben Sie mich frei, Mr. President. Wenn Sie es nicht tun, werde ich morgen nachmittag eine ganze Menge zu sagen haben. Innerhalb des Hearings und auch außerhalb.«

»Natürlich, Andrew. Das ist doch selbstverständlich.« Der Präsident der Vereinigten Staaten machte eine kurze Pause, ehe er weitersprach. »Geht es ihr gut? Ich meine, Ihre Frau ist doch nicht verletzt?«

»Nein, Sir ... Es war ... Terror, denke ich. Eine obszöne ... eine ganz *obszöne* Sache.«Trevayne mußte den Atem anhalten. Er hatte Angst vor dem, was er gleich sagen würde.

»Trevayne, hören Sie mir zu. Andrew, hören Sie! Vielleicht werden Sie mir das, was ich Ihnen jetzt sagen werde, nie verzeihen. Wenn Ihre Gefühle stark genug sind, will ich die Konsequenzen auf mich nehmen und rechne morgen mit Ihren schlimmsten Vorwürfen. Ich werde mich nicht gegen Sie stellen ... aber Sie müssen jetzt nachdenken. Mit Ihrem *Kopf.* Ich habe das hunderte Male tun müssen – zugegeben, nicht so –, aber trotzdem, wenn es wirklich weh tut ... Das Land weiß, daß Sie ausgewählt worden sind. Das Hearing ist jetzt nur noch eine Formalität. Wenn Sie denen sagen, sie sollen sich den Posten in den Hintern stecken, wie wollen Sie es dann anstellen, ohne Ihrer Frau noch weiteren

Schmerz zu bereiten? .... Verstehen Sie nicht? Das ist doch genau, was die wollen!«

Trevayne atmete tief und erwiderte mit gleichmäßiger Stimme. »Ich habe nicht die Absicht, meiner Frau weiteren Schmerz zu bereiten, oder zuzulassen, daß irgend etwas von Ihnen uns berührt. Ich brauche Sie nicht, Mr. President. Drücke ich mich klar aus?«

»Das tun Sie ganz sicher. Und ich bin völlig Ihrer Ansicht. Aber ich habe ein Problem. Ich brauche *Sie.* Ich sagte schon, daß es häßlich sein würde.«

Häßlich! Häßlich! Dieses verdammt schreckliche Wort!

»Ja, häßlich!« schrie Trevayne ins Telefon.

Der Präsident fuhr fort, als ob Trevayne nicht geschrien hätte. »Ich glaube, Sie sollten über das, was geschehen ist, nachdenken ... Wenn es Ihnen passieren kann, und nach all unseren Vermutungen sind Sie einer der Besseren, dann überlegen Sie, was anderen zustoßen wird ... Sollen wir aufhören? Ist es das, was wir tun sollten?«

»Niemand hat mich für irgend etwas gewählt! Ich bin zu nichts verpflichtet, und das wissen Sie auch verdammt gut! Ich will nicht, daß mich das betrifft!«

»Aber Sie wissen, daß es doch so ist. Geben Sie mir nicht jetzt Antwort. Denken Sie nach ... bitte, sprechen Sie mit Ihrer Frau. Ich kann die Anhörung einige Tage aufschieben – wegen Krankheit.«

»Das nützt nichts, Mr. President. Ich will heraus.«

»Denken Sie darüber nach. Ich bitte Sie, mir ein paar Stunden zu geben. Das Amt bittet Sie darum. Wenn ich als Mann spreche, und nicht als Ihr Präsident, muß ich sagen, daß ich Sie anflehe. Wir können nicht mehr zurück, aber als Mann verstehe ich Ihre Ablehnung ... Bitte, sagen Sie Ihrer Frau, daß ich mit ihr fühle und ihr alles Gute wünsche ... gute Nacht, Andrew.«

Trevayne hörte das Klicken in der Leitung und legte langsam den Hörer auf. Er griff in seine Hemdtasche, wo er seine Zigaretten hatte, und zündete sich eine an. Es gab nicht viel nachzudenken. Er würde es sich nicht anders überlegen, nur weil die Taktik eines Präsidenten mit sehr viel Überredungsgabe das verlangte.

Er war Andrew Trevayne. Er mußte sich gelegentlich daran erinnern. Er brauchte niemanden. Nicht einmal den Präsidenten der Vereinigten Staaten.

»Andy?«

Trevayne sah zum Bett hinüber. Der Kopf seiner Frau war schräg auf die Kissen gestützt, und ihre Augen waren offen. »Ja, Darling?« Er stand auf und ging zu ihr.

»Ich habe zugehört. Ich habe gehört, was du gesagt hast.«

»Mach dir nur keine Sorgen. Der Arzt kommt morgen wieder; dann fahren wir nach Barnegat. Schlaf jetzt.«

»Andy?«

»Was, meine Liebe?«

»Er möchte, daß du bleibst, nicht wahr?«

»Was er möchte, hat nichts zu sagen.«

»Er hat recht. Siehst du das denn nicht? Wenn du aufgibst ... dann haben die dich geschlagen.«

Phyllis Trevayne schloß die Augen. Andrew litt unter dem schmerzlichen Ausdruck ihres erschöpften Gesichts. Und dann, als er sie länger betrachtete, wurde ihm klar, daß sich noch etwas anderes in ihren Schmerz mischte.

Abscheu. Zorn.

Walter Madison schloß die Tür seines Arbeitszimmers. Er hatte den Anruf von Trevayne im Restaurant entgegengenommen und trotz seiner Panik Andys Anweisungen ausgeführt. Er hatte sich mit dem Sicherheitsmann des Plaza in Verbindung gesetzt und sichergestellt, daß kein Bericht an die Polizei gemacht werden würde. Trevayne bestand hartnäckig darauf, daß man Phyllis – der Familie, den Kindern – jeglichen Pressebericht über den Überfall ersparte. Phyllis war nicht imstande, Beschreibungen des Mannes oder des Vorgangs zu liefern; alles war für sie verschwommen, völlig zusammenhanglos.

Der Sicherheitsmann hatte noch etwas anderes in Madisons Anweisungen hineingelesen – die eindeutigen Anweisungen des mächtigen Anwalts des noch mächtigeren Andrew Trevayne – und machte keinen Hehl aus seiner Interpretation. Madison hatte ein paar Minuten lang daran gedacht, dem Mann Geld anzubieten, aber der Rechtsanwalt in ihm verhinderte das; pensionierte Polizeibeamte, die sich in teuren Hotels ihre Pension aufbesserten, neigten dazu, solche Übereinkünfte etwas in die Länge zu ziehen.

Besser, wenn der Mann glaubte, was er glauben wollte. Es lag ja keine kriminelle Handlung vor, so lange das Hotel bezahlt wurde.

Madison setzte sich an seinen Schreibtisch; er sah, daß seine Hände zitterten. Gott sei Dank schlief seine Frau.

Er versuchte zu begreifen, versuchte, die Dinge in der richtigen Perspektive zu sehen, sie zu ordnen.

Es hatte vor drei Wochen angefangen, mit einem der lukrativsten Angebote seiner ganzen Laufbahn. Ein stummer Auftrag, vertraulich. Ein Auftrag, der ganz alleine ihm galt, nichts mit seinen Partnern oder seiner Firma zu tun hatte. Daran war nichts Ungewöhnliches, obwohl er bis jetzt nur wenig solche Vereinbarungen getroffen hatte. Zu oft waren sie die Mühe nicht wert – und die Geheimhaltung.

Bei dieser Übereinkunft war das sehr wohl der Fall. Fünfundsiebzigtausend Dollar im Jahr. Steuerfrei, von Paris aus auf ein Schweizer Konto einbezahlt. Vertragsdauer: achtundvierzig Monate. Dreihunderttausend Dollar.

Andrew Trevayne.

Er, Walter Madison, war Trevaynes Anwalt; war das seit mehr als einem Jahrzehnt.

Der Konflikt war – bis jetzt – belanglos. Als Trevaynes Anwalt sollte er seinen neuen Klienten informieren, wenn es irgendwelche überraschenden oder außergewöhnlichen Entwicklungen in bezug auf Andrew und den geplanten Unterausschuß gab – der bis jetzt noch nicht einmal existierte. Und es gab keine Garantie, daß Andrew ihn informieren würde.

Darüber herrschte Klarheit.

Das Risiko lag einzig und allein bei den Klienten; das begriffen sie.

Es war durchaus im Bereich des Möglichen, daß es überhaupt nicht zu einem Interessenkonflikt kommen würde. Und selbst wenn es dazu kam, so würde man jegliche Information, die er vielleicht weitervermitteln würde, ohne weiteres auch aus einem Dutzend Quellen beschaffen können, und in seiner Einkommensstufe würde er eine beträchtliche Zeit brauchen, um dreihunderttausend Dollar auf die Bank zu bekommen.

Aber seine Übereinkunft ließ nichts von dem zu, was an diesem Abend im Plaza geschehen war.

Nichts!

Ihn mit so etwas in Verbindung zu bringen, war unvorstellbar.

Er schloß die oberste Schublade seines Schreibtischs auf und entnahm ihr ein kleines ledernes Notizbuch. Er suchte den Buchstaben ›K‹ und schrieb sich die Nummer auf einen Block.

Dann nahm er das Telefon und wählte.

»Senator? Walter Madison ...«

Einige Minuten später hörten die Hände des Anwalts zu zittern auf.

Es gab keine Verbindung zwischen seinen neuen Klienten und den Ereignissen im Plaza Hotel.

Der Senator war von Schrecken erfüllt gewesen. Und von Angst.

7.

An der Anhörung nahmen acht Senatoren teil, die das ganze Spektrum politischer Anschauungen innerhalb der zwei Oppositionsparteien vertraten, sowie der zu bestätigende Kandidat Andrew Trevayne.

Trevayne setzte sich, Walter Madison neben ihm, und blickte zu der leicht erhöhten Plattform auf. Dort stand der übliche lange Tisch mit der notwendigen Anzahl von Stühlen, vor jedem Stuhl ein Mikrofon, und an der Wand die Fahne der Vereinigten Staaten. Unterhalb der Plattform war ein kleiner Tisch mit einer Stenomaschine.

Männer standen in Gruppen herum, redeten miteinander und gestikulierten mit stummer Eindringlichkeit. Die Zeiger der Uhr zeigten auf halb drei, und die Gruppen begannen sich aufzulösen. Ein älterer Mann, in dem Trevayne den Seniorsenator von Nebraska erkannte – oder war es Wyoming? – stieg die drei Stufen zur Plattform hinauf und ging auf einen der zwei Stühle in der Mitte zu. Sein Name war Gillette. Er griff nach einem Hammer und schlug ihn leicht an.

»Können wir bitte den Saal freimachen?«

Das war das Zeichen für diejenigen, die mit der Anhörung nichts zu tun hatten, hinauszugehen. Letzte Instruktionen wurden erteilt und entgegengenommen, und Trevayne erkannte, daß er Ziel vieler Blicke war. Ein jüngerer Mann in einem würdig wirkenden dunklen Anzug ging auf seinen Tisch zu und stellte einen Aschenbecher vor Trevayne. Er lächelte verlegen, als wollte er etwas sagen. Es war ein eigenartiger Augenblick.

Die Gruppe von Senatoren begann sich zu versammeln; Liebenswürdigkeiten wurden ausgetauscht. Trevayne sah, daß das Lächeln ein abruptes, künstliches war; es herrschte eine gespannte Atmosphäre.

Senator Gillette – Wyoming? Nein, es war Nebraska, dachte Trevayne – bemerkte die Spannung und schlug noch einmal mit seinem Hammer leicht auf den Block. Er räusperte sich und übernahm die Verantwortung des Vorsitzenden.

»Gentlemen. Hochgeschätzte Kollegen, Mr. Undersecretary. Die Senatsanhörung Nummer sechs-vier-eins nimmt ihre Sitzung hiermit um zwei Uhr dreißig auf; so soll es für die Akten festgehalten werden.«

Während der Stenograph, ins Leere blickend, mühelos seine lautlosen Tasten betätigte, begriff Trevayne, daß der ›Undersecretary‹ er selbst war. Er war ›Mr. Undersecretary‹ gewesen; *ein* Undersecretary, einer von vielen.

»Nachdem mich meine Kollegen großzügigerweise zum Vorsitzenden dieser Anhörung ernannten, werde ich mit der üblichen Erklärung beginnen, in der ich die Zielsetzung unserer Zusammenkunft darstelle. Am Ende dieser kurzen Erklärung bin ich für Hinzufügungen oder Klärungen dankbar – hoffentlich keine Widersprüche, da unser Ziel von beiden Parteien in vollem Maße unterstützt wird.«

Einige nickten zustimmend, andere lächelten humorlos, und ein oder zwei atmeten tief. Senatsanhörung sechs-einundvierzig hatte begonnen. Gillette griff nach einem Aktendeckel, der vor ihm lag, und schlug ihn auf. Seine Stimme dröhnte wie bei der Anklageerhebung in einem Kriegsgerichtsprozeß.

»Die Verteidigungswirtschaft befindet sich in einem erschütternden Zustand; diese Ansicht wird von allen informierten Bürgern dieses Landes geteilt. Als gewählte Volksvertreter ist es unsere Pflicht, die uns durch die Verfassung verliehenen Vollmachten dafür einzusetzen, daß die bekannten Mängel erkannt und, wo immer möglich, abgestellt werden. Weniger dürfen und sollten wir nicht tun. Wir haben Vorkehrungen dafür getroffen, einen Ermittlungsunterausschuß zu bilden, den die Kommission für die Bewilligung der Verteidigungsausgaben angeregt hat – einen Unterausschuß, dessen Zielsetzung es sein soll, die größeren Verträge zwischen dem Verteidigungsministerium und seinen Zulieferfirmen zu überprüfen und gründlich zu studieren, soweit sie jetzt existieren und dem Kongreß zur Billigung vorgelegt worden sind. Um den Umfang der Untersuchung einzuschränken – und das ist aus Zeitgründen mit Sicherheit notwendig –, ist als Richtlinie für den Unterausschuß eine Vertragssumme von Eins Komma Fünf Millionen vorgeschlagen worden. Alle Verteidigungsverträge, die diesen Betrag überschreiten, sind der Überprüfung durch den Ausschuß zu unterwerfen. Es wird jedoch dem Unterausschuß überlassen bleiben, alle diesbezüglichen Entscheidungen zu treffen.

Unser Ziel heute nachmittag ist es, die Ernennung von Mr. Andrew Trevayne, ehemals Undersecretary of State, zu überprüfen und zu bestätigen oder abzulehnen. Mr. Trevayne ist für den Posten des Vorsitzenden besagten Unterausschusses vorgesehen. Diese Anhörung findet unter Ausschluß der Öffentlichkeit statt, und das Protokoll wird für unbestimmte Zeit zur Verschlußsache erklärt. Ich ersuche daher meine Kollegen, ihr Gewissen gründlich zu erforschen, und wenn Zweifel bestehen, diese zum Ausdruck zu bringen. Außerdem –«

»Mr. Chairman.« Andrew Trevaynes mit leiser Stimme vorgebrachte zögernde Unterbrechung schreckte alle im Raum so auf, daß selbst der Stenograph seine Maske der Uninteressiertheit verlor und zu dem Mann hinüberblickte, der es gewagt hatte, die eröffnenden Worte des Vorsitzenden zu unterbrechen. Walter Madison streckte unwillkürlich die Hand vor und legte sie auf Trevaynes Arm.

»Mr. Trevayne? ... Mr. Undersecretary?« fragte der verwirrte Gillette.

»Ich bitte um Entschuldigung ... Vielleicht ist dies nicht der richtige Augenblick; es tut mir leid.«

»Was, bitte, Sir?«

»Es ging mir um eine Frage der Klarstellung; das hat Zeit. Ich bitte noch einmal um Nachsicht.«

»Mr. Chairman!« Das war Senator Knapp. »Die Unhöflichkeit des Undersecretary gegenüber dem Vorsitzenden ist in der Tat seltsam. Wenn er irgend etwas Klärendes zu sagen hat, so kann das sicherlich bis zum richtigen Augenblick warten.«

»Ich bin mit den hier herrschenden Gepflogenheiten nicht so gut vertraut, Senator. Ich habe das nicht bedacht. Sie haben natürlich recht.« Trevayne griff nach einem Bleistift, als wollte er sich eine Notiz machen.

»Ihnen muß es sehr wichtig vorgekommen sein, Mr. Undersecretary.« Das war der Senator aus New Mexico; ein Mann Mitte der Fünfzig, ein hoch angesehener Chicano (Bezeichnung für amerikanische Staatsbürger mexikanischer Herkunft, Anm. d. Übersetzers). Es war offenkundig, daß ihm Alan Knapps Rüge, die offensichtlich dazu bestimmt war, Trevayne einzuschüchtern, mißfiel.

»Ja, so ist es, Sir.« Trevayne blickte auf sein Papier. Einen Augenblick lang herrschte Schweigen im Raum. Die Unterbrechung war jetzt vollkommen.

»Also gut, Mr. Trevayne.« Senator Gillette wirkte unsicher. »Es ist durchaus möglich, daß Sie recht haben, wenn das auch sehr unorthodox wäre. Ich habe nie viel von der Theorie gehalten, daß die Worte des Vorsitzenden geheiligt wären. Ich war selbst nur zu oft versucht, sie abzukürzen. Bitte. Ihre klärende Bemerkung, Mr. Undersecretary.«

»Danke, Sir. Sie haben gesagt, es sei die Verantwortung dieser Gruppe, nach Zweifeln zu suchen und sie auszudrücken ... Ich weiß nicht, wie ich es sagen soll, aber ich habe das Gefühl, daß dieser Tisch hier diese Verantwortung teilt. Offen gestanden, ich hatte selbst meine Zweifel, Mr. Chairman.«

»Zweifel, Mr. Trevayne?« fragte Mitchell Armbruster, der kleine, untersetzte Senator von Kalifornien, dem ebenso der Ruf eines klugen Urteilsvermögens wie eines scharfen Witzes voranging. »Wir alle werden mit Zweifeln geboren; zumindest lernen wir sie erkennen. Was für Zweifel meinen Sie? In bezug auf diese Anhörung, meine ich.«

»Daß man diesem Unterausschuß das Maß an Unterstützung zuteil werden lassen wird, das er braucht, um funktionieren zu können. Ich hoffe aufrichtig, daß Sie die Implikationen dieser Frage gebührend würdigen werden.«

»Das klingt ja verdächtig nach einem Ultimatum, Mr. Trevayne«, meinte Knapp.

»Überhaupt nicht, Senator; das wäre völlig ungerechtfertigt.«

»Dennoch finde ich, daß Ihre ›Implikationen‹ beleidigend sind. Ist es Ihre Absicht, den Senat der Vereinigten Staaten hier vor Gericht zu stellen?« fuhr Knapp fort.

»Mir war nicht bewußt, daß das hier eine Gerichtsverhandlung ist«, erwiderte Trevayne liebenswürdig, ohne die Frage zu beantworten.

»Ein verdammt guter Punkt«, fügte Armbruster mit einem Lächeln hinzu.

»Also gut, Mr. Undersecretary«, sagte Gillette. »Ihre Klärung ist ins Protokoll aufgenommen und von den hier Anwesenden gebührend zur Kenntnis genommen worden. Ist das für Sie zufriedenstellend?«

»Ja, das ist es, und nochmals vielen Dank, Mr. Chairman.«

»Dann werde ich meine einleitenden Bemerkungen fortsetzen.«

Gillettes Stimme dröhnte noch einige Minuten und zählte die Fragen auf, die gestellt und beantwortet werden sollten. Sie zerfielen in zwei Kategorien. Zuerst die Qualifikation von Andrew Trevayne für die in Rede stehende Position, und zum zweiten der ungeheuer wichtige Faktor vorstellbarer Interessenkonflikte.

Am Ende seiner Darlegungen sagte der Vorsitzende, wie es der Brauch war: »Irgendwelche Hinzufügungen oder Klärungen, die über Mr. Trevaynes vorangegangene Einlassung hinausgehen?«

»Mr. Chairman?«

»Der Senator aus Vermont hat das Wort.«

James Norton, Anfang der Sechzig, kurzgeschnittenes graues Haar, sehr ausgeprägter Oststaatenakzent, sah Trevayne an. »Mr. Undersecretary. Der geschätzte Vorsitzende hat die Bereiche dieser Ermittlung in seiner üblichen klaren und aufrichtigen Art dargelegt. Und wir werden ganz sicher die Frage nach der Kompetenz und nach den Interessenkonflikten stellen. Aber ich behaupte, daß es noch einen dritten Bereich gibt, der überprüft werden sollte. Und damit meine ich Ihre Philosophie, Mr. Undersecretary. Sie könnten uns sagen, wo Sie *stehen*. Würden Sie uns diese Auszeichnung zuteil werden lassen?«

»Keine Einwände, Senator.« Trevayne lächelte. »Ich möchte sogar hoffen, daß wir solche Ansichten austauschen können. Meine eigene und die Positionen, die Ihre Gruppe einnimmt, natürlich in bezug auf den Unterausschuß.«

»*Unsere* Bestätigung steht ja nicht zur Debatte!« Alan Knapps Stimme schnarrte metallisch durch die Lautsprecher.

»Ich darf den Senator mit allem Respekt auf meine vorangegangenen Bemerkungen hinweisen«, antwortete Trevayne sanft.

»Mr. Chairman?« Walter Madison legte wieder Trevayne die

Hand auf den Arm und blickte zur Plattform auf. »Darf ich mit meinem Klienten bitte ein paar Worte wechseln?«

»Selbstverständlich, Mr. … Madison.«

Der Senatsausschuß begann sich, wie es die Etikette solcher Anhörungen erforderte, untereinander zu unterhalten und mit den Papieren zu rascheln. Die meisten freilich wandten den Blick nicht von Trevayne und Walter Madison.

»Andy, was machen Sie? Versuchen Sie absichtlich, hier Verwirrung zu schaffen?«

»Ich habe das gesagt, was ich sagen wollte …«

»Ohne Zweifel. Warum?«

»Ich möchte sichergehen, daß es kein Mißverständnis gibt. Ich möchte, daß im Protokoll ausdrücklich steht – nicht andeutungsweise, sondern *ausdrücklich* –, daß ich jeden gewarnt habe. Wenn die mich freigeben, dann tun sie das in dem Wissen, was ich von ihnen erwarte.«

»Um Himmels willen, Mann, Sie drehen ja die Funktion dieser Anhörung um. Sie bestätigen damit den *Senat!*«

»Wahrscheinlich tue ich das.«

»Worauf wollen Sie hinaus? Was versuchen Sie damit zu erreichen?«

»Ich bereite das Schlachtfeld vor. Wenn die mich nehmen, wird es nicht geschehen, weil sie es wollen; sie werden es müssen. Und zwar deshalb, weil ich sie herausgefordert habe.«

»Sie herausgefordert? Weshalb? Und wozu?«

»Weil es zwischen uns einen grundlegenden Unterschied gibt.«

»Was bedeutet jetzt *das* wieder?«

»Das bedeutet, daß wir natürliche Feinde sind.«

Trevayne lächelte.

»Sie sind verrückt!«

»Wenn ich das bin, dann bitte ich um Entschuldigung. Bringen wir es hinter uns.« Trevayne blickte zu den versammelten Senatoren auf. Er ließ sich die Zeit, jeden einzelnen zu mustern. »Mr. Chairman, mein Anwalt und ich haben unser Gespräch beendet.«

»Ja. Ja, natürlich … Ich glaube, der Senator aus Vermont hat einen Zusatzantrag bezüglich der … grundlegenden Philosophie des Undersecretary eingebracht. Der Vorsitzende geht davon aus, daß das *fundamentale* politische Ansichten bedeutet – *nicht parteipolitische* –, sondern mehr allgemeiner Art. Und die stehen in keinem

Bezug zu dieser Anhörung.« Gillette sah Norton über seine Brille hinweg an, um sicherzugehen, daß er begriffen hatte, was der andere meinte.

»Völlig akzeptabel, Mr. Chairman.«

»Das hatte ich gehofft, Senator«, fügte Armbruster aus Kalifornien lächelnd hinzu. Armbruster und Norton gehörten nicht nur verschiedenen Lagern an, sondern standen auch parteipolitisch so weit auseinander, wie ihre jeweiligen Staaten geographisch voneinander entfernt waren.

Knapp sagte, ohne sich dazu Genehmigung vom Vorsitzenden einzuholen: »Wenn ich mich nicht irre, hat der Undersecretary den Zusatz unseres Kollegen mit einem eigenen gekontert. Ich glaube, er sagte, er behalte sich das Recht vor, ähnliche Fragen an die Angehörigen dieser Gruppe zu richten. Ein Recht, bei dem ich ernsthafte Zweifel hege, ob es eingeräumt werden sollte.«

»Ich glaube nicht, daß ich eine solche Forderung aufgestellt habe, Senator.« Trevayne sprach leise, aber fest in sein Mikrofon. »Wenn man es so ausgelegt hat, so bitte ich um Nachsicht. Ich *habe* kein Recht – und auch keinen Anlaß –, Zweifel an Ihren individuellen Überzeugungen zu äußern. Ich lege nur Wert darauf, daß diese Gruppe, sozusagen als Körperschaft, mich so überzeugt, wie ich das umgekehrt tun muß, daß sie sich ihrer Verpflichtung bewußt ist. Ihrer *kollektiven* Verpflichtung.«

»Mr. Chairman?« Der Antragsteller war der etwas ältliche Senator aus West Virginia, ein Mann namens Talley. Er war außerhalb des Clubs nur wenig bekannt, dort jedoch sehr geschätzt, sowohl wegen seines liebenswürdigen Naturells als auch wegen seiner Intelligenz.

»Senator Talley?«

»Ich würde gerne Mr. Trevayne die Frage stellen, weshalb er dieses Thema anspricht. Wir wollen dasselbe; sonst wäre keiner von uns hier. Offen gestanden, ich war bisher der Ansicht, dies würde eine der kürzesten Anhörungen werden, die es bisher gegeben hat. Was meine Person betrifft, so habe ich großes Vertrauen zu Ihnen. Erwidern Sie dieses Vertrauen nicht? Wenn nicht persönlich, dann zumindest kollektiv – um Ihre Formulierung zu benutzen?«

Trevayne sah zum Vorsitzenden hinüber und erbat sich damit stumm die Genehmigung, die Frage zu beantworten. Senator Gillette nickte.

»Selbstverständlich tue ich das, Senator Talley. Und dazu kommt noch ungeheurer Respekt. Ich wünsche ausdrücklich, wegen des Vertrauens, das ich Ihnen entgegenbringe, und wegen meines Respekts für Sie, daß ich auf dieses Protokoll Bezug nehmen kann und sicherstellen, daß wir einander verstehen. Der Unterausschuß für die Verteidigungskommission wird völlig machtlos sein, wenn er nicht von so unvoreingenommenen und einflußreichen Männern, wie Sie es sind, unterstützt wird.« Trevayne hielt inne und ließ seinen Blick von einer Seite des Tisches zur anderen wandern. »Wenn Sie mich bestätigen, Gentlemen, und das hoffe ich übrigens, werde ich Hilfe brauchen.«

Der Mann aus West Virginia bemerkte nicht, wie unbehaglich einigen seiner Kollegen offenbar wurde. »Gestatten Sie mir, daß ich meine Frage neu formuliere, Mr. Undersecretary. Ich bin alt oder naiv genug oder vielleicht beides, um zu glauben, daß Männer guten Willens – wenn auch unterschiedlicher Anschauungen – sich in einer gemeinsamen Sache finden können. Das Vertrauen, das Sie in uns suchen, sollte, so würde ich hoffen, von dem bestätigt werden, was wir zueinander in diesem Raum sagen. Sollte Sie das nicht befriedigen, so haben Sie jedes Recht, darauf hinzuweisen. Warum wollen Sie nicht zuerst einmal abwarten?«

»Einen vernünftigeren Rat könnte ich mir nicht wünschen, Senator Talley. Ich fürchte, meine ursprüngliche Nervosität hat meine Betrachtungsweise etwas verwirrt. Ich werde mir Mühe geben, das Thema nicht noch einmal anzusprechen.«

Gillette spähte wieder über seine Brillengläser hinweg und sah Trevayne an, und als er sprach, war klar zu erkennen, daß er verärgert war. »Sie können hier jedes beliebige Thema ansprechen, Sir. Ebenso wie wir das tun werden.« Er blickte auf den Block, den er vor sich liegen hatte, auf seine eigenen Notizen. »Senator Norton. Sie haben den Aspekt von Mr. Trevaynes allgemeiner Philosophie vorgebracht. Würden Sie das verdeutlichen – kurz, wenn ich Sie bitten darf –, damit wir die Frage klären und fortfahren können. Ich vermute, Sie wünschen sich davon zu überzeugen, daß unser Gast zumindest dem Namen nach die grundlegenden Gesetze dieses Landes für richtig hält und unterstützt.«

»Mr. Undersecretary.« Nortons ausgeprägter Vermontdialekt schien jetzt noch ausgeprägter, als er den Kandidaten musterte.

Norton wußte stets, wann er die Yankeeplatte auflegen mußte. Das hatte ihm in vielen solchen Senatsanhörungen Nutzen gebracht – besonders wenn Fernsehkameras zugegen waren. Es verlieh ihm das Gepräge des erdverbundenen Amerikaners. »Ich will mich kurz fassen, das liegt im beiderseitigen Interesse ... Ich möchte Sie gerne fragen, ob Sie das politische System, unter dem dieses Land lebt, akzeptieren und unterstützen?«

»Natürlich tue ich das.« Trevayne überraschte die Naivität der Frage. Aber nicht lange.

»Mr. Chairman ...« Alan Knapp sprach, als hätte jemand ihm ein Stichwort gegeben. »Mich zumindest beunruhigt ein Aspekt der politischen Vergangenheit des Undersecretary. Mr. Undersecretary, Sie sind das, was man als einen ... Unabhängigen bezeichnet, wenn ich mich nicht irre.«

»Das stimmt.«

»Das ist interessant. Ich weiß natürlich, daß man in vielen Bereichen den Terminus ›politisch unabhängig‹ sehr verehrt. Das klingt so naturverbunden und selbstbewußt.«

»Das ist nicht meine Absicht, Senator.«

»Aber es gibt noch einen anderen Aspekt einer solchen Haltung«, fuhr Knapp fort, ohne auf Trevaynes Antwort einzugehen. »Und die finde ich nicht besonders unabhängig ... Mr. Trevayne, es entspricht doch der Wahrheit oder nicht, daß Ihre Firmen beträchtlichen Gewinn aus Regierungskontrakten gezogen haben – besonders während des Höhepunkts der Weltraumausgaben?«

»Das ist richtig. Ich glaube, wir haben alle Gewinne, die wir erzielt haben, ordnungsgemäß belegt.«

»Das würde ich hoffen ... Aber dennoch frage ich mich, ob das Fehlen parteipolitischer Bindungen in Ihrem Fall nicht von anderen als ideologischen Motiven bedingt ist. Indem Sie weder der einen noch der anderen Seite angehören, haben Sie sich jedenfalls aus jedem politischen Konflikt herausgehalten, nicht wahr?«

»Auch das war nicht meine Absicht.«

»Ich meine, es wäre schwierig, aus politischem Grund Einwände gegen Sie vorzubringen, da Ihre Überzeugung ja ... unter der Klassifizierung ›unabhängig‹ vergraben ist.«

»Einen Augenblick, Senator!« Der Vorsitzende war sichtlich erregt und sprach mit scharfer Stimme.

»Ich würde dazu gerne eine Bemerkung machen, wenn ich darf –«

»Sie *dürfen*, Mr. Trevayne, nach meinen eigenen Feststellungen. Senator Knapp, ich dachte, ich hätte klargestellt, daß es sich hier um eine parteifreie Anhörung handelt. Ich finde Ihre Bemerkungen nicht relevant und, offen gestanden, geschmacklos. Jetzt können Sie sich äußern, Mr. Undersecretary.«

»Ich würde den Senator gerne davon informieren, daß jedermann zu jeder Zeit sich ein Bild von meinen politischen Ansichten machen kann, indem er mich einfach nach ihnen fragt. Ich bin nicht scheu. Allerdings war mir nicht bewußt, daß Regierungskontrakte auf der Grundlage politischer Verbindungen vergeben werden.«

»Genau, was ich sagen wollte, Mr. Trevayne.« Knapp wandte sich zur Mitte des Tisches. »Mr. Chairman, in den sieben Jahren, die ich dem Senat angehöre, habe ich viele Male diejenigen unterstützt, deren Politik von meiner eigenen abwich, und habe umgekehrt Mitgliedern meiner eigenen Partei die Unterstützung versagt. In solchen Fällen basierte meine Billigung oder Mißbilligung auf den jeweils zur Debatte stehenden Fragen. Wir alle sind es unserem Gewissen schuldig, so zu handeln. Was mich an unserem Kandidaten stört, ist, daß er es vorzieht, als ›parteifrei‹ bezeichnet zu werden. Das beunruhigt mich. Ich fürchte solche Leute in Machtpositionen. Ich wundere mich über ihre sogenannte Unabhängigkeit. Ich frage mich, ob es statt dessen nicht nur bequem ist, jeweils Gefährte des stärksten Windes zu sein?«

Einen Augenblick lang herrschte Schweigen im Saal. Gillette nahm die Brille ab und wandte sich Knapp zu.

»Heuchelei ist eine sehr ernste Anspielung, Senator.«

»Verzeihen Sie mir, Mr. Chairman. Sie haben uns aufgefordert, unser Gewissen zu erforschen … Und wie Richter Brandeis erklärte, reicht Ehrlichkeit für sich alleine nicht. Der Anschein der Integrität muß dazu kommen. Cäsars Frau, Mr. Chairman.«

»Wollen Sie damit vorschlagen, Senator, daß ich mich einer politischen Partei anschließen soll?« fragte Trevayne ungläubig.

»Ich schlage überhaupt nichts vor. Ich melde Zweifel an, und das ist die Funktion, die uns hier verbindet.«

John Morris, Senator aus Illinois, brach das Schweigen. Er war der jüngste unter den Anwesenden, Mitte der Dreißig, und ein brillanter Anwalt. Jedesmal, wenn Morris einem Ausschuß zugeteilt wurde, nannte man ihn ohne Ausnahme den ›Teenager‹. Damit vermied man ein anderes Etikett. Denn Morris' Haut war schwarz, er war ein Neger, der sich schnell im System nach oben gearbeitet hatte. »Sie haben nicht ... Oh, Mr. Chairman?«

»Bitte, Senator.«

»Sie haben nicht Zweifel geäußert, Mr. Knapp. Sie haben eine Anklage vorgebracht. Sie haben einen großen Teil unseres Wählerpublikums der potentiellen Täuschung bezichtigt. Sie haben diesen Teil der Wählerschaft in eine Position der ... des Bürgerrechts zweiter Klasse gewiesen. Ich verstehe Ihre Feinheiten durchaus, will sogar zubilligen, daß sie in gewissen Situationen angemessen sind. Aber hier haben sie meiner Ansicht nach keine Gültigkeit.«

Der Senator aus New Mexico, der allseits bewunderte Chicano, beugte sich vor und sah Morris beim Sprechen an. »Es gibt hier zwei von uns, die nur zu gut wissen, was man unter Bürgerschaft zweiter Klasse versteht, Senator. Meiner Ansicht nach ist es zulässig, das Thema anzusprechen – es überhaupt anzusprechen. Man sucht immer nach Gewichten und Gegengewichten. Das ist der tiefere Sinn unseres Systems. Aber ich glaube, daß man das Thema, sobald man es einmal angesprochen hat, leicht damit wieder vom Tisch bringen kann, daß der zu bestätigende Mann uns eine klare Antwort gibt. ... Mr. Undersecretary? Dürfen wir, um es in das Protokoll aufzunehmen, davon ausgehen, daß Sie nicht ein ... eingeschworener Gefährte des Windes sind? Daß Ihre Ansichten in der Tat ebenso unabhängig sind wie Ihre Politik?«

»Das dürfen Sie, Sir.«

»Das habe ich angenommen. Ich habe zu diesem Thema keine weiteren Fragen.«

»Senator?«

»Ja, Mr. Trevayne?«

»Sind es die Ihren?«

»Wie bitte?«

»Sind es die Ihren? Ist Ihr Urteil – und das Urteil jedes einzelnen Mitgliedes dieser Gruppe – unabhängig von äußerem Druck?«

Einige Senatoren sprachen gleichzeitig erzürnt in ihre Mikrofone; Armbruster aus Kalifornien lachte, Senator Weeks aus Maryland unterdrückte ein Lächeln, indem er ein Taschentuch aus seinem maßgeschneiderten Blazer zog, und der Vorsitzende griff nach dem Hammer.

Als wieder Ruhe hergestellt war, tippte Norton aus Vermont Senator Knapp an. Das war ein Zeichen. Ihre Blicke begegneten sich, und Norton schüttelte den Kopf – kaum merkbar, aber die Botschaft war klar.

Knapp hob seinen Block und zog unauffällig einen Aktendeckel darunter hervor. Er griff nach seiner Mappe, öffnete sie und schob den Aktendeckel hinein.

Auf dem Aktendeckel stand ein Name: »Mario de Spadante.«

8.

Um vier Uhr fünfzehn wurde eine Pause eingelegt; die Anhörung sollte um fünf Uhr fortgesetzt werden.

Seit Andrews höfliche, aber auf explosive Art unerwartete Frage in den Saal geplatzt war, war es Gillette gelungen, die Ermittlungen schnell durch die sich daran anschließende Erregung zu steuern und weniger abstrakte Bereiche in Trevaynes Qualifikationen zu erreichen.

Andrew war vorbereitet; seine Antworten kamen schnell, präzise und vollständig. Er überraschte selbst Walter Madison, der nur selten von seinem außergewöhnlichen Klienten überrascht wurde. Er ratterte Fakten und Erklärungen mit solcher Selbstsicherheit herunter, daß selbst jene, die sich Mühe gaben, ihre Feindseligkeit zu bewahren, dies schwierig fanden.

Das umfassende Wissen auch über Details seiner früheren geschäftlichen Beziehungen erzeugte bei seinen Zuhörern häufig ein Gefühl der Sprachlosigkeit – und veranlaßte Senator Gillette dazu, der Meinung Ausdruck zu geben, daß sie nach einer Pause die Anhörung bis sieben Uhr abends spätestens – würden abschließen können.

»Sie sind mächtig in Form, Andy«, sagte Madison und streckte sich, als er sich von seinem Sessel erhob.

»Ich habe noch gar nicht angefangen. Das kommt erst im zweiten Akt.«

»*Bitte,* spielen Sie jetzt bloß nicht den Charlie Brown. Sie machen es gut. Wir sind bis sechs Uhr hier draußen. Die meinen, Sie seien ein Computer mit menschlichen Denkprozessen; verpatzen Sie es nicht.«

»Das müssen Sie *denen* sagen, Walter. Sagen Sie ihnen, daß sie es nicht verpatzen sollen.«

»Herrgott, Andy! Was wollen –«

»Sehr eindrucksvolle Leistung, junger Mann.« Der ältliche Talley, ehemaliger Bezirksrichter aus dem Staat West Virginia, ging auf die beiden zu, ohne zu bemerken, daß er ihr Gespräch störte.

»Danke, Sir. Das ist mein Anwalt, Walter Madison.« Die Männer schüttelten sich die Hand.

»Sie müssen sich ein wenig überflüssig vorkommen, würde ich meinen, Mr. Madison. Kommt nicht oft vor, daß ein New Yorker Spitzenanwalt wie Sie so leicht davonkommt.«

»Bei ihm bin ich das gewöhnt, Senator. Ich frage mich auch immer, weshalb er mir mein Honorar zahlt.«

»Was natürlich gelogen ist, sonst könnten Sie sich gar nicht leisten, das zu sagen. Ich war zwanzig Jahre in diesem Gewerbe tätig.«

Alan Knapp schloß sich der Gruppe an, und Trevayne spürte, wie sich in ihm ein Gefühl der Spannung entwickelte. Er mochte Knapp nicht. Nicht nur wegen seiner unnötigen Unhöflichkeit, sondern auch, weil Knapp das Wesen eines Inquisitors an sich hatte.

Aber der Knapp, der jetzt vor Trevayne stand, schien nicht derselbe Mann zu sein, der so eiskalt auf seinem Podest gesessen hatte. Er lächelte liebenswürdig, fast ansteckend, als er Trevayne die Hand schüttelte.

»Sie machen es hervorragend! Wirklich. Sie müssen sich auf diese Geschichte so vorbereitet haben wie der Chef auf eine Pressekonferenz, die im Fernsehen übertragen wird. Senator? Mr. Madison?«

Wieder wurden Hände geschüttelt, und der Geist der Verbrüderung, der hier offenkundig war, stand in krassem Gegensatz zu der Atmosphäre, die noch vor fünf Minuten geherrscht hatte. Trevayne fühlte sich unwohl, künstlich; und er mochte das Gefühl nicht.

»Sie machen es mir nicht leichter«, sagte er und lächelte Knapp kühl zu.

»O Gott, nehmen Sie das doch nicht persönlich, Mann. Ich tue hier meine Arbeit, so wie Sie die Ihre tun. Stimmt's, Madison? Habe ich nicht recht, Senator?«

Talley pflichtete nicht so schnell bei wie Madison. »Ich denke schon, Alan. Ich bin kein Kämpfertyp, also halte ich nicht viel von der Art, wie Sie es tun. Aber den meisten von Ihnen scheint das ja nichts auszumachen.«

»Dabei denkt sich keiner etwas ...«

»Das kann ich bestätigen, Gentlemen.« Das war Armbruster aus Kalifornien, der zwischen dicken Rauchwolken aus seiner Pfeife sprach. »Gute Arbeit, Trevayne ... Ich will Ihnen etwas sagen. Knapp war dabei, seinen – des Präsidenten – H. E. W.-Mann* ans Kreuz zu schlagen. Ich meine wirklich, ihn an Händen und Füßen anzunageln, und doch konnten die beiden, als die Anhörung vorbei war, es gar nicht abwarten, bis sie miteinander reden würden. Ich dachte: ›Verdammt, die sind noch jung genug, um sich zu prügeln!‹ Statt dessen hatten die es richtig eilig, sich ein Taxi zu schnappen. Ihre Frauen warteten in einem Restaurant auf sie. Sie sind ein Original, Senator.«

Knapp lachte. »Wußten Sie, daß er bei meiner Hochzeit vor fünfzehn Jahren Platzanweiser war? Der Mann, den der Präsident für die H. E. W.-Behörde ausgesucht hat?«

»Mr. Undersecretary?« Zuerst reagierte Trevayne nicht auf den Titel. Dann legte sich eine Hand auf seine Schulter.

Es war Norton von Vermont. »Haben Sie einen Augenblick Zeit?«

Trevayne löste sich aus der Gruppe, während Madison und Knapp anfingen, über eine juristische Feinheit zu diskutieren, und Armbruster Talley in ein Gespräch über die bevorstehende Jagdsaison in West Virginia befragte.

»Ja, Senator?«

»Ich bin sicher, daß Ihnen das inzwischen jeder gesagt hat. Sie steuern jetzt mitten durch die unruhige See, und der Hafen ist in Sicht. Bald sind wir hier draußen ...«

»Ich komme aus Boston, Senator, und ich segle gern, aber von Walfang verstehe ich nichts. Was wollen Sie damit sagen?«

»Schön. Lassen wir die Komplimente weg – obwohl Sie sie verdienen, das darf ich Ihnen sagen. Ich habe mich kurz mit einigen

---

* Health Education Welfare – die amerikanische Behörde, die sich mit Gesundheit, Erziehung und Sozialfürsorge befaßt. Anmerkung des Übersetzers.

meiner Kollegen unterhalten; Tatsache ist, daß wir uns vor der Anhörung sogar länger unterhalten haben. Wir wollen, daß Sie wissen, daß wir ebenso wie der Präsident empfinden. Sie sind der beste Mann für diese Position.«

»Sie werden Nachsicht mit mir haben, wenn ich die Methoden etwas eigenartig finde, mit denen Sie diese Empfindung unterstützen.«

Norton lächelte das dünnlippige Lächeln eines Yankeehändlers. Und er befand sich jetzt mitten in einem Handel, daran bestand kein Zweifel. »Nicht eigenartig, Trevayne, nur notwendig; sehen Sie, junger Freund, Sie sitzen auf dem Schleudersitz. Falls irgend etwas schiefgeht – was übrigens niemand annimmt –, dann muß diese Anhörung in Ihrem Protokoll ganz eindeutig sein. Versuchen Sie, das zu verstehen; daran ist nichts Persönliches.«

»Das hat Knapp auch gesagt.«

»Er hat recht ... Ich glaube allerdings nicht, daß der alte Talley das versteht. Verdammt, drunten in West Virginia stellen die nicht einmal einen Gegenkandidaten gegen ihn auf. Nicht ernsthaft jedenfalls.«

»Dann ist Talley keiner von den Kollegen, mit denen Sie sich besprochen haben.«

»Offen gestanden nein.«

»Und Sie haben immer noch nicht gesagt, was Sie sagen wollten, nicht wahr?«

»Verdammt, Mann, lassen Sie sich Zeit! Ich versuche, Ihnen zu erklären, wie hier gespielt wird, damit Sie es begreifen. Sie haben die Bestätigung ... das heißt, Sie werden sie bekommen, wenn Sie uns nicht in die Opposition zwingen. Das würde keinem von uns gefallen.«

Trevayne sah Norton scharf an; er hatte viele hagere, verwitterte Männer wie diesen gesehen, wenn sie sich über Farmzäune beugten oder in Marblehead über die Dünen aufs Meer hinaussahen. Man wußte nie, was diese verwitterten Augen alles sahen. »Schauen Sie, Senator, ich will von diesem Anhörungsausschuß nichts anderes als die Versicherung, daß der Unterausschuß frei handeln kann. Wenn ich Ihre aktive Unterstützung nicht bekommen kann, brauche ich zumindest Ihre Garantie, daß Sie den Unterausschuß vor Störungen schützen werden. Ist das so viel verlangt?«

Norton sprach lakonisch, war ganz der Yankeehändler, der seine Ware betastete. »Frei handeln? Mhm … Nun, lassen Sie mich es Ihnen sagen, junger Mann. Manche Leute werden ein wenig nervös, wenn einer darauf besteht, daß er … frei handeln möchte; daß er es nicht dulden wird, wenn man ihn unter Druck setzt. Man muß sich da immer fragen … Es gibt guten Druck und nicht so guten Druck. Letzteren mag keiner. Guter Druck, das ist wieder etwas ganz anderes. Es ist doch beruhigend, wenn man weiß, daß ein Mann noch jemand anderem außer seinem Herrgott verantwortlich ist, ist das nicht so?«

»Sicherlich würde ich verantwortlich sein. Ich habe es nie anders erwartet.«

»Aber es ist so ein Gedanke, der Ihnen erst nachträglich gekommen ist, nicht wahr? … Die Zielsetzung dieses Unterausschusses besteht nicht darin, das persönliche Ego eines einzelnen zu befriedigen, Trevayne. Seine Aufgabe geht weit darüber hinaus. Vielleicht haben Sie nicht das Temperament dafür. Das habe ich mit ›Zielsetzung‹ gemeint. Wir wollen keinen Savonarola.«

Norton sah Trevayne voll in die Augen und ließ seinen Blick nicht los. Der Yankee handelte hier mit Abstraktionen, als wären sie Pferdefleisch, und er verstand sich darauf. Er deutete kein einziges Mal an, daß er irgend etwas anderes als das philosophische Salz der guten braunen Erde wäre.

Trevayne erwiderte den Blick und versuchte, von Nortons Worten die Heuchelei abzuschälen, die er in ihnen vermutete. Aber das war nicht möglich.

»Diese Entscheidung werden Sie treffen müssen, Senator.«

»Macht es Ihnen etwas aus, wenn ich mich mit Ihrem Anwalt unterhalte? Wie heißt er?«

»Madison. Walter Madison. Es macht mir überhaupt nichts aus. Aber ich nehme an, er wird Ihnen sagen, daß ich ein schrecklicher Mandant bin. Er ist davon überzeugt, daß ich nie auf ihn höre, wenn ich das sollte.«

»Kann ja nicht schaden, wenn ich es versuche, junger Freund. Sie sind hartnäckig, aber ich mag Sie.«

Norton drehte sich um und ging auf Madison und Knapp zu. Er streckte Madison die Hand hin; wenn jemand im Saal sie beobachtet hätte, so hätte er angenommen, daß der Senator sich nur vorstellte.

Aber das war nicht der Fall.

»Verdammt, Madison! Was, zum Teufel, geht hier vor?« sagte Norton leise, aber eindringlich. »Der hat etwas gerochen! Das haben Sie uns nicht gesagt!«

»Ich habe es nicht *gewußt!* Ich habe gerade Knapp erklärt, daß ich keine Ahnung habe, was hier vorgeht.«

»Dann sollten Sie es besser herausfinden«, sagte Alan Knapp kühl.

Die Anhörung begann wieder um sieben Minuten nach fünf, wobei die Verzögerung darauf zurückzuführen war, daß drei Senatoren nicht rechtzeitig mit dem fertig geworden waren, was sie draußen hatten erledigen müssen. Aber die sieben Minuten gaben Walter Madison Gelegenheit, mit seinem Mandanten alleine zu reden. »Dieser Norton hat mich angesprochen.«

»Ich weiß; er hat mich um Erlaubnis gebeten.« Trevayne lächelte.

»Andy, an dem, was er sagt, ist sehr viel Logisches. Die werden Sie nicht bestätigen, wenn sie zu dem Schluß kommen, Sie würden hier den Makler der Macht spielen. Wenn Sie in deren Schuhen stecken würden, dann würden Sie das auch nicht. Sie würden noch viel härter sein als die, und ich denke, das wissen Sie.«

»Zugegeben.«

»Was ist es dann, was Sie beunruhigt?«

Trevayne blickte geradeaus, als er sprach. »Ich bin gar nicht sicher, daß ich den Job haben will, Walter. Ganz sicher will ich ihn nicht, wenn ich die Sache nicht auf meine Art anpacken kann. Das habe ich Ihnen gesagt; das habe ich Baldwin gesagt und Robert Webster auch.« Jetzt wandte sich Trevayne seinem Anwalt zu. »In meiner Vergangenheit ist nichts, das die Savonarola-Anklage unterstützen würde.«

»Die was?«

»Das hat Norton mir hingeworfen. Savonarola. Sie haben es ›Makler der Macht‹ genannt. Das bin ich nicht, und das wissen die ... Wenn man mich bestätigt, muß ich in der Lage sein, das Büro eines jeden Senators in diesem Anhörungsausschuß aufzusuchen, und wenn ich Hilfe brauche, muß ich die ohne Widerspruch bekommen. Ich muß dazu imstande sein ... Man hat die hier Anwesenden nicht willkürlich ausgewählt. Jeder der Staaten dieser Männer hat wichtige Verträge des Pentagon; einige weniger als andere, aber die bilden eine Minderheit – das ist Fassade. Der Senat wußte genau, was er tat, als er diese Gruppe aufstellte. Die einzige Methode, mit der ich sicherstellen kann, daß der Senat diesen Unterausschuß nicht behindert, besteht darin, daß ich diese Wachhunde ihrer jeweiligen Wählergemeinden in die Defensive dränge.«

»Was?«

»Indem ich sie dazu bringe, sich vor mir zu rechtfertigen … im Protokoll. Das Protokoll muß zeigen, daß die hier vertretene Gruppe eine notwendige Zugabe zu dem Unterausschuß ist. Ein Partner.«

»Das werden die nicht tun! Der Zweck dieser Anhörung ist einzig und allein der, Sie zu bestätigen. Andere Forderungen gibt es nicht.«

»Doch, wenn ich es völlig klarmache, daß der Unterausschuß nicht ohne Kooperation des Senates funktionieren kann, insbesondere nicht ohne die aktive Mitwirkung dieser Gruppe hier. Wenn ich von *denen* keine Zusage bekomme, hat es keinen Sinn, wenn ich weitermache.«

Madison starrte seinen Mandanten an. »Und was werden Sie dadurch gewinnen?«

»Die werden dann ein Teil der … Inquisition. Jeder Mann für sich ein Inquisitor, und keiner sicher, in welchem Maß sein ›geschätzter Kollege‹ eingeschaltet ist. Gemeinsamer Wohlstand, gemeinsame Verantwortung.«

»Und gemeinsame Risiken?« fragte Madison leise.

»Das haben Sie gesagt; nicht ich.«

»Und was passiert, wenn die Sie ablehnen?«

Trevayne sah zu der sich versammelnden Gruppe von Senatoren hinüber. Seine Augen blickten in weite Ferne, seine Stimme war ausdruckslos und kalt. »Dann berufe ich morgen eine Pressekonferenz ein, die diese gottverdammte Stadt in Stücke reißt.«

Walter Madison wurde klar, daß es nichts mehr zu sagen gab.

Trevayne wußte, daß es aus der Anhörung hervorkommen mußte. Als eine sich langsam offenbarende Notwendigkeit; logisch, ohne Druck. Er fragte sich, wer die Worte als erster sagen und damit die Frage erzwingen würde.

Es überraschte ihn nicht sehr, daß es der alte Senator Talley war, der verwitterte Landrichter aus West Virginia. Ein Mitglied der Minderheit, Fassade. Keiner von Nortons ›Kollegen‹.

Es geschah um fünf Uhr siebenundfünfzig. Talley beugte sich vor und sah den Vorsitzenden an; das Wort wurde ihm erteilt, und er wandte sich dem Kandidaten zu und sprach.

»Mr. Trevayne, wenn ich Sie richtig verstehe, und das tue ich, glaube ich, ist Ihre Hauptsorge das Maß an praktischer Unterstützung, das Ihnen von denjenigen von uns zuteil werden wird, die solche Unterstützung bieten können. Das kann ich verstehen; das ist eine logische Forderung ... Nun, Sie sollten wissen, Sir, daß der Senat der Vereinigten Staaten nicht nur eine große Institution ist, sondern auch eine Gruppe von Persönlichkeiten, die diesem Staat und ihrem Amt sehr ergeben sind. Ich bin sicher, daß ich für alle von ihnen spreche, wenn ich Ihnen sage, daß *mein* Büro Ihnen offensteht. Es gibt eine Anzahl von Einrichtungen der Regierung im Staate West Virginia; ich hoffe, daß Sie sich aller Informationen bedienen werden, die mein Büro Ihnen liefern kann.«

Mein Gott, dachte Trevayne, der meint das völlig ernst. Regierungseinrichtungen!

»Danke, Senator Talley. Nicht nur für Ihr Angebot, sondern auch dafür, daß Sie hier ein praktisches Thema geklärt haben. Nochmals vielen Dank, Sir. Ich kann nur hoffen, daß Sie für alle sprechen.«

Armbruster aus Kalifornien lächelte und sagte langsam: »Haben Sie etwa Grund, anders zu denken?«

»Ganz und gar nicht.«

»Aber Sie würden mehr Vertrauen empfinden«, fuhr der Kalifornier fort, »würden unsere Bestätigung mehr schätzen, wenn im Protokoll der Sitzung dieses Nachmittags eine gemeinsame Resolution stünde, daß wir Ihren Unterausschuß auf jede uns mögliche Art unterstützen wollen.«

»Das würde ich, Senator.«

Armbruster wandte sich zur Mitte des Tisches. »Ich hätte keinen Einwand gegen diese Bitte, Mr. Chairman.«

»So sei es.« Gillette hatte Trevayne angestarrt. Jetzt schlug er seinen Hammer einmal hart auf. »Im Protokoll soll stehen ...«

Es geschah. Einer nach dem anderen gaben die Senatoren ihre Erklärungen ab, jeder so ehrlich, so echt, wie in der vorangegangenen Aussage.

Trevayne lehnte sich in seinen Sessel zurück und lauschte den wohlgewählten Worten, registrierte Sätze, von denen er wußte, daß er sie sich bald seinem Gedächtnis einprägen würde. Er hatte es geschafft; er hatte die Gruppe dahin manövriert, daß sie freiwillig diese Resolution faßte. Es machte kaum einen Unterschied, daß wenige, wenn überhaupt welche, ihre Worte honorieren würden. Das wäre nett, aber es hatte eigentlich nichts zu bedeuten. Was etwas zu bedeuten hatte, war die Tatsache, daß er sie im Protokoll stehen hatte, sie jederzeit zitieren konnte. Webster im Weißen Haus hatte ihm eine Kopie des Protokolls versprochen; es würde nicht schwierig sein, einzelne Teile davon an die Presse durchsickern zu lassen.

Gillette blickte von seinem Allerheiligsten auf Trevayne herab. Seine Stimme war ausdruckslos, seine Augen – hinter seinen dicken Brillengläsern ins Riesenhafte vergrößert kalt und feindselig.

»Wünscht der Kandidat eine Erklärung abzugeben, ehe wir ihn entlassen?«

Andrew erwiderte den Blick des Vorsitzenden. »Ja, das wünsche ich, Sir.«

»Ich darf hoffen, daß es eine kurze Erklärung sein wird, Mr. Undersecretary«, sagte Gillette. »Dieser Ausschuß muß versuchen, seine Geschäfte – auf Ersuchen des Präsidenten – zu Ende zu bringen, und es ist spät.«

»Ich werde mich kurz fassen, Mr. Chairman.« Trevayne nahm ein Blatt Papier aus dem Stapel, der vor ihm lag, und blickte zu den Senatoren hinauf. Er lächelte nicht; er legte überhaupt kein Gefühl in seine Miene und sprach mit einfachen Worten: »Ehe Sie zu dem Beschluß kommen, ob Sie meine Ernennung nun bestätigen oder ablehnen, Gentlemen, sollten Sie, glaube ich, die Ergebnisse von vorläufigen Studien kennen, die ich angestellt habe. Sie werden die Basis meiner Tätigkeit – der Tätigkeit des Unterausschusses – sein, sofern Sie mir die Bestätigung zuteil werden lassen. Und da es sich hier um eine Anhörung unter Ausschluß der Öffentlichkeit handelt, bin ich zuversichtlich, daß meine Bemerkungen auch nicht über diesen Raum hinausgehen werden … Ich habe die letzten Wochen – mit Unterstützung der Kontrollbehörde – damit verbracht, die Aufträge des Verteidigungsministeriums bei den folgenden Firmen zu analysieren: Lockheed Aircraft, I.T.T. Corporation, General Motors, Ling-Tempco, Litton und Genessee

Industries. Nach meiner Überzeugung haben eine, zwei oder möglicherweise sogar drei dieser Firmen entweder individuell oder gemeinsam Schritte unternommen, um sich innerhalb der Entscheidungsprozesse der Bundesregierung außergewöhnliche Autorität zu beschaffen. Das ist in höchstem Maße unkorrekt. Nach allem, was ich feststellen konnte, muß ich Ihnen jetzt sagen, daß ich fest überzeugt bin, daß insbesondere eine Firma sich hier besonders hervorgetan hat. Mir ist voll bewußt, wie schwerwiegend diese Anschuldigung ist. Es ist meine Absicht, sie zu begründen, und bis zu diesem Zeitpunkt werde ich die betreffende Firma nicht namhaft machen. Das ist meine Erklärung, Mr. Chairman.«

Im Saal herrschte Stille. Jeder der Senatoren hielt seine Augen auf Andrew Trevayne gerichtet. Keiner sagte etwas, niemand bewegte sich.

Senator Gillette griff nach dem Hammer, hielt dann aber inne und zog die Hand zurück. Dann sagte er leise: »Sie sind entschuldigt, Mr. Undersecretary ... Und vielen Dank.«

9.

Trevayne zahlte das Taxi und stieg vor dem Hotel aus. Es war warm, eine laue Brise wehte. September in Washington. Er sah auf die Uhr; es war fast halb zehn, und er war am Verhungern. Phyllis hatte gesagt, daß sie das Abendessen aufs Zimmer bestellen würde; ein ruhiges Abendessen oben war genau das, was sie wollte. Ein ruhiges Abendessen mit zwei Leibwächtern rund um die Uhr – eine Aufmerksamkeit des Weißen Hauses – im Hotelkorridor.

Trevayne ging auf die Drehtür zu, als ein Chauffeur, der am Haupteingang gestanden hatte, auf ihn zukam. »Mr. Trevayne?«

»Ja?«

»Würden Sie so freundlich sein, Sir?« Der Mann deutete an den Randstein auf einen schwarzen Ford LTD, offensichtlich ein Regierungsfahrzeug. Trevayne ging zu dem Wagen und sah Senator Gillette, die Brille auf der Nase, etwas finster blickend, auf dem Rücksitz. Die Scheibe summte herunter, und der alte Mann beugte sich vor.

»Könnten Sie fünf Minuten für mich erübrigen, Mr. Undersecretary? Laurence wird uns um den Block herumfahren.«

»Natürlich.« Trevayne stieg ein.

»Fast alle denken, der Frühling sei die beste Jahreszeit in Washington«, sagte Gillette, als der Wagen sich langsam in Bewegung setzte. »Ich nicht. Mir hat immer der Herbst besser gefallen. Aber ich bin natürlich ein gegensätzlicher Typ.«

»Das muß nicht sein. Oder vielleicht bin ich auch ein gegensätzlicher Typ. September und Oktober sind für mich die besten Monate. Besonders in New England.«

»Zum Teufel, das sagen alle. Alle Ihre Dichter ... Die Farben, kann ich mir vorstellen.«

»Wahrscheinlich.« Trevayne sah den Politiker an, und sein Gesichtsausdruck vermittelte seine Botschaft.

»Aber ich habe Sie nicht aufgefordert, mit mir um den Block zu fahren, um mit Ihnen über den Herbst in New England zu diskutieren, nicht wahr?«

»Wahrscheinlich nicht.«

»Nein, selbstverständlich nicht ... Nun, Sie haben Ihre Bestätigung. Sind Sie zufrieden?«

»Natürlich.«

»Das tut gut«, sagte der Senator desinteressiert und sah zum Fenster hinaus. »Man würde meinen, daß der Verkehr jetzt nachläßt, aber das tut er nicht. Die verdammten Touristen; die sollten die Lichter in der Mall abschalten. Alle Lichter.« Gillette wandte sich zu Trevayne. »In all meinen Jahren in Washington habe ich nie so viel unerträgliche taktische Arroganz gesehen, Mr. Undersecretary ... Sie waren vielleicht ein wenig subtiler, mehr Honig, als der aufgeblasene Joe – ich meine damit natürlich den verblichenen und nicht sehr distinguierten McCarthy –, aber die Ziele, die Sie sich gesetzt hatten, waren ebenso tadelnswert.«

»Da bin ich nicht Ihrer Ansicht.«

»Oh? ... Wenn es nicht taktisch war, dann war es instinktiv, das ist noch gefährlicher. Wenn ich das glaubte, würde ich das Hearing noch einmal einberufen und mir verdammte Mühe geben, daß man Sie ablehnt.«

»Dann hätten Sie heute nachmittag dafür sorgen müssen, daß Ihre Gefühle allen bekannt sind.«

»Was? Und Ihnen Ihre Bestätigung auf einem silbernen Tablett überreichen? Kommen Sie, Mr. Undersecretary, Sie haben es hier nicht mit dem alten Judge Talley zu tun. O nein! Ich habe mitgemacht. Ich habe jedem einzelnen von uns reichlich Gelegenheit gegeben, sich Ihrem *Heiligen Kreuzzug* anzuschließen! Es kam nichts anderes in Frage! Nein, Sir! Es gab keine Alternative, und das haben Sie gewußt.«

»Warum würde es dann morgen eine Alternative geben? Ich meine, wenn Sie die Gruppe noch einmal zusammenriefen und meine Bestätigung zurückzögen?«

»Weil ich achtzehn Stunden hätte, um jede Woche Ihres Lebens auseinanderzuzupfen, junger Mann. Es auseinanderzuzupfen, eine Anzahl von Ingredienzen neu zu arrangieren und alles wieder zusammenzufügen. Und sobald ich damit fertig wäre, stünden Sie auf der Liste des Generalstaatsanwalts.«

»Warum tun Sie dann nicht genau das, Mr. Chairman.« Das war keine Frage.

»Weil ich Frank Baldwin angerufen habe ... Und warum sorgen Sie nicht, daß diese Arroganz aufhört? Das steht Ihnen nicht zu Gesicht, Sir.«

Baldwins Name verblüffte Trevayne. »Was hat Baldwin gesagt?«

»Daß Sie das, was Sie getan haben, nicht getan hätten, wenn man Sie nicht provoziert hätte. Mächtig provoziert. Er sagte, er kenne Sie jetzt fast zehn Jahre; er könnte sich nicht irren.«

»Ich verstehe.« Trevayne griff in die Tasche nach seinen Zigaretten und zündete sich eine an. »Und das haben Sie akzeptiert?«

»Wenn Frank Baldwin mir sagte, daß jeder Astronaut schwul ist, dann würde ich das für ein Kapitel aus der Heiligen Schrift halten. Was ich von Ihnen wissen möchte, ist, was passiert ist?«

»Nichts. Nichts ... ist passiert.«

»Sie haben nicht ohne Grund jeden einzelnen Senator dazu gezwungen, Ihren Andeutungen von Schuld mit Unschuldsprotesten zu widersprechen! Denn genau das ist es, was Sie getan haben! Sie haben den Vorgang der Bestätigung lächerlich gemacht ... und das habe ich gar nicht geschätzt, Sir.«

»Sagen Leute wie Sie immer ›Sir‹, wenn Sie predigen?«

»Es gibt verschiedene Methoden, um das Wort ›Sir‹ zur Wirkung zu bringen, Mr. Undersecretary.«

»Ich bin sicher, daß Sie darin Meister sind, Mr. Chairman.«

»Hatte Frank Baldwin recht? Hat man Sie provoziert ... mächtig provoziert? Und wer hat es getan?«

Trevayne tippte mit seiner Zigarette vorsichtig an den Rand des

Aschenbechers und sah den älteren Mann an. »Angenommen, es hätte eine solche Provokation gegeben, was würden Sie dann unternehmen?«

»Mich zuerst vergewissern, ob es Provokation war, und nicht nur ein Zwischenfall oder mehrere, die unnötig aufgebläht wurden und die sich in Wirklichkeit leicht klären lassen. Sollte sich herausstellen, daß eine Provokation vorliegt, würde ich die dafür Verantwortlichen in mein Büro rufen und dafür sorgen, daß man sie aus Washington verjagt ... Dieser Unterausschuß soll nicht beeinträchtigt werden.«

»Das klingt gerade, als ob das Ihr Ernst wäre.«

»Das ist es, Sir. Es ist höchste Zeit, daß diese Arbeit anfängt. Wenn es Störungen gegeben hat, irgendwelche Versuche, Einfluß zu nehmen, dann möchte ich, daß man dem mit den wirksamsten Maßnahmen, die es gibt, ein Ende macht.«

»Ich glaube, das habe ich heute nachmittag bewirkt.«

»Wollen Sie sagen, daß bei dem Hearing Senatoren zugegen waren, die versucht haben, in unangemessener Weise auf Sie Einfluß zu nehmen?«

»Ich habe keine Ahnung.«

»Was *wollen* Sie dann sagen?«

»Es *hat* eine Provokation gegeben, das will ich zugeben; von wo sie ausging, weiß ich nicht. Ich weiß nur, daß ich, wenn das so weitergeht, jetzt in der Lage bin, es zu verbreiten oder ihm ein Ende zu machen.«

»Wenn eine Unkorrektheit vorlag, obliegt es Ihnen, das zu melden.«

»Wem?«

»Den zuständigen Behörden; davon gibt es genug!«

»Vielleicht habe ich das getan.«

»Dann wäre es Ihre Pflicht gewesen, den Anhörungsausschuß zu informieren!«

»Mr. *Chairman*, diese Anhörung heute nachmittag war ein Politikum. Die Mehrzahl jener Männer vertreten Staaten, deren Wirtschaft in starkem Maße von Regierungseinrichtungen und -kontrakten abhängig ist.«

»Sie haben über uns alle einen Schuldspruch gefällt!«

»Ich habe über niemanden einen Spruch gefällt. Ich ergreife nur Maßnahmen, die mir unter den gegebenen Umständen passend erscheinen. Maßnahmen, um sicherzustellen, daß diese Männer mich nicht hindern können.«

»Sie haben unrecht, Sie haben das falsch interpretiert.« Gillette sah, daß der Wagen sich wieder Trevaynes Hotel näherte. Er beugte sich nach vorne. »Halten Sie an, Laurence. Es dauert nur noch ein paar Augenblicke ... Trevayne, ich muß Zweifel an Ihrem Urteilsvermögen äußern. Sie machen oberflächliche Beobachtungen und ziehen daraus irrige Schlüsse. Sie tragen flammende Andeutungen vor und weigern sich, sie zu beweisen. Und was das Gefährlichste ist, Sie halten sachdienliche und wie ich glaube außergewöhnliche Informationen zurück und bauen sich selbst damit als eine Art willkürlichen Zensor auf, der entscheidet, was der Senat erfahren darf und was nicht. Meiner Ansicht nach haben Frank Baldwin und seine Kommission einen großen Fehler gemacht, indem sie Sie empfohlen haben; und der Präsident befindet sich ebenfalls in einem Irrtum, indem er diesen Rat befolgt ... Ich werde morgen früh darauf bestehen, daß der Anhörungsausschuß noch einmal zusammentritt und alle Macht meines Amtes dazu benutzen, um Ihre Bestätigung widerrufen zu lassen. Ihre Arroganz liegt nicht im öffentlichen Interesse; Sie werden dann Ihre Chance bekommen, darauf zu antworten. Gute Nacht, Sir.«

Trevayne öffnete die Tür und stieg aus. Ehe er sie schloß, beugte er sich hinunter und sprach zu dem alten Mann. »Ich nehme an, Sie beabsichtigen, die nächsten achtzehn Stunden dazu zu benutzen ... was war es doch? O ja, mein Leben Woche für Woche auseinanderzuzupfen.«

»Dafür würde ich keine Zeit vergeuden, Mr. Undersecretary. Sie sind es nicht wert. Sie sind ein verdammter Narr.« Gillette griff nach links und berührte einen Knopf. Das Wagenfenster summte nach oben, als Trevayne die Tür zudrückte.

»Gratuliere, Darling!« Phyllis sprang von ihrem Sessel hoch und ließ ihre Zeitschrift auf den Tisch mit der Lampe fallen. »Ich habe es in den Sieben-Uhr-Nachrichten gehört.«

Trevayne schloß die Tür, ließ sich von seiner Frau umarmen und küßte sie leicht auf die Lippen. »Nun, geh nicht gleich weg, um ein Haus zu mieten, es ist noch nicht alles entschieden.«

»Wovon sprichst du denn? Die haben irgendeine Lokalmeldung

unterbrochen, um das Bulletin zu verlesen. Ich war so stolz; die haben gesagt, daß es ein Bulletin sei. Du, ein *Bulletin!*«

»Ich habe noch eine Sondermeldung für die. Vielleicht haben die morgen abend ein zweites Bulletin. Es kann sein, daß die Bestätigung zurückgezogen wird.«

»Was?«

»Ich habe gerade ein paar verblüffende Minuten damit verbracht, mit dem hochgeschätzten Vorsitzenden des Anhörungsausschusses um den Block zu fahren. Ich hinterlasse in ganz New York Nachrichten für Walter, daß er mich zurückrufen soll. Ich muß ihn sprechen.«

»Was, um Himmels willen, soll das bedeuten?« Trevayne war ans Telefon gegangen und nahm jetzt den Hörer ab. Er bedeutete seiner Frau mit einer Handbewegung, sie solle mit Fragen warten, bis er seine Anrufe beendet hatte. Zuerst sprach er mit Madisons Frau, hatte jedoch keinen Erfolg. Dann rief er den La-Guardia-Flughafen an und verlangte den Schalter der Pendelmaschine, die zwischen New York und Washington stündlich verkehrte.

»Wenn er nicht binnen einer Stunde zurückruft, probiere ich es noch einmal bei ihm zu Hause. Seine Maschine kommt kurz nach zehn an«, sagte er und legte auf.

»Was war denn?« Phyllis sah, daß ihr Mann nicht nur zornig, sondern verwirrt war. Und das war Andy nicht oft.

»Er hat mich überrascht. Und ich verstehe seine Gründe nicht. Er sagte, meine Arroganz läge nicht im öffentlichen Interesse; ich hätte Tatsachen zurückgehalten, und ich sei ein verdammter Narr.«

»Wer hat das gesagt?«

»Gillette.« Trevayne zog sein Jackett aus und warf es auf einen Sessel. »Von seiner Warte aus betrachtet, hat er wahrscheinlich recht. Andererseits weiß ich verdammt gut, daß *ich* recht habe. Mag sein, daß er der ehrlichste Mann im ganzen Kongreß ist; das ist er wahrscheinlich sogar, aber das bedeutet nicht, daß er für die anderen garantieren kann. Vielleicht *will* er das, aber das bedeutet nicht, daß es so ist.«

»War das der Mann in dem Wagen?«

»Ja, der hoch ehrenwerte Senator Gillette. Er sagt, er würde den Anhörungsausschuß noch einmal einberufen und die Bestätigung zurückziehen.«

»Kann er das? Ich meine, nachdem man sie dir gegeben hat?«

»Ich denke schon. Er wird sich auf neue Erkenntnisse berufen oder so etwas. Sicher kann er das.«

»Dann hast du sie also dazu gebracht, daß sie mit dir arbeiten.«

»So etwa. Im Protokoll steht es zumindest so. Webster wollte mir morgen die Niederschrift besorgen. Aber das ist es nicht.«

»Dieser Gillette hat das, was du getan hast, durchschaut?«

»Das haben sie alle!« Trevayne lachte. »Die meisten von ihnen sahen aus, als hätten sie einen Mundvoll Papiermaché verschluckt. Die werden verdammt erleichtert sein! Allein schon die Tatsache, daß ich Informationen zurückgehalten habe, wird ausreichen.«

»Was wirst du tun?«

»Zuerst sehen, ob ich meinen Schreibtisch in Danforth retten kann. Wahrscheinlich ist es schon zu spät, aber den Versuch lohnt es auf alle Fälle; ich *mag* den Job. Walter wird es besser wissen. Dann die wichtige Frage: Wie weit kann ich morgen nachmittag gehen, ohne mich einer Vorladung des Justizministeriums auszusetzen?« Er sah seine Frau an.

»Andy, ich glaube, du solltest ihnen genau sagen, was passiert ist.«

»Das werde ich nicht tun.«

»Du bist da viel empfindlicher als ich. Wie oft muß ich es dir denn noch sagen. Mir ist das *nicht* peinlich. Ich lasse mich nicht unterkriegen. Es ist nichts *passiert!*«

»Es war häßlich.«

»Ja, das war es. Und häßliche Dinge geschehen jeden Tag. Du meinst, du schützt mich, und ich brauche diese Art von Schutz nicht.« Sie ging an den Tisch, auf den sie die Zeitschrift gelegt hatte, und sprach dann sehr betont weiter. »Ist es dir in den Sinn gekommen, daß es vielleicht am besten wäre, das, was geschehen ist, in die Schlagzeilen zu bringen? Das könnte für mich der beste Schutz sein.«

»Daran habe ich gedacht, aber das lehne ich ab. Wenn man so an die Sache herangeht, könnte das manche auf Ideen bringen ... wegen Kidnapping zum Beispiel.«

Phyllis wußte, daß es keinen Sinn hatte, das Thema weiter zu verfolgen. Er wollte nicht darüber reden. »Also gut«, sagte sie und drehte sich zu ihm herum. »Sag ihnen einfach, sie sollen zur Hölle gehen, und es wäre dir ein Vergnügen, ihnen Tickets erster Klasse dafür zu kaufen. Von der Steuer absetzbar, natürlich.«

Er sah den Schmerz in ihrem Gesicht und wußte, daß sie sich auf irgendeine unlogische Weise verantwortlich fühlte. Er ging zu ihr und nahm sie in die Arme. »Wir mögen Washington ohnehin eigentlich nicht. Letztesmal konnten wir die Wochenenden gar nicht abwarten, erinnerst du dich? Jeder Anlaß war uns recht, um nach Barnegat zurückzufahren.«

»Du bist lieb, Andrew.«

Er ließ sie los. »Ich werde uns jetzt etwas zu essen bestellen.« Er ging an den Kaffeetisch, auf dem die Speisekarte für den Zimmerservice lag.

»Warum mußt du mit Walter sprechen? Was kann er tun?«

»Ich möchte, daß er mir die juristische Definition des Unterschieds zwischen einer Meinung und einer faktischen Auswertung liefert. Erstere läßt mir genügend Raum, um zornig zu sein; letztere ist eine Einladung an das Justizministerium.«

»Ist es so wichtig, daß du zornig bist?«

Trevayne las die Speisekarte, aber seine Gedanken befaßten sich mit den Fragen seiner Frau. Er sah zu ihr hinüber. »Ja, ich denke schon. Nicht nur, weil es mich befriedigt; das brauche ich eigentlich nicht. Aber weil sie sich alle für so verdammt heilig halten. Wer auch immer am Ende den Vorsitz dieses Unterausschusses haben wird, wird alle Unterstützung brauchen, die er bekommen kann. Wenn ich die ein wenig aufrüttle, wird es der nächste Kandidat vielleicht leichter haben.«

»Das ist großzügig, Andy.«

Er lächelte. »Nicht ganz, es wird mir Vergnügen bereiten, diesen aufgeblasenen Bastarden dabei zuzusehen, wie sie sich winden. Insbesondere einige ... Ich habe Zahlen und Prozentwerte aus dem Verteidigungsindex herausgeholt. Was denen besonders weh tun wird, ist, daß ich sie morgen einfach verlesen werde. Alle *acht Staaten.*«

Phyllis lachte. »Das ist ja schrecklich. O Andy, das ist vernichtend.«

»Es ist nicht schlimm. Wenn ich sonst nichts sage, würde das schon genügen ... O verdammt, ich bin müde und hungrig, und ich will nicht mehr denken. Ich kann nichts tun, solange ich Walter nicht erreicht habe.«

»Dann entspann dich. Iß etwas; leg dich ein wenig hin. Du siehst erschöpft aus.«

»Weil wir gerade von erschöpften Kriegern sprechen, die aus der Schlacht heimkehren ...«

»Was bei uns nicht der Fall ist.«

»... du siehst schrecklich attraktiv aus.«

»Bestell unser Abendessen ... Du könntest ja eine hübsche Flasche Rotwein bringen lassen, wenn dir danach ist.«

»Mir ist danach; du schuldest mir ein Segelboot.«

Sie lagen im Bett. Trevayne hatte den Arm um seine Frau, und ihr Kopf ruhte an seiner Brust. Beide spürten den warmen Nachklang ihrer Liebe und des Weins, und ein großes Behagen herrschte zwischen ihnen. Wie es immer in solchen Augenblicken der Fall war.

Trevayne zog vorsichtig seinen Arm weg und griff nach den Zigaretten.

»Ich schlafe nicht«, sagte Phyllis.

»Das solltest du aber; so ist es im Kino immer. Zigarette?«

»Nein, danke ... es ist Viertel nach elf.« Phyllis rutschte nach oben und zog sich das Laken über den nackten Körper, sie sah auf ihren Reisewecker. »Wirst du es noch einmal bei Walter versuchen?«

»In ein paar Minuten. Bei den üblichen Verspätungen und den Taxis ist er wahrscheinlich noch nicht zu Hause. Und er hat ganz offensichtlich die Mitteilung am Flughafen nicht bekommen.«

Phyllis berührte ihren Mann an der Schulter und rieb dann liebevoll seinen Arm. »Andy, wirst du mit dem Präsidenten sprechen?«

»Nein. Ich habe meinen Teil an dem Handel eingehalten. Ich habe nicht aufgegeben. Und ich glaube nicht, daß es ihm recht wäre, wenn ich jetzt zu ihm gelaufen käme. Wenn alles vorbei ist, werde ich den üblichen besorgten Anruf bekommen. Wahrscheinlich beim Frühstück, da ich ihn morgen nicht erwähnen werde.«

»Dafür wird er dankbar sein, und das sollte er auch. Mein Gott, wenn man darüber nachdenkt. Vielleicht verlierst du eine Stelle, die dir Spaß macht; man hat dich beleidigt; die Zeitvergeudung ...«

»Nun, ein Fall für die Fürsorge bin ich nicht gerade«, unterbrach er sie. »Man hat mich gewarnt. Mann, und wie man mich gewarnt hat!«

Das Telefon klingelte, und Trevayne griff danach. »Hello?«

»Mr. Trevayne?«

»Ja?«

»Mir ist klar, daß Sie nicht gestört werden wollen, aber hier stapeln sich die Mitteilungen und –«

»Und *was?* Was heißt nicht stören? Die Anweisung habe ich nie gegeben! Phyllis?«

»Natürlich nicht«, sagte seine Frau und schüttelte den Kopf.

»Es ist aber ganz deutlich markiert, Sir.«

»Das ist ein Fehler!« Trevayne schwang die Beine über die Bettkante. »Wie lauten die Mitteilungen?«

»Das Nicht-Stören ist der Zentrale um neun Uhr fünfunddreißig aufgetragen worden, Sir.«

»Jetzt hören Sie mir zu! Wir haben das nie verlangt! Ich habe Sie gefragt, wie die Mitteilungen lauten!«

Das Mädchen in der Zentrale hielt einen Augenblick inne. Sie war es nicht gewöhnt, von vergeßlichen Gästen beschimpft zu werden. »Wie ich Ihnen gerade sagen wollte, Sir, da ist ein Mr. Madison in der Leitung, der darauf bestanden hat, daß ich durchrufe. Er hat gesagt, es sei dringend.«

»Stellen Sie ihn bitte durch ... Hello, Walter? Tut mir leid; ich wußte nicht, wo diese verdammte Zentrale –«

»Andy, es ist schrecklich! Ich wußte, Sie würden reden wollen; deshalb habe ich darauf bestanden, daß man mich mit Ihnen verbindet.«

»Was?«

»Es ist tragisch. Eine Tragödie!«

»Woher wissen *Sie* das, wo haben Sie es gehört?«

»Es gehört? Es ist in jeder Nachrichtensendung. Überall im Radio, im Fernsehen.«

Trevayne hielt den Atem kurz an, ehe er sprach. Jetzt war seine Stimme ruhig, präzis. »Wovon sprechen Sie?«

»Der Senator. Der alte Gillette. Tot. Vor ein paar Stunden. Sein Wagen ist auf einer Fairfax-Brücke außer Kontrolle geraten ... Wovon sprechen *Sie* denn?«

10.

Die Schilderung des Unfalls war bizarr genug, um wahr zu sein. Nach dem Bericht des schwerverletzten und ins Krankenhaus eingelieferten Chauffeurs Laurence Miller hatte dieser Gillette von der Innenstadt – weder das Hotel noch Trevayne wurden erwähnt

– zum Senatsgebäude gebracht, wo Miller die Anweisung erhielt, in das Büro seines Vorgesetzten im ersten Stock zu gehen und dort eine vergessene Aktentasche abzuholen. Dann ging es weiter über den Potomac-Fluß nach Virginia, wo der Senator darauf bestand, über eine Nebenstraße zu seinem Haus in Fairfax zu fahren. Der Chauffeur hatte leichte Einwände erhoben – an der Nebenstraße fanden Bauarbeiten statt, und es gab keine Straßenbeleuchtung –, aber der herrschsüchtige alte Mann blieb hartnäckig; Gründe kannte Laurence Miller nicht.

Etwa eine Meile von Gillettes Anwesen entfernt war einer jener kleinen Nebenflüsse des Potomac, von denen die Wälder von Virginia wimmelten. Eine kurze Stahlbrücke überspannte das Gewässer und bog vor der Einfahrt nach Fairfax scharf nach rechts ab. Der Wagen des Senators befand sich mitten auf der Brücke, als von der anderen Seite ein Wagen mit aufgeblendeten Scheinwerfern und hoher Geschwindigkeit auf sie zugerast kam. Gillettes Fahrer hatte keine andere Wahl, als sich an das rechte Geländer zu drängen, um einen direkten Zusammenstoß zu vermeiden. Der entgegenkommende Wagen geriet in der Kurve ins Schleudern, und der Chauffeur, der sich wieder vor einem Frontalzusammenstoß sah, beschleunigte sofort und versuchte, durch die Lücke zu rasen, die der schleudernde gegnerische Wagen freiließ. Das Manöver gelang ihm, und als er die mit Planken belegte Auffahrt hinter sich hatte und den steilen Abhang hinunterrollte, trat er scharf auf die Bremse. Der LTD schleuderte nach links und rutschte seitwärts den kurzen, steilen Hügel hinunter. Der alte Gillette wurde gegen den rechten Fensterrahmen geschleudert, wobei sein Kopf mit solcher Gewalt gegen den Türrahmen krachte, daß der Arzt sagte, der Tod wäre sofort eingetreten.

Der zweite Wagen raste über die Brücke und verließ den Schauplatz des Unfalls. Der Chauffeur war nicht imstande, eine Beschreibung zu liefern. Die Scheinwerfer hatten ihn geblendet, und er hatte sich voll und ganz auf das Überleben konzentriert.

Die Unfallzeit wurde auf 21.55 Uhr festgesetzt.

Andrew las den Bericht in der *Washington Post* beim Frühstück in ihrer Suite. Er las ihn einige Male und versuchte, irgendeine falsche Note in ihm zu entdecken, irgend etwas, das von dem abwich, was er in der vergangenen Nacht in den Nachrichten gehört hatte.

Aber da war nichts. Nur die Fahrt zum Senatsgebäude und die vergessene Aktentasche.

Seine Augen wanderten immer wieder zu dem geschätzten Zeitpunkt der Tragödie zurück: 21.55 Uhr.

Zwanzig Minuten, nachdem jemand – wer? – ein ›Nicht stören‹ über seinen Telefonanschluß gehängt hatte.

Und warum war das geschehen? Zu welchem Zweck? Ganz sicher war das keine Garantie, daß er nichts von dem Unfall hörte. Er oder Phyllis hätten das Radio oder den Fernseher eingeschaltet haben können; das taten sie gewöhnlich, zumindest das Radio.

Warum also?

Warum konnte jemand wollen, daß er von 21.35 Uhr bis – wann war Madison durchgekommen – 23.15 Uhr nicht erreichbar war? Fast zwei Stunden.

Sofern es kein Fehler in der Telefonvermittlung war; das war durchaus möglich.

Aber daran glaubte er keine Sekunde.

»Ich komme immer noch nicht darüber weg«, sagte Phyllis, die gerade aus dem Schlafzimmer kam. »Das macht einem angst! Was wirst du tun?«

»Ich weiß nicht. Ich denke, ich sollte Webster anrufen und ihm von unserem Gespräch berichten. Daß der alte Knabe mich draußen haben wollte.«

»Nein! Warum solltest du das tun?«

»Weil es geschehen ist. Außerdem ist es möglich, daß Gillette zu den anderen etwas gesagt hat, vielleicht, daß er mich auf langsamem Feuer rösten möchte. Es wäre mir wirklich unangenehm, ein solches Gespräch bestätigen zu müssen, ohne selbst freiwillig etwas gesagt zu haben.«

»Ich denke, du solltest warten … du verdienst es nicht, daß man dich an den Pranger stellt. Ich glaube, so hat es gestern jemand genannt. Du glaubst, daß du recht hast; das hast du gestern abend selbst gesagt.«

Trevayne trank seinen Kaffee und verschaffte sich damit ein paar Sekunden Zeit, ehe er seiner Frau Antwort geben mußte. Mehr als alles andere wollte er seinen Argwohn vor ihr verborgen halten. Für sie war Gillettes Tod etwas, das ›einem angst machte‹. Aber nichtsdestoweniger ein Unfall; es gab keinen Anlaß, etwas anderes zu denken, und er wollte, daß es so blieb.

»Webster wird vielleicht deiner Meinung sein; und beim Präsidenten könnte es genauso sein. Aber damit alles geradlinig ist, möchte ich, daß sie es wissen.«

Der Präsident der Vereinigten Staaten war tatsächlich mit Phyllis Trevayne einer Meinung. Er wies Webster an, daß dieser Andrew beauftragen sollte, nichts zu sagen, bis die Sache von anderer Seite aufgebracht wurde, und selbst dann in bezug auf Einzelheiten seines Gesprächs vage zu bleiben, bis er gegebenenfalls neue Instruktionen aus dem Weißen Haus hatte. Webster informierte Trevayne auch, daß Botschafter Hill fest überzeugt sei, daß der alte Senator ihn nur hatte auf die Probe stellen wollen. Big Billy hatte das zänkische, alte Schlachtroß viele Jahre gekannt; das war seine typische Taktik. Hill zweifelte daran, daß Gillette das Hearing noch einmal einberufen hätte. Er hätte den Kandidaten einfach ›schmoren‹ lassen, und wenn Trevayne dabei blieb, die Bestätigung bestehen lassen.

Es war alles recht kompliziert und gekünstelt.

Und Trevayne glaubte auch *das* keine Sekunde.

Phyllis hatte sich vorgenommen, sich die NASA-Ausstellung im Smithsonian anzusehen, und so ließ sie Andrew im Schutz ihrer vom Weißen Haus gestellten Wache alleine im Hotel zurück. In Wahrheit war ihr klar gewesen, daß er ununterbrochen telefonieren würde; sie wußte, daß er es in solchen Zeiten vorzog, allein zu sein.

Trevayne duschte, zog sich an und trank eine vierte Tasse Kaffee. Es war fast halb elf, und er hatte versprochen, Walter Madison noch vor Mittag anzurufen. Er war nicht sicher, was er ihm sagen sollte. Er würde ihm von der Fahrt um den Block erzählen; Walter sollte darüber Bescheid wissen für den Fall, daß die Anhörung doch wieder aufgenommen wurde. Es war ihm während des angespannten Gesprächs vor elf Stunden in den Sinn gekommen, diese Fahrt zu erwähnen. Aber alles war so wirr gewesen, der Anwalt unerklärlicherweise so erregt, daß er beschlossen hatte, die ohnehin komplizierte Situation nicht noch weiter zu komplizieren. Er hatte Madisons Hysterie erkannt und glaubte zu wissen, was zu ihr geführt hatte; ein schrecklicher Nachmittag in dem Verhandlungssaal im Senat; die Rückkehr nach Hause zu seiner kranken Frau – krank in dem Sinne, daß er nicht dort war, um ihr helfen zu können, nüchtern zu bleiben; und schließlich der bizarre Bericht von der Tragödie auf einer Brücke irgendwo in Fairfax. Selbst brillante, weltgewandte Anwälte aus Manhattan hatten ihre Schwellen, über die hinaus man sie nicht belasten durfte.

Er würde bis Mittag warten, ehe er anrief; bis dahin hätten sie alle einen klareren Kopf.

Es klopfte an der Tür; Trevayne sah erneut auf die Uhr. Wahrscheinlich war es das Zimmermädchen.

Er öffnete die Tür, und das höfliche, formelle Lächeln eines Offiziers begrüßte ihn.

»Mr. Trevayne?«

»Ja?«

»Major Paul Bonner, Verteidigungsministerium. Ich nehme an, man hat Sie über alles informiert; nett, Ihre Bekanntschaft zu machen.« Der Major streckte ihm die Hand hin, und Trevayne griff reflexartig danach und schüttelte sie.

»Nein, Major, man hat mich nicht über alles informiert.«

»Oh ... Das ist ja ein scheußlicher Anfang. Ich bin Ihr Faktotum, könnte man sagen. Zumindest, bis man Ihr Büro eingerichtet und Ihnen Mitarbeiter zugeteilt hat.«

»Wirklich? Nun, kommen Sie rein. Ich wußte nicht, daß ich schon im Geschäft bin.«

Bonner betrat das Zimmer mit der Selbstsicherheit eines Mannes, der gewöhnt ist zu befehlen. Er war vielleicht Ende der Dreißig, oder Anfang der Vierzig, ein Mann mit kurz gestutztem Haar und einer Gesichtsfarbe, die erkennen ließ, daß er sich viel im Freien aufhielt.

»Ja, Sie sind im Geschäft. Sie brauchen nur zu sagen, was Sie wollen, dann besorge ich es Ihnen ... was auch immer es ist. So lauten meine Anweisungen.« Er warf seine Dienstmütze auf einen Stuhl und sah Trevayne mit einem Grinsen an, das ansteckend wirkte. »Wie ich höre, sind Sie glücklich verheiratet; oder besser gesagt, Ihre Frau ist mit Ihnen hier in Washington. Damit wäre ein Bereich bereits erledigt ... Sie sind reich wie Krösus, also bringt es wahrscheinlich nichts, Ihnen eine Bootsfahrt auf dem Potomac anzubieten; wahrscheinlich gehört Ihnen der Fluß. Dann haben Sie für das State Department gearbeitet, also kann ich Sie auch nicht an Washingtoner Klatsch interessieren. Vermutlich wissen Sie mehr als ich ... Was bleibt also noch? Ich trinke; ich vermute, Sie auch. Segeln; das versuche ich. Ich bin ein sehr guter Skiläufer. Sie sind am besten auf Mittelhängen; es hat also keinen Sinn, nach Gstaad zu fliegen ... Also suchen wir Ihnen ein paar hübsche Büros und fangen an, Leute einzustellen.«

»Major, Sie überwältigen mich«, sagte Trevayne, schloß die Tür und ging auf den Offizier zu.

»Gut. Dann bin ich im Ziel.«

»Was Sie sagen, klingt, als hätten Sie eine Biografie gelesen, die ich noch nicht geschrieben habe.«

»Haben Sie auch nicht; der Große Onkel hat sie geschrieben, und Sie können drauf wetten, daß ich sie gelesen habe. Sie haben hohe Priorität.«

»Außerdem klingt das, was Sie sagen, als würden Sie mich nicht ganz billigen; habe ich darin auch recht?«

Bonners Lächeln erlosch im Bruchteil einer Sekunde. »Das kann schon sein, Mr. Trevayne. Aber es wäre nicht fair, wenn ich das sagen würde. Ich habe nur eine Seite der Geschichte gehört.«

»Ich verstehe.« Trevayne ging an den Frühstückstisch und deutete auf den Kaffee.

»Danke. Für einen Drink ist es zu früh.«

»Den habe ich auch, wenn Sie mögen.«

»Nein, Kaffee ist schon in Ordnung.«

Trevayne füllte eine Tasse, und Bonner ging an den Tisch und nahm sie. Keinen Zucker, keine Sahne.

»Warum tragen Sie dann so dick auf, Major?«

»Nichts Persönliches. Ich hab' mich nur über den Einsatz geärgert, das ist alles.«

»Warum? Nicht daß ich wüßte, worin Ihr Auftrag besteht; ich verstehe immer noch nicht. Gibt es irgendwo eine Kampfzone, wo Sie lieber wären?«

»In den Spätnachrichten bin ich auch nicht.«

»Ich auch nicht.«

»Tut mir leid ... zum zweiten Mal.«

»Sie verpatzen es jedenfalls; das steht fest. Was auch immer es ist.«

»Tut mir leid. Zum dritten Mal.« Bonner nahm seinen Kaffee und setzte sich auf einen Sessel. »Mr. Trevayne, vor zwei Tagen hat man mir Ihre Akte gegeben und mir gesagt, daß ich Ihnen zugeteilt sei. Man hat mir ebenfalls gesagt, daß Sie ein VIP reinsten

Wassers seien, und was auch immer ich für Sie tun könnte – dieses *Was-auch-immer* hat keine Grenzen, keine Breite und keine Höhe, einfach *was-auch-immer* –, ich sollte dafür sorgen, daß Sie es bekämen ... Und dann hat es sich gestern herumgesprochen. Sie sind ausgezogen, um uns ans Kreuz zu schlagen, Hände und Füße, mit dicken, fetten Nägeln. Für eine solche Situation bin ich ein lausiger Zwischenträger.«

»Ich will niemand ans Kreuz nageln.«

»Dann ist mein Job etwas einfacher. Ich gebe zu, daß Sie nicht wie ein Verrückter aussehen und auch nicht wie einer klingen.«

»Danke. Ich bin nicht ganz sicher, daß ich dasselbe sagen kann.«

Wieder lächelte Bonner, diesmal etwas gelockerter. »Tut mir leid. Zum vierten Mal. Oder ist es schon das fünfte?«

»Ich habe nicht mitgezählt.«

»Tatsächlich habe ich die kleine Rede geprobt. Ich wollte Ihnen Gelegenheit geben, sich über mich zu beschweren; dann hätte man mich abgezogen.«

»Das ist immer noch möglich. Was soll dieses ›ans Kreuz schlagen‹ denn bedeuten?«

»Kurz gesagt, Sie gehören zu den heftigen Widersachern des Militärs. Die Art und Weise, wie das Pentagon funktioniert, paßt Ihnen nicht; dem Pentagon gefällt das übrigens auch nicht. Sie sind der Ansicht, daß das Verteidigungsministerium zig Millionen mehr ausgibt, als es muß; der Ansicht ist das Verteidigungsministerium auch. Und Sie werden das alles in einem Unterausschuß breittreten, und dann werden unsere Köpfe rollen. Stimmt das einigermaßen, Mr. Trevayne?«

»Vielleicht. Nur daß Sie, wie das bei solchen Verallgemeinerungen meistens der Fall ist, fragwürdige Anklagen andeuten.« Trevayne hielt einen Augenblick inne und erinnerte sich daran, daß der tote Gillette gestern abend im Wagen ziemlich genau dasselbe gesagt hatte. Er führte das Urteil des Senators mit einem Gefühl der Ironie zu Ende. »Ich glaube nicht, daß diese Anklagen gerechtfertigt sind.«

»Wenn das so ist, bin ich erleichtert. Wir werden –«

»Major«, unterbrach ihn Trevayne mit leiser Stimme. »Mir ist es verdammt egal, ob Sie erleichtert sind oder nicht. Wenn Sie hierbleiben wollen, sollten wir das von Anfang an klarstellen. Okay?«

Bonner holte einen Umschlag aus seiner Uniformtasche. Er öffnete ihn und entnahm ihm drei mit Maschine geschriebene Blätter, die er Trevayne reichte. Das erste war eine Auflistung verfügbarer Regierungsbüros; es las sich wie ein Immobilienprospekt. Das zweite war eine Xeroxkopie der Namen, die Andrew vor beinahe zwei Wochen Baldwin gegeben hatte – vor den schrecklichen Ereignissen im Plaza. Es waren die Namen jener Männer und Frauen, die Andy als Mitarbeiter haben wollte; die wichtigsten Positionen. Es waren elf. Vier Anwälte, drei Buchprüfer, zwei Ingenieure – ein Militär- und ein Zivilingenieur –, zwei Sekretärinnen. Von den elf hatten fünf rätselhafte Bleistiftsymbole hinter den Namen. Das dritte Blatt war wieder eine Namensliste – alle Trevayne fremd. Rechts von jedem Namen war eine in der Regel auf ein Wort konzentrierte Beschreibung der Einstufung und der zuletzt innegehabten Position. Trevayne sah Major Bonner an.

»Was, zum Teufel ist das?«

»Was?«

Andrew hielt ihm das letzte Blatt hin. »Diese Liste hier. Ich kenne niemand von diesen Leuten.«

»Sie sind alle für vertrauliche Arbeit auf gehobenem mittleren Niveau freigegeben.«

»Das habe ich mir gedacht. Und ich vermute, diese Bleistiftmarkierungen ...« Trevayne hielt ihm das zweite Blatt hin, seine Liste. »Die bedeuten, daß man diese Leute nicht freigegeben hat?«

»Nein. Im Gegenteil.«

»Und sechs *nicht?*«

»Das stimmt.«

Andrew nahm die ersten zwei Blätter und legte sie auf den Tisch. Dann faltete er das dritte sorgfältig zusammen, zerriß es und hielt Bonner die Papierfetzen hin. Der Major kam widerstrebend auf ihn zu und nahm sie. »Ihr erster Auftrag, Major, besteht darin, das hier demjenigen zurückzugeben, der es Ihnen ausgehändigt hat. Ich stelle meine eigenen Mitarbeiter ein. Sorgen Sie dafür, daß diese hübschen kleinen Markierungen für die anderen sechs Leute nachgetragen werden.«

Bonner wollte etwas sagen und zögerte dann, als Trevayne die Blätter nahm und sich auf die Couch setzte. Schließlich atmete Bonner tief durch und sprach zu dem Zivilisten.

»Hören Sie, Mr. Trevayne. Niemanden interessiert, wen Sie einstellen, aber die müssen sich einer Sicherheitsüberprüfung unterziehen. Diese Ersatzliste macht das nur einfacher.«

»Ich wette, daß sie das tut«, murmelte Trevayne und hakte Adressen auf dem Blatt mit den Büros ab. »Ich versuche, niemanden einzustellen, der sich auf der Gehaltsliste des Obersten Sowjet befindet.« Dann stand er auf und reichte dem Offizier das Papier. »Hier sind fünf Adressen, die ich angestrichen habe. Sehen Sie sich das an und sagen Sie mir, was Sie denken. Ich habe noch ein paar Telefongespräche zu führen, dann fahren wir. Nehmen Sie sich noch Kaffee.«

Trevayne ging ins Schlafzimmer und schloß die Tür. Es hatte keinen Sinn, mit dem Anruf bei Madison noch länger zu warten. Später würde ihm dafür nur ein Büro oder eine Telefonzelle zur Verfügung stehen. Es war Viertel vor elf; Madison sollte sich inzwischen in seine Tagesroutine gefunden und beruhigt haben.

»Andy, ich bin immer noch ganz durcheinander«, sagte der Anwalt, der allerdings sehr entspannt klang. »Einfach schrecklich.«

»Ich denke, ich sollte Ihnen auch den Rest sagen. Das ist auch ziemlich schrecklich.«

Das tat er, und Walter Madison war, so wie Trevayne das erwartet hatte, schockiert.

»Hat Gillette Ihnen gegenüber erwähnt, daß er mit den anderen gesprochen hat?«

»Nein, ich vermute nicht, daß er es getan hat. Er sagte, er würde am Morgen verlangen, daß die Anhörung noch einmal aufgenommen wird.«

»Dagegen hätte er wahrscheinlich zuviel Widerstand bekommen ... Andy, glauben Sie, daß der Unfall vielleicht etwas anderes war?«

»Das frage ich mich die ganze Zeit, aber mir fällt einfach kein Grund ein, der einen Sinn abgibt. Wenn es kein Unfall war und man ihn getötet hat, weil er die Anhörung noch einmal aufnehmen wollte – dann bedeutet das, daß *sie*, wer auch immer sie sind, *wenn* es sie gibt, *wollen*, daß ich den Vorsitz in dem Unterausschuß führe. Ich kann verstehen, daß jemand mich draußen haben will; ich kann nicht verstehen, daß jemand sicherstellen möchte, daß ich hineinkomme.«

»Und ich kann mich einfach nicht mit der Theorie anfreunden, daß man zu so extremen Maßnahmen greifen würde. Geld,

Überredung, selbst eindeutige Einflußnahme; das ist möglich. Aber doch nicht Mord. Und wie ich den Berichten entnahm, gibt es ja gar keinen Sinn. Sein Wagen hätte nicht ins Wasser stürzen können; dazu war das Geländer zu hoch. Und überschlagen hätte er sich auch nicht können. Er ist seitlich abgerutscht, und dabei ist er gegen den Türrahmen geschleudert ... Es war ein Unfall, Andy. Einfach schrecklich, aber ein Unfall.«

»Ich denke, so muß es sein.«

»Haben Sie mit jemandem darüber gesprochen?« Trevayne wollte Madison schon die Wahrheit sagen, ihm sagen, daß er mit Webster im Weißen Haus geredet hatte, aber dann zögerte er. Nicht aus irgendwelchen Gründen, die mit dem Vertrauen zu tun hatten, das er Walter entgegenbrachte, nur weil er dem Präsidenten gegenüber eine Verpflichtung empfand. Webster zu erwähnen, würde bedeuten, daß er den Präsidenten der Vereinigten Staaten hineinzog – das Amt, wenn nicht den Mann.

»Nein, das habe ich nicht. Nur mit Phyllis.«

»Vielleicht wollen wir, daß Sie das ändern, aber im Augenblick genügt es, wenn Sie es mir sagen. Ich werde herumtelefonieren und Ihnen Bescheid sagen.«

»Wen werden Sie anrufen?«

Ein paar Augenblicke sagte Walter Madison nichts, und beide Männer spürten die Peinlichkeit des Augenblicks. »Das weiß ich noch nicht. Ich hatte noch keine Zeit zum Nachdenken. Vielleicht ein paar von den Männern, die bei der Anhörung zugegen waren, die, die ich kennengelernt habe. Das ist ganz einfach; ich gebe mich beflissen, mein Mandant möchte wissen, ob er eine Erklärung abgeben soll. Irgend etwas ... Ich krieg' das schon hin.«

»In Ordnung. Sie rufen mich zurück?«

»Selbstverständlich.«

»Erst am späten Nachmittag bitte. Ich habe jetzt meinen persönlichen Major aus dem Verteidigungsministerium. Er wird mir helfen, meinen Laden einzurichten.«

»Herrgott! Die vergeuden auch keine Sekunden. Wie heißt er denn?«

»Bonner. Sein Vorname ist, glaube ich, Paul, hat er gesagt.«

Madison lachte. Es war ein erkennendes Lachen und nicht gerade angenehm. »Paul *Bonner?* Sehr subtil sind die gerade nicht.«

»Ich verstehe nicht. Was ist denn so komisch?«

»Bonner ist einer der Jungtürken des Pentagon. Ein richtig böser Junge aus Südostasien. Erinnern Sie sich nicht? Ein halbes Dutzend Offiziere ist wegen höchst fragwürdiger Aktivitäten hinter den Grenzen aus Indochina geworfen worden.«

»Ja, jetzt erinnere ich mich. Die Untersuchung ist irgendwie vertuscht worden.«

»Genau. Weil die Sache zu heiß war. Dieser Bonner führte den Befehl.«

11.

Bis zwei Uhr hatten Trevayne und Bonner drei der fünf Büros angesehen. Der Verbindungsmann von der Army gab sich Mühe, eine neutrale Einstellung an den Tag zu legen, aber er war zu offen. Trevayne erkannte, daß Bonner ihm in vieler Hinsicht ähnlich war. Wenn man ihn aus der Nähe betrachtete, fiel es dem Offizier schwer, seine Meinung verborgen zu halten.

Es war deutlich zu merken, daß nach Bonners Ansicht alle drei Büros befriedigend gewesen wären. Er konnte nicht begreifen, weshalb Trevayne darauf bestand, die letzten zwei auch noch zu besuchen, wo sie beide doch ein gutes Stück von der Innenstadt entfernt waren. Warum wählte er nicht eines der anderen?

Trevayne aber hatte sich die ersten drei nur aus Höflichkeit angeschaut, damit es nicht so aussah, als neigte er zu überstürzten Entscheidungen. Bonner hatte angedeutet, daß die Büros in den Potomac Towers Ausblick auf den Fluß boten; Trevayne hatte das vermutet. Und diese Tatsache für sich war genug, um ihn zu überzeugen. Seine Büros würden in den Potomac Towers sein.

Aber er würde andere Gründe finden als den Fluß, das Wasser. Er würde Major Paul Bonner, dem Jungtürken aus dem Pentagon, nicht die Chance lassen zu sagen, sein VIP sei auf Wasser versessen. Er würde sich nicht den Witzeleien aussetzen, die so leicht aus den vordergründigen Beobachtungen eines Mannes entstehen konnten, dessen Verhalten vor ein paar Jahren der Army solche Angst gemacht hatte.

»Es spricht doch nichts dagegen, eine Essenspause einzulegen, oder, Major?«

»Du lieber Gott, nein. Die würden mir den Arsch aufreißen, wenn das nicht auf meiner Spesenabrechnung erscheint. Übrigens, ich krieg' mein Fett ohnehin, weil ich Sie diese Tour machen lasse. Offen gestanden, dachte ich, Sie würden das jemand anderen machen lassen.«

»Wen zum Beispiel?«

»Zum Teufel, das weiß ich doch nicht. Lassen Leute wie Sie solche Dinge nicht immer von anderen machen? Ich meine, Büros besorgen und solches Zeug?«

»Manchmal. Aber nicht, wenn es ein konzentrierter Job ist, der sehr viel Zeit im Büro erfordert.«

»Das habe ich vergessen. Nach dem Material, das ich gelesen habe, sind Sie ein Self-made-Millionär.«

»Nur weil es einfacher war, Major.«

Sie gingen ins Chesapeake House, und Trevayne amüsierte sich zuerst über Bonners Kapazität für Alkohol und staunte dann darüber. Der Major bestellte doppelte Bourbons – drei vor dem Essen, drei während des Essens und einen danach. Und schon die einfachen waren recht großzügig bemessen.

Und doch ließ Bonner durch nichts erkennen, daß er überhaupt einen Drink gehabt hatte.

Beim Kaffee dachte Trevayne, es könnte nichts schaden, wenn er sich etwas freundlicher geben würde als am Vormittag.

»Wissen Sie, Bonner, ich hab' das noch nicht gesagt, aber ich weiß es zu schätzen, daß Sie diesen undankbaren Auftrag übernommen haben. Ich kann schon verstehen, weshalb Sie ihn nicht mögen.«

»Eigentlich macht es mir nichts aus. Jetzt nicht. Tatsächlich hab' ich Sie mir als eine Art computerisierten … Scheißer vorgestellt, wenn Sie mir den Ausdruck verzeihen. Wissen Sie, so ein Rechenschiebertyp, der seine Kohle macht und alles andere für wertlos hält.«

»Konnten Sie das aus dem ›Lesematerial‹ entnehmen?«

»Mhm, ich denke schon. Erinnern Sie mich daran, daß ich Ihnen das in ein paar Monaten zeige. Wenn wir dann noch miteinander reden.« Bonner lachte und trank den restlichen Bourbon. »Es ist verrückt, aber die hatten keine Fotos von Ihnen. Die haben nie welche von Zivilisten, nur in Sicherheitsfällen. Ist das nicht hirnrissig? Draußen im Feld hätte ich mir nie eine Akte angesehen, wenn da nicht wenigstens drei oder vier Fotos drinnen waren. Nicht nur eins; mit einem hätte ich mich nie zufriedengegeben.«

Trevayne überlegte einen Augenblick. Der Major hatte recht. Ein Foto war aus einem Dutzend Gründen sinnlos. Einige nicht.

»Ich habe über Ihre ... Aktivität im Feld gelesen. Sie haben großen Eindruck gemacht.«

»Das ist verboten, fürchte ich. Ich spreche nicht darüber, und das bedeutet, daß ich nicht zugeben darf, daß ich jemals westlich von San Diego war.«

»Was mir ziemlich albern vorkommt.«

»Mir auch ... Ich hab' da ein paar vorprogrammierte Erklärungen, die überhaupt nichts bedeuten. Weshalb Sie damit langweilen?«

Trevayne sah Bonner an und erkannte, daß der Mann ehrlich war. Er wollte die programmierten Erwiderungen nicht von sich geben, die man ihm eingetrichtert hatte; und doch schien es da etwas zu geben, was er ohne weiteres zu diskutieren bereit war. Andrew war nicht sicher, aber den Versuch war es wert.

»Ich hätte gerne einen Brandy. Wie steht's mit Ihnen?«

»Ich bleibe bei Bourbon.«

»Einen doppelten?«

»Stimmt.«

Die Drinks kamen und waren halb geleert, bis sich Trevaynes Beobachtung als richtig erwiesen hatte.

»Was hat es denn mit diesem Unterausschuß auf sich, Mr. Trevayne? Warum sind denn alle so verkrampft?«

»Sie haben es heute morgen selbst gesagt, Major. Das Verteidigungsministerium gibt ›zig Millionen‹ mehr aus, als es sollte.«

»Das verstehe ich; da würde keiner widersprechen. Aber warum hängt man das uns an? Damit haben doch Tausende zu tun. Warum pickt man sich *uns* als Hauptziel heraus?«

»Weil Sie Verträge ausgeben. So einfach ist das.«

»Wir geben Verträge aus, die von Kongreßausschüssen *gebilligt werden.*«

»Ich will ja nicht verallgemeinern, aber mir scheint, daß der Kongreß gewöhnlich eine Zahl billigt und dann gezwungen ist, eine andere zu billigen – wobei die zweite ein gutes Stück höher als die erste ist.«

»Für die Wirtschaft sind wir nicht verantwortlich.«

Trevayne hob sein halbleeres Brandyglas und drehte es zwischen den Fingern. »Würden Sie draußen im Feld eine solche Argumentation akzeptieren, Major? Ich bin sicher, daß Sie die Tatsache akzeptieren würden, daß Ihre Abwehrteams einen gewissen Spielraum für Irrtümer hatten, aber würden Sie eine hundertprozentige Ungenauigkeit tolerieren?«

»Das ist nicht dasselbe.«

»Aber beides sind doch Informationen, oder nicht?«

»Ich weigere mich, Menschenleben mit Geld gleichzusetzen.«

»Das ist ein Scheinargument; solche Überlegungen hatten Sie auch nicht, als Ihre ›Feldaktivität‹ eine *ganze Menge* Menschenleben kostete.«

»Pferdekacke! Das war eine statistische Kampfsituation.«

»Doppelte Pferdekacke. Es gab eine ganze Menge Leute, die der Ansicht waren, daß diese Situation völlig unnötig war.«

»Warum, zum Teufel, haben die dann nichts dagegen unternommen? *Jetzt* sollten sie darüber nicht weinen.«

»So wie ich mich erinnern kann, haben die es versucht«, sagte Trevayne und starrte in sein Glas.

»Ohne Erfolg. Weil sie ihr Problem nicht richtig erfaßt haben. Ihre Strategie war sehr unprofessionell.«

»Das ist eine interessante Feststellung, Major … Und provozierend.«

»Hören Sie, ich bin zufällig der Ansicht, daß dieser ganz spezielle Krieg aus all den Gründen notwendig war, die intelligentere Männer als ich immer wieder dargelegt haben. Ich kann auch verstehen, daß man eine ganze Anzahl dieser Gründe zurückweist, wegen des Preises. Das ist es, worauf diese Leute sich nicht konzentriert haben. Sie haben das nicht hervorgehoben.«

»Sie faszinieren mich.« Trevayne leerte sein Glas. »Wie hätten … jene Leute das tun können?«

»Mit visuellen taktischen Manövern. Ich könnte sogar die Logistik der Kosten und der Geografie darlegen.«

»Bitte, tun Sie das«, sagte Trevayne und erwiderte das Lächeln des Majors.

»Zuerst die Visualisierung. Fünfzehntausend Särge in drei Einheiten von je fünftausend. Echte Särge – Regierungsmodell, aus Fichtenbrettern. Kosten, zweihundert Dollar pro Stück im Großeinkauf. Geografie: New York, Chicago, Los Angeles – Fifth Avenue, Michigan Avenue, Sunset Boulevard. Taktik: die Särge nebeneinander im Abstand von einem Fuß aufstellen, mit jedem hundertsten offen. Mit Leiche. Verstümmelt, wenn möglich. Personalbedarf: zwei Mann pro Sarg, mit einer zusätzlichen Einsatzgruppe von tausend pro Stadt, um die Polizei abzulenken oder Störungen zu verhindern. Gesamter Truppenbedarf: dreitausenddreihundert ... und hundertfünfzig Leichen ... Drei Städte völlig immobilisiert. Zwei Meilen Leichen, echt und symbolisch, die die Hauptstraßen blockieren. Totale Wirkung. Ekel.«

»Das ist ja unglaublich. Und Sie meinen, das hätte funktioniert?«

»Haben Sie je Zivilisten an einer Straßenecke gesehen, wenn ein Leichenwagen vorbeifährt? Das ist die allerletzte Identifizierung ... Was ich gerade geschildert habe, hätte acht bis zehn Millionen Menschen am Schauplatz des Geschehens den Magen umdrehen können und weiteren hundert Millionen über die Medien. Ein Massenbegräbnis.«

»Das wäre nicht gegangen. Man hätte es verhindert. Die Polizei, die Nationalgarde ...«

»Wieder eine Frage der Logistik, Mr. Trevayne. Ablenkungstaktik: Überraschung, Schweigen. Aufstellung von Personal und Geräten in aller Stille, zum Beispiel an einem Sonntagmorgen oder früh am Montag – Zeiten minimaler Polizeiaktivität. Und die Durchführung des Manövers so exakt getimet, daß man es in jeder Stadt in weniger als fünfundvierzig Minuten hätte durchführen können ... Nur dreitausenddreihundert Männer – wahrscheinlich auch Frauen. In dem Marsch auf Washington hatten sie fast eine halbe Million.«

»Da wird einem ganz kalt.« Trevayne lächelte nicht; es war ihm auch durchaus bewußt, daß Bonner zum erstenmal das Wort ›Sie‹ gebraucht hatte. Die Haltung, die Trevayne bezüglich Indochinas eingenommen hatte, war eindeutig gewesen, und der Soldat wollte, daß er wußte, daß er das auch gewußt hatte.

»Das ist der Punkt.«

»Nicht nur das Manöver, sondern daß Sie sich so etwas vorgestellt haben.«

»Ich bin Berufssoldat. Es ist mein Job, Strategien auszudenken. Und sobald ich sie mir ausgedacht habe, Gegenmaßnahmen auszuarbeiten.«

»Haben Sie dafür eine entwickelt?«

»Natürlich. Keine sehr angenehme, aber unvermeidbar. Das

Ganze läuft auf einen schnellen Gegenschlag hinaus; sofortige und völlige Unterdrückung. Konfrontation mittels Gewalt und überlegener Waffen, um militärische Überlegenheit herzustellen. Ausschaltung aller Nachrichtenmedien. Man muß eine Idee an die Stelle der anderen stellen. Schnell.«

»Und dabei beträchtliches Blutvergießen.«

»Unvermeidbar.« Bonner blickte auf und grinste. »Es ist nur ein Spiel, Mr. Trevayne.«

»Ich würde lieber nicht spielen.«

Bonner sah auf die Uhr. »Du meine Güte! Fast vier. Jetzt sollten wir uns besser diese letzten zwei Adressen ansehen, sonst schließen die ab.«

Trevayne erhob sich ein wenig benommen aus seinem Sessel. Major Paul Bonner hatte die letzten paar Minuten damit verbracht, ihm etwas klarzumachen. Ihm die harte Realität klarzumachen, daß Washington von vielen Paul Bonners bewohnt war. Männer, die – in ihrem Sinne zu Recht – der Verbreitung ihrer Autorität und ihres Einflusses ergeben waren. Berufssoldaten, die imstande waren, besser zu denken als ihre Gegner, und ebenso imstande waren, *früher* zu denken. Männer, die durchaus großzügig waren und Toleranz für das nebulöse, wirre Denken ihrer weichlichen Zivilisten-Mitbürger hatten. Sicher in dem Wissen, daß es in dieser Ära eines potentiellen Holocaust keinen Platz für Unschlüssige oder Unentschlossene gab. Der Schutz der Nation stand in direkter Beziehung zu der enormen Größe und der Wirksamkeit ihrer bewaffneten Macht. Für Männer wie Bonner war es unvorstellbar, daß irgend jemand sich diesem Ziel in den Weg stellen sollte. Das war etwas, das sie nicht tolerieren konnten.

Und daß Major Bonner so unschuldig: *Du meine Güte! Es ist fast vier Uhr!* sagen konnte, schien dazu nicht passen zu wollen. Und ein wenig beängstigend war es auch.

Die Potomac Towers lieferten einen Grund für ihre Wahl, der nichts mit dem Flußblick zu tun hatte. Bonner akzeptierte ihn. Die anderen Suites verfügten alle über die normalen fünf Büros und einen Warteraum; in den Towers gab es eine zusätzliche Küche und ein Studio. Letzteres war für Konferenzen oder als Leseraum gedacht, auch dank einer riesigen Ledercouch im Hauptbüro zum Übernachten.

Die zwei Männer kehrten in Trevaynes Hotel zurück.

»Möchten Sie auf einen Drink heraufkommen?« fragte Trevayne.

»Danke. Aber ich melde mich wohl besser zurück. Im Augenblick treiben sich wahrscheinlich ein Dutzend Generale im Herrenklo herum und beobachten mein Büro und warten auf mich.« Bonners Gesicht hellte sich auf, seine Augen lächelten; er war mit dem Bild zufrieden, das er gerade von sich geschaffen hatte. Trevayne begriff. Der Jungtürke genoß die Position, in der er sich befand – eine Position, die man ihm ohne Zweifel aus Gründen zugeteilt hatte, die Bonner nicht mochte und die er jetzt vielleicht gegen seine Vorgesetzten nutzen konnte.

Trevayne fragte sich, was das für Gründe sein mochten.

»Nun, dann viel Spaß. Morgen um zehn?«

»Geht klar. Ich sage der Sicherheit Bescheid; diese Liste wird freigegeben werden. Wenn es wirklich Probleme gibt, rufe ich Sie selbst an. Aber Sie werden noch andere brauchen. Ich werde Interviewtermine festsetzen.« Bonner sah Andrew an und lachte. *»Ihre* Interviews, Massa.«

»Fein. Und vielen Dank.« Andrew blickte dem Armyfahrzeug nach, wie es sich in den Stoßverkehr von Washington einreihte.

An der Rezeption informierte man Trevayne, daß Mrs. Trevayne ihre Mitteilungen um exakt 17.10 Uhr entgegengenommen hätte. Der Mann im Lift tippte mit drei Fingern an seine Schildmütze und sagte »Guten Abend« und sprach ihn mit Namen an. Der erste Wachposten, der im achten Stock in einem Sessel vor den Aufzugtüren saß, lächelte, und der zweite Posten, der ein paar Meter vor seiner Tür im Korridor stand, nickte. Trevayne hatte das Gefühl, daß er gerade eine Spiegelhalle passiert hatte, die sein Bild tausendfach wiedergab, aber nicht notwendigerweise für ihn. Für andere.

»Hello, Phyl?« Trevayne schloß die Tür und hörte seine Frau im Schlafzimmer telefonieren.

»Komme gleich«, rief sie heraus.

Phyllis kam aus dem Schlafzimmer, und Trevayne sah eine Andeutung von Besorgnis in ihrem Blick, die auch ihr Lächeln nicht überdecken konnte.

»Wer war das?«

»Lillian.« Damit meinte sie ihre Haushälterin, Köchin, Helferin in allen Lebenslagen in High Barnegat. »Sie hatte elektrische Probleme; aber das geht klar. Die Kundendienstleute haben gesagt, sie würden bald kommen.«

Sie gaben sich ihren üblichen Kuß, aber Trevayne nahm ihn kaum zur Kenntnis. »Was meinst du, Probleme?«

»Die Hälfte der Lichter sind ausgegangen. Die Nordseite. Wenn das Radio nicht gewesen wäre, hätte sie es gar nicht bemerkt; es war plötzlich aus.«

»War der Strom nicht gleich wieder da?«

»Ich denke nicht. Aber es ist schon in Ordnung, die Leute vom Kundendienst kommen ja.«

»Phyl, wir haben einen Notgenerator. Der schaltet sich ein, wenn irgendwo ein Stromausfall ist.«

»Darling, du erwartest doch nicht, daß wir über solche Dinge Bescheid wissen. Die Männer werden das schon richten. Wie ist denn alles gelaufen? Wo *warst* du übrigens?«

Möglich war es schon, überlegte Trevayne, daß es einen elektrischen Defekt in Barnegat gab, aber unwahrscheinlich. Barnegats ganzes Elektrosystem war von Phyllis' Bruder entworfen; eine hochgradig professionelle Arbeit, in die er seine ganze Liebe gesteckt hatte. Er würde seinen Schwager anrufen und ihn bitten, scherzhaft vielleicht, sich darum zu kümmern.

»Wo ich war? ... Überall in der Stadt, mit einem netten jungen Burschen, dessen Abendlektüre sich auf Clausewitz beschränkt.«

»Auf wen?«

»Nun, die Wissenschaft der ... militärischen Überlegenheit, sagen wir.«

»Das muß aber Spaß gemacht haben.«

»›Interessant‹ wäre vielleicht besser. Wir haben uns auf die Büros geeinigt. Was meinst du wohl? Sie liegen am Fluß.«

»Wie hast du das hingekriegt?«

»Gar nicht. Die standen einfach zur Verfügung.«

»Dann hast du gar nichts gehört? Über die Anhörung, die Bestätigung?«

»Nein. Wenigstens bis jetzt nicht. Am Empfang hat man mir gesagt, du hättest die Mitteilungen alle mitgenommen. Hat Walter angerufen?«

»Oh, die liegen auf dem Tisch. Tut mir leid. Ich hab' den Zettel von Lillian gesehen und die anderen vergessen.«

Trevayne ging an den Kaffeetisch und nahm sich die Zettel. Es war ein Dutzend, meistens Freunde, einige enge darunter, andere, an die er sich nur undeutlich erinnerte. Von Madison war nichts da. Aber ein Anruf von einem ›Mr. de Spadante‹.

»Das ist komisch. Hier ist ein Anruf von de Spadante.«

»Ich hab' den Namen gesehen; ich hab' ihn nicht erkannt.«

»Ich bin ihm im Flugzeug begegnet. Das geht noch zurück auf die Zeit in New Haven. Er ist im Baugeschäft tätig.«

»Und möchte dich wahrscheinlich zum Mittagessen einladen. Schließlich bist du ein leibhaftiges Bulletin.«

»Ich glaube, so wie die Dinge liegen, werde ich nicht zurückrufen. Ich geh' jetzt duschen und mich umziehen. Wenn Walter anruft, holst du mich, ja?«

»Sicher.« Phyllis nahm geistesabwesend das Wasserglas ihres Mannes und leerte es. Sie hörte die Dusche laufen und überlegte, daß auch sie sich würde anziehen müssen, wenn Andy fertig war. Sie hatten eine Einladung zum Abendessen drüben in Arlington angenommen – einen Pflichtbesuch, wie Andy es nannte. Der Mann war ein Attaché in der französischen Botschaft, ein Mann, der ihm vor Jahren während der Konferenzen in der Tschechoslowakei geholfen hatte.

Das Washingtoner Karussell hatte angefangen, überlegte sie. Herrgott, wie sie das haßte!

Das Telefon klingelte, und eine Sekunde lang hoffte Phyllis, daß es Walter Madison wäre und daß er sich mit Andy treffen müsse, damit man das Dinner in Arlington absagen konnte.

Nein, dachte sie dann, das würde noch schlimmer sein. Schnell angesetzte Zusammenkünfte waren immer schrecklich in Washington.

»Hello?«

»Mr. Andrew Trevayne, wenn Sie so freundlich wären.« Die Stimme klang etwas schnarrend, aber weich und höflich.

»Tut mir leid, er ist unter der Dusche. Wer spricht bitte?«

»Sind Sie Mrs. Trevayne?«

»Ja.«

»Ich hatte das Vergnügen noch nicht. Mein Name ist de Spadante. Mario de Spadante. Ich kenne Ihren Mann, wenn auch nicht besonders gut natürlich, schon seit vielen Jahren. Wir sind uns gestern im Flugzeug wieder begegnet.«

Phyllis erinnerte sich, daß Andrew gesagt hatte, er würde de

Spadante nicht zurückrufen. »Dann tut es mir ganz besonders leid. Seine Zeit ist im Augenblick sehr knapp, Mr. de Spadante. Er muß sich beeilen, und ich bin nicht sicher, ob er Sie gleich wird zurückrufen können.«

»Vielleicht hinterlasse ich trotzdem eine Nummer, wenn es Ihnen nicht zuviel Mühe bereitet. Es könnte sein, daß er mich erreichen möchte. Sehen Sie, Mrs. Trevayne, ich sollte *auch* zu den Devereaux' in Arlington kommen. Ich habe einige Aufträge für die Air France erledigt. Ihr Mann würde es vielleicht vorziehen, wenn ich mir eine Ausrede einfallen lasse und nicht komme.«

»Warum, um Himmels willen denn?«

»Ich habe in der Zeitung von seinem Unterausschuß gelesen ... Sagen Sie ihm bitte, daß man mir gefolgt ist, seit ich auf dem Dulles Airport gelandet bin. Wer auch immer es ist, weiß, daß er mit mir in die Stadt gefahren ist.«

»Was meint er damit, man ist ihm gefolgt? Was hat es denn zu besagen, daß du mit ihm in die Stadt gefahren bist?« fragte Phyllis ihren Mann, als er aus dem Badezimmer kam.

»Gar nichts sollte es bedeuten – daß ich mit ihm gefahren bin; er hat mir angeboten, mich mitzunehmen. Wenn er sagt, daß man ihm gefolgt ist, dann hat er wahrscheinlich recht. Und ist es auch gewöhnt. Es heißt, daß er mit Gangsterkreisen zu tun hat.«

»Bei der Air France?«

Trevayne lachte. »Nein. Er ist Bauunternehmer. Wahrscheinlich beschäftigt er sich mit Flughafenbauten. Wo ist die Nummer?«

»Ich hab' sie auf den Block geschrieben. Ich hol' sie dir.«

»Laß nur.« Trevayne ging in Unterhosen und Unterhemd ins Wohnzimmer an den weißen Schreibtisch mit dem grünen Hotelblock. Er nahm den Hörer ab und wählte langsam, während er die hastig hingekritzelten Zahlen in der Handschrift seiner Frau entzifferte. »Ist das eine Neun oder eine Sieben?« fragte er, als sie zur Türe hereinkam.

»Eine Sieben; da war keine Neun ... Was wirst du sagen?«

»Ihm einiges klarmachen. Mir ist es völlig egal, ob er sich die Zimmer nebenan nimmt. Oder am 1. Mai Fotos von mir macht. Ich spiele bei diesen Spielchen nicht mit, und er hat ganz schön Nerven, wenn er sich das einbildet ... Mr. de Spadante, bitte.«

Trevayne unterrichtete de Spadante ruhig, aber sichtlich gereizt über seine Einstellung und litt unter den beflissenen Entschuldigungen des Italieners. Das Gespräch dauerte etwas mehr als zwei Minuten, und als Trevayne auflegte, hatte er das deutliche Gefühl, daß Mario de Spadante an ihrem Dialog Spaß gehabt hatte.

Was genau der Fall war.

Zwei Meilen von Trevaynes Hotel entfernt, im Nordwestviertel von Washington, parkte de Spadantes dunkelblauer Cadillac vor einem alten Haus im viktorianischen Stil. Das Haus hatte ebenso wie die Straße – wie das ganze Viertel bessere Zeiten gesehen. Und doch war da noch ein Hauch vergangener Größe zu spüren; im Verfall begriffen, vielleicht, aber etwas, woran man sich immer noch klammerte, trotz schwindender Wertmaßstäbe. Das Klagen fernöstlicher Sitars und das hohle Vibrieren von Hinduholzbläsern dauerte bis tief in den Morgen hinein an, denn hier gab es keinen Tag und keine Nacht, nur graue Dunkelheit, und das Stöhnen sehr persönlichen Überlebens. Harte Drogen.

Dieses viktorianische Haus hinter de Spadantes Cadillac war kürzlich von einem Vetter übernommen worden, wieder einem Vetter, dessen Einfluß in der Polizeibehörde von Washington spürbar war. Es war eine Umzugsstation in der Subkultur, ein kleiner Kommandoposten für die Verteilung von Narkotika. De Spadante hatte kurz bei ein paar Kollegen Station gemacht, um die Immobilieninvestitionen zu inspizieren.

Er saß in einem Raum ohne Fenster, und die indirekte Beleuchtung ließ die psychedelischen Plakate an den Wänden in ihren grellen Farben erstrahlen und deckte die Ritzen zu. Abgesehen von einer weiteren Person war er alleine. Er legte den Telefonhörer auf die Gabel und lehnte sich in seinem Sessel hinter einem schmutzigen Tisch zurück. »Er ist gereizt; er hat mir gerade gesagt, ich solle mich heraushalten. Das ist gut.«

»Noch besser wäre gewesen, wenn ihr verdammten Narren den Dingen ihren Lauf gelassen hättet! Dann hätte man die Anhörung neu angesetzt und die Bestätigung zurückgezogen. Trevayne wäre draußen gewesen.«

»Sie denken nicht nach; das ist Ihr Problem. Sie suchen schnelle Lösungen; das ist sehr dumm. Ganz besonders dumm ist es im Augenblick.«

»Sie haben unrecht, Mario!« sagte Robert Webster und spie die

Worte förmlich aus, und seine Halsmuskeln spannten sich. »Sie haben gar nichts gelöst. Sie haben uns nur eine potentiell gefährliche Komplikation hereingebracht. Und eine recht üble obendrein!«

»Sprechen Sie zu mir nicht von *übel!* Ich habe in Greenwich zweihunderttausend hingelegt, und weitere fünf für das Plaza!«

»Auch übel und primitiv«, erregte sich Webster. »Primitiv und unnötig. Ihre altmodische Taktik aus dem Hafen wäre uns fast ins Gesicht geflogen! Passen Sie auf, was Sie tun.«

Der Italiener sprang auf. »Das brauchen Sie mir nicht zu sagen, Webster. Der Tag wird kommen, wo ihr Scheißer mir für das, was ich über ihn in der Hand habe, den Hintern küssen werdet!«

»Um Himmels willen, reden Sie leiser. Und gebrauchen Sie meinen Namen nicht. Der größte Fehler, den wir je gemacht haben, war, daß wir uns mit Ihnen eingelassen haben! Allen hat in dem Punkt recht. Alle haben sie das!«

»Ich hab' keine Einladung in Stahlstich verlangt, Bobby. Und Sie haben sich meinen Namen nicht aus dem Telefonbuch herausgepickt. Sie sind zu mir gekommen, Baby! Sie brauchten Hilfe, und ich hab' sie Ihnen gegeben … Ich habe Ihnen jetzt schon lange Zeit geholfen. Reden Sie also nicht so mit mir.«

Websters Gesichtsausdruck verriet, daß er de Spadantes Worte, wenn auch widerstrebend, akzeptierte. Der Mafioso war hilfreich gewesen, auf eine Art und Weise hilfreich, zu der andere nicht den Mut hatten. Und er, Bobby Webster, hatte ihn öfter um Hilfe gebeten als alle anderen. Der Tag, an dem man Mario de Spadante so leichthin wegschicken konnte, war schon lange vorbei. Jetzt ging es nur noch darum, ihn unter Kontrolle zu halten.

»Verstehen Sie denn nicht? Wir wollten Trevayne draußen haben. Das wäre mit einer neu angesetzten Anhörung zu schaffen gewesen.«

»Glauben Sie das? Nun, da irren Sie sich, Mr. Spitzenhöschen. Ich habe letzte Nacht mit Madison gesprochen; ich hab' ihm gesagt, er sollte mich vom Flughafen aus anrufen, ehe er das Flugzeug besteigen würde. Ich dachte, wenigstens *einer* sollte wissen, was Trevayne tat.«

Die unerwartete Mitteilung veranlaßte Webster, seine Feindseligkeit zu unterdrücken und an ihre Stelle eine Besorgnis treten zu lassen, mit der er nicht gerechnet hatte.

»Was hat Madison gesagt?«

»Das ist etwas anderes, wie? Keiner von euch Schlauköpfen hat daran gedacht, hm?«

»Was hat er gesagt?«

De Spadante setzte sich wieder. »Der hochgeschätzte Anwalt war sehr gereizt. Es klang so, als würde er schleunigst nach Hause zurückkehren und mit dieser Schnapsdrossel von Frau, die er hat, in eine Flasche kriechen.«

»Was er gesagt hat?«

»Trevayne hat diese Mannschaft von Senatoren ganz richtig eingeschätzt – ein großer Saal voll gezinkter Würfel; das hat er ganz klar gesagt. Und Madison hat keine Zweifel daran gelassen, daß er die ganze Zeit geschwitzt hat – nicht Trevayne, der hat nicht geschwitzt –, *Madison* war ganz naß. Und aus einem verdammt guten Grund. Trevayne hat ihm gesagt, wenn diese Bastarde ihn ablehnten, würde er die Stadt nicht in aller Stille verlassen. Er würde die Zeitungen und das Fernsehen holen; es gab eine ganze Menge Dinge, die er sagen wollte. Madison dachte, daß dabei nicht viel Gutes herauskommen würde.«

»Um was geht es denn?«

»Das weiß Madison nicht. Er weiß nur, daß dicke Brocken dabei sind. Trevayne hat gesagt, man könnte die Stadt damit in Stücke reißen – das waren seine Worte. *Die Stadt in Stücke reißen.*«

Robert Webster wandte sich von dem Mafioso ab; er atmete tief, um seinen Zorn unter Kontrolle zu bekommen. Der süßsaure Geruch, der das ganze alte Haus erfüllte, war widerwärtig. »Es gibt absolut keinen Sinn. Ich habe in der letzten Woche jeden Tag mit ihm gesprochen. Es gibt einfach keinen Sinn.«

»Madison hat trotzdem nicht gelogen.«

Webster wandte sich wieder de Spadante zu. »Ich weiß, aber was ist es?«

»Das werden wir herausfinden«, antwortete der Italiener mit ruhiger Zuversicht. »Ohne uns bei einer verdammten Pressekonferenz den Arsch aufreißen zu lassen. Und wenn ihr Mädchen das dann alles zusammengesetzt habt, werdet ihr sehen, daß ich recht gehabt habe. Wenn man diesen Anhörungsausschuß noch einmal zusammengerufen hätte und Trevayne hinausgeworfen, dann hätte er seine Breitseite abgeschossen. Ich *kenne* Trevayne, von damals noch. Er lügt auch nicht. Keiner von uns ist darauf vorbereitet; der alte Mann mußte sterben.«

Webster starrte den vierschrötigen Mann an, der so arrogant auf dem schmierigen Stuhl saß. »Aber wir wissen nicht, was er hatte sagen wollen. Ist es Ihnen einmal durch Ihren Neandertalerschädel gegangen, daß es etwas so Einfaches wie die Geschichte im Plaza Hotel hätte sein können? Wir hätten uns – ganz bestimmt hätten wir das – von so etwas lossagen können.«

De Spadante blickte nicht zu dem Mann aus dem Weißen Haus auf. Statt dessen griff er in seine Tasche und holte, während Webster erwartungsvoll und mit ungläubiger Angst zusah, eine dicke Hornbrille heraus. Er setzte sie auf und begann, Papiere zu überfliegen. »Sie geben sich zu große Mühe, mich in Rage zu bringen, Bobby ... ›Hätte sein können‹, ›hätten uns lossagen können‹, was zum Teufel soll das? Tatsache ist, daß wir es nicht gewußt haben. Und das Risiko wollten wir nicht eingehen, daß wir es in den Sieben-Uhr-Nachrichten erfahren. Ich glaube, Sie sollten wohl wieder zu Ihrer Spitzenparade zurückgehen, Bobby. Wahrscheinlich braut sich da ein Sturm zusammen.«

Webster schüttelte den Kopf und tat damit de Spadantes Beleidigung ab, während er auf die schäbige Tür zuging. Mit der Hand auf dem zerbrochenen gläsernen Türknopf drehte er sich um und sah wieder den Italiener an. »Mario, ich rate Ihnen um Ihrer selbst willen, treffen Sie keine einseitigen Entscheidungen mehr. Konsultieren Sie uns. Die Zeiten sind kompliziert genug.«

»Sie sind ein kluger Junge, Bobby, aber Sie sind noch sehr jung, sehr grün. Wenn Sie einmal älter sind, sehen die Dinge nicht mehr so kompliziert aus. Schafe überleben in der Wüste nicht; und ein Kaktus wächst nicht im feuchten Dschungel. Dieser Trevayne befindet sich in der falschen Umgebung. So einfach ist das.«

12.

Das weitläufige, weißgetünchte Haus mit den vier ionischen Säulen, die einen unpraktischen Balkon über dem Eingangsportal stützten, war kein High Barnegat, aber es hatte einen Namen – einen Namen, von dem Phyllis sich wünschte, sie könnte ihn auslöschen, doch der einjährige Mietvertrag gab ihr nicht das Recht dazu.

Monticellino.

Tawning Spring, Maryland, war kein Greenwich, obwohl es gewisse Ähnlichkeiten gab. Es war reich, zu achtundneunzig Prozent weiß und für die Mobilität nach oben gedacht; im wesentlichen war es auf Nachahmung eingestellt – seiner selbst – und insular; es war von Menschen bewohnt, die genau wußten, was sie kauften. Den vorletzten Lohn des Traums ihrer Karriere. Der letzte – falls man seiner teilhaftig wurde – lag im Südosten: McLean oder Fairfax, im Jagdland von Virginia.

Was die Leute, die den vorletzten Traum kauften, nicht wußten, dachte Phyllis, war, daß sie ohne zusätzlichen Aufwand all die unerträglichen Probleme erwarben, die mit dem Kauf einhergingen.

Phyllis Trevayne hatte sie gehabt. *Jene* Probleme. Fünf Jahre lang – eher sechs in Wirklichkeit. Sechs Jahre in einer halben Hölle.

Am Anfang gab es ihre junge Liebe, die Aufregung, die unglaublichen Energien, die sie alle drei – Andy, Douglas, sie selbst – in das schäbige Lagerhaus steckten, das sie eine Firma nannten.

Sie tat dreifachen Dienst. Sie war Sekretärin, Buchhalterin und Ehefrau.

Ihre Heirat war – wie ihr Bruder das formulierte – bequem zwischen einem Pratt & Whitney-Vertrag und einer bevorstehenden Präsentation bei Lockheed eingefügt worden. Andy und Doug waren übereingekommen, daß die Flitterwochen im Nordwesten drei Wochen dauern dürften, daß das ideal wäre. Das junge Paar konnte die Lichter von San Francisco sehen, in Washington oder Vancouver Ski laufen, und Andrew konnte zwischendurch einen Abstecher zu Genessee Industries in Palo Alto machen.

Sie wußte, wann sie anfingen – jene schrecklichen Jahre. Wenigstens den Tag, an dem sie die Umrisse von dem sah, was auf sie zukam. Es war an dem Tag, nachdem sie von Vancouver zurückgekehrt waren.

Sie war ins Büro gekommen und lernte die Frau in mittleren Jahren kennen, die ihr Bruder eingestellt hatte, um während ihrer Abwesenheit auszuhelfen. Eine Frau, die irgendwie ein Gefühl von Zielstrebigkeit ausstrahlte, die so fest entschlossen schien, weit mehr zu leisten, als acht Stunden zuließen – ehe sie zu Mann und Kindern nach Hause hetzte. Eine reizende Person, ohne die geringste Spur von Konkurrenz an sich, nur einer tiefen Dankbarkeit, daß man ihr zu arbeiten erlaubte. Das Geld brauchte sie eigentlich nicht.

Phyllis sollte während der nun kommenden Jahre oft an sie denken und begreifen.

Steven kam; Andrew war ekstatisch. Pamela kam, und Andrew wurde zu dem typischen Bilderbuchvater, erfüllt von Liebe und Ungeschicklichkeit.

Wenn er Zeit dafür hatte.

Denn Andrew war daneben auch von Ungeduld erfüllt; Pace-Trevayne wuchs schnell – zu schnell, fand sie. Plötzlich war da die Last einer riesigen Verantwortung, begleitet von astronomischer Finanzierung. Sie war nicht überzeugt, daß ihr junger Ehemann das alles schaffen würde, und sie hatte unrecht. Er war nicht nur fähig, sondern auch imstande, sich dem wechselnden Druck anzupassen, dem immer größer werdenden Druck. Wenn er unsicher oder verängstigt war – und das war er häufig –, hörte er einfach auf und brachte alle anderen dazu, ebenfalls aufzuhören. Es war besser, einen Vertrag zu verlieren – so schmerzhaft das auch sein mochte –, als später zu bedauern, daß man ihn angenommen hatte.

Andrew vergaß nie, was er in jenem Gerichtssaal in Boston erlebt hatte. Ihm würde das nicht widerfahren.

Ihr Mann wuchs; sein Produkt füllte ein Vakuum, das dringend gefüllt werden mußte, und er manövrierte instinktiv, bis er sicher war, alle Vorteile auf seiner Seite zu haben. Einen fairen Vorteil, das war für Andy wichtig. Nicht notwendigerweise moralisch, nur wichtig, dachte Phyllis.

Aber sie wuchs nicht; nur die Kinder. Sie begannen zu sprechen, zu gehen, sie füllten unzählige Eimer mit Windeln und spuckten unermeßliche Mengen von Haferbrei und Bananen und Milch aus. Sie liebte sie mit enormer Freude und sah ihren ersten Jahren mit dem Glück des neuen Erlebens entgegen.

Und dann begann ihr alles zu entgleiten. Zuerst langsam, wie bei so vielen anderen. Auch das begriff sie.

Der erste Schultag lieferte den ersten Schock. Zuerst angenehm – das plötzliche Verstummen der schrillen, stets fordernden Stimmen. Das Schweigen, der Frieden; das wunderbare erste Alleinsein. Allein mit Ausnahme des Mädchens, des Wäschemannes und gelegentlich einem Kundendiensttechniker. Aber doch allein.

Die paar wirklich engen Freundinnen, die sie gekannt hatte, waren weggezogen. Die Nachbarn in ihrer der oberen Mittelklasse zuzurechnenden Vorstadt waren für ein oder zwei Stunden recht angenehm, aber nicht mehr. East Haven war ihr Territorium. Und an den Frauen von East Haven war noch etwas. Es paßte ihnen nicht, daß Phyllis Trevayne kein Bedürfnis und keine Anerkennung für ihr Streben nach Firmenzielen aufbrachte. Und diese Verstimmung führte zu einer Form fortschreitender stiller Isoliertheit. Sie war keine von ihnen. Sie konnte ihnen nicht helfen.

Phyllis erkannte, daß man sie in eine fremdartige, unbequeme Zwischenwelt geschoben hatte. Die Tausende von Stunden, die Hunderte von Wochen, die Dutzende von Monaten, die sie Andrew, Doug und der Firma gewidmet hatte, waren ersetzt worden von den den ganzen Tag währenden Bedürfnissen ihrer Kinder. Ihr Mann war häufiger verreist als zu Hause; das war notwendig, auch das begriff sie.

Aber die Verbindung aller Dinge ließ sie ohne eine funktionierende Welt zurück, die ihr gehörte.

Und so kamen die ersten sorgenfreien, zielbewußten Ausflüge. Die Kinder waren auf Privatschulen. Sie wurden um halb neun Uhr morgens abgeholt und bequem um halb fünf zurückgebracht, kurz bevor die Rush Hour einsetzte.

›Acht Stunden Urlaub auf Ehrenwort‹ nannten es die anderen jungen, weißen, reichen Mütter der weißen, reichen Kinder, die die alten, weißen, reichen Privatschulen besuchten.

Sie versuchte, Beziehung zu ihrer Welt zu finden und schloß sich Clubs an. Andrew unterstützte das begeistert, setzte aber nur selten den Fuß in ihr Gelände. Sie verloren ebenso schnell ihren Reiz für sie, wie das auch die Mitglieder taten, aber sie weigerte sich, die Enttäuschung zuzugeben.

Was, in Gottes Namen, *wollte* sie eigentlich? Sie stellte sich diese Frage und fand keine Antwort.

Sie versuchte, in die Firma zurückzukehren. Pace-Trevayne bewegte sich mit hoher Geschwindigkeit auf einer sehr schnellen Straße in einem außerordentlich komplizierten Rennen. Es war nicht bequem für die Frau des energischen jungen Präsidenten, an einem Schreibtisch zu sitzen und unkomplizierte Aufgaben zu erledigen. Sie ging wieder und hatte das Gefühl, daß Andrew aufatmete.

Was immer es war – was sie suchte, blieb ihr verschlossen, aber da war Erleichterung zu finden, angefangen beim Mittagessen. Anfangs ein kleines Glas Harvey's Bristol Cream, dann der Übergang zu dem einen Manhattan, aus dem schnell ein doppelter wurde. In einigen Jahren graduierte sie, indem sie auf Wodka überging – einem sehr bequemen Ersatz, der keine Spuren hinterließ.

O Gott! Wie sie Ellen Madison verstand! Die arme, verwirrte, reiche, weiche, verzärtelte Ellen – Ellen Madison, die man zum Schweigen gebracht hatte. Man durfte sie nie, nie nach sechs Uhr nachmittags anrufen!

Sie erinnerte sich mit schmerzhafter Eindringlichkeit an jenen späten regnerischen Nachmittag, an dem Andy sie gefunden hatte. Sie hatte einen Unfall gehabt, nicht ernsthaft, aber beängstigend; ihr Wagen war auf dem feuchten Asphalt, etwa hundert Meter vor ihrer Einfahrt, gegen einen Baum gerutscht. Sie war von einem sehr späten Mittagessen nach Hause geeilt. Sie war nicht mehr imstande gewesen, zusammenhängend zu reden.

In ihrer Panik war sie von dem beschädigten Wagen zum Haus gerannt und hatte sich in ihrem Zimmer eingesperrt.

Eine hysterische Nachbarin kam herbeigeeilt, und Phyllis' Hausmädchen hatte im Büro angerufen.

Andrew überredete sie, ihre Schlafzimmertüre aufzuschließen, und mit fünf Worten hatte ihr Leben sich verändert, waren die schrecklichen Jahre zu Ende.

»Um Gottes willen, hilf mir!«

»Mutter!« Die Stimme ihrer Tochter drängte sich in die Stille des neuen Schlafzimmers, das auf den unpraktischen Balkon hinausging. Phyllis Trevayne war fast mit Auspacken fertig. Ein frühes Foto ihrer Kinder hatte ihre stummen Erinnerungen ausgelöst. »Hier ist ein Eilbotenbrief von der Universität von Bridgeport für dich. Hältst du diesen Herbst wieder Vorträge?«

Phyllis und Andy hatten am Abend vorher ihre Tochter am Dulles-Flughafen abgeholt.

»Nur zweiwöchige Seminare, meine Liebe. Bring ihn herauf, ja?«

Daß der Brief und ihre Gedanken zusammentrafen, paßte gut, überlegte sie. Denn der Brief von einer Institution wie Bridgeport war eines der Resultate ihrer ›Lösung‹, wie sie sie nannte.

Andy hatte erkannt, daß ihr Trinken mehr als nur eine gesellschaftliche Angewohnheit geworden war, hatte sich aber geweigert, es als ein Problem zu akzeptieren. Aber an jenem verregneten Nachmittag wußten beide, daß ein Problem vorlag und daß sie sich ihm gemeinsam stellen mußten.

Die Lösung war von Andy gekommen, obwohl er sie glauben machte, es sei die ihre. Sie bestand darin, daß sie sich völlig in irgendein Vorhaben stürzte und sich ein ganz bestimmtes Ziel dabei vornahm. Ein Vorhaben, das ihr viel Vergnügen bereitete; und ein genügend ehrgeiziges Ziel, daß sich die Zeit und die Mühe dafür lohnten.

Sie brauchte nicht lange, um ein solches Vorhaben zu finden; die Faszination war schon immer dagewesen, seit sie das erstemal mit der Geschichte des Mittelalters und der Renaissance in Berührung gekommen war. Die Chroniken: Daniel, Holinshed, Froissart, Villani. Eine unglaubliche, mystische, wunderbare Welt der Legenden und der Realität, der Fakten und der Fantasien.

Sobald sie einmal begonnen hatte – zuerst vorsichtig, mit ein paar Kursen in Yale –, stellte sie fest, daß ihre Ungeduld die gleiche war, wie sie Andrew mit den Geschäften von Pace-Trevayne empfand.

Wenn Andrew sein Fieber hatte, so zog sie sich nun auch eines zu. Und je mehr sie sich hineinvertiefte, desto mehr stellte sie fest, daß alles seinen gebührenden Ort fand. Der Haushalt der Trevaynes war wieder ein geschäftiges, energiegeladenes Heim. In weniger als zwei Jahren hatte Phyllis sich ihren Master's Degree erworben. Zweieinhalb Jahre später hatte sie das sich einmal gesetzte Ziel – jetzt nur noch eine akzeptierte Notwendigkeit – erreicht. Der Doktortitel in englischer Literatur wurde ihr verliehen. Andrew veranstaltete eine grandiose Party, um das Ereignis zu feiern – und erzählte ihr später im stillen Zusammensein ihrer Liebe, daß er vorhatte, High Barnegat zu bauen.

Sie hatten es sich beide verdient.

»Du bist ja fast fertig«, sagte Pamela Trevayne, die durch die Schlafzimmertüre hereinkam. Sie reichte ihrer Mutter den Umschlag mit dem roten Stempel und sah sich um. »Weißt du, Mom, es stört mich ja nicht, daß du alles so schnell in Ordnung bringst, aber es braucht ja nicht gleich so organisiert zu sein.«

»Ich habe auch viel Erfahrung, Pam«, erwiderte Phyllis, die immer noch ihren vorangegangenen Gedanken nachhing. »Ich war nicht immer so … ordentlich.«

»Was?«

»Nichts. Ich sagte, daß ich schon oft ausgepackt habe.« Phyllis sah ihre Tochter an, während sie geistesabwesend den Umschlag aufschlitzte. Pam würde als Erwachsene höchst attraktiv sein. Und unter dem oberflächlichen Überschwang ruhte eine feine Intelligenz, ein fragender Geist, den unbefriedigende Antworten ungeduldig machten.

»Das ist eine verrückte Veranda, Mutter. Mit ein wenig Glück könntest du gerade einen Liegestuhl hinausstellen.«

Phyllis lachte, während sie den Brief aus Bridgeport las. »Ich glaube nicht, daß wir Dinnerpartys draußen geben werden ... O Gott, die haben mich auf Freitag eingeplant, und ich hatte sie gebeten, das nicht zu tun.«

»Die Seminare?« fragte Pam und drehte sich um.

»Ja. Ich hatte denen gesagt, jederzeit von Montag bis Donnerstag, also teilen die mich auf Freitag ein. Ich möchte die Freitage für die Wochenenden frei haben.«

»Das ist ja nicht sehr hingebungsvoll, Madame Professor.«

»Ein hingebungsvolles Familienmitglied reicht auch für den Augenblick. Dein Vater wird die Wochenenden brauchen – wenn er sie sich freinehmen kann. Ich werde die nachher anrufen.«

»Heute ist Samstag, Mom.«

»Da hast du recht. Also Montag.«

»Wann kommt denn Steve?«

»Dein Vater hat ihn gebeten, mit dem Zug nach Greenwich zu fahren und den Station Wagon hierherzubringen. Er hat eine ganze Liste von Sachen, die er mitnehmen soll; Lillian hat gesagt, sie würde packen.«

Pam stieß einen kurzen Schrei der Enttäuschung aus. »Warum hast du das mir nicht gesagt? Ich hätte den Bus nach Hause nehmen können und mit ihm herunterfahren.«

»Weil ich dich hier brauche. Dad hat die ganze Zeit in einem halbmöblierten Haus gelebt, ohne etwas zu essen und ohne Hilfe, während ich in Barnegat war. Wir Frauen müssen die Dinge in Ordnung bringen.« Phyllis stopfte den Brief in den Umschlag zurück und lehnte ihn an den Spiegel.

»Da bin ich dagegen. Aus Prinzip.« Pam lächelte. »Frauen sind emanzipiert.«

»Sei dagegen, sei emanzipiert und geh das Geschirr auspacken. Die Packer haben es in die Küche gestellt – die rechteckige Kiste.«

Pam ging an den Bettrand und setzte sich.

»Sicher, gleich ... Mom, warum hast du Lillian nicht mitgebracht? Ich meine, das wäre doch so viel einfacher. Oder du hättest jemanden einstellen können?«

»Vielleicht später. Wir wissen noch nicht genau, wie sich das hier entwickelt. Wir werden häufig in Connecticut sein, besonders an den Wochenenden; wir wollen das Haus nicht schließen.«

»Ich hab' den Artikel in der *Sunday Times* gelesen. Dort stand, daß Dad einen Job übernommen hätte, der ihn auf zehn Jahre beschäftigen würde – ohne Freizeit – und daß die Arbeit auch dann erst zur Hälfte erledigt sein würde; daß selbst *seine* bekannten Talente hier vor dem Unglaublichen stünden.«

»Die *Times* neigt zu Übertreibungen.«

Pam lehnte sich gegen das Kopfteil des Bettes. »Warum übernimmt Dad das? Alle sagen, es sei ein solch heilloses Durcheinander.«

»Genau deswegen. Dein Vater ist ein talentierter Mann. Eine Menge Leute meinen, er könnte etwas daran besser machen.« Sie trug den Koffer zur Tür.

»Aber das kann er nicht, Mom.«

Phyllis sah zu ihrer Tochter hinüber. »Was?«

»Er kann gar nichts erreichen.«

Phyllis ging langsam ans Fußende des Bettes. »Würdest du mir das näher erklären?«

»Er kann die Dinge nicht ändern. Kein Ausschuß, keine Anhörung der Regierung, keine Untersuchung kann die Dinge anders machen.«

»Warum nicht?«

»Weil die Regierung sich selbst untersucht. Es ist so, als würde man jemand, der Geld unterschlagen hat, als Kontrolleur in eine Bank schicken. Das geht nicht, Mom.«

»Diese Bemerkung klingt aber verdächtig fremd aus deinem Munde, Pam.«

»Ich gebe zu, daß sie nicht von mir stammt, aber es ist schon so. Wir reden viel, weißt du.«

»Ich bin sicher, daß ihr das tut, und das ist auch gut. Aber ich denke, daß eine solche Feststellung die Dinge zu stark vereinfacht, gelinde gesagt. Da allgemeine Übereinstimmung darüber herrscht, daß der Zustand unbefriedigend ist, worin besteht dann deine Lösung? Wenn du schon kritisierst, mußt du auch eine Alternative haben.«

»Es *gibt* eine Alternative. Aber die muß wahrscheinlich warten; wenn es bis dahin nicht schon zuweit gegangen ist oder wir tot sind. Eine ganz große Veränderung. Von oben nach unten, ein völliger Austausch. Vielleicht eine *wirkliche* dritte Partei.«

»Revolution?«

»Du lieber Gott, nein! Das sind die Spinner, die Gewalttätigen. Die sind nicht besser als das, was wir haben; die sind dumm! Die schlagen Köpfe ein und glauben, daß sie damit etwas lösen. Siehst du, Mom, die Leute, die all die Entscheidungen treffen, müssen durch Leute ersetzt werden, die andere Entscheidungen machen. Die sich die *wirklichen* Probleme anhören und aufhören, unechte Probleme zu erfinden oder die kleinen aufzubauschen, nur weil es ihnen persönlich nützt.«

»Vielleicht kann dein Vater auf ... solche Dinge ... hinweisen. Wenn er Tatsachen dahinterstellt, wird man ihm zuhören müssen.«

»O sicher. Die werden zuhören. Und nicken und sagen, daß er wirklich Klasse ist. Und dann wird es andere Ausschüsse geben, die sich *seinen* Ausschuß ansehen, und dann wieder einen Ausschuß, der sich *die* ansieht. So wird es sein; so ist es immer. Unterdessen ändert sich nichts. Siehst du das denn nicht, Mom? Die *Leute* dort oben müssen sich *zuerst* ändern.«

Phyllis betrachtete den erregten Gesichtsausdruck ihrer Tochter. »Das ist sehr zynisch«, sagte sie einfach.

»Ja, das ist es wahrscheinlich. Aber ich habe das Gefühl, daß ihr beide, du und Dad, gar nicht so viel anders empfindet.«

»Was?«

»Nun, mir scheint, alles ist irgendwie ... improvisiert. Ich meine, Lillian ist nicht hier, dieses Haus ist nicht gerade von der Art, wie Dad es mag ...«

»Es gibt gute Gründe für das Haus; es stehen nicht sehr viele zur Verfügung. Und Dad haßt Hotels, das weißt du.« Phyllis redete schnell, leichthin. Sie wollte nicht darauf hinweisen, daß das kleine Gästehäuschen hinten eine ideale Unterkunft für die zwei Geheimdienstmänner bot, die man ihnen zugewiesen hatte. Die ›1600 Patrouille‹ war der Name, den sie auf einem Aktenvermerk von Robert Webster gelesen hatte.

»Ich meinte nur, daß Dad vielleicht gar nicht sicher sei, das ist alles ...«

»Natürlich«, sagte Phyllis, drehte sich herum und zeigte ihrer Tochter ein verständnisvolles Lächeln. »Und vielleicht hast du recht ... Was das betrifft, daß es schwierig ist, die Dinge zu ändern. Aber ich glaube, wir sollten ihm die Chance lassen, es zu probieren, oder nicht?«

Trevayne schloß die Tür des kleinen Gästehäuschens. Er hatte sich noch einmal davon überzeugt, daß die Geräte für die 1600 Patrouille korrekt installiert waren und funktionierten. Es gab zwei Mikrofone, die jedes Geräusch aus der Halle und dem Wohnzimmer des Hauptgebäudes aufnahmen, sobald man auf einen Schalter trat, der unter dem Teppich im Wohnzimmer verborgen war. Das hatte er getan und gerade das Öffnen der Haustür und ein kurzes Gespräch zwischen seiner Tochter und einem Postboten gehört und gleich darauf Pams für Phyllis bestimmter Ruf, daß ein Eilbotenbrief eingetroffen sei. Dann hatte er ein Buch auf den Sims eines offenen Fensters des im Keller gelegenen Hobbyraums gelegt – so daß es horizontal in den Raum ragte – und festgestellt, ebenfalls befriedigt, daß ein hohes, durchdringendes Summen von einem dritten Lautsprecher unter einer numerierten Platte ausging, als er das Gästehaus betrat. Jeder Raum im Hauptgebäude hatte eine Nummer, die einer gleichen auf dem Brett entsprach. Kein Gegenstand und keine Person konnte den Raum vor einem Fenster passieren, ohne den elektronischen Taster zu aktivieren.

Er hatte die zwei Männer vom Geheimdienst gebeten, untertags, wenn die Kinder für das Wochenende im Hause waren, oben an der Straße zu warten. Andy argwöhnte, daß sie zusätzliche Einrichtungen in ihren Fahrzeugen hatten, die irgendwie mit den Anlagen in dem Gästehäuschen in Verbindung standen, aber er fragte sie nicht danach. Er würde sich noch etwas einfallen lassen müssen, wie er die Kinder über die 1600 Patrouille informierte, aber er wollte sie nicht beunruhigen; unter keinen Umständen durften sie erfahren, was die Gründe für den Schutz waren. Die zwei Agenten hatten sich ihre eigenen Zeitpläne mit ihren Ablösungen ausgearbeitet und waren damit einverstanden.

Seine Übereinkunft mit Robert Webster – mit dem Präsidenten – war ganz einfach. Seine Frau sollte rund um die Uhr Sicherheitsüberwachung erhalten und seine beiden Kinder ›Punktüberwachung‹ auf täglicher Basis, die auf Anforderung seitens der Bundesbehörden von den lokalen Institutionen zu leisten war. Die Schulen sollten über die ›Routine‹-Maßnahme informiert und um Unterstützung gebeten werden.

Es herrschte auch Einigkeit darüber, daß Trevayne das Minimum an ›Sicherheitsüberwachung‹ bekommen sollte. Ein Angriff auf seine Person galt als unwahrscheinlich, und er lehnte jegliche formelle Einschaltung des Justizministeriums angesichts vorstellbarer Interessenkonflikte ab.

Trevayne hörte eine Hupe und blickte auf. Der Station Wagon, den sein Sohn steuerte, war ein Stück über die Einfahrt hinausgerollt und fuhr jetzt rückwärts. Der Laderaum war praktisch bis zum Dach gefüllt, und Andy fragte sich, wie Steve wohl den Rückspiegel benutzen mochte.

Der Junge fuhr an den vorderen Weg und parkte geschickt, um das Entladen möglichst einfach zu machen. Er stieg aus, und Andy sah – etwas verstimmt, aber zugleich amüsiert –, daß das lange Haar seines Sohnes jetzt fast biblische Formen angenommen hatte.

»Hi Dad«, sagte Steve und lächelte. »Wie geht es der Nemesis des Unglaublichen?«

»Wem?« fragte Andy und schüttelte seinem Sohn die Hand.

»So hat die *Times* es ausgedrückt.«

»Die übertreiben.«

Das Haus war ›organisiert‹ – und zwar in viel höherem Maße, als Andy das an einem Nachmittag für möglich gehalten hatte. Er und sein Sohn hatten den Station Wagon entladen und dann die nächsten Befehle von Phyllis abgewartet, die sie dazu eingesetzt hatte, Möbel hin- und herzuschieben, als wären es Schachfiguren. Steve hatte erklärt, daß der Stundenlohn der neuen Umzugsfirma Trevayne & Trevayne im Steigen begriffen sei, und verlangte jedesmal doppelten Lohn, wenn ein schweres Stück an einen Ort zu bringen war, den es schon einmal eingenommen hatte. Einmal pfiff er laut und verkündete mit ähnlicher Eindringlichkeit, daß die Gewerkschaften eine Bierpause vorgeschrieben hätten.

Um halb sechs war Phyllis restlos zufrieden, waren die Kartons und Decken der Umzugsfirma in den hinteren Teil des Hauses gebracht und die Küche in Ordnung; Pam kam die Treppe herunter und verkündete, daß die Betten gemacht seien – das ihres Bruders in einer Art und Weise, von der sie hoffte, daß er mit ihr einverstanden sein würde.

»Wenn dein Intelligenzquotient noch einen Punkt niedriger wäre, dann wärst du eine Pflanze«, war Stevens einziger Kommentar.

Der ursprüngliche Besitzer von Monticellino – oder wie man ihn ohne besondere Zuneigung apostrophierte, *er* – hatte in der Küche ein wünschenswertes Gerät installiert: einen Holzkohlengrill. Man kam überein, daß Andrew nach Tawning Spring fahren, dort einen Fleischerladen ausfindig machen und mit dem größten Steak zurückkommen sollte, das er finden konnte. Trevayne hielt das für eine ausgezeichnete Idee; er würde unterwegs bei der 1600 Patrouille anhalten und mit ihnen plaudern.

Das tat er. Und stellte keineswegs überrascht, aber durchaus befriedigt fest, daß unter dem Armaturenbrett des Regierungswagens die größte Ansammlung von Radioskalen angebracht war, die man sich außerhalb eines Weltraumschiffs in irgendeinem Vehikel vorstellen konnte.

Das übergroße Steak war gut, aber nicht mehr als das. Pam und Phyllis brachten den Kaffee, während Steve und Andy die Teller wegtrugen.

»Wie es Lillian wohl gehen mag?« fragte Pam. »Ganz alleine dort oben.«

»So mag sie es«, meinte Steve und goß eine halbe Tasse dicke Sahne in seinen Kaffee. »Außerdem gibt ihr das eine Chance, dem Gärtnerdienst richtig Bescheid zu sagen. Sie sagt, Mom ist immer zu großzügig zu ihm.«

»Ich bin weder großzügig noch sonst etwas. Ich sehe die ja kaum.«

»Lilian findet, du solltest dich um sie kümmern. Erinnerst du dich?« Steve wandte sich seiner Schwester zu. »Als wir sie letzten Monat in die Stadt fuhren, erzählte sie uns, die würden dauernd die Leute auswechseln. Das würde zuviel Zeit mit Erklärungen kosten, und der Steingarten sei dauernd in Unordnung.«

Andrew sah unauffällig zu seinem Sohn hinüber. Es war ja eigentlich nur eine Kleinigkeit, aber es erweckte seine Aufmerksamkeit. Warum hatte der Gärtnerdienst das Personal ausgewechselt?

Es handelte sich um einen Familienbetrieb, und da die Familie italienischer Herkunft und umfangreich war, herrschte nie Mangel an Mitarbeitern. Irgendwann hatten sie *alle* schon einmal auf Barnegat gearbeitet. Er würde sich um den Gärtnerdienst kümmern und einige Nachforschungen bezüglich der Firma Aiello anstellen müssen.

»Lillian will uns immer beschützen«, sagte er und versuchte damit, das Thema abzutun. »Wir sollten ihr dankbar sein.«

»Sind wir. Dauernd«, erwiderte Phyllis.

»Was macht denn dein Ausschuß, Dad?« Steve goß sich noch etwas Kaffee ein.

»Unterausschuß, nicht Ausschuß; ein Unterschied, der nur in Washington von Bedeutung ist. Wir haben jetzt den größten Teil des Stabes beisammen. Die Büros sind in Ordnung. Übrigens, sehr wenige Bierpausen.«

»Unaufgeklärtes Management wahrscheinlich.«

»Ganz sicher«, nickte Andy.

»Wann fangt ihr an zu sprengen?« fragte der Sohn.

»Sprengen? Wo hast du denn das her?«

»Aus einer Karikatur einer Zeitung«, warf Pam ein.

»Dein Vater meint in bezug auf ihn«, sagte Phyllis, die die besorgte Miene ihres Mannes bemerkt hatte.

»Nun, wirst du nicht versuchen, Ralph Nader in den Schatten zu stellen?« Steve lächelte ohne sehr viel Humor.

»Unsere Funktionen sind anders.«

»Oh? Wieso, Dad?«

»Ralph Nader kümmert sich um allgemeine Verbraucherprobleme. Wir interessieren uns für ganz spezifische vertragliche Verpflichtungen in bezug auf Regierungskontrakte. Das ist ein großer Unterschied.«

»Dieselben Leute«, sagte der Sohn.

»Nicht notwendigerweise.«

»Größtenteils«, fügte die Tochter hinzu.

»Eigentlich nicht.«

»Du schränkst ein.« Steve trank aus seiner Tasse und sah dabei seinen Vater an. »Das bedeutet, du bist nicht sicher.«

»Wahrscheinlich hat er noch keine Zeit gehabt, um es herauszufinden«, erklärte Phyllis. »Ich glaube nicht, daß man das ›einschränken‹ nennen kann.«

»Natürlich kann man das, Phyl. Eine ganz legitime Einschränkung. Wir sind *nicht* sicher. Und ob es dieselben Leute sind, hinter denen Nader her ist, oder andere Leute – das ist es nicht, worauf es ankommt. Wir haben mit ganz spezifischem Fehlverhalten zu tun.«

»Das ist alles Teil des Gesamtbildes«, sagte Steve. »Die etablierten Interessen.«

»Augenblick mal.« Trevayne schenkte sich Kaffee nach. »Ich bin nicht sicher, daß ich deine Definition von ›etablierten Interessen‹ richtig verstehe, aber ich nehme an, du meinst damit ›reichlich finanziert‹. Okay?«

»Okay.«

»Reichliche Finanzierung hat eine Menge Gutes getan. Die medizinische Forschung würde ich da an erste Stelle stellen; dann die fortschrittliche Technik im Ackerbau, im Bauwesen, im Transportwesen. Die Resultate dieser reichlich finanzierten Projekte helfen allen. Gesundheit, Nahrung, Unterkunft; etablierte Interessen können ungeheure Beiträge für das Wohl der Allgemeinheit leisten. Siehst du das nicht auch so?«

»Natürlich. Wenn die Beiträge etwas damit zu tun haben. Und nicht nur ein Nebenprodukt des Gelderwerbs sind.«

»Dann stößt du dich an dem Gewinnmotiv?«

»Teilweise ja.«

»Das hat sich aber als recht nützlich erwiesen. Besonders, wenn man es mit anderen Systemen vergleicht. Der Wettbewerb ist eingebaut; das bewirkt, daß mehr Leuten mehr Dinge zugänglich sind.«

»Versteh mich nicht falsch«, sagte der Sohn. »Niemand ist gegen das Gewinnmotiv als solches, Dad. Nur wenn es zum einzigen Motiv wird.«

»Das verstehe ich«, sagte Andrew. Er wußte, daß er selbst so empfand.

»Bist du da auch sicher, Dad?«

»Das glaubst du wohl nicht?«

»Ich möchte dir glauben. Was Reporter und solche Leute über dich sagen, liest sich gut. Das erzeugt ein gutes Gefühl in einem, weißt du?«

»Was stört dich dann?« fragte Phyllis.

»Ich weiß nicht genau. Ich denke, ich würde mich besser fühlen, wenn Dad zornig wäre. Oder vielleicht *zorniger*.« Andrew und

Phyllis tauschten Blicke, dann meinte Phyllis schnell: »Zorn ist keine Lösung, Darling. Das ist eine Empfindung.«

»Das ist nicht sehr konstruktiv, Steve«, fügte Trevayne etwas lahm hinzu.

»Herrgott! Es ist ein Anfang, Dad. Ich meine, *du* kannst etwas *tun.* Das ist die Chance. Aber du bringst gar nichts, wenn du dich mit ›spezifischem Fehlverhalten‹ abgibst.«

»Warum? Davon kann man doch ausgehen.«

»Nein, das kann man nicht! Das sind Dinge, die die Abflüsse verstopfen. Bis du damit fertig bist, jede Kleinigkeit auszudiskutieren, erstickst du in Schlamm. Da steckst du bis zum Hals –«

»Es ist nicht notwendig, die Analogie auszusprechen«, unterbrach Phyllis.

»... in tausend Belanglosigkeiten, die die Anwälte vor die Gerichte schleppen.«

»Ich glaube, ich verstehe dich«, sagte Andrew. »Du würdest gerne einen kräftigen Besen sehen. Das wäre eine Kur, die noch schlimmer ist als die Krankheit. So etwas ist gefährlich.«

»Okay. Vielleicht habe ich ein wenig übertrieben.« Steven Trevayne lächelte ernst, ohne sehr viel Zuneigung. »Aber das darfst du den ›Hütern des Morgen‹ glauben. Wir fangen an, ungeduldig zu werden.«

Trevayne stand im Morgenrock vor der Türe, die auf den Balkon hinausführte. Es war ein Uhr früh; er und Phyllis hatten sich einen alten Film im Fernseher angeschaut. Das war eine schlechte Gewohnheit, die sie sich angeeignet hatten. Aber es machte Spaß; auf ihre Weise waren diese alten Filme Beruhigungsmittel.

»Was ist denn?« fragte Phyllis vom Bett her.

»Nichts. Ich hab' nur den Wagen vorbeifahren sehen; Websters Leute.«

»Benutzen die nicht das Gästehäuschen?«

»Ich hab' ihnen gesagt, daß sie das dürfen. Die haben ein wenig gedruckst. Sie sagten, sie würden ein oder zwei Tage warten.«

»Wahrscheinlich wollen sie die Kinder nicht beunruhigen. Es ist jetzt an der Zeit, ihnen zu sagen, daß für die Vorsitzenden von Unterausschüssen Routinevorsichtsmaßnahmen getroffen werden.«

»Ja, wahrscheinlich. Steve scheint sich das ja ziemlich zu Herzen zu nehmen, nicht wahr?«

»Nun ...« Phyllis schüttelte ihr Kissen auf und runzelte die Stirn, ehe sie antwortete. »Ich glaube, du solltest das, was er gesagt hat, nicht zu ernst nehmen. Er ist jung. Er ist wie seine Freunde: die neigen zu Verallgemeinerungen. Die können – oder wollen – die Komplikationen noch nicht akzeptieren. Die ziehen ›harte Besen‹ vor.«

»Und in ein paar Jahren werden sie sie benutzen können.«

»Dann werden sie das nicht mehr wollen.«

»Darauf würde ich mich an deiner Stelle nicht verlassen. Manchmal glaube ich, daß es das ist, worum die ganze Geschichte sich dreht. Da fährt der Wagen schon wieder.«

TEIL II

13.

Es war beinahe halb sieben; die restlichen Mitarbeiter waren schon vor mehr als einer Stunde gegangen. Trevayne stand hinter seinem Schreibtisch, den rechten Fuß lässig auf der Sitzfläche seines Sessels, den Ellbogen aufs Knie gestützt. Rings um den Schreibtisch versammelt, standen die wichtigsten Angehörigen des Unterausschusses, vier Männer, die Paul Bonners Vorgesetzte im Verteidigungsministerium widerstrebend ›freigegeben‹ hatten, und starrten die Grafiken an, die über die Tischplatte verstreut lagen.

Direkt vor Trevayne stand ein junger Anwalt namens Sam Vicarson. Andrew war auf den energischen, selbstbewußten Anwalt während einer Anhörung über Geldzuwendungen bei der Danforth Foundation gestoßen. Vicarson hatte – mit großer Heftigkeit – die Sache einer in Mißkredit geratenen Künstlerorganisation in Harlem vertreten, die Unterstützung suchte. Nach allen Gesetzen der Logik hätten die Mittel verweigert werden müssen, aber Vicarsons fantasievolle, Nachsicht heischende Erklärungen für die Fehler, die die Organisation in der Vergangenheit gemacht hatte, waren so überzeugend, daß Danforth trotzdem bewilligte. Also hatte Trevayne Nachforschungen über Sam Vicarson angestellt und erfahren, daß er jener neuen Schule gesellschaftlich bewußter Anwälte angehörte, die eine ›reguläre‹ lukrative Anstellung untertags mit ›Getto‹-Arbeit in der Nacht verbanden. Er war intelligent, schnell und unglaublich findig.

Rechts von Vicarson beugte sich Alan Martin über den Tisch, der bis vor sechs Wochen Controller von Pace-Trevaynes Fabriken in New Haven gewesen war. Martin war ein Mann in mittleren Jahren, nachdenklich, ehemaliger Börsenanalytiker; ein vorsichtiger Mann, der sich ausgezeichnet auf Details verstand und, sobald er einmal von etwas überzeugt war, davon nicht mehr leicht abließ. Er war Jude und von einer stillen ironischen Art, wie sie sein Wesen seit seiner Kindheit geprägt hatte.

Links von Vicarson stand Michael Ryan mit einer mächtigen Pfeife in der Hand. Er war wie der neben ihm stehende Mann Ingenieur. Ryan und John Larch waren Spezialisten ihrer jeweiligen Fachrichtungen – aeronautische Ingenieurwissenschaften und Bauwesen. Ryan war Ende der Dreißig, ein Mann mit leicht geröteter Gesichtshaut, lebenslustig, der gerne lachte, jedoch tödlich ernst werden konnte, wenn man ihm die Blaupause eines Flugzeugteils vorlegte. Larch war eher nachdenklich, wirkte äußerlich mürrisch, hatte scharf geschnittene Gesichtszüge und schien stets müde zu sein. Aber an Larchs Verstand war keine Spur von Müdigkeit. Tatsächlich arbeitete der Verstand aller vier Männer konstant und sehr schnell.

Diese vier waren der innere Kern des Unterausschusses; sie verkörperten praktisch die Ziele der Verteidigungskommission.

»Also gut«, sagte Trevayne. »Die haben wir jetzt geprüft und gegengeprüft.« Er deutete müde auf die Tabellen und Grafiken auf dem Tisch. »Sie waren alle an der Zusammenstellung beteiligt; jeder von ihnen hat sie einzeln studiert, ohne sich mit dem anderen zu besprechen. Jetzt will ich etwas hören.«

»Der Augenblick der Wahrheit, Andrew?« Alan Martin richtete sich auf. »Der Tod am späten Nachmittag?«

»Bullenscheiße.« Michael Ryan nahm die Pfeife aus dem Mund und grinste. »In der ganzen Arena.«

»Ich glaube, wir sollten das hier binden lassen und es meistbietend versteigern«, sagte Sam Vicarson. »Ich könnte mir eine Neigung für das gute Leben in Argentinien zulegen.«

»Dann würden Sie aber in Tierra del Fuego enden, Sam.« John Larch trat einen Schritt zurück, um Ryans Pfeifenqualm aus dem Wege zu gehen.«

»Wer will anfangen?« fragte Trevayne.

Die Antwort war ein Quartett von Stimmen. Und jede überzeugt, jede voll Erwartungen, die anderen zu übertrumpfen. Alan Martin kam als erster zu Wort.

»Von meinem Standpunkt aus betrachtet, haben sämtliche Antworten bis jetzt noch Löcher. Aber da Projekte mit Unterauftragnehmern betroffen sind, war das zu erwarten. Im allgemeinen dürfte es genügen, anschließend ein paar Leute näher zu befragen. Mit einer Ausnahme. In allen Fällen von einiger Bedeutung sind auch Endbeträge genannt worden. I.T.T. hat da etwas gezögert, aber die sind dann auch rübergekommen. Wieder eine Ausnahme.«

»Okay, da wollen wir mal einhaken. Mike und John, Sie haben separat gearbeitet?«

»Wir haben näher geprüft«, sagte Ryan. »Es hat da eine Menge Duplizierungen gegeben – und gibt es noch; ebenso wie in Alans Fall liegt es bei den Unteraufträgen. Ich will sie einmal aufzählen: Lockheed und I.T.T. waren die ganze Zeit kooperativ. I.T.T. drückt ein paar Knöpfe an einem Computer, und schon kommen die Lochkarten geschossen; Lockheed ist zentralisiert und kommt immer noch ins Zittern –«

»Das sollten die auch«, unterbrach Sam Vicarson. »Die benutzen mein Geld.«

»Sie haben mir gesagt, daß ich Ihnen danken soll«, sagte Alan Martin.

»GM und Ling-Tempco haben Probleme«, fuhr Ryan fort. »Aber, um fair zu sein, es ist nicht so, daß die uns ausweichen, es ist einfach schwierig, den richtigen Verantwortlichen ausfindig zu machen. Einer unserer Außenleute hat einen ganzen Tag bei General Motors verbracht – in der Turbinenentwicklung – und dort mit einem Typen gesprochen, der versuchte, den Abteilungsleiter ausfindig zu machen. Und dann stellte sich schließlich heraus, daß er selbst es war.«

»Dann gibt es natürlich die üblichen Zitterpartien«, fügte Larch hinzu. »Besonders bei GM; Anpassung und Nachforschungen passen nicht besonders gut zusammen.«

»Trotzdem bekommen wir im allgemeinen, was wir wollen. Litton ist verrückt. Raffiniert-wie-ein-Fuchs verrückt. Die finanzieren nur; damit sind sie ein bis zehn Stellen von der praktischen Anwendung entfernt. Ich werde mir Aktien von dem Verein kaufen. Dann kommen wir auf das große Rätsel.«

»Dazu kommen wir noch.« Trevayne nahm den Fuß vom Sessel und griff nach einer Zigarette. »Und wie steht's bei Ihnen, Sam?«

Vicarson machte eine spöttische Verbeugung vor Andrew. »Ich möchte diese Gelegenheit ergreifen, um den Göttern dafür zu danken, daß Sie mich mit so vielen hochangesehenen Anwaltskanzleien in Verbindung gebracht haben. Mein bescheidener Kopf ist immer noch ganz verwirrt.«

»Übersetzung –«, sagte Alan Martin, »er hat ihre Bücher gestohlen.«

»Oder das Silber«, ergänzte Ryan zwischen zwei Rauchwolken.

»Keines von beiden. Aber ich habe viele Stellenangebote jongliert ... Ich kann mir hier wohl sparen, alles das aufzuzählen, was einigermaßen befriedigend gelaufen ist. Ich teile Mikes Meinung nicht; ich glaube, man ist uns verdammt oft ausgewichen. Ich bin eher Johns Ansicht; das Zittern – oder Delirium tremens – ist überall zu finden. Aber wenn man genügend hartnäckig ist, bekommt man auch seine Antworten; zumindest das, was man braucht. In allen Fällen, mit Ausnahme einer Firma ... Das ist Alans ›Ausnahme‹ und Mikes ›Rätsel‹. Für mich ist das ein juristisches Puzzlespiel, von dem Blackstone nie etwas erwähnt hat.«

»Und da wären wir«, sagte Trevayne und setzte sich. »Genessee Industries.«

»Genau dort«, erwiderte Sam. »Genessee.«

»Ein Leopard ändert eben seine Flecken nicht.« Andrew drückte seine kaum gerauchte Zigarette aus.

»Und was soll das heißen?« fragte Larch.

»Vor Jahren«, antwortete Trevayne, »vor zwanzig, um es genau zu sagen, hat Genessee Doug Pace und mich Monate im Kreise herumrennen lassen. Eine Präsentation nach der anderen. Ich hatte gerade geheiratet; Phyl und ich waren ihretwegen nach Palo Alto gefahren. Wir haben denen alles gegeben, was sie wollten. Na schön – die haben uns hinausgeworfen, unsere Pläne etwas abgewandelt und sind selbst in Produktion gegangen.«

»Nette Leute«, sagte Vicarson. »Konnten Sie sie nicht wegen Patentdiebstahls drankriegen?«

»Nein. Dazu sind die zu gut, und schließlich kann man das Bernoulli-Prinzip nicht patentieren. Die Abwandlung liegt in den metallurgischen Toleranzen.«

»Nicht beweisbar.« Michael Ryan klopfte seine Pfeife im Aschenbecher aus. »Genessee hat Labors in einem Dutzend verschiedener Staaten, und Prüffelder in doppelt so vielen. Die könnten alles mögliche türken und sich dazu Bestätigungen fälschen, und die Gerichte würden nie herausbekommen, was da läuft. Die würden gewinnen.«

»Genau«, nickte Andrew. »Aber das ist eine andere Geschichte, eine andere Zeit. Wir haben genug, was wir bedenken müssen. Wo stehen wir? Was tun wir?«

»Ich will versuchen, das mit wenigen Worten darzustellen.« Alan Martin griff nach dem Pappdeckel mit der Aufschrift ›Genessee Industries‹. Jedes Blatt war etwa fünfundsechzig mal fünfundsechzig Zentimeter groß; es gab Kästchen mit Überschriften über den Unterabteilungen. Darunter, rechts von jedem Titel, waren maschinengeschriebene Daten bezüglich ihrer vertraglichen Verpflichtungen, ihrer technischen Spezialitäten, ihrer Finanzoperationen und ihrer juristischen Konstruktionen angehängt. Es gab Dutzende von Querverweisen, die den Leser auf diese oder jene Akte hinwiesen. »Der Vorteil einer finanziellen Betrachtungsweise besteht darin, daß man damit alle Bereiche erfaßt ... In den letzten Wochen haben wir Hunderte von Fragebögen ausgeschickt – routinemäßig, alle Firmen haben sie bekommen. Wie Sie wissen, waren die Fragebögen codiert, so wie die Anzeigen in Zeitungen. Die Codes gaben uns Hinweise auf den Absendeort und den Zeitpunkt der Absendung. Anschließend setzten wir Mitarbeiterinterviews an. Wir stellten fest, daß es bei Genessee ein ungewöhnliches Maß an internen Verschiebungen gab. Antworten, von denen wir annahmen, daß sie von logisch ausgewählten Abteilungen kommen würden, wurden an andere übertragen – die nicht so logisch waren. Leitende Mitarbeiter, die von unseren Leuten *routinemäßig* aufgesucht wurden, hatten plötzlich die Stellung gewechselt. Genessee hatte sie in andere Zweigwerke oder Tochtergesellschaften versetzt, die Hunderte, ja Tausende von Meilen entfernt waren, manche sogar nach Übersee ... Wir begannen Besprechungen mit den Gewerkschaftsführungen anzusetzen. Dieselbe Geschichte, nur noch weniger subtil. Die Weisung erging im Lande – von einer Küste zur anderen – keine lokalen Diskussionen. Die Zentrale hatte sich die Entscheidungen vorbehalten, wie diese Einmischung seitens der Regierung behandelt werden sollte. Kurz gesagt, Genessee Industries hat ein sehr effizientes Tarnungsmanöver eingeleitet.«

»Offensichtlich aber doch nicht völlig effizient«, sagte Trevayne leise.

»Aber verdammt gut, Andrew«, warf Martin ein. »Vergessen Sie nicht, Genessee hat über zweihunderttausend Mitarbeiter und schließt jede Viertelstunde einen Vertrag über mehrere Millionen Dollar ab – unter dem einen oder anderen Namen – und verfügt über Immobilienbesitz eines Umfangs, der sich durchaus mit dem des Innenministeriums messen kann. Solange diese Fragebögen zurückkamen, hätte es angesichts der Verbreitung von Genessee leicht sein können, daß wir gar nichts bemerkt hätten.«

»Aber doch nicht jemand wie Sie, Sie Tiger.« Vicarson saß auf dem Arm eines Lehnsessels, griff zu Martin hinüber und nahm ihm das Genesseeblatt weg.

»Ich habe auch nicht gesagt, daß die *so* gut seien.«

»Was mir aufgefallen ist«, fuhr Sam fort, »und für Mike und John oder selbst Al war das wahrscheinlich auch kein besonderer Schock, war die schiere Größe von Genessee. Die Struktur dieses Unternehmens ist wirklich unglaublich. Sicher, wir haben alle seit Jahren von Genessee gehört, aber vorher ist mir das nie so in den Sinn gekommen. So wie diese ganzseitigen Anzeigen, die man in den Zeitschriften sieht – institutionelle Werbung; man sagt sich, okay, das ist eine große Firma. Hübsch, nette Darstellung. Aber die! Die hat mehr Namen als ein Telefonbuch.«

»Und keinerlei Eingreifen der Kartellbehörde«, sagte Andrew.

»Gesco, Genucraft, SeeCon, Pal-Co, Cal-Gen, See Cal ... Wirklich wie ein Kreuzworträtsel!« Sam Vicarson tippte auf die Spalte ›Tochtergesellschaften‹. »Was mich beunruhigt, ist, daß ich langsam glaube, daß es noch Dutzende mehr gibt, die wir noch gar nicht ausfindig gemacht haben.«

»Na wenn schon«, sagte John Larch und verzog sein schmales Gesicht zu einer schmerzerfüllten Grimasse. »Wir haben genug, um mit der Arbeit anzufangen.«

14.

Major Paul Bonner hielt an einem freien Parkplatz auf der Flußseite der Potomac Towers. Er starrte durch die Windschutzscheibe aufs Wasser hinaus. Sieben Wochen waren jetzt seit dem Tag verstrichen, als er das erstemal diesen Parkplatz aufgesucht hatte; sieben Wochen, seit er Andrew Trevayne zum erstenmal begegnet war. Er hatte seine Position widerstrebend aufgenommen – hatte weder den Mann noch den Auftrag gemocht. Der Widerwille gegen den Auftrag blieb, wuchs vielleicht sogar; aber es fiel ihm schwer, echte Abneigung gegenüber dem Mann aufrechtzuerhalten.

Nicht, daß er Trevaynes verdammten Unterausschuß billigte; das tat er keineswegs. Das war alles Pferdekacke. Pferdekacke, die sich die Politiker auf dem Hill ausgedacht hatten mit dem einzigen Ziel, die Verantwortung für das Notwendige zu verschieben – oder zumindest zu verwässern. Das war es, was Major Paul Bonner so ergrimmte; niemand konnte Einwände gegen die Notwendigkeit vorbringen – niemand! Und doch gaben sich alle schockiert und ungläubig, da sie es mit der garantierten Wirklichkeit zu tun hatten. Der eigentliche Feind war die Zeit. Nicht die Menschen. Konnten die das denn nicht begreifen? Hatten sie es denn nicht im Weltraumprogramm gelernt? Sicher kostete Apollo 14 zwanzig Millionen, als sie im Februar einundsiebzig gestartet wurde. Hätte man den Start statt dessen für zweiundsiebzig vorgesehen, dann hätte er zehn gekostet, und sechs Monate später wahrscheinlich fünf bis siebeneinhalb. Zeit war der wichtigste Faktor in dieser verdammten Zivilistenwirtschaft, und da sie, die Militärs, mit der Zeit rechnen mußten, hatte sie auch die wirtschaftlichen – zivilen – Nachteile dafür in Kauf zu nehmen.

Im Laufe der Wochen hatte er mehrfach versucht, Andy Trevayne mit seiner Theorie vertraut zu machen. Aber Trevayne wollte nur akzeptieren, daß dies *ein* Faktor, nicht *der* Faktor war. Trevayne bestand darauf, daß Bonners Theorie eine Simplifizierung war und lachte dann brüllend, als Bonner darauf verstimmt reagierte. Selbst der Major hatte gelächelt – ›simplifizieren‹ war nicht weniger eine Codebezeichnung für ›idiotisch‹ als das Wort ›zivil‹, das er dafür gebrauchte.

Schachmatt.

Aber Trevayne räumte ein, daß man ein gewisses Maß an Korruption ausschalten konnte, wenn man den Zeitfaktor eliminierte; wenn man über genügend Zeit verfügte, konnte man sich in seinem Sessel zurücklehnen und auf vernünftige Preise warten. Dem hatte er zugestimmt.

Aber er beharrte darauf, daß das nur ein Aspekt war. Trevayne kannte den Markt. Korruption ging viel weiter als nur ein Kauf von Zeit.

Und Bonner wußte, daß er recht hatte.

Schachmatt.

Der fundamentale Unterschied zwischen den beiden Männern beruhte auf der Bedeutung, die jeder dem Zeitfaktor beimaß. Für Bonner hatte er höchste Priorität, für Trevayne nicht. Der Zivilist hielt an der Überzeugung fest, daß es eine grundlegende internationale Intelligenz gab, die den globalen Holocaust verhindern würde. Der Major tat das nicht. Er hatte den Feind gesehen, gegen ihn gekämpft, hatte selbst den Fanatismus erlebt, der ihn trieb. Er sickerte aus kargen Hallen in nationalen Hauptstädten, über die Befehlshaber im Felde zu den Bataillonen hinunter; von den Bataillonen weiter hinunter in die Ränge der halbuniformierten, manchmal halbverhungerten Truppen. Und er war mächtig. Bonner simplifizierte hier nicht, fand er, und versuchte auch nicht, den Feind auf ein politisches Etikett herunterzudestillieren; das hatte er Andy klargemacht.

Der Feind, das waren drei Fünftel der Erde, die, von der *Idee* der Revolution nach vorne getrieben, aus ihrer Ignoranz herausgerissen waren, der *Idee,* endlich – nach Jahrhunderten – eine eigene Identität zu besitzen. Und sobald sie sie einmal besaßen, dem Rest der Welt ihren eigenen Stempel aufzudrücken.

Ganz gleich aus welchen Gründen, mit welcher Rechtfertigung, ganz gleich, wie die Motivationstheorie und all die diplomatischen Verästelungen lauten mochten. Der Feind, das waren Menschen. Ein paar, die Millionen und Abermillionen kontrollierten; und diese paar wenigen mit ihrer neugefundenen Macht und Technik waren der menschlichen Schwäche und ihrer eigenen fanatischen Überzeugung unterworfen.

Der Rest der Welt mußte darauf vorbereitet sein, sich entschieden, nachhaltig und überwältigend mit diesem Feind auseinanderzusetzen. Und das bedeutete Zeit. Man mußte Zeit kaufen, gleichgültig, wie hoch der Preis war oder wie viele Manipulationen die Lieferanten vornahmen.

Er stieg aus dem Dienstwagen und ging langsam über die asphaltierte Fläche auf den Eingang des Bürokomplexes zu. Er hatte es nicht eilig, überhaupt nicht eilig. Wenn es möglich gewesen wäre, hätte er vorgezogen, gar nicht hier zu sein. Nicht heute.

Denn heute fing sein eigentlicher Auftrag an, das, worauf man ihn vorbereitet hatte. Heute war der Tag, an dem er anfangen sollte, seinen Vorgesetzten im Verteidigungsministerium konkrete Informationen zu liefern.

Er hatte es natürlich die ganze Zeit gewußt. Er hatte von Anfang an begriffen, daß man ihn nicht wegen irgendwelcher besonders herausragender Qualifikationen als Trevaynes Verbindungsoffizier ausgewählt hatte. Er wußte auch, daß die konstanten, unschuldigen Fragen, die man ihm bis zur Stunde gestellt hatte, nur ein Anfang dessen waren, was folgen mußte. Seine Vorgesetzten interessierten sich in Wirklichkeit nicht für solche Belanglosigkeiten wie: Was machen die für Fortschritte? Sind die Büros zufriedenstellend? Taugen die Mitarbeiter etwas? Ist Trevayne ein netter Kerl? ... Nein, die Colonels und die Brigadiers hatten andere Dinge im Sinn.

Bonner blieb an der Treppe stehen und blickte auf. Drei Phantom 40 jagten in enormer Höhe nach Westen. Kein Laut war zu hören, da waren nur die kaum sichtbaren Umrisse der drei winzigen Dreiecke, die elegant, wie Miniaturpfeilspitzen aus Silber, dem Horizont entgegenschossen.

Kampfkraft – Bomben und Raketentonnage, imstande, fünf Bataillone zu vernichten; Manövrierfähigkeit – völlige Beherrschung der Dynamik von null bis siebzigtaused Fuß; Geschwindigkeit Mach drei.

Das war es, worum es ging.

Aber er wünschte, daß es nicht *so* zu geschehen brauchte.

Er erinnerte sich an das, was vor knapp drei Stunden geschehen war, am Morgen. Er hatte in seinem Büro gesessen und versucht, der Beurteilung der neuen Einrichtung in Benning, die ihm ein Colonel geliefert hatte, einen Sinn abzugewinnen. Das Ganze war Unsinn. Angefordert war ein achtzigprozentiger Austausch; und besagte Anforderung stammte von dem ehemaligen leitenden Offizier. Ein altes Armyspiel, das von zweitrangigen Typen gerne gespielt wurde.

Während Bonner seine negative Bewertung über das Blatt kritzelte, tönte der Summer seiner Sprechanlage. Er wurde angewiesen, sich sofort im vierten Stock zu melden bei Brigadier General Cooper. Lester Cooper war ein weißhaariger, zäher, glattzüngiger Vertreter einer Menschengattung, wie das Pentagon sie hervorbrachte. Ein ehemaliger Kommandant von West Point, dessen Vater dort dieselbe Position innegehabt hatte. Ein Mann der Army, dessen ganzes Leben der Army gewidmet war.

Der Brigadier hatte es nicht an Deutlichkeit fehlen lassen. Nicht nur, was er tun sollte, sondern – ohne die exakten Worte zu benutzen – weshalb man ihn dazu ausgewählt hatte. Paul Bonner sollte um der militärischen Notwendigkeit willen Informant sein. Falls es zu irgendwelchen Beanstandungen kommen sollte, galt er als ersetzbar.

Aber die Army würde sich seiner annehmen. Wie sie sich schon einmal seiner angenommen hatte, damals in Südostasien; wie sie ihn schon einmal beschützt und ihm ihre Dankbarkeit gezeigt hatte.

Es war alles eine Frage der Prioritäten; daran hatte der Brigadier keine Zweifel gelassen. Er hatte es so angeordnet, daß keine Zweifel bleiben konnten. »Sie müssen das verstehen, Major. Wir unterstützen die Aktivitäten dieses Trevayne. Die vereinigten Stabschefs haben den Wunsch geäußert, daß wir in jeder möglichen Art und Weise kooperieren, und das haben wir. Aber wir dürfen nicht zulassen, daß er lebenswichtige Installationen stört. Gerade Sie sollten das erkennen ... So, und Sie haben ja inzwischen eine freundschaftliche Beziehung zu ihm hergestellt. Sie haben ...«

Im Laufe der nächsten fünf Minuten hätte Brigadier General Cooper seinen Informanten beinahe verloren. Er machte Anspielungen auf einige Zusammenkünfte zwischen Bonner und Trevayne, die der Major in keinem Bericht aufgeführt und von denen er auch nicht im Büro gesprochen hatte. Dafür gab es keinen Anlaß; es handelte sich um Zusammenkünfte rein gesellschaftlicher Art, die überhaupt nichts mit dem Verteidigungsministerium zu tun hatten. Einer dieser Anlässe war ein Wochenende gewesen, das er mit den Trevaynes in Connecticut auf High Barnegat verbracht hatte. Das andere Mal war es eine Einladung zum Abendessen, die Bonners augenblickliche Freundin, eine geschiedene Frau in McLean, für Andy und Phyllis gegeben hatte. All dies hatte nichts mit dem Unterausschuß und seinem Auftrag zu tun. Der Major war verärgert.

»General, weshalb hat man mich überwacht?«

»Das galt nicht Ihnen, das galt Trevayne.«

»Weiß er davon?«

»Vielleicht. Er weiß ganz sicher von den sich abwechselnden Streifen des Schatzamts. Anweisung vom Weißen Haus. Er kümmert sich verdammt gut um sie.«

»Und die überwachen ihn?«

»Offen gesagt, nein.«

»Warum nicht ... Sir? «

»Diese Frage könnte Ihre Zuständigkeiten übersteigen, Bonner.«

»Ich möchte Ihnen nicht widersprechen, aber da man mich dazu delegiert hat ... sehr eng mit Trevayne zusammenzuarbeiten, finde ich, daß man mich von solchen Dingen informieren sollte. Ich hatte den Eindruck, daß die Wachen als Vorsichtsmaßnahmen von ›1600‹ eingesetzt werden. Da sie sich in maximaler Position für Überwachung befinden, aber nicht benutzt werden – wenigstens nicht von uns – und wir zusätzliches Personal einsetzen, finde ich, daß wir hier entweder duplizieren oder sogar widersprüchlich handeln.«

»Womit Sie sagen wollen, daß Sie nicht damit einverstanden sind, daß ich hier Informationen verlese, die Sie diesem Büro nicht geliefert haben.«

»Ja, Sir. Wenn eine Überwachung stattgefunden hat, hätte ich informiert werden müssen. Ich bin auf diese Weise in eine höchst präjudizierte Lage gebracht worden.«

»Sie sind ein Dickschädel, Major.«

»Ich bezweifle, daß man mir diesen Job gegeben hätte, wenn ich das nicht wäre.«

Der Brigadier stand auf und ging an einen langen Besprechungstisch. Dort drehte er sich um, lehnte sich gegen ihn und sah Bonner an. »Also gut. Ich akzeptiere das, was Sie von wegen ›widersprüchlich‹ gesagt haben. Ich will gar nicht erst behaupten, daß wir mit jedem einzelnen Mitglied dieser Administration auf solider Basis zusammenarbeiten. Ich will auch nicht leugnen, daß es in der Umgebung des Präsidenten eine ganze Anzahl von Leuten gibt, deren Urteil nicht mit dem unseren übereinstimmt. Nein, Major, wir werden nicht zulassen, daß ›1600‹ unsere Überwachung kontrolliert ... oder die Ergebnisse filtert.«

»Das verstehe ich, General. Trotzdem bin ich der Ansicht, daß man mich hätte informieren sollen.«

»Ein Versehen, Bonner. Aber es ist ja jetzt erledigt, da ich es Ihnen erzählt habe, nicht wahr?«

Die zwei Offiziere starrten einander kurz an. Die erzielte Übereinkunft war klar – Bonner war in diesem Augenblick in die obersten Ränge des Verteidigungsministeriums aufgenommen worden.

»Verstanden, General«, sagte Bonner ruhig.

Der weißhaarige Cooper wandte sich wieder dem langen Tisch zu und klappte ein dickes, in Plastik gebundenes Notizbuch mit großen Metallringen auf. »Kommen Sie her, Major. Das ist das Buch. Und ich meine *das* Buch, Soldat.«

Bonner las die maschinengeschriebenen Worte auf dem Titelblatt: »GENESSEE INDUSTRIES«.

Bonner schritt durch die Glastüren der Potomac Towers. Wenn sein Timing stimmte, wenn seine Telefongespräche ihm die richtige Information geliefert hatten, würde er wenigstens eine halbe Stunde vor Trevaynes Rückkehr in dessen Büro eintreffen. Das war der Plan; drüben im Senatsbürogebäude, wo Trevayne sich in einer Besprechung befand, beobachteten andere ebenso die Uhr.

Er war in Trevaynes Räumlichkeiten ein so vertrauter Anblick, daß er jetzt völlig informell begrüßt wurde. Bonner wußte, daß der kleine Stab aus Zivilisten ihn akzeptierte, weil er eine Anomalie zu sein schien. Der Berufssoldat mit nur wenigen der unattraktiven militärischen Äußerlichkeiten; ein Mann, dessen Aussehen, ja dessen Art, sich zu unterhalten, gelockert wirkten. Mit einem Unterton von Humor.

Es würde ihm überhaupt kein Problem bereiten, in Trevaynes innerem Büro zu warten. Er würde den Uniformrock ausziehen und mit Trevaynes Sekretärin ein witziges Gespräch führen. Dann würde er vielleicht in eines der anderen Zimmer schlendern – mit gelockerter Krawatte, aufgeknöpftem Kragen – und mit einigen der Mitarbeiter ein paar Minuten verbringen, Männer wie Mike Ryan oder John Larch, vielleicht auch diesem intelligenten jungen Anwalt, Sam Vicarson. Schließlich würde er sagen, daß er sie jetzt genug von der Arbeit abgehalten hätte und in Trevaynes Büro die Morgenzeitung lesen wolle. Sie würden natürlich freundlich protestieren, aber er würde lächeln und vorschlagen, daß man sich vielleicht nach der Arbeit auf ein paar Drinks treffen könne.

Das Ganze würde sechs oder sieben Minuten in Anspruch nehmen. Dann würde er zu Trevaynes Büro zurückkehren und wieder an der Sekretärin vorbei – diesmal mit einem Kompliment für ihr Kleid oder ihre Frisur oder sonst etwas und zu dem Sessel am Fenster gehen.

Aber er würde weder die Zeitung lesen, noch sich in den Stuhl setzen.

Statt dessen würde er zu dem Aktenschrank an der rechten Wand gehen und ihn öffnen. Er würde die Schublade mit dem Buchstaben G herausziehen.

Genessee Industries, Palo Alto, Kalifornien.

Er würde den Aktendeckel herausnehmen, die Schublade schließen und zu dem Sessel zurückgehen. Dann würden ihm sichere maximale fünfzehn Minuten zur Verfügung stehen, um sich Notizen zu machen, ehe er den Aktendeckel zurücklegte.

Die ganze Operation würde weniger als fünfundzwanzig Minuten in Anspruch nehmen, und es würde nur einen einzigen Augenblick des Risikos geben. Wenn Trevaynes Sekretärin oder einer seiner Mitarbeiter hereinkam, während der Schrank offenstand. In diesem Fall würde er sagen müssen, daß er ihn offen vorgefunden habe und sein Tun beiläufig als ›Neugierde‹ abtun.

Aber der Schrank würde natürlich niemals offengestanden haben; er war stets versperrt. Stets.

Major Paul Bonner würde ihn mit einem Schlüssel aufschließen, den Brigadier General Lester Cooper ihm gegeben hatte.

Es war alles eine Frage der Prioritäten, und Bonner war speiübel.

15.

Trevayne rannte die Treppen des Kapitols hinauf. Er wußte, daß man ihm gefolgt war. Er wußte es, weil er auf der Fahrt von seinem Büro in die Stadtmitte an zwei Stellen, die außerhalb der üblichen Route lagen, angehalten hatte: bei einer Buchhandlung an der Rhode Island Avenue, wo nur schwacher Verkehr gewesen war, und spontan in Georgetown bei Botschafter Hill, doch der war nicht zu Hause.

An der Rhode Island Avenue war ihm aufgefallen, daß sich eine graue Pontiac-Limousine einen halben Block hinter ihm in einen Parkplatz einreihte. Zwanzig Minuten später, als er zum Eingang von Hills Haus in Georgetown gegangen war, hatte er das Glockengeläut eines Scherenschleifers gehört, ein kleiner Lieferwagen, der langsam die kopfsteingepflasterte Straße hinunterrollte. Und dann war er wieder da, der graue Pontiac. Er fuhr hinter dem Lieferwagen her, und sein Fahrer war offensichtlich verstimmt; die Straße war schmal, und der Lieferwagen versperrte ihm den Weg. Der Pontiac konnte nicht überholen.

Als Trevayne jetzt die oberste Stufe der Treppe am Kapitol erreichte, nahm er sich vor, Webster im Weißen Haus zu fragen.

Vielleicht hatte er separate Wachen auf ihn angesetzt, obwohl solche Vorsichtsmaßnahmen unnötig waren. Er drehte sich noch einmal um und blickte auf die Straße hinunter. Der graue Pontiac war nicht zu sehen.

Nun betrat er das Gebäude und ging unmittelbar zum Informationsschalter. Es war fast vier Uhr, und man erwartete ihn vor Tagesende im Büro des Nationalen Distrikt-Statistikamtes. Er war nicht sicher, was er dort erfahren würde, falls er überhaupt irgendwelche Informationen ausgraben konnte. Aber immerhin bestand die Möglichkeit, eine weitere Verbindung zwischen scheinbar nicht miteinander in Berührung stehenden Fakten zu entdecken.

Dieser Teil der Statistikbehörde war ein computerisiertes Labor, das logischerweise eigentlich seinen Standort im Schatzamt hätte haben sollen. Daß es nicht der Fall war, war eine weitere Unlogik dieser Stadt der Widersprüche, dachte Trevayne. Im Distrikt-Statistikamt wurden aktuelle Aufzeichnungen über die Beschäftigung in den einzelnen Regionen geführt, soweit diese auf Regierungsprojekte zurückzuführen war – ein Sammelbecken für die Überwachung des Einsatzes von Steuergeldern. Und als solches wurde das Amt unablässig und häufig von Politikern benutzt, die ihre Existenz rechtfertigen wollten. Man konnte die Zahlen natürlich in einzelne Kategorien auflösen, wenn man das vorzog, aber das war selten der Fall. Die Summen waren stets eindrucksvoller als ihre kollektiven Bestandteile. Als er auf die Bürotüre zuging, überdachte Trevayne noch einmal die Logik, die über dem Standort lag. Wenn sich Material in der Nähe der Büros jener befand, die es am meisten benötigten.

Das war im wesentlichen auch der Anlaß seines Kommens.

Trevayne legte die Papiere auf den Tisch zurück. Es war ein paar Minuten nach fünf, und er hatte jetzt fast eine Stunde lang in der kleinen Zelle gelesen. Er rieb sich die Augen und sah, daß einer der Aufseher ihn durch die Glastüre beobachtete; die Bürozeit war bereits um, und der Angestellte wollte schließen und gehen. Trevayne würde ihm einen Zehn-Dollar-Schein geben, um ihn für die Verzögerung zu entschädigen.

Es war ein lächerlicher Handel. Informationen, die – grob geschätzt – zweihundertdreißig Millionen betrafen, für ein Trinkgeld von zehn Dollar. Aber so war es – zwei Steigerungen von hundertachtundvierzig Millionen bzw. zweiundachtzig Millionen. Und jede Steigerung im wesentlichen auf Verteidigungsaufträge zurückzuführen – in den Aufzeichnungen als ›DF‹ codiert; beide ›unerwartet‹, wenn Trevayne die Zeitungen richtig gelesen hatte. Plötzliche unerwartete Zusatzeinnahmen für die betreffenden Wahlbezirke. Und doch waren beide in unglaublicher Akuratesse von den zwei Kandidaten vorhergesagt worden, die sich in ihren jeweiligen Staaten um die Wiederwahl bemühten.

Kalifornien und Maryland.

Die Senatoren Armbruster und Weeks. Der kleine, gedrungene, pfeifenrauchende Armbruster. Und Elton Weeks, der polierte Aristokrat von der Ostküste Marylands.

Armbruster hatte sich mit einem zähen Gegenkandidaten um die Wiederwahl auseinandersetzen müssen. Die Arbeitslosigkeit in Nordkalifornien war gefährlich hoch, und den Befragungen war zu entnehmen, daß die Attacken seines Widersachers wegen Armbrusters Unfähigkeit, Regierungsverträge an Land zu ziehen, anfingen, auf die Wähler Wirkung zu zeigen. Und dann hatte Armbruster in den letzten Tagen des Wahlkampfes plötzlich eine subtile Andeutung gemacht, die wahrscheinlich dazu geführt hatte, daß die Wahl zu seinen Gunsten entschieden worden war. Er hatte anklingen lassen, daß er im Begriffe wäre, Gelder des Verteidigungsministeriums in der Gegend von hundertfünfzig Millionen an Land zu ziehen. Eine Zahl, von der die Fachleute des Staates einräumten, daß sie ausreichen würde, um die Pumpen wieder in Bewegung zu setzen, die am Ende zur Wiederbelebung führen würden.

Weeks: ebenfalls ein Amtsinhaber, nicht so sehr unter Attacke eines Mitbewerbers, sondern von einem Defizit in seinem Wahlfonds belastet. Das Geld in der Wahlkampfkasse von Maryland war knapp, und die prestigereiche Familie Weeks zögerte, den Feldzug zu finanzieren. Nach der Baltimore Sun traf sich Elton Weeks in Einzelgesprächen mit einer Anzahl der führenden Geschäftsleute von Maryland und sagte ihnen, daß Washington im Begriff wäre, seine Börse etwas weiter zu öffnen. Sie könnten damit rechnen, daß mindestens achtzig Millionen in die Wirtschaft von Maryland gepumpt werden würden ... Und plötzlich standen Weeks wieder ausreichende Wahlkampfmittel zur Verfügung.

Und doch hatte die Wiederwahl der beiden Senatoren sechs Monate vor den jeweiligen Zuweisungen stattgefunden. Und obwohl es möglich war, daß die beiden Männer sich Informationen aus dem Bewilligungsausschuß beschafft hatten, war es doch nicht logisch, daß sie die Beträge so präzise hatten vorhersagen können. Sofern nicht Übereinkünfte geschlossen worden waren; Übereinkünfte, hinter denen mehr politische Wünsche als Bedürfnisse der nationalen Sicherheit standen.

Und beide Senatoren hatten mit demselben Auftragsnehmer zu tun.

Genessee Industries.

Armbruster finanzierte Genessees neue Norad-Abfangraketen, ein von Anfang an fragwürdiges Projekt.

Weeks hatte es geschafft, ein ähnlich suspektes Unternehmen einer in Maryland angesiedelten Tochtergesellschaft von Genessee zu finanzieren. Eine Erweiterung des Küstenradars, die wegen zweier isolierter Flugzeuge ›gerechtfertigt‹ erschien, die vor einigen Jahren den Küstenradarschirm durchdrungen hatten.

Trevayne sammelte die Papiere ein und stand auf. Er winkte dem Angestellten durch die Glastür zu und griff in die Tasche.

Draußen auf der Straße überlegte er, William Hill anzurufen. Er wollte ihn wegen eines anderen ›Projekts‹ sprechen, eines Projekts, das mit der Marineabwehr zu tun hatte und vielleicht in ein paar Tagen an die Oberfläche kommen würde, vielleicht sogar Trevaynes wegen in wenigen Stunden. Das war auch der Grund seines vorherigen Abstechers nach Georgetown gewesen; solche Gespräche führte man nicht am Telefon.

Das Navy Department hatte Vollmacht erhalten, vier Atom-U-Boote mit den neuesten elektronischen Abhörgeräten auszurüsten, die zur Verfügung standen, Geräten, die binnen zwölf Monaten nach der Bewilligung installiert werden sollten. Inzwischen war der Termin schon lange verstrichen; zwei der unter Vertrag stehenden Elektronikfirmen hatten den Bankrott erklärt, und die vier U-Boote lagen immer noch im Trockendock und waren daher im wesentlichen nicht einsatzfähig.

Während der Vorarbeiten seines Stabes hatte ein zorniger Lieutenant Commander, einer der Befehlshaber der vier U-Boote, diesen Zustand in der Öffentlichkeit kritisiert. Und das wiederum war einem aggressiven Washingtoner Reporter namens Roderick Bruce zu Ohren gelangt, der daraufhin drohte, die ganze Angelegenheit in die Presse zu bringen. Die Central Intelligence Agency und das Navy Department gerieten in Panik, echte Panik. Elektronische Einrichtungen dieser Art an die Öffentlichkeit zu ziehen, war an und für sich schon gefährlich; wenn man jetzt noch zugab, daß es zu Verzögerungen gekommen war, dann erhöhte das die Gefahr, und wenn man schließlich auch noch bekannte, daß die Schiffe augenblicklich nicht einsatzfähig waren, so kam dies einer offenen Einladung an die Russen und Chinesen gleich, mit den Säbeln zu rasseln.

Es war eine sehr schwierige Situation, und man warf Trevaynes Unterausschuß vor, daß die Risiken, die er erzeugte, weit größer waren als der Nutzen, den er vielleicht bewirken konnte.

Trevayne wußte, daß über kurz oder lang das Schemen der ›gefährlichen Einmischung‹ sein Haupt heben würde. Er hatte sich darauf vorbereitet und in aller Öffentlichkeit erklärt, er sähe seine Aufgabe nicht darin, irgendwelche Unfähigkeit zu vertuschen – oder noch schlimmer – ihr das Etikett ›vertraulich, streng geheim‹ umzuhängen. Und er würde sich nicht zurückziehen. Wenn er das einmal tat, wenn er sich zurückzog, dann kam das einer Entmannung seines Unterausschusses gleich. Einen solchen Präzedenzfall durfte er nicht zulassen.

Und dann war da noch etwas – nicht zu beweisen, nur ein Gerücht, aber im Einklang mit allem, was sie bisher erfahren hatten.

Wieder Genessee Industries.

Es hieß, daß Genessee im Begriff war, Angebote zu unterbreiten, die elektronische Ausstattung der U-Boote zu übernehmen. Den Gerüchten nach hatte Genessee den Bankrott der beiden Firmen bewirkt, hatte auch schon hinreichende Probleme in Unteraufträgen den noch verbleibenden freien Firmen geschaffen, so daß ihre Verträge mit dem Navy Department so gut wie gegenstandslos waren.

Trevayne betrat einen Drugstore, ging zur Telefonzelle und wählte Hills Nummer.

Der Botschafter war natürlich bereit, ihn sofort zu empfangen.

»Zunächst einmal ist die Annahme des CIA, daß die Russen und die Chinesen nicht über die Situation informiert sind, lächerlich. Diese Unterseeboote liegen schon seit Monaten in New London; ihr Zustand ist durch einfache Beobachtung feststellbar.«

»Dann habe ich also recht, wenn ich nicht locker lasse?«

»Das würde ich sagen«, antwortete Hill hinter dem Mahagonitisch, den er als Schreibtisch benutzte. »Ich würde auch vorschlagen, daß Sie dem CIA und der Navy insoweit entgegenkommen, indem Sie mit dem Reporter, mit diesem Bruce, sprechen; vielleicht können Sie ihn dazu bringen, daß er sich ein wenig beruhigt. Für die sind ihre Ängste echt, wenn es auch nur Ängste sind, die ihrer eigenen Haut gelten.«

»Dagegen habe ich keine Einwände. Ich möchte bloß nicht in die Lage gebracht werden, daß ich meinen Stab von einem Projekt abziehen muß.«

»Ich glaube nicht, daß Sie das sollten ... Ich glaube auch nicht, daß Sie das werden.«

»Danke.«

William Hill lehnte sich in seinen Sessel zurück. Er hatte seinen Rat erteilt, jetzt wollte er plaudern. »Sagen Sie, Trevayne. Das sind jetzt zwei Monate. Was meinen Sie?«

»Es ist verrückt. Die Entscheidungen in der größten Firma der Welt werden von Verrückten getroffen ... oder vielleicht ist das das Bild, das sie der Öffentlichkeit zeigen wollen.«

»Ich nehme an, Sie meinen damit das ... ›Da-müssen-Sie-jemand-anderen-fragen‹?«

»Genau. Niemand trifft eine Entscheidung.«

»Es gilt, um jeden Preis der Verantwortung aus dem Wege zu gehen«, unterbrach Hill mit einem wohlwollenden Lächeln. »Eigentlich ist das ja nichts Neues. Jeder tut das, was seinem eigenen Maß an Unfähigkeit entspricht.«

»Im privaten Sektor würde ich das akzeptieren. Das ist eine Art von Überlebens-Verschwendung. Wenn es einen solchen Begriff gibt. Aber man kann das kontrollieren, wenn man Kontrolle wünscht. Doch da geht es um Privates, nicht um Öffentliches ... Hier sollte sich diese Theorie nicht beweisen. Hier geht es um Behörden, um Beamte. Mit genügend Zeit – wir wollen sagen, hinreichend, um eine entscheidungsbefugte Position zu erreichen – ist die Sicherheit des Betreffenden doch automatisch gegeben. Hier braucht man diese Spielchen nicht, oder es sollte wenigstens so sein.«

»Jetzt simplifizieren Sie zu stark.«

»Ich weiß, aber es ist einmal ein Ansatzpunkt.« Trevayne erinnerte sich amüsiert, daß er die Worte seines Sohnes benutzte.

»Die Menschen in dieser Stadt stehen unter schrecklichem Druck. Und das führt dann häufig dazu, daß man sie einem Scherbengericht unterzieht, und das kann für alle, mit Ausnahme der Stärksten, ebenso wichtig sein wie Sicherheit. Dutzende von Ministerien, darunter auch das Pentagon, verlangen im Namen des nationalen Interesses Zusagen. Fabrikanten verlangen Verträge und schicken hochbezahlte Lobbyisten, um die Verträge zu holen; die Gewerkschaftsorganisationen spielen sich gegeneinander aus und setzen sowohl Streiks als auch ihr Stimmenpotential als Waffen ein. Schließlich die Senatoren und die Kongreßabgeordneten – ihre jeweiligen Wahlbezirke schreien nach dem wirtschaftlichen Nutzen, der aus dem Ganzen zu ziehen ist. Wo finden Sie denn in einem solchen System wirklich unabhängige, unbestechliche Männer?«

Trevayne sah, daß Big Billy Hill die Wand anstarrte. Etwas anstarrte, das sonst niemand sehen konnte. Der Botschafter hatte die Frage nicht seinem Gast, sondern sich selbst gestellt. William Hill war ganz am Ende, nach einem langen Leben, ein ausgesprochener Zyniker.

»Die Antwort darauf, Mr. Ambassador, liegt irgendwo zwischen der Erkenntnis, daß wir eine Nation mit Gesetzen sind, und den Gewichten und Gegengewichten einer relativ freien Gesellschaft.«

Hill lachte. »Worte, Trevayne, Worte. Sehen Sie sich die ökonomischen Gesetze von Malthus an – die man einfach darauf zurückführen kann, daß einige Menschen immer mehr wollen und andere deshalb weniger bekommen, und dann geht der Hauptgewinn an den, der die höchste Wette abgeschlossen hat ... oder an die Bank. Man kann den Zustand der Menschen nicht ändern.«

»Da bin ich nicht Ihrer Ansicht. Der menschliche Zustand ändert sich konstant. Wir haben das immer wieder gesehen, besonders in Zeiten der Krise.«

»Sicher, *Krisen.* Das ist *Furcht.* Kollektive Furcht. Der einzelne ordnet seine individuellen Bedürfnisse dem Überleben des Stammes unter. Aber man kann Krisen nicht in alle Ewigkeit fortführen; das widerspricht dem menschlichen Zustand.«

»Dann würde ich mich auf die Gewichte und Gegengewichte zurückziehen ... und eine freie Gesellschaft. Ich glaube nämlich wirklich, daß das alles funktioniert.«

Hill lehnte sich in seinem Sessel nach vorne und stützte die Ellbogen auf den Tisch. Er sah Trevayne an, und in seinen Augen funkelte Humor. »Jetzt weiß ich, warum Frank Baldwin auf Ihrer Seite steht. Sie sind in vieler Hinsicht wie er.«

»Das schmeichelt mir, aber ich hatte nie gedacht, daß da eine Ähnlichkeit vorliegt.«

»Oh, ganz bestimmt. Wissen Sie, Frank Baldwin und ich reden oft so, wie wir beide jetzt gerade. Stundenlang. Wir sitzen in einem unserer Clubs oder in unserer Bibliothek und teilen den Planeten auf, und jeder versucht, den anderen davon zu überzeugen, was dieser Teil der Welt tun *wird* und jener Teil *nicht* ... Darauf läuft es doch alles hinaus, müssen Sie wissen. Man braucht nur die gegensätzlichen Interessen vorherzusehen. Motive sind nicht länger ein Problem. Nur der Modus vivendi. Das *Was* und das *Wie;* nicht die *Warums.*«

»Stammesüberleben.«

»Genau das ... Und Frank Baldwin, der härteste aller Geldverleiher, ein Mann, dessen Unterschrift kleine Nationen in den Bankrott treiben kann, sagt mir, so wie Sie mir das jetzt sagen, daß unter all den verzweifelten Täuschungsmanövern – diesem globalen Lügengeflecht –, daß es darunter eine funktionsfähige Lösung gibt. Und ich sage ihm, daß das nicht der Fall ist. Nicht in dem Sinne, wie er es meint. Nichts, das man auf einen permanenten Kurs setzen könnte.«

»Es wird immer den Wandel geben, das räume ich ein. Aber ich schließe mich ihm an; es muß eine Lösung zu finden sein.«

»Die Lösung, Trevayne, liegt in der immerwährenden Suche nach einer. Zyklen des Aufbaus und des Rückzuges, das ist Ihre Lösung. Paratus, paratus.«

»Ich dachte, Sie sagten, so etwas widerspräche dem menschlichen Zustand; Nationen könnten Krisen nicht in alle Ewigkeit ausdehnen.«

»Das ist kein Widerspruch. Es tritt ja immer wieder Erleichterung ein. Das sind dann die Atempausen.«

»Das ist zu gefährlich; es muß einen besseren Weg geben.«

»Nicht in dieser Welt. Darüber sind wir hinaus.«

»Da bin ich nun wieder anderer Ansicht. Wir haben gerade den Punkt erreicht, wo das zwingend geboten ist.«

»Also gut. Nehmen wir doch das, was Sie im Augenblick tun. Sie haben genug gesehen; wie werden Sie es jetzt anstellen, Ihre Gewichte und Gegengewichte ins Spiel zu bringen? Ihre Probleme unterscheiden sich nicht sehr von dem größeren Bereich, der miteinander in Konflikt stehenden Nationen; sie sind in vieler Hinsicht sogar sehr ähnlich. Wo fangen Sie an?«

»Indem ich ein Schema finde, ein Schema, das dann für den Rest gemeingültig ist; soweit wie möglich jedenfalls.«

»Das hat der Controller General auch getan, und wir haben die Bewilligungskommission für Verteidigungsausgaben geschaffen. Die Vereinten Nationen haben dasselbe getan, und wir bekamen den Sicherheitsrat. Die Krisen existieren immer noch; es hat sich nicht viel geändert.«

»Wir müssen weiter suchen –«

»Also liegt die Lösung«, unterbrach ihn Hill mit einem leichten triumphierenden Lächeln, »in der Suche. Verstehen Sie jetzt, was ich meine? So lange die Suche andauert, können wir atmen.«

Trevayne setzte sich aufrecht. »Das kann ich nicht akzeptieren, Mr. Ambassador. Das ist so wenig dauerhaft, unterliegt zu sehr irgendwelchen Fehlberechnungen. Es gibt eine bessere Maschinerie als improvisierte Gerüste. Und die werden wir finden.«

»Ich wiederhole: wo fangen Sie an?«

»Ich habe angefangen … Ich habe das ernst gemeint, was ich bezüglich eines Schemas gesagt habe. Ein einzelnes Unternehmen, das groß genug ist, um ungeheuere Mittel zu benötigen; kompliziert genug, um mit Dutzenden, ja mit Hunderten von Auftragnehmern und Unterauftragnehmern verbunden zu sein. Ein Projekt, das seine Einzelteile aus Dutzenden von Staaten bezieht … Und das habe ich gefunden.«

William Hills Augen ließen Trevayne nicht los. »Wollen Sie sich auf ein Vorhaben konzentrieren; ein Exempel statuieren?«

Hills Tonfall zeigte unverkennbar Enttäuschung an.

»Ja. Ich werde Assistenten auf die andere Arbeit ansetzen; die Kontinuität wird nicht verlorengehen. Aber meine vier Spitzenleute und ich konzentrieren uns auf einen Konzern.«

Hill sprach ganz leise. »Ich habe die Gerüchte gehört. Vielleicht werden Sie Ihren Feind finden.«

Trevayne zündete sich eine Zigarette an und sah zu, wie die Gasflamme seines Feuerzeugs auf einen kleinen gelben Ball zusammenschrumpfte, weil die Füllung am Ende war. »Mr. Ambassador, wir werden Hilfe brauchen.«

»Warum?« Hill begann auf einem Notizblock herumzukritzeln.

Die Striche, die er mit dem Bleistift zog, wirkten kontrolliert – und zornig.

»Weil sich ein Schema zu zeigen beginnt, das uns sehr beunruhigt. Lassen Sie es mich so formulieren: je klarer dieses Schema wird, desto schwieriger ist es, spezielle Informationen zu beschaffen; wir glauben, daß wir etwas festgenagelt haben, aber es entzieht sich uns immer wieder. Allem Anschein nach gilt es, um jeden Preis konkreten Aussagen aus dem Wege zu gehen.«

»Sie müssen es mit einer sehr weit verzweigten Organisation zu tun haben.« Er sprach mit monotoner Stimme.

»Ja, ein Konzern mit einem Komplex von Tochtergesellschaften, der – um die Formulierung eines Mitarbeiters zu benutzen – ›verdammt unglaublich‹ ist. Die Hauptfabriken liegen an der Westküste. Aber die Verwaltung befindet sich in Chicago. Eine ungeheure Diktatur und –«

»Die aussieht wie eine Ehrenliste von West Point oder Annapolis.« Hill unterbrach ihn schnell und leise, und das humorvolle Funkeln in seinen Augen verblaßte.

»Ich wollte noch eine Anzahl hochgestellter – oder ehemals hochgestellter – Bewohner Washingtons hinzufügen. Ein paar ehemalige Senatoren und Repräsentanten, drei oder vier Kabinettsmitglieder – über ein paar Jahre verteilt, natürlich.«

William Hill nahm den Notizblock, auf dem er herumgekritzelt hatte, und legte den Bleistift weg.

»Mir scheint, Trevayne, daß Sie sich mit dem Pentagon anlegen, mit den beiden Häusern des Kongresses, hundert verschiedenen Branchen, der Gewerkschaftsbewegung und dazu noch ein paar Staatsregierungen.«

Hill drehte den Notizblock so, daß Trevayne ihn sehen konnte.

Auf ihm waren Hunderte winziger Linien gezogen, die alle in der Mitte auf zwei Worte zusammenliefen. ›Genessee Industries‹.

16.

Sein Name war Roderick Bruce, ein Name, dessen Klang ebenso intelligent erdacht wirkte wie der Mann selbst. Ein Name, der einem ins Ohr ging; eine schnelle Zunge und ein suchender Blick –

das alles wirkte wie äußere Zeichen seiner Reporterpersönlichkeit.

Seine Kolumnen fanden sich in achthunderteinundneunzig Zeitungen über das ganze Land verstreut. Für Vorträge nahm er dreitausend Dollar, die er ohne Ausnahme – öffentlich – verschiedenen Wohltätigkeitsorganisationen stiftete. Und was das überraschendste von allem war, seine Kollegen mochten ihn.

Der Grund seiner Popularität beim Vierten Stand ließ sich freilich leicht erklären. Rod Bruce – von der ›Washington-New York Medienachse‹ – vergaß nie, daß er als Roger Brewster in Erle, Pennsylvania, geboren wurde, war unter seinen journalistischen Brüdern großzügig und bezüglich seines Images in der Öffentlichkeit stets auf eine sich selbst nicht zu ernst nehmende Art humorvoll.

Kurz gesagt, Rod war ein netter Kerl.

Nur dann nicht, wenn es um seine Informationsquellen und die Intensität seiner Wißbegierde ging.

Erstere hütete er eifersüchtig, in letzterer war er gnadenlos.

Soviel hatte Andrew Trevayne über Bruce in Erfahrung gebracht und war nun sehr interessiert, den Mann persönlich kennenzulernen. Der Journalist war sofort bereit, die Geschichte der vier nicht funktionsfähigen Atom-U-Boote mit ihm zu diskutieren. Aber er hatte auch keine Zweifel daran gelassen, daß der Vorsitzende des Unterausschusses unglaublich starke Argumente würde vorbringen müssen, um ihn, den Reporter, dazu zu bewegen, die Story zu unterdrücken. Sie sollte in drei Tagen freigegeben werden.

Und dann schlug Bruce mit angesichts der Situation ungewöhnlichem Entgegenkommen vor, daß er Trevayne um zehn Uhr früh in dessen Suite in den Potomac Towers aufsuchen würde.

Als Trevayne den Kolumnisten sein Vorzimmer betreten sah, überraschte ihn dessen Aussehen. Nicht das Gesicht; das war ihm seit Jahren von Zeitungsfotografien vertraut – scharf geschnittene Züge, tiefliegende Augen, Haare, die er schon lang getragen hatte, ehe es in Mode kam. Aber seine Größe. Roderick Bruce war ein sehr kleiner Mann, und diese Eigenschaft wurde noch durch seine Kleidung hervorgehoben. Dunkel, konservativ; wie es schien, zu scharf gebügelt. Er sah wie ein kleiner Junge aus, den man für den Kirchgang am Sonntagmorgen herausgeputzt hatte. Das lange

Haar war dabei der einzige Aspekt zugelassener Unabhängigkeit, die Unabhängigkeit eines kleinen Jungen, und das an einem Reporter Anfang der Fünfzig.

Bruce folgte der Sekretärin durch die Türe und streckte Trevayne die Hand hin. Andrew war es beinahe peinlich, aufzustehen und um den Schreibtisch herumzugehen. Aber Roderick Bruce war, was solche erste Begegnungen auf beruflicher Basis anging, alles andere als ein Amateur. Er lächelte, während er Trevaynes Hand fest ergriff.

»Lassen Sie sich nicht von meiner Größe täuschen; ich trage Schuhe mit hohen Absätzen ... Nett, Ihre Bekanntschaft zu machen, Trevayne.«

Mit dieser kurzen Begrüßung schaffte er zweierlei. Er glättete auf humorvolle Weise den peinlichen Aspekt seiner Größe und ließ Andy, indem er nur dessen Familienname gebrauchte, erkennen, daß sie auf gleicher Ebene standen.

»Danke. Bitte setzen Sie sich.« Trevayne sah zu seiner Sekretärin hinüber, die gerade das Büro verlassen wollte. »Stellen Sie keine Anrufe durch, Marge. Und schließen Sie bitte die Türe.« Er kehrte zu seinem Sessel zurück, während Roderick Bruce auf dem Besucherstuhl Platz nahm.

»Ich muß schon sagen, Ihr Büro ist ziemlich abgelegen, nicht wahr?«

»Ich muß mich entschuldigen; hoffentlich war Ihnen die Fahrt nicht unangenehm. Ich hätte mich gerne mit Ihnen in der Stadt getroffen. Deshalb habe ich auch ein gemeinsames Mittagessen vorgeschlagen.«

»Macht doch nichts. Ich wollte mich einmal selbst hier umsehen; eine Menge Leute reden von Ihnen. Komisch, ich seh' gar keine Peitschen oder Räder oder Eiserne Jungfrauen.«

»Die Geräte haben wir alle in einem Nebenzimmer eingeschlossen. Auf die Weise ist es zentraler.«

»Eine gute Antwort; die werde ich benutzen.« Bruce holte ein kleines Notizbuch heraus – ein sehr kleines, so als wäre es seiner Größe angepaßt – und kritzelte ein paar Worte hinein, während Trevayne lachte. »Man kann nie wissen, wann man ein gutes direktes Zitat gebrauchen kann.«

»Eigentlich war es gar nicht besonders gut.«

»Also schön, dann eben menschlich. Eine ganze Menge von Jack

Kennedys Bonmots waren einfach nur menschlich, und trotzdem intelligent, wissen Sie.«

»Da befinde ich mich in guter Gesellschaft.«

»Nicht schlecht. Aber Sie bewerben sich ja um nichts, also hat das ja nichts zu sagen, oder?«

»Sie haben das Notizbuch herausgeholt, nicht ich.«

»Und es wird draußen bleiben, Mr. Trevayne ... Wollen wir über die vier U-Boote sprechen, von denen jedes rund hundertachtzig Millionen kostet und die im Augenblick in einem Trockendock festliegen? Siebenhundertzwanzig Millionen Dollar, die nichts wert sind ... Sie wissen es, ich weiß es. Warum sollten die Leute, die dafür bezahlt haben, es nicht auch wissen?«

»Vielleicht sollten sie es.«

Bruce hatte Trevaynes Erwiderung nicht erwartet. »Das ist auch sehr gut. Diesmal spare ich mir aber die Mühe, es aufzuschreiben, weil ich es mir merken werde.« Bruce klappte den Deckel seines winzigen Notizbuchs nach hinten. »Dann darf ich annehmen, daß Sie gegen meine Story keine Einwände haben?«

»Um ganz offen zu Ihnen zu sein, ich habe überhaupt keine Einwände. Andere haben die; ich nicht.«

»Weshalb wollten Sie mich dann sprechen?«

»Um ... deren Wünsche vorzutragen, denke ich.«

»Die habe ich bereits abgelehnt. Weshalb meinen Sie, daß ich bei Ihnen nicht dasselbe tue?«

»Weil ich in dieser Angelegenheit überhaupt keine Interessen vertrete; ich kann objektivieren. Ich glaube, daß Sie sehr gute Gründe dafür haben, ein so teures Fiasko an die Öffentlichkeit zu tragen, und wenn ich Sie wäre, würde ich die Geschichte wahrscheinlich ohne Zögern freigeben. Allerdings verfüge ich nicht über Ihre Erfahrung. Ich würde nicht wissen, wo man die Grenze zwischen der notwendigen Darstellung von Unfähigkeit und einer Belastung der nationalen Sicherheit ziehen sollte. Ich würde das vielleicht beleuchten.«

»Ach kommen Sie schon, Trevayne.« Roderick Bruce richtete sich verstimmt auf. »Das Argument habe ich schon gehört; es bringt hier nichts!«

»Sind Sie da sicher?«

»Ja, und zwar aus Gründen, die viel schwerer wiegen, als Sie sich vorstellen können.«

»Wenn das der Fall ist, Mr. Bruce«, sagte Trevayne und holte eine Packung Zigaretten heraus, »hätten Sie mein Angebot annehmen sollen, mit Ihnen zu Mittag zu essen. Wir hätten den Rest der Mahlzeit in angenehmem Gespräch verbringen können. Sie wissen das nicht, aber ich bin einer Ihrer ganz treuen Leser. Zigarette?«

Roderick Bruce starrte Trevayne an, der Mund stand ihm dabei halb offen. Da er nicht nach einer Zigarette griff, schüttelte Trevayne nur eine aus dem Päckchen und lehnte sich in seinem Sessel zurück, während er sie anzündete.

»Herrgott! Sie meinen das ernst«, sagte Bruce leise.

»Aber sicher. Ich ... vermute ... daß die schwerwiegenden Gründe, die Sie erwähnten, den Bereich der Sicherheit betreffen. Wenn das der Fall ist, und ich weiß verdammt genau, daß Sie nicht das geworden sind, was Sie sind, indem Sie lügen, dann habe ich keine Argumente mehr.«

»Aber wenn ich damit an die Öffentlichkeit gehe, dann hilft Ihnen das nicht gerade, wie?«

»Nein. Es wird sogar verdammt hinderlich sein, offen gesagt. Aber das ist mein Problem, nicht Ihres.«

Bruce lehnte sich etwas nach vorne, und seine schmächtige Gestalt wirkte in dem breiten Ledersessel etwas lächerlich. »Sie brauchen keine Sorge zu haben ... Es ist mir völlig gleichgültig, ob hier Wanzen sind.«

»Ob hier was ist?« Trevayne richtete sich auf.

»Es ist mir egal, ob hier Mikrofone im Zimmer sind; ich vermute, daß das nicht der Fall ist. Ich mache einen Handel mit Ihnen, Trevayne ... Keine Behinderung durch mich; keine Probleme mit der Sache in New London. Ein ganz einfaches Geschäft. Ich liefere Ihnen sogar eine Auswahl.«

»Wovon, zum Teufel, sprechen Sie?«

»Wir fangen mit gestern an.« Bruce hob die rechte Taschenklappe seines Jacketts und schob langsam das Notizbuch wieder hinein. Es war eine sehr manirierte Geste, als sollte das, was er tat, ein Symbol seines Vertrauens sein. Er hielt seinen goldenen Stift in den Händen und drehte die beiden Enden zwischen den Fingern. »Sie haben gestern eine Stunde und zwanzig Minuten im Distrikt-Statistikamt verbracht; von kurz nach vier bis nach Dienstende. Sie haben die Bände für die Staaten Kalifornien und Maryland verlangt, und zwar jene, die sich mit dem Zeitraum der letzten achtzehn Monate befassen. Wenn wir genügend Zeit hätten, könnte mein Büro sich diese Bücher natürlich ansehen und wahrscheinlich finden, was Sie dort gesucht haben. Aber es sind nun einmal ein paar tausend Seiten und ein paar hunderttausend Eintragungen. Was mich interessiert, ist die Tatsache, daß Sie sich persönlich darum gekümmert haben. Sie haben keine Sekretärin geschickt, nicht einmal einen Ihrer Assistenten. Was haben Sie gefunden?«

Trevayne versuchte, Bruces Worte in sich aufzunehmen und herauszufinden, was dahintersteckte.

»Sie waren der graue Pontiac. Sie sind mir in einem grauen Pontiac gefolgt.«

»Falsch. Aber interessant.«

»Sie waren auf der Rhode Island Avenue und dann in Georgetown. Hinter dem Wagen eines Scherenschleifers.«

»Tut mir leid. Wieder falsch. Wenn ich möchte, daß man Sie beschattet, dann würden Sie das nie bemerken. Was haben Sie im Statistikamt gesucht? Das ist die erste Wahl, die ich Ihnen lasse. Wenn Ihre Antwort es wert ist, dann verzichte ich auf die U-Boot-Geschichte.«

»Nein, Bruce. Und es ist ohnehin nichts wert. Es handelte sich nur um Hintergrundmaterial.«

»Also gut. Dann schicke ich meine Leute hin. Wir werden es schon finden ... Die zweite Wahl. Diesmal ist es etwas unangenehmer. Es geht das Gerücht, daß Sie sich vor sechs Wochen, nach Ihrem etwas spektakulären Auftritt bei der Senatsanhörung, ein paar Stunden vor dem Unfall in Fairfax mit dem alten Knaben aus Nebraska getroffen haben; daß es zwischen Ihnen eine hitzige Auseinandersetzung gegeben hat. Stimmt das, und worum ging das Gespräch?«

»Der einzige Mensch, der es mit angehört hat, war ein Mann namens Miller ... Laurence Miller, so wie ich mich erinnere. Der Chauffeur. Fragen Sie ihn. Wenn er Ihnen so viel gesagt hat, warum dann nicht auch den Rest?«

»Er ist dem alten Mann loyal. Außerdem ist er mit einem Legat bedacht worden. Er sagt nichts; er behauptet, er hätte nie zugehört, wenn auf dem Hintersitz etwas gesprochen wurde. Dafür war es zu viel.«

»Wieder nichts zu machen. Es war eine ehrenwerte Meinungsverschiedenheit. Wenn Miller Ihnen etwas anderes sagt, würde ich das an Ihrer Stelle bezweifeln.«

»Sie sind aber nicht an meiner Stelle ... Noch eine Wahl, Ihre letzte, Trevayne. Wenn Sie diesmal wieder ablehnen, dann werde ich ein großes Hindernis für Sie sein. Vielleicht erwähne ich sogar, daß Sie mich gebeten haben, die Sache zu unterdrücken. Was würden Sie davon halten?«

»Sie sind ein widerwärtiger kleiner Mann. Ich glaube nicht, daß ich Ihre Kolumne künftig noch lesen werde.«

»Ihre Worte.«

»Gefolgt von anderen; aus dem Zusammenhang gegriffen.«

»Erzählen Sie mir etwas über Bonner.«

»Paul Bonner?« Trevayne hatte das unangenehme Gefühl, daß Roderick Bruces letzte *Wahl* der wirkliche Grund seines Hierseins war. Nicht daß die beiden ersten Vorschläge belanglos gewesen wären – das waren sie nicht, sie waren nicht akzeptabel –, aber die Stimme des Journalisten verriet ein Maß an Intensität, das bei den anderen Fragen nicht zugegen war; seine Drohung war diesmal unmittelbarer.

»Major Paul Bonner, ohne Mittelnamen, Erkennungszeichen Nummer 158-3288; Special Forces, Abwehrabteilung, augenblicklich dem Department of Defense zugeteilt. Neunzehnhundertsiebzig aus Indochina zurückgerufen nach Verbringung von drei Monaten Einzelhaft – Offiziersabteilung natürlich – in Vorbereitung eines Kriegsgerichtsverfahrens. Keine Interviews zulässig; keine Information erhältlich. Mit Ausnahme einer liebenswürdigen Formulierung eines Generals im Eye Corps: der ›Killer von Saigon‹. Das ist der Bonner, den ich meine, Mr. Trevayne. Und wenn Sie ein so treuer Leser meiner Kolumne sind, dann wissen Sie, daß ich erklärt habe, der Major gehörte in Leavenworth hinter Schloß und Riegel, und nicht auf die Straßen von Washington.«

»Der Artikel muß mir entgangen sein.«

»*Die* Artikel. Welche Funktion hat Bonner? Weshalb hat man ihn Ihnen zugewiesen? Kannten Sie ihn vorher? Haben Sie ihn angefordert?«

»Sie sprechen schrecklich schnell.«

»Ich bin schrecklich interessiert.«

»Um Ihre Fragen der Reihe nach zu beantworten – wenn ich kann; Bonner ist lediglich Verbindungsmann zum Verteidigungsministerium. Wenn ich etwas brauche, beschafft er es. Das sind übrigens seine Worte, und er ist verdammt tüchtig gewesen. Ich habe keine Ahnung, weshalb man ihn mir zugewiesen hat; mir ist auch bekannt, daß ihm der Job keine besondere Freude macht. Ich kannte ihn nicht, also konnte ich ihn natürlich auch nicht anfordern.«

»Okay.« Bruces Augen ließen Trevayne nicht los. Er machte ein paar schnelle vertikale Bewegungen mit seinem goldenen Stift, Bewegungen in der Luft, ohne irgend etwas zu berühren. Wieder eine Geste, die Trevayne irritierte. »Das stimmt; das ist programmiert. Aber ... glauben Sie es?«

»Ob ich was glaube?«

»Daß der ›Killer von Saigon‹ bloß ein Botenjunge ist? Das glauben Sie wirklich?«

»Natürlich. Er hat mir sehr viel geholfen. Diese Büros, Fahrzeuge, Reservierungen im ganzen Land. Ganz gleich, wie seine Ansichten auch sein mögen, sie haben nichts mit dem zu tun, was er hier macht.«

»Sie haben Ihre Mitarbeiter erwähnt. War er Ihnen bei der Auswahl behilflich?«

»Selbstverständlich nicht.« Trevayne ertappte sich dabei, wie er die Stimme hob. Der Grund seines Ärgers bestand darin, daß Paul Bonner am Anfang versucht hatte, ihm bei der ›Auswahl‹ seiner Mitarbeiter behilflich zu sein. »Um gleich Ihrer nächsten Frage zuvorzukommen, Major Bonners Ansichten stehen in einigem Gegensatz zu den meinen. Das ist uns beiden bewußt; keiner von uns versucht, den anderen zu bekehren. Trotzdem vertraue ich ihm. Nicht, daß dafür ein Grund bestehen würde; er hat mit unserer Arbeit überhaupt nichts zu tun.«

»Ich würde sagen, daß er sehr viel damit zu tun hat. In seiner Position weiß er, was Sie tun, mit wem Sie sprechen, welche Firmen Sie sich näher ansehen –«

»Bei dieser Art von Information handelt es sich ja auch nicht um Geheimsachen, Mr. Bruce«, unterbrach Trevayne. »Ich begreife, offen gestanden, nicht ganz, worauf Sie hinauswollen.«

»Das liegt doch auf der Hand. Wenn Sie gegen eine Bande von Dieben ermitteln, verlassen Sie sich doch auch nicht auf die Hilfe eines der größten Verbrecher der ganzen Stadt.«

Trevayne erinnerte sich an die erste Reaktion Walter Madisons auf Bonner. Der Anwalt hatte gemeint, das Verteidigungsministerium befleißige sich hier ja nicht gerade besonderer Subtilität. »Ich glaube, ich kann Sie beruhigen, Mr. Bruce. Major Bonner ist in keiner Weise für irgendwelche hier getroffenen Entscheidungen verantwortlich. Wir diskutieren unsere Arbeit nicht mit ihm – nur in ganz allgemeinen Begriffen, und wenn ich mich nicht täusche, gewöhnlich in humorvoller Form. Er kümmert sich einfach um Routinedinge, und das übrigens in wesentlich geringerem Maße als am Anfang. Meine Sekretärin hat die meisten dieser Zuständigkeiten übernommen und spricht Bonner nur an, wenn sie nicht weiterkommt. Das Verteidigungsministerium versteht sich ganz hervorragend darauf, Plätze in ausgebuchten Flugzeugen zu bekommen oder einen leitenden Firmenmitarbeiter ausfindig zu machen, dessen Gesellschaft mit dem Pentagon in Verbindung steht. Ich wiederhole, er hat uns in vielen Dingen sehr geholfen.«

»Aber Sie räumen ein, daß es ungewöhnlich ist, daß er sich in diesem Gebäude befindet.«

»Das Militär ist nicht gerade wegen seiner Sensibilität berühmt, Mr. Bruce. Ich denke, das ist vielleicht sogar ganz gut so … Hören Sie, wir haben hier mit Verteidigungskontrakten zu tun; wir brauchen einen Verbindungsmann. Weshalb die Army gerade Bonner ausgewählt hat, kann ich unmöglich sagen. Aber sie hat es getan, und er hat befriedigende Arbeit geleistet. Ich will nicht sagen, daß er gerade begeistert war – ich glaube nicht, daß er sehr viel von uns hält. Aber er ist ein guter Soldat. Ich glaube, daß er jeden Auftrag ausführen würde, den man ihm erteilt, gleichgültig, was er persönlich davon hält.«

»Nett formuliert.«

»Ich wüßte nicht, wie ich es sonst ausdrücken sollte.«

»Sie sagen damit, daß er nicht versucht, den Standpunkt des Pentagon zu vertreten?«

»Die wenigen Male, die ich ihn um seine Meinung gefragt habe, hat er sehr *deutlich* den militärischen Standpunkt vertreten. Ich wäre auch beunruhigt gewesen, wenn er das nicht getan hätte. Sie etwa nicht? … Wenn Sie versuchen, hier irgendeine Verschwörung auszugraben, werden Sie sie nicht finden. Um Ihre eigene Logik einzusetzen, Mr. Bruce, Bonners Ruf war uns bekannt. Oder ist uns zumindest zu Ohren gekommen. Natürlich waren wir beunruhigt. Aber diese Unruhe erwies sich als ungerechtfertigt.«

»Sie geben mir nicht das, was ich will, Trevayne.«

»Mir scheint, Sie wollen eine Schlagzeile für Ihre Kolumne, in der steht, daß Bonner die Arbeit des Unterausschusses behindert. Daß man ihn auf uns angesetzt hat, damit er seinen Vorgesetzten geheime Informationen durchgeben kann. Ich sagte Ihnen ja, ich habe Ihre Artikel gelesen. Es war ein hübscher Versuch, sehr logisch. Aber es stimmt nicht. Es wäre zu auffällig, und das wissen Sie auch.«

»Welche Meinung vertritt er denn? Vielleicht würde ich mich damit zufriedengeben. Was hat er denn gesagt, was den ›militärischen Standpunkt‹ vertritt?«

Trevayne musterte den kleinen Journalisten. Er begann gereizt zu werden – und er war jetzt nervös. Er erinnerte sich an Paul Bonners schreckliche Gegenstrategie gegen den hypothetischen Friedensmarsch – die Truppen, die schnelle Niederschlagung – und wußte, daß dies etwas von der Art war, wie Roderick Bruce es drucken wollte. »Das ist ja verrückt. Sie würden sich mit so ziemlich allem zufriedengeben, das Bonner in den Dreck zieht, oder nicht?«

»Sie haben es erfaßt, Trevayne. Weil er nämlich dreckig *ist*. Er ist ein Irrer, den man vor drei Jahren hätte vergasen sollen.«

»Das ist ja eine ziemlich harte Anklage. Wenn das Ihre Gefühle sind, haben Sie ja die nötige Leserschaft; sagen Sie es ihnen ... wenn Sie etwas beweisen können.«

»Die decken diesen Hurensohn alle. *Alle* decken sie ihn. Wohin man immer auch greift, er steht unter Naturschutz. Selbst von den Leuten, die ihn nicht ausstehen können – vom Mekong bis Da Nang – sagt keiner ein Wort. Das beunruhigt mich. Ich würde meinen, daß Sie das ebenfalls beunruhigt.«

»Ich verfüge nicht über Ihre Informationen. Ich habe schon genügend Probleme, ohne aus Halbwahrheiten oder Lügen weitere schaffen zu müssen. Um es ganz klar zu sagen, so sehr interessiert mich Major Bonner nicht.«

»Vielleicht sollte er das.«

»Ich werde darüber nachdenken.«

»Denken Sie auch noch über etwas anderes nach. Ich lasse Ihnen ein paar Tage Zeit. Sie haben mit Bonner Gespräche geführt; er hat ein Wochenende bei Ihnen in Connecticut verbracht. Rufen Sie mich an und erzählen Sie mir davon. Was er zu Ihnen gesagt hat, mag Ihnen belanglos erscheinen. Aber in Verbindung mit dem, was ich habe, könnte es wichtig sein. Vielleicht erweisen Sie damit sich und dem Land einen beträchtlichen Dienst.«

Trevayne erhob sich aus seinem Sessel und blickte auf den kleinwüchsigen Reporter hinab. »Bringen Sie Ihre Gestapotaktiken anderswo an, Mr. Bruce. Hier läuft da nichts.«

Roderick Bruce wußte aus Erfahrung, welche Nachteile es hatte, wenn er aufstand. Er blieb sitzen und befingerte seinen goldenen Stift. »Machen Sie sich mich nicht zum Feind, Trevayne. Das ist albern. Ich kann die U-Boot-Geschichte so hinbiegen, daß kein Hund mehr ein Stück Brot von Ihnen nimmt. Die Leute würden vor Ihnen wegrennen. Vielleicht noch schlimmer; vielleicht würden sie Sie auslachen.«

»Verschwinden Sie hier, ehe ich Sie hinauswerfe.«

»Sie wollen die Presse einschüchtern, Mr. Chairman? Sie bedrohen einen Mann meiner Größe mit körperlicher Gewaltanwendung?«

»Deuten Sie es, wie Sie wollen. Verschwinden Sie jedenfalls«, sagte Trevayne ruhig.

Roderick Bruce erhob sich langsam und steckte den goldenen Stift in seine Brusttasche zurück. »Zwei Tage, Trevayne. Ich erwarte Ihren Anruf. Sie sind jetzt erregt, aber später werden Sie klarer sehen. Sie werden sehen.«

Trevayne blickte dem kleinen Jungen und zugleich alten Mann nach, wie er mit seinen kurzen Schritten auf die Tür zuging. Bruce sah sich nicht um; er nahm den Türknopf, öffnete und ging hinaus. Die schwere Tür flog gegen einen Sessel und vibrierte leicht.

Brigadier General Lester Cooper ließ die Faust krachend auf den langen Konferenztisch fallen. Sein Gesicht war gerötet, die Adern an seinem Hals traten hervor.

»Dieser kleine *Bastard.* Dieser gottverdammte Zwerg! Was, zum Teufel, will der?«

»Das wissen wir noch nicht. Es könnte alles Mögliche sein«, antwortete Robert Webster von der anderen Seite des Raumes. »Vermutlich Bonner; die Möglichkeit haben wir in Betracht gezogen, als wir ihn einsetzten.«

»*Sie* haben sie in Betracht gezogen. Wir wollten nichts damit zu tun haben.«

»Wir wissen, was wir tun.«

»Ich würde mich wohler fühlen, wenn Sie mich überzeugen könnten. Ich mag die Möglichkeit nicht, daß jeder ersetzbar ist.«

»Machen Sie sich nicht lächerlich. Sagen Sie Bonner, sein alter Freund Bruce sei möglicherweise wieder hinter ihm her. Er soll vorsichtig sein.« Webster ging auf Cooper zu; die Andeutung eines Lächelns spielte um seine Lippen. »Aber tragen Sie nicht zu dick auf. Wir wollen nicht, daß er übermäßig vorsichtig wird; sagen Sie ihm das.«

»Okay ... Aber ich bin trotzdem der Ansicht, Ihre Leute sollten eine Möglichkeit finden, Bruce aus dieser Sache herauszuhalten. Wir können ihn da nicht gebrauchen.«

»Das wird zur rechten Zeit geschehen.«

»*Jetzt* sollte es geschehen. Je länger Sie warten, desto größer ist das Risiko. Trevayne hat sich Genessee vorgenommen.«

»Genau das ist der Grund, weshalb wir keine plötzlichen Schritte unternehmen dürfen. Besonders jetzt nicht. Trevayne wird nicht weiterkommen. Roger Brewster könnte das sehr wohl.«

17.

Andrew Trevayne blickte durchs Fenster auf die Wellen des Potomac. Die Blätter waren jetzt braun, es war Herbst in Washington.

Die Besprechung war gut gelaufen; seine Leute hatten genügend Daten gesammelt, um eine persönliche Konfrontation mit einigen Angehörigen des obersten Managements von Genessee Industries zu rechtfertigen.

Ganz besonders mit einem Mann. James Goddard. Dem Mann in Genessee Industries, der über die Antworten verfügte. San Francisco.

Das war die nächste Station.

Es war ungewöhnlich wirksame Arbeit geleistet worden, von jedermann, und die unorthodoxen Methoden, die Andy verlangt hatte, hatten das Ganze noch schwieriger gemacht. Nur ein ganz geringer Teil der Arbeit war in den Büros erledigt worden, das meiste war in dem ausgebauten Kellerraum seines Mietshauses in Tawning Spring geschehen. Und die Zahl der Beteiligten beschränkte sich auf Alan Martin, Michael Ryan, John Larch und den nicht kleinzukriegenden Sam Vicarson.

Die Gründe, die diese Methoden aus Trevaynes Sicht notwendig machten, diese Geheimhaltung, waren ursprünglich ganz einfach. Als die letzten Antworten von den Genessee-Fabriken und deren Lieferanten im ganzen Land hereinkamen, war ihnen klargeworden, wie ungeheuer umfangreich das alles war. In wenigen Wochen hatten sich ganze Aktenschränke gefüllt. Und als sich dann erwies, daß die Berichte unbefriedigend waren und man zusätzliche Aufforderungen an die Büros der Firma schickte, erkannte Trevayne, daß Genessee im Begriff war, alles das zu verdrängen, an dem sie arbeiteten. Die Abstimmung zwischen den umfangreichen Berichten erwies sich als fast unmöglich, und bald war zu sehen, daß die meisten Antworten ausweichend waren.

Die Taktik von Genessee Industries machte Andrew zu einem Besessenen. Die einzige Chance, das alles zu entwirren, war, jeden einzelnen Faden des Gewebes in die Hand zu nehmen und ihm durch die Myriaden von Mustern bis zu seinem Ursprungsort zu folgen und dabei die Fehlinformation und die Namen der dafür Verantwortlichen zu registrieren. Es war eine komplizierte, geradezu gigantische Aufgabe, und so schien es logisch, diesen Teil der Arbeit des Unterausschusses auf einen einzigen Ort zu konzentrieren, eine angenehme Umgebung, die sich auch für die Arbeit am Abend und an den langen Wochenenden eignete.

Aber noch ein anderes, wichtigeres Motiv rechtfertigte diesen Schritt. Einmischung. Man nahm mit Ryan und Larch Kontakt auf; indirekt, äußerst subtil – und erkundigte sich bei ihnen nach den Nachforschungen des Unterausschusses bezüglich Genessee. Dabei fielen versteckte Andeutungen auf Geld, humorvolle Anspielungen auf Ferien in der Karibik.

Nur daß daran nichts Witziges war. Das war Ryan und Larch klar.

Neben diesen zwei Kontakten gab es noch drei weitere Fälle, in denen Genessee eine Rolle spielte – wieder höchst subtil, indirekt, schattenhaft.

Sam Vicarson wurde von einem Wohnungsnachbarn in den Country Club von Chevy Chase eingeladen. Was als eine kleine Cocktailparty für weitschweifige Bekannte anfing, entwickelte sich schnell zu einem regelrechten Trinkgelage. Aus Bekannten wurden plötzlich enge Freunde. Eine Anzahl von Freunden entwickelten schnell Feindschaft. Der Abend nahm alkoholisch-elektrische Dimensionen an, und Sam Vicarson fand sich mit der Frau eines Kongreßabgeordneten aus Kalifornien auf dem Golfplatz.

So wie er Trevayne die Geschichte erzählte, die zugegebenermaßen Lücken hatte, beschafften sich der junge, überschwengliche Anwalt und die junge Frau einen Golfwagen und fuhren ein paar hundert Meter, als das Fahrzeug plötzlich stehenblieb, Batterieschaden. Die beiden gingen zum Clubhaus zurück, wo der Kongreßabgeordnete und ein unbekannter Freund sie stellten.

Was dann folgte, war unangenehm, häßlich und durch die abschließenden Worte des Ehemannes unvergeßlich. Der Kongreßabgeordnete war betrunken, kaum mehr fähig, zusammenhängend zu reden; er ohrfeigte seine Frau und ging auf Vicarson los. Sam versuchte auszuweichen, verteidigte sich, so gut er konnte, gegen den Angriff des Mannes, als der Unbekannte sich einmischte, den Kongreßabgeordneten festhielt und ihn zu Boden drückte.

Der Fremde redete auf den Betrunkenen ein, forderte ihn auf, still zu sein und keinen Narren aus sich zu machen.

Und in diesem Moment unternahm der unbedeutende Kongreßabgeordnete aus Kalifornien einen zum Scheitern verurteilten Versuch, sich zu befreien und schrie den anderen an:

»Lassen Sie mich doch endlich mit Ihrem verdammten Palo Alto zufrieden!«

Sam Vicarson war im Kreis gestanden und hatte trotz des vielen Alkohols begriffen, daß auf eine seltsame, unerklärliche Art hier soeben ein Komplott gescheitert war.

Palo Alto. Genessee Industries.

Der zweite Zwischenfall wurde Trevayne von seiner eigenen Sekretärin erzählt. Die junge Frau durchlief gerade die letzten Phasen einer gescheiterten Verlobung, als der Exverlobte entgegen ihrer vereinbarten Trennung sie darum bat, nochmals für ein paar Tage zu ihr ziehen zu dürfen.

Um den Schein zu wahren.

Und wenn man je Erkundigungen anstellen sollte, so sollte sie sich daran erinnern, daß er ihr eine Menge Fragen gestellt hätte.

Die er nicht stellen würde. Ihm sei das Ganze gleichgültig; er wollte Washington verlassen und brauchte nur ein paar Empfehlungen. Und die bekam er dank ihr.

An dem Tag, an dem er nach Chicago abreiste, um dort die neue Stelle anzutreten, rief er sie an.

»Sag deinem Boß, daß sich eine ganze Menge an der Nebraska Avenue für G.I.C. interessieren. Die sind recht nervös.«

Also sagte sie es ihm.

G.I.C. Genessee Industries Corporation.

Von dem dritten und letzten Zwischenfall, der ihm zur Kenntnis gebracht wurde, erfuhr Trevayne über Franklyn Baldwin, den New Yorker Bankier, der ihn für seine Aufgabe gewonnen hatte.

Baldwin kam zur Hochzeit einer Enkeltochter nach Washington. Das Mädchen heiratete einen Engländer, einen Attaché in der britischen Botschaft, mit einem Viscount irgendwo in der Familie. Baldwin formulierte es so: »Der verdammt langweiligste Empfang in der Geschichte der Eheschließungen. Die Zeiten ändern sich nicht; man braucht einer amerikanischen Mutter bloß zu sagen, daß ihre Tochter einen Titel gefunden hat, dann plant sie nicht mehr eine Hochzeit, sondern eine Kombination aus Begräbnis und Krönung.«

Auf die Weise erklärte Baldwin Trevayne, daß er den Empfang in dem Augenblick verlassen hatte, als er die erstbeste Chance dazu sah. Die bot ihm ein alter Freund, ein pensionierter Diplomat, der ihm den Vorschlag gemacht hatte, sich auf altersbedingte Erschöpfung hinauszureden und zusammen eine der besseren Tränken von Virginia aufzusuchen.

Das taten sie. Ihr Weg führte sie in das Haus eines gemeinsamen Freundes, eines Konteradmirals, ebenfalls pensioniert, der sie zu Baldwins großer Überraschung erwartete.

Zuerst, sagte Baldwin, sei er von der verspielten Verschwörung der zwei alten Trinkkumpane entzückt gewesen; das hätte in ihm das Gefühl erweckt, als wären sie alle wieder jung und drückten sich geschickt um langweilige Pflichten.

Als der Besuch sich dann freilich in die Länge zog, ärgerte sich Baldwin. Ein vermeintlich angenehmes Zusammensein erwies sich als alles andere als das. Der Admiral nämlich fing an, auf Roderick Bruces Artikel über die im Dock liegenden Atom-U-Boote einzugehen. Und von diesem Punkt aus war es nur mehr ein kurzer Weg zu Trevaynes Verständnis militärischer – insbesondere die Marine betreffender – Probleme; einem Verständnis, das der Konteradmiral ihm ganz offensichtlich völlig absprach.

Schließlich, so fuhr Baldwin fort, habe er sich in einer hitzigen Auseinandersetzung gefunden, immerhin war er für die Verteidigungskommission verantwortlich. Man hatte Trevayne einstimmig in seinem Amt bestätigt, nicht nur innerhalb der Kommission, sondern auch seitens des Präsidenten und des Senats. Diese Bestätigung galt; das Militär und damit auch die Marine – sollte sich gefälligst damit abfinden.

Aber dazu war der Admiral nicht bereit. Als Baldwin sein Haus verließ, hatte der alte Seelord angedeutet, daß eine Bestätigung von gestern sich morgen leicht zu einer Ablehnung wandeln könnte. Insbesondere dann, wenn Trevayne fortfuhr, eine der großen Institutionen – *»Institutionen,* damit wir uns richtig verstehen« – unter Druck zu setzen, von denen die ganze Nation in hohem Maße abhing – *»abhing,* verdammt, das hat er gesagt!«

Und diese *Institution* war Genessee Industries.

Während Andrew immer noch auf den Fluß hinausstarrte, überlegte er, daß diese fünf Vorfälle – die zwei Kontakte mit Ryan und Larch, Sam Vicarson in Chevy Chase, seine Sekretärin und Franklyn Baldwin – lediglich die waren, von denen er *wußte.* Wie viele andere gab es noch, über die er nicht informiert war?

In dem entfernten, aber immerhin möglichen Fall, daß es innerhalb des Unterausschusses einen Informanten gab, dann würde die Information, die er zurückbrachte, wertlos sein. Denn bis zu diesem Nachmittag waren die wichtigen Papiere, die sich mit Genessee Industries befaßten, in Tawning Spring aufbewahrt worden.

Alle wesentlichen Büroakten waren eindeutig mit Plastikband markiert: ›Aktuell. Komplett. Befriedigend.‹ Einige andere, die weniger wichtige Transaktionen von Genessee beinhalteten, trugen ein anderes Band. ›Aktuell. Schwebe.‹ Die waren bedeutungslos.

Andrew verließ das Fenster und kehrte an seinen Schreibtisch zurück, wo die drei Lose-Blatt-Bücher aufeinander lagen. Die Genessee-Notizen, die zum Teil entwirrten Fäden des Gewebes; eine kleine Lichtung in einem Labyrinth sehr verzerrter Spiegel. Er fragte sich, wohin in aller Welt ihn diese Fäden führen würden.

Und er fragte sich auch, was ein Mann wie Roderick Bruce – Roger Brewster – wohl tun würde, wenn sie sich in seinem Besitz befänden.

Roderick Bruce, der winzige Drachentöter.

Und doch hatte er *ihn* nicht getötet. Trotz seiner Drohungen hatte er sich in bezug auf die U-Boot-Geschichte äußerst sanft verhalten.

Trevayne fragte sich, weshalb Bruce sich dafür entschlossen hatte, seine ›Bitte um Unterdrückung‹ nicht an die Öffentlichkeit zu bringen. Nicht daß es viel zu bedeuten hatte. Roderick Bruce und seine Leser waren ihm verdammt gleichgültig. Er hätte Bruce unter keinen Umständen zurückgerufen. Was auch immer Paul Bonner vertrat – und es waren, weiß Gott, vorsintflutliche Ansichten –, der Mann war authentisch. Es galt, die Bonners dieser Welt zu überzeugen, sie nicht als Sündenböcke in ideologischen Scharmützeln zu opfern.

Trevayne griff nach dem obersten Ringbuch, das in der rechten Ecke die römische Ziffer I trug. Dieses Ringbuch enthielt seine unmittelbare Wegbeschreibung; die erste Station San Francisco.

Routine. Nichts Wesentliches.

Es war alles arrangiert. Der Vorsitzende des Unterausschusses würde persönlich Firmen an der Westküste besuchen – eine Anzahl von Firmen. Wenn besorgte leitende Persönlichkeiten dieser Firmen sich die Mühe machten, Nachforschungen anzustellen – und das würden sie sicher –, würden sie erleichtert feststellen, daß Andrew Trevayne etwa ein Dutzend Firmen besuchen wollte. Und bei der Anzahl würde es unmöglich sein, in die Tiefe zu gehen.

Man hatte sogar beiläufig einigen angedeutet, daß der Vorsitzende des Unterausschusses gegen eine Runde Golf oder ein paar Sätzen Tennis nichts einzuwenden hätte.

Damit war das Klima seiner Tour festgelegt. Gerüchte befanden sich in Umlauf, daß der Unterausschuß bald seinen Geist aufgeben würde, daß Trevaynes Reise eine Art von Abschiedsvorstellung sei, ein symbolischer Abschluß eines unmöglichen Unterfangens.

Es war gut so; so wollte er es haben.

Das wäre nicht möglich gewesen, wenn ein Roderick Bruce zu den Genessee-Notizen Zugang gehabt hätte.

Dazu durfte es nie kommen! Was um jeden Preis zu vermeiden war, waren breit angelegte Anklagen, vordergründige Urteile. Das Ganze war für simple Schlüsse viel zu kompliziert.

Das Klingeln des Telefons riß ihn aus seinen Gedanken.

»Hello?«

»Andy? Paul Bonner.«

»Sie müssen ein Telepath sein. Ich habe gerade an Sie gedacht.«

»Etwas Freundliches, hoffe ich.«

»Nicht besonders. Wie geht's denn immer? Ich hab' Sie schon ein paar Wochen nicht mehr gesehen.«

»Ich war verreist. In Georgia. Die schicken mich alle sechs Monate einmal nach Benning, damit ich in Form bleibe. Wenigstens bilden die sich das ein.«

»Ich glaube eher, die wollen bloß Ihre Aggressionen aus Ihnen herausprügeln, oder den Damen in Washington eine Verschnaufpause verschaffen.«

»Besser als ein kaltes Bad. Was machen Sie heute abend?«

»Ich treff' mich mit Phyl zum Abendessen im L'Avion. Haben Sie Lust, mitzukommen?«

»Sicher. Wenn ich nicht störe.«

»Überhaupt nicht. In einer dreiviertel Stunde?«

»Gut. Dann können wir diese verrückte Tour miteinander besprechen, die Sie da vorhaben.«

»Was?«

»Ich bin wieder zurück als Ihr Majordomo, Massa. Was immer Sie wollen, Sie brauchen bloß mit den Fingern zu schnippen oder zu pfeifen, dann beschaff' ich es Ihnen.«

»Das wußte ich nicht«, sagte Trevayne zögernd.

»Ich hab' gerade meine Befehle bekommen. Wie man mir sagt, besuchen wir ein paar Golfplätze. Sie fangen an, menschlich zu werden.«

»Sieht so aus. Bis dann, im L'Avion.«

Trevayne legte den Hörer auf und sah auf das Ringbuch, das er in der linken Hand hielt.

Das Verteidigungsministerium war nicht um einen Militäradjutanten gebeten worden. Tatsächlich war das Pentagon überhaupt nicht von der Reise informiert worden.

Zumindest nicht durch sein Büro.

18.

Mario de Spadante trat im Obergeschoß des Flughafens von San Francisco von der Rolltreppe und strebte auf die verglaste Beobachtungsplattform zu. Er ging mit schnellen Schritten, für einen

Mann seiner Körperfülle bemerkenswert agil. Die Leute, die ihn erwarteten, hatten bereits Platz genommen. Zwei Männer an einem Ecktisch.

»Wenn es Ihnen nichts ausmacht, daß ich das sage, Mr. de Spadante, ich glaube, Sie sind unnötig erregt.«

»Es macht mir etwas aus, daß Sie das sagen, Mr. Goddard. Es macht mir sogar sehr viel aus, weil ich finde, daß Sie ein Idiot sind.« De Spadantes Stimme blieb ruhig, nur das Schnarren war etwas ausgeprägter als gewöhnlich. Er wandte sich dem anderen Mann zu, einem älteren Mann, Mitte der Sechzig, elegant gekleidet. Einem Mann namens Allen. »Hat Webster sich gemeldet?«

»Ich habe ihn seit New York nicht mehr gesehen und auch nicht mit ihm gesprochen. Das liegt Monate zurück, ehe Baldwin an diesen Trevayne herangetreten ist. Wir hätten das damals aus der Welt schaffen sollen.«

»Die großen Macker haben damals nicht zugehört, weil Ihr Vorschlag nicht nur dumm, sondern auch hoffnungslos war. Ich habe andere Maßnahmen ergriffen; alles war unter Kontrolle – bis zum jetzigen Augenblick.« De Spadante ließ seinen Blick wieder zu Goddard hinüberwandern. Goddard war ein Mann in mittleren Jahren, mittelfett und mittelintelligent, die Quintessenz des unter Druck stehenden Firmenfunktionärs, denn das war er – für Genessee Industries. De Spadante sagte bewußt nichts. Er starrte nur Goddard an. Der war jetzt an der Reihe, und das wußte er.

»Trevayne kommt morgen früh, gegen halb elf. Wir sind zum Mittagessen verabredet.«

»Hoffentlich schmeckt es Ihnen.«

»Wir haben keinen Grund zu der Annahme, daß es sich bei dem Besuch um etwas anderes handelt als das, was man uns gesagt hat: ein freundliches Zusammentreffen, eines von vielen. Er hat Besprechungen mit einem halben Dutzend Firmen angesetzt, die im Umkreis von ein paar hundert Meilen liegen, alle im Verlauf weniger Tage.«

»Sie bringen mich um, Mr. Augenblick. ›Keinen Grund zu der Annahme!‹ Sie sind ja herrlich! Wie die jungen Leute sagen … *stark*, Mann, wirklich stark!«

»Sie sind beleidigend, Mr. de Spadante.« Goddard zog ein Taschentuch heraus und betupfte sich das Kinn.

»Kommen Sie mir bloß nicht mit ›beleidigend‹. Auf dieser Welt ist nichts so beleidigend wie Dummheit. Höchstens vielleicht überspannte Dummheit.« Jetzt sprach de Spadante zu Allen, ohne dabei den Blick von Goddard zu wenden. »Wo habt ihr Typen euch denn diesen *capo-zuccone* aufgegabelt?«

»Er ist nicht dumm, Mario«, erwiderte Allen leise. »Goddard war der beste Kostenrechner, den G.I.C. je hatte. Er hat in den letzten fünf Jahren die Wirtschaftspolitik der Firma geformt.«

»Ein Buchhalter! Ein lausiger Buchhalter mit Schweißtropfen auf der Stirn! Den Typ kenne ich.«

»Ich habe nicht die Absicht, mich länger von Ihnen beleidigen zu lassen.« Goddard schob seinen Stuhl zurück und schickte sich an aufzustehen. Aber Mario de Spadantes Hand schoß vor und hielt den Arm mit dem Griff eines Mannes fest, dem harte Arbeit und brutale Methoden nicht fremd waren.

»Sie setzen sich hin. Sie bleiben. Wir haben Probleme, die viel wichtiger als Ihre Absichten sind ... oder die meinen, Mr. Buchhalter.«

»Warum sind Sie so sicher?« fragte Allen.

»Das werde ich Ihnen sagen. Dann werden Sie vielleicht verstehen, weshalb ich so erregt bin. Und so zornig ... Wochenlang haben wir immer wieder gehört, daß alles in Ordnung sei. Keine echten Probleme; ein paar Einzelheiten, die man geraderücken mußte, aber das ist erledigt worden. Und dann erfuhren wir, daß selbst die größeren Fragen als ›befriedigend‹ abgehakt worden waren. Komplett, erledigt, kaputt ... Freie Bahn. Beinahe hätte ich es selbst geglaubt. Dann aber kamen zwei sehr neugierige Leute in New York auf die Idee, etwas genauer hinzusehen. Sie nehmen sich fünf – bloß fünf – sehr, sehr wichtige Untersuchungen, die zurückgekommen sind. Alle fünf sind als befriedigend akzeptiert worden – sagte man uns. Sie schicken zusätzliche Informationen an Trevaynes Büro. Nichts, das man nicht erklären könnte, aber solche Erklärungen waren weiß Gott auch gefragt! ... Muß ich Ihnen erzählen, was passiert ist?« Goddard, der sein Taschentuch in der Hand gehalten hatte, fuhr sich damit ans Kinn. Sein Blick verriet Furcht. Er sagte leise, angespannt, zwei Worte. »Umgedrehte Doppelbuchungen.«

»Wenn das bedeutet, daß die Büroakten getürkt waren, haben Sie recht, Mr. Buchhalter.«

Allen lehnte sich in seinem Sessel nach vorne. »*Ist* es das, was Sie meinen, Goddard?«

»Im wesentlichen ja. Nur daß ich eine Stufe übersprungen habe. Es würde davon abhängen, ob die Büroakten wieder auf ›Schwebe‹ zurückgestuft worden sind.«

»Das waren sie nicht«, sagte Mario de Spadante.

»Dann gibt es einen zweiten Aktensatz.«

»Sehr gut. Das haben selbst wir uns zusammengereimt.«

»Aber wo?« fragte Allen, dessen Fassung langsam zu schwinden begann.

»Was macht das schon für einen Unterschied? Das, was in ihnen steht, werden Sie jedenfalls nicht ändern.«

»Trotzdem wäre es eine große Hilfe, wenn man das wüßte«, fügte Goddard hinzu, der jetzt nicht mehr feindselig, sondern nur sehr verängstigt war.

»Sie hätten während der letzten paar Monate über solche Dinge nachdenken sollen, statt rumzusitzen und sich für schlau zu halten. ›Freundliche Gespräche‹.«

»Wir hatten keinen Anlaß ...«

»Ach, seien Sie doch still! Vielleicht müssen eine ganze Menge Leute hängen. Aber es gibt eine ganze Menge anderer Leute, bei denen wir nicht zulassen werden, daß das passiert. Wir verfügen immer noch über gewisse Hilfsmittel. *Wir* haben *unsere* Arbeit getan.« Plötzlich ballte Mario de Spadante die Faust und grinste. Es war eine Geste von großer, stummer Intensität.

»Was ist denn?« Der Mann namens Allen starrte den Italiener beunruhigt an.

»Dieser Hurensohn Trevayne!« flüsterte de Spadante heiser. »Der ehrenwerte – so scheiß ehrenwerte – Undersecretary! ... Dieser Bastard, dieses Schwein! Damit hatte ich nicht gerechnet.«

Major Paul Bonner beobachtete Trevayne von der anderen Seite des Mittelganges aus. Bonner hatte den Fensterplatz auf der rechten Seite der 707 eingenommen; Trevayne, flankiert von Alan Martin und Sam Vicarson, saß gegenüber. Die drei waren in ein Dokument vertieft.

Wie die Biber, dachte Bonner. Ernst, intensiv, dauernd an den Stämmen nagend, damit die Bäume fallen und die Ströme eingedämmt werden konnten. Eine Behinderung des natürlichen Fortschritts? Trevayne würde es eher ökologisches Gleichgewicht nennen.

Aber was, zum Teufel, wußten denn die Biber schon?

Er sah, daß Trevayne und seine beiden Assistenten anfingen, die Papiere in ihre Aktentaschen zurückzustecken. Bald würden sie in San Francisco landen. Noch fünf Minuten.

Und was dann?

Seine Befehle waren diesmal weniger eindeutig, unbestimmter als früher. Dagegen war die Atmosphäre im Verteidigungsministerium – in der Abteilung, die sich mit Trevayne befaßte – unendlich gespannter. Nach seinem Abendessen mit Andy und Phyllis hatte General Cooper ihn verhört, als wäre er ein *Charleysan*-Guerilla mit einer amerikanischen Hundemarke um den Hals. Ihm schien, als wäre der Brigadier einem Schlaganfall nahe. *Warum hatte Trevayne das Verteidigungsministerium nicht von seiner Reise informiert? Wie war die genaue Reiseroute? Warum so viele Stationen, so viele verschiedene Konferenzen? Versuchte er, sich einzunebeln?*

Schließlich war Bonner zornig geworden. Er konnte die Fragen nicht beantworten, hatte diese Antworten nicht gesucht. Wenn der General Details brauchte, hätte er ihn vorher informieren sollen. Bonner erinnerte Cooper daran, daß er über fünfzig einzelne Berichte aus den Potomac Towers herübergebracht hatte, Informationen, die er aus Trevaynes Privatakten *gestohlen* hatte und wofür er zivilrechtlich belangt werden konnte.

Er begriff die Gründe, akzeptierte sie ebenso wie die Risiken und war bereit, dem Urteil seiner Vorgesetzten zu folgen. Aber verdammt noch mal, schließlich war er kein Hellseher.

Die Reaktion des Brigadiers auf diesen Ausbruch verblüffte ihn. Cooper war unsicher geworden, verwirrt; er hatte angefangen zu stottern, und für Bonner war es unvorstellbar, daß ein so alter Eisenfresser wie Cooper stotterte. Es war offensichtlich, daß Brigadier General Cooper mit völlig neuen, noch nicht überprüften Daten konfrontiert worden war.

Und daß er Angst hatte.

Bonner hatte sich gefragt, was diese Angst ausgelöst hatte. Der Major wußte, daß er nicht der einzige war, der Informationen aus den Towers beschaffte. Es gab noch zwei andere Personen. Eine dunkelhaarige Stenotypistin, nominell die Leiterin von Trevaynes Schreibbüro. Er hatte ihr Foto und ihren Lebenslauf auf Coopers Schreibtisch gesehen, mit ein paar Spesenrechnungen, die mit Büroklammern angehängt waren. Die übliche Vorgehensweise.

Der zweite Informant war ein blonder Mann, Ende der Zwanzig, ein Ph.D. aus Cornell, den, wenn er sich richtig erinnerte, Trevayne eingestellt hatte, um einem alten Freund gefällig zu sein. Bonner war eines Abends spät weggegangen, gerade als der blonde Mann zum Lieferanteneingang hineingegangen war, zu den hinteren Aufzügen, die von Informanten bei planmäßigen Einsätzen benützt wurden. Er hatte nach oben gesehen; die Lichter im vierten Stock, wo Brigadier Cooper sein Büro hatte, brannten noch.

Cooper war zu erregt gewesen, um ihm auszuweichen oder sich zu verstellen. Also hatte Bonner seine Befehle erhalten: was auch immer Trevayne sagte, was auch immer einer der beiden Assistenten sagte, die mit ihm reisten – gleichgültig, wie belanglos es auch scheinen mochte –, er sollte es sich merken und es telefonisch direkt auf Coopers Privatleitung melden. Er sollte versuchen, den Inhalt einer jeden Konferenz durch irgend jemanden, der mit Genessee Industries in Verbindung stand, zu erfahren. Geld spielte keine Rolle, und wenn es notwendig war, irgendwelche Immunität zu versprechen, sollte er das tun, nur Fakten galt es aufzudecken.

Beliebige Fakten.

Ob er nach speziellen …

Alles!

Bonner gestand sich widerstrebend, daß er sich von dem Fieber des Brigadiers hatte anstecken lassen. Trevayne hatte kein Recht, sich bei Genessee einzumischen. Genessee Industries war auf seine Art ein notwendiger Bestandteil der Verteidigung der Nation. Jedenfalls wichtiger als irgendein ausländischer Verbündeter. Ganz sicher verläßlicher.

Die Jagdmaschinen – Raketenjäger: besser als alles andere, was es in ihrer Klasse in der Luft gab; vierzehn verschiedene Helikoptertypen, von den schweren Truppen- und Waffentransportern bis zu den schnellen, lautlosen ›Schlangen‹, die Männer wie ihn an ihre Dschungeleinsatzorte brachten; Panzerung, die in Dutzenden von Genessee-Laboratorien entwickelt wurde, mit hundert verschiedenen Typen, die Tausende von Menschen vor Hochkalibermunition und Napalm schützten. Und sogar Artillerie – Genessee kontrollierte Dutzende von Waffenfabriken, und dem Himmel sei dafür Dank – die besten und wirksamsten Waffen, die es auf der Welt gab.

Feuerkraft!

Verdammt und noch mal verdammt! Konnten ›sie‹ das nicht verstehen?

Es war nicht nur der *Besitz!* Es war der *Schutz! Ihr* Schutz!

Was, zum Teufel, wußte Trevayne?

19.

James Goddard stand auf der Rasenfläche hinter seinem Haus. Die untergehende Sonne tauchte die Hügel von Los Altos in ein nebliges Gelb-Orange. Der Anblick übte wie stets eine beruhigende Wirkung auf ihn aus.

Vor zwölf Jahren hatte sein schneller Aufstieg in *einem* der inneren Kreise von Genessee Industries begonnen. Die Art seiner Arbeit sicherte ihm sein Überleben und den Besitz eines Eckbüros.

Und am Ende das Penthaus. Präsident des Geschäftsbereichs San Francisco.

Aber manchmal wurde der Druck, unter dem er stand, einfach übermächtig.

So wie jetzt.

Die Konferenz am Nachmittag mit Trevayne war nervenaufreibend gewesen. Nervenaufreibend, weil es anfänglich völlig unklar gewesen war, worauf das Gespräch eigentlich abzielte. Ein wenig von dem, ein wenig von jenem. Viel zustimmendes Nicken, eine ganze Menge fragender Blicke, gefolgt wiederum von einem Nikken oder einem ausdruckslosen Starren. Notizen, die zu scheinbar unpassender Zeit gemacht wurden; unschuldige Fragen, die von Trevaynes unschuldigen Assistenten gestellt wurden.

Die ganze Zusammenkunft war planlos gewesen, ohne die Disziplin einer Tagesordnung. Als der unmittelbare Sprecher für Genessee hatte Goddard versucht, ein Gefühl der Ordnung zu erzeugen, hatte versucht, eine Reihenfolge der Fragen herauszuarbeiten. Er war von Trevayne freundlich zurückgewiesen worden; der Vorsitzende des Unterausschusses spielte ohne besondere Überzeugungskraft die Rolle eines patriarchalischen Onkels – alles würde in angemessener Weise zur Sprache kommen. Der Vormittag diente nur dazu, allgemeine Verantwortungsbereiche festzulegen.

Allgemeine Verantwortungsbereiche.

Der Satz war wie ein elektrischer Schlag in James Goddards Gehirn gefahren.

Aber er hatte nur einfach genickt, so wie seine drei Widersacher genickt und gelächelt hatten. Ein ritueller Tanz der Täuschung, hatte er entschieden.

Als die Besprechung zu Ende gegangen war, gegen halb vier Uhr etwa, war er in sein Büro gegangen und hatte seiner Sekretärin erklärt, daß er Kopfschmerzen habe. Er mußte weg, mußte herumfahren, mußte alle Aspekte von dem, was in den letzten zweieinhalb Stunden besprochen worden war, überdenken. Denn trotz der nebelhaften Vorgangsweise war eine ganze Menge gesagt worden. Das Problem war, daß es nicht in Zahlen ausgedrückt worden war. Zahlen waren etwas, was er begriff. Er konnte auswendig die Gewinn- und Verlustrechnungen von Dutzenden von Geschäftsbereichen heruntersagen, und das über Jahre. Er konnte eine Handvoll isolierter Zahlen nehmen und daraus Hochrechnungen machen, die innerhalb einer Toleranzgrenze von vier Prozent zutreffen würden. Er verblüffte immer wieder sogenannte Wirtschaftsfachleute – akademische Theoretiker – mit der Schnelligkeit und der Genauigkeit seiner Marktanalysen und seiner Statistiken.

Goddard hatte das Büro verlassen und war fast fünfzig Meilen gefahren. Am Meer entlang, nach Ravenswood hinüber und dann nach Fair Oaks.

Was hatte Trevayne gewollt?

Jedesmal, wenn Goddard versucht hatte, eine ganz spezielle Kostenüberschreitung zu erklären – und waren solche Erklärungen nicht das Wesentliche an der Funktion des Unterausschusses? –, hatte man ihn von Einzelheiten abgehalten. Statt dessen gab es nur eine allgemeine Diskussion über Vertragsgegenstände; ihre Funktion, ihre Leistungsfähigkeit, die Konstruktion, die Männer, die die Pläne entwickelt hatten, und diejenigen, die sie zur Ausführung bringen sollten.

Abstraktionen und Personal mittleren Verantwortungsgrades.

Was in aller Welt konnte das Ziel einer solchen Konferenz sein?

Aber als er sich dem höchsten Punkt der Straße näherte, die zu seinem Haus führte, sah James Goddard – Kostenrechner und Bereichspräsident von Genessee Industries –, sah er mit erschreckender Klarheit, welchen Zweck Trevaynes Konferenz gehabt hatte.

Namen.

Nur Namen.

Das erklärte die hastig hingekritzelten Notizen im scheinbar unpassenden Augenblick, erklärte die unschuldigen Fragen von unschuldigen Assistenten.

Namen.

Das war es, hinter dem sie her waren.

Sein eigener Mitarbeiterstab mußte immer wieder die Papiere zu Rate ziehen. *Dieser* Chefingenieur, *jener* Konstruktionsberater. *Dieser* Verhandlungsführer, *jener* Analytiker. Immer zwischen unwichtigen Erkenntnissen verborgen.

Das waren keine Zahlen! Keine Nummern! Nur *Leute.*

Anonyme Personen.

Aber das war es, was Trevayne suchte.

Und Mario de Spadante hatte gesagt, eine Menge Leute würden möglicherweise hängen müssen.

Leute.

Anonyme Personen.

War er einer von ihnen?

»Jimmy! ... Jimmeee!« rief da seine Frau vom Haus her. »Telefon!«

»Wer ist denn dran?«

»Jemand, der de Spadi ... de Spadetti oder so ähnlich heißt; ich weiß es nicht!«

James Goddard warf einen letzten Blick auf die Berge und ging hinein.

Eines zumindest war klar. Mario de Spadante konnte mit seiner vollen Unterstützung als ›Buchhalter‹ rechnen. Er würde ihm Ziffer für Ziffer sagen, in welchen Bereichen Trevayne ihm Fragen gestellt hatte. Niemand würde einem ›Buchhalter‹ daraus einen Vorwurf machen.

Aber Mario de Spadante würde keinen Einblick in die Schlüsse bekommen, die der ›Buchhalter‹ zog.

Denn er hatte keine Lust, sich hängen zu lassen.

Paul Bonner ging durch die Tür des Kellercafés. Es glich hundert anderen Kellerlokalen in San Francisco. Der elektronisch verstärkte, ohrenbetäubende Lärm der winzigen Kapelle war wie ein Angriff auf seine Empfindungen – alle – und der Anblick der verzückten barbusigen Tänzerinnen alles andere als anregend.

Das Ganze widerte ihn an.

Er ging ans andere Ende der Bar und holte ein Päckchen Zigaretten heraus – französische, Gauloises – und hielt sie in der linken Hand. Er bestellte einen Bourbon – schrie seine Bestellung – und stellte überrascht fest, daß er ausgezeichneten Sour Mash bekam.

So stand er und trank, als er auf einmal wußte, daß er ihn gesehen hatte. Etwa drei Meter von ihm entfernt, in ausgewaschenen Levis, Sandalen und einem Hemd, das eher an Unterwäsche erinnerte. Aber an dem Haar war etwas, das nicht stimmte, dachte Bonner. Es war schulterlang und voll, aber da war etwas – seine Sauberkeit, der Glanz – das war es. Der Mann trug eine Perücke. Eine sehr gute Perücke, aber sie paßte nicht zum Rest seiner Person.

Bonner hielt unauffällig das Päckchen Gauloises etwas in die Höhe und hob dann grüßend sein Glas.

Der Mann kam näher, und als er neben Paul stand, beugte er sich hinüber und sprach dicht an Bonners Ohr, um sich in dem Lärm Gehör zu verschaffen.

»Nett hier, was?«

»Es ist ... überwältigend. Aber Sie sehen so aus, als würden Sie hierher gehören. Sind Sie sicher, daß Sie der Richtige sind? Keine Mittelsleute; das habe ich eindeutig gesagt.«

»Das ist meine Zivilkleidung, Major.«

»Sehr passend. Jetzt wollen wir sehen, daß wir hier wegkommen.«

»O nein, Mann. Wir bleiben. Wir reden hier.«

»Das ist unmöglich. Warum?«

»Weil ich weiß, wie dieser Lärm auf einem Tonband ankommt.«

»Hier gibt es kein Tonband, keine Mikrofone. Kommen Sie, seien Sie vernünftig. So etwas ist nicht nötig. Herrgott, würde ich mir denn selbst die Schlinge um den Hals legen?«

Der Mann mit der Perücke musterte Bonner scharf. »Oh, sicher nicht ... Die Kohle, bitte.«

Bonner steckte die Gauloises in seine Hemdtasche zurück und zog seine Brieftasche heraus. Er entnahm ihr drei Einhundert-Dollar-Scheine und reichte sie dem Mann. »Hier.«

»Oh, kommen Sie schon, Major! Warum schreiben Sie mir denn nicht einen Scheck?«

»Was?«

»Sagen Sie, der Barkeeper soll sie wechseln.«

»Das wird er nicht tun.«

»Versuchen Sie es.«

Bonner drehte sich zur Bar herum und sah zu seiner Überraschung, daß der Barkeeper ganz in der Nähe stand und sie beobachtete. Er lächelte dem Major zu und streckte die Hand aus. Sechzig Sekunden später hielt Bonner ein anderes Bündel Geldscheine in der Hand – Fünfer, Zehner, Zwanziger. Im Wert von dreihundert Dollar. Er gab sie dem Mann mit der Perücke.

»Okay. Jetzt ziehen wir Leine, Mann. Wir gehen durch die Straßen, so wie Cowboys. Aber wir gehen dorthin, wo *ich* sage, klar?«

»Verstanden.«

Draußen auf der O'Leary Lane gingen die zwei Männer in südlicher Richtung und bahnten sich langsam ihren Weg durch die Verkaufsstände.

»Ich nehme an, Sie haben Ihren allgemeinen Vorsichtsmaßregeln entsprechend nichts für mich aufgeschrieben.«

»Natürlich nicht. Aber *Sie* hindert natürlich nichts daran, sich Notizen zu machen. Ich erinnere mich an alles.«

»Diese Konferenz hat fast drei Stunden gedauert.«

»Wenn ich ein schlechtes Gedächtnis hätte, wäre ich nicht der Oberbuchhalter von Genessee Jim geworden, Major.« Der langhaarige Mann deutete nach links in eine Seitengasse. »Gehen wir da hinein. Dort ist es nicht so hektisch.«

Sie lehnten sich an eine Ziegelmauer, die mit semipornografischen Plakaten bedeckt war. Bonner manövrierte seinen Kontaktmann so, daß das Licht der Straßenbeleuchtung auf ihn fiel. Paul Bonner beobachtete während eines Verhörs immer die Gesichter der Leute, mit denen er zu tun hatte – ob das nun im Feld oder in einer Gasse in San Francisco war.

»Wo wollen Sie denn anfangen, Mann?«

»Vergessen Sie die Kleinigkeiten. Fangen Sie mit den wichtigen Punkten an; auf die weniger wichtigen kommen wir dann schon noch.«

»Also gut. In absteigender Reihenfolge ... Die F-90-Überschreitung – und im speziellen die Konstruktionsänderungen in den Turbinenschaufeln, die wegen neuer Erkenntnisse in den Labors von Houston notwendig wurden. Dazu kam es wegen der Panne bei Rolls-Royce, wenn Sie sich erinnern.«

»Was ist mit ihnen?«

»Was soll das heißen, was mit ihnen ist? Die haben eins Komma fünf Mio. gekostet; das ist mit ihnen.«

»Das ist kein Geheimnis.«

»Hab' ich auch nicht behauptet. Aber Trevaynes Leute wollten Daten wissen. Vielleicht war da eine Verzögerung, an die ihr nicht gedacht hattet, aber das geht mich nichts an.«

»Weiter.« Bonner hatte einen Spiralblock aus der Tasche gezogen und fing zu schreiben an.

»Nächstes. Süden, Pasadena ... Die Fabriken sind mit den Werkzeugen und Vorrichtungen für die Panzerplatten für die großen Chopper acht Monate im Rückstand. Das ist schlimm, Mann. Die sitzen dort richtig in der Scheiße. Schwierigkeiten mit den Gewerkschaften, Umweltklagen, Zeichnungsänderungen, Legierungen; was auch immer Sie sagen, die haben es versaut. Armbruster muß diese Fabriken rausreißen und es sich trotzdem mit den Umwelt-Onkels nicht verderben.«

»Was wollte Trevayne denn da wissen?«

»Komisch. Irgendwie war er mitfühlend. Er sprach von ehrenwerten Fehlern und der Sorge der Umweltschützer; so etwa. Auf die Kohle ist er überhaupt nicht eingegangen, ihn schienen mehr die Leute zu interessieren, die die Probleme hatten ... Weiter. Hier draußen, südlich von Seattle. Sie wissen ja, daß da einige Diversifikationsmaßnahmen laufen. Genessee hat die Bellstar Companies übernommen und eine ganze Menge Abschreibungsgeld hineingepumpt, um die wieder auf Vordermann zu bringen. Bis jetzt läuft noch überhaupt nichts.«

»Das sind die Raketenfabriken, nicht wahr?«

»Raketen, Treibstoff, Abschußrampen ... Das Peenemünde des Pazifik, wie wir den Verein liebevoll nennen.«

»Die sind notwendig. Die müssen in Funktion bleiben ...« Bonner hielt inne.

»Ah, so, Mr. Moto! ... Belasten Sie mich bloß nicht mit Auswertungen, Mann. Haben Sie das vergessen?«

»Ich weiß schon, das interessiert Sie nicht ... Also, was ist mit ihnen?«

»Die dienen als Verlustlieferant, und ich meine *wirkliche* Verluste, Charlie. Und aus einem sehr guten Grund, den Trevayne zu ahnen scheint. Genessee braucht nicht von sich selbst zu kaufen.«

»Die Gerichte haben diesen Fall zurückgewiesen.«

»Jetzt bin ich mit Auswerten dran.« Der langhaarige Buchhalter lachte. »Das Gericht ist zurückgepfiffen worden. Weil ein paar andere Leute ihre Auswertungen gemacht haben ... Trevayne möchte mehr Informationen über Bellstar. Nur, daß er auch hier wieder, wie im Fall Pasadena und Houston, in den Personalakten herumwühlt. Offen gestanden, ich kapier' das nicht; denen kann er überhaupt nichts entnehmen. Der bellt den falschen Baum an.«

Bonner machte sich eine Notiz. »Ist er auf Einzelheiten eingegangen?«

»Nein, Mann. Das konnte der nicht. Ihr Mr. Trevayne ist entweder sehr dumm oder sehr bequem.«

Ein Betrunkener kollidierte am anderen Ende der kurzen Gasse mit der Mauer.

»Kommen Sie, verschwinden wir hier, Major. Ich kenne eine ruhige Bar, ein paar Straßen weiter westlich. Dort können wir weiter reden.«

»Reden Sie hier weiter! Wir haben noch gar nicht angefangen! Meiner Rechnung nach habe ich noch zweihundertneunzig Dollar gut ... *Mann!*«

»Wir kriegen das schon hin, Zinnsoldat.«

Eine Stunde und zehn Minuten später hatte Bonner sein kleines Notizbuch fast vollgekritzelt. Er bekam einen Gegenwert für seine dreihundert Dollar, zumindest was das Erinnerungsvermögen des Buchhalters anging. Der Mann war erstaunlich; er war imstande – wenn man ihm glauben konnte –, sich ganze Sätze wortgetreu ins Gedächtnis zurückzurufen.

Das Ganze zu deuten freilich lag bei anderen. Bonner konnte an der Information nur erkennen, daß Trevayne und Company sich eine ziemlich große Fläche vorgenommen hatten, aber nicht sehr tief bohrten. Doch auch hier konnte es sich wieder um einen Fehlschluß seinerseits handeln.

Andere würden das besser wissen.

»Das wär's so etwa, Major«, sagte der Genessee-Mann unter dem langen falschen Haar. »Ich hoffe nur, Sie kriegen ein Sternchen dafür; das heißt, wenn Sie wirklich ein Zinnsoldat sind, nicht irgendein Weltverbesserer.«

20.

Sam Vicarson, der junge Anwalt, hatte Fisherman's Wharf noch nie gesehen. Eigentlich war es ja albern, dachte er, aber er hatte es sich nun einmal vorgenommen. Und jetzt standen ihm zwei Stunden zur Verfügung, vor der Sitzung um halb sechs in Trevaynes Zimmer.

Das Taxi hielt an einem Austernstand an, vor dem mit Seetang gefüllte Körbe und Stapel von Hanfnetzen aufgehäuft waren.

»Hier fängt der Kai an, Mister. Von hier aus geht es geradewegs nach Norden weiter, am Wasser entlang. Wollen Sie zu einem bestimmten Lokal? Vielleicht Di Maggio's?«

»Nein danke, so ist's schon recht.«

Vicarson zahlte, stieg aus dem Taxi aus und schlenderte die Straße mit ihren Kuriositätengeschäften und den Bars hinunter. Fischerboote tanzten im Wellenschlag auf und ab, überall waren Netze zu sehen.

Er betrat einige Läden und schickte, weil es ihm Spaß machte, an ein paar zynische Freunde Postkarten – die scheußlichsten Postkarten, die er finden konnte.

Dann spazierte er auf dem Pier bis ganz nach draußen. Auf dem Rückweg blieb er etwa alle zwanzig Meter stehen, um den verschiedenen Crews beim Ausladen ihres Fangs zuzusehen. Die Fische waren faszinierend.

Vicarson sah auf die Uhr. Es war beinahe vier Uhr fünfzehn. Das Mark Hopkins war eine zwanzigminütige Taxifahrt entfernt, und er wollte noch duschen. Das ließ ihm gerade noch eine Viertelstunde für einen Drink in einer der Bars.

Das gehörte mit zu seiner Tagesordnung.

Als er zum zweiten Mal von der Uhr aufblickte und seine Pläne ordnete, bemerkte er zwei Männer, die vielleicht fünfzehn Meter entfernt standen. Sie sahen ihn an. Jetzt drehten sie sich schnell um und begannen, miteinander zu reden – zu schnell, zu künstlich. Dann begriff Vicarson, was er gerade getan hatte. Die Nachmittagssonne hatte sich im Uhrglas gespiegelt, also hatte er sich umgedreht, um in seinem eigenen Schatten zu prüfen, wie spät es war; diese Bewegung aber hatten die Männer nicht erwartet.

Vicarson wunderte sich. Oder war das nur seine Fantasie, Trevaynes dauernde Hinweise auf die gebotene Vorsicht, die ihm Trugbilder vorgaukelten?

Eine Gruppe von Pfadfinderinnen in Begleitung einer ganzen Anzahl erwachsener Führer begann den Kai zu füllen. Sie bereiteten sich auf einen Großangriff auf die Kaispitze vor, inmitten von schrillem Gelächter und elterlichen Ermahnungen. Jetzt kam der Angriff in Gang; die Touristen traten zurück, um die Truppe 36 von den Oakland Brownies durchzulassen.

Vicarson schob sich in die Gruppe und arbeitete sich durch die kreischenden Mädchen hindurch. Er erreichte die letzten Reihen unter den kritischen Blicken einiger Erwachsener und kam vielleicht zehn Meter von der Straße entfernt heraus. Dann rannte er in den Verkehr hinein, bog scharf nach rechts und mischte sich auf der Wasserseite wieder in die Menschenmassen.

Zwei Straßen weiter südlich entdeckte er ein überfülltes Café, das ›Drinks mit Hafenblick‹ anbot, und trat schnell durch die Tür. Vicarson nahm etwa in der Mitte der Bar Platz, um gleichzeitig die Nordseite des Docks und die Straße im Auge behalten zu können. Er bestellte sich einen Fisherman's Punch, wartete und fragte sich, ob er die zwei Männer wiedersehen würde.

Das tat er. Nur daß sich ihnen, als sie in Sichtweite kamen, ein dritter Mann angeschlossen hatte. Ein großer, etwas korpulenter um die Fünfzig.

Sam Vicarson hätte fast sein Glas mit Fisherman's Punch fallengelassen.

Er war dem dritten Mann schon einmal begegnet; er würde ihn auch nicht so leicht vergessen, trotz der Begleitumstände jenes Zusammentreffens – oder vielleicht gerade deswegen.

Das letztemal – das einzige Mal –, daß er diesen korpulenten Mann gesehen hatte, war auf einem Golfplatz gewesen, mitten in der Nacht, in dreitausend Meilen Entfernung. In Chevy Chase in Maryland. Das war der Mann gewesen, der den betrunkenen Kongreßabgeordneten aus Kalifornien festgehalten und ihn schließlich niedergeschlagen hatte.

Trevayne stand am Hotelfenster und hörte sich Vicarsons Beschreibung an, gab aber keinen Kommentar dazu ab. Der junge Anwalt hatte Mario de Spadante beschrieben. Und wenn er recht hatte, wenn de Spadante in San Francisco war, dann gab es da Aspekte im Umfeld von Genessee Industries, die er nicht in Betracht gezogen hatte.

Es galt, Mario de Spadante unter die Lupe zu nehmen, und zwar sofort. Bis jetzt war Trevayne nicht auf eine solche Verbindung gekommen.

»Ich irre mich nicht, Mr. Trevayne. Das war derselbe Mann. Wer, zum Teufel, ist das?«

»Darauf kann ich vielleicht nach ein paar Telefongesprächen antworten.«

»Das soll doch kein Witz sein?«

»Ich wünschte, es wäre einer ... Darauf gehen wir später ein. Reden wir über heute nachmittag.« Trevayne ging zu einem Sessel. Alan Martin und Sam saßen auf der Couch, mit Papieren vor sich auf dem Tisch. »Wir hatten Zeit, etwas darüber nachzudenken, etwas Abstand zu bekommen. Was meinen Sie, Alan? Wie glauben Sie, daß es gelaufen ist?«

Der Buchprüfer warf einen Blick auf seine Papiere. Er griff sich mit zwei Fingern an den Nasenrücken und begann mit geschlossenen Augen zu sprechen. »Goddard hatte schreckliche Angst, hat sich aber verdammte Mühe gegeben, sich nichts anmerken zu lassen.« Martin öffnete die Augen. »Und verwirrt war er auch. Er drückte dauernd mit den Fingerspitzen gegen den Tisch; man konnte sehen, wie ihm die Venen hervortraten. Hier, ich habe mir ein paar Notizen gemacht.« Er griff nach seinem Block. »Das erste, was ihn beunruhigt hat, war diese Tarifvereinbarung von Pasadena. Ich glaube nicht, daß er damit gerechnet hat. Er war nicht besonders glücklich, als Sam seine Leute nach dem Namen des Verhandlungsführers von der AFL* fragte.

»Wie war denn der Name?« fragte Trevayne.

»Manolo. Ernest Manolo«, antwortete Vicarson nach einem Blick auf seine Notizen. »Für die lokalen Verhältnisse war der Vertrag gar nicht so hart, aber wenn man ihn als Präzedenzfall für eine nationale Übereinkunft betrachtet, dann ist er praktisch geschenkt.«

»Und wird man das?«

»Das hängt von Manolo und seinem Verein ab, schätze ich«, erwiderte Vicarson.

---

* AFL = American Federation of Labour (Amerikanische Dachorganisation der Gewerkschaften).

»Sie wollen sagen, die AFL würde diesem … Manolo … so viel Autorität übertragen?«

»Manolo war ein Mann aus den mittleren Rängen, aber er hat einen schnellen Aufstieg hinter sich. Man überträgt ihm nicht sehr viel. Er nimmt sich einfach, was er braucht. Er ist ein harter Brokken. So wie Chavez; bloß mit dem Vorteil, daß er eine hervorragende Ausbildung genossen hat. Volkswirtschaft, an der Universität von New Mexico.«

»Fahren Sie fort, Al.« Trevayne holte einen Umschlag aus der Tasche.

»Ich nehme an, daß Sie Goddard verwirrt haben, als Sie auf ein paar Fälle nicht eingingen, wo Genessee die Kosten unterschätzt hat. Er hatte die Akten über die Pittsburgh Cylinder Company; die Armaturen aus Detroit; die Stahllegierungen – ebenfalls Detroit; die Houston Labors; die Green Agency – Werbung, New York; und weiß Gott was sonst noch alles. Er war vorbereitet, uns mit Stapeln von Akten einzudecken, Rechtfertigungen … Aber den Schiffkonstrukteur habe ich bekommen. In Houston. Sein Name ist bis jetzt noch nie in einer unserer Akten aufgetaucht. Ralph Jamison. Das hat Goddard nicht kapiert; ein lausiger Labortyp, wo es um hundertfünf Millionen Dollar ging … Und dann sah es so aus, als wollte er mit den Fingern auf die Tischplatte losgehen, als wir die Bellstar-Schätzungen anforderten. Das ist verständlich; Genessee hatte bei Bellstar Kartellprobleme.«

»Als der fähigste praktizierende Anwalt in diesem Raum darf ich sagen«, meinte Sam Vicarson grinsend, »daß die Bellstar-Entscheidung, wenn sie von irgendeinem anderen als dem alten Richter Studebaker getroffen worden wäre, mit Sicherheit vor Monaten angefochten worden wäre.«

»Sam, warum sagen Sie das? Das habe ich schon einmal gehört.«

»Du lieber Gott, Mr. Trevayne, da können Sie jeden Kartellanwalt fragen, der sich auf sein Handwerk versteht. Der Genessee-Bellstar-Schriftsatz war voll von Löchern. Aber Joshua Studebaker bekam den Fall. Der alte Josh ist nicht sehr bekannt, aber er hat seine Tradition. Er hätte weiterkommen können, zieht es aber vor, in Seattle zu bleiben. Er ist ein der Sklaverei entwachsener schwarzer Edelstein. Wenn man von kleinen Kindern redet, die geprügelt werden, von Rachitis und von Leuten, die in der Erde nach den letzten Kartoffeln scharren, welche dann die Mahlzeit einer ganzen Familie bilden, dann sprechen sie vom alten Josh. Er hat das wirklich mitgemacht. Selbst das Justizministerium überlegt es sich zweimal, gegen ihn Revisionsantrag zu stellen.«

»Das habe ich nie bedacht.« Alan Martin schien das neu erworbene Wissen zu faszinieren. »Ich habe nie von ihm gehört.«

»Ich auch nicht«, sagte Trevayne.

»Das braucht niemanden zu überraschen. Studebaker gibt sich redliche Mühe, Privatmensch zu bleiben. Keine Interviews, keine Bücher; Artikel, die sich nur mit den kompliziertesten juristischen Feinheiten in höchst akademischen Journalen befassen.«

»Sie sagen, er sei unberührbar?« fragte Trevayne.

»Aus einer ganzen Anzahl von Gründen. Er ist ein Genie; er ist schwarz; er ist auf seine Art ein Exzentriker; er besitzt ein geradezu beängstigendes Talent für juristische Abstraktionen. Wird das Bild klarer?«

»Er ist schwarz, und er hat es geschafft«, sagte Alan Martin resigniert.

»Bis ganz oben.«

»Sie lassen da eine wichtige Information weg ... oder ein Urteil«, sagte Trevayne.

»Weshalb er die Entscheidung getroffen hat?« Sam Vicarson lehnte sich auf der Couch nach vorne. »Ich sagte Ihnen ja, er hat den Ruf, Spezialist für komplizierte Dinge zu sein ... Abstraktionen. Er benutzte die Formulierung ›massiertes menschliches Bemühen‹, um offenkundige Genessee-Unregelmäßigkeiten auszugleichen und dann abzutun. Er rechtfertigte gewisse fragwürdige wirtschaftliche Beziehungen, indem er die Notwendigkeit ›kompatibler Motive‹ bei groß angelegten Finanzierungsvorhaben bestätigte. Dann ließ er die Bombe platzen: die Regierung hatte mit nichtssagenden Worten das Bedürfnis für einen ernsthaften Wettbewerb nicht bestätigt.«

»Was bedeutet das?« fragte Alan Martin, in dessen Blick sich völlige Verständnislosigkeit widerspiegelte.

»Daß sonst keiner genügend Kröten hatte.«

»Was mit der Gesetzmäßigkeit der Situation überhaupt nichts zu tun hat«, warf Trevayne ein.

»Daraus zu ziehender Schluß?« Sam lehnte sich auf der Couch zurück. »Entweder hat der alte Josh mit seiner ganzen juristischen

Gymnastik einfach die wesentliche Wahrheit mit all ihren menschlichen Unzulänglichkeiten erkannt, oder er hatte ein darüber hinausgehendes Motiv. Offen gestanden kann ich mich mit letzterem nicht anfreunden. Kein ... ›kompatibles Motiv‹, um die Worte des Richters selbst zu gebrauchen.«

»Soviel zu Bellstar.« Trevayne machte sich eine Notiz auf dem Briefumschlag, den er in der Hand hielt. »Was noch, Alan?«

»Goddard war zornig – ich meine, er blinzelte und lächelte und hätte sich an der Tischplatte fast die Fingernägel abgerissen –, als Sie das Thema Armbruster streiften. Der Senator ist für ihn quasi off limits. Ich glaube nicht, daß er wußte, worauf Sie hinauswollten. Ich übrigens auch nicht, um ehrlich zu sein ... Armbruster war den großen Firmen stets lästig, besonders Giganten wie Genessee. Er konnte Ihre Frage nicht begreifen, ob man Armbruster wegen der Beschäftigungsstatistiken konsultiert hätte.«

»Weil Armbruster nicht konsultiert worden ist. Er hat selbst Konsultationen vorgenommen.«

»Ich begreife immer noch nicht.«

»Der liberale Senator hat während der letzten Wahlen einige sehr unliberale Überlegungen angestellt.«

»Machen Sie Witze?« Vicarsons Augen hatten sich geweitet.

»Ich wünschte, daß das Witze wären«, antwortete Trevayne.

»Das letzte, was ich mir notiert habe – die juristischen Dinge habe ich Sam überlassen –, waren die Ausweichmanöver bezüglich der Flugzeuglobby. Darauf waren sie vorbereitet. Nach ihren Prozentzahlen sind sie für maximal zweiundzwanzig Prozent der Finanzierung dieser Lobby zuständig. Nach den Statistiken der Lobby allerdings ist Genessee für siebenundzwanzig Prozent verantwortlich, die wir kennen, wahrscheinlich weitere zwölf, die irgendwo versteckt sind. Und wenn ich die Firmen alle überprüfte und noch die Green Agency in New York dazuzählte, möchte ich schwören, daß ich noch einmal zwanzig Prozent finden würde. Ich weiß verdammt genau, daß Genessee mindestens sieben Millionen in die Lobby pumpt, aber die weigern sich, das zuzugeben. Ich sage Ihnen, die haben mehr Etiketten für ihre Öffentlichkeitsarbeit, als Sears Roebuck in seinem Katalog stehen hat.«

Etiketten. Eine Nation von Etiketten, dachte Andrew Trevayne.

»Wer leitet denn Green in New York?«

»Aaron Green«, antwortete Sam Vicarson. »Philanthrop und Mäzen, er verlegt auf eigene Kosten Werke der Dichtkunst. Ein hochgestochener Typ.«

»Ein Religionsbruder von mir«, fügte Alan Martin hinzu. »Nur daß er aus den feinsten Kreisen von Birmingham kommt, nicht aus New Britain, Connecticut .... Das ist alles, was ich mir aufgeschrieben habe.«

Etiketten. Eine Nation von Etiketten.

Andrew Trevayne machte sich unauffällig eine weitere Notiz auf den Mark-Hopkins-Briefumschlag.

»Goddard hatte heute nachmittag einen Anwalt dabei«, fuhr Vicarson mit seinen Beobachtungen fort, »aber der wußte nicht, was lief. Er konnte überhaupt nichts bieten. Er war nur da, um sicherzustellen, daß keiner sich im juristischen Sinn widersprach – das ist alles. Er durfte nicht viel wissen. Das ist eine verdammt unangenehme Position.«

»Herrgott, ich wiederhole mich damit«, sagte Martin, »aber ich verstehe nicht.«

»Er war Fassade. Er mußte beide Seiten wie ein bezahlter Schiedsrichter beobachten. Er hackte die ganze Zeit auf einzelnen Sätzen herum, fragte nach Definitionen – *nicht* nach der Substanz dessen, was gesprochen worden ist, nur nach Formulierungen. Kapiert? ... Er sorgte dafür, daß es später keinen Ärger gibt. Und das können Sie mir glauben, heute nachmittag ist nichts gesagt worden, das jemand vor Gericht benutzen könnte.« Vicarson lehnte sich gegen eine Sessellehne.

»Schon gut, Mr. Blackstone. Weshalb stört Sie das so?« Trevayne drehte sich halb herum, um Sam seine volle Aufmerksamkeit widmen zu können.

»Ganz einfach, großer Boß. Niemand bringt einen Anwalt, ganz besonders nicht einen *Firmenanwalt*, in eine solche Situation, wenn er nicht eine Heidenangst hat. Man *sagt* ihm etwas! ... Dieser Mann hat überhaupt nichts *gewußt*. Glauben Sie mir, Mr. Trevayne, der tappte viel mehr im dunkeln als wir.«

»Sie wenden hier Richter Studebakers Taktik an, Sam. Abstraktionen«, sagte Trevayne.

»Nein, eigentlich nicht; das ist nur der Anfang.« Vicarson hörte mit seinen verspielten Gesten auf und ging zur Couch zurück. Er setzte sich und nahm eines der Blätter vom Tisch. »Ich habe mir auch ein paar Notizen gemacht. Nicht so umfangreich wie Al, aber ich habe mir einiges zurechtgelegt ... Zunächst einmal, was würden Sie von ›betrügerischem Einvernehmen‹ halten?«

Seine beiden Zuhörer sahen einander an, und dann wanderten ihre Blicke zu Vicarson hinüber.

»Ich dachte, heute nachmittag sei nichts gesagt worden, das man vor Gericht gebrauchen kann«, meinte Trevayne und zündete sich dabei eine Zigarette an.

»Einschränkung – nicht für sich alleine. In Verbindung mit anderen Informationen, und wenn man ein wenig nachbohrt, gibt es dafür durchaus eine Möglichkeit.«

»Und die wäre?« wollte Martin wissen.

»Goddard ließ fallen, daß er – und ›er‹ bedeutet dabei Genessee Industries – im März letzten Jahres vor dem offiziellen Datum der Veröffentlichung nicht über die Stahlquoten informiert worden sei, die die Importkommission des Präsidenten festgesetzt hatte. Die Tatsache, daß Genessee gerade noch rechtzeitig ein paar Schiffsladungen Tamishito-Barren aus Japan bezogen hatte, wurde günstigen Marktbedingungen und einem geschickten Einkauf zugeschrieben. Habe ich recht?«

Trevayne nickte; Martin spielte mit einer kleinen Taschenlampe. »Und?« fragte er.

»Im August gab Genessee ein Paket Obligationen aus. Etwa hundert Millionen Dollar ... Wir Anwälte achten auf solche Dinge; unser Traum ist immer, der Firma anzugehören, die den Auftrag bekommt. Da sind große Prämien fällig. Aber ich schweife ab ... Die Firma, die die Obligationen ausgab, war ein Büro in Chicago, Brandon and Smith; sehr groß, sehr aristokratisch. Aber warum Chicago? Es gibt Dutzende bewährter Firmen in New York.«

»Kommen Sie zur Sache, Sam«, sagte Trevayne. »Worauf wollen Sie hinaus?«

»Ich muß das so schildern. Ich brauche den Hintergrund ... Vor zwei Wochen haben Brandon and Smith einen Seniorpartner aufgenommen. Einen gewissen Ian Hamilton, makelloses Mitglied der Anwaltskammer und –«

Weiter kam Vicarson nicht. Andrew zuckte zusammen und beugte sich vor. Er hielt den Umschlag in der Hand. »Ian Hamilton war Mitglied der Importkommission des Präsidenten.«

»Die Kommission ist formell aufgelöst worden, nachdem das Weiße Haus ihren Bericht entgegengenommen hatte. Im Februar, vor neun Monaten. Obwohl niemand wußte, ob der Präsident die Empfehlungen annehmen würde, erwartete man von den fünf Mitgliedern der Kommission – dafür gibt es eine gesetzliche Grundlage –, daß sie über ihre Erkenntnisse Stillschweigen bewahren würden.«

Trevayne lehnte sich zurück und machte sich eine weitere Notiz auf den Briefumschlag. »Also gut, Sam ... Das ist etwas, das sich überprüfen läßt. Was noch?«

»Sonst meist Kleinigkeiten. Aber vielleicht finden Sie dabei etwas.«

Die drei Männer redeten noch weitere fünfundvierzig Minuten. Trevayne schrieb nichts mehr auf seinen Mark-Hopkins-Umschlag.

Die Autopsie der Genessee-Konferenz war beinahe abgeschlossen.

»Jetzt haben Sie uns leergepumpt, Mr. Trevayne«. sagte Vicarson. »Was haben *Sie* denn gedacht?«

Trevayne erhob sich aus seinem Sessel und hielt den Umschlag in die Höhe. Er ging auf die zwei Assistenten zu und ließ ihn auf den Tisch fallen. »Ich glaube, wir haben das bekommen, weshalb wir hergeflogen sind.«

Vicarson nahm den Umschlag und hielt ihn so, daß er und Martin lesen konnten, was Trevayne darauf geschrieben hatte. Sie lasen die sorgsam in Druckbuchstaben geschriebenen Namen:

ERNEST MANOLO – *Pasadena*
RALPH JAMISON – *Houston*
JOSHUA STUDEBAKER – *Seattle*
MITCHELL ARMBRUSTER – *D.C.*
AARON GREEN – *N.Y.C.*
IAN HAMILTON – *Chicago*

»Eine sehr wohlgerundete Liste, Andrew«, sagte Alan Martin.

»Sehr. Jeder hat entscheidenden Anteil an einer Aktivität von Genessee, die unter ungewöhnlichen und aufwendigen Umständen abgewickelt wurde. Und das gilt in jedem einzelnen Fall; das macht es so interessant. Manolo: eine Tarifverhandlung; Jamison: Projektkonstruktion; Studebaker: eine höchst fragwürdige juristische Entscheidung – bundesweit übrigens; Armbruster: Senat – es gibt auch andere in diesem Bereich, aber keiner von ihnen hat direkt mit Genessee in Kalifornien zu tun gehabt; Aaron Green: verteilt einen großen Teil der Finanzen einer nationalen Lobby – dank

G.I.C. … Ian Hamilton: Wer weiß? Aber ich werde nervös, wenn ein Mann mit Zugang zum Präsidenten in so enger Verbindung mit einer Hundert-Millionen-Dollar-Obligation eines bedeutenden Lieferanten des Verteidigungsministeriums steht.«

»Was wollen Sie tun?« Martin nahm Sam den Umschlag weg. »Ich würde meinen, daß wir uns über jeden einzelnen Hintergrundmaterial verschaffen können.«

»Geht das auch, ohne ungewöhnliches Interesse zu erwecken?«

»Das glaube ich schon«, sagte Sam Vicarson.

»Das hatte ich mir auch gedacht«, erwiderte Andy und lächelte. »Zunächst müssen über jeden dieser Leute schnelle und gründliche Recherchen angestellt werden. Dann möchte ich, daß Manolo, Jamison und Studebaker interviewt und – in dieser Reihenfolge – mit den AFL-Verhandlungen in Pasadena, den Konstruktionsänderungen in den Houston Labors und der Bellstar-Gerichtsentscheidung in Seattle konfrontiert werden. Es ist durchaus möglich, daß wir nichts finden; es kann sich in jedem einzelnen Fall um einen isolierten Vorgang handeln, aber das glaube ich nicht. Ich nehme an, wir werden irgendwelche Konturen entdecken, ein Schema, wie Genessee agiert. Selbst wenn keine Verbindung besteht, bekommen wir doch eine sehr gute Vorstellung von den Methoden von Genessee.«

»Und was ist mit den drei letzten? Dem Senator, Green und Hamilton?« fragte Martin.

»Mit denen warten wir, bis wir die anderen interviewt haben«, sagte Trevayne. »Jetzt ist es wichtig, daß wir schnell handeln, ohne irgend jemandem Hinweise auf unser Tun zu geben. Keiner hat die Chance, sich irgendwelche Erklärungen auszudenken … Wir sind im Augenblick auf Firmentour; es hat sich herumgesprochen, daß wir drei verschiedene Fabriken besuchen – von San Francisco bis Denver. Okay, die Story gilt weiter. Wir fahren fort. Nur diesmal nicht komplett.«

»Nicht komplett? Was heißt das?« Sam Vicarson schien Andrew nicht ganz folgen zu können.

»Alan, ich möchte, daß Sie nach Pasadena fahren; sprechen Sie mit Manolo. Sie haben Erfahrung in Tarifverhandlungen; Sie und ich haben vor Jahren in New England genügend Verhandlungen mit den Gewerkschaften geführt. Finden Sie heraus, wie Manolo das ohne die großen Bonzen aus den Zentralbüros der Gewerkschaft geschafft hat. Und wie es kommt, daß er sich so ruhig verhält; warum hat sich aus der Vereinbarung, die er getroffen hat, nicht ein Präzedenzfall für die Gewerkschaften entwickelt? Manolo hätte gekrönt und ins Hauptquartier nach Washington versetzt werden müssen. Aber das war nicht der Fall.«

»Wann reise ich?«

»Morgen früh. Wenn Sam genügend biographisches Material über Manolo für Ihre Vorbereitung ausgraben kann.« Vicarson machte sich eine Notiz. »Das wird eine lange Nacht werden, aber ich denke schon, daß es geht.«

»Ich werde mir Mike Ryan im Osten schnappen. Er ist Luftfahrtingenieur; das liegt nahe dem Arbeitsbereich dieses Jamisons in Houston. Ich möchte, daß er in die Genessee-Labors fährt und herausfindet, wie Jamison es geschafft hat, eine Änderung durchzusetzen, die einhundertfünf Millionen gekostet hat. Was für ein Mann ist das, dem man solche Verantwortung überläßt? ... Sam, wenn wir noch ein paar Stunden Zeit haben, könnten Sie dann Material über Jamison ausgraben?«

Vicarson legte seinen Bleistift hin. »Jemand in seiner Position in den Genessee-Labors muß doch eine Freigabe haben, oder nicht?«

»Mit Sicherheit«, antwortete Alan Martin.

»Ich kenne einen etwas enttäuschten Freund bei FBI. Ich bin mit ihm zur Schule gegangen. Er war nie ein Anhänger von Hoover, aber das wissen die Hoover-Typen nicht. Er wird uns helfen; keiner wird etwas erfahren.«

»Gut. Und jetzt Sie, Sam. Beschaffen Sie sämtliche Informationen, die Sie über die Bellstar-Entscheidung finden können, Studebakers Entscheidung. Lesen Sie das Material so lange, bis Sie es vorwärts und rückwärts aufsagen können. Sobald Alan zurückgekehrt ist, möchte ich, daß Sie nach Seattle fahren. Ihre Mission heißt Studebaker.«

»Mit Vergnügen«, sagte Vicarson. »Dieser Mann ist ein Gigant; vielleicht bleibt an mir etwas von ihm hängen.«

»Hoffentlich das Richtige«, antwortete Trevayne.

»Andrew?« Alan Martin schien beunruhigt. »Sie sagen, das Ganze soll in aller Stille laufen. Niemand soll wissen, was wir tun. Das wird schwierig sein. Wie erklären Sie denn unser Verschwinden?«

»Vor ein paar Jahren bekam Henry Kissinger in Pakistan Magenbeschwerden, aber statt sich in seinem Hotelzimmer aufzuhalten, war er in Peking.«

»Okay«, antwortete Martin. »Das geht in Ordnung. Aber er hatte spezielle Transportmittel. Wenn jemand uns beobachtet – und wir wissen verdammt genau, daß die das tun –, dann lassen sich Reservierungen bei den Fluggesellschaften leicht überwachen.«

»Sehr richtig«, antwortete Trevayne, zu beiden Männern gewandt. »Und wir werden ebenfalls spezielle Transportmittel haben. Ich werde meinen Schwager in New Haven anrufen. Er kann Privatmaschinen hier und in Washington vermitteln. Man wird Ryan ebenfalls beobachten.«

»Mr. Trevayne?« Sam Vicarson starrte auf seine Notizen.

»Ja?«

»Ich sehe da ein Problem.«

»Nur eines?« fragte Martin. »Jetzt bin ich richtig erleichtert.«

»Ich glaube aber, daß es ein großes ist. Woher wissen wir denn, daß diese Burschen – Manolo, Jamison, Studebaker – nicht in dem Augenblick, in dem sie uns sehen, ihre Panikschalter drücken und mit Genessee in Verbindung treten?«

»Das *ist* ein Problem. Ich glaube, es läßt sich nur mit konkreten Drohungen lösen. Vielleicht müssen Sie mit der Behauptung an die Leute herantreten, daß es sich um eine sehr umfangreiche Untersuchung handelt. Die Interviews sind vertraulich; ein Bruch der Vertraulichkeit könnte zu einer Anklageerhebung führen. Da es um das Verteidigungsministerium geht, könnten wir vielleicht einen Hinweis auf den National Security Act bringen. Wir wollen es versuchen ... So, Sie beide haben jetzt eine Menge zu tun, und ich muß ein paar Gespräche führen. Übermorgen sind wir in Boise, Idaho; bei dieser I.T.T.-Tochtergesellschaft. Versuchen Sie, sich dort mit uns zu treffen, Alan. Ich rufe Sie in Ihrem Zimmer an, nachdem ich mit Doug gesprochen habe. Und Sie, Sam, fahren von Boise aus weiter nach Seattle.«

»Dieser Unterausschuß entwickelt sich zum reinsten Reisebüro«, sagte Sam Vicarson und leerte seinen Martini.

Trevayne lehnte sich in die Kissen zurück und legte die Füße aufs Bett. Er hatte seine Telefongespräche geführt.

Sein Schwager wird sich um die Flugzeuge kümmern. Die Charter- und Flugpläne werden auf seinen, Paces Namen, ausgestellt werden, wahrscheinlich werden sie den kleinen Privatflughafen außerhalb von Redwood City benutzen. Nicht San Francisco International. Er würde noch einmal anrufen. Außerdem wird sich sein Schwager diskret, aber gründlich in der Hartford-New-Haven-Gegend umsehen und herausfinden, wo sich Mario de Spadante aufhielt. Das würde nicht schwierig sein. De Spadante hatte in seiner Firma nur sehr wenig delegiert. Man konnte eine ganze Anzahl von Problemen ansprechen – schaffen –, die seine unmittelbare Aufmerksamkeit erforderten.

Dann hatte Trevayne mit Michael Ryan gesprochen, der noch in seinem Büro in den Potomac Towers war. Ryan eröffnete die freudige Nachricht, daß er Ralph Jamison kannte, sogar recht gut. Sie waren beide bei Lockheed mit der Überschallattrappe befaßt gewesen – als Berater.

Ryan würde direkt von Doug Pace in New Haven angerufen werden. Er begriff die Notwendigkeit für Geheimhaltung und war sicher, daß er mit Jamison in dem Punkt klarkommen wird. Ryan würde versuchen, seinen Auftrag zu erledigen und sich in Boise mit ihnen zu treffen. Wenn er es bis dahin nicht schaffte, würde er nach Denver, ihrer nächsten Station, weiterreisen.

Andrew führte ein letztes Gespräch mit Washington. Mit Robert Webster im Weißen Haus. Er erreichte ihn schließlich zu Hause und bat Webster, alles zusammenzutragen, was er über Mario de Spadante ausfindig machen konnte.

Webster versprach, das zu tun.

Trevayne warf einen Blick auf den Umschlag, den er in der Hand hielt. Er war zerdrückt, vom dauernden Auf- und Zufalten zerknüllt, aber die Schrift war immer noch klar:

ERNEST MANOLO – *Pasadena*
RALPH JAMISON – *Houston*
JOSHUA STUDEBAKER – *Seattle*
MITCHELL ARMBRUSTER – *D.C.*
AARON GREEN – *N.Y.C.*
IAN HAMILTON – *Chicago*

Das war ihr eigentlicher Reiseplan. Sechs Männer, die ihm vielleicht helfen würden, die offenkundige Majestät von Genessee Industries zu begreifen.

21.

Sam Vicarson betrat die kleine Abfertigungshalle des Flughafens von Ada County, zehn Meilen von Boise. Douglas Paces Lear Jet hatte ihn von Tacoma hierher gebracht. In Tacoma hatte er sich einen Wagen gemietet und war nach Seattle gefahren.

Um Richter Joshua Studebaker aufzusuchen.

Das Gespräch würde er den Rest seines Lebens nie mehr vergessen.

Es war auch ein Gespräch, das er nur Andrew Trevayne schildern konnte, wenn sie alleine waren. Nicht in Anwesenheit von Alan Martin oder Mike Ryan. Es war irgendwie zu privat, zu schrecklich, als daß andere Ohren als die Trevaynes sie hören dürften.

Vicarson wußte, daß Mike vor ein paar Stunden aus Houston in Boise eingetroffen war; Alan war von dem Treffen mit Manolo vor zwei Tagen zurückgekehrt und hatte ihm die Privatmaschine für seinen Flug nach Seattle zur Verfügung gestellt.

Sie sollten sich am Abend in Trevaynes Hotelzimmer treffen. Dort wollten sie ihre Informationen austauschen.

Sam mußte Trevayne vorher finden. Trevayne würde wissen, was zu tun war.

Vicarson fühlte sich müde, erschöpft und deprimiert; er dachte daran, unterwegs an einer Bar haltzumachen und ein paar Drinks zu nehmen. Aber er wußte, daß er das nicht tun würde.

Er würde sich sinnlos betrinken, und das würde niemandem etwas bringen.

Ganz besonders nicht Joshua Studebaker.

Alan Martin starrte zum Wagenfenster hinaus. Er war alleine; Andrew hatte die Konferenz mit der I.T.T.-Tochtergesellschaft frühzeitig verlassen, ohne eine Erklärung dafür abzugeben. Sam Vicarson hatte vom Flughafen aus angerufen; irgend etwas war los.

Auf der Tafel an der Straße stand: ›Boise, Idaho; State Capital; Bevölkerung 73.000; Herz des Columbiabeckens‹.

Es fiel Martin schwer, an Boise zu denken, an die unnötigen Konferenzen, die sie abhielten, der Tarnung wegen.

Er brachte es nicht fertig, seine Gedanken von Pasadena loszureißen. Von Pasadena und einem feurigen kleinen Mann namens

Ernest Manolo. Einem unglaublich jungen feurigen Mann. Andrew wollte nicht über Manolo sprechen, bis sie am Abend alle zusammen waren. Darin lag Logik; es galt, die erhaltene Information zu bewahren, nicht durch mehrfaches Erzählen Einzelheiten zu verlieren. Andrew hatte recht; wenn sie zusammen waren, würde mehr herauskommen.

Es ging nicht so sehr um Manolo. Auch darin hatte Andrew recht. Manolo war nur ein Rädchen, ein Teil eines beängstigenden Räderwerks.

Ernest Manolo, Verhandlungsführer der AFL für den ganzen Distrikt Südkalifornien, hatte sein eigenes beträchtliches Fürstentum.

Wie viele andere gab es im ganzen Lande?

Michael Ryan saß in einer Nische im Schnellrestaurant des Hotels. Er ärgerte sich über sich selbst. Er hätte klüger sein müssen, nicht so auffällig; er hätte sich ein Zimmer nehmen und dort bleiben sollen, bis Trevayne ihn rief.

Verdammt!

Er dachte einfach nicht!

Der erste Mensch, auf den er in dem verdammten Restaurant stoßen mußte, war Paul Bonner!

Bonner war natürlich überrascht. Und als ihm, Ryan, keine vernünftige Erklärung einfiel, war Bonners Überraschung in etwas anderes umgeschlagen.

Es stand deutlich in den Augen des Soldaten zu lesen. Jenes andere.

Verdammt!

Ryan begriff, daß seine Unvorsichtigkeit seinem alten Freund zuzuschreiben war, Ralph Jamison. Der dumme, wahnsinnige, verrückte Jamison! Der Pläne gefälscht hatte, um Genessee Industries hundertfünf Millionen aus dem Fonds des Verteidigungsministeriums zu beschaffen.

Wie konnte er das *getan* haben? Wie konnte er so etwas *tun?*

Mit Haut und Haaren an Genessee Industries verkauft.

Genessee sorgte für Ralph Jamison. Jamison hatte ihm gesagt, daß das das übliche Vorgehen sei. ›Mama Gen‹ sorgte für seine Leute.

Bankkonten in Zürich!

Wahnsinn!

Drei Tage waren vergangen, seit Trevayne und seine Assistenten San Francisco verlassen hatten, aber James Goddard konnte sie einfach nicht aus seinen Gedanken verdrängen. Etwas war schiefgelaufen. Die letzten zwei Konferenzen waren nichts als in die Länge gezogene Peinlichkeiten gewesen.

Ohne den Buchhalter. Der Buchhalter war nicht dabei gewesen. Und es gab einfach keinen Sinn, daß dieser Martin nicht da war. Alan Martin war der Mann für die Kosten; so wie er, Goddard, ein Kostenmann war. Ohne Martin wurden zu viele Einzelheiten übersehen; Martin hätte diese Einzelheiten bemerkt.

Trevayne hatte Witze über seinen Mitarbeiter gemacht, er hätte sich die ›San-Francisco-Wasserkrankheit‹ zugezogen und säße im Mark Hopkins.

Nach der letzten Konferenz hatte Goddard beschlossen, sich zu erkundigen. Das ging leicht, er brauchte bloß den besorgten Chef zu mimen. Er rief das Hotel an.

Alan Martin war vor zwei Tagen ausgezogen.

Warum hatte Trevayne gelogen? Warum hatte der andere Assistent, Vicarson, gelogen? Wo war Martin hingegangen?

War er plötzlich verschwunden, um zusätzliche Daten über Informationen zu beschaffen, die während der Konferenz zur Sprache gekommen waren?

Von ihm zur Sprache gebracht worden waren; von James Goddard, dem Präsidenten des Geschäftsbereichs San Francisco von Genessee Industries?

Was ging vor?

Und wie konnte er das herausfinden, ohne daß andere anfingen, unruhig zu werden?

Das war wichtig. Mario de Spadante hatte gesagt, einige würden vielleicht hängen müssen, damit jene anderen weiter oben ungeschoren bleiben konnten. Goddard wußte, daß er als wichtig galt. Großer Gott; er war wichtig! Er war der Zahlenmann. Er arrangierte die Zahlen, bereitete die Hochrechnungen vor, die den Entscheidungen zugrunde lagen. Selbst er war nicht sicher, wer am Ende jene Entscheidungen traf, aber ohne *ihn* konnte man sie nicht treffen.

Aber er wußte auch, daß unter der Aufmerksamkeit, die sie ihm zuteil werden ließen, dem Respekt, dem sie ihm offensichtlich erwiesen, daß darunter eine gewisse Verachtung lag. Die Verachtung, die man mit einem Mann in Verbindung brachte, der nur vorschlagen, nie disponieren konnte.

Einem ›Buchhalter‹.

Aber dieser Buchhalter würde sich nicht hängen lassen.

Goddard winkte ein Taxi herbei und traf, während es an den Randstein rollte, seine eigene Entscheidung. Er würde in sein Büro zurückkehren und eine Anzahl hoch vertraulicher Papiere entfernen. Er würde sie ganz unten in seinen Aktenkoffer legen und sie nach Hause bringen.

Zahlen. Seine Zahlen. Genessees Zahlen. Nicht Namen.

Wie man mit Zahlen umging, wußte er.

Ein Mann mußte sich schützen. Vielleicht gegen Namen.

Andrew Trevayne sprang aus dem Taxi und betrat die Hotellobby. Er hatte Sam Vicarson versprochen, sich mit ihm in dessen Zimmer zu treffen. Aber vorher mußte er mit Bonner sprechen. Gleichgültig, was auch immer er von Sam, Alan und Mike Ryan erfuhr, er mußte noch heute abend mit Paces Lear Jet nach Washington fliegen.

Bonner erwartete ihn in der Bar. Es würde nur ein kurzes Zusammentreffen sein.

Trevayne bewegten gemischte Gefühle. Er wußte, daß er das tun mußte, was er tat; indem er Paul Bonner einsetzte, würde Washington von der ›Legitimität‹, seines Handelns überzeugt sein, indem er nämlich für den Augenblick seinen Unterausschuß aufgab, aber da war noch ein anderer Aspekt.

Er hatte sich jetzt aktiv und bewußt in dieselbe Art von Manipulation eingelassen, die aufzudecken seine Aufgabe war – ein kalkuliertes Täuschungsmanöver. Der Unterschied, so redete er sich ein, bestand darin, daß kein finanzieller Profit winkte, und eine Weile akzeptierte er dies als im Wesen gerechtfertigt. Aber es gab andere ›Profite‹, ähnlich wichtigen Lohn. Er brauchte kein Geld ... Setzte er irgendwie die Intensität, die andere dazu benutzten, um Geld zu machen, ein, um etwas anderes zu erreichen?

Er durfte nicht darüber nachdenken; die Entscheidung war getroffen.

Er würde – nach außen hin – eine der schwierigsten Perioden seines Lebens noch einmal durchleben. Das würde seine Zeit flexibler machen.

Vor sechs Jahren hatte Phyllis das Krankenhaus für eine Vorsorgeuntersuchung aufgesucht. Das war, bevor die Mammografie zur Perfektion entwickelt worden war, und sie hatte Knoten in der Brust. Er war außer sich gewesen und hatte sich die größte Mühe gegeben, äußerlich zuversichtlich zu wirken.

Jetzt, sechs Jahre später, würde Paul Bonner eine zeitgemäße Variation desselben Vorganges erfahren. Eine nicht sehr ins Detail gehende Schilderung, von Zweifeln umwölkt und von Sorge erfüllt. Und eine Bitte: ob Paul bereit wäre, an den bevorstehenden Konferenzen mit zwei Unterauftragnehmern von General Motors und Lockheed teilzunehmen? Sie waren in Denver; die nächsten paar Tage. Die Konferenzen brauchten das ›Gewicht‹ seiner, Bonners, Teilnahme. Sam Vicarson war einfach zu jung, und Alan Martin besaß scheinbar zu wenig Autorität. Die Assistenten würden ihn ins Bild setzen.

Damit er, Andrew Trevayne, nach Hause zu seiner Frau fliegen konnte.

Phyllis würde Freitag nachmittag ein Privatkrankenhaus aufsuchen. Niemand wußte etwas über die Untersuchung, nur Sam und Alan. Selbst die zwei Männer von 1600, die auf seinem Besitz in Barnegat waren, wußten nur, daß Phyllis sich einer allgemeinen Untersuchung unterziehen würde. Trevayne würde so oder so am Montag nach Denver zurückkehren.

Als sie ihre Gläser geleert hatten, fiel es Andy schwer, Paul Bonner anzusehen. Dem Major war die Sorge, die er für ihn empfand, so deutlich anzusehen; er war sofort einverstanden, alles zu tun, um Andy wenigstens von seinen beruflichen Problemen für den Augenblick zu befreien.

Paul Bonner ging langsam den Hotelkorridor zu seinem Zimmer hinunter. Er sperrte die Tür auf, trat ein und knallte sie zu. Er ging an den Schreibtisch, wo die allgegenwärtige Flasche Bourbon stand, und goß sich einen großen Drink ein.

Dann schenkte er sich einen zweiten ein und leerte das Glas schnell.

Es war durchaus möglich, überlegte er, daß er den Rest des Tages einfach in seinem Zimmer blieb, sich noch eine Flasche bestellte und sich in aller Stille gründlich betrank.

Aber damit würde er natürlich das ganze Possenspiel unmöglich machen. Er würde am Morgen für seine Besprechung mit Alan Martin und Sam Vicarson zu betrunken sein, jene Besprechung, in der sie ihm Hintergrundmaterial über die Unterauftragnehmer in Denver liefern sollten.

Die Biber waren so ungeschickt. Und der Oberbiber spielte ein schmutziges Spiel – ein auf sehr persönliche Weise schmutziges Spiel –, indem er so tat, als baute er einen Damm. Er hatte nicht geglaubt, daß Andrew Trevayne sich in der Art von Morast würde wälzen können.

Bonner trug sein Glas zu seinem Bett, setzte sich und griff nach dem Telefon. Er gab der Vermittlung die Privatnummer von Brigadier General Lester Cooper in Washington.

Major Bonner brauchte weniger als eine Minute, um auf das Wesentliche zu kommen.

»... die Tarnung ist seine Frau. Er sagt, er würde nach Osten fliegen, um bei ihr zu sein. Sie soll angeblich in ein, ich zitiere – privates Krankenhaus – Ende des Zitats, eingeliefert werden; Krebsvorsorgeuntersuchung. Aber das ist eine Lüge.«

»Sind Sie sicher?«

»Verdammt sicher«, antwortete Bonner.

»Warum? Das ist doch ziemlich haarig.«

»Weil es die logische Folgerung ist!« Bonner bemerkte, daß er seinem Vorgesetzten gegenüber zu laut wurde. Aber er konnte einfach nicht anders. Die Wut, die er auf Trevayne empfand, war zu persönlicher Natur. »Alan Martin ist auf eineinhalb Tage verschwunden. Vicarson war zwei Tage weg. Ohne Erklärung, einfach in einer Angelegenheit des Unterausschusses. Und dann, heute nachmittag, mit wem, meinen Sie wohl, bin ich zusammengestoßen? In Boise ... Mike Ryan. Hier geht was vor, General. Es stinkt.«

Brigadier General Cooper machte eine kurze Pause, ehe er sprach. Die Furcht, die er empfand, war durch die Telefonleitung zu verspüren. »Wir können es uns nicht leisten, einen Fehler zu machen, Bonner.«

»Um Himmels willen, General, ich bin ein erfahrener Mann; ich hab' die Besten, die es gibt, verhört. Trevayne lernt, das muß ich leider sagen, aber er ist immer noch ein schlechter Lügner. Es hat ihm weh getan, mir in die Augen zu sehen.«

»Wir müssen herausfinden, wo die drei anderen waren ... Ich

werde veranlassen, daß das bei den Fluggesellschaften geschieht. Wir müssen es wissen.«

»Lassen Sie mich das machen, General.« Bonner wollte nicht, daß sich die Amateure des Pentagon einschalteten. »Boise wird nur von einem halben Dutzend Linien angeflogen. Ich werde herausfinden, woher die gekommen sind.«

»Rufen Sie mich sofort an, wenn Sie etwas erfahren haben. Das hat erste Priorität, Major. Unterdessen lasse ich seine Frau überwachen. Um sicher zu sein – für den Fall, daß er auftaucht.«

»Sie vergeuden Ihre Zeit, Sir. Sie ist ein sehr kooperatives Mädchen. Das 1600-Team wird bestätigen, daß sie zu einer Untersuchung fährt. Trevayne ist ein verdammter Lügner, aber ich bin sicher, daß er in dieser Geschichte methodisch vorgeht. Er befindet sich jetzt auf neuem Territorium; er wird gründlich sein.«

22.

Sam Vicarson lehnte sich gegen den Schreibtisch, während Trevayne sich in einen Sessel sinken ließ.

»Also, Counselor«, sagte Andrew und blickte auf, »weshalb die Geheimkonferenz? Was ist los?«

»Joshua Studebaker hat vor vierzig Jahren einen Fehler gemacht. Jetzt lassen die ihn dafür zahlen. Er meint, dreißig Jahre richterlicher Entscheidungen wären hin, wenn die ihn auffliegen lassen. So wie er es formuliert hat, würde die Quelle seiner Entscheidungen in jedem Gericht im ganzen Land unter Verdacht geraten.«

Trevayne stieß einen leisen Pfiff aus. »Was hat er denn getan? Lincoln erschossen?«

»Schlimmer. Er war ein Kommunist. Nicht einer von der radikalen, schicken Sorte, sondern ein echter, in einer Zelle organisierter, vom Kreml instruierter Marxist mit Parteibuch ... Der erste schwarze Richter westlich von den Rocky Mountains hat fünf Jahre – das ist wieder seine Formulierung – in schwach beleuchteten Räumen damit verbracht, Fälle für seine praktizierenden Kollegen vorzubereiten, die die Gerichte mit manipulierten Formulierungen beschäftigt hielten. Für seine Sache.«

»Seine praktizierenden Kollegen?«

»Die Anwaltskammer in Missouri hatte ihn ausgestoßen. Er hatte vor dem Obersten Gerichtshof einen Revisionsfall gewonnen; danach war er nicht mehr willkommen. Er ging in den Untergrund, landete in New York und schloß sich der Bewegung an. Er bekam das rote Fieber; fünf Jahre lang glaubte er wirklich daran, daß der Kommunismus die Antwort auf alle Probleme sei.«

»Was hat das mit Genessee Industries zu tun? Mit der Bellstar-Entscheidung?«

»Die Genessee-Anwälte haben sich an ihn herangemacht. Auf ganz subtile Weise. Mit verschleierten, aber eindeutigen Drohungen, ihn auffliegen zu lassen.«

»Und er hat sich kaufen lassen.«

»So einfach ist das nicht, Mr. Trevayne. Deshalb wollte ich Sie alleine sprechen, ohne die anderen ... Ich will keinen Bericht über Studebaker schreiben.«

Andrews Stimme klang jetzt abgehackt, kalt. »Ich glaube, das müssen Sie näher erklären, Sam. Das ist nicht Ihre Entscheidung.«

Und Sam Vicarson versuchte zu erklären.

Joshua Studebaker war ein Mann Mitte der Siebzig. Ein hervorragend talentierter Neger, der Sohn eines Erntewanderarbeiters namens Joshua. 1907, während eines der Reformprogramme von Theodore Roosevelt, war die Wahl auf den jungen Joshua gefallen, eine einjährige schulische Ausbildung zu erhalten.

Studebakers von der Regierung finanzierte Ausbildung dauerte außergewöhnliche sieben Jahre, sechs mehr, als die Gegenreformer erwartet hatten. In jenen Jahren preßte sich der Junge eine ungewöhnliche Menge Wissen in seinen bislang völlig ungebildeten Kopf. Als er dann sechzehn war, sagte man ihm, daß es Schluß sei; er sollte gefälligst für das dankbar sein, was man ihm gegeben hätte. Jedenfalls hatte er keinen Anspruch darauf, nicht im Jahre 1914 im Staate Missouri, USA.

Aber das Werkzeug war ihm jetzt geliefert worden, und den Rest übernahm Joshua Studebaker selbst. Er suchte, bettelte, stahl und kämpfte für den Rest seiner Ausbildung. Es waren Wanderjahre, aber statt mit den Erntearbeitern zu gehen, zog er an Orte, wo ihm die Schulzimmer offenstanden. Er lebte in unglaublicher Armut, meist auf Bahnhöfen und in verkommenen Hütten mit Wellblechdächern und Feuern, die von Abfällen gespeist wurden. Als Joshua Studebaker zweiundzwanzig war, fand er ein kleines, experimentelles College, das ihn auf das Jurastudium vorbereitete. Mit fünfundzwanzig war er Rechtsanwalt. Mit siebenundzwanzig verblüffte er die Anwaltskammer in Missouri, indem er mit Erfolg einen Revisionsfall vor dem Obersten Staatsgerichtshof durchkämpfte.

Und von da ab war er in Missouri nicht mehr willkommen.

Bald darauf war seine Anwaltspraxis beendet, die Anwaltskammer hatte ihn wegen irgendwelcher Formalitäten ausgestoßen. Man hatte ihn wieder auf den ihm gebührenden Platz verwiesen.

Dann folgten Jahre der Flucht, in denen er um seine Existenz kämpfte – indem er in Zwergschulen unterrichtete, häufig auch manuelle Arbeit leistete. Sein Anwaltszertifikat war so gut wie wertlos.

Studebaker wanderte nach Norden, nach Chicago, wo er mit den Jüngern von Eugene Debs in Berührung geriet, der dort seine letzten Jahre mit Schreiben und Vorträgen vor der sozialistischen Intelligenzschicht verbrachte. Die Extremisten in den Kreisen Debs' erkannten Joshuas Talente, und man schickte ihn nach New York – in den harten, heißen Kern der Kommunistischen Partei.

In den nächsten fünf Jahren seines Erwachsenenlebens war er ein wichtiger, unbekannter juristischer Manipulator im Schutze der Anonymität, und seine Arbeit bestand darin, Schlagzeilen für die Radikalen zu liefern.

Dann wurde Franklin Roosevelt zum Präsidenten gewählt, und die Marxisten gerieten in Panik. Denn Roosevelt machte sich ans Werk, das kapitalistische System dadurch zu retten, indem er kühn Sozialreformen einführte, die die Anhänger Lenins für ihr Eigentum hielten.

Die Marxisten traten an Joshua Studebaker heran mit dem Auftrag, eine elitäre Subzelle zu gründen, deren Aufgabe die Ausbildung von Insurgententeams war, die physisch die Reformprogramme der Regierung stören sollten. Büros, Arbeitslager, Lebensmittelverteilungszentren sollten sabotiert werden; Akten gestohlen, Wohlfahrtslieferungen vernichtet; alles Taktiken, die die Heilung der wirtschaftlichen Gebrechen in der Depression verzögern oder unmöglich machen sollten.

»Es war erschütternd, daß sie gerade mich dazu auswählten«, hatte Joshua Studebaker zu Sam Vicarson gesagt. »Sie hatten meinen Eifer mißverstanden ... Als Denker, als Stratege vielleicht akzeptierte ich das Prinzip der Gewalt. Als Aktivist konnte ich nicht daran teilnehmen. Ganz besonders konnte ich das nicht, als ich hörte, daß die ersten Aktionen gegen jene gerichtet waren, die hilflos waren.«

Und so ging Joshua Studebaker, nachdem er in einer Zeitung davon gelesen hatte, wie bei einem Angriff auf ein Arbeitslager Menschen getötet worden waren, zum Justizministerium.

Dies war die Zeit, in der man Verirrte, die zurückkehrten, willkommen hieß. Es war auch eine Zeit, in der man jene belohnte, die mithelfen konnten, die Roosevelt-Regierung vom Makel der roten Farbe reinzuwaschen. Joshua paßte in beide Kategorien. Er wurde in aller Stille von der Regierung eingestellt und erhielt all seine juristischen Privilegien zurück. Zum erstenmal in seinem Leben konnte Joshua Studebaker aufhören zu fliehen. Und schließlich wurde Joshua Studebaker, so als wäre der Kreis seiner Experimente abgeschlossen, zum ersten schwarzen Richter westlich der Rocky Mountains ernannt. Es war ein ungefährliches Experiment – eine Position in einer Wählergemeinde, die zum größten Teil aus durchreisenden Waldarbeitern und Tacomack-Indianern bestand, aber nichtsdestoweniger ein Richteramt.

Es war gleichsam eine Ironie des Schicksals, daß Studebaker später, während des Wahnsinns der McCarthy-Jahre, ›befördert‹ wurde, nach Seattle. Ein einst gefährlicher, wenn auch anonymer Radikaler, den man auf einen achtbaren Posten versetzte. Irgendwie ein Ausgleich in einem komplizierten Handel.

»Er hat dreißig Jahre damit verbracht, gegen verknöchertes Advokatentum zu kämpfen, Mr. Trevayne. Das kann ich Ihnen garantieren; sehen Sie sich die Gesetzbücher an, die Präzedenzfälle, wie sie von Tausenden von juristischen Helfern in den Ghettos, in den Barrios benutzt werden. Ich weiß das, Sir, ich habe das selbst miterlebt. Von Landkonfiskation bis zu Zahlungsbefehlen, von Verfahrensfehlern bis zum Entzug der Bürgerrechte. Studebaker war eine Ein-Mann-Barrikade gegen diese Interessengruppen. Wenn wir an die Öffentlichkeit bringen, was er einmal war, könnte das alles vergebens gewesen sein.«

»Warum?« erregte sich Andrew. »Für etwas, das vor vierzig Jahren geschehen ist, Sam? Sie sind unvernünftig.«

»Nein, das bin ich nicht, Sir! Er hat nie Abbitte geleistet, es hat nie ein öffentliches Bekenntnis gegeben, kein Flehen um Vergebung ... Seine gerichtlichen Entscheidungen sind als ideologisch links von der Mitte stehend interpretiert worden. Wenn man seine Vergangenheit herauszerrt, werden sie als etwas ganz anderes etikettiert werden.«

Etiketten. Eine Nation der Etiketten, dachte Trevayne.

»Verstehen Sie denn nicht?« fuhr Vicarson fort. »Es geht ihm nicht um seine Person. Nur seine Arbeit; und welche Gründe auch immer er hatte – selbst wenn sie ihn rechtfertigten –, er war subversiv tätig. Im wahrsten Sinne des Wortes. Man könnte jeder bedeutenden Entscheidung, die er je getroffen hat, weitergehende Motive unterschieben. Man nennt das ›unehrenhafte Quelle‹. Das überwiegt in der Regel alles andere.«

»Und deshalb wollen Sie den Bericht nicht schreiben?«

»Ja, Sir. Sie müßten ihn persönlich kennenlernen, um zu begreifen. Er ist ein alter Mann; ich glaube, ein großer Mann. Er hat keine Angst für sich selbst; ich glaube nicht, daß ihm die Jahre, die er noch hat, wichtig sind. Wichtig ist ihm das, was er geleistet hat.«

»Vergessen Sie nicht etwas, Sam?« fragte Trevayne langsam.

»Was?«

»Die Bellstar-Entscheidung. Sagten Sie nicht, daß die voller Löcher wäre? Sollen wir zulassen, daß die Genessee-Anwälte mit etwas so Korruptem durchkommen?«

Vicarson lächelte traurig. »Ich habe das Gefühl, daß die ihre Zeit vergeudet haben. Studebaker könnte auch ohne sie zur selben Entscheidung gelangt sein. Das werden wir natürlich nie wissen, aber er ist verdammt überzeugend.«

»Wie?«

»Er hat Hofstader zitiert. Die Kartellgesetze sind ›eine verblaßte Passion der Reform‹. Und Galbraith: die moderne Technologie hat den ›industrialisierten Staat‹ hervorgebracht. Wettbewerb für sich ist nicht länger ein funktionsfähiges eingebautes Regulativ. Die riesigen wirtschaftlichen Ressourcen, die unsere Technik fordert, führen zu einer Konzentration der Finanzierung ... Und sobald man das einmal akzeptiert – und das Gesetz muß sich mit praktischen Dingen auseinandersetzen –, ist es die Verantwortung der Regierung und die der Gesetze, als Regulativ und als Schützer des Konsumenten aufzutreten. Als Zivilisator, wenn Sie wollen. Einfach ausgedrückt, das Land brauchte die Bellstar-Produkte. Die Firma war im Begriffe unterzugehen; es gab niemanden außer Genessee

Industries, der über ausreichende wirtschaftliche Ressourcen verfügt hätte, um die Verantwortung zu übernehmen.«

»Das hat er gesagt?«

»Fast wörtlich. In der Entscheidung war es nicht so klar formuliert; für mich kam es zumindest nicht so heraus.«

»Aber wenn er das geglaubt hat, weshalb hat er es dann nicht einfach gesagt? Warum hat er Ihnen all das andere erzählt?«

Sam Vicarson stand auf; sein Gesicht wirkte unruhig, gequält. »Ich fürchte, ich habe ihn dazu gezwungen. Ich sagte, wenn ich die Bellstar-Entscheidung nicht verstünde, wenn ich sie für verdächtig hielte, dann hätte er die Verpflichtung, eine öffentliche Erklärung abzugeben. Das lehnte er entschieden ab. Er war da ganz hartnäckig. Ich fühlte mich scheußlich, aber ich sagte ihm, daß ich mich damit nicht zufriedengeben würde, daß er sich drückte. Ich sagte ihm, ich würde für eine einstweilige Verfügung gegen ihn sorgen.«

»Das hätte ich auch getan.«

Vicarson stand jetzt am Hotelfenster und starrte auf die Silhouette von Boise hinaus. »Damit rechnete er nicht; ich glaube nicht, daß ihm klar war, daß wir über diese Möglichkeit verfügten. Das hat ihn ziemlich erschüttert, Mr. Trevayne. Es war ein schrecklicher Anblick. Und nicht *seinetwegen*, das müssen Sie mir glauben.«

Trevayne stand auf und sah den jungen Mann an. Dann sagte er leise, aber mit fester Stimme:

»Schreiben Sie diesen Bericht, Sam.«

»*Bitte …*«

»Geben Sie ihn nicht zu den Akten. Geben Sie ihn mir. Eine Kopie.« Andrew ging zur Tür. »Wir sehen uns um acht Uhr. In meinem Zimmer.«

23.

Der Kaffeetisch diente als eine Art gemeinsamer Schreibtisch. Die Berichte und Aktenvermerke eines jeden lagen in Aktendeckeln darauf. Die Konferenz in Trevaynes Zimmer hatte mit Alan Martins Beschreibung von Ernest Manolo, Präsident der Dreherbrüderschaft des Distrikts von Südkalifornien, des allmächtigen Verhandlungsführers der AFL, angefangen. Nach Martins Schilderung sah Ernest Manolo wie ein zwölfjähriger Stierkämpfer aus.

»Er reist mit seinen eigenen Picadores; zwei kräftigen Burschen, die ihn die ganze Zeit begleiten.«

»Sind das Leibwächter?« fragte Trevayne. »Wenn ja, warum?«

»Das sind sie, und er braucht sie. Der schnelle Ernie – so nennt man ihn – hat eine ganze Anzahl Brüder in seiner Brüderschaft, die ihn nicht besonders mögen.«

»Du lieber Gott, warum?« Andrew saß neben Sam Vicarson auf der Couch.

»Der hat ihnen einen verdammt guten Abschluß verschafft. Deshalb reist er mit seinen zwei Freunden. Der schnelle Ernie ist sechsundzwanzig Jahre alt. Er mußte eine ganze Anzahl erfahrener alter Kämpfer überspringen, um diesen Job zu bekommen. Den meisten von ihnen gefällt die Art und Weise nicht, wie er das angestellt hat.«

»Und wie hat er das?« fragte Mike Ryan, der Martin gegenübersaß.

»Eine Menge seiner Gewerkschaftskollegen sind der Ansicht, daß er schmutziges Geld eingesetzt hat. Als er sein Amt übernahm, hatte er eine ganz neue Art von Gewerkschaftsmanagement eingeführt. Junge, intelligente, auf dem College ausgebildete Leute. Die brüllen nicht in den Gewerkschaftsversammlungen ihre Argumente hinaus. Nein, sie erstellen Positionspapiere mit einer Menge Tabellen und Grafiken. Das gefällt denen von der alten Garde nicht. Die werden argwöhnisch, wenn ein Wort mehr als drei Silben hat.«

»Trotzdem«, sagte Andrew, »er hat ihnen einen anständigen Vertrag beschafft. Und darum geht es in diesem Spiel doch, Alan.«

»Und das ist auch das Problem des schnellen Ernie. Das ist gleichzeitig seine beste Waffe und sein verdächtigstes Manöver ... Das war der schnellste Abschluß, den Genessee je gemacht hat. Keine großen Auseinandersetzungen, keine Verhandlungen, die die ganze Nacht dauerten. Als der Vertrag unterzeichnet war, gab es keine Feiern, da wurde nicht auf den Straßen getanzt. Keine Gratulationen von den alten Kriegsrössern wie Meany und seinen Boys im Lenkungsausschuß, Und, was das Wichtigste ist, der Abschluß im Distrikt Südkalifornien wird sonst nirgendwo anders als

Richtlinie benutzt werden. Er ist isoliert, ohne Präjudiz für andere Bezirke.«

Mike Ryan lehnte sich in seinem Sessel nach vorn. »Ich bin Ingenieur, kein Fachmann für Gewerkschaftsfragen. Ist das ungewöhnlich?«

»Darauf können Sie wetten«, antwortete Martin. »Jeder größere Tarifabschluß dient als Basis für künftige Verhandlungen, aber nicht dieser.«

»Woher wissen Sie das?« fragte Trevayne.

»Ich habe Manolo in die Ecke gedrückt. Ich sagte ihm, ich sei überrascht, ja erstaunt, daß er nicht mehr Beachtung gefunden hätte; daß der Lenkungsausschuß in Washington ihn einfach weggewischt hätte. Ich würde ein paar von diesen alten Geiern kennen und das Thema aufs Tapet bringen … Aber Manolo wollte nichts davon hören. Er war sogar verdammt unruhig. Er begann sich auf seine Grafiken und seine Beschäftigungsstatistiken in Relation zu den Umständen im Bezirk zurückzuziehen. Er wiederholte öfter, als ich es hören wollte, daß die alten Gewerkschaftstypen einfach nicht verstehen könnten, daß heute neue ökonomische Theorien Gültigkeit hätten. Was für Südkalifornien galt, das träfe noch lange nicht auf West Arkansas zu … Beginnen Sie jetzt zu begreifen?«

»Er ist ein Genessee-Mann. Die haben ihn eingesetzt und ihn mit diesem Vertrag gekauft«, warf Vicarson ein.

»Und das tun die im ganzen Land – inklusive West Arkansas«, sagte Martin. »Genessee Industries ist auf dem besten Weg, seine eigenen Arbeitsmärkte zu kontrollieren. Ich habe heute nachmittag eine oberflächliche Untersuchung angestellt, die auf Manolos Bezirkseinteilung beruhte. Sehr oberflächlich, damit wir uns richtig verstehen. Aber ich fand Ähnlichkeiten in Genessee-Firmen und -Tochtergesellschaften in vierundzwanzig Staaten.«

»Du lieber Gott«, sagte Mike Ryan leise.

»Wird Manolo zu Genessee rennen? Das könnte im Augenblick ein Problem für uns sein.« Andrew runzelte die Stirn, als er die Frage stellte.

»Das glaube ich nicht. Ich kann es nicht garantieren, aber ich denke, er wird sich eine Weile stillhalten; zumindest in der unmittelbaren Zukunft. Ich sagte ihm, ich sei völlig befriedigt, und ich glaube, daß er mir das abgekauft hat. Ich deutete auch an, daß es mir sehr recht wäre, wenn unser Gespräch zwischen uns bliebe.

Wenn andere sich einschalteten – besonders das Genessee-Management –, würde ich viel mehr Zeit in Pasadena verbringen müssen … Ich glaube, er wird den Mund halten.«

»Soviel zu Manolo. Was ist mit diesem Jamison in Houston, Mike?«

Ryan schien zu zögern, als er nach dem Aktendeckel griff, der vor ihm lag. Er sah zu Trevayne hinüber und sagte ein paar Augenblicke lang nichts. Sein Gesichtsausdruck war fragend. Schließlich sprach er: »Ich überlege, wie ich anfangen soll. Ich höre, was Al hier sagt, und ertappe mich dabei, wie ich nicke und sage, ›ja genau, so ist es‹. Weil mir nämlich plötzlich klar wird, daß er Houston beschreibt. Und wahrscheinlich Palo Alto, Detroit, Oak Ridge und zwanzig andere Konstruktionsbüros und Labors von Genessee in weiß Gott wie vielen Orten. Nur daß man ›wissenschaftliche Kreise‹ anstelle von ›Arbeitsmärkte‹ setzen muß, die Spieler ein wenig schmutziger macht, und schon hat man es mit demselben Spiel zu tun.«

Michael Ryan hatte sich in Houston in den Genessee-Labors umgesehen und Ralph Jamison, Metallurgiespezialist, in einem Yachtclub an der Galveston Bay gefunden. Das war in Megans Point, einem der Tummelplätze der im Ölgeschäft reich gewordenen Texaner.

Ryan tat so, als handle es sich um ein völlig unerwartetes Zusammentreffen, etwas, das Ralph Jamison bereitwillig akzeptierte. Die zwei waren während ihrer gemeinsamen Zeit bei Lockheed Freunde geworden; beides extrovertierte Männer, die sich gern amüsierten und dem Alkohol nicht abgeneigt waren.

Und jeder von beiden ein brillanter, fähiger Mann.

Aus dem Nachmittag wurde Abend und dann die frühen Morgenstunden. Ryan stellte fest, daß Jamison hartnäckig allen Fragen auswich, die seine Projekte bei Genessee betrafen. Das war enttäuschend, weil es unnatürlich war; gewöhnlich pflegten Fachleute wie sie – besonders wenn sie für die höchsten Geheimhaltungsstufen freigegeben waren – zu fachsimpeln, wenn sie länger miteinander redeten.

»Und dann kam mir plötzlich die Erleuchtung, Andy«, sagte Mike Ryan und unterbrach seinen Bericht. »Ich beschloß, Ralph einen Job anzubieten.«

»Wo?« fragte Trevayne und lächelte. »Und als was?«

»Wir waren beide ziemlich besoffen, er noch mehr als ich. Ich stellte es so hin, als wäre ich ein Kopfjäger. Ich war Mitarbeiter einer Firma, die Schwierigkeiten hatte; wir brauchten ihn. Ich war hingekommen, um ihn zu suchen. Ich bot ihm das Dreifache, vielleicht sogar das Vierfache von dem an, was ich glaubte, daß Genessee ihm bezahlte.«

»Da waren Sie aber verdammt großzügig«, sagte Alan Martin. »Was hätten Sie denn getan, wenn er akzeptiert hätte?«

Ryan starrte auf den Tisch. Seine Augen wirkten jetzt betrübt. »Ich war bereits so weit, daß ich mit Sicherheit ausschließen konnte, daß er das tun würde.« Ryan blickte auf.

Ralph Jamison, der sich mit einem unglaublichen Angebot konfrontiert sah, das von einem Mann ausging, der – betrunken oder nüchtern – dieses Angebot nicht ohne Rückhalt gemacht hätte, mußte Erklärungen finden, die seiner unlogischen Weigerung angemessen waren. Zuerst kamen die Worte leicht: Loyalität, Projekte bei Genessee, die ihn interessierten, Laborprobleme, die er nicht einfach liegenlassen konnte, und wieder Loyalität, über all die Jahre hinweg.

Ryan konterte jedes Argument mit wachsender Gereiztheit, bis Jamison – der inzwischen kaum mehr zusammenhängend reden konnte und unter dem Druck seines Glaubens an Ryans außergewöhnliches Angebot stand – schließlich Farbe bekannte.

»Du kannst das nicht begreifen. Genessee hat sich um uns gekümmert. Um uns alle.«

»Gekümmert?« Trevayne wiederholte Mike Ryans Worte. »Sie alle? ... Wer? Was meint er damit?«

»Ich mußte es mir stückchenweise zusammensuchen. Er hat es nie klar zugegeben ... nur eines hat er gesagt. Aber mir ist es ganz klar, Andy. All die Spitzenleute – besonders in den Labors und der Konstruktion – werden schwarz bezahlt.«

»Unter dem Tisch, nennt man das wohl«, sagte Alan Martin.

»Ja«, antwortete Ryan. »Und zwar nicht nur in Form großzügiger Spesenregelungen. Beträchtliche Summen, die gewöhnlich im Ausland bezahlt werden und irgendwie ihren Weg nach Zürich und Bern finden. Nummernkonten.«

»Vor der Steuer geheim gehaltenes Einkommen«, fügte Martin hinzu.

»Das fängt ziemlich früh an, so wie ich das sehe«, sagte Ryan.

»Genessee entdeckt einen kommenden Mann, ein Potential, und die Liebe beginnt. Oh, sie sehen ihn sich an, sie arbeiten langsam, stufenweise. Sie finden Schwächen – das war es übrigens, was Ralph zugab, darauf komme ich noch –, und dann fangen sie mit eindeutigen, aber versteckten Prämien an. In zehn oder fünfzehn Jahren haben solche Leute ihre hundert- bis hundertfünfzigtausend irgendwo versteckt. Das ist ein mächtiger Anreiz.«

»Und damit ist er Genessee Industries unrettbar ausgeliefert«, sagte Trevayne. »Das ist raffiniert; er muß dann tun, was Genessee von ihm verlangt. Ich nehme an, daß die Zahlungen durch ... nun, sagen wir, ersetzbare Mittelsleute geleistet werden.«

»Richtig.«

»Grob geschätzt, Mike: wie viele Ralph Jamisons gibt es?« fragte Trevayne.

»Nun, nehmen wir einmal an, daß Genessee hundert Standorte – allgemeine und Tochtergesellschaften – wie die Labors in Houston hat. Sicherlich nicht so groß, aber immerhin bedeutend. Man kann an jedem Standort zwischen sieben und zehn Spitzenleuten rechnen. Siebenhundert bis tausend, würde ich sagen.«

»Und diese Leute haben die Kontrolle über Projektentscheidungen und die Produktion?« Trevayne machte sich eine Notiz.

»Am Ende ja. Sie tragen die Verantwortung.«

»Also verschafft sich Genessee als Gegenleistung für ein paar Millionen im Jahr den absoluten Gehorsam eines beträchtlichen Teils der wissenschaftlichen Gemeinschaft«, sagte Andrew und strich die Zahlen durch, die er geschrieben hatte. »Männer, die die Kontrolle über, sagen wir, hundert Projektanlagen haben, und die ihrerseits die Entscheidungen für sämtliche Genessee-Fabriken und Tochtergesellschaften treffen. Montageeinrichtungen und Verträge im Wert von Milliarden.«

»Ja. Ich schätze, daß das jedes Jahr wächst.« Ryans Gesicht nahm jetzt wieder den fragenden, etwas niedergeschlagenen Ausdruck an. »Ralph Jamison ist ein trauriges Opfer, Andy. Er ist dafür viel zu gut. Er hat ein großes Problem.«

»Er trinkt mit den verrückten Iren«, sagte Alan Martin sanft, als er den Schmerz in Ryans Augen sah.

Ryan sah Martin an, lächelte und machte eine Pause, ehe er mit leiser Stimme antwortete: »Zum Teufel, nein. Ralph ist ein wirkliches Genie. Er hat Großes in der Metallurgieforschung geleistet;

ohne ihn hätten wir das Mondprojekt nie geschafft. Aber er verbrennt sich förmlich bei seiner Arbeit. Manchmal arbeitet er zweiundsiebzig Stunden hintereinander. Sein ganzes Leben kennt nur einen Inhalt: das Labor.«

»Ist das sein Problem?« fragte Andy.

»Ja. Weil er sich für nichts anderes Zeit nimmt. Er flieht vor persönlichen Verpflichtungen; davor hat er eine Höllenangst. Er war dreimal verheiratet – das ging jedesmal schief. Insgesamt hat er vier Kinder. Seine Exfrauen haben ihn mit Unterhaltszahlungen leergepumpt. Aber er ist verrückt nach den Kindern und macht sich Sorgen um sie, weil er sich und diese Mädchen kennt. Das war es, was er mir gestanden hat. Jeden Februar fliegt er nach Paris, wo ein Genessee-Mittelsmann ihm zwanzigtausend in bar gibt, die er nach Zürich bringt. Für seine Kinder!«

»Und er ist einer der Männer, die für das Mondprojekt verantwortlich waren.« Sam Vicarson sagte das ruhig und musterte dabei Trevayne. Allen im Raum war klar, daß Sam sich auf etwas anderes – auf jemand anderes – bezog.

Und jeder wußte, daß Sam in Seattle, Washington, gewesen war. Bei Joshua Studebaker.

Andrew akzeptierte Vicarsons Worte und seine unausgesprochene Bitte. Er wandte sich wieder Ryan zu. »Aber Sie wollen doch nicht etwa vorschlagen, daß wir Jamisons Bericht einfach abtun, oder, Mike?«

»Du lieber Gott, nein.« Ryan atmete langsam aus. »Es macht mir wirklich keinen Spaß, ihn festzunageln, aber was ich über Genessee Industries erfahren habe, jagt mir eine höllische Angst ein; ich meine, es macht mir *wirklich angst.* Ich weiß, was diese Konstruktionsbüros und Labors liefern.«

»Da geht es aber um Physik, nicht Soziologie«, sagte Vicarson schnell und mit fester Stimme.

»Über kurz oder lang kommen die zwei zusammen, wenn das nicht schon der Fall ist, Mann«, antwortete Ryan.

»Danke, Mike.« Trevaynes Stimme ließ erkennen, daß er im Augenblick keine Nebengespräche wollte.

Vicarson lehnte sich auf der Couch nach vorn. »Okay, jetzt bin wohl ich dran«, sagte er mit einem Achselzucken, das viel mehr als nur Resignation ausdrückte.

Andrew unterbrach ihn. »Darf ich bitte?«

Sam sah Trevayne überrascht an. »Was?«

»Sam war schon vorher bei mir. Der Studebaker-Bericht ist noch nicht vollständig. Es besteht kein Zweifel, daß Genessee an ihn herangetreten ist und ihn bedroht hat, aber wir sind noch nicht sicher, welchen Einfluß das auf die Kartellentscheidung bezüglich Bellstar hatte. Der Richter behauptet, daß das nicht der Fall gewesen sei; er rechtfertigt die Entscheidung in juristischen und philosophischen Begriffen. Wir wissen mit Sicherheit, daß das Justizministerium kein Interesse daran hatte, den Fall zu verfolgen.«

»Aber man ist an ihn herangetreten, Andrew?« Alan Martin war besorgt. »Und hat ihn bedroht?«

»Ja, das hat man.«

»Womit bedroht?« fragte Ryan.

»Ich werde Sie bitten, mir die Antwort darauf für den Augenblick zu ersparen.«

»So schmutzig?« fragte Martin.

»Ich bin nicht sicher, daß es relevant ist«, sagte Trevayne. »Wenn das aber der Fall sein sollte, wird es auch Eingang in die Akten finden.«

Ryan und Martin sahen einander an, und dann wanderte ihr Blick zu Vicarson. Dann meinte Martin, zu Trevayne gewandt: »Ich wäre ein verdammter Narr, wenn ich nach all den Jahren jetzt anfinge, Ihr Urteil in Zweifel zu ziehen, Andrew.«

»So, und was gibt es sonst noch Neues?« fragte Ryan beiläufig.

»Ich reise heute abend ab. Nach Washington. Paul Bonner meint, ich würde nach Connecticut fliegen; das werde ich erklären ... Genessee Industries ist dabei, der Reihe nach alle Gewichte und Gegengewichte auszuschalten. Jetzt ist es Zeit für Senator Armbruster.«

24.

Brigadier General Lester Cooper ging den Plattenweg auf die Tür des Vorstadthauses zu. Die Kutschenlampe im Rasen war erleuchtet; auf der Metallplatte, die an zwei kleinen Ketten darunter hing, stand: »The Knapps; 37 Maple Lane.«

Senator Alan Knapp.

Im Haus würde mindestens noch ein weiterer Senator sein, dachte Cooper, als er die Treppe hinaufging. Er nahm den Aktenkoffer in die linke Hand und drückte den Klingelknopf.

Knapp öffnete die Tür, es war offensichtlich, daß er gereizt war. »Du lieber Gott, Cooper, es ist fast zehn. Wir hatten neun gesagt!«

»Ich hatte bis vor zwanzig Minuten nichts.« Der General war kurz angebunden, er mochte Knapp nicht; es reichte, wenn er ihn tolerierte, er brauchte nicht höflich zu sein. »Ich habe das heute abend nicht als einen gesellschaftlichen Besuch angesehen, Senator.«

Knapp zwang sich zu einem Lächeln; es fiel ihm schwer. »Okay, General. Kommen Sie herein ... Tut mir leid, wenn wir ein wenig erregt sind.«

»Dazu haben Sie verdammt Grund«, erwiderte Cooper.

Knapp ging dem General ins Wohnzimmer voraus. Es war ein teuer möblierter Raum, dachte Cooper, als er das Mobiliar aus der französischen Provence sah. Hinter Knapp stand Geld, altes Geld.

Senator Norton aus Vermont wirkte in dem zierlichen Love Seat deplaziert. Der knorrige Mann aus New England war nicht der Typ Mensch, für den solche Möbelstücke gebaut waren. Der andere hingegen – Cooper kannte ihn nicht – schien sich auf der Couch sehr wohl zu fühlen. Sein Anzug sah englisch aus. Dunkel, dünne Nadelstreifen und gut geschnitten.

Der vierte Mann war Robert Webster aus dem Weißen Haus.

»Norton und Webster kennen Sie, General. Darf ich Walter Madison vorstellen ... Madison, General Cooper.« Die Männer schüttelten sich die Hand. Knapp wies auf einen Stuhl für Cooper und sagte: »Mr. Madison ist Trevaynes Anwalt.«

»Was?« Der Brigadier sah den Senator fragend an.

»Es ist schon in Ordnung, Cooper.« Norton rutschte in dem steif gepolsterten Love Seat etwas zur Seite, während er sprach. Er hielt es nicht für nötig, noch etwas hinzuzufügen.

Webster, der mit einem Cocktail in der Hand neben dem Piano stand, hatte mehr Verständnis. »Mr. Madison kennt unsere Probleme; er arbeitet mit uns zusammen.«

Der Brigadier öffnete seinen Aktenkoffer und holte ein paar mit Maschine beschriebene Blätter heraus. Madison schlug elegant die Beine übereinander und fragte ruhig: »Wie geht es Andrew? Ich habe seit Wochen nichts von ihm gehört.«

Cooper blickte von seinen Papieren auf. Es war offensichtlich, daß er Madisons Frage für dumm hielt. »Er ist sehr beschäftigt.«

»Was haben Sie erfahren?« drängte Norton.

»Major Bonner hat den größten Teil des Nachmittags und des Abends damit verbracht, etwas über die Flugreservierungen des Unterausschusses in Erfahrung zu bringen. Aber solche Reservierungen gab es nicht. Von der Annahme ausgehend, daß sie vielleicht falsche Namen benutzt haben, hat er anschließend sämtliche männliche Passagiere überprüft, die in den letzten paar Tagen den Flughafen Boise benutzt haben. Ebenfalls ohne Ergebnis. Dann hat er sich um Privatflugzeuge gekümmert; dieselbe Antwort.« Cooper hielt kurz inne; er wollte, daß diese Politiker begriffen, wie gründlich das Verteidigungsministerium arbeitete. »Anschließend hat er einige Piloten befragt und erfahren, daß es einen weiteren Flugplatz gab, der ausschließlich von nichtkommerziellen Flugzeugen benutzt wird; auf der anderen Seite von Boise, acht bis zehn Meilen vor der Stadt. Der Flugplatz nennt sich Ada County Airport.«

»General?« Knapp war jetzt ungeduldig. »Ich bin überzeugt, daß Major Bonner ein tüchtiger Offizier ist, aber es wäre mir wirklich angenehm, wenn Sie zum Thema kommen würden.«

»Das werde ich tun, Senator. Ada County hat eine Menge Firmenverkehr. Die Flugpläne verzeichnen gewöhnlich nur den Piloten, die Firma und vielleicht noch den leitenden Angestellten, der die Maschine bestellt hat. Selten die Passagiere. Bonner dachte schon, er befände sich in einer Sackgasse. Trevayne kennt eine Menge Leute in Firmen mit eigenen Flugzeugen. Sein Personal hätte ohne Namensnennung fliegen können ... Und dann fand er es. Zwei Lear Jets, die im Namen von Douglas Pace gechartert waren.«

Walter Madison richtete sich plötzlich auf und lehnte sich dann nach vorn.

»Wer, zum Teufel, ist Douglas Pace?« fragte Norton.

Walter Madison gab darauf die Antwort. »Trevaynes Schwager.«

Robert Webster am Piano stieß einen leisen Pfiff aus. General Cooper wandte sich zu Knapp. »Trevayne hat nicht nur alle kommerziellen Fluglinien vermieden, sondern auch noch einen abgelegenen Flugplatz benutzt und die Flugpläne unter einem anderen Namen eingereicht.«

»Und von wo waren sie gekommen?« forschte jetzt Knapp weiter.

Cooper warf einen Blick auf seine Papiere. »Nach den Angaben der Station konnte man die erste Lear nach San Francisco zurückverfolgen, wo die Flugkontrolle als Bestimmungsort San Bernardino nennt. Änderungen im Flugplan sind nicht registriert. Während die Maschine in San Bernadino war, blieb Trevayne in San Francisco. Alan Martin nicht.«

»Das ist der Controller von Pace Trevayne in New Haven, nicht wahr?« fragte Knapp.

»Ja«, antwortete Cooper. »Und San Bernardino ist zwanzig Minuten von Pasadena. Genessee-Fabriken; dort unten hat es eine Menge Probleme gegeben.«

Knapp sah zu Norton hinüber. »Fahren Sie fort, General.«

»Die Lear ist am Donnerstag morgen mit Zielort Boise, Idaho, abgeflogen. Sie blieb nur sechzig Minuten auf dem Flugplatz von Ada County und startete dann nach Tacoma, Washington. Bonner bestätigt, daß Alan Martin zu dem Zeitpunkt zurückkehrte und der junge Anwalt Sam Vicarson vom Schauplatz entfernt wurde. Eine Stunde von Tacoma entfernt liegt Seattle. Und außerhalb dieser Stadt gibt es einen Gebäudekomplex mit zehn Fuß hohen Zäunen. Zufälligerweise hat diese Anlage etwas mit Genessee Industries zu tun. Der Name ist Bellstar.«

»Was ist mit der zweiten Lear? Wissen Sie über die auch etwas?« fragte Knapp weiter.

»Alles«, antwortete Cooper. »Die Maschine ist von Houston International gekommen. Unsere Gewährsleute in den Potomac Towers sagten uns, daß ein Luftfahrtingenieur namens Michael Ryan zur selben Zeit nicht im Büro war. Bonner bestätigt, daß Ryan in Boise aufgetaucht ist.«

Alan Knapp sprach mit leiser Stimme: »Dann war Ryan in Houston. Wir können annehmen, daß er in den Genessee-Labors war. Die führen dort Besucherlisten. Wir wollen herausfinden, wen er aufgesucht hat.« Er erhob sich aus seinem Sessel und ging auf einen antiken Schreibtisch mit einem französischen Telefon zu.

»Sparen Sie sich die Mühe, Senator. Wir haben schon angerufen. Ryan hat die Labors nie betreten.«

Knapp nahm wieder in seinem Sessel Platz. »Wo war er dann? Weshalb ist er nach Houston gereist?«

»Da ich erst vor einer Stunde erfahren habe, daß er sich nicht auf Genessee-Territorium befand, hatte ich noch nicht Zeit, das herauszufinden.«

Robert Webster löste sich von dem Piano und sagte: »Trevayne schickt einen Spitzenfinanzanalytiker nach Pasadena. Um wen aufzusuchen? Warum? ... Einen Luftfahrtingenieur – einen der besten übrigens – nach Houston. Mag sein, daß Ryan die Labors nicht betreten hat, aber er war garantiert in Houston, um jemanden zu sehen, der mit den Labors zu tun hatte ... Und einen Anwalt zu Bellstar; das ist gefährlich. Das gefällt mir nicht.« Webster nippte an seinem Drink und starrte vor sich ins Leere. »Trevayne ist da verdammt nahe an einer Schlagader.«

»Ich denke«, Walter Madison streckte seine Arme und lehnte sich auf der Couch zurück –, »daß Sie alle sich daran erinnern sollten, daß Andrew unter keinen Umständen mehr als geringfügige Bestechungsfälle aufdecken kann. Und wenn er das tut, ist das doch ganz gut. Das wird den Puritaner in ihm befriedigen.«

»Das ist aber eine verdammt allgemeine Feststellung, Madison.« Knapp erinnerte sich daran, wie verwirrt der Anwalt bei der Anhörung gewesen war, vor Monaten. Seine jetzige Ruhe überraschte ihn.

»Es ist einfach wahr. Im juristischen Sinne ist jede Kostenüberschreitung bei Genessee gebilligt worden. Und das ist es doch, wonach er sucht; das ist sein Ziel. Ich habe Wochen damit verbracht, jede Kongreßanfrage zu durchleuchten. Und ich habe meine besten Leute auf jedes Problem angesetzt. Ein paar kleine Diebstähle, ja, und die wird Andrew festnageln. Aber darüber hinaus – nichts.«

»Es heißt, daß Sie ein guter Mann sind«, sagte Norton. »Hoffentlich sind Sie wirklich so gut.«

»Ich kann Ihnen versichern, daß ich das bin, Senator. Meine Honorare tragen vielleicht mit dazu bei, Sie davon zu überzeugen.«

»Ich will trotzdem wissen, hinter was Trevayne her war. Werden Sie das herausfinden, General?« fragte Senator Knapp.

»Binnen achtundvierzig Stunden.«

25.

Freitagmorgen in Washington, und niemand wußte, daß er da war. Die Lear Jet landete um halb acht am Dulles Flughafen, und zehn Minuten nach acht betrat Trevayne das gemietete Haus in Tawning Spring. Er duschte, zog sich um und ließ sich eine Stunde Zeit, um seine Gedanken zu sammeln und sich von der gehetzten Reise aus Boise zu erholen. Er war sich wohl bewußt, daß er jetzt, in diesen nächsten Tagen, sehr vorsichtig sein mußte. Dann bestellte er sich ein Taxi und ließ sich nach Washington zum Bürogebäude des Senats fahren.

Es war zehn Uhr fünfundzwanzig; Senator Mitchell Armbruster würde in wenigen Minuten in sein Büro zurückkehren. Er hatte an einer Plenarsitzung seiner Partei teilgenommen, aber sonst gab es jetzt nichts Wichtiges für ihn zu tun. Man erwartete Armbruster spätestens um halb elf zu der routinemäßigen Freitagmorgensitzung mit seinen Mitarbeitern.

Andy stand im Korridor vor Armbrusters Tür und wartete. Er lehnte sich gegen die Wand und durchblätterte geistesabwesend die Washington Post.

Später November in Washington; völlig normal.

Trevayne war sich der Tatsache bewußt, daß Armbruster ihn zuerst gesehen hatte. Der kleine, kompakte Senator war buchstäblich in seiner Bewegung erstarrt. Jetzt stand er reglos da, als hätte die Verblüffung ihn gelähmt. Diese Stockung im gleichmäßigen Fluß der Vorübergehenden war es auch, die Trevayne dazu veranlaßte, von seiner Zeitung aufzublicken.

Armbruster hatte sich jetzt gefangen und ging wieder locker und gelassen auf Trevayne zu. Er lächelte sein warmes, entwaffnendes Lächeln und streckte die Hand aus. Der Augenblick stummen Erkennens war vorübergegangen, aber beide Männer hatten ihn bemerkt.

»Nun, Mr. Trevayne, das ist ja eine Überraschung. Ich dachte, Sie erfreuten sich an den landschaftlichen Schönheiten unserer Pazifikküste.«

»Dort war ich, Senator. Dann in Idaho. Aber ich hielt es für notwendig, auf kurze Zeit außerplanmäßig zurückzukehren ... um Sie zu erreichen.«

Inzwischen war der Händedruck beendet. Armbruster blickte

fragend zu Trevayne auf, und sein Lächeln verblaßte. »Das ist aber sehr direkt gesprochen ... Ich fürchte, mein Terminkalender ist heute ziemlich voll. Vielleicht morgen früh; oder, wenn Sie Lust haben, könnten wir gegen halb sechs einen Drink zusammen nehmen. Das Abendessen ist leider schon vergeben.«

»Darf ich vielleicht darauf hinweisen, daß es äußerst dringend ist, Senator. Ich suche die Hilfe und den Rat Ihres Büros. Wollen wir sagen, wegen der Beschäftigungsstatistiken im nördlichen Kalifornien?«

Einen Augenblick lang stockte Mitchell Armbrusters Atem. Er blieb eine Weile stumm, und seine Augen ließen Trevaynes Gesicht los, wanderten herum. »Ich würde lieber nicht hier mit Ihnen sprechen, in meinem Büro ... Wir treffen uns in einer Stunde.«

»Wo?«

»Im Rock Creek Park. Bei dem Pavillon. Kennen Sie den?«

»Ja. In einer Stunde ... Und, Senator, noch ein Vorschlag. Hören Sie sich das, was ich zu sagen habe, an, ehe Sie mit jemand anderem in Verbindung treten. Sie wissen nicht, was ich Ihnen zu sagen habe. Es wäre so am besten.«

»Ich sagte schon, Sie sind sehr direkt, Mr. Trevayne ... Ich werde mich von niemandem beraten lassen; ich bin nämlich der Ansicht, daß Sie ein Ehrenmann sind. Aber das habe ich schon einmal gesagt. Während der Anhörung.«

»Ja, das haben Sie. In einer Stunde, Sir.«

Die zwei Männer schlenderten auf dem Fußweg zwischen den Bäumen des Rock Creek Parks.

»Sie sind also zu dem Schluß gelangt, daß ich mein Amt dazu benutzt habe, mir persönlichen Vorteil zu verschaffen«, sagte Armbruster ruhig, ohne den anderen dabei anzusehen.

»So ist es, Sir. Ich weiß nicht, wie ich es sonst formulieren sollte. Sie haben festgestellt, wieviel Mittel Genessee Industries maximal brauchen konnte; haben sich vergewissert, daß die Mittel ausreichen würden, um das Arbeitslosenproblem zu beheben – sie haben das zumindest von den Volkswirtschaftlern bestätigen lassen –, und dann haben Sie die Beträge garantiert. Sie *mußten* Unterstützung seitens der Gewerkschaften und der Arbeitgeber haben. Damit haben Sie die Wahlen gewonnen.«

»Und das war schlecht?«

»Es war eine politische Manipulation, die mit beträchtlichem Aufwand in Szene gesetzt worden ist. Das Land wird noch lange Zeit dafür die Rechnung bezahlen ... Ja, ich würde sagen, daß es schlecht war.«

»Oh, ihr reichen Brahmanen, ihr seid alle zu heilig, um es in Worte zu fassen! Was ist denn mit den Tausenden von Familien, die ich vertrete? In manchen Gebieten war die Arbeitslosenzahl auf zwölf und dreizehn Prozent gestiegen! Und ich bin verdammt stolz darauf, daß ich helfen konnte. Muß ich Sie daran erinnern, daß ich der Seniorsenator des Staates Kalifornien bin, junger Mann? ... Wenn Sie die Wahrheit hören wollen, Trevayne ...« Armbruster hielt inne und blickte zu Andy auf, »Sie klingen leicht lächerlich.«

»Mit anderen Worten, ich mache mich lächerlich, weil ich nicht erkenne, daß das, was Sie getan haben, nicht nur gute Politik war, sondern auch volkswirtschaftlich klug? Und im Einklang mit der Zielsetzung unserer Verteidigungspolitik.«

»Da haben Sie recht. Verdammt recht sogar.«

»Es war eine Frage der Prioritäten? Etwas, was jeden Tag geschieht, das wollen Sie damit doch sagen?«

»Ein paar *hundertmal* pro Tag geschieht es. Das wissen Sie genausogut wie ich. Im Haus, im Senat, in jeder Behörde in Washington. Wozu in aller Welt glauben Sie eigentlich, daß wir hier in dieser Stadt sind?«

»Selbst wenn es um so außergewöhnliche Summen geht?«

»Das ist eine relative Größe.«

»Verträge im Wert von hundert Millionen – relativ?«

»Worauf, zum Teufel, wollen Sie hinaus? Sie klingen wie ein Zehnjähriger.«

»Nur eine Frage, Senator. Wie oft werden diese politisch vernünftigen, volkswirtschaftlich machbaren Arrangements mit Genessee Industries getroffen? Im ganzen Land.«

Mitchell Armbruster blieb stehen. Sie befanden sich gerade auf einer kleinen Holzbrücke, die einen der vielen Bäche des Rock Creek Park überspannte. Armbruster stand an dem Eichengeländer und blickte auf das dahinströmende Wasser hinunter.

»Deshalb sind Sie auf Ihrem ... außerplanmäßigen Umweg hergekommen.« Er traf die Feststellung, ohne sich irgendein Gefühl anmerken zu lassen.

»Ja.«

»Das habe ich gewußt ... Warum gerade ich, Trevayne?«

»Weil ich die beweisbare Verbindung herstellen konnte. Offen gestanden, würde ich mir wünschen, daß es jemand anderer wäre, aber die Zeit habe ich nicht.«

»Ist Zeit so wichtig?«

»Wenn das geschehen ist, was ich glaube, ja.«

»Ich bin dabei unwichtig. Ich kämpfe für das politische Überleben, damit ich Ansichten vertreten kann, die in zunehmendem Maße im Verschwinden begriffen sind. Es ist wichtig, daß ich das tue.«

»Erläutern Sie das näher.«

»Was gibt es da zu erläutern? Man schließt sich einer Organisation an, man versteht ihre Regeln, ihre Grundsätze. Und dann stellt man im Laufe der Zeit fest, daß man, um gewisse Ziele zu erreichen, diese Regeln umgehen muß. Anders schafft man es nicht, das zu bewerkstelligen, was man sich vorgenommen hat. Wenn man seinen Zielen ergeben ist, ich meine, sich *leidenschaftlich für sie einsetzt,* dann wird man mit der Zeit sehr frustriert. Man fängt an, an seinen eigenen Fähigkeiten zu zweifeln, an seiner politischen Manneskraft. Und dann sagt man Ihnen nach einer Weile – anfänglich sehr subtil –, daß es Wege *gibt,* wenn man nur aufhört, dauernd sein großes *liberales* Maul aufzureißen. Hören Sie doch auf, alles mit rhetorischen Mitteln von unten nach oben zu kehren. Seien Sie ein wenig entgegenkommender ... Es ist leicht, sich zu assimilieren; sie nennen das den Reifeprozeß, ›am-Ende-doch-etwas-erreichen‹. Und dann sehen Sie, wieviel Gutes sie tun können; Sie geben nur ein klein wenig, aber bekommen so viel dafür zurück ... Verdammt, das ist es wert! Gesetzesnovellen bekommen Ihren Namen, Ergänzungen der Verfassung werden nach Ihnen benannt. Sie sehen das Gute ... nur das Gute ...«

Armbruster schien zu erschlaffen, seiner eigenen Logik müde zu werden, die so offenkundig immer wieder seinen stets aktiven Verstand beschäftigt hatte. Trevayne wußte, daß er den Mann aufrütteln mußte, dazu bringen mußte, zu antworten.

»Was ist mit Genessee Industries?«

»Dort liegt der verdammte Schlüssel!« Armbrusters Kopf fuhr herum, und er starrte Andy an. »Das ist der Trichter ... Das wird *akzeptiert;* was kann ich Ihnen schon mehr sagen? Das ist die Wasserstelle, die wir dauernd neu auffüllen, die trocknet nie aus … Das ist wie alles in einem – Mutter, Gott, Land, Liberale, Konservative, Republikaner, Demokraten und, so wahr mir Gott helfe, sogar die Kommunen! Genessee ist die Antwort auf den Hunger jedes einzelnen politischen Lebewesens … Und das Seltsamste von allem ist, daß Genessee gute Arbeit leistet. Das ist das Bemerkenswerte.«

»Ich glaube nicht, daß Sie sich damit zufriedengeben, Senator.«

»Natürlich tue ich das nicht, junger Mann! … Ich habe noch zwei Jahre vor mir; ich werde mich nicht noch einmal bewerben. Ich bin dann neunundsechzig Jahre alt, das reicht … Dann werde ich mich vielleicht zur Ruhe setzen und nachdenken und mich wundern.«

»Mit einem Genessee-Aufsichtsratsmandat?«

»Wahrscheinlich. Warum nicht?«

Trevayne lehnte sich gegen das Geländer und holte seine Zigaretten heraus. Armbruster gab ihm Feuer. »Danke … Lassen Sie mich versuchen, das im Zusammenhang zu sehen, Senator.«

»Tun Sie mehr als das. Streichen Sie es aus Ihrem Plan. Stürzen Sie sich auf die Profitgeier; das ist es, was Sie und Ihr Unterausschuß tun sollten. Genessee gehört nicht dazu. Vielleicht ist es wirklich zu groß, aber Genessee produziert. Es hat noch jeder Überprüfung standgehalten.«

Jetzt war Trevayne mit Lachen an der Reihe. Das tat er. Laut und spöttisch. »Es hat jeder Untersuchung standgehalten, weil es zu verdammt groß, zu kompliziert ist, als daß man es überprüfen könnte! Und das wissen Sie genauso gut wie ich weiß, was in … wie haben Sie gesagt? – in jeder Behörde in Washington geschieht. So läuft das nicht, Senator. Genessee Industries, die ›Wasserstelle‹, ist der einundfünfzigste Staat der Union. Wobei der Unterschied nur darin liegt, daß die fünfzig anderen Genessee gehören. Daß sie Genessee, wie ich meine, auf eine sehr gefährliche Art und Weise verpflichtet sind.«

»Jetzt übertreiben Sie.«

»Im Gegenteil. Genessee hat keine Verfassung, kein Zweiparteiensystem, keine Gewichte und Gegengewichte … Was ich von Ihnen wissen möchte, Senator, ist, wer sind die Fürsten? Wer herrscht über dieses selbständige, autarke, sich dauernd ausdehnende Königreich? Und damit meine ich nicht die Firmenstruktur.«

»Ich wüßte nicht, daß jemand ... herrschte. Abgesehen von der Geschäftsleitung.«

»Welche Geschäftsleitung? Denen bin ich begegnet; selbst dem Geldmann, Goddard. Das glaube ich nicht.«

»Der Aufsichtsrat.«

»Das ist zu einfach. Das sind doch nur Namensschilder an einer Tafel.«

»Dann kann ich Ihnen keine Antwort geben. Nicht, daß ich nicht will. Ich kann nicht.«

»Wollen Sie damit andeuten, das Ganze sei einfach gewachsen – planlos?«

»Das könnte zutreffender sein als Sie glauben.«

»Wer vertritt denn Genessee vor dem Senat?«

»Du lieber Gott, Dutzende von Leuten. Es gibt sicher zwanzig Ausschüsse, in denen Genessee eine Rolle spielt. Schließlich ist die Firma der wichtigste Faktor der Flugzeuglobby.«

»Aaron Green?«

»Green bin ich natürlich begegnet. Ich könnte nicht sagen, daß ich ihn kenne.«

»Ist er nicht der eigentliche Kontaktmann?«

»Er ist Besitzer einer Werbeagentur, wenn Sie das meinen. Und außerdem gehören ihm noch zehn oder zwanzig andere Firmen. Worauf wollen Sie hinaus?«

»Wir haben festgestellt, daß Aaron Green zwischen sieben und zwölf Millionen pro Jahr verwaltet – vermutlich mehr –, die dazu dienen, die Washingtoner Bürokratie von dem patriotrischen Wert von Genessee Industries zu überzeugen.«

»Alles registriert –«

»Größtenteils vergraben. Jemand, der über so viel Geld verfügt, hat normalerweise auch die dazugehörende Autorität.«

»Jetzt stellen Sie Spekulationen an.«

»Ganz sicher. Spekulationen über beträchtliche Barbeträge. Jahr für Jahr ... Hält Green die Zügel in der Hand?«

»Verdammt noch mal, junger Mann, Sie suchen da Schurken! ›Kontaktmänner‹, ›Herrscher‹, ›Königreich‹, ›Zügel halten‹ – ›Einundfünfzigster *Staat*‹!« Armbruster schlug mit der Hand heftig gegen das Geländer. »Hören Sie mir zu. Während meiner ganzen politischen Laufbahn habe ich mich mit den großen Bonzen auseinandergesetzt! Ich bin nicht zurückgewichen. Lesen Sie doch ein paar von den Reden durch, die ich bei den Parteikonventen gehalten habe! Ich habe politische Richtlinien gegeben! Wenn Sie sich erinnern, ist mir einmal der ganze rechte Flügel weggelaufen damals – bei dem Konvent 1950! Aber ich bin nicht umgefallen; ich hatte recht!«

»Ich erinnere mich gut. Sie waren damals ein großer Held.«

»Ich hatte recht! Das war das Wichtige … Aber ich hatte auch unrecht. Damit haben Sie jetzt nicht gerechnet, daß ich das sage, oder? Ich will Ihnen erklären, wo ich unrecht hatte. Ich habe mir keine Mühe gegeben, die anderen zu verstehen; ich habe mich nicht genug darum bemüht, an die Wurzeln ihres Denkens, ihrer Ängste vorzudringen. Ich habe die Kraft meiner Vernunft nicht genug eingesetzt. Ich habe nur verurteilt. Ich habe meine Schurken gefunden, mein Schwert des Zorns erhoben und die Horden Luzifers geschlagen … Damals sind ein paar verdammt gute Männer weggegangen. Sie sind nie zurückgekehrt.«

»Ziehen Sie Parallelen?«

»Natürlich tue ich das, junger Mann. Sie glauben, Sie hätten Ihren Schurken gefunden, Ihren Abgesandten Luzifers. Ihr Schurke ist ein Konzept – Größe. Und Sie sind darauf vorbereitet, jeden, der damit einverstanden ist, auf *Ihr* Schwert der Vergeltung aufzuspießen … Das könnte sich als ein tragischer Fehler erweisen.«

»Warum?«

»Weil Genessee Industries für sehr viele soziale Verbesserungen verantwortlich war, sehr fortschrittliche Leistungen. Wußten Sie beispielsweise, daß es im Herzen einiger der schlimmsten Ghettobezirke Kaliforniens Drogenkliniken gibt, Tagespflegestätten, fahrbare Krankenstationen, und daß das alles Genessee zu verdanken ist? Ein Rehabilitationszentrum für ehemalige Sträflinge in Cape Mendocino, dem man Modellcharakter nachsagt? Von Genessee finanziert, Mr. Trevayne. Und dann gibt es die Armbruster Krebsforschungsklinik in San Jose. Ja, mein Name, Trevayne; ich habe Genessee davon überzeugt, das Land und den größten Teil der Einrichtung zu stiften … Sie sollten Ihr Schwert sinken lassen, junger Mann.«

Trevayne wandte sich ab, um Mitchell Armbruster nicht in die Augen sehen zu müssen. Um einen Mann nicht ansehen zu müssen, der die Stimmen von Millionen für ein paar steuerfreie Spielsachen eingehandelt hatte.

»Dann ist es ja kein Schaden, wenn man das alles an die Öffentlichkeit trägt. Soll das Land doch wissen, wie es zweimal gesegnet wurde. Es bekommt die überlegenen Produkte von Genessee und seine Wohltätigkeit.«

»Wenn Sie das tun, dann schaffen die die Programme ab.«

»Warum? Weil man ihnen öffentlich dankt?«

»Sie wissen genauso gut wie ich, daß große Firmen, wenn sie solche Projekte übernehmen, sich immer das Recht vorbehalten, nur die Informationen freizugeben, die sie freigeben wollen. Sonst würden sie überschwemmt.«

»Verdächtigen würde man sie.«

»Was auch immer die Gründe sein mögen. Die Ghettos, die Barrios, wären die Verlierer. Wollen Sie dafür die Verantwortung übernehmen?«

»Du lieber Gott, Senator, ich möchte, daß jemand verantwortlich ist!«

»Nicht jeder lebt in so glücklichen Umständen wie Sie, Trevayne. Wir können nicht alle auf erhabener Höhe sitzen und so ungestraft – und wie ich argwöhne, etwas angewidert – auf die Auseinandersetzungen herunterblicken, die sich unter uns abspielen. Die meisten von uns schließen sich diesen Auseinandersetzungen an und tun das Beste, was sie können. Für andere ebenso wie für sich selbst.«

»Senator, ich habe nicht die Absicht, mit Ihnen eine philosophische Diskussion zu führen. Sie sind auf dem Gebiet Fachmann, ich nicht. Vielleicht gibt es zwischen uns gar keine Meinungsverschiedenheiten. Ich weiß es nicht. Sie sagten, Ihre Amtsperiode wäre in zwei Jahren beendet; ich habe etwa zwei Monate. Bis dahin wird unser Bericht fertiggestellt sein. Wenn Ihnen das etwas gibt, so glaube ich, daß Sie in gutem Glauben gehandelt haben. Sie haben sehr vielen Menschen viel Gutes getan. Vielleicht stehen Sie auf der Seite der Engel, und ich bin derjenige, der den Pakt mit Luzifer schließt. Vielleicht.«

»Wir alle tun, was wir können. So gut wir es können.«

»Wiederum, vielleicht. Stören Sie mich in den zwei Monaten nicht, und ich werde mir die größte Mühe geben, für Ihre zwei Jahre keine Probleme zu schaffen. Eine einfache Übereinkunft, Senator.«

Trevaynes Lear Jet stieg schnell auf seine Reiseflughöhe von achtunddreißigtausend Fuß. In etwas mehr als einer Stunde würde er auf dem Flughafen in Westchester landen. Er hatte beschlossen, Phyllis im Darien Hospital zu überraschen. Er brauchte die Ruhe, brauchte das Behagen ihres sanften Humors, ihre Vernünftigkeit. Und außerdem wollte er sie beruhigen, ihr die Angst nehmen. Sie hatte Angst gehabt, war aber zu selbstlos, um ihn damit zu belasten.

Und dann, morgen früh oder morgen nachmittag oder morgen abend, würde Aaron Green an der Reihe sein.

Vier Namen auf der Liste waren abgehakt, blieben noch zwei.

Aaron Green, New York.

Ian Hamilton, Chicago.

26.

Major Paul Bonner ertappte sich dabei, wie er tatsächlich an Brigadier General Lester Cooper Befehle erteilte. Befehle, nur die besten Geheimdienstleute des CID einzusetzen und sie in Pasadena, Houston und Seattle mit dem Auftrag ausschwärmen zu lassen, Verbindung mit Genessee- oder Bellstar-Leuten aufzunehmen, die in Beziehung zu den Themen der Konferenz in San Francisco standen. In Houston sollten die Agenten an Spitzenleute der NASA herantreten, da bereits feststand, daß Ryan nicht im Labor gewesen war. Es mußte darunter welche geben, die Ryan kannten, vielleicht würde man dort fündig werden.

Bonner schlug sogar vor, unter welcher Tarnung die Agenten aufzutreten hätten. Die Männer sollten behaupten, daß dem Unterausschuß Drohungen zugegangen seien – Briefe, Telefonanrufe und dergleichen.

Es war die Art von Tarnung, die leicht zu ausführlichen Gesprächen führte. Zivilisten waren stets bereit, den Militärs zu helfen, wenn diese jemanden *schützten.* Allein schon das ihnen geschenkte Vertrauen pflegte ihr Schweigen zu brechen, insbesondere wenn die Fragen nichts mit *ihnen* zu tun hatten.

Es mußte etwas ans Tageslicht kommen.

Außerdem bat Bonner den General, ihn zu verständigen, bevor

er etwas unternahm. Er kannte Andrew Trevayne besser als Cooper, besser als sonst jemand im Verteidigungsministerium, er würde vielleicht Vorschläge haben.

Der Brigadier war entzückt, seine Verantwortung mit dem Jungtürken zu teilen.

Die letzte Bitte, die Bonner seinem Vorgesetzten vortrug, war, eine Düsenjagdmaschine vom Luftwaffenstützpunkt in Billings, Montana, kommen zu lassen.

Wenn nötig, würde er Andrew Trevayne folgen.

Und es würde notwendig werden, wenn er erfahren wollte, wen Trevayne aufgesucht hatte. Daß er nach Washington abgereist war, wußte Bonner; der Flugplan der Lear war bei der Verkehrsüberwachung von Ada County festgehalten worden.

Aber wen in Washington würde er aufsuchen?

Es bestand eine Chance, das herauszufinden, aber es würde bis morgen warten müssen. Er frühstückte mit Alan und Sam; ob Mike Ryan wohl auch zugegen sein würde? Nach dem Frühstück hatten Martin und Vicarson noch eine kurze Verabredung in Boise; anschließend wollten sie sich auf dem Flughafen treffen, um die Mittagsmaschine nach Denver zu nehmen.

Und während jener ein oder zwei Stunden würde Major Paul Bonner einige Erkundigungen einziehen.

Paul blickte Alan Martin und Sam Vicarson nach, als sie den Speisesaal des Hotels verließen, um zu ihrer letzten Besprechung in Boise zu gehen.

Er wartete, bis sich die Tür hinter ihnen geschlossen hatte, dann stand er schnell auf und folgte ihnen in die Lobby. Martin machte am Zeitungsstand halt, während Vicarson an den Informationstisch ging. Bonner wandte ihnen den Rücken zu und tat so, als betrachtete er den Schaukasten mit den Abendveranstaltungen. Eine halbe Minute später schloß sich Vicarson Martin am Zeitungsstand an, und die zwei Männer gingen zum Haupteingang. Bonner trat an das Fenster und sah, wie sie in ein Taxi stiegen.

Er würde es zuerst mit Vicarsons Zimmer versuchen. Sam schien Trevayne am nächsten zu stehen – zumindest war er derjenige, auf den Andy mehr Verantwortung delegiert hatte. Wenn man ihm am Empfang Schwierigkeiten machte, würde er einfach erklären, daß Sam wichtige Papiere vergessen hatte.

Aber als Bonner den Schlüssel verlangte, reichte der Mann ihm diesen ohne die geringste Frage.

In Vicarsons Zimmer fing er mit den Schreibtischschubladen an, in ihnen war nichts, und Bonner lächelte; Sam war jung. Er lebte aus einem Koffer und einem Kleiderschrank.

Er setzte sich an den Schreibtisch und zog die oberste Schublade heraus. Das Briefpapier war benutzt worden, nicht die Umschläge. Er nahm den Papierkorb und holte zwei zerknitterte Blätter heraus.

Auf dem einen waren Zahlen mit Dollarzeichen zu sehen, und Bonner erkannte, daß es sich um Daten handelte, die sich auf einen Lockheed-Unterauftragnehmer bezogen. Sie hatten beim Essen darüber geredet.

Auf dem anderen Blatt waren ebenfalls Ziffern, diesmal aber nicht Dollars. Zeiten. Und einige Notizen:

»7.30 – 8.00 Dls; 10.00 – 11.30 S.A. Qu.; Daten – Grn. N.Y.«

Bonner sah das Papier an. Das ›7.30 – 8.00‹ war Trevaynes Ankunftszeit. Das hatte er von der Ada-Verkehrsüberwachung erfahren. Das ›10.00 – 11.30 S.A. Qu.‹ konnte er nicht entschlüsseln. Ebenso wenig die letzte Zeile ›Daten Grn. N.Y.‹ Er zog den Kugelschreiber heraus und kopierte die Worte auf ein frisches Blatt, faltete es zusammen und steckte es in die Tasche.

Dann zerknüllte er den Briefbogen wieder, warf ihn in den Papierkorb und stellte ihn auf den Boden zurück.

In Vicarsons Kleiderschrank schob er die Hosen und Jacken auseinander und begann, die Taschen zu durchsuchen. Er fand es in der Brusttasche des zweiten Jackets. Eine sorgfältig zusammengefaltete, präzise beschriftete Notiz aus einem kleinen Taschenkalender, zwischen ein paar Gepäckzetteln. Es war die Art von Notiz, wie sie sich ein intelligenter, aber häufig unordentlicher Mann zu machen pflegte, weil die Information sehr wichtig schien. Sie lautete: »Armbruster. $ 178 Mio. Doppellieferung. Keine Anforderung. Sechs Monate verstrichen. Garantien von J. G. Buchh. bestätigt, L. R. bezahlt, L. R. $ 300. L. R. bietet zus. Daten über Pasadena, Bellstar etc. an. Preis – vierstellig.«

Bonner starrte auf das Blatt, und sein Ärger wuchs. Hatte sich Sam Vicarson mit ›L. R.‹ in einer überfüllten, schwach beleuchteten Kellerbar in San Francisco getroffen, wo der Dunst von Hasch in der Luft hing und der Barkeeper nur zu bereitwillig große Scheine in kleinere umzutauschen pflegte? Hatte man Sam gesagt, er könne sich beliebige Notizen machen, so lange er nur nicht ›L. R.‹ aufforderte, etwas zu schreiben? Sam war nicht nur jung und schlampig, sondern auch naiv und ein Amateur obendrein. Er zahlte für Vermutungen, Lügen und vergaß dann, seine Notizen zu vernichten. Bonner hatte sein eigenes Notizbuch verbrannt.

Der Major beschloß in diesem Augenblick, seine Drohung wahrzumachen. Er würde ›L. R.‹ finden und ihm seine Rechnung präsentieren.

Später.

Jetzt mußte er zuerst Trevayne finden. Andrew mußte begreifen, daß Ratten wie L. R. mit Lügen handelten, mit Lügen und halben Lügen. Für sie kam es nur darauf an, Käufer zu finden und diese mit Fetzen, Fragmenten und Appetithappen zu füttern. Stets mit dem Versprechen auf wichtige Informationen, die später einmal folgen würden.

Trevayne hielt sich nicht an der Seite einer möglicherweise kranken Frau auf – was für eine billige, geschmacklose Lüge; er war in Washington und traf sich dort mit dem Senator aus Kalifornien. Armbruster war ein guter Mann, ein Freund von Genessee, ein mächtiger Freund. Aber er war ein Senator. Und Senatoren waren leicht einzuschüchtern.

Bonner steckte Vicarsons Zettel in die Tasche und verließ den Raum. In der Hotelhalle angelangt, gab er den Schlüssel an der Rezeption ab und ging zu einer Telefonzelle. Er rief den Flughafen an und verlangte die Einsatzleitung.

Der Düsenjäger der Air Force aus Billings Montana sollte sofort fertig gemacht werden. Flugplan: geradewegs nach Andrews Field, Virginia. Prioritätsfreigabe, Verteidigungsministerium.

Paul Bonner hatte zwei Gründe, Trevayne zu erreichen. Einen beruflichen und einen persönlichen.

Trevayne hatte sich und seinen verdammten Unterausschuß auf eine Hexenjagd eingelassen, die aufhören mußte. Die trieben hier Spielchen, die sie nicht begriffen.

Der andere Grund war die sehr persönliche Lüge.

Und die machte ihn krank.

27.

Phyllis Trevayne saß auf dem Sessel und hörte an, was ihr Mann ihr sagte, während er in dem privaten Krankenzimmer auf und ab ging. »Das klingt wie ein außergewöhnliches Monopol, komplett, mit Schutz durch den Staat und den Bund.«

»Nicht nur Schutz, Phyl. Teilnahme. Die aktive Teilnahme der Legislative und der richterlichen Gewalt. Das macht es zu mehr als nur einem Monopol. Das ist eine Art gigantisches Kartell, ohne Definition.«

»Ich verstehe nicht. Das ist eine inhaltliche Definition.«

»Nicht, wenn das Ergebnis so aussieht, daß ein Seniorsenator eines der einwohnerstärksten Staaten deshalb gewählt wird. Oder wenn eine Entscheidung eines hervorragenden Juristen ein Kompromiß des Justizministeriums ist. Diese Entscheidung – selbst wenn am Ende gegen sie Einspruch eingelegt und sie umgestoßen wird – wird Millionen kosten. Milliarden, ehe sie durch die Gerichte ist.«

»Was wirst du von den beiden letzten erfahren? Diesem Green und diesem Ian Hamilton?«

»Wahrscheinlich mehr von der gleichen Art. Auf einem anderen Niveau. Armbruster hat im Zusammenhang mit den Genessee-Zuwendungen den Begriff ›Trichter‹ benutzt. Ich glaube, das gilt auch für Aaron Green. Green ist der Trichter, in den ungeheure Summen Geldes gegossen werden, und er teilt sie zu. Jahr für Jahr ... Hamilton ist derjenige, der mir Angst macht. Er ist seit Jahren Berater des Präsidenten.«

Phyllis hörte die Furcht in der Stimme ihres Mannes.

»Mir scheint, du solltest vorsichtig sein, solche Hypothesen aufzustellen.«

Andy sah zu seiner Frau hinüber und lächelte erleichtert. »Wenn du wüßtest, wie oft ich mir das gesagt habe. Das ist das Schwierigste an dem Ganzen.«

»Das kann ich mir denken.«

Das Telefon am Bett klingelte. Phyllis nahm den Hörer ab. Die Streife von 1600 wußte, daß er hier war, und ebenso der Arzt. Sonst niemand.

»Sicher, Johnny«, sagte Phyllis und reichte ihrem Mann den Hörer. »Es ist John Sprague.«

Dr. John Sprague war ein Freund aus Trevaynes Knabenzeit in Boston und ihr Familienarzt.

»Ja, Johnny?«

»Ich weiß nicht, wie weit du mit deinem Mantel-und-Degen-Theater gehen willst, aber die Zentrale sagt, daß da ein Anruf für dich sei. Wenn du nicht hier bist, dann soll er an Phyls Arzt weitergegeben werden. Ich kann das übernehmen, Andy.«

»Wer ist denn dran?«

»Ein Mann namens Vicarson.«

»Herrgott, der ist verrückt.«

»Kann sein. Jedenfalls ist es ein Ferngespräch.«

»Ich weiß. Denver. Kannst du den Anruf hierher durchstellen lassen?«

»Okay, mach' ich.«

Trevayne drückte die Gabel nieder und behielt den Hörer in der Hand.

Das Telefon klingelte; ein kurzes Schrillen, nur ein Signal.

»Sam?«

»Mr. Trevayne, ich habe mir gedacht, daß Sie bei Ihrer Frau sind.«

»Ist etwas? Wie sind die Gespräche mit den Unterauftragnehmern von GM und Lockheed gelaufen?«

»Kurz und klar. Die müssen bessere Kalkulationen vorlegen, wir haben mit Poenalen gedroht. Aber deshalb rufe ich nicht an. Es ist wegen Bonner.«

»Was ist denn los?«

»Er ist weg.«

»Was?«

»Einfach abgehauen. Er ist bei den Besprechungen nicht erschienen, hat das Hotel in Boise heute morgen aufgegeben und war nicht am Flughafen. Kein Wort, keine Nachricht, gar nichts. Wir dachten, Sie sollten das wissen.«

Andy hielt den Hörer fest in der Hand. Er versuchte, schnell zu denken; es war ihm klar, daß Vicarson Instruktionen erwartete. »Wann haben Sie ihn das letztemal gesehen?«

»Heute morgen beim Frühstück in Boise.«

»Wie ist er Ihnen vorgekommen?«

»Ganz normal. Ein wenig still, aber okay. Ich glaube, er war müde oder etwas verkatert. Er wollte sich mit uns am Flughafen treffen. Aber dort ist er nicht aufgetaucht.«

»Ist von mir gesprochen worden?«

»Sicher, das ist ganz normal. Unsere Sorge um Ihre Frau, wie Sie damit zurechtkämen und all das.«

»Sonst nichts?«

»Er hat gefragt, welchen Flug Sie gestern abend genommen haben; so wie er sich das zurechtgereimt hat, müssen Sie ziemlich lausige Verbindungen gehabt haben. Er sagte, er hätte Ihnen vielleicht einen Air Force Jet besorgen können, damit ...«

»Was haben Sie darauf geantwortet, Sam?« unterbrach Trevayne ihn scharf.

»Kein Problem. Wir haben ihm gesagt, wir wüßten es nicht. Und dann haben wir gelacht und erklärt, bei Ihren Verbindungen und ... Ihrem Geld hätten Sie wahrscheinlich eine Fluggesellschaft gekauft. Da hat er nicht weitergebohrt.«

Andy nahm den Hörer in die andere Hand und gab Phyllis mit einer Geste zu verstehen, daß sie ihm eine Zigarette anzünden sollte. Zu Vicarson sagte er leise, aber bestimmt: »Hören Sie mir zu, Sam. Ich möchte, daß Sie folgendes tun. Schicken Sie ein Telegramm, ein sehr routinemäßiges Telegramm an Bonners Vorgesetzten ... Nein, warten Sie; wir sind nicht sicher, wer das ist. Einfach an den leitenden Personaloffizier im Verteidigungsministerium. Sagen Sie ihm, Sie würden annehmen, daß man Bonner aus irgendeinem Grund Urlaub gegeben hätte. Fragen Sie, an wen wir uns im Fall, daß wir irgendwelche Unterstützung brauchen, in Washington wenden sollen. Aber das Ganze muß sehr beiläufig klingen. Verstehen Sie, wie ich es meine?«

»Sicher. Wir haben einfach zufällig bemerkt, daß er nicht mehr da war. Wahrscheinlich hätten wir das gar nicht, nur daß er mit uns zum Abendessen verabredet war oder so.«

»Genau. Die erwarten irgendeine Reaktion von uns.«

»Wenn sie wissen, daß er nicht hier ist.«

Mario de Spadante saß mit seinem Bruder am Küchentisch, vor sich eine Flasche Strega. Er goß die gelbe Flüssigkeit in ein Brandyglas und blickte auf.

»Weiter. Aber klar und genau bitte.«

»Viel mehr gibt es nicht zu sagen. Die Frage klang gekünstelt. Wo war Mr. de Spadante? ... Wir können nur mit Mr. de Spadante sprechen ... Es schien, als wollte jemand bloß wissen, wo du bist.

Als ich dann hörte, daß die von Torrington Metals kamen – das ist die Firma von Ginos Bruder –, haben wir nachgebohrt. Dieser Pace, Trevaynes Partner, war es, der es wissen wollte.«

»Und du hast ihm gesagt, ich sei in Miami.«

»Wir haben ihm sogar das Hotel genannt, das, in dem sie immer sagen, du wärest gerade ausgezogen.«

»Gut. Trevayne ist jetzt wieder im Osten?«

»So heißt es. Die haben seine Frau in ein Krankenhaus in Darien gebracht. Krebsuntersuchung.«

»Die sollten sich besser einmal ihn vornehmen. Trevayne ist ein kranker Mann; er weiß nur nicht, wie krank er ist.«

»Was soll ich tun, Mario?«

»Stell genau fest, wo er sich aufhält. In Darien. Oder ob er in Greenwich ist und hin- und herfährt. Wenn du ihn gefunden hast, sagst du mir Bescheid, Augie. Jetzt ist es Zeit, daß Trevayne einmal zu zittern anfängt. Darauf freu' ich mich. Das wird der Ausgleich für das, was vor neun Jahren war ... Dieser arrogante Schnösel!«

28.

Das Krankenhausabendessen war kein gewöhnliches Krankenhausabendessen, nicht einmal nach den Begriffen von Darien. John Sprague hatte eine Ambulanz – wenn auch ohne Sirene – in das beste Restaurant der Gegend geschickt; sie war mit Steaks und Hummer und zwei Flaschen Châteauneuf du Pape zurückgekehrt. Dr. Sprague erinnerte seinen Jugendfreund auch daran, daß für Neujahr wieder eine große Spendenaktion vorgesehen war.

Phyllis gab sich Mühe, ihren Mann von dem alles verzehrenden Unterausschuß abzulenken, aber es war unmöglich. Die Nachricht von Paul Bonners Verschwinden verwirrte und ärgerte ihn gleichzeitig.

»Könnte es nicht sein, daß er einfach plötzlich beschlossen hat, sich ein paar Tage freizunehmen? Du hast gesagt, er würde nicht viel tun; vielleicht hing ihm das Ganze einfach zum Halse heraus, vielleicht langweilte er sich. Ich kann mir gut vorstellen, daß Paul so empfand.«

»Nicht nach meiner herzzerreißenden Geschichte neulich morgens. Er war bereit, das ganze medizinische Korps der Army anzufordern, alles zu tun, was ich von ihm verlangte. Diese zwei Konferenzen – ich erinnere mich noch ganz genau an seine Worte – waren das mindeste, was er tun konnte.«

»Darling.« Phyllis stellte das Weinglas auf den Servierwagen. Plötzlich machten ihr Andrews Worte Sorge. »Ich mag Paul. O ja, er hat extreme Ansichten, und ihr beiden streitet euch oft. Aber ich weiß, warum ich ihn mag ... ich habe ihn noch nie zornig erlebt. Er kommt mir immer so freundlich vor, als würde er dauernd lachen und sich amüsieren wollen. Er ist sehr nett zu uns gewesen, wenn du einmal darüber nachdenkst.«

»Worauf willst du hinaus? Ich bin ganz deiner Meinung.«

»Und doch muß da sehr viel Zorn in ihm sein. Um das zu tun, was er getan hat, um das zu sein, was er ist.«

»Ganz bestimmt. Was noch?«

»Du hattest mir nicht erzählt, daß du ihm eine so ... eine so herzzerreißende Geschichte aufgetischt hattest. Du sagtest, du hättest ihm gegenüber nur erwähnt, daß ich mich einer Untersuchung unterziehen würde.«

»Ich habe dir keine Einzelheiten gesagt, weil ich nicht sehr stolz auf mich bin.«

»Ich auch nicht ... und das bringt mich wieder zu Paul. Wenn du sagst, er hätte die Geschichte akzeptiert, die du ihm über mich erzählt hast, und sei jetzt verschwunden, ohne eine Nachricht zu hinterlassen, dann denke ich, daß er die Wahrheit erfahren hat und jetzt versucht, dich zu finden.«

»Das ist aber ein verdammt großer Sprung!«

»Eigentlich nicht. Ich glaube, Paul vertraut dir – hat dir vertraut. Er hatte Meinungsverschiedenheiten mit dir, aber er hat dir vertraut. Wenn er jetzt so von Zorn erfüllt ist, wie wir beide glauben, dann wird er sich nicht mit Erklärungen aus zweiter Hand zufriedengeben.«

»Das kann es einfach nicht sein«, sagte Andy. »Es ist unmöglich, daß er es erfahren hat.«

»Du bist ein schlechter Lügner, Trevayne.« Phyllis lächelte.

»Ich bin dabei, besser zu werden. Er hat mir geglaubt.«

Sie machten es sich in ihren Stühlen bequem, und Andy schaltete den Fernseher für die Sieben-Uhr-Nachrichten ein.

»Vielleicht erfahren wir, daß er Boise verlassen und irgendwo einen kleinen Krieg angefangen hat. Er würde das Ablenkungstaktik nennen«, sagte Trevayne.

»Wie wirst du morgen an Green herankommen? Woher weißt du überhaupt, ob er in der Stadt ist?«

»Das weiß ich nicht. Noch nicht ... Aber ich werde ihn erreichen. Ich werde in etwa einer Stunde nach Barnegat hinüberfahren; Vicarson erwartet um zehn Uhr meinen Anruf. Er wird alles Material über Green haben, das er beschaffen kann. Und dann werden wir uns gemeinsam etwas überlegen.«

Mario de Spadante lag im Bett und sah sich die Sieben-Uhr-Nachrichten an. Aber es kam nichts von Bedeutung. Er griff nach der Fernsteuerung und schaltete das Gerät ab. Er war müde. In Las Vegas hatte er viele Telefongespräche zu erledigen. Und am Mittwoch war er dann nach Washington geflogen. Selbst sein Kontaktmann im Weißen Haus, der stets coole Webster, fing an, unruhig zu werden. Mario begriff, daß alle herumsaßen und Pläne machten, alle Möglichkeiten durchdiskutierten, überlegten, nachdachten.

Er war jetzt damit fertig, die elektrische Anlage in Barnegat anzuzapfen.

Es war Zeit, Trevayne das Messer anzusetzen. Jetzt.

Ein ruhiger Bericht von einem weiteren abgelaufenen Unterausschuß, in aller Stille und respektvoll von denen entgegengenommen, die ihn angefordert hatten – begraben und vergessen.

So würde es sein.

Das Telefon klingelte, und de Spadante sah, daß der Knopf seiner Privatleitung aufleuchtete, nicht das Haustelefon. Jeder wußte, daß seine Privatleitung nur für wichtige Geschäfte benutzt werden durfte.

»Ja?«

»Mario? Augie.« Es war sein Bruder. »Er ist hier.«

»Wo?«

»Im Krankenhaus.«

»Bist du sicher?«

»Absolut. Auf dem Parkplatz steht ein Mietwagen mit einer Plakette vom Westchester Flughafen. Wir haben das überprüft. Er ist heute nachmittag um halb vier übernommen worden. Auf seinen Namen übrigens.«

»Von wo rufst du an?«

De Spadantes Bruder sagte es ihm. »Joey hat den Parkplatz im Auge.«

»Bleib, wo du bist. Sag Joey, er soll ihm folgen, wenn er wegfährt; ihr dürft ihn nicht aus den Augen verlieren! Gibt Joey die Nummer dort. Ich treff' mich mit dir, sobald ich kann.«

»Hör zu, Mario. Im Krankenhaus sind zwei Typen. Einer vor dem Vordereingang und der andere irgendwo drinnen. Er kommt hin und wieder heraus.«

»Ich weiß. Ich weiß, wer das ist. Die sind dort in einer halben Stunde weg. Sag Joey, er soll sich nicht sehen lassen.« De Spadante drückte auf den Telefonknopf und ließ ihn dann los. Er wählte Robert Websters Privatnummer im Weißen Haus. Webster wollte gerade nach Hause fahren und war verärgert, daß Spadante die Nummer benutzte.

»Ich hab' Ihnen doch gesagt, Mario ...«

»Jetzt sage *ich* Ihnen etwas.« Dann erteilte de Spadante in kaum verschlüsselten Worten, ohne sehr viel Subtilität, seine Anweisungen. Es war ihm gleichgültig, wie Bobby Webster es anstellte, aber er wollte, daß die 1600er Streife sofort abgezogen wurde.

Mario legte den Hörer auf und stieg aus dem Bett. Er zog sich schnell an, kämmte sich das schüttere Haar und zog dann die oberste Schublade seiner Kommode auf. Er entnahm ihr zwei Gegenstände.

Der eine war eine 38er Magazinpistole. Der andere ein unheilgebietendes Gebilde aus schwarzem Metall mit vier aneinander befestigten Ringen über einem schwarzen Stück Eisen.

Die F-40 Jet erhielt eine Prioritätsfreigabe und landete auf Bahn fünf auf dem Andrews Luftwaffenstützpunkt. Am Ende der Landebahn zog die Maschine einen Bogen und hielt an. Der Major kletterte heraus, winkte dem Piloten zu und ging schnell zu einem bereitstehenden Jeep.

Paul Bonner befahl dem Fahrer, ihn sofort zur Einsatzleitung zu bringen. Dort angekommen, ging er mit schnellen Schritten hinein und verlangte auf zehn oder fünfzehn Minuten ein Einzelbüro. Der diensthabende Offizier, ein Lieutenant Colonel, der nur wenige Minuten vorher das Verteidigungsministerium angerufen hatte, um herauszufinden, ›was für eine Scheiß-Priorität dieser Clown

Bonner hat‹, bot dem Major sein eigenes Büro an. Man hatte dem Lieutenant Colonel gesagt, was für eine Priorität Major Bonner zukam. Ein Adjutant von Brigadier General Lester Cooper hatte das getan.

Paul dankte dem Lieutenant Colonel, als letzterer seine Bürotür schloß und ihn allein ließ. Der Major griff sofort nach dem Telefon und wählte Coopers Geheimnummer. Er sah auf die Uhr. Sie zeigte zwei Uhr vierzig, und das bedeutete, daß es an der Ostküste zwanzig vor sechs war. Er klemmte sich den Telefonhörer unter das Kinn und begann, die richtige Zeit auf seiner Uhr einzustellen, aber ehe er dazu kam, meldete sich Cooper.

Der General war wütend; der Jungtürke aus dem Pentagon hatte kein Recht, Entscheidungen zu treffen, die ihn ohne vorherige Konsultation quer durch das halbe Land führten, *ohne Genehmigung* sozusagen.

»Major, ich glaube, wir haben Anspruch auf eine Erklärung«, sagte der General mit angespannter Stimme, wobei er wußte, daß Bonner den Tadel erwartete.

»Ich bin nicht sicher, daß dafür Zeit ist, General…«

»Aber ich bin sicher! Wir haben Ihre Anforderung von Billings nach Andrews gedeckt. Jetzt glaube ich, sollten Sie erklären … Ist es Ihnen vielleicht in den Sinn gekommen, daß man selbst von mir eine Erklärung verlangen könnte?«

»Nein«, log Bonner. »Ich will mich jetzt nicht mit Ihnen streiten, General; ich versuche zu helfen, uns allen zu helfen. Ich glaube, das kann ich, wenn ich Trevayne erreichen kann.«

»Warum? Was ist passiert?«

»Ein Psychopath hat ihn mit Informationen vollgestopft.«

»Was? Wer?«

»Einer von Goddards Männern. Derselbe, der auch mit uns zu tun hatte.«

»Ach du lieber Gott!«

»Und das bedeutet, daß alles, was wir erfahren haben, wertlos sein könnte … Der Mann ist krank, General. Der ist nicht hinter Geld her; das hätte mir auffallen müssen, als er so wenig verlangt hat. Wenn das, was er uns gegeben hat, echt war, hätte er dreimal soviel fordern können, und wir hätten nicht einmal mit einer Wimper gezuckt.«

»Was er *Ihnen* gegeben hat, Major. Nicht uns.« Was Cooper damit andeutete, war eine Warnung für Paul Bonner. Die erste Warnung dieser Art, die er je erhalten hatte.

»Also gut, General. Was er mir gegeben hat ... Und was auch immer er mir gegeben hat, habe ich an Sie weitergeleitet, und Sie haben danach gehandelt. Ich bewege mich nicht in solchen Kreisen.«

Lester Cooper hielt seinen Zorn unter Kontrolle. Der Jungtürke drohte ihm tatsächlich. Da waren zu viele Drohungen gewesen; der General fing an, ihrer müde zu werden. Er schaffte es einfach nicht mehr, mit diesen dauernden Angriffen fertig zu werden. »Für Insubordination ist kein Anlaß, Major. Ich definiere nur die Reihenfolge des Geschehens. Wir stecken da beide drin.«

»In was, General?«

»Das wissen Sie ganz genau! Die Aufweichung des militärischen Einflusses, der Bedürfnisse unserer Landesverteidigung. Man zahlt uns dafür, um den Bereitschaftszustand dieses Landes aufrechtzuerhalten, nicht um zuzusehen, wie es in Stücke geht!«

»Ich verstehe, General.« Und das tat Bonner. Nur daß er plötzlich ernsthafte Zweifel an der Fähigkeit seines Vorgesetzten hatte, mit der Situation fertig zu werden. Cooper spuckte vorgefertigte Pentagon-Klischees aus, als wären sie biblische Offenbarungen. Er hatte sich nicht hinreichend unter Kontrolle, und die Umstände forderten absolute Stabilität. Und in diesem Augenblick des Zweifels traf Bonner eine Entscheidung, von der er wußte, daß sie ihm nicht zukam. Er würde die Einzelheiten seiner Motive für die Blitzreise nach Washington vor Cooper geheimhalten. Zumindest für den Augenblick, so lange, bis er mit Trevayne gesprochen hatte.

»... da Sie sich dazu herablassen, meiner Ansicht zu sein, Major, erwarte ich Sie bis neunzehn Uhr in meinem Büro. Das ist in einer Stunde und fünfzehn Minuten.« Cooper hatte gesprochen, aber Paul hatte kaum zugehört. In seinem Unterbewußtsein hatte er seinen Vorgesetzten bereits abgetan.

»General, wenn das ein Befehl ist, werde ich natürlich gehorchen. Aber ich darf zu bedenken geben, Sir, daß jede Minute, die ich damit verbringe, *nicht* nach Trevayne zu suchen, ernsthafte Folgen haben könnte ... Er wird auf mich hören.«

Am anderen Ende der Leitung herrschte Stille, und Bonner wußte, daß er gewinnen würde. »Was werden Sie ihm sagen?«

»Die Wahrheit – so wie ich sie sehe. Er hat mit der falschen Person gesprochen. Einem verhaltensgestörten Psychopathen. Vielleicht mit mehr als einem. Das wäre nicht das erstemal, daß das geschieht. Und wenn diese Informationsquelle symptomatisch für seine anderen Kontakte ist – und das ist vermutlich der Fall, die kennen einander alle –, dann muß man ihm sagen, daß er mit Vorurteilen behaftete Daten bekommt.«

»Wo ist er jetzt?« Bonner konnte die Andeutung von Erleichterung in der Stimme des Generals erkennen.

»Alles, was ich weiß, ist, daß er in Washington ist. Ich glaube, ich kann ihn finden.«

Paul konnte Cooper über die Leitung einatmen hören. Der Brigadier gab sich die größte Mühe, seine Entscheidung weise und stark und wohlbedacht erscheinen zu lassen, obgleich es die einzig richtige Entscheidung war, die man treffen konnte. »Ich erwarte, daß Sie mir bis dreiundzwanzig Uhr telefonisch über Ihre Fortschritte berichten. Ich werde zu Hause sein.«

Bonner war versucht, Einwände gegen den Befehl vorzubringen; er hatte nicht die Absicht, den General um dreiundzwanzig Uhr anzurufen.

Nachdem er sich eine Zigarette angezündet hatte, nahm Bonner wieder den Hörer auf und rief einen Freund an, von dem er wußte, daß er in der Abteilung G-2 zwischen zwölf und acht Dienst machte. Eine Minute später hatte er die Telefonnummer von Senator Mitchell Armbrusters Büro und die seines Hauses.

Er fand ihn zu Hause vor.

»Senator, ich muß Andrew Trevayne ausfindig machen.«

»Warum rufen Sie da mich an?« Das völlige Fehlen jeglichen Ausdrucks in Armbrusters Stimme verriet ihn. Und plötzlich begriff Bonner, was Sam Vicarsons Notiz ›10.00 – 11.30. S.A. Qu.‹ bedeutete.

Senator Armbruster hatte an einer Plenarsitzung im Senat teilgenommen; der Anruf fiel in diese Zeit, und das mußte Trevayne wissen, wenn er den Mann abfangen wollte.

»Ich habe keine Zeit für Erklärungen, Senator. Ich nehme an, Sie haben sich gegen Mittag mit Trevayne getroffen ...« Bonner wartete, um eine Bestätigung oder Verneinung zu hören. Aber es kam nichts, was darauf hinauslief. »Es ist von großer Wichtigkeit, daß ich ihn finde. Um es kurz zu machen, man hat ihm hochgradig irreführende Informationen zugespielt; Informationen, die eine große Zahl von Leuten kompromittieren, die jenseits jeden Tadels stehen – darunter auch Sie, Sir.«

»Ich habe keine Ahnung, wovon Sie reden, Major … Bonner war doch Ihr Name?«

»Senator! Es geht da um hundertachtundsiebzig Millionen Dollar, die das Verteidigungsministerium als Prioritätsanforderung bestätigen kann. Sagt Ihnen das etwas?«

»Ich habe nichts zu sagen …«

»Das haben Sie aber vielleicht, wenn ich Trevayne nicht finde und ihm sage, daß er mit Feinden dieses Landes zu tun hat! Deutlicher kann ich es nicht ausdrücken.«

Schweigen.

»Senator Armbruster!«

»Er hat dem Taxifahrer gesagt, er sollte ihn zum Dulles-Flughafen bringen.« Dieselbe ausdruckslose Stimme.

»Danke, Sir.«

Bonner knallte den Hörer auf die Gabel. Er lehnte sich in dem Sessel des Lieutenant Colonel zurück und griff sich mit der Hand an die Stirn. O Gott! dachte er, wir leben im Zeitalter der totalen Mobilität! Er griff wieder nach dem Telefon und rief die Flugüberwachung in Dulles an.

Der Lear Jet, der an Douglas Pace verchartert war, hatte den Flughafen um zwei Uhr siebzehn am Nachmittag mit Zielort Westchester, New York, verlassen. Ankunftszeit: drei Uhr vierundzwanzig.

Trevayne war also nach Hause geflogen – oder in die Nähe von zu Hause. Und wenn das so war, würde er seine Frau besuchen – besonders unter den vorliegenden Umständen.

Paul ging zur Tür, öffnete sie und sah sich nach dem Lieutenant Colonel um. Er stand vor einer komplizierten Instrumententafel und studierte ein paar Blätter.

»Colonel, ich brauche einen Piloten. Könnten Sie veranlassen, daß meine Maschine aufgetankt und sobald wie möglich startbereit gemacht wird?«

»He, Augenblick mal, Major! Wir betreiben Andrews Field nicht zu Ihrem Privatvergnügen!«

»Ich brauche einen Piloten, Colonel. Der meine war jetzt seit über vierundzwanzig Stunden im Dienst.«

»Es könnte sein, daß das einzig und allein *Ihr* Problem ist.«

»Colonel, wollen Sie General Coopers Geheimnummer, dann können *Sie* ihm sagen, daß das mein Problem ist? Ich gebe sie Ihnen mit dem größten Vergnügen.«

Der Lieutenant Colonel ließ seine Papiere sinken und musterte das Gesicht des Majors. »Sie sind bei der Spionageabwehr, nicht wahr?«

Bonner wartete ein paar Sekunden, dann sagte er: »Sie wissen, daß ich darauf keine Antwort geben kann.«

»Womit ich meine Antwort habe.«

»Wollen Sie die Telefonnummer des Generals?«

»Sie sollen Ihren Piloten haben ... Wann wollen Sie starten?«

Paul sah auf die vielen Skalen an der Wand. Es war kurz nach sieben Uhr nach Ostküstenzeit.

»Vor einer Stunde, Colonel.«

29.

Bonner hatte sich den Namen des Privatkrankenhauses von der Sicherheitsabteilung 1600 besorgt. Anschließend veranlaßte er, daß ihm bei seiner Ankunft in Westchester ein Fahrzeug zur Verfügung stand.

Das Fahrzeug erwies sich als eine Limousine der Fahrbereitschaft, die ein Army Corporal von einem völlig obskuren Posten in Nyack, New York, zum Flughafen Westchester gebracht hatte.

Bonner fuhr durch die offenen schmiedeeisernen Torflügel des Hospitals und auf den dahinter angelegten kreisförmigen Zufahrtsweg. Die Uhr am Armaturenbrett zeigte neun Uhr fünfunddreißig. Er parkte, stieg aus dem Wagen und erwartete, daß die 1600er Streife ihn ansprechen würde. Schließlich fuhr er einen Wagen der Army. Er war bereit, sich mit ihnen auseinanderzusetzen, ihnen, wenn nötig, eine Erklärung abzugeben.

Aber niemand erschien.

Bonner war verwirrt. Er hatte die detaillierten Instruktionen gelesen, denen die 1600er Streife Folge zu leisten hatte. Bei einem Gebäude wie dem Privatkrankenhaus mit einer einzigen Einfahrt und nicht mehr als drei Stockwerken mußte ein Mann drinnen bleiben, der andere draußen, und beide waren verpflichtet, Funkkontakt zu halten. Die Männer von 1600 waren, wenn es um Fragen der Sicherheit ging, die besten, die man sich vorstellen konnte. Sie würden von ihren Instruktionen nur im äußersten Notfall abweichen.

Um festzustellen, ob es sich hier um einen Einsatz ohne Funkkontakt handelte, ging Bonner langsam um den Wagen herum und sprach deutlich, ohne zu rufen.

»Bonner, Paul. Major. D.O.D. ›Sechzehnhundert‹, bitte antworten ... Wiederhole ... ›Sechzehnhundert‹, bitte antworten.«

Nichts. Nur die Stille der Nacht.

Paul Bonner griff unter seinem Uniformrock an den Gürtel und zog seine ›Zivil‹-Pistole heraus. Dann rannte er quer über die Einfahrt zum Vordereingang des Privatkrankenhauses. Er konnte nicht wissen, was drinnen geschah. Seine Uniform könnte abschreckend oder provozierend wirken, ein Ziel bot sie jedenfalls.

Er drehte den großen Messingknopf leise und öffnete die weiße, im Kolonialstil gehaltene Tür. Eine attraktive, intelligent aussehende Schwester hinter einer Empfangstheke fuhr erschrocken hoch. Sie hatte gelesen; in dem Gebäude herrschte keine Panik. Er ging auf sie zu und sprach ruhig:

»Miß, mein Name ist Bonner. Ich habe gehört, daß Mrs. Trevayne als Patientin hier ist.«

»Ja ... Colonel.«

»›Major‹ genügt.«

»Ich komme mit diesen Rangabzeichen nie zurecht«, sagte das Mädchen freundlich und stand auf.

»Ich hab' damit selbst Probleme; die Streifen der Navy bringen mich immer durcheinander.« Bonner sah sich nach der 1600er Streife um.

Niemand zu sehen.

»Ja, Mrs. Trevayne ist hier Patientin. Erwartet sie Sie? Die übliche Besuchszeit ist ja schon vorüber, Major.«

»Tatsächlich suche ich *Mister* Trevayne. Man hat mir gesagt, daß ich ihn hier finden würde.«

»Dann haben Sie ihn leider verpaßt. Er ist vor einer Stunde weggegangen.«

»Oh? Dann frage ich mich ... Vielleicht könnte ich mit Mrs. Trevaynes Fahrer sprechen. Ich glaube, man hat veranlaßt, daß sie einen Fahrer und einen Sekretär zur Verfügung hat. Ich glaube ...«

»Schon gut, Major«, sagte die Schwester und lächelte. »Unser Register ist voll von ›Kapitänen und Königen‹ und Leuten, die dafür sorgen, daß sie nicht durch andere Leute belästigt werden. Ich nehme an, Sie meinen die zwei Herren, die mit Mrs. Trevayne gekommen sind. Nette Leute.«

»Die meine ich. Wo sind sie?«

»Heute haben Sie wirklich Pech, Major. *Die* sind vor Mr. Trevayne weggefahren.«

»Haben sie gesagt wohin? Es ist wirklich recht wichtig, daß ich sie sprechen kann.«

»Nein ... Mr. Callahan, der im Korridor, hat gegen halb acht einen Anruf bekommen. Er hat nur gesagt, daß er und sein Freund die Nacht frei hätten. Ich glaube, ihm war das recht.«

»Wer hat das Gespräch entgegengenommen? Ich meine, wissen Sie, wo es herkam?« Bonner versuchte, seine Unruhe zu verbergen, was ihm aber nicht besonders gut gelang.

»Die Vermittlung.« Die Schwester verstand den Blick in Pauls Augen. »Soll ich die Telefonistin fragen, ob sie sich erinnert?«

»Bitte.«

Das Mädchen ging zu einer weiß vertäfelten Tür hinter der Theke und öffnete sie. Bonner konnte eine kleine Schaltzentrale und eine Frau in mittleren Jahren sehen, die davor saß. Wie anders die Dinge doch in einem Privatkrankenhaus waren; selbst die Telefonvermittlung wurde der Öffentlichkeit fern gehalten. Keine großen Glaswände mit unpersönlichen Robotern, die Leitungen einstöpselten; keine gestärkten, harten Kleiderpuppen, die begleitet vom hektischem Dröhnen mechanisierter Aktivität institutionelle Namen verkündeten. Alles elegant im Hintergrund gehalten, alles persönlich, nicht öffentlich; irgendwie beruhigend.

Kurz darauf kehrte die Schwester zurück. »Es war ein Ferngespräch; eine Vermittlung aus Washington D.C. Voranmeldung für Mr. Callahan aus der Begleitung von Mrs. Trevayne.«

»Und dann ist er weggegangen?« Pauls Besorgnis schlug in konkrete Angst um. Auf verschiedenen Ebenen; Angst, die eine ganze Anzahl von Gründen hatte. Es mußte eine Erklärung geben, und er mußte sie erfahren.

»Das stimmt«, antwortete das Mädchen. »Major? Würden Sie gerne das Telefon benutzen?«

Bonner empfand Erleichterung darüber, daß das Mädchen sich so gut in ihn hineinversetzen konnte. »Das würde ich sehr gerne. Gibt es ...«

»Im Wartezimmer ist ein Telefon. Dort hinten.« Sie deutete auf eine offene Tür auf der anderen Seite der Halle. »Auf dem Tisch neben dem Fenster. Dort hört Ihnen niemand zu.«

»Sie sind sehr liebenswürdig.«

»Und Sie sind sehr beunruhigt.«

Das ›Wartezimmer‹ war ein Wohnzimmer, elegant eingerichtet, mit Teppichen auf dem Boden.

Paul gab der Vermittlung die Nummer in Washington und hatte, ehe das erste Klingeln verstummt war, 1600 an der Leitung. Die Sicherheitsabteilung.

»Noch einmal Major Bonner. Ist das derselbe ...«

»Richtig, Major. Die Vier-bis-zwölf-Schicht. Haben Sie es gefunden?«

»Ja, ich rufe von dort aus an. Was ist geschehen?«

»Was ist wo geschehen?«

»Hier. Darien. Wer hat die Männer abgelöst?«

»Abgelöst? Wovon reden Sie?«

»Die Männer sind abgelöst worden. Man hat sie um halb acht gehen lassen. Warum?«

»Niemand hat jemanden gehen lassen, Bonner. Wovon, zum Teufel, reden Sie?«

»Die Männer sind nicht *hier.*«

»Sehen Sie sich um, Major. Sie sind dort. Die wollen vielleicht nicht, daß Sie sie sehen, aber ...«

»Ich sage Ihnen, sie sind *weggegangen.* Haben Sie einen Mann namens Callahan?«

»Moment mal. Ich hole mir den Einsatzplan; der muß da liegen ... ja, Callahan und Ellis. Die haben bis zwei Uhr früh Dienst.«

»Die sind nicht *da,* verdammt noch mal! Callahan hat einen Anruf aus Washington bekommen, um halb acht. Er ist weggefahren; er hat der Schwester gesagt, er und sein Partner hätten die Nacht frei.«

»Das ist verrückt! Da ist keine Freigabe hinausgegangen. Wenn das der Fall gewesen wäre, würde ich es wissen; es wäre im Einsatzplan vermerkt. Verdammt noch mal, Bonner, ich wäre doch derjenige, der den Kontakt herstellen muß.«

»Wollen Sie mir sagen, daß Callahan gelogen hat? Er ist nicht hier; das können Sie mir glauben. Keiner von beiden ist da.«

»Callahan hätte keinen Grund zu lügen. Andererseits, ohne einen Anruf von hier kann er nicht freibekommen haben. Das geht einfach nicht –«

»Warum nicht?«

»Nun, die Vorschriften ... Sie wissen schon, die Codes wechseln alle vierundzwanzig Stunden. Niemand kennt sie. Bevor er irgendwelche Instruktionen annimmt, muß man ihm einen Codesatz nennen. Das wissen Sie doch...«

»Dann hat jemand Ihren Code, Kumpel. Die Boys sind nämlich weg.«

»Das ist einfach verrückt!«

»Hören Sie, ich will mich jetzt nicht streiten; schicken Sie das nächste Team.«

»Die sind um zwei ...«

»Jetzt!«

»Die werden ganz schön sauer sein. Vielleicht finde ich sie gar ...«

»Dann setzen Sie hiesige Leute ein! Sorgen Sie dafür, daß dieser Posten innerhalb von fünfzehn Minuten besetzt ist. Und wenn Sie die Boy Scouts von Darien herschicken! Und finden Sie heraus, wer Callahan angerufen hat!«

»Wissen Sie, wer denen freigegeben haben könnte?«

»Wer?«

»Trevayne.«

»Der war mit seiner Frau oben, als der Anruf kam.«

»Er könnte es ihnen ja vorher gesagt haben. Ich meine, der Anruf, den Callahan bekam, kann ja persönlich gewesen sein. Diese Leute haben schließlich auch Frauen und Familie. Daran denkt man meistens nicht. Aber *ich* muß das.«

»Ist ja richtig rührend, Kumpel. Tun Sie, was ich Ihnen gesagt habe. Ich lasse das überprüfen.« Bonner legte den Hörer gereizt auf. Dann dachte er über die Andeutung von 1600 nach. *Wenn* Andy mit der Streife gesprochen hatte, so war immerhin vorstellbar, daß er ihnen zwar nicht freigegeben, aber sie statt dessen irgendwo anders hingeschickt hatte. Die Möglichkeit war gering, aber sie bestand immerhin. Wenn sie bestand, so bedeutete das, daß Andy an einem anderen Ort mit Gefahr rechnete, sonst hätte er Phyllis nicht mal für kurze Zeit ungeschützt gelassen.

Aber wenn er die Streife nicht freigegeben hatte, so hieß das, ein anderer hatte den Befehl erteilt. Ohne dazu befugt zu sein.

Andrew Trevayne war entweder damit beschäftigt, jemandem eine Falle zu stellen, oder man stellte ihm eine.

Paul ging zurück zu dem Empfangstisch. Die Schwester begrüßte ihn.

»Alles klar?«

»Ich denke schon. Sie haben mir sehr geholfen, und ich werde Sie noch weiter belästigen müssen. Wir sind Sicherheitsleute und neigen dazu, übervorsichtig zu sein, und dabei passieren natürlich manchmal Fehler. Haben Sie einen Nachtwächter oder sonst einen Wachmann?«

»Ja. Zwei.«

Bonner ordnete an, daß einer von ihnen vor Phyllis' Tür, der andere in der Halle postiert werden sollte. Er erklärte, daß es einen Fehler bei der Einsatzplanung gegeben hätte und es daher notwendig war, Wachen aufzustellen. In Kürze würden andere Leute eintreffen, um sie abzulösen.

»Und jetzt würde ich gerne Mrs. Trevayne sprechen. Darf ich das?«

»Natürlich. Zimmer zwo zwölf. Die Treppe hinauf und gleich links. Es liegt ganz am Ende des Korridors. Soll ich durchrufen?«

»Wenn Sie müssen, dann unbedingt. Lieber wäre mir allerdings, wenn Sie es nicht tun würden.«

»Ich muß nicht.«

»Danke ... Sie sind sehr liebenswürdig. Aber das habe ich schon gesagt, oder?«

Bonner rannte die Treppe hinauf und durch den Korridor, bis ans Ende. Zimmer zwo zwölf war geschlossen; die meisten anderen standen auf. Er klopfte schnell und öffnete die Tür in dem Augenblick, in dem er Phyllis' Stimme hörte.

»Paul! Mein Gott!« Sie saß auf dem Sessel und las in einem Buch.

»Phyllis, wo ist Andy?«

»Beruhigen Sie sich doch, Paul!« Phyllis war offenbar um ihren Mann besorgt. Paul Bonner hatte einen wilden, gehetzten Blick, den sie noch nie an ihm gesehen hatte. »Ich habe es *gewußt;* aber das verstehen Sie nicht. Jetzt machen Sie die Tür zu, und lassen Sie mich reden.«

»*Sie* sind es, die nicht verstehen, und *ich* habe keine Zeit. Wo ist er hingefahren?« Der Major sah, daß Phyllis vorhatte, ihn aufzuhalten, um ihrem Mann Zeit zu verschaffen. Er wollte ihr nicht sagen, daß die Streife abgezogen worden war, aber er mußte ihr klarmachen, wie dringend das Ganze war. Er schloß die Tür und ging zum Sessel. »Hören Sie mir zu, Phyllis. Ich will Andy helfen ... Sicher, ich bin wegen dieser Krankenhausgeschichte verdammt wütend, aber das hat Zeit. Im Augenblick muß ich ihn *finden!*«

»Ist etwas passiert?« Phyllis' Angst änderte jetzt ihren Charakter. »Ist er in Schwierigkeiten?«

»Ich bin nicht sicher, aber das wäre möglich.«

»Sie sind ihm doch nicht von Boise oder Denver bis hierher gefolgt, ohne sicher zu sein. Was ist los?«

»*Bitte,* Phyl! Sagen Sie mir, wo er ist!«

»Er ist nach Barnegat zurückgefahren.«

»Ich kenne die Gegend nicht. Welche Straße würde er da nehmen?«

»Den Merritt Parkway. Der beginnt etwa eine halbe Meile links, wenn Sie aus dem Krankenhaus kommen. An der Caliber Lane.«

»Welche Ausfahrt aus dem Parkway?«

»Die erste Zahlstelle in Greenwich. Sie biegen nach rechts ab und nehmen die Shore Road. Auf der bleiben Sie etwa sechs Meilen. Dann kommt eine Gabelung, die linke ist die Shore Road Northwest ...«

»Ist das die, wo die Asphaltierung zu Ende ist?«

»Das ist unsere Grundstücksgrenze ... Paul, was ist passiert?«

»Ich ... ich muß einfach mit ihm sprechen. Wiedersehn, Phyl.« Bonner öffnete die Tür und schloß sie schnell hinter sich. Er wollte nicht, daß Phyllis sah, wie er den Korridor hinunterrannte.

Die Ausfahrt an der ersten Zahlstelle von Greenwich hatte eine Geschwindigkeitsbeschränkung von fünfundzwanzig Meilen die Stunde. Paul fuhr über vierzig. Auf der Shore Road überholte er einen Wagen nach dem anderen und musterte die Insassen so gut er konnte, während die Nadel seines Tachometers auf die Siebzig zukroch. Er erreichte die Gabelung, fuhr etwa eineinhalb Meilen, und die Asphaltdecke endete. Er befand sich jetzt auf High Barnegat. Er verlangsamte sein Tempo; es schneite jetzt kräftiger, und der Widerschein seiner Scheinwerfer zeigte vor ihm Tausende tanzender weißer Punkte.

Plötzlich mußte er anhalten. Etwa hundert Meter vor ihm bewegte sich der Lichtkegel einer Taschenlampe in kleinen Kreisen. Ein Mann kam auf den Wagen zugerannt. Bonners Fenster war offen.

»Mario. Mario ... Ich bin's, Joey.« Die Stimme klang eindringlich, aber nicht laut.

Bonner wartete, seine Hand hielt die Pistole umfaßt. Der Fremde blieb stehen. Das war nicht der Wagen, den er erwartet hatte. Die Nacht, der nasse Schnee, das grelle Scheinwerferlicht auf der Privatstraße hatten den Mann getäuscht. Ein Militärfahrzeug in der unverkennbaren stumpfbraunen Lackierung. Er griff in sein Jackett – an einen Halfter, nach einer Waffe, dachte Paul.

»Halt! Bleiben Sie stehen! Eine Bewegung, und Sie sind tot!« Der Major öffnete die Tür und duckte sich.

Vier Schüsse, von einem Schalldämpfer fast unhörbar gemacht, waren die Antwort des Fremden. Drei Kugeln bohrten sich in das Metall der Tür; eine zerschmetterte die Windschutzscheibe über dem Steuerrad und hinterließ in der Mitte des zersprungenen Glases ein winziges Loch. Bonner konnte hören, wie der Mann sich rückwärts auf der weichen, schneebedeckten Straße entfernte. Er hob den Kopf; wieder das schmatzende Geräusch des Schalldämpfers, und eine Kugel pfiff über ihm durch die Luft.

Paul sprang mit einem Satz zum hinteren Ende des Wagens, wo die offene Tür ihn schützte, und warf sich zu Boden. Unter dem Wagen, zwischen den zwei Vorderrädern hindurch, konnte er den Mann auf den Wald zurennen sehen, jetzt blickte er sich um und hielt die Hand über die Augen, um sie vor dem grellen Licht zu schützen. Am Waldrand blieb er stehen, vielleicht vierzig Meter von der Straße entfernt. Für Bonner war es offensichtlich, daß er zu dem Armyfahrzeug zurückkommen wollte, um nachzuschauen, ob er Paul mit seinem letzten Schuß getroffen hatte. Aber er hatte Angst. Trotzdem konnte er aus irgendeinem Grund den Schauplatz des Geschehens nicht verlassen; konnte nicht wegrennen. Nun verschwand er zwischen den Bäumen.

Bonner begriff. Der Mann mit der Pistole war ursprünglich mit seiner Taschenlampe herausgekommen, um einen Wagen zu stoppen, den er erwartete. Jetzt mußte er um den Armywagen herum – mit seinem lebenden oder toten Fahrer – und das erwartete Fahrzeug vorher aufhalten.

Das bedeutete, daß er sich im Westen durch den dichten Wald von High Barnegat zu einer Stelle auf der Shore Road durcharbeiten würde.

Major Paul Bonner verspürte eine Aufwallung von Zuversicht. Er hatte bei den Special Forces gelernt, was es zu lernen gab, damals, in Laos und in Kambodscha, wo sein Leben und das Leben seines Teams davon abhingen, daß die feindlichen Späher schnell und lautlos getötet wurden. Er wußte, daß der Mann mit der Pistole, der seine Augen vor dem Scheinwerferlicht schützte, ihm nicht gewachsen war.

Paul schätzte schnell die Entfernung zwischen ihm und der Stelle ab, an der der Mann im Wald verschwunden war. Höchstens vierzig Meter. Bonner stellte mit Befriedigung fest, daß er genügend Zeit hatte. Wenn er schnell war – und leise.

Er rannte vom Wagen zu den Bäumen hinüber, hob die Ellbogen, um die Äste von sich abzuhalten – ließ sie nicht zurückschlagen, nicht brechen. Jetzt lief er halb geduckt, die Beine nach vorn gestreckt, die Füße fast denen eines Balletttänzers gleichend, wie er die dunkle Erde unter sich prüfte. Auf diese Weise arbeitete sich Bonner lautlos und schnell zehn Meter in das feuchte, dichte Blattwerk hinein. Er hielt sich dabei schräg nach links, so daß er sich, als er weit genug eingedrungen war, direkt parallel zu den Scheinwerferbalken draußen auf der Shore Road befand. Er entdeckte einen breiten Baumstamm, richtete sich auf und bezog so Position, daß ihm niemand entgehen konnte, der sich zwischen dem Baumstamm und dem Scheinwerferbündel draußen bewegte; Paul würde den Mann sehen, ohne daß die Gefahr bestand, selbst gesehen zu werden.

Jetzt tauchte der Mann auf. Er kroch ungeschickt seitlich durch das Gehölz, die Pistole erhoben, bereit, auf alles zu schießen, das sich bewegte. Er war etwa fünfzehn Fuß von Paul entfernt und konzentrierte sich ganz auf die halbdunkle Silhouette des Wagens.

Paul wählte den am wenigsten behinderten Weg zwischen sich und dem Mann mit der Waffe und schätzte die Zeit ab. Er würde den Fremden auf ein oder zwei Sekunden ablenken müssen. Und zwar auf eine Art und Weise, daß er genau an der Stelle stehenblieb, wo ihre Wege sich kreuzten. Er beugte sich hinunter, tastete mit dem Fuß nach einem Felsbrocken, einem Stein. Er fand einen, richtete sich auf und zählte lautlos die Schritte des Mannes.

Dann warf er den Stein mit aller zur Verfügung stehenden Kraft gerade über dem dichten Bodenbewuchs in Richtung Wagen draußen auf der Straße. Das Geräusch, das der Aufprall des Steins auf der Motorhaube verursachte, ließ den Mann erstarren, und dann feuerte er die nachgeladene Pistole ein paarmal ab. Aus dem Schalldämpfer ertönte fünfmal hintereinander ein leises Blaffen. Bis es soweit war, daß der Mann sich instinktiv duckte, um sich zu schützen, war Bonner bereits über ihm.

Er packte ihn gleichzeitig am Haar und dem rechten Handgelenk und trieb ihm das linke Knie mit ungeheurer Gewalt gegen die Rippen. Paul konnte das Krachen der Knochen hören, als der Fremde einen erschreckten Schrei ausstieß. Die Pistole fiel herunter, sein Hals verdrehte sich nach hinten.

In weniger als zehn Sekunden war alles vorbei.

Der Mann mit der Pistole war bewegungsunfähig, der Schmerz peinigte seinen ganzen Körper – aber er war, wie Bonner es geplant hatte, nicht bewußtlos.

Er zerrte ihn aus dem Wald heraus zum Wagen und warf ihn auf den Vordersitz. Dann rannte er herum, ließ sich selbst auf den Fahrersitz fallen und raste den Rest der ungeteerten Straße hinunter zu Trevaynes Einfahrt.

Sein Gefangener jammerte und stöhnte und bettelte um Hilfe.

Paul erinnerte sich, daß die Zufahrt zu Trevaynes Haus eine Abzweigung hatte, die zu einer großen, für vier Wagen gebauten Garage links vom Hauptgebäude führte. Dort angekommen, parkte er den Wagen, packte den Fremden am Mantel, so daß sein Kopf nach vorn fiel, und ballte seine Faust. Dann versetzte er dem verängstigten Mann einen Hieb unter dem Kinn, der ihn sofort bewußtlos machte, ihn aber nicht in Todesgefahr brachte.

Als er zum Vordereingang zurückrannte, sah er, daß die Tür offen war. Das Mädchen, Lillian, stand im Licht.

»O Major Bonner. Ich habe mir doch gedacht, daß ich einen Wagen gehört habe. Wie geht es Ihnen, Sir?«

»Sehr gut, Lillian. Wo ist Mr. Trevayne?«

»Er ist unten in seinem Arbeitszimmer. Er telefoniert, seit er gekommen ist. Ich werde hinunterrufen und ihm sagen, daß Sie hier sind.«

Paul erinnerte sich an Andys schalldichtes Arbeitszimmer mit dem Blick aufs Meer. Er würde den Wagen nicht gehört haben.

Und auch sonst nichts. »Lillian, ich will Ihnen keine Angst machen. Aber wir müssen sämtliche Lichter ausschalten. Und zwar ganz schnell.«

»Wie bitte?« Lillian war eine moderne Hausangestellte, jedoch durchaus von den alten Traditionen geprägt. Anweisungen nahm sie von ihrer Herrschaft an, nicht von Gästen.

»Wo ist das Telefon zu Mr. Trevaynes Arbeitszimmer?« fragte Bonner, als er in die weite Halle trat. Jetzt war keine Zeit, Lillian zu überzeugen.

»Dort, Sir«, antwortete die Haushälterin und deutete auf ein Telefon neben der Treppe. »Der dritte Knopf, Sie müssen auf ›Signal‹ drücken.«

»Paul! Was machen Sie denn hier?«

»Darüber können wir später reden – streiten, wenn Sie wollen. Im Augenblick möchte ich, daß Sie Lillian bitten, genau das zu tun, was ich sage. Ich möchte, daß sie alle Lichter abschaltet ... Das ist mir sehr ernst, Andy.« Trevayne zögerte nicht. »Geben Sie sie mir.« Lillian stieß drei Worte aus. »Sofort, Mr. Trevayne.«

»Lillian, wenn Sie fertig sind, dann kommen Sie doch bitte in Mr. Trevaynes Arbeitszimmer. Sie brauchen sich keine Sorgen zu machen. Ich möchte nur sicherstellen, daß er sich nicht mit jemandem treffen muß ... den er nicht zu empfangen wünscht. Das wäre für beide peinlich.«

Die Erklärung funktionierte. Lillian seufzte mit der Andeutung eines Lächelns. Sie würde jetzt ganz ruhig sein; Paul hatte ihre größte Angst ausgeschaltet. Er ging auf die Treppe zu, die hinten in der Halle nach unten führte, und achtete sorgsam darauf, beim Gehen ganz ruhig zu bleiben, sich nichts von seiner eigenen Unruhe anmerken zu lassen. Als er dann freilich auf der Treppe war, nahm er mit jedem Schritt drei Stufen auf einmal.

Trevayne stand neben seinem Schreibtisch, der mit abgerissenen Seiten von einem gelben Schreibblock bedeckt war. »Um Himmels willen, was ist denn los? Was machen Sie hier?«

»Sie meinen, weder Sam noch Alan haben angerufen?«

»Doch, Sam. Sie sind ganz schnell verschwunden. Ist das ... augenblickliche Taktik, damit Sie mich zerlegen können? Die Armymethode. Wahrscheinlich wären Sie dazu imstande.«

»Halten Sie doch den Mund! Nicht, daß Sie mir keinen Anlaß dazu geliefert hätten.« Bonner trat an das breite Fenster.

»Sie haben recht. Es tut mir leid. Ich dachte, es sei notwendig.«

»Haben Sie hier keine Gardinen oder eine Jalousie?«

»Die sind elektrisch. Die Knöpfe sind auf beiden Seiten. Hier, ich zeige ...«

»Bleiben Sie, wo Sie sind!« Bonner herrschte Trevayne mit scharfer Stimme an, während sein Finger die Knöpfe drückte, worauf sich zu beiden Seiten des Fensters zwei vertikal angeordnete Jalousien vorschoben. »Du großer Gott! Elektronische Jalousien!«

»Mein Schwager ... der ist ganz wild auf solche Spielereien.«

»Ein gewisser Douglas Pace. Zwei Lear Jets. Gechartet zwischen so weit auseinanderliegenden Orten wie San Francisco, San Bernardino, Houston, Boise, Tacoma und Dulles Airport.« Die Jalousie schloß sich, Bonner drehte sich um und sah Trevayne an. Ein paar Augenblicke lang schwiegen beide Männer.

»Da war wohl ihre wohlbekannte Findigkeit am Werk, oder nicht, Paul?«

»Es war nicht schwierig.«

»Das nehme ich auch nicht an. Ich war selbst schon hinter den feindlichen Linien tätig. Man übertreibt das gerne.«

»Sie haben zu wenig Leute. Sie wissen gar nicht, was Sie dort zurückgelassen haben ... Jemand ist hinter Ihnen her, Andy. Ich schätze, der ist jetzt nur ein paar Meilen entfernt – wenn wir Glück haben.«

»Wovon reden Sie?«

Bonner erzählte ihm so schnell wie möglich, was vorgefallen war, ehe die Haushälterin herunterkam. Trevaynes Reaktion auf die Streifen im Krankenhaus erfolgte blitzartig, seine Sorge um Phyllis grenzte an Panik. Paul beruhigte ihn etwas, indem er ihm die Vorsichtsmaßnahmen schilderte, die er ergriffen hatte. Das Zusammentreffen im Wald von Barnegat spielte er herunter und sagte nur, daß der verletzte Mann bewußtlos in Trevaynes Garage lag.

»Kennen Sie jemanden, der Mario heißt?«

»De Spadante«, antwortete Andy, ohne nachzudenken.

»Der Mafiaboß?«

»Ja. Er lebt in New Haven. Vor ein paar Tagen war er in San Francisco. Seine Leute haben versucht, ihn zu decken, aber wir nehmen an, daß er es war.«

»Er ist derjenige, der hierher unterwegs ist.«

»Dann werden wir ihn empfangen.«

»Meinetwegen. Aber nach unseren Vorschriften. Vergessen Sie nicht, er war immerhin imstande, die Streife abzurufen. Das spricht für eine Verbindung zu irgend jemandem, der sehr wichtig ist – in Washington. Sein Mann hat versucht, mich zu töten.«

»So haben Sie das nicht formuliert«, erwiderte Andrew mit monotoner Stimme, als glaubte er Paul nicht ganz.

»Details kosten nur Zeit.« Bonner griff unter seine Uniform und zog eine Waffe heraus, die er Andy reichte. »Hier ist die Waffe; ich habe sie frisch geladen. Da ist ein volles Magazin.« Er ging schräg auf Trevaynes Schreibtisch zu, holte Kugeln aus der Hosentasche und legte sie auf die Schreibunterlage; es waren insgesamt elf. »Hier sind zusätzliche Patronen. Stecken Sie sich die Waffe in den Gürtel; das macht ... Lillian Angst ... Gibt es hier unten eine Tür, durch die ich in die Garage komme?«

»Dort drüben.« Trevayne wies auf eine schwere Eichentür, die einmal eine Schiffsluke gewesen war. »Die führt auf die Terrasse. Links ist ein Plattenweg, auf dem Sie zu einem Seiteneingang der Garage gelangen.«

Jetzt waren auf der Treppe die Schritte der Haushälterin zu hören. »Bekommt Lillian es leicht mit der Angst zu tun?« fragte Bonner.

»Allem Anschein nach nicht. Sie bleibt alleine hier, manchmal wochenlang. Wie steht es mit Phyllis? Das Krankenhaus. Sie sagen, Sie würden nachsehen.« Andrew beobachtete Bonner scharf.

»Wird gemacht.« Paul griff gerade nach dem Telefon, als Lillian die Tür öffnete. Ehe sie sie schloß, schnippte sie den Wandschalter in der unteren Etage, und die Lichter gingen aus. Trevayne nahm sie beiseite und sprach leise zu ihr, während Bonner versuchte, die Sicherheitsabteilung von 1600 am Telefon zu erreichen.

Der Major mußte sich eine jämmerliche Diskussion über die Probleme von 1600 anhören, durfte dafür aber zu seiner Erleichterung zur Kenntnis nehmen, daß die Ersatzleute zum Krankenhaus unterwegs sind, falls sie dort nicht bereits eingetroffen waren. Als Bonner aufgelegt hatte, sagte Trevayne von der anderen Seite des Raumes her:

»Ich habe Lillian die Wahrheit erzählt. So wie Sie sie mir gesagt haben.«

Paul drehte sich um und sah die Haushälterin an.

»Gut.« Dann ging er auf die Lukentür zu. »Ich werde jetzt unseren Freund aus der Garage holen. Wenn ich irgend etwas höre oder sehe, komme ich, so schnell es geht, hierher zurück, mit ihm oder alleine.«

»Wollen Sie nicht, daß ich Ihnen helfe?« fragte Trevayne. »Ich möchte nicht, daß Sie den Raum verlassen. Sperren Sie die Tür hinter mir zu.«

30.

Der Mann, der Joey hieß, lag zusammengesackt auf dem Vordersitz des Wagens. Bonner zerrte ihn heraus und hob ihn dann etwas an, um die Schulter unter ihn schieben und ihn im Feuerwehrgriff schleppen zu können.

Auf dem Weg zurück zum Haus blieb er stehen. An der Zufahrtsstraße war ein gutes Stück entfernt ein schwacher Lichtreflex zu sehen. Wenn er das richtig einschätzte, dann war das Licht noch ein paar hundert Meter entfernt, in der Nähe der Stelle, wo der Mann, der ihm jetzt über die Schulter hing, versucht hatte, ihn zu töten.

Paul rannte mit seiner menschlichen Last zur Tür des Arbeitszimmers und klopfte. »Schnell!«

Die Tür ging auf, Bonner eilte hinein und warf den Bewußtlosen auf die Couch.

»Du großer Gott, sieht der aus!« sagte Andy.

»Besser der als ich«, erwiderte der Major. »Hören Sie mir zu. Vorn an der Straße ist ein Wagen … Ich werde das Ihrer Entscheidung überlassen, aber ich möchte Ihnen meine Seite der Geschichte vortragen, ehe Sie eine Alternative auswählen.«

»War *das* notwendig?« Trevaynes Stimme klang ärgerlich, als er auf den bewußtlosen, geschundenen Mann auf der Couch wies.

»Ja! Wollen Sie die Polizei rufen?«

»Allerdings, das werde ich.« Trevayne ging zum Schreibtisch. Bonner schob sich an ihm vorbei und lehnte sich über die Schreibtischplatte, zwischen Andrew und dem Telefon.

»Wollen Sie mir jetzt zuhören?«

»Das ist nicht Ihr privater Truppenübungsplatz, Major! Ich weiß nicht, was Sie und Ihre Leute vorhaben, aber *hier* werden Sie es nicht tun. Mir machen solche Taktiken keine Angst, Sie Zinnsoldat.«

»Du *lieber* Gott, Sie kapieren ja nicht, was hier los ist.«

»Damit fange ich gerade an!«

»Hören Sie, Andy. Sie glauben, daß ich Teil von etwas bin, das gegen Sie ist; in gewisser Weise bin ich das vielleicht sogar, aber *das* hier hat nichts damit zu tun.«

»Sie verstehen sich bemerkenswert gut darauf, Reiserouten nachzuvollziehen. Doug Pace, zwei Lear Jets ...«

»Okay. Aber das hier hat überhaupt nichts damit zu tun! Wer auch immer in diesem Wagen sitzt, hatte direkten Zugang zu ›1600‹. Und das paßt nicht dazu!«

»Wir wissen ja beide, wie das ging, nicht wahr, Major? Genessee Industries!«

»*Nein*, nicht *so*. Kein Mario wie-auch-immer-er-mit-Familiennamen-heißen-mag.«

»Was haben Sie ...«

»Geben Sie mir die Chance, das herauszufinden. Bitte! Wenn Sie die Polizei rufen, schaffen wir das nie.«

»Warum nicht?«

»Wenn die Polizei sich einschaltet, dann bedeutet das Gerichte und Anwälte! Geben Sie mir zehn Minuten, fünfzehn.«

Trevayne musterte Bonners Gesicht. Der Major log nicht; der Major war zu zornig, zu verwirrt, um zu lügen.

»Zehn Minuten.«

Für Paul war wieder Laos. Er erkannte die Schwäche seines Glücksgefühls, redete sich aber ein, daß ein Mann betrogen war, wenn er das nicht ausüben konnte, wofür man ihn ausgebildet hatte; und niemand war besser ausgebildet als er. Er rannte an das Ende der Terrasse und blickte instinktiv den Hügel hinunter auf die Steintreppen, die zum Dock und dem Bootshaus führten. Man mußte seine Umgebung immer kennen, sie dem Gedächtnis einprägen; vielleicht konnte man das gebrauchen.

Er kroch die Wiese hinauf und hielt sich dicht an der Hauswand, bis er die Vorderseite erreichte. Jetzt waren in der Ferne keine Scheinwerfer mehr zu sehen. Er mußte annehmen, daß der Wagen oben an der Straße angehalten wurde, sein Insasse den Motor abgestellt hatte und ausgestiegen war.

Gut. Er kannte die Gegend. Nicht besonders, aber wahrscheinlich besser als die Eindringlinge.

Er sah, daß der Schnee jetzt länger am Boden liegen blieb als vorher, und so zog er im Schatten den Uniformrock aus. Ein helles Khakihemd fiel weniger auf als das dunkle Tuch einer Uniform. Eine Kleinigkeit nur, aber Kleinigkeiten gab es nicht – nicht, wenn Streifen unbefugt abgerufen wurden und jemand einen Mord versuchte. Er rannte über die Wiese an den äußeren Rand der Einfahrt und begann, sich lautlos durch das Gehölz an den Kiesweg heranzuarbeiten.

Zwei Minuten später hatte er das Ende der geraden Zufahrt erreicht. Gute hundert Meter weiter unten an der Straße konnte er die Umrisse eines Automobils erkennen. Und dann sah er drinnen das Glimmen einer Zigarette.

Plötzlich war der Lichtkegel einer Taschenlampe zu sehen, der nach unten wies, auf die Straße, auf seiner Seite. Er kam aus dem Wald. Dann waren da Stimmen, erregt, sich hebend und wieder fallend, aber nie laut. Auf eine stille Art schrill.

Bonner wußte sofort, was die Aufregung ausgelöst hatte. Der Schein der Taschenlampe war genau an der Stelle, wo er seinen blutenden Widersacher zu seinem Wagen gezerrt hatte. Der Schnee war noch dünn und feucht und hatte das Blut auf der Straße noch nicht zugedeckt. Und auch nicht die Fußabdrücke.

Ein zweiter Lichtkegel kam von der gegenüberliegenden Seite. Da waren drei Männer. Der Mann im Wagen stieg aus und warf seine Zigarette weg. Bonner kroch nach vorn, jeder Nerv in ihm war angespannt, jeder Reflex bereit, sich in Bewegung zu setzen.

Er war jetzt noch knapp hundert Fuß entfernt und begann zu hören, was gesprochen wurde. Der Mann, der aus dem Wagen gestiegen war, erteilte Befehle.

Er instruierte den zu seiner Rechten, die Straße zum Haus hinunterzugehen und die Telefondrähte durchzuschneiden. Der Mann schien zu verstehen, und daraus konnte Bonner einiges über ihn schließen. Der zweite, der als ›Augie‹ angesprochen wurde, erhielt den Auftrag, hinter den Wagen zu gehen und darauf zu achten, ob jemand die Straße heraufgefahren kam. Wenn er etwas sah, sollte er rufen.

Augie sagte: »Okay, Mario. Ich kann mir nicht denken, was passiert ist.«

»Du kannst nicht *denken,* fratello!«

Mario de Spadante schützte also seine Flanken. Gut, dachte Bonner. Er würde die Artillerie entfernen und die Flanken freilegen.

Der erste Mann war wirklich ganz einfach. Er merkte überhaupt nicht, was passierte. Paul folgte den Telefonkabeln, wie der andere es sicher auch tun würde, und wartete in der Finsternis neben einem Baum. Als der Mann in die Tasche griff, um ein Messer herauszuholen, kam Bonner nach vorn und ließ einen Karateschlag auf seinen Halsansatz niedergehen. Der Mann stürzte, und der Major nahm ihm das Messer aus der Hand.

Da er nur wenige Schritte von dem Arbeitszimmer entfernt war, rannte Paul den Hang zur Terrasse hinunter und klopfte leise an der Tür. Jetzt war die Zeit, Ruhe zu erzeugen. In anderen. Andrew sprach durch das dicke Holz.

»Paul?«

»Ja.« Die Tür öffnete sich. »Alles läuft gut. Dieser de Spadante ist alleine«, log er. »Er wartet im Wagen; wahrscheinlich auf seinen Freund. Ich werde mit ihm reden.«

»Bringen Sie ihn hierher, Paul. Darauf bestehe ich. Ich will hören, was er zu sagen hat.«

»Mein Wort darauf. Vielleicht dauert es noch eine Weile. Er ist ein Stück zurückgefahren, und ich will mich ihm von hinten nähern. Damit es keinen Ärger gibt. Ich wollte nur, daß Sie Bescheid wissen. Es läuft alles glatt. Ich werde ihn in zehn oder fünfzehn Minuten hier haben.« Bonner lief weg, ehe Trevayne etwas sagen konnte.

Er brauchte weniger als zehn Minuten, um de Spadantes Wagen im Wald zu erreichen. Als er dort war, konnte er den hünenhaften Italiener an der Motorhaube stehen sehen, wie er sich gerade eine Zigarette anzündete.

Der Mann namens Augie saß auf einem großen, weiß angestrichenen Felsbrocken an einer Straßenbiegung. Er hielt eine nicht eingeschaltete Taschenlampe in der linken und eine Pistole in der rechten Hand. Er starrte gerade nach vorn, die Schultern eingezogen, wie um sich vor der feuchten Kälte zu schützen. Er befand sich auf der Paul gegenüberliegenden Straßenseite.

Bonner fluchte vor sich hin und ging schnell zurück, um ungesehen die Straße überqueren zu können. Als er die gegenüberliegende Seite erreicht hatte, arbeitete er sich nach Westen, bis er nur noch zehn Fuß von seinem Ziel entfernt war. Der Mann hatte sich nicht bewegt, und Paul begriff, daß er es mit einem Problem zu tun hatte. Wie leicht war es möglich, daß die Pistole in der Überraschung abgefeuert wurde; und selbst wenn sie mit einem Schalldämpfer versehen war, würde de Spadante das Geräusch hören. Wenn sie keinen Schalldämpfer besaß, dann würde möglicherweise sogar Trevayne in seinem Arbeitszimmer den Schuß hören und die Polizei rufen.

Der Major wollte keine Polizei. Noch nicht.

Bonner wußte, daß er einen Mord riskieren mußte.

Er zog das Messer heraus, das er dem Mann an der Telefonleitung abgenommen hatte, und schob sich vorsichtig nach vorn. Es war ein großes Klappmesser mit scharfer Spitze und einer Schneide wie eine Rasierklinge. Wenn er die Spitze im rechten unteren Mittelteil des Körpers ansetzte, würde die Reaktion krampfartig sein; Gliedmaßen, Finger würden nach außen fliegen, sich öffnen, nicht zusammenkrallen. Der Hals würde sich nach hinten krümmen, alles instinktiv. Und es würde einen Augenblick dauern, ehe die Luftröhre über genügend Luft verfügte, um ein Geräusch von sich zu gehen. Während dieses Augenblickes würde er dem Mann fast den Mund aus dem Kopf reißen müssen, um dafür zu sorgen, daß er still blieb, und würde ihm gleichzeitig die Pistole aus der Hand schlagen.

Das Leben des Mannes hing von drei Problemen seines Überfalls ab. Wie tief die Klinge eindrang – innere Blutung. Schock, verbunden mit einem kurzzeitigen Stocken der Atmung, was eine tödliche Lähmung verursachen konnte, und die Möglichkeit, daß sein Messer lebenswichtige Organe verletzte.

Es gab keine Alternative; man hatte auf ihn geschossen. Mit der Absicht, ihn zu töten. Dieser Mann, dieser Mafioso von Mario de Spadante würde keine Träne für ihn vergießen.

Bonner warf sich auf die sitzende Gestalt und führte seinen Angriff durch. Es gab kein Geräusch, nur ein kurzes Schnappen nach Luft, als der Körper erschlaffte.

Und Major Paul Bonner wußte, daß seine Ausführung nicht perfekt, aber nichtsdestoweniger vollständig gewesen war. Der Mann namens ›Augie‹ war tot. Er zerrte die Leiche von der Straße weg ins Gehölz und begann den Rückweg zu de Spadantes Wagen. Der

Schnee war jetzt schwerer, feuchter. Die Erde unter ihm begann weich, fast schlammig zu werden.

Jetzt hatte er eine Position parallel zu dem Automobil erreicht. Mario de Spadante war nicht da. Er beugte sich vor und kroch an den Straßenrand. Niemand.

Und dann entdeckte er die Fußstapfen im Schnee. De Spadante war zum Haus gegangen. Als er genauer hinsah, erkannte er, daß die ersten paar Eindrücke nur wenige Zoll voneinander entfernt waren, und dann plötzlich ein oder zwei Fuß. Die Spuren eines Mannes, der zu laufen angefangen hatte. Irgend etwas hatte de Spadante dazu veranlaßt, zum Haus zu rennen.

Bonner versuchte, sich einen Reim darauf zu machen. Der Mann an der Telefonleitung würde wenigstens drei oder vier Stunden bewußtlos bleiben; dafür hatte Paul gesorgt. Er hatte seinen schlaffen Körper weggezerrt, so daß man ihn nicht sehen konnte, und den Gürtel des Mannes dazu verwendet, ihm die Beine zu fesseln.

Warum war de Spadante, plötzlich in solcher Eile, zu Trevaynes Haus gerannt?

Es gab keine Zeit, darüber Spekulationen anzustellen. Trevaynes Sicherheit hatte die höchste Priorität, und wenn de Spadante in der Nähe des Hauses war, dann war diese Sicherheit gefährdet.

Er durfte auch keine Zeit damit vergeuden, den Wald zu benutzen. Bonner eilte die Straße hinunter und behielt dabei dauernd die Fußstapfen im Auge. Sie wurden klarer, frischer, als er sich der Einfahrt näherte. Sobald er in Sichtweite des Hauses war, riet ihm sein Instinkt, Deckung zu suchen, sich nicht auf der offenen Einfahrt sehen zu lassen, die Gegend zu erforschen, ehe er weiterrannte. Aber seine Sorge für Trevayne war stärker als seine Unruhe. Die Fußstapfen führten zu den Telefonkabeln und bogen dann scharf zur Einfahrt ab, zur vorderen Hausseite.

De Spadante suchte, offensichtlich suchte er den Mann, den er ausgeschickt hatte, um die Drähte zu kappen. Er mußte wissen, daß ein Kampf stattgefunden hatte, dachte Paul. Der Boden rings um das Telefongehäuse war aufgewühlt, der Schnee zeigte die Spuren, wo er den Bewußtlosen zum Wald gezerrt hatte.

In dem Augenblick war es Bonner klar, daß er erledigt war – oder es zumindest sein würde, wenn er nicht vorsichtig war. Natürlich hatte de Spadante den Boden und die Spuren im frischen Schnee gesehen. Natürlich sah er die Schleifspur, wo er, Paul, den reglosen Körper durch das hohe Gras gezerrt hatte. Und er hatte das getan, was jeder tun würde, der sich auf die Jagd verstand; er hatte den Jäger ausgetrickst. Er hatte Spuren hinterlassen, die von der Stelle wegführten, und war dann irgendwo umgekehrt, auf demselben Wege, wartete jetzt, beobachtete ihn vielleicht.

Paul rannte zu den Stufen des Vordereingangs, wo die Fußstapfen plötzlich aufhörten. Wo? Wie?

Und dann sah er, was de Spadante getan hatte, und in ihm kam unwillkürlich etwas widerstrebender Respekt für den Mafioso auf. Entlang des Hauses, hinter dem Gebüsch, war die Erde nur feucht, schwarze Erde, in die Torf gemischt war; der Dachvorsprung hatte den Schnee aufgefangen. Es gab eine gerade, eindeutige Grenze, fast zwei Fuß breit, die bis zum Hausende führte, an die Ecke, wo die Telefondrähte herunterkamen. Bonner beugte sich vor und konnte den frischen Abdruck eines Männerschuhs erkennen.

De Spadante war umgekehrt und hatte sich dicht an der Hausseite entlang bewegt. Der nächste logische Schritt für ihn war, im Schatten zu warten, bis der Mann auftauchte, der seinen Helfer angegriffen hatte.

De Spadante hatte ihn vielleicht auf der Straße gesehen, wie er sich der Einfahrt näherte. Und das lag nur Sekunden zurück.

Aber wo war er jetzt?

Wieder die Logik des Jägers – oder des Gejagten: de Spadante würde den Spuren im feuchten Schnee in den Wald folgen.

Der Major durfte seinen Widersacher nicht unterschätzen. Sie waren jetzt beide Opfer und Jäger zugleich.

Er huschte schnell um die vordere Treppe herum zur anderen Seite des Eingangs, rannte ans Hausende und betrat den Seitenweg, der bei der Garage endete. In der Nähe der Garage angelangt, bog er nach rechts auf den Plattenweg, der zur Terrasse und den steinernen Treppenstufen über dem Dock und dem Bootshaus führte. Statt die Terrasse zu betreten, sprang Bonner über die Ziegelmauer und landete auf dem felsigen Abhang darunter. Er arbeitete sich zu den steinernen Stufen durch und eilte weiter, bis zu einer Stelle unmittelbar über dem Bootshaus. Er kroch zum höchsten Punkt des kleinen Hügels und befand sich jetzt am Rand der Seeseite des Wäldchens von Barnegat.

Auf Händen und Knien kroch er in die Richtung, wo er den ersten Mann hingeschleppt hatte. Dabei drückte er ein paarmal die

Augen immer fünf Sekunden lang zu, damit sie empfindlicher für das schwache Licht wurden. Es handelte sich um eine Theorie, die von manchen Ärzten angezweifelt wurde, aber die Special Forces schworen darauf.

Dreißig oder vierzig Fuß innerhalb des Wäldchens sah er ihn.

Mario de Spadante kauerte an einem großen heruntergefallenen Ast, blickte zum Haus hinüber und hielt eine Pistole in der linken Hand, während seine rechte sich an einem tiefhängenden Ast hielt, um sich zu stützen. Er wollte die Einfahrt schnell erreichen können, wenn der Mann an der Straße ihn alarmierte – der Mann, der tot dort oben lag.

Bonner richtete sich lautlos auf. Er zog seine Pistole heraus und hielt sie gerade vor sich. Er stand neben einem dicken Baum und wußte, daß er sich beim ersten Anzeichen einer feindseligen Handlung hinter ihn ducken konnte.

»Ich habe Ihren Hinterkopf vor der Kimme. Ich werde Sie nicht verfehlen.«

De Spadante erstarrte, dann versuchte er, sich umzudrehen. Bonner schrie: »Keine Bewegung. Sonst blase ich Ihnen den Kopf weg … Öffnen Sie die Finger. *Öffnen* Sie sie! … Jetzt lassen Sie die Pistole fallen.«

Der Italiener gehorchte. »Wer, zum Teufel, sind Sie?«

»Jemand, den Sie vergessen haben, aus dem Krankenhaus wegzuschaffen, Sie fetter Schweinehund.«

»Welches Krankenhaus? Ich kenne kein Krankenhaus.«

»Natürlich nicht. Sie sind bloß hier, um sich die Gegend anzusehen. Sie kennen niemanden, der Joey heißt? Niemand, der Joey heißt, ist Trevayne gefolgt und hat Ihnen darüber berichtet?«

De Spadante war wütend und außerstande, seine Wut zu verbergen. »Wer hat Sie geschickt?« fragte er Bonner mit seiner knarrenden Stimme. »Wo kommen Sie her?«

»Stehen Sie auf. Langsam!«

Das fiel de Spadante einigermaßen schwer. »Okay … okay. Was wollen Sie von mir? Sie wissen, wer ich bin?«

»Ich weiß, daß Sie einen Mann hier heruntergeschickt haben, um die Telefonleitungen zu kappen. Daß Sie einen weiteren Mann oben auf der Straße aufgestellt haben. Erwarten Sie jemanden?«

»Vielleicht … Ich habe Ihnen eine Frage gestellt.«

»Sie haben mir einige gestellt. Gehen Sie jetzt zur Einfahrt. Und seien Sie vorsichtig, de Spadante. Es würde mir überhaupt nichts ausmachen, Sie zu töten.«

»Sie *kennen* mich!« De Spadante drehte sich um.

»Weitergehen.«

»Wenn Sie mich anrühren, haben Sie eine ganze Armee auf dem Hals.«

»Wirklich? Vielleicht habe ich selbst eine, um Ihre aufzuhalten.«

De Spadante, der jetzt nur ein paar Fuß vor Bonner ging, drehte sich im Reden um, die Hände vor sich ausgestreckt, um sich vor den Zweigen zu schützen. In dem sehr schwachen Licht kniff er seine großen Augen in seinem mächtigen Schädel zusammen. »Yeah ... yeah, das Hemd; diese Schnalle. Ich hab's gesehen. Sie sind ein Soldat.«

»Keiner von den Ihren. Drehen Sie sich um. Weitergehen.«

Sie erreichten den Waldrand und gingen zur Einfahrt hinunter. »Hören Sie zu, Soldat. Sie machen einen Fehler. Ich tue eine ganze Menge für euch. Sie kennen mich; das sollten Sie wissen.«

»Sie können uns das alles ja erzählen. Gehen Sie zum Haus. Ganz gerade. Zur Terrasse hinunter.«

»Dann ist er also hier ... Wo ist denn der kleine Scheißer, dieser Joey?«

»Wenn Sie mir erklären, warum Sie es so eilig hatten, den Wagen zu verlassen, um hier herunterzukommen, dann erzähl' ich Ihnen etwas über Joey.«

»Ich hab' diesem Kerl gesagt, er soll die Drähte kappen und mir mit seiner Taschenlampe ein Signal geben. Man braucht doch nicht zehn Minuten, um ein paar Drähte durchzuschneiden.«

»Richtig. Ihr Freund Joey ist drinnen. Er fühlt sich nicht wohl.«

Sie gingen den etwas abschüssigen Rasen hinunter zur rechten Hausseite. De Spadante blieb auf halbem Weg zur Terrasse stehen.

»Weiter!«

»Warten Sie. Wir müssen reden ... Was macht es denn, wenn wir ein wenig reden? Zwei Minuten.«

»Wir wollen sagen, daß ich ein Zeitproblem habe.« Bonner hatte auf die Uhr gesehen. Tatsächlich hatte er wahrscheinlich noch fünf Minuten, bis Trevayne die Polizei anrufen würde. Und dann überlegte er. Vielleicht erfuhr er von de Spadante etwas, das er vor Trevayne nicht sagen würde.

»Also gut.«

»Was sind Sie? Ein Captain vielleicht. Für einen Sergeant reden Sie zu gut.«

»Ich habe einen Rang.«

»Gut. Sehr gut. Rang. Sehr militärisch. Ich will Ihnen was sagen; dieser Rang, den Sie da haben. Ich sorge, daß der erhöht wird. Ein, vielleicht zwei Stufen. Wie wäre das?«

»Sie werden was tun?«

»Ich hab's doch gesagt, vielleicht sind Sie ein Captain. Was kommt als nächstes? Major? Und dann Colonel, nicht wahr? Okay, ich garantiere Ihnen den Major. Aber wahrscheinlich kann ich dafür sorgen, daß Sie Colonel werden.«

»Das ist doch Scheiße.«

»Kommen Sie schon, Soldat. Sie und ich, wir beide haben doch keinen Streit. Stecken Sie die Kanone weg. Wir stehen doch auf derselben Seite.«

»Ich stehe auf keiner Seite von Ihnen.«

»Was wollen Sie denn? Einen Beweis. Lassen Sie mich an ein Telefon, dann kriegen Sie den Rang.«

Bonner war verblüfft. De Spadante log natürlich, aber seine Arroganz war überzeugend. »Wen würden Sie anrufen?«

»Das ist meine Angelegenheit. Zwei-Null-Zwei ist die Vorwahl. Erkennen Sie die, Soldat?«

»Washington.«

»Ich will noch weitergehen. Die ersten zwei Nummern sind Acht-acht!«

Du großer Gott! Acht-acht-sechs, dachte Bonner. *Verteidigungsministerium.* »Sie lügen.«

»Ich wiederhole. Lassen Sie mich an ein Telefon. Bevor wir Trevayne sehen. Sie werden das nie bedauern, Soldat ... nie.«

De Spadante sah das Staunen in Bonners Gesicht. Und er sah auch, wie der Unglaube des Soldaten in ungewohnte Realität umschlug. Nicht akzeptable Realität. Und das ließ ihm keine Wahl.

De Spadantes Fuß glitt auf dem schneebedeckten Rasen aus. Nicht sehr, nur ein paar Zoll. Genug, um es möglich zu machen, im feuchten Gras zu fallen. Er fand sein Gleichgewicht wieder.

»Wen im Verteidigungsministerium würden Sie denn anrufen?«

»O nein. Wenn er mit Ihnen reden will, dann soll *er* es Ihnen sagen. Werden Sie mich zu einem Telefon bringen?«

»Vielleicht.«

De Spadante wußte, daß der Soldat log. Sein anderer Fuß glitt aus, und wieder fand er sein Gleichgewicht. »Dieser beschissene Hügel ist wie Eis ... Kommen Sie schon, Soldat. Seien Sie nicht blöd.«

Zum drittenmal schien de Spadante das Gleichgewicht zu verlieren.

Und dann schoß plötzlich die linke Hand des Italieners auf Bonners Handgelenk zu. Mit der rechten schlug er klatschend auf Bonners Unterarm. Das Fleisch riß auf, und sein Ärmel tränkte sich sofort mit Blut. De Spadantes Hand zuckte zu Bonners Hals hoch; wieder wurde sein Fleisch aufgefetzt.

Paul fuhr zurück, merkte, daß er blutete, sah seine Wunden. Trotzdem hielt er die Waffe fest, die de Spadante ihm wegzureißen versuchte. Er trieb das Knie in den weichen Unterleib des Italieners, aber ohne Erfolg. De Spadante schlug immer noch auf Bonners Kopf ein, wobei jedesmal mehr Blut strömte. Paul begriff jetzt, daß de Spadantes Waffe irgendein rasiermesserscharfer Gegenstand war, den er in der rechten Faust hielt. Die mußte er zu pakken bekommen und sie festhalten, sie von sich wegdrängen.

De Spadante war unter ihm, dann über ihm. Sie rollten sich im Schnee, glitten auf dem nassen Boden aus. Zwei Tiere im Todeskampf. Immer noch waren de Spadantes ungeheuer kräftige Finger um den Kolben der Vierundvierziger verkrampft, die Bonner in der Hand hielt. Und Bonner drückte immer noch den rasiermesserscharf geschliffenen Totschläger von seinen blutenden Wunden weg.

Immer wieder schmetterte Bonners Knie gegen den Unterleib des Italieners. Die wiederholten Schläge begannen ihre Wirkung zu zeitigen. De Spadantes Griff lockerte sich. Nur um ein wenig, aber er wurde schwächer. Und dann explodierte Bonners letzte Kraft – er glaubte wenigstens, daß es seine letzte war.

Der Knall der Vierundvierziger war wie ein Donner. Er hallte durch die schweigende weiße Stille, und Sekunden darauf kam Trevayne auf die Terrasse heraus, die Pistole erhoben, schußbereit.

Paul Bonner überall blutend, taumelte, als er sich aufrichtete. Mario de Spadante lag im Schnee, zusammengekrümmt, die Hände über dem mächtigen Leib verkrampft.

Pauls Sinne waren wie benommen. Die Bilder vor seinen Augen verschwammen ineinander. Sein Gehör funktionierte nur noch sporadisch – Worte, die er vernehmen konnte und dann wieder solche, die ihm keinen Sinn abgaben. Er spürte Hände an seinem Körper. Fleisch, sein Fleisch, wurde berührt, aber ganz sachte.

Und dann hörte er Trevayne sprechen, genauer gesagt, er war imstande, die Worte eines einzigen Satzes auszumachen.

»Wir werden eine Adernpresse brauchen.«

Schwärze hüllte Bonner ein. Er wußte, daß er fiel. Und fragte sich, was ein Mann wie Trevayne von Adernpressen wußte.

31.

Paul Bonner spürte das Feuchte an seinem Hals, ehe er die Augen aufschlug. Und dann hörte er, wie die Stimme eines Mannes leise Erklärungen abgab. Er wollte sich strecken, aber bei dem Versuch schoß ihm ein schrecklicher Schmerz durch den rechten Arm.

Zuerst wurde das Bild der Menschen um ihn klarer, dann das des Raumes. Es war ein Krankenhauszimmer.

Neben ihm war ein Arzt – es mußte einer sein, denn er trug einen weißen Mantel. Andy und Phyllis standen am Fußende des Bettes.

»Willkommen, Major«, sagte der Arzt. »Sie haben einen ereignisreichen Abend hinter sich.«

»Bin ich in Darien?«

»Ja«, antwortete Trevayne.

»Wie fühlen Sie sich, Paul?« Phyllis' Augen konnten die Sorge nicht verbergen, die sie beim Anblick von Bonners verbundenen Wunden empfand.

»Steif, schätze ich.«

»Sie werden ein paar Narben am Hals behalten«, sagte der Arzt. »Zum Glück hat er sie nicht im Gesicht erwischt.«

»Ist er tot? De Spadante?« Paul fiel das Sprechen schwer. Nicht, daß es ihn schmerzte, nur anstrengend war es.

»Die operieren jetzt gerade. In Greenwich. Sie geben ihm eine Chance von sechzig zu vierzig – dagegen«, erwiderte der Arzt.

»Wir haben Sie hierher gebracht. Das ist John Sprague, Paul. Unser Arzt.« Trevayne machte eine Handbewegung in Richtung auf Sprague.

»Danke, Doktor.«

»Oh, ich hab' gar nicht so viel getan. Ein paar Stiche. Zum Glück hatte sie unser Wohltäter hier an ein paar Stellen zusammengequetscht. Und Lillian hat Ihren Hals fast fünfundvierzig Minuten lang in Eiskompressen gehalten.«

»Der sollten Sie eine Gehaltsaufbesserung geben, Andy.« Bonner lächelte schwach.

»Die kriegt sie«, antwortete Phyllis.

»Wie lange bleibe ich denn so eingewickelt? Wann kann ich hier raus?«

»Ein paar Tage, vielleicht eine Woche. Das hängt von Ihnen ab. Die Nähte müssen zusammenheilen. Ihr rechter Unterarm und Ihr Hals sind ziemlich verletzt.«

»Das sind Bereiche, die man leicht unter Kontrolle halten kann, Doktor.« Bonner blickte zu Sprague auf. »Ein Stützverband und eine einfache Gazebinde an meinem Arm müßten doch gehen.«

Sprague lächelte. »Sie sind wohl Fachkollege?«

»Höchstens Berater ... Ich muß wirklich hier raus. Bitte nicht übelnehmen.«

»Jetzt mal einen Augenblick.« Phyllis ging um das Bett herum. »Soweit das mich betrifft, haben Sie Andy das Leben gerettet. Ich werde nicht zulassen, daß Sie hier früher, als es gut für Sie ist, rauskommen.«

»Sie brauchen Ruhe, Paul. Wir reden morgen weiter. Ich komme ganz früh herüber«, meinte auch Trevayne.

»Nein, nicht morgen früh. Jetzt.« Bonner sah Andy an, und seine Augen wirkten bittend, aber streng. »Ein paar Minuten, bitte.«

»Was sagen Sie, John?« Trevayne erwiderte Bonners Blick, während er die Frage stellte.

Sprague beobachtete, was zwischen den beiden Männern ablief. »Ein paar Minuten. Mehr als zwei und weniger als fünf. Ich nehme an, Sie wollen alleine sein; ich bringe Phyllis auf ihr Zimmer zurück.«

Die Tür schloß sich, und die beiden Männer waren alleine. »Ich hatte nicht angenommen, daß so etwas passieren würde«, sagte Bonner.

»Wenn ich es auch nur entfernt für möglich gehalten hätte, hätte ich Sie nicht gehen lassen und die Polizei angerufen. Ein Mann ist getötet worden.«

»Ich habe ihn getötet. Die waren bewaffnet und wollten auf Sie schießen.«

»Warum haben Sie mich dann angelogen?«

»Hätten Sie mir geglaubt?«

»Da bin ich nicht sicher. Ein Grund mehr, die Polizei zu rufen. Ich hätte nie gedacht, daß die so weit gehen würden. Das ist unglaublich.«

»›Die‹ bedeutet wir, nicht wahr?«

»Ganz offensichtlich nicht *Sie*. Sie hätten Ihr Leben verlieren können; beinahe hätten Sie das ja auch ... Genessee Industries.«

»Sie haben unrecht. Das ist es, was ich beweisen wollte. Ich wollte diesen fetten Bastard zu Ihnen bringen, damit Sie die Wahrheit erfahren.« Bonner fiel das Reden schwer. »Ich wollte ihn zwingen, Ihnen die Wahrheit zu sagen. Er ist nicht Genessee; er gehört nicht zu uns.«

»Das glauben Sie doch selbst nicht, Paul. Nicht nach dem, was heute nacht war.«

»Doch, das glaube ich. Genauso wie die Information, für die Sie in San Francisco bezahlt haben. Die haben Sie von einem Psychopathen gekauft. ›L. R.‹ Ich weiß Bescheid. Ich hab' ihn auch bezahlt. Dreihundert Dollar ... komisch, nicht wahr?«

Trevayne konnte ein Lächeln nicht unterdrücken. »Das ist es tatsächlich ... Sie waren wirklich sehr beschäftigt. Und findig. Aber, nur der Genauigkeit willen, es war nicht die Information an sich, es war eine Bestätigung. Wir hatten die Zahlen.«

»Über Armbruster?«

»Ja.«

»Ein guter Mann. Er denkt wie Sie.«

»Ein sehr guter Mann. Und ein trauriger. Es gibt eine Menge trauriger Männer. Das ist ja das Tragische an dieser ganzen Geschichte.«

»In Houston? Pasadena? Tacoma? Oder sollte ich sagen Seattle?«

»Ja. Und in Greenwich. Auf einem Operationstisch. Nur daß mir bei ihm nicht das Wort traurig in den Sinn kommt. Eher das Wort schmutzig. Er hat versucht, Sie zu töten, Paul. Er gehört auch dazu.«

Bonner wandte den Blick von Trevayne. Zum erstenmal, seit ihre zahlreichen ernsthaften und halb ernsthaften Auseinandersetzungen begonnen hatten, sah Andy Zweifel in Pauls Gesicht. »Das können Sie nicht wissen.«

»Doch, das kann ich. Er war gleichzeitig mit uns in San Francisco. Er hat vor ein paar Wochen in Maryland einen Kongreßabgeordneten unter Druck gesetzt, ihn körperlich bedroht. Der Kongreßabgeordnete hat den Fehler gemacht, in betrunkenem Zustand Genessee zu erwähnen ... Er gehört dazu.«

Bonner war jetzt erschöpft. Er wußte, daß die paar Minuten um waren. Viel länger würde er es nicht mehr aushalten. Er konnte nur noch einen letzten Versuch machen, Trevayne zu überzeugen. »Ziehen Sie sich zurück, Andy. Sie würden viel mehr Probleme aufwerfen, als Sie lösen können. Wir werden das Pack loswerden. *Sie* blähen das Ganze über das vernünftige Maß hinaus auf.«

»Das höre ich heute nicht zum erstenmal; das kaufe ich Ihnen nicht ab.«

»Sie werden eine Menge Schaden anrichten.«

»Und es gibt eine Menge Leute, die mir echt leid tun würden. Wahrscheinlich werde ich denen am Ende helfen, wenn Ihnen das guttut.«

»Ach was! Mir sind die Menschen völlig egal. Was mich interessiert, wofür ich etwas empfinde, ist dieses Land ... Für *Sie* ist einfach keine *Zeit*. Wir dürfen nicht zurückgleiten!« Bonners Atem ging jetzt schwer, und Andy erkannte das Sympton.

»Okay, Paul, okay. Ich besuche Sie morgen.«

Bonner schloß die Augen. »Werden ... werden Sie mir morgen zuhören? Werden Sie in Betracht ziehen, es uns zu überlassen, unser eigenes Haus sauberzumachen? ... Werden Sie aufhören?«

Er schlug die Augen auf und starrte Andy an.

Einen Augenblick lang dachte Trevayne an Roderick Bruce, der ihn an eine Ratte erinnerte und der Paul Bonner ans Kreuz schlagen wollte, dachte daran, wie er sich geweigert hatte, sich den Drohungen des Reporters zu beugen. Bonner würde das nie erfahren. »Ich respektiere Sie, Paul. Wenn die anderen wie Sie wären, würde ich die Frage in Betracht ziehen. Aber das sind sie nicht, und deshalb lautet meine Antwort nein.«

»Dann gehen Sie zum Teufel ... Kommen Sie morgen nicht; ich will Sie nicht sehen.«

»In Ordnung.«

Bonner begann, in den Schlaf zu sinken. Den Schlaf eines verwundeten, verletzten Mannes. »Ich werde Sie bekämpfen, Trevayne ...«

Seine Augen schlossen sich, und Andy ging leise aus dem Zimmer.

32.

Trevayne erwachte früh, noch vor sieben Uhr. Vor dem Fenster seines Schlafzimmers wirkte der Morgen unglaublich friedlich. Er beschloß, sich das Frühstück selbst zu machen.

Die gelben Blätter, die er aus seinem Arbeitszimmer mitgebracht hatte, breitete er über den Küchentisch aus. Sie waren mit großer, hastig hingekritzelter Schrift bedeckt. Es handelte sich um die Informationen, die Vicarson über Aaron Green zusammengetragen hatte.

Green stammte nicht aus der Eliteschicht von Birmingham, wie Alan Martin angedeutet hatte. Unter den Vorfahren seiner Familie waren keine Lehmans, keine Strauses. Aaron Green war ein eingewanderter Flüchtling aus Stuttgart, der 1939 im Alter von vierzig Jahren in den Vereinigten Staaten eingetroffen war. Über sein Leben in Deutschland war sehr wenig aufgezeichnet, sah man von der Tatsache ab, daß er Reisender für eine große Druckerei gewesen war, die Zweigbüros in Berlin und Hamburg unterhalten hatte. Allem Anschein nach war er Ende der zwanziger Jahre verheiratet gewesen, aber seine Ehe war auseinandergebrochen, ehe er Deutschland verlassen hatte, kurz vor einer drohenden Ausweisung durch die Nazis. In Amerika vollzog sich Aaron Greens steiler Aufstieg in aller Stille. Er gründete gemeinsam mit einigen anderen älteren Flüchtlingen eine kleine Druckerei im unteren Manhattan. Indem er die fortgeschrittenen Drucktechniken einsetzte, wurde die Fähigkeit der kleinen Firma, auch größere Konkurrenten an die Wand zu spielen, bald den New Yorker Verlagsgesellschaften offenkundig. Binnen zwei Jahren hatte die Firma ihr Geschäftsvolumen auf das Vierfache erweitert; Green als ihr Sprecher hatte sich provisorische Patente auf den speziellen Druckprozeß eintragen lassen.

Als dann Amerika formell in den Krieg eintrat und es zu einer

Rationierung von Papier und Druck kam, verfügte Greens Gesellschaft über deutliche Vorteile. Der aus Deutschland eingeführte Druckprozeß erlaubte es, den Ausschußfaktor auf geradezu lächerliche Werte zu reduzieren, und so gelang es begreiflicherweise, die Produktionsgeschwindigkeit auf Werte zu erhöhen, die die kühnsten Fantasien der Wettbewerber weit überschritten.

Aaron Greens Firma erhielt riesige Druckaufträge der Regierung.

An diesem Punkt traf Aaron Green einige Entscheidungen, die seine Zukunft sicherstellten. Er kaufte seine Partner auf, verlegte sein Unternehmen aus Manhattan in preisgünstigere Regionen im südlichen New Jersey, kämmte die Einwanderungslisten nach potentiellen Angestellten durch und bevölkerte eine sterbende Stadt buchstäblich neu mit Europäern.

Nach dem Kriege fand Aaron Green neue Interessen. Er sah die riesigen Profite voraus, die in der sich schnell entwickelnden Fernsehbranche zu erzielen waren, und begann, sich diese Profite mittels Werbung zu beschaffen. Die Kreativität des geschriebenen, gesprochenen und visualisierten Wortes.

Es war gerade, als hätte die Nachkriegsära auf seine kombinierten Talente gewartet. Aaron Green gründete die Green Agency und besetzte sie mit den intelligentesten Köpfen, die er finden konnte. Seine Millionen gestatteten es ihm, die besten Leute aus existierenden Agenturen abzuwerben; seine Druckereien verschafften ihm die Möglichkeit, Kunden von anderen wegzulocken, indem er ihnen Verträge anbot, die seinen Wettbewerbern unmöglich gewesen wären; seine Kontakte in Regierungskreisen sorgten dafür, daß es zu keinen Kartellklagen kam, und als schließlich die Sendepläne für die Fernsehwerbung aufgestellt wurden, hatte es Greens plötzliche Überlegenheit in den Magazinen und Zeitungen bewirkt, daß die Green Agency die gesuchteste Werbegesellschaft in New York geworden war.

Das persönliche Leben von Aaron Green war von Wolken umgeben. Er hatte wieder geheiratet, hatte zwei Söhne und eine Tochter, lebte auf Long Island in einer Villa mit etwa zwanzig Zimmern und Gärten, die es mit denen der Tuillerien hätten aufnehmen können; spendete zahlreichen Wohltätigkeitsorganisationen mit außergewöhnlicher Großzügigkeit und verlegte hochwertige Literatur, ohne auch nur an Gewinn zu denken. Er leistete seine Beiträge zu politischen Kampagnen, ohne viel Interesse an Parteien, dafür aber mit scharfem Blick für gesellschaftliche Reformen. Eine Eigenschaft allerdings hatte er, die am Ende dazu führte, daß ihn die Union für bürgerliche Freiheiten vor Gericht zitieren ließ. Er weigerte sich, Mitarbeiter einzustellen, die deutscher Herkunft waren. Ein nicht jüdischer deutscher Name reichte bereits aus, um einen Bewerber scheitern zu lassen.

Aaron Green zahlt die ihm auferlegte Strafe und fuhr in aller Stille fort, genauso zu handeln wie eh und je.

Trevayne beendete sein Frühstück und versuchte, sich ein Bild von Green zu machen. Warum Genessee Industries? Warum insgeheim dieselbe Art militaristischer Zielsetzung unterstützen, der er entkommen war und die ihm allem Anschein nach immer noch verachtenswert erschien? Ein Mann, der auf der Seite der Entrechteten stand und sich für liberale Reformen aussprach, war nicht gerade der logische Advokat des Pentagon.

Am Flughafen von Westchester gab er den Mietwagen zurück und charterte einen Helikopter, der ihn nach Hampton Bays auf Long Island fliegen sollte.

In Hampton Bays mietete er wieder einen Wagen und fuhr nach Sail Harbor, zu Aaron Greens Haus.

Er traf um elf Uhr am Tor ein, und als ein erschreckter Green ihn im Wohnzimmer begrüßte, verriet ihm der Ausdruck seiner Augen, daß der alte Herr eine Warnung erhalten hatte.

Aaron Greens Gesicht zeigte Sorge und Zorn. »Es ist Sabbat, Mr. Trevayne. Ich hätte angenommen, daß Sie darauf Rücksicht nehmen würden, wenigstens insoweit, daß Sie vorher anrufen. Dieses Haus wird orthodox geführt.«

»Ich bitte um Entschuldigung. Das wußte ich nicht. Mein Terminkalender ist sehr beengt; die Entscheidung, hierherzufahren, fiel in letzter Minute. Ich habe Freunde in der Nähe besucht … ich kann zu einem anderen Zeitpunkt zurückkommen.«

»Machen Sie es nicht noch schlimmer. East Hampton ist nicht Boise, Idaho. Kommen Sie auf die Veranda.« Green führte Trevayne in einen großen, von Glas umschlossenen Raum, der den Ausblick zur Seite und zu der Rasenfläche hinter dem Haus bot. Überall waren Pflanzen – es war wie ein Sommergarten, mitten im Winter.

»Hätten Sie gerne Kaffee? Vielleicht ein paar süße Brötchen?« fragte Green, als Andrew sich setzte.

»Sie sind zu liebenswürdig.«

»Ich habe damit gerechnet, daß Sie mich aufsuchen würden. Eines Tages; ich war nicht sicher, wann, und habe ganz sicher nicht angenommen, daß es so bald sein würde.«

»Wie ich höre, ist das Verteidigungsministerium ... erregt. Man hat mit Ihnen Verbindung aufgenommen.«

»Und ob man das hat. Und mit einigen anderen auch. Sie haben in vielen Bereichen erregte Reaktionen ausgelöst, Mr. Trevayne. Sie erzeugen Furcht in Menschen, die dafür bezahlt werden, daß sie keine Furcht haben. Ich habe einigen gesagt, daß sie von mir keinen Pfennig Gehalt mehr bekommen würden. Unglücklicherweise – und ich gebrauche dieses Wort bewußt – stehen sie nicht auf meiner Gehaltsliste.«

»Dann brauche ich wohl nicht auf den Busch zu klopfen, oder?«

»Auf den Busch zu klopfen, war stets eine höchst fragwürdige Jagdmethode, die von den Armen angewendet wurde, weil sie sich keine Köder leisten konnten. Diese Methode führte zu zwei entgegengesetzten Möglichkeiten. Die eine: das Wild hatte stets den Vorteil wegen seiner Witterung und konnte sich den Fluchtweg wählen. Und die zweite: wenn es aufgeschreckt wurde, konnte es sich gegen den Jäger wenden und ohne Warnung angreifen. Sozusagen ungesehen ... Sie haben bessere Mittel, Mr. Trevayne. Sie sind weder arm noch fehlt es Ihnen an Intelligenz.«

»Andererseits finde ich die Vorstellung, Köder auszulegen, ein wenig geschmacklos.«

»Ausgezeichnet! Sie sind sehr schnell; ich mag Sie.«

»Und ich begreife, weshalb Sie über so loyale Gefolgsleute verfügen.«

»Ah! Wieder getäuscht, mein Freund. Meine Gefolgsleute – wenn ich *wirklich* welche habe – sind gekauft. Wir haben beide Geld, Mr. Trevayne. Sicher haben Sie, so jung Sie auch sind, schon gelernt, daß Geld Gefolge erzeugt. Aber für sich alleine, isoliert, ist es nutzlos, nur ein Nebenprodukt. Aber es kann eine Brücke sein. Wenn man es korrekt einsetzt, verbreitet es die Idee. Die *Idee,* Mr. Trevayne. Sie ist ein größeres Denkmal als ein Tempel ... Sicher habe ich Gefolgsleute. Aber das Wichtigste ist, daß sie meine *Ideen* weitertragen.«

Eine uniformierte Hausangestellte kam mit einem silbernen Tablett zur Tür herein, stellte es auf den schmiedeeisernen Kaffeetisch und entfernte sich schnell wieder.

»Aber kommen wir zum Thema. Was sind Ihre Sorgen, Mr. Chairman? Was führt Sie unter so ungewöhnlichen Umständen in dieses Haus?«

»Genessee Industries. Sie verteilen, teilweise durch Ihre Agenturen, einen offiziell bestätigten Betrag von sieben Millionen pro Jahr – wir schätzen eher zwölf, wahrscheinlich mehr – zu dem Zweck, das Land davon zu überzeugen, daß Genessee für unser Leben unverzichtbar ist. Wir wissen, daß Sie dies seit mindestens zehn Jahren tun. Das ergibt eine Summe zwischen siebzig und hundertzwanzig Millionen Dollar. Wiederum möglicherweise mehr.«

»Und diese Zahlen machen Ihnen angst?«

»Das habe ich nicht gesagt. Aber sie beschäftigen mich und bereiten mir Sorge.«

»Warum? Selbst die Differenz der beiden Zahlen läßt sich erklären, und Sie hatten recht. Der höhere Betrag trifft zu.«

»Vielleicht kann man sie nachweisen; aber kann man sie rechtfertigen?«

»Das würde davon abhängen, wer diese Rechtfertigung sucht. Ja, man kann sie rechtfertigen. *Ich* rechtfertige sie.«

»Wie?«

»Zu allererst einmal ist eine Million Dollar nach heutiger Kaufkraft nicht das, was der Durchschnittsbürger meint. General Motors alleine geben jährlich zweiundzwanzig Millionen für ihre Werbung aus, die Postbehörde siebzehn.«

»Und das sind zufälligerweise die zwei größten Anbieter von Konsumprodukten auf der Erde. Versuchen Sie es noch einmal.«

»Im Vergleich zur Regierung sind sie winzig. Und da die Regierung der wichtigste Klient – Verbraucher – von Genessee Industries ist, könnte man gewisse scholastische Logik anwenden.«

»Nein. Es sei denn, der Klient wäre praktisch seine eigene Gesellschaft, seine eigene Quelle. Doch das glaube ich nicht.«

»Jeder Gesichtspunkt hat auch seinen visuellen Rahmen, Mr. Trevayne. Betrachten Sie einen Baum, und Sie sehen vielleicht, wie die Sonne sich in seinen Blättern spiegelt. Wenn ich ihn ansehe, sehe ich das Sonnenlicht, das vom Blattwerk gefiltert wird. Zwei verschiedene Bäume, wenn wir sie beschrieben, würden Sie das nicht auch sagen?«

»Ich kann die Analogie nicht erkennen.«

»Oh, dazu sind Sie sehr wohl imstande; Sie weigern sich einfach. Sie sehen nur die Reflexion, nicht was darunter ist.«

»Rätsel sind lästig, Mr. Green, und konstruierte Rätsel beleidigend. Zu Ihrer Information, ich habe inzwischen einen Blick für das, was darunter liegt. Und das ist der Grund, weshalb ich unter so ungewöhnlichen Umständen hier bin.«

»Ich verstehe.« Green nickte langsam mit dem Kopf. »Ich verstehe. Sie sind ein zäher Bursche. Ein sehr harter Mann ... Sie haben Chuzpe.«

»Ich verkaufe nichts. Ich brauche keine Chuzpe.«

Plötzlich schlug Aaron Green mit der flachen Hand gegen das harte Metall seines Sessels. Ein lautes, häßliches Klatschen. »Natürlich verkaufen Sie etwas!« Der alte Jude schrie, seine tiefe Stimme schien den ganzen Raum zu erfüllen, seine Augen funkelten Trevayne an. »Sie verkaufen die widerwärtigste Ware, die jemand verhökern kann. Das Rauschgift der Resignation. Schwäche! Sie sollten das besser wissen.«

»Nicht schuldig. Wenn ich etwas verkaufe, dann die Ansicht, daß das Land das Recht hat zu wissen, wie sein Geld ausgegeben wird. Ob diese Ausgaben das Resultat einer Notwendigkeit sind oder nur erfolgen, weil ein industrielles Ungeheuer erzeugt wurde und jetzt unersättlich geworden ist. Von einer kleinen Gruppe von Männern kontrolliert, die willkürlich entscheiden, wo die Millionen zugeteilt werden.«

»Schuljunge! Sie sind ein Schuljunge. Sie machen sich ja die Hosen naß ... Was ist dieses ›willkürlich‹? Wer ist willkürlich? Werfen Sie sich zum Richter darüber auf, was willkürlich ist? Implizieren Sie etwa, daß es von einem Meer bis zum anderen eine große Intelligenz gibt, die allwissend ist? Sagen Sie mir, o weiser Rabbi, wo war dieser Massenintellekt neunzehnhundertsiebzehn? Neunzehnhunderteinundvierzig? Ja, sogar neunzehnhundertfünfzig und -fünfundsechzig? Ich will es Ihnen sagen, wo. Schwach und kompromißbereit hat er zugesehen, und diese Schwäche, diese Kompromißbereitschaft ist bezahlt worden. Mit dem Blut von Hunderttausenden der besten jungen Männer.« Plötzlich senkte Green die Stimme. »Mit dem Leben von Millionen unschuldiger

Kinder und ihrer Mütter und Väter, die nackt in die Betonkammern des Todes marschierten. Kommen Sie mir nicht mit ›willkürlich‹. Sie sind ein Narr.«

Trevayne wartete, bis Aaron Green sich beruhigt hatte. »Ich behaupte, Mr. Green, und das sage ich mit allem Respekt, daß Sie hier Lösungen von Problemen anbieten, die in eine andere Zeit gehören. Heute stehen wir vor anderen Problemen, anderen Prioritäten.«

»Leeres Geschwätz. Die Argumentation von Feiglingen.«

»Das Atomzeitalter hat nicht viel Platz für Helden.«

»Wieder Quatsch!« Green lachte spöttisch. »Sagen Sie mir, Mr. Chairman, worin besteht mein Verbrechen? Das haben Sie mir noch nicht klargemacht.«

»Das wissen Sie genausogut wie ich. Unangemessener Einsatz von Mitteln ...«

»Unangemessen oder illegal?« unterbrach Green, und seine tiefe Stimme wurde leiser.

Trevayne machte eine Pause, ehe er Antwort gab. Damit brachte er seinen Ekel zum Ausdruck. »Die Gerichte entscheiden solche Fragen, wenn sie dazu imstande sind ... Wir finden heraus, was wir können, und geben Empfehlungen ab.«

»In welcher Weise werden diese Mittel ... unangemessen eingesetzt?«

»Zum Zwecke der Überredung. Ich argwöhne, daß es da ein riesiges Faß Schweinefleisch gibt, das verteilt wird, um Unterstützung zu gewährleisten oder Opposition gegen die Genessee-Kontrakte auszuschalten. In Dutzenden von Bereichen. Arbeitskräfte, Fachleute, Kongreß, um drei zu nennen.«

»Sie argwöhnen? Sie erheben Anklage, weil Sie *argwöhnen?«*

»Ich habe genug herausgefunden. Diese drei Bereiche habe ich auf der Grundlage dessen ausgewählt, was ich gesehen habe.«

»Und was *haben* Sie gesehen? Männer, die wohlhabender werden, als es ihren Fähigkeiten zukommt? Wertlose Aktivitäten, für die Genessee Industries bezahlt? Kommen Sie, Mr. Chairman, wo ist da dieser moralische Verfall? Wem hat es geschadet, wer ist korrumpiert worden?«

Andrew musterte den ruhigen, fast triumphierenden Ausdruck in Aaron Greens Gesicht und begriff das Genie hinter Genessees Einsatz von Bestechungsgeldern. Zumindest in bezug auf die ungeheuren Summen, die Green verteilte. Nichts wurde ausbezahlt, das man nicht juristisch, logisch oder zumindest gefühlsmäßig rechtfertigen konnte. Da war Ernest Manolo, der angehende Gewerkschaftsführer im südlichen Kalifornien. Was könnte logischer sein, als die sich spiralförmig ausweitenden nationalen Gewerkschaftsforderungen mit etwas Bargeld und Garantien für gewisse geographische Bereiche überschaubar zu halten? Und der brillante Wissenschaftler Ralph Jamison. Sollte ein solcher Geist aufhören zu funktionieren, aufhören, Beiträge zu leisten, weil er von echten oder eingebildeten Problemen gequält wurde? Und Mitchell Armbruster. Vielleicht der traurigste Fall von allen. Der feurige liberale Senator, der nicht mehr alleiniger Herr seiner Entschlüsse war. Aber wer konnte eigentlich etwas gegen den Nutzen der Armbruster-Krebsklinik sagen? Die mobilen Einheiten in den Ghettos von Kalifornien? Wer könnte solche Beiträge korrupt nennen? Was für ein grausamer Inquisitor würde hier Verbindungen herstellen, die mit Sicherheit dazu führen würden, daß die Großzügigkeit ein Ende fand?

Und da war auch Joshua Studebaker, der sich kläglich bemühte, dem Dauerhaftigkeit zu verschaffen, was er getan hatte. Aber das war nicht Aaron Greens Domäne. Studebaker gehörte anderswohin. Und doch, wenn Sam Vicarson die Wahrheit sprach, waren Studebaker und Green gleich. In so vieler Hinsicht; beide brillant, komplex; beide verletzlich und doch Riesen.

»So?« Green lehnte sich in seinem Sessel nach vorn. »Bereitet es Ihnen Schwierigkeiten, Details über diese Massenkorruption vorzulegen, die Sie ausfindig gemacht haben? Kommen Sie schon, Mr. Chairman. Zumindest ein Beispiel.«

»Sie sind unglaublich, wie?«

»So?« Andrews abrupt eingeworfene Frage hatte Green verblüfft. »Was ist unglaublich?«

»Sie müssen Bände haben. Jeder Fall eine Geschichte, jede Ausgabe ausgeglichen. Wenn ich ein isoliertes ›Beispiel‹ herauspicken würde, hätten Sie eine Story dazu.«

Green verstand. Er lächelte und lehnte sich wieder in seinem Sessel zurück. »Ich habe die Lektion von Sholom Aleichem gelernt. Ich kaufe keinen Ziegenbock ohne Hoden. Wählen Sie, Mr. Chairman. Liefern Sie mir ein Beispiel dieser Degeneriertheit, und ich führe ein Telefongespräch. Sie werden binnen Minuten die Wahrheit erfahren.«

»Ihre Wahrheit.«

»Der Baum, Mr. Trevayne. Erinnern Sie sich an den Baum. Welchen Baum beschreiben wir? Den Ihren oder den meinen?«

Andrew malte sich in Gedanken eine Stahlkammer mit Tausenden von dokumentierten Eintragungen aus, einen gigantischen Katalog der Korruption. Korruption für ihn; Rechtfertigung für Aaron Green. Etwas von der Art mußte es sein.

Es würde Jahre in Anspruch nehmen, auch nur zu beginnen, sich durch eine solche Enzyklopädie hindurchzuarbeiten. Und jeder Fall würde neue Komplikationen liefern.

»Warum, Mr. Green? Warum?« fragte Trevayne leise.

»Reden wir, wie man so sagt, inoffiziell?«

»Das kann ich nicht versprechen. Andererseits rechne ich nicht damit, den Rest meines Lebens als Vorsitzender dieses Unterausschusses zu verbringen. Wenn ich Sie vor den Ausschuß zitierte mit Ihrem außergewöhnlichen Quellenmaterial, dann habe ich das Gefühl, das wir zu einer permanenten Einrichtung in Washington würden. Darauf bin ich nicht vorbereitet, und ich denke, das wissen Sie.«

»Kommen Sie mit.« Green stand auf; die Bewegung war die eines alten Mannes. Er öffnete die Tür und führte Trevayne auf den schneebedeckten Rasen hinaus. Sie gingen ans Ende der Grasfläche bis zu einem hohen japanischen Ahorn und bogen nach rechts in einen breiten Weg ein.

Das Flackern fiel Trevayne sofort auf.

Am Ende des Korridors aus Bäumen war ein bronzener Davidstern, der vielleicht einen Fuß hoch über den Boden ragte. Er maß höchstens sechzig oder siebzig Zentimeter, und zu beiden Seiten war ein kleines Gehäuse, in dem eine Flamme brannte. Es war wie ein Miniaturaltar, vom Feuer geschützt, und die beiden Flammen wirkten irgendwie stark und wild. Und sehr traurig.

»Keine Tränen, Mr. Trevayne. Auch kein Händeringen oder jämmerliches Klagen. Das ist jetzt fast ein halbes Jahrhundert her; darin liegt einiger Trost. Oder Anpassung, wie die Wiener Doktoren sagen ... Das hier ist zur Erinnerung an meine Frau errichtet worden. An meine erste Frau, Mr. Trevayne, mein erstes Kind. Eine kleine Tochter. Als wir uns das letztemal sahen, war zwischen uns ein Zaun. Ein häßlicher, rostbedeckter Zaun, der mir das Fleisch von den Händen riß, als ich versuchte, ihn auseinanderzuzerren ...«

Aaron Green blieb stehen und blickte zu Trevayne auf. Er war völlig ruhig. Wenn die Erinnerung ihn schmerzte, so war dieser Schmerz tief in ihm vergraben. Aber die Erinnerung an das Schreckliche klang in seiner Stimme mit.

»Nie, nie wieder, Mr. Trevayne.«

33.

Paul Bonner schob sich die Nackenstütze so zurecht, daß der Metallkragen ihn nicht scheuerte. Der Flug vom Westchester Airport in dem engen Sitz der Maschine hatte ihm gehörige Nackenschmerzen bereitet. Seinen Kollegen in den umliegenden Büros des Pentagon hatte er erzählt, er habe sich die Verletzung bei einem Skiunfall in Idaho zugezogen.

Brigadier General Lester Cooper würde er das nicht sagen. Cooper würde die Wahrheit erfahren.

Und Antworten fordern.

Er verließ den Lift im vierten Stock und ging zum letzten Büro auf dem Korridor.

Der General starrte Pauls bandagierten Arm und seinen Hals an und gab sich die größte Mühe, seine Reaktion im Griff zu behalten. Gewalttätigkeit, physische Gewalt, das war das *Letzte,* was er sich wünschte. Was *sie* sich wünschten.

Was, um Gottes willen, hatte er getan?

Wen hatte er hineingezogen?

»Was ist Ihnen denn zugestoßen?« fragte der Brigadier kühl. »Wie ernsthaft sind Sie verletzt?«

»Ich bin schon in Ordnung ... Und in bezug auf das, was mir passiert ist, Sir, werde ich Ihre Hilfe brauchen.«

»Das ist Insubordination, Major.«

»Tut mir leid. Mein Hals tut weh.«

»Ich weiß nicht einmal, wo Sie waren. Wie könnte ich Ihnen helfen?«

»Indem Sie mir zuerst einmal sagen, weshalb Trevaynes Streifen durch nicht nachvollziehbare Befehle abgezogen wurden, so daß Trevayne in eine Falle gelockt werden konnte.«

Cooper schoß von seinem Schreibtisch in die Höhe. Sein Gesicht war plötzlich kalkweiß. Zuerst konnte er die Worte nicht finden; er begann zu stottern. Schließlich brachte er heraus: »Was sagen Sie da?«

»Ich bitte um Entschuldigung, General. Ich wollte wissen, ob man Sie informiert hatte ... Aber das hat man offenbar nicht.«

»Antworten Sie mir!«

»Ich habe es Ihnen doch gesagt. Die beiden Sechzehnhunderter. Sicherheitsleute vom Weißen Haus. Jemand, der die ID-Codes kannte, hat ihnen befohlen, ihre Posten zu verlassen. Anschließend ist man Trevayne gefolgt und hat sich darauf vorbereitet, ihn zu exekutieren. Zumindest denke ich, daß dies das Ziel war.«

»Woher wissen Sie das?«

»Ich war dort, General.«

»O mein Gott.« Cooper setzte sich an seinen Schreibtisch, und seine Stimme wurde leiser, bis sie ganz unhörbar war. Als er wieder aufblickte und Paul ansah, war sein Gesichtsausdruck der eines verwirrten Unteroffiziers, nicht der eines Brigadiers, der sich in drei Kriegen hervorragend geschlagen hatte; ein Mann, für den Bonner – bis vor drei Monaten – den höchsten Respekt empfunden hatte. Ein Mann mit Autorität und Befehlsgewalt, der beider würdig war.

Aber das hier war nicht dieser Mann. Das war ein schwächliches menschliches Wesen, das in Auflösung begriffen war.

»Das ist die Wahrheit, General.«

»Wie ist es geschehen? Sagen Sie mir, was Sie können.«

Also erzählte Bonner es ihm. *Alles.*

Cooper starrte ein Bild an der Wand an, während Paul die Ereignisse der vergangenen Nacht berichtete.

»Sie haben Trevayne ohne Zweifel das Leben gerettet«, sagte Cooper, als Paul geendet hatte.

»Von der Basis bin ich ausgegangen. Die Tatsache, daß man auf mich geschossen hat, hat mich überzeugt. Aber wir können nicht sicher sein, daß sie dort waren, um ihn zu töten. Wenn de Spadante lebt, werden wir es vielleicht herausfinden ... Was ich wissen muß, General, ist, weshalb de Spadante überhaupt dort war. Was hat er mit Trevayne zu tun? ... Mit uns?«

»Woher soll ich das wissen?« Coopers Aufmerksamkeit hatte sich wieder dem Ölgemäde zugewandt.

»Keine zwanzig Fragen, General. Dazu ist mein Auftrag zu umfassend. Ich habe das Recht auf mehr.«

»Hüten Sie Ihre Zunge, Soldat.« Cooper wandte den Blick von dem Bild und sah wieder Bonner an. »Niemand hat Ihnen befohlen, diesem Mann nach Connecticut zu folgen. Das haben Sie auf eigene Faust getan.«

»Sie haben das Flugzeug bewilligt. Sie haben mir Ihre Billigung gezeigt, indem Sie keine Gegenbefehle erteilt haben.«

»Ich habe Ihnen aber auch befohlen, mir bis einundzwanzig Uhr telefonisch zu berichten. Sie haben versäumt, das zu tun. Und in Abwesenheit eines solchen Berichtes waren alle Entscheidungen, die Sie getroffen haben, einzig und allein die Ihren. Sie können von Glück reden, daß ich Sie nicht wegen grober Insubordination melde.«

»*Sir!* Was hat Mario de Spadante mit Trevaynes Ermittlungen gegen uns zu tun? Und wenn Sie es mir nicht sagen wollen, Sir, dann werde ich mich höheren Orts darum kümmern!«

»*Hören Sie auf.*« Coopers Atem ging schwer; auf seiner Stirn standen kleine Schweißtröpfchen. Er senkte die Stimme und wirkte plötzlich viel kleiner. Seine Schultern schoben sich nach vorn, seine ganze Haltung lockerte sich. Für Bonner war das ein kläglicher Anblick. »Hören Sie auf, Major. Sie lassen sich da auf Dinge ein, für die Sie nicht groß genug sind. Für die *ich* nicht groß genug bin.«

»Das kann ich nicht akzeptieren, General. Verlangen Sie das nicht von mir. De Spadante ist Dreck. Und doch sagte er mir, es würde ihn bloß einen Anruf in diesem Gebäude kosten, und dann wäre ich ein Colonel. Wie konnte er das sagen? Wen würde er anrufen? Wie? Warum, General?«

»Wen!« Cooper sagte das ganz ruhig, während er sich wieder setzte. »Soll ich Ihnen sagen, *wen* er anrufen würde?«

»O Gott.« Bonner war plötzlich übel.

»Ja, Major. Sein Anruf wäre zu mir gekommen.«

»Das glaube ich nicht.«

»Das wollen Sie nicht glauben, meinen Sie ... Ziehen Sie keine vorschnellen Schlüsse. Ich hätte das Gespräch angenommen; das bedeutet nicht, daß ich es getan hätte.«

»Die Tatsache, daß er Sie erreichen könnte, ist schon schlimm genug.«

»Ist sie das? Ist das denn schlimmer als die Hunderte von Kontakten, die Sie hergestellt haben? Von Vientiane bis ins Mekong-

Delta bis ... der letzte Kontakt war, glaube ich, San Francisco? Ist de Spadante denn so viel schlechter als der ›Dreck‹, mit dem Sie zu tun hatten?«

»Völlig anders. Das waren Abwehreinsätze, gewöhnlich im feindlichen Territorium. Das wissen Sie.«

»Gekauft und bezahlt. Womit wir unserem Ziel jeweils näherkamen. Gar nicht anders, Major. Mister de Spadante erfüllt auch einen Zweck. Und wir befinden uns auf feindlichem Territorium, falls Sie das noch nicht bemerkt haben sollten.«

»Und mit welchem Ziel?«

»Ich kann Ihnen keine vollständige Antwort darauf geben; ich habe nicht alle Fakten; und selbst wenn ich die hätte, bin ich nicht sicher, daß Sie dafür freigegeben wären. Aber ich kann Ihnen sagen, daß de Spadantes Einfluß in sehr vielen wichtigen Bereichen beträchtlich ist. Einer dieser Bereiche ist die Transportwirtschaft.«

»Ich dachte, er sei in der Bauwirtschaft tätig.«

»Ganz sicher ist er das. Aber er ist es auch im Fernverkehr und im Hafenbereich. Schiffahrtsgesellschaften hören auf ihn. Verlader räumen ihm Priorität ein. Er bekommt Unterstützung, wenn er sie braucht.«

»Womit Sie andeuten, daß wir ihn brauchen«, sagte Bonner ungläubig.

»Wir brauchen alles und jeden, den wir bekommen können, Major. Das muß ich Ihnen doch nicht sagen, oder? Gehen Sie doch auf den Capitol Hill und sehen sich um. Jede Bewilligung, die wir verlangen, wird vorher ausgequetscht. Wir sind die Prügelknaben der Politiker – die können nicht ohne uns leben, aber der Teufel soll sie holen, wenn sie *mit* uns leben. Wir haben *Probleme,* Major Bonner.«

»Und die lösen wir, indem wir Verbrecher einsetzen, Revolvermänner? Wir versichern uns der Unterstützung der Mafia – oder darf man diesen Ausdruck nicht mehr gebrauchen?«

»Wir lösen unsere Probleme auf jede uns mögliche Weise. Ich wundere mich über Sie, Bonner. Sie verblüffen mich. Seit wann hat Sie denn die Art und Weise, wie sich jemand seinen Lebensunterhalt verdient, daran gehindert, den Betreffenden im Feld einzusetzen?«

»Wahrscheinlich nie. Weil ich wußte, daß ich *sie* benutzt habe, nicht anders herum. Und was auch immer ich getan habe, spielte sich ziemlich weit unten ab. Im Hundeterritorium. Dort unten lebt man anders. Ich war der irrigen Meinung, daß Leute wie Sie hier oben besser wären als wir. Ganz richtig, General, *besser.*«

»Und jetzt haben Sie herausgefunden, daß das nicht der Fall ist, und Sie sind schockiert ... Wo, zum Teufel, haben Sie im ›Hundeterritorium‹ denn geglaubt, daß Sie Ihren Kram herbekommen haben? Von kleinen alten Ladys in Tennisschuhen, die bloß zu rufen brauchten ›Unterstützt unsere Boys‹, und schon waren da Schiffe voll Düsentreibstoff und Munition zur Hand? Hören Sie schon auf, Major! Die Waffen, die Sie auf der Ebene der Tonkrüge eingesetzt haben, sind vielleicht dank Mario de Spadante im Hafen von San Diego verladen worden. Der Helikopter, der Sie zehn Meilen südlich von Haiphong aufgenommen hat, war vielleicht genau die ›Schlange‹ die wir irgendwo aus einem Fließband gequetscht haben, weil de Spadantes Freunde einen Streik abgeblasen haben. Seien Sie nicht so kleinlich, Bonner. Das steht dem ›Killer von Saigon‹, nicht gut zu Gesicht.«

Am Hafen und in den Fabriken wurde oft ein Deal abgeschlossen, das wußte Paul. Aber das war etwas anderes. Das war ebensoweit unten wie für ihn das ›Hundeterritorium‹. De Spadante und seine Revolvermänner waren aber letzte Nacht nicht im Hafen oder in einer Fabrik gewesen. Sie waren in Trevaynes *Haus* erschienen. Konnte das der Brigadier denn nicht *begreifen?*

»General«, sagte Bonner langsam, aber eindringlich. »Ich habe es vor achtzehn Stunden auf dem Besitz des Vorsitzenden eines Unterausschusses, den der Präsident und der Senat eingesetzt haben, mit zwei bezahlten Killern und einem Mafiaboß aufgenommen. Der Mafiaboß trug einen Totschläger mit eisernen Zacken an der Faust und hat mir eine ganze Menge Haut vom Arm und dem Hals abgefetzt. Für mich ist das etwas ganz anderes als der Diebstahl von Akten oder der Versuch, irgendeinen Kongreßausschuß an der Nase herumzuführen, der uns ans Eingemachte will.«

»Warum? Weil es sich um eine körperliche Auseinandersetzung handelt? Nicht eine auf dem Papier, sondern eine, bei der Blut floß?«

»Vielleicht ... vielleicht ist es wirklich so einfach. Oder vielleicht mache ich mir einfach Sorgen, daß der nächste Schritt der sein könnte, daß die de Spadantes zu Stabschefs ernannt werden. Oder einen Lehrstuhl auf der Kriegsakademie bekommen ... Wenn das nicht schon beides der Fall ist.«

»Ist er tot?« fragte Robert Webster in die Sprechmuschel des Telefons, wobei er seinen Aktenkoffer in der Telefonzelle an der Michigan Avenue zwischen den Knien festklemmte.

»Nein. Das ist ein zäher alter Itaker. Die meinen, sie kriegen ihn durch«, sagte der Arzt am anderen Ende der Leitung, ebenfalls in einer Telefonzelle in Greenwich, Connecticut.

»Eine besonders gute Nachricht ist das nicht.«

»Die haben drei Stunden an ihm gearbeitet. Ein Dutzend Venen abgebunden, alles mögliche geflickt. Sein Zustand wird ein paar Tage kritisch sein, aber aller Voraussicht nach wird er es schaffen.«

»Das wollen wir nicht, Doctor. Das ist für uns nicht akzeptabel ... Da muß doch irgendwo ein Rechenfehler sein.«

»Vergessen Sie's, Bobby. Hier wimmelt es von Kanonen. Jeder Eingang, die Lifts, sogar das Dach. Nicht einmal die Schwestern sind die unseren, er stellt sie ... Vier Priester wechseln sich in seinem Zimmer ab wegen der letzten Ölung; und wenn das Priester sind, dann bin ich Mutter Cabrini.«

»Und ich wiederhole, man muß *irgendeine* Möglichkeit finden.«

»Dann finden Sie sie, aber nicht hier. Wenn ihm jetzt etwas zustoßen würde, dann würden die das ganze Krankenhaus abbrennen mit uns allen. Und *das* ist für mich nicht akzeptabel.«

»Also gut, schön. Keine medizinischen Unfälle.«

»Ganz bestimmt nicht! ... Warum soll er denn eliminiert werden?«

»Er hat um zu viele Gefälligkeiten gebeten; er hat sie bekommen. Jetzt ist er zur Last geworden.«

Der Arzt machte eine Pause. »Nicht hier, Bobby.«

»Also gut, wir lassen uns etwas anderes einfallen.«

»Übrigens, die Entlassungspapiere sind durchgekommen. Ich bin sauber. Vielen Dank. Die Belobigung hätten Sie nicht hinzuzufügen brauchen, aber nett war das jedenfalls.«

»Besser als eine unehrenhafte Entlassung. Sie müssen da ja einiges auf die Seite gebracht haben.«

»Ja, schon.« Der Arzt lachte. »Wenn Sie mal knapp bei Kasse sind, dann sagen Sie mir Bescheid.«

»Ich melde mich.« Webster legte auf. Er mußte sich überlegen, wie er in bezug auf de Spadante vorgehen würde. Die Situation könnte gefährlich werden. Irgendwie würde er den Arzt in Greenwich einschalten. Warum nicht? Der Mann hatte seine Schulden noch lange nicht bezahlt. Der Arzt hatte eine Reihe von Abtreibungsmühlen betrieben, in einem Militärkrankenhaus nach dem anderen. Er hatte Anlagen und Material der Regierung benutzt und hatte sich zwei Jahre nach Abschluß seiner Internistenzeit ein Vermögen verdient.

Webster winkte sich ein Taxi herbei und wollte gerade dem Fahrer das Weiße Haus als Ziel angeben. Dann überlegte er es sich anders.

»Zwölf-zwoundzwanzig Louisiana.«

Das war die Adresse der Gallabretto-Baugesellschaft, Mario de Spadantes Washingtoner Firma.

Die Schwester öffnete die Tür mit einer geradezu würdevollen stummen Bewegung. Der Priester nahm die Hand von seinem Jackett, und die goldene Kette mit dem Kreuz daran klirrte ein wenig. Er stand auf und flüsterte dem Besucher zu: »Er hat die Augen zu, aber er hört jedes Wort.«

»Laß uns allein«, sagte die schwache, etwas schnarrende Stimme aus dem Bett. »Komm zurück, wenn William gegangen ist, Rocco.«

»Geht klar, Boß.«

Der Priester fuhr sich mit dem Finger zwischen den Priesterkragen und die Haut und streckte den Hals.

»Ich kann bloß ein paar Minuten bleiben, Mario. Du wirst es schaffen, das weißt du doch, oder?«

»Hey, du siehst gut aus, William. Bist jetzt ein großer Anwalt an der Westküste? Und gut kleiden tust du dich. Macht mich richtig stolz, kleiner Vetter. Richtig stolz.«

»Vergeude deinen Atem nicht, Mario. Wir müssen ein paar Dinge besprechen, und ich möchte, daß du aufnahmefähig bist.«

»Da hör' sich einer das an. ›Aufnahmefähig‹.« De Spadante lächelte lahm. Lächeln kostete Kraft, und er war jämmerlich schwach. »*Dich* haben die von der Westküste hergeschickt, stell sich einer das vor.«

»Überlaß mir das Reden, Mario ... Zuallererst, du bist zu Trevaynes Haus gegangen in der Hoffnung, er könnte da sein. Du hattest seine Geheimnummer nicht; du warst geschäftlich in Greenwich – du hast hier unten einige Arbeiten zu erledigen – und hattest gehört, daß seine Frau im Krankenhaus war. Du kanntest ihn von New Haven, und ihr habt euch im Flugzeug nach Washington wieder getroffen. Du warst einfach besorgt, das ist alles. Es handelte sich lediglich um einen gesellschaftlichen Besuch. Vielleicht ein bißchen anmaßend von deiner Seite, aber das steht nicht im Widerspruch zu deiner … Überschwenglichkeit.«

De Spadante nickte mit halb geschlossenen Augen. »Der kleine Willie Gallabretto«, sagte er mit einem schwachen Lächeln. »Du redest gut, William. Ich bin wirklich stolz.«

»Danke.« Der Anwalt sah auf seine goldene Rolex-Armbanduhr und fuhr fort: »Und jetzt kommt das Wichtigste, Mario. Bei Trevaynes Haus ist dein Wagen im Schnee steckengeblieben. Im *Schlamm* und im Schnee. Wir haben eine Bestätigung von der Polizei. Übrigens, das hat tausend gekostet, bei einem Mann namens Fowler, und die Spuren sind gelöscht. Aber denk daran, der Schlamm und der Schnee. Das ist alles, woran du dich erinnerst, bis man dich angegriffen hat. Hast du das mitgekriegt?«

»*Ja, consigliori.* Das habe ich mitgekriegt.«

»Gut … Und jetzt sollte ich gehen. Meine Kollegen in Los Angeles lassen dich grüßen. Du schaffst das schon, Onkel Mario.«

»Fein … fein.« De Spadante hob die Hand ein oder zwei Zoll über die Bettdecke. Der Anwalt blieb stehen. »Bist du jetzt fertig?«

»Ja.«

»Gut. Und jetzt hör mit den großen Reden auf und hör mir zu. Hör mir gut zu … Du schickst einen Kontrakt für diesen Zinnsoldaten hinaus. Ich will, daß man ihn kaltmacht, erledigt. Du gibst das noch heute abend weiter.«

»Nein, Mario. Kein Kontrakt. Der ist Army, Bundesbehörde. Kein Kontrakt. Wir verfügen heute über bessere Mittel.«

»Besser. Was ist besser als ein langsamer Tod für das Schwein, das meinen Bruder umgebracht hat! Ein Messer in den Rücken. Ein Kontrakt. Mehr sage ich nicht.« De Spadante atmete tief und ließ den Kopf auf das Kissen sinken.

»Hör mir zu, Onkel Mario. Dieser Soldat, dieser Major Bonner, wird verhaftet werden. Man wird ihn unter Anklage stellen, wegen Mordes – Mord ersten Grades. Er hat keine Verteidigung. Es war eine willkürliche Tat, völlig unprovoziert. Er hat früher schon einmal Ärger gehabt.«

»Ein Kontrakt«, unterbrach de Spadante, dessen Stimme immer schwächer wurde.

»Ich sage dir, das ist nicht notwendig. Es gibt eine Menge Leute, die diesen Bonner nicht nur erledigt sehen wollen, sondern diskreditieren. Bis ganz oben ... Wir haben sogar einen Zeitungsmann, einen ziemlich berühmten Kolumnisten. Roderick Bruce heißt er. Dieser Bonner ist verrückt. Die verknacken den lebenslänglich. Und dann – irgendwo in der Strafanstalt – dann wird er das Messer bekommen.«

»Das taugt nichts. Du redest Mist ... ihr haltet euch aus den Gerichten heraus. Keine Anwaltsscheiße. Das taugt nichts, du schickst meinen Kontrakt hinaus.«

William Gallabretto trat vom Bett zurück. »Also gut, Onkel Mario«, log er. »Jetzt ruh dich aus.«

34.

Trevayne saß auf dem Hotelbett und kämpfte gegen den Schlaf an, mühte sich, seine Aufmerksamkeit ganz auf die sorgfältig mit Maschine beschriebenen Seiten zu konzentrieren, die vor ihm lagen. Als er im Begriff war, den Kampf zu verlieren, bestellte er sich einen Weckruf für sieben Uhr morgens. Er hatte Aaron Green kurz nach ein Uhr verlassen, viel früher als er vorhatte. Aber er ertrug Greens Nähe nicht länger. Es gab nichts, was er ihm sagen konnte. Der alte Jude hatte jegliches Argument von vornherein zerstört, das er sonst vielleicht hätte benutzen können.

Aaron Green war keine Anomalie. Nach seinen eigenen Vorstellungen paßte an ihm alles zusammen. Er glaubte an all die liberalen Reformen, die ihn berühmt gemacht hatten.

Aber einer Tatsache gegenüber war er völlig blind: je mehr die absolute Macht den Schützern erlaubte, desto größer wurde die Möglichkeit, daß sie die Rechte der Beschützten an sich reißen würden. Dies war die klassische Manifestation, der *A-priori-Schluß*, aber Green lehnte ihn ab.

Und es gab nichts, absolut nichts, was Trevayne sagen konnte, um die Gedanken des alten Mannes in andere Bahnen zu lenken.

Als der Lear Jet im Flughafen von Chicago gelandet war, rief Trevayne sofort Sam Vicarson in Salt Lake City an. Vicarson sagte ihm, daß die Ian-Hamilton-Akte fertig sei und ihn im Hotel erwartete.

Hamilton entstammte sehr altem, sehr sicherem Geld aus dem oberen Teil des Staates New York und konnte seine Vorfahren bis zu Ayrshire, Schottland, zurückverfolgen, wo die Hamiltons Lairds of Cambuskeith waren. Er hatte die entsprechenden Schulen besucht – Rectory, Groton, Harvard – und sein Examen an der juristischen Fakultät von Harvard im oberen Drittel seiner Klasse abgelegt. Ein Studienjahr in Cambridge, England, öffnete ihm die Tür, die Kriegsjahre in London zu verbringen als ein Marinejurist, der Eisenhowers Generalstab zugeteilt war. Er hatte ein englisches Mädchen aus der kleinen gesellschaftlichen See akeptabler britischer Fische geheiratet, und ihr einziges Kind, ein Sohn, war im Marinehospital in Surrey zur Welt gekommen.

Nach dem Kriege sicherten Hamiltons Eigenschaften – und sein Verstand – ihm eine Reihe beneidenswerter Positionen, die am Ende in einer Partnerschaft in einer der angesehensten Sozietäten New Yorks kulminierten. Spezialität: Gesellschaftsrecht mit starker Diversifikation in städtische Obligationen. Seine im Krieg aufgebauten Verbindungen, die mit der Eisenhower-Administration anfingen, Früchte zu tragen, führten ihn häufig nach Washington; so häufig, daß seine Firma am Ende ein Büro in Washington errichtete. John Kennedy bot ihm den Botschafterposten in London an, aber Hamilton lehnte elegant ab. Statt dessen setzte er seine Fortschritte auf der Washingtoner Gesetzesleiter fort, bis er die Sprosse erreichte, die ihm den Titel eines ›Präsidentenberaters‹ eintrug. Er war erfahren genug, um Aufmerksamkeit auf sich zu ziehen, und noch jung genug – Mitte der Fünfzig –, um flexibel zu sein. Seine Freundschaft wurde gesucht.

Und doch tat Ian Hamilton vor zwei Jahren etwas, was niemand je von ihm erwartet hätte. Er schied in aller Stille aus seiner Firma aus und verkündete – ebenfalls wieder in aller Stille und nur vor Freunden –, er würde einen »langen, wie ich hoffe wohlverdienten Urlaub« antreten.

Er verließ Washington und machte mit seiner Frau eine Kreuzfahrt rund um die Welt, die zweiundzwanzig Wochen dauerte.

Sechs Monate später tat Ian Hamilton wiederum das Unerwartete und erneut ohne großes Aufheben oder daß die Presse sich sehr damit befaßt hätte. Hamilton trat in die alte Chicagoer Firma Brandon and Smith ein. Er löste seine Verbindungen zu Washington und New York und bezog am Ufer des Michigansees in Evanston eine Villa. Ian Hamilton hatte sich dem Anschein nach für ein weniger hektisches Leben entschieden und wurde – in aller Stille – in die gesellschaftlichen Kreise der Reichen von Evanston aufgenommen.

Da war die Angelegenheit der Schuldverschreibungen, die Genessee Industries über die Firma Brandon and Smith auf dem Markt plaziert hatte – Hamilton hatte in seiner Eigenschaft als Mitglied der Stahlimportkommission des Präsidenten sein Schweigen gebrochen.

Genessee Industries verfügte jetzt über die Dienste der am höchsten geachteten Anwaltsfirma im Mittleren Westen – Brandon, Smith and Hamilton. Genessee hatte seine Fühler in den höchsten Kreisen der Hochfinanz an beiden Küsten: Green in New York, die Fabriken und Senator Armbruster in Kalifornien. Insofern war es nur logisch, daß sie ihren Einfluß auch im Mittelwesten geltend machten.

Wenn das, was Trevayne dahinter sah, zutraf.

Und in der Person Ian Hamiltons bestand eine Verbindung zur Regierung. Zu dem Präsidenten der Vereinigten Staaten. Denn Hamilton, Berater von Präsidenten, bewegte sich vorsichtig, mit leiser, aber enormer Macht.

Am Morgen würde Trevayne nach Evanston hinausfahren und Ian Hamilton am christlichen Sabbat überraschen, so wie er Aaron Green in Sail Harbor am hebräischen Sabbat überrascht hatte.

Robert Webster gab seiner Frau einen Gutenachtkuß und fluchte wieder über das Telefon. Als sie noch in Akron, Ohio, gelebt hatten, waren nie um Mitternacht Telefonanrufe angekommen, die es erfordert hatten, daß er das Haus verließ.

Webster fuhr seinen Wagen rückwärts aus der Garage und raste die Straße hinunter. Er mußte in zehn Minuten an der Kreuzung der Nebraska und der 21ten sein – und bis dahin waren noch acht Minuten Zeit.

Er entdeckte den Wagen, einen weißen Chevrolet, mit einem Mann, der den Arm zum Fenster hinaushängen ließ.

Er drückte zweimal kurz auf die Hupe.

Der weiße Chevrolet antwortete mit einem langgezogenen Hupton. Webster fuhr weiter die Nebraska Avenue hinunter, während der Chevrolet aus seiner Parkreihe ausscherte und ihm folgte. Die zwei Wagen erreichten den riesigen Parkplatz des alten Carter Baron Amphitheaters und kamen nebeneinander zum Stehen.

Robert Webster stieg aus und ging um seinen Wagen herum. »Herrgott! Hoffentlich ist es das wert! Ich brauche meinen Schlaf!«

»Das ist es wert«, sagte der dunkle Mann im Schatten. »Gehen Sie gegen den Soldaten vor. Alle sind gedeckt.«

»Wer sagt das?«

»Willie Gallabretto; der sagt das. Das geht klar. Ich soll Ihnen mitteilen, daß Sie loslegen sollen. Schaffen Sie ihn weg. *Laut.*«

»Was ist mit de Spadante?«

»Der ist eine Leiche, sobald er nach New Haven zurückkommt.«

Robert Webster seufzte und lächelte gleichzeitig. »Das ist es wert«, sagte er, während er sich umwandte und zu seinem Wagen zurückging.

Auf der eisernen Tafel mit den Messingbuchstaben stand ein Wort: ›Lakeside‹.

Trevayne lenkte seinen Wagen in die vom Schnee freigeschaufelte Einfahrt und rollte den leichten Abhang zum Hauptgebäude hinunter. Es war ein großer, weißer georgianischer Bau, der Stein für Stein aus einer Baumwollplantage in den Carolinas hierherversetzt schien. Überall standen hohe Bäume. Hinter dem Haus und den Bäumen dehnte sich die gefrorene Fläche des Michigansees.

Als er seinen Wagen geparkt hatte, sah Trevayne einen Mann in einem dicken Wollmantel und einer Pelzmütze mit einem großen Hund über einen Fußweg gehen. Das Geräusch seines Wagens veranlaßte ihn, sich umzudrehen, während der Hund, ein wunderschöner Chesapeake Retriever, zu bellen anfing.

Andrew erkannte Ian Hamilton sofort. Hochgewachsen, schlank, selbst in dieser Kleidung elegant. Er hatte etwas an sich, das Trevayne an Walter Madison erinnerte; aber Madison – so gut er auch war – verbreitete den Eindruck, verletzbar zu sein. Das war bei Hamilton ganz und gar nicht der Fall.

»Kann ich etwas für Sie tun?« sagte Ian Hamilton und hielt den Retriever am Kragen, während er auf den Wagen zuging.

Trevayne hatte sein Fenster heruntergekurbelt. »Mr. Hamilton?«

»Du lieber Gott. Sie sind Trevayne. Andrew Trevayne. Was machen *Sie* hier?« Hamilton sah so aus, als hätte er seine Sinne verlegt, würde sie aber ganz schnell wiederfinden.

Wieder jemand, der gewarnt worden ist, dachte Trevayne. Ein weiterer Spieler hatte seine Warnung erhalten. Das war unverkennbar.

»Ich hatte ein paar Freunde besucht, die einige Meilen von hier wohnen ...«

Hamilton, stets Gentleman, gab vor, diese Ausrede zu akzeptieren, und führte Trevayne ins Haus. In dem offenen Kamin im Wohnzimmer loderte ein Feuer.

»Meine Frau wird bald herunterkommen«, sagte Hamilton und wies auf einen Sessel für Trevayne, während er ihm den Mantel abnahm. »Wir haben da seit zwanzig Jahren eine Übereinkunft. Jeden Sonntag liest und frühstückt sie im Bett, während ich meine Hunde – oder meinen Hund, wie es jetzt der Fall ist – ausführe. Das verschafft uns beiden eine Stunde wohltuenden Alleinseins, ohne Telefonanrufe oder sonstige Störungen.«

»Ich akzeptiere Ihren Tadel.«

»Tut mir leid.« Hamilton ging auf den Tisch am Erkerfenster zu. »Das war unnötig unfreundlich von mir; ich bitte um Nachsicht. Heutzutage ist mein Leben wirklich viel weniger anstrengend, als es jahrzehntelang war. Ich habe nicht das Recht, mich zu beklagen. Eine Tasse Kaffee?«

»Danke, nein.«

»Jahrzehnte ...« Hamilton schmunzelte, während er sich Kaffee eingoß. »Ich klinge wie ein alter Mann. Das bin ich in Wirklichkeit gar nicht. Achtundfünfzig im nächsten April. Die meisten Männer meines Alters sind schon ziemlich korpulent ... Walter Madison zum Beispiel. Sie sind ein Mandant von Madison?«

»Ja.«

»Grüßen Sie Walter von mir. Ich hab' ihn immer gemocht ... Sehr beweglich, aber durch und durch ethisch. Sie haben einen sehr guten Anwalt, Mr. Trevayne.« Hamilton ging zu dem Sofa, das Trevayne gegenüberstand, und setzte sich, wobei er seine Tasse mit der Untertasse auf den massiven Eichentisch stellte.

»Ja, ich weiß. Er hat oft von Ihnen gesprochen.«

»Nun, ich befinde mich jetzt halb im Ruhestand, nur noch ein Name auf den Briefbögen. Mein Sohn ist ziemlich prominent, würden Sie das nicht auch sagen?«

»In hohem Maße. Ein bemerkenswertes musikalisches Talent.«

»Das, was er jetzt tut, sagt mir viel mehr zu als seine frühere Arbeit. Überlegter, weniger hektisch ... Aber Sie sind sicher nicht vorbeigekommen, um über die Leistungen der Familie Hamilton zu diskutieren, Mr. Trevayne.«

Andrew war von dem abrupten Übergang des Anwalts verblüfft. Dann begriff er. Hamilton hatte den Small Talk dazu benutzt, um seine Gedanken zu ordnen, seine Verteidigung vielleicht. Jetzt lehnte er sich mit dem Ausdruck eines erfahrenen Debattenredners auf dem Sofa zurück.

»Die Hamilton-Leistungen.« Trevayne machte eine Pause, als wäre das, was er gesagt hatte, ein Titel. »Das stimmt genau; ich bin tatsächlich vorbeigekommen, weil ich es für notwendig halte, Ihre Bemühungen zu diskutieren, Mr. Hamilton. In bezug auf Genessee Industries.«

»Und was veranlaßt Sie dazu?«

»Ich bin Vorsitzender des Unterausschusses der Bewilligungskommission im Verteidigungsministerium.«

»Ein *Ad-hoc*-Ausschuß, wenn ich mich nicht irre, obwohl ich nur sehr wenig darüber weiß.«

»Man hat uns das Recht der Einstweiligen Verfügung zuerkannt.«

»Wogegen ich, wenn dieses Recht ausgeübt würde, sofort Einspruch erheben würde.«

»Bis jetzt war für einen solchen Einspruch keine Notwendigkeit.«

Hamilton ging darüber hinweg. »Genessee Industries ist Mandant unserer Firma. Ein hoch angesehener, wesentlicher Mandant. Ich würde keine Sekunde die besondere Beziehung zwischen Anwalt und Mandanten verletzen. Möglicherweise sind Sie völlig nutzlos hierhergekommen, Mr. Trevayne.«

»Mr. Hamilton, mein Interesse an Ihren Bemühungen für Genessee Industries geht der Anwalt-Mandanten-Beziehung voran. Um fast zwei Jahre. Der Unterausschuß versucht, eine ... finanzielle Erzählung – so würden Sie das wahrscheinlich nennen – zusammenzufügen. Wie sind wir dort hingekommen, wo wir sind? Eine harmlose Variation der Pentagon-Papiere.«

»Vor zwei Jahren hatte ich nichts mit Genessee Industries zu tun. Damals gab es keine Bemühungen meinerseits.«

»Vielleicht nicht direkt. Aber es gibt da Spekulationen ...«

»Weder direkt noch indirekt, Mr. Trevayne«, unterbrach Hamilton.

»Sie waren Mitglied der Stahlimportkommission des Präsidenten.«

»Das war ich allerdings.«

»Ein oder zwei Monate, bevor die Kommission öffentlich ihre Erklärungen zu den Stahlquoten abgab, importierte Genessee Industries erhebliche Mengen Stahl von Tamashito in Japan und erzielte dabei enorme Einsparungen. Einige Monate später gab Genessee Obligationen aus, wobei Brandon and Smith die juristische Arbeit leistete. Drei Monate später wurden Sie Partner von Brandon and Smith. Das Muster liegt auf der Hand.«

Ian Hamilton saß starr auf der Couch, und seine Augen blickten erzürnt, aber eisig kontrolliert.

»Das ist die skurrilste Verzerrung von Tatsachen, die ich in den fünfunddreißig Jahren meiner Praxis gehört habe. Vermutungen, die völlig aus dem Zusammenhang gegriffen sind. Und das *wissen* Sie, Sir.«

»Das weiß ich nicht. Ebenso wissen es auch einige Mitglieder des Unterausschusses nicht.«

Hamilton blieb wie erstarrt sitzen, aber Trevayne sah, wie der Mund des Anwalts – kaum wahrnehmbar – zuckte, als er ›einige Mitglieder des Unterausschusses‹ sagte. Seine List funktionierte. Spekulationen in der Öffentlichkeit waren etwas, was Hamilton fürchtete.

»Um Sie aufzuklären ... und Ihre ausnehmend schlecht informierten Kollegen: jeder Narr, der vor zwei Jahren im Stahlgeschäft tätig war, wußte, daß eine solche Erklärung bevorstand. Japanische, tschechoslowakische ... ja sogar chinesische Stahlkocher – über Kanada – waren mit amerikanischen Aufträgen überschwemmt. Sie konnten unmöglich die Nachfrage befriedigen ... Die Grundregel der Produktion sagt, daß ein einzelner Käufer vielen vorzuziehen ist. Das ist billiger, Mr. Trevayne. ... Genessee Industries verfügte offensichtlich über die Mittel – in höherem Maße als ihre Wettbewerber – und wurde daher zum Hauptkäufer von Tamashito ... Sie brauchten mich nicht dazu, um ihnen das zu sagen. Oder sonst jemand, was das betrifft.«

»Ich bin sicher, daß das für Fachleute logisch ist; ich bin nicht so sicher, daß der Bürger/Steuerzahler das so ohne weiteres akzeptieren würde. Und *der* zahlt die Rechnung.«

»Das ist Wortklauberei, Mr. Trevayne, und auch das wissen Sie. Ein falsches Argument. Der amerikanische Bürger ist der glücklichste Mensch auf der Erde. Die besten Männer, Männer, die ihrer Aufgabe voll und ganz ergeben sind, sind um sein Wohlergehen bemüht.«

»Da bin ich Ihrer Ansicht«, sagte Trevayne, und das meinte er auch so. »Ich ziehe nur den Ausdruck ›arbeiten‹ dem ›sich um sein Wohlergehen bemühen‹ vor. Schließlich werden sie bezahlt.«

»Belanglos. Die Definition ist austauschbar.«

»Hoffentlich ... Sie sind zu einem sehr günstigen Zeitpunkt in die Firma Brandon and Smith eingetreten.«

»Das reicht jetzt! Wenn Sie damit andeuten wollen, daß hier irgend etwas Unehrenhaftes geschehen ist, so hoffe ich, daß Sie darauf vorbereitet sind, diesen Vorwurf zu beweisen. Meine Integrität steht außer Zweifel, Trevayne. Ich würde an Ihrer Stelle keinen Angriff aus der Gosse versuchen.«

»Ihr Ruf ist mir bekannt. Und auch das hohe Ansehen, das Sie bei den Leuten genießen. Deshalb bin ich zu Ihnen gekommen, um Sie zu warnen und Ihnen Zeit zu geben, damit Sie Ihre Antworten vorbereiten können.«

»Sie sind gekommen, um mich zu *warnen?*« Hamilton lehnte sich unwillkürlich nach vorn. Er wirkte schockiert.

»Ja. Die Frage nach Ihrem korrekten Verhalten *ist* gestellt worden. Es wird notwendig sein, daß Sie darauf eine Antwort geben.«

»Wem?« Der Anwalt konnte nicht glauben, was er hörte.

»Dem Unterausschuß. In öffentlicher Sitzung.«

»In öffent- ...« Hamiltons Gesichtsausdruck ließ völlige Verblüffung erkennen. »Das kann doch nicht Ihr Ernst sein.«

»Ich fürchte doch.«

»Sie haben nicht das Recht, einfach Leute vor einen *Ad-hoc*-Ausschuß vorzuführen. In öffentlicher Sitzung!«

»Die Zeugen werden freiwillig auftreten, Mr. Hamilton, nicht vorgeführt werden. So würden wir das vorziehen.«

»*Vorziehen?* Sie müssen den Verstand verloren haben. Dieses Land hat Gesetze, die die fundamentalen Rechte seiner Bürger schützen, Trevayne. Sie werden nicht willkürlich Menschen, denen *Sie* die Hölle heißmachen wollen, in den Dreck ziehen.«

»Kein Mensch redet von ›die Hölle heiß machen‹. Schließlich wird es ja kein Prozeß ...«

»Sie wissen ganz genau, was ich meine.«

»Wollen Sie damit sagen, daß Sie unsere Einladung nicht annehmen werden?«

Hamilton runzelte plötzlich die Stirn und starrte Trevayne an. Er erkannte die Falle, die ihm da gestellt wurde, und versuchte, ihr aus dem Wege zu gehen. »Ich werde Ihnen unter vier Augen die Information geben, die Sie bezüglich meiner beruflichen Verbindung mit der Firma Brandon and Smith suchen. Ich werde die Frage beantworten, die Sie gestellt haben, und damit jeglichen Grund für mein Erscheinen vor Ihrem Unterausschuß aus der Welt schaffen.«

»Wie?«

Hamilton mochte es nicht, wenn er unter Druck gesetzt wurde. Ihm war klar, wie gefährlich es war, wenn ein Gegner zu gut wußte, wie die eigene Verteidigung aufgebaut war. Dennoch hatte er kaum eine Möglichkeit, die Antwort zu verweigern.

»Ich werde Ihnen Dokumente zur Verfügung stellen, die beweisen, daß ich in keiner Weise an irgendwelchen Gewinnen teilhabe, die aus der Auflage der Genessee-Obligationen erwachsen. Es handelte sich dabei um einen Auftrag, der vor unserer Partnerschaftsvereinbarung erteilt wurde; ich habe keinen Anspruch auf die Gewinne daraus und habe diesen Anspruch auch nicht gesucht.«

»Manche Leute könnten sagen, daß solche Dokumente leicht zu schreiben sind. Und leicht zu einem späteren Zeitpunkt zu ergänzen.«

»Aber Protokolle einer Buchprüfung und Gelder aus existierenden Kontrakten nicht. Partnerschaften dieser Art werden nicht eingegangen, ohne daß vorher eine Prüfung durch eine vereidigte Buchprüfergesellschaft erfolgt.«

»Ich verstehe.« Trevayne lächelte und sagte mit angenehmer Stimme: »Dann sollte es Ihnen ja ein leichtes sein, die Papiere vorzulegen und den Vorwurf zu widerlegen; das Ganze müßte in zwei Minuten vorbei sein.«

»Ich sagte, daß ich die Dokumente *Ihnen* zur Verfügung stellen würde. Ich sagte nicht, daß ich mich einem Verhör unterziehen würde. Ich bin nicht bereit, solche Anwürfe einer öffentlichen Stellungnahme zu würdigen; das würde niemand in meiner Position tun.«

»Sie schmeicheln mir, Mr. Hamilton. Sie stellen mich wie eine Art Geschworenengericht hin.«

»Ich nehme an, daß Sie die Regeln für die Arbeitsweise Ihres Ausschusses festlegen. Zumindest, wenn Sie sich hier nicht falsch darstellen.«

»Nicht bewußt. Sollte ich es vielleicht so formulieren? Diese Art von Dokumenten – Konten, Bestätigungen von Buchprüfern, wie immer Sie sie nennen wollen – beeindrucken mich nicht sehr. Ich fürchte, ich muß auf Ihrem Erscheinen bestehen.«

Hamilton hatte seine ganze Selbstkontrolle aufzubieten, um Trevayne nicht anzuspringen. »Mr. Trevayne, ich habe fast zwei Jahrzehnte in Washington verbracht. Ich bin aus freien Stücken dort weggegangen, nicht, weil es notwendig war; es fehlte nicht an Interesse für meine Fähigkeiten. Ich verfüge immer noch über sehr gute Beziehungen dort.«

»Drohen Sie mir?«

»Nur mit Aufklärung. Ich habe persönliche Gründe dafür, nicht Teil irgendeines Unterausschuß-Zirkus zu werden. Ich habe volles Verständnis dafür, daß dies für Sie vielleicht der einzige Weg sein kann; Sie genießen nicht den Ruf eines hungrigen Mannes. Aber ich muß darauf bestehen, daß meine Privatsphäre nicht gestört wird.«

»Ich bin nicht sicher, daß ich Sie richtig verstehe.«

Hamilton lehnte sich auf seinem Sofa zurück. »Sollten Sie meine persönliche Rechtfertigung nicht akzeptieren und darauf beharren, daß ich vor Ihrem *Ad-hoc*-Ausschuß erscheine, werde ich meinen ganzen Einfluß einsetzen – auch den im Justizministerium –, um dafür zu sorgen, daß Sie als das gebrandmarkt werden, für was ich Sie halte. Ein grenzenloser Egoist, der sich das Ziel gesetzt hat, *seinen* Ruf aufzubauen, indem er andere verleumdet. Wenn ich mich nicht irre, sind Sie schon einmal wegen dieser unglücklichen Tendenz gewarnt worden. Der alte Herr ist kurz darauf bei einem Autounfall in Fairfax, Virginia, ums Leben gekommen ... Man könnte da einige Fragen stellen.«

Jetzt war es Trevayne, der sich in seinem Sessel nach vorn lehnte. Ihm erschien das unglaublich. Ian Hamiltons Zorn – Furcht, Zorn, Panik – hatte den Anwalt dazu veranlaßt, die Verbindung zu offenbaren, die er suchte. Es war beinahe lächerlich, weil es seitens Hamiltons so widersprüchlich, so naiv war. Als er Hamilton ansah, überlegte Andrew, daß keiner von denen ihm glaubte, was er sagte. *Keiner.* Sie glaubten es einfach nicht, wenn er immer wieder erklärte, daß er nichts zu verlieren hatte. Und nichts zu gewinnen.

»Mr. Hamilton, ich denke, es ist jetzt an der Zeit, daß wir beide aufhören, Drohungen auszustoßen. Hauptsächlich Ihretwegen ... Sagen Sie mir, reicht Ihr Einfluß auch zu Mitchell Armbruster, Genessees Senator aus Kalifornien? Joshua Studebaker, Genessees Bezirksrichter in Seattle? Einem Gewerkschaftsführer namens Manolo – und wahrscheinlich Dutzende wie er, die im ganzen Lande Tarifverträge schließen? Und einem Wissenschaftler namens Jamison – wahrscheinlich Hunderte wie er, vielleicht sogar Tausende, die gekauft und bezahlt sind und zu grenzenloser Loyalität für Genessee erpreßt werden? Oder zu Aaron Green? Was kann man von Green sagen? Sie haben ihn überzeugt, daß ›nie wieder‹ bedeutet, daß man dasselbe Klima militärischen Einflusses schaffen muß, das seine Frau und sein Kind in die Gaskammern von Auschwitz trieb. Was meinen Sie, Counselor? Wollen Sie mich mit diesen Dingen bedrohen, diesen Leuten? Weil, das sage ich Ihnen offen, ich schon *jetzt* eine Todesangst habe.«

Ian Hamilton sah aus, als wäre er gerade Zeuge einer schnellen, brutalen Hinrichtung, einer grausamen Exekution gewesen. Einige Augenblicke lang war er sprachlos, und Trevayne war nicht bereit, das Schweigen zu brechen. Schließlich sprach der Anwalt mit kaum hörbarer Stimme.

»Was haben Sie getan?«

Trevayne erinnerte sich an Greens Worte. »Meine Hausaufgaben habe ich gemacht, Mr. Hamilton. Ich habe mir meine Bücher angesehen. Aber ich habe so das Gefühl, daß ich gerade erst begonnen habe. Es gibt da noch einen Mann mit blütenweißer Weste, einen Senator aus Maryland, dem es sehr gut geht. Ein weiterer Senator, dieser aus Vermont, ihm geht es auch nicht schlecht, nehme ich an. Und die weniger honorigen Boys – oberflächlich betrachtet, weniger honorig. Männer wie Mario de Spadante und seine Organisation braver Leute, die zufälligerweise Fachleute mit Messern und Pistolen sind. Denen geht es auch nicht schlecht. Vielen Dank ... O Gott, ich bin sicher, daß noch ein weiter Weg vor mir liegt. Und Sie sind genau der Mann, der mir helfen kann. Weil Sie, im Gegensatz zu den anderen, die Einflußbereiche haben, direkten Zugang zum Sitz der Macht, nicht wahr?«

»Sie wissen nicht, was Sie sagen.« Hamiltons Stimme war ausdruckslos, fast guttural.

»Doch, das weiß ich. Und deshalb habe ich mir Sie für den Schluß aufgespart. Sie sind der letzte auf meiner Liste. Weil wir uns in gewisser Beziehung ähnlich sind, Mr. Hamilton. Jeder andere hat seine eigenen Interessen, seine Bedürfnisse. Etwas, das er haben will oder braucht, Geld, oder etwas, das korrigiert werden muß, für das er Rache nehmen muß. Wir nicht. Zumindest kann ich mir nicht vorstellen, was es sein könnte. Wenn Sie so etwas wie einen Rasputinkomplex haben, dann betreiben Sie den auf eine verdammt seltsame Art; wie Sie sagten ›halb in Ruhestand‹. Außerhalb Washingtons ... Ich will Antworten, und ich werde sie von Ihnen bekommen, oder ich führe Sie dem Unterausschuß vor wie ein Paradepferd.«

»Hören Sie auf!« Hamilton sprang auf und stand starr vor Andrew. »Sie sollen aufhören ... Sie werden außergewöhnlichen Schaden anrichten, Mr. Trevayne. Sie haben keine Ahnung, welchen Schaden Sie diesem Land zufügen können, wenn Sie sich da einmischen.«

Der Anwalt ging langsam zum Fenster. Für Trevayne war es offensichtlich, daß Hamilton jetzt dem Punkt ziemlich nahe war, wo er sich für offenes Reden entscheiden würde. »Inwiefern? Ich bin nicht unvernünftig.«

Hamilton sah zum Fenster hinaus. »Ich hoffe, daß das wahr ist. Ich habe Jahre damit verbracht, Männer wie Sie dabei zu beobachten, wie sie unter unsäglichen Mühen der Bürokratie lebenswichtige Entscheidungen abringen wollten. Ich habe leitende Persönlichkeiten in Regierungsbehörden überall in aller Öffentlichkeit weinen sehen, ihre Untergebenen anschreien hören, habe miterlebt, wie sie ihre Ehen zerstört haben ... weil sie in dem politischen Labyrinth gefangen waren und ihre Handlungsfähigkeit durch mangelnde Entscheidungsbereitschaft gelähmt wurde. Und was das Tragischste ist, ich habe hilflos zusehen müssen, wie diese Nation fast in eine Katastrophe gestürzt worden wäre, weil Männer zuviel Angst hatten, klar Stellung zu beziehen, sich zuviel Gedanken um ihre Wahlkreise machten, um sich echter Verantwortung zu stellen.« Ian Hamilton wandte sich vom Fenster ab und sah Andrew Trevayne an. »Unsere Regierung hat sich auf einen Punkt hin entwickelt, an dem sie nicht mehr lenkbar ist, Mr. Trevayne. Und das durchzieht die ganze Struktur; das beschränkt sich nicht nur auf einzelne Bereiche. Wir sind zu einem grotesken, schwerfälligen, tolpatschigen Riesen geworden. Die Medien haben die Entscheidungsprozesse in die Wohnzimmer von zweihundert Millionen uninformierter Haushalte getragen. Und bei dieser Demokratisierung haben wir notwendigerweise unsere Maßstäbe ins Unerträgliche absinken lassen. Wir haben uns mit der ... Mittelmäßigkeit ... abgefunden, ja sie *angestrebt.*«

»Das ist ein ziemlich düsteres Bild, Mr. Hamilton. Ich bin nicht sicher, daß es zutrifft; jedenfalls nicht in dem Maße, in dem Sie es darstellen.«

»Natürlich trifft es zu, und das wissen Sie auch.«

»Ich wünschte, Sie würden aufhören, das zu sagen. Ich weiß das *nicht.*«

»Dann haben Sie die Fähigkeit der Beobachtung verloren. Nehmen Sie doch die letzten zwei Jahrzehnte. Vergessen wir einen Augenblick lang die auswärtigen Probleme und betrachten unser eigenes Land. Eine undurchschaubare, völlig unverläßliche Wirtschaft; schreckliche Rezessionen, Inflation und Arbeitslosigkeit. Die Krise der Städte, die revolutionäre Ausmaße zu nehmen droht, damit meine ich bewaffnete Revolution, Mr. Trevayne. Die Unruhen; die Überreaktionen im Bereich der Polizei und der Nationalgarde; Korruption im Bereich der Gewerkschaften und der Großfirmen; unkontrollierte Streiks; ein unfähiges Militär unter unfähigem Kommando. Können Sie denn behaupten, daß das Produkte einer geordneten Gesellschaft sind, Trevayne?«

»Sie sind das Resultat eines Landes, das sich gerade einer sehr skeptischen Selbstprüfung unterzieht. Wir haben unterschiedliche Betrachtungsweisen. Natürlich ist vieles von dem, was Sie sagen, schrecklich ... sogar tragisch; aber da ist auch vieles, was sehr gesund ist.«

»Unsinn ... Sagen Sie, Sie haben ein Geschäft angefangen und es zum Erfolg geführt. Wäre das auch so gekommen, wenn Sie zugelassen hätten, daß die Entscheidungen von Ihren Angestellten getroffen werden?«

»Wir waren die Spezialisten. Es war unsere Aufgabe, die Entscheidungen zu treffen.«

»Können Sie dann nicht begreifen? Die *Angestellten*, die Schreiber, treffen die nationalen und internationalen Entscheidungen!«

»Die Angestellten und Schreiber wählen die Spezialisten. Der Stimmzettel ...«

»Der Stimmzettel ist die Antwort auf das Gebet der Mittelmäßigen! ... Wenn auch nur in unserer heutigen Zeit.«

Trevayne blickte zu dem eleganten Anwalt auf. Er wollte Hamilton reden lassen. »Was auch immer Ihre Motive sein mögen, der Unterausschuß muß davon überzeugt werden, daß keine illegalen Handlungen größeren Umfangs vorliegen. Wir sind keine ... Inquisition; wir sind vernünftig.«

»Es liegt *keine* illegale Handlung vor, Mr. Trevayne«, fuhr Hamilton mit etwas sanfterer Stimme fort. »Wir sind eine apolitische Gruppe von Männern, die sich einzig und allein darum bemühen, ihren Beitrag zu leisten, ohne uns dabei selbst irgendwie herausstellen zu wollen.«

»Wie paßt da Genessee Industries hinein? Das muß ich wissen.«

»Die sind nur ein Instrument. Ein unvollkommenes, das räume ich ein, aber Sie haben ja erfahren, daß ...«

Was dann folgte, machte Trevayne mehr Angst, als er für möglich gehalten hatte, und Hamiltons ruhiges Wohlwollen betonte das nur noch. Der Anwalt war nicht bereit, sich auf Einzelheiten einzulassen, aber was er in allgemeinen Abstraktionen beschrieb, war eine Regierung, die potentiell viel mehr Macht besaß als die Nation, der sie angehörte.

Genessee Industries war weit mehr als ›ein Instrument‹. Es war – oder sollte es werden – ein Rat der Elite. Infolge ihrer geradezu gigantischen Ressourcen würden diejenigen, die privilegiert waren, die Politik Genessees durchzuführen, imstande sein, immer dann einzugreifen, wo nationale Probleme kritische Ausmaße annahmen –, und zwar bevor solche Probleme ins Chaos führten. Diese Fähigkeit lag natürlich noch Jahre in der Zukunft, aber Genessee hatte sich in Fällen geringerer Bedeutung bereits bewiesen und damit die Vorhersagen derer gerechtfertigt, die es geschaffen hatten. Das waren zum Beispiel die Regionen mit großer Arbeitslosigkeit, die Genessee gerettet hatte; Tarifauseinandersetzungen, die in Dutzenden bestreikter Fabriken vernünftig gelöst wurden; Firmen, die vor dem Bankrott gerettet und vom Management Genessees zu neuen Höhen geführt wurden. Im wesentlichen handelte es sich dabei um wirtschaftliche Probleme; aber es gab auch andere. In der Wissenschaft beispielsweise arbeiteten die Genessee-Laboratorien an größeren gesellschaftswissenschaftlichen Studien, die in den Bereichen der Ökologie und der Umweltprobleme von unschätzbarem Wert sein würden. Seuchen, die in Städten aufgetreten waren, wurden von medizinischen Einheiten von Genessee abgewendet, und auch der medizinischen Grundlagenforschung widmete die Firma großes Interesse. Und dann der Bereich des Militärs. Man mußte es stets sorgfältig beobachten, es kontrollieren, wie es einem wahren Diener zukam; aber Genessee hatte gewisse notwendige Waffensysteme möglich gemacht, die dazu geführt hatten, daß Tausende und Abertausende von Leben gerettet wurden. Das Militär war Genessee verpflichtet, und so würde es bleiben.

Der Schlüssel zu diesem Erfolg lag in der Fähigkeit, schnell zu handeln und riesige Summen einzusetzen. Summen, die nicht von politischen Erwägungen beeinträchtigt waren.

Die nach dem Gutdünken eines Elitekorps weiser Männer eingesetzt wurden, guter Männer, Männer, die ihrem Traum von Amerika verpflichtet waren.

Einem Amerika für alle, nicht für einige wenige.

Das war in einfachen Worten die Methode.

»Dieses Land ist als eine Republik gegründet worden, Mr. Trevayne«, sagte Hamilton und nahm ihm gegenüber auf dem Sofa Platz.

»Demokratie ist eine Abstraktion … eine Definition des Begriffes ›Republik‹ lautet, daß es sich dabei um einen Staat handelt, der von jenen regiert wird, die ein *Recht darauf* haben, ihre Stimme abzugeben und ihre Politik zu formen. Nicht Menschen mit einer Blankovollmacht. Nun würde sich heutzutage natürlich niemand vorstellen können, wie man diese Definition in die Tat umsetzt. Aber um hier im Prinzip eine Anleihe aufzunehmen – wenn auch nur in geringem Maße und für beschränkte Zeit –, gibt es dafür immerhin historische Präzedenzfälle … Die Zeiten, in denen wir leben, erfordern es.«

»Ich verstehe.« Trevayne mußte die Frage stellen, und wäre es nur, um zu hören, wie Hamilton ihr auswich. »Gehen Sie dann nicht das Risiko ein, daß diejenigen, die ein Recht darauf haben, die Politik zu formen … auch sicherstellen wollen, daß die Züge rechtzeitig verkehren? Sich auf die Suche nach Endlösungen begeben?«

»Niemals«, antwortete Hamilton in ruhiger Überzeugung. »Weil es kein Motiv dafür gibt. Keinen solchen finsteren Ehrgeiz ... Sie haben vorher etwas gesagt, das mich beeindruckt hat. Sie sagten, Sie seien zu mir gekommen, weil ich – ebenso wie Sie – weder finanzielle Not litte noch mich an irgend jemandem rächen wollte ... Natürlich kennen wir die Probleme der anderen nie, aber Sie haben zufälligerweise recht. Meine Bedürfnisse sind befriedigt, und es gibt nichts Wesentliches, wofür ich mich rächen müßte. Sie und ich, keine politischen Kometen, Männer, die sich am Markt bewiesen haben, Denker, die fähig sind, Entscheidungen zu treffen und sich Gedanken um jene anderen weniger Glücklichen machen. Wir sind die Aristokratie, die die Republik führen muß. Nicht mehr lange, und die Zeit wird da sein, in der wir uns entweder dieser Verantwortung stellen müssen oder in der es keine Republik mehr geben wird.«

»Die Herrschaft einer wohlwollenden Monarchie.«

»O nein. Nicht Monarchie, Aristokratie. Und nicht erblich erworben.«

»Weiß der Präsident davon?«

Hamilton zögerte. »Nein. Er weiß es nicht. Er kennt nicht einmal die Hunderte von Problemen, die wir für ihn gelöst haben. Die verschwinden einfach ... Wir stehen stets zu seiner Verfügung. Im positiven Sinne, sollte ich vielleicht hinzufügen.«

Trevayne erhob sich aus seinem Sessel. Es war Zeit zu gehen, Zeit nachzudenken. »Sie sind offen gewesen, und ich bin Ihnen dankbar dafür, Mr. Hamilton.«

»Ich habe mich auch sehr allgemein ausgedrückt. Ich hoffe, Sie wissen auch das zu schätzen. Keine Namen, keine Details, nur allgemeine Feststellungen mit Beispielen. Beispielen der Verantwortung.«

»Womit Sie sagen wollen, daß Sie, wenn ich mich auf dieses Gespräch beziehen würde ...«

»Welches Gespräch, Mr. Trevayne?«

»Ja, natürlich.«

»Sie sehen also den Nutzen? Die außergewöhnlichen Möglichkeiten.«

»Die sind bemerkenswert. Aber man kennt die Probleme der anderen ja nie. Ist es nicht das, was Sie gesagt haben?«

Trevayne fuhr die von Schneebergen gesäumten Straßen aus Evanston hinaus. Er fuhr langsam und ließ sich von dem spärlichen Sonntagsverkehr überholen, ohne dabei an das Tempo oder seinen Bestimmungsort zu denken. Er dachte nur an das Unglaubliche, das er erfahren hatte.

Ein Rat der Elite.

Die Vereinigten Staaten von Genessee Industries.

TEIL III

35.

Robert Webster verließ das Weiße Haus durch den Ostausgang und ging auf den Parkplatz für Angestellte zu. Er hatte sich von dem Vorbereitungsgespräch für die Pressekonferenz entschuldigt und seine Vorschläge – hauptsächlich von ihm erwartete Fragen – einem der anderen Assistenten hinterlassen. Er hatte keine Zeit für präsidentielle Routinearbeiten; da waren wichtigere Probleme unter Kontrolle zu halten.

Daß Roderick Bruce nicht für ihn bestimmte Dinge erfahren hatte, würde zur Folge haben, daß in jedem wichtigen Büro – Senat, Haus, Justiz, Verteidigung – schädliche Gerüchte in Umlauf gelangten, die schließlich zu Schlagzeilen explodieren würden. Der Art von Schlagzeilen, die die Effektivität eines jeden Vorsitzenden eines Unterausschusses vernichten und einen Unterausschuß selbst zur Belanglosigkeit verurteilen würde.

Webster war mit sich zufrieden. Die Lösung für Mario de Spadante führte unmittelbar zur Eliminierung Trevaynes. Mit erstaunlicher Klarheit. Der einzige Extrabonus, den er noch brauchte, bestand jetzt darin, daß er Paul Bonner Roderick Bruce zum Fraß vorwarf.

Der Rest war bereits, soweit notwendig, vorbereitet. Die enge Arbeitsbeziehung zwischen de Spadante und Trevayne. Daß de Spadante sich spät nachts in Connecticut mit Trevayne getroffen hatte, der doch eigentlich in Geschäften seines Unterausschusses hätte unterwegs sein sollen. Trevaynes erste Reise nach Washington, auf der Mario sein Reisebegleiter gewesen war. Die Fahrt in der Limousine vom Dulles Airport zum Hilton. Trevayne und de Spadante zusammen in Georgetown im Haus eines nicht gerade willkommenen Attachés der französischen Regierung, eines Mannes, von dem die Rede ging, daß er Beziehungen zur amerikanischen Unterwelt unterhielt.

Das war alles, was man brauchte.

Andrew Trevayne und Mario de Spadante. Korruption.

Wenn de Spadante in New Haven ermordet werden würde,

würde man seinen Tod einem Mafiakrieg zuschreiben, aber in den Schlagzeilen und den Fernsehberichten würde verbreitet werden, daß Trevayne ihn eine Woche vor dem Mord im Krankenhaus besucht hatte.

Korruption.

Alles würde richtig verlaufen, dachte Webster, als er links in die Pennsylvania Avenue einbog. De Spadante würde eliminiert und Trevayne praktisch aus Washington entfernt werden.

Trevayne *und* de Spadante waren zu unberechenbar geworden. Man konnte nicht länger darauf vertrauen, daß Trevayne über ihn an den Präsidenten herantreten würde. Trevayne war weit gereist – von Houston bis Seattle –, und doch war der einzige Wunsch, den er vorgebracht hatte, der gewesen, ihm Informationen über de Spadante zu liefern. Sonst nichts. Das war zu gefährlich. Am Ende könnte auch Trevayne, wenn nötig, getötet werden, aber das würde unter Umständen zu einer ausführlichen Untersuchung führen. Darauf waren sie nicht vorbereitet.

De Spadante dagegen mußte getötet werden. Er war zu weit gegangen, zu tief eingedrungen. Webster hatte den Mafioso ursprünglich – und ausschließlich – in die Genessee-Geschehnisse eingeschaltet, um Probleme im Hafen zu lösen, wie sie üblicherweise leicht durch einen Befehl der Mafia zu lösen waren. Dann hatte de Spadante die ungeheuren Möglichkeiten erkannt, die daraus erwachsen konnten, wenn man mächtigen Männern in hohen Bundesämtern behilflich war. Er ließ nicht mehr los.

Aber de Spadante mußte von seinen eigenen Leuten eliminiert werden, nicht von jemandem außerhalb seiner Welt; das könnte sich als katastrophal erweisen. Er mußte von anderen de Spadantes ermordet werden.

Willie Gallabretto verstand das. Die Gallabretto-Familie – seine Blutsverwandten ebenso wie die Organisation – begannen, der theatralischen Kraftübungen ihres Verwandten in Connecticut müde zu werden. Die Gallabrettos gehörten der neuen Generation an; die schlanken, konservativ geschulten Collegeabsolventen, die weder etwas für die aus der alten Welt stammenden Taktiken ihrer Vorfahren noch für die verzärtelten, langhaarigen Angehörigen der ›in‹-Generation übrig hatten.

Sie paßten ausgezeichnet dazwischen, innerhalb der Grenzen der Respektabilität – fast einer bürgerlich amerikanischen Wohlanständigkeit. Wenn ihre Namen nicht gewesen wären, hätten sie wahrscheinlich in hunderttausend Firmen Direktionsposten innegehabt.

Webster bog an der Siebenundzwanzigsten Straße nach rechts und sah sich die Hausnummer an. Er suchte 112.

Roderick Bruces Apartmentgebäude.

Paul Bonner starrte abwechselnd den Brief und den Captain aus dem Büro des Provost Marshals an, der ihm das Schreiben überbracht hatte. Der Captain lehnte locker an Bonners Bürotür.

»Was, zum Teufel, soll das, Captain? Ein dämlicher Witz?«

»Kein Witz, Major. Sie haben sich bis auf weiteres als unter Hausarrest stehend zu betrachten. Gegen Sie wird Anklage wegen Mordes ersten Grades erhoben.«

»Es wird *was?*«

»Der Staat Connecticut hat Anklage erhoben. Die Anklagebehörde hat uns die Verantwortung für Ihre Festsetzung übertragen. Das ist günstig für Sie. Wie auch immer der Spruch des Gerichtes ausfallen wird – die Army muß sich anschließend mit einer Fünf-Millionen-Dollar-Schadenersatzklage der Familie des Verblichenen, eines gewissen August de Spadante, auseinandersetzen ... Wir werden uns vergleichen; niemand ist fünf Millionen wert.«

»Vergleichen? Mord? Diese Hurensöhne hatten es auf Trevayne abgesehen! Was hätte ich denn tun sollen? Zulassen, daß die ihn umbringen?«

»Major, verfügen Sie auch nur über den Hauch eines Beweises, daß August de Spadante dort war, um jemanden zu verletzen? Auch nur sich in feindseliger Stimmung befand? ... Wenn das nämlich der Fall ist, dann sollten Sie es uns mitteilen; wir können nichts finden.«

»Sie sind lustig. Er war bewaffnet, bereit zu feuern.«

»Dafür haben wir nur Ihr Wort. Es war finster. Eine Waffe ist nicht gefunden worden.«

»Dann hat man sie gestohlen.«

»Beweisen Sie es.«

»Zwei Secret-Service-Männer von ›Sechzehnhundert‹ sind bewußt abgezogen worden – entgegen den bestehenden Anweisungen. In Darien, im Krankenhaus. Man hat auf mich geschossen, als ich das Anwesen von Barnegat betrat. Ich habe den Mann bewußtlos geschlagen und seine Waffe weggenommen.«

Der Captain stieß sich vom Türrahmen ab und ging auf Bonners Schreibtisch zu. »Das haben wir in Ihrem Bericht gelesen. Der Mann, von dem Sie sagen, er hätte auf Sie geschossen, behauptet, keine Waffe zu besitzen. Sie haben ihn angesprungen.«

»Und ihm die Kanone weggenommen; das kann ich beweisen! Ich hab' sie Trevayne gegeben.«

»Sie haben Trevayne eine Pistole gegeben. Eine unregistrierte Faustfeuerwaffe, die nur seine und Ihre Fingerabdrücke trug.«

»Woher, zum Teufel, habe ich die dann bekommen?«

»Gute Frage. Der Kläger behauptet, ihm gehörte sie nicht. Soweit mir bekannt ist, besitzen Sie eine ganze Sammlung.«

»Scheiße!«

»Und aus Darien sind keine Secret-Service-Männer abgezogen worden, weil dort gar keine eingeteilt waren.«

»Verdammt noch mal! Sehen Sie sich doch die Einsatzpläne an!«

»Haben wir. Die Trevayne-Abteilung ist für einen weiteren Einsatz ins Weiße Haus zurückgerufen worden. Ihre Pflichten sind über das Büro des Bezirkssheriffs von Fairfield, Connecticut, von den örtlichen Behörden übernommen worden.«

»Das ist eine Lüge! Ich hab' sie bestellt, über 1600.« Bonner erhob sich aus seinem Stuhl.

»Vielleicht ein Fehler in der Sicherheitsabteilung. Keine Lüge. Besprechen Sie das mit Robert Webster in 1600. Präsidentenassistent Webster, sollte ich vielleicht hinzufügen. Er sagte, er sei sicher, sein Büro hätte Trevayne von der Änderung verständigt. Obwohl das nicht erforderlich war.«

»Wo waren dann die Örtlichen?«

»In einem Streifenwagen auf dem Parkplatz.«

»Ich hab' sie nicht gesehen!«

»Haben Sie nachgeschaut?«

Bonner überlegte einen Augenblick. Er erinnerte sich an die Tafel in der Einfahrt des Krankenhauses, die Fahrzeuge auf den hinteren Parkplatz verwies. »Nein, das habe ich nicht ... Wenn sie dort waren, dann war das die falsche Position!«

»Keine Frage, schlampige Arbeit. Aber diese Bullen sind eben auch nicht 1600.«

»Sie sagen, ich hätte alles, was geschehen ist, falsch interpretiert.

Die Streife, die Schüsse, den Gangster mit der Waffe ... Verdammt noch mal, Captain, ich mache keine solchen Fehler.«

»Das ist auch die Meinung der Anklage. Sie machen keine Fehler von der Art. Sie lügen.«

»An Ihrer Stelle wäre ich vorsichtig, Captain. Lassen Sie sich nicht von meinem Halsverband täuschen.«

»Hören Sie schon auf, Major! Ich bin Ihr Verteidiger! Und einer der unangenehmen Aspekte der Verteidigung liegt in Ihrem Ruf für unprovozierten Angriff. Die Neigung, im Feld ungerechtfertigt zu töten. Sie tun sich keinen Gefallen, wenn Sie mich verprügeln.«

Bonner atmete tief. »Trevayne wird sich hinter mich stellen; er wird das alles klären. Schließlich war er dort.«

»Hat er irgendwelche Drohungen gehört? Hat er etwas gesehen – wenn auch nur aus der Ferne –, das als feindselig interpretiert werden könnte?«

Bonner überlegte. »Nein.«

»Wie steht es mit der Haushälterin?«

»Wiederum nein ... Nur daß sie meinen Hals zusammengehalten hat; Trevayne hat mir einen Preßverband am Arm angelegt.«

»Das reicht nicht. Mario de Spadante plädiert auf Notwehr. Sie haben ihn mit der Waffe bedroht. Nach seiner Aussage haben Sie ihn mit der Pistole geschlagen.«

»Nachdem er mich mit seinem Schlagring fast in Stücke gerissen hat.«

»Den Schlagring gibt er zu. Darauf steht eine Geldstrafe von fünfzig Dollar.«

»Haben Sie mit Cooper gesprochen? General Cooper?«

»Wir haben eine Aussage von ihm. Er erklärt, er hätte Sie dazu autorisiert, ein Flugzeug in Boise, Idaho, anzufordern, aber von Ihrer Fahrt nach Connecticut war er nicht informiert. Und Sie hätten versäumt, einen telefonischen Bericht abzugeben.«

»Herrgott noch mal, schließlich hat man mich in Stücke gerissen.«

Der Captain trat einen Schritt von Bonners Schreibtisch zurück und sprach, indem er Paul den Rücken zuwandte. »Major, ich werde Ihnen jetzt eine Frage stellen, aber ehe ich das tue, möchte ich, daß Sie wissen, daß ich Ihre Antwort nicht benutzen werde, sofern ich nicht zu dem Schluß gelange, daß uns das etwas nützt. Selbst dann können Sie mich noch daran hindern. Verstanden?«

»Fragen Sie.«

Der Captain drehte sich um und sah Bonner an. »Hatten Sie irgendeine Übereinkunft mit Trevayne und de Spadante? Hat man Sie hereingelegt? Sie ausgequetscht, nachdem Sie etwas geliefert hatten, das Sie nicht zugeben können?«

»Sie sind völlig auf dem Holzweg, Captain.«

»Was hat de Spadante denn dort getan?«

»Das sagte ich Ihnen doch. Er wollte Trevayne erledigen. Ich irre mich da nicht.«

»Sind Sie sicher? ... Trevayne hätte in Denver sein müssen, in einer Konferenz. Daran herrschte keinerlei Zweifel. Niemand hatte Anlaß, etwas anderes zu glauben – sofern man es ihm nicht *gesagt* hat. Was hatte er denn in Connecticut zu schaffen, wenn nicht de Spadante zu treffen?«

»Er hat seine Frau im Krankenhaus besucht.«

»Jetzt sind Sie auf dem Holzweg, Major. Wir haben den ganzen Tag über vertrauliche Verhöre abgehalten. Mit jedem einzelnen Techniker im Krankenhaus. Mrs. Trevayne ist nicht untersucht worden. Das Ganze war ein Tarnungsmanöver.«

»Worauf wollen Sie hinaus?«

»Ich glaube, daß Trevayne nach Connecticut gekommen ist, um sich mit de Spadante zu treffen, und Sie in den größten Fehler Ihrer ganzen Laufbahn hineingestolpert sind.«

Roderick Bruce zog das Blatt Papier aus der Schreibmaschine und erhob sich aus seinem Sessel. Der Bote seiner Zeitung wartete in der Küche.

Er legte das Blatt unter einige andere und lehnte sich zum Lesen zurück.

Seine Nachforschungen waren so gut wie beendet. Major Paul Bonner würde die Woche nicht überleben.

Und das war Gerechtigkeit.

Ein Punkt für Alex. Den lieben, sanften Alex.

Bruce las jedes Blatt sorgfältig, genoß die Worte, die scharf wie Messer waren. Es war die Art von Story, von der jeder Zeitungsmann träumte: ein Bericht über schreckliche Ereignisse, die er vorhergesagt hatte; ein Bericht, der denen aller anderen zuvorkam – und ein Bericht mit unwiderlegbaren Beweisen.

Der süße, einsame Alex. Der verwirrte Alex, dessen einziges

Interesse seinen wertvollen Stücken aus dem Altertum galt. Und ihm natürlich. Rod Bruce war ihm wichtig.

War ihm wichtig gewesen.

Er hatte ihn immer Roger genannt, nicht Rod oder Roderick. Alex sagte immer, er bezöge ein Gefühl größerer Intimität daraus, wenn er ihn bei seinem richtigen Namen nannte.

Bruce war inzwischen bei der letzten Seite angekommen:

> ... und was auch immer man über August de Spadantes Hintergrund vermuten mag – und es sind *nur* Vermutungen –, er war ein guter Ehemann; ein Vater von fünf unschuldigen Kindern, die heute verständnislos an seinem Sarg weinen. August de Spadante hat seinem Land in den bewaffneten Streitkräften gedient, ihm Ehre gemacht.
>
> Die *Tragödie* – es gibt kein anderes Wort als ›Tragödie‹ – ist, daß nur zu oft der Bürgersoldat, Männer wie August de Spadante, blutrünstigen Schlachten zum Opfer fällt, die *geschaffen* (*geschaffen*, wohlgemerkt) sind von ehrgeizigen, ihres Ranges bewußten, halbverrückten militärischen Schlächtern, welche sich vom Krieg ernähren, Krieg fordern, und uns um ihrer eigenen Sucht willen in den Krieg stürzen.
>
> Ein solcher Mann, ein solcher Schlächter, hat ein Messer erhoben und es tief in den Rücken (den *Rücken*, wohlgemerkt) von August de Spadante gestoßen, der in der Finsternis wartete, um jemandem Gutes zu tun.
>
> Diesem Mörder, diesem Paul Bonner, ist willkürlicher Mord nicht fremd. Aber man hat ihn geschützt; vielleicht, weil er seinerseits andere schützte.
>
> Werden wir Bürger zulassen, daß die Armee der Vereinigten Staaten bezahlte Killer beherbergt? Killer, die sie in die Welt hinausschickt, um selbst darüber zu entscheiden, wer leben und wer sterben soll?

Bruce lächelte, als er die Seiten aneinanderheftete. Er ging an seinen Schreibtisch, holte einen Umschlag aus einer Schublade, schob die Blätter hinein und drückte ihm auf beiden Seiten seinen üblichen Gummistempel auf: ›Roderick Bruce Artikel – City Redaktion‹.

Er war gerade auf die Küchentür zugegangen, als sein Blick auf die chinesische Kassette in seinem Bücherschrank fiel. Er blieb stehen, griff in die Tasche nach seiner Schlüsselkette, nahm die Kassette aus dem Schrank, schob einen winzigen Schlüssel in ihr Schloß und klappte den Deckel auf.

Alex' Briefe.

Alle an Roger Brewster adressiert und an eine spezielle Postlagernummer in dem großen, überlasteten Washingtoner Post Office der Innenstadt geschickt.

Er mußte vorsichtig sein. Sie mußten beide vorsichtig sein, aber er mehr als Alex.

Alex, jung genug, um sein Sohn zu sein – seine Tochter. Nur daß er weder Sohn noch Tochter, sondern Liebhaber war. Leidenschaftlich, verständnisvoll und imstande, Roger Brewster zu lehren, den aufgestauten physischen Emotionen eines ganzen Lebens freien Lauf zu lassen. Seine erste Liebe.

Alex war ein ehemaliger Student, ein junges Genie, dessen Fähigkeiten in den Sprachen und Kulturen des Fernen Ostens ihm ein Stipendium nach dem anderen und schließlich eine Doktorarbeit der Universität von Chicago eingetragen hatten. Man hatte ihn nach Washington geschickt, um orientalische Kunstwerke zu überprüfen.

Dann aber zog man ihn zur Army ein, und Roderick Bruce wagte nicht, sich einzuschalten – obwohl ihn die Versuchung fast in den Wahnsinn trieb. Statt dessen hatte Alex ein Offizierspatent erhalten, weil Rod Bruce immerhin gewissen Militärpersonen den Hinweis gegeben hatte, daß man Alex' Erfahrungen in dem Büro für asiatische Angelegenheiten, das das Pentagon unterhielt, gut nutzen konnte. Es hatte also den Anschein, als würde ihr Leben weitergehen – in aller Stille und Liebe. Und dann hatte man Alex plötzlich ohne Planung, ohne vorheriges Wissen, ohne Warnung gesagt, daß er vier Stunden Zeit hätte, seine Habseligkeiten zu sammeln und sich auf dem Luftwaffenstützpunkt Andrews zu melden.

Er sollte um die halbe Welt nach Saigon fliegen.

Niemand wollte ihm sagen, weshalb.

Und dann begannen Alex' Briefe einzutreffen. Er gehörte einem Abwehrteam an, das für irgendeinen Einsatz in dem nordöstlichen Bereich ausgebildet wurde. Man hatte ihm gesagt, daß sie einen amerikanischen Dolmetscher brauchten – den ortsansässigen Agenten wollten sie nicht vertrauen. Einen Mann mit einigen Kenntnissen um die religiösen Gewohnheiten und den Aberglauben des Volkes. Die Computer hatten seinen Namen geliefert; so hatte der Befehlshaber der Einheit es ihm dargestellt. Ein Major namens Bonner, der ein wahrer Teufel zu sein schien. Alex wußte, daß dieser Bonner ihn verachtete. »Er ist ein unterdrückter Duweißt-schon-was.« Der Major trieb Alex unablässig, hörte nicht auf, ihn zu peinigen, und war brutal in seinen Beleidigungen.

Plötzlich hörten die Briefe auf. Wochenlang fuhr Roderick Bruce in die Innenstadt zum Postamt, manchmal zwei- oder dreimal täglich. Nichts.

Und dann bestätigte sich das Schreckliche.

Der Name war einfach ein Name auf der Gefallenenliste des Pentagon. Einer von achtunddreißig jener Woche. Diskrete Nachforschungen unter dem Vorwand, die Eltern zu kennen, brachten die Tatsache zum Vorschein, daß Alex in Chung-Kal im nördlichen Kambodscha in der Nähe der thailändischen Grenze gefangengenommen worden war. Es hatte sich um eine Abwehroperation unter dem Befehl von Major Paul Bonner gehandelt – einer der sechs Männer, die die Operation überlebten. Alex' Leiche war von kambodschanischen Bauern gefunden worden.

Man hatte ihn exekutiert.

Und einige Monate später tauchte der Name Paul Bonner wiederum auf, diesmal in einer etwas öffentlicheren Untersuchung, und Roderick Bruce wußte, daß er die Möglichkeit gefunden hatte, seinen Geliebten zu rächen. Seinen Geliebten, den ein arroganter Major in den Tod geführt hatte.

Die Jagd begann, als Roderick Bruce seine Redaktion davon informierte, daß er von Südostasien aus eine Reihe von Artikeln schreiben würde. Allgemein angelegt, vielleicht auf die Männer im Feld konzentriert – sozusagen eine zeitgenössische Arbeit im Stile eines Ernie Pyle; niemand hatte das bislang in Vietnam gut gemacht.

Die Redakteure waren entzückt. Roderick Bruce mit einem Bericht aus Da Nang oder Son Toy oder dem Mekong-Delta – das klang nach den besten Traditionen der Kriegsberichterstattung. Das würde die Auflagen steigern und den ohnehin schon außergewöhnlichen Ruf des Kolumnisten noch fördern.

Rod Bruce brauchte weniger als einen Monat, um seine erste Story zu liefern, die besagte, daß Major Bonner unter Hausarrest festgehalten wurde und die Entscheidung eines Militärgerichts abwarten mußte, ob Grund zur Anklage bestand. Einige weitere Kolumnen folgten, von denen jede mehr Schaden anrichtete als die vorangegangene. Sechs Wochen, nachdem er Washington verlassen hatte, prägte Roderick Bruce den Satz ›Killer aus Saigon‹. Er benutzte ihn gnadenlos.

Aber das Militärgericht hörte nicht auf ihn. Es hatte Anweisungen von anderer Stelle, und Major Paul Bonner wurde in aller Stille freigelassen und in die Staaten zurückgeschickt, um irgendwelchen obskuren Dienst im Pentagon wahrzunehmen.

Diesmal würde das Militär auf ihn hören.

36.

Trevayne war darüber verstimmt, daß Walter Madison zögerte. Er drehte die Telefonschnur um seinen Finger und blickte auf die gefaltete Zeitung, die vor ihm lag. Er sah immer wieder auf die drei Spalten umfassende Meldung in der unteren linken Ecke der Titelseite. Die Überschrift war einfach und knapp: ›Offizier wegen Totschlag festgenommen‹.

Der Untertitel war etwas weniger zurückhaltend: ›Ehemaliger Major der Special Forces, der vor drei Jahren wegen Mord in Indochina angeklagt war, des brutalen Mordes in Connecticut bezichtigt‹.

Madison murmelte jetzt juristische Banalitäten, daß man vorsichtig sein müsse.

»Walter, die machen den fertig! Wir wollen nicht lange über das Pro und Kontra diskutieren; Sie werden sehen, daß ich recht habe. Ich will nur, daß Sie ihn verteidigen werden, als sein Zivilanwalt auftreten.«

»Das ist aber eine ganze Menge, Andy. Es gibt da einige Präliminarien, die wir vielleicht nicht schaffen; haben Sie das bedacht?«

»Was für Präliminarien?«

»Zunächst einmal könnte es sein, daß er gar nicht will, daß wir ihn vertreten. Und auch meine Partner würden heftige Einwände erheben.«

»Wovon, zum Teufel, reden Sie da?« Andrew ertappte sich dabei, wie er zornig wurde. Madison würde ablehnen. Aus Gründen der Bequemlichkeit. »Ich habe keine heftigen Einwände festgestellt, als ich Ihnen und Ihren Partnern ein paar hundert Vertragssituationen gebracht habe, die verdammt widerwärtiger waren als die Verteidigung eines Unschuldigen. Ein Mann übrigens, der mir das Leben gerettet hat. Und mich auf diese Weise in die Lage versetzt, Sie weiterhin mit Aufträgen zu versorgen. Drücke ich mich klar aus?«

»Auf Ihre übliche unzweideutige Art ... Beruhigen Sie sich, Andy. Sie waren an Ort und Stelle; Sie stehen den Dingen zu nahe. Ich denke dabei an Sie. Wenn wir vorschnell die Verteidigung übernehmen, stellen wir eine Verbindung zwischen Ihnen und Bonner her und – *nicht* beiläufig – auch mit de Spadante. Ich glaube nicht, daß das klug wäre. Ich bin Ihr Anwalt, damit ich solche Dinge für Sie beurteile. Vielleicht gefällt Ihnen meine Ansicht nicht immer, aber ...«

»Das ist mir gleichgültig«, unterbrach ihn Trevayne. »Ich weiß, was Sie sagen, und bin Ihnen dafür dankbar; aber das ist jetzt nicht wichtig. Ich möchte, daß er den besten Anwalt hat, den es gibt.«

»Haben Sie gelesen, was Roderick Bruce geschrieben hat? Es ist sehr unangenehm. Bis zur Stunde hat er Sie noch draußen gelassen; das wird nicht mehr sehr viel länger möglich sein. Trotzdem möchte ich ihn, soweit das Sie betrifft, neutral halten. Das aber können wir nicht erreichen, wenn wir Bonners Verteidigung übernehmen.«

»Herrgott, Walter. Wie deutlich soll ich es denn noch sagen? Mir ist das scheißegal. Das ist es wirklich; ich wünschte, Sie würden das glauben. Bruce ist ein widerwärtiger kleiner Dreckskerl mit einer giftigen, spitzen Zunge und einer Nase, die Blut wittert. Bonner ist für ihn das perfekte Ziel. Niemand mag ihn.«

»Offensichtlich aus gutem Grund. Er scheint die Fähigkeit zu recht gewalttätigen Lösungen zu besitzen. Andy, das ist keine Frage von Mögen oder Nicht-Mögen. Das ist eine berechtigte Mißbilligung. Der Mann ist ein Psychopath.«

»Das ist nicht wahr. Man hat ihn per Befehl in schrecklich gewalttätige Situationen hineinmanövriert. Er hat sie nicht geschaffen ... Hören Sie, Walter, ich will keinen militärischen Kreuzfahrer anheuern. Ich möchte eine solide Firma, die darauf erpicht ist, den Auftrag zu übernehmen, weil sie in aller Öffentlichkeit der Ansicht ist, einen Freispruch gewinnen zu können.«

»Das könnte uns sehr leicht disqualifizieren.«

»Ich sagte, ›öffentlich‹; mir ist völlig gleichgültig, was Sie persönlich denken. Sie werden Ihre Meinung ändern, wenn Sie die Fakten haben; da bin ich ganz sicher.«

Am anderen Ende der Leitung herrschte eine Weile Stille. Dann atmete Madison hörbar in die Sprechmuschel.

»Was für Fakten, Andy? Gibt es denn wirklich harte *Fakten*, die die Anschuldigung widerlegen, daß Bonner den Mann niedergestochen hat, ohne sich auch nur davon zu überzeugen, wer er war und was er dort verloren hatte? Ich habe die Berichte in den Zeitungen und Bruces Kommentare gelesen. Bonner gibt die Anschuldigungen zu. Der einzige mildernde Umstand ist seine Behauptung, er hätte Sie beschützt. Aber wovor?«

»Man hat auf ihn geschossen. Es gibt einen Dienstwagen mit Einschüssen in der Tür und in den Scheiben.«

»Dann haben Sie Bruces anschließende Kommentare nicht gelesen. Dieser Wagen hatte einen Einschuß in der Windschutz- und drei in der Türscheibe. Die hätten sehr leicht mit einem Revolver, den Bonner besitzt, angebracht werden können. Der Mann leugnet, eine Waffe gehabt zu haben.«

»Das ist eine Lüge!«

»Ich bin nicht gerade ein Fan von Bruce, aber ich würde zögern, ihn einen Lügner zu nennen. Dafür sind die Fakten zu klar. Sie wissen natürlich, daß er sich über Bonners Erklärung, die Wachen seien entfernt worden, lustig macht.«

»Ebenfalls eine Lüge … Warten Sie, Walter, ist das alles – Pauls Aussagen, der Wagen, die Streifen – ist das alles öffentlich?«

»Wie meinen Sie?«

»Ist es öffentliche Information?«

»Das kann man sich leicht aus der Anklage und den Erklärungen der Verteidigung zusammenstückeln. Jedenfalls ist es kein Problem für einen erfahrenen Reporter, ganz besonders nicht für jemanden wie Bruce.«

Trevayne vergaß einen Augenblick, daß er sich mitten in einer Auseinandersetzung mit Walter Madison befand. Plötzlich galt sein besonderes Interesse Roderick Bruce. Nämlich einem Aspekt des zwergenhaften Journalisten, über den er bislang nicht gründlich nachgedacht hatte. Trevayne hatte angenommen, Bruce sei aus irgendwelchen mythischen Theorien bezüglich einer Verschwörung von Politikern des rechten Flügels hinter Paul Bonner her, wobei Paul für ihn das Symbol des militärischen Faschisten war. Aber Bruce hatte seine Attacke nicht so aufgebaut. Vielmehr hatte er Bonner isoliert und sich auf die Einzelheiten des Zwischenfalls in Connecticut konzentriert. Es gab Andeutungen auf Indochina, auf die dort verübten Morde; aber das war alles, nur Andeutungen. Keine Verschwörung, keine Schuld des Pentagon, keine philosophischen Implikationen. Nur Major Paul Bonner, der ›Killer aus Saigon‹, den man in Connecticut auf die Menschheit losgelassen hatte.

Es war nicht logisch, dachte Trevayne, während sein Gehirn fieberhaft arbeitete, weil er wußte, daß Madison erwartete, daß er etwas sagte. Bruce verfügte über die Munition, um auf die Militärs im Pentagon loszugehen, die Männer, die allem Anschein nach Befehle an jemanden wie Bonner erteilten. Aber er hatte sie nicht angewendet; er hatte nicht einmal Spekulationen über Bonners Vorgesetzte angestellt.

»Walter, ich kenne Ihre Position, und ich will keine schmutzigen Spielchen spielen. Keine Drohungen ...«

»Das will ich auch hoffen, Andy.« Jetzt war Madison an der Reihe, den anderen zu unterbrechen, und das begriff er auch. »Wir haben gemeinsam zu viele produktive Jahre hinter uns gebracht, um diese Arbeit von einem Offizier zunichte machen zu lassen, der, was ich bisher erfahren habe, für Sie gar nicht so viel übrig hat.«

»Sie haben recht.« Trevayne sah das Telefon an. Madisons Feststellung verwirrte ihn, aber er hatte keine Zeit, näher darauf einzugehen. »Überlegen Sie es sich; sprechen Sie mit Ihren Partnern. Geben Sie mir in ein paar Stunden Bescheid. Wenn Sie sich dazu entscheiden, den Auftrag abzulehnen, werde ich darauf bestehen, daß Sie mir Ihre Gründe nennen – ich glaube, darauf habe ich Anspruch. Wenn Sie annehmen, erwarte ich eine dicke Rechnung.«

»Ich rufe Sie heute nachmittag oder am frühen Abend zurück. Werden Sie in Ihrem Büro sein?«

»Wenn nicht, dann weiß Sam Vicarson, wo man mich erreichen kann. Ich erwarte also Ihren Anruf.«

Trevayne legte auf und traf eine Entscheidung. Sam Vicarson würde ein neues Projekt bekommen.

Am frühen Nachmittag hatte Sam sämtliche Artikel von Roderick Bruce gesammelt, in denen Paul Bonner, der ›Killer aus Saigon‹, erwähnt war.

Aus ihnen war lediglich zu entnehmen, daß Bruce sich da eine äußerst explosive Story aufgegabelt hatte, die dadurch noch explosiver wurde, daß die Regierung vor drei Jahren darauf bestanden hatte, sie zur Verschlußsache zu erklären. Es war schwierig zu sagen, ob die gegen Paul Bonner gerichteten Tiraden für ihn oder seine Vorgesetzten bestimmt waren, die den Major der Special Forces beschützten. In dieser Hinsicht waren die Artikel halb ausgeglichen. Aber sporadisch kam diese Einstellung doch zum Vorschein, und dann diente sie gleichsam als Sprungbrett, um eine Attacke gegen einen Mann vorzutragen – das Symbol der Ungeheuerlichkeit, das Paul Bonner hieß.

Und dann veränderten die gegenwärtigen Artikel ihre Richtung. Da war kein Versuch mehr, Bonner mit seinem System in Verbindung zu bringen.

Ein isoliertes Monstrum, das seine Uniform verriet.

»Mann, der will ja ein Erschießungskommando!« Vicarson stieß einen langgedehnten Pfiff aus, ehe er diese Erklärung abgab.

»Das will der ganz bestimmt, und ich würde gerne wissen, warum. Stellen Sie fest, wo die Bonner untergebracht haben. Ich möchte ihn sprechen.«

Paul nahm die störende Nackenstütze ab und lehnte sich, auf dem Militärbett sitzend, mit dem Rücken gegen die Wand. Andrew blieb stehen; die ersten paar Minuten ihres Zusammentreffens waren peinlich gewesen. Der Raum, in dem sie sich befanden, war klein; im Korridor stand ein Posten, und Bonner hatte berichtet, daß er, abgesehen von kurzen, der Bewegung dienenden Pausen, sein Zimmer nicht verlassen durfte.

»Besser als eine Zelle, denke ich«, sagte Andy.

»Aber nicht sehr.«

Trevayne begann vorsichtig mit der Fragestellung: »Ich weiß, daß Sie über diese Dinge nicht sprechen können oder dürfen, aber ich möchte Ihnen helfen. Ich hoffe, ich brauche Sie davon nicht zu überzeugen.«

»Nein, das nehme ich Ihnen ab. Aber ich glaube nicht, daß ich Hilfe brauchen werde.«

»Sie klingen zuversichtlich.«

»Cooper wird in ein paar Tagen zurückerwartet. Ich habe das alles ja schon einmal durchgemacht, erinnern Sie sich? Zuerst gibt es ein Riesengeschrei, eine Menge Formalitäten; dann klärt sich alles irgendwie, und ich werde in aller Stille irgendwohin versetzt.«

»Haben Sie die Zeitungen gelesen?«

»Sicher. Die habe ich vor drei Jahren auch gelesen. Damals, als ich zehn Minuten in den Sieben-Uhr-Nachrichten wert war. Jetzt sind es nur ein paar Sekunden ... Aber ich weiß Ihre Besorgnis zu schätzen. Was ist es denn, worüber Sie reden möchten und worüber ich nicht reden darf oder kann?«

»Weshalb Roderick Bruce Sie so aufs Korn genommen hat.«

»Das habe ich mich auch oft gefragt. Vielleicht, weil ich mich für eine Ausweitung des Verteidigungsetats ausgesprochen habe, und das ist Wasser auf seiner Mühle.«

»Das glaube ich nicht. Sie haben ihn nie persönlich kennengelernt?«

»Nie.«

»Sie haben nie irgendwelche Berichte unterdrückt, die er vielleicht von Indochina aus geschrieben hat? Aus Gründen der Sicherheit – so wie Sie sie sehen.«

»Wie könnte ich? Ich befand mich nie in einer solchen Position. Und ich glaube nicht, daß er sich dort befand, als ich im Feld tätig war.«

»Das ist richtig ...« Trevayne ging zu dem einzigen Stuhl, der in dem kleinen Raum stand, und setzte sich. »Er hat sich auf Sie eingeschossen, nachdem die Botschaft in Saigon gefordert hatte, daß man gegen Sie Anklage erhebt ... Paul, bitte, beantworten Sie die folgende Frage; ich kann die Information beschaffen, glauben Sie mir das. Bruces Artikel behauptet, man hätte Sie wegen der Tötung von drei bis fünf Männern unter Anklage gestellt; daß der CIA geleugnet hätte, Ihnen die Vollmacht dazu gegeben zu haben. Indem Sie den CIA hineingezogen haben – könnte es da sein, daß Sie die Agency dazu gebracht haben, jemanden zu entlassen? Jemanden, den er gekannt haben könnte?«

Bonner starrte Trevayne ein paar Augenblicke lang an, ohne zu antworten. Dann sprach er mit langsamer Stimme: »Okay ... Ich will Ihnen sagen, was passiert ist. Es gab da fünf Schlitzaugen, Doppelagenten. Ich habe sie alle fünf getötet. Drei, weil sie mich in meinem Versteck umzingelt hatten und mit genügend Feuerkraft auf mich losballerten, um einen ganzen Flughafen in die Luft zu jagen. Dank der Boys vom CIA, die mich gewarnt hatten, war ich nicht drinnen. Die beiden anderen habe ich an der thailändischen Grenze umgelegt, als ich sie mit nordvietnamesischer Kurierpost erwischte. Die haben unsere Kontaktblätter benutzt und die Stammeshäuptlinge bestochen, die ich mir aufgebaut hatte ... Ehrlich gesagt, die Agency hat mich in aller Stille aus dem ganzen Schlamassel herausgeholt. Wenn es zu Ärger gekommen ist, dann wegen heißköpfiger Anwälte der Army.«

Trevayne hatte ein dünnes Notizbuch aus der Tasche gezogen und blätterte jetzt darin. »Die Anklage gegen Sie wurde im Februar bekanntgemacht. Am 21. März saß Ihnen Bruce im Nacken. Er reiste von Da Nang ins Mekong-Delta und sprach mit jedem, der mit Ihnen zu tun gehabt hatte.«

»Er hat mit den falschen Leuten gesprochen. Er war vorwiegend in Laos, in Thailand und im nördlichen Kambodscha tätig. Gewöhnlich mit sechs- bis achtköpfigen Teams, und das waren fast ausschließlich asiatische Zivilisten.«

Trevayne blickte von seinem Notizbuch auf. »Ich dachte, die Special Forces reisten in Einheiten, ihren eigenen Einheiten.«

»Manche tun das. Ich habe es meistens nicht getan. Ich verstehe die thailändischen und laotischen Sprachen einigermaßen – hinreichend, um durchzukommen – aber nicht kambodschanisch. Jedesmal, wenn ich nach Kambodscha hinüberging, rekrutierte ich Leute, wenn wir das Gefühl hatten, daß die Sicherheitsbedürfnisse gewährleistet waren. Gewöhnlich war das nicht der Fall. Ein- oder zweimal mußten wir unsere eigenen Leute dort treiben, jemanden ausfindig zu machen, den wir schnell ausbilden konnten.«

»Wozu ausbilden?«

»Um am Leben zu bleiben. Immer ist uns das nicht gelungen. Chung Kal ist dafür ein Beispiel ...«

Sie redeten noch eine Viertelstunde, und am Ende wußte Trevayne, daß er das gefunden hatte, wonach er suchte.

Sam Vicarson würde das alles zusammenfügen können.

Sam Vicarson klingelte an dem Haus, das Trevayne in Tawning Spring gemietet hatte. Phyllis öffnete die Tür und begrüßte Sam mit festem Händedruck.

»Freut mich, daß Sie wieder aus dem Krankenhaus sind, Mrs. Trevayne.«

»Wenn das eine witzige Bemerkung sein soll, kriegen Sie keinen Drink.« Phyllis lachte. »Andy ist unten; er erwartet Sie.«

In dem in ein Büro verwandelten Wohnraum saß Trevayne in einem Sessel und telefonierte. Genauer gesagt, er hörte ungeduldig zu. Als er Vicarson sah, verstärkte sich seine Ungeduld. Mit Formulierungen, die an Unhöflichkeit grenzten, löste er sich aus dem Gespräch.

»Das war Walter Madison. Ich wünschte, ich hätte ihm nicht versprochen, fair zu spielen. Seine Partner wollen den Fall Bonner nicht, selbst wenn das zur Folge hat, daß sie mich als Mandanten verlieren, wobei Walter ihnen gesagt hat, daß es dazu natürlich nicht kommen würde.«

»Man kann ja schließlich einmal seine Meinung ändern.«

»Vielleicht tue ich das. Die Argumente, die Madison vorbringt, taugen nicht viel. Sie respektieren den Standpunkt der Anklage und können sich mit dem Angeklagten nicht identifizieren.«

»Warum taugt das nicht viel?«

»Sie haben das, was der Angeklagte zu sagen hat, nicht zur Kenntnis genommen, und sind dazu auch gar nicht bereit. Sie wollen nicht hineingezogen werden; es geht darum, ihre Mandanten zu schützen, mich eingeschlossen.«

»Das ist wirklich unsinnig ... Aber ich glaube, wir können den hysterischen Nachrichtenjäger in einen begeisterten Leumundszeugen für den zu Unrecht geschundenen Major verwandeln; zumindest aber ihm den Mund stopfen.«

»Bruce?«

»Genau den meine ich.«

Die Recherchen hatten Vicarson keine besonderen Schwierigkeiten bereitet. Der Name des Mannes war Alexander Coffey. Das Büro für Asiatische Angelegenheiten im Pentagon – das heißt, der Beamte, der das BAA leitete – erinnerte sich daran, daß Roderick Bruce ihn tatsächlich mit Coffeys Vergangenheit vertraut gemacht hatte. Und das BAA war entzückt gewesen, ihn an die Leine zu kriegen. Es war schwierig, Wissenschaftler mit Spezialkenntnissen über den Fernen Osten zu bekommen. Der Beamte bedauerte natürlich die Operation Chung Kal. Er gab Sam Coffeys Akte.

Anschließend hatte Vicarson die Fernostarchive des Smithsonian

Instituts besucht. Der Chefarchivar dort erinnerte sich deutlich an Coffey. Der junge Mann war ein brillanter Wissenschaftler und – eindeutig Homosexueller gewesen. Der Chefarchivar hatte sich darüber gewundert, daß Coffey seine besondere Veranlagung nicht dazu ausgenutzt hatte, um die Einberufung zu vermeiden. Doch er hatte auch den Verdacht, daß der Wissenschaftler jemanden kannte, der ihm einen angenehmen Posten beim Militär würde verschaffen können. Der Archivar zeigte Sam Coffeys Ausweis, der eine Adresse an der 21sten Straße, Northwest, und den Namen eines Zimmerkollegen enthielt.

Wie Vicarson erfuhr, eines ehemaligen Zimmerkollegen.

Dieser gab immer noch dem ›reichen Mistvieh‹, zu dem Coffey gezogen war, die Schuld an Alex' Tod. Alex hatte ihm nie gesagt, wer das gewesen war, aber ›er kam oft genug hierher – um von diesem schrecklichen Prasser loszukommen‹. Alexander Coffey ›kam vorbei‹ in neuen Kleidern, einem neuen Wagen und mit der Nachricht, daß sein Wohltäter ihm die perfekte ›Position‹ in der Army beschafft hatte, die auch nicht einen Tag in der Kaserne, nicht einen Tag außerhalb Washingtons erfordern würde. Und dann wurde er ›gekidnappt‹ und wahrscheinlich von dem ›reichen Mistvieh verraten‹.

Vicarson hatte genug gehört. Er fuhr nach Arlington hinaus und suchte Paul Bonner auf.

Bonner erinnerte sich an Coffey. Er hatte Respekt vor ihm; ihn tatsächlich sogar gemocht. Der junge Mann verfügte über außergewöhnliches Wissen über die Stämme im nördlichen Kambodscha und hatte ein paar geniale Vorschläge gemacht, wie man bei ersten Kontakten religiöse Symbole einsetzen konnte. Eine geschickte Vorgehensweise, die man bislang nie in Betracht gezogen hatte.

An eine Einzelheit, die mit Coffey in Verbindung stand, erinnerte sich Bonner ganz deutlich. Der Mann war total weich, den Belastungen, die ihn in den Bergen erwarten würden, in keiner Weise gewachsen. Wahrscheinlich auch schwul. Deshalb schliff Bonner ihn hart und gnadenlos. Er wollte ihm so viel beibringen, daß er sich in einer Notsituation zu helfen wußte.

Aber es hatte nicht ausgereicht, und Coffey war in Gefangenschaft geraten. Bonner machte sich Vorwürfe, den Wissenschaftler vorher nicht noch härter angepackt zu haben.

»Da haben wir es, Mr. Trevayne. Sein Geliebter ist nicht zu ihm zurückgekommen.«

Trevayne zuckte zusammen. »Wirklich, Sam. Das ist sehr traurig.«

»Verdammt, ja natürlich ist es das. Aber das reicht auch, um Bruce umzukippen. Zufälligerweise mag ich Paul Bonner. Dieser Bruce kann mir gestohlen bleiben, und das können Sie sogar schriftlich haben, Sir.«

»Das glaube ich. Aber jetzt drehen Sie nicht gleich durch, lassen Sie uns überlegen, was wir machen können.«

»Ihre Frau hat einmal zu mir gesagt, daß ich sie an Sie erinnerte. Das beste Kompliment, das man mir je gemacht hat ... Sie sollten die Finger davon lassen. Das ist mein Job.«

»Meine Frau ist eine unheilbare Romantikerin, wenn es um energische junge Männer geht. Und das ist nicht Ihr Job. Im Augenblick ist das für niemand ein Job.«

»Warum nicht?«

»Weil Roderick Bruce nicht auf eigene Faust handelt. Der fliegt nicht solo, Sam. Der hat Verbündete, und zwar in den Kreisen, von denen Paul Bonner glaubt, daß sie ihn unterstützen.«

Vicarson hob sein Glas, als Phyllis Trevayne die Treppe herunterkam und den Raum betrat. »Mann, das ist ja ein völlig neuer Aspekt.«

»Wenn Sie so weitermachen, Sam, dann werden Sie nicht mehr zum Dinner bei Kerzenschein eingeladen, wenn Andy nicht da ist.«

»Was morgen der Fall sein wird«, fügte Trevayne hinzu. »Webster deutete an, daß der Präsident meinte, ich sollte hören, was de Spadante morgen früh zu sagen hat ... in bezug auf Bonner. Ich möchte, daß Sie und Alan um halb sechs hier sind.«

37.

Mario de Spadante ärgerte sich, daß die Schwester darauf bestand, die Vorhänge aufzuziehen, um das Licht der Morgensonne hereinzulassen.

Andrew Trevayne war gerade eingetroffen und würde bald

durch die Tür hereinkommen. Mario hatte dafür gesorgt, daß das Zimmer so aussah, wie es seiner Meinung nach aussehen sollte. Er saß so hoch wie möglich, und der Stuhl daneben war ganz niedrig.

Der junge, gut gekleidete Wächter, der im Zimmer Dienst hatte, war einer von William Gallabrettos Assistenten aus Kalifornien. Er wußte, daß de Spadante ihn bald wegschicken würde, und das bedeutete, daß er sehr wenig Zeit hatte, um seinen Auftrag zu erfüllen.

In seinem Revers steckte nämlich eine Miniaturkamera mit einem Fernauslöser in seiner linken Jackettasche.

Die Tür öffnete sich, und Andrew Trevayne kam herein.

»Setzen Sie sich, setzen Sie sich, Mr. Trevayne.« De Spadante hielt ihm die Rechte hin, und Andy hatte keine andere Wahl als nach ihr zu greifen.

Der junge Mann an der Wand hatte die Hand in der Tasche, wo sein Daumen ein paarmal auf einen kleinen Metallknopf drückte, ohne daß die beiden Männer das sehen konnten.

Trevayne setzte sich auf den Stuhl und ließ die Hand des Italieners so schnell wie möglich los. »Ich will nicht behaupten, daß ich mich auf diesen Besuch gefreut habe, Mr. de Spadante. Ich bin nicht sicher, ob wir einander etwas zu sagen haben.«

Das ist richtig, dachte der junge Mann an der Wand. *Rücken Sie ein bißchen näher und blicken Sie nachdenklich, vielleicht ein wenig besorgt, Trevayne. Auf dem Bild kommt das dann als Angst heraus.*

»Wir haben eine Menge zu reden, *amico.* Ich habe nichts gegen Sie. Gegen diesen Soldaten schon. Dem habe ich den Tod meines kleinen Bruders zu verdanken, nicht Ihnen.«

»Dieser Soldat ist angegriffen worden, und das wissen Sie. Das mit Ihrem Bruder tut mir leid, aber er war bewaffnet und hat sich auf meinem Grundstück herumgetrieben. Wenn Sie dafür verantwortlich waren, daß er dort war, dann müssen Sie sich schon selbst die Schuld geben.«

»Was soll das? Ich betrete das Feld meines Nachbarn, und er nimmt mir mein Leben? In was für einer Welt leben wir denn?«

»Der Vergleich hinkt. Das Feld eines Nachbarn zu betreten, ist wirklich nicht dasselbe wie nachts mit Pistolen, Messern und ... was war das? O ja, ein eiserner Schlagring mit Zacken ...«

Perfekt, Trevayne, dachte der Mann an der Wand. *Diese leichte Ge-*

ste mit der Handfläche nach oben. Genau richtig. Sie, der ›capo regime‹, bei Erklärungen bei Ihrem ›capo di tutti capi‹.

»Ich bin damit aufgewachsen, daß ich mich verteidigen muß, *amico.* Meine Schule war die Straße, meine Lehrer waren die großen Nigger. Eine schlechte Angewohnheit, das gestehe ich, aber eine verständliche, daß ich häufig meine Faust in der Tasche trage. Aber keine Pistolen; Pistolen niemals!«

»Sie brauchen offensichtlich keine.« Trevayne sah zu dem jungen Mann an der Wand hinüber.

»Sie da! Hinaus ... Der Freund eines Vetters; die sind jung, was kann ich schon machen? Die empfinden große Zuneigung ... Hinaus! Lassen Sie uns alleine.«

»Selbstverständlich, Mr. de Spadante. Wie Sie wünschen.«

Die Tür schloß sich, und de Spadante setzte sich zurecht. »So, und jetzt reden wir etwas miteinander, okay?«

»Deshalb bin ich gekommen. Ich möchte meinen Besuch so kurz wie möglich halten. Ich möchte hören, was Sie zu sagen haben; ich möchte, daß Sie mir zuhören.«

»Sie sollten nicht so arrogant sein. Wissen Sie, eine Menge Leute sagen, Sie seien arrogant. Aber ich erkläre denen immer, daß mein guter *amico* Trevayne nicht so ist. Er ist nur praktisch eingestellt; er hält nicht viel von großen Worten.«

»Ich habe es nicht nötig, daß Sie mich verteidigen ...«

»Sie haben es nötig«, unterbrach ihn de Spadante. »Herrgott, Sie brauchen *Hilfe!*«

»Ich bin nur aus einem Grund hier. Um Ihnen zu sagen, daß Sie Paul Bonner in Ruhe lassen sollen. Meinetwegen kontrollieren Sie Ihre eigenen Gangster, de Spadante; bringen Sie die dazu, daß sie alles beeiden, was Sie sagen. Aber das Kreuzverhör, in das wir Sie persönlich nehmen, stehen Sie nicht durch ... Sie haben recht, ich halte nichts von großen Worten. Man hat Sie gesehen, wie Sie eines Abends auf einem Golfplatz in Chevy Chase einen Kongreßabgeordneten verprügelt und bedroht haben, weil er eine Flugzeugfirma erwähnte. Man hat Sie beobachtet und den Zwischenfall mir und Major Bonner gemeldet. Das war ein Akt physischer Gewalttätigkeit; das Wissen darum reichte als Motiv für Bonner, um auf seiner Hut zu sein. Später hat man Sie dreieinhalbtausend Meilen entfernt dabei beobachtet, daß Sie mir nach San Francisco gefolgt waren. Dafür haben wir eidesstattliche Erklärungen vorliegen. Major Bonner hatte allen Anlaß, um mein Leben zu fürchten … und weshalb diese ganzen Aktionen? Weshalb sind Sie mir nach Kalifornien gefolgt? Haben Sie versucht, dort unten am Fisherman's Wharf einen meiner Assistenten anzugreifen? Was haben Sie mit Genessee Industries gemeinsam, Mr. de Spadante? Das Gericht wird sich für diese Fragen interessieren. Dafür werde ich sorgen, weil ich zwischen diesen Fragen und Ihrem Angriff auf Paul Bonner am letzten Samstag abend eine Verbindung herstellen werde … Ich weiß jetzt ein wenig mehr als damals in dem Flugzeug nach Washington. Sie sind erledigt … weil Sie zu auffällig sind. Sie sind einfach nicht mehr erwünscht.«

Mario de Spadante musterte Trevayne unter seinen schweren Lidern voll Haß. Aber seine Stimme blieb ruhig, nur das Schnarren war etwas ausgeprägter. »Das ist ein Wort, das Ihresgleichen sehr gerne in den Mund nimmt, nicht wahr? ›Erwünscht‹. Wir sind ›einfach nicht erwünscht‹.«

»Machen Sie jetzt keinen soziologischen Fall daraus. Sie eignen sich nicht als Sprecher einer rassischen Minderheit.«

De Spadante zuckte die Achseln. »Selbst Ihre Beleidigungen machen mir nichts aus. Wissen Sie warum? … Weil Sie Sorgen haben, und ein Mann mit Sorgen hat immer eine schlimme Zunge. Nein, ich werde Ihnen immer noch helfen.«

»Das dürfen Sie, aber ich bezweifle, daß es freiwillig sein wird …«

»Aber zuerst dieser Soldat«, fuhr der Italiener fort, als hätte Trevayne überhaupt nichts gesagt. »Dieser Soldat, den vergessen Sie. Es wird zu keiner Verhandlung kommen. Dieser Soldat ist ein toter Mann; glauben Sie mir, wenn ich Ihnen das sage. Mag sein, daß er jetzt noch atmet, aber er ist ein toter Mann. Vergessen Sie ihn … Und jetzt zu den guten Nachrichten … Wie gesagt, Sie haben Schwierigkeiten; aber Ihr Freund Mario wird dafür sorgen, daß Sie niemand wegen dieser Schwierigkeiten hereinlegt.«

»Wovon reden Sie?«

»Sie arbeiten hart, Trevayne; Sie haben viel Zeit fern von zu Hause verbracht, um Ihre Tips einzusammeln. Vielleicht haben Sie jetzt nicht mehr genügend Zeit übrig, um Ihren Lieben den richtigen Rat zu erteilen. Sie haben Probleme. Sie haben einen mißratenen Jungen, der zuviel trinkt und nach einer schlimmen Nacht am nächsten Morgen nicht mehr weiß, was er getan hat. Nun ist das nicht so schlimm, aber außerdem überfährt er Fußgänger. Da habe ich zum Beispiel in Cos Cob einen alten Mann kennengelernt, den Ihr Junge ziemlich zugerichtet hat.«

»Das ist eine Lüge.«

»Wir haben Fotos, mindestens ein Dutzend, von einem halbverrückten Jungen, der des nachts vor seinem Wagen steht – der Wagen und der Junge in ziemlich üblem Zustand. Also, dieser alte Mann, der angefahren wurde; wir haben ihn dafür bezahlt, nett zu sein und einem Jungen kein Leid zuzufügen, der es nicht böse gemeint hat. Ich habe die ausgezahlten Schecks – und natürlich eine Erklärung. Aber das ist gar nicht so schlimm; die Kinder von Millionären haben andere Wertvorstellungen. Das verstehen die Leute ... Mit ihrem Mädchen hatten wir etwas mehr Ärger. Ja, das war eine schlimme Sache. Eine Weile ging es um Kopf und Kragen. Ihr Freund Mario hat keine Kosten gescheut, um sie zu schützen ... und Sie.«

Trevayne lehnte sich in seinem Sessel zurück; sein Gesicht zeigte keinerlei Zorn, nur Ekel, in den sich leichte Amüsiertheit mischte. »Das Heroin. Das waren Sie auch«, sagte er einfach.

»Ich? Sie hören wohl nicht richtig ... Ein kleines Mädchen, vielleicht einfach gelangweilt – und die bekommt eine Tasche voll mit dem besten türkischen ...«

»Und Sie bilden sich wirklich ein, Sie könnten das beweisen?«

»Beste türkische Ware; Wert über zweihunderttausend. Vielleicht hat sie ihr eigenes kleines Netz. Diese hochgestochenen Mädchenschulen sind heute in der Szene sehr wichtig. Das wissen Sie doch, oder? Vor ein paar Monaten hat man eine Diplomatentochter erwischt; das haben Sie doch in den Zeitungen gelesen, oder? Der hatte keinen Freund, so wie Sie Ihren Freund Mario haben.«

»Ich habe Sie etwas gefragt. Glauben Sie wirklich, Sie könnten etwas beweisen?«

»Sie glauben das wohl nicht?« De Spadante drehte sich plötzlich zu Trevayne herum und stieß die Worte hervor. »Seien Sie nicht so dumm. Sie sind dumm, Mr. Arroganz! Sie bilden sich ein, jeden zu kennen, mit dem man Ihr kleines Mädchen gesehen hat? Glauben Sie nicht, daß ich Detective Fowler von der Greenwich Polizei eine Liste mit Namen und Orten geben kann? Wer überprüft das denn? Siebzehn ist heutzutage gar nicht so jung!«

Trevayne stand auf, seine Geduld war am Ende. »Sie verschwenden meine Zeit, de Spadante. Sie sind primitiver – und dümmer, als ich gedacht habe. Was Sie mir hier sagen, ist, daß Sie sich Material für eine Erpressung zurechtgelegt haben. Ich bin überzeugt, daß das alles gut ausgedacht ist. Aber Sie machen da einen ernsthaften Fehler. Zwei Fehler. Sie haben sich in der Zeit geirrt, und Sie kennen die Leute nicht, mit denen Sie zu tun haben. Wissen Sie, Sie haben recht. Siebzehn und neunzehn ist heutzutage tatsächlich nicht mehr so jung. Denken Sie darüber nach. Und jetzt, ob Sie mich nun entschuldigen oder nicht ...«

»Und wie steht es mit zweiundvierzig?«

»Was?«

»Zweiundvierzig ist kein Kind mehr. Sie haben eine hübsche Frau. Eine gut proportionierte Lady, die vor ein paar Jahren Probleme mit Alkohol hatte.«

»Sie bewegen sich auf gefährlichem Boden, de Spadante.«

»Hören Sie zu, und zwar gut! ... Einige von diesen Klasseladys kommen in die Stadt und treiben sich in den Bars an der East Side herum, denen mit französischen oder spanischen Namen. Andere suchen sich die Künstlerabsteigen im Village, wo auch die reichen Tunten sind. Dort gibt es eine Menge Hengste, die es so oder so treiben für das richtige Geld ... Und dann gibt es einige, die Hotels wie das Plaza vorziehen ...«

»Ich warne Sie!«

»Ehe die ins Plaza gehen – wo sie natürlich Zimmer reserviert haben –, rufen sie gewisse Telefonnummern an, diese Ladys. Kein Ärger, keine Probleme, gar keine Sorgen. Alles sehr diskret. Befriedigung garantiert ...«

Trevayne drehte sich abrupt um und ging auf die Tür zu. De Spadantes Stimme – lauter, aber nicht zu laut – hielt ihn auf. »Ich habe hier eine eidesstattliche Erklärung eines sehr angesehenen Sicherheitsbeauftragten eines Hotels. Er ist schon lange im Geschäft; er hat das alles schon erlebt. Er kennt diese Ladys; und er hat auch die Ihre erkannt. Das ist eine sehr häßliche Erklärung. Und sie entspricht der Wahrheit. Das, was er gesehen hat.«

»Sie sind widerwärtig, de Spadante.« Das war alles, was er sagen konnte.

»Das gefällt mir besser als ›unerwünscht‹, *amico.* Das ist kräftiger, positiver. Verstehen Sie, was ich meine?«

»Sind Sie fertig?«

»So ziemlich. Ich möchte, daß Sie wissen, daß Ihre privaten Schwierigkeiten sehr vertraulich bleiben werden. Bei mir sind Ihre Probleme sicher. Keine Zeitungen, keine Fernseh- oder Radiosendungen; alles ganz ruhig. Wollen Sie hören, warum? Weil Sie nämlich nach Washington zurückgehen und Ihren kleinen Unterausschuß einpacken werden. Sie werden einen hübschen Bericht schreiben, in dem ein paar Leuten auf die Finger geklopft und ein paar andere gefeuert werden – wir sagen Ihnen schon, wer –, und dann werden Sie das Ganze abpfeifen? Ist das klar?«

»Und wenn ich mich weigere?«

»Du lieber Gott, *amico.* Sie wollen wirklich Ihre Lieben all diesem *rifiuti* aussetzen!«

»Alles, was Sie da vorhin gesagt haben bezüglich meiner beiden Kinder und meiner Frau, würde widerlegt werden. Lügen.«

»Natürlich leugnen Sie! ... Aber von diesen Dingen stimmt genug, Trevayne. Und das habe ich einmal gelesen: Anklagen – besonders solche, die ein wenig begründet sind, einen Hintergrund haben, ein paar Fotos – die landen immer auf die Titelseite. Dementis kommen später – auf Seite fünfzig – zwischen den Salamianzeigen ... Sie können es sich aussuchen, Mr. Trevayne. Aber überlegen Sie es sich gut.«

»Ich habe so das Gefühl, daß Sie lange auf diesen Augenblick gewartet haben, de Spadante.«

»Mein ganzes Leben lang, Sie rotznasiges Schwein. Und jetzt verschwinden Sie hier und tun, was ich Ihnen gesagt habe. Sie sind genau wie all die anderen.«

38.

Der Telefonanruf erreichte Robert Webster in seinem Büro im Weißen Haus, und er wußte, daß etwas Unvorhergesehenes eingetreten sein mußte. Der Anrufer sagte, er hätte eine Mitteilung von Aaron Green und die Anweisung, sie persönlich zu überbringen. Die Sache duldete keinen Aufschub; Webster sollte sich mit ihm binnen einer Stunde treffen. Bis drei Uhr.

Die zwei Männer einigten sich auf das Villa d'Este Restaurant in

Georgetown, wo sie sich im Obergeschoß in der Bar treffen wollten. Das Villa d'Este war in erster Linie auf Mittagsgäste aus dem reichlichen Touristenaufkommen eingerichtet. Niemand, der in Washington auch nur das Geringste bedeutete, ließ sich hier vor dem späten Abend sehen.

Webster kam als erster, was schon ein schlechtes Vorzeichen war. Bobby Webster achtete normalerweise darauf, nie derjenige zu sein, der wartete. Der Vorteil, die Situation sofort unter Kontrolle zu haben, ging nur zu oft verloren, wenn man auf eindrucksvolle Erklärungen lauschte, weshalb der andere zu spät gekommen sei.

Und so war es auch, als Aaron Greens Abgesandter schließlich eintraf, mit fünfzehn Minuten Verspätung. Er sprach in schnellen, abgehackten Sätzen, mit um Nachsicht bittender Stimme, aber mit unverkennbarer Herablassung. Er hatte eine Anzahl anderer Dinge vorher erledigen müssen; Aaron Green erwartete für einen einzigen Tag in Washington verdammt viel von ihm.

Webster beobachtete den Mann, hörte sich seine untertrieben, aber vertraulich wirkenden Worte an und begriff plötzlich, weshalb er sich nicht wohl, ja geradezu unsicher fühlte. Der Mann, den Green geschickt hatte, war vom gleichen Schlag wie er. Er war vergleichsweise jung, ebenso wie er. Er befand sich auf dem Wege nach oben in der labyrinthischen Welt der großen Wirtschaftskonglomerate, so wie er in der widersprüchlichen Welt der Machtpolitik auf dem Wege nach oben war. Sie konnten beide gut formulieren, traten selbstbewußt auf und konnten ihre eigene Stärke mit dem Gehorsam jenen gegenüber verbinden, denen solcher Gehorsam gebührte.

Aber es gab da einen tiefgreifenden Unterschied. Das wußten beide Männer; das bedurfte keiner Erläuterung. Greens Mann handelte von einer Position der Stärke aus; das war bei Robert Webster nicht der Fall, und dazu war er auch nicht imstande.

Etwas war geschehen. Etwas, das Websters Wert, seine Einflußposition unmittelbar betraf. Irgendwo war eine Entscheidung getroffen worden, in einer Konferenz oder bei einem sehr privaten Dinner, etwas, das den Kurs seiner unmittelbaren Existenz verändern würde.

»Mr. Green ist sehr besorgt, Bobby. Es ist ihm bekannt, daß Entscheidungen getroffen worden sind, ohne daß man ihn konsultiert hat. Er erwartet nicht etwa, daß man sich jedesmal mit ihm in Verbindung setzt, wenn eine Entscheidung getroffen wird, aber Trevayne ist ein in höchstem Maße sensibler Bereich.«

»Wir diskreditieren ihn einfach. Bringen ihn mit de Spadante in Verbindung, das ist alles. Damit kastrieren wir seinen Unterausschuß. Das ist keine große Sache.«

»Mag sein. Aber Mr. Green meint, Trevayne könnte anders reagieren, als Sie das erwartet haben. Er könnte daraus eine ... große Sache machen.«

»Dann hat man Mr. Green nicht richtig ins Bild gesetzt. Es macht überhaupt keinen Unterschied, wie Trevayne reagiert, weil man nämlich keine Vorwürfe gegen ihn erheben wird. Es wird nur Spekulationen geben. Und keiner von uns wird involviert sein ... So, wie wir das sehen, wird er in einem Maße kompromittiert sein, daß er jegliche Effektivität verliert.«

»Indem man ihn mit de Spadante in Verbindung bringt?«

»Mehr als nur verbale Assoziationen. Wir haben Fotografien – die sind ausgezeichnet herausgekommen. Die beweisen ganz zweifelsfrei, daß er in dem Hospital in Greenwich war. Schnappschüsse, und je länger man sie sich ansieht, desto mehr Schaden richten sie an ... Roderick Bruce wird die ersten in zwei Tagen freigeben.«

»Nachdem man de Spadante nach New Haven gebracht hat?« Greens Mann starrte Webster durchdringend an, und seine Stimme bewegte sich am Rande des Beleidigenden.

»Richtig.«

»Die Nachrichten werden sich dann sehr mit de Spadante beschäftigen, nicht wahr? So wie Mr. Green informiert ist, soll er vom Schachbrett genommen werden.«

»Diese Entscheidung ging von seinen eigenen Kollegen aus; die sind der Ansicht, das sei unerläßlich. Es hat nichts mit uns zu tun, mit Ausnahme dessen, daß es zufälligerweise auch für unsere Ziele vorteilhaft ist.«

»Davon ist Mr. Green nicht überzeugt.«

»Es handelt sich um eine Aktion der Unterwelt. Wir könnten das nicht verhindern, selbst wenn wir es wollten. Und mit diesen Fotografien, die von einer Anzahl aus Greenwich entsprechend dokumentiert werden, wird Trevayne in den ganzen Schlamassel hineingezogen. Er ist erledigt.«

»Mr. Green hält das für eine Übersimplifizierung.«

»Das ist es aber nicht, weil niemand etwas behaupten wird. Können Sie das denn nicht erkennen?« Webster sprach jetzt mit dem Tonfall ungeduldiger Erklärung, aber das brachte nichts ein.

Das ganze Gespräch war nicht mehr als ein ritueller Tanz. Das Beste, was Webster noch erwarten konnte, war, daß Greens Mann – um sich selbst zu schützen – Green die ganze Strategie berichtete; daß der alte Jude den Vorteil erkennen und seine Meinung ändern würde.

»Ich bin nur ein Assistent, Bobby, ein Bote.«

»Aber Sie sehen die Vorteile doch.« Das war keine Frage, sondern eine Feststellung.

»Da bin ich nicht sicher. Dieser Trevayne ist ein entschlossener Mann. Vielleicht akzeptiert er die ... Implikationen nicht und taucht nicht einfach unter.«

»Haben Sie es je erlebt, wenn jemand in Washington *ausgeschaltet* wird? Das ist keine Kleinigkeit. Er kann so laut schreien, wie er will, keiner mag mehr auf ihn hören. Niemand will von einem Aussätzigen angefaßt werden ... selbst der Präsident nicht.«

»Was ist mit ihm? Dem Präsidenten.«

»Das ist das Einfachste daran. Ich werde eine Gruppensitzung mit seinen Assistenten abhalten, und wir werden gemeinsam eine Strategie ausarbeiten, wie der Präsident sich von Trevayne lösen kann. Er wird auf uns hören; er hat zu viele andere Probleme. Wir werden ihm die Wahl lassen, es elegant oder mit Härte zu tun. Er wird sich natürlich für das erstere entscheiden. In achtzehn Monaten sind Wahlen. Er wird die Logik unserer Vorschläge erkennen. Niemand wird ihm da etwas aufmalen müssen.«

Greens Mann sah Webster mitfühlend an, als er antwortete. »Bobby, ich bin hier, um Sie zu instruieren, das Ganze abzublasen. Genauso hat Mr. Green es formuliert. ›Instruieren Sie ihn, alles abzublasen.‹ De Spadante ist ihm gleichgültig; Sie sagen, darüber haben Sie ohnehin keine Kontrolle. Aber Trevayne darf nichts passieren. So hat er es gesagt. Das ist endgültig.«

»Das ist *falsch.* Ich habe mir das bis auf die letzten Details überlegt. Ich habe Wochen damit verbracht, um ganz sicher zu sein, daß alles zueinander paßt. Es ist *perfekt.*«

»Es ist *erledigt.* Die Umstände haben sich geändert. Mr. Green trifft sich mit drei oder vier anderen, um alles klarzustellen ... Ich bin sicher, daß man Sie verständigen wird.« Webster tastete nach Hinweisen in bezug auf sein Überleben. »Wenn es irgendwelche wesentlichen Änderungen in der politischen Richtung geben soll, dann glaube ich, wäre es besser, wenn man mich sofort informierte. Ich weiß, was ich jetzt sage, klingt abgedroschen, aber immerhin ist das Weiße Haus doch der Ort, wo alles läuft.«

»Ja ... ja, natürlich.« Greens Abgesandter sah auf die Uhr.

»Man wird mir eine Anzahl Fragen stellen. Ein ziemlich weites Spektrum einflußreicher Leute. Ich sollte Antworten geben können.«

»Ich werde Mr. Green erinnern.«

»Sie sollten mehr tun als ihn ›erinnern‹. Machen Sie ihm klar, daß es hier unten eine ganze Anzahl von uns gibt, die ziemlich große Stöcke tragen. Es gibt da einige Bereiche von Genessee Industries, über die wir wesentlich besser Bescheid wissen als sonst jemand. Wir betrachten das als so etwas Ähnliches wie Versicherungspolicen.«

Der Mann von Green hob plötzlich den Blick, und seine Augen bohrten sich in die Websters. »Ich bin nicht sicher, daß das der passende Ausdruck ist, Bobby. ›Versicherungspolicen‹, meine ich. Es sei denn, Sie denken da an Prämienverdopplung – aber das ist teuer.«

Einige Augenblicke verstrichen. Greens Mann sagte damit Robert Webster aus dem Weißen Hause, daß man auch ihn vom Schachbrett entfernen konnte. Webster wußte, daß die Zeit gekommen war, um den Rückzug anzutreten. »Wir wollen das klarstellen; insbesondere da im Augenblick so vieles im Umbruch zu sein scheint. Ich mache mir keine Sorgen um mich selbst. Ich kann nach Akron zurückkehren und mir dort etwas aussuchen ... Aber da sind andere, die vielleicht nicht imstande sind, sich etwas auszusuchen. Die könnten Schwierigkeiten machen.«

»Ich bin sicher, daß sich das alles lösen wird. Für Sie alle. Sie sind erfahrene Leute. Für mich ist es jetzt Zeit zu gehen. Ich habe heute noch eine Menge zu tun.«

Greens Mann stand auf. »Sie werden diese Fotos von Rod Bruce zurückholen? Die Story vernichten?«

»Das wird ihm nicht gefallen, aber das werde ich tun.«

»Gut. Wir melden uns wieder ... Und, Bobby. Wegen Akron. Vielleicht sollten Sie anfangen, Bewerbungen zu schreiben.«

39.

Die Dienstboten hatten die Stehlampen in Aaron Greens verglastem Wintergarten eingeschaltet. Auf dem runden Glastisch stand ein silbernes Kaffeeservice, ein paar Meter entfernt war eine Auswahl von Likören mit Cognacschwenkern daneben bereitgestellt.

Die Angestellten waren weggeschickt worden. Mrs. Green hatte sich in ihr Nähzimmer im Obergeschoß zurückgezogen; die Lichter im restlichen Haus, mit Ausnahme der Eingangshalle, waren gelöscht.

Aaron Green war im Begriff, eine Besprechung abzuhalten. Eine Besprechung mit drei Männern, aber nur einer davon war beim Abendessen sein Gast gewesen. Ein Mr. Ian Hamilton.

Die zwei anderen waren mit dem Wagen nach Sail Harbor unterwegs. Walter Madison würde am Kennedy-Flughafen Station machen und Senator Alan Knapp abholen, der von Washington kam. Sie würden gegen zehn Uhr eintreffen.

Das taten sie. Exakt um zehn Uhr.

Um sechs Minuten nach zehn betraten die vier Männer den Wintergarten.

»Ich werde Ihnen Kaffee eingießen, Gentlemen. Die Drinks – der Cognac – ist da drüben.« Wenige Zeit später hatten sich alle bedient und Platz genommen.

Knapp war der erste, der das Wort ergriff. »Ich werde meine Karten offen auf den Tisch legen, Mr. Hamilton, Mr. Green. Ich schließe Sie dabei nicht aus, Walter, aber ich denke, daß die Position, die Sie hier einnehmen, wie die meine ist. Wir haben lediglich gehört, daß Andrew Trevayne nicht ... ›ausgenutzt werden‹ soll, wie man es vielleicht am besten formuliert. Offen gestanden, der Teufel soll mich holen, wenn ich das begreife. Bobby Websters Strategie schien mir gute Arbeit.«

»Mr. Websters Strategie war tatsächlich ausgezeichnete Arbeit, Senator«, sagte Green. »So wie das brillante Manöver eines Generals zum Sieg einer Schlacht führen könnte – zur größten Freude seines Frontabschnitts –, während an einer anderen Stelle im Terrain der Feind eine Überraschungsattacke vorbereitet, die am Ende dazu führt, daß er den Krieg gewinnt.«

»Sie meinen«, fragte Walter Madison, »daß es ... nicht ausreicht ... Andrew völlig unwirksam zu machen? Wer sonst kämpft denn noch gegen uns?«

Ian Hamilton antwortete darauf: »Trevayne befindet sich in einer einmaligen Position, Walter. Er hat voll erkannt, was wir getan haben und weshalb wir es getan haben. Was ihm an hartem Beweismaterial vielleicht fehlt, hat er durch sein Erkennen unserer größeren Ziele mehr als ausgeglichen.«

»Das verstehe ich nicht«, unterbrach Knapp mit leiser Stimme.

»Darauf werde ich antworten«, sagte Green und lächelte zu Hamilton hinüber. »Wir beide sind keine Anwälte, Knapp. Wenn wir das wären – wenn ich das wäre –, würde ich, glaube ich, sagen, daß Mr. Trevayne nur über einige wenige unmittelbar schädliche Zeugenaussagen verfügt, dafür aber über ganze Berge von Indizien. Habe ich das richtig ausgedrückt, Counselor Hamilton?«

»Hervorragend, Aaron ... Was Trevayne getan hat, ist etwas, das niemand von ihm erwartet hatte. Er hat alle herkömmlichen Methoden in den Wind geschlagen. Wir machten uns Gedanken um tausend Formalitäten, zehntausend Rechnungspositionen, Kosten, Zuweisungen. Trevayne war hinter etwas ganz anderem her. Hinter Individuen. Männern in Schlüsselpositionen, von denen er richtigerweise annahm, daß sie stellvertretend für andere standen. Wir wollen nicht vergessen, daß er ein exzellenter Manager ist; selbst Leute, die ihn verachten, billigen ihm das zu. Er wußte, daß es irgendein Schema geben mußte, eine Vorgehensweise, um das Ganze unter Kontrolle zu halten. Eine Firma von der Größe und der Komplexität von Genessee konnte ohne so etwas nicht existieren, ganz besonders nicht unter den gegebenen Umständen. Eigenartigerweise waren Mario de Spadantes Leute die ersten, die das sahen. Sie reichten bewußt widersprüchliche Informationen ein und warteten darauf, daß man sie darauf anspräche. Das geschah nicht. Natürlich wußten sie mit dem, was sie entdeckt hatten, nichts anzufangen. De Spadante begann auf primitive Weise, Drohungen auszusprechen und beunruhigte damit jeden, der mit ihm in Berührung kam. Soviel zu de Spadante.«

»Es tut mir leid, Mr. Hamilton.« Knapp lehnte sich nach vorn. »Alles, was Sie sagen, führt mich wieder auf Bobby Websters Lösung ... Sie deuten an, daß Trevayne Informationen gesammelt und zusammengefügt hat, die alles gefährden, wofür wir gearbeitet haben; gibt es denn da einen besseren Augenblick, um ihn in Mißkredit zu bringen?«

»Warum denn nicht ihn *töten?«* Aaron Greens tiefe Stimme dröhnte über den Tisch. Es war eine zornige Frage, die Madison und Knapp schockierte. Hamilton ließ sich keine Reaktion anmerken. »Das erschüttert Sie wohl, wie? Warum? Vielleicht ist es ein unausgesprochener Gedanke ... Ich habe den Tod aus größerer Nähe als sonst jemand an diesem Tisch gesehen. Deshalb schokkiert es mich nicht. Aber ich will Ihnen sagen, warum es nicht plausibel ist, ebenso wie die Lösung dieses Krämers Webster nicht plausibel ist. Männer wie Trevayne sind tot oder wenn man sie zum Rücktritt zwingt, gefährlicher als im aktiven Leben.«

»Warum?« fragte Walter Madison.

»Weil sie *Vermächtnisse* hinterlassen«, antwortete Green.

»Sie werden zu Sammelpunkten für Kreuzzüge. Sie sind die Märtyrer, die Symbole.«

Ian Hamiltons Stimme war ruhig, aber nichtsdestoweniger eindringlich. »Regen Sie sich nicht auf, Aaron. Das führt zu nichts ... Er hat nämlich recht, müssen sie wissen. Männer wie Trevayne pflegen umfangreiche Akten zu führen ... Nein, wir müssen uns mit einer grundlegenden Tatsache abfinden. Die können wir weder verschleiern noch ihr ausweichen. Wir müssen unsere eigenen Motive begreifen und akzeptieren ... So wie die Dinge stehen, wende ich mich in erster Linie an den Senator und an Aaron. Sie sind erst später ins Spiel gekommen, Walter; Ihre Teilnahme, wiewohl von ungeheurem Wert, reicht noch nicht sehr weit zurück.«

»Das weiß ich«, sagte Madison leise.

»Es gibt viele Leute, die uns Makler der Macht nennen könnten, und damit hätten sie recht. Wir verfügen über Autorität in politischen Kreisen. Und obwohl das, was wir tun, unserem Ego schmeichelt, ist es doch nicht dieses Ego, das uns dazu treibt. Wir glauben natürlich an uns selbst, aber sehen in uns nur Instrumente, die zur Erreichung unserer Ziele dienen. Ich habe das Trevayne – natürlich abstrakt – erklärt, und ich glaube, man kann ihn davon überzeugen, daß wir es ehrlich meinen.«

Knapp hatte auf die gläserne Tischplatte gestarrt und zugehört. Plötzlich ruckte sein Kopf nach oben, und er starrte Hamilton ungläubig an. »Sie haben was?«

»Ja, Senator, darauf ist es zwischen uns hinausgelaufen. Ist das für Sie ein Schock?«

»Ich glaube, Sie haben Ihren Verstand verloren!«

»Warum?« fragte Aaron Green scharf. »Haben Sie denn etwas getan, wofür Sie sich schämen, Senator? Machen Sie sich mehr Sorgen um sich selbst als um unsere Ziele? Sind Sie einer von uns oder sind Sie etwas anderes?« Green lehnte sich vor, und seine Hand zitterte am Griff der Kaffeetasse.

»Es geht nicht darum, ob ich mich schäme. Es geht einfach darum, daß ich falsch eingeschätzt werde, Mr. Green. Sie handeln als Privatperson; ich bin ein gewählter Volksvertreter. Ehe man mich zur Verantwortung zieht, möchte ich, daß die Resultate deutlich gemacht werden. Und an den Punkt sind wir bis jetzt noch nicht gelangt.«

»Wir sind ihm näher als Sie glauben«, sagte Hamilton leise, sowohl zu Green als auch zu Knapp gewandt.

»Ich sehe noch keinerlei Anzeichen davon«, erwiderte der Senator.

»Dann haben Sie sich nicht umgesehen.« Hamilton hob sein Cognacglas und nippte daran. »Alles, was wir angefaßt haben, jeder Bereich, in den wir uns eingeschaltet haben, hat sich zum Besseren gewendet. Das kann man nicht leugnen. Wir haben eine finanzielle Basis von solchen Ausmaßen errichtet, daß ganze Regionen des Landes davon beeinflußt werden. Und wo auch immer man diesen Einfluß verspürt hat, haben wir die Zustände verbessert. Man nimmt sich der Minderheiten – und der Mehrheiten – an; die Arbeitslosenzahlen sind zurückgegangen, die Fürsorgezahlungen konnten reduziert werden; die Produktion konnte ohne Unterbrechung fortgesetzt werden. Als Folge davon ist Nutzen für die nationalen Interessen entstanden. Unsere militärische Glaubwürdigkeit ist ohne Zweifel verstärkt worden; Sozialreformen im Wohnungsbau, dem Erziehungsbereich und in der Medizin sind überall, wo Genessee seinen Stempel aufgedrückt hat, gefördert worden ... Damit haben wir bewiesen, daß wir imstande sind, soziale Stabilität herbeizuführen ... Würden Sie diese Zusammenfassung leugnen wollen, Senator? Das ist es doch, wofür wir gearbeitet haben.«

Knapp war erschrocken. Hamiltons schnelle Aufzählung von Punkten erstaunte ihn, gab ihm ein Gefühl des Vertrauens – vielleicht der Identifizierung –, wie er es noch nie zuvor empfunden hatte. »Ich bin zu nahe an den Washingtoner Mechanismen gewesen; offensichtlich haben Sie eine bessere Perspektive.«

»Zugegeben. Trotzdem würde ich es gerne sehen, wenn Sie die Frage beantworten. Wollen Sie die Fakten leugnen ... nach all dem, was Sie selbst entdeckt haben?«

»Nein, wahrscheinlich nicht ...«

»Sie *könnten* es nicht.«

»Schön, ich ›könnte es nicht‹.«

»Sehen Sie dann die Konsequenz nicht? ... Erkennen Sie nicht, was wir getan haben?«

»Sie haben einen Überblick unserer Leistungen geliefert; ich akzeptiere ihn.«

»Nicht nur Leistungen, Senator. Ich habe einen Überblick über die Führungsfunktionen unserer Regierung gegeben ... die sie mit *unserer* Hilfe ausübt. Und das ist der Grund, weshalb wir nach mühevollen Überlegungen und einer schnellen, aber erschöpfenden Analyse Andrew Trevayne das Präsidentenamt der Vereinigten Staaten anbieten werden.«

Einige Augenblicke lang sagte niemand etwas. Ian Hamilton und Aaron Green lehnten sich in ihren Sesseln zurück und warteten, bis die anderen die Information in sich aufgenommen hatten. Schließlich sprach Knapp mit einer Stimme, die von Unglauben erfüllt war.

»Das ist die lächerlichste Aussage, die ich je gehört habe. Sie müssen Witze machen.«

»Und Sie, Walter?« Hamilton drehte sich zu Madison herum, der dasaß und in sein Glas starrte. »Was ist Ihre Reaktion?«

»Ich weiß nicht«, antwortete der Anwalt langsam. »Ich versuche immer noch, das zu verdauen ... Ich bin Andrew viele Jahre nahe gewesen. Ich glaube, er ist ein außergewöhnlich talentierter Mann ... Aber das? Ich weiß einfach nicht.«

»Aber Sie sind am *Denken*«, sagte Aaron Green und sah nicht Madison, sondern Knapp an. »Sie gebrauchen Ihre Fantasie. Unser ›gewählter Volksvertreter‹ reagiert nur mit ›lächerlich‹.«

»Aus guten und ausreichenden Gründen!« brauste Alan Knapp auf. »Er verfügt über keinerlei politische Erfahrung; er gehört nicht einmal einer der beiden Parteien an!«

»Eisenhower hatte auch keine Erfahrung«, erwiderte Green, »und beide Parteien bemühten sich darum, ihn auf ihre Seite zu ziehen.«

»Er hat keinen politischen Status.«

»Wer hatte davon am Anfang weniger als Harry Truman?« erwiderte der Jude.

»Eisenhower war weltweit bekannt, war populär. Truman ist in das Amt hineingewachsen, das er gehabt hat. Die Beispiele passen nicht.«

»Bekanntheit ist heutzutage kein Problem, Senator«, warf Hamilton mit seiner entnervenden Ruhe ein. »Bis zu den Nationalen Parteiversammlungen sind es noch dreizehn Monate, achtzehn bis zur Wahl. In dem Zeitraum könnte man, das wette ich, Andrew Trevayne außerordentlich wirksam vermarkten. Er verfügt über alle Qualifikationen, die maximale Ergebnisse garantieren ... Der Schlüssel dazu ist nicht politische Erfahrung oder Parteizugehörigkeit – tatsächlich könnte ihr Fehlen sogar ein Vorteil sein; ebensowenig sein gegenwärtiger Status – der übrigens wesentlich wirksamer ist als Sie annehmen, Senator. Und auch nicht diese Abstraktion Popularität ... Es geht um Stimmen. Vor und nach den Parteikongressen, für die wir uns entscheiden. Und Genessee Industries wird diese Stimmen liefern.«

Knapp setzte einige Male zum Sprechen an. Schließlich spreizte er die Hände auf der gläsernen Tischplatte; es war eine Geste, die alle erkennen ließ, wie sehr er sich bemühte, sich unter Kontrolle zu bringen. »Warum? Warum, in Gottes Namen, würden Sie so etwas tun, ja es auch nur in Betracht ziehen?«

»Um es ganz einfach auszudrücken, Senator«, ergriff jetzt Green das Wort. »Unserer Überzeugung nach würde Trevayne einen außergewöhnlich fähigen Präsidenten abgeben, vielleicht sogar einen brillanten. Schließlich würde er über mehr Zeit verfügen als die meisten Präsidenten in diesem Jahrhundert, um jenen Aspekten seines Amtes nachzugehen. Zeit zum Überlegen, Zeit, um sich auf die ausländischen Beziehungen der Nation zu konzentrieren, deren Verhandlungen, langfristig angelegte Politik ... Ist es Ihnen je in den Sinn gekommen, weshalb uns unsere globalen Gegner stets an den Flanken überholen? Eigentlich ist das ja ganz einfach, müssen Sie wissen. Wir erwarten von jenem Mann, der im Oval Office sitzt, viel zu viel. Er wird in tausend Richtungen hin- und hergerissen. Er hat keine Zeit, um nachzudenken. Ich glaube, der Franzose Pierre Larousse hat es im neunzehnten Jahrhundert am besten ausgedrückt ... Unsere Regierungsform ist superb, mit einer wesentlichen Unvollkommenheit. Wir müssen alle vier Jahre Gott zum Präsidenten wählen.«

Walter Madison beobachtete Hamilton scharf. »Ian, glauben Sie denn auch nur einen Augenblick lang, Trevayne würde die Bedingung akzeptieren, daß die Mehrzahl der inländischen Probleme außerhalb der Entscheidungssphäre des Präsidentenamtes erledigt werden?«

»Ganz sicher nicht.« Hamilton lächelte. »Weil die Mehrzahl davon keine Probleme wären. Anders ausgedrückt, man würde nicht zulassen, daß sich größere Probleme entwickeln, nicht in dem Maße, wie wir das bislang erlebt haben. Einfache Lässigkeiten sind wieder etwas anderes. Jeder Präsident delegiert sie und gibt die nötigen besänftigenden Statements ab. Die kosten keine Zeit und erlauben ihm, seine Führungsqualitäten zu zeigen, sich zu profilieren.«

»Sie wissen ja, daß Sie meine Frage in Wirklichkeit nicht beantwortet haben, Hamilton.« Knapp stand auf und ging zu dem Tisch mit den Flaschen hinüber. »Es ist eine Sache, einfach zu sagen, daß ein Mann einen Präsidenten abgeben wird. Gut, schlecht oder brillant ... Es ist eine ganz andere Sache, dieses oder jenes Individuum als seinen erwählten Kandidaten auszusuchen. Die Wahl muß mehr als nur eine idealistische Einschätzung widerspiegeln. Unter den gegebenen Umständen, wenn ich auch durchaus berücksichtigte, daß dieser Trevayne große Entschlossenheit an den Tag gelegt hat, nur das zu tun, was er für richtig hält, möchte ich dennoch wissen, weshalb es gerade Trevayne sein soll ... Ja, Mr. Green, ich glaube, es ist lächerlich!«

»Weil wir, Mr. gewählter Volksvertreter, wenn all die klugen Reden verklungen sind, keine andere Wahl haben.« Green drehte sich in seinem Stuhl herum und blickte zu Knapp auf.

»Solche Reden bringen nichts ein«, sagte Hamilton, der jetzt zum erstenmal Ärger zeigte. »Trevayne wäre nicht ausgewählt worden – und das wissen Sie, Aaron, wenn wir das Gefühl gehabt hätten, er sei nicht qualifiziert. Es ist allgemein bekannt, daß er über ausgezeichnete Führungsqualitäten im Wirtschaftsleben verfügt; und genau das ist es, was das Präsidentenamt braucht.«

»Offensichtlich hat man Andrew noch nicht angesprochen«, warf Madison jetzt ein. »Was läßt Sie denn annehmen, daß er das Angebot akzeptieren wird? Ich persönlich glaube nicht, daß er es tun wird.«

»Kein Mann mit Talent und Eitelkeit kann der Präsidentschaft widerstehen. Trevayne besitzt beide Eigenschaften. Und das sollte er auch. Wenn das Talent authentisch ist, muß die Eitelkeit folgen.« Hamilton antwortete damit auf Madisons Frage, schloß aber auch Knapp mit ein. »Zunächst wird seine Reaktion nicht anders sein als die des Senators. Lächerlich. Das erwarten wir. Aber im Laufe weniger Tage wird man ihm deutlich, *professionell,* darlegen, daß es sich um ein funktionierendes Konzept handelt, daß er wirklich nur die Hand auszustrecken braucht ... Sprecher der Gewerkschaften, der Wirtschaft, der Wissenschaft werden ihm zugeführt werden. Führende politische Persönlichkeiten aus allen Bereichen des Landes werden ihn anrufen, ihn wissen lassen, daß sie an seiner Kandidatur in höchstem Maße interessiert – nicht ihr verpflichtet, aber an ihr interessiert sind. Und aus diesen ersten Begegnungen wird sich eine praktische Strategie für den Wahlkampf entwickeln. Aarons Agentur wird die Verantwortung übernehmen.«

»*Hat* sie übernommen«, sagte Green. »Drei meiner vertrautesten Leute arbeiten bereits hinter dicht verschlossenen Türen daran.«

Knapps Staunen wurde immer größer. »Sie haben tatsächlich mit all dem angefangen?«

»Es ist unsere Funktion, an das Morgen zu denken, es vorherzusehen«, antwortete Hamilton.

»Sie können doch unmöglich garantieren, daß die Gewerkschaften, die Wirtschaft, die politische Führung ... da zustimmen.«

»Das können wir, und die Leute, die wir angesprochen haben, haben das auch schon getan. Man ist in aller Offenheit an sie herangetreten; man hat sie auf vertrauliche Behandlung eingeschworen, an die sie sich halten müssen, bis man sie davon befreit. Es wird eine Bewegung von der Basis aus. In den meisten Fällen sind sie in höchstem Maße begeistert.«

»Das ist ... das ist ...«

»Ja, lächerlich, das wissen wir.« Green führte damit Knapps Ausruf zu Ende. »Glauben Sie denn, daß Genessee Industries von Bürokraten aus Washington geleitet wird? Idioten? Wir sprechen von etwa zwei- oder dreihundert Leuten, vielleicht ein paar Bürgermeistern, Gouverneuren; unsere Lohnlisten sind ein paar tausendmal umfangreicher.«

»Wie steht es mit dem Repräsentantenhaus, dem Senat? Das sind doch ...«

»Das Repräsentantenhaus haben wir unter Kontrolle«, unterbrach Hamilton. »Der Senat? ... Deshalb sind Sie heute abend hier.«

»Ich?« Knapps Hände lagen jetzt wieder auf der Glasplatte vor ihm.

»Ja, Senator«, sagte Hamilton ruhig und überzeugend. »Sie sind ein angesehenes Mitglied dieses Clubs. Außerdem geht Ihnen der Ruf des Skeptikers voraus. Ich habe mehrfach gelesen, daß man Sie den ›unberechenbaren Skeptiker des Senates‹ nennt. Sie müssen unser Mann in der Garderobe sein.«

»Wenn nicht«, fügte Aaron Green mit einer vielsagenden Handbewegung hinzu, »peng!«

Senator Knapp verzichtete darauf, auf das Thema einzugehen.

Walter Madison konnte einfach nicht anders, er mußte dem alten Juden zulächeln, aber als er dann sprach, verblaßte sein Lächeln schnell wieder. »Wollen wir einmal – streng hypothetisch – davon ausgehen, daß alles, was Sie hier sagen, möglich ist. Vielleicht sogar wahrscheinlich. Was haben Sie denn dann mit dem augenblicklichen Präsidenten vor? Ich hatte immer den Eindruck, daß er beabsichtigt, sich um eine zweite Wahlperiode zu bemühen.«

»Das ist keineswegs sicher. Seine Frau und seine Familie sind sehr dagegen. Und vergessen Sie nicht, daß Genessee Industries ihm ein paar Dutzend wichtiger Probleme abgenommen hat. Die können wir leicht wieder aufbauen. Und zu guter Letzt – für den Fall, daß es wirklich nötig sein sollte – haben wir medizinische Berichte, die ihn einen Monat vor den Wahlen erledigen könnten.«

»Sind die wahr?«

Hamilton senkte den Blick. »Teilweise. Aber ich denke, das ist jetzt ohne Belang. Wir haben sie; das ist wesentlich.«

»Zweite Frage. Wenn Andrew gewählt wird, wie kontrollieren Sie ihn dann? Wie können Sie ihn daran hindern, daß er Sie alle hinauswirft?«

»Jeder Mann, der auf dem Präsidentensessel sitzt, lernt sofort die wichtigste Lektion von allen«, erwiderte Hamilton. »Die, daß dieser Job der pragmatischste ist, den es gibt. Er braucht jedes Quentchen Hilfe, das er bekommen kann. Statt uns hinauszuwerfen, wird er zu uns gerannt kommen und uns um Hilfe bitten, wird versuchen, uns dazu zu überreden, aus dem Ruhestand zurückzukehren.«

»Ruhestand?« Knapps Verwirrung war jetzt grenzenlos, aber Walter Madisons Ausdruck ließ erkennen, daß er verstanden hatte.

»Ja. Ruhestand, Senator. Walter weiß Bescheid. Sie müssen versuchen, die ganze Subtilität davon zu erfassen. Trevayne würde den Vorschlag nie akzeptieren, wenn er glaubte, daß Genessee dahintersteht. Wir werden ihm unsere Position erklären. Wir werden zögern, aber am Ende hat er unsere Unterstützung, unsere Zustimmung; er ist einer von uns. Er ist ein Produkt des Marktes. Sobald er einmal gewählt ist, haben wir die feste Absicht, die Szene zu verlassen, den Rest unseres Lebens in dem Komfort zu verbringen, den wir uns verdient haben. Davon werden wir ihn überzeugen ... Wenn er uns braucht, werden wir zur Verfügung stehen, aber lieber wäre es uns, wenn man uns nicht ruft ... Natürlich haben wir keineswegs die Absicht wegzugehen.«

»Und wenn er es erfährt«, fügte Walter Madison hinzu, »ist es zu spät. Er ist kompromittiert bis ans Ende seiner Tage.«

»Genau«, pflichtete Ian Hamilton bei.

»Meine Leute hinter den dicht verschlossenen Türen haben sich schon einen Slogan einfallen lassen ... ›Andrew Trevayne, es gibt keinen Besseren‹.«

40.

Trevayne las den Bericht in der Zeitung und spürte, wie ihn eine Welle der Erleichterung überflutete. Er hatte sich nie vorgestellt, daß ihn soviel Freude – es gab kein anderes Wort als ›Freude‹ – über den Tod eines Mannes würde erfüllen können, den brutalen Mord an einem Menschen. Da stand es, und er war von einem Gefühl der Erleichterung erfüllt.

»Unterweltsboß vor seinem Haus in New Haven bei Überfall getötet.«

Trevayne hatte nicht mehr geschlafen, seit er de Spadantes Krankenbett verlassen hatte. Er hatte sich immer wieder gefragt, ob es das Ganze wert gewesen war. Und je mehr er darüber nachdachte, desto lauter und desto negativer wurde die Antwort.

Schließlich mußte er vor sich selbst zugeben, daß de Spadante tatsächlich auf ihn zugekommen war, ihn tatsächlich kompromittiert hatte. Es war dem Italiener gelungen, weil er ihn gezwungen hatte, die einzelnen Werte abzuwägen und über den schrecklichen Preis nachzudenken. Die *rifiuti,* wie de Spadante es genannt hatte. Den Unrat, der seine Frau und seine Kinder unter sich begraben hätte, weil der Gestank des Verdachts und der Vermutung ihnen jahrelang angehangen hätte. Das war es ihm nicht wert. Er würde diesen Preis nicht für einen Unterausschuß bezahlen, um den er sich nicht bemüht hatte, zum Nutzen eines Präsidenten, dem er nichts schuldig war. Für den Kongreß, der es zuließ, daß Männer wie dieser de Spadante seinen Einfluß kaufte und verkaufte. Weshalb eigentlich das alles?

Sollte doch ein anderer den Preis bezahlen.

Und jetzt war dieser Teil erledigt. De Spadante war erledigt. Er konnte seine Gedanken wieder dem Bericht des Unterausschusses zuwenden, an dem er, nach seinem Gespräch mit Ian Hamilton, mit solcher Energie gearbeitet hatte.

Roderick Bruce warf die Zeitung durchs Zimmer und fluchte. Dieser verdammte Hurensohn hatte ihn betrogen! Dieser Fleischer aus dem Korngürtel hatte mit ihm einen Walzer getanzt, und als die Musik aufhörte, ihm einen Tritt gegeben und war zum Weißen Haus zurückgerannt!

> ... bewirkte die Tat, daß Major Paul Bonners Behauptung wiederum mehr Glauben fand ... angegriffen, ehe er angeblich ... im Kreuzfeuer eines Gangsterkrieges ... sich ausgezeichnet ...

Der Mord an de Spadante aus den eigenen Reihen hatte Paul Bonners Lage schlagartig verändert.

Bruce fegte mit seinem winzigen Arm über das Frühstückstablett, so daß die Teller zu Boden krachten. Er riß die Decke vom Bett – dem Bett, das ihm und Alex gehört hatte. Er konnte die Schritte des Zimmermädchens hören; sie rannte jetzt draußen am Gang auf sein Zimmer zu, und er schrie so laut er konnte.

»Draußen bleiben, schwarze Hure!«

Dann setzte er sich an den Schreibtisch und richtete sich bewußt auf, so daß sein Rücken sich gegen den harten Stuhl preßte. Er hielt die Muskeln gespannt. Das war eine Übung, die er oft anwendete, um sich selbst zu disziplinieren. Um die Kontrolle über seine Gefühle zu bekommen.

Er hatte das Alex eines Abends gezeigt; einem der seltenen Abende, an denen sie sich gestritten hatten. Über irgendeine belanglose Lächerlichkeit ... ja, seinen Zimmerkollegen, das war es. Der schmutzige Zimmerkollege aus Alex' alter Wohnung an der 21sten Straße. Der dreckige, schmutzige Zimmerkollege, der von Alex wollte, daß er ihn mit dem Wagen nach Baltimore brachte, weil er für den Zug zuviel Gepäck hatte.

An jenem Abend hatten sie sich gestritten. Aber schließlich hatte Alex begriffen, daß der schmutzige, dreckige Zimmerkollege ihn ausnutzte, und so hatte er ihn angerufen und ihm endgültig *nein* gesagt. Nach dem Telefongespräch war Alex immer noch verstimmt, und so hatte Rod – Roger – ihm seine Übung an dem Schreibtisch im Schlafzimmer gezeigt, und Alex hatte zu lachen angefangen.

Bruce preßte seinen nackten Rücken kräftiger gegen die Stuhllehne. Er konnte spüren, wie sich die Knöpfe der blauen Samtpolsterung in sein Fleisch bohrten. Aber es funktionierte; er konnte jetzt klar denken.

Bobby Webster hatte ihm zwei Fotografien gegeben, auf denen Trevayne und de Spadante in de Spadantes Krankenhauszimmer in Greenwich zu sehen waren. Das erste Foto zeigte Trevayne, wie er allem Anschein nach dem im Bett liegenden Gangster etwas erklärte. Das zweite zeigte Trevayne, wie er zornig – ›verärgert‹ war vielleicht richtiger – über etwas blickte, das de Spadante gerade gesagt hatte. Webster hatte ihm erklärt, er solle die Bilder zweiundsiebzig Stunden bei sich behalten. Das war wichtig. Drei Tage. Bruce würde verstehen.

Und dann hatte Webster ihn am folgenden Nachmittag in der ganzen Stadt telefonisch gesucht. Der Assistent aus dem Weißen Haus befand sich in heller Panik. Er verlangte die Fotos zurück, und ehe er noch eine zustimmende Antwort gehört hatte, fing er schon an, mit Vergeltungsmaßnahmen des Weißen Hauses zu drohen.

Webster hatte ihm geschworen, ihn in Einzelhaft nehmen zu lassen, wenn auch nur *ein Wort* bezüglich Trevaynes Besuch bei de Spadante auch nur *andeutungsweise* in einer Zeitung erschien.

Roderick Bruce lockerte seine Haltung, löste seinen Rücken von der Stuhllehne. Er erinnerte sich noch genau an Websters Worte, als er ihn gefragt hatte, ob Trevayne oder de Spadante oder die Fotografien irgendwelchen Einfluß auf die Mordanklage gegen Paul Bonner haben könnten.

»Überhaupt nicht. Da gibt es gar keine Verbindung; das bleibt so bestehen. Wir haben das ringsum unter Kontrolle.« Aber er hatte es nicht unter Kontrolle gehabt. Er war nicht einmal imstande gewesen, den Armyanwalt unter Kontrolle zu halten, der Bonner verteidigte. Einen Anwalt aus dem Pentagon!

Bobby Webster hatte nicht gelogen; er hatte einfach seinen Einfluß verloren. Er war hilflos. Er hatte starke Drohungen ausgestoßen, aber nicht die Macht besessen, sie auch durchzuführen.

Und wenn es etwas gab, das Roger Brewster aus Erie, Pennsylvania, in der kosmopolitischen Welt Washingtons gelernt hatte, dann, daß man einen hilflosen Mann ausnützen mußte, besonders einen, der nahe bei der Macht und noch näher bei der Panik stand.

Hinter einem solchen Mann lauerte gewöhnlich eine verdammt gute Story. Und Bruce wußte, wie er an sie herankommen konnte. Er hatte Kopien von den Fotos gemacht.

Brigadier General Lester Cooper beobachtete den Mann mit dem Aktenkoffer, wie er zu seinem Wagen ging.

Er sah zu, wie der schwere Wagen auf dem kleinen Parkplatz wendete und die Einfahrt hinunterrollte. Der Mann, der für Aaron Green arbeitete, winkte, aber da war kein Lächeln, kein Gefühl von Freundlichkeit. Kein Dank dafür, daß man ihm Gastfreundschaft erwiesen hatte, obwohl er ohne Warnung, ohne Ankündigung, eingetroffen war.

Und die Nachricht, die er gebracht hatte, war eine Subtilität, die Lester Cooper, wie er das empfand, wohl nie begreifen würde. Aber darum hatten sie ihn auch gar nicht gebeten, sie zu begreifen, nur sie zur Kenntnis zu nehmen und den Anweisungen Folge zu leisten. Zum Nutzen aller. Das Pentagon würde größeren Nutzen als irgendein anderer Teil der Regierung daraus ziehen; das hatte man ihm zugesagt.

Andrew Trevayne, Präsident der Vereinigten Staaten.

Es war unglaublich.

Es war lächerlich.

Aber der Mann von Aaron Green hatte gesagt, es sei eine realistische Überlegung. Andrew Trevayne stand auf halbem Wege zu seiner Amtseinführung.

Lester Cooper wandte sich ab und ging zum Haus zurück. Doch dann überlegte er es sich anders und bog nach links ab. Der Pulverschnee lag locker über dem harten Untergrund, und seine Füße sanken bis zu den Knöcheln ein.

Der Himmel hatte eine stumpfe Farbe, man konnte kaum die Berge in der Ferne sehen. Aber sie waren da, und sie würden ihn nicht verraten, und er würde sie sich jeden Tag ansehen können, bis zum Ende seines Lebens – bis dahin würde es nicht mehr weit sein.

Sobald er die Logistik von Aaron Greens Strategie organisiert hatte – seinen Teil daran, den militärischen Teil. Es würde nicht schwierig sein; die Vereinigten Streitkräfte wußten alle, welch wichtigen Beitrag Genessee Industries immer wieder leistete. Es war ihnen auch bewußt, daß die Zukunft in militärischer Hinsicht höchst vielversprechend war, wenn Genessee – wie sie das wollten – der wahre Zivilsprecher für sie alle wurde. Und wenn Andrew Trevayne der Kandidat von Genessee war, dann war das alles, worauf es ankam.

Jeder Militärposten, jeder Flugplatz, jedes Ausbildungszentrum und jede Marinestation in der Welt würde es hören. Ohne den Kandidaten zu identifizieren, nur ein Hinweis. Eine Andeutung, daß in Kürze ein Name geliefert werden würde, und daß jener Name für den Mann stand, den Genessee Industries und das Pentagon als Präsident haben wollten. Es galt, Pläne mit entsprechenden Zeit- und Raumeinteilungen vorzubereiten, die Indoktrinierungskurse für alle Offiziere und Soldaten gestatten würden. Selbstverständlich unter der Überschrift ›Gegenwartskunde‹. Mit verschiedener Vorgangsweise für reguläres und Reservepersonal, da man sie völlig unterschiedlich ansprechen würde.

Es würde geschehen. Niemand, der Uniform trug, wollte in jene Tage zurücksinken, bevor Genessee Industries einen solch wichtigen Teil ihrer Versorgung übernommen hatte.

Und wenn der Befehl kam, den Namen bekanntzugeben, würden in allen Teilen der Welt, wo amerikanische Soldaten stationiert waren, rund um die Uhr Xeroxmaschinen und Druckpressen in Gang gesetzt werden. Von Fort Fix, New Jersey, bis Bangkok, Thailand; von Newport News bis Gibraltar.

Das Militär konnte über vier Millionen Stimmen liefern. Lester Cooper fragte sich, ob es dazu kommen würde. Würde es wirklich Andrew Trevayne sein?

Und warum?

Es wäre beruhigend gewesen, Robert Webster anzurufen und in Erfahrung zu bringen, was er wußte; das war jetzt nicht möglich. Der Mann von Aaron Green hatte ihm das klargemacht.

Webster war zur Seite geschoben worden.

Natürlich durfte noch niemand etwas erfahren. Aber mit Bobby Webster durfte man nicht einmal sprechen. Über *nichts.* Er sollte keinerlei Verbindung mit Webster einleiten oder aufnehmen.

Und er, Cooper, würde das tun, was Green verlangte – das war er ihm schuldig. Das war er Genessee Industries schuldig und seinen Erinnerungen, seinem Ehrgeiz.

Selbst Paul Bonner war er es schuldig. Bonner war ein Opfer, ein notwendiges Opfer, so wie er das begriff.

Seine einzige Hoffnung lag in einer Begnadigung durch den Präsidenten.

Seitens Präsident Trevayne.

War das keine Ironie?

41.

»Mr. Trevayne?«

»Ja.«

»Hier Bob Webster. Wie geht es Ihnen?«

»Gut. Und Ihnen?«

»Ein wenig durcheinander, fürchte ich. Ich glaube, ich habe Sie da in eine scheußliche Situation hineingeritten, wirklich schlimm.«

»Was ist denn?«

»Ehe wir weitersprechen, möchte ich eines klarstellen. Ich meine, ich muß das betonen … *Ich* bin der Verantwortliche. Sonst niemand. Verstehen Sie?«

»Ja … ich denke schon.«

»Gut. Das ist verdammt wichtig.«

»Jetzt bin ich sicher, daß ich verstehe. Was ist denn?«

»Ihr Besuch in Greenwich. Neulich bei de Spadante. Man hat Sie gesehen.«

»Oh? ... Ist das ein Problem?«

»Da ist noch mehr, aber das ist das Wesentliche daran.«

»Weshalb ist das so wichtig? Wir haben es nicht gerade hinausposaunt, das stimmt schon; andererseits haben wir es auch nicht zu verbergen versucht.«

»Gegenüber den Zeitungen haben Sie es aber nicht erwähnt.«

»Das hielt ich nicht für notwendig. Mein Büro hat eine kurze Erklärung abgegeben, daß mit Gewalt nie etwas zu erreichen sei. So haben die das auch geschrieben. Sam Vicarson hat das Statement abgegeben. Ich habe es gebilligt. Es gibt immer noch nichts zu verbergen.«

»Vielleicht drücke ich mich nicht klar aus. Es sieht so aus, als hätten Sie und de Spadante eine geheime Zusammenkunft gehabt ... Es sind Fotografien gemacht worden.«

»Was? Wo? Ich erinnere mich an keinen Fotografen. Natürlich waren eine Menge Leute auf dem Parkplatz ...«

»Nicht auf dem Parkplatz. Im Zimmer.«

»Im Zimmer? Was, zum Teufel ... Oh? Ach du lieber Gott! Aber ... Was ist denn mit den Fotos?«

»Die sind sehr belastend. Ich habe eine Kopie gesehen. Sogar zwei Kopien. Sie und de Spadante sahen aus, als wären Sie in ein wichtiges Gespräch vertieft.«

»Das waren wir. Wo haben Sie die Fotos gesehen?«

»Rod Bruce. Er hat sie.«

»Von wem denn?«

»Das wissen wir nicht. Er ist nicht bereit, seine Quellen bekanntzugeben; das haben wir schon früher versucht. Er hat vor, morgen etwas zu veröffentlichen. Er hat damit gedroht, Ihre Verbindung mit de Spadante offenzulegen. Und das ist übrigens auch schlecht für Bonner.«

»Nun ... Was wollen Sie, daß ich tue? Sie haben doch offensichtlich etwas im Sinn?«

»So, wie wir das sehen, besteht die einzige Möglichkeit, die Story auffliegen zu lassen, darin, daß Sie vorher reden. Sie müssen eine Erklärung abgeben, daß de Spadante Sie sprechen wollte; Sie haben ihn zwei Tage vor seiner Ermordung besucht. Sie wollten die Information wegen Major Bonner veröffentlicht sehen ... Lassen Sie sich über das, was gesprochen wurde, irgend etwas einfallen. Wir haben das Zimmer überprüft; da waren keine Wanzen.«

»Ich bin nicht sicher, ob ich Sie verstehe. Auf was will Bruce hinaus? Was hat Paul mit dem Ganzen zu tun?«

»Bruce meint, das sei ein weiterer Beweis gegen Paul Bonner. Wenn Sie und de Spadante immer noch miteinander sprechen ... dann ist es nicht sehr wahrscheinlich, daß er vor einer Woche versucht hat, Sie zu ermorden, so wie Bonner das behauptet.«

»Ich verstehe ... Also gut, ich werde eine Erklärung abgeben. Und ich kümmere mich auch um Bruce.«

Trevayne drückte die Gabel ein paar Sekunden lang nieder, ließ sie dann los und wählte eine Nummer. »Sam Vicarson bitte. Hier spricht Trevayne ... Sam, die Zeit für Bruce ist gekommen. Nein, nicht Sie. Ich ... Stellen Sie fest, wo er ist, und rufen Sie mich zurück. Ich bin zu Hause ... Nein, ich will es mir nicht noch einmal überlegen. Rufen Sie mich sobald wie möglich an. Ich möchte ihn heute nachmittag sehen.«

Trevayne legte den Telefonhörer auf und sah zu seiner Frau hinüber, die am Ankleidetisch stand und mit ihrem Make-up beschäftigt war. Sie beobachtete ihn im Spiegel.

»Ich habe so das Gefühl, daß dein freier Tag, den du mit der Suche nach Antiquitäten verbringen wolltest, gerade abgesagt wurde.«

»Nein. Fünfzehn oder zwanzig Minuten, nicht mehr. Du kannst im Wagen warten.«

Trevayne ging den mit dickem Teppich belegten Korridor hinunter, auf die kurze Treppe zu, neben der in englischen Lettern stand: ›The Penthouse; Roderick Bruce.‹

Er ging die fünf Stufen hinauf und drückte den Knopf, worauf laute Glockentöne erklangen. Er konnte halb erstickte Stimmen hören; die eine davon war erregt. Roderick Bruce.

Die Tür wurde geöffnet, und eine korpulente schwarze Frau in einer gestärkten weißen Uniform stand imposant und abweisend in dem kleinen Foyer. Sie versperrte jegliche Sicht.

»Ja?« fragte sie mit einem Akzent, der irgendwo aus der Karibik stammen mochte.

»Mr. Bruce bitte.«

»Erwartet er Sie?«

»Er wird mich empfangen wollen.«

»Tut mir leid. Bitte, hinterlassen Sie Ihren Namen. Er wird sich mit Ihnen in Verbindung setzen.«

»Mein Name ist Andrew Trevayne, und ich gehe nicht, bis ich Mr. Bruce gesehen habe.«

Die Frau schickte sich an, die Tür zu schließen; Trevayne wollte sie gerade anschreien, als plötzlich Roderick Bruce herangeschossen kam, wie ein winziges Frettchen aus einem verborgenen Nest. Er hatte hinter einer Tür, ein paar Meter entfernt, gelauscht.

»Schon gut, Julia! Was wollen Sie, Trevayne?«

»Sie sprechen.«

»Als wir uns das letztemal sahen, haben Sie mir gedroht, wenn ich mich richtig erinnere. In Ihrem Büro. Jetzt kommen Sie in mein Büro, zu mir, und wirken nicht mehr so drohend. Soll ich daraus schließen, daß Sie hier sind, um einen Handel mit mir abzuschließen? Ich bin nämlich nicht sicher, daß mich das interessiert.«

»Sie haben recht. Ich bin hier, um einen Handel zu machen ... Ihre Art von Handel, Bruce.«

»Sie haben nichts, was ich möchte; weshalb sollte ich Ihnen also zuhören?«

Trevayne musterte den kleinen Mann mit den kleinen, tiefliegenden Augen und dem zufrieden geschürzten kleinen Mund. Andrew war speiübel, als er leise den Namen aussprach:

»Alexander Coffey.«

Roderick Bruce stand reglos da. Die Kinnlade sank ihm herunter, seine Lippen öffneten sich, und jeder Anschein von Arroganz wich aus seinem Gesicht.

TEIL IV

42.

Es schien lächerlich.

Es *war* lächerlich.

Und am lächerlichsten daran war, daß niemand etwas wollte – nur seine Zusage. Das hatte man ihm eindeutig klargemacht; niemand erwartete, daß er auch nur ein Wort im Bericht des Unterausschusses änderte. Man erwartete, daß er ihn fertigstellte, ihn dem Präsidenten, dem Kongreß und dem Bewilligungsausschuß für Verteidigungsausgaben vorlegte, und daß ihm dann eine dankbare Regierung dankte. Keine Änderung, kein Kompromiß.

Kapitel abgeschlossen.

Und ein anderes Kapitel sollte beginnen.

Daß der Bericht geradezu bösartig kompromißlos war, schien nichts auszumachen; er hatte daraus keinen Hehl gemacht. Man hatte sogar angedeutet, daß, je strenger sein Urteil ausfallen würde, desto größer der positive Einfluß auf seine Kandidatur sein würde.

Kandidatur.

Ein Kandidat, der zum Präsidenten der Vereinigten Staaten nominiert werden sollte.

Lächerlich.

Aber das war überhaupt nicht lächerlich, hatten sie beharrt. Es war die logische Entscheidung eines außergewöhnlichen Mannes, der nach Abschluß des Berichtes fünf Monate damit verbracht hatte, eine unabhängige Studie des kompliziertesten Problems des ganzen Landes anzustellen. Die Zeit für einen solchen Mann war gekommen, einen außergewöhnlichen Mann, der nicht einem der politischen Harems angehörte. Die Nation schrie förmlich nach einem Individuum, das auf dramatische Weise losgelöst war von den intransigenten Positionen doktrinärer Politik. Es brauchte einen Heiler; aber mehr als nur einen Heiler. Es forderte einen Mann, der imstande war, sich einer gigantischen Herausforderung zu stellen, die Tatsachen zu sammeln und die Wahrheit aus Myriaden von Lügen herauszuschälen.

Und er hatte bewiesen, daß er dazu imstande war, hatten sie gesagt.

Zuerst glaubte er, Mitchell Armbruster sei verrückt und versuchte so verzweifelt, ihn mit Schmeicheleien zu überhäufen, daß seine Worte seine Absicht erdrückten. Aber Armbruster war fest geblieben. Der Seniorsenator aus Kalifornien gab bereitwillig zu, daß die Idee auch ihm grotesk erschienen war, als ein kleiner Kern des Nationalkomitees sie vorgeschlagen hatte. Aber je länger er darüber nachgedacht hatte, desto plausibler war sie geworden – für Männer seiner politischen Neigung. Der Präsident, den er mehr unterstützte als bekämpfte, gehörte nicht seiner Partei an; Armbrusters Partei hatte keine Männer mit echten Chancen, nur solche, die vorgaben, welche zu haben. Es waren müde Männer, vertraute Männer, Männer wie er, die einmal ihre Chance gehabt und es nicht geschafft haben, sie zu ergreifen. Oder jüngere Männer, die zu vordergründig waren, zu respektlos, um Anklang bei der klassischen Mitte zu finden. Die Mitte, auf deren Meinung es in Amerika ankam, die Amerikaner, die nicht viel von Diskussionen hielten und noch weniger von radikalen Ansichten.

Andrew Trevayne würde die Grenzen verwischen, das Vakuum füllen. Daran war nichts Lächerliches. Es war durch und durch praktisch. Es war politisch – im Bereich jener Kunst des Möglichen, die man als Politik bezeichnete. So argumentierte das Nationalkomitee. Ein vernünftiges Argument.

Aber was war mit dem Bericht? Die Erkenntnisse und Schlüsse des Unterausschusses waren nicht so aufgebaut, daß man die Unterstützung einer Partei damit gewinnen konnte. Und Änderungen würden keine vorgenommen, unter keinen Umständen; in dem Punkt war er hartnäckig.

Das sollte er auch sein, war Armbrusters unerwartete Antwort gewesen. Der Bericht des Unterausschusses für Verteidigungsausgaben war genau das. Ein Bericht. Er sollte den entsprechenden Ausschüssen im Senat und im Repräsentantenhaus vorgelegt werden, und natürlich dem Präsidenten. Die Empfehlungen, die in ihm ausgesprochen wurden, würden sowohl von der Legislative als auch der Exekutive erwogen werden; soweit Fakten ans Licht gekommen waren, die eine Strafverfolgung rechtfertigten, würden diese direkt dem Justizministerium zugeleitet werden. Und wo eine Anklageerhebung angezeigt war, würde es zu einer solchen kommen.

Und Genessee Industries?

Der wesentliche Schluß, der in dem Bericht des Unterausschusses gezogen wurde, brandmarkte die Firma als eine Regierung in sich, mit politischer und wirtschaftlicher Macht, die in einer Demokratie nicht akzeptabel war. Was würde mit dieser Feststellung geschehen? Was mit den verantwortlichen Männern? Was würde Männern wie Ian Hamilton geschehen, Männern, die kontrollierten, wie Mitchell Armbruster, die Vorteile daraus zogen?

Der Senator aus Kalifornien hatte traurig gelächelt und wiederholt, daß überall dort, wo eine Anklageerhebung notwendig war, eine solche erfolgen würde. Er glaubte nicht, daß er ungesetzlich gehandelt hatte. Wir sind immer noch eine Nation der Gesetze, nicht eine unbewiesener Spekulationen. Das, was er geleistet hatte, würde für ihn sprechen, seine Weste war rein.

Was Genessee Industries betraf, so würden weder der Senat noch das Repräsentantenhaus noch der Präsident mit irgend etwas anderem als einer durchgreifenden Reform zufrieden sein. Selbstverständlich war die geboten. Genessee Industries war in hohem Maße von Regierungsaufträgen abhängig. Wenn die Firma die daraus erwachsenen Privilegien in dem Maße mißbraucht hatte, wie Trevayne das annahm, so würde man die Käufe ernsthaft beschränken, bis jene Reformen durchgeführt waren.

Andrew sollte den Vorschlag überschlafen; er sollte nichts sagen, nichts tun. Vielleicht würde sich alles wieder in Wohlgefallen auflösen. Häufig waren solche Vorstöße bloß Wellenschläge im Meer der Politik, Akte politischer Verzweiflung. Aber der Senator – und damit sprach er für sich und nur für sich – war zu dem Schluß gelangt, daß es ein durchaus sinnvoller Vorschlag war.

Es würde andere Gespräche geben. Andere Zusammenkünfte.

Und die gab es.

Die erste Zusammenkunft fand im Villa d'Este in Georgetown statt. In einem separaten Zimmer im fünften Stock. Sieben Männer hatten sich versammelt – Männer, die alle derselben Partei angehörten, mit Ausnahme von Senator Alan Knapp. Senator Alton Weeks von der Ostküste Marylands – er trug immer noch den Blazer, an den Trevayne sich aus der Senatsanhörung erinnerte – übernahm die Führung.

»Es handelt sich hier lediglich um ein exploratorisches Gespräch, Gentlemen; ich zum Beispiel bedarf noch erheblicher Aufklärung. Senator Knapp, der im Sinne einer überparteilichen Verantwortung bei uns ist, hat darum gebeten, sprechen und dann gehen zu dürfen. Seine Bemerkungen werden selbstverständlich vertraulicher Natur sein.«

Knapp beugte sich auf dem mächtigen Bankettisch nach vorn und stützte sich mit beiden Händen auf. »Vielen Dank, Senator ... Gentlemen, mein guter Freund und Kollege von der anderen Seite des Mittelgangs, Mitchell Armbruster, hat mir auf meine Frage von dieser Zusammenkunft berichtet. Wie Ihnen ja sicherlich bekannt ist, hat es zahlreiche Gerüchte gegeben, daß eine sehr dramatische Erklärung bevorstünde. Als ich weiterhin von der Natur dieser Erklärung erfuhr, gelangte ich zu dem Schluß, daß Sie vielleicht von einem kleinen Drama in Kenntnis gesetzt werden sollten, das sich auf unserer Seite abspielt. Es hat nämlich, Gentlemen, eine unerwartete Wende in den Ereignissen gegeben, die vielleicht Ihre Diskussion heute abend beeinflussen könnte. Ich sage Ihnen das nicht nur in einem die Parteiengrenzen übergreifenden Sinne, sondern auch deshalb, weil ich mit Ihnen die Sorge um die Richtung teile, die dieses Land einschlagen soll, insbesondere in Zeiten wie diesen ... Der Präsident wird sich aller Wahrscheinlichkeit nicht um eine zweite Amtsperiode bemühen.«

Rings um den Tisch herrschte Schweigen. Und dann wandten sich langsam alle Augen Andrew Trevayne zu.

Kurz darauf verließ Knapp den Raum, und der Prozeß, Andrew zu sezieren, nahm seinen Anfang.

Es dauerte beinahe fünf Stunden.

Die zweite Zusammenkunft war kürzer. Kaum eineinhalb Stunden, aber für Trevayne sehr viel ungewöhnlicher. Der Juniorsenator von Connecticut war zugegen, ein alter Mann in mittleren Jahren aus West Hartford, dessen politische Vergangenheit ohne jeden Glanz war, aber dem man sehr vielseitigen Appetit nachsagte. Er war gekommen, um seinen Rücktritt anzukündigen; er würde ins Privatleben zurückkehren. Die Gründe, die er darlegte, waren rein finanzieller Art. Man hatte ihm den Präsidentensessel einer großen Versicherungsgesellschaft angeboten, und es wäre seiner Familie gegenüber nicht fair gewesen, das Angebot abzulehnen.

Der Gouverneur von Connecticut war bereit, Trevayne den Posten anzubieten – natürlich unter der Voraussetzung, daß Andrew sofort der Partei beitrat. ›Sofort‹ bedeutete, innerhalb eines Monats. Vor dem fünfzehnten Januar.

Indem Trevayne die restliche Amtsperiode des Senators übernahm, würde er in das Scheinwerferlicht der Nation gestoßen werden. Sein politisches Sprungbrett war gesichert.

Dies war nicht das erstemal, daß solches geschah, nur daß es gewöhnlich Männern von geringerem Format widerfahren war. Der außergewöhnliche Mann konnte daraus eminentes Kapital schlagen. Das Forum stand bereit. Es würde möglich sein, schnell Positionen zu etablieren, Kraft zu zeigen. Man würde Papiere verbreiten, die das politische Glaubensbekenntnis von Andrew Trevayne unwiderruflich erklären würden.

Zum erstenmal sah sich Andrew der konkreten Realität gegenüber.

Es *war* möglich.

Doch worin bestand sein politisches Glaubensbekenntnis? Glaubte er an die Gewichte und Gegengewichte und das unabhängige Urteil, für das er so bereitwillig eingetreten war? Glaubte er – glaubte er wirklich –, daß die Talente Washingtons überlegener Natur waren und lediglich von verachtenswerten Einflüssen, wie denen von Genessee Industries, befreit werden mußten? War er dazu fähig, jene überlegenen Talente zu führen? War er stark genug? Konnte er die Kraft seiner eigenen Überzeugung einem ungeheuer mächtigen Gegner aufzwingen?

Im Villa d'Este war viel von seiner Arbeit für das State Department die Rede gewesen. Die Konferenzen in der Tschechoslowakei, wo er scheinbar unversöhnliche Widersacher zusammengebracht hatte.

Aber Andy wußte, daß die Tschechoslowakei nicht die Prüfung gewesen war.

Die Prüfung war Genessee Industries.

Konnte er – er allein – der Firma seinen Willen aufzwingen? Das war die Prüfung, die er wollte, die er brauchte.

43.

Paul Bonner nahm militärische Haltung an, als Brigadier General Cooper durch die Tür seines kleinen Raumes in Arlington trat. Cooper machte eine flüchtige Handbewegung, die halb ein Gruß, halb eine Geste der Müdigkeit war und die andeutete, daß Bonner sich wieder setzen sollte.

»Ich kann nicht lang bleiben, Major. Ich habe nachher im Bewilligungsausschuß zu tun; es gibt ja immer irgendwelche Etatkrisen, nicht wahr?«

»Ja, so lange ich mich zurückerinnern kann, Sir.«

»Ja … ja. Setzen Sie sich. Wenn ich mich nicht setze, dann nur, weil ich den ganzen Tag gesessen bin. Und den größten Teil des Wochenendes. Ich war in unserem Haus in Rutland. Manchmal ist es sogar noch schöner, wenn Schnee liegt. Sie sollten uns einmal dort besuchen.«

»Das würde ich gerne tun.«

»Ja … ja. Mrs. Cooper und ich würden uns freuen.«

Cooper war nervös, unsicher.

»Ich nehme an, daß Sie keine sehr guten Nachrichten bringen, General.«

»Es tut mir leid, Major.« Cooper blickte auf Paul. Seine Stirne war gefurcht. »Sie sind ein guter Soldat, und man wird alles für Sie tun, was man tun kann. Wir nehmen an, daß man Sie von dieser Mordanklage freisprechen wird …«

»Das brauchen Sie nicht zu bedauern.« Bonner grinste.

»Die Zeitungen, insbesondere dieses Ekel Bruce, haben aufgehört, Ihren Kopf zu verlangen.«

»Dafür bin ich dankbar. Was ist geschehen?«

»Das wissen wir nicht, und niemand will fragen. Unglücklicherweise wird das keinen Einfluß haben.«

»Worauf?«

Cooper ging zu dem kleinen Fenster, das den Blick auf den Hof bot. »Ihr Freispruch – wenn es dazu kommt – wird in einem zivilen Kriminalgericht mit militärischen und zivilen Anwälten erfolgen … Damit unterstehen Sie immer noch einem Kriegsgericht der Army. Die Entscheidung ist getroffen worden, das Verfahren unmittelbar nach Ihrem Prozeß einzuleiten.«

»*Was?*« Bonner erhob sich langsam von seinem Stuhl. Der Gazeverband um seinen Hals weitete sich, als sich seine Halsmuskeln zornig spannten. »Auf welcher Grundlage? Sie können mich nicht zweimal vor Gericht stellen. Wenn man mich freispricht ... bin ich freigesprochen!«

»Von der Anklage des Mordes. Nicht von der der groben Pflichtverletzung. Nicht von der Anklage, im Widerspruch zu eindeutigen Befehlen gehandelt und sich somit an den Schauplatz des Geschehens begeben zu haben.«

Cooper fuhr fort, zum Fenster hinauszusehen. »Sie hatten kein Recht, dort zu sein, wo Sie waren, Major. Sie hätten die Sicherheit Trevaynes und seiner Haushälterin gefährden können. Und Sie haben die Streitkräfte der Vereinigten Staaten in etwas hineingezogen, was nicht unsere Sache ist, und damit unsere Motive angreifbar gemacht.«

»Das ist verdammte Wortklauberei!«

»Das ist die verdammte Wahrheit, Soldat!« Cooper fuhr vom Fenster herum. »Schlicht und einfach. Mag sein, daß man auf Sie geschossen hat, wodurch der Tatbestand der Notwehr begründet wäre. Ich hoffe zu Gott, daß wir das beweisen können. Sonst ist auf niemand geschossen worden!«

»Die haben den Wagen. Wir können es beweisen.«

»Den Wagen. Das ist es ja gerade! Nicht Trevaynes Wagen, nicht Trevayne ... Verdammt, Bonner, begreifen Sie denn nicht? Es gibt zu viele andere Überlegungen. Die Army kann sich Sie nicht länger leisten.«

Paul starrte den Brigadier an, und seine Stimme wurde leiser. »Wer wird denn dann die Scheißhauskommandos übernehmen, General? Sie?«

»Ich will nicht behaupten, daß das, was Sie jetzt sagen, nicht angebracht wäre, Major. Von Ihrem Standpunkt aus ist es das wahrscheinlich ... Aber es ist Ihnen vielleicht in den Sinn gekommen, daß ich keineswegs verpflichtet war, heute nachmittag hierherzukommen.«

Bonner begriff, daß Cooper recht hatte. Es wäre für alle – ihn ausgenommen – viel einfacher gewesen, wenn der General nichts gesagt hätte. »Warum sind Sie dann gekommen?«

»Weil Sie genug durchgemacht haben; Sie verdienen etwas Besseres als das, was Sie bekommen. Ich möchte, daß Ihnen klar ist, daß ich das weiß. Wie auch immer die Sache ausgeht. Ich werde dafür sorgen, daß Sie … immer noch imstande sein werden, einen pensionierten Vorgesetzten in Rutland zu besuchen.«

Der General war also auf dem Weg nach draußen, dachte Paul. Der Kommandant kommandierte nicht mehr, er schloß nur seine letzten Deals ab. »Womit Sie sagen wollen, daß Sie mich aus dem Militärgefängnis heraushalten würden.«

»Das verspreche ich Ihnen. Man hat es mir versichert.«

»Aber die Uniform bin ich los?«

»Ja … Es tut mir leid. Wir bewegen uns auf eine sehr delikate Situation zu … Wir müssen streng nach Vorschrift handeln … Wir können es uns nicht leisten, daß die Motive der Army in Frage gestellt werden. Wir dürfen nicht zulassen, daß man uns irgendwelche Vertuschungsmanöver vorwirft.«

»Da kommt wieder diese Wortklauberei, General. Sie verstehen sich darauf nicht besonders gut, wenn ich das sagen darf.«

»Das dürfen Sie, Major. Wissen Sie, ich habe es versucht. Ich habe es in den letzten sieben oder acht Jahren versucht, es besser zu lernen. Ich scheine kein Talent dafür zu haben; ich werde nur schlechter. Ich würde das ja gerne so sehen, daß das eine der besseren Eigenschaften von uns Männern vom alten Schlag ist.«

»Was Sie mir hier sagen, ist, daß die Army mich irgendwo bequem wegstecken möchte. Wo man mich nicht sieht.«

Brigadier Cooper sank in den Sessel, die Beine ausgestreckt, die typische Ruhehaltung eines Frontoffiziers in seinem Zelt. »Aus den Augen, aus dem Sinn, aus dem Bilde, Major … Wenn möglich, aus dem Lande; was ich Ihnen dringend empfehle, sobald man Ihnen den Strafnachlaß gewährt hat.«

»Herrgott! Das Ganze ist also vorprogrammiert, oder?«

»Es gibt da eine Möglichkeit, Bonner. Die kam mir neulich in den Sinn, gegen Mittag, in meinem Hintergarten … In all dem Schnee. Keine komische Lösung, nur eine Ironie.«

»Was?«

»Sie könnten eine Begnadigung durch den Präsidenten bekommen. Wäre das keine Ironie?«

»Wie wäre das möglich?«

Brigadier General Cooper erhob sich aus dem Sessel und ging langsam zum Fenster zurück.

»Andrew Trevayne«, sagte er leise.

Robert Webster verabschiedete sich von niemandem, aus dem einfachen Grund, weil außer dem Präsidenten und dem Stabschef des Weißen Hauses niemand wußte, daß er ging.

Je früher, desto besser.

In der Presseerklärung würde stehen, daß Robert Webster aus Akron, Ohio, der fast drei Jahre als Sonderassistent des Präsidenten gedient hatte, seinen Posten aus Gesundheitsgründen aufgab. Das Weiße Haus nahm seinen Rücktritt mit Bedauern an und wünschte ihm alles Gute.

Die Audienz beim Präsidenten dauerte genau acht Minuten, und als er den Lincoln Room verließ, konnte er den starren Blick in seinem Rücken spüren.

Der Mann hatte kein Wort geglaubt, dachte Webster. Warum auch? Selbst die Wahrheit hatte einen leeren Klang an sich gehabt. Die Worte waren aus ihm herausgesprudelt und hatten allenfalls seine Erschöpfung ausgedrückt, die echt war.

»Vielleicht sind Sie bloß ausgebrannt, Bobby, erschöpft«, hatte der Präsident gesagt. »Warum nehmen Sie sich nicht ein paar Wochen frei und sehen dann, wie Sie sich fühlen? Der Druck, der auf einem lastet, wird manchmal übermächtig; das weiß ich auch.«

»Nein, vielen Dank«, hatte er geantwortet. »Ich habe meine Entscheidung getroffen. Wenn Sie gestatten, möchte ich endgültig gehen. Meine Frau fühlt sich hier nicht wohl. Ich in Wirklichkeit auch nicht. Wir möchten eine richtige Familie werden und Kinder haben. Aber nicht in Washington ... Ich glaube, ich habe mich zu weit von meiner Scheune entfernt, Sir.«

»Ich verstehe. Sie haben Opfer gebracht. Sie müssen nahe an den Vierzig sein ...«

»Einundvierzig.«

»Einundvierzig, und immer noch keine Kinder ...«

»Dafür war einfach keine Zeit.«

»Nein, natürlich war da keine Zeit. Sie haben mit Hingabe gearbeitet. Ihre reizende Frau.«

In dem Augenblick wußte Webster, daß der Mann mit ihm spielte; er wußte nicht weshalb. Der Präsident mochte seine Frau nicht.

»Sie hat mir sehr geholfen.« Webster hatte das Gefühl, daß er das seiner Frau schuldig war, ob sie nun ein selbstsüchtiges Miststück war oder nicht.

»Viel Glück, Bobby. Aber ich glaube nicht, daß Sie auf Glück angewiesen sein werden. Sie sind sehr geschickt.«

»Die Arbeit hier hat mir eine Menge Türen geöffnet, Mr. President. Dafür habe ich Ihnen zu danken.«

»Das freut mich ... Und dabei fällt mir ein, in der Lobby ist doch eine Drehtür, oder?«

»Was, Sir?«

»Nichts. Überhaupt nichts. Nicht wichtig ... Good-Bye, Bobby.«

Robert Webster trug seine letzten persönlichen Habseligkeiten zu seinem Wagen auf dem westlichen Parkplatz. Die geheimnisvolle Bemerkung des Präsidenten störte ihn ein wenig, aber gleichzeitig fand er Erleichterung darüber, daß es nicht notwendig war, sich mit ihr zu beschäftigen. Das brauchte er nicht; es war ihm gleichgültig. Er brauchte nicht länger hundert geheimnisvolle Bemerkungen zu analysieren und noch einmal zu analysieren, jedesmal, wenn er oder das Amt sich einem Problem gegenübersah. Das war mehr als Erleichterung; er empfand geradezu ein Gefühl der Freude. Er war hier raus.

Herrgott, was für ein herrliches Gefühl.

Er jagte die Pennsylvania Avenue hinunter, ohne den Wagen, einen grauen Pontiac, zu bemerken, der sich hinter ihm eingereiht hatte.

In dem grauen Pontiac wandte sich der Fahrer seinem Begleiter zu.

»Er fährt zu schnell. Auf die Weise kriegt er einen Strafzettel.«

»Paß auf, daß wir ihn nicht verlieren.«

»Warum nicht? Das macht doch keinen Unterschied.«

»Weil Gallabretto es gesagt hat! Wir sollen jede Minute wissen, wo er ist, wen er trifft.«

»Das ist alles Scheiße. Das läuft doch erst, wenn er in Ohio ist. In Akron, Ohio. Dort putzen wir ihn spielend leicht weg.«

»Wenn Willie Gallabretto sagt, daß wir ihm auf den Fersen bleiben sollen, dann tun wir das auch.«

Botschafter William Hill blieb vor einer gerahmten, mit Autogramm versehenen Karikatur an der Wand seines Arbeitszimmers stehen. Sie zeigte einen spindelbeinigen ›Big Billy‹ als Marionettenspieler, der die Fäden zu kleinen, aber deutlich erkennbaren Abbildern ehemaliger Präsidenten und Außenminister in der

Hand hielt. Der Marionettenspieler lächelte, war sichtlich zufrieden, daß die Marionetten nach der Melodie tanzten, die er ausgewählt hatte, einer Melodie, deren Noten in einer Sprechblase über seinem Kopf abgebildet waren.

»Wußten Sie eigentlich, Mr. President, daß ich erst ein volles Jahr, nachdem diese Scheußlichkeit erschienen war, erfuhr, daß die Melodie ›Rosy tanzt im Kreise‹ ist?«

Der Präsident, der auf der anderen Seite des Zimmers in dem schweren Ledersessel Platz genommen hatte, so wie er das immer tat, wenn er den Botschafter besuchte, lachte.

»Ihr Künstlerfreund war zu uns anderen auch nicht besonders freundlich. Ich glaube, die letzte Zeile in diesem Lied heißt ›und alle fallen herunter‹.«

»Das ist Jahre her. Sie waren damals noch nicht einmal im Senat. Außerdem hätte er nie gewagt, Sie da mit einzuschließen.« Hill ging zu dem Sessel, der dem des Präsidenten gegenüberstand, und setzte sich. »Wenn ich mich richtig erinnere, saß Trevayne in dem Sessel, als er das letztemal hier war. Vielleicht habe ich hin und wieder Geistesblitze.«

»Sind Sie sicher, daß es nicht dieser Sessel war? Ich war damals nicht bei Ihnen.«

»Nein, ich erinnere mich deutlich. Er hat, wie die meisten Leute, die mit uns zusammen hier sind, jenen Stuhl gemieden. Wahrscheinlich hatte er Angst, es könnte anmaßend wirken, denke ich.«

»Vielleicht verliert er seine Scheu noch ...« Das Telefon auf Hills Schreibtisch klingelte und schnitt dem Präsidenten das Wort ab.

»Ja, Mr. Smythe. Ich werde es ihm sagen. Vielen Dank.«

»Jack Smythe?« fragte der Präsident.

»Ja. Robert Webster und seine Frau sind nach Cleveland abgeflogen. Alles in Ordnung. Das war die Nachricht.«

»Gut.«

»Darf ich fragen, was das bedeutet?«

»Sicher. Bobby ist, seit er vor zwei Nächten das Weiße Haus verlassen hat, beschattet worden. Ich habe mir Sorgen um ihn gemacht. Und dann war ich natürlich neugierig.«

»Das war jemand anderer auch.«

»Vielleicht aus demselben Grund. Die Abwehr hat einen der Männer als kleinen V-Mann identifiziert. Er hatte auch nicht mehr zu berichten als unsere Leute. Webster hat sich mit niemandem getroffen und mit Ausnahme der Umzugsfirma auch niemanden bei sich empfangen.«

»Telefon?«

»Die Bestellung der Flugtickets und ein Gespräch mit einem Bruder in Cleveland, der Bobby und seine Frau nach Akron fahren wird … Oh, und noch ein chinesisches Restaurant. Kein besonders gutes.«

»Wahrscheinlich voll Chinesen.« Hill lachte leise, als er zum Sessel zurückging. »Er weiß nichts über die Trevayne-Situation?«

»Keine Ahnung. Ich weiß nur, daß er auf der Flucht ist. Vielleicht hat er mir die Wahrheit gesagt. Er meinte, er hätte sich zu weit von der heimischen Scheune entfernt. Alles sei ihm zuviel geworden.«

»Das glaube ich nicht.« Hill lehnte sich im Sessel nach vorn. »Wie steht's mit Trevayne? Möchten Sie, daß ich ihn auf ein Plauderstündchen hierher hole?«

»O Billy! Sie mit Ihren verdammten Marionetten. Da komme ich auf ein ruhiges Gespräch und einen gemütlichen Drink herüber, und Sie reden dauernd vom Geschäft.«

»*Dieses* Geschäft ist äußerst wichtig, Mr. President, glaube ich. Lebenswichtig. Soll ich ihn rufen?«

»Nein. Noch nicht. Ich will sehen, wie weit er geht, wie sehr ihn das Fieber gepackt hat.«

44.

»Wann haben die dich angesprochen?« fragte Phyllis Trevayne und stocherte geistesabwesend an einem der mächtigen Holzscheite im offenen Kamin von High Barnegat herum.

»Vor reichlich drei Wochen«, erwiderte Andy, der auf der Couch saß. Er konnte das schmerzliche Zucken in ihren Augenwinkeln sehen. »Ich hätte es dir sagen sollen, aber ich wollte nicht, daß du dir Sorgen machst. Armbruster meinte, es könnte auch nur … eine Art politischer Verzweiflung … sein.«

»Und du hast sie ernst genommen?«

»Anfänglich nicht; natürlich nicht. Ich habe Armbruster praktisch aus meinem Büro geworfen, ihm alle möglichen Vorwürfe gemacht. Er sagte, er sei der Sprecher einer kleinen Gruppierung im Nationalkomitee; er hätte sich ursprünglich der Idee widersetzt und sei immer noch nicht überzeugt ... sei aber dabei, ihr Geschmack abzugewinnen.«

Phyllis hängte die Feuerzange an den Haken und drehte sich zu Trevayne um. »Ich halte das für verrückt. Das ist ganz offensichtlich ein Manöver, das mit dem Unterausschuß zu tun hat. Und es überrascht mich, daß du so weit gegangen bist.«

»Der einzige Grund dafür ist, daß bis jetzt noch keiner auch nur Andeutungen gemacht hat, ich solle den Bericht abändern ... Das ist es, was mich so beschäftigt hat. Wahrscheinlich konnte ich es einfach nicht glauben. Ich habe gewartet, daß irgend jemand, ein anderer, eine diesbezügliche Bemerkung machen würde ... Dann hätte ich die fertig gemacht. Aber das ist nicht geschehen.«

»Hast *du* sie darauf angesprochen?«

»Dauernd. Ich habe Senator Weeks gesagt, daß das sehr peinlich für ihn werden könnte. Er hat mich über seine Patriziernase hinweg angesehen und gemeint, er sei durchaus fähig, jegliche Fragen zu beantworten, die der Unterausschuß vorbringen könnte, aber das sei eine völlig andere Angelegenheit. Das hätte mit diesem Vorgang überhaupt nichts zu tun.«

»Aber warum gerade du? Warum du in diesem Augenblick?«

»Das ist nicht sehr schmeichelhaft, aber im Augenblick scheint es niemand anderen zu geben. ›Keine aussichtsreichen Bewerber am politischen Horizont‹ haben die es formuliert. Die Schwergewichte sind ausgepumpt und die Jungen sind Leichtgewichte.«

Phyllis zündete sich eine Zigarette an. »Unglücklicherweise trifft das den Nagel genau auf den Kopf.«

»Was?«

»Die haben recht. Ich habe überlegt, wen sie haben könnten.«

»Ich wußte nicht, daß du auf diesen Gebieten eine Autorität bist.«

»Nein, wirklich. Ich habe da ein System. Das funktioniert. Nimm den Namen eines Kandidaten und setze das Wort ›Präsident‹ davor. Entweder klingt es echt, du weißt schon, richtig, oder nicht. Natürlich ist es etwas schwieriger, wenn es einen Amtsinhaber gibt; dann muß man sich auf ziemliche Haarspalterei einlassen. Übrigens, weil wir davon sprechen, der Mann, den wir jetzt haben, scheint doch ganz in Ordnung zu sein ... Ich dachte, du magst ihn.«

»Er wird sich nicht noch einmal aufstellen lassen.«

Phyllis sah Andy an und sagte leise, eindringlich: »Das hast du mir nicht gesagt.«

»Es gibt einige Dinge, die ich dir nicht gesagt habe ...«

»Das aber hättest du mir sagen sollen.«

Trevayne begriff. Das Spiel hatte aufgehört, ein Spiel zu sein. »Tut mir leid. Ich wollte die Dinge der Reihe nach bringen.«

»Versuch es, sie nach Wichtigkeit zu sortieren.«

»Gut.«

»Du bist kein Politiker; du bist ein Geschäftsmann.«

»In Wirklichkeit bin ich keines von beiden. Die letzten fünf Jahre habe ich für das State Department und eine der größten Stiftungen der Welt gearbeitet. Wenn du mich in eine Kategorie einreihen möchtest, dann würde wohl das Etikett ... ›öffentlicher Dienst‹ auf mich passen.«

»Nein! Das redest du dir ein.«

»Hey, Phyl ... wir reden, wir streiten uns nicht.«

»Reden? Nein. Andy, *du* hast geredet, wochenlang; mit anderen Leuten, nicht mit mir.«

»Ich sagte es dir ja. Das Ganze war zu locker, zu spekulativ, um irgendwelche Hoffnungen zu erwecken. Oder Zweifel.«

»Und jetzt ist es das nicht mehr?«

»Das weiß ich nicht genau. Ich weiß nur, daß es jetzt Zeit ist, daß wir darüber reden.«

»Du bist nicht auf die Art extrovertiert, wie man es dort braucht. Du bist nicht die Art von Mann, der durch Menschenmengen geht und Hände schüttelt, oder ein Dutzend Reden pro Tag hält, oder Gouverneure und Kongreßabgeordnete mit Vornamen anspricht, wenn du sie nicht kennst. Du fühlst dich nicht wohl, wenn du solche Dinge tust. Das ist es, was Kandidaten tun!«

»Ich habe über ... diese Dinge nachgedacht. Du hast recht, ich mag sie nicht. Aber vielleicht sind sie notwendig; vielleicht ist es so, daß man, indem man sie tut, etwas beweist, etwas ganz anderes als Positionspapiere und Regierungsentscheidungen. Es ist eine Art von Schwungkraft. Truman hat das gesagt.«

»Mein Gott«, sagte Phyllis leise und ohne den Versuch, ihre Furcht zu verbergen. »Du meinst es ernst.«

»Das ist es ja, was ich dir zu sagen versuche ... Am Montag werde ich mehr wissen. Am Montag treffe ich mich mit Green und Hamilton. Am Montag könnte das alles hochgehen.«

»Du brauchst ihre Unterstützung? Willst du sie?« Das fragte sie voll Abscheu.

»Die würden mich nicht einmal unterstützen, wenn ich gegen Mao Tse-tung antreten müßte ... Nein, Phyl, ich werde herausfinden, wie gut ich wirklich bin.«

»Warum willst du das herausfinden? Ich verstehe dich nicht. Ich liebe dich. Ich liebe das Leben, das wir haben, das unsere Kinder haben; ich glaube, das alles ist in Gefahr, und ich habe schreckliche Angst.«

»Warum? ... Also gut, das ›Warum‹. Weil sich vielleicht herausstellen könnte, daß ich es kann. Ich mache mir nichts vor; ich bin kein Genie. Zumindest fühle ich mich nicht wie eines. Aber ich glaube nicht, daß die Präsidentschaft ein Genie erfordert. Ich glaube, sie verlangt die Fähigkeit, Dinge in sich aufzunehmen, entschlossen zu handeln, nicht immer unparteiisch – und außerordentlichen Druck zu ertragen. Vielleicht am allerwichtigsten – die Kunst, zuhören zu können. Zwischen legitimen Hilferufen und Heuchelei zu unterscheiden. Ich glaube, mit all dem kann ich fertig werden, aber mit dem Druck – davon weiß ich nichts; weiß nicht, in welchem Maße das erforderlich ist. Aber wenn ich mir selbst beweise, daß ich diese Hürde überspringen kann – und noch eine weitere –, dann glaube ich, will ich mich auf den Kampf einlassen. Denn jedes Land, das ein Genessee Industries zuläßt, braucht alle Hilfe, die es bekommen kann.«

Phyllis Trevayne beobachtete ihren Mann scharf; vielleicht kühl. »Warum hast du diese Partei ... nein, das ist nicht richtig: warum hast du zugelassen, daß diese Partei dich wählt und nicht die andere? Wenn der Präsident sich nicht für eine zweite Amtsperiode zur Verfügung stellt ...«

»Aus praktischen Gründen«, unterbrach Andy sie. »Ich glaube nicht, daß es heutzutage noch einen großen Unterschied macht, unter welcher Flagge einer sich bewirbt. Die beiden Parteien sind aufgesplittert. Es ist der Mann, auf den es ankommt, nicht die leeren Reden der Republikanischen oder Demokratischen Philosophie; die sind heute bedeutungslos.«

Phyllis starrte immer noch ihren Mann an, ohne eine erkennbare

Reaktion zu zeigen. »Du bist bereit, dich – uns – diesen Qualen auszusetzen?«

Trevayne stand an der Ziegelmauer des riesigen Kamins. Er lehnte sich dagegen und blickte seine Frau an. »Die Männer, die hinter Genessee Industries stehen, wollen das Land führen, weil sie überzeugt sind, daß sie es besser können als der durchschnittliche Wähler, und sie die Macht haben, ihre Ideen in das System hineinzuprojizieren. Und es gibt Hunderte wie sie, überall in den Direktionsetagen der Firmen. Über kurz oder lang werden sie zusammenkommen, und statt ein legitimer Teil des Systems zu sein, werden *sie* das System *sein* ... Damit bin ich nicht einverstanden. Ich bin noch nicht sicher, *womit* ich einverstanden bin, aber damit jedenfalls nicht. Wir sind noch zehn Schritte von unserem eigenen Polizeistaat entfernt. Ich möchte, daß die Leute das wissen.«

Trevayne stieß sich von der Ziegelwand ab, ging zur Couch zurück und ließ sich neben Phyllis auf den Sitz fallen.

Sie griff nach seiner Hand. »Jetzt ist gerade etwas Schreckliches passiert.«

»Was?«

»Ich habe diesen fürchterlichen Titel vor deinen Namen gesetzt, und es klang überhaupt nicht unecht.«

45.

James Goddard lenkte seinen Wagen rückwärts aus der abschüssigen Einfahrt und fuhr die Straße hinunter. Es war ein klarer Sonntagmorgen. Ein Tag, der für Entscheidungen bestimmt war; Goddard hatte die seine getroffen.

Im Lauf der nächsten ein oder zwei Stunden würde er dafür sorgen, daß sie durchgeführt wurde.

Tatsächlich hatten andere die Entscheidung für ihn getroffen. Sie würden ihn hängen lassen, und James Goddard hatte sich versprochen, daß er keiner war, dem das passierte. Ganz unabhängig von den Versprechungen und den Garantien, von denen er wußte, daß man sie ihm anbieten würde. Er würde es nicht zulassen. Er würde sie nicht dadurch ihre Probleme lösen lassen, daß der anklagende Pfeil in seine Richtung wies; eine Übernahme der Verantwortung im Austausch für die Überweisung einer Summe Geldes auf ein Schweizer Nummernkonto. Das würde zu leicht sein.

Den Fehler hätte er beinahe selbst gemacht – ohne eine Ausgleichszahlung. Er war zu sehr mit der Geschichte der Vergangenheit – der Genessee-Geschichte – beschäftigt gewesen, hatte sich dadurch blenden lassen und hatte übersehen, daß er seine eigenen Zahlen, seine eigenen komplizierten Manipulationen verwendete. Aber es gab einen anderen Weg, einen besseren.

Die Zahlen eines anderen. Finanzielle Vorausschätzungen, die unmöglich von ihm stammen konnten.

Es war jetzt der 15. Dezember. In sechsundvierzig Tagen würde der 31. Januar sein, das Ende des Finanzjahres. Alle Fabriken, Unternehmensbereiche, Abteilungen und Kontrollbüros von Genessee Industrie mußten ihre Jahresendberichte bis zu diesem Datum eingereicht haben. In endgültiger Form seinem Büro vorgelegt haben.

Es waren einfache Gewinn- und Verlustrechnungen mit umfangreichen Anhängen, die erforderliche Beschaffungsvorgänge und Lohnanpassungen enthielten. Die Tausende und Abertausende von Zahlen wurden in Computerbänke eingegeben, wo die notwendigen Änderungen und Unstimmigkeiten ausfindig gemacht und zum Zwecke der Korrektur ausgedruckt wurden.

Sie wurden mit dem Band verglichen, das die Budgets des vorangegangenen Jahres enthielt.

Einfache Arithmetik, die in die ökonomische Stratosphäre von Milliarden sprang.

Das Hauptband.

Der Hauptplan.

Jedes Jahr wurde das Hauptband in das Büro des Controllers in San Francisco geschickt und dort in den Safes von Genessee verwahrt. Es traf irgendwann in der zweiten Dezemberwoche ein, mit einer Privatmaschine aus Chicago. Es flogen stets ein Präsident des einen oder anderen Unternehmensbereiches und bewaffnete Wachen mit.

Jeder Industriebereich mußte Planvorgaben für alle vertraglichen Verpflichtungen einreichen. Aber das Hauptband von Genessee wich von den Datenbändern anderer Gesellschaften in einem sehr wichtigen Punkt ab.

Die Verpflichtungen anderer waren im allgemeinen der Öffentlichkeit bekannt, während das Hauptband von Genessee Industries Tausende nicht bekannter Verpflichtungen enthielt. Und jeder Dezember brachte neue Überraschungen, die von weniger als einem Dutzend Augenpaaren gesehen wurden. Sie enthielten einen wesentlichen Anteil des Waffenprogramms der Vereinigten Staaten für die nächsten fünf Jahre. Verpflichtungen des Pentagon, von deren Existenz weder der Kongreß noch der Präsident wußte.

Da das Hauptband auf der Basis von Fünf-Jahres-Daten bearbeitet wurde – jeder Dezember brachte ein neues fünftes Jahr und beständig wachsende Informationen für die vorangehenden Jahre; nichts wurde je gelöscht, nur hinzugefügt.

Es war Goddards Funktion als finanzieller Angelpunkt von Genessee Industries, den ungeheuren Zufluß von gelistetem und ungelistetem – altem und neuem – Material im Hinblick auf die sich ändernden Marktbedingungen zu absorbieren und zu koordinieren, den einzelnen Unternehmensbereichen die finanziellen Mittel zuzuweisen und die sich aus den Verträgen ergebenden Bedarfszahlen auf die Fabriken zu verteilen – immer von der Annahme ausgehend, daß eine hundertzwanzigprozentige Kapazitätsauslastung als Mittelwert anzusehen war. Ausreichend für optimale Beschäftigungszahlen in den einzelnen Bezirken und doch nicht übermäßig, was sonst die Gewerkschaften zu sehr gestärkt hätte. Siebzig Prozent dieser Kapazität waren ohne Rücksicht auf den Gewinn konvertierbar, konnten gegeben oder weggenommen werden, je nachdem, wie die Kinder sich benahmen.

Und James Goddard wußte, daß es seine Fähigkeit war, nicht die der Computer, diese unglaubliche Masse in überschaubare Zahlen zu überführen. Er separierte, isolierte, wies zu; seine Augen überflogen die Blätter, und er machte mit der lockeren Eleganz einer großen, aber beweglichen Katze seine schnellen Notizen und bewegte Millionen, so als erprobte er Zweige, vorbereitet auf einen unerwarteten Sturz, aber stets bereit für jenen letzten Schritt, jenen letzten Zoll, der bedeutete, daß er springen und seinen Profit einheimsen konnte.

Es gab keinen wie ihn. Er war ein Künstler, wenn es um Zahlen ging. Ziffern waren seine Freunde; sie verrieten ihn nicht, er konnte sie dazu bringen, das zu tun, was er wollte. Menschen waren es, die ihn verrieten.

Aktenvermerk: Mr. James Goddard, Präsident,
Geschäftsbereich San Francisco

Es gibt da ein Problem, um das Sie sich meiner Meinung nach dringend kümmern sollten. L. R.

L. R. Louis Riggs. Der Vietnam-Veteran, den Genessee vor einem Jahr eingestellt hatte. Ein intelligenter junger Mann, ungewöhnlich schnell und entscheidungsstark. Er war ruhig, nicht ohne Emotionen, nicht ohne Loyalität; das war Goddard bewiesen worden.

Lou Riggs hatte ihm gesagt, daß etwas im Gange war, über das er informiert sein sollte. Einer von Trevaynes Assistenten war an Riggs herangetreten und hatte ihm Geld angeboten, wenn er Informationen bestätigte, die für Genessee schädlich waren – insbesondere für ihn als Präsident des Geschäftsbereichs San Francisco. Natürlich hatte Riggs abgelehnt. Anschließend, einige Tage später, hatte ihn ein Mann, der sich als Offizier im Auftrag des Verteidigungsministeriums identifiziert hatte, bedroht – ihn tatsächlich bedroht – und von ihm verlangt, er solle geheime Firmenakten liefern, die sich speziell auf Mr. Goddards Ruf bezogen. Er lehnte wiederum ab, und wenn Mr. Goddard sich richtig erinnerte, hatte Lou Riggs ihm schon früher einen Aktenvermerk geschickt und um ein Zusammentreffen gebeten – Goddard erinnerte sich nicht, es gab so verdammt viele Aktenvermerke. Als Lou Riggs freilich dann in der Zeitung las, daß eben dieser Offizier derjenige war, der in den Mord in Connecticut verwickelt war, auf Andrew Trevaynes Anwesen, wußte er, daß er Mr. Goddard unverzüglich sprechen mußte.

Goddard wußte nicht genau, was im Gange war, aber jedenfalls zeichneten sich da die Umrisse einer Verschwörung ab. Einer Verschwörung gegen ihn. Vielleicht einer Verschwörung zwischen Trevayne und dem Pentagon. Warum sonst würde das Verteidigungsministerium einen Offizier aussenden, um einen von Trevaynes Assistenten zu unterstützen? Und warum hatte eben derselbe Offizier de Spadantes Bruder getötet?

Warum war Mario de Spadante getötet worden?

Es schien logisch, daß de Spadante versuchte, seinen Kopf aus der Schlinge zu ziehen.

Einige würden gehenkt werden, damit andere – höher stehende – nicht hängen mußten.

De Spadante hatte das gesagt. Aber vielleicht war de Spadante gar nicht so ›hoch‹, wie er das annahm. Wie auch immer. James Goddard, der ›Buchhalter‹, hatte seine Entscheidung getroffen. Dies war der Augenblick zum Handeln. Da war nichts mehr zu überlegen. Er brauchte nur aus all den Informationen diejenige, die den meisten Schaden anrichten konnte.

Es würden da etwa elftausend Karten, Format drei mal sieben Zoll, sein. Karten mit seltsamen rechteckigen Perforationen; Karten, die man nicht zerknittern oder verbiegen oder sonstwie beschädigen durfte. Er hatte ein paar tausend identisch geformter Karten abgemessen und festgestellt, daß elftausend genau in vier Aktenkoffer passen würden. Er hatte sie im Kofferraum seines Wagens.

Der Computer selbst war eine andere Sache. Er war groß, und zu seiner Bedienung wurden zwei Männer benötigt. Aus Sicherheitsgründen mußten sich die beiden Männer im selben Raum befinden und gleichzeitig Codes eingeben, damit der Computer funktionieren konnte. Die Codes eines jeden Mannes wurden täglich gewechselt, und die zwei Codes wurden in separaten Büros aufbewahrt. In dem des Präsidenten des Geschäftsbereichs und in dem des Controllers.

Es war Goddard nicht schwergefallen, sich den zweiten Code für die Vierundzwanzig-Stunden-Periode zu beschaffen, die am Sonntagmorgen begann. Er war einfach in das Büro des Controllers gegangen und hatte ganz unschuldig gesagt, er glaubte, man hätte ihnen versehentlich identische Codepläne gegeben. Ebenso unschuldig hatte der Controller den seinen aus dem Safe geholt, und sie hatten die Ziffern verglichen. Dadurch war sofort klar geworden, daß Goddard sich geirrt hatte; die Codes waren unterschiedlich. Aber in diesem Augenblick hatten James Goddards Augen sich an den Ziffern für Sonntag festgeheftet. Er hatte sie seinem Gedächtnis eingeprägt.

Zahlen waren die einzigen Freunde, die er hatte.

Jetzt war da nur noch die physische Seite der Maschine. Er brauchte eine weitere Person, die bereit sein würde, fast sechs Stunden in dem Computersaal im Untergeschoß zu verbringen; jemand, dem er vertrauen konnte, der einsah, daß das, was er tat,

Genessee Industries nützen würde, wenn nicht sogar der ganzen Nation.

Er war überrascht, als der Mann, den er ausgewählt hatte, eine finanzielle Forderung stellte, aber man konnte das natürlich als eine Beförderung ansehen, eine schon lange überfällige Beförderung. Und ehe ihm bewußt wurde, was er tat, hatte Goddard einen Sonderassistenten mit einer Gehaltserhöhung von zehntausend Dollar im Jahr eingestellt.

Aber das war nicht wichtig. Einzig wichtig war das, was an diesem Tage zu tun war, die Entscheidung dieses Tages.

Er fuhr auf das Tor zu und verlangsamte seine Fahrt. Der Wächter erkannte zuerst den Wagen, dann den Fahrer und tippte sich mit zwei Fingern an die Mütze.

»Guten Morgen, Mr. Goddard. Für einen Chef gibt es wohl keinen Sonntagmorgen, wie, Sir?«

Goddard gefiel die Formlosigkeit des Mannes nicht. Das gehörte sich nicht. Aber jetzt war nicht die Zeit für einen Tadel.

»Nein, ich habe zu arbeiten. Und, Wache, ich habe Mr. Riggs gebeten, heute morgen hereinzukommen. Sie brauchen nicht bei der Sicherheit nachzufragen. Sagen Sie ihm, er soll sich direkt in meinem Büro melden.«

»Ja, Sir. Riggs, Sir.« Der Wachmann schrieb den Namen auf einen Zettel.

46.

Sam Vicarson sank in die mit Daunen gefüllten Kissen des Samtsofas. Andrew Trevayne saß an dem Tisch, den der Zimmerservice hereingerollt hatte, und trank Kaffee. Er las in einem sehr dicken, in rotes Leder gebundenen Notizbuch und machte sich eine Notiz. Dann klappte er es zu und sah auf die Uhr.

»Die verspäten sich jetzt schon fünf Minuten. Ich frage mich, ob das in der Politik ein gutes Zeichen ist.«

»Ich wäre ebenso glücklich, wenn die überhaupt nicht auftauchen würden«, erwiderte Sam, ohne die Frage zu beantworten. »Ich fühle mich deklassiert. Herrgott, *Ian Hamilton*. Er hat das Buch geschrieben.«

»Kein Buch, das ich mir kaufen würde.«

»Das brauchen Sie nicht; Sie verkaufen keine juristische Beratung, Mr. Trevayne. Dieser Bursche tut das. Er bewegt sich in der Umgebung von Königen und hat sich schon lange vom gemeinen Volk gelöst. Ich glaube nicht, daß er je sehr viel dafür übrig hatte.«

»Sehr genau beobachtet. Sie haben den Bericht gelesen.«

»Das brauchte ich nicht. Was hat sein Sohn einmal gesagt? Daß sein alter Herr das tut, was er tut, weil er meint, daß sonst keiner es so gut kann. Auch nur annähernd so gut.«

Jetzt war die Glocke im Vorraum der Hotelsuite zu hören. Vicarson strich sich unwillkürlich das ewig wirre Haar zurecht und knüpfte sein Jackett zu. »Ich mache auf. Vielleicht glauben die, ich sei der Butler; das wäre herrlich.«

Die ersten zehn Minuten waren wie eine Pavane aus dem achtzehnten Jahrhundert, dachte Trevayne. Langsam, elegant, sicher; in allen wesentlichen Punkten festgelegt und im Grunde genommen uralt. Sam Vicarson machte seine Sache sehr gut, dachte Andy, der den jugendlichen Anwalt dabei beobachtete, wie er Aaron Greens Vorstöße von Beflissenheit parierte, die kaum seine Verstimmung verbergen konnten. Green war verärgert, daß Vicarson anwesend war; Hamilton nahm Sams Präsenz kaum zur Kenntnis. Für Hamilton, dachte Trevayne, war es eine Zeit für Giganten; ein Untergebener wurde von ihm ganz automatisch auf seinen angemessen unwichtigen Platz verwiesen.

»Ich denke, Sie sollten erkennen, Trevayne, daß wir bitter enttäuscht waren, als Ihre Freunde im Nationalkomitee uns Ihre Wahl bekanntgaben«, sagte Ian Hamilton.

»›Schockiert‹ trifft es wohl noch besser«, fügte Green in seiner tiefen, hallenden Stimme hinzu.

»Ja«, sagte Andy ausdruckslos. »Ich möchte gerne mit Ihnen über Ihre Reaktion sprechen. Das ist eines der Dinge, für die ich mich interessiere. Mit der Ausnahme, daß das nicht meine Freunde sind … Offen gestanden, habe ich mich gefragt, ob es Ihre waren.«

Hamilton lächelte. Der anglisierte Anwalt schlug die Beine übereinander, faltete die Arme und sank in die weichen Kissen des Sofas zurück – ein Bild der Eleganz. Aaron Green hatte einen Armsessel mit harter Lehne neben Trevayne. Sam Vicarson saß ein Stück außerhalb des Dreiecks zu Andys Rechten, aber so, daß er Trevaynes Blick auf Hamilton nicht behinderte. Selbst die Sitzanordnung kam Andy orchestriert vor. Und dann erkannte er, daß Sam das geschafft hatte. Er hatte jedem von ihnen den Platz zugewiesen, auf dem er sitzen sollte. Sam war besser, als er angenommen hatte, sinnierte Trevayne.

»Wenn Sie die Möglichkeit in Betracht zieht, daß Sie der Mann unserer Wahl sind«, sagte Hamilton, immer noch mit einem wohlwollenden Lächeln, »kann ich Sie, glaube ich, eines Besseren belehren.«

»Wie?«

»Ganz einfach, wir favorisieren den Präsidenten. Wenn Sie unsere ... verschiedenen Beiträge studieren, sowohl finanzieller als auch anderer Art, dann werden Sie das bestätigt finden.«

»Dann würde ich unter keinen Umständen mit Ihrer Unterstützung rechnen können.«

»Ich würde meinen, nein, um offen zu sprechen«, erwiderte Hamilton.

Plötzlich stand Andrew auf und erwiderte Hamiltons kühles Lächeln. »Dann, Gentlemen, habe ich einen Fehler gemacht und bitte Sie um Entschuldigung. Ich verschwende Ihre Zeit.«

Das Abrupte an Trevaynes Reaktion verblüffte die anderen, Sam Vicarson eingeschlossen. Hamilton erholte sich als erster.

»Kommen Sie, Mr. Trevayne. Lassen Sie uns nicht diese Spiele spielen, die Sie, wenn ich mich richtig erinnere, so verabscheuen ... Die Umstände zwingen dazu, daß wir uns mit Ihnen treffen. Bitte, setzen Sie sich.«

Andrew kam dem Wunsch nach. »Was sind das für Umstände?«

Darauf antwortete Aaron Green. »Der Präsident beabsichtigt nicht, sich um eine zweite Amtsperiode zu bewerben.«

»Er könnte es sich anders überlegen«, sagte Trevayne.

»Das kann er nicht«, erwiderte Hamilton. »Er würde das Ende seiner Amtsperiode nicht erleben. Ich sage Ihnen das im strengsten Vertrauen.«

Andrew war verblüfft. »Das habe ich nicht gewußt. Ich dachte, es handle sich um eine persönliche Wahl.«

»Gibt es etwas Persönlicheres?« fragte Green.

»Sie wissen, was ich meine ... Das ist schrecklich.«

»Also ... besprechen wir uns.« Damit schloß Green das Thema ›Gesundheit des Präsidenten‹ ab. »Die Umstände diktieren es.«

Trevayne dachte immer noch an den kranken Mann im Weißen Haus, während Hamilton fortfuhr.

»Wie gesagt, wir waren enttäuscht. Nicht, daß die Vorstellung Ihrer Kandidatur ohne Vorteile wäre; das ist nicht der Fall. Aber, offen gestanden, wenn man alles in Betracht zieht, favorisieren wir die Partei des Präsidenten.«

»Darauf läßt sich wenig sagen. Warum beschäftigt Sie dann meine Kandidatur überhaupt? Die Opposition hat gute Männer.«

»Sie hat die Männer des *Präsidenten*«, unterbrach Green.

»Ich verstehe nicht.«

»Der Präsident« – Hamilton machte eine Pause und wählte seine Worte sorgfältig – »wie jeder Mann, der eine Aufgabe zur Hälfte erfüllt hat, über die die Geschichte das Urteil sprechen wird, ist zutiefst darum besorgt, daß seine Programme fortgeführt werden. Er wird die Wahl seines Nachfolgers diktieren. Er wird einen von zwei Männern auswählen, weil die sich seinen Diktaten fügen werden. Der Vizepräsident oder der Gouverneur von New York. Und die können wir guten Gewissens nicht unterstützen. Keiner von beiden verfügt über die Stärke seiner eigenen Überzeugung; nur die des Präsidenten. Diese Männer können nicht gewinnen und sollten auch nicht.«

»Eine Lektion. Man hat eine Lektion gelernt«, sagte Green und lehnte sich nach vorn, die Hände wie im päpstlichen Segen erhoben. »Achtundsechzig hat Hubert nicht gegen Nixon verloren, weil er der Schlechtere war oder wegen des Geldes oder der Themen, um die der Wahlkampf geführt wurde. Er verlor die Wahl mit drei Worten, die er nach seiner Nominierung in die Fernsehkameras gejammert hatte. ›Danke, Mr. President.‹ Diese drei Worte hat er nie wegwaschen können.«

Trevayne griff in die Tasche nach einer Zigarette und zündete sie an, während keiner sprach. »Also haben Sie den Schluß gezogen, daß der Präsident die Gewähr für die Niederlage seiner eigenen Partei schaffen wird.«

»Exakt das«, erwiderte Hamilton. »Das ist unser Dilemma. Die Eitelkeit eines Mannes. Die Opposition braucht nur einen attraktiven Kandidaten vorzuzeigen, seine Charakterstärke hervorzuheben – seine Unabhängigkeit, wenn Sie so wollen –, und den Rest werden die Klatschkolumnisten der ganzen Nation besorgen. Die Wählerschaft hat da einen sicheren Instinkt, wenn es um Marionetten geht.«

»Dann glauben Sie, daß ich eine ehrliche Chance habe?«

»Einigermaßen widerstrebend«, antwortete Green. »Sie haben nicht viel Wettbewerb. Wen gibt es denn sonst noch? Im Senat hat die Partei alte Männer, die ebenso zittern wie ich, oder Großmäuler, die sich ihre modischen Hosen schmutzig machen. Nur Knapp hat eine Chance, aber der ist so widerwärtig, daß die ihn begraben würden. Das Repräsentantenhaus wimmelt von Nullen. Ein paar von den großen Gouverneuren könnten Ihnen zusetzen, aber die haben ihre städtischen Probleme auf dem Rücken ... Ja, Mr. Andrew Trevayne; Mr. Undersecretary im Außenministerium, Mr. Millionär, Mr. Stiftungspräsident, Mr. Chairman. Sie haben eine ganze Menge Murmeln ... Mangelnde Erfahrung in einem gewählten Amt könnte Ihnen Probleme bereiten, aber wenn man dann anfängt, Vergleiche anzustellen, würde man Sie wieder zurückholen. Die Boys vom Nationalkomitee wußten schon, was sie taten, als sie Ihren Namen aus dem Hut zogen. Die mögen keine Verlierer.«

»Und die mögen wir auch nicht«, schloß Ian Hamilton. »Also sind Sie, ob es uns nun gefällt oder nicht, eine politische Realität.«

Wieder stand Trevayne auf und durchbrach damit das Dreieck. Er ging an den Tisch, den der Zimmerservice gebracht hatte, nahm sich das rotlederne Notizbuch, kehrte zurück und blieb ein paar Schritte hinter seinem Sessel stehen. »Ich bin nicht sicher, ob Ihre Einschätzung zutrifft, aber für das, was ich zu sagen habe, eignet es sich mindestens genausogut als Sprungbrett wie sonst etwas ... Dies hier ist der Bericht des Unterausschusses. Er wird der Verteidigungskommission, dem Präsidenten und den ausgewählten Kongreßausschüssen in fünf Tagen übergeben werden. Der Bericht selbst ist auf sechshundertundfünfzig Seiten komprimiert worden, mit vier zusätzlichen Bänden Dokumentation. In dem Bericht befassen sich über dreihundert Seiten mit Genessee Industries. Dazu gehören zwei Bände Dokumentation ... Nun muß ich Ihnen sagen, daß ich Ihre ›bittere Enttäuschung‹ über die Aussicht auf meine Kandidatur verstehe. Ich mag Sie nicht; ich billige das, was Sie getan haben, nicht, und es ist meine Absicht, dafür zu sorgen, daß man Sie alle aus dem Geschäft drängt. *Capisce?* Wie einer Ihrer verblichenen Kollegen hätte sagen können.«

»Er hat nicht zu uns gehört!« unterbrach Aaron Green zornig.

»Sie haben ihm *erlaubt*, das zu tun, was er getan hat, und das läuft auf dasselbe hinaus.«

»Worauf zielen Sie hin? Ich glaube, ich wittere da einen Kompromiß«, sagte Hamilton.

»Das tun Sie auch. Aber nicht Ihre Art von Kompromiß; Sie kommen mit gar nichts heraus. Höchstens vielleicht mit dem angenehmen Wissen, daß Sie Ihr restliches Leben außerhalb eines Gerichtssaals *und* außerhalb des Landes verbringen dürfen.«

»Was?« Hamiltons Gelassenheit wich der ersten Andeutung von Zorn.

»Sie sind ein lächerlicher Mann, Mr. Unterausschuß!« fügte Green hinzu.

»In Wirklichkeit bin ich das nicht. Aber das Wort ›lächerlich‹ ist gut gewählt, wenn auch nicht ganz richtig angewandt.« Trevayne ging zu dem mit Leinen bedeckten Tisch und warf das Notizbuch sorglos hin.

Hamilton sprach mit fester Stimme: »Jetzt wollen wir einmal vernünftig miteinander reden, Trevayne. Ihr Bericht ist schädlich; wir würden uns die Mühe sparen, aber er wimmelt – oder muß wimmeln – von Spekulationen und Unterstellungen, aus denen man keine Schlüsse ziehen kann. Glauben Sie auch nur einen Augenblick lang, daß wir darauf nicht vorbereitet sind?«

»Nein. Ganz sicher sind Sie das.«

»Sie begreifen natürlich, daß das Schlimmste, was Sie für uns darstellen, Anklagen sind, die natürlich heftig geleugnet werden. Monate, Jahre, vielleicht ein Jahrzehnt in den Gerichten?«

»Das ist durchaus möglich.«

»Warum sollten wir Sie dann als Bedrohung ansehen? Sind Sie auf unseren Gegenangriff vorbereitet? Sind Sie bereit, Jahre Ihres Lebens damit zu verbringen, daß Sie sich gegen Verleumdungsklagen verteidigen?«

»Nein, das bin ich nicht.«

»Dann haben wir es sozusagen mit einer Patt-Situation zu tun. Wir könnten einander ebensogut nützlich sein. Schließlich sind unsere Ziele identisch. Alles, was den Vereinigten Staaten nützt.«

»Unsere Definitionen sind unterschiedlich.«

»Das ist unmöglich«, meinte Green.

»Deshalb auch die Differenz. Sie können sich keine anderen absoluten Werte vorstellen als Ihre eigenen.«

Hamilton zuckte elegant die Achseln und hob beide Hände in einer Geste des Kompromisses. »Wir sind bereit, diese Definitionen zu diskutieren ...«

»Ich nicht«, erwiderte Andrew im Stehen. »Ich bin Ihrer Definitionen müde, Ihrer elitären Logik; jener ermüdenden Schlüsse, die Ihnen das Recht geben, einzig und allein Ihren eigenen Zielen zu folgen. Dieses Recht besitzen Sie nicht; Sie stehlen es. Und ich rufe ›Diebe!‹ – laut und immer wieder.«

»Und wer wird auf Sie hören?« schrie Green. »Wer wird auf einen Mann hören, der von einer Rache getrieben wird, die zwanzig Jahre alt ist?«

»Was haben Sie gesagt?«

»Vor zwanzig Jahren hat Genessee Industries Sie abgewiesen!« Green schüttelte seinen Finger gegen Andrew.

»Seit zwanzig Jahren jammern Sie jetzt! Wir haben Beweise ...«

»Sie widern mich an!« brüllte Trevayne. »Sie sind nicht besser als der Mann, von dem Sie sagen, daß Sie nichts mit ihm zu tun haben. Aber Sie machen sich selbst etwas vor. Sie und die de Spadantes dieser Welt sind aus demselben Holz geschnitzt. ›Wir haben Beweise!‹ Du lieber Gott, erpressen Sie vielleicht von blinden Zeitungsverkäufern auch Schutzgeld?«

»Die Analogie ist nicht fair, Trevayne«, sagte Hamilton und wandte mißbilligend den Blick von Green. »Aaron erregt sich leicht.«

»Sie ist nicht unfair«, antwortete Trevayne leise, während seine Hände die Stuhllehne umfaßt hielten. »Sie sind pläneschmiedende alte Männer von gestern, die hier ein verrücktes Monopoly-Spiel spielen. Sie kaufen dieses auf und jenes – schicken dazu hundert verschiedene Tochtergesellschaften vor –, versprechen, bestechen, erpressen. Tragen Tausende einzelner Akten zusammen und brüten über ihnen, wie wahnsinnige Gnomen. Und einer sagt, *seine* Ideen seien die größeren Monumente – wie war das? Tempel, Kathedralen! Mein Gott, diese Aufgeblasenheit ... Der andere. O ja. Es sollte keine Blankovollmachten geben. Nur diejenigen, die ein Recht darauf hätten, ihre Stimme abzugeben, sollten auch eine haben. Das ist nicht nur überholt, das ist unsinnig.«

»Das leugne ich! Ich leugne, daß ich das je gesagt habe!« Hamilton sprang auf, war plötzlich von Angst erfüllt.

»Leugnen Sie doch, was Sie wollen. Aber Sie sollten das wissen. Am Samstag war ich in Hartford; ich habe die Papiere unterzeichnet, Hamilton. Ich hatte Gründe –, nicht solche, die ich beweisen konnte, aber immerhin ausreichende Gründe – einen anderen Anwalt einzusetzen. Mr. Vicarson hat mir versichert, daß alles in Ordnung sei. Am fünfzehnten Januar wird der Gouverneur von Connecticut eine unwiderrufliche Erklärung abgeben. Ich bin im Augenblick, wenn man es praktisch betrachtet, ein Senator der Vereinigten Staaten.«

»Was?« Aaron Greens Gesicht wirkte, als hätte man ihm eine Ohrfeige versetzt.

»Richtig, Mr. Green. Und ich beabsichtige, die Immunität und das Ansehen dieses Amtes dazu zu benutzen, auf Sie einzuschlagen. Ich werde das Land wissen lassen – immer wieder werde ich es hinausrufen, jeden Tag, bei jeder Sitzung, und ich werde nicht aufhören. Ich werde ganz am Anfang beginnen und den kompletten Bericht verlesen. Jedes Wort. Alle sechshundert Seiten. Das werden Sie nicht überleben. Genessee Industries wird es nicht überleben.«

»Also gut, Mr. Trevayne«, sagte Hamilton und ging plötzlich von den anderen weg, wandte ihnen den Rücken. »Sie haben dargelegt, was Ihre Haltung sein wird. Was schlagen Sie vor, daß wir tun?«

»Schneiden Sie den Köder ab. Steigen Sie aus. Mir ist es egal, wohin Sie gehen. Die Schweiz, das Mittelmeer, das schottische Hochland oder das britische Tiefland. Es macht keinen Unterschied. Aber verlassen Sie dieses Land. Und bleiben Sie draußen.«

»Wir haben finanzielle Verantwortung«, protestierte Hamilton leise.

»Dann delegieren Sie sie, aber lösen Sie alle Verbindungen zu Genessee Industries.«

»Unmöglich! Lächerlich!« Aaron Green sah jetzt Hamilton an.

»Ruhig Blut, alter Freund … Wenn wir das tun, was Sie vorschlagen, was garantieren Sie dann?«

Trevayne ging zu dem Tisch und wies auf das rotgebundene Buch. »Dies ist der Bericht, so wie er hier drin steht …«

»Das haben Sie uns schon gesagt«, unterbrach ihn Hamilton.

»Wir haben auch einen alternativen Bericht vorbereitet, einen, der die Betonung nicht so stark auf Genessee Industries legt.«

»*So?*« Aaron Greens plötzliche Unterbrechung drückte seine

ganze Erregung, aber auch seinen Ekel aus. »Mr. Unterausschuß ist nicht mehr ganz so blütenweiß. Kein Wort wollte er ändern. Kein einziges.«

Trevayne machte eine kurze Pause, ehe er antwortete. »Es könnte immer noch sein, daß ich das nicht tue. Wenn ich es tue, dann haben Sie dafür einem Major namens Bonner zu danken, und natürlich Ihrer eigenen Bereitschaft, mitzumachen ... Major Bonner hat einmal gesagt, ich sei destruktiv. Ich würde nur einreißen, keine Alternativen bieten. Einfach alles austilgen, das Gute und das Schlechte gemeinsam wegspülen ... Also gut, wir wollen versuchen, etwas von dem Guten zu retten.«

»Wir wollen Einzelheiten hören«, sagte Hamilton.

»Also gut ... Sie steigen aus und verlassen das Land, und ich reiche den zweiten Bericht ein. Und dann beginnt in aller Stille der Prozeß der Säuberung von Genessee Industries. Kein Geschrei von Verschwörung – obwohl eine solche vorliegt. Kein Ruf nach Ihrem Kopf – der eigentlich gefordert werden sollte. Keine totale Löschung. Ich bin sicher, daß man eine Gruppe einsetzen kann, die sich um die existierenden finanziellen Fürstentümer kümmert. Die Wurzeln werden wir unbeachtet lassen, weil die eliminiert werden.«

»Das ist äußerst hart.«

»Sie sind hierhergekommen, um einen Handel abzuschließen, Hamilton. Da haben Sie ihn. Sie sind ein politischer Realist; ich bin eine politische Realität – das ist, glaube ich, Ihr Urteil. Nehmen Sie den Handel an. Ein besseres Angebot bekommen Sie nicht.«

»Sie sind uns nicht gewachsen, Trevayne«, sagte Aaron Green.

»Alleine nicht; natürlich nicht. Ich bin nur ein Instrument. Aber durch mich werden zweihundert Millionen Menschen erfahren, was Sie sind. Im Gegensatz zu Ihnen glaube ich ehrlich daran, daß diese zweihundert Millionen Menschen imstande sind, Entscheidungen zu treffen.«

Die Pavane war vorbei, die Musik verklungen. Die würdevollen Alten verabschiedeten sich von dem neu errichteten Hof mit soviel Würde wie möglich.

»Hätten wir es geschafft?« fragte Sam Vicarson.

»Ich weiß nicht«, antwortete Trevayne. »Aber die konnten das Risiko nicht eingehen.«

»Glauben Sie, daß die wirklich aussteigen werden?«

»Wir werden sehen.«

47.

»Es tut mir leid. Ich glaube, mein Brief stellt die Position klar, die die Army in der Angelegenheit bezogen hat. Ich bin sicher, daß Major Bonner Ihnen dafür dankbar ist, daß Sie Anwälte für ihn stellen. Nach allem, was ich bisher erkennen konnte, darf man wohl annehmen, daß es in dem Zivilverfahren zu einem Freispruch kommen wird.«

»Aber Sie halten Ihre Anklage aufrecht, General Cooper; Sie wollen ihn aus der Army ausstoßen.«

»Wir haben keine Wahl, Mr. Trevayne. Bonner hat zu oft seine Kompetenzen überschritten. Er weiß das. Es gibt keine Verteidigung gegen Pflichtverletzung, gegen ein Sichhinwegsetzen über die Befehle vorgesetzter Offiziere.«

»Ich werde natürlich darauf bestehen, daß er bei dem Kriegsgerichtsverfahren verteidigt wird. Wieder in Gegenwart meiner Anwälte.«

»Sie vergeuden Ihr Geld. Bei der vorliegenden Klage handelt es sich nicht um Mord oder Totschlag – um überhaupt nichts, was im Sinne des Zivilstrafrechts relevant wäre. Es geht einfach darum, daß er einen Offizier der Air Force belogen und seine Befehle falsch dargestellt hat, um Zugang zu Regierungseigentum zu bekommen. In diesem Falle eine Düsenmaschine. Außerdem hat er sich geweigert, seine Vorgesetzten von seinen Absichten zu informieren. Diese Art von Verhalten können wir einfach nicht zulassen. Und Bonner ist ein Mensch, bei dem damit gerechnet werden muß, daß er sich wieder so verhält.«

»Danke, General. Wir werden sehen.«

Andrew legte den Hörer auf und ging zu seiner Sekretärin hinaus.

»Ich habe das Lämpchen auf Leitung zwo aufleuchten sehen; irgend etwas, das ich erledigen sollte, Marge?«

»Die Regierungsdruckerei, Mr. Trevayne. Ich wußte nicht, was ich sagen sollte. Sie wollten wissen, wann Sie den Bericht des Unterausschusses hinüberschicken würden. Die haben eine Menge Aufträge aus dem Kongreß und wollen Sie nicht enttäuschen. Ich wollte schon sagen, daß der Bericht fertig sei und im Laufe des Vormittags hinübergeschickt würde, aber dann dachte ich, daß es da vielleicht irgendwelche protokollarischen Vorschriften gibt, von denen wir nichts wußten.«

Trevayne lachte. »Ich wette, daß die uns nicht enttäuschen wollten! Du großer Gott! Augen überall, wie? ... Rufen Sie sie zurück und sagen Sie ihnen, daß uns nicht bekannt war, daß sie den Auftrag von uns erwarteten. Wir haben den Steuerzahlern Geld gespart und es selbst gemacht. Alle fünf Kopien. Aber zuerst beschaffen Sie mir ein Taxi. Ich fahre nach Arlington hinüber. Zu Bonner.«

Während der Fahrt versuchte Andy, Brigadier General Lester Cooper und seine Legion selbstgerechter Offiziere zu begreifen. Coopers Brief – die Antwort auf seine Anfrage bezüglich Bonner – war ganz im Jargon der Army gehalten gewesen. *Abschnitt* dies, *Artikel* das; militärische Vorschriften hinsichtlich der Delegation von Autorität unter Vorliegen beschränkter Verantwortung.

Die Drohung mit einem Kriegsgerichtsverfahren lag nicht in dem Abscheu der Army vor Bonners Verhalten begründet; es war eher Abscheu vor Bonner selbst. Wenn es ausdrücklich um sein Verhalten *im Prinzip* gegangen wäre, dann hätte man sehr viel schwerere Anklagen gegen ihn erhoben, Anklagen, über die man lange hätte hin- und herargumentieren können. So, wie die Dinge standen, hatte die Army sich für ein geringeres Vergehen entschieden. Pflichtverletzung. Falsches Darstellen, Verbergen seiner Absichten. Eine Anklage, von der man sich nicht reinwaschen konnte. Kein Klaps auf die Hand; eher ein Peitschenschlag auf den Rücken. Dem Angeklagten ließ so etwas keine andere Wahl, als den Dienst zu quittieren; für ihn gab es keine militärische Laufbahn mehr.

Und gewinnen konnte er einfach nicht, weil es gar keinen Kampf gab. Nur eine Erklärung.

Aber *warum*, um Gottes willen? Wenn es überhaupt einen Mann gab, der für die Army geschaffen war, dann war das Paul Bonner. Wenn es je eine Army gegeben hatte, die einen solchen Mann brauchte, dann die demoralisierte Armee der Vereinigten Staaten. Statt ihn unter Anklage zu stellen, hätten Cooper und der Rest seiner Kollegen unterwegs sein sollen und auf die Büsche schlagen, um Bonner zu unterstützen. Was hatte Aaron Green bezüglich ›auf die Büsche schlagen‹ gesagt? Auf Büsche zu schlagen war eine unerwünschte Taktik, weil der Verfolgte sich leicht ohne Warnung gegen den Jäger wenden konnte.

Was war es, wovor die Army Angst hatte?

Daß sie, indem sie Paul Bonner unterstützte, seine Teilnahme bestätigte und damit seine Loyalität gegenüber dem Militär, daß sie damit etwa ihre eigene Schwäche preisgab?

Hatten Lester Cooper und sein Tribunal in Uniform etwa Angst vor einem Überraschungsangriff?

Von wem? Einer wißbegierigen Öffentlichkeit? Das war verständlich. Paul Bonner war ein sehr uninformierter Mittäter.

Oder hatten sie vor dem Mittäter Angst? Angst vor Paul Bonner? Und indem sie ihn diskreditierten, schoben sie ihn bequem vom Schauplatz des Geschehens, aus jeder Bezugsebene.

Das Taxi hielt am Tor der Militäranlage. Trevayne zahlte den Fahrer und ging auf das mächtige Eingangsportal mit dem goldenen Adler über den Doppeltüren zu.

Der Posten vor Paul Bonners Zimmer nahm Trevaynes Dauerpassierschein für den Offizier, der unter Stubenarrest stand, zur Kenntnis und öffnete die Tür. Bonner saß an dem kleinen Schreibtisch und schrieb auf ein Blatt Papier mit dem Briefkopf der Army. Er drehte sich im Sessel herum und blickte zu Trevayne. Er stand nicht auf und bot dem anderen auch nicht die Hand an.

»Ich will nur noch diesen Absatz zu Ende schreiben, dann stehe ich Ihnen zur Verfügung.« Er wandte sich wieder seinem Papier zu. »Ich glaube, die halten mich für einen Vollidioten. Die zwei Anwälte, die Sie eingestellt haben, lassen mich alles, woran ich mich erinnern kann, schriftlich festhalten. Sie haben gesagt, ein Gedanke würde zum nächsten führen, wenn man ihn vor sich sieht, oder so etwas.«

»Das stimmt auch. Die Reihenfolge der Gedanken, meine ich. Schreiben Sie nur weiter; ich hab's nicht eilig.« Trevayne setzte sich auf den einzigen Sessel im Raum und schwieg, bis Bonner den Bleistift weglegte, sich zurücklehnte und den ›Zivilisten‹ ansah.

Und er sah einen ›Zivilisten‹ an; die Beleidigung, die in seinem Blick lag, war unverkennbar.

»Ich werde Ihnen die Anwaltsgebühren zurückerstatten, darauf bestehe ich.«

»Nicht nötig. Das ist das wenigste, was ich tun kann.«

»Ich will nicht, daß Sie es tun. Ich habe sie gebeten, mir die Rechnung direkt zu stellen, aber die haben gesagt, das sei nicht möglich. Also werde ich Sie bezahlen ... Offen gestanden, ich bin mit dem Anwalt, den mir die Army gestellt hat, voll und ganz zufrieden, aber wahrscheinlich werden Sie Ihre Gründe haben.«

»Nur zusätzliche Versicherung.«

»Für wen?« Bonner starrte Trevayne an.

»Für Sie, Paul.«

»Natürlich. Ich hätte mir die Frage sparen können ... Was wollen Sie?«

»Vielleicht sollte ich besser hinausgehen und noch einmal hereinkommen«, sagte Andrew. »Was ist mit Ihnen los? Wir stehen auf derselben Seite, haben Sie das vergessen?«

»Tun wir das, Mr. President?«

Seine Worte hallten wie ein Peitschenschlag. Trevayne erwiderte Bonners Blick, und ein paar Augenblicke lang schwiegen beide Männer. »Ich glaube, das sollten Sie erklären.«

Und das tat Major Paul Bonner.

Und Trevayne hörte in staunendem Schweigen zu, wie der Offizier sein kurzes, aber ungewöhnliches Gespräch mit dem kurz vor der Pensionierung stehenden Brigadier General Lester Cooper berichtete.

»Also bedarf es keiner komplizierten Stories mehr. All diese gewundenen Erklärungen sind nicht notwendig.«

Trevayne erhob sich aus dem Sessel und ging wortlos an das kleine Fenster.

»Wie steht es mit der Wahrheit? Würde die Sie interessieren, Major?«

»Sie sollten mir ein wenig Verstand zutrauen, Mr. Politiker. Die liegt doch verdammt klar auf der Hand.«

»Nämlich?« Trevayne wandte sich vom Fenster ab.

»Cooper hat gesagt, die Army könnte sich jemanden wie mich nicht leisten. Die Wahrheit ist, daß *Sie* das nicht können ... Ich bin der Mühlstein um Ihren Präsidentenhals.«

»Das ist lächerlich.«

»Hören Sie schon auf! Sie stellen den Prozeß sicher, ich werde freigesprochen – wie es sein sollte –, und Sie sind sauber. Niemand kann sagen, Sie hätten den Soldaten im Stich gelassen, auf den man geschossen hat. Aber der Prozeß ist gelenkt. Keine äußerlichen Einflüsse, nur die sachdienlichen Fakten. Selbst der Armyanwalt hat das klargemacht. Nur Samstagnacht in Connecticut. Kein San Francisco, kein Houston, kein Seattle. Keine Genessee Industries! ... Dann werde ich in aller Stille unter Trommelwirbel aus der Army ausgestoßen. Die Welt dreht sich weiter, und keiner hat Anlaß, sich irgendwie zu schämen. Was mich ankotzt, ist, daß keiner von euch sich vor mich hinstellen und es sagen kann!«

»Das kann ich nicht, weil es nicht wahr ist.«

»Den Teufel ist es! Das ist alles in ein hübsches Päckchen zusammengeschnürt. Mann, wenn Sie verkaufen, dann haben Sie Ihren Preis, das muß man Ihnen lassen, Sie geben sich nicht mit Kleinigkeiten zufrieden.«

»Sie sehen das völlig falsch, Paul.«

»Wollen Sie denn behaupten, daß Sie nicht an der Lotterie teilnehmen? Ich höre sogar, daß Sie einen Sitz im Senat bekommen sollen! Verdammt bequem, nicht wahr?«

»Ich schwöre Ihnen, ich weiß nicht, woher Cooper diese Information bekommen hat.«

»Stimmt es denn?«

Trevayne wandte Bonner den Rücken und blickte wieder zum Fenster hinaus. »Es ... ist alles in Erwägung.«

»Oh, das ist herrlich. ›In Erwägung‹. Was kommt denn als nächstes? Ziehen Sie es am Fahnenmast auf und sorgen dafür, daß es in Westport landet? Hören Sie, Andy, ich sage Ihnen dasselbe, was ich Cooper gesagt habe. Ich mag diese neue Wendung nicht – dieser plötzliche Wechsel im Team –, ich mag das genausowenig, wie ich eine Menge anderer Dinge nicht mag, die ich in den letzten paar Monaten in Erfahrung gebracht habe. Wir wollen mal so sagen, ich bin altmodisch genug, um mit der Methode nicht einverstanden zu sein. Ich glaube, die stinkt ... Andererseits wäre ich ein erstrangiger Heuchler, wenn ich jetzt auf einmal damit anfinge, in Moral zu machen. Ich habe meine ganze Laufbahn daran geglaubt, daß militärische Ziele ihre Rechtfertigung in sich selbst tragen. Sollen sich doch die gewählten Zivilisten den Kopf über die Moral zerbrechen; das hat mich nie beschäftigt ... Nun, und das ist jetzt der große, neue Plan, nicht wahr? In der Liga spiele ich nicht. Viel Glück!«

Trevayne empfand plötzlich ein Gefühl der Erschöpfung, der Müdigkeit. Nichts war so, wie es schien. Er drehte sich zu Bonner herum, der immer noch beleidigend locker in seinem Sessel saß. »Was soll das heißen, ›Plan‹?«

»Sie werden jede Minute komischer. Sie bringen mich noch so

weit, daß ich mir die Chance vermaßle, daß Sie sich für meine Begnadigung einsetzen können.«

»Hören Sie auf mit dem Unsinn! Raus mit der Sprache, Major!«

»Darauf können Sie wetten, Mr. President! Die haben Sie, die brauchen keinen anderen! Den unabhängigen, unbestechlichen Mr. Saubermann. Die hätten es nicht besser anpacken können, wenn sie sich Johannes den Täufer heruntergeholt und ihm den jungen Tom Paine als Teamkollegen gegeben hätten. Das Pentagon braucht sich keine Sorgen mehr zu machen.«

»Ist Ihnen gar nicht in den Sinn gekommen, daß diese Sorgen gerade erst angefangen haben?«

Bonner beugte sich vor und lachte leise – ein Lachen, das völlig ehrlich wirkte. »Sie sind der komischste Nigger auf der ganzen Pflanzung, Mann. Aber Sie brauchen mir diese Witze nicht zu erzählen; ich mische mich nicht ein. Ich gehöre nicht dort oben hin.«

»Ich habe Sie etwas gefragt. Ich erwarte eine Antwort. Sie deuteten an, daß man mich gekauft hätte; das leugne ich. Warum glauben Sie das?«

»Weil ich unsere Oberbonzen kenne. Die werden sicherstellen, daß Sie Ihren Posten bekommen. Und das würden die nicht, wenn sie keine hieb- und stichfesten Garantien hätten.«

48.

Trevayne wies den Taxifahrer an, ihn fast eine Meile vor den Potomac Towers aussteigen zu lassen. Er wollte zu Fuß gehen, nachdenken, analysieren. Wollte versuchen, Logik in der Urlogik zu finden.

War er wirklich so naiv gewesen, ein solches Unschuldslamm, um sich so völlig benutzen zu lassen? War seine Konfrontation mit Ian Hamilton und Aaron Green nur so etwas wie eine Gunstbezeigung gewesen? Eine Komödie.

Nein, das war nicht so. Das konnte nicht so sein.

Hamilton und Green hatten Angst gehabt. Hamilton und Green gaben bei Genessee Industries den Ton an, und Genesse führte das Pentagon.

A gleich *B* gleich *C*.

A gleich *C*.

Wenn er als Präsident Ian Hamilton und Aaron Green lenken konnte – sie so zurechtbiegen, daß sie seinen Forderungen gehorchten –, dann war es nur logisch, daß er das Pentagon lenken konnte. Die Mittel dafür würden in der Zerschlagung von Genessee Industries liegen, indem er den Monolithen auf ein Maß zusammenstrich, das ihn wieder lenkbar machte.

Er hatte das ganz deutlich als sein Hauptziel dargelegt.

Und doch, wenn man Paul Bonner Glauben schenken wollte – und warum nicht? Er konnte ja das Szenario schließlich nicht erfunden haben –, legten Lester Cooper und seine Kollegen das ganze Gewicht des Pentagon in die Waagschale seiner Kandidatur.

Und da ihre militärische Meinung in den Denkprozessen von Genessee Industries geformt wurde, mußte ihre Unterstützung von Ian Hamilton und Aaron Green geleitet – zumindest gebilligt – werden.

A gleich *B*.

Warum also? Warum waren Brigadier General Lester Cooper und seine Legion so bereitwillig einverstanden, das Begräbnis ihrer eigenen Stärke einzuleiten? Warum ließen sie sich dazu den *Befehl* erteilen?

A gleich *C*.

Es war eine Sache für Hamilton und Green, von der Bildfläche zu verschwinden – sie hatten keine Wahl –, es war aber eine ganz andere Sache, daß sie das Pentagon instruierten, den Kandidaten zu unterstützen, der so offensichtlich im Begriff war, sie zu vernichten.

Aber offenbar hatten sie genau das getan.

Es sei denn, diese Unterstützung war *vor* der Konfrontation im Waldorf Hotel befohlen worden.

Befohlen und in Gang gesetzt, ehe seine Drohungen die feierliche Pavane hoch oben in den Waldorf Towers beendet hatten.

In diesem Falle, erkannte Andrew, war er nicht das, für was er sich gehalten hatte. Er war nicht die starke Alternative, der Mann, an den sich gute, politisch gesinnte Männer gewandt hatten; er war nicht die Wahl fähiger Leute, die in ihre von Rauch erfüllten Kristallkugeln geblickt und ihn für passend befunden hatten.

Er war der Kandidat von Genessee Industries; persönlich von

Ian Hamilton und Aaron Green ausgewählt. Und all ihr Gerede von bitterer Enttäuschung war nur – Gerede.

Herrgott, welche Ironie! Und wie subtil und schlau eingefädelt!

Und der daraus zu ziehende Schluß – das war das, was einem an der ganzen Scharade die größte Angst machte.

Es war völlig gleichgültig, wer das Amt des Präsidenten innehatte. Es kam nur darauf an, daß niemand Wellen machte, durch die das gute Schiff Genessee nicht seine Bahn finden konnte.

Und genau das hatte er geliefert.

Vor vier Stunden hatte er einen außergewöhnlichen Bericht geliefert, den die Tatsache, daß wesentliche belastende Beweise zurückgehalten worden waren, noch außergewöhnlicher machte.

O Gott! Was, zum Teufel, hatte er getan?

Er sah die Silhouette der Potomac Towers in der Ferne. Vielleicht noch eine halbe Meile entfernt. Er begann schneller zu gehen und dann noch schneller. Er sah die Straße hinauf und hinunter, um ein Taxi zu finden, aber da war keines. Er wollte jetzt schnell in sein Büro. Er wollte die Wahrheit herausfinden; er *mußte* sie herausfinden.

Und dazu konnte ihm nur einer verhelfen. Brigadier General Lester Cooper.

Sam Vicarson ging vor den Büros des Unterausschusses auf und ab, als Andrew aus dem Lift in den Korridor trat.

»Du lieber Gott, bin ich froh, Sie zu sehen! Ich habe Arlington angerufen und überall Nachrichten für Sie hinterlassen.«

»Was ist denn?«

»Wir sollten besser hineingehen, damit Sie sich setzen können.«

»O Gott ! Phyllis –«

»Nein, Sir. Es tut mir leid ... Ich meine, es tut mir leid, wenn ich Sie ... Es ist nicht Mrs. Trevayne.«

»Gehen wir hinein.«

Vicarson schloß die Tür von Trevaynes Büro und wartete, bis Andy seinen Mantel abgenommen und ihn auf die Couch geworfen hatte. Er begann langsam, als versuchte er, sich an die genauen Worte zu erinnern, die er wiederholen mußte.

»Der Stabschef des Weißen Hauses hat vor etwa fünfundvierzig Minuten angerufen. Heute morgen ist etwas passiert – man hat es der Presse noch nicht durchgegeben, zumindest war das vor einer halben Stunde noch so –, das den Präsidenten dazu veranlaßte, eine Entscheidung zu treffen, über die Sie informiert sein sollten … Er hat auf befristete Zeit von seinem Amtsprivileg Gebrauch gemacht und die Kopien des Berichts des Unterausschusses beschlagnahmen lassen.«

»Was?«

»Er hat sie bei allen vier Empfängern abfangen lassen – der Verteidigungskommission, dem Büro des Generalstaatsanwalts und den Büros der Vorsitzenden der Ausschüsse im Senat und im Repräsentantenhaus; das sind die Ausschüsse für Bewilligungen und Streitkräfte … Er hat mit den vier maßgebenden Leuten persönlich gesprochen, und sie haben seine Erklärung akzeptiert.«

»Und worin besteht diese?«

»Robert Webster – Sie erinnern sich, der …«

»Ja, ich erinnere auch.«

»Er ist heute morgen getötet worden. Ich meine, er ist ermordet worden. In seinem Hotelzimmer in Akron erschossen … Ein Zimmermädchen, das sich im Korridor befand, hat der Polizei eine Beschreibung von zwei Männern geliefert, die sie aus seinem Zimmer hatte laufen sehen. Und jemand im Hotel war so geistesgegenwärtig, das Weiße Haus anzurufen. Das Weiße Haus hat sich an die Arbeit gemacht. Es hat die Zeitungen und die Nachrichtenagenturen veranlaßt, die Sache ein paar Stunden auf Eis zu legen …«

»Warum?«

»Wegen der Beschreibung der Mörder. Sie paßt auf zwei Männer, die das Weiße Haus überwacht hatten … Nein, das ist nicht richtig. Sie hatten Webster überwachen lassen und sie dabei entdeckt, wie sie Webster folgten.«

»Ich verstehe nicht, was Sie sagen wollen, Sam.«

»Die zwei Männer waren aus Mario de Spadantes Organisation … Wie ich sagte, die Sicherheitsabteilung im Weißen Haus hat sich an die Arbeit gemacht. Wußten Sie, daß jedes Gespräch auf jedem Telefon in 1600, die Küche eingeschlossen, automatisch auf Mikroband aufgenommen und in der Zentrale überprüft, abgetan oder sechs Monate festgehalten wird?«

»Das überrascht mich nicht.«

»Webster hätte es, glaube ich, überrascht. 1600 sagte, das sei nicht allgemein bekannt. Aber uns mußten sie es sagen.«

»Worauf wollen Sie hinaus? Weshalb ist der Bericht beschlagnahmt worden?«

»Bobby Webster steckte mit de Spadante unter einer Decke. Er war ein bezahlter Informant. Er ist derjenige, der die Männer in Darien abgezogen hat. Nach einem der aufgezeichneten Gespräche haben Sie Webster um Material über de Spadante gebeten.«

»Ja. Als wir in San Francisco waren; Webster hat nie geliefert.«

»Trotzdem, der Präsident ist überzeugt, Webster sei getötet worden, weil de Spadantes Leute glauben, er hätte mit Ihnen zusammengearbeitet. Er sei schwach geworden und hätte Ihnen die Information geliefert, die zur Ermordung de Spadantes führte ... Man geht von der Annahme aus, daß sie Bobby in dem Hotelzimmer in die Enge getrieben, ihn gezwungen haben, ihnen zu sagen, was in dem Bericht stand, und als er das nicht konnte oder wollte, haben sie ihn erschossen.«

»Und wenn der Bericht de Spadante belastet, dann werden seine Gefolgsleute sich als nächstes Opfer mich aussuchen?«

»Ja, Sir. Der Präsident hat sich Sorgen gemacht, daß irgendwelche Einzelheiten des Berichtes durchsickern und Sie damit zur Zielscheibe werden könnten. Niemand will Sie beunruhigen, aber eine Einsatzgruppe der Sicherheitsabteilung wird Sie überwachen.

»Wie lange soll denn diese Besorgnis um mich anhalten?«

»Allem Anschein nach, bis die die Leute fangen, die Webster getötet haben. De Spadantes Männer.«

Trevayne setzte sich hinter seinen Schreibtisch und griff in die Tasche, um sich eine Zigarette herauszuholen. Er hatte das Gefühl, als raste er auf einer steilen, abschüssigen Straße mit vielen Kurven in die Tiefe und versuchte verzweifelt ein Steuerrad festzuhalten, das fast außer Kontrolle geraten war.

War es möglich? War es möglich, daß er dennoch recht hatte?

49.

Brigadier General Lester Cooper saß vor Andrew Trevaynes Schreibtisch. Er war erschöpft – die Müdigkeit eines Mannes, der die Grenzen seiner Kraft erreicht hat.

»Alles, was ich getan habe, betrachte ich als ein Privileg und bin stolz darauf, daß ich es leisten konnte, Mr. Chairman.«

»Der Titel ist überflüssig, General. Der Name ist ›Andy‹ und ›Andrew‹ oder ›Mr. Trevayne‹, wenn Sie darauf bestehen. Ich habe ungeheueren Respekt für Sie; ich würde es als mein Privileg betrachten, wenn Sie weniger formell wären.«

»Das ist sehr freundlich von Ihnen; ich würde die Förmlichkeit vorziehen. Sie haben mich offenkundig der Pflichtverletzung, der Verschwörung und der Verletzung meines Diensteides bezichtigt ...«

»Verdammt noch mal, nein, General. Ich habe diese Worte nicht gebraucht. Ich würde sie nie gebrauchen ... Ich glaube, daß Sie in einer unmöglichen Situation operieren mußten. Sie haben es mit einer feindlichen Wählerschaft zu tun, die Ihnen jeden Dollar Ihres Etats neidet. Sie haben es mit einer Armee zu tun, die Ihre Aufmerksamkeit verlangt. Sie müssen diese beiden Extreme in einem Bereich miteinander in Einklang bringen, den ich sehr gut kenne. Versorgung! ... Ich frage Sie nur, ob Sie dieselben Kompromisse eingegangen sind, die ich eingegangen wäre! Das ist weder Pflichtverletzung noch Verschwörung, General. Das ist verdammt gesunder Menschenverstand! Wenn Sie sie nicht eingegangen wären, dann wäre das eine Verletzung Ihrer Eidespflicht.«

Es funktionierte, dachte Trevayne traurig. Der General begann zu reagieren. Er starrte Trevayne an, und sein Gesichtsausdruck wirkte flehend.

»Ja ... Es gibt wirklich niemanden, an den man sich wenden kann, wissen Sie. Sie wissen das natürlich. Ich meine, nach alledem, daß gerade Sie ...«

»Warum ich?«

»Nun, wenn Sie das sind, was man von Ihnen behauptet ...«

»Was dann?«

»Sie haben Verständnis ... Sie wären nicht dort, wo Sie sind, wenn Sie das nicht hätten. Das ist uns allen bewußt. Ich meine, Sie haben unsere vollkommene begeisterte Unterstützung. Das geht ziemlich weit, aber das wissen Sie natürlich ...«

»Unterstützung wofür?«

»Bitte, Mr. Trevayne ... Wollen Sie mich auf die Probe stellen? Warum ist das notwendig?«

»Vielleicht ist es das. Vielleicht sind Sie nicht gut genug!«

»Das ist nicht richtig! Sie sollten das nicht sagen. Ich habe alles getan ...«

»Für wen? Für mich?«

»Ich habe alles getan, weil man es mir aufgetragen hat. Die Logistik ist nach draußen gegangen.«

»Wohin?«

»Überall! In jeden Hafen, auf jeden Stützpunkt ... Jeden Flugplatz. Wir haben jeden Flecken auf der Erde abgedeckt! ... Nur der Name. Nur der Name muß noch geliefert werden.«

»Und welcher Name ist das?«

»Der Ihre ... der Ihre, um Gottes willen! Was wollen Sie von mir?«

»Wer hat Ihnen diese Befehle erteilt?«

»Was meinen Sie ...«

»Wer hat Ihnen Befehl erteilt, meinen Namen zu verbreiten?« Trevayne schlug mit der flachen Hand auf den Tisch.

»Ich ... ich ...«

»Ich habe gefragt, wer?«

»Der Mann von ... Der Mann von ...«

»Wer?«

»Green.«

»Wer ist Green?«

»Das wissen Sie doch ... Genessee. Genessee Industries.« Brigadier General Cooper sackte in seinem Sessel zusammen, sein Atem ging schwer.

Aber Trevayne war noch nicht fertig. Er lehnte sich über den Schreibtisch. *»Wie lange ist das her?* Waren Sie *pünktlich,* General? Waren Sie im *Zeitplan?* Wie lange ist das her?«

»O mein Gott! ... Was *sind* Sie?«

»Wie lange?«

»Eine Woche, zehn Tage ... Was *sind* Sie?«

»Ihr bester Freund! Der Mann, der Ihnen das beschafft, was Sie wollen! Würden Sie das gerne glauben?«

»Ich weiß nicht, was ich glauben soll ... Leute wie Sie ... Leute wie Sie pumpen mich völlig aus.«

»Davon will ich nichts hören, General ... Ich habe Sie gefragt, ob Sie im Zeitplan waren.«

»O Gott!«

»Wie war es mit den *anderen* Zeitplänen, General? Waren sie mit allen anderen abgestimmt?«

»Hören Sie auf! *Aufhören!*«
»Geben Sie mir Antwort.«
»Wie soll ich das wissen? *Fragen Sie die doch!*«
»Wen?«
»Ich weiß nicht!«
»Green?«
»Ja. Fragen Sie ihn!«
»Hamilton?«
»Ja, natürlich.«
»Was können die garantieren?«
»Alles! Das wissen Sie doch!«
»Raus mit der Sprache, General!«
»Es wird alles sein, was Sie brauchen. Die Gewerkschaften. Die Unternehmen ... sämtliche psychologischen Profile in jedem Teil des Landes ... Wir haben sie in den Computern der Army ... Wir werden konzertiert handeln.«
»O mein Gott ... Weiß der Präsident davon?«
»Ganz sicher nicht von uns.«
»Und niemand hat diese Befehle in den letzten fünf Tagen widerrufen?«
»Natürlich nicht!«
Trevayne senkte plötzlich seine Stimme und lehnte sich in seinen Sessel zurück. »Sind Sie sicher, General?«
»Ja!«
Trevayne griff sich mit beiden Händen ans Gesicht und atmete in seine Handflächen. Er hatte das Gefühl, daß er aus der Spur geraten war, aus einer langen, scharfen Kurve, und jetzt unkontrolliert in die Tiefe flog, weit hinunter, in einen Wasserstrudel.
»Danke, General Cooper«, sagte Trevayne mit sanfter Stimme. »Ich glaube, wir sind fertig.«
»Wie bitte?«
»Mir war das ernst, was ich gesagt habe. Ich respektiere Sie. Ich weiß nicht, ob ich Sie auch dann respektiert hätte, wenn Paul Bonner nicht gewesen wäre ... Sie haben doch von Major Paul Bonner gehört? Ich glaube, wir haben über ihn gesprochen ... jetzt werde ich Ihnen einen Ratschlag erteilen, den Sie nicht erbeten haben. Gehen Sie, Cooper, gehen Sie schnell.«
Brigadier General Lester Cooper, dessen Augen blutunterlaufen

waren, sah den Zivilisten an, der sein Gesicht mit den Händen bedeckte.

»Ich verstehe nicht.«

»Es ist zu meiner Kenntnis gelangt, daß Sie damit rechnen, bald in den Ruhestand zu treten ... Darf ich voll Respekt vorschlagen, daß Sie Ihr Rücktrittsgesuch gleich morgen früh abfassen?«

Cooper setzte zum Reden an und hielt dann inne. Trevayne nahm die Hände vom Gesicht und sah dem General in die müden Augen. Der Offizier machte einen letzten Versuch, die Situation wieder unter Kontrolle zu bekommen, aber er hatte keine Chance.

»Sie sind nicht ... Sie haben nicht ... Bin ich frei?«

»Ja ... Gott weiß, daß Sie es verdienen.«

»Das hoffe ich. Danke, Mr. Chairman.«

Sam Vicarson sah dem General nach, wie dieser Trevaynes Büro verließ. Es war beinahe halb sieben.

Andrew war in seinen Drehstuhl gesunken und hatte das Kinn auf die rechte Hand gestützt, den Ellbogen auf der Sessellehne. Seine Augen waren geschlossen.

»Das muß furchtbar gewesen sein«, sagte Sam. »Ein paar Minuten lang dachte ich, ich sollte eine Ambulanz rufen. Sie hätten Cooper draußen sehen sollen. Er hat ausgeschaut, als wäre er mit dem Kopf voran gegen einen Tank gerannt.«

»Sie sollten nicht so zufrieden tun«, erwiderte Trevayne, die Augen immer noch geschlossen. »Zur Schadenfreude ist kein Anlaß ... Ich glaube, wir schulden Cooper eine ganze Menge, all den Coopers. Wir verlangen von ihnen, das Unmögliche zu leisten; bilden sie nicht dafür aus – zum Teufel, wir warnen sie nicht einmal –, wie man mit den politischen Heilsbringern umgeht, mit denen wir sie zwingen zu verhandeln. Und am Ende setzen wir sie der Lächerlichkeit aus, wenn sie versuchen, damit fertig zu werden.« Trevayne öffnete die Augen und blickte zu Sam auf. »Kommt Ihnen das nicht unfair vor?«

»Ich fürchte nein, Sir«, antwortete Vicarson, ohne sich sehr zu bemühen, die Abfuhr zu mildern. »Männer wie Cooper – Männer, die so hoch kommen – finden genügend Seifenkisten, eine Menge freie Zeit im Fernsehen und im Radio, um sich zu beklagen. Zumindest können sie das versuchen, ehe sie sich Genessee Industries anschließen.«

»Sam, Sam ...«, sagte Trevayne müde. »Sie würden mir nicht einmal dann nach dem Munde reden, wenn mein Geisteszustand davon abhinge. Ich schätze, das ist etwas, wofür ich Ihnen dankbar sein sollte.«

»Das ist nicht schlecht. Vielleicht brauche ich eines Tages einen Job.«

»Das bezweifle ich.« Trevayne stand auf, ging um seinen Schreibtisch herum und lehnte sich an die Kante. »Ist Ihnen klar, was die getan haben, Sam? Die haben meine sogenannte Kandidatur so strukturiert, daß ich, wenn ich gewinne, als *ihr* Kandidat gewinne. Cooper war der Beweis dafür.«

»Na und? Sie haben ja nicht darum gebeten.«

»Aber ich hätte sie angenommen. Wissend, bewußt, bin ich stillschweigend ein wesentlicher Teil der Korruption geworden, von der ich immer behauptet habe, ich würde dagegen sein.«

»Was?«

»Wenn man mich wählt – oder wenn ich mich auch nur auf den Wahlkampf einließe –, könnte ich mich nicht gegen Genessee Industries wenden, weil ich ebenso schuldig bin wie sie. Wenn ich es vor der Wahl versuche, ist das die Garantie für meine Niederlage. Tue ich es nachher, dann nimmt das der Öffentlichkeit einen Teil des Vertrauens, das es mir entgegenbringt. Sie haben die Munition, um mich zum Krüppel zu machen; den abgeänderten Bericht; die haben mich hinausgedrängt. Es war eine außergewöhnliche Strategie ... Dank Paul Bonner und einem verwirrten Brigadier General habe ich das herausgefunden, ehe es zu spät war.«

»Warum haben die das getan? Warum Sie ausgewählt?«

»Aus dem einfachsten Grund, den es gibt, Sam. Dem Leitmotiv des zwanzigsten Jahrhunderts. Sie hatten keine Wahl. Keine Alternative ... Ich hatte mir vorgenommen, Genessee Industries zu zerstören. Und ich war dazu imstande.«

Vicarson starrte zu Boden. »O Gott«, sagte er leise. »Das hatte ich nicht verstanden ... Was werden Sie tun?«

Trevayne stieß sich von der Schreibtischkante ab. »Das, worauf ich mich von Anfang an hätte konzentrieren sollen. Ich werde Genessee austilgen ... An den Wurzeln!«

»Damit ist Ihre Kandidatur im Eimer.«

»Ganz sicher ist sie das.«

Das Telefon klingelte.

»Ich nehm's schon«, sagte Sam, erhob sich von der Couch und ging zum Schreibtisch. »Büro von Mr. Trevayne ... ja, Sir? Ja. Ich verstehe. Einen Augenblick bitte.« Vicarson drückte einen Knopf am Telefon und sah Trevayne an. »Das ist James Goddard ... Er ist in Washington.«

50.

James Goddard, Präsident des Geschäftsbereichs San Francisco der Genessee Industries, saß auf der anderen Seite des Raumes, während Trevayne und Vicarson die umfangreichen Papiere und Computerkarten studierten, die er auf dem langen Konferenztisch ausgebreitet hatte. Es war ein großer Raum, eine Zimmerflucht im Shoreham Hotel.

Goddard hatte nur wenig gesagt, als vor vier Stunden Trevayne und sein erster Mitarbeiter durch die Tür hereingekommen waren. Seiner Ansicht nach gab es keinen Anlaß für ein langes Gespräch. Die Zahlen, die Berichte, die ausgedruckten Ergebnisse des Meisterbandes von Genessee würden reichen.

Sollten doch die Zahlen sprechen.

Er hatte die zwei Männer beobachtet; sie waren argwöhnisch an das sorgfältig ausgewählte Material herangegangen. Zuerst waren sie vorsichtig, mißtrauisch gewesen. Und dann fing die schiere Größe der Anklage an, ihr Gefühl für Realität zu erschüttern. Und als ihre Ungläubigkeit in widerstrebende Akzeptanz umschlug, begann Trevayne, mit Fragen auf ihn einzuhämmern; Fragen, die er – wenn er sie beantworten wollte – in der einfachsten Form beantwortete.

Sollten doch die Zahlen sprechen.

Dann forderte der Vorsitzende des Unterausschusses Vicarson auf, in ihr Büro zurückzufahren und einen kleinen Tischrechner zu holen.

Jetzt rechneten sie schon vier Stunden und waren immer noch nicht fertig.

Gelegentlich, und dann in immer kürzer werdenden Abständen, wandte Trevayne sich an ihn, stellte eine Frage und erwartete eine sofortige Antwort. Andrew näherte sich dem Ende; er wollte jetzt detaillierte Namen, wollte die Planer, die das Hauptband erstellt hatten. Goddard hätte sie leicht liefern können – Hamilton und Hamiltons gesichtslose Legion von ›Vizepräsidenten‹ in Chicago; Männer, die in Deckung blieben, unsichtbar, Männer, die die riesigen nationalen und internationalen Verpflichungen manipulierten.

Ihn hatten sie nie diese Stufe erreichen lassen. Sie hatten ihm nie die Gelegenheit gegeben, aufzuzeigen, daß er über die Qualifikation verfügte, um den Kurs zu steuern, um – mit noch größerer Akkuratesse – die Vorausberechnungen zu schaffen, die fünf Jahre in die Zukunft reichten. Wie oft hatte er es für notwendig befunden, in seinem eigenen Bereich größere Änderungen vorzunehmen, weil das Hauptband Fehler enthalten hatte, die in isolierten Bereichen der Produktion von Genessee zu finanziellen Krisen geführt hätten? Wie oft hatte er unwiderlegbare Beweise nach Chicago zurückgeschickt, daß er nicht nur die Gallionsfigur der Finanzen von Genessee war, sondern in der Tat der einzige Mann, der imstande war, die Arbeit des Hauptbandes zu überblicken?

Die Antworten, die er aus Chicago erhielt – nie schriftlich, stets von einer gesichtslosen Stimme über das Telefon vorgetragen –, waren stets dieselben. Sie dankten ihm, bestätigten seinen Beitrag und erklärten, daß sein Wert als Präsident des ach so wichtigen Geschäftsbereiches San Francisco ohne Parallele war. Bis hierher und nicht weiter, sagten sie damit.

Aber einen Weg nach oben gab es, für ihn der einzige.

Er mußte schnell an die Spitze – seine Spitze – des einen Konglomerats gelangen, das noch größer war als Genessee Industries.

Die Regierung der Vereinigten Staaten.

Die Art von Handel, die jeden Tag unter einem Dutzend Decknamen abgeschlossen wurde: ›Berater‹, ›Experte‹, ›Administrativer Ratgeber‹.

Genessee Industries war im Laufe von beinahe zwanzig Jahren zu der Machtposition aufgestiegen, die sie heute innehatten. Jenes ungewöhnliche finanzielle Geflecht wieder aufzulösen, würde vielleicht ein Jahrzehnt in Anspruch nehmen.

Und er, James Goddard, ›Experte‹, war das ökonomische Genie, das dazu imstande war.

Fast fünf Stunden waren jetzt vergangen. Der kettenrauchende

Vorsitzende hatte aufgehört, Fragen zu stellen; der Assistent schob Trevayne immer noch Karten und Papiere hin – endlich hatten sie das Schema so verstanden, wie er es vorbereitet hatte.

Bald würde es soweit sein. Bald würde die Frage kommen.

Und dann der Handel.

Er sah zu, wie Andrew Trevayne sich erhob und den breiten Papierstreifen aus der Maschine riß. Der Vorsitzende des Unterausschusses sah den Streifen an, legte ihn seinem Assistenten hin und rieb sich die Augen.

»Fertig?«

»Fertig?« antwortete Trevayne mit derselben Frage. »Ich glaube, Sie wissen genau wie ich, daß es nicht so ist. Es hat gerade angefangen, wie ich leider sagen muß.«

»Ja. Ja, natürlich. Genau ... Es hat gerade angefangen. Es gibt Jahre, ganze Bände, die abgeschlossen werden müssen. Das ist mir wohl bewußt ... Wir müssen jetzt sprechen.«

»Sprechen? Wir? ... Nein, Mr. Goddard. Es mag noch nicht fertig sein, aber ich bin es. Sprechen Sie mit anderen ... Wenn Sie sie finden können.«

»Was soll das bedeuten?«

»Ich will gar nicht vorgeben, Ihre Motive zu begreifen, Goddard. Sie sind entweder der tapferste Mann, dem ich je begegnet bin ... oder so von Schuld zerfressen, daß Sie jede Perspektive verloren haben. Aber was auch immer, ich werde versuchen, Ihnen zu helfen. Das haben Sie verdient ... Aber berühren wird Sie niemand wollen. Nicht die Leute, die das sollten ... Die werden nicht wissen, wo Ihr Aussatz endet. Oder ob sie schon selbst ein latenter Fall sind und ihnen die Haut schon deshalb abfällt, weil sie neben Ihnen stehen.«

51.

Der Präsident der Vereinigten Staaten erhob sich hinter seinem Schreibtisch im Oval Office, als Andrew Trevayne eintrat. Das erste, was Trevayne auffiel, war die Anwesenheit von William Hill. Hill stand auf der anderen Seite des Zimmers vor der Verandatür und las im grellen Licht der Morgensonne irgendwelche Papiere.

Als der Präsident Andys Reaktion auf die Anwesenheit eines Dritten bemerkte, sprach er schnell:

»Guten Morgen, Mr. Trevayne. Der Botschafter ist auf meine Bitte hier; ich habe darauf bestanden, wenn Sie so wollen.«

Trevayne ging auf den Schreibtisch zu und schüttelte die Hand, die sich ihm entgegenstreckte. »Guten Morgen, Mr. President.« Dann drehte er sich um und sah, wie ihm Hill auf halbem Wege entgegenkam. »Mr. Ambassador.«

»Mr. Chairman.«

Trevayne spürte das Eis in Hills Stimme; die Monotonie, mit der er den Titel aussprach, grenzte an Beleidigung. Der Botschafter war ein zorniger Mann. Das war gut so, dachte Andrew. Eigenartig, aber gut. Er war selbst zornig. Er wandte seine Aufmerksamkeit dem Präsidenten zu, der auf einen Stuhl wies – einen von vier, die einen Halbkreis um den Schreibtisch bildeten.

»Danke.« Trevayne setzte sich.

»Ich nehme an, Mr. Trevayne, daß Sie um diese Zusammenkunft gebeten haben, weil ich von meinem Amtsprivileg Gebrauch gemacht habe. Ich habe den Bericht des Unterausschusses aus Gründen, die Ihnen suspekt erscheinen, angehalten, und Sie möchten eine Erklärung haben. Das ist Ihr gutes Recht; die von mir genannten Gründe waren falsch.«

Andrew war überrascht. Er hatte die Gründe überhaupt nicht in Zweifel gezogen. Sie dienten seinem Schutz. »Das war mir nicht bewußt, Mr. President. Ich habe Ihre Erklärung akzeptiert.«

»Wirklich? Das wundert mich. Mir kam das Ganze so durchsichtig vor. Wenigstens glaubte ich, daß Sie das denken würden ... Robert Websters Tod war ein Privatkrieg, der in keiner Weise mit Ihnen in Verbindung stand. Sie kennen diese Leute nicht, könnten sie nicht identifizieren. Webster schon, und deshalb mußte man ihn zum Schweigen bringen. Sie sind der letzte Mensch auf der Erde, dem die etwas anhaben wollten.«

Trevaynes Gesicht rötete sich, teils aus Ärger und teils wegen seiner eigenen Ungeschicklichkeit. Natürlich war er der ›letzte Mensch auf Erden, dem die etwas anhaben wollten‹. Ihn zu töten würde einen Aufruhr hervorrufen, eine gnadenlose Untersuchung herbeiführen, eine intensive Jagd nach den Mördern. Nicht hingegen Robert Webster. Keine intensive Verfolgung der Männer, die ihn ermordet hatten; Bobby Webster war für jeden eine Peinlichkeit. Auch für den Mann, der hinter dem Schreibtisch im Oval Office saß.

»Ich verstehe. Danke für die Lektion in praktischem Denken.«

»Darum geht es bei diesem Job hier.«

»Dann würde ich gerne eine Erklärung haben, Sir.«

»Die sollen Sie haben, Mr. Chairman«, sagte William Hill ging zu dem am weitesten von Trevayne entfernten Sessel und setzte sich.

Der Präsident sprach schnell und versuchte Hills Unhöflichkeit etwas zu mildern. »Natürlich werden Sie die bekommen; Sie müssen sie bekommen. Aber, wenn Sie mir verzeihen wollen, ich würde gerne wissen, warum Ihnen diese Zusammenkunft so wichtig war? Wenn man mich richtig informiert hat, haben Sie dem Terminbüro praktisch gesagt, Sie würden Ihr Zelt im Korridor aufschlagen, bis ich Sie empfange ... Der Bericht ist abgeschlossen. Die Formalitäten, die jetzt noch notwendig sind, haben nicht gerade hohe Priorität.«

»Ich war nicht sicher, wann Sie den Bericht freigeben würden.«

»Und das beunruhigt Sie?«

»Ja, Mr. President.«

»Warum?« unterbrach William Hill unfreundlich. »Glauben Sie, der Präsident hat die Absicht, ihn zu unterdrücken?«

»Nein ... Er ist nicht vollständig.«

Ein paar Augenblicke lang herrschte Schweigen, während der Präsident und der Botschafter Blicke tauschten. Der Präsident lehnte sich in seinem Sessel zurück. »Ich bin den größten Teil der Nacht wach geblieben und habe den Bericht gelesen, Mr. Trevayne. Mir ist er vollständig erschienen.«

»Das ist er nicht.«

»Was fehlt denn?« fragte Hill. »Oder sollte ich sagen, was ist entfernt worden?«

»Beides ist richtig, Mr. Hill. Weggelassen und entfernt ... Ich habe aus Gründen, die ich zu der Zeit für wohlüberlegt hielt, detaillierte – und anklagefähige – Informationen über die Genessee Industries Corporation entfernt.«

Der Präsident richtete sich auf und starrte Trevayne an. »Weshalb haben Sie das getan?«

»Weil ich glaubte, die Situation auf weniger dramatische Art und Weise unter Kontrolle halten zu können. Ich habe mich geirrt. Das muß alles bekanntgemacht werden. Vollständig.«

Der Präsident wandte den Blick von Andrew. Sein Ellbogen lag auf der Stuhllehne, seine Finger trommelten einen schnellen Rhythmus auf seinem Kinn. »Häufig sind erste – überlegte – Gründe ganz stichhaltig. Besonders wenn sie von so vernünftigen Männern, wie Sie es sind, ausgehen.«

»Im Falle von Genessee Industries habe ich mich geirrt. Eine Argumentation, die sich als unbegründet erwies, hatte mich überzeugt.«

»Würden Sie sich bitte etwas deutlicher ausdrücken?« bat Hill.

»Natürlich. Man hat mir glaubwürdig dargestellt – nein, das stimmt nicht, ich habe mich selbst überzeugt –, daß ich eine Lösung herbeiführen könnte, indem ich die Entfernung der Verantwortlichen erzwinge. Durch deren Eliminierung könnte man die Wurzeln ausreißen und damit ihre Motive ändern. Anschließend könnte man die Gesellschaft – oder die Firmen, Hunderte davon – neu strukturieren. Verwaltungsmäßig umformen und mit normalen Geschäftspraktiken in Einklang bringen.«

»Ich verstehe«, sagte der Präsident. »Man braucht nur die zu entfernen, von denen die Korruption ausgeht, dann verschwindet auch die Korruption, und das Chaos wird abgewendet. Ist es das?«

»Ja, Sir.«

»Aber nach Ihrer letzten Analyse würden die Schuldigen, diejenigen, die hinter der Korruption stehen, nicht ausgetilgt werden«, fügte Hill hinzu und wich dabei Trevaynes Blick aus.

»Das ist der Schluß, zu dem ich gelangt bin.«

»Es ist Ihnen bewußt, daß Ihre ... Lösung dem Chaos unendlich vorzuziehen ist, welches entstünde, wenn man Genessee Industries zerschlagen würde. Genessee ist der wichtigste Produzent im Verteidigungsprogramm dieses Landes. Das Vertrauen in eine solche Institution zu verlieren, hätte außergewöhnliche Auswirkungen in der ganzen Nation.« Der Präsident lehnte sich wieder in seinem Sessel zurück.

»So habe ich ursprünglich auch gedacht.«

»Ich finde auch, daß das vernünftiges Denken ist.«

»Aber es ist nicht länger möglich, Mr. President. Wie Mr. Hill gerade sagte ... man kann die Männer, die hinter der Korruption stehen, nicht an der Wurzel vertilgen.«

»Aber kann man sie benutzen?« Der Tonfall des Präsidenten war gleichmäßig, klang nicht fragend.

»Am Ende – nein. Je länger sie sich festgesetzt haben, desto fester ist die Kontrolle, die sie über ihr Werk ausüben. Sie sind dabei, sich eine Basis aufzubauen, die nach ihrem Gutdünken weitergegeben werden kann. An Personen ihres Gutdünkens. Sie leben nur in absoluten Begriffen. Ein Rat der Elite, der durch Erbfolge auf ihresgleichen übergeht. Beschützt von unvorstellbarer wirtschaftlicher Macht. Die einzige Lösung liegt in der Bloßstellung, in der sofortigen Bloßstellung.«

»Bewegen wir uns jetzt nicht auch im Bereich des Absoluten – des Absoluten Ihrer Definition, Mr. Chairman?«

Trevayne ärgerte sich wieder, wie Hill seinen Titel aussprach. »Ich sage Ihnen die Wahrheit.«

»Wessen Wahrheit?« fragte der Botschafter.

»*Die* Wahrheit, Mr. Hill.«

»Als Sie Ihren Bericht einreichten, war es nicht die Wahrheit. Die Wahrheit hat sich verändert. Ihr Urteil hat sich verändert.«

»Ja. Weil die Fakten nicht bekannt waren.«

William Hill senkte die Stimme und sprach ohne erkennbares Gefühl. »Welche Fakten? Oder war es ein *einzelnes* Faktum? Das Faktum, daß Sie Ihren Unterausschuß für etwas kompromittiert haben, von dem Sie dann später feststellten, daß es sich nur um ein leeres Angebot handelte? Die Präsidentschaft der Vereinigten Staaten.«

Andrew Trevaynes Magenmuskeln strafften sich. Er sah den Präsidenten an.

»Sie haben es gewußt.«

»Dachten Sie wirklich, ich würde es nicht wissen?«

»Seltsamerweise hatte ich nicht viel darüber nachgedacht. Wahrscheinlich ist das albern.«

»Warum? Es ist kein Verrat an mir. Ich habe Sie gebeten, einen Auftrag zu übernehmen. Ich habe weder politische Treue noch Anhängerschaft verlangt. Ich bin überzeugt, daß Sie in gutem Gewissen gehandelt haben – *so wie Sie es verstanden haben* ... Was mir meine Aufgabe leichter macht. Mein Grund, den Bericht des Unterausschusses aufzuhalten – der einzige Grund, weshalb ich mein Privileg ausgeübt habe –, war der, daß ich Sie davon abhalten wollte, dieses Land in Stücke zu reißen ... daß ich Sie daran hindern wollte, Genessee Industries als Mittel einzusetzen, um unnötig einen großen Teil unserer Wirtschaft zu zerstören und vielen Menschen ihren Lebensunterhalt zu nehmen. Sie können sich vorstellen, wie erstaunt ich war, als ich las, was Sie geschrieben hatten.«

Andrew Trevayne wich dem Blick des Präsidenten nicht aus. »Ich finde, das ist eine außergewöhnliche Erklärung.«

»Auch nicht außergewöhnlicher als Ihr Bericht. Und die Tatsache, daß Sie sich weigerten, das genaue Datum bekanntzugeben – wenigstens den in Aussicht genommenen Empfängern –, an dem Sie den Bericht liefern würden. Sie haben keine Vereinbarung mit der Regierungsdruckerei getroffen; Sie haben sich auch nicht, wie es üblich ist, der Anwälte des Justizministeriums bedient, ehe sie den Bericht in seine Endform ...«

»Mir waren diese Gepflogenheiten nicht bekannt; und wenn das der Fall gewesen wäre, so bezweifle ich, ob ich mich ihnen angeschlossen hätte.«

»Höflichkeit, Zweckmäßigkeit und Ihr Schutzbedürfnis hätten Ihnen diese Kenntnis verschaffen müssen«, warf Hill ein. »Soweit mir bekannt ist, waren Sie mit anderen, wesentlicheren Dingen befaßt.«

»Mr. Ambassador, Sie haben versucht, mich gegen die Wand zu drücken, seit ich diesen Raum betreten habe. Das gefällt mir nicht! Und jetzt bitte ich Sie mit allem Respekt, daß Sie damit aufhören.«

»Ohne sehr viel von diesem Respekt zu erwidern, Mr. Trevayne, werde ich mich weiterhin der Worte bedienen, die ich für angemessen halte, bis der Präsident mich um eine andere Wortwahl ersucht.«

»Dann spreche ich diese Bitte aus, Bill ... Der Botschafter ist kein Politiker und wird nie einer werden. Er glaubt ganz einfach, daß Sie versuchen, mich um meine zweite Amtszeit zu bringen. Ich wünsche Ihnen Glück; ich glaube nicht, daß Sie es schaffen werden. Oder ›hätten schaffen können‹, was vermutlich jetzt angemessener ist.«

Trevayne atmete einmal lautlos durch, ehe er sprach. »Wenn ich auch nur eine Minute lang geglaubt hätte, daß Sie sich um die Wiederwahl bemühen würden, wäre nichts von dem geschehen. Es tut mir leid. Mehr als ich Ihnen gegenüber je zum Ausdruck bringen kann.«

Das Lächeln des Präsidenten verschwand. Hill setzte zum Reden an, aber die Hand des Präsidenten, die dieser Schweigen gebietend hob, hinderte ihn daran. »Ich glaube, das sollten Sie erklären, Mr. Trevayne.«

»Man hat mir gesagt, daß Sie sich nicht um eine zweite Amtsperiode bemühen würden ... Die Entscheidung sei unwiderruflich.«

»Und das haben Sie geglaubt.«

»Das war die Basis meiner Gespräche. Am Ende die einzige Basis.«

»Hat man Ihnen den Grund gesagt?«

»Ja ... Es tut mir leid.«

Der Präsident musterte Trevaynes Gesicht, und Andrew empfand Übelkeit. Er wollte diesem Mann nicht in die Augen sehen, wußte aber, daß er seinem Blick nicht ausweichen durfte.

»Meine Gesundheit?« fragte der Präsident einfach.

»Ja.«

»Krebs?«

»Das habe ich daraus geschlossen ... Es tut mir leid.«

»Das braucht es nicht. Es ist eine Lüge. Die einfachste, primitivste Lüge, die man in der politischen Arena einsetzen kann.«

Trevayne fiel die Kinnlade herunter, als er in die reif gezeichneten, starken Züge des Mannes hinter dem Schreibtisch sah. Die Augen des Präsidenten sahen ihn unverwandt an, vermittelten, daß das, was er sagte, die Wahrheit war.

»Dann bin ich ein verdammter Narr.«

Der Präsident ging über die Bemerkung hinweg. »Und ich habe die Absicht, die Fahne meiner Partei zu ergreifen, einen Wahlkampf zu führen und in diesem Amt bestätigt zu werden. Ist das klar?«

»Ja.«

»Mr. Trevayne.« William Hills Stimme war leise. »Bitte, nehmen Sie meine Entschuldigung an. Sie sind nicht der einzige verdammte Narr in diesem Raum.« Der alte Mann machte den Versuch eines Lächelns. »Wir liegen Kopf an Kopf in einem Rennen um den letzten Platz ... Wir sind beide ein wenig albern.«

»Wer genau war es denn, der Ihnen meine etwas verfrühte Todesanzeige vorgelesen hat?«

»Man hat sie mir zweimal vorgelesen. Das erstemal im Villa d'Este in Georgetown. Ich bin als Skeptiker hingegangen – um zu sehen, wer den Versuch machen würde, den Bericht des Unterausschusses zu kaufen. Zu meinem Erstaunen hat das niemand getan;

ganz im Gegenteil übrigens. Nach dem Gespräch war ich zu drei Vierteln Kandidat.«

»Sie haben immer noch nicht ...«

»Entschuldigung. Senator Alan Knapp. Ich glaube, er hat es ›wahren überparteilichen Geist‹ genannt, als er die Erklärung abgab, daß Sie am Ende Ihrer gegenwärtigen Amtszeit abtreten würden. Und das Wohl des Landes stand für ihn an erster Stelle.«

Der Präsident wandte den Kopf nur leicht in Richtung auf Hill, als er sagte: »Sie werden dem nachgehen, Bill?«

»Der energische Senator wird vor dem Ende des Monats zurücktreten. Sie können das als Weihnachtsgeschenk betrachten, Mr. President.«

»Fahren Sie bitte fort.«

»Das zweitemal war es in New York. Im Waldorf. Ich hatte dort ein Gespräch mit Aaron Green und Ian Hamilton. Eher eine Auseinandersetzung ... Ich dachte, ich hätte gewonnen; deshalb fiel der Bericht so aus, wie Sie ihn gelesen haben. Hamilton sagte, Sie würden das Ende einer zweiten Amtszeit nicht erleben; Sie würden entweder den Vizepräsidenten oder den Gouverneur von New York aufstellen. Und keiner von beiden war für sie akzeptabel.«

»Scylla und Charybdis, was, Bill?«

»Die sind zu weit gegangen!«

»Das tun sie immer. Rühren Sie sie nicht an.«

»Ich verstehe.«

Trevayne hatte das kurze Zwischenspiel zwischen den zwei älteren Männern verfolgt. »Mr. President. Ich verstehe nicht. Wie können Sie das sagen? Diese Männer sollten ...«

»Darauf kommen wir, Mr. Trevayne«, unterbrach der Präsident. »Eine letzte Frage. Wann ist Ihnen klar geworden, daß man Sie manipuliert hat? Auf brillante Art manipuliert, darf ich vielleicht hinzufügen, jetzt, wo ich das Schema erkenne.«

»Paul Bonner.«

»Wer?«

»Major Paul Bonner ...«

»Aus dem Pentagon«, sagte der Präsident als Feststellung einer Tatsache. »Der den Mann in Ihrem Haus in Connecticut getötet hat?«

»Ja, Sir. Er hat mir das Leben gerettet; er wird von der Mordanklage freigesprochen werden. Anschließend erwartet ihn ein Kriegsgerichtsverfahren; er wird aus der Armee ausgestoßen werden.«

»Sie glauben nicht, daß das gerechtfertigt ist?«

»Ja. Ich bin nicht oft einer Meinung mit dem Major, aber ...«

»Ich werde mich darum kümmern«, unterbrach ihn der Präsident und kritzelte eine Notiz auf ein Blatt Papier. »Was hat Ihnen dieser Bonner gesagt?«

Andrew machte eine kurze Pause; er wollte präzise antworten, ganz genau. Das war er Bonner schuldig. »Daß ein Brigadier General namens Cooper in einem Zustand der Depression, der Angst, ihm gesagt hat, ich sei der Kandidat des Pentagon; daß die ganze Ironie der Lage des Majors in der letzten Analyse lag ...« Wieder machte Trevayne eine Pause, seine eigenen Worte machten ihn verlegen. »Bonners Kriegsgerichtsurteil könne nur durch einen präsidentiellen Gnadenerlaß aufgehoben werden ... meinen Gnadenerlaß.«

»Du großer Gott«, murmelte Hill, fast unhörbar.

»Und?«

»Es gab keinen Sinn. Ich sah in meinem Zusammentreffen mit Hamilton und Green einen Erfolg, eine Kapitulation ihrerseits. Zwei Dinge standen für mich fest. Das eine war, daß ich nicht ihr Kandidat war; das zweite, daß sie meine Bedingungen akzeptierten. Sie würden aussteigen ... Bonners Information stand im Widerspruch zu allem, was ich glaubte.«

»Also haben Sie Cooper zu sich gerufen«, folgerte der Präsident.

»Das habe ich. Und ich erfuhr nicht nur, daß ich der Kandidat des Pentagon – von Genessee Industries – war, sondern daß ich das von Anfang an gewesen war. Sämtliche Mittel der bewaffneten Streitkräfte – die Datenbänke der Abwehr, Übereinkünfte mit der Industrie, sogar eine Stimmindoktrinierung in den einzelnen Waffengattungen –, sie alle hatte man eingesetzt, um meine Wahl sicherzustellen. Unternehmer, Gewerkschaften, die Stimmen der Streitkräfte. Alles Stimmblocks, die Genessee garantierte. Das in New York war keine Kapitulation; die sind nicht ausgestiegen. *Mich* haben sie hinausgeführt. Wenn ich die Nominierung – und am Ende das Amt – bekam, würde ich gehenkt werden. Unabhängig zu sein, sie an diesem Punkt auffliegen zu lassen, würde darauf hinauslaufen, daß ich mich selbst auffliegen ließ.«

»Und würden somit Ihre Kandidatur oder – Gott bewahre – das nationale und internationale Vertrauen in Ihre Administration zerstören«, führte der Präsident den Satz für ihn zu Ende.

»Die sind beträchtliche Risiken eingegangen«, sagte William Hill. »Das paßt gar nicht zu ihnen.«

»Welche Alternative hatten sie denn, Bill? Kaufen konnte man ihn nicht. Oder überreden. Wenn unser junger Freund nicht zu ihnen gegangen wäre, dann wären sie hingekommen. Dieselbe Lösung, an der Oberfläche betrachtet. Geordneter Rückzug, im Gegensatz zu ökonomischem Chaos. Ich hätte das geglaubt, und Sie hätten es auch.«

»Sie reden ja, als wüßten Sie alles über … *sie.*«

»Eine ganze Menge, ja. Aber kaum ›alles‹. Ich bin sicher, daß es Bereiche gibt, die Sie untersucht haben und von denen wir nichts wissen. Wir wären Ihnen für eine ausführliche Darstellung dankbar. Als Verschlußsache natürlich.«

»Verschlußsache? Man darf dieses Material nicht zur Verschlußsache erklären, Mr. President. Es muß der Öffentlichkeit zugänglich gemacht werden.«

»Vor vierundzwanzig Stunden haben Sie nicht so gedacht.«

»Die Bedingungen waren nicht dieselben.«

»Ich habe den Bericht gelesen; er ist völlig befriedigend.«

»Er ist *nicht* befriedigend. Ich habe gestern nacht fünf Stunden mit einem Mann namens Goddard verbracht –«

»Genessee. Präsident des Geschäftsbereichs San Francisco«, sagte William Hill leise, als Reaktion auf einen Blick des Mannes hinter dem Schreibtisch.

»Er hat San Francisco mit vier Aktenkoffern voll Genessee-Material verlassen; Material, das sich über Jahre erstreckt. Großteils Verpflichtungen, von denen man nie zuvor gehört hat.«

»Ich bin sicher, daß Sie darauf in Ihrer Darstellung eingehen werden. Der Bericht bleibt so, wie Sie ihn vorgelegt haben.«

»Nein, das darf nicht sein! Das akzeptiere ich nicht!«

»Sie *werden* es akzeptieren!« Die Stimme des Präsidenten war plötzlich ebenso laut wie die Trevaynes. »Sie werden es akzeptieren, weil dieses Amt es so entscheidet.«

»Diese Entscheidung können Sie nicht erzwingen! Sie haben keine Kontrolle über mich.«

»Seien Sie dessen nicht so sicher. Sie haben Ihren Bericht diesem

Amt eingereicht – *offiziell* eingereicht. Das Dokument ist von Ihnen unterzeichnet. Wir haben übrigens vier Kopien mit ungebrochenen Siegeln in unserem Besitz. Spekulationen anzustellen, daß dieser eine Bericht nicht authentisch wäre, daß man ihn zurückholen müßte, weil an ihm manipuliert worden ist, weil der politische Ehrgeiz des Vorsitzenden des Unterausschusses ihn geformt hat, würde ernste Probleme aufwerfen. Wollte man Ihnen gestatten, ihn zurückzurufen – aus welchen Gründen auch immer –, würde das meine Administration suspekt erscheinen lassen. Unsere Gegner würden behaupten, wir hätten Änderungen verlangt. Das kann ich nicht tun. Dieses Amt hat jeden Tag mit in- und ausländischen Problemen zu tun; Sie werden unsere Effektivität in diesen Bereichen nicht kompromittieren, weil *Ihr* Ehrgeiz nicht seine Erfüllung gefunden hat. In diesem Augenblick müssen wir über jeden Verdacht erhaben bleiben.«

Trevaynes Stimme ließ seine Verblüffung erkennen. Sie war kaum zu hören. »Das hätten Hamilton und Green auch gesagt.«

»Ich habe nicht die geringste Scheu, die Strategie eines anderen zu stehlen, wenn mir das Nutzen bringt.«

»Und wenn ich aufstehe und sage, der Bericht sei nicht authentisch, nicht vollkommen?«

»Abgesehen von dem persönlichen Leid – und dem Spott –, dem Sie sich und Ihre Familie aussetzen«, sagte William Hill leise und starrte dabei Trevayne an, »wer würde Ihnen glauben? … Sie haben Ihre Glaubwürdigkeit verkauft, als Sie diesen Bericht gestern morgen ausschickten. Jetzt wünschen Sie, ihn gegen einen zweiten, anderen zu vertauschen? Vielleicht wird es einen dritten geben – wenn eine Gruppe von Politikern Sie für das Gouverneursamt empfiehlt. Selbst einen vierten – es gibt andere Ämter, andere Ernennungen. Wo hört der flexible Vorsitzende auf? Wie viele Berichte gibt es denn?«

»Mir ist egal, was andere Leute denken. Ich habe das von Anfang an gesagt, immer wieder. Ich habe nichts zu gewinnen und nichts zu verlieren.«

»Nur Ihre Effektivität als ein funktionierendes Individuum, das für diese Nation etwas tun kann«, sagte der Präsident. »Ohne das könnten Sie nicht leben, Mr. Trevayne. Niemand mit Ihren Fähigkeiten könnte das. Und das würde Ihnen weggenommen werden; Sie wären isoliert von Ihresgleichen. Man würde Ihnen nie wieder vertrauen. Ich glaube nicht, daß Sie einer solchen Existenz gewachsen wären. Wir alle brauchen etwas. Niemand von uns kann ganz auf sich alleine gestellt existieren.«

Andrew, dessen Blick sich in die Augen des Präsidenten bohrte, erkannte, wie wahr die Worte des Mannes waren. »Das würden Sie tun? Sie würden zulassen, daß es so herauskommt?«

»Ganz sicher würde ich das.«

»Warum?«

»Weil ich nach Prioritäten handeln muß. Ganz einfach, ich brauche Genessee Industries.«

»Nein! ... Nein, das kann nicht Ihr Ernst sein. Sie wissen, was es ist!«

»Ich weiß, daß es eine Funktion erfüllt; ich weiß, daß man es lenken kann. Das ist alles, was ich wissen muß.«

»Heute. Morgen vielleicht. Nicht in ein paar Jahren. Sein Ziel ist die Vernichtung.«

»Das wird ihm nicht gelingen.«

»Das können Sie nicht garantieren.«

Der Präsident schlug plötzlich mit der flachen Hand auf die Armlehne seines Sessels und stand auf. »Niemand kann irgend etwas garantieren. Jedesmal, wenn ich diesen Raum betrete, gibt es Risiken; Gefahren jedesmal, wenn ich hinausgehe ... Hören Sie mir zu, Trevayne. Ich glaube zutiefst an die Fähigkeit dieses Landes, den anständigen Instinkten seines Volkes zu dienen – und der ganzen Menschheit. Aber ich bin Praktiker genug, um zu erkennen, daß es im Dienste dieser Anständigkeit oft unanständige Manipulationen geben muß ... Überrascht Sie das? Das sollte es nicht, denn Sie wissen sicherlich, daß man nicht aus allen Waffen Pflugscharen machen kann. Kain wird Abel ermorden; Heuschrecken werden über das Land kommen, und die Unterdrückten werden es eines Tages müde sein zu warten, die Bequemlichkeiten eines Lebens nach dem Tode zu erwerben! Sie wollen etwas hier auf dieser Welt! Und ob es *Ihnen* nun gefällt oder nicht – ob es *mir* gefällt oder nicht – Genessee Industries tut etwas für diese Dinge! ... Ich bin nach reiflicher Überlegung der Ansicht, daß Genessee keine Bedrohung ist. Man kann und wird Genessee an den Zügel legen, es *benutzen*, Mr. Trevayne. *Benutzen.*«

»Bei jeder Wendung«, sagte Hill voll Mitgefühl, als er Trevaynes erschütterten Ausdruck sah, »geht die Suche nach Lösungen weiter. Erinnern Sie sich, als ich Ihnen das sagte? Die *Suche* ist die Lösung. Das gilt für Organisationen wie Genessee Industries immer wieder. Der Präsident hat recht.«

»Er hat nicht recht«, erwiderte Andrew leise, von Schmerz erfüllt, und sah den Mann an, der hinter dem Schreibtisch stand. »Das ist keine Lösung; das ist die Kapitulation.«

»Eine einsetzbare Strategie«, sagte der Präsident. »Für unser System in höchstem Maße geeignet.«

»Dann ist das System falsch.«

»Vielleicht«, erwiderte der Präsident und griff nach einigen Papieren. »Ich habe nicht die Zeit, mich solchen Spekulationen hinzugeben.«

»Glauben Sie nicht, daß Sie das sollten?«

»Nein«, antwortete der Mann und tat mit der Art, wie er aufblickte, Trevaynes Bitte ab. »Ich muß dieses Land führen.«

»O mein Gott ...«

»Tragen Sie Ihre moralische Empörung woanders hin, Mr. Trevayne. Zeit. Zeit ist es, womit ich befaßt sein muß. Ihr Bericht steht.«

Und dann legte der Präsident, gerade als wäre ihm das jetzt erst eingefallen, das Papier beiseite und streckte Andrew, der im Aufstehen begriffen war, die Hand hin.

Trevayne sah die Hand an, die ebenso ruhig in der Luft hing, wie die Augen des Mannes ruhig und gleichmäßig blickten.

Er nahm sie nicht.

52.

Paul Bonner sah sich im Gerichtssaal um. Er suchte Trevayne. Es war schwer, ihn ausfindig zu machen, denn es herrschte Gedränge, ein Gewirr schriller Stimmen, Reporter, die Erklärungen haben wollten, und dazu ringsum die ewigen Blitze der Fotografen. Andrew war am Morgen dagewesen und hatte sich die Zusammenfassung angehört, und Paul fand es eigenartig, daß er nicht geblieben war – wenigstens auf eine Weile –, um zu sehen, ob die Geschworenen vielleicht einen schnellen Spruch fällen würden.

Das taten sie.

In einer Stunde und fünf Minuten.

Freispruch.

Bonner hatte sich keine Sorgen gemacht. Im Verlauf des Prozesses war er zuversichtlich gewesen, daß sein eigener Militäranwalt ohne Trevaynes elegante, knochenharte Anwälte aus New York es geschafft hätte. Aber es war nicht zu leugnen, daß ihr kollektives Image von Vorteil war.

Trevayne war nirgends zu entdecken.

Paul Bonner arbeitete sich durch die Menge auf die Tür des Gerichtssaals zu. Er versuchte, ein dankbares Lächeln zu bewahren, während man ihn schubste und ihm zurief. Auf den Stufen des Gerichtsgebäudes sah er sich nach seinem uniformierten Begleiter um, nach dem braunen Dienstwagen, der ihn nach Arlington zurückbefördern würde, in die Kaserne, wo sein Stubenarrest anhielt. Er war nirgends zu sehen; er parkte nicht an der Stelle, die man ihm genannt hatte.

Statt dessen trat ein Master Sergeant mit messerscharf gebügelter Uniform und glänzenden Schuhen auf Bonner zu.

»Wenn Sie mir bitte folgen würden, Major.«

Das Automobil, das am Bürgersteig wartete, war eine Limousine in Metallic-Lackierung, mit zwei Flaggen vorn und vier goldenen Sternen auf rotem Grund.

Der Sergeant öffnete Bonner die rechte hintere Tür. Paul brauchte bezüglich der Identität des Generals auf dem Rücksitz keine Spekulationen anzustellen, die Reporter hatten das in lauten, erregten Stimmen schon klargestellt.

Der Vorsitzende der Vereinigten Stabschefs der Vereinigten Staaten.

Der General grüßte nicht, als Bonner in den Wagen stieg und sich neben ihn setzte. Er starrte gerade nach vorn, während der Wagen sich in Bewegung setzte.

»Diese kleine Szene war bestellt, Major. Ich hoffe, Sie wissen das zu schätzen.« Der General sprach mit abgehackter Stimme, ohne Bonner anzusehen.

»Das klingt, als würden Sie das nicht billigen, Sir.«

Der hohe Offizier sah abrupt zu Bonner hinüber und wandte sich ebenso schnell wieder ab. Er griff in die in der Türverkleidung angebrachte Tasche und entnahm ihr einen Umschlag. »Der zweite

Befehl, den ich erhielt, lautet, daß ich Ihnen das hier persönlich zu übergeben habe. Er ist mir ebenso widerwärtig.«

Er reichte Bonner den Umschlag, der verwirrt mit einem unhörbaren ›Danke‹ reagierte. Der Aufdruck in der linken oberen Ecke verriet ihm, daß der Inhalt vom Armeeministerium, nicht den Vereinigten Stabschefs stammte. Er riß den Umschlag auf und entnahm ihm ein einzelnes Blatt. Es war die Kopie eines Briefes aus dem Weißen Haus, adressiert an den Secretary of the Army und vom Präsidenten der Vereinigten Staaten unterzeichnet.

Die Sprache war kurz und sachlich und ließ keinen Platz für Interpretationen – mit Ausnahme des Zorns, vielleicht der Feindseligkeit, die der Verfasser empfunden hatte.

Der Präsident wies den Secretary of the Army an, mit sofortiger Wirkung alle in Betracht gezogenen Anklagen gegen Major Paul Bonner niederzuschlagen. Besagter Major Bonner sollte sofort in den Rang eines Colonel erhoben und binnen eines Monats auf die Kriegsakademie versetzt werden, um dort eine Ausbildung in Strategie zu erhalten. Nach Abschluß seiner Studien an der Kriegsakademie – die auf sechs Monate veranschlagt wurden – sollte Colonel Bonner als Verbindungsoffizier den Vereinigten Stabschefs zugeteilt werden.

Paul Bonner schob den Brief vorsichtig in den Umschlag zurück und saß stumm neben dem General. Er schloß die Augen und dachte über die Ironie des Ganzen nach.

Ian Hamilton genoß den schönen Sonntagmorgen. Vor zehn Tagen war er gar nicht sicher gewesen, ob er je wieder Sonntagmorgenspaziergänge machen würde; zumindest nicht an den Ufern des Michigan-Sees.

Alles das hatte sich jetzt geändert. Die Furcht war weg, und sein normales Hochgefühl, das stille Hochgefühl, das sich stets nach großen Leistungen einstellte, war zurückgekehrt. Und die Ironie des Ganzen! Der einzige Mann, den er gefürchtet hatte, der einzige, der wirklich über die Kapazität verfügte, sie zu vernichten, hatte sich selbst vom Schachbrett entfernt.

Oder war entfernt worden.

Wie auch immer, es bewies, daß die Vorgangsweise, auf der er bestanden hatte, die richtige gewesen war. Aaron Green war fast in Stücke gegangen; Armbruster hatte, von Panik erfüllt, von vorzeitigem Ruhestand gesprochen; Cooper – der arme, bedrängte, fantasielose Cooper – war in die Berge von Vermont geflohen, die Uniform mit dem Schweiß der Hysterie befleckt.

Aber er, Ian Hamilton, hatte standgehalten. Er wußte, daß sie nur zu warten brauchten, bis Andrew Trevanyes ›gekürzte‹ Version von den Potomac Towers freigegeben wurde. Sobald das einmal geschehen war, wer würde dann schon, wer konnte dann schon die Entscheidung treffen, ihm auch noch die Vorlage des Berichts in der ursprünglichen Form zu gestatten? Das Seil würde an beiden Seiten brennen, und Trevayne würde in der Falle sitzen. Doppelt gefangen durch die Selbstkompromittierung und das Bedürfnis der Regierung, das Gleichgewicht nicht zu stören. William Hill hatte es ja praktisch zugegeben.

Sam Vicarson saß auf dem gepackten, verschlossenen Karton und sah sich im leeren Raum um. Leer mit Ausnahme der Couch, die dagewesen war, als der Unterausschuß das Büro übernommen hatte. Die Packer waren fast fertig.

Ihn hatten jetzt nur noch die Kartons zu interessieren. Trevayne hatte ihn beauftragt, den Abtransport zu überwachen. Sie sollten, in Kisten verpackt, zu Trevaynes Haus in Connecticut gebracht werden.

Warum, in Gottes Namen, wollte er sie nur dort haben?

Wer würde sie haben wollen?

Aber dies waren nicht die wichtigen Akten. Die Genessee-Akten.

Die hatte man schon lange in den unterirdischen Stahlkammern des Weißen Hauses verwahrt.

Abgemeldet.

Leine ziehen, nannte man das im Jargon.

Trevayne hatte Leine gezogen; alle hatten sie Leine gezogen.

Vor einem Monat hätte er es nicht geglaubt. Er hätte es nicht für möglich gehalten.

Trevayne hatte ihm Angebote von einem halben Dutzend Spitzenunternehmen in New York beschafft, darunter auch der Firma von Walter Madison. Und Aaron Green – unter dem Vorwand, von ihm im Waldorf beeindruckt gewesen zu sein – hatte gesagt, er könnte nächste Woche als Chef der juristischen Abteilung seiner Agentur anfangen.

Aber das beste Angebot von allen kam von hier, von Washington. Ein Mann namens Smythe, Stabschef des Weißen Hauses.

Was konnte schon auf einem Lebenslauf besser aussehen als das Weiße Haus?

James Goddard saß auf dem dünnen, harten Bett in dem primitiven gemieteten Zimmer.

Goddard war kein Trinker, aber er hatte sich betrunken. Sehr betrunken. In einer schmierigen Bar, die früh am Morgen öffnete für die schmierigen Betrunkenen mit den glasigen Augen, die einen Drink brauchten, ehe sie an ihre schmierigen Jobs gingen. Wenn sie Jobs hatten.

Er war mit seinen vier Aktenkoffern – seinen wertvollen Aktenkoffern – in einer Nische ganz hinten geblieben und hatte einen Drink nach dem anderen genommen.

Er war so viel besser als alle anderen in der Bar – jeder konnte das sehen. Und weil er besser war, bemühte sich der schmierige Barkeeper, zu ihm beflissen zu sein.

Er hatte dem schmierigen Barkeeper gegenüber durchblicken lassen, daß er nicht abgeneigt wäre, eine Frau zu haben. Ein junges Mädchen mit großen Brüsten und festen, dünnen Beinen.

Und der fand ein paar junge Mädchen für ihn. Er brachte sie zu Goddard in die Nische, damit der seine Wahl treffen könne. Er wählte die aus, die ihre Bluse aufknöpfte und ihm ihre großen, spitzen Brüste zeigte.

Sie brauchte schnell Geld; er fragte nicht, warum. Sie sagte, wenn sie Geld hätte, würde sie mit ihm Dinge tun, die er nie vergessen würde.

Und sie würde ihn zu einem wunderschönen alten Haus in einem stillen, alten Stadtviertel von Washington bringen, wo er so lange bleiben dürfe, wie er wollte. Niemand würde ihn finden. Und dort wären auch andere Mädchen.

Er stimmte zu und zeigte ihr das Geld. Er gab es ihr nicht, zeigte es nur.

Er war nicht umsonst eine der Spitzen von Genessee Industries.

Aber er mußte noch einen letzten Kauf bei dem schmierigen Barkeeper tätigen, ehe er mit dem jungen Mädchen mit den großen Brüsten wegging.

Zuerst zögerte der schmierige Barkeeper. Aber als James Goddard einen Hundertdollarschein sehen ließ, verschwand sein Zögern.

Das alte Haus, zu dem sie kamen, war im Viktorianischen Stil. Man gab ihm ein Zimmer. Er trug die Aktenkoffer selbst; er wollte nicht zulassen, daß irgend jemand sie berührte.

Und das Mädchen kam zu ihm hinauf. Was nun folgte, hatte er seit fünfundzwanzig Jahren nicht mehr erlebt. Dann ging sie still hinaus, und er ruhte.

Jetzt war er mit Ruhen fertig. Er saß auf dem Bett und blickte auf die vier Aktenkoffer. Er erinnerte sich genau, welcher den letzten Kauf enthielt, den er bei dem schmierigen Barkeeper getätigt hatte.

Es war der zweite von oben.

Er hob den ersten Aktenkoffer von dem Stapel und stellte ihn auf den Boden. Dann öffnete er den nächsten.

Auf den Karten und den Papieren lag eine Pistole.

53.

Es hatte angefangen.

Dieses gequälte Land, wo die Begierden sich an sich selbst genährt hatten, bis das größte Gut das größte Böse geworden war. Weil das Land den von der Macht Verdammten gehörte.

Und ein einziger Akt des Schreckens machte den Wahnsinn abrupt und erschütternd klar.

Andrew Trevayne saß an seinem Eßtisch vor dem großen Fenster, das aufs Meer hinausblickte, und zitterte am ganzen Körper. Die Morgensonne, deren blitzende Strahlen sich in der Meeresfläche spiegelten, verkündete nicht einen prunkvollen Morgen, sondern schreckliches Leid.

Ein endloser Höllentag.

Trevayne zwang seinen Blick auf die Zeitung zurück. Die Schlagzeilen erstreckten sich über die ganze Breite der New York Times und brüllten die Unpersönlichkeit objektiven Schreckens hinaus:

PRÄSIDENT ERMORDET:
IN DER EINFAHRT ZUM WEISSEN HAUS
VON GESCHÄFTSMANN ERSCHOSSEN

Um 17.31 Uhr für tot erklärt.

Mörder begeht Selbstmord; James Goddard, Präsident San Francisco Div. von Genessee Industries als Mörder identifiziert.

Vizepräsident um 19.00 Uhr vereidigt. Beruft Kabinettssitzung ein. Kongreß einberufen.

Die Tat war lächerlich einfach. Der Präsident der Vereinigten Staaten war gerade dabei, Reportern die Weihnachtsdekorationen auf dem Rasen des Weißen Hauses zu zeigen, als er in festlicher Stimmung die letzte Touristengruppe begrüßte, die das Gelände verließ. James Goddard hatte sich unter den Touristen befunden; wie die Wächter sich erinnerten, hatte er in den letzten Tagen einige Führungen durch das Weiße Haus mitgemacht.

In der rechten unteren Ecke der Titelseite war ein Bericht, dessen Unglaublichkeit Trevayne die Augen aufreißen ließ:

REAKTION BEI GENESSEE

San Francisco, 18. Dezember – Während der ganzen Nacht sind auf dem Flughafen von San Francisco zahlreiche Privatmaschinen mit Spitzenmanagern von Genessee gelandet. Das Führungsgremium tagt pausenlos und ist bemüht, das Geheimnis hinter den tragischen Ereignissen des gestrigen Tages in Washington zu klären. Als eines der wesentlichen Ergebnisse dieser Konferenz zeichnet sich offenbar Louis Riggs als Sprecher für den Geschäftsbereich San Francisco von Genessee Industries ab, das als Hauptquartier der Gesellschaft gilt. Riggs, ein Veteran des Vietnamkrieges, ist der junge Wirtschaftsfachmann, der Goddard als erster Assistent und Chefbuchhalter diente.

Nach Ansicht von Eingeweihten hatte sich Riggs schon einige Wochen Sorgen wegen Unregelmäßigkeiten im Verhalten seines Vorgesetzten gemacht. Angeblich hatte der junge Assistent eine Anzahl vertraulicher Aktenvermerke an andere Führungspersönlichkeiten des Unternehmens geschickt und darin seiner Sorge Ausdruck gegeben. Ferner teilt man uns mit, daß Riggs eine Reise nach Washington plant, um sich dort mit dem neu vereidigten Präsidenten zu treffen.

Es hatte angefangen.

Und Andrew Trevayne wußte, daß er nicht zulassen durfte, daß es weiterging. Er konnte nicht Zeuge der Katastrophe werden, ohne seine besorgte Stimme hören zu lassen, ohne es das Land wissen zu lassen.

Aber das Land war in Panik; die Welt war in Panik. Er durfte diese Hysterie nicht noch durch seine Besorgnis verschärfen.

Soviel wußte er.

Pamela war die erste gewesen, die die Nachricht gebracht hatte. Andy und Phyllis waren im Arbeitszimmer und hatten Pläne für eine Reise im Januar gemacht.

Phyllis bestand auf der Karibik; einem heißen Land, wo Andy Stunden auf seinem geliebten Ozean verbringen konnte, um die Inseln segeln, von den warmen Winden die Verletzungen und den Groll wegwehen lassen.

Beide hatten sie das Krachen der Haustür gehört.

»Pam! Um Himmels willen, was ist denn los?«

»O Gott! Gott! Ihr wißt es nicht?«

»Wissen?«

»Schaltet das Radio ein. Man hat ihn getötet!«

»Wen?«

»Der Präsident ist ermordet worden! Ermordet!«

»O mein Gott.« Phyllis sprach mit kaum hörbarer Stimme und wandte sich ihrem Mann zu. Andrew griff instinktiv nach ihr. Die unausgesprochenen Erklärungen – die Fragen – waren zu klar, zu intim, zu angefüllt mit Qual und persönlicher Angst, als daß die Worte hätten an die Oberfläche dringen können.

Andrew ließ seine Frau los und ging mit schnellen Schritten ins Wohnzimmer ans Telefon.

Da war nichts, was ihm jemand hätte sagen können, nur die schrecklichen Tatsachen, das Unglaubliche. Fast jede Leitung, die er in Washington kannte, war besetzt. Die wenigen, die nicht besetzt waren, hatten keine Zeit für ihn. Die Regierung der Vereinigten Staaten mußte funktionieren, mußte um jeden Preis die Kontinuität sicherstellen.

Die Fernseh- und Radiostationen unterbrachen alle Sendungen, und gehetzte Ansager begannen ihre endlosen Wiederholungen. Andere zeigten Wut und Zorn, als wollten sie ihre ausgedehnten stummen Zuhörerscharen verdammen. Eine Anzahl Wichtigtuer – zweitrangige Politiker, zweitrangige Journalisten, ein paar aufgeblasene Vertreter der akademischen Welt – befanden sich ›zufällig in den Studios‹ oder ›an der Leitung‹ und warteten darauf, Anerkennung zu suchen, ihre geschmacklosen Erkenntnisse und Ermahnungen an ein abgestumpftes Publikum zu verbreiten, das in diesem Augenblick der Verwirrung nur zu willens war, sich lehren zu lassen.

Trevayne ließ eine Station – die am wenigsten verantwortungslose, dachte er – auf einigen Geräten im Hause eingeschaltet. Er ging auf Pams Zimmer und dachte, Phyllis würde dort sein. Das war sie nicht. Pam redete leise mit Lillian; die Hausangestellte hatte geweint, und das Mädchen tröstete die ältere Frau und gewann dabei die eigene Fassung zurück.

Trevayne hörte einige Zeit zu. Dann ging er den Korridor hinunter zu seinem und Phyllis' Zimmer. Seine Frau saß am Fenster, und er kniete neben ihrem Stuhl nieder. Sie starrte ihn an, und in dem Augenblick wurde ihm klar, daß sie vor ihm gewußt hatte, was er tun würde.

Und sie hatte Angst, schreckliche Angst.

Andrew Trevayne stand am Kamin und wußte, daß er sich kein Selbstmitleid leisten durfte.

Er mußte jetzt dafür sorgen, daß man ihn verspürte, dort, wo es zählte. Ehe unwiderruflich die Kontinuität hergestellt war.

Er mußte sie aufschrecken. Sie alle. Ihnen klarmachen, daß er es ernst meinte. Man durfte nicht zulassen, daß sie vergaßen, daß er die Waffen in der Hand hielt – fest in der Hand hielt –, mit denen er sie alle absetzen konnte.

Und er würde jene Waffen einsetzen, weil sie es nicht verdienten, das Land zu führen. Die Nation verlangte mehr.

Und das würde er liefern.

Selbst wenn es bedeutete, Genessee Industries zu benutzen. Genessee angemessen zu benutzen.

Angemessen.

Benutzen oder es ein- für allemal vernichten.

Er nahm den Hörer ab. Er würde nicht eher auflegen, bis er Senator Mitchell Armbruster erreicht hatte.

TEIL V

54.

Die glatte Teerfläche der Straße war plötzlich zu Ende, an ihre Stelle trat festgestampfter Kies. An diesem Punkt hörte die Verantwortung der Gemeinde auf der kleinen Halbinsel auf und der Privatbesitz begann. Nur daß er jetzt zusätzlich auch noch der Bundesregierung unterstand; bewacht, behütet, isoliert – seit achtzehn Monaten.

High Barnegat.

Das Weiße Haus von Connecticut.

Die Sicherheitsleute von 1600 hatten sich in Zweiergruppen auf dem Anwesen verteilt. Der Secret-Service-Agent namens Callahan hatte den Strand mit seinem Partner überprüft, und beide Männer gingen jetzt die Stufen hinauf, wobei ihre Blicke berufsmäßig den sie umgebenden Baumbestand absuchten.

Callahan hatte vier Präsidenten beschützt. Fast zwanzig Dienstjahre hatte er hinter sich. Er war jetzt sechsundvierzig. Und immer noch einer der besten Männer, die 1600 hatte, und das wußte er. Niemand konnte ihn für die Sache in Darien vor drei Jahren verantwortlich machen – dieser Telefonanruf von 1600, der ihn vom Dienst in dem Hospital abzog.

Leute – Bekannte, der kleine Freundeskreis, den er und seine Frau hatten – fragten ihn immer, was er von den jeweiligen Präsidenten hielt. Er gab darauf jedesmal dieselbe Antwort: ruhige Billigung, die an etwas reservierte Begeisterung grenzte. Völlig unpolitisch. Das war so das Beste.

Aber wenn er die Wahrheit gesagt hätte, dann hätte er zugeben müssen, daß er keinen von ihnen sonderlich mochte. Er hatte sich eine Art Werteskala entwickelt, um einen Präsidenten zu beurteilen. Sie basierte auf dem Gleichgewicht zwischen dem öffentlichen und dem privaten Menschen, so wie er ihn sah. Natürlich würde es da immer Unterschiede geben, das begriff er, aber, Herrgott, manche von ihnen waren zu weit gegangen.

Bis zu dem Punkt, wo alles nur mehr eine Rolle war, die sie

spielten, wie Schauspieler; dann schlugen die Waagebalken wirklich aus. Sinnloses Lächeln in der Öffentlichkeit, gefolgt von privaten Zornesausbrüchen. Wütende Versuche, etwas zu sein, was mit einer Person überhaupt nichts mehr zu tun hatte. Ein Image.

Ohne Vertrauen.

Und das Schlimmste, sie machten einen Witz daraus.

Vielleicht war dies der Grund, weshalb Andrew Trevayne die besten Noten abbekam. Er hielt die Waagebalken näher bei der Gleichgewichtsposition. Er verleugnete als Privatmann den öffentlichen Mann nicht so oft, wie die anderen Präsidenten das getan hatten. Er schien ... vielleicht seiner selbst sicherer; sicherer, daß er recht hatte und deshalb darüber kein Geschrei zu erheben brauchte oder sich dauernd Mühe geben mußte, Leute zu überzeugen.

Deshalb mochte Callahan Präsident Trevayne mehr als seine Vorgänger, aber richtig mochte er ihn dennoch nicht. Niemand, der eine gewisse Zeit in der Umgebung des Weißen Hauses arbeitete, konnte einen Mann mögen, der eine solche Attacke auf das Oval Office veranstaltet hatte. Eine Kampagne, die buchstäblich binnen Wochen nach der Ermordung begonnen hatte, wenige Tage nur, nachdem Trevayne den aufgegebenen Senatssitz von Connecticut übernommen hatte. Die plötzlichen Positionspapiere, die Touren quer durch das Land, die in Dutzenden von dramatischen Pressekonferenzen, oft einem Fernsehauftritt nach dem anderen resultierten. Der Mann war von einem Hunger, einem Trieb, einem eiskalten Ehrgeiz besessen, den er mit einer scheuen, einnehmenden Intelligenz verband. Ein Mann, der die Antworten besaß, weil er ein Mann von heute war. Seine Gefolgsleute hatten dafür sogar einen Satz geprägt, der immer wieder gebraucht wurde: ›Das Zeichen des Besonderen.‹ Jemand, der für 1600 tätig war, konnte einen solchen Mann nicht mögen. Es war zu offensichtlich, worauf er es abgesehen hatte.

Trevaynes Manöver vor dem Parteikonvent hatten den Stab des Weißen Hauses verblüfft, der immer noch unter der furchtbaren Last litt, sich an den schrecklichsten aller vorstellbaren Machtübergänge gewöhnen zu müssen, einen unerwarteten, ungewollten, ungerechtfertigten Übergang. Niemand war darauf vorbereitet, niemand schien zu wissen, wie man den von sich selbst überzeugten, autoritären, ja charismatischen Senator von Connecticut aufhalten sollte. Und dann kam es Agent Callahan von der 1600er Sicherheit plötzlich in den Sinn, daß das in Wirklichkeit gar niemand wollte.

Die Fahrzeugkolonne rollte in die weite Einfahrt vor dem Haus.

Sam Vicarson erschien auf der Eingangstreppe. Präsident Trevayne rechnete damit, daß er zu den ersten gehörte, die ihn an jedem vorgegebenen Ort erwarteten. Er hatte Sam gesagt, daß es ihm ein Gefühl der Erleichterung vermittelte, wenn er wußte, daß es jemanden gab, der ihn empfing und ihm die Information liefern würde, welche er brauchte, nicht notwendigerweise wollte.

Vicarson begriff das. Aber niemand wollte dem Mann Mißvergnügen bereiten. Und das bedeutete, daß man unangenehme Tatsachen verbarg oder sie so tarnte, daß sie in das Urteil des Präsidenten paßten.

Auch Sam hatte das einmal getan. Er hatte die Zusammenfassung eines Wirtschaftsberichts so umgeformt, daß die Meinung des Präsidenten gestützt wurde, wo es tatsächlich Raum für Zweifel gab.

»Wenn Sie das noch ein einziges Mal tun, Sam, dann sind Sie hier erledigt!«

Vicarson fragte sich oft, ob es bei Trevaynes Vorgänger genauso gewesen wäre.

Verdammt, er war ein guter Präsident! Ein wirklich hervorragender Präsident, dachte Vicarson, während er Andrew dabei zusah, wie er den Wagen verließ und Phyllis die Tür aufhielt. Die Leute hatten Vertrauen zu ihm; die Leute überall.

Nach nur achtzehn Monaten im Amt hatte Trevayne das Tempo, die Perspektiven und den Stil bestimmt. Er hatte eine *Haltung* eingeführt. Zum erstenmal seit Jahren war da im ganzen Lande wieder so etwas wie kollektiver Stolz auf seine Führung. Er war der richtige Mann für die richtige Zeit. Ein anderer wäre vielleicht nicht imstande gewesen, die Ruhe aufrechtzuerhalten, etwas, das manchmal schwieriger war als das Überstehen eines Sturms. Nicht, daß es an der Erregung gefehlt hätte. Die Trevayne-Administration hatte in Dutzenden von Bereichen kühne Neuerungen eingebracht, aber sie waren eher im Konzept als in ihrer Ausführung dramatisch. Und sie wurden eher gedämpft verkündet; man bezeichnete sie als wünschenswerte Verlagerungen der Prioritäten, nicht als Meilensteine, obwohl eine Anzahl von ihnen das durchaus waren. Im Wohnungsbau, in der medizinischen Versorgung, dem Erziehungswesen und im Bereich der Arbeitsbeschaffung; weitreichende nationale Strategien wurden eingeführt.

Sam war überrascht, einen alten Mann auf der anderen Seite der Präsidentenlimousine aussteigen zu sehen. Es war Franklyn Baldwin, Trevaynes uralter Bankiersfreund aus New York. Baldwin sah schrecklich aus, dachte Vicarson. Kein Wunder; er hatte gerade William Hill zu Grabe getragen, den Freund, den er seit seiner frühesten Kindheit gekannt hatte. Big Billy Hill war nicht mehr; Baldwin mußte sich dessen bewußt sein, daß auch seine eigenen Tage gezählt waren.

Phyllis sah zu, wie ihr Mann Frank Baldwin auf der kurzen Treppe zur Eingangstür stützte. Sam Vicarson bot seine Hilfe an, aber Andrew schüttelte kaum merklich den Kopf; der junge Anwalt begriff sofort. Der Präsident allein würde sich um Mr. Baldwin kümmern.

Phyllis folgte ihrem Mann und Frank Baldwin ins Haus. Sie gingen in das große Wohnzimmer, wo eine besorgte Seele – wahrscheinlich Sam, dachte Phyllis – ein Feuer angezündet hatte. Sie hatte sich um den alten Baldwin Sorgen gemacht. Der Begräbnisgottesdienst für William Hill war eine jener langen anglikanischen Quälereien gewesen, die Kirche zugig, der Steinboden kalt.

»Hier, Frank«, sagte Trevayne und schob einen Sessel etwas auf den Kamin zu. »Entspannen Sie sich. Lassen Sie sich von mir einen Drink holen. Wir könnten alle einen gebrauchen.«

»Danke, Mr. President«, antwortete Baldwin und setzte sich.

»Scotch, das stimmt doch, Frank? Eis?«

»Sie erinnern sich immer daran, was jemand trinkt. Ich denke, deshalb sind Sie auch Präsident geworden.«

Baldwin lachte und zwinkerte Phyllis mit seinen alten Augen zu.

»Viel leichter, glauben Sie mir. Sam, würden Sie mir das abnehmen? Scotch on the rocks für Mr. Baldwin; Phyl und ich nehmen das Übliche.«

»Aber natürlich, Sir«, erwiderte Vicarson und wandte sich zur Halle.

Trevayne setzte sich in den Sessel, der Baldwin gegenüberstand, Phyllis neben ihm am Ende der Couch. Er griff zu ihr hinüber und hielt kurz ihre Hand, ließ sie aber los, als der alte Mann lächelte.

»Hören Sie nicht auf. Es ist schön zu wissen, daß ein Mann Präsident sein und immer noch die Hand seiner Frau halten kann, wenn keine Kamera in der Nähe ist.«

»Du lieber Gott, Frank, man weiß allgemein, daß ich sie manchmal sogar küsse.«

»Ich vergesse immer wieder, wie jung Sie sind. Es war sehr liebenswürdig von Ihnen, mich hierher einzuladen, Mr. President. Ich weiß das sehr zu schätzen.«

»Unsinn. Ich wollte Ihre Gesellschaft; ich hatte Angst, ich würde mich aufdrängen.«

»Ich wußte schon immer, daß Sie über große Qualitäten verfügen.«

»Danke.«

»Das war alles sehr bemerkenswert, nicht wahr? Erinnern Sie sich, meine Liebe?« fragte Baldwin Phyllis. »Ich stelle mir im Geist immer ein Büro oder ein Zuhause oder einen Club – was auch immer – vor, wenn ich jemanden anrufe, dessen Umgebung ich nicht kenne. In Ihrem Fall war es ein Fenster mit Blick über das Wasser. Ich weiß noch genau, wie Sie sagten, daß Andrew … der Präsident draußen auf dem Meer sei, in einem Segelboot. Einem Katamaran.«

»Ich erinnere mich.« Phyllis lächelte. »Ich war auf der Terrasse.«

»Ich auch«, sagte Trevayne. »Das erste, was sie mich fragte, als ich hereinkam, war, weshalb ich Ihre Anrufe nicht erwidert hätte. Ich war ehrlich; ich habe ihr gesagt, daß ich versuchte, Ihnen auszuweichen.«

Sam Vicarson kam mit einem silbernen Tablett zurück, auf dem drei Gläser standen. Er bot das Tablett zuerst Phyllis an und warf dann, als sie nickte, einen Blick auf Trevayne. Es war zwar üblich, den Präsidenten nach der First Lady zu bedienen, aber er würde es als nächstes Baldwin reichen.

»Danke, junger Mann.«

»Sie sind ein richtiger Oberkellner, Sam«, sagte Phyllis.

»Das kommt von all den Partys in den Botschaften.« Trevayne lachte und nahm sein Glas entgegen. »Trinken Sie mit, Sam?«

»Danke, Sir, aber es ist wohl besser, wenn ich mich um die Verbindungen kümmere.«

»Er hat ein Mädchen in der Küche«, spottete Phyllis im Bühnenflüsterton.

»Aus der französischen Botschaft«, fügte Andrew hinzu.

Die drei lachten, während Baldwin sie amüsiert betrachtete. Sam verbeugte sich leicht vor dem alten Mann.

»Nett, Sie wiederzusehen, Mr. Baldwin.« Er ging hinaus, als Baldwin den Kopf neigte.

»Ich verstehe, was Sie meinen. Zumindest glaube ich das«, sagte der Banker.

»Der gute Sam. Er ist zu meiner rechten Hand geworden, und manchmal auch noch zu meiner linken, vor drei Jahren. Er ist mit dem Unterausschuß zu mir gekommen«, erklärte Trevayne.

»Billy Hill und ich glaubten ehrlich daran, der Unterausschuß wäre unser wohlüberlegtes Geschenk an das Land. Wir hätten uns nie im Traum einfallen lassen, daß unser Geschenk der nächste Präsident der Vereinigten Staaten sein würde. Als wir das schließlich begriffen, machte es uns angst.«

»Ich hätte alles in der Welt darum gegeben, damit es anders ausfällt.«

»Natürlich hätten Sie das. Ein Mann muß einen außergewöhnlichen Antrieb besitzen, um auf dem normalen Wege Präsident zu werden. Aber er muß verrückt sein, das Amt unter den vorliegenden Bedingungen haben zu wollen.« Baldwin hielt inne und begriff plötzlich, daß er indiskret gewesen war.

»Nur zu, Frank. Ist schon in Ordnung.«

»Ich bitte um Entschuldigung, Mr. President. Das war unkorrekt und hätte nicht ...«

»Sie brauchen nichts zu erklären. Ich denke, ich war ebenso überrascht wie Sie. Und der Botschafter.«

»Darf ich Sie dann fragen, weshalb?«

Phyllis musterte ihren Mann scharf. Obwohl diese Frage schon tausendmal in der Öffentlichkeit und zehnmal sooft im privaten Kreis gestellt worden war, hatte sie die Antwort – hatten sie die Antworten – niemals wirklich befriedigt. Sie war nicht sicher, ob es sie überhaupt gab. Aber wenn es sie gab, dann war ihr Mann nicht fähig, diese in Worte zu kleiden.

Nicht so, daß es sie befriedigen konnte.

»Um es ganz ehrlich zu sagen, was ich geliefert habe, waren unbeschränkte Mittel für beide Kampagnen, für die vor dem Parteikongreß und anschließend für den Wahlkampf selbst; mehr als alles, was die Partei zur Verfügung stellen konnte. Unter einem Dutzend verschiedener Etiketten natürlich. Darauf bin ich nicht stolz, aber das ist es, was ich getan habe.«

»Das ist das ›Wie‹, Mr. President. Nicht das ›Weshalb‹. So wie ich Sie verstehe.«

Jetzt sah Phyllis den alten Banker an. Baldwin wollte eine Antwort; seine Augen flehten.

»Sie haben das alles gelesen.« Ihr Mann lächelte sein scheues Lächeln, dem Phyllis seit einiger Zeit mit Argwohn begegnete. »Ich meine, was ich in all diesen Reden gesagt habe. Ich hatte das Gefühl, qualifiziert zu sein, eine große Zahl widersprüchlicher Stimmen zusammenzuführen. Die Dissonanz verringern. Wenn der Geräuschpegel des Geschreis gesenkt würde, könnten wir den Dingen an die Wurzel gehen. Uns an die Arbeit machen.«

»Daran kann ich kein Fehl finden, Mr. President. Das ist Ihnen gelungen. Sie sind ein populärer Mann. Ohne Zweifel der populärste Mann, den das Weiße Haus seit langem gesehen hat.«

»Dafür bin ich dankbar. Aber, was wichtiger ist, ist meiner Ansicht nach, daß das alles funktioniert.«

»Wovor hatten Sie und Ambassador Hill Angst?« Phyllis ertappte sich, wie sie die Frage ohne nachzudenken stellte. Andy sah sie an, und in dem Augenblick wußte sie, daß er es vorgezogen hätte, wenn sie das Thema nicht aufgegriffen hätte.

»Wovor wir Angst hatten. Ich nehme an, das war die Verantwortung. Wir hatten den Vorsitzenden eines Unterausschusses vorgeschlagen und stellten fest, daß wir einen Präsidentschaftskandidaten ausgegraben hatten. Ein hübscher Sprung.«

»Aber ein brauchbarer Kandidat«, sagte Phyllis.

»Ja.« Der Banker sah Andrew an. »Was uns Angst gemacht hatte, war die plötzliche unerklärliche Entschlossenheit, die Sie an den Tag legten, Mr. President. Wenn Sie sich zurückerinnern, werden Sie das vielleicht verstehen.«

»Ich habe die Frage nicht gestellt, Frank., Das war Phyl.«

»O ja, natürlich. Heute war ein schwerer Tag; Billy und ich werden unsere langen Debatten nicht mehr miteinander haben. Keiner hat je eine gewonnen, müssen Sie verstehen. Er hat mir oft gesagt, Sie würden genauso denken wie ich.« Baldwins Glas an seinen Lippen war beinahe leer, und er sah den Rand an.

»Das ist ein ganz außergewöhnliches Kompliment, Frank.«

»Das wird erst die Geschichte zeigen, Mr. President. Ob es wahr ist.«

»Trotzdem bin ich geschmeichelt.«

»Aber Sie verstehen?«

»Was?«

»Unsere Sorgen.«

»Da war ein politisches Vakuum.«

»Sie waren kein Politiker ...«

»Ich hatte genug Politiker gesehen. Das Vakuum mußte schnell gefüllt werden. Das hatte ich begriffen. Entweder würde ich es füllen, oder ein anderer. Ich sah mich um und entschied mich dafür, daß ich besser geeignet war. Wenn ein anderer vorgetreten wäre und dieses Urteil sich verändert hätte, dann hätte ich mich zurückgezogen.«

»Hat man irgend jemand anderem die Chance gegeben, Mr. President?«

»Sie – er – sind nie erschienen.«

»Ich glaube«, sagte Phyllis Trevayne etwas defensiv, »daß mein Mann sehr glücklich gewesen wäre, wenn es ihm erspart geblieben wäre. Wie Sie sagen, im Wesen ist er kein Politiker.«

»Da irren Sie, meine Liebe. Er ist die *neue* Politik in all ihrem früheren Glanz. Das Bemerkenswerte daran ist, daß das funktioniert! Völlig und ganz. Das ist eine viel größere Reformation als sich irgendein Revolutionär vorstellen könnte, ob er nun rechts, links oder in der Mitte steht. Aber er wußte, daß er es schaffen würde. Was Billy und ich nie begreifen konnten, war, *weshalb* er das wußte.«

Im Raum herrschte Schweigen, und Phyllis begriff wiederum, daß nur ihr Mann darauf antworten konnte. Sie blickte ihn an und sah, daß er nicht antworten würde. Seine Gedanken würden die seinen bleiben, sie standen nicht einmal seinem alten Freund zur Verfügung, diesem wunderbaren Mann, der ihm soviel gegeben hatte. Vielleicht nicht einmal ihr.

»Mr. President.« Sam Vicarson kam schnell ins Zimmer. Sein Gesichtsausdruck leugnete jeglichen Notfall und vermittelte eben damit den Eindruck, daß ein solcher vorlag.

»Ja, Sam?«

»Die Bestätigung über den Medientausch ist durchgekommen. Aus Chicago. Ich dachte, Sie würden das gerne wissen wollen.«

»Können Sie feststellen, wer dahintersteht?« Trevaynes Worte schossen leise, aber scharf hinaus.

»Bin dabei, Sir. Drei Leitungen arbeiten daran. Das Gespräch wird unten ankommen.«

»Sie werden mir verzeihen, Frank. Ich habe Sam nicht die Managementkunst der Verzögerung gelehrt.« Trevayne erhob sich aus seinem Sessel und schickte sich an, den Raum zu verlassen.

»Darf ich Ihnen noch einen Drink machen, Mr. Baldwin?«

»Danke, junger Mann. Nur, wenn Mrs. Trevayne ...«

»Danke, Sam«, sagte Phyllis und streckte ihr Glas hin. Sie war versucht, Vicarson zu bitten, ihr nicht das ›Übliche‹ zu machen, sondern ihr puren Whiskey ins Glas zu gießen, aber sie tat es nicht. Sie hatte ihren Mann dabei beobachtet, wie er Sam Vicarson zuhörte. Seine Kinnladen hatten sich gestrafft, seine Augen waren ganz schmal geworden, sein ganzer Körper hatte sich versteift, wenn auch nur einen Augenblick lang.

Die Leute begriffen nie, daß es diese Momente waren, die er mit solcher Leichtigkeit und scheinbarem Selbstvertrauen bewältigte, die an seinen Energien zehrten. Augenblicke der Furcht; unablässig, ohne Ende.

»Ich betrauere einen alten Freund, dessen Zeit gekommen war, meine Liebe«, sagte Baldwin, der Phyllis scharf beobachtete. »Und doch beschämt mich Ihr Gesichtsausdruck etwas.«

»Es tut mir leid.« Phyllis hatte geistesabwesend zur Halle gestarrt. Sie wandte sich zu dem Banker um. »Ich bin nicht sicher, daß ich richtig verstehe.«

»Ich habe meinen Freund verloren. An die völlig natürliche Endgültigkeit seines langen Lebens. In mancher Hinsicht haben Sie Ihren Mann verloren. An ein Konzept. Und Ihr Leben ist noch so weit davon entfernt, am Ende zu sein ... Ich glaube, Ihr Opfer ist größer als meines.«

»Ich glaube, ich stimme Ihnen zu.« Phyllis versuchte zu lächeln, versuchte, das was sie sagte, leicht klingen zu lassen. Sie konnte es nicht.

Andrew sah Sam Vicarson an, der gerade die Tür des Arbeitszimmers geschlossen hatte. Sie waren alleine. »Wie weit ist es schon?«

»Offensichtlich abgeschlossen, Sir. Nach unseren Informationen sind die Papiere vor einigen Stunden unterzeichnet worden.«

»Was sagt das Justizministerium?«

»Keine Änderung. Die recherchieren noch, aber es besteht nicht viel Hoffnung. Sie bestätigen ihre alte These. Verkauf – oder die Übernahme – kann einfach nicht auf Genessee Industries zurückverfolgt werden.«

»Wir haben es aber doch zurückverfolgt, Sam. Wir wissen, daß wir recht haben.«

»Sie haben es zurückverfolgt, Mr. President.«

Trevayne ging ans Fenster und sah hinaus. Er blickte auf die Terrasse und das Wasser darunter. »Weil es das eine war, was sie nicht hatten. Das eine, das wir ihnen vorenthalten haben.«

»Darf ich etwas sagen, Sir?«

»Ich bezweifle, daß Sie vor zwei Jahren gefragt hätten. Was denn?«

»Ist es nicht möglich, daß Sie überreagieren? Genessee hat verantwortungsbewußt gehandelt; Sie haben sie unter Kontrolle gebracht. Genessee unterstützt Sie.«

»Die unterstützen mich *nicht,* Sam«, sagte Trevayne leise, aber schroff, ohne Vicarson anzusehen, den Blick immer noch aufs Wasser gerichtet. »Wir haben einen Nichtangriffspakt. Ich habe einen Nichtangriffspakt mit dem Syndrom des zwanzigsten Jahrhunderts unterzeichnet, dem Heiligen Geist ohne Alternative.«

»Aber der Pakt hat funktioniert, Mr. President.«

»Vielleicht ist es richtig, daß Sie in der Vergangenheit sprechen.« Andrew drehte sich um und starrte den Anwalt an. »Der Pakt ist gebrochen, Sam. Er ist nicht länger zu halten. Er ist zerschlagen.«

»Was werden Sie tun?«

»Das weiß ich nicht genau. Ich werde nicht zulassen, daß Genessee einen großen Sektor der amerikanischen Presse kontrolliert. Genau das ist eine Zeitungskette. Das darf man nicht tolerieren.« Trevayne ging an seinen Schreibtisch zurück. »Zeitungen ... und dann kommen Zeitschriften, Radio, Fernsehen, die Netze. Und die werden sie nicht bekommen.«

»Das Justizministerium weiß nicht, wie sie sie aufhalten sollen, Mr. President.«

»Wir werden einen Weg finden; wir müssen.«

Das Telefon summte; Vicarson trat schnell an den Schreibtisch neben Andrew und nahm den Hörer ab.

»Büro von President Trevayne.« Sam lauschte ein paar Sekunden. »Sagen Sie ihm, er soll bleiben, wo er ist. Der Präsident ist in einer Besprechung, aber wir melden uns wieder. Wir sagen ihm, daß es Priorität hat.« Vicarson legte auf. »Der soll in seinem Saft schmoren, bis Sie soweit sind, Sir.«

Sam ging zur Tür, während Andrew zustimmend nickte. Vicarson wußte inzwischen instinktiv, wann der Präsident alleine sein wollte. Dies war einer jener Augenblicke. Als Trevayne sich an seinen Schreibtisch setzte, sagte er: »Ich gehe in die Zentrale zurück.«

»Nein, Sam. Wenn es Ihnen nichts ausmacht, dann gehen Sie hinauf und leisten Phyl und dem alten Baldwin Gesellschaft. Ich kann mir vorstellen, daß es für die nicht leicht ist.«

»Ja, Sir.« Zwei oder drei Sekunden lang beobachtete der junge Mann den Präsidenten der Vereinigten Staaten. Dann verließ er abrupt das Zimmer und schloß die Tür hinter sich.

Andrew griff nach einem Bleistift und schrieb in klaren, präzisen Buchstaben einen Satz. »Die einzige Lösung ist die dauernde Suche nach einer.«

Big Billy Hill.

Und dann fügte er hinzu: »?«

Er nahm den Telefonhörer ab und sprach mit fester Stimme.

»Chicago bitte.«

Fünfzehnhundert Meilen entfernt meldete sich Ian Hamilton.

»Mr. President?«

»Ich möchte, daß Sie diese Übernahme bleiben lassen.«

»Das mag akademisch sein, aber Sie haben keinen Beweis, daß wir damit etwas zu tun haben. Die kleinen Männer aus Ihrem Justizministerium sind lästig gewesen.«

»Sie wissen es. Ich weiß es. Steigen Sie aus.«

»Ich glaube, die Belastung wird Ihnen zuviel, Mr. President.«

»Was Sie glauben, interessiert mich nicht. Ich möchte nur sicher sein, daß Sie mich verstanden haben.«

Am anderen Ende herrschte einen Augenblick lang Schweigen. »Ist das so wichtig?«

»Bedrängen Sie mich nicht, Hamilton.«

»Und Sie uns auch nicht.«

Trevayne starrte zum Fenster hinaus auf die stets bewegten Wasser des Sunds. »Einmal wird der Tag kommen, an dem Sie überflüssig sind. Das sollte Ihnen klar sein, Ihnen allen.«

»Durchaus möglich, Mr. President. Aber nicht in unserer Zeit.«

Das Scarlatti-Erbe

The New York Times, 21. Mai 1926 (Seite 13)
New Yorker verschwunden

New York, 21. Mai – Der Sohn einer schwerreichen amerikanischen Industriellenfamilie, der für besondere Tapferkeit an der Argonne-Front ausgezeichnet worden war, verschwand vor mehr als fünf Wochen aus seinem Haus in Manhattan. Wie unser Reporter in Erfahrung bringen konnte, ist Mr. …

The New York Times, 10. Juli 1937 (Seite 1)
Hoher Beamter Hitlers stört IG-Farben-Konferenz

Berlin, 10. Juli – Während der Konferenz über wechselseitige Handelsbeziehungen zwischen IG-Farben und einigen US-Firmen kam es heute zu einem Eklat. Ein namentlich nicht bekanntes Mitglied von Hitlers Reichswehrministerium erklärte in erregter Form, die bisher erzielten Fortschritte seien in keiner Weise akzeptabel. Er bediente sich dabei der englischen Sprache, die er offenbar, dem Gebrauch seiner Schimpfworte nach zu schließen, perfekt beherrscht. Anschließend entfernte sich der unbekannte Beobachter mit seinen Mitarbeitern.

The New York Times, 18. Februar 1948 (Seite 6)
Nazibeamter 1944 übergelaufen

Washington D. C., 18. Februar – Eine Episode aus dem Zweiten Weltkrieg, von der nur wenige Leute wußten, wurde heute bekannt. Es stellte sich heraus, daß eine bedeutende Nazipersönlichkeit, die sich des Codenamens ›Saxon‹ bediente, im Oktober 1944 zu den Alliierten übergelaufen war. Ein Unterausschuß des Senates ...

The New York Times, 26. Mai 1951 (Seite 58)
Kriegsdokument aufgefunden

Kreuzlingen, Schweiz, 26. Mai – Ein in Öltuch eingeschlagenes Päckchen mit Karten und Plänen über Befestigungsanlagen in Berlin und Umgebung ist in der Nähe eines kleinen Gasthauses in Kreuzlingen, einem Schweizer Dorf am Rhein, bei Ausgrabungsarbeiten gefunden worden. Die Gaststätte wird abgerissen, um einem Ausflugsort Platz zu machen. Irgendwelche Hinweise, die zu einer genaueren Identifizierung führen könnten, wurden nicht entdeckt. Lediglich das Wort ›Saxon‹ auf einem Klebestreifen, mit dem das Paket verschlossen war ...

TEIL I

1.

10. Oktober 1944 – Washington D. C.

Der Brigadegeneral saß steif auf der Wartebank. Er zog die harten Fichtenbretter dem weichen Leder der Sessel vor. Es war neun Uhr zwanzig am Morgen, und er hatte nicht gut geschlafen, höchstens eine Stunde.

Aber jedesmal, wenn der Glockenschlag der kleinen Uhr auf dem Kaminsims die halbe oder volle Stunde verkündete, hatte er sich zu seiner Überraschung bei dem Wunsch ertappt, die Zeit möge schneller verstreichen.

Um halb zehn sollte er vor dem Außenminister erscheinen, vor Cordell S. Hull.

Jetzt saß er im Vorzimmer des Ministers, gegenüber der großen schwarzen Tür mit den blitzenden Messingbeschlägen, und hielt den weißen Umschlag in den Händen, den er aus der Aktentasche geholt hatte. Wenn es an der Zeit war, den Aktendeckel zu übergeben, sollte kein peinliches Schweigen entstehen, während er die Mappe öffnete, um ihn herauszunehmen. Er wollte ihn dem Außenminister, wenn nötig, selbstsicher übergeben.

Andererseits war es möglich, daß Hull die Akten nicht verlangte. Vielleicht würde er nur eine mündliche Erklärung fordern und dann die Autorität seines Amtes benutzen, um zu erklären, was er da gehört hätte, wäre für ihn nicht akzeptabel. In diesem Fall würde der Brigadier nur protestieren. Schwach protestieren. Die Information in der Akte stellte keinen Beweis dar, nur Daten, die seine Vermutungen stützen konnten oder auch nicht.

Der Brigadegeneral sah auf die Uhr. Es war neun Uhr vierundzwanzig, und er fragte sich, ob der Ruf der Pünktlichkeit, der Hull voranging, sich auch bei dieser Unterredung bestätigen würde. Er hatte sein eigenes Büro um halb acht erreicht, etwa eine halbe Stunde vor seiner normalen Ankunftszeit, an der er unbeirrbar festhielt. Nur in Krisensituationen, wenn er oft die Nacht über im Büro blieb, um neue Informationen abzuwarten, pflegte er am Morgen später zu erscheinen. Diese letzten drei Tage waren jenen Krisenperioden nicht unähnlich, aber auf eine andere Art.

Das Memorandum, das er dem Außenminister geschickt und dem er seinen Termin heute morgen zu verdanken hatte, würde vielleicht eine Belastungsprobe für ihn auslösen. Man konnte Mittel und Wege finden, um ihm jeden Einfluß zu entziehen. Man konnte es sehr wohl so hinstellen, daß er völlig inkompetent erschien. Aber er wußte, daß er recht hatte.

Er schob den Umschlag seiner Akte etwas zurück, gerade so weit, daß er die mit Maschine geschriebene Titelseite lesen konnte. ›Canfield, Matthew, Major, US Army-Reserve, Spionageabwehr.‹

Canfield, Matthew. Matthew Canfield. Das war der Beweis.

Ein Summer auf dem Schreibtisch einer Sekretärin in mittleren Jahren ertönte.

»Brigadegeneral Ellis?« Sie blickte kaum von ihren Papieren auf.

»Zur Stelle.«

»Der Minister kann Sie jetzt empfangen.«

Ellis sah auf seine Armbanduhr. Es war neun Uhr zweiunddreißig.

Er stand auf, ging auf die unheilvoll schwarz lackierte Tür zu und öffnete sie.

»Sie müssen entschuldigen, General Ellis. Ich hatte das Gefühl, daß die besondere Eigenart Ihres Memorandums die Anwesenheit eines Dritten erforderlich macht. Darf ich Ihnen Untersekretär Brayduck vorstellen?«

Der Brigadegeneral staunte. Er hatte nicht mit der Anwesenheit eines Dritten gerechnet. Er hatte ausdrücklich gebeten, der Minister möge ihn allein empfangen.

Untersekretär Brayduck stand etwa drei Meter rechts von Hulls Schreibtisch. Er war ganz offensichtlich einer jener Universitätsabsolventen, die so typisch für die Roosevelt-Administration waren und von denen es im Außenministerium eine ganze Anzahl gab. Selbst seine Kleidung – die helle graue Flanellhose und das locker geschnittene Fischgrätjackett – bildete auf beiläufige, zurückhaltende Art so etwas wie einen Kontrapunkt zur scharfgebügelten Uniform des Brigadegenerals.

»Selbstverständlich – Mr. Brayduck ...« Der Offizier nickte.

Cordell S. Hull saß hinter dem breiten Schreibtisch. Seine vertrauten Züge – die helle Haut, fast weiß, das dünne weiße Haar, der stahlgeränderte Kneifer vor seinen blaugrünen Augen – wirkten überlebensgroß, weil sie ein wohlbekanntes Bild ergaben. Es kam nur selten vor, daß die Zeitungen oder die Wochenschauen keine Fotografien von ihm zeigten. Selbst die Wahlplakate – mit ihrer behäbigen Frage ›Wollen Sie mitten im Strom die Pferde wechseln?‹ – zeigten sein vertrauenerweckendes, intelligentes Gesicht unter dem Roosevelts, in augenfälliger Weise. Manchmal sogar noch augenfälliger als das Konterfei Harry Trumans.

Brayduck holte einen Tabaksbeutel aus der Tasche und begann seine Pfeife zu stopfen. Hull schob ein paar Papiere auf seinem Schreibtisch zurecht und klappte langsam einen Aktendeckel auf, der jenem glich, den der Brigadegeneral in der Hand hielt. Ellis erkannte ihn. Es war das vertrauliche Memorandum, das er dem Außenminister persönlich übergeben hatte.

Brayduck zündete seine Pfeife an, und der Geruch des Tabaks veranlaßte Ellis, den Mann noch einmal zu mustern. Der Geruch deutete auf eine jener fremdartigen Mixturen hin, die von den Universitätsabsolventen für originell gehalten wurden, die aber gewöhnlich auf alle anderen Leute in ihrer Umgebung widerwärtig wirkten. Brigadegeneral Ellis würde erleichtert sein, wenn der Krieg vorbei war. Dann würde Roosevelt verschwinden, ebenso wie die sogenannten Intellektuellen und ihr übelriechender Tabak.

Der Gehirntrust. Alle leicht rosa angehaucht.

Aber zuerst der Krieg.

Hull blickte auf. »Ich brauche wohl gar nicht erst zu sagen, General, daß Ihr Memorandum sehr beunruhigend ist.«

»Die Information hat mich ebenfalls beunruhigt, Sir.«

»Ohne Zweifel, ohne Zweifel ... Ich frage mich nur, ob Ihre Schlüsse begründet sind. Ich meine, gibt es etwas Konkretes?«

»Ich denke schon, Sir ...«

»Wie viele Leute in der Abwehr wissen sonst noch davon, Ellis?« unterbrach Brayduck, wobei dem Brigadier nicht entging, daß er das Wort ›General‹ wegließ.

»Ich habe mit niemandem gesprochen. Um ganz offen zu sein, ich hatte nicht erwartet, heute morgen noch jemanden außer dem Minister hier anzutreffen.«

»Mr. Brayduck besitzt mein Vertrauen, General Ellis. Er ist hier, um meiner Bitte zu entsprechen – meiner Anweisung, wenn Sie so wollen.«

»Ich verstehe.«

Cordell Hull lehnte sich in seinem Sessel zurück. »Ich möchte Ihnen nicht zu nahe treten und hoffe, daß Sie das auch so sehen. Sie senden ein geheimes Memorandum an dieses Büro, übergeben es unter höchster Priorität – an mich persönlich, um es genau zu sagen. Und dabei ist das, was Sie darin behaupten, in höchstem Maße unglaublich.«

»Eine lächerliche Anklage, von der Sie selbst zugeben, daß Sie sie nicht beweisen können«, warf Brayduck ein und saugte an seiner Pfeife, während er auf den Schreibtisch zuging.

»Das ist genau der Grund, weshalb wir hier sind.« Hull hatte Brayducks Anwesenheit verlangt, doch er würde sich keine unangemessenen Störungen gefallen lassen, geschweige denn Unverschämtheiten. Aber Brayduck war nicht zu bremsen. »Herr Minister, die Abwehr ist auch nicht über Fehler und Irrtümer erhaben. Diese Erkenntnis hat uns viel gekostet. Mein einziges Interesse ist es zu vermeiden, daß ein weiterer Irrtum, eine Ungenauigkeit, Folgen schlechter Informationen vielleicht, von den politischen Gegnern dieser Administration als Munition benutzt werden. Wir haben in weniger als vier Wochen Wahlen!«

Hull bewegte seinen großen Kopf nur um ein paar Zentimeter. Als er sprach, sah er Brayduck nicht an. »Sie brauchen mich an solche pragmatischen Überlegungen nicht zu erinnern … Aber ich darf vielleicht *Sie* daran erinnern, daß wir auch noch eine andere Verantwortung haben – eine Verantwortung, die über die praktische Politik hinausgeht. Habe ich mich klar ausgedrückt?«

»Selbstverständlich.« Brayduck blieb stehen.

Hull fuhr fort: »So wie ich Ihr Memorandum verstehe, General Ellis, behaupten Sie, daß ein einflußreiches Mitglied des deutschen Hohen Kommandos ein amerikanischer Bürger ist, der unter dem Decknamen – einem uns wohlbekannten Namen – Heinrich Kroeger auftritt.«

»So ist es, Sir. Allerdings habe ich in meiner Feststellung einschränkend gesagt, daß es so sein *könnte.*«

»Sie deuten ferner an, daß Heinrich Kroeger mit einer Anzahl großer Firmen in diesem Land Kontakt hat – mit Unternehmen, die Waffen an die Regierung liefern.«

»Ja, Herr Minister. Nur muß ich noch einmal darauf hinweisen, daß das in der Vergangenheit der Fall war, nicht notwendigerweise in der Gegenwart.«

»Bei solchen Anschuldigungen verschwimmen die Zeiten etwas ineinander«, meinte Cordell Hull und nahm den Kneifer ab, um ihn neben den Aktendeckel zu legen. »Besonders im Krieg.«

Untersekretär Brayduck zündete ein Streichholz an und meinte zwischen einzelnen Rauchwolken, die aus seiner Pfeife quollen: »Sie erklären auch ganz eindeutig, daß Sie über keine spezifischen Beweise verfügen.«

»Ich verfüge über etwas, das man meiner Ansicht nach als Indizienbeweise ansehen könnte. Und dieses Material ist so beschaffen, daß es mir als Pflichtverletzung erscheinen würde, wenn ich es dem Minister nicht zur Kenntnis brächte.«

Der Offizier holte tief Atem, ehe er fortfuhr. Er wußte, wenn er einmal begonnen hatte, würde er festgelegt sein.

»Ich möchte auf einige besonders wichtige Punkte in bezug auf Heinrich Kroeger hinweisen. Zunächst einmal ist seine Akte unvollständig. Er ist von der Partei, im Gegensatz zu den meisten anderen, nicht anerkannt worden. Und dennoch ist er, während andere kamen und gingen, im Zentrum der Macht geblieben. Er hat offensichtlich großen Einfluß auf Hitler.«

»Das wissen wir.« Hull mochte es nicht, wenn bekannte Informationen nur deshalb wiederholt wurden, um einen strittigen Punkt zu untermauern.

»Dann der Name selbst, Sir. ›Heinrich‹ ist in Deutschland ebenso weit verbreitet wie ›William‹ oder ›John‹ bei uns. Und Kroeger ist auch nicht ungewöhnlicher als Smith oder Jones in unserem Land.«

»Ach, kommen Sie, General.« Aus Brayducks Pfeife kräuselte sich der Rauch nach oben. »Damit würden Sie die Hälfte unserer kommandierenden Offiziere draußen im Feld verdächtigen.«

Ellis wandte sich zu Brayduck, um ihn das ganze Ausmaß seines militärischen Grolls spüren zu lassen. »Ich halte das für relevant, Herr Untersekretär.«

Hull begann sich zu fragen, ob es wirklich eine so gute Idee gewesen war, Brayduck hinzuzuziehen. »Es bringt uns nicht weiter, wenn Sie sich anfeinden, Gentlemen.«

»Es tut mir leid, wenn Sie das so empfinden, Sir.«

Brayduck schien außerstande, eine Zurechtweisung hinzunehmen. »Ich glaube, meine Funktion heute morgen ist die des Teufelsadvokaten. Keiner von uns, am allerwenigsten Sie, Herr Minister, kann es sich leisten, Zeit zu vergeuden ...«

Hull blickte zu dem Untersekretär hinüber. »Dann wollen wir zusehen, daß wir Zeit gewinnen. Bitte, fahren Sie fort, General.«

»Danke, Sir. Vor einem Monat hat man uns über Lissabon zugetragen, daß Kroeger mit uns Kontakt aufnehmen wollte. Die notwendigen Kanäle wurden bereitgestellt, und wir erwarteten, daß alles auf dem üblichen Weg vonstatten gehen würde ... Statt dessen wies Kroeger unser Arrangement zurück, weigerte sich, mit britischen oder französischen Einheiten in Verbindung zu treten, und bestand auf einem direkten Kontakt zu Washington.«

»Sie gestatten?« Brayducks Stimme klang höflich. »Ich bin nicht der Ansicht, daß das eine ungewöhnliche Entscheidung ist. Wir sind schließlich der wichtigste Faktor.«

»Das war ungewöhnlich, Mr. Brayduck. Insofern nämlich, als Kroeger mit keinem anderen als einem Major Canfield in Verbindung treten wollte. Major Matthew Canfield ist oder war ein tüchtiger, untergeordneter Offizier der Abwehr in Washington.«

Brayduck hielt seine Pfeife unbewegt in der Hand und sah den Brigadegeneral an. Cordell Hull beugte sich in seinem Sessel vor und stützte die Ellbogen auf den Schreibtisch.

»Sie haben davon in Ihrem Memorandum nichts erwähnt.«

»Das ist mir klar, Sir. Ich habe es für den immerhin vorstellbaren Fall weggelassen, daß das Memorandum von jemand anderem als Ihnen selbst gelesen werden könnte.«

»Ich muß mich bei Ihnen entschuldigen, General.« Das kam von Brayduck und klang ehrlich.

Ellis lächelte, sichtlich erfreut über seinen Sieg.

Hull lehnte sich in seinem Sessel zurück. »Ein bedeutendes Mitglied des Hohen Kommandos der Nazis besteht darauf, nur mit einem obskuren Major in der Abwehr zu verhandeln. Höchst ungewöhnlich!«

»Ungewöhnlich, aber nicht unerhört ... Wir alle haben irgendwelche deutschen Staatsbürger gekannt. Wir nahmen einfach an, daß Major Canfield diesen Kroeger vor dem Krieg kennengelernt hatte. In Deutschland.«

Brayduck trat auf den Offizier zu. »Und doch sagen Sie, daß

Kroeger vielleicht gar kein Deutscher ist. Offenbar haben Sie zwischen der Forderung Kroegers und der Niederschrift dieses Memorandums Ihre Meinung geändert. Was hat Sie dazu veranlaßt? Die Erwähnung Canfields?«

»Major Canfield ist ein tüchtiger, manchmal sogar ausgezeichneter Abwehrbeamter. Ein erfahrener Mann. Aber seit der Kanal zwischen ihm und Kroeger besteht, scheint er unter einer starken nervlichen Belastung zu stehen. Er wird außergewöhnlich nervös und verhält sich für einen Offizier seiner Herkunft und seiner Erfahrung höchst eigenartig ... Außerdem, Herr Minister, hat er mich angewiesen, mit einer höchst ungewöhnlichen Bitte an den Präsidenten der Vereinigten Staaten heranzutreten.«

»Was ist das für eine Bitte?«

»Daß eine Geheimakte aus den Archiven des Außenministeriums mit intakten Siegeln an ihn übergeben werden soll, ehe er mit Heinrich Kroeger Kontakt aufnimmt.«

Brayduck nahm die Pfeife aus dem Mund, um einen Einwand vorzubringen.

»Einen Augenblick noch, Mr. Brayduck.« Mag sein, daß Baryduck brillant ist, dachte Hull, aber ob er wohl eine Ahnung hatte, was es für einen Laufbahnoffizier wie Ellis bedeutete, vor ihnen beiden zu stehen und eine Aussage zu machen? Denn seine Aussage lief auf ein Gesuch an das Weiße Haus und das Außenministerium hinaus, ernsthaft in Erwägung zu ziehen, Canfields Bitte zu erfüllen. Viele Offiziere hätten lieber diesen gesetzwidrigen Vorschlag abgelehnt, als zuzulassen, daß sie in eine solche Position gerieten. So war das Militär eben. »Gehe ich richtig in der Annahme, daß Sie die Freigabe dieser Akte an Major Canfield befürwortet haben?«

»Die Entscheidung würden Sie treffen müssen. Ich weise nur darauf hin, daß Heinrich Kroeger praktisch an jeder wesentlichen Entscheidung der Nazihierarchie seit deren Entstehung teilhatte.«

»Könnte es den Krieg abkürzen, wenn sich Heinrich Kroeger auf unsere Seite schlüge?«

»Ich weiß nicht. Die Möglichkeit, daß es so sein könnte, führt mich in Ihr Büro.«

»Was ist das für eine Akte, die dieser Major Canfield verlangt?« Brayduck war sichtlich verstimmt.

»Ich kenne nur die Nummer und die Geheimhaltungsstufe, die mir die Archivabteilung des Außenministeriums genannt hat.«

»Und die lauten?«

Wieder beugte sich Cordell Hull vor.

Ellis zögerte. Es konnte sowohl persönlich als auch beruflich höchst peinlich werden, wenn er Einzelheiten der Akte bekanntgab, ehe er Hull Daten über Canfield geliefert hatte. Er hätte das tun können, wäre Brayduck nicht zugegen gewesen.

Diese verdammten Collegeboys! Ellis fühlte sich in ihrer Gegenwart immer unsicher. Diese Burschen redeten so schnell. Verdammt, dachte er. Dann beschloß er, ganz offen zu sprechen.

»Ehe ich Ihnen Antwort gebe, würde ich Ihnen gern einiges Hintergrundmaterial vortragen, das ich für höchst relevant halte – nicht nur relevant ... Es steht mit der Akte in Zusammenhang.«

»Ich bitte darum.« Hull wußte nicht recht, ob er verärgert oder fasziniert war.

»Die letzte Mitteilung von Heinrich Kroeger an Major Canfield verlangt ein vorläufiges Treffen mit jemandem, der nur als April Red identifiziert wird. Dieses Zusammentreffen soll in Bern in der Schweiz stattfinden, bevor es zu Verhandlungen zwischen Kroeger und Canfield kommt.«

»Wer ist April Red, General? Ich entnehme Ihrem Tonfall, daß Sie dazu eine Meinung haben.« Brayduck entging nur wenig, und Brigadegeneral Ellis war sich dieser Tatsache schmerzlich bewußt.

»Wir – oder um es genauer zu sagen – ich glaube es zu wissen.« Ellis klappte den weißen Aktendeckel auf, den er bisher in der Hand gehalten hatte, und blätterte die erste Seite um. »Mit Ihrer Erlaubnis, Herr Minister, habe ich folgendes aus Major Canfields Sicherheitsunterlagen entnommen.«

»Selbstverständlich, General.«

»Matthew Canfield – Eintritt in den Regierungsdienst, ins Innenministerium, im März 1917. Ausbildung – ein Jahr Universität in Oklahoma, eineinhalb Jahre Abendkurse in Washington D. C. Als Juniorbuchhalter im Betrugsdezernat des Innenministeriums tätig. 1918 zum Außenprüfer befördert. Der Gruppe Zwanzig beigeordnet, die, wie Sie wissen ...«

Cordell Hull unterbrach ihn mit ruhiger Stimme. »Eine kleine, hervorragend ausgebildete Einheit, die sich mit Interessenkonflikten, Unregelmäßigkeiten et cetera während des Ersten Weltkrieges zu befassen hatte. Sehr effizient – bis sie, wie es bei solchen Einheiten häufig der Fall ist – anfing, sich selbst zu wichtig zu nehmen. 1929 oder 30 aufgelöst, glaube ich.«

»1932, Sir.« General Ellis war froh, daß er diese Fakten zur Verfügung hatte. Er blätterte die nächste Seite um und fuhr fort: »Canfield blieb zehn Jahre im Innenministerium und stieg dabei um vier Rangstufen auf. Hervorragende Leistung. Ausgezeichnete Beurteilungen. Im Mai 1927 trat er aus dem Regierungsdienst aus und nahm eine Stelle bei den Scarlatti-Firmen an.«

Als sie den Namen Scarlatti hörten, reagierten Hull und Brayduck, als hätte sie der Blitz getroffen.

»Bei welcher Scarlatti-Gesellschaft hat er gearbeitet?« erkundigte sich der Minister.

»Direktion, 525 Fifth Avenue, New York.«

Cordell Hull spielte mit dem dünnen schwarzen Band, an dem sein Kneifer hing. »Ganz schöner Sprung für unseren Mr. Canfield. Von Abendkursen in Washington in die Direktion von Scarlatti.« Er wich dem Blick des Generals aus und starrte auf seinen Schreibtisch.

»Ist Scarlatti eine der Firmen, die Sie in Ihrem Memorandum erwähnen?« fragte Brayduck ungeduldig.

Ehe der Offizier antworten konnte, erhob sich Cordell Hull. Er war groß und imposant. Viel größer als die beiden anderen.

»General Ellis, ich weise Sie hiermit an, keine weiteren Fragen des Untersekretärs zu beantworten.«

Brayduck sah aus, als hätte man ihm eine Ohrfeige versetzt. Verblüfft sah er den Minister an. Hull erwiderte seinen Blick und sagte: »Ich bitte um Entschuldigung, Mr. Brayduck. Ich kann es nicht garantieren, hoffe aber, daß ich Ihnen im Lauf des Tages eine Erklärung geben kann. Würden Sie bis dahin die Liebenswürdigkeit haben, uns allein zu lassen?«

»Natürlich.« Brayduck wußte, daß dieser gute, ehrliche alte Mann seine Gründe hatte. »Es bedarf keiner Erklärung.«

»Aber Sie verdienen eine.«

»Danke, Sir, Sie können versichert sein, daß ich diese Unterredung vertraulich behandeln werde.«

Hulls Augen folgten Brayduck, bis sich die Tür hinter ihm geschlossen hatte. Dann wanderten sie zu dem sichtlich verwirrten Brigadegeneral zurück. »Brayduck ist ein außergewöhnlicher Beamter. Daß ich ihn jetzt aus dem Zimmer geschickt habe, dürfen

Sie nicht als Werturteil bezüglich seines Charakters oder seiner Arbeit auffassen.«

»Ich verstehe, Sir.«

Hull setzte sich langsam und offensichtlich unter einigen Schmerzen wieder in seinen Sessel. »Ich habe Mr. Brayduck gebeten, das Zimmer zu verlassen, weil ich etwas von dem, was Sie jetzt vortragen werden, zu wissen glaube. Wenn das zutrifft, ist es am besten, wenn wir allein sind.«

Der Offizier war verwirrt. Er hielt es für unmöglich, daß Hull etwas wußte.

»Sie brauchen nicht beunruhigt zu sein, General. Ich bin kein Gedankenleser. Ich war in der Zeit, von der Sie sprechen, im Repräsentantenhaus. Ihre Worte erinnerten mich an etwas. Sie erinnerten mich an einen sehr warmen Nachmittag im Haus ... Aber vielleicht irre ich mich. Bitte, fahren Sie dort fort, wo ich Sie unterbrochen habe. Ich glaube, unser Major Canfield hatte eine Stelle bei Scarlatti angenommen ... Ein höchst ungewöhnlicher Schritt, da werden Sie mir wahrscheinlich recht geben.«

»Es gibt eine logische Erklärung. Canfield hat die Witwe von Ulster Stewart Scarlett geheiratet, sechs Monate nach Scarletts Tod in Zürich im Jahr 1926. Scarlett war der jüngere der zwei überlebenden Söhne von Giovanni und Elizabeth Scarlatti, den Gründern der Scarlatti-Firmen.«

Cordell Hull schloß kurz die Augen. »Fahren Sie bitte fort.«

»Ulster Scarlett und seine Frau Janet Saxon Scarlett hatten einen Sohn, Andrew Roland, der anschließend von Matthew Canfield nach seiner Verehelichung mit Scarletts Witwe adoptiert wurde. Die Adoption besagte aber nicht, daß er am Scarlatti-Erbe keinen Anteil mehr hatte ... Canfield war bis 1940 in der Direktion von Scarlatti tätig und kehrte dann in den Regierungsdienst zurück, wo er einen Posten in der Abwehr erhielt.«

General Ellis hielt inne und sah Cordell Hull über den Aktendeckel hinweg an. Er fragte sich, ob Hull anfing zu begreifen, aber das Gesicht des Ministers war ausdruckslos.

»Sie erwähnten die Akte, die Canfield aus den Archiven angefordert hat. Was ist das für eine Akte?«

»Das war meine nächste Überlegung, Sir.« Ellis blätterte eine weitere Seite um. »Für uns ist diese Akte nur eine Nummer, aber aus der Nummer kann man das Jahr entnehmen, in dem sie angelegt wurde. 1926, im vierten Quartal des Jahres 26, um genau zu sein.«

»Und wie ist sie klassifiziert?«

»Oberste Geheimhaltungsstufe. Sie kann nur auf Anweisung des Präsidenten aus Gründen der nationalen Sicherheit freigegeben werden.«

»Ich nehme an, daß einer der Signatare – der Zeugen bei der Anlage der Akte – ein Mann war, der damals im Dienst des Innenministeriums stand und den Namen Matthew Canfield trägt.«

Der Offizier war sichtlich erregt, hielt aber den weißen Aktendeckel immer noch mit Daumen und Zeigefinger fest. »Das ist richtig.«

»Und jetzt will er sie wiederhaben. Andernfalls weigert er sich, mit Kroeger Kontakt aufzunehmen.«

»Ja, Sir.«

»Ich bin sicher, daß Sie ihn darauf hingewiesen haben, daß seine Forderung ungesetzlich ist?«

»Ich habe ihm persönlich ein Kriegsgerichtsverfahren angedroht ... Seine einzige Antwort darauf war, daß es ja bei uns läge, die Forderung abzulehnen.«

»Und dann gibt es keinen Kontakt mit Kroeger?«

»Nein, Sir. Meiner Ansicht nach würde Major Canfield sich eher damit abfinden, den Rest seines Lebens in einem Militärgefängnis zu verbringen, als seine Haltung zu ändern.«

Cordell Hull stand auf und sah den General an. »Würden Sie bitte zusammenfassen?«

»Meiner Ansicht nach ist der April Red, den Heinrich Kroeger erwähnt, der junge Andrew Roland. Ich glaube, daß er Kroegers Sohn ist. Die Anfangsbuchstaben sind dieselben. Der Junge ist im April 1926 geboren. Ich glaube, daß Heinrich Kroeger Ulster Scarlett ist.«

»Der ist in Zürich gestorben.« Hull beobachtete den General mit zusammengekniffenen Augen.

»Die Begleitumstände sind verdächtig. Es gibt in den Akten lediglich den Totenschein eines obskuren Gerichts in einem kleinen Dorf, dreißig Meilen außerhalb von Zürich, und nicht auffindbare Bestätigungen durch Zeugen, von denen man vorher oder nachher nie wieder gehört hat.«

Hull sah dem General scharf in die Augen. »Sie sind sich über das, was Sie sagen, im klaren? Scarlatti ist eine der bedeutendsten Firmen dieses Landes.«

»Ja, Sir. Ich behaupte ferner, daß Major Canfield Kroegers Identität kennt und die Absicht hat, die Akte zu vernichten.«

»Glauben Sie, daß es sich um eine Verschwörung handelt? Eine Verschwörung, um Kroegers Identität zu verbergen?«

»Ich weiß nicht ... Ich verstehe mich nicht besonders gut darauf, die Motive einer anderen Person in Worte zu fassen. Aber Major Canfields Reaktionen scheinen so privater Natur zu sein, daß ich zu der Meinung neige, es müßte sich um eine höchst private Angelegenheit handeln.«

Hull lächelte. »Ich finde, daß Sie äußerst wortgewandt sind. Aber glauben Sie, daß die Wahrheit in der Akte zu finden ist? Und wenn ja, warum sollte Canfield uns dann darauf aufmerksam machen? Er weiß doch ganz sicher, daß wir uns diese Akte ansehen werden, wenn wir sie für ihn beschaffen. Wir wären vielleicht nie darauf aufmerksam geworden, wenn er geschwiegen hätte.«

»Wie ich schon sagte, Canfield ist ein erfahrener Mann. Ich bin sicher, daß er von der Voraussetzung ausgeht, daß wir bald Bescheid wissen werden.«

»Wie?«

»Durch Kroeger – und Canfield hat die Bedingung gestellt, daß die Siegel der Akte unversehrt sein müssen. Er ist ein Fachmann, Sir. Er würde es wissen, wenn man sie erbrochen hätte.«

Cordell Hull ging um seinen Schreibtisch herum, an dem Brigadegeneral vorbei. Er hatte die Hände auf dem Rücken verschränkt. Seine Haltung war steif, und es war ihm anzusehen, daß seine Gesundheit ihn im Stich zu lassen begann. Brayduck hat recht gehabt, dachte der Außenminister. Wenn auch nur die Andeutung einer Beziehung zwischen den mächtigen amerikanischen Industriellen und dem deutschen Hohen Kommando bekannt würde, gleichgültig, wie entfernt oder wie weit zurückliegend, so könnte dies das Land in Stücke reißen. Besonders während der nationalen Wahlen.

»Wenn wir die Akte Major Canfield aushändigen, würde er dann ein Zusammentreffen zwischen April Red und Kroeger arrangieren?«

»Ich glaube, daß er das tun würde.«

»Warum? Es ist doch grausam, einem achtzehnjährigen Jungen so etwas anzutun.«

Der General zögerte. »Ich bin nicht sicher, daß er eine Alternative hat. Es gibt nichts, was Kroeger daran hindern könnte, andere Schritte zu unternehmen.«

Hull blieb stehen und sah den Offizier an. Er hatte seine Entscheidung getroffen. »Ich werde veranlassen, daß der Präsident einen Befehl unterzeichnet, diese Akte herauszugeben. Jedoch, und ich mache dies offen gesagt zur Bedingung für seine Unterschrift, Ihre Vermutungen bleiben zwischen uns beiden.«

»Uns beiden?«

»Ich werde Präsident Roosevelt über den Inhalt unseres Gesprächs informieren, aber ich werde ihn nicht mit Annahmen belasten, die sich vielleicht als unbegründet erweisen könnten. Ihre Theorie ist möglicherweise nur auf eine Reihe von Zufällen zurückzuführen, die sich leicht erklären lassen.«

»Ich verstehe.«

»Aber wenn Sie recht haben, könnte Heinrich Kroeger den Zusammenbruch in Berlin auslösen. Deutschland befindet sich im Todeskampf. Wie Sie schon erwähnten, verfügt er über außergewöhnliches Stehvermögen. Er ist ein Angehöriger der Elitegruppe, die Hitler umgibt. Die Prätorianergarde lehnt sich gegen Cäsar auf. Wenn Sie freilich nicht recht haben sollten, dann müssen wir beide an zwei Leute denken, die bald nach Bern unterwegs sein werden. Und dann möge Gott unseren Seelen gnädig sein.«

Brigadegeneral Ellis schloß den weißen Aktendeckel, hob die Aktentasche auf, die zu seinen Füßen stand, und ging auf die große schwarze Tür zu. Als er sie hinter sich schloß, sah er, daß Hull ihm nachstarrte. Er hatte ein unangenehmes Gefühl in der Magengrube.

Aber Hull dachte nicht an den General. Er erinnerte sich an jenen warmen Nachmittag vor langer Zeit im Repräsentantenhaus. Ein Mitglied nach dem anderen war aufgestanden und hatte glühendes Lob auf einen tapferen, jungen Amerikaner gehäuft, der für tot gehalten wurde. Alle Angehörigen beider Parteien hatten erwartet, daß er, das ehrenwerte Mitglied des Staates Tennessee, seinen Kommentar hinzufügte. Immer wieder drehten sich die Köpfe zu seinem Pult.

Cordell Hull war das einzige Mitglied des Repräsentantenhauses, der die berühmte Elizabeth Scarlatti, jene Legende ihrer Zeit, mit Vornamen ansprechen durfte, die Mutter des tapferen jungen

Mannes, der im Kongreß der Vereinigten Staaten für die Nachwelt verherrlicht wurde.

Denn Hull und seine Frau waren trotz ihrer politischen Differenzen jahrelang mit Elizabeth Scarlatti befreundet gewesen.

Und doch war er an jenem warmen Nachmittag stumm geblieben.

Er hatte Ulster Stewart Scarlett gekannt und ihn verachtet.

2.

Die braune Limousine mit den Insignien der US-Streitkräfte auf beiden Türen bog an der 22. Straße nach rechts und fuhr in den Gramercy Square.

Auf dem Rücksitz beugte sich Matthew Canfield nach vorn, nahm die Aktentasche von den Knien und stellte sie auf den Boden. Er zog den rechten Mantelärmel herunter, um die dicke Silberkette zu verbergen, die um sein Handgelenk geschlungen war und es mit dem Metallgriff der Tasche verband.

Er kannte den Inhalt der Aktentasche, oder genauer gesagt, daß er den Inhalt besaß, bedeutete sein Ende. Wenn alles vorbei war und er dann immer noch lebte, würden sie ihn kreuzigen, falls es ihnen gelang, Mittel und Wege zu finden, dabei das Militär von jeder Schuld freizuhalten.

Der Militärwagen bog zweimal nacheinander nach links und hielt am Eingang der Gramercy Arms Apartments. Ein Portier in Uniform ging auf den Wagen zu, und Canfield stieg aus.

»Ich brauche Sie in einer halben Stunde wieder«, sagte er zu seinem Fahrer. »Nicht später.«

Der blasse Sergeant, der sich offensichtlich den Gewohnheiten seines Vorgesetzten angepaßt hatte, antwortete: »Ich werde in zwanzig Minuten wieder hier sein, Sir.«

Der Major nickte, drehte sich um und betrat das Gebäude. Als er im Aufzug nach oben fuhr, wurde ihm bewußt, wie müde er war. Jede Ziffer schien länger als normal beleuchtet zu bleiben. Die Zeit zwischen den Stockwerken kam ihm endlos vor. Und doch hatte er keine Eile. Oberhaupt keine Eile.

Achtzehn Jahre. Das Ende der Lüge, aber nicht das Ende der

Furcht. Das würde erst kommen, wenn Kroeger tot war. Was dann noch übrig sein würde, war Schuld. Er konnte mit der Schuld leben, denn sie würde ganz allein die seine sein und nicht die des Jungen oder die Janets.

Und es würde auch sein Tod sein, nicht der Janets, nicht der Andrews. Wenn der Tod erforderlich war, dann würde es der seine sein. Er würde dafür sorgen.

Er würde Bern nicht verlassen, solange Kroeger nicht tot war.

Kroeger oder er.

Höchstwahrscheinlich alle beide.

Er verließ die Aufzugskabine, bog nach links und ging den kurzen Korridor entlang zu einer Tür. Er schloß sie auf und betrat ein großes, komfortables Wohnzimmer, das im italienischen Provinzstil eingerichtet war. Zwei große Erkerfenster boten einen freien Blick auf den Park, und verschiedene Türen führten in die Schlafzimmer, das Speisezimmer, die Küche und die Bibliothek. Canfield stand einen Augenblick lang reglos da und gab sich dem unvermeidbaren Gedanken hin, daß dies alles achtzehn Jahre zurückführte.

Die Tür zur Bibliothek öffnete sich, und ein junger Mann kam herein. Er nickte Canfield ohne große Begeisterung zu. »Hallo, Dad.«

Canfield starrte den Jungen an. Es kostete ihn große Kraft, nicht auf seinen Sohn zuzulaufen und ihn an sich zu drücken.

Sein Sohn.

Und doch nicht sein Sohn.

Er wußte, wenn er eine solche Geste versuchte, würde sie zurückgewiesen werden. Der Junge war jetzt vorsichtig und hatte Angst, wenn er sich auch Mühe gab, es nicht zu zeigen. »Hallo«, sagte der Major. »Hilfst du mir damit?« Er blickte auf die Kette an seinem Handgelenk.

Der junge Mann trat zu ihm und murmelte: »Aber sicher.«

Sie öffneten gemeinsam das Hauptschloß der Kette, und dann hielt der junge Mann die Aktentasche so, daß Canfield das zweite Kombinationsschloß betätigen konnte, das an seinem Handgelenk befestigt war. Jetzt konnten sie die Tasche entfernen. Canfield zog Hut, Mantel und Uniformjacke aus und warf sie auf einen Sessel. Der Junge hielt immer noch die Tasche in der Hand und stand reglos vor dem Major. Er sah außergewöhnlich gut aus. Er hatte hellblaue Augen unter sehr dunklen Brauen, eine gerade, aber etwas aufgestülpte Nase und schwarzes Haar, das sorgfältig nach hinten gekämmt war. Seine Hautfarbe war dunkel, als wäre er von der Sonne gebräunt. Er war knapp über sechs Fuß groß und trug graue Flanellhosen, ein blaues Hemd und eine Tweedjacke.

»Wie fühlst du dich?« fragte Canfield.

Der junge Mann zögerte einen Augenblick lang und erwiderte dann mit weicher Stimme: »Nun, an meinem zwölften Geburtstag habt ihr mir ein neues Segelboot gekauft, du und Mutter. Das hat mir besser gefallen.«

Der ältere Mann erwiderte das Lächeln des Jüngeren. »Ja, das kann ich mir denken.«

»Ist es das?« Der Junge stellte die Aktentasche auf den Tisch und strich mit dem Finger darüber.

»Alles.«

»Jetzt sollte ich mir wohl sehr privilegiert vorkommen.«

»Der Präsident mußte persönlich eine Anweisung unterzeichnen, um die Akte aus dem Außenministerium herauszubekommen.«

»Wirklich?« Der Junge blickte auf.

»Keine Sorge. Ich bezweifle, daß er weiß, was sie enthält.«

»Wieso?«

»Eine Vereinbarung.«

»Das glaube ich nicht.«

»Wenn du die Akte gelesen hast, wirst du es glauben. Höchstens zehn Leute haben sie ganz gesehen, und die meisten davon sind tot. Als wir das letzte Viertel der Akte zusammentrugen, taten wir das stückweise – damals, 1938. Es steckt in dem separaten Aktendeckel mit den Bleisiegeln. Die Seiten sind nicht in der richtigen Reihenfolge und müssen geordnet werden. Der Schlüssel ist auf der ersten Seite.«

Der Major lockerte seine Krawatte mit einer schnellen Handbewegung und fing an, sein Hemd aufzuknöpfen.

»War das alles notwendig?«

»O ja. Soweit ich mich erinnere, haben wir die Schreibkräfte immer wieder ausgewechselt.« Der Major ging auf eine Schlafzimmertür zu. »Ich schlage vor, daß du die Seiten ordnest, ehe du mit dem letzten Aktendeckel anfängst.«

Er ging ins Schlafzimmer, schlüpfte hastig aus seinem Hemd

und band seine Schuhe auf. Der junge Mann folgte ihm und blieb in der Tür stehen.

»Wann reisen wir?« fragte der Junge.

»Donnerstag.«

»Wie?«

»Bomberkommando. Mit der Luftwaffe nach Neufundland, Island, Grönland und dann nach Irland. Von Irland mit einer neutralen Maschine geradewegs nach Lissabon.«

»Lissabon?«

»Die Schweizer Botschaft übernimmt dort alles Weitere. Die bringen uns nach Bern. Wir genießen vollen Schutz.«

Canfield hatte inzwischen die Hosen ausgezogen, nahm eine hellgraue Flanellhose aus dem Schrank und zog sie an.

»Was wird man Mutter sagen?« fragte der junge Mann.

Canfield ging ins Badezimmer, ohne zu antworten. Er füllte das Waschbecken mit heißem Wasser und begann sich das Gesicht einzuseifen.

Die Augen des Jungen folgten ihm, aber er bewegte sich nicht, brach auch das Schweigen nicht. Er fühlte, daß der ältere Mann viel erregter war, als er es zeigen wollte.

»Hol mir bitte ein frisches Hemd aus der zweiten Schublade dort drüben. Leg es aufs Bett.«

»Ja, natürlich.« Er wählte ein weißes Hemd mit breitem Kragen aus dem Hemdenstapel in der Schublade.

Während Canfield sich rasierte, sagte er: »Heute ist Montag. Wir haben also drei Tage. Ich werde noch alles erledigen, und du hast inzwischen Zeit, dich mit der Akte zu befassen. Du wirst Fragen haben, und ich brauche dir nicht zu sagen, daß du *mich* fragen mußt. Ich befürchte zwar nicht, daß du mit jemandem sprechen würdest, der dir Antwort geben könnte. Aber nur für alle Fälle – wenn du plötzlich das Bedürfnis hast, zum Telefon zu greifen, tu es nicht.«

»Verstanden.«

»Übrigens, du sollst nicht das Gefühl haben, daß du dir irgend etwas einprägen müßtest, das ist nicht wichtig. Ich weiß einfach, daß du es verstehen mußt.«

War er ehrlich zu dem Jungen? War es wirklich notwendig, ihn das Gewicht der offiziellen Wahrheit fühlen zu lassen? Canfield hatte sich selbst überzeugt, daß das der Fall war, denn trotz der

Jahre, trotz der Zuneigung, die zwischen ihnen bestand, war Andrew ein Scarlett. In wenigen Jahren würde er eines der größten Vermögen der Welt erben. Man mußte solchen Menschen die Verantwortung dann aufbürden, wenn es notwendig war – nicht, wenn es bequem war.

Aber mußte man das wirklich?

Oder wählte Canfield damit einfach den Weg, der für ihn der leichteste war? Sollte doch ein anderer für ihn sprechen …

Er trocknete sein Gesicht mit einem Handtuch ab, rieb sich etwas Pinaud ins Gesicht und begann sein Hemd anzuziehen.

»Falls es dich interessiert, du hast deinen Bart zum größten Teil stehenlassen.«

»Interessiert mich nicht.« Er nahm eine Krawatte von der Stange an der Innenseite der Schranktür und zog einen dunkelblauen Blazer vom Bügel. »Wenn ich gegangen bin, kannst du zu lesen anfangen. Wenn du zum Abendessen ausgehst, kannst du die Aktentasche in den Schrank rechts von der Bibliothekstür stellen. Sperr ihn ab. Hier ist der Schlüssel.« Er löste einen kleinen Schlüssel vom Ring.

Die zwei Männer verließen das Schlafzimmer, und Canfield ging auf die Halle zu.

»Entweder hast du mich nicht gehört, oder du willst keine Antwort geben – aber was ist mit Mutter?«

»Ich habe dich gehört.« Canfield drehte sich zu dem jungen Mann herum. »Janet soll nichts wissen.«

»Warum nicht? Und wenn etwas passiert?«

Canfield war sichtlich erregt. »Ich habe entschieden, daß sie nichts erfahren soll.«

»Ich bin nicht deiner Ansicht.« Der junge Mann blieb ruhig.

»Das interessiert mich nicht!«

»Vielleicht sollte es das. Ich bin jetzt ziemlich wichtig für dich. Das war nicht mein Wunsch, Dad.«

»Und du glaubst, das gibt dir das Recht, Befehle zu erteilen?«

»Ich glaube, ich habe das Recht, gehört zu werden. Ich weiß, daß du erregt bist – aber sie ist meine Mutter.«

»Und meine Frau. Vergiß das nicht, Andy.« Der Major ging ein paar Schritte auf den jungen Mann zu, aber Andrew Scarlett wandte sich ab und trat an den Tisch, wo die schwarze Ledertasche neben der Lampe lag.

»Du hast mir nie gezeigt, wie man deine Tasche öffnet.«

»Sie ist aufgeschlossen. Ich habe sie im Wagen aufgeschlossen. Man öffnet sie wie jede andere Mappe auch.«

Der junge Scarlett betastete die Schließen, und sie klappten auf.

»Ich habe dir gestern abend nicht geglaubt, weißt du«, sagte er leise, während er die Klappe der Tasche öffnete.

»Das überrascht mich nicht.«

»Nein, nicht was ihn betrifft. Das glaube ich, weil es mir eine Menge Fragen, die dich betreffen, beantwortet hat.« Er drehte sich um und musterte den Älteren. »Nun, eigentlich waren es keine Fragen, weil ich immer schon zu wissen glaubte, warum du dich so verhalten hast. Ich dachte, du könntest einfach die Scarletts nicht leiden. Nicht mich, die Scarletts. Onkel Chancellor, Tante Allison, all die Kinder. Du und Mama, ihr habt immer über sie gelacht. Ich auch. Ich kann mich noch gut erinnern, wie schmerzhaft es für dich war, als du mir sagtest, warum mein Nachname nicht derselbe wie der deine sein konnte. Erinnerst du dich?«

»Ja, es war nicht gerade angenehm.« Canfield lächelte leicht.

»Aber die letzten paar Jahre – da hast du dich verändert. Du wurdest ziemlich böse, wenn es um die Scarletts ging. Du warst immer richtig ärgerlich, wenn jemand die Scarlatti-Firmen erwähnte. Und du gingst die Wände hoch, wenn die Scarlatti-Anwälte erklärten, daß sie mit dir und Mama über mich sprechen wollten. Mama ärgerte sich über dich und sagte, du wärst unvernünftig. Sie hatte unrecht. Ich verstehe es jetzt. Du siehst also, ich bin darauf vorbereitet, das zu glauben, was diese Mappe enthält.« Er klappte sie wieder zu.

»Es wird nicht leicht für dich sein.«

»Es ist schon jetzt nicht leicht, und ich bin gerade dabei, über den ersten Schock hinwegzukommen.« Er grinste gezwungen. »Jedenfalls werde ich lernen, damit zu leben, denke ich ... Ich habe ihn nie gekannt. Er hat mir nie etwas bedeutet. Ich habe nie sonderlich auf Onkel Chancellors Geschichten geachtet. Weißt du, ich wollte gar nichts wissen. Weißt du, warum?«

Der Major musterte den jungen Mann scharf. »Nein, das weiß ich nicht.«

»Weil ich nie zu jemand anderem als dir – und Janet gehören wollte.«

O Gott in deinem schützenden Himmel, dachte Canfield. »Ich muß jetzt gehen.« Er wandte sich wieder zur Tür.

»Bleib noch. Wir haben noch nicht alles erledigt.«

»Es gibt nichts zu erledigen.«

»Ich will dir sagen, was ich gestern abend nicht glaubte.«

Canfield drehte sich um, die Hand am Türknopf. »Was?«

»Daß Mutter – nichts von ihm weiß.«

Canfield zog die Hand vom Türknopf und blieb neben der Tür stehen. Als er sprach, war seine Stimme leise und kontrolliert. »Ich hatte gehofft, das bis später hinausschieben zu können. Bis du alles gelesen hattest.«

»Es muß jetzt sein, sonst will ich die Akte nicht haben. Falls ihr irgend etwas vorenthalten werden soll, möchte ich den Grund wissen, ehe ich das alles lese.«

Der Major kehrte ins Zimmer zurück. »Was soll ich dir sagen? Daß es sie umbringen würde, wenn sie es erführe?«

»Würde es das?«

»Wahrscheinlich nicht. Aber ich wage es nicht, die Probe aufs Exempel zu machen.«

»Seit wann weißt du es?«

Canfield trat vors Fenster. Die Kinder hatten den Park verlassen. Das Tor war jetzt geschlossen.

»Am 12. Juni 1936 habe ich eine positive Identifizierung durchgeführt. Ich habe die Akte eineinhalb Jahre später vervollständigt, am 2. Januar 1938.«

»Jesus Christus.«

»Ja, Jesus Christus.«

»Und du hast es ihr nie gesagt?«

»Nein.«

»Dad, warum nicht?«

»Ich könnte dir zwanzig, dreißig eindrucksvolle Gründe nennen«, entgegnete Canfield und blickte immer noch auf den Gramercy Park hinunter. »Aber drei davon sind in meinem Gedächtnis hängengeblieben. Zum ersten – er hat ihr schon genug angetan, er war die Hölle für sie. Zum zweiten – seit deine Großmutter tot ist, gibt es sonst keinen lebenden Menschen mehr, der ihn identifizieren könnte. Der dritte Grund – ich sagte deiner Mutter, daß ich ihn getötet hatte.«

»Du?«

Der Major wandte sich vom Fenster ab. »Ja. Ich – ich glaubte, ich hätte ihn getötet – glaubte es hinreichend, um zweiundzwanzig

Zeugen zu zwingen, Erklärungen zu unterschreiben, daß er tot war. Ein korrupter Richter in einem Dorf außerhalb von Zürich ließ sich von mir dazu bestechen, einen Totenschein auszustellen. Alles ganz legal. An jenem Junimorgen im Jahr 1936, als ich die Wahrheit erfuhr, waren wir in dem Haus an der Bucht, und ich saß auf der Terrasse und trank Kaffee. Du und deine Mutter, ihr habt gerade ein Boot abgespritzt und nach mir gerufen, weil ich euch helfen sollte, es ins Wasser zu bringen. Du hast sie die ganze Zeit mit dem Schlauch angespritzt, und sie lachte und kreischte und rannte um das Boot herum, und du liefst hinterher. Sie war so glücklich. Ich sagte es ihr nicht. Ich bin nicht stolz auf mich, aber so war es.«

Der junge Mann setzte sich auf den Stuhl neben dem Tisch. Er wollte etwas sagen, aber er fand keine Worte.

Canfield fragte leise: »Bist du ganz sicher, daß du zu mir gehören willst?«

Der Junge blickte auf. »Du mußt sie sehr geliebt haben.«

»Ich liebe sie immer noch.«

»Dann – möchte ich immer noch zu dir gehören.«

Canfield hatte das Gefühl, als säße ihm ein Kloß in der Kehle. Aber er hatte beschlossen, sich nichts anmerken zu lassen, ganz gleich, was geschehen würde.

»Ich danke dir dafür.«

Er wandte sich wieder dem Fenster zu. Die Straßenlaternen waren eingeschaltet worden – nur jede zweite, wie um die Leute daran zu erinnern, daß es auch hier passieren konnte, aber wahrscheinlich nicht passieren würde, damit sie sich entspannen konnten.

»Dad?«

»Ja?«

»Warum bist du zurückgekehrt und hast die Akte abgeändert?«

Canfield schwieg eine Weile, ehe er antwortete. »Weil ich es tun mußte. Jetzt klingt das seltsam – ›weil ich es tun mußte‹. Ich brauchte achtzehn Monate, um diese Entscheidung zu treffen. Als es schließlich soweit war, brauchte ich weniger als fünf Minuten dazu, mich selbst zu überzeugen.« Er hielt inne und dachte einen Augenblick lang darüber nach, ob es notwendig war, es dem Jungen zu sagen. Aber warum nicht? »Am Neujahrstag 1938 hat mir deine Mutter einen neuen Packard Roadster gekauft. Zwölf Zylinder. Ein wunderschönes Automobil. Ich fuhr damit auf die Southampton Straße. Ich weiß nicht genau, was passierte – ich glaube, das Steuerrad blockierte. Es gab einen Unfall. Der Wagen überschlug sich zweimal, ehe ich hinausgeschleudert wurde. Er war völlig zerstört, aber mir war nichts passiert. Abgesehen von ein paar Schürfwunden fehlte mir nichts. Aber ich sagte mir, daß ich hätte tot sein können.«

»Ich erinnere mich. Du hast von irgendwo aus angerufen, und Mama und ich fuhren hinüber und holten dich ab. Du sahst schrecklich aus.«

»Stimmt. Damals entschloß ich mich, nach Washington zu fahren und die Akte zu ergänzen.«

»Ich verstehe nicht.«

Canfield setzte sich auf den Sessel vor dem Fenster. »Wenn mir irgend etwas passiert wäre, hätte Scarlett-Kroeger irgendeine Horrorgeschichte erfinden und damit seinen Zweck erreichen können. Janet war gefährdet, weil sie nichts wußte. Also mußte irgendwo die Wahrheit festgehalten werden, aber auf eine Art und Weise, daß keine der beiden Regierungen eine andere Alternative haben konnte, als Kroeger eliminieren zu lassen – sofort. Um für dieses Land zu sprechen – Kroeger hat eine Menge prominenter Männer zum Narren gehalten. Einige dieser distinguierten Herren sind heute für unsere Politik verantwortlich. Andere fabrizieren Flugzeuge, Panzer und Schiffe. Indem wir Kroeger als Scarlett identifizieren, werfen wir eine Menge neuer Fragen auf. Fragen, von denen unsere Regierung im Augenblick nichts wissen will. Oder vielleicht will sie nie mehr was davon wissen.«

Er knöpfte langsam seinen Tweedmantel auf, wollte ihn aber nicht mehr ablegen.

»Die Scarlatti-Anwälte haben einen Brief, der nach meinem Tod oder Verschwinden an das einflußreichste Kabinettsmitglied übergeben werden soll, oder welche Administration auch immer zu der Zeit in Washington an der Macht ist. Die Scarlatti-Anwälte verstehen sich auf solche Dinge. Ich wußte, daß es Krieg geben würde. Alle wußten das. Ich erinnere daran, daß es 1938 war. Der Brief führt die betreffende Person zu der Akte und damit zur Wahrheit.«

Canfield holte tief Atem und blickte zur Decke.

»Wie du sehen wirst, legte ich eine ganz bestimmte Verhaltensweise für den Fall fest, daß wir uns im Krieg befanden, und eine

Variation für den Fall, daß wir uns nicht im Krieg befanden. Deine Mutter sollte nur im äußersten Notfall etwas erfahren.«

»Aber warum sollte jemand, nach dem, was du getan hast, auf dich hören?«

Andrew Scarlett konnte solche Zusammenhänge schnell erfassen. Das gefiel Canfield.

»Es gibt Zeiten, wenn Länder – selbst Länder im Kriegszustand – dieselben Ziele haben. Für solche Zwecke werden immer die Verbindungslinien offengehalten. Heinrich Kroeger ist einer dieser Fälle. Er repräsentiert zu viel Peinliches für beide Seiten, das geht klar aus der Akte hervor.«

»Ich finde das sehr zynisch.«

»Das ist es auch. Ich habe festgelegt, daß binnen achtundvierzig Stunden nach meinem Tod jemand an das Hohe Kommando des Dritten Reiches herantreten und dort erklären soll, daß einige Spitzenbeamte in der militärischen Abwehr schon lange den Argwohn hatten, Heinrich Kroeger sei ein amerikanischer Bürger.«

Andrew Scarlett beugte sich auf seinem Stuhl vor. Canfield fuhr fort, ohne die wachsende Unruhe des Jungen zu bemerken.

»Da Kroeger regelmäßige Geheimkontakte zu einer Anzahl von Amerikanern hat, nimmt man an, daß dieser Argwohn bestätigt werden wird. Aber infolge des ...« Canfield hielt inne, um sich an den genauen Wortlaut zu erinnern. »Infolge des ›Todes eines gewissen Matthew Canfield, eines ehemaligen Kollegen des Mannes, der jetzt als Heinrich Kroeger bekannt ist‹, besitzt unsere Regierung Dokumente, die unzweideutig besagen, daß Heinrich Kroeger geistesgestört ist. Wir wollen nichts mit ihm zu tun haben. Weder in seiner Eigenschaft als ehemaliger Bürger noch als Überläufer.«

Der junge Mann erhob sich aus seinem Stuhl und starrte seinen Stiefvater an. »Ist das wahr?«

»Es wäre ausreichend gewesen, und das ist wichtiger. Die Verbindung reicht aus, um eine schnelle Exekution zu garantieren. Ein Verräter und gleichzeitig ein Wahnsinniger.«

»Danach habe ich dich nicht gefragt.«

»Die Akte enthält sämtliche Informationen.«

»Ich möchte es jetzt wissen. Ist es wahr? Ist er – war er wahnsinnig? Oder ist das ein Trick?«

Canfield erhob sich. Seine Antwort war nicht lauter als ein Flüstern. »Deshalb wollte ich warten. Du willst eine einfache Antwort, und eine solche gibt es nicht.«

»Ich möchte wissen, ob mein – Vater geistesgestört war.«

»Wenn du meinst, ob wir beglaubigte ärztliche Aussagen besitzen, daß er nicht bei Verstand war ... Nein, das haben wir nicht. Andererseits waren in Zürich zehn Männer zurückgeblieben, mächtige Männer – sechs leben immer noch –, die allen Anlaß hatten, Kroeger, so wie sie ihn kannten, als geistesgestört hinzustellen. Das war für sie der einzige Ausweg. Und deshalb wird der Heinrich Kroeger, auf den sich die ursprüngliche Akte bezieht, von allen zehn als Wahnsinniger bezeichnet. Ein schizophrener Verrückter. Diese gemeinsame Bemühung ließ keine Zweifel aufkommen. Sie hatten keine Wahl. Aber wenn du mich fragst ... Kroeger war der geistig gesündeste Mann, den man sich vorstellen kann. Und der grausamste. Auch das wirst du lesen.«

»Warum gebrauchst du nicht seinen richtigen Namen?«

Plötzlich drehte sich Canfield ruckartig herum, als wäre die Belastung unerträglich geworden.

Andrew sah dem zornigen Mann mit dem ärgerlich geröteten Gesicht zu, wie er durch das Zimmer auf ihn zukam. Er hatte ihn stets geliebt, weil er ein Mann war, den man lieben mußte. Positiv eingestellt, tüchtig, stets zu Späßen aufgelegt und – wie war das Wort, das sein Stiefvater gebraucht hatte? – verletzbar. »Du hast nicht nur Mutter beschützt, nicht wahr? Du hast mich geschützt. Du hast getan, was in deinen Kräften stand, um mich auch zu schützen ... Wenn er je zurückkäme, wäre ich für mein restliches Leben so etwas wie ein Monstrum.«

Canfield drehte sich langsam um und sah seinen Stiefsohn an. »Nicht nur du. Von der Sorte würde es dann eine ganze Menge geben. Das hatte ich miteinkalkuliert.«

»Aber für diese anderen wäre es nicht dasselbe gewesen.« Der junge Scarlett ging zu der Aktentasche zurück.

»Das stimmt. Nicht dasselbe.« Er folgte dem Jungen und stellte sich hinter ihn. »Ich hätte alles darum gegeben, es dir nicht sagen zu müssen – ich denke, das weißt du. Ich hatte keine Wahl. Indem er dich in seine Bedingungen hineinzog, ließ Kroeger mir keine andere Wahl, als dir die Wahrheit zu sagen. Das konnte ich nicht vertuschen. Er glaubt, daß du, sobald du die Wahrheit kennst, erschrecken wirst und daß ich alles tun würde, um dich davon abzuhalten, in Panik zu geraten – alles, solange ich dich nur nicht zu töten brauchte, und vielleicht sogar das. In dieser Akte befinden sich Informationen, die deine Mutter vernichten. Die mich ins Gefängnis bringen könnten. Wahrscheinlich sogar für den Rest meines Lebens. Oh, Kroeger hat sich das alles überlegt. Aber er hat sich in einem Punkt verrechnet. Er hat dich nicht gekannt.«

»Mußt du ihn wirklich sehen – mit ihm sprechen?«

»Ich werde mit dir im Zimmer sein. Dort wird der Handel abgeschlossen.«

Andrew Scarlett blickte entsetzt auf. »Dann wirst du Geschäfte mit ihm machen.«

»Wir müssen wissen, was er liefern kann. Sobald er sich überzeugt hat, daß ich meinen Teil des Handels erfüllt und ein Treffen mit dir arrangiert habe, werden wir wissen, was er anbietet. Und wofür.«

»Dann ist es überflüssig, daß ich das hier lese, nicht wahr ...« Es war keine Frage, sondern eine Feststellung. »Ich muß nur dort sein. Okay, ich werde dort sein!«

»Du wirst es lesen, weil ich es dir befehle!«

»Schon gut, schon gut, Dad. Ich werde es lesen.«

»Danke ... Tut mir leid, daß ich in diesem Ton mit dir reden mußte.« Er begann seinen Mantel wieder zuzuknöpfen.

»Das habe ich verdient. Übrigens, was ist, wenn Mutter auf die Idee kommt, mich in der Schule anzurufen? Das tut sie gelegentlich, weißt du.«

»Seit heute morgen ist deine Leitung angezapft. Es funktioniert einwandfrei. Du hast einen neuen Freund namens Tom Ahrens.«

»Wer ist das?«

»Ein Lieutenant im CIC. In Boston stationiert. Er hat deinen Vorlesungsplan und wird das Telefon überwachen. Er weiß, was er sagen muß. Du bist auf ein langes Wochenende nach Smith gefahren.«

»Du denkst wirklich an alles.«

»Meistens schon.« Canfield hatte die Tür erreicht. »Vielleicht komme ich heute abend nicht zurück.«

»Wohin gehst du?«

»Ich habe zu tun. Es wäre mir lieber, wenn du nicht ausgehen würdest, aber wenn du es tust, dann denk an den Schrank. Schließ alles weg.« Er öffnete die Tür.

»Ich werde nirgends hingehen.«

»Gut. Und, Andy – dir steht eine ungeheuere Verantwortung bevor. Ich hoffe, wir haben dich so erzogen, daß du damit fertig wirst. Ich glaube, daß du es schaffen wirst.« Canfield schloß die Tür hinter sich.

Der junge Mann wußte, daß sein Stiefvater die falschen Worte gewählt hatte. Er hatte versucht, etwas anderes zu sagen. Der Junge starrte die Tür an und wußte plötzlich, was dieses andere war.

Matthew Canfield würde nicht zurückkehren.

Was hatte er gesagt? Im äußersten Notfall mußte Janet informiert werden. Seine Mutter mußte die Wahrheit erfahren. Und jetzt gab es niemand anderen, der sie ihr sagen konnte.

Andrew Scarlett sah die Aktentasche an, die auf dem Tisch lag.

Der Sohn und der Stiefvater würden nach Bern fahren, aber nur der Sohn würde zurückkehren.

Matthew Canfield würde in den Tod gehen.

Canfield schloß die Wohnungstür und lehnte sich gegen die Wand. Der Schweiß stand ihm auf der Stirn, und das rhythmische Pochen in seiner Brust war so laut, daß er dachte, man könnte es in der Wohnung hören.

Er sah auf die Uhr. Er hatte weniger als eine Stunde gebraucht, und er war bemerkenswert ruhig geblieben. Jetzt erfüllte ihn der Wunsch, sich so weit wie möglich zu entfernen. Er wußte, daß er nach allem, was Mut, Moral oder Verantwortung forderten, bei dem Jungen bleiben sollte. Aber solche Forderungen konnte man jetzt nicht an ihn stellen. Eines nach dem anderen, sonst würde er den Verstand verlieren. Es galt, einen Punkt abzuhaken und sich dann den nächsten vorzunehmen.

Was war der nächste Punkt?

Morgen.

Der Kurier nach Lissabon mit den detaillierten Vorsichtsmaßregeln. Ein Fehler, und alles konnte explodieren. Der Kurier würde erst um sieben Uhr abends abreisen.

Er konnte die Nacht und den größten Teil des Tages mit Janet verbringen. Er redete sich ein, daß er das tun mußte. Wenn Andy zusammenbrach, würde er als erstes versuchen, seine Mutter zu erreichen. Weil er es nicht ertragen konnte, bei ihm zu bleiben, mußte er bei ihr sein.

Zum Teufel mit seinem Amt! Zur Hölle mit der Army! Zur Hölle mit der Regierung der Vereinigten Staaten!

Angesichts seiner bevorstehenden Abreise unterlag er einer vierundzwanzigstündigen freiwilligen Überwachung. Der Teufel sollte sie holen!

Sie erwarteten, daß er in der Nähe des Fernschreibers blieb und ihn in spätestens zehn Minuten erreichen konnte.

Nun, genau das würde er tun.

Er würde jede noch mögliche Minute zusammen mit Janet verbringen. Sie war dabei, ihr Haus an der Oyster Bay für den Winter zu schließen. Sie würden allein sein, vielleicht sogar das letzte Mal.

Achtzehn Jahre, und die Scharade näherte sich ihrem Ende.

Zum Glück für seinen Zustand kam der Aufzug schnell. Weil er es jetzt eilig hatte. Er wollte zu Janet.

Der Sergeant hielt ihm die Wagentür auf und salutierte, so zakkig er konnte. Unter normalen Umständen hätte der Major geschmunzelt und den Sergeanten daran erinnert, daß er Zivil trug. Statt dessen erwiderte er den Gruß formlos und sprang in den Wagen.

»Zum Büro, Major Canfield?«

»Nein, Sergeant. Zur Oyster Bay.«

3.

Eine amerikanische Erfolgsstory

Am 24. August 1892 wurde die gesellschaftliche Welt von Chicago und von Evanston, Illinois, in ihren Grundfesten erschüttert, die allerdings nicht übermäßig fest waren. An diesem Tag nämlich heiratete Elizabeth Royce Wyckham, die siebenundzwanzigjährige Tochter des Industriellen Albert O. Wyckham, einen verarmten sizilianischen Einwanderer namens Giovanni Merighi Scarlatti.

Elizabeth Wyckham war ein hochgewachsenes, aristokratisches Mädchen, das für ihre Eltern eine beständige Quelle der Sorgen gewesen war. Um mit Albert O. Wyckham und seiner Frau zu sprechen, hatte die alternde Elizabeth jede goldene Heiratschance in den Wind geschlagen, die sich ein Mädchen in Chicago, Illinois, wünschen konnte. Ihre Antwort war stets dieselbe gewesen: »Narrengold, Papa!«

So hatten sie mit ihr eine große Reise durch den Kontinent gemacht und viel Geld in Hoffnungen investiert. Nach vier Monaten, in denen sie die besten Partien aus England, Frankreich und Deutschland inspiziert hatten, war ihre Antwort stets dieselbe gewesen: »Narrengold, Papa. Da würde ich schon eine Reihe von Liebhabern vorziehen!«

Ihr Vater hatte die Tochter schallend geohrfeigt.

Worauf sie ihm ihrerseits einen Tritt gegen das Schienbein versetzt hatte.

Zum erstenmal sah Elizabeth ihren zukünftigen Ehemann bei einem jener Picknickausflüge, die man jährlich für verdienstvolle Mitarbeiter ihres Vaters und ihre Familien veranstaltete. Man hatte ihn ihr vorgestellt, so wie man vielleicht einen Leibeigenen der Tochter eines Barons hätte vorstellen können.

Er war ein hünenhaft wirkender Mann mit massiven und doch irgendwie zarten Händen und scharf geschnittenen italienischen Zügen. Das Englisch, das er sprach, war fast unverständlich. Aber anstatt seine gebrochene Rede mit peinlicher Unterwürfigkeit zu begleiten, strahlte er Selbstvertrauen aus und entschuldigte sich nicht. Elizabeth mochte ihn sofort. Obwohl der junge Scarlatti weder ein Büroangestellter war noch eine Familie besaß, hatte er die Direktoren von Wyckham mit seinen Kenntnissen in bezug auf Maschinen beeindruckt und sogar die Konstruktion einer Maschine vorgelegt, mit deren Hilfe man die Herstellungskosten einer Papierrolle um vielleicht sechzehn Prozent reduzieren würde. Man hatte ihn zu dem Picknick eingeladen.

Elizabeths Neugier auf den jungen Mann war bereits durch die Erzählungen ihres Vaters geweckt worden. Der Italiener verstand sich auf den Umgang mit Maschinen – absolut unglaublich. Er hatte in wenigen Wochen zwei Maschinen entdeckt, bei denen das Hinzufügen einiger weniger Hebel die Anwesenheit der jeweils zweiten Bedienungsperson überflüssig machte. Da es von jeder dieser Maschinen acht Exemplare gab, konnte die Wyckham-Gesellschaft sechzehn Männer entlassen, die offenbar keinen Wert mehr für sie hatten. Außerdem hatte Wyckham die Voraussicht besessen, einen Italiener der zweiten Generation aus Chicagos Klein-Italien einzustellen, der Giovanni Scarlatti durch die Fabrik begleiten mußte und als sein Dolmetscher auftrat. Der alte Wyckham war zwar von den acht Dollar pro Woche nicht erbaut, die er dem sprachkundigen Italiener bezahlte, rechtfertigte aber das Gehalt mit der Erwartung, daß Giovanni weitere Verbesserungen einführen würde. Hoffentlich würde er das tun. Wyckham zahlte ihm vierzehn Dollar in der Woche.

Einige Wochen nach dem Picknick verkündete Elizabeths Vater beim Abendbrot voll Schadenfreude, daß sein großer italienischer Einfaltspinsel sich die Erlaubnis erbeten hatte, sonntags in den Betrieb zu gehen. Nicht, weil er dafür zusätzliche Bezahlung erwartete, ganz gewiß nicht – einfach, weil er nichts Besseres zu tun hatte. Natürlich hatte Wyckham mit seinem Wachmann entsprechende Vorkehrungen getroffen. Schließlich war es seine Christenpflicht, einen solchen Burschen zu beschäftigen und damit von all dem Wein und Bier fernzuhalten, nach dem Italiener süchtig waren.

Am zweiten Sonntag hatte Elizabeth einen Vorwand benutzt, um ihr elegantes Haus in der Vorstadt Evanston zu verlassen und nach Chicago und dort zur Fabrik fahren zu können. Dort fand sie Giovanni, freilich nicht im Maschinensaal, sondern in einem der Rechnungsbüros. Er schrieb emsig Zahlen aus einer Akte ab, die deutlich mit der Aufschrift ›vertraulich‹ bezeichnet war. Die Schublade eines stählernen Aktenschrankes an der linken Bürowand stand offen. Aus dem kleinen Schloß hing immer noch ein langer, dünner Drahtfaden. Offensichtlich war das Schloß geschickt überlistet worden.

In diesem Augenblick, als sie in der Tür stand und ihm zusah, lächelte Elizabeth. Dieser große, schwarzhaarige italienische Einfaltspinsel war viel komplizierter, als ihr Vater dachte. Und dabei übersah sie keineswegs, daß er höchst attraktiv war.

Erschrocken blickte Giovanni auf. Im Bruchteil einer Sekunde veränderte sich seine Haltung, wurde abwehrend.

»Okay, Miß Lisbeth! Sagen Sie es Ihrem Papa! Ich will hier nicht mehr arbeiten!«

Und da bat Elizabeth liebevoll: »Holen Sie mir einen Stuhl, Mr. Scarlatti. Ich will Ihnen helfen – dann geht es schneller.«

Es ging tatsächlich schneller.

Die nächsten paar Wochen wurden damit verbracht, Giovanni mit den juristischen und sonstigen Gegebenheiten der amerikanischen Industrieorganisation vertraut zu machen. Nur mit den Fakten, ohne jede Theorie, denn Giovanni hatte seine eigene Philosophie. Dieses Land der grenzenlosen Chancen brachte nur den Leuten Glück, die eine Spur schneller waren als die anderen Opportunisten. Die Periode, in der sie lebten, war von einem ungeheuren wirtschaftlichen Wachstum geprägt, und Giovanni begriff, daß seine Position die eines Dieners sein würde, nicht die eines Mannes, dem man diente, sofern seine Maschinen ihm nicht die Möglichkeit verschafften, an jenem Wachstum teilzuhaben. Und er war ehrgeizig.

Giovanni ging mit Elizabeths Hilfe an die Arbeit. Er konstruierte ein Gerät, das Albert Wyckham und seine Direktoren für eine revolutionäre Presse hielten, die mit phänomenaler Geschwindigkeit Wellpappteile herstellen konnte, zu Kosten, die vielleicht dreißig Prozent unter denen des alten Verfahrens lagen. Wyckham war entzückt und erhöhte Giovannis Gehalt um zehn Dollar.

Während alle darauf warteten, daß die neuen Maschinen gebaut und in Betrieb genommen wurden, überzeugte Elizabeth ihren Vater davon, daß es gut wäre, Giovanni zum Abendessen einzuladen. Zuerst dachte Albert Wyckham, seine Tochter wollte sich einen Scherz mit ihm erlauben. Einen ziemlich geschmacklosen Scherz für alle Betroffenen. Wyckham mochte sich über den Italiener lustig machen, aber er empfand Respekt für ihn. Er wollte nicht, daß sein schlauer Spaghettifresser bei einer Dinnerparty irgendwelche Peinlichkeiten erleben mußte. Aber als Elizabeth ihrem Vater sagte, daß sie keineswegs Peinlichkeiten im Sinn hatte, daß sie Giovanni bei einigen Gelegenheiten seit dem fernen Picknick begegnet wäre und ihn recht amüsant fände, erklärte sich Wyckham, der plötzlich ganz andere Bedenken hatte, mit einem kleinen Familienabendessen einverstanden.

Drei Tage nach dem Abend war Wyckhams neue Maschine für Wellpappteile in Betrieb, und an jenem Morgen erschien Giovanni Scarlatti nicht zur Arbeit. Keiner der Direktoren begriff das. Dies hätte der wichtigste Morgen seines Lebens sein sollen.

Das war es auch.

Statt Giovanni traf nämlich ein Brief in Albert Wyckhams Büro ein, ein Brief, den seine Tochter auf der Maschine geschrieben hatte. Der Brief schilderte eine zweite Maschine für Wellpappteile, die Wyckhams neue Anlage völlig veraltet erscheinen ließ.

Giovanni stellte ganz klare Bedingungen. Entweder würde

Wyckham ihm ein größeres Aktienpaket an der Firma sowie eine Option für weitere Aktienkäufe zum augenblicklichen Wert zuteilen, oder er würde mit seiner zweiten Konstruktion für Wellpappteile zu Wyckhams Konkurrenz gehen. Und wer die zweite Konstruktion besäße, könnte den anderen begraben. Giovanni Scarlatti wäre es eigentlich einerlei, aber seiner Ansicht nach würde es besser sein, die Konstruktion in der Familie zu behalten, da er hiermit ganz formell um die Hand von Alberts Tochter bäte. Auch in diesem Punkt wäre Wyckhams Antwort ohne große Bedeutung, weil Elizabeth und Giovanni binnen eines Monats als Mann und Frau vereint sein würden, gleichgültig, weiche Haltung Wyckham einzunehmen gedächte.

Von diesem Augenblick an war der Aufstieg Scarlattis unaufhaltsam, aber von düsteren Wolken verdunkelt. Die der Öffentlichkeit zugänglichen Fakten lassen erkennen, daß er einige Jahre lang fortfuhr, neuere und bessere Maschinen für eine Anzahl von papierproduzierenden Gesellschaften im Mittleren Westen zu konstruieren. Er tat das immer unter denselben Bedingungen – kleinere Lizenzgebühren und Aktienanteile sowie Optionen, zusätzliche Aktien zu den Preisen zu kaufen, die jeweils vor Einrichtung seiner neuen Konstruktionen gültig gewesen waren. Über die Lizenzgebühren für sämtliche Konstruktionen sollte jeweils nach fünf Jahren neu verhandelt werden. Eine vernünftige Forderung, auf die man in gutem Glauben eingehen konnte. Eine in höchstem Maße akzeptable Position, insbesondere im Licht der niedrigen Lizenzgebühren.

Inzwischen hatte sich Elizabeths Vater, den die Anspannung des Geschäftslebens und die Hochzeit seiner Tochter ›mit diesem Spaghettifresser‹ aufrieb, dazu entschlossen, in den Ruhestand zu treten. Giovanni und seine Frau erhielten das gesamte stimmberechtigte Aktienpaket an der Wyckham-Firma.

Das war alles, was Giovanni Scarlatti brauchte. Die Mathematik ist eine reine Wissenschaft, und noch nie war dies offenkundiger. Giovanni Scarlatti, der bereits Teilhaber an elf Papierfirmen in Illinois, Ohio sowie im westlichen Pennsylvania war und Patente für siebenunddreißig verschiedene Maschinen besaß, berief eine Konferenz der Firmen seines Interessenkreises ein. In einer Art und Weise, die man schlichtweg als Schlachtung der Uninformierten bezeichnen kann, schlug Giovanni vor, daß man vernünftigerweise eine Muttergesellschaft gründen sollte, deren Hauptaktionäre er und seine Frau sein sollten.

Für alle würde selbstverständlich gut gesorgt werden, und die einzige Gesellschaft würde unter seiner erfinderisch-genialen Leitung Erfolge erzielen, die ihre kühnsten Träume übersteigen würden.

Sollten sie hingegen ablehnen, so könnten sie seine Maschinen aus ihren Fabriken nehmen. Er war ein armer Einwanderer, der bei seinen ursprünglichen Verhandlungen trügerisch in die Irre geleitet worden war. Die Lizenzen, die man ihm für seine Konstruktionen bezahlt hatte, waren angesichts der Gewinne lächerlich. Außerdem waren in einigen Fällen die einzelnen Aktien in astronomische Höhen geklettert, und die betreffenden Firmen waren gemäß den ursprünglichen Vertragsbedingungen verpflichtet, ihm eine Ausübung der Option zu den ursprünglichen Aktiennotierungen zu ermöglichen. Kurz gesagt, Giovanni Scarlatti war Mehrheitsaktionär in einer Anzahl wohletablierter Papierfirmen.

In allen drei Staaten erhob sich in den Konferenzräumen Geheul. Dem arroganten Italiener wurden hitzige Herausforderungen entgegengeschleudert, die freilich bald von etwas weitsichtigeren juristischen Beratern abgemildert wurden. Besser gemeinsam überleben als isoliert zerstört werden. Vielleicht würde es in der Tat möglich sein, Scarlatti vor Gericht zu besiegen, aber ebenso bestand auch die Möglichkeit, daß es nicht dazu kam. Im letzteren Fall könnten seine Forderungen exzessiv sein, und wenn man sie zurückwies, würden die Kosten neuer Werkzeuge und die Geschäftsunterbrechung viele der Firmen in eine katastrophale finanzielle Lage treiben. Außerdem war Scarlatti ein Genie, und es war durchaus denkbar, daß sie alle Nutzen aus der Zusammenarbeit ziehen würden.

So wurden die mammuthaften Scarlatti-Firmen gebildet, und damit war das Imperium des Giovanni Merighi Scarlatti geboren.

Es glich seinem Herrn und Meister – expansiv, energisch, unersättlich. Und in dem Maße, wie seine Neugierde sich neue Ziele suchte, wuchsen auch seine Firmen. Vom Papier war der Schritt in die Verpackungsindustrie nur ein kurzer. Aus der Verpackungsindustrie begab er sich ins Frachtgeschäft und vom Transportwesen in den Handel mit landwirtschaftlichen Produkten. Und bei jedem Kauf kam ihm eine noch bessere Idee.

Im Jahre 1904, nach zwölf Ehejahren, entschied Elizabeth Wyckham Scarlatti, daß es am besten wäre, wenn sie und ihr Mann nach dem Osten gingen. Obwohl das Vermögen ihres Mannes gesichert war und von Tag zu Tag weiter wuchs, war die Popularität, die er genoß, nicht gerade bemerkenswert. Unter den Finanzmächten Chicagos war Giovanni ein lebender Beweis der Monroe-Doktrin. Die Iren waren schon unangenehm genug, aber dies war unerträglich.

Elizabeths Eltern starben. Das wenige an gesellschaftlicher Loyalität, das man ihnen bewahrt hatte, wurde mit ihnen zu Grabe getragen.

Die übereinstimmende Ansicht in den Häusern ihrer langjährigen Freunde wurde am besten von Franklyn Fowler, dem ehemaligen Alleininhaber der Firma Fowler-Papierprodukte formuliert: »Mag sein, daß diesem schwarzhaarigen Spaghetti die Hypothek auf dem Klubgebäude gehört, aber der Teufel soll uns alle holen, wenn wir zulassen, daß er Mitglied wird!«

Auf Giovanni hatte diese allgemeine Ansicht keinen Einfluß, da er für solche Dinge ohnehin weder Zeit hatte noch Neigung verspürte. Ebensowenig Elizabeth, denn sie war nicht nur im Ehebett, sondern auch in anderen Belangen Giovannis Partnerin geworden. Sie war für ihn so etwas wie ein Zensor, der sich stets darum bemühte, ihm die Dinge zu verdeutlichen, die er vordergründig nicht begriff. Aber was die Tatsache betraf, daß sie aus dem normalen gesellschaftlichen Leben ausgeschlossen waren, teilte sie die Ansicht ihres Gatten nicht. Dabei dachte sie nicht an sich selbst, sondern an die Kinder.

Elizabeth und Giovanni waren mit drei Söhnen gesegnet – Roland Wyckham, neun Jahre – Chancellor Drew, acht, und Ulster Stewart, sieben. Und obwohl sie noch Kinder waren, sah Elizabeth doch, welche Auswirkung es auf sie hatte, daß man die Familie praktisch ächtete. Sie besuchten die exklusive Evanston School für Jungen, aber abgesehen von der in der Schule verbrachten Zeit hatten sie mit Gleichaltrigen kaum Kontakt. Man lud sie nie zu Geburtstagsfeiern ein, erzählte ihnen aber immer an den Tagen darauf davon. Die Einladungen, die sie ihren Klassenkameraden gegenüber aussprachen, wurden ausnahmslos und kühl von Gouvernanten abgelehnt. Und am beleidigendsten war vielleicht das Spottlied, mit dem man die Jungen jeden Morgen begrüßte, wenn sie in der Schule eintrafen: »Scarlatti, Spaghetti! Scarlatti, Spaghetti!«

Elizabeth entschied, daß sie alle einen neuen Anfang machen sollten. Sie wußte, daß sie es sich leisten konnten, selbst wenn es bedeutete, daß sie in sein Geburtsland Italien zurückkehren und Rom kaufen mußten.

Statt nach Rom zu reisen, fuhr Elizabeth nach New York City und entdeckte dort etwas ganz Unerwartetes.

New York war eine sehr provinzielle Stadt mit isolierten Interessen, und in der Geschäftswelt hatte das Ansehen von Giovanni Merighi Scarlatti eine recht ungewöhnliche Wendung genommen. Sie wußten nicht genau, wer er war, nur daß er ein italienischer Erfinder war, der eine Anzahl amerikanischer Gesellschaften im Mittleren Westen gekauft hatte.

Italienischer Erfinder.

Amerikanische Gesellschaften.

Elizabeth brachte auch in Erfahrung, daß einige der erfahreneren Männer an der Wall Street der Ansicht waren, Scarlattis Geld würde von einer der italienischen Schiffahrtsgesellschaften stammen. Schließlich hatte er die Tochter einer der besten Familien Chicagos geheiratet.

Also, auf nach New York.

Elizabeth besorgte eine provisorische Familienwohnstatt im ›Delmonico‹ und wußte, sobald sie sich eingelebt hatten, daß sie die richtige Entscheidung getroffen hatte. Die Kinder freuten sich auf neue Schulen und neue Freunde, und innerhalb eines Monats hatte Giovanni einen bestimmenden Anteil an zwei notleidenden, veralteten Papiermühlen am Hudson gekauft und arbeitete eifrig Pläne für ihre Sanierung aus.

Die Scarlattis blieben fast zwei Jahre in ›Delmonico‹. Es war eigentlich nicht nötig, denn das Haus in der oberen Stadt hätte viel früher fertiggestellt werden können, hätte Giovanni sich nur hinreichend darum gekümmert. Aber als Folge seiner langen Gespräche mit Architekten und Bauunternehmern entdeckte er ein neues Interesse – Land.

Eines Abends, während Elizabeth und Giovanni in ihrer Zimmerflucht ein spätes Abendessen zu sich nahmen, sagte er plötzlich: »Schreib einen Scheck über zweihundertzehntausend Dollar aus. Setz den Namen East Island-Immobilisten ein.«

»Immobilien meinst du?«

»Richtig. Gib mir das Brot, bitte.«

Elizabeth reichte es ihm. »Das ist eine Menge Geld.«

»Wir haben eine Menge Geld.«

»Nun ja, schon, aber zweihundertzehntausend Dollar ... Geht es um eine neue Fabrik?«

»Gib mir einfach den Scheck, Elizabeth. Ich habe eine nette Überraschung für dich.«

Sie starrte ihn an. »Du weißt, daß ich keine Zweifel an deinen Entscheidungen habe, aber ich muß doch darauf bestehen ...«

»Schon gut, schon gut«, fiel ihr Giovanni lächelnd ins Wort. »Dann wird es also keine Überraschung. Ich sage dir – ich werde ein *Barone* sein.«

»Ein was?«

»Ein *Barone.* Ein *Conte.* Du kannst eine *Contessa* sein!«

»Ich verstehe einfach nicht ...«

»In Italien ist ein Mann, der ein paar Felder und vielleicht einige Schweine hat, praktisch ein *Barone.* Eine Menge Menschen wollen *Baroni* sein. Ich habe mit den Leuten in East Island gesprochen. Die werden mir Wiesen draußen auf Long Island verkaufen.«

»Giovanni, die sind wertlos! Die liegen doch am Rand der Welt!«

»Frau, überleg doch! Schon heute ist kein Platz mehr da, auf dem die Pferde stehen können. Morgen gibst du mir den Scheck. Keine Einwände, bitte. Lächle einfach und sei die Frau eines *Barone.*«

Elizabeth Scarlatti lächelte.

Don Giovanni Merighi und Elizabeth Wyckham
Scarlatti von Ferrara
Haus Ferrara Italien – Amerikanische Residenz
Delmonico – New York

Obwohl Elizabeth die Visitenkarten nicht ernst nahm, erfüllten sie doch ihren Zweck, wenn man nicht näher darauf einging. Sie waren eine Identifikation, die dem Scarlatti-Reichtum gemäß war. Obwohl niemand, der sie kannte, sie je als *Conte* und *Contessa* bezeichnete, gab es viele Leute, die sich ihrer Sache nicht sicher waren.

Immerhin war es ja möglich ...

Und ein ganz spezifisches Ergebnis – obwohl der Titel nicht auf den Karten in Erscheinung trat – war, daß man Elizabeth für den Rest ihres langen Lebens mit ›Madame‹ ansprach.

Madame Elizabeth Scarlatti.

Und Giovanni konnte nicht länger über den Tisch greifen und den Suppenteller seiner Frau nehmen.

Zwei Jahre nach dem Landkauf, am 14. Juli 1908, starb Giovanni Merighi Scarlatti. Der Mann war ausgebrannt. Und Elizabeth versuchte wochenlang wie benommen, das zu verstehen. Es gab niemanden, an den sie sich wenden konnte.

Elizabeth und Giovanni waren wie ein Liebespaar gewesen, Freunde, Partner und gleichzeitig jeder das Gewissen für den anderen. Der Gedanke, ohne einander leben zu müssen, war die einzige echte Angst gewesen, die ihr Dasein belastet hatte.

Aber er war nicht mehr bei ihr, und sie wußte, daß sie sich nicht ein Imperium aufgebaut hatten, um zuzusehen, wie es nach dem Tod des einen auseinanderbrach.

Der erste Punkt auf ihrer Geschäftsordnung war es, die weitverzweigten Scarlatti-Industrien in einem einzigen Kommandoposten zu vereinigen. Die Spitzenmitarbeiter und ihre Familien wurden im ganzen Mittleren Westen entwurzelt und nach New York gebracht. Man bereitete Graphiken für Elizabeth vor, die deutlich alle Entscheidungsebenen und Zuständigkeiten darstellten. Ein privates Telegrafennetz wurde zwischen den Büros in New York und jeder einzelnen Fabrik, jedem Hof und jedem kleinen Verkaufsbüro aufgebaut. Elizabeth war ein guter General, und ihre Armee war eine gut trainierte, selbstbewußte Organisation. Die Zeit stand auf ihrer Seite, und ihre kluge Menschenkenntnis besorgte den Rest.

Man baute ein herrliches Stadthaus auf einem Besitz, den man in Newport gekauft hatte, auch einen Zufluchtsort am Meer. In einer neuen Wohnanlage, die sich Oyster Bay nannte. Und jede Woche führte sie eine Reihe erschöpfender Konferenzen mit den Direktoren der Firmen.

Zu ihren wichtigsten Handlungen zählte auch die Entscheidung, ihren Kindern dabei zu helfen, sich völlig mit der protestantischen Demokratie zu identifizieren. Ihre Argumentation war ganz einfach. Der Name Scarlatti war in den Kreisen, in denen ihre Söhne sich bewegten und in denen sie den Rest ihres Lebens verbringen würden, deplaziert, fast grobschlächtig.

Der Familienname wurde formell in Scarlett abgeändert.

Was sie selbst anging, so blieb sie natürlich aus tiefem Respekt für Don Giovanni und in der Tradition Ferraras.

Elizabeth
Scarlatti von Ferrara.

Ein Wohnsitz wurde auf dieser Visitenkarte nicht angegeben, da es nur sehr schwer festzustellen war, in welcher Wohnung sie sich zu gegebener Zeit aufhalten würde.

Elizabeth war sich der unerfreulichen Tatsache bewußt, daß ihre zwei älteren Söhne weder mit der Fantasie Giovannis noch mit ihrem eigenen Einfühlungsvermögen begabt waren. Beim jüngsten, Ulster Stewart, war das schwer zu erkennen, denn Ulster Stewart Scarlett begann sich zum Problem zu entwickeln.

In seiner Kindheit hatte sich dies nur darin geäußert, daß er zu einer gewissen Brutalität neigte – ein Wesenszug, den Elizabeth der Tatsache zuschrieb, daß er der Jüngste und damit am meisten verwöhnt worden war. Aber als er dann zu einem jungen Mann heranwuchs, veränderte sich Ulsters Einstellung auf subtile Weise. Jetzt mußte alles nach seinem Kopf gehen. Er war der einzige der Brüder, der seinen Reichtum mit Grausamkeit einsetzte. Mit Brutalität vielleicht, und das beunruhigte Elizabeth. Zum erstenmal fiel ihr seine Haltung bei seinem dreizehnten Geburtstag auf. Wenige Tage vor diesem Ereignis schickte sein Lehrer ihr einen kurzen Brief.

Sehr verehrte Madame Scarlatti,
Ulsters Geburtstagseinladungen scheinen sich zu einem gewissen Problem entwickelt zu haben. Der liebe Junge kann sich nicht entscheiden, wer seine besten Freunde sind, – er hat so viele – und hat demzufolge eine Anzahl von Einladungen verteilt und sie zugunsten anderer Jungen wieder zurückgenommen …

Am Abend fragte Elizabeth ihren jüngsten Sohn danach.

»Ja. Ich habe einige Einladungen zurückgenommen. Ich habe es mir anders überlegt.«

»Warum? Das ist sehr unhöflich.«

»Warum nicht? Ich wollte nicht, daß sie kommen.«

»Warum hast du ihnen dann vorher die Einladungen gegeben?«

»Damit sie alle nach Hause rennen und ihren Vätern und Müttern sagen konnten, daß sie kommen dürfen.« Der Junge lachte. »Dann mußten sie noch einmal hingehen und sagen, daß sie nicht dürfen.«

»Das ist schrecklich.«

»Finde ich nicht. Die wollen ja gar nicht zu meiner Geburtstagseinladung kommen, die wollen dein Haus sehen!«

Als er dann als Student in die Princeton-Universität eintrat, zeigte Ulster Stewart Scarlett in seinem ersten Semester deutliche Tendenzen von Feindseligkeit gegenüber seinen Brüdern, seinen Klassenkollegen, seinen Lehrern und den Dienstboten, was Elizabeth am widerwärtigsten fand. Man tolerierte ihn, weil er der Sohn von Elizabeth Scarlatti war, aber aus keinem anderen Grund. Ulster war ein ungeheuer verzogener junger Mann, und Elizabeth wußte, daß sie etwas dagegen unternehmen mußte. Im Juni 1916 befahl sie ihm, auf ein Wochenende nach Hause zu kommen, und sagte ihm, daß er für den Sommer eine Arbeit annehmen sollte.

»Das werde ich nicht!«

»Das *wirst du!* Du wirst mir *nicht* den Gehorsam verweigern!«

Und das tat er auch nicht. Ulster verbrachte den Sommer in der Hudsonmühle, während seine zwei Brüder in Oyster Bay die Freuden des Long Island Sound genossen.

Als der Sommer vorüber war, erkundigte sich Elizabeth bei dem betreffenden Fabrikleiter, wie es Ulster ergangen wäre.

»Wollen Sie die Wahrheit hören, Madame Scarlatti?« fragte der noch ziemlich junge Mann eines Samstagsmorgens in ihrem Arbeitszimmer.

»Natürlich will ich das.«

»Wahrscheinlich wird mich das meine Stellung kosten.«

»Das bezweifle ich.«

»Also gut, Madame. Ihr Sohn fing in der Packerei an, wie Sie es angeordnet hatten. Das ist eine harte Arbeit, aber er ist kräftig. Ich mußte ihn aus dieser Abteilung entfernen, nachdem er ein paar von den Männern verprügelt hatte.«

»Du lieber Gott! Warum hat man mir das nicht gesagt?«

»Ich kannte die näheren Umstände nicht. Ich dachte, die Männer hätten ihn vielleicht herumgeschubst. Ich wußte es nicht.«

»Was haben Sie denn herausgefunden?«

»Daß das Herumschubsen von ihm ausging. Dann habe ich ihn in die Pressenabteilung gesteckt, und das war noch schlimmer. Er hat die anderen bedroht, er würde dafür sorgen, daß sie entlassen würden, und hat sie dazu gebracht, seine Arbeit zu tun. Er hat immer wieder betont, wer er ist.«

»Das hätten Sie mir sagen müssen.«

»Ich habe es auch erst letzte Woche erfahren. Drei Männer haben gekündigt. Für einen mußten wir die Zahnarztrechnung bezahlen. Ihr Sohn hat ihm die Zähne mit einem Bleistreifen eingeschlagen.«

»Das ist ja schrecklich. Würden Sie sich dazu äußern? Bitte, seien Sie offen. Es soll nicht zu Ihrem Nachteil sein.«

»Ihr Sohn ist groß und kräftig. Ein harter junger Bursche ... Aber ich bin nicht sicher, was er sonst noch ist. Ich habe nur so die Idee, daß er ganz oben anfangen möchte, und vielleicht sollte er das. Er ist Ihr Sohn. Sein Vater hat die Mühle gebaut.«

»Das gibt ihm noch lange nicht das Recht dazu, den Boß zu spielen. Sein Vater hat auch nicht oben angefangen.«

»Dann sollten Sie ihm das vielleicht erklären. Er scheint nicht viel für unseresgleichen übrig zu haben.«

»Mit alldem deuten Sie also an, daß mein Sohn ein viel zu stark ausgeprägtes Standesbewußtsein, ein heißblütiges Temperament und eine gewisse animalische Kraft besitzt. Und keine erkennbaren Talente. Habe ich recht?«

»Wenn mich das meinen Job kostet, werde ich einen anderen finden. Ja. Ich mag Ihren Sohn nicht. Ich mag ihn überhaupt nicht.«

Elizabeth musterte den Mann nachdenklich. »Ich bin nicht sicher, ob *ich* ihn mag. Sie bekommen nächste Woche eine Gehaltserhöhung.«

Elizabeth schickte Ulster im Herbst dieses Jahres nach Princeton zurück und konfrontierte ihn am Tag seiner Abreise mit den Informationen, die sie bekommen hatte.

»Dieser dreckige kleine irische Hundesohn hat es auf mich abgesehen! Das habe ich gleich gewußt.«

»Dieser dreckige, kleine irische Hundesohn ist ein ausgezeichneter Fabrikleiter.«

»Er hat gelogen! Das sind alles Lügen!«

»Es ist die Wahrheit. Er hat eine ganze Anzahl Männer daran gehindert, dich anzuzeigen. Dafür solltest du ihm dankbar sein.«

»Zum Teufel mit diesen Kerlen! Kriecherisches, kleines Pack!«

»Du hast eine abscheuliche Ausdrucksweise. Wer bist du denn, um so über sie zu reden? Was hast du denn geleistet?«

»Das habe ich nicht nötig!«

»Warum? Weil du bist, was du bist? Was bist du denn? Was für außergewöhnliche Fähigkeiten besitzt du denn? Das hätte ich gern gewußt?«

»Ich bin der Sohn meines Vaters.«

»Er war ein Genie. Er hat sich selbst ausgebildet. Was hast du denn getan? Was hast du jemals anderes getan, als von dem zu leben, was er geschaffen hat? Und nicht einmal das schaffst du auf anständige Weise!«

»Scheiße!«

Elizabeth schien zu erstarren. »Das ist es! Mein Gott, das ist es, nicht wahr? Du besitzt ein hohes Maß an Arroganz, aber du hast nichts, absolut nichts, was deine Arroganz rechtfertigen könnte. Das muß sehr schmerzhaft sein.«

Ihr Sohn rannte aus dem Zimmer, und Elizabeth saß lange Zeit da und dachte über dieses Gespräch nach. Sie hatte Angst.

Ulster war gefährlich. Er sah rings um sich die Früchte tüchtiger Leistungen, ohne selbst das Talent oder die Fähigkeit zu besitzen, irgendeinen Beitrag dazu zu leisten. Man würde ihn beobachten müssen. Und dann dachte sie über alle drei Söhne nach. Den scheuen, geschmeidigen Roland Wyckham, den eifrigen, präzisen Chancellor Drew, den arroganten Ulster Stewart.

Am 6. April 1917 bot sich die unmittelbare Lösung des Problems: Amerika trat in den Weltkrieg ein.

Der erste, den der Krieg hinraffte, war Roland Wyckham. Er unterbrach sein Abschlußsemester in Princeton und fuhr als Lieutenant Scarlett, Artilleriekorps der amerikanischen Expeditionsstreitkräfte, nach Frankreich. Er wurde am ersten Tag, den er an der Front verbrachte, getötet.

Die zwei verbleibenden Söhne schmiedeten sofort Pläne, um den Tod ihres Bruders zu rächen. Für Chancellor Drew hatte die Rache einen Sinn, für Ulster Stewart war sie ein Fluchtweg. Und Elizabeth sagte sich, daß der Krieg das Imperium, das sie zusammen mit Giovanni geschaffen hatte, nicht zerstören durfte. Ein Kind mußte diese schlimmen Jahre überleben.

Und so befahl sie Chancellor Drew, Zivilist zu bleiben. Ulster Stewart konnte in den Krieg ziehen.

Ulster Stewart Scarlett schiffte sich nach Frankreich ein, hatte in Cherbourg keine Probleme und bot angemessene Leistungen an der Front, insbesondere in Meuse-Argonne. In den letzten Kriegstagen wurde er für Tapferkeit vor dem Feind ausgezeichnet.

4.

2. November 1918

Die Argonne-Offensive befand sich in ihrer dritten Phase, dem Verfolgungsstadium in der siegreichen Schlacht, mit der die Hindenburglinie zwischen Sedan und Mézières durchbrochen wurde. Die amerikanische Erste Armee hatte zwischen Regneville und La Harasée im Argonnerwald Aufstellung genommen. Falls es gelang, die deutschen Hauptnachschublinien in diesem Sektor zu durchschneiden, würde General Ludendorff keine andere Wahl haben, als um Waffenstillstand nachzusuchen.

Am 2. November durchbrach das Dritte Armeekorps unter dem Befehl von General Robert Lee Bullard die demoralisierten deutschen Reihen an der rechten Flanke und errang damit nicht nur einen Geländesieg, sondern nahm auch noch achttausend Gefangene. Obwohl noch einige Divisionskommandeure Widerstand leisteten, signalisierte dieser Durchbruch des Dritten Korps die letzten Vorbereitungen für den eine Woche später abgeschlossenen Waffenstillstand.

Und für viele Angehörige der Kompanie B, Vierzehntes Bataillon, Siebenundzwanzigste Division, Drittes Korps, repräsentierten die Leistungen von Leutnant Ulster Scarlett in hohem Maße die Erfolge, die während jener Schreckenstage errungen wurden.

Es begann am frühen Morgen. Scarletts Kompanie hatte ein freies Feld vor einem kleinen Kiefernwäldchen erreicht. Der Wald war voller deutscher Soldaten, die verzweifelte Versuche unternahmen, sich im Schutz des Wäldchens neu zu formieren, um sich dann geordnet zu den eigenen Linien zurückziehen zu können. Die Amerikaner hoben drei Reihen flacher Gräben aus, um dem Feind ein möglichst geringes Ziel zu bieten. Scarlett hatte für sich selbst einen etwas tieferen graben lassen.

Der Hauptmann, der Scarletts Kompanie befehligte, mochte den Leutnant nicht sehr, weil sich dieser zwar sehr gut darauf verstand, Befehle zu erteilen, hingegen keine besondere Fähigkeit an den Tag legte, selbst Befehle auszuführen. Außerdem war Scarlett nicht gerade begeistert davon, daß man ihn von einer Reservedivision an die Front versetzt hatte. Und der Kompanieführer nahm es seinem Leutnant übel, daß ihn während ihres ganzen Reserveeinsatzes – dem größten Teil ihres Aufenthalts in Frankreich – eine große Zahl höherer Offiziere aufgesucht hatte, die alle nur zu erpicht darauf waren, sich mit ihm fotografieren zu lassen. Der Hauptmann hatte das Gefühl, daß sein Leutnant sich königlich amüsierte.

An diesem Novembermorgen bereitete es ihm großes Vergnügen, ihn auf Spähtrupp zu schicken. »Scarlett! Nehmen Sie sich vier Männer, und erkunden Sie die feindlichen Positionen.«

»Sie sind verrückt«, sagte Scarlett lakonisch. »Welche Positionen? Die hauen doch ab, so schnell sie können.«

»Haben Sie mich verstanden?«

»Mir ist egal, was Sie gesagt haben. Ein Spähtrupp hat keinen Sinn.«

Einige Soldaten saßen in den Gräben und beobachteten die zwei Offiziere.

»Was ist denn los, Leutnant? Zu wenig Fotografen? Keine Landklub-Colonels, die Ihnen auf die Schulter klopfen können? Nehmen Sie sich vier Männer, und sehen Sie zu, daß Sie verschwinden.«

»Sie können mich mal, Hauptmann!«

»Verweigern Sie Ihrem vorgesetzten Offizier vor dem Feind den Gehorsam?«

Ulster Stewart musterte den kleineren Mann verächtlich. »Ich verweigere nicht den Gehorsam. Ich übe nur Insubordination. Ich beleidige Sie, wenn Sie das besser verstehen. Ich beleidige Sie, weil ich glaube, daß Sie dumm sind.«

Der Hauptmann griff nach seiner Pistolentasche, aber Scarletts Hand packte blitzschnell das Handgelenk seines Vorgesetzten.

»Wegen Insubordination erschießt man keine Leute, Hauptmann. Das steht nicht in den Vorschriften. Ich habe eine bessere Idee. Warum vier gute Männer vergeuden ...« Er drehte sich um und musterte die Soldaten, die sie beobachteten. »Wenn nicht vier von euch Kandidaten für Kugeln dieser Krauts sein wollen, dann gehe ich selbst.«

Der Hauptmann war sprachlos. Er wußte keine Antwort.

Die Männer waren ähnlich verblüfft und dankbar. Scarlett ließ den Arm des Hauptmanns los.

»Ich bin in einer halben Stunde wieder hier. Wenn nicht, würde ich vorschlagen, daß Sie auf Verstärkung warten. Wir sind den anderen ein gutes Stück voraus.«

Scarlett überprüfte das Magazin seiner Pistole, kroch dann schnell um den Hauptmann herum zur Westflanke und verschwand in dem mit hohem Gras bedeckten Feld.

Die Männer murmelten halblaut vor sich hin. Sie hatten diesen überheblichen Leutnant mit all seinen aufgeblasenen Freunden falsch eingeschätzt. Der Hauptmann fluchte und hoffte insgeheim, daß sein Leutnant nicht zurückkehren würde.

Und genau das war es, was Ulster Scarlett im Sinn hatte.

Sein Plan war einfach. Er hatte zweihundert Meter vor dem Gehölz eine Gruppe großer Felsbrocken entdeckt, die von Bäumen im Herbstlaub umgeben waren. Es war eine der Stellen, wo es den Bauern zuviel Mühe bereitet hätte, die Felsen auszugraben. Deshalb hatten sie die Felder um sie herum angelegt. Da war zu wenig Platz, als daß sich eine Gruppe hätte verstecken können, aber ausreichend für ein oder zwei einzelne Personen. Dorthin würde er sich jetzt schleichen.

Während er durch das Feld kroch, stieß er auf eine Anzahl toter Infanteristen. Die Leichen übten eine seltsame Wirkung auf ihn aus. Er ertappte sich dabei, wie er ihnen ihre persönlichen Habseligkeiten abnahm – Armbanduhren, Ringe, Erkennungsplaketten. Er riß sie herunter und ließ sie Sekunden später fallen. Er wußte nicht, weshalb er das tat. Er kam sich wie der Herrscher eines mythischen Reiches vor, und dies hier waren seine Untertanen.

Nach zehn Minuten war er nicht mehr sicher, ob er die richtige Richtung eingeschlagen hatte. Er hob den Kopf gerade hoch genug, um sich zu orientieren, sah die Wipfel einiger kleiner Bäume und wußte, daß sein Zufluchtsort vor ihm lag. Er kroch weiter, seine Ellbogen und Knie schoben ihn über den weichen Boden.

Plötzlich erreichte er ein paar große Kiefern. Er war nicht an dem kleinen Felshügel angekommen, sondern am Rand des Wäldchens, das seine Kompanie anzugreifen beabsichtigte. Er war zu sehr mit dem toten Feind beschäftigt gewesen, um sich richtig zu orientieren. Die kleinen Bäume waren in Wirklichkeit die hohen Kiefern über ihm gewesen.

Er wollte gerade ins Feld zurückkriechen, als er etwa fünf Meter zu seiner Linken ein Maschinengewehr mit einem deutschen Soldaten sah, der seine Waffe gegen einen Baumstamm gestützt hatte. Er zog die Pistole und hielt sich ganz ruhig. Entweder hatte der Deutsche ihn nicht gesehen, oder er war tot. Die Waffe war direkt auf ihn gerichtet.

Dann bewegte sich der Deutsche. Nur ganz wenig, mit dem rechten Arm. Er versuchte, seine Waffe zu erreichen, war aber zu geschwächt, um es zu schaffen.

Scarlett warf sich nach vorn und fiel auf den verwundeten Soldaten, wobei er sich bemühte, so wenig Lärm wie möglich zu machen. Er konnte nicht zulassen, daß der Deutsche schoß oder Alarm schlug. Mühsam zerrte er den Mann von dem Maschinengewehr weg und drückte ihn zu Boden. Da er seine Pistole nicht abfeuern und damit die Aufmerksamkeit des Feindes auf sich lenken wollte, begann er den Mann zu würgen. Als er Scarletts Finger an seinem Hals verspürte, versuchte der Deutsche zu sprechen.

»Amerikaner! Amerikaner! Ich ergebe mich!« Er hob verzweifelt die Hände und gestikulierte nach hinten.

Scarlett lockerte seinen Griff. Er flüsterte: »Was? Was wollen Sie?«

Er ließ zu, daß der Deutsche sich ein wenig aufrichtete. Man hatte den Mann zum Sterben zurückgelassen mit dem Auftrag, etwaige Verfolger aufzuhalten, während der Rest der Kompanie entkam.

Scarlett stieß das Maschinengewehr weg, damit der Verwundete es nicht mehr erreichen konnte, und kroch ein paar Meter in das Wäldchen hinein, wobei er sich immer wieder umsah. Ringsum waren Spuren einer Evakuierung zu sehen, Gasmasken, leere Tornister, sogar Patronengurte – alles, was schwer zu tragen war.

Sie waren alle entkommen.

Er richtete sich auf und ging zu dem deutschen Soldaten zurück. Nun begann Ulster Scarlett einiges klarzuwerden.

»Amerikaner! Der Krieg ist doch fast vorbei! Lassen Sie mich doch nach Hause gehen!«

Leutnant Scarlett hatte seine Entscheidung getroffen. Die Situation war perfekt. Mehr als perfekt – außergewöhnlich!

Der Rest des Vierzehnten Bataillons würde eine Stunde, vielleicht sogar noch länger brauchen, um diesen Punkt zu erreichen. Hauptmann Jenkins von der B-Kompanie war so fest entschlossen, ein Held zu sein, daß er sie wie der Teufel gehetzt hatte. Vorrücken! Vorrücken! Vorrücken!

Aber das war Scarletts Ausweg. Vielleicht würden sie ihn eine Rangstufe überspringen lassen und ihn zum Hauptmann befördern. Warum nicht? Er würde ein Held sein.

Nur daß er nicht da sein würde.

Scarlett zog seine Pistole und schoß dem Deutschen durch die Stirn, während dieser einen Schrei ausstieß. Dann sprang er auf das Maschinengewehr zu und begann zu feuern.

Zuerst nach hinten, dann nach rechts und links.

Das Knattern der Maschinengewehrsalve hallte durch das Wäldchen. Die Kugeln, die sich in die Baumstämme bohrten, gaben klatschende, endgültig wirkende Geräusche von sich. Der Lärm war überwältigend.

Und dann richtete Scarlett die Waffe in die Richtung, wo sich seine eigenen Leute befanden. Er drückte den Abzug nieder und hielt ihn fest, schwang die Waffe von einer Flanke zur anderen. Eine Heidenangst würde er denen einjagen, vielleicht ein paar töten.

Wem machte das schon etwas aus? Bei ihm lag die Macht über Leben und Tod.

Das genoß er.

Er hatte ein Recht darauf.

Er lachte.

Er löste den Finger vom Abzug und richtete sich auf.

Er konnte die Erdhaufen ein paar hundert Meter weiter im Westen sehen. Bald würde er über alle Berge sein.

Plötzlich hatte er das Gefühl, beobachtet zu werden. Er zog wieder seine Pistole und kauerte sich auf den Boden.

Schnapp!

Ein Zweig, ein Ästchen, ein zerdrückter Erdklumpen …

Er kroch vorsichtig, auf den Knien, in das Wäldchen.

Nichts.

Dann ließ er zu, daß seine Fantasie die Oberhand über die Vernunft errang. Das Geräusch war von einem Ast verursacht worden, den eine Maschinengewehrkugel abgerissen hatte, Ein Ast, der zu Boden gefallen war …

Nichts.

Scarlett zog sich, immer noch unsicher, an den Waldrand zurück. Schnell hob er die Überreste des Helms auf, den der tote Deutsche getragen hatte, und schlug die Richtung zu dem Feld ein, wo die Kompanie B in Stellung gegangen war.

Ulster Stewart wußte nicht, daß er tatsächlich beobachtet wurde. Sehr aufmerksam sogar – und in ungläubigem Staunen.

Ein deutscher Offizier, dem langsam das Blut auf der Stirn gerann, stand aufrecht da, den Blicken des Amerikaners hinter dem Stamm einer dicken Fichte verborgen. Er war gerade im Begriff gewesen, den Yankee-Leutnant zu töten, sobald sein Feind das Maschinengewehr loslassen würde, als er sah, wie der Mann plötzlich auf seine eigenen Männer feuerte – seine eigenen Truppen.

Auf seine eigenen Truppen!

Er hatte den Amerikaner im Visier seiner Luger, aber er wollte diesen Mann nicht töten.

Noch nicht.

Der deutsche Offizier, der letzte Mann seiner Kompanie in jenem kleinen Wäldchen, den man für tot gehalten und liegen gelassen hatte, wußte nämlich genau, was der Amerikaner tat.

Es handelte sich um ein klassisches Exempel unter optimalen Bedingungen.

Eine vorgeschobene Infanteriekompanie, ein Offizier, der die ihm zugängliche Information zu seinem eigenen Vorteil gegen seine eigenen Truppen einsetzte … Er würde sich aus der Kampflinie entfernen und sich dabei einen Orden einhandeln.

Der deutsche Offizier würde diesem Amerikaner folgen.

Leutnant Scarlett hatte etwa die Hälfte des Weges zur Stellung der B-Kompanie zurückgelegt, als er das Geräusch hinter sich hörte. Er warf sich zu Boden und wälzte sich langsam zur Seite. Er versuchte, zwischen den hohen Grashalmen, die sich im Wind wiegten, etwas zu erkennen. Nichts.

Aber war da wirklich nichts?

Keine sechs Meter entfernt eine Leiche – mit dem Gesicht nach unten. Aber Leichen lagen hier überall.

An die hier erinnerte sich Scarlett nicht. Er erinnerte sich nur an die Gesichter. Er sah nur die Gesichter. Er erinnerte sich nicht.

Warum sollte er?

Überall Leichen. Wie konnte er sich da erinnern? Eine einzelne Leiche mit dem Gesicht nach unten. Davon mußte es hier Dutzende geben. Er bemerkte sie überhaupt nicht.

Er hatte seiner Fantasie schon wieder freien Lauf gelassen. Schließlich dämmerte schon der Morgen. Bald würden die Vögel erwachen.

Vielleicht.

Nichts regte sich.

Er stand auf und rannte auf die Erdhaufen zu, die Stellung der B-Kompanie.

»Scarlett! Mein Gott, Sie sind das!« sagte der Hauptmann, der vor dem ersten Erdloch kauerte. »Sie können von Glück reden, daß wir nicht geschossen haben. Bei dem letzten Feuerüberfall haben wir Fernald und Otis verloren. Wir konnten das Feuer nicht erwidern, weil Sie dort draußen waren.«

Ulster erinnerte sich an Fernald und Otis.

Kein Verlust – wenn man bedachte, daß er entkommen war …

Er warf den deutschen Helm, den er vom Wald herübergetragen hatte, auf den Boden. »Jetzt hören Sie mir zu. Ich habe dort drüben ein Nest ausgehoben. Aber da sind noch zwei andere. Die warten auf uns. Ich weiß, wo sie sind, und schaffe das. Aber Sie müssen hierbleiben. Feuern Sie zehn Minuten, nachdem ich weggegangen bin, nach links!«

»Wohin gehen Sie?« fragte der Hauptmann verwirrt.

»Wieder dorthin zurück, wo ich etwas ausrichten kann. Geben Sie mir zehn Minuten, und dann fangen Sie zu feuern an. Mindestens drei oder vier Minuten, aber schießen Sie um Gottes willen nach links. Daß Sie mich ja nicht treffen! Ich brauche das Ablenkungsmanöver.« Dann hielt er plötzlich inne und war wieder im hohen Gras verschwunden, ehe der Hauptmann etwas sagen konnte.

Sobald die hohen Grashalme ihm Schutz boten, sprang Scarlett von einer deutschen Leiche zur nächsten und riß die Helme von ihren leblosen Köpfen. Nachdem er fünf Helme an sich genommen hatte, legte er sich flach auf den Boden und wartete, daß das Feuer einsetzte.

Der Hauptmann erledigte seinen Teil. Man hätte glauben können, sie wären wieder in Château-Thierry gewesen. Nach vier Minuten verhallten die Schüsse.

Scarlett richtete sich auf und rannte zu den Linien seiner Kompanie zurück. Als er mit den Helmen in der Hand auftauchte, brachen die Männer in spontanen Beifall aus. Selbst der Hauptmann, bei dem die neu entdeckte Bewunderung den Ärger verdrängt hatte, schloß sich den Männern an.

»Verdammt noch mal, Scarlett! Eine so tapfere Tat habe ich im ganzen Krieg noch nicht beobachtet!«

»Nicht so schnell«, wandte Scarlett mit einer Bescheidenheit ein, wie er sie bis jetzt noch nie an den Tag gelegt hatte. »Vorn und an der linken Flanke ist alles sauber. Aber da sind noch ein paar Krauts nach rechts gerannt. Die verfolge ich jetzt.«

»Das brauchen Sie nicht. Lassen Sie sie laufen. Sie haben genug getan.« Hauptmann Jenkins beschloß, seine Meinung über Ulster Scarlett zu revidieren. Der junge Leutnant hatte sich der Herausforderung gewachsen gezeigt.

»Wenn es Ihnen nichts ausmacht – da bin ich anderer Ansicht. Die Krauts haben vor acht Monaten meinen Bruder Rolly erwischt. Erlauben Sie mir, sie zu verfolgen, und Sie rücken nach.«

Wieder verschwand Ulster Scarlett im hohen Gras. Er wußte genau, wohin er gehen würde.

Ein paar Minuten später duckte sich der amerikanische Leutnant neben einem großen Felsbrocken auf einer winzigen Insel aus Stein und Unkraut. Er wartete, daß die B-Kompanie ihren Angriff auf das Kiefernwäldchen begann. Er lehnte sich gegen das harte Felsgestein und blickte zum Himmel auf.

Und dann kam der Angriff.

Die Männer schrien, um sich ein wenig Mut zu machen, für den immerhin möglichen Fall, daß sie auf den zurückweichenden Feind stießen. Sporadisch peitschten Schüsse auf. Ein paar hatten nervöse Finger. Als die Kompanie den Wald erreichte, konnte man eine ohrenbetäubende Salve aus wenigstens zwanzig Karabinern hören.

Sie feuern auf Tote, dachte Ulster Scarlett.

Jetzt war er in Sicherheit.

Für ihn war der Krieg vorbei.

»Keine Bewegung, Amerikaner!« sagte eine Stimme mit kräftigem deutschen Akzent. »Ganz ruhig.«

Scarlett hatte nach seiner Pistole gegriffen, aber die Stimme über ihm klang sehr eindringlich. Es würde den sicheren Tod bedeuten, jetzt die Waffe zu berühren.

»Sie sprechen Englisch.« Das war alles, was Leutnant Scarlett in den Sinn kam.

»Einigermaßen. Rühren Sie sich nicht! Ich ziele auf Ihren Kopf ... Auf dieselbe Kopfpartie, wo Sie den Gefreiten Kroeger getroffen haben.«

Ulster Scarlett fröstelte.

Da war also doch jemand gewesen! Er hatte etwas gehört!

Die Leiche auf dem Feld ...

Aber warum hatte der Deutsche ihn nicht getötet?

»Ich tat, was ich tun mußte«, sagte Scarlett.

»Da bin ich sicher. Genauso, wie ich sicher bin, daß Sie keine Alternative hatten, als auf Ihre eigenen Truppen zu feuern ... Sie haben sehr sonderbare Vorstellungen von Ihrem Anteil an diesem Krieg, nicht wahr?«

Scarlett begann zu verstehen.

»Dieser Krieg – ist vorbei.«

»Ich bin Absolvent der Kaiserlichen Kriegsschule in Berlin und habe dort ein Examen in Strategie abgelegt. Mir ist unsere bevorstehende Niederlage klar. Sobald die Mézières-Linie einmal durchbrochen ist, wird Ludendorff keine Wahl mehr haben.«

»Warum töten Sie mich dann?«

Der deutsche Offizier kam hinter dem Felsbrocken hervor und blickte Ulster Scarlett an, die Pistole auf den Kopf des Amerikaners gerichtet. Scarlett sah, daß der Mann nicht viel älter als er selbst war, ein junger Bursche mit breiten Schultern – so wie er. Groß – wie er, mit einem zuversichtlichen Blick in den Augen, die in hellem Blau strahlten – wie seine eigenen.

»Wir können uns doch heraushalten, um Himmels willen! Warum, in aller Welt, sollten wir einander opfern? Oder selbst einen von uns. Ich kann Ihnen helfen.«

»Können Sie das wirklich?«

Scarlett sah den Deutschen an. Er wußte, daß er nicht bitten, keine Schwäche zeigen durfte. Er mußte ganz ruhig bleiben und logisch denken. »Hören Sie mir zu! Wenn man Sie gefangennimmt, wird man Sie mit Tausenden von anderen in ein Lager stecken. Das heißt, wenn man Sie nicht erschießt. Ich würde mich an Ihrer

Stelle nicht auf irgendwelche Offiziersprivilegien verlassen. Bis Sie an der Reihe sind, bis man Sie entläßt, werden Wochen, Monate, vielleicht sogar ein Jahr vergehen.«

»Und Sie können das alles ändern?«

»Da haben Sie verdammt recht.«

»Aber warum sollten Sie das tun?«

»Weil ich raus will! Und Sie wollen das auch. Wenn Sie das nicht wollten, hätten Sie mich inzwischen schon getötet. Wir brauchen einander.«

»Was schlagen Sie vor?«

»Sie sind mein Gefangener ...«

»Halten Sie mich für verrückt?«

»Behalten Sie Ihre Pistole! Nehmen Sie die Kugeln aus der meinen. Wenn jemand auf uns stößt, dann schaffe ich Sie zum Verhör nach hinten. Weit nach hinten. Bis wir Kleider für Sie beschaffen können. Wenn wir bis Paris kommen, besorge ich Ihnen Geld.«

»Wie?«

Ulster Scarlett grinste. Es war ein zuversichtliches Lächeln. Das Lächeln der Wohlhabenheit. »Das ist meine Angelegenheit. Was für eine Wahl haben Sie denn? Töten Sie mich, und Sie sind trotzdem ein Gefangener. Vielleicht sogar ein toter Mann. Und Sie haben nicht viel Zeit ...«

»Stehen Sie auf! Stützen Sie sich mit den Armen gegen den Felsen!«

Scarlett gehorchte, und der deutsche Offizier zog Scarlett die Pistole aus der Tasche und entlud sie.

»Drehen Sie sich um!«

»Die rücken in weniger als einer Stunde nach. Wir waren eine vorgeschobene Kompanie, aber nicht so weit vorgeschoben.«

Der Deutsche fuchtelte mit seiner Pistole vor Scarletts Nase herum. »Etwa eineinhalb Kilometer südwestlich von hier stehen ein paar Bauernhäuser. Los jetzt, gehen wir!«

Mit der linken Hand schob er Scarlett dessen leere Pistole hin.

Die beiden Männer rannten über die Felder.

Die Artillerie im Norden begann ihr morgendliches Sperrfeuer. Die Sonne hatte inzwischen die Wolken durchdrungen, und der Nebel war jetzt hell. Etwa eine Meile südwestlich war eine Ansammlung von Häusern zu sehen, eine Scheune und zwei kleine Steinbauten. Um die eingezäunte Wiese zu erreichen, mußten sie einen breiten Feldweg überqueren. Aus dem größeren der zwei Häuser stieg Rauch auf.

Jemand hatte Feuer gemacht, und das bedeutete, daß jemand Nahrung hatte und Wärme bieten konnte.

»Gehen wir in diese Hütte«, sagte Ulster.

»Nein! Da kommen Ihre Truppen durch.«

»Um Himmels willen, wir müssen Ihnen Kleider verschaffen, verstehen Sie denn nicht?«

Der Deutsche ließ den Hammer seiner Luger klicken. »Sie sind inkonsequent. Ich dachte, Sie hätten vorgeschlagen, mich durch Ihre eigenen Linien nach hinten, weit nach hinten, zu schaffen – zum Verhör. Es könnte einfacher sein, Sie jetzt zu töten.«

»Nur bis wir Kleider für Sie haben. Wenn ich einen Krautoffizier im Schlepptau mitführe, gibt es nichts, das irgendeinen fettarschigen Hauptmann daran hindern könnte, sich das gleiche zusammenzureimen wie ich – es geht um einen Major oder einen Oberst, der hier abhauen möchte. Es wäre ja nicht das erste Mal. Die brauchen mir ja nur zu befehlen, Sie auszuliefern, und schon haben sie's geschafft. Wenn Sie in Zivilkleidung sind, kann ich Sie besser durchbringen. Hier geht doch alles völlig durcheinander.«

Der Deutsche ließ langsam die Pistole sinken und starrte den Leutnant an. »Sie wollen wohl wirklich diesen Krieg zu Ende bringen, oder?«

Im Inneren des Steinhauses saß ein alter, schwerhöriger Mann. Das seltsame Paar machte ihn konfus und ängstigte ihn. So brauchte der amerikanische Leutnant sich gar keine besondere Mühe zu geben, ihn mit der ungeladenen Pistole dazu zu zwingen, ihnen Lebensmittel und Kleider zu geben – irgendwelche Kleider für seinen ›Gefangenen‹.

Da Scarletts Französischkenntnisse nur höchst mangelhaft waren, wandte er sich an den Deutschen. »Warum sagen Sie ihm eigentlich nicht, daß wir beide Deutsche sind? Wir hängen hier fest. Wir versuchen, durch die Linien zu entkommen. Jeder Franzose weiß, daß wir überall durchbrechen.«

Der deutsche Offizier lächelte. »Das habe ich bereits getan, und das erhöht seine Verwirrung. Es wird Sie vielleicht amüsieren, daß er gesagt hat, er hätte das ohnehin angenommen. Wissen Sie, weshalb er das gesagt hat?«

»Warum?«

»Er sagte, wir würden beide wie Boches stinken.«

Der alte Mann, der sich der offenen Tür genähert hatte, verließ plötzlich das Haus und begann schwerfällig auf das Feld zuzulaufen.

»Herrgott, halten Sie ihn auf!« schrie Scarlett.

Aber der deutsche Offizier hatte bereits die Pistole gehoben. »Keine Angst. Er erspart uns eine unangenehme Entscheidung.«

Zwei Schüsse peitschten. Der alte Mann stürzte, und die jungen Feinde sahen einander an.

»Wie soll ich Sie nennen?« fragte Scarlett.

»Am besten bei meinem Namen. Strasser – Gregor Strasser.«

Die beiden Offiziere hatten keine Schwierigkeiten, durch die alliierten Linien zu kommen. Der amerikanische Vorstoß, der von Regneville ausging, war verblüffend schnell, ein unaufhaltsamer Vormarsch, aber in bezug auf die Befehlskette völlig verwirrt. So erschien es wenigstens Ulster Scarlett und Gregor Strasser.

In Reims stießen die zwei Männer auf die Überreste des Siebzehnten französischen Korps – auf verwirrte, hungrige, müde Soldaten.

In Reims hatten sie keine Probleme. Die Franzosen zuckten nur mit den Schultern, nachdem sie ein paar desinteressierte Fragen gestellt hatten.

Sie schlugen den Weg nach Westen ein, nach Villers-Cotterêts. Die Straßen nach Epernay und Meaux waren von Nachschubtransporten verstopft.

Es war Nacht, als sie Villers-Cotterêts erreichten. Sie verließen die Straße und gingen quer über ein Feld auf ein paar Bäume zu, die ihnen Schutz bieten sollten.

»Hier rasten wir ein paar Stunden«, sagte Strasser. »Machen Sie keinen Fluchtversuch. Ich werde nicht schlafen.«

»Sie sind verrückt, Sportsfreund! Ich brauche Sie genauso, wie Sie mich brauchen. Ein vereinzelter amerikanischer Offizier, vierzig Meilen von seiner Kompanie entfernt, die zufälligerweise gerade an der Front ist ... Überlegen Sie doch, Mann!«

»Sie wirken sehr überzeugend, aber ich bin anders als unsere schwachsinnigen kaiserlichen Generale. Ich höre nicht auf leere, überzeugende Phrasen. Ich achte selbst auf meine Flanken.«

»Wie Sie meinen. Von Cotterêts bis Paris sind es über sechzig

Meilen, und wir wissen nicht, worauf wir noch stoßen werden. Wir brauchen unseren Schlaf. Es wäre klüger, wenn wir uns abwechseln würden.«

»Jawohl!« sagte Strasser und lachte verächtlich. »Sie reden wie die jüdischen Bankiers in Berlin. ›Tun Sie das, dann tun wir dies. Was sollen wir uns streiten?‹ Danke, nein, Amerikaner. Ich werde nicht schlafen.«

»Wie Sie wünschen. Langsam begreife ich, weshalb ihr den Krieg verloren habt.« Scarlett drehte sich zur Seite. »Sie bestehen darauf, stur zu sein.«

Ein paar Minuten lang schwiegen beide. Schließlich antwortete Gregor Strasser tonlos: »Wir haben den Krieg nicht verloren. Man hat uns verraten.«

»Sicher. Man hat Ihnen Platzpatronen geliefert, und Ihre Artillerie hat nach hinten geschossen. Ich schlafe jetzt.«

Der deutsche Offizier sprach ganz leise, so als führte er ein Selbstgespräch. »Viele Kugeln steckten in Patronenhülsen ohne Pulver. Viele Waffen haben versagt. Verrat ...«

Über die Straßen polterten Lastwagen aus Villers-Cotterêts, gefolgt von Pferden, die Lafetten hinter sich herzogen. Die Scheinwerfer der Lastwagen tanzten flackernd auf und ab. Die Pferde wieherten. Ein paar Soldaten schrien.

Diese armen Schweine, dachte Ulster Scarlett, während er sie von seinem Versteck aus beobachtete. »He, Strasser, was passiert jetzt?«

Scarlett wandte sich zu seinem Deserteurskollegen.

»Was ist?« Strasser war eingenickt. Er war wütend über sich selbst. »Was wollen Sie?«

»Ich wollte Ihnen nur sagen, daß ich Sie hätte anspringen können. Ich fragte, was jetzt passiert. Ich meine, was aus Ihnen wird. Ich weiß, was mit uns geschieht. Paraden, denke ich mir. Und was ist mit Ihnen?«

»Keine Paraden. Keine Feierlichkeiten. Viele Tränen, viele Vorwürfe. Und viel Trunkenheit. Viele werden verzweifelt sein – und viele werden getötet werden. Da können Sie ganz sicher sein.«

»Wer wird getötet werden?«

»Die Verräter unter uns. Man wird sie heraussuchen und ohne Gnade vernichten.«

»Sie sind verrückt! Ich habe immer schon gesagt, daß Sie verrückt sind, und jetzt weiß ich es!«

»Was sollten wir denn nach Ihrer Meinung tun? Sie sind noch nicht angesteckt worden. Aber das kommt auch noch. Die Bolschewiken stehen vor unseren Grenzen und werden uns infiltrieren. Die nagen an unserem Kern, bis alles verfault. Und die Juden! Die Juden in Berlin verdienen an diesem Krieg ein Vermögen! Die dreckigen Profitjuden! Diese Semitenschweine verkaufen heute uns und morgen euch. Die Juden, die Bolschewiken, diese stinkenden kleinen Völker! Wir sind alle ihre Opfer und wissen es nicht. Wir kämpfen gegeneinander, wo wir doch gegen sie kämpfen sollten!«

Ulster Scarlett spuckte aus. Der Sohn Scarlattis interessierte sich nicht für die Probleme gewöhnlicher Menschen. Gewöhnliche Menschen interessierten ihn nicht.

Und doch war er beunruhigt.

Strasser war kein gewöhnlicher Mann. Dieser arrogante deutsche Offizier haßte die gewöhnlichen Menschen ebenso wie er. »Was werden Sie denn tun, wenn Sie diese Leute unter die Erde schaufeln? Den König vom Berg spielen?«

»Den König vieler Berge – vieler, vieler Berge.«

Scarlett wälzte sich zur Seite, weg von dem deutschen Offizier.

Aber er schloß die Augen nicht. Der König vieler, vieler Berge …

Ulster Scarlett hatte nie an ein Reich dieser Art gedacht. Scarlatti hatte Millionen und Abermillionen verdient, aber Scarlatti herrschte nicht. Schon gar nicht die Söhne Scarlattis. Sie würden nie herrschen, das hatte Elizabeth ihnen klargemacht.

»Strasser?«

»Mhm?«

»Wer sind diese Leute? Ihre Leute?«

»Ergebene Männer. Mächtige Männer. Die Namen darf ich nicht nennen. Aber sie sind fest entschlossen, aus der Niederlage wieder aufzusteigen und die Elite Europas zu einen.«

Scarlett wandte sein Gesicht dem Himmel zu. Sterne flackerten hinter den niedrig hängenden grauen Wolken. Grau, schwarz – und dazwischen blitzende weiße Punkte.

»Strasser?«

»Was ist?«

»Wohin werden Sie jetzt gehen? Nachdem das vorbei ist, meine ich.«

»Nach Heidenheim. Meine Familie lebt dort.«

»Wo ist das?«

»Auf halbem Weg zwischen München und Stuttgart.« Der deutsche Offizier sah den fremden, hünenhaften amerikanischen Deserteur an. Deserteur, Mörder und Helfer seines Feindes.

»Morgen abend sind wir in Paris. Ich werde Ihnen Ihr Geld geben. In Argenteuil ist ein Mann, der für mich Geld aufbewahrt.«

»Danke.«

Ulster Scarlett verlagerte sein Gewicht. Die Erde war dicht vor seinem Gesicht, und ein sauberer Geruch ging von ihr aus.

»Einfach Strasser, Heidenheim. Ist das alles?«

»Das ist alles.«

»Geben Sie mir einen Namen, Strasser.«

»Was meinen Sie damit?«

»Geben Sie mir einen Namen, damit Sie wissen, daß ich es bin, wenn ich mit Ihnen Verbindung aufnehme.«

Strasser überlegte einen Augenblick. »Also gut, Amerikaner. Wir wollen einen Namen auswählen, den Sie nicht so leicht vergessen – Kroeger.«

»Wie?«

»Kroeger – Gefreiter Heinrich Kroeger, dem Sie an der Argonne eine Kugel durch den Kopf gejagt haben.«

Am 10. November um drei Uhr nachmittags erging der Befehl zur Feuereinstellung.

Ulster Stewart Scarlett kaufte sich ein Motorrad, trat seine schnelle Reise nach La Harasée an und fuhr noch weiter. Zur Kompanie B, Vierzehntes Bataillon.

Er traf in dem Frontbereich ein, wo der größte Teil des Bataillons biwakierte, und begann seine Suche nach der Kompanie. Es war schwierig. Das Lager war angefüllt mit betrunkenen, glasig blickenden Soldaten. Alkoholisierte Massenhysterie schien das Gesetz der Stunde zu sein.

Mit Ausnahme von Kompanie B.

Kompanie B hielt einen Gottesdienst ab. Zum Gedächtnis eines gefallenen Kameraden.

Für Leutnant Ulster Stewart Scarlett, AEF.

Scarlett sah zu.

Hauptmann Jenkins las den schönen Psalm für die Toten mit halb erstickter Stimme zu Ende und stimmte dann für seine Männer das Vaterunser an.

»Vater unser, der du bist im Himmel ...« Einige der Männer weinten, ohne sich zu schämen.

Es wäre wirklich jammerschade gewesen, ihnen das zu verderben, dachte Scarlett.

In seiner Verleihungsurkunde stand unter anderem: »... nachdem er ganz allein drei feindliche Maschinengewehrnester zerstört hatte, machte er sich auf, eine vierte gefährliche Stellung ausfindig zu machen, zerstörte auch diese und rettete damit vielen alliierten Soldaten das Leben. Er kehrte vom Einsatz nicht zurück und wurde daher für tot gehalten. Dafür lieferte Leutnant Scarlett bis zum Ende der Kämpfe der B-Kompanie einen Schlachtruf. ›Für Old Rolly!‹ Das jagte dem Herzen manches Feindes Angst und Schrecken ein. Durch Gottes grenzenlose Weisheit konnte Leutnant Scarlett sich am Tag nach der Einstellung der Feindseligkeiten wieder seinem Zug anschließen. Erschöpft und geschwächt kehrte er zum Ruhm zurück. Auf Befehl des Präsidenten verleihen wir hiermit ...«

5.

Wieder nach New York zurückgekehrt, entdeckte Ulster schnell, daß er als der Held, der er nun war, tun konnte, was er wollte. Nicht, daß er vorher eingeengt gewesen wäre, weit entfernt, aber jetzt erwartete man von ihm nicht einmal mehr Dinge wie Pünktlichkeit oder die Einhaltung gesellschaftlicher Höflichkeitsformen. Er war der höchsten Prüfung menschlicher Existenz ausgesetzt gewesen – der Begegnung mit dem Tod. Zwar gab es in dieser Beziehung Tausende wie ihn, aber nur wenige wurden offiziell zum Helden erklärt, und keiner war ein Scarlett. Elizabeth, die völlig verblüfft war, überschüttete ihn mit allem, was Geld und Macht bieten konnten. Selbst Chancellor Drew beugte sich seinem jüngeren Bruder als dem männlichen Oberhaupt der Familie. Und so trat Ulster Stewart in die zwanziger Jahre dieses Jahrhunderts ein – oder besser gesagt, er sprang hinein.

Nicht nur die Spitzen der Gesellschaft, sondern auch die Besitzer der Flüsterkneipen betrachteten Ulster Stewart als willkommenen Freund. Er hatte weder viel Witz zu bieten noch ein besonderes Maß an Verständnis, und doch besaß er einen ganz besonderen Vorzug. Er war ein Mann, der sich in Einklang mit seiner Umgebung befand und diesen Einklang auch demonstrierte. Die Forderungen, die er an das Leben stellte, waren ganz gewiß unvernünftig, aber dies waren auch unvernünftige Zeiten. Vergnügungssucht, das Bestreben, unangenehmen Dingen auszuweichen, die von keinerlei Ehrgeiz geschmälerte Freude an der Existenz – das war alles, das er zu brauchen schien. Aber der Schein trog.

Es war keineswegs das, was Heinrich Kroeger brauchte.

Sie korrespondierten zweimal im Jahr. Strassers Briefe waren an das Hauptpostamt von Mid-Manhattan adressiert.

April 1920

Mein lieber Kroeger,
jetzt ist es offiziell. Wir haben der abgewirtschafteten Arbeiterpartei einen neuen Namen und neues Leben gegeben. Wir sind jetzt die Nationalsozialistische Deutsche Arbeiterpartei – und, bitte, mein lieber Kroeger, nehmen Sie diese Bezeichnung nicht so ernst. Es ist ein großartiger Anfang. Wir üben eine ungeheure Anziehungskraft aus. Die Versailler Bedingungen sind vernichtend. Die legen Deutschland in Schutt und Asche, und doch ist es gut. Gut für uns. Die Leute sind zornig, sie schlagen zurück, nicht nur nach den Siegern, sondern auch nach jenen, die uns von innen heraus verraten haben.

Juni 1921

Lieber Strasser,
Ihr habt Versailles, wir die Volstead-Akte.* Und für uns ist das auch gut … Jeder kriegt ein Stück vom Kuchen ab, und ich verzichte keineswegs auf das meine – auf das unsere. Jeder möchte Gefälligkeiten, möchte bestochen werden – mit Schnaps. Man muß die richtigen Leute kennen. Bald werde ich zu den ›richtigen Leuten‹ gehören. Das Geld interessiert mich nicht – zum Teufel mit dem Geld! Das ist für die Juden und die Itaker. Ich bekomme etwas anderes. Etwas, das viel wichtiger ist …

---

*Nach Andrew Volstead, der im Kongreß durchsetzte, daß der achtzehnte oder Prohibitionsnachtrag zur Verfassung der Vereinigten Staaten zum Gesetz erklärt wurde. Damit begann in den USA die Zeit des Alkoholverbots, die vom Januar 1920 bis zum Jahre 1933 andauerte. Anmerkung des Übersetzers.

Januar 1922

Mein lieber Kroeger,
alles geht so langsam. Es tut einem richtig weh, wie langsam es geht, wo doch alles ganz anders sein könnte. Die wirtschaftliche Lage ist unglaublich schlecht und wird immer schlechter. Koffer voll Geld, die buchstäblich wertlos sind … Adolf Hitler hat Ludendorff praktisch aus dem Vorsitz der Partei verdrängt. Sie erinnern sich doch, daß ich einmal sagte, es gäbe Namen, von denen ich nicht sprechen dürfte? Ludendorff war so ein Name. Ich traue Hitler nicht. Er hat etwas Billiges an sich, etwas Opportunistisches.

Oktober 1922

Lieber Strasser,
es war ein guter Sommer, und es wird ein noch besserer Herbst kommen und ein grandioser Winter. Diese Prohibition ist ein Geschenk des Himmels. Das ist Wahnsinn! Sie brauchen nur ein klein wenig Geld, und schon sind Sie im Geschäft. Und wie! Meine Organisation wächst. Die Maschinerie ist genauso, wie sie Ihnen gefallen würde – perfekt.

Juli 1923

Mein lieber Kroeger,
ich mache mir Sorgen. Ich bin in den Norden gezogen, Sie können mich über die Adresse erreichen, die unten auf dem Brief steht. Hitler ist ein Narr. Poincarés Besetzung der Ruhr war seine Chance, ganz Bayern zu einen – politisch. Die Leute sind bereit, doch sie wollen Ordnung, nicht Chaos. Aber Hitler geifert und wütet nur. Und benutzt Ludendorff, diesen alten Narren, um sich selbst aufzubauen. Er wird etwas Verrücktes tun, das spüre ich. Ich frage mich, ob in der Partei für uns beide Platz ist. Im Norden herrscht rege Aktivität. Ein gewisser Major Buchrucker hat die Schwarze Reichswehr gegründet, eine große, bewaffnete Truppe, die vielleicht mit unserem Anliegen sympathisieren könnte. Ich werde mich bald mit Buchrucker treffen. Dann werden wir sehen.

September 1923

Lieber Strasser,
das Jahr, das wir hinter uns haben, war besser, als ich es je für möglich gehalten hätte. Es ist komisch, aber man kann in seiner

Vergangenheit etwas finden, das man vielleicht haßt, und plötzlich erkennen, daß es die beste Waffe ist, die man besitzt. So ist es mir ergangen. Ich führe zwei Leben, und das eine berührt das andere nicht. Eine brillante Manipulation, wenn ich das selbst sagen darf. Ich glaube, Sie können froh sein, daß Sie Ihren Freund Kroeger in Frankreich nicht getötet haben.

Dezember 1923

Mein lieber Kroeger,
ich werde sofort nach dem Süden reisen. München war eine Katastrophe. Ich habe sie immer wieder vor einem gewaltsamen Putsch gewarnt (das muß auf politischem Weg gehen), aber sie wollten nicht hören. Hitler wird eine lange Gefängnisstrafe bekommen, trotz unserer ›Freunde‹. Der Himmel weiß, was dem armen alten Ludendorff passieren wird! Buchruckers Schwarze Reichswehr ist durch von Seeckt zerstört worden. Warum? Wir wollen alle dasselbe. Die Inflation hier ist katastrophal, und das ist noch ein schwacher Ausdruck. Es ist wohl immer so, daß die falschen Leute gegeneinander kämpfen. Den Juden und den Kommunisten macht das alles ohne Zweifel Spaß. Es ist ein verrücktes Land.

April 1924

Lieber Strasser,
jetzt bin ich zum erstenmal mit wirklichen Schwierigkeiten in Berührung geraten, aber inzwischen ist wieder alles unter Kontrolle. Erinnern Sie sich, Strasser? Kontrolle ... Das Problem ist ganz einfach: zu viele Leute, die hinter demselben her sind. Jeder möchte selbst der große Obermufti sein. Es ist für alle genug da, aber das glaubt keiner. Es ist ganz genauso, wie Sie sagen: Die Leute, die einander unterstützen sollten, tun genau das Gegenteil und bekämpfen sich. Trotzdem habe ich das, was ich mir vorgenommen habe, beinahe erreicht. Bald werde ich eine Liste mit Tausenden haben.

Januar 1925

Mein lieber Kroeger,
dies ist mein letzter Brief. Ich schreibe von Zürich aus. Hitler ist aus der Festungshaft entlassen worden und hat wieder die Führung der Partei übernommen. Ich gestehe, daß es tiefreichende

Meinungsverschiedenheiten zwischen uns gibt. Vielleicht werden sie beigelegt werden. Ich habe auch meine Gefolgsleute. Aber um zur Sache zu kommen – wir werden alle scharf überwacht. Weimar hat Angst vor uns – so wie es auch sein sollte. Ich bin überzeugt, daß meine Post, mein Telefon und alle meine Aktivitäten überwacht werden. Ich muß also vorsichtig sein. Aber die Zeit naht. Wir arbeiten an einem kühnen Plan, und ich habe mir die Freiheit genommen, Heinrich Kroeger in diesen Plan mit einzubeziehen. Es ist ein meisterhafter Plan, ein fantastischer Plan. Sie sollen mit dem Marquis Jacques Louis Bertholde von Bertholde et Fils, London, Kontakt aufnehmen. Mitte April. Der einzige Name, den er kennt, ebenso wie ich, lautet Heinrich Kroeger.

Ein grauhaariger Mann von dreiundsechzig Jahren saß an seinem Schreibtisch und blickte durch das Fenster auf die K-Street in Washington hinaus. Er hieß Benjamin Reynolds und würde in zwei Jahren in Pension gehen. Bis dahin war er für die Funktion einer recht unschuldig klingenden Behörde verantwortlich, die dem Innenministerium angeschlossen war. Die Behörde nannte sich ›Äußere Dienste und Konten‹. Weniger als fünfhundert Leuten war sie einfach als ›Gruppe 20‹ bekannt.

Diese Kurzbezeichnung hatte die Behörde ihrem Ursprung zu verdanken – einer Gruppe von zwanzig Buchprüfern im Außendienst, die das Innenministerium ausgeschickt hatte, um die wachsenden Interessenskonflikte zu durchleuchten, die zwischen jenen Politikern, die Bundesmittel zuwiesen, und jenen Angehörigen der Wählerschaft, die sie empfingen, immer wieder auftraten.

Mit dem Eintritt Amerikas in den Krieg und der praktisch über Nacht erfolgten industriellen Ausweitung, die notwendig war, um den Krieg in Gang zu halten, sah sich die Gruppe 20 plötzlich einer nicht zu bewältigenden Fülle von Arbeit ausgesetzt. Die Vergabe von Munitions- und Waffenverträgen an Firmen im ganzen Land erforderte eine Überwachung rund um die Uhr, was die Möglichkeiten der beschränkten Zahl von Außenprüfern weit überstieg. Anstatt jedoch die im stillen tätige Behörde zu vergrößern, entschied man sich dafür, sie nur in besonders empfindlichen – oder peinlichen – Bereichen einzusetzen. Davon gab es genügend. Und die Außenprüfer waren Spezialisten.

Nach dem Krieg sprach man davon, die Gruppe 20 aufzulösen.

Aber jedesmal, wenn man darüber diskutierte, ergaben sich Probleme, die ihre besonderen Talente erforderlich machten. Im allgemeinen handelte es sich um Probleme in Verbindung mit hochrangigen Beamten, die sich etwas zu großzügig aus den öffentlichen Quellen bedienten. Aber in einzelnen Fällen übernahm die Gruppe 20 auch Pflichten, die aus einer Vielzahl von Gründen von anderen Behörden abgelehnt wurden.

Wie zum Beispiel in bezug auf das Zögern des Schatzamtes, sich näher um ein Phantom namens Scarlatti zu kümmern.

»Warum, Glover?« fragte der grauhaarige Mann. »Die Frage ist, warum? Wenn man annimmt, daß auch nur der Schatten eines Beweises vorliegt, dann frage ich Sie – warum?«

»Warum bricht jemand Gesetze?« Ein Mann, der vielleicht zehn Jahre jünger war als Reynolds, antwortete mit einer Gegenfrage. »Um des Profits willen. Und aus der Prohibition kann man eine Menge Profite ziehen.«

»Nein! Verdammt noch mal, nein!« Reynolds fuhr in seinem Stuhl herum und schlug mit der Pfeife auf die Schreibtischunterlage. »Das stimmt nicht! Dieser Scarlatti hat mehr Geld, als wir uns in unserer wildesten Fantasie vorstellen können. Es wäre genauso, als wollte man sagen, daß die Mellons in Philadelphia ein Buchmacherbüro eröffnen würden. Das ergibt einfach keinen Sinn ... Nehmen Sie einen Drink mit mir?«

Es war nach fünf, und die Angestellten der Gruppe 20 waren bereits nach Hause gegangen. Nur der Mann namens Glover und Ben Reynolds waren geblieben.

»Sie schockieren mich ja, Ben«, sagte Glover und grinste.

»Zum Teufel mit Ihnen! Dann trinke ich eben alles allein.«

»Wenn Sie das tun, zeige ich Sie an ... Taugt das Zeug etwas?«

»Direkt vom Boot, von dem alten Blighty, hat man mir gesagt.« Reynolds holte eine lederüberzogene Flasche aus der obersten Schreibtischschublade, nahm zwei Gläser von einem Tablett und schenkte ein.

»Aber wenn man die Profite ausschließt, was, zum Teufel, bleibt denn dann noch, Ben?«

»Ich will verdammt sein, wenn ich das weiß«, erwiderte der Ältere und trank.

»Und was werden Sie tun? Ich kann mir denken, daß sonst keiner etwas unternehmen will.«

»Genau. Völlig richtig. Niemand will es anpacken ... Oh, wenn es um Mr. Smith oder um Mr. Jones geht, können die sich erregen. Wenn irgendein armer Teufel in East Orange, New Jersey, eine Kiste Whiskey im Keller hat, zerreißen die ihn in Stücke. Aber nicht den!«

»Jetzt komme ich nicht mehr mit, Ben.«

»Hier geht es um die Scarlatti-Firmen, um große, mächtige Freunde auf Capitol Hill. Vergessen Sie nicht, daß das Schatzamt auch Geld braucht. Und das bekommt es dort.«

»Was wollen Sie tun, Ben?«

»Ich will herausfinden, warum ein Mammutzahn am Vogelfutter herumpickt.«

Wie?«

»Mit Canfield. Der hat auch mit Vogelfutter zu tun, der arme Teufel.«

»Er ist ein guter Mann, Ben.« Glover gefiel der Tonfall nicht, mit dem Reynolds über Canfield sprach. Er mochte Matthew Canfield. Er hielt ihn für talentiert. Ein junger Mann mit einer großen Zukunft, wenn er nur das Geld hätte, um seine Ausbildung abzuschließen. Zu gut für den Regierungsdienst. Viel besser als jeder einzelne von ihnen. Nun, jedenfalls besser als er, besser als ein Mann namens Glover, den nichts mehr aus der Ruhe bringen konnte. Es gab nicht viele Leute, die besser als Reynolds waren.

Benjamin Reynolds blickte zu seinem Mitarbeiter auf. Er schien seine Gedanken zu lesen. »Ja, er ist ein guter Mann. Er ist in Chicago. Rufen Sie ihn an. Irgendwo muß stehen, wie man ihn erreichen kann.«

»Ich habe seine Adresse in meinem Schreibtisch.«

»Dann schaffen Sie ihn bis morgen abend hierher.«

6.

Matthew Canfield, Außenrevisor, lag in seinem Pullman-Abteil und rauchte seine vorletzte dünne Zigarre. Auf dem New York-Chicago Limited gab es keine dünnen Zigarren, und so inhalierte er jeden einzelnen Zug mit dem Gefühl, ein Opfer zu bringen.

Am frühen Morgen würde er New York erreichen, dort in den

nächsten Zug nach Süden umsteigen und so vor dem geplanten Zeitpunkt in Washington eintreffen. Das würde auf Reynolds einen besseren Eindruck machen, als wenn er abends eintraf. Es würde zeigen, daß er, Canfield, ein Problem schnell zum Abschluß bringen konnte, ohne daß irgendwelche Unstimmigkeiten zurückblieben. Natürlich war das bei dem augenblicklichen Auftrag nicht schwierig gewesen. Er hatte ihn bereits vor einigen Tagen abgeschlossen, war aber als Gast des Senators, den er wegen Lohngeldzuweisungen für nicht existente Angestellte hatte überprüfen müssen, noch in Chicago geblieben.

Er fragte sich, weshalb man ihn nach Washington zurückgerufen hatte. Er fragte sich jedesmal, weshalb man ihn zurückrief. Wahrscheinlich, weil er tief in seinem Innersten glaubte, daß es nicht nur wegen des nächsten Auftrags geschah, sondern daß Washington ihm eines Tages irgendwie auf die Schliche kommen würde. Die Gruppe 20 würde ihm auf die Schliche kommen.

Und dann würde man ihn mit Beweisen konfrontieren.

Aber das war unwahrscheinlich. Bis jetzt war es noch nicht dazu gekommen. Matthew Canfield war ein Profi, in einem niedrigen Rang zwar, räumte er ein, aber dennoch ein Profi. Und er empfand nicht die geringste Reue. Er hatte ein Recht auf jeden hölzernen Nickel, den er ausgraben konnte.

Warum nicht? Er nahm niemals zuviel. Aber er und seine Mutter hatten Anspruch auf gewisse Zuwendungen. Ein Bundesgericht in Tulsa, Oklahoma, hatte den Beschlagnahmebescheid des Sheriffs am Geschäft seines Vaters angeschlagen. Ein Bundesrichter hatte auf zwangsweisen Bankrott entschieden. Das Bundesgericht hatte keine Erklärungen hören wollen, abgesehen von der einen, daß sein Vater nicht länger über die Möglichkeit verfügte, seine Schulden zu bezahlen.

Ein Mann durfte ein Vierteljahrhundert lang arbeiten, eine Familie heranziehen, einen Sohn auf die Universität schicken, so viele Träume erfüllen, nur um dann mit dem einzigen Schlag eines hölzernen Hammers auf eine kleine Marmorplatte in einem Gerichtsraum vernichtet zu werden.

Canfield bereute nichts.

»Sie müssen in einem neuen Beruf heimisch werden, Canfield. Es ist ganz einfach.«

»Gut, Mr. Reynolds. Ich bin stets bereit.«

»Ja. Das weiß ich. Sie beginnen in drei Tagen am Pier Siebenunddreißig in New York City. Zollbehörde. Ich werde Sie so gut wie möglich informieren.«

Aber natürlich ›informierte‹ Benjamin Reynolds ihn keineswegs so gründlich, wie er das vielleicht gekonnt hätte. Er wollte, daß Canfield alles das in Erfahrung brachte, was er, Reynolds, offenließ. Der Scarlatti-Padrone arbeitete von den Piers an der West Side aus, soviel wußten sie. Aber jemand mußte ihn sehen, ihn identifizieren, ohne daß man ihn dazu aufforderte.

Das war sehr wichtig.

Und wenn jemand das konnte, dann würde es jemand wie Matthew Canfield sein, der sich irgendwie zur Unterwelt der Bestechung, der Schmiergelder, der Korruption hingezogen fühlte.

Und er schaffte es.

In der Nachtschicht des 3. Januar 1925.

Matthew Canfield, Zollinspektor, überprüfte die Rechnungen des Dampfers *Genoa-Stella* und bedeutete dem Vorarbeiter die Kisten mit Wolle aus Como aus Laderaum eins zu entladen. Und dann passierte es.

Zuerst ein Streit. Und dann ein Kampf mit Ladehaken.

Die Crew der *Genoa-Stella* wollte nicht zulassen, daß die Entladeprozedur verändert wurde. Ihre Befehle kamen von jemand anderem, sicher nicht von den amerikanischen Zollbeamten.

Zwei Kisten lösten sich vom Kranhaken, und unter der Strohverpackung war der Gestank von unverschnittenem Alkohol unverkennbar.

Alle Leute am Pier erstarrten. Dann rannten ein paar Männer zu den Telefonzellen, und hundert affenähnliche Gestalten umschwärmten die Kisten, bereit, jeden Eindringling mit den stählernen Stauerhaken abzuwehren.

Die erste Auseinandersetzung war vergessen. Der Kampf ebenfalls.

Die Konterbande stellte ihren Lebensunterhalt dar, und sie würden ihr Leben einsetzen, um sie zu verteidigen.

Canfield, der die Treppe hinaufgerannt war, zu der von Glaswänden umschlossenen Kabine über dem Pier, blickte auf die zornige Menge hinunter. Ein Geschrei erhob sich, an dem die Männer vom Dock und die Matrosen der *Genoa-Stella* beteiligt waren. Fünfzehn Minuten schrien die verfeindeten Parteien sich an und begleiteten ihre Schreie mit obszönen Gesten. Aber niemand zog eine Waffe, niemand warf einen Haken oder ein Messer. Sie warteten.

Jetzt bemerkte Canfield, daß niemand im Zollbüro Anstalten machte, die Behörden zu verständigen. »Um Himmels willen! Jemand soll doch die Polizei rufen!«

Die vier Männer, die mit Canfield im Raum waren, reagierten darauf nur mit Schweigen.

»Haben Sie nicht gehört? Rufen Sie die Polizei!«

Immer noch Schweigen seitens der verängstigten Männer in den Uniformen der Zollbehörde.

Schließlich sagte einer der Männer etwas. Er stand neben Matthew Canfield und blickte durch die Glaswand auf die Gangsterarmee hinunter. »Niemand ruft die Polizei, junger Mann. Nicht, wenn Sie auch morgen hier erscheinen wollen.«

»Wenn Sie morgen überhaupt irgendwo erscheinen wollen«, fügte ein anderer Mann hinzu, setzte sich dann und griff seelenruhig nach einer Zeitung.

»Warum nicht? Dort unten könnte jemand ums Leben kommen.«

»Die regeln das selbst«, sagte der ältere Zollbeamte.

»Von welchem Hafen sind Sie gleich gekommen? Erie? Sie müssen dort andere Regeln gehabt haben. Die Schiffahrt auf den Seen hat andere Regeln ...«

»Das ist doch alles Quatsch!«

Ein dritter Mann trat neben Canfield. »Hör zu, Kleiner, du kümmerst dich jetzt um deine Angelegenheiten, ist das klar?«

»Wie, zum Teufel, reden Sie denn mit mir? Ich meine, zum Teufel, so können Sie doch nicht mit mir reden!«

»Komm her, Kleiner!« Der andere, ein Mann mit einem schmalen Gesicht, dessen hagerer Körper in der lose sitzenden Uniform wie verloren wirkte, packte Canfield am Ellbogen und ging mit ihm in eine Ecke. Die anderen taten so, als merkten sie nichts, sahen aber immer wieder zu den zwei Männern hinüber. Sie waren beunruhigt, verängstigt. »Haben Sie eine Frau und Kinder?« fragte der dünne Mann leise.

»Nein – warum?«

»Aber wir. Deshalb.« Der dünne Mann schob die Hand in die

Tasche und holte ein paar Scheine heraus. »Hier. Das sind sechzig Kröten. Machen Sie bloß keinen Wirbel, ja? Wenn Sie die Bullen rufen, würde das ohnehin nichts nützen. Die würden Sie verpfeifen.«

»Jesus! Sechzig Dollar!«

»Lohn für zwei Wochen, Junge. Schmeißen Sie meinetwegen eine Party.«

»Okay, okay, mach' ich.«

»Jetzt kommen sie, Jesse!« rief der ältere Zollbeamte am Fenster dem Mann zu, der neben Canfield stand.

»Komm, Kleiner. Jetzt können Sie was lernen«, sagte der Dünne und führte Canfield zum Fenster.

Canfield sah, daß unten an der Straße zwei große Automobile, eines hinter dem anderen, angehalten hatten. Der erste Wagen war halb in das Gebäude hineingefahren. Ein paar Männer in dunklen Mänteln waren aus dem vorderen Wagen gestiegen und gingen auf die Schar von Dockarbeitern zu, die die beschädigten Kisten umstanden.

»Was machen die?«

»Das sind die Schläger, Junge«, antwortete der Zöllner namens Jesse. »Die schaffen jetzt Ordnung.«

»Wieso Ordnung?«

»Ha!« Der Mann, der mit der Zeitung an dem winzigen Schreibtisch saß, lachte kurz auf.

»Die schaffen eben dort Ordnung, wo es nötig ist. Schau nur zu, Junge!«

Die Männer in den Mänteln – insgesamt waren es fünf – begannen auf die Stauer zuzugehen und leise auf sie einzureden. Wange an Wange, dachte Canfield. Ein paar schubsten sie verspielt umher und tätschelten ihnen die Wangen. Sie waren wie Wärter in einem Zoo, die ihre Tiere beruhigten. Zwei der Männer gingen die Gangplanke ins Schiff hinauf. Der Anführer, der eine weiße Filzmütze trug und ganz offensichtlich unter den dreien, die am Pier zurückgeblieben waren, den Ton angab, blickte zu den Automobilen zurück und sah dann zu der Glaswand hinauf. Er nickte und steuerte auf die Treppe zu. Jesse sagte: »Das mache ich. Keiner unternimmt was.«

Er öffnete die Tür und erwartete draußen auf der kleinen Plattform den Mann mit der weißen Mütze.

Canfield konnte durch das Glas sehen, wie die beiden miteinander sprachen. Der Mann mit der weißen Mütze lächelte, es wirkte beinahe unterwürfig. Aber er hatte einen harten Blick in den Augen, hart und sehr ernst. Und dann schien er besorgt und zornig zu werden, und die zwei Männer schauten ins Büro. Sie sahen Canfield an.

Jesse öffnete die Tür. »Sie da! Cannon! Mitch Cannon! Kommen Sie her!«

Es war immer besser, einen Namen zu benutzen, der die eigenen Initialen hatte. Man konnte nie wissen, wer einem ein Weihnachtsgeschenk senden würde.

Canfield trat auf die Plattform hinaus, während der Mann mit der weißen Mütze wieder über die Stahltreppe hinunter zum Pier ging.

»Sie laufen jetzt hinunter und unterschreiben die Papiere.«

»Was Sie nicht sagen, Kumpel!«

»Ich habe gesagt, Sie sollen hinunterlaufen und unterschreiben! Die wollen wissen, daß Sie sauber sind.« Und dann lächelte Jesse. »Das sind jetzt die großen Boys. Sie kriegen noch einmal einen kleinen Bonus. Aber ich bekomme fünfzig Prozent davon ab, ist das klar?«

»Ja«, sagte Canfield widerstrebend. »Klar.« Er ging die Treppe hinunter und sah den Mann an, der ihn unten erwartete.

»Neu hier, was?«

»Ja.«

»Wo sind Sie denn her?«

»Vom Eriesee. Dort ist eine Menge los.«

»Wie arbeiten Sie denn?«

»Kanadischer Stoff. Was denn sonst? Klasse Schnaps, dieses kanadische Zeug.«

»Wir importieren Wolle! Wolle aus Como!«

»Klar, Freund. In Erie sind es kanadische Pelze und Stoffe ...« Canfield zwinkerte dem Mann zu. »Hübsch weich gepackt, wie?«

»Passen Sie mal auf, Kumpel. Für Schlaumeier hat keiner was übrig.«

»Okay, ich sag' es ja – Wolle.«

»Kommen Sie rüber zum Büro. Sie zeichnen die Ladung ab.«

Canfield ging mit dem breitschultrigen Mann zu der kleinen Kammer hinüber, wo ein zweiter ihm ein paar Papiere hinhielt.

»Schreiben Sie aber sauber und deutlich, und geben Sie das Datum und die Zeit richtig an!« befahl der Mann in der Kammer.

Nachdem Canfield der Aufforderung nachgekommen war, sagte der erste Mann: »Okay, kommen Sie mit.« Er führte Canfield zu den Automobilen hinüber. Der Buchprüfer konnte sehen, wie sich zwei Männer auf dem Rücksitz des zweiten Fahrzeugs unterhielten. In dem vorderen Wagen saß nur noch ein Fahrer. »Warten Sie hier.«

Canfield fragte sich, warum man ihn heruntergeholt hatte. War in Washington etwas schiefgelaufen? Aber dafür wäre gar nicht genug Zeit gewesen.

Draußen auf dem Pier wurde es unruhig. Die zwei Schläger, die an Bord des Schiffes gegangen waren, führten jetzt einen Mann in Uniform die Gangplanke herunter. Canfield sah, daß es der Kapitän der *Genoa-Stella* war.

Der Mann mit der weißen Mütze beugte sich durch das Fenster des zweiten Wagens und sprach mit den zwei Männern. Sie hatten den Lärm am Pier nicht bemerkt. Der große Mann öffnete die Wagentür, und ein kleiner, sehr dunkelhäutiger Italiener stieg aus. Er war höchstens einen Meter sechzig groß. Der kleine Mann bedeutete dem Buchprüfer, herüberzukommen. Er griff in die Manteltasche, holte eine Brieftasche heraus und entnahm ihr einige Scheine. Er sprach mit ausgeprägtem Akzent. »Sind Sie neu hier?«

»Ja, Sir.«

»Eriesee – stimmt's?«

»Ja, Sir.«

»Wie heißen Sie?«

»Cannon.«

Der Italiener sah den Mann mit der weißen Filzmütze an.

Der zuckte mit den Schultern. »*Non conosco* ...«

»Hier.« Er reichte Canfield zwei Fünfzig-Dollar-Scheine. »Wenn Sie ein guter Junge sind – dann geht es Ihnen gut, ja, Maggiore? Wenn nicht, dann geht es Ihnen nicht gut, *capisce?*«

»Darauf können Sie wetten. Vielen ...«

Weiter kam Canfield nicht. Die zwei Männer, die den Kapitän der *Genoa-Stella* mit sich führten, hatten inzwischen den ersten Wagen erreicht. Man konnte jetzt sehen, daß sie ihn gewaltsam festhielten und ihn gegen seinen Willen weiterschoben.

»Lascia mi! Lascia mi! Maiali!« Der Kapitän versuchte sich loszureißen. Er warf sich hin und her, aber er schaffte es nicht.

Der kleine Italiener schob Canfield beiseite, als die zwei Schläger den Kapitän zu ihm schleppten. Der Schiffsoffizier und die zwei schrien gleichzeitig los. Der Italiener hörte zu und starrte dabei den Kapitän an.

Und dann beugte sich der andere Mann, der im Fond des zweiten Wagens sitzengeblieben war, nach vorn, auf das Fenster zu, blieb aber immer noch halb im Schatten.

»Was ist denn los? Warum schreien die denn so, Vitone?«

»Dieser *Commandante* mag die Art und Weise nicht, wie wir Geschäfte machen, *Padrone.* Er sagt, er würde uns nicht weiter ausladen lassen.«

»Warum nicht?«

Der Kapitän schrie etwas, das Canfield nicht verstand.

»Er sagte, er würde hier keinen sehen, der Bescheid weiß. Er sagt, wir hätten kein Recht auf sein Schiff. Er will telefonieren.«

»Ich wette, daß er das will«, sagte der Mann im Schatten leise. »Ich weiß genau, wen er anrufen möchte.«

»Werden Sie es erlauben?« fragte der kleine Italiener. »Seien Sie doch kein Narr, Vitone! Lächeln Sie! Winken Sie zum Schiff hinüber, alle! Das ist ein Pulverfaß dort hinten, ihr Idioten! Die sollen glauben, daß alles in Ordnung ist.«

»Sicher. Geht klar, *Padrone.*«

Alle lachten und winkten, mit Ausnahme des Kapitäns, der wütend versuchte, die Arme freizubekommen. Es wirkte ungeheuer komisch, und Canfield hätte beinahe gelacht, wenn er in diesem Augenblick nicht das Gesicht hinter dem Wagenfenster gesehen hätte. Er stellte fest, daß es ein attraktives Gesicht war. Obwohl es von einer breiten Hutkrempe beschattet wurde, konnte Canfield erkennen, daß der Mann scharfgeschnittene, raubvogelartige Züge hatte. Besonders die Augen fielen ihm auf.

Es waren blaue Augen, ganz hellblau. Und doch sprach ihn der Italiener mit *Padrone* an. Canfield vermutete, daß es Italiener mit blauen Augen gab, aber er hatte noch nie welche gesehen. Es war ungewöhnlich.

»Was machen wir, *Padrone?«* fragte der Kleine, der Canfield die hundert Dollar gegeben hatte.

»Er ist doch ein Gast in unserem Land, nicht wahr? Seien Sie höflich, Vitone. Führen Sie den Kapitän hinaus, und lassen Sie ihn – telefonieren.« Und dann senkte der Mann mit den hellblauen Augen die Stimme. »Und töten Sie ihn.«

Der kleine Italiener machte eine leichte Kopfbewegung in Richtung auf den Piereingang. Die zwei Männer, die den uniformierten Schiffsoffizier festhielten, schoben ihn nach vorn, durch die große Tür hinaus in die Dunkelheit.

»Jetzt können Sie Ihre Freunde anrufen«, sagte der Mann zur Rechten des Kapitäns.

Aber der Offizier widersetzte sich. Sie hatten den Lichtkreis der Türbeleuchtung erreicht, und Canfield konnte sehen, daß er wieder wild um sich schlug, sich dem Griff der beiden widersetzte. Jetzt verlor der Schläger zur Linken das Gleichgewicht. Sofort schlug der Kapitän mit beiden Fäusten auf den anderen Mann ein, schrie ihn in italienischer Sprache an.

Der Mann, den er weggestoßen hatte, gewann sein Gleichgewicht zurück und holte etwas aus der Tasche. Canfield konnte es nicht genau sehen.

Und dann sah er es.

Ein Messer.

Der Mann hinter dem Kapitän stieß es ihm in den ungeschützten Rücken.

Matthew Canfield zog sich seine Uniformmütze ins Gesicht und entfernte sich von dem Automobil. Er ging langsam, wirkte uninteressiert.

»He! Sie! Sie vom Zoll!« Das war der Mann mit den blauen Augen.

»Sie vom Eriesee!« schrie der kleine Italiener.

Canfield drehte sich um. »Ich habe nichts gesehen. Überhaupt nichts. Gar nichts!« Er versuchte zu lächeln, aber es gelang ihm nicht.

Der Mann mit den hellblauen Augen starrte ihn an, während Canfield die Augen zusammenkniff. Am liebsten hätte er sich unter dem Schirm seiner Mütze verkrochen. Der kleine Italiener nickte dem Fahrer des ersten Wagens zu.

Der stieg aus und trat hinter den Buchprüfer.

Der Kleine sagte etwas in Italienisch.

Der Fahrer stieß Canfield an und bugsierte ihn auf den Eingang des Piers zu.

»He, was soll das! Ich habe nichts gesehen! Was wollen Sie? He, um Himmels willen!«

Aber in Wirklichkeit brauchte Matthew Canfield keine Antwort. Er wußte ganz genau, was sie von ihm wollten. Sein unwichtiges Leben.

Der Mann hinter ihm stieß ihn wieder an, drängte ihn weiter, um das Gebäude herum, zur verlassenen Seite des Piers.

Zwei Ratten huschten ein paar Meter vor Canfield über den Weg. Hinter den Mauern konnte man ein Geräusch hören, das immer lauter wurde. Der Hudson klatschte gegen die mächtigen Poller des Docks.

Canfield blieb stehen. Er wußte nicht genau, weshalb er das tat, aber er konnte nicht einfach weitergehen. Der Druck in seiner Magengrube war der Schmerz der Angst.

»Weiter«, sagte der Mann und stieß Canfield einen Revolver in die Rippen.

»Hören Sie.« Canfield hatte jeden Versuch aufgegeben, die Sprache der Docks zu sprechen. »Ich bin von der Regierung! Wenn Sie mir etwas tun, wird man Sie schnappen. Ihre Freunde werden Sie dann nicht schützen, wenn das herauskommt ...«

»Weiter!«

Aus der Flußmitte war der gedämpfte Klang einer Schiffssirene zu hören. Eine zweite antwortete.

Dann ertönte ein langes, durchdringendes Pfeifen. Es kam von der *Genoa-Stella*. Es war ein Signal, ein verzweifeltes Signal, das nicht mehr verstummen wollte, ein ohrenbetäubendes Schrillen.

Es lenkte den Mann mit dem Revolver ab.

Canfield ließ seine Handkante auf das Gelenk des Mannes heruntersausen, packte es dann und drehte es mit aller Kraft herum. Der Mann fuhr Canfield mit der anderen Hand ins Gesicht und versuchte, mit krallenförmig gebogenen Fingern nach seinen Augen zu tasten, während er ihn zu der Stahlwand des Gebäudes stieß. Canfield verstärkte seinen Griff, packte dann mit der anderen Hand den Mantel des Mannes und zog ihn auf die Mauer zu, in die gleiche Richtung, in die der Mann ihn stoßen wollte. Im letzten Augenblick trat er zur Seite, so daß der Schläger krachend gegen die Stahlwand prallte.

Die Waffe flog dem Sizilianer aus der Hand, und Canfield rammte ihm das Knie in den Unterleib.

Der Italiener stieß einen gutturalen Schmerzensschrei aus. Canfield warf ihn zu Boden, und der Mann glitt auf den Rand des Piers zu, von Schmerz verkrümmt. Canfield packte seinen Kopf und schmetterte ihn gegen das dicke Holz. Blut lief über den Schädel des Mannes.

Es war in weniger als einer Minute vorbei.

Der Mann, der Matthew Canfield hätte ermorden sollen, war tot.

Die kreischende Schiffspfeife der *Genoa-Stella* tönte immer noch. Das Geschrei, das von der Ladefläche des Piers herüberdrang, hatte eine ohrenbetäubende Lautstärke erreicht.

Canfield dachte, daß die Schiffsbesatzung in helle Aufregung geraten war, vergeblich auf Befehle ihres Kapitäns gewartet hatte und nun annahm, daß man ihn ermordet hatte oder zumindest gefangen hielt.

Ein paar Schüsse peitschten durch die Luft. Dann das Stakkato einer Maschinenpistole – wieder Schreie, Schreckensrufe ...

Der Buchprüfer konnte unmöglich zurückkehren. Ohne Zweifel würde gleich jemand kommen, um nach seinem Henker Ausschau zu halten.

Er wälzte die Leiche des toten Sizilianers über den Dockrand und hörte sie klatschend ins Wasser fallen.

Die Schiffspfeife der *Genoa-Stella* verstummte. Das Geschrei wurde leiser. Jemand hatte den Aufruhr unter Kontrolle gebracht. Und dann tauchten am vorderen Ende des Piers zwei Männer auf. Sie riefen: »La Tona! He, La Tona! La Tona ...«

Matthiew Canfield sprang in das schmutzige Wasser des Hudson und schwamm, so schnell er das in der schweren Zolluniform konnte, in die Flußmitte hinaus.

»Sie sind ein Glückspilz, Mann!« sagte Benjamin Reynolds.

»Ich weiß, Sir. Und ich bin froh, daß es vorbei ist.«

»Für so etwas sind wir nicht zuständig, das ist mir klar. Nehmen Sie sich eine Woche frei. Entspannen Sie sich.«

»Danke, Sir.«

»Glover wird in ein paar Minuten kommen. Es ist noch ziemlich früh.«

Das stimmte. Es war sechs Uhr fünfzehn. Canfield war erst gegen vier in Washington eingetroffen und hatte nicht gewagt, sein Apartment aufzusuchen. Er hatte Benjamin Reynolds zu Hause angerufen, und dieser hatte den Buchprüfer aufgefordert, das Büro der Gruppe 20 aufzusuchen und dort auf ihn zu warten.

Die Vorzimmertür öffnete sich, und Reynolds rief: »Glover? Sind Sie das?«

»Ja, Ben. Noch nicht einmal halb sieben – eine lausige Nacht. Die Kinder meines Sohnes sind bei uns.« Die Stimme klang müde, und als Glover die Tür erreichte, konnte man sehen, daß der Mann selbst noch müder war. »Hallo, Canfield. Was, zum Teufel, ist denn mit Ihnen los?«

Matthew Canfield, Außenprüfer, erstattete Bericht.

Als er geendet hatte, sagte Reynolds zu Glover: »Ich habe den Zoll in Erie angerufen – man hat seine Personalakte entfernt. Die Boys in New York haben sein Zimmer dort ausgeräumt. Es war unberührt. Gibt es sonst noch etwas, worum wir uns kümmern müssen?«

Glover überlegte einen Augenblick. »Ja, wahrscheinlich. Falls sich jemand nach der Akte in Erie erkundigt – und das wird vermutlich geschehen –, verbreiten Sie ein Gerücht, daß Canfield – Cannon – ein Deckname für einen Killer war. Daß man ihn in Los Angeles oder San Diego oder sonst irgendwo erwischt und ihn erschossen hat. Ich werde mich darum kümmern.«

»Gut. So, Canfield, jetzt werde ich Ihnen ein paar Fotos zeigen. Ohne irgendeinen Kommentar meinerseits. Sehen Sie, ob Sie sie identifizieren können.« Benjamin Reynolds ging zu einem Aktenschrank und öffnete ihn. Er entnahm ihm eine Mappe und kehrte an seinen Schreibtisch zurück. »Hier.« Er holte fünf Fotografien heraus, drei Vergrößerungen aus Zeitungen und zwei Gefängnisaufnahmen.

Canfield brauchte weniger als eine Sekunde, als er sie vor sich auf dem Tisch liegen sah. »Das ist er! Das ist der Itaker, den sie *Padrone* nannten!«

»Il Scarlatti Padrone«, sagte Glover leise.

»Sie identifizieren ihn ganz eindeutig?« fragte Reynolds.

»Sicher. Und wenn er blaue Augen hat, leiste ich sogar einen Eid darauf.«

»Würden Sie es vor Gericht beschwören?«

»Natürlich ...«

»He, Ben, kommen Sie!« unterbrach ihn Glover, der genau wußte, daß dies das Todesurteil für Matthew Canfield gewesen wäre.

»Ich habe ihn ja nur gefragt.«

»Wer ist es?« wollte Canfield wissen.

»Ja, wer ist es? Was ist er? Ich weiß nicht, ob ich Ihre erste Frage beantworten sollte. Aber wenn Sie es auf andere Weise herausfinden sollten, und das wäre nicht schwierig, könnte das gefährlich werden.«

Reynolds drehte die Fotos um. Auf den Rückseiten stand in dicken Lettern ein Name.

›Ulster Stewart Scarlett – ehemals Scarlatti‹, las der Buchprüfer. »Der hat im Krieg einen Orden bekommen, nicht wahr? Ein Millionär.«

»Ja, das hat er – und er ist tatsächlich Millionär«, antwortete Reynolds. »Diese Identifizierung muß geheim bleiben. Damit meine ich streng geheim! Ist das klar?«

»Natürlich.«

»Glauben Sie, es gibt sonst jemanden, der Sie von gestern abend her erkennen würde?«

»Das bezweifle ich. Das Licht war schlecht, und ich hatte mir die Mütze tief ins Gesicht gezogen und mir Mühe gegeben, im Hafenjargon zu reden. Nein, ich denke nicht.«

»Gut. Sie haben prima Arbeit geleistet. Jetzt legen Sie sich schlafen.«

»Danke.« Der Buchprüfer ging hinaus und schloß die Tür hinter sich.

Benjamin Reynolds sah die Fotos auf seinem Schreibtisch an. »Der Scarlatti-*Padrone,* Glover.«

»Jetzt können Sie es ja dem Schatzamt zurückgeben. Sie haben, was Sie brauchen.«

»Überlegen Sie doch – wir haben gar nichts, sofern wir nicht Canfield ins Grab schicken wollen. Und selbst dann – was hätten wir in der Hand? Scarlett schreibt keine Schecks aus. Man ›hat ihn in Gesellschaft von – beobachtet‹. Man ›hat gehört, wie er eine Anweisung erteilte‹. Wem? Wer sollte das bezeugen? Ein kleiner Regierungsbeamter gegen das Wort eines gefeierten Kriegshelden? Der Sohn Scarlattis ... Nein, wir haben nur die Möglichkeit, eine Drohung auszusprechen, aber vielleicht genügt das schon.«

»Wer wird denn drohen?«

Benjamin Reynolds lehnte sich in seinem Sessel zurück und

preßte die Fingerspitzen gegeneinander. »Ich – ich werde mit Elizabeth Scarlatti sprechen. Ich möchte wissen, was das alles zu bedeuten hat.«

7.

Ulster Stewart Scarlett stieg an der Ecke der Fifth Avenue und der Fiftyfourth Street aus dem Taxi und ging die kurze Strecke zu seinem Haus. Er lief die Stufen bis zu der schweren Haustür hinauf und schloß sie auf. Dann warf er die Tür krachend hinter sich zu, stand einen Augenblick lang in der weitläufigen Vorhalle und stampfte mit den Füßen, um die eisige Februarkälte zu verdrängen. Er legte seinen Mantel auf einen Sessel und trat dann in ein geräumiges Wohnzimmer, wo er eine Tischlampe anknipste. Es war erst vier Uhr nachmittags, begann aber bereits dunkel zu werden.

Er ging auf den offenen Kamin zu und stellte befriedigt fest, daß die Dienstboten die Holzscheite richtig aufgeschichtet hatten. Er zündete das Feuer an und sah zu, wie die Flammen in die Höhe sprangen und den Kamin füllten. Er hielt sich am Sims fest und ließ sich von dem Feuer erwärmen. Sein Blick war auf die Silver-Star-Urkunde gerichtet, die in einem goldenen Rahmen in der Mitte der Wand hing. Er würde da noch ein paar andere Urkunden hinhängen müssen. Dafür würde die Zeit bald gekommen sein – um alle aufmerksam zu machen, die sein Haus betraten.

Dann kehrten seine Gedanken wieder zum Grund seiner Verärgerung, seiner Wut zurück.

Dieses blöde, dickschädlige Pack! Abschaum! Widerwärtig!

Vier Matrosen der *Genoa-Stella* getötet, die Leiche des Kapitäns in einem verlassenen Schleppkahn aufgefunden …

Damit hätten sie leben können. Auch mit dem Aufruhr der Mannschaft. An den Docks galten nun einmal andere Regeln, dort regierte die Gewalt.

Aber nicht mit der Leiche von La Tona, die fünfzig Meter vom Schiff entfernt an einer Boje gehangen hatte. Von einem Schiff mit Konterbande.

La Tona!

Wer hatte ihn getötet? Doch nicht dieser tölpelhafte, langsame Zollbeamte? Herrgott, nein! La Tona hätte ihm die Eier abgebissen und sie ihm lachend ins Gesicht gespuckt. La Tona war ein erfahrener Killer gewesen.

Das würde Stunk geben. Üblen Stunk. Geld allein genügte da nicht. Fünf Morde auf Pier siebenunddreißig in einer einzigen Nachtschicht.

Und der Tod La Tonas würde dazu führen, daß man Vitone hineinzog. Den kleinen Don Vitone Genovese. Dieser dreckige kleine Bastard, dachte Scarlett.

Nun, für ihn war jedenfalls die Zeit gekommen, hier auszusteigen. Er hatte das, was er wollte. Mehr, als er brauchte. Strasser würde staunen. Alle würden sie staunen.

Ulster Scarlett zündete sich eine Zigarette an und ging auf eine kleine Tür links vom Kamin zu. Er holte einen Schlüssel heraus, schloß die Tür auf und trat ein.

Der Raum war, ebenso wie die Tür, sehr klein und hatte früher einmal als Weinlager gedient. Jetzt hatte man ein winziges Büro darin eingerichtet, mit einem Schreibtisch, einem Sessel und zwei schweren Aktenschränken aus Stahl. Jeder Aktenschrank besaß ein kreisförmiges Kombinationsschloß.

Scarlett knipste die Schreibtischlampe an und trat an den ersten Schrank. Er kauerte sich nieder, drehte an der Kombination und zog die Schublade heraus. Er entnahm ihr ein auffällig dickes, ledergebundenes Notizbuch und legte es auf den Schreibtisch, dann setzte er sich und schlug es auf.

Es war sein Meisterstück, das Produkt von fünf Jahren intensivster Arbeit.

Er überflog die Seiten – Ringbuchseiten mit Verstärkungsringen um jedes Loch. Jeder Eintrag war präzise und exakt. Hinter jedem Namen stand, soweit verfügbar, eine kurze Beschreibung und eine noch kürzere Biographie – Position, Finanzen, Familien, Zukunft.

Die Seiten waren nach Städten und Staaten geordnet. Verschiedenfarbige Indexstreifen führten rechts von oben bis unten.

Ein Meisterwerk!

Aufzeichnungen über jedes einzelne Individuum – wichtig und unwichtig, das in irgendeiner Weise Nutzen aus der Scarlatti-Organisation gezogen hatte. Angefangen bei Kongreßabgeordneten, die von seinen Untergebenen Bestechungsgelder angenommen hatten, bis zu Firmenchefs, die ›Investitionen‹ in höchst illegalen Spekulationsgeschäften vorgenommen hatten, die ihnen angeboten worden waren – wiederum niemals von Ulster Stewart Scarlett, sondern durch Mittelsmänner. Er hatte nur das Kapital geliefert. Den Honig. Und die Bienen hatten ihn umschwärmt.

Politiker, Bankiers, Anwälte, Ärzte, Architekten, Schriftsteller, Gangster, Büroangestellte, Polizei, Zollinspektoren, Feuerwehrleute, Buchmacher – die Liste der Berufe und Tätigkeiten war schier endlos.

Die Volstead-Akte war das Rückgrat der Korruption, aber es gab auch andere Unternehmungen – alles profitable Unternehmungen.

Prostitution, Abtreibung, Öl, Gold, politische Kampagnen, der Aktienmarkt, Flüsterkneipen, Wucherer – auch diese Liste war endlos lang.

Die kleinen Leute konnten ihre Habgier nie verleugnen. Dies war der letzte Beweis seiner Theorien.

Der geldgierige Abschaum!

Alles dokumentiert. Und jeder einzelne identifiziert.

Nichts blieb der Spekulation überlassen.

Das ledergebundene Ringbuch enthielt viertausendzweihundertdreiundsechzig Namen. In einundachtzig Städten und vierundzwanzig Staaten – zwölf Senatoren, achtundneunzig Kongreßabgeordnete und drei Männer in Coolidges Kabinett.

Ein Adressenverzeichnis der Korruption.

Ulster Stewart hob den Hörer des Telefons ab und wählte eine Nummer.

»Vitone ... Wer anruft, geht Sie gar nichts an! Ich hätte diese Nummer nicht, wenn er nicht wollte, daß ich sie habe!« Scarlett drückte seine Zigarette aus. Er kritzelte auf einem Blatt Papier herum, während er auf Genovese wartete. Als er sah, daß die Linien sich im Mittelpunkt trafen, wie Messer, lächelte er. Nein, nicht wie Messer. Wie Blitze.

»Vitone? Ich bin es ... Weiß ich ... Es gibt nicht viel, was wir tun können, nicht wahr ...? Wenn man Sie fragt, haben Sie eine Story. Sie waren in Westchester. Sie haben keine Ahnung, wo La Tona war ... Aber halten Sie mich heraus, verstanden? Spielen Sie bloß nicht den Schlaumeier ... Ich habe einen Vorschlag für Sie, der wird Ihnen gefallen. Das wird sehr rentabel für Sie ... Sie können alles haben. Alles! Ich steige aus.«

Am anderen Ende der Leitung herrschte Schweigen. Ulster Scarlett kritzelte einen Weihnachtsbaum auf den Block.

»Keine Haken, keine Ösen. Es gehört Ihnen. Ich will nichts. Die Organisation gehört Ihnen … Nein, ich weiß gar nichts. Ich will nur aussteigen. Wenn es Sie nicht interessiert, kann ich woanders hingehen – in die Bronx oder nach Detroit. Ich will keinen Nickel dafür haben. Nur dies eine. Nur eines. Sie haben mich nie gesehen. Sie sind mir nie begegnet. Sie wissen nicht einmal, daß ich existiere. Das ist der Preis.«

Don Vitone Genovese begann in italienischer Sprache zu schnattern, während Scarlett den Hörer ein paar Zoll von seinem Ohr entfernt hielt. Das einzige Wort, das Scarlett wirklich verstand, war ein wiederholtes »Grazie, grazie, grazie«.

Er legte den Hörer auf und klappte das ledergebundene Buch zu. Einen Augenblick lang saß er reglos da und zog dann die oberste Schreibtischschublade auf. Er entnahm ihr den letzten Brief, den er von Gregor Strasser erhalten hatte. Er las ihn zum zwanzigsten Mal, oder, war es das hundertzwanzigste?

»Ein meisterhafter Plan, ein fantastischer Plan … Der Marquis Jacques Louis Bertholde … London … Mitte April.«

War die Zeit wirklich gekommen? Endlich!

Heinrich Kroeger mußte seine eigenen Pläne für Ulster Scarlett haben. Es war nicht so sehr ein kühner als ein respektabler Plan. Höchst respektabel. In der Tat, so anständig, daß Ulster Scarlett plötzlich lauthals zu lachen anfing.

Der Sproß von Scarlatti – der charmante, gutaussehende Liebling der Cotillions, der Held der Meuse-Argonne, der begehrteste Junggeselle der New Yorker Gesellschaft würde heiraten.

8.

»Sie werden anmaßend, Mr. Reynolds.« Elizabeth Scarlatti konnte sich kaum beherrschen. Ihre Wut galt dem alten Mann, der ruhig vor ihr stand und sie über den Rand seiner Brillengläser hinweg anstarrte. »Ich ertrage anmaßende Leute nicht und dulde keine Lügner!«

»Es tut mir leid. Wirklich, es tut mir leid.«

»Sie haben sich dieses Gespräch unter falschen Voraussetzungen erschlichen. Senator Brownlee hat mir gesagt, Sie würden die Landbeschaffungsbehörde vertreten und wollten mich wegen der Transaktionen zwischen Scarlatti und dem Innenministerium sprechen.«

»Das ist es auch, was er annimmt.«

»Dann ist er ein noch größerer Narr, als ich bisher dachte. Und jetzt bedrohen Sie mich! Sie bedrohen mich mit verlogenem Klatsch aus zweiter Hand über meinen Sohn! Ich nehme an, Sie sind bereit, sich vor Gericht ins Kreuzverhör nehmen zu lassen.«

»Wollen Sie das?«

»Es könnte sein, daß Sie mich dazu zwingen. Ich kenne Ihre Position nicht, aber ich kenne eine ganze Anzahl von Leuten in Washington und habe noch nie von Ihnen gehört. Daraus kann ich gewisse Schlüsse ziehen – wenn jemand wie Sie mit solchen Geschichten herumläuft, waren diese Geschichten auch anderen zugänglich. Ja, es könnte sein, daß Sie mich zu einem Gerichtsprozeß zwingen. Ich dulde solche Verleumdungen nicht!«

»Und wenn es wahr wäre?«

»Das ist es aber nicht, und das wissen Sie genausogut wie ich. Es gibt überhaupt keinen Grund auf der Welt, weshalb mein Sohn sich mit solchen – mit solchen Aktivitäten befassen sollte. Er ist selbst wohlhabend. Meine beiden Söhne verfügen über mündelsichere Anlagen, die ihnen ein Jahreseinkommen von – wollen wir ehrlich sein – geradezu absurder Höhe einbringen.«

»Dann müssen wir wohl den Profit als Motiv eliminieren, nicht wahr?« Benjamin Reynolds runzelte die Stirn.

»Wir eliminieren gar nichts, weil es nichts gibt. Wenn mein Sohn in schlechte Gesellschaft geraten ist, muß man ihn kritisieren – aber nicht als Verbrecher brandmarken. Und wenn Sie jetzt den Namen Scarlatti nur wegen seines Ursprungs schlechtmachen wollen, dann ist das verabscheuungswürdig, und ich werde dafür sorgen, daß man Sie entläßt.«

Benjamin Reynolds, der sich nicht leicht aus der Ruhe bringen ließ, begann nervös zu werden. Er mußte sich selbst daran erinnern, daß diese alte Frau ihre Familie zu schützen versuchte und daher schwieriger war, als sie es vielleicht unter anderen Umständen gewesen wäre.

»Ich wünschte, Sie würden mich nicht als Feind betrachten, und ich finde Ihre Anschuldigung beleidigend …«

»Jetzt werden Sie schon wieder anmaßend«, unterbrach ihn Elizabeth Scarlatti. »Ich räume Ihnen gar nicht den Status eines Feindes ein. Ich halte Sie einfach für einen kleinen Mann, der bösartige Verleumdungen ausspricht, um sich Vorteile zu verschaffen.«

»Ich kann Ihnen versichern, daß es keineswegs nur eine Verleumdung ist, wenn ich von einem Mordbefehl spreche.«

»Was haben Sie gesagt?«

»Das ist die wichtigste Anklage. Aber es gibt mildernde Umstände, falls Sie das beruhigt.«

Die alte Frau starrte Benjamin Reynolds verächtlich an. Er ignorierte ihren Blick. »Der Mann, dessen Tod Ihr Sohn befahl, war selbst ein notorischer Killer. Der Kapitän eines Frachters, der mit den schlimmsten Elementen in den Docks zusammenarbeitete. Er war für viele Morde verantwortlich.«

Elizabeth Scarlatti erhob sich aus ihrem Sessel. »Ich werde das nicht dulden«, sagte sie leise. »Sie stellen hier ungeheuerliche Behauptungen auf, und dann verstecken Sie sich hinter einer Mauer von Andeutungen.«

»Wir leben in seltsamen Zeiten, Madame Scarlatti. Wir können nicht überall sein. Offen gestanden, das wollen wir auch gar nicht. Wir beklagen uns nicht über die Gangsterkriege. Sehen wir den Dingen doch ins Auge – diese Kämpfe bewirken oft mehr, als wir jemals erreichen könnten.«

»Und in diese – diese Kategorie ordnen Sie meinen Sohn ein?«

»Ich habe ihn nirgends eingeordnet. Das hat er selbst getan.«

Elizabeth ging langsam von ihrem Schreibtisch zum Fenster und blickte auf die Straße hinab. »Wie viele Leute in Washington kennen diesen unerhörten Klatsch?«

»Alles, was ich Ihnen gesagt habe?«

»Was auch immer.«

»Im Schatzamt hat es ein paar Gerüchte gegeben. Nichts, dem irgend jemand hätte nachgehen wollen. Was den Rest betrifft – nur meine unmittelbaren Untergebenen und der Mann, der Zeuge des Ganzen war, wissen Bescheid.«

»Die Namen?«

»O nein.«

»Das kann ich leicht herausfinden.«

»Es würde Ihnen nichts nützen.«

Elizabeth drehte sich um. »Ich verstehe.«

»Ich frage mich, ob Sie das wirklich tun.«

»Was auch immer Sie annehmen, ich bin keine Idiotin. Ich glaube Ihnen kein Wort. Aber ich möchte nicht, daß der Name Scarlatti in den Schmutz gezogen wird. Wieviel, Mr. Reynolds?«

Der Direktor der Gruppe 20 erwiderte Elizabeths starren Blick, ohne mit der Wimper zu zucken. »Nichts. Keinen Cent. Vielen Dank. Ich gehe sogar noch weiter. Ich bin versucht, Anklage gegen Sie erheben zu lassen.«

»Sie dummer alter Mann!«

»Verdammt noch mal, hören Sie doch auf! Ich will doch nichts anderes als die Wahrheit! Nein, das ist nicht alles, was ich will. Ich will, daß das aufhört, ehe noch jemand verletzt wird. So viel sind wir einem hochdekorierten Kriegshelden schuldig, besonders in diesen verrückten Zeiten. Und ich möchte seine Beweggründe kennenlernen.«

»Wenn ich jetzt Spekulationen anstelle, würde ich Ihre monströsen Behauptungen bestätigen. Ich weigere mich, das zu tun!«

»Herrgott, Sie sind ein harter Brocken.«

»Viel härter, als Sie ahnen.«

»Können Sie denn nicht begreifen? Es geht nicht weiter! Es endet hier und jetzt! Das heißt, es wird enden, wenn Sie weitere – Aktivitäten, wie Sie es nennen, verhindern. Wir sind der Ansicht, daß Sie das können. Aber ich hätte gedacht, die Gründe würden Sie interessieren. Da wir beide wissen daß Ihr Sohn reich ist – was hat ihn auf die schiefe Bahn geführt?«

Elizabeth starrte ihn nur stumm an, und Reynolds wußte, daß sie nicht antworten würde. Er hatte getan, was er konnte, gesagt, was er hatte sagen müssen. Der Rest lag bei ihr.

»Guten Tag, Madame Scarlatti. Ich sollte es Ihnen wohl sagen. Ich werde den Scarlatti-*Padrone* beobachten.«

»Wen?«

»Fragen Sie Ihren Sohn.«

Reynolds verließ niedergeschlagen und müde das Zimmer, mit langsamen Schritten. Menschen wie Elizabeth Scarlatti machten ihn müde. Wahrscheinlich, dachte er, weil sie es nicht wert sind, daß man sich ihretwegen anstrengt. Das sind diese Giganten niemals wert.

Elizabeth stand immer noch am Fenster. Sie sah dem alten Mann nach, wie er die Tür hinter sich schloß. Sie wartete, bis sie ihn die vordere Treppe hinuntersteigen und nach Westen auf die Fifth Avenue zugehen sah.

Der alte Mann schaute zu der Gestalt am Fenster auf, und ihre Augen begegneten sich.

Keiner ließ erkennen, daß er den Blick des anderen bemerkt hatte.

9.

Chancellor Drew Scarlett ging in seinem Büro (525, Fifth Avenue) auf dem dicken Orientteppich hin und her. Dabei atmete er tief durch und spannte beim Einatmen die Bauchmuskeln an – auf die richtige Art, weil der Masseur in seinem Klub ihm gesagt hatte, daß das beruhige, wenn man unter Druck stand.

Es funktionierte nicht.

Er würde sich einen anderen Masseur suchen.

Er blieb vor der mahagonigetäfelten Wand zwischen den zwei großen Fenstern stehen, die auf die Fifth Avenue hinausgingen, An der Wand hingen verschiedene gerahmte Zeitungsartikel, die sich alle mit der Scarwyck-Stiftung befaßten. In jedem war er besonders hervorgehoben, in einigen erschien sein Name sogar fett gedruckt in den Überschriften.

Immer, wenn er erregt war, was ziemlich häufig vorkam, sah er sich diese gerahmten Zeugnisse seiner Leistung an. Das hatte stets eine beruhigende Wirkung.

Chancellor Scarlett hatte die Rolle, die er als Ehemann einer langweiligen Frau spielen mußte, wie eine Selbstverständlichkeit hingenommen. Das Ehebett hatte fünf Kinder produziert. Überraschenderweise – besonders für Elizabeth – hatte er auch Interesse an den Familiengeschäften gewonnen. Als wollte er einen Gegenpol zu seinem gefeierten Bruder bilden, zog sich Chancellor in die sichere Welt des begabten Geschäftsmannes zurück. Und er hatte gute Ideen.

Weil das jährliche Einkommen der Scarlatti-Besitzungen weit die Bedürfnisse einer kleinen Nation überstieg, überzeugte Chancellor seine Mutter, daß es steuerlich klug wäre, eine philanthropische Stiftung zu gründen. Indem er Elizabeth mit unwiderlegbaren Daten beeindruckte und auf die Möglichkeit von Kartellklagen hinwies, erwirkte er ihre Erlaubnis, die Scarwyck-Stiftung zu gründen. Chancellor wurde Präsident und seine Mutter Vorsitzende des Aufsichtsrates. Möglicherweise würde Chancellor nie ein Kriegsheld werden, aber dafür würden seine Kinder einmal den Beitrag anerkennen, den er für Wirtschaft und Kultur geleistet hatte.

Die Scarwyck-Stiftung lenkte Geldströme in Kriegsgedenkstätten, unterstützte Indianerreservate, finanzierte ein ›Lexikon der großen Patrioten‹, das an ausgewählten Schulen verteilt wurde, sowie die Roland-Scarlett-Pfadfinderklubs, eine Kette episkopalkirchlicher Jugendlager, die dem Leben im Freien und hohen christlichen Prinzipien ihres demokratischen – aber episkopischen – Schutzherrn gewidmet waren. Außerdem förderte die Stiftung ein Dutzend ähnlicher Unternehmungen. Man konnte keine Zeitung in die Hand nehmen, ohne auf irgendein neues Projekt zu stoßen, das von Scarwyck finanziert wurde.

Der Anblick der Artikel stärkte Chancellors etwas angeschlagenes Selbstvertrauen. Aber die Wirkung war nur sehr kurzlebig. Durch die Bürotür konnte er das Klingeln des Telefons auf dem Schreibtisch seiner Sekretärin hören, und das erinnerte ihn an den zornigen Anruf seiner Mutter. Sie hatte seit gestern morgen versucht, Ulster zu finden.

Chancellor drückte auf den Knopf der Sprechanlage. »Versuchen Sie es noch einmal im Haus meines Bruders, Miß Nesbit.«

»Ja, Sir.«

Er mußte seinen Bruder finden. Seine Mutter ließ nicht locker. Sie bestand darauf, Ulster noch vor dem Ende dieses Tages zu sehen.

Chancellor setzte sich auf seinen Sessel und versuchte, wieder richtig zu atmen. Der Masseur hatte ihm gesagt, daß es eine gute Übung beim Hinsetzen wäre.

Er atmete tief ein und drückte dabei den Bauch heraus, so weit er konnte. Der mittlere Knopf seines Anzugjacketts sprang dabei vom Faden und fiel auf den weichen Teppich, nachdem er vorher zwischen seinen Beinen vom Stuhl gehüpft war.

»Verdammt!«

Miß Nesbit rief ihn über die Sprechanlage an.

»Ja?«

»Das Zimmermädchen im Haus Ihres Bruders sagte, er sei zu Ihnen unterwegs, Mr. Scarlett.« Miß Nesbits Stimme ließ erkennen, daß sie auf ihre Leistung stolz war.

»Sie meinen, er war die ganze Zeit dort?«

»Ich weiß nicht, Sir.« Jetzt war Miß Nesbit verletzt.

Zwanzig endlose Minuten später traf Ulster Stewart Scarlett ein.

»Du lieber Gott! Wo bist du gewesen? Mutter versucht seit gestern früh, dich zu erreichen! Wir haben überall angerufen!«

»Ich war in Oyster Bay. Hat irgend jemand dran gedacht, dort anzurufen?«

»Im Februar? Natürlich nicht. Oder vielleicht hat sie es doch versucht. Ich weiß nicht.«

»Du hättest mich ohnehin nicht erreichen können. Ich war in einer der Hütten.«

»Was, zum Teufel, hast du dort gemacht? Ich meine, im Februar!«

»Wir wollen einmal sagen, daß ich Inventur gemacht habe, lieber Bruder. Was für ein hübsches Büro, Chance. Ich kann mich gar nicht erinnern, wann ich das letztemal hier war.«

»Etwa vor drei Jahren.«

»Was sind das alles für Apparate?« fragte Ulster und deutete auf den Schreibtisch.

»Das Neueste, was es an Geräten gibt. Schau – das hier ist ein elektrischer Kalender, der an bestimmten Tagen aufleuchtet, um mich an Verabredungen zu erinnern. Das hier ist eine Sprechanlage, die mich mit achtzehn Büros im Gebäude verbindet. Hier ist meine Sonderleitung zu ...«

»Laß nur! Ich bin beeindruckt. Ich habe nicht viel Zeit. Ich dachte, du würdest es gern wissen. Ich werde vielleicht heiraten.«

»Was! Ulster, Gott im Himmel! Du! Heiraten! Du wirst heiraten!«

»Das scheint der allgemeine Wunsch zu sein.«

»Wen wirst du heiraten, um Himmels willen?«

»Oh, ich habe da schon etwas ausgesiebt, Sportsfreund. Keine Angst. Sie wird akzeptabel sein.«

Chancellor musterte seinen Bruder kühl. Er war darauf vorbereitet, jetzt zu erfahren, daß Ulster sich irgendeine Hupfdohle vom Broadway aus einer Ziegfeld-Show gewählt hatte – oder vielleicht eine dieser seltsamen Schriftstellerinnen in schwarzen Pullovern und Männerhaarschnitt, die man immer auf Ulsters Partys fand.

»Akzeptabel für wen?«

»Nun, wir wollen sehen. Ich habe die meisten ausprobiert.«

»Dein Sexualleben interessiert mich nicht. Wer ist es?«

»Oh, das sollte es aber. Die meisten Freundinnen deiner Frau – verheiratet oder nicht – taugen nicht viel im Bett.«

»Sag mir einfach, wem du beabsichtigst, die Ehre zu erweisen, wenn es dir nichts ausmacht.«

»Was würdest du zu Miß Saxon sagen?«

»Janet! Janet Saxon!« rief Chancellor entzückt.

»Ich glaube, die wäre recht«, murmelte Ulster.

»Recht! Mann, die ist wunderbar! Mutter wird sich so freuen! Sie ist wirklich großartig.«

»Das müßte gehen.« Ulster war seltsam ruhig.

»Ulster, ich kann dir gar nicht sagen, wie mich das freut. Du hast sie natürlich gefragt.« Das war eine Feststellung.

»Aber Chance, wie kannst du so etwas denken? Ich war nicht sicher, daß sie die Prüfung bestehen würde.«

»Ich verstehe, was du meinst. Natürlich. Aber sie wird ganz sicher zustimmen. Hast du es Mutter schon gesagt? Ist sie deshalb so hysterisch?«

»Ich habe Mutter noch nie hysterisch gesehen. Das sollte ein interessanter Anblick sein.«

»Wirklich, du solltest sie sofort anrufen.«

»Das werde ich tun. Gib mir noch ein wenig Zeit. Ich will etwas sagen. Es ist ganz persönlich.« Ulster Scarlett ließ sich auf einen Stuhl vor dem Schreibtisch fallen.

Chancellor, der wußte, daß sein Bruder nur selten über persönliche Dinge sprach, setzte sich besorgt. »Was ist denn?«

»Ich habe dich vor ein paar Minuten hochgenommen. Ich meine, was die Freundinnen deiner Frau angeht.«

»Das erleichtert mich.«

»Versteh mich nicht falsch – ich sage nicht, daß es nicht wahr ist – nur geschmacklos von mir, darüber zu sprechen. Ich wollte dich ärgern. Beruhige dich, ich hatte einen guten Grund. Ich mußte dir den Ernst meiner Lage vor Augen führen, um dich für meine Pläne zu gewinnen.«

»Was hast du vor?«

»Das ist der Grund, weshalb ich auf die Insel fuhr – um einmal gründlich nachzudenken. Die ziellosen, verrückten Tage gehen zu Ende. Nicht über Nacht, aber sie verblassen langsam.«

Chancellor sah seinen Bruder eindringlich an. »Ich habe dich noch nie so reden hören.«

»Man denkt über eine ganze Menge nach, wenn man ganz allein in einer Hütte ist. Keine Telefone, niemand, der plötzlich hereinplatzt … Ich will keine großen Versprechungen abgeben, die ich dann nicht halten kann. Das brauche ich nicht. Aber ich will es versuchen. Ich glaube, du bist der einzige, an den ich mich wenden kann.«

Chancellor Scarlett war fast gerührt. »Was kann ich tun?«

»Ich möchte irgendeine Position haben. Zuerst ganz formlos. Nichts Geregeltes. Ich will sehen, ob ich mich für irgend etwas interessiere.«

»Natürlich! Ich werde dir hier einen Job besorgen. Es wird einfach großartig sein, mit dir zusammenzuarbeiten.«

»Nein, nicht hier. Das wäre ja wieder nur ein Geschenk. Nein, ich möchte das tun, was ich schon vor langer Zeit hätte tun sollen – das, was du getan hast. Ich will zu Hause anfangen.«

»Zu Hause? Was für eine Position ist das?«

»Bildhaft gesprochen, möchte ich alles in Erfahrung bringen, was ich über uns herausfinden kann. Die Familie. Scarlatti. Ihre Interessen, ihre Geschäfte, all die Dinge – das ist es, was du getan hast, und ich habe dich immer dafür bewundert.«

Chancellor runzelte die Stirn. »Hast du das wirklich?«

»Ja, doch. Ich habe eine Menge Papiere mit auf die Insel genommen. Berichte und Sachen, die ich aus Mutters Büro geholt habe. Wir arbeiten doch ziemlich eng mit dieser Bank in der Stadt zusammen, nicht wahr? Wie, zum Teufel, hieß sie doch gleich wieder?«

»Waterman Trust. Die erledigen alle Scarlatti-Verpflichtungen. Das ist schon seit Jahren so.«

»Vielleicht könnte ich dort anfangen. Informell. Ein paar Stunden pro Tag.«

»Gar kein Problem. Ich werde das noch heute nachmittag erledigen.«

»Noch etwas. Meinst du, du könntest Mutter anrufen? Du würdest mir einen großen Gefallen tun. Du könntest vielleicht unser Gespräch erwähnen. Und von Janet kannst du ihr auch erzählen, wenn du magst.« Ulster Scarlett stand auf und stellte sich vor seinen Bruder. Er strahlte etwas bescheiden Heroisches aus, dieser Verirrte, der sich darum bemühte, seine Wurzeln zu finden.

Diese Pose verfehlte keineswegs ihre Wirkung auf Chancellor. Er erhob sich jetzt ebenfalls und reichte Ulster die Hand. »Willkommen zu Hause, Ulster. Für dich ist das der Anfang eines neuen Lebens. Merk dir meine Worte.«

»Ja. Ich glaube, das ist es. Ich werde es nicht über Nacht schaffen, aber es ist ein Anfang.«

Elizabeth Scarlatti schlug mit der flachen Hand auf den Schreibtisch und stand auf.

»Leid tut es dir? Leid? Keinen Augenblick lang kannst du mich damit täuschen! Du hast Angst, eine Höllenangst, und du hast auch allen Grund dazu! Du verdammter Narr! Du Esel! Was hast du dir eigentlich dabei gedacht? Daß das ein Spiel ist? Ein Zeitvertreib für kleine Jungen?«

Ulster Scarlett packte die Armlehne des Sofas, auf dem er saß, und wiederholte innerlich immer wieder *Heinrich Kroeger, Heinrich Kroeger.*

»Ich verlange eine Erklärung, Ulster!«

»Ich sage dir doch, ich habe mich gelangweilt. Einfach gelangweilt.«

»Wie tief steckst du drin?«

»Gar nicht. Ich habe doch nur für eine Lieferung gezahlt. Für eine Sendung. Das ist alles.«

»Wem hast du das Geld gegeben?«

»Ein paar Burschen, denen ich in den Klubs begegnet bin.«

»Sind das Verbrecher?«

»Ich weiß nicht. Wer ist das heutzutage nicht? Ja, wahrscheinlich sind sie das. Deshalb bin ich ausgestiegen. Ich bin da völlig raus.«

»Hast du je irgend etwas unterschrieben?«

»Du lieber Gott, nein! Hältst du mich für verrückt?«

»Nein. Nur für dumm.«

Heinrich Kroeger, Heinrich Kroeger. Ulster Scarlett erhob sich von dem Sofa und zündete sich eine Zigarette an. Er ging zum offenen Kamin und warf das Streichholz auf die knisternden Scheite.

»Ich bin nicht dumm, Mutter«, antwortete Elizabeths Sohn.

Sie ignorierte seinen Einwand ebenso wie seine gekränkte Miene. »Du hast ihnen nur Geld gegeben? Du warst nie in irgendwelche Gewalttätigkeiten verwickelt?«

»Nein! Natürlich nicht!«

»Wer war dann der Kapitän? Der Mann, der ermordet wurde?«

»Ich weiß es nicht. Schau, ich habe es dir doch gesagt. Ich gebe ja zu, daß ich dort war. Ein paar von den Boys haben gesagt, es würde mir Spaß machen, einmal zuzusehen, wie das Zeug ankommt. Aber das ist alles, das schwöre ich. Es gab Ärger. Die Crew fing an, sich zu prügeln, und ich ging weg. Ich bin verschwunden, so schnell ich konnte.«

»Und sonst war nichts? Das ist alles?«

»Ja. Was soll ich denn tun? An Händen und Füßen bluten?«

»Das würde dir kaum gelingen.« Elizabeth ging um den Schreibtisch herum, auf ihren Sohn zu. »Was ist mit dieser Hochzeit, Ulster? Machst du das auch, weil du dich langweilst?«

»Ich dachte, du würdest es billigen.«

»Mir war nicht bewußt, daß meine Billigung oder Mißbilligung dich interessiert.«

»Doch.«

»Ich billige Miß Saxon, aber wahrscheinlich nicht aus den Gründen, die Chancellor mir unterstellt. Nach allem, was ich von ihr gesehen habe, scheint sie ein reizendes Mädchen zu sein. Ich bin aber nicht sicher, daß ich dich billige ... Liebst du sie?«

Ulster Scarlett sah seine Mutter beiläufig an. »Ich glaube, sie wird mir eine gute Frau sein.«

»Da du meiner Frage ausweichst – glaubst du, daß du einen guten Ehemann abgeben wirst?«

»Aber Mutter. Ich habe in ›Vanity Fair‹ gelesen, ich sei der gefragteste Junggeselle von New York.«

»Gefragte Junggesellen müssen nicht unbedingt gute Ehemänner sein. Warum willst du heiraten?«

»Weil es Zeit wird.«

»Von deinem Bruder würde ich diese Antwort akzeptieren, aber nicht von dir.«

Scarlett trat ans Fenster. Dies war der Augenblick. Dies war der Augenblick, den er geplant hatte. Der Augenblick, den er so oft geprobt hatte. Er mußte es ganz einfach tun, es einfach sagen. Er würde es schaffen, und eines Tages würde Elizabeth begreifen, wie sehr sie sich irrte.

Er war nicht dumm – er war brillant.

»Ich habe versucht, es Chance zu erklären. Ich will es mit dir noch einmal versuchen. Ich möchte heiraten. Ich möchte mich für irgend etwas interessieren. Du hast mich gefragt, ob ich das Mädchen liebe. Ich glaube, das tue ich. Ich glaube, das werde ich. Für mich ist jetzt wichtig, daß ich mit mir ins reine komme.« Er wandte sich vom Fenster ab und sah seine Mutter an. »Ich würde gern verstehen lernen, was ihr für uns aufgebaut habt. Ich möchte wissen, was es mit der Scarlatti-Familie auf sich hat. Jeder außer mir scheint das zu wissen. Das soll ein Anfang sein, Mutter.«

»Ja, das ist es. Aber ich sollte dich vielleicht warnen. Wenn du von Scarlatti sprichst, solltest du dich keinen Illusionen hingeben, daß dein Name dir eine Stimme in der Leitung des Unternehmens garantiert. Du wirst deinen Wert unter Beweis stellen müssen, ehe wir dir eine Verantwortung übertragen – oder Autorität. Was diese Entscheidung betrifft, so bin ich Scarlatti.«

»Ja. Daran hast du nie Zweifel gelassen.«

Elizabeth Scarlatti ging um den Schreibtisch herum und setzte sich wieder. »Ich war nie mit dem Gedanken verheiratet, daß sich nichts ändern würde. Alles ändert sich. Und es ist möglich, daß du Talent besitzt. Du bist der Sohn von Giovanni Scarlatti, und vielleicht war es verdammt dumm von mir, den Namen der Familie zu ändern. Damals erschien es mir richtig. Er war ein Genie ... Mach dich an die Arbeit, Ulster. Wir werden sehen, was passiert.«

Ulster Stewart Scarlett ging die Fifth Avenue hinunter. Die Sonne schien, und er ließ den Mantel offen. Er lächelte sich selbst zu. Einige Passanten bemerkten den großen, gutaussehenden Mann mit dem offenen Mantel in der Februarkälte. Er sah auf arrogante Art gut aus, offensichtlich ein erfolgreicher Mann. Einigen Menschen wurde das in die Wiege gelegt.

Ulster Scarlett, der die neidvollen Blicke der kleinen Leute sah, pflichtete ihren unausgesprochenen Gedanken bei.

Er hatte begonnen, Heinrich Kroegers Plan zu verwirklichen.

10.

Als Horace Boutier, Präsident der Waterman Trust-Bank, von Chancellor gebeten wurde, seinen Bruder Ulster in die Feinheiten der Geschäftswelt einzuführen, wußte er sofort, wem er die Verantwortung dafür übertragen konnte.

Seinem dritten Vizepräsidenten Jefferson Cartwright.

Cartwright war schon früher in Verbindung mit Ulster Scarlett tätig geworden, und das aus gutem Grund. Er war vielleicht der einzige leitende Angestellte der Waterman Trust, der Ulster Scarlett nicht schon auf den ersten Blick reizte. Im großen und ganzen war dies Cartwrights unorthodoxer Arbeitsweise zuzuschreiben, die ganz und gar nicht nach Bankerart war.

Jefferson Cartwright, ein blonder, großer, alternder Mann, war nämlich ein Produkt der Sportplätze von der Virginia-Universität, und er hatte schon früh in seiner Laufbahn gelernt, daß die Qualitäten, die ihn auf dem Sportplatz berühmt gemacht hatten – und damit in der ganzen Universität –, ihm in seinem erwählten Beruf hochgradig nützlich waren.

Kurz ausgedrückt, diese Qualitäten bestanden darin, die Formationen und Aufstellungen so gründlich zu erfassen, daß man stets zum richtigen Zeitpunkt am richtigen Platz war und seinen Vorteil somit optimal ausnutzen konnte, unter dem Einsatz schierer Kraft.

Außerhalb des Sportplatzes ließen sich dieselben Prinzipien einsetzen. Man brauchte nur die richtigen Formeln zu lernen, dabei möglichst wenig Zeit an komplizierte Dinge verschwenden, die das Auffassungsvermögen überstiegen, und jeden mit der Größe und Attraktivität seiner physischen Persönlichkeit zu beeindrucken.

Diese Prinzipien – im Verein mit lockerem Südstaatencharme – garantierten Jefferson Cartwright eine Sinecure. Sie sorgten sogar dafür, daß sein Name auf die Briefbögen seiner Abteilung gedruckt wurde.

Obwohl Jefferson Cartwrights Kenntnisse im Bankwesen kaum über ein fachmännisches Vokabular hinausgingen, verschaffte er Waterman durch seine Gepflogenheit, mit einigen der wohlhabendsten Frauen in Manhattan, Long Island und im südlichen Connecticut das Bett zu teilen, so manches lukrative Konto. Trotzdem wußten die Aufsichtsräte der Bank, daß ihr Hauptgesellschaftslöwe nur selten relativ sicheren Ehen gefährlich werden konnte. Er sorgte eher für kurzlebige Abwechslung, für eine charmante, schnelle Affäre, um die Langeweile zu vertreiben.

Die meisten Bankinstitute führten wenigstens einen Jefferson Cartwright in den Gehaltslisten. Freilich übersah man solche Männer häufig, wenn es um Mitgliedschaften in Klubs und Einladungen zu Dinners ging. Schließlich konnte man nie sicher sein.

Ulster Scarlett akzeptierte Cartwright, weil dieser in gewissem Sinne ein Ausgestoßener war, weil ihn das amüsierte und weil der Banker – abgesehen von ein paar belanglosen Vorträgen über den Zustand seiner Konten – niemals versuchte, ihm zu sagen, was er mit seinem Geld tun sollte.

Auch das wußten die Aufsichtsräte der Bank. Es war richtig, daß Ulster Scarlett beraten wurde – und wäre es nur, um Elizabeth zu beeindrucken. Aber da niemand ihn ändern konnte, weshalb dann einen wahrhaft tüchtigen Mann vergeuden?

Bei der Sitzung, wie Cartwright sie nannte, stellte er fest, daß Ulster Stewart Scarlett nicht einmal den Unterschied zwischen Soll und Haben kannte. Deshalb wurde eine Liste von Fachausdrücken vorbereitet, um ihm zunächst einmal die Grundkenntnisse der Sprache zu vermitteln, mit der er sich würde auseinandersetzen müssen. Danach wurde ein Lexikon des Aktienmarktes für ihn zusammengestellt, und nach einiger Zeit begann er es sogar zu begreifen.

»Wenn ich das also richtig verstehe, Mr. Cartwright, dann verfüge ich über zwei völlig separate Einkommen. Ist das richtig?«

»Das ist in der Tat so, Mr. Scarlett. Der erste Treuhandfonds, der aus Aktien besteht – Industrie- und Versorgungswerte –, ist für Ihre jährliche Lebenshaltung bestimmt, für Häuser, Kleidung, Auslandsreisen, Einkäufe aller Art. Wenn Sie es wünschen, könnten Sie dieses Geld natürlich auch investieren. Wenn ich mich nicht irre, haben Sie dies in den letzten paar Jahren sogar getan.« Jefferson Cartwright lächelte nachsichtig, als er sich an einige der etwas extravaganteren Abhebungen Ulsters erinnerte. »Der zweite Fonds hingegen – die Obligationen und Schuldverschreibungen – ist für Expansionszwecke bestimmt. Zur Wiederanlage. Auch zur Spekulation. Das war der Wunsch Ihres Vaters. Es gibt natürlich ein gewisses Maß an Flexibilität.«

»Was verstehen Sie unter Flexibilität?«

»Es ist kaum vorstellbar, Mr. Scarlett, aber für den Fall, daß Ihre Lebenshaltungskosten das Einkommen aus dem ersten Fonds übersteigen sollten, könnten wir mit Ihrer Vollmacht Kapital aus dem zweiten Fonds in den ersten übertragen. Aber das ist natürlich kaum vorstellbar.«

»Natürlich.«

Jefferson Cartwright lachte und zwinkerte seinem unschuldigen Schüler zu. »Jetzt habe ich Sie aber hereingelegt.«

»Was?«

»Einmal kam es dazu. Erinnern Sie sich nicht an das Luftschiff, das Sie vor einigen Jahren kauften?«

»O ja. Da waren Sie sehr verstimmt.«

»Als Banker muß ich mich vor den Scarlatti-Firmen verantworten. Schließlich bin ich Ihr Finanzberater. Wir haben den Kauf aus dem zweiten Fonds abgedeckt, aber es war nicht ganz korrekt. Man kann schließlich ein Luftschiff nicht als Investition bezeichnen.«

»Ich bitte nochmals um Entschuldigung.«

»Bitte, erinnern Sie sich, Mr. Scarlett. Ihr Vater wünschte, daß die Zinseinnahmen aus den Obligationen wieder investiert werden sollten.«

»Wie kann das denn jemand überprüfen?«

»Sie unterzeichnen jedes halbe Jahr entsprechende Bestätigungen.«

»Die hundert Unterschriften, die ich jedesmal leisten muß?«

»Ja, wir schichten das Kapital um.«

»Hm.«

»Das sind die Depotauszüge, die wir Ihnen schicken. Wir katalogisieren sämtliche Investitionen. Wir treffen die Auswahl selbst, da Sie – angesichts Ihrer vielen Verpflichtungen – niemals unsere Briefe beantwortet haben, in denen wir uns nach Ihren Wünschen erkundigten.«

»Die habe ich nie verstanden.«

»Nun, das läßt sich ja ändern, nicht wahr?«

»Angenommen, ich würde diese Unterschriften nicht leisten?«

»Nun ja ... In diesem unwahrscheinlichen Fall würden die Obligationen bis zum Ende des Jahres im Safe bleiben.«

»Wo?«

»Im Safe. Im Scarlatti-Safe.«

»Ich verstehe.«

»Wenn wir Umschichtungen vornehmen, müssen Sie das jedesmal genehmigen.«

»Und ohne Genehmigung geht nichts. Kein Kapital, kein Geld.«

»Genau. Sie ermöglichen es uns mit Ihrer Vollmacht, das Kapital zu investieren.«

»Nehmen wir einmal an, es gäbe Sie nicht. Es gäbe keinen Waterman Trust. Überhaupt keine Bank. Wie könnte man dann diese Papiere in Geld umwandeln?«

»Wieder durch Unterschrift. Indem man sie an irgend jemanden, den Sie benennen, zahlbar macht. Das steht wiederum ganz deutlich auf jedem einzelnen Dokument.«

»Ich verstehe.«

»Eines Tages – natürlich erst, wenn Sie weitere Fortschritte gemacht haben – sollten Sie sich die Safes einmal ansehen. Die Scarlatti-Familie hält den ganzen Ostflügel besetzt. Die zwei Söhne, Sie und Chancellor, haben ihre eigenen Kammern nebeneinander. Es ist wirklich rührend.«

Ulster überlegte. »Ja, ich würde die Safes gern sehen – natürlich erst, wenn ich weitere Fortschritte gemacht habe.«

»Um Himmels willen, bereiten die Saxons eigentlich eine Hochzeit oder eine Provinzialsynode für den Erzbischof von Canterbury vor?« Elizabeth Scarlatti hatte ihren älteren Sohn in ihr Haus geholt, um mit ihm die verschiedenen Zeitungsartikel und den Stapel Einladungen auf ihrem Schreibtisch zu besprechen.

»Du kannst ihnen das nicht verübeln. Ulster ist schließlich nicht gerade ein gewöhnlicher Fall.«

»Das weiß ich wohl. Andererseits kann ja nicht der Rest von New York zu funktionieren aufhören.« Elizabeth ging zur Tür der Bibliothek und schloß sie. Dann drehte sie sich um und sah ihren älteren Sohn an. »Chancellor, ich möchte etwas mit dir besprechen. Und wenn du ein Hirn im Kopf hast, wirst du kein Wort von dem, was ich jetzt sagen werde, weitererzählen.«

»Das verspreche ich dir.«

Elizabeth sah ihren Sohn immer noch an. Sie dachte, daß Chancellor gar nicht so übel war, wie sie ihn die meiste Zeit einschätzte. Sein Problem war, daß seine ganze Perspektive so schrecklich provinziell und doch so völlig abhängig war. Und sein ewig leerer Gesichtsausdruck bei jeder Konferenz ließ ihn wie einen Esel erscheinen.

Vielleicht hatten sie zu viele Konferenzen abgehalten und zu wenig Gespräche geführt. Vielleicht war es ihre Schuld.

»Chancellor, ich will nicht behaupten, daß ich eine besonders intime Beziehung zu den heutigen jungen Leuten habe. Da herrscht eine Leichtlebigkeit, die es in meiner Jugend nicht gab. Und das ist, weiß Gott, ein Schritt in die richtige Richtung, aber ich glaube fast, daß es etwas zu weit geht ...«

»Da bin ich völlig deiner Ansicht«, fiel Chancellor Drew Scarlett ihr erregt ins Wort. »Der Genuß und die Verschwendung stehen für die meisten an erster Stelle. Und ich werde nicht zulassen, daß meine Kinder davon angesteckt werden, das schwöre ich dir.«

»Die jungen Leute sind ebenso wie die Zeit, in der wir leben, genau das, was wir aus ihnen machen – ob willentlich oder unbewußt ... Aber dies ist nur die Einleitung.« Elizabeth ging zu ihrem Schreibtisch hinüber und setzte sich. »Ich habe Janet Saxon in den letzten paar Wochen beobachtet ... Nein, das ist vielleicht nicht die richtige Formulierung. Ich habe sie seit dieser absurden Verlobungsparty vielleicht ein halbes dutzendmal gesehen. Ich finde, daß sie ziemlich viel trinkt. Unnötig viel. Aber sie ist wirklich ein nettes Mädchen. Ein intelligentes, aufmerksames Mädchen. Habe ich unrecht?«

Chancellor Drew Scarlett erschrak. Er hatte nie solche Überlegungen angestellt, wenn es um Janet Saxon ging. Es war ihm nie in den Sinn gekommen. Alle tranken zuviel. Das alles gehörte zu diesem genußbetonten Wohlleben, und obwohl er es mißbilligte, nahm er es nicht sonderlich ernst.

»Mir war das nie bewußt geworden, Mutter.«

»Dann habe ich offensichtlich unrecht, und wir wollen das Thema fallenlassen. Ich bin vielleicht ein wenig altmodisch.«

Elizabeth lächelte, und dann gab sie zum erstenmal seit sehr langer Zeit ihrem älteren Sohn einen liebevollen Kuß.

Und doch mußte da etwas sein, das Janet Saxon beunruhigte, und Elizabeth Scarlatti wußte es.

Janet Saxons und Ulster Stewart Scarletts Hochzeit war ein Triumph. Chancellor Drew war selbstverständlich Trauzeuge seines Bruders, und hinter der Schleppe der Braut gingen Chancellors fünf Kinder. Chancellors Frau, Allison Demerest Scarlett, konnte an der Trauung nicht teilnehmen, da sie im Presbyterianischen Krankenhaus in der Entbindungsstation lag.

Die Tatsache, daß es sich um eine Aprilhochzeit handelte, hatte zwischen Janet Saxon und ihren Eltern einige Diskussionen ausgelöst. Sie hätten Juni oder wenigstens Mai vorgezogen, aber Janet war hartnäckig. Ihr Verlobter bestand darauf, daß sie bis Mitte April in Europa sein müßten, und so würde es auch sein.

Außerdem gab es einen sehr wichtigen Grund, warum sie möglichst bald heiraten wollte.

Sie war schwanger.

Janet wußte, daß ihre Mutter etwas ahnte. Sie wußte auch, daß ihre Mutter entzückt war, daß sie sogar bewunderte, was sie für kluge weibliche Taktik hielt. Die Aussicht auf gerade diesen Bräutigam, der in die Falle gelockt worden und unwiderruflich gefangen war, genügte Marian Saxon, um sich mit dem Termin im April einverstanden zu erklären. Marion Saxon hätte sogar gestattet, daß ihre Tochter am Karfreitag in einer Synagoge heiratete, wenn ihr das den Scarlatti-Erben gesichert hätte.

Ulster Scarlett nahm Urlaub von seinen Sitzungen in der Waterman Trust-Bank. Alle erwarteten, daß er sich nach ausgedehnten Flitterwochen auf dem Kontinent mit verstärktem Einsatz in die Welt der Finanzen stürzen würde. Jefferson Cartwright rührte es gerade – und verblüffte ihn –, daß Ulster ›auf seine geheiligte Liebesreise‹, wie es der Kavalier aus Virginia formulierte, eine größere Anzahl von Papieren zum Studium mitnahm. Er hatte buchstäblich Hunderte von Berichten über die Myriaden von Interessen der Scarlatti-Firmen gesammelt und Cartwright versprochen, daß er den ganzen Komplex ihrer Diversifikationsmanöver bis zu seiner Rückkehr meistern würde.

Jefferson Cartwright war von Ulsters Eifer so begeistert, daß er ihm eine handgearbeitete lederne Aktentasche schenkte.

Die erste Etappe der Hochzeitsreise wurde durch Janets scheinbare Seekrankheit beeinträchtigt. Ein leicht amüsierter Schiffsarzt vergewisserte sich, daß es sich um eine Fehlgeburt handelte, und demzufolge verbrachte die junge Ehefrau die ganze Fahrt nach Southampton in ihrer Kabine.

In England entdeckten sie, daß die englische Aristokratie inzwischen den Invasionen ihrer amerikanischen Standesgenossen recht tolerant gegenüberstand. Es war alles eine Frage des Ausmaßes. Die etwas ungehobelten, aber reichen Kolonisten warteten nur darauf, ausgenommen zu werden, und so geschah es auch. Die etwas akzeptableren – und dieser Kategorie gehörten Ulster Scarlett und seine Frau an – wurden ohne viel Federlesens einfach aufgenommen und absorbiert.

Selbst die Besitzer von Blenheim mußten von jemandem beeindruckt sein, der den Gegenwert ihres besten Jagdpferdes auf eine einzige Karte setzen konnte. Insbesondere, wenn dieser spezielle Spieler auf einen Blick sagen konnte, welches ihr bestes Jagdpferd war.

Etwa um diese Zeit, im zweiten Monat ihrer Reise, begannen die Gerüchte nach New York zu dringen, hauptsächlich durch zurückkehrende angesehene Mitglieder der Oberen Vierhundert importiert. Wie es schien, benahm sich Ulster Stewart recht schlecht. Er hatte sich angewöhnt, manchmal für einige Tage zu verschwinden. Und einmal, so hieß es, wäre er fast zwei Wochen unauffindbar gewesen und hätte seine junge Frau in einem Zustand peinlichen Grolls allein gelassen.

Aber selbst auf so extreme Klatschnachrichten ging man nicht näher ein, denn Ulster Stewart hatte als Junggeselle schließlich das gleiche getan, und Janet Saxon hatte sich immerhin Manhattans begehrtesten Junggesellen geangelt. Sollte sie sich ruhig beklagen.

Tausend Mädchen wären mit dem Ring und der Zeremonie zufrieden gewesen und hätten ihn dann tun lassen, wozu er Lust verspürte. All die Millionen, und manche sagten sogar, eine Familie mit einem Titel obendrein ... Niemand hatte Mitleid mit Janet Saxon.

Und dann nahmen die Gerüchte eine andere Wendung.

Die Scarletts trennten sich von der Londoner Gesellschaft und unternahmen eine Reise durch den Kontinent, die man nur als verrückt und planlos bezeichnen konnte. Von den gefrorenen Seen Skandinaviens zu den warmen Küsten des Mittelmeers. Von den immer noch kalten Straßen Berlins zum heißen Pflaster Madrids. Von den Berghängen Bayerns in die schmutzigen Ghettos von Kairo. Von Paris im Sommer auf die schottischen Inseln im Herbst.

Man wußte nie, wo Ulster Scarlett und seine Frau als nächstes auftauchen würden. Es ergab einfach keinen Sinn. Ihre Zielorte ließen keinerlei Logik erkennen.

Doch mehr als jeder andere war Jefferson Cartwright beunruhigt. Er wußte nicht, was er tun sollte, und beschloß daher, nichts zu tun und sorgfältig formulierte Mitteilungen an Chancellor Drew Scarlett zu senden.

Denn die Waterman Trust-Bank schickte Tausende und Abertausende von Dollars in Bankwechseln an jede vorstellbare und manche unvorstellbare Börse in Europa. Jede Anforderung, die von Ulster Scarlett kam, war exakt formuliert und enthielt eindeutige Instruktionen. Seine Bitte um Vertrauen und Schweigen war eindringlich. Sollte dieses Vertrauen gebrochen werden, so würde die Strafe im sofortigen Abzug seiner Interessen von Waterman bestehen. Dann müßte die Bank auf ein Drittel der Scarlett-Treuhandfonds verzichten, auf die Hälfte des Scarlatti-Erbes.

Es stand außer Zweifel: Ulster Scarlett hatte aus seinen Sitzungen mit Cartwright Nutzen gezogen. Er wußte genau, wie seine finanziellen Forderungen zu bewerkstelligen waren, und erteilte seine Instruktionen in der Sprache des Bankgewerbes. Trotzdem fühlte sich Jefferson Cartwright unsicher. Man würde ihn vielleicht später kritisieren. Doch noch waren zwei Drittel der Treuhandfonds und die zweite Hälfte des Erbes übrig. Er löste sein unlösbares Dilemma, indem er folgenden Brief – und später Variationen – an Ulster Scarletts Bruder schickte.

»Lieber Chancellor, nur um Sie auf dem laufenden zu halten – wie wir es während der Sitzungen Ihres Bruders hier bei Waterman mit so viel Erfolg eingeführt haben: Ulster überweist beträchtliche Summen auf europäische Banken – vermutlich, um damit die herrlichsten Flitterwochen zu finanzieren, die es in der Geschichte der Ehe je gegeben hat. Nichts ist ihm für seine schöne Frau zu teuer. Es wird Sie freuen, daß seine Korrespondenz höchst geschäftsmäßig ist.«

Chancellor Drew erhielt eine Anzahl solcher Briefe und lächelte nachsichtig über die Hingabe, die sein offensichtlich reformierter jüngerer Bruder seiner Frau gegenüber empfinden mußte. Und sich dabei vorzustellen, daß er wie ein Geschäftsmann korrespondierte – was für ein Fortschritt!

Jeffererson Cartwright erwähnte nicht, daß die Waterman Trust-

Bank auch unzählige Rechnungen erhielt, die Ulster in Hotels, Bahnhöfen, Geschäften und Leihinstituten in ganz Europa hinterlassen hatte. Was Cartwright beunruhigte, war der Umstand, daß ihn dies erneut zu der Flexibilität zwang, die er während des Zwischenfalls mit dem Luftschiff angewandt hatte.

Es war unvorstellbar, und doch traf es zu – Ulster Scarletts Ausgaben begannen das Einkommen aus den Treuhandfonds zu übersteigen. Im Lauf einiger Monate – wenn man die Rechnungen zu den Überweisungen hinzufügte – hatte Ulster Stewart Scarlett die Achthunderttausend-Dollar-Marke erreicht.

Unvorstellbar!

Und doch war es so.

Und die Waterman-Bank würde ein Drittel der Scarlatti-Interessen verlieren, wenn sie die Information preisgab.

Im August schrieb Ulster Stewart Scarlett seiner Mutter und seinem Bruder, daß Janet schwanger wäre. Sie würden mindestens noch drei weitere Monate in Europa bleiben, da die Ärzte ihr bis auf weiteres von Reisen abrieten.

Janet würde in London bleiben, während Ulster mit einigen Freunden nach Süddeutschland reisen wollte, um dort zu jagen.

Er würde einen Monat unterwegs sein. Vielleicht auch eineinhalb Monate.

Er würde telegrafieren, sobald er sich zur Heimreise entschieden hatte.

Mitte Dezember traf das Telegramm ein. Ulster und Janet würden zu den Feiertagen nach Hause zurückkehren. Janet hatte die ärztliche Anweisung, sich wenig zu bewegen, da ihre Schwangerschaft problematisch war, aber Ulster hoffte, daß Chancellor die Dekorateure überwacht hatte und daß sein Haus an der Fiftyfourth Street bequem sein würde.

Er trug Chancellor Drew auf, jemanden zu einem früheren Schiff zu schicken, um eine neue Haushälterin abholen zu lassen, die Ulster auf dem Kontinent gefunden hatte. Man hatte sie ihm in den höchsten Tönen empfohlen, und Ulster wünschte, daß sie sich in New York wie zu Hause fühlte. Sie hieß Hannah.

Die Verständigung würde keine Schwierigkeiten bereiten.

Sie sprach Englisch ebensogut wie Deutsch.

Während der restlichen drei Monate von Janets Schwangerschaft nahm Ulster seine Sitzungen in der Waterman Trust-Bank wieder auf, und seine bloße Gegenwart übte auf Jefferson Cartwright eine beruhigende Wirkung aus. Obwohl Ulster nie mehr als zwei Stunden in der Bank verbrachte, wirkte er irgendwie ruhiger und weniger reizbar als vor seinen Flitterwochen.

Er nahm sogar in seiner handgearbeiteten Aktentasche Arbeit mit nach Hause.

Als Cartwright ihn beiläufig und vertraulich nach den großen Beträgen befragte, die Waterman nach Europa überwiesen hatte, erinnerte der Scarlatti-Erbe den dritten Vizepräsidenten der Bank daran, daß dieser ihm ausdrücklich erklärt hatte, man könnte das Einkommen aus seinem Treuhandfonds für Investitionen einsetzen. Er wiederholte seine Bitte, daß all seine europäischen Transaktionen zwischen ihnen beiden vertraulich bleiben sollten.

»Natürlich. Ich verstehe voll und ganz. Aber ich muß das in den Scarlatti-Akten vermerken, für den Fall, daß wir Gelder aus dem zweiten Fonds überweisen, um Ihre Ausgaben abzudecken – was sich dieses Jahr ganz bestimmt nicht vermeiden läßt. Wir haben auf Ihre Unterschrift hin ungeheure Summen bezahlt, über ganz Europa verteilt.«

»Aber das brauchen Sie doch noch lange nicht zu tun, oder?«

»Am Ende des Geschäftsjahres, und das ist für die Scarlatti-Firmen der 30. Juni, ebenso wie bei der Regierung.«

»Nun ...« Der gutaussehende junge Mann seufzte und lächelte den sichtlich besorgten Südstaatler an. »Am 30. Juni werde ich dann eben aufstehen und mich dem Publikum zeigen müssen. Das wird nicht das erstemal sein, daß meine Familie sich aufregt. Hoffentlich ist es das letztemal.«

Als Janets Entbindung näherrückte, zog eine beständige Prozession von Geschäftsleuten durch die Türen des Backsteinhauses, das sie mit Ulster Scarlett bewohnte. Ein Team von drei Ärzten kümmerte sich um die junge Frau, und ihre Familie besuchte sie zweimal täglich. Es ging in erster Linie darum, sie beschäftigt zu halten. Das lenkte sie von einer beängstigenden Tatsache ab – einer Tatsache, die so persönlicher Natur war, daß sie nicht wußte, wie sie darüber sprechen sollte. Es gab niemanden, dem sie sich nahe genug fühlte.

Ihr Mann redete nicht mehr mit ihr.

Er hatte ihr Bett im dritten Monat der Schwangerschaft verlassen. Im Süden Frankreichs, um es genau zu sagen. Er hatte sich geweigert, mit ihr zu verkehren, wobei er von der Annahme ausging, daß ihre Fehlgeburt auf Geschlechtsverkehr zurückzuführen war. Dabei hatte sie sich nach Sex gesehnt. Verzweifelt hatte sie sich danach gesehnt. Sie hatte seinen Körper auf dem ihren spüren wollen, weil sie sich ihm nur dann nahe fühlte. Das war die einzige Zeit, wo ihr Mann ihr ohne Falschheit erschien, ohne Täuschung, ohne den kalten, berechnenden Ausdruck in seinen Augen. Aber selbst dies war ihr versagt.

Und dann verließ er ihr gemeinsames Schlafzimmer.

Jetzt beantwortete er weder ihre Fragen, noch richtete er das Wort an sie.

Er ignorierte sie.

Er war stumm.

Wenn sie ehrlich zu sich selbst sein wollte, mußte sie sich eingestehen, daß er sie verachtete.

Er haßte sie.

Janet Saxon Scarlett. Ein einigermaßen intelligentes Produkt von Vassar. Absolventin der Cotillions in Pierre und Mitglied in den richtigen Jagdklubs. Eine Frau, die sich die ganze Zeit fragte, weshalb sie, gerade sie, diejenige war, die all die Privilegien genoß, die sie hatte.

Nicht daß sie je darauf verzichtet hätte. Das tat sie nicht. Vielleicht hatte sie sogar ein Recht darauf. Sie sah weiß Gott blendend aus. Alle hatten das gesagt, solange sie sich erinnern konnte. Aber sie war, und darüber hatte sich ihre Mutter stets beklagt, eine Beobachterin, eine Außenstehende.

»Du dringst nie in die Dinge ein, Janet! Du mußt versuchen, über das hinwegzukommen!«

Aber es war schwer, ›darüber hinwegzukommen‹. Sie sah ihr Leben wie die zwei Seiten einer Stereoaufnahme an – beide verschieden und doch in ein einziges Bild zusammenlaufend. Auf der einen Seite war die gutaussehende junge Dame aus untadeliger Familie, enorm reich, mit einer gesicherten Zukunft, verheiratet mit einem gutaussehenden, ungemein reichen, untadeligen Mann. Auf der anderen Seite stand ein Mädchen mit gerunzelter Stirn und fragenden Augen.

Denn dieses Mädchen dachte, die Welt wäre größer als die eingeengte Sphäre, die ihr präsentiert wurde. Größer und viel zwingender. Aber niemand hatte ihr erlaubt, jene größere Welt zu sehen.

Nur ihr Mann.

Und der Teil der Weit, den er ihr gezeigt hatte, den anzusehen er sie gezwungen hatte, war erschreckend.

Und deshalb trank sie.

Während die Vorbereitungen für die Geburt andauerten, unterstützt durch einen beständigen Strom von Janets Freunden und Familienangehörigen, die ein und aus gingen, überkam Ulster Stewart Scarlett eine seltsame Passivität. Besonders diejenigen, die ihn scharf beobachteten, stellten das fest. Aber selbst andere konnten erkennen, daß sein hektisches Tempo langsamer geworden war. Er war ruhiger, weniger sprunghaft, manchmal nachdenklich. Und dann kam es wieder häufiger vor, daß er ganz allein verschwand. Nie für lange, nur für drei oder vier Tage. Viele, wie Chancellor Drew, schrieben das seiner bevorstehenden Vaterschaft zu.

»Ich sage dir, Mutter, es ist einfach wunderbar. Er ist ein neuer Mensch. Und weißt du, ich habe ihm gesagt, daß Kinder die Lösung aller Probleme wären. Sie setzen einem Menschen ein Ziel. Du wirst schon sehen – wenn alles vorüber ist, wird er bereit sein, einen richtigen Männerberuf zu ergreifen.«

»Du besitzt die Fähigkeit, das Offensichtliche zu erkennen, Chancellor. Dein Bruder sieht sein Ziel darin, dem auszuweichen, was du einen richtigen Männerberuf nennst. Ich nehme an, seine bevorstehende Rolle als Vater langweilt ihn zu Tode. Oder er trinkt schlechten Whisky.«

»Du bist zu streng mit ihm ...«

»Ganz im Gegenteil«, unterbrach Elizabeth Scarlatti ihren älteren Sohn, »ich glaube, er ist viel zu streng mit uns.«

Chancellor Drew sah sie verblüfft an. Er wechselte das Thema und begann, einen Bericht über Scarwycks neuestes Projekt vorzulesen.

Eine Woche später brachte Janet Scarlett im französischen Krankenhaus einen Jungen zur Welt. Zehn Tage später wurde er in der Kathedrale von St. John dem Göttlichen auf den Namen Andrew Roland Scarlett getauft.

Und einen Tag nach der Taufe verschwand Ulster Stewart Scarlett.

11.

Zunächst achtete niemand darauf. Ulster hatte auch schon früher das Weite gesucht, und obwohl dies nicht gerade das Verhalten war, das man von einem jungen Vater erwartete, paßte Ulster ja auch nicht in irgendwelche konventionellen Schemata. Man nahm an, daß ihm die Stammesriten im Zusammenhang mit der Geburt eines männlichen Kindes einfach zuviel gewesen waren und daß er sich daher in Aktivitäten geflüchtet hatte, die man am besten nicht näher beschrieb. Als man aber auch nach drei Wochen noch nichts von ihm gehört hatte und eine Vielzahl von Leuten keine befriedigenden Erklärungen hatte liefern können, begann die Familie unruhig zu werden. Am fünfundzwanzigsten Tag nach seinem Verschwinden bat Janet Chancellor, die Polizei zu rufen. Statt dessen rief Chancellor Elizabeth an, was sich als wesentlich sinnvoller erwies.

Elizabeth wog die ihr offenstehenden Alternativen sorgfältig ab. Die Polizei zu verständigen – das bedeutete Ermittlungen und wahrscheinlich ziemlich viel Publicity. Angesichts von Ulsters Aktivitäten im letzten Jahr war das nicht wünschenswert. Wenn Ulster sich aus freien Stücken entfernt hatte, würde man ihn nur provozieren, wenn man die Polizei einschaltete. Ihr Sohn war schon unberechenbar genug, ohne provoziert zu werden. Wenn eine Provokation hinzukam, so konnte es durchaus geschehen, daß er über die Stränge schlug. Sie beschloß, eine diskrete Detektivfirma zu engagieren, die sie in der Vergangenheit schon häufig mit der Untersuchung von Versicherungsforderungen gegen die Familienunternehmen betraut hatte. Die Eigentümer der Firma verstanden vollkommen und setzten nur ihre tüchtigsten und verläßlichsten Männer ein.

Elizabeth gab ihnen zwei Wochen Zeit, um Ulster Stewart ausfindig zu machen. Tatsächlich erwartete sie, daß er bis dahin auftauchen würde, aber wenn nicht, würde sie die Angelegenheit der Polizei übergeben.

Am Ende der ersten Woche hatten die Detektive einen umfangreichen Bericht über Ulsters Gewohnheiten zusammengestellt – über die Orte, die er am häufigsten aufsuchte – seine Freunde (viele), seine Feinde (wenige) und, so detailliert dies möglich war, eine Rekonstruktion seiner Aktivitäten während der letzten paar Tage vor seinem Verschwinden. Diese Informationen überreichten sie Elizabeth.

Elizabeth und Chancellor Drew studierten die Berichte sorgfältig, ohne zu irgendwelchen neuen Erkenntnissen zu gelangen.

Die zweite Woche erwies sich als ebensowenig aufschlußreich, mit Ausnahme des Umstands, daß Ulsters Unternehmungen jetzt detaillierter in Tagen und Stunden aufgezeichnet wurden. Seit seiner Rückkehr aus Europa waren seine täglichen Runden rituell geworden. Die Squash-Hallen und die Dampfbäder im Sportklub – die Bank am unteren Broadway, Waterman Trust ... Seine Cocktails an der Fiftythird Street zwischen halb fünf Uhr und sechs Uhr nachmittags, wobei sich fünf Flüsterkneipen in die fünf Tage der Woche teilten ... Die nächtlichen Ausflüge in die Welt der Unterhaltung, wo eine Handvoll Etablissements seinem Vergnügen dienten (und von ihm finanziert wurden) ... Die fast routinemäßigen Besuche in einem Supperclub an der Fiftieth Street vor seiner Heimkehr, nie später als zwei Uhr morgens ...

Eine Einzelheit fiel Elizabeth ebenso auf wie dem Berichterstatter. Sie paßte nicht zum Rest des Berichtes. Sie tauchte auf dem Mittwochblatt auf.

›Verließ das Haus gegen halb elf und hielt sofort ein Taxi vor dem Haus an. Das Hausmädchen war damit beschäftigt, die Treppe zu kehren. Sie glaubt gehört zu haben, wie Mr. Scarlett den Fahrer beauftragte, ihn zu einer Station der Untergrundbahn zu bringen.‹

Elizabeth konnte sich Ulster nicht in einer Untergrundbahn vorstellen. Und doch hatte er zwei Stunden später, nach der Aussage eines ›Mr. Mascolo, Oberkellner im Venezia-Restaurant‹, einen frühen Lunch mit einer ›Miß Dempsey (siehe Bekanntschaften: Theaterkünstler)‹ eingenommen. Das Restaurant war zwei Straßen von Ulsters Haus entfernt. Natürlich konnte es dafür mehrere Erklärungen geben, und in dem Bericht stand auch sonst nichts Ungewöhnliches, abgesehen eben von Ulsters Entscheidung, zur U-Bahn-Station zu fahren. Für den Augenblick schrieb Elizabeth dies der Tatsache zu, daß er sich dort mit jemandem hatte treffen wollen, vermutlich mit Miß Dempsey.

Am Ende der Woche kapitulierte Elizabeth und befahl Chancellor Drew, mit der Polizei Verbindung aufzunehmen.

Die Zeitungen übertrafen sich gegenseitig mit Schlagzeilen. Das FBI arbeitete mit der Polizei von Manhattan zusammen und ging dabei von der Annahme aus, daß möglicherweise Bundesgesetze verletzt worden waren. Dutzende von Sensationslustigen und viele ehrliche Bürger meldeten, sie hätten Ulster während der letzten Woche vor seinem Verschwinden gesehen. Einige makabre Seelen riefen an und behaupteten zu wissen, wo er sich aufhielt, und verlangten Geld für die Information. Fünf Briefe trafen ein, in denen Lösegeld für seine Freilassung gefordert wurde. Sämtliche Hinweise wurden überprüft. Alle erwiesen sich als wertlos.

Benjamin Reynolds sah den Bericht auf der zweiten Seite des ›Washington Herald‹. Abgesehen von der Hochzeit war das die erste Nachricht, die er seit seinem Zusammentreffen mit Elizabeth Scarlatti, das über ein Jahr zurücklag, über Ulster Scarlett gelesen hatte. Trotzdem hatte er seiner Zusage gemäß in den letzten Monaten diskrete Nachforschungen über den gefeierten Kriegshelden angestellt – nur um zu erfahren, daß er wieder in die ihm gemäße Welt zurückgekehrt war. Elizabeth Scarlatti hatte ihre Sache gut gemacht. Ihr Sohn war aus dem Importgeschäft ausgestiegen, und die Gerüchte bezüglich irgendwelcher Verbindungen zu kriminellen Elementen waren verstummt. Ulster war sogar so weit gegangen, eine Stellung in einer Bank anzunehmen – bei der Waterman Trust-Bank von New York.

Alles hatte so ausgesehen, als wäre die Affäre Scarlatti für Ben Reynolds vorüber.

Und jetzt dies ...

Würde das etwa dazu führen, daß erneut Spekulationen angestellt wurden, so wie jene, mit denen er, Ben Reynolds, sich befaßt hatte? Würde die Gruppe 20 zum Handeln aufgerufen werden?

Ein Scarlatti-Sohn verschwand nicht einfach, ohne daß zumindest die Regierung informiert wurde. Zu viele Kongreßabgeordnete standen aus dem einen oder anderen Grund in Scarlattis Schuld – eine Fabrik hier, eine Zeitung dort oder ein mehrstelliger Scheck für den Wahlkampffonds. Über kurz oder lang würde sich jemand daran erinnern, daß die Gruppe 20 die Aktivitäten dieses Mannes schon einmal näher untersucht hatte.

Sie würden wiederkommen. Auf diskrete Weise.

Wenn Elizabeth Scarlatti sagte, daß es ihr recht wäre.

Reynolds legte die Zeitung beiseite, erhob sich aus seinem Sessel und ging zur Tür.

»Glover«, bat er seinen Mitarbeiter, »würden Sie für ein paar Minuten in mein Büro kommen?«

Der ältere Mann kehrte zu seinem Sessel zurück und setzte sich. »Haben Sie den Bericht über Scarlatti gelesen?«

»Heute morgen auf dem Weg zur Arbeit«, antwortete Glover, während er das Zimmer betrat.

»Was halten Sie davon?«

»Ich wußte doch, daß Sie mich danach fragen würden. Ich glaube, ein paar seiner Freunde vom letzten Jahr haben ihn erwischt.«

»Warum?«

Glover nahm auf Reynolds' Besucherstuhl Platz. »Weil mir nichts anderes einfällt und es logisch wäre … Und fragen Sie bloß nicht noch einmal, warum, weil Sie es genausogut wie ich wissen.«

»So? Da bin ich gar nicht so sicher.«

»Ach, kommen Sie schon, Ben. Der Geldmann hat es satt. Jemand braucht dringend eine Sendung und sucht ihn auf. Er lehnt ab. Sizilianische Funken fliegen, und schon ist's soweit. Entweder so etwas oder eine Erpressung. Er hat sich zum Widerstand entschlossen – und verloren.«

»An Gewalt glaube ich nicht.«

»Das sollten Sie einmal der Polizei von Chicago sagen.«

»Scarlett gab sich nicht mit den unteren Rängen ab. Deshalb glaube ich nicht an Gewalt. Dafür stand zuviel auf dem Spiel. Scarlett war zu mächtig; er hatte zu viele Freunde. Vielleicht hat man ihn benutzt, aber nicht getötet.«

»Was glauben Sie dann?«

»Ich weiß es nicht. Deshalb habe ich Sie gefragt. Sind Sie heute nachmittag beschäftigt?«

»Ja, verdammt. Immer noch die zwei gleichen Dinge. Wir haben wirklich kein Glück.«

»Der Damm in Arizona?«

»Das ist eines davon. Dieser Scheißkerl von einem Kongreßabgeordneten drückt die ganze Zeit die Bewilligungen durch, und wir wissen verdammt genau, daß er bezahlt wird. Aber wir können es nicht beweisen. Wenn wir nur irgend jemanden dazu bringen könnten, wenigstens zuzugeben, daß er jemanden kennt … Übrigens, da wir gerade von Scarlett sprechen, Canfield bearbeitet den Fall.«

»Ja, ich weiß. Wie macht er sich?«

»Oh, er tut sein Bestes.«

»Und worin besteht das andere Problem?«

»Die Pond-Akte aus Stockholm.«

»Er wird uns etwas mehr als nur Gerüchte auf den Tisch legen müssen, Glover. Er vergeudet unsere Zeit, solange er uns nichts Konkretes bringt. Das habe ich Ihnen doch schon gesagt.«

»Ich weiß, ich weiß. Aber Pond hat per Kurier Nachricht gegeben. Daß die Transaktion durchgegangen ist, das habe ich heute morgen aus dem Außenministerium erfahren.«

»Kann Pond denn keinen Namen beschaffen? Da sind Papiere im Wert von dreißig Millionen Dollar, und er kann an keinen einzigen Namen heran?«

»Offenbar ist das ein sehr straff organisiertes Syndikat. Er konnte wirklich keinen ausfindig machen.«

»Das ist mir auch ein Botschafter. Coolidge ernennt wirklich lausige Botschafter.«

»Er glaubt, Donnenfeld hätte die ganze Geschichte manipuliert.«

»Nun, da haben wir ja einen Namen! Wer, zum Teufel, ist Donnenfeld?«

»Das ist keine Person, sondern eine Firma. Eine der größten an der Stockholmer Börse.«

»Wie gelangte er zu diesem Schluß?«

»Aus zwei Gründen. Erstens könnte nur eine große Firma so etwas durchziehen. Zweitens kann man die Sache auf diese Weise leichter vertuschen. Und man wird sie vertuschen müssen. Amerikanische Obligationen, die an der Stockholmer Börse verkauft werden, sind eine recht knifflige Angelegenheit.«

»Knifflig, zum Teufel! Das geht doch gar nicht!«

»Also gut, dann werden Sie eben nicht offiziell verkauft. Aber was das Geld betrifft, so ist es dasselbe.«

»Was werden Sie unternehmen?«

»Knochenarbeit. Ich muß sämtliche Firmen mit Verbindungen in Schweden überprüfen, Soll ich Ihnen etwas sagen? Allein in Milwaukee gibt es ein paar Dutzend davon. Wie gefällt Ihnen das? Hier drüben abkassieren und dann mit ihren Vettern zu Hause Geschäfte machen …«

»Wenn Sie meine Meinung hören wollen, dann schlägt Walter Pond nur Lärm, um auf sich aufmerksam zu machen. Cal Coolidge ernennt keinen persönlichen Freund zum Botschafter im Land der Mitternachtssonne, wenn der Bursche nicht in Wirklichkeit gar kein so guter Freund ist, wie er das glaubt.«

12.

Nach zwei Monaten, in denen es nichts weiter zu schreiben oder zu senden gab, verlor Ulster Scarletts Verschwinden den Reiz der Neuheit. Denn in Wirklichkeit konnten die vereinten Bemühungen der Polizei, des Vermißtenbüros und der Bundesbehörden nur Einzelheiten über seine Person und seinen Charakter ausfindig machen, aber das führte sie nicht weiter. Es war, als hätte er sich buchstäblich in Luft aufgelöst. So, als hätte er im einen Augenblick noch existiert und wäre im nächsten zu einer farbenfrohen Erinnerung geworden.

Ulsters Leben, sein Eigentum, seine Vorurteile und Ängste wurden von Fachleuten gründlich untersucht. Und das Ergebnis dieser Bemühungen ließ ein außergewöhnliches Porträt der Sinnlosigkeit entstehen. Ein Mann, der so gut wie alles hatte, was sich ein menschliches Wesen auf dieser Erde wünschen konnte, hatte sein Leben offensichtlich in einem Vakuum gelebt. In einem ziellosen, zwecklosen Vakuum.

Elizabeth Scarlatti rätselte über die umfangreichen Berichte, die ihr die Behörden lieferten. Das war ihr zur Angewohnheit geworden, ein Ritual, eine Hoffnung. Wenn ihr Sohn getötet worden wäre, so wäre das sehr schmerzhaft gewesen. Und es gab tausend Möglichkeiten – Feuer, Wasser, Erde –, um die Welt von einer Leiche zu befreien. Aber diese Erklärung konnte sie einfach nicht akzeptieren. Es war natürlich nicht auszuschließen. Er hatte die Unterwelt gekannt – aber doch nur ganz oberflächlich.

Eines Morgens stand Elizabeth am Fenster ihrer Bibliothek und schaute zu, wie die Welt draußen anfing, sich mit einem neuen Tag auseinanderzusetzen. Die Fußgänger gingen am Morgen immer so schnell. Die Automobile hatten viel mehr Fehlzündungen, wenn sie die ganze Nacht über nicht benutzt worden waren. Und dann entdeckte Elizabeth eines der Hausmädchen auf der vorderen Treppe, das gerade die Stufen fegte.

Als sie zusah, wie der Besen hin- und herschwang, erinnerte sich Elizabeth an ein anderes Mädchen, eine andere Treppe. An ein Mädchen in Ulsters Haus, ein Mädchen, das eines Morgens Ulsters Stufen gefegt und später erzählt hatte, Mr. Scarlett hätte einem Taxifahrer Anweisungen erteilt.

Was waren das für Anweisungen gewesen?

Die Untergrundbahn ... Ulster hatte sich zu einer Station bringen lassen.

Ihr Sohn war eines Morgens mit der Untergrundbahn gefahren, und Elizabeth hatte das nicht verstanden.

Es war nur eine flache, flackernde Kerze in einem sehr dunklen Wald, aber es war ein Licht. Elizabeth eilte zum Telefon.

Dreißig Minuten später stand Jefferson Cartwright, dritter Vizepräsident der Waterman Trust-Bank, vor Elizabeth Scarlatti. Er war immer noch ganz außer Atem und kämpfte mit der nervlichen Belastung, seinen Tagesplan ändern zu müssen, um diesem Befehl aus den Höhen des Olymp nachzukommen.

»Ja, so ist es«, sagte der Mann aus Virginia in seiner gedehnten Redeweise. »Alle Konten wurden sofort gründlich untersucht, als uns Mr. Scarletts Verschwinden bekannt wurde. Ein wunderbarer junger Mann! Wir sind uns während seiner Sitzungen in der Bank sehr nahe gekommen.«

»In welchem Zustand befinden sich seine Konten?«

»Alles in Ordnung.«

»Ich fürchte, ich weiß nicht, was das bedeutet.«

Cartwright zögerte kurz, mimte den bedächtigen Bankier. »Die Schlußzahlen sind natürlich noch nicht vollständig, aber wir haben im Augenblick keinen Anlaß zu der Annahme, daß das jährliche Einkommen aus seinem Fonds überschritten wurde.«

»Wie hoch ist dieses Einkommen, Mr. Cartwright?«

»Nun, der Markt schwankt natürlich, zum Glück nach oben – es wäre also schwierig, Ihnen eine exakte Zahl zu nennen.«

»Eine annähernde Zahl genügt mir.«

»Lassen Sie mich nachdenken ...« Jefferson Cartwright gefiel die Richtung gar nicht, die das Gespräch nahm. Plötzlich war er sehr dankbar, daß er so vorsichtig gewesen war, jene vage gehaltenen Aktenvermerke über Ulsters Ausgaben in Europa an Chancellor Drew zu senden. Sein Südstaatenakzent wurde noch stärker. »Ich könnte einige Herren anrufen, die mit Mr. Scarletts Portefeuille vertrauter sind – aber es war recht umfangreich, Madame Scarlatti.«

»Dann erwarte ich, daß Sie zumindest eine ungefähre Zahl zur Verfügung haben.« Elizabeth mochte Jefferson Cartwright nicht, und ihre Stimme klang drohend.

»Mr. Scarletts Einkommen aus dem Fonds, der für persönliche Ausgaben bestimmt war, im Gegensatz zu dem zweiten Fonds, der

Investitionen dienen sollte, betrug etwas mehr als siebenhundertdreiundachtzigtausend Dollar.« Cartwright sprach jetzt ganz schnell und leise.

»Ich bin sehr erfreut, daß seine persönlichen Bedürfnisse selten diesen bescheidenen Betrag überstiegen haben.« Elizabeth setzte sich in dem geradlehnigen Stuhl auf, um Mr. Cartwright voll in den Genuß ihres starren Blicks kommen zu lassen. Jefferson Cartwright fuhr in beschleunigtem Tempo fort, verhaspelte sich, und sein Akzent war ausgeprägter denn je.

»Nun, Sie wußten doch sicher von Mr. Scarletts extravaganten Neigungen. Ich glaube, die Zeitungen haben davon berichtet. Wie ich schon sagte, ich persönlich habe mein Bestes getan, um ihn zu warnen, aber er ist sehr eigenwillig. Wenn Sie sich erinnern, Mr. Scarlett kaufte vor drei Jahren ein Luftschiff, das beinahe eine halbe Million Dollar kostete. Wir taten selbstverständlich unser Bestes, um es ihm auszureden, aber es war einfach unmöglich. Er sagte, er müßte ein Luftschiff haben. Wenn Sie die Konten Ihres Sohnes studieren, Madame, werden Sie feststellen, daß er sich zu vielen unüberlegten Käufen hinreißen ließ.« Cartwright ging in Verteidigungsstellung, obwohl er ganz genau wußte, daß Elizabeth ihn kaum verantwortlich machen konnte.

»Was hat er denn alles gekauft?«

»Nun, die übrigen Errungenschaften waren nicht ganz so extravagant wie das Luftschiff. Wir konnten ähnliche Zwischenfälle verhindern, indem wir Mr. Scarlett erklärten, daß es unkorrekt wäre, Gelder aus seinem zweiten Fonds für solche Zwecke heranzuziehen. Daß er – seine Ausgaben auf die Höhe des Einkommens aus dem ersten Fonds beschränken müsse. Bei unseren Sitzungen in der Bank hoben wir diesen Aspekt immer wieder hervor. Aber besonders im letzten Jahr, als er mit der schönen Mrs. Scarlett durch Europa reiste, waren wir in bezug auf seine persönlichen Konten ständig mit den Banken auf dem Kontinent in Verbindung. Um es vorsichtig auszudrücken, Ihr Sohn hat die europäische Wirtschaft in hohem Maße unterstützt. Es war auch notwendig, zahlreiche direkte Zahlungen aufgrund seiner Unterschrift zu leisten. Mr. Chancellor Scarlett hat Ihnen gegenüber doch ganz sicher erwähnt, daß ich ihn schriftlich über die großen Summen informierte, die wir Ihrem Sohn nach Europa überwiesen.«

Elizabeth hob die Brauen. »Nein, er hat mir nichts gesagt.«

»Nun, Madame Scarlatti, schließlich waren es die Flitterwochen Ihres Sohnes. Es gab keinen Grund …«

»Mr. Cartwright«, unterbrach ihn die alte Frau mit scharfer Stimme, »haben Sie eine exakte Aufstellung der Summen, die mein Sohn im letzten Jahr von seinem Konto abgehoben hat, hier und im Ausland?«

»Aber selbstverständlich, Madame.«

»Und auch eine Liste der Zahlungen, die Sie unmittelbar aufgrund seiner Unterschrift geleistet haben?«

»Sicherlich.«

»Ich erwarte, sie bis spätestens morgen früh in Händen zu halten.«

»Aber unsere Buchhalter würden eine ganze Woche brauchen, um das alles zusammenzutragen. Mr. Scarlett war in solchen Dingen ganz bestimmt nicht sehr exakt …«

»Mr. Cartwright, ich habe jetzt mehr als ein Vierteljahrhundert lang mit Waterman zusammengearbeitet. Die Scarlatti-Firmen bedienen sich ausschließlich Ihrer Bank, weil ich es so angeordnet habe. Ich glaube an Waterman, weil mir Ihr Institut noch nie Anlaß zu irgendwelchen Zweifeln gegeben hat. Drücke ich mich klar aus?«

»Ja, selbstverständlich, ganz sicher. Morgen früh.« Jefferson Cartwright dienerte sich aus dem Raum, wie sich sonst vielleicht ein begnadigter Sklave von einem arabischen Scheich verabschieden mochte.

»Oh, Mr. Cartwright …«

»Ja?«

»Ich glaube, ich habe Sie nicht dafür belobigt, daß Sie sich bemüht haben, die Ausgaben meines Sohnes innerhalb der Grenzen seines Einkommens zu halten.«

»Es tut mir leid …« Auf Cartwrights Stirn erschienen dicke Schweißperlen. »Es gab wenig …«

»Ich glaube, Sie verstehen nicht richtig, Mr. Cartwright. Ich meine es ehrlich. Ich lobe Sie. Guten Morgen.«

»Guten Tag, Madame Scarlatti.«

Cartwright und drei Buchhalter versuchten die ganze Nacht, Ulster Stewart Scarletts Konten auf den neuesten Stand zu bringen. Es war eine schwierige Aufgabe.

Um halb drei Uhr früh lag eine Liste der Banken, wo der Scarlatti-Erbe Konten besaß oder sie besessen hatte, auf Jefferson Cartwrights Schreibtisch. Und hinter den Bankbezeichnungen standen Zahlen und Überweisungstermine. Die Liste schien endlos zu sein. Jede einzelne Einzahlung entsprach etwa dem durchschnittlichen Jahreseinkommen der amerikanischen Mittelklasse. Aber für Ulster Stewart waren diese Summen nicht mehr als wöchentliches Taschengeld. Cartwright und die Buchhalter würden Tage brauchen, um festzustellen, was noch übriggeblieben war. Die Liste enthielt unter anderem:

THE CHEMICAL CORN EXCHANGE, *900, Madison Avenue, New York City.*

MAISON DE BANQUE, *22, rue Violette, Paris.*

LA BANQUE AMÉRICAINE, *rue Nouveau, Marseille.*

DEUTSCH-AMERIKANISCHE BANK, *Kurfürstendamm, Berlin.*

BANCO-TOURISTA, *Calle de la Sueños, Madrid.*

MAISON DE MONTE CARLO, *rue du Feuillage, Monaco.*

WIENER STÄDTISCHE SPARKASSE, *Salzburger Straße, Wien.*

BANQUE-FRANÇAISE-ALGÉRIE, *Port des Mondes, Kairo, Ägypten.*

Und so ging es weiter. Ulster und seine junge Frau hatten ganz Europa und halb Nahost gesehen.

Natürlich gab es auch eine zweite Liste mit Sollbuchungen, die dieser Liste mit mutmaßlichen Haben-Eintragungen entsprach. Diese Liste schloß Beträge ein, die Ulster durch Unterschriftsleistung Dutzenden von Hotels, Warenhäusern, Läden, Restaurants, Automobilagenturen, Schiffahrtslinien, Eisenbahnen, Stallungen, Privatklubs und Spielcasinos schuldete. Alle waren von Waterman bezahlt worden.

Jefferson Cartwright las die detaillierten Berichte.

Nach zivilisierten Begriffen waren sie eine Ansammlung von finanziellem Unsinn, aber für Ulster Stewart Scarlett war dies völlig normal. Cartwright gelangte zu demselben Schluß wie die Buchprüfer der Regierung, als sie kurz nach Ulsters Verschwinden im Auftrag des FBI ihre Nachforschungen angestellt hatten.

Natürlich würde Waterman Anfragen an die Banken hier und im Ausland richten, um sich zu vergewissern, welchen Umfang die verbliebenen Einlagen noch hatten. Es würde sehr einfach sein, diese Beträge unter Vollmacht an Waterman zurückzuübertragen. »Ja, in der Tat«, murmelte der Mann aus den Südstaaten vor sich hin, »unter diesen Umständen haben wir gute Arbeit geleistet.«

Er beschloß, ein paar Stunden zu schlafen, dann kalt zu duschen und ihr die Berichte selbst zu bringen. Insgeheim hoffte er, daß er dann müde, schrecklich müde aussehen würde, vielleicht würde sie das beeindrucken.

»Mein lieber Mr. Cartwright«, stieß Elizabeth Scarlatti hervor, »es ist Ihnen nie in den Sinn gekommen, daß Sie, während Sie Tausende und Abertausende an Banken in ganz Europa überwiesen, Schulden beglichen, die insgesamt fast eine Viertelmillion Dollar betrugen. Es ist Ihnen nie in den Sinn gekommen, daß mein Sohn durch Kombination dieser zwei Zahlen das scheinbar Unmögliche bewirkt hat. Er hat es geschafft, das gesamte Jahreseinkommen aus seinem Fonds in weniger als neun Monaten durchzubringen, fast bis auf den letzten Penny.«

»Natürlich, Madame Scarlatti, wir werden die Banken brieflich um lückenlose Informationen ersuchen. Unter unserer eigenen Vollmacht selbstverständlich. Ich bin überzeugt, daß Beträge von beträchtlicher Höhe zurücküberwiesen werden.«

»Da bin ich gar nicht sicher.«

»Wenn ich ganz offen sein darf, Madame Scarlatti, so muß ich Ihnen sagen, daß ich nicht ganz begreife, worauf Sie hinauswollen ...«

Elizabeth runzelte nachdenklich die Stirn. »Um die Wahrheit zu gestehen, es ist mir auch nicht ganz klar. Nur daß ich nicht auf etwas hinauswill, sondern eher geführt werde ...«

»Ich verstehe nicht.«

»Während der Sitzungen meines Sohnes in Ihrer Bank. Könnte es sein, daß er dabei – vielleicht auf etwas gestoßen ist, das ihn veranlassen könnte, solche Beträge nach Europa zu überweisen?«

»Dieselbe Frage habe ich mir auch gestellt. Als sein Berater empfand ich es als meine Pflicht, Nachforschungen anzustellen. Offensichtlich hat Mr. Scarlett auf dem Kontinent eine Anzahl von Investitionen vorgenommen.«

»Investitionen? In Europa? Das kommt mir aber höchst unwahrscheinlich vor.«

»Er hatte einen großen Freundeskreis, Madame Scarlatti. Und diese Freunde hatten vermutlich genügend Projekte. Da Ihr Sohn einiges von Investitionen verstand ...«

»Was?«

»Ich beziehe mich damit auf seine Studien der Scarlatti-Portefeuilles. Er hat sich wirklich hineingehängt und sich nicht geschont. Ich war auf seine Fortschritte sehr stolz. Er nahm unsere Sitzungen wirklich ernst, gab sich große Mühe, unsere Diversifikationsphilosophie zu verstehen. Stellen Sie sich vor, er hat Hunderte von Firmenberichten auf die Hochzeitsreise mitgenommen.«

Elizabeth erhob sich aus ihrem Sessel und ging langsam, geradezu bedächtig, zum Fenster. Ihre Gedanken konzentrierten sich ganz auf die unglaubliche Eröffnung des Südstaatlers. Wie so oft in der Vergangenheit begriff sie, daß ihre Instinkte – abstrakt und noch unklar – sie auf die Wahrheit hinwiesen.

Die Wahrheit war da, ganz nahe, aber noch nicht greifbar.

»Ich nehme an, Sie meinen damit die Aufgliederung der Scarlatti-Firmen?«

»Das auch, selbstverständlich. Aber viel, viel mehr. Er hat die Anlagefonds analysiert, seine und die Chancellors – auch die Ihren, Madame Scarlatti. Er trug sich mit dem Gedanken, einen kompletten Bericht unter besonderer Hervorhebung der Wachstumsfaktoren zu schreiben. Es war eine höchst ehrgeizige Aufgabe, und er ließ nicht locker …«

»Weit mehr als nur ehrgeizig, Mr. Cartwright«, unterbrach ihn Elizabeth. »Ohne fachliche Ausbildung unmöglich, würde ich sagen.« Sie blickte unverwandt auf die Straße hinab.

»Das war uns natürlich bewußt, liebe gnädige Frau. Wir überzeugten ihn daher, daß es zweckmäßig wäre, seine Nachforschungen auf seine eigenen Anlagen zu beschränken. Ich war der Ansicht, wir würden ihm das leichter erklären können, und ich wollte seine Begeisterung ganz bestimmt nicht dämpfen, und so …«

Elizabeth wandte sich vom Fenster ab und starrte den Banker an. Ihr Blick ließ ihn verstummen. Sie wußte, daß die Wahrheit jetzt in Reichweite war. »Bitte, erklären Sie mir das. Wie hat mein Sohn – seine Recherchen angestellt?«

»Er ging von den Anteilscheinen in seinem Treuhandfonds aus, In erster Linie von den Obligationen im zweiten Fonds – dem Investitionsfonds. Es handelt sich um viel stabileres Material. Er hat die Scheine katalogisiert und dann mit Alternativanlagen verglichen, die man beim ursprünglichen Kauf auch hätte erwerben können. Wenn ich vielleicht hinzufügen darf, er war von der getroffenen Wahl höchst beeindruckt, das hat er mir gesagt.«

»Er – hat sie katalogisiert? Was meinen Sie damit?«

»Er fertigte eine Liste sämtlicher Stücke an. Die Beträge, die sie repräsentierten, und die jeweiligen Fälligkeitstermine. Aus den Daten und Beträgen konnte er Vergleiche mit zahlreichen anderen Stücken anstellen.«

»Wo befinden sich diese Kataloge?«

»In den Safes, gnädige Frau. In den Scarlatti-Safes.«

Mein Gott, dachte Elizabeth.

Die alte Frau stützte sich mit zitternder Hand auf den Fenstersims. Sie sprach ganz ruhig, trotz der Furcht, die sie umfangen hielt. »Wie lange hat mein Sohn – seine Recherchen durchgeführt?«

»Nun, es waren einige Monate. Seit seiner Rückkehr aus Europa, um es genau zu sagen.«

»Ich verstehe. Hat ihn jemand unterstützt? Er war doch so unerfahren.«

Jefferson Cartwright erwiderte Elizabeths Blick. Er war kein Narr. »Dafür bestand keine Notwendigkeit. Das Katalogisieren noch nicht fälliger Stücke ist nicht schwierig. Man braucht dazu ja nur Namen, Zahlen und Daten aufzulisten. Und Ihr Sohn ist – war ein Scarlatti.«

»Ja – das war er.« Elizabeth wußte, daß der Banker anfing, ihre Gedanken zu lesen. Aber das war nicht wichtig. Nichts war jetzt mehr wichtig, nur die Wahrheit.

Die Safes.

»Mr. Cartwright, ich bin in zehn Minuten fertig. Ich werde meinen Wagen bestellen, und dann fahren wir beide zu Ihrem Büro.«

»Wie Sie wünschen.«

Die Fahrt in die Stadt verlief schweigend. Der Banker und die Matriarchin saßen nebeneinander im Fond, aber keiner von ihnen sagte ein Wort. Jeder war in seine eigenen Gedanken versunken.

Elizabeth dachte an die Wahrheit, Cartwright ans Überleben.

Denn wenn das stimmte, was er zu argwöhnen begann, würde er ruiniert sein. Vielleicht würde sogar Waterman ruiniert sein. Und er war derjenige, den man Ulster Stewart Scarlett als Berater zugeteilt hatte.

Der Chauffeur öffnete die Tür, als der Südstaatler aus dem Wagen stieg und Elizabeth die Hand hinstreckte. Er stellte fest, daß sie seine Hand fest ergriff, zu fest, als sie – mit einiger Schwierigkeit – aus dem Automobil stieg. Sie starrte zu Boden, ins Leere.

Der Banker führte die alte Frau schnell durch die Bank. Vorbei an den Schaltern, den Angestellten dahinter, vorbei an den Bürotüren, in den hinteren Teil des Gebäudes. Sie nahmen den Aufzug und fuhren in die riesigen Waterman-Keller. Unten angelangt, bogen sie nach links und gingen zum Ostflügel.

Die Wände waren grau, die Flächen glatt, glitzernde stählerne Stangen waren zu beiden Seiten in Beton eingelassen. Über dem Portal war eine einfache Inschrift zu sehen – ›Ostflügel, Scarlatti‹.

Elizabeth dachte wieder einmal, daß dieser Anblick an ein Grab erinnerte. Hinter den Stangen lag ein schmaler Korridor, den helle Glühbirnen an der Decke hinter Drahtgittern beleuchteten. Abgesehen von den zwei Türen auf jeder Seite wirkte der Korridor wie ein Gang zum letzten Ruheplatz irgendeines Pharaos inmitten einer ehrfurchtgebietenden Pyramide. Die Tür am Ende führte zum Safe der Scarlatti-Firmen.

Giovanni ...

Die zwei Türen zu beiden Seiten führten zu Kammern für die Frau und die drei Kinder. Die Chancellors und Ulsters lagen links. Elizabeths und Rolands Türen waren rechts angeordnet, die Elizabeths lag neben der Giovannis.

Elizabeth hatte Rolands Kammer nie auflösen lassen. Sie wußte, daß die Gerichte das am Ende erledigen würden. Das war ihre einzige sentimentale Geste gegenüber dem Sohn, den sie verloren hatte. So ziemte es sich. Auch Roland war ein Teil des Imperiums.

Der uniformierte Wächter nickte – wie ein Grabwächter – und öffnete die aus stählernen Stangen bestehende Tür.

Elizabeth stand vor dem Eingang zur ersten Kammer auf der linken Seite. Auf der Namenstafel in der Mitte der Metalltür stand ›Ulster Stewart Scarlatti‹.

Der Wächter öffnete diese Tür, und Elizabeth betrat den kleinen Raum. »Sie werden die Tür wieder abschließen und draußen warten. Sie auch, Mr. Cartwright.«

»Natürlich.«

Sie war allein in dem zellenähnlichen Raum. Sie war nur ein einzigesmal in Ulsters Kammer gewesen, überlegte sie – zusammen mit Giovanni. Vor Jahren, einer Ewigkeit ... Er hatte sie dazu überredet, in die Stadt zu kommen, und ihr von den Anordnungen erzählt, die er bezüglich der Safes im Ostflügel getroffen hatte. Er war so stolz gewesen. Er hatte sie durch die fünf Räume geführt, so wie ein Fremdenführer vielleicht Touristen durch ein Museum geleitet. Er hatte ihr die Feinheiten der verschiedenen Fonds erklärt. Sie erinnerte sich daran, wie er mit der flachen Hand gegen die Kästen geschlagen hatte, als wären sie preisgekrönte Rinder, die eines Tages zu riesigen Herden anwachsen würden.

Er hatte recht gehabt.

Der Raum hatte sich nicht verändert. Ebensogut hätte es gestern sein können.

An der einen Seite, in die Wand eingelassen, befanden sich die Safes mit den Industriepapieren – den Aktien, den Anteilen an Hunderten von Gesellschaften. Dies waren die Mittel für den täglichen Lebensunterhalt. Ulsters erster Fonds. An den zwei anderen Wänden standen Aktenschränke, sieben auf jeder Seite. Jede Schublade trug eine Jahreszahl, die jedes Jahr von Watermans Verwaltern geändert wurden. Jede Schublade enthielt Hunderte von Schuldverschreibungen, und jeder Schrank hatte sechs Schubladen.

Schuldverschreibungen für die nächsten vierundachtzig Jahre.

Der zweite Fonds war für die Expansion des Scarlatti-Imperiums bestimmt.

Elizabeth studierte die Karten auf den Schränken.

1926. 1927. 1928. 1929. 1930. 1931.

Diese Jahreszahlen standen auf dem ersten Schrank.

Sie sah ein Tischchen mit einem kleinen Hocker vor dem rechten Schrank. Der letzte Benutzer war zwischen dem ersten und dem zweiten Schrank gesessen. Sie sah die Karten auf dem Schrank daneben an.

1932. 1933. 1934. 1935. 1936. 1937.

Sie zog sich den Hocker vor den ersten Schrank und setzte sich. Sie sah auf die unterste Schublade.

1926.

Sie zog sie auf.

Das Jahr war in zwölf Monate geteilt, und jeder Monat hatte einen kleinen Karteireiter. Vor jedem Reiter gab es eine dünne Scheibe aus Metall mit zwei winzigen Ösen, durch die ein Draht lief, der mit Wachs bedeckt war. Auf der Wachsschicht konnte man – eingebrannt – die Initialen *W. T.* in alter englischer Schreibschrift lesen.

Das Jahr 1926 war intakt. Keiner der kleinen Kästen war geöffnet worden. Und das bedeutete, daß Ulster der Aufforderung der Bank, Anlageentscheidungen zu treffen, nicht nachgekommen war. Ende Dezember würden die Nachlaßverwalter die Verantwortung auf sich nehmen und ohne Zweifel Elizabeth konsultieren, wie sie das in der Vergangenheit bezüglich Ulsters Fonds immer getan hatten.

Sie zog das Jahr 1927 heraus.

Wiederum unberührt. Keines der Wachssiegel war erbrochen.

Elizabeth wollte den Kasten schon wieder hineinschieben, als sie innehielt. Ihr Blick fiel auf eine kleine Unsauberkeit im Wachs, die vielleicht unbemerkt geblieben wäre, wenn sie die Siegel nicht geprüft hätte.

Das *T* des *W. T.* war im Monat August ausgefranst und nach unten gezogen. Das gleiche galt für September, Oktober, November und Dezember.

Sie zog das Augustbündel heraus und schüttelte es. Dann riß sie den Draht auseinander, worauf das Wachssiegel zerbrach und herunterfiel.

Der Karton war leer.

Sie stellte ihn wieder hinein und zog die übrigen Monate des Jahres 1927 heraus.

Alle leer.

Sie stellte die Kartons wieder hinein und zog die Schublade für 1928 heraus. Auf jedem der dünnen Kartons war das *T* des Wachssiegels ausgefranst und hing etwas nach unten.

Alle leer.

Wie viele Monate lang hatte Ulster dieses außergewöhnliche Versteckspiel getrieben? Wie oft war er von einem gehetzten Banker zum nächsten geeilt, um am Ende jedesmal die Safes aufzusuchen? Dokument um Dokument, Wertpapier um Wertpapier ...

Vor drei Stunden noch hätte sie es nicht geglaubt. Und das alles war nur ans Licht gekommen, weil ein Hausmädchen die Eingangsstufen gefegt hatte, so daß vor ihrem geistigen Auge die Erinnerung an ein anderes Hausmädchen aufgestiegen war, das auch Treppen gefegt hatte. Ein Mädchen, das sich an einen kurzen Befehl erinnerte, den ihr Sohn einem Taxifahrer gegeben hatte ...

Ulster Scarlett hatte die Untergrundbahn genommen.

An einem Vormittag hatte er das Risiko einer Taxifahrt quer durch den Verkehr nicht eingehen können. Er hätte sich für seine Sitzung in der Bank verspätet.

Gab es eine bessere Zeit als den Vormittag? Die ersten Aufträge, das Chaos des morgendlichen Börsenverkehrs ...

Selbst Ulster Scarlett würde mitten am Vormittag übersehen werden.

Sie hatte die Fahrt mit der Untergrundbahn nicht verstanden.

Jetzt verstand sie es.

Als vollzöge sie ein schmerzhaftes Ritual, überprüfte sie die übrigen Monate und Jahre des ersten Schranks. Bis zum Dezember 1931.

Leer.

Sie schloß die Schublade für 1931 und begann ganz unten im zweiten Schrank. 1932.

Leer.

Sie hatte die Mitte des Schranks erreicht – 1934 –, als sie hörte, wie sich die Stahltür öffnete. Sie schob die Schublade schnell zu und drehte sich verärgert um. Jefferson Cartwright trat ein und schloß die Tür.

»Ich dachte, ich hätte Ihnen gesagt, Sie sollen draußen bleiben!«

»Auf mein Wort, Madame Scarlatti, Sie sehen aus, als hätten Sie ein Dutzend Gespenster gesehen!«

»Hinaus!«

Cartwright trat schnell an den ersten Schrank und zog willkürlich eine der mittleren Schubladen heraus. Er sah die erbrochenen Siegel auf den Schachteln, nahm eine heraus und öffnete sie. »Hier scheint einiges zu fehlen.«

»Ich werde dafür sorgen, daß man Sie entläßt!«

»Vielleicht – vielleicht werden Sie das tun.« Er zog eine weitere Schublade heraus und vergewisserte sich, daß mehrere Schachteln, deren Siegel erbrochen waren, ebenfalls leer waren.

Elizabeth stand stumm und voll Verachtung neben dem Banker. Als sie schließlich sprach, klang der ganze Ekel, den sie empfand, in ihren Worten mit. »Sie haben soeben Ihre Tätigkeit bei Waterman beendet!«

»Vielleicht habe ich das. Entschuldigen Sie bitte.« Der Virginier schob Elizabeth sachte von dem zweiten Schrank weg und setzte seine Suche fort. Er griff nach dem Jahr 1936 und wandte sich dann zu der alten Frau um. »Nicht viel übrig, nicht wahr? Ich frage mich, wie weit das geht. Sie nicht? Ich werde natürlich eine komplette Liste für Sie machen, so schnell wie möglich. Für Sie und meine Vorgesetzten.« Er schloß die Schublade des Jahres 1936 und lächelte.

»Dies sind vertrauliche Familienangelegenheiten. Sie werden nichts tun! Sie können nichts tun!«

»Ach, kommen Sie! Diese Schränke enthielten frei handelbare Papiere. Inhaberschuldverschreibungen. Besitz und Eigentum sind da identisch. Die sind so gut wie Geld. Ihr verschwundener Sohn hat sich ein ganz schönes Stück aus der New Yorker Börse geholt. Und wir haben noch gar nicht alles eingesehen. Wollen wir noch ein paar Schränke öffnen?«

»Ich werde das nicht zulassen!«

»Dann lassen Sie es bleiben. Sie gehen Ihrer Wege, und ich werde einfach meinen Vorgesetzten berichten, daß die Waterman Trust-Bank ein einziger Dunghaufen ist. Abgesehen von recht umfangreichen, der Bank zustehenden Provisionen, und ohne jetzt irgendwelche Gedanken an die Firmen zu verschwenden, die recht nervös werden könnten, wenn sie darüber nachdenken, wem jetzt was gehört – es könnte sogar einen Run auf einige Aktien geben –, verfüge ich über Kenntnisse, die ich sofort den Behörden mitteilen sollte.«

»Das können Sie nicht! Das dürfen Sie nicht!«

»Warum nicht?« Jefferson Cartwright hob beide Hände.

Elizabeth wandte sich von ihm ab und versuchte Ordnung in ihre Gedanken zu bringen. »Schätzen Sie ab, was verschwunden ist, Mr. Cartwright ...«

»Ich kann das abschätzen, was wir bisher gesehen haben. Elf Jahre bei etwa dreieinhalb Millionen pro Jahr – das beläuft sich auf runde vierzig Millionen. Aber wir haben möglicherweise erst angefangen.«

»Nun, dann teilen Sie mir möglichst bald mit, wie groß der Gesamtschaden ist. Ich brauche Sie wohl nicht darauf hinzuweisen, daß ich Sie vernichten werde, wenn Sie zu irgend jemandem ein Wort sagen. Wir werden zu einer befriedigenden Einigung kommen.« Sie wandte sich langsam um und sah Jefferson Cartwright an. »Sie sollten wissen, Mr. Cartwright, daß Sie zufällig in den Besitz von Informationen gelangt sind, die Sie weit über Ihre Talente oder Fähigkeiten hinausheben. Wenn man soviel Glück hat, muß man vorsichtig sein.«

Elizabeth Scarlatti verbrachte eine schlaflose Nacht.

Jefferson Cartwright verbrachte ebenfalls eine schlaflose Nacht. Aber nicht im Bett. Er verbrachte sie auf einem Hocker vor einem kleinen Tischchen, umgeben von Papieren.

Die Zahlen wuchsen, während er sorgfältig die Berichte der Scarlatti-Fonds mit den Schubladen der Aktenschränke verglich.

Jefferson Cartwright glaubte, er müßte den Verstand verlieren. Ulster Stewart Scarlatti hatte Effekten im Wert von über zweihundertsiebzig Millionen Dollar entfernt.

Er addierte die Zahlen und addierte sie ein zweites Mal.

Ein Betrag, der eine Börsenkrise auslösen würde ... Ein internationaler Skandal, der die Scarlatti-Firmen zerstören könnte, wenn er bekannt würde. Und er würde bekannt werden, wenn die Zeit kam, um die ersten der fehlenden Schuldverschreibungen einzulösen. Maximal in knapp einem Jahr.

Jefferson Cartwright faltete das letzte Blatt zusammen und schob es in die Innentasche seines Jacketts. Er drückte den Arm gegen die Brust, vergewisserte sich, daß die Papiere sicher verwahrt waren, und verließ die Stahlkammern.

Er gab dem Wachmann ein Pfeifsignal. Der Mann hatte auf einem schwarzen Ledersessel vor der Tür gedöst.

»Oh, mein Gott, Mr. Cartwright, haben Sie mich erschreckt!«

Cartwright trat auf die Straße hinaus.

Er blickte zu dem weißlich-grauen Himmel auf. Es würde gleich Morgen sein. Und das Licht war sein Signal.

Denn er – Jefferson Cartwright, fünfzig Jahre alter ehemaliger Footballspieler der Universität von Virginia, der ursprünglich Geld geheiratet und es dann verloren hatte – trug in seiner Tasche einen Blankoscheck für alles, das er sich je gewünscht hatte.

Er befand sich wieder im Stadion, und die Menge jubelte ihm zu.

Es gab jetzt nichts mehr, das ihm versagt war.

13.

Um zwanzig Minuten nach ein Uhr morgens saß Benjamin Reynolds bequem in einem Lehnsessel seiner Wohnung in Georgetown. Auf seinem Schoß lag einer der Aktenordner, die das Büro des Generalstaatsanwalts der Gruppe 20 geschickt hatte.

Insgesamt waren es sechzehn Ordner gewesen, und er hatte den Stapel gleichmäßig zwischen Glover und sich selbst aufgeteilt.

Bei dem augenblicklich herrschenden Druck seitens des Kongresses, insbesondere von Senator Brownlee aus New York, würde das Büro des Generalstaatsanwalts jeden einzelnen Stein umdrehen. Wenn der Scarlatti-Sohn sich sozusagen in Luft aufgelöst hatte, konnten die Männer der Staatsanwaltschaft wenigstens Berichte schreiben, die diese Tatsache erklärten. Und weil die Gruppe 20 sich – wenn auch nur kurz – mit dem Leben von Ulster Scarlett befaßt hatte, würde man auch von Reynolds erwarten, daß er etwas hinzufügte. Selbst wenn es unbedeutend war.

Reynolds verspürte leichte Schuldgefühle bei dem Gedanken, daß Glover sich mit demselben Unsinn befassen mußte.

Wie alle Berichte, die sich mit Nachforschungen nach verschwundenen Personen befaßten, war die Akte mit Trivialitäten gefüllt – mit Daten, Stunden, Minuten, Straßen, Häusern, Namen, Namen, Namen. Eine Aufzeichnung von Belanglosigkeiten, denen man den Anschein von Bedeutung verlieh. Und vielleicht war irgend etwas darunter sogar für irgend jemanden wichtig. Ein Teil, ein Abschnitt, eine Zeile, ein Satz, vielleicht sogar ein Wort könnte jemandem eine Tür öffnen.

Aber ganz bestimmt niemandem in der Gruppe 20. Er würde sich später bei Glover entschuldigen. Plötzlich klingelte das Telefon. Das Geräusch in der Stille und zu so unerwarteter Stunde ließ Reynolds aufschrecken. »Ben? Ich bin's, Glover ...«

»Jesus, haben Sie mir eine Angst eingejagt! Was ist denn? Hat sich jemand gemeldet?«

»Nein, Ben, Ich kann mir vorstellen, daß das auch bis morgen Zeit hätte. Aber ich dachte mir, ich würde Ihnen das Vergnügen verschaffen, sich in den Schlaf zu lachen, Sie altes Ekel!«

»Sie haben getrunken, Glover. Streiten Sie sich gefälligst mit Ihrer Frau und nicht mit mir. Was, zum Teufel, habe ich denn getan?«

»Sie haben mir diese acht Bibeln aus dem Büro des Generalstaatsanwalts gegeben, das haben Sie getan. Ich habe etwas gefunden!«

»Du lieber Gott! Über diese Sache in New York? Die Docks?«

»Nein. Nichts, das wir je mit Scarlett in Verbindung gebracht haben. Vielleicht ist es nichts, aber es könnte ...«

»Was denn?«

»Schweden. Stockholm.«

»Stockholm? Wovon, zum Teufel, reden Sie?«

»Ich kenne die Pond-Akte auswendig.«

»Walter Pond? Die Effekten?«

»Richtig. Sein erster Aktenvermerk traf im letzten Mai ein. Der erste Hinweis auf die Papiere. Erinnern Sie sich jetzt?«

»Ja, ja, ich erinnere mich. Und?«

»Nach einem Bericht in der sechsten Akte war Ulster Scarlett letztes Jahr in Schweden. Möchten Sie raten, wann?«

Reynolds machte eine kurze Pause, ehe er antwortete. Die fast unvorstellbare Summe von dreißig Millionen Dollar stand vor seinem geistigen Auge. »Es war doch nicht Weihnachten …« Das war keine Frage, sondern eine leise ausgesprochene Feststellung. »Jetzt, wo Sie es erwähnen – nun, manche Leute hätten es vielleicht so sehen können. Vielleicht feiern die Schweden im Mai Weihnachten.«

»Sprechen wir morgen darüber.« Reynolds legte auf, ohne seinem Mitarbeiter Zeit zu lassen, ihm zu antworten oder gute Nacht zu sagen. Er ging langsam zu seinem weich gepolsterten Sessel zurück und setzte sich.

Wie üblich rasten Benjamin Reynolds' Gedanken den ihm angebotenen Informationen voraus, suchten nach Komplikationen, nach Verästelungen.

Wenn Glovers Annahme stimmte und Ulster Scarlett mit der Manipulation in Stockholm in Verbindung stand, dann mußte man daraus folgern, daß Scarlett noch lebte. Und wenn das stimmte, dann hatte er amerikanische Effekten im Wert von dreißig Millionen Dollar in illegaler Weise an der Stockholmer Börse zum Verkauf angeboten.

Keine einzelne Person, nicht einmal Ulster Stewart Scarlett, konnte Effekten im Wert von dreißig Millionen Dollar an sich bringen.

Außer es lag eine Verschwörung vor.

Aber eine Verschwörung welcher Art? Zu welchem Ziel?

Wenn Elizabeth Scarlatti selbst darin verwickelt war, und in Anbetracht der immensen Summe mußte man sie in Betracht ziehen – warum?

Hatte er sie völlig falsch eingeschätzt?

Möglich …

Und ebenso war es möglich, daß er schon vor einem Jahr recht gehabt hatte. Daß der Scarlatti-Sohn nicht nur um des Nervenkitzels willen krumme Wege beschnitten hatte – oder weil er auf unappetitliche Freunde gestoßen war. Nicht, wenn Stockholm etwas zu bedeuten hatte.

Glover ging vor Reynolds' Schreibtisch auf und ab. »Da ist es. Scarletts Visum zeigt, daß er am 10. Mai nach Schweden eingereist ist. Das Pond-Papier wurde am 15. datiert.«

»Das sehe ich, Glover. Ich kann lesen.«

»Was werden Sie tun?«

»Tun? Ich kann gar nichts tun. Wir haben überhaupt nichts in der Hand. Nur einen Aktenvermerk, der unsere Aufmerksamkeit auf ein paar Gedichte lenkt, und das Datum, an dem ein amerikanischer Bürger nach Schweden gereist ist. Was sehen *Sie* denn sonst noch?«

»Angenommen, die Gerüchte sind fundiert, dann wäre die Verbindung offenkundig. Das wissen Sie genausogut wie ich. Wenn Ponds letzte Nachricht der Wahrheit entspricht, wette ich mit Ihnen zehn zu eins, daß Scarlett jetzt in Stockholm ist.«

»Vorausgesetzt, er hat etwas zu verkaufen.«

»Das habe ich doch gesagt.«

»Wenn ich mich richtig entsinne, muß jemand zuerst sagen, daß etwas gestohlen wurde, ehe jemand anderer ›Haltet den Dieb‹ schreien kann. Wenn wir Anklagen vorbringen, dann brauchen die Scarlattis nur zu sagen, sie wüßten nicht, wovon wir reden, und schon hängen wir in der Luft. Und selbst das brauchen sie nicht zu tun. Sie können es einfach ablehnen, uns einer Antwort zu würdigen – so würde die alte Dame das anpacken. Dann übernehmen die Boys auf dem Capitol Hill den Rest. Diese Agentur ist – für diejenigen, die über sie Bescheid wissen – immer ein Greuel. Das Ziel, dem wir dienen, steht im allgemeinen im Widerspruch zu ein paar anderen Zielen in dieser Stadt. Wir sind eines der Gewichte und Gegengewichte – Sie können sich heraussuchen, welches. Einige Leute in Washington würden uns keine Träne nachweinen.«

»Dann sollten wir die Information der Staatsanwaltschaft übergeben, damit die ihre eigenen Schlüsse ziehen. Ich schätze, wir haben keine andere Möglichkeit.«

Benjamin Reynolds' Sessel drehte sich langsam zum Fenster herum. »Das sollten wir tun. Das werden wir sogar tun, wenn Sie darauf bestehen.«

»Was soll das heißen?« fragte Glover und starrte auf den Hinterkopf seines Vorgesetzten.

Reynolds schwang seinen Stuhl wieder herum. »Ich glaube, wir können das selbst besser erledigen. Das Justizministerium, das Schatzamt, ja sogar das FBI – die sind einem Dutzend Ausschüsse verantwortlich. Wir nicht.«

»Damit legen wir aber unsere Vollmachten recht großzügig aus.«

»Das glaube ich nicht. Und so lange ich in diesem Stuhl sitze, ist das so ziemlich meine Entscheidung, nicht wahr?«

»Ja, das ist es. Warum wollen Sie denn, daß wir es übernehmen?«

»Weil in all dem etwas Krankhaftes steckt. Ich habe es in den Augen der alten Frau gesehen.«

»Das klingt ja nicht gerade sehr logisch.«

»Ich habe es aber gesehen.«

»Ben, wenn sich etwas entwickelt, das über unsere Kräfte hinausgeht, dann werden Sie doch zum Generalstaatsanwalt gehen?«

»Mein Wort darauf.«

»Gut. Was tun wir jetzt?« Benjamin Reynolds stand auf. »Ist Canfield noch in Arizona?«

»In Phoenix.«

»Schaffen Sie ihn her.«

Canfield. Ein komplizierter Mann für einen komplizierten Auftrag. Reynolds mochte ihn nicht, vertraute ihm auch nicht ganz. Aber er würde schneller vorankommen als irgendein anderer.

Und falls er beschließen sollte, sie zu verkaufen, dann würde Ben Reynolds das wissen. Irgendwie würde er es bemerken. So erfahren war Canfield nicht.

Wenn das geschah, würde Reynolds den Buchprüfer unter Druck setzen und die Wahrheit dieser Scarlatti-Angelegenheit herausfinden. Canfield war ersetzbar.

Ja, Matthew Canfield war eine gute Wahl. Wenn er sich nach den Bedingungen der Gruppe 20 auf die Fährte der Scarlattis setzte, konnten sie nicht mehr verlangen. Wenn er jedoch andere Bedingungen stellte, würde man ihn zurückrufen und vernichten.

Und sie würden die Wahrheit wissen.

Ben Reynolds setzte sich hin und wunderte sich über seinen eigenen Zynismus.

Aber daran war kein Zweifel – der schnellste Weg, das Geheimnis um die Scarlattis zu lösen, war es, Matthew Canfield zu einer Schachfigur zu machen. Zu einer Schachfigur, die sich selbst eine Falle stellte ...

14.

Elizabeth fand keinen Schlaf. Immer wieder setzte sie sich im Bett auf, um sich Dinge zu notieren, die ihr in den Sinn kamen. Sie schrieb Fakten auf, Mutmaßungen, entfernte Möglichkeiten, sogar Unmöglichkeiten. Sie zeichnete kleine Quadrate, setzte Namen, Orte und Daten darin ein und versuchte, sie mit Strichen zu verbinden. Gegen drei Uhr früh stellte sich ihr die Folge der Ereignisse etwa so dar:

April 1925. Ulster und Janet nach nur dreiwöchiger Verlobung verheiratet. Warum? Ulster und Janet reisen auf einem Schiff der Cunard Line nach Southampton. Reservierungen von Ulster im Februar vorgenommen. Woher wußte er es?

Mai bis Dezember 1925. Etwa achthunderttausend Dollar durch Waterman an sechzehn verschiedene Banken in England, Frankreich, Deutschland, Österreich, Holland, Italien, Spanien und Algerien überwiesen.

Januar bis März 1926. Effekten im Wert von rund zweihundertsiebzig Millionen aus den Tresoren der Waterman-Bank entfernt. Erzielbarer Gegenwert im Notverkauf zwischen hundertfünfzig und zweihundert Millionen. Sämtliche Rechnungen und Belastungen auf Ulsters und Janets Namen im Februar 1926 an europäische Aussteller beglichen. Im Monat März deutliche Veränderung im Verhalten Ulsters. Wirkt zurückgezogen.

April 1926. Andrew geboren. Andrew getauft. Ulster verschwindet.

Juli 1926. Vierzehn europäische Banken bestätigen, daß sämtliche Gelder abgehoben wurden. Im allgemeinen binnen vier Wochen nach der Einzahlung. Zwei Banken in London und Den Haag melden, daß Summen von sechsundzwanzigtausend beziehungsweise neunzehntausend auf Konten verblieben sind.

Dies war die chronologische Folge der Ereignisse im Zusammenhang mit Ulsters Verschwinden. Der Plan war deutlich zu erkennen. Die ganze Folge von Vorgängen war offensichtlich vorausgeplant: die Reservierungen im Februar, die kurze Verlobungszeit, die Hochzeitsreise, die dauernden Einzahlungen und prompten Abhebungen, die Entnahme der Wertpapiere und am Ende die Tatsache von Ulsters Verschwinden. Alles zwischen Februar 1925 und April 1926. Ein für vierzehn Monate aufgestellter Plan, der mit ungeheurer Präzision durchgeführt worden war, inklusive einer Schwangerschaft. War Ulster so genial? Elizabeth wußte es nicht. Sie wußte wirklich nur sehr wenig über ihn, und die endlosen Berichte hatten das Bild, das sie sich von ihm machte, eher verschleiert. Allem Anschein nach war die Person, die mittels dieser Recherchen analysiert wurde, zu nichts anderem imstande als dazu, es sich selbst wohlergehen zu lassen.

Sie wußte, daß es nur einen Ort gab, an dem man die Suche beginnen konnte – Europa, die Banken. Nicht alle, überlegte sie, aber einige. Denn so kompliziert auch das Anlagenwachstum sein mochte und so sehr diese Anlagen auch diversifiziert worden waren – die fundamentalen Praktiken des Bankwesens waren seit der Zeit der Pharaonen gleich geblieben. Man legte Geld ein und entnahm Geld. Und ob dies nun aus Notwendigkeit oder zum Vergnügen geschah, das abgehobene Geld gelangte an einen anderen Ort. Und jener andere Ort oder jene anderen Orte waren es, die Elizabeth finden wollte. Denn auf dieses Geld kam es an, auf das Geld, das von der Waterman Trust-Bank an die sechzehn europäischen Banken überwiesen worden war, das bis zu jenem Zeitpunkt benutzt werden würde, bis möglicherweise die Wertpapiere verkauft wurden.

Um zehn Minuten vor neun öffnete der Butler dem neuesten zweiten Vizepräsidenten der Waterman Trust-Bank, Jefferson Cartwright, die Tür. Er führte den Südstaatler in die Bibliothek, wo Elizabeth mit der unvermeidlichen Tasse Kaffee hinter ihrem Schreibtisch saß.

Jefferson nahm auf dem kleinen Stuhl vor dem Schreibtisch Platz, wobei er sich bewußt war, daß dieser Stuhl seine Größe auf höchst schmeichelhafte Weise zur Geltung brachte. Er stellte die Aktentasche neben sich.

»Haben Sie die Briefe mitgebracht?«

»Hier sind sie, Madame Scarlatti«, antwortete der Banker, hob die Aktentasche auf seinen Schoß und klappte sie auf. »Darf ich Ihnen bei dieser Gelegenheit für die freundliche Fürsprache im Büro danken? Das war wirklich sehr großzügig von Ihnen.«

»Danke. Wie ich höre, hat man Sie zum zweiten Vizepräsidenten ernannt.«

»Das ist richtig, Ma'am, und ich glaube wirklich, daß diese Entscheidung hauptsächlich durch das gute Wort beeinflußt wurde, das Sie für mich eingelegt haben. Ich danke Ihnen noch einmal.« Er reichte Elizabeth die Papiere.

Sie nahm sie entgegen und begann die obersten Blätter zu überfliegen. Sie schienen in Ordnung zu sein. Sie waren sogar ausgezeichnet.

Jetzt sagte Cartwright leise: »Die Briefe autorisieren Sie, alle Informationen bezüglich jeglicher Transaktion seitens Ihres Sohnes Ulster Stewart Scarlett bei den verschiedenen Banken entgegenzunehmen. Einlagen, Abhebungen, Überweisungen. Ferner fordern diese Briefe Zugang zu allen Schließfächern, soweit es solche gibt. Sämtliche Banken erhielten einen entsprechenden Begleitbrief mit einer Fotokopie Ihrer Unterschrift. Ich habe diese Briefe in meiner Eigenschaft als Vertreter von Waterman und Generalbevollmächtigter von Mr. Scarlett unterzeichnet. Damit bin ich natürlich ein beträchtliches Risiko eingegangen.«

»Ich gratuliere Ihnen.«

»Es ist einfach unglaublich«, meinte der Banker. »Wertpapiere im Wert von über zweihundertsiebzig Millionen Dollar – verschwunden, unauffindbar. Die schweben sozusagen irgendwo. Wer weiß, wo? Selbst die größten Banksyndikate haben Schwierigkeiten, so viel Kapital aufzubringen. Oh, das ist eine Krise, Ma'am! Insbesondere auf einem hochgradig spekulativen Markt. Ich weiß ehrlich nicht, was ich tun soll.«

»Möglicherweise werden Sie, wenn Sie klug handeln, viele Jahre ein bemerkenswert hohes Gehalt für sehr wenig Mühe beziehen. Umgekehrt ist es auch möglich ...«

»Ich glaube zu wissen, worin diese andere Möglichkeit besteht«, fiel Jefferson Cartwright der alten Dame ins Wort. »Wie ich die Dinge sehe, suchen Sie Informationen in Verbindung mit dem Verschwinden Ihres Sohnes. Mag sein, daß Sie diese Information finden, sofern sie existiert. Ebensogut ist es aber auch möglich, daß Sie nichts erfahren werden. In jedem Fall werden noch zwölf Monate verstreichen, ehe man die ersten Schuldverschreibungen vermissen wird. Zwölf Monate. Einige von uns befinden sich dann vielleicht gar nicht mehr auf Gottes schöner Erde. Andere könnten vor dem Ruin stehen.«

»Wollen Sie damit mein Ableben prophezeien?«

»Ganz bestimmt nicht. Aber meine eigene Position ist höchst delikat. Ich habe die Vorschriften meiner Firma und ethische Grundwerte des Bankgewerbes verletzt. Als finanzieller Berater Ihres Sohnes könnte man den Vorwurf gegen mich erheben ...«

»Und Sie würden sich mit einer Ausgleichszahlung wohler fühlen, ist es das?« Elizabeth legte die Briefe auf den Schreibtisch. Sie ärgerte sich über diesen undankbaren Südstaatler. »Ich besteche Sie, und Sie erpressen mich aufgrund meiner Bestechung. Recht raffiniert. Wieviel?«

»Es tut mir leid, wenn ich einen so kläglichen Eindruck mache. Ich will keine Ausgleichszahlung. Das wäre erniedrigend.«

»Was wollen Sie dann?« Elizabeth begann jetzt sichtlich ärgerlich zu werden.

»Ich habe hier ein Schriftstück vorbereitet. In dreifacher Ausfertigung. Eine Kopie für Sie, eine für die Scarwyck-Stiftung und eine natürlich für meinen Anwalt. Ich wäre Ihnen dankbar, wenn Sie das durchlesen würden. Und dann sagen Sie mir bitte, ob Sie einverstanden sind.«

Cartwright nahm die Papiere aus der Mappe und legte sie vor Elizabeth auf den Schreibtisch. Sie nahm das oberste Blatt auf und sah, daß es sich um eine Vereinbarung handelte, an die Scarwyck-Stiftung adressiert.

›Hiermit wird die Vereinbarung zwischen Mr. Jefferson Cartwright und mir, Mrs. Elizabeth Wyckham Scarlatti, in meiner Eigenschaft als Aufsichtsratsvorsitzende der Scarwyck-Stiftung, 525 Fifth Avenue, New York, bestätigt.

Nachdem Mr. Cartwright mir und der Scarwyck-Stiftung in großzügigem Maße als fachkundiger Berater zur Verfügung gestanden hat, wird vereinbart, daß er als Berater mit einem Jahresgehalt von fünfzigtausend Dollar ($ 50 000,–) in die Stiftung eintritt. Diese Position wird ihm auf die Dauer seines natürlichen Lebens garantiert, wobei die Ernennung mit obigem Datum in Kraft tritt.

Ferner wird hiermit bestätigt, daß Mr. Jefferson Cartwright häufig für mich und die Scarwyck-Stiftung gegen seine bessere Einsicht und im Gegensatz zu seinen eigenen Wünschen tätig war.

Nachdem Mr. Cartwright all diese Dienste auf die Art und Weise erfüllt hat, wie seine Klientin, ich, dies als nützlich für die Scarwyck-Stiftung betrachtete, handelte er, ohne eine solche Verantwortung auf sich zu nehmen und häufig ohne die Transaktionen im einzelnen zu kennen.

Deshalb wird vereinbart, daß, sollten zu einem beliebigen späteren Zeitpunkt irgendwelche Strafen, Bußgelder oder Urteile gegen Mr. Cartwright erlassen werden, die aus diesen Handlungen entstehen, diese im vollen Umfang aus meinem persönlichen Konto beglichen werden.

Es sei hinzugefügt, daß solche Aktionen nicht erwartet werden, aber da die Interessen der Scarwyck-Stiftung weltweit sind, die gestellten Forderungen außergewöhnlich sein könnten und die Entscheidungen häufig von meiner persönlichen Meinung abhängen, wird es für angemessen gehalten, diese Feststellung hier einzuschließen. Es sei hiermit festgehalten, daß Mr. Cartwrights außergewöhnliche Dienste für mich in den vergangenen Monaten vertraulicher Natur waren, ich aber von diesem Datum an keine Einwände dagegen habe, daß seine Position in der Scarwyck-Stiftung auch der Öffentlichkeit zur Kenntnis gebracht wird.‹

Anschließend kamen zwei Zeilen auf der rechten Seite für die Unterschriften und eine dritte Zeile auf der linken Seite für die Unterschrift eines Zeugen. Elizabeth erkannte, daß es sich um ein professionelles Dokument handelte. Es war nichtssagend, sicherte aber alles ab.

»Sie erwarten doch nicht ernsthaft von mir, daß ich das unterschreibe?«

»Doch, das erwarte ich ganz ehrlich. Denn sehen Sie, wenn Sie es nicht tun, dann würde mich mein stark ausgeprägtes Verantwortungsgefühl dazu zwingen, sofort die Behörden aufzusuchen. Ich würde ohne Zweifel unmittelbar das Büro des Staatsanwalts aufsuchen und ihm Informationen liefern, von denen ich glaube, daß sie bezüglich des Verschwindens von Mr. Scarlett relevant sind. Können Sie sich vorstellen, was für Unruhe das erzeugen würde? Nicht nur hierzulande, sondern auf der ganzen Welt … Die bloße Tatsache, daß die gefeierte Madame Scarlatti sich mit dem Gedanken trug, die Banken zu befragen, wo ihr Sohn Geschäfte machte …«

»Ich werde alles leugnen.«

»Unglücklicherweise könnten Sie nicht leugnen, daß die Wertpapiere verschwunden sind. Sie brauchen zwar erst in einem Jahr eingelöst zu werden, aber es steht fest, daß sie verschwunden sind.«

Elizabeth starrte Cartwright an. Sie wußte, daß sie geschlagen war. Sie setzte sich und griff wortlos nach einer Feder. Dann unterschrieb sie die Papiere, und er nahm ein Blatt nach dem anderen und tat es ihr gleich.

15.

Man hatte Elizabeths Schiffskoffer an Bord des britischen Liners *Calpurnia* gebracht. Ihrer Familie hatte sie gesagt, daß die Ereignisse der letzten paar Monate ihre Geduld und ihre Gesundheit angegriffen hätten und sie deshalb einen längeren Aufenthalt in Europa plante – ganz allein. Sie würde am nächsten Morgen abreisen. Chancellor Drew pflichtete ihr darin bei, daß ihr die Reise guttun würde, drängte aber seine Mutter, eine Begleiterin mitzunehmen. Schließlich wäre Elizabeth nicht mehr die Jüngste, und deshalb sollte sie jemand begleiten. Er schlug Janet vor.

Elizabeth erklärte, daß Chancellor Drew sich seine Vorschläge für die Scarwyck-Stiftung sparen sollte, aber das Thema Janet mußte trotzdem in Angriff genommen werden.

Sie bat die junge Frau zwei Tage, bevor die *Calpurnia* auslaufen sollte, in ihr Haus.

»Was du mir sagst, ist schwer zu glauben, Janet. Nicht so sehr, was meinen Sohn angeht, sondern was dich betrifft ... Hast du ihn geliebt?«

»Ja. Ich glaube schon. Vielleicht war ich auch nur von ihm überwältigt. Am Anfang waren da so viele Leute, so viele Orte. Alles ging so schnell. Und dann erkannte ich allmählich, daß er mich nicht mochte. Er konnte es nicht ertragen, sich im gleichen Zimmer wie ich aufzuhalten. Ich war wie eine Notwendigkeit, die ihm auf die Nerven ging. Aber frag mich nur nicht, warum!«

Elizabeth fielen die Worte ihres Sohnes ein. ›Sie wird mir eine gute Frau sein‹, hatte er gesagt und dann erklärt, es wäre an der

Zeit zu heiraten. Warum hatte er so nachdrücklich davon gesprochen? Warum war es so wichtig für ihn gewesen?

»War er dir treu?«

Die junge Frau warf den Kopf in den Nacken und lachte. »Weißt du, wie es ist, wenn man seinen Mann teilen muß mit – nun, das kann man nie so genau sagen ...«

»Die neueren Erkenntnisse der Psychologie besagen, daß Männer sich oft so verhalten, um etwas zu kompensieren, Janet. Um sich zu überzeugen, daß sie – noch leistungsfähig sind.«

»Wieder falsch, Madame Scarlatti!« Janet legte eine übertriebene Betonung in Elizabeths Zunamen, und das klang leicht verächtlich. »Dein Sohn war leistungsfähig. In höchstem Maße. Wahrscheinlich sollte ich das nicht sagen, aber wir haben uns oft geliebt. Die Zeit und der Ort machten Ulster nie etwas aus. Aber ob ich gerade wollte oder nicht – das war ihm am allerunwichtigsten. Ich meine, ich war ihm am unwichtigsten.«

»Warum hast du es ertragen? Das verstehe ich nicht.«

Jane Scarlett griff in ihre Handtasche. Sie nahm ein Päckchen Zigaretten heraus und zündete sich nervös eine an. »Jetzt habe ich dir schon so viel gesagt, warum nicht auch den Rest? Ich hatte Angst.«

»Wovor?«

»Ich weiß nicht. Ich habe diesen Gedanken nie zu Ende gedacht. Warum nennen wir es nicht einfach – die Angst vor dem äußeren Schein?«

»Es macht dir hoffentlich nichts aus, wenn ich dir sage, daß ich das ziemlich dumm finde.«

»Du vergißt, daß ich Ulster Stewart Scarletts Frau war. Ich habe ihn eingefangen. Es ist nicht leicht, zuzugeben, daß ich ihn nur ein paar Monate halten konnte.«

»Ich verstehe. Wir wissen beide, daß es für dich das Beste wäre, wenn du dich wegen böswilligen Verlassens scheiden ließest, aber man würde dich unbarmherzig kritisieren. Es würde höchst geschmacklos aussehen.«

»Das weiß ich. Ich habe beschlossen, ein Jahr zu warten, ehe ich die Scheidung einreiche. Ein Jahr ist eine vernünftige Zeit. Es wäre verständlich.«

»Ich bin nicht sicher, ob das in deinem Interesse läge.«

»Warum nicht?«

»Du würdest dich völlig und dein Kind teilweise von der Scarlatti-Familie lösen. Ich will ganz offen sein. Ich vertraue Chancellor unter diesen Umständen nicht.«

»Ich begreife nicht ...«

»Nachdem du den ersten Schritt gemacht hättest, würde er jede legale Waffe einsetzen, um dir das Sorgerecht für deinen Sohn zu entziehen.«

»Was!«

»Er würde sowohl das Kind als auch das Erbe kontrollieren. Zum Glück ...«

»Du bist verrückt!«

Elizabeth fuhr fort, als hätte Janet sie nicht unterbrochen: »Zum Glück würde Chancellors Sinn für Etikette – der ans Lächerliche grenzt – ihn davon abhalten, irgendwelche Schritte zu unternehmen, die zu Peinlichkeiten führen könnten. Aber wenn du ihn herausfordern würdest ... Nein, Janet. Eine Scheidung kommt nicht in Frage.«

»Weißt du, was du da sagst?«

»Ich versichere dir, daß ich es weiß. Wenn ich garantieren könnte, daß ich in einem Jahr noch lebe, würde ich dir meinen Segen geben. Aber das kann ich nicht. Und wenn ich ihn nicht daran hinderte, würde Chancellor zu einem raffinierten, wilden Tier werden.«

»Es gibt doch nichts, gar nichts, das Chancellor mir antun kann – oder meinem Kind!«

»Bitte, meine Liebe. Ich will dir keine Moralpredigt halten. Aber dein Verhalten war wirklich nicht untadelig.«

»Ich brauche mir das nicht anzuhören!« Janet erhob sich vom Sofa und klappte ihre Handtasche auf, legte die Zigaretten hinein und entnahm ihr die Handschuhe.

»Ich will hier kein Urteil abgeben«, sagte Elizabeth. »Du bist ein intelligentes Mädchen. Was auch immer du tust, ich bin ganz sicher, du hast deine Gründe dafür. Falls es dir hilft, ich glaube, du hast ein Jahr in der Hölle verbracht.«

»Ja. Ein Jahr in der Hölle.« Janet Scarlett begann die Handschuhe anzuziehen.

Elizabeth ging zu ihrem Schreibtisch am Fenster hinüber. »Wir wollen in aller Offenheit darüber sprechen. Wenn Ulster hier wäre oder irgendwo auffindbar, dann ließe sich eine Scheidung in aller

Stille und ohne Schwierigkeiten arrangieren. Schließlich ist keiner von euch beiden ohne Makel. Aber, wie es das Gesetz ausdrückt, ist einer der Partner nicht anwesend, vielleicht verstorben, aber nicht gesetzlich für tot erklärt. Und es gibt ein Kind – Ulsters Erbe. Dies, Janet, ist das Problem.«

Elizabeth fragte sich, ob ihre Schwiegertochter anfing zu begreifen. Das Ärgerliche an den jungen reichen Leuten, entschied sie schließlich, war es nicht, daß sie ihr Geld als gottgegeben ansahen, sondern daß sie nicht erkannten, auf welch beängstigende Weise das Geld als Werkzeug der Macht fungierte.

»Sobald du den ersten Schritt getan hättest, würden sich die Raubvögel aus beiden Lagern auf dich stürzen. Am Ende würde der Name Scarlatti zu einem Witz in den Garderoben der Sportklubs werden. Und das will ich nicht zulassen!«

Elizabeth nahm eine Akte aus ihrer Schreibtischschublade und legte sie vor sich auf den Schreibtisch. Sie setzte sich und sah zu Janet hinüber.

»Verstehst du, was ich sage?«

»Ja, ich glaube schon«, sagte die junge Frau langsam und sah auf ihre behandschuhten Hände. »Du willst mich irgendwo bequem außer Sichtweite verstecken, damit deine großartigen Scarletts nicht in Mitleidenschaft gezogen werden.« Sie zögerte, dann erwiderte sie den Blick ihrer Schwiegermutter. »Und ich dachte einen Augenblick lang, du wolltest gut zu mir sein.«

»Man kann dich ja nicht gerade als einen Fall für die Wohlfahrtsbehörden bezeichnen«, entgegnete Elizabeth.

»Nein. Wahrscheinlich nicht. Aber da ich auch nicht um wohltätige Gaben bitte, hat das ja wohl nichts zu sagen. Ich nehme an, du willst auf deine Art nett sein.«

»Dann wirst du tun, was ich vorschlage?« Elizabeth nahm den Aktenordner, als wollte sie ihn in die Schublade zurücklegen.

»Nein«, antwortete Janet Saxon Scarlett im Flüsterton. »Ich werde genau das tun, was mir paßt. Und ich glaube nicht, daß man über mich in den Klubgarderoben Witze machen wird.«

»Sei dir da nicht so sicher!« Elizabeth warf die Akte wieder auf die Tischplatte.

»Ich werde warten, bis ein Jahr vergangen ist«, sagte Janet, »und dann werde ich tun, was getan werden muß. Mein Vater wird wissen, was zu geschehen hat. Ich werde seinem Rat folgen.«

»Dein Vater könnte gewisse Bedenken haben. Er ist Geschäftsmann.«

»Er ist aber auch mein Vater!«

»Ich kann das sehr gut verstehen, meine Liebe. Ich verstehe es so gut, daß ich dich um etwas bitten möchte. Darf ich dir noch ein paar Fragen stellen, ehe du gehst?«

Elizabeth stand auf und trat an die Bibliothekstür. Sie schloß sie und drehte den bronzenen Knauf herum.

Janet beobachtete die alte Frau ebenso neugierig wie ängstlich. Es war nicht die Art ihrer Schwiegermutter, irgendwelche Störungen zu befürchten. Jeder unerwünschte Eindringling wurde üblicherweise einfach aus dem Zimmer gewiesen.

»Es gibt nichts mehr zu sagen. Ich will …«

»Richtig. Du hast wenig zu sagen«, unterbrach Elizabeth ihre Schwiegertochter und kehrte zum Schreibtisch zurück. »Hat es dir in Europa gefallen, meine Liebe? Paris, Marseille, Rom? Ich glaube, daß New York dir im Vergleich dazu langweilig vorkommen muß. Unter diesen Umständen hat Europa doch viel mehr zu bieten.«

»Was meinst du damit?«

»Einfach dies. Du scheinst das Leben in Europa auf etwas unvernünftige Art genossen zu haben. Mein Sohn hat sich offenbar die richtige Spielgefährtin für seine Eskapaden ausgesucht. Aber, wenn ich das sagen darf, er war häufig diskreter als du.«

»Ich weiß nicht, wovon du sprichst.«

Elizabeth klappte die Akte auf. »Wir wollen mal sehen. Da war ein farbiger Trompeter in Paris …«

»Ein was? Wovon redest du?«

»Er hat dich um acht Uhr früh in dein Hotel – entschuldige, in dein und Ulsters Hotel gebracht. Offensichtlich warst du die ganze Nacht mit ihm zusammen.«

Janet starrte ihre Schwiegermutter ungläubig an. Obwohl sie offensichtlich verblüfft war, antwortete sie mit ruhiger Stimme. »Ja. Paris. Ja! Und ich war auch mit ihm zusammen, aber nicht so. Ich versuchte, mit Ulster mitzuhalten, versuchte die halbe Nacht, ihn zu finden.«

»Davon wird hier nichts erwähnt. Man hat dich nur gesehen, wie du, gestützt auf einen Farbigen, ins Hotel kamst.«

»Ich war erschöpft.«

»Hier steht ›betrunken‹ …«

»Dann ist es eine Lüge!«

Die alte Frau blätterte in der Akte. »Und dann eine Woche in Südfrankreich. Erinnerst du dich an jenes Wochenende, Janet?«

»Nein«, antwortete die junge Frau zögernd. »Was machst du da? Was hast du dort?«

Elizabeth stand auf und hielt die Akte so, daß die junge Frau nicht hineinsehen konnte. »Also? Dieses Wochenende bei Madame Auriole. Wie nennt man ihr Château – la Silhouette? Was für ein dramatischer Name!«

»Sie war mit Ulster befreundet.«

»Und du hattest natürlich keine Ahnung, was Aurioles Silhouette in ganz Frankreich bedeutete – und vermutlich immer noch bedeutet.«

»Du willst doch nicht behaupten, daß ich damit etwas zu tun hatte?«

»Und was meinten die Leute, wenn sie sagten, daß sie in Aurioles Silhouette gehen?«

»Das kann nicht dein Ernst sein.«

»Was geschieht in Aurioles Silhouette?« Elizabeths Stimme klang jetzt etwas schrill.

»Ich – ich weiß nicht. Ich weiß es nicht!«

»Was geschieht dort?«

»Ich gebe dir keine Antwort!«

»Das ist sehr klug, aber ich fürchte, es genügt nicht. Es ist allgemein bekannt, daß die Höhepunkte auf Madame Aurioles Speisekarte Opium, Haschisch, Marihuana und Heroin sind. Ein Paradies für die Liebhaber aller Arten von Narkotika!«

»Das wußte ich nicht!«

»Du wußtest nichts darüber? Das ist dir ein ganzes Wochenende lang entgangen? Ausgerechnet in jenen Tagen, als die Saison ihren Höhepunkt erreichte?«

»Nein – ja, ich habe es bemerkt und bin weggegangen. Ich verließ das Haus, sobald mir klar wurde, was sie taten.«

»Orgien für Rauschgiftsüchtige, wunderbare Chancen für den kultivierten Voyeur ... Tag und Nacht. Und Mrs. Scarlett wußte überhaupt nichts.«

»Ich schwöre dir, daß ich nichts wußte.«

Elizabeths Stimme klang jetzt wieder kontrolliert und sanft, aber fest. »Ich bin sicher, daß du nichts wußtest, meine Liebe. Aber ich weiß nicht, wer dir glauben würde.« Sie hielt kurz inne. »Hier steht noch eine ganze Menge mehr.« Sie blätterte die Seiten um und setzte sich wieder hinter ihren Schreibtisch. »Berlin, Wien, Rom. Insbesondere Kairo.«

Janet rannte auf Elizabeth Scarlatti zu und beugte sich über den Schreibtisch, die Augen voller Furcht. »Ulster hat mich für fast zwei Wochen verlassen. Ich wußte nicht, wo er war. Ich hatte panische Angst.«

»Man hat dich gesehen, wie du die seltsamsten Orte aufgesucht hast, meine Liebe. Du hast sogar eines der schlimmsten internationalen Verbrechen begangen. Du hast ein anderes menschliches Wesen gekauft. Du hast einen Sklaven erworben.«

»Nein! Nein, das habe ich nicht! Das ist nicht wahr!«

»O ja. Du hast ein dreizehnjähriges Arabermädchen in deinen Besitz gebracht, das für die Zwecke der Prostitution verkauft wurde. Als amerikanische Bürgerin bist du ganz bestimmten Gesetzen unterworfen ...«

»Das ist eine Lüge!« unterbrach sie Janet. »Man hat mir gesagt, wenn ich das Geld bezahlte, könnte der Araber mir sagen, wo Ulster ist! Das ist alles, was ich getan habe!«

»Nein, das ist es nicht. Du hast ihm ein Geschenk gegeben. Ein kleines, dreizehnjähriges Mädchen war dein Geschenk für ihn, und das weißt du. Ich frage mich, ob du je über sie nachgedacht hast.«

»Ich wollte nur Ulster finden! Mir war übel, als ich es schließlich herausfand. Ich verstand es nicht. Ich wußte nicht einmal, wovon sie redeten. Ich wollte doch nur Ulster finden und diesen schrecklichen Ort wieder verlassen!«

»Ich möchte dir da nicht widersprechen, aber andere würden das tun.«

»Wer?« Janet zitterte am ganzen Körper.

»Die Gerichte zum Beispiel. Oder die Zeitungen.« Elizabeth starrte die verängstigte junge Frau an. »Meine Freunde – selbst deine eigenen Freunde.«

»Und du würdest zulassen – daß jemand diese Lügen benutzt, um mir zu schaden?«

Elizabeth zuckte mit den Schultern.

»Man könnte auch deinem Enkelkind schaden«, gab Janet zu bedenken.

»Nun – dein Kind würde es nicht mehr lange sein – im juristischen Sinn, meine ich. Ich bin sicher, man würde deinen Sohn zunächst zum Mündel des Gerichts machen, bis festgelegt wäre, daß Chancellor der richtige Vormund für ihn sein würde.«

Janet setzte sich langsam auf die Stuhlkante. Sie fing zu weinen an.

»Bitte, Janet. Ich verlange nicht von dir, daß du in ein Kloster gehst. Ich verlange nicht einmal von dir, daß du auf das verzichtest, was für eine Frau deines Alters und deiner Neigungen normal ist. Du hast dich ja in den letzten paar Monaten auch nicht gerade zurückgehalten. Das erwarte ich auch nicht von dir. Ich verlange nur ein faires Maß an Diskretion, vielleicht ein wenig mehr, als du es in letzter Zeit an den Tag gelegt hast, und ein gesundes Maß an psychischer Vorsicht. Und andernfalls sofortige Abhilfe.«

Janet Saxon Scarlett wandte den Kopf ab und schloß die Augen.

»Du bist schrecklich«, flüsterte sie.

»Ich kann mir vorstellen, daß ich dir jetzt so erscheine. Eines Tages wirst du es hoffentlich anders sehen.«

Janet sprang auf. »Laß mich gehen!«

»Um Himmels willen, versuch doch zu verstehen. Chancellor und Allison werden bald hier sein. Ich brauche dich, meine Liebe.«

Die junge Frau rannte zur Tür, vergaß dabei das Schloß. Sie konnte sie nicht öffnen. Ihre Stimme klang brüchig. »Was willst du denn sonst noch?«

Elizabeth wußte, daß sie gewonnen hatte.

16.

Matthew Canfield lehnte an der Häuserwand an der Südostecke der Fifth Avenue und der Sixtythird Street, vielleicht fünfzehn Meter von dem imposanten Eingang zur Residenz der Scarlattis entfernt. Er hüllte sich in seinen Regenmantel, um die Kälte des Herbstregens abzuwehren, und sah auf die Uhr – zehn Minuten vor sechs. Er war jetzt seit über einer Stunde auf dem Posten. Die junge Frau war um Viertel vor fünf hineingegangen. Am Ende würde sie bis Mitternacht bleiben, oder, was der Himmel verbieten möge, bis zum Morgen. Er hatte für zwei Uhr eine Ablösung bestellt, falls bis dahin nichts geschehen sein sollte. Es gab keinen besonderen Grund für die Annahme, daß bis dahin etwas passieren würde, und doch sagte ihm sein Instinkt, daß es so sein würde. Nach fünf Wochen, in denen er sich mit seinen Zielpersonen vertraut gemacht hatte, gestattete er seiner Fantasie, ihm das zu liefern, was er nicht beobachten konnte. Die alte Dame würde sich übermorgen einschiffen und niemanden mitnehmen. Die Trauer, die sie für ihren verschwundenen oder toten Sohn empfand, war international bekannt und lieferte zahlreichen Zeitungen Stoff für Berichte. Aber die alte Frau verbarg ihr Leid gut und ging ihren Geschäften nach.

Bei Scarletts Frau war das anders. Wenn sie ihren verschwundenen Mann betrauerte, so war davon nichts zu bemerken. Offenkundig hingegen war, daß sie nicht an Ulster Scarletts Tod glaubte. Wie hatte sie es im Country Club von Oyster Bay ausgedrückt? Obwohl ihre Stimme damals vom Whisky schwer gewesen war, hatten ihre Worte unmißverständlich geklungen.

»Meine liebe Schwiegermutter hält sich für ganz besonders schlau. Hoffentlich sinkt ihr Schiff. Sonst würde sie ihn finden.«

Heute abend kam es zu einer Konfrontation zwischen den beiden Frauen, und Matthew Canfield wünschte, er könnte Zeuge sein.

Der leichte Regen ließ jetzt nach. Canfield beschloß, die Fifth Avenue auf die Parkseite der Straße zu überqueren. Er nahm eine Zeitung aus der Tasche seines Regenmantels, breitete sie auf der Bank vor der Mauer des Central Parks aus und setzte sich. Ein Mann und eine Frau blieben vor den Stufen zum Haus der alten Frau stehen. Es war jetzt ziemlich dunkel, und er konnte sie nicht erkennen. Die Frau sprach erregt auf den Mann ein, während er nicht zuzuhören schien und sich mehr auf die Taschenuhr konzentrierte, die er aus der Tasche geholt und aufgeklappt hatte. Canfield sah wieder auf die eigene Uhr und stellte fest, daß es zwei Minuten vor sechs Uhr war. Er stand langsam auf und begann wieder über die breite Avenue zu schlendern. Der Mann drehte sich halb herum, so daß das Licht der Straßenbeleuchtung auf das Zifferblatt seiner Uhr fallen konnte. Die Frau redete weiter.

Canfield sah ohne große Überraschung, daß es der ältere Bruder Chancellor Drew Scarlett und seine Frau Allison waren.

Canfield ging auf der Sixtythird Street weiter nach Osten, während Chancellor Scarlett nach dem Arm seiner Frau griff und sie die Stufen zur Tür der Scarlattis hinaufführte. Als Canfield die Madison Avenue erreichte, hörte er ein lautes Krachen. Er drehte sich um und sah, daß die Tür von Elizabeth Scarlattis Haus gewaltsam aufgerissen worden und krachend gegen eine unsichtbare Wand im Innern des Hauses geprallt war.

Janet Scarlett kam die Ziegelstufen heruntergerannt, stolperte und stürzte, erhob sich wieder und humpelte auf die Fifth Avenue zu. Canfield wandte sich um und folgte ihr. Sie war verletzt, das paßte vielleicht recht gut.

Der Buchprüfer war vielleicht noch dreißig Meter von Ulster Scarletts Frau entfernt, als ein Roadster, ein glänzend schwarzer Pierce-Arrow, die Straße herunterraste. Der Wagen fuhr in der Nähe der jungen Frau auf den Bürgersteig zu.

Canfield verlangsamte seine Schritte. Er konnte sehen, wie der Mann in dem Roadster sich zum rechten Wagenfenster beugte. Das Licht der Straßenlampe schien ihm direkt aufs Gesicht. Er war ein gutaussehender Mann Anfang Fünfzig, mit einem sorgfältig gestutzten Schnurrbart. Er schien der Gattung von Männern anzugehören, die Janet Scarlett vielleicht kannte. Canfield überlegte, daß der Mann vielleicht – ebenso wie er – auf Janet Scarlett gewartet hatte.

Plötzlich hielt der Mann den Wagen an, stieß die Tür auf und stieg aus. Er ging um den Wagen herum auf die junge Frau zu.

»Steigen Sie ein, Mrs. Scarlett.«

Janet Scarlett beugte sich vor und hielt sich das verletzte Knie. Sie blickte verwirrt auf, sah den Mann mit dem pomadisierten Schnurrbart an. Canfield blieb stehen. Der Schatten einer Türnische verdeckte ihn.

»Was? Sie sind kein Taxi … Nein, ich kenne Sie nicht …«

»Steigen Sie ein! Ich fahre Sie nach Hause. Schnell jetzt!« sagte der Mann hartnäckig und griff nach Janet Scarletts Arm.

»Nein! Nein, ich will nicht!« Sie versuchte sich zu befreien.

Jetzt trat Canfield aus dem Schatten hervor. »Hallo, Mrs. Scarlett! Ich dachte doch, daß Sie das sind. Kann ich Ihnen behilflich sein?«

Der gepflegte Mann ließ die junge Frau los und starrte Canfield an. Er schien verwirrt und zugleich ärgerlich zu sein. Aber statt etwas zu sagen, rannte er plötzlich auf die Straße zurück und stieg wieder in seinen Wagen.

»He, warten Sie, Mister!« Der Buchprüfer lief an den Randstein und legte die Hand auf den Türgriff. »Wir nehmen Ihr Angebot an ...«

Der Motor heulte auf, und der Roadster jagte die Straße hinunter, warf Canfield zu Boden. Der Türgriff, der seiner Hand plötzlich entrissen wurde, verletzte ihn.

Er stand mühsam auf und sagte zu Janet Scarlett: »Ihr Freund ist aber verdammt unfreundlich.«

Janet Scarlett blickte dankbar zu dem Buchprüfer auf.

»Ich habe ihn noch nie gesehen – ich glaube es wenigstens nicht ... Es tut mir leid, an Ihren Namen erinnere ich mich auch nicht. Es tut mir wirklich leid, und ich danke Ihnen.«

»Keine Ursache. Wir sind uns nur einmal begegnet. Im Oyster Bay Club, vor ein paar Wochen.«

»Oh!« Die junge Frau schien sich nicht an den Abend erinnern zu wollen.

»Chris Newland hat uns miteinander bekannt gemacht. Ich heiße Canfield.«

»O ja.«

»Matthew Canfield. Ich bin der aus Chicago.«

»Ja, jetzt erinnere ich mich.«

»Kommen Sie. Ich rufe uns ein Taxi.«

»Sie bluten an der Hand.«

»Und Sie am Knie.«

»Bei mir ist es nur ein Kratzer.«

»Bei mir auch. Es sieht schlimmer aus, als es ist.«

»Vielleicht sollten Sie zum Arzt gehen.«

»Ich brauche nur ein Taschentuch und etwas Eis. Ein Taschentuch für die Hand und Eis für einen Scotch.« Sie hatten inzwischen die Fifth Avenue erreicht, und Canfield winkte ein Taxi herbei. »Eine andere Behandlung brauche ich nicht, Mrs. Scarlett.«

Janet Scarlett lächelte zögernd, als sie in den Wagen stiegen. »Ich glaube, diese Wünsche kann ich Ihnen erfüllen.«

Die Eingangshalle zu dem Scarlett-Haus an der Fiftyfourth Street sah ungefähr so aus, wie Canfield sie sich vorgestellt hatte. Hohe Decken, massive Türen und eine über zwei Stockwerke reichende Freitreppe. Zu beiden Seiten der Halle antike Spiegel mit doppelten französischen Türen neben jedem Spiegel zu beiden Seiten des

Foyers. Die Türen auf der rechten Seite standen offen, und Canfield konnte das Mobiliar eines formell wirkenden Speisezimmers erkennen. Die Türen auf der linken Seite waren geschlossen, wahrscheinlich führten sie in ein Wohnzimmer. Teure Orientbrücken lagen auf den Parkettböden. Das war alles so, wie es sein sollte. Aber was dem Buchprüfer einen leichten Schock versetzte, war die Farbzusammenstellung der Halle. Die Wände waren mit kräftigem – zu kräftigem – rotem Damast bespannt, und die Gardinen vor den französischen Türen waren schwarz – ein schwerer, schwarzer Samt, der überhaupt nicht zu dem zierlichen Prunk der französischen Möbel paßte.

Janet Scarlett bemerkte seine Reaktion und sagte, ehe Canfield sie verbergen konnte: »Springt einem ziemlich ins Auge, nicht wahr?«

»War mir gar nicht aufgefallen«, erwiderte er höflich.

»Mein Mann bestand auf diesem scheußlichen Rot und ersetzte dann meine rosafarbenen Seidenvorhänge gegen diesen scheußlichen schwarzen Samt. Er hat mir eine schreckliche Szene gemacht, als ich widersprach.« Sie öffnete die doppelten Türen und trat in die Finsternis, um eine Tischlampe anzuknipsen.

Canfield folgte ihr in das außergewöhnlich prunkvolle Wohnzimmer. Es war so groß wie fünf Squashhallen, und die Vielfalt der Sessel, Sofas und Stühle war atemberaubend. Die Silhouetten zahlreicher Lampen zeichneten sich über ebenso zahlreichen Tischchen ab, die neben den einzelnen Sesseln und Stühlen standen. Die Anordnung des Mobiliars ergab auf den ersten Blick kein erkennbares Muster, abgesehen von einem Halbkreis aus Diwans vor einem riesigen offenen Kamin.

Im schwachen Licht der einzigen Lampe fühlten sich Canfields Augen sofort zu einer Anordnung stumpfer Reflexe über dem Kaminsims hingezogen. Es handelte sich um Fotografien. Dutzende von Fotografien verschiedener Größe in dünnen schwarzen Rahmen. Sie waren in einer Art Blumenmuster angeordnet und betonten ihren Mittelpunkt, ein in Gold gefaßtes Pergament.

Das Mädchen bemerkte Canfields Blickrichtung, ging aber nicht darauf ein.

»Dort drüben stehen Drinks und Eis«, sagte sie und wies auf eine Bar. »Bedienen Sie sich selbst. Würden Sie mich bitte für einen Augenblick entschuldigen? Ich muß die Strümpfe wechseln ...« Sie verschwand in der Halle.

Canfield trat an den kleinen Wagen mit der Glasplatte und füllte kleine Gläser mit Scotch. Er zog ein Taschentuch heraus, tauchte es in Eiswasser und verband damit seine leicht blutende Hand. Dann schaltete er eine weitere Lampe ein, um die Wand über dem Kaminsims zu beleuchten. Er blinzelte verwirrt.

Es war unglaublich. Über dem Sims war eine fotografische Darstellung von Ulster Stewart Scarletts Militärlaufbahn zu sehen. Von der Kadettenschule bis zur Einschiffung – von seiner Ankunft in Frankreich bis zu seinem Einsatz in den Schützengräben. Einige Rahmen enthielten Landkarten mit dicken roten und blauen Strichen, die einzelne Positionen anzeigten. Auf einem Dutzend Bilder stellte Ulster den unübersehbaren Mittelpunkt dar.

Er hatte schon früher Bilder von Scarlett gesehen. Aber das waren meist nur Schnappschüsse gewesen, bei irgendwelchen Partys aufgenommen, oder Fotos, die ihn bei seinen verschiedenen sportlichen Aktivitäten darstellten, beim Polo, Tennis und Segeln – und da hatte er genauso ausgesehen, wie das Bekleidungshaus Brooks Brothers das von seinen Kunden erwartete. Doch hier befand er sich unter Soldaten, und es verstimmte Canfield, daß er fast einen halben Kopf größer als der größte Soldat seiner Umgebung war. Und Soldaten waren überall, Soldaten jeden Ranges und jeder Waffengattung. Unsichere Korporäle, deren Waffen inspiziert wurden, müde Sergeanten, die noch müdere Soldaten antreten ließen, erfahren wirkende Offiziere, die aufmerksam zuhörten – alle taten das, was sie taten, für den energisch wirkenden, schlanken Leutnant, der irgendwie ihre Aufmerksamkeit auf sich zog. Auf vielen Bildern hatte der junge Offizier seine Arme schief lächelnden Kameraden um die Schultern gelegt, als wollte er ihnen damit die beruhigende Gewißheit geben, daß bald wieder glücklichere Tage kommen würden.

Nach den Gesichtern der anderen zu schließen, gelang das Scarlett nicht sonderlich gut. Aber seine eigene Miene strahlte Optimismus aus. Kühl und ungemein selbstzufrieden, dachte Canfield. Und bei dem gerahmten Schriftstück in der Mitte handelte es sich tatsächlich um ein Pergament. Es war die Verleihungsurkunde des Silver Star für besondere Tapferkeit an der Meuse-Argonne. Dieser Ausstellung nach zu urteilen, war Ulster Scarlett der am besten angepaßte Held, der je das Glück gehabt hatte, in den Krieg zu ziehen. Der störende Aspekt des Ganzen war die Darstellung selbst. Sie wirkte auf groteske Weise deplaziert. Sie gehörte in das Arbeitszimmer eines gefeierten Kriegers, dessen Feldzüge ein halbes Jahrhundert umspannten, nicht hier an die Fiftyfourth Street, in das prunkvolle Wohnzimmer eines vergnügungssüchtigen Gesellschaftslöwen.

»Interessant, nicht wahr?« Janet hatte inzwischen das Zimmer wieder betreten.

»Zumindest eindrucksvoll.«

»Kein Einspruch. Falls jemand es vergessen haben sollte, so braucht er nur dieses Zimmer zu betreten, um daran erinnert zu werden.«

»Ich nehme an, diese – diese bildhafte Darstellung unseres Sieges war nicht gerade Ihre Idee.« Er reichte Janet ihr Glas, das sie sofort zum Mund führte.

»Das war es ganz bestimmt nicht.« Sie leerte das Glas mit einem Zug. »Setzen Sie sich doch.«

Canfield trank sein Glas ebenfalls leer. »Zuerst darf ich doch nachfüllen.« Er nahm ihr Glas. Sie setzte sich auf das große Sofa vor dem Kamin, während er zur Bar schritt. »Ich hatte nie gedacht, daß Ihr Mann an dieser Art von ...« Er hielt inne und deutete mit einer Kopfbewegung auf den Kaminsims. »... daß er an dieser Art von Kater litt.«

»Eine sehr treffende Analogie. Der Nachgeschmack eines Rausches. Sie sind ein Philosoph.«

»Das will ich gar nicht sein. Ich habe ihn nur niemals so gesehen.« Er brachte die zwei Gläser herüber, reichte ihr eines und blieb selbst stehen.

»Haben Sie seine Berichte nie gelesen? Ich dachte, die Zeitungen hätten keine Zweifel daran gelassen, wer wirklich für die Niederlage der Deutschen verantwortlich war.« Sie trank wieder.

»Ach, zum Teufel, daran sind nur die Redakteure schuld. Die müssen ja schließlich ihre Blätter verkaufen. Ich habe sie gelesen, aber nicht ernst genommen. Ich hätte nie gedacht, daß er sie ernst genommen hätte.«

»Sie sprechen ja, als hätten Sie meinen Mann gekannt.«

Canfield blickte bewußt verblüfft drein und nahm das Glas von den Lippen. »Wußten Sie das nicht?«

»Was?«

»Aber natürlich habe ich ihn gekannt. Recht gut sogar. Ich hatte einfach angenommen, daß Sie das wußten. Tut mir leid.«

Janet verbarg ihre Überraschung. »Das braucht Ihnen nicht leid zu tun. Ulster hatte einen großen Freundeskreis. Ich konnte unmöglich alle kennen. Waren Sie einer seiner New Yorker Freude? Ich erinnere mich nicht, daß er Sie erwähnt hätte.«

»Zu seiner New Yorker Clique gehöre ich eigentlich nicht. Wir sind uns hier und da begegnet, wenn ich in den Osten kam.«

»Oh, richtig, Sie sind ja aus Chicago.«

»Ja. Ich muß aus beruflichen Gründen viele Reisen unternehmen.« Und darin war er ganz sicher ehrlich.

»Was machen Sie denn?«

Canfield kam mit den Gläsern zurück und setzte sich. »Wenn man das ganze Lametta wegläßt, bin ich Handelsreisender. Aber so grob drücken wir das meistens nicht aus.«

»Was verkaufen Sie denn? Ich kenne eine Menge Leute, die etwas verkaufen. Die stört das Lametta auch nicht.«

»Nun, ich verkaufe keine Aktien oder Obligationen oder Gebäude, nicht einmal Brücken. Ich verkaufe Tennisplätze.«

Janet lachte. Es war ein hübsches Lachen. »Sie scherzen!«

»Nein, ernsthaft, ich verkaufe Tennisplätze.«

Er stellte sein Glas ab und tat so, als suchte er in seinen Taschen. »Wollen sehen, ob ich einen dabei habe. Sie sind wirklich recht nett. Perfekte Sprungelastizität. Wimbledon-Normen, abgesehen vom Gras. So heißt unsere Firma. Wimbledon. Zu Ihrer Information. Es sind ausgezeichnete Tennisplätze. Sie haben wahrscheinlich schon auf Dutzenden gespielt und nie gewußt, wem Sie dafür dankbar sein müssen.«

»Das finde ich faszinierend. Warum kaufen die Leute Ihre Tennisplätze? Können sie sich nicht selbst welche bauen?«

»Sicher. Wir ermutigen sie sogar dazu. Wir verdienen mehr Geld, wenn wir einen herausreißen und dafür einen von den unseren bauen.«

»Jetzt machen Sie sich über mich lustig. Ein Tennisplatz ist ein Tennisplatz.«

»Nur die Rasenplätze, meine Liebe. Und die sind nie fertig, wenn es Frühling wird, und im Herbst immer braun. Die unseren kann man das ganze Jahr bespielen.«

Sie lachte wieder.

»Eigentlich ist es sehr einfach«, fuhr er fort. »Meine Firma hat eine Tartanverbindung entwickelt, die dieselben Sprungcharakteristiken wie Rasen hat. Und die bei Hitze nie schmilzt. Und sich nie ausdehnt, wenn sie gefriert. Wollen Sie den kompletten Verkaufsvortrag hören? Unsere Fahrzeuge sind in drei Tagen hier, und diese drei Tage benutzen wir, um uns die erste Kiesschicht zu beschaffen. Wir machen das an Ort und Stelle. Ehe Sie es richtig bemerken, haben Sie einen wunderschönen Tennisplatz, hier an der Fiftyfourth Street.«

Sie lachten beide.

»Sie sind wahrscheinlich ein Spitzenspieler«, meinte Janet.

»Nein. Ich spiele, aber nicht sehr gut. Ich mag das Spiel nicht besonders. Natürlich haben wir ein paar international bekannte Cracks auf unserer Gehaltsliste, die sich für die Plätze verbürgen. Übrigens, wir garantieren Ihnen ein Schaumatch auf Ihrem neuen Tennisplatz, sobald wir fertig sind. Sie können Ihre Freunde einladen und eine Party veranstalten. Auf unseren Plätzen sind schon einmalige Partys gefeiert worden. Das ist übrigens der Punkt, mit dem wir meistens den Abschluß einleiten.«

»Sehr eindrucksvoll.«

»Von Atlanta bis Bar Harbor. Die besten Plätze und die besten Partys.«

»Oh, dann haben Sie Ulster einen Tennisplatz verkauft?«

»Das habe ich nie versucht. Hätte ich wahrscheinlich gekonnt. Einmal hat er sich ein Luftschiff gekauft – was ist im Vergleich dazu schon ein Tennisplatz?«

»Der ist flacher.« Sie kicherte und hielt ihm ihr Glas hin. Er stand auf, ging an die Bar, nahm dabei das Taschentuch von der Hand und steckte es in die Tasche. Sie drückte langsam ihre Zigarette in dem Aschenbecher aus, der vor ihr stand.

»Wenn Sie nicht zu der New Yorker Clique gehören, wo haben Sie dann meinen Mann kennengelernt?«

»Ursprünglich auf dem College. Kurz, ganz kurz. Ich bin in der Mitte des ersten Jahres ausgestiegen.« Canfield fragte sich, ob Washington der Princeton-Universität die richtigen Personalakten untergeschoben hatte.

»Haben Sie eine Abneigung gegenüber Büchern entwickelt?«

»Nein, gegenüber dem Geld. Das befand sich nämlich im falschen Zweig der Familie. Dann begegneten wir uns wieder beim Militär, wieder ganz kurz.«

»Beim Militär?«

»Ja. Aber nicht so. Ich wiederhole – nicht so!« Er deutete auf den Kaminsims und kehrte zum Sofa zurück.

»Oh?«

»Wir trennten uns nach der Ausbildung in New Jersey. Er ging nach Frankreich und auf die Straße, die zum Ruhm führte, ich nach Washington in ein langweiliges Büro. Aber vorher hatten wir eine verdammt nette Zeit zusammen.« Canfield beugte sich zu ihr hinüber und ließ die leichte Intimität in seiner Stimme mitklingen, wie sie gewöhnlich der Alkohol mit sich bringt. »Alles natürlich vor seiner Verehelichung.«

»Nicht nur vorher, Matthew Canfield.«

Er musterte sie und stellte fest, daß sie wie erwartet positiv reagierte, ohne daß sie davon besonders erbaut war. »Wenn das der Fall war, dann war er ein größerer Narr, als ich gedacht hätte.«

Sie sah ihm in die Augen, so wie man einen Brief überfliegt, wenn man versucht, nicht nur zwischen den Zeilen zu lesen, sondern mehr, als es die Worte ausdrücken.

»Sie sind ein sehr attraktiver Mann.« Sie stand schnell auf, ein wenig unsicher vielleicht, und stellte ihr Glas auf das kleine Tischchen vor dem Sofa. »Ich habe noch nicht zu Abend gegessen, und wenn ich nicht bald esse, fange ich an, zusammenhanglos zu reden. Und das mag ich nicht.«

»Dann gehen wir doch zusammen weg.«

»Damit Sie einen armen arglosen Kellner mit Blut besudeln?«

»Keine Sorge.« Canfield hielt ihr die Hand hin. »Ich würde gern mit Ihnen zu Abend essen.«

»Ja, ganz bestimmt würden Sie das.« Sie nahm ihr Glas, und als sie nach links zum Kamin ging, schwankte sie kaum merklich. »Wissen Sie, was ich gerade vorhatte?«

»Nein.« Er blieb sitzen, tief in das Sofa versunken.

»Ich wollte Sie bitten zu gehen.«

Canfield begann zu protestieren.

»Nein, warten Sie«, unterbrach sie ihn. »Ich wollte ganz allein sein und allein irgendeine Kleinigkeit essen – aber vielleicht ist das gar keine so gute Idee.«

»Ich finde, daß das eine schreckliche Idee ist.«

»Also werde ich es nicht tun.«

»Gut.«

»Aber ich will auch nicht ausgehen. Haben Sie Lust, mit mir, wie man so sagt, ein paar Reste zu essen?«

»Macht das nicht recht viel Mühe?«

Janet Scarlett zog an einer Schnur, die neben dem Kaminsims von der Decke hing.

»Nur für die Haushälterin. Und sie mußte sich nicht gerade überarbeiten, seit mein Mann – wegging.«

Die Haushälterin reagierte so schnell auf die Klingel, daß der Buchprüfer sich fragte, ob sie vielleicht an der Tür gelauscht hatte. Sie war bestimmt die reizloseste Frau, die er je gesehen hatte. Ihre Hände waren riesig.

»Ja, gnädige Frau? Wir haben Sie heute abend nicht erwartet. Sie sagten uns, Sie würden mit Madame Scarlatti zu Abend essen.«

»Offenbar habe ich es mir anders überlegt, Hannah. Mr. Canfield und ich werden hier zu Abend essen. Ich habe ihm gesagt, daß es nur Reste gibt, also bringen Sie uns, was noch in der Speisekammer ist.«

»Sehr wohl, gnädige Frau.«

Ihr Akzent klingt mitteleuropäisch, vielleicht ist sie Deutsche oder Schweizerin, dachte Canfield. Ihr pausbäckiges Gesicht mit dem straff nach hinten gekämmten grauen Haar war zu einem Lächeln verzogen, das anscheinend freundlich wirken sollte. Doch dieses Ziel wurde nicht erreicht. Ihre Miene machte einen eher harten, maskulinen Eindruck.

Trotzdem sorgte sie dafür, daß die Köchin ein ausgezeichnetes Mahl bereitete.

»Wenn diese alte Hexe etwas will, dann bringt sie alle zum Zittern und Beben, bis sie es bekommt«, sagte Janet. Sie waren ins Wohnzimmer zurückgekehrt und saßen jetzt mit ihrem Brandy auf dem Sofa, wobei sich ihre Schultern berührten.

»Das ist ganz natürlich. Nach allem, was ich gehört habe, gibt sie den Ton an. Die müssen nach ihrer Pfeife tanzen. Ich weiß, daß ich das tun würde.«

»Mein Mann hat das nie so empfunden«, erwiderte die junge Frau leise. »Und sie war immer wütend auf ihn.«

Canfield gab sich desinteressiert. »Wirklich? Ich wußte gar nicht, daß es Ärger zwischen ihnen gab.«

»Oh, nicht gerade Ärger. Ulster hat sich nie genügend für irgend jemanden oder irgend etwas interessiert, um Ärger zu verursachen. Deshalb wurde sie ja so zornig. Er war nicht bereit, sich mit ihr zu streiten. Er tat einfach, was er wollte. Er war der einzige Mensch, den sie nicht unter Kontrolle halten konnte, und das machte sie rasend.«

»Aber den Geldfluß konnte sie doch stoppen, oder?« fragte Canfield naiv.

»Er hatte sein eigenes Einkommen.«

»Das ist, weiß Gott, ärgerlich. Das hat sie wahrscheinlich verrückt gemacht.«

Die junge Frau blickte auf den Kaminsims. »Mich hat er auch verrückt gemacht. Sie ist nicht anders.«

»Nun, sie ist seine Mutter ...«

»Und ich bin seine Frau.« Sie war jetzt betrunken und starrte die Fotografien haßerfüllt an. »Sie hat kein Recht, mich hier in einem Käfig zu halten wie ein Tier! Mich mit dummem Klatsch zu bedrohen! Lügen! Millionen von Lügen! Die Freunde meines Mannes, nicht die meinen! Obwohl sie ebensogut die meinen sein könnten – die sind kein Jota besser!«

»Ulsters Freundeskreis war immer ein wenig eigenartig, da muß ich Ihnen recht geben. Wenn sie Ihnen gegenüber häßlich sind, sollten Sie sie ignorieren. Sie brauchen sie nicht.«

Janet lachte. »Das werde ich auch tun. Ich werde nach Paris reisen, nach Kairo und sonstwohin und Anzeigen in die Zeitungen setzen lassen. All ihr Freunde von diesem Bastard Ulster Scarlett, ich ignoriere euch! Gezeichnet J. Saxon Scarlett, Witwe – hoffe ich!«

Jetzt oder nie, dachte Canfield. »Hat sie Informationen über Sie von – von solchen Orten?«

»Oh, die läßt sich nichts entgehen. Sie sind einfach ein Niemand, wenn die vielgerühmte Madame Scarlatti keine Akte über Sie hat. Wußten Sie das nicht?«

Und dann wurde sie ebenso plötzlich, wie vorher die Wut in ihr entflammt war, wieder ruhig und nachdenklich. »Aber das ist nicht wichtig. Soll sie doch zum Teufel gehen!«

»Weshalb fährt sie nach Europa?«

»Was interessiert Sie das?«

Canfield zuckte mit den Schultern. »Im Grunde ist es mir egal. Ich habe es nur in der Zeitung gelesen.«

»Ich habe nicht die leiseste Ahnung, was diese Reise zu bedeuten hat.«

»Hat es etwas mit all dem Klatsch zu tun, diesen Lügen, die sie in Paris aufgesammelt hat – und mit jenen anderen Orten?« Er gab sich Mühe, beim Sprechen etwas zu lallen, und es gelang ihm.

»Fragen Sie doch Madame Scarlatti! Wissen Sie, dieser Brandy ist gut.« Sie leerte ihr Glas und stellte es auf den Tisch. Sein Glas war noch fast voll. Er hielt den Atem an und trank.

»Sie haben recht. Sie ist eine Hexe.«

»Eine Hexe.« Janet drückte sich an Canfields Schulter und wandte ihm das Gesicht zu. »Sie sind keine Hexe, nicht wahr?«

»Nein, und das Geschlecht würde ohnehin nicht stimmen. Weshalb fährt sie nach Europa?«

»Das habe ich mich ein dutzendmal gefragt, aber es fällt mir keine Antwort ein, und es ist mir auch gleichgültig. Sind Sie wirklich ein netter Mensch?«

»Der netteste, den es gibt, glaube ich.«

»Ich werde Sie küssen, dann weiß ich es. Das merke ich immer.«

»So geübt sind Sie doch nicht ...«

»Doch, das bin ich.« Die junge Frau legte Canfield den Arm um den Nacken und zog ihn zu sich heran. Sie zitterte.

Er reagierte erstaunt. Er spürte die Verzweiflung in Janet und hatte aus irgendeinem sinnlosen Grund das Gefühl, sie beschützen zu müssen.

Sie nahm die Hand von seiner Schulter. »Gehen wir hinauf«, sagte sie.

Oben küßten sie sich, und Janet Scarlett strich über seine Wangen.

»Sie hat gesagt – den Spaß, eine Scarlett zu sein, ohne daß ein Scarlett dabei ist ... Das hat sie gesagt.«

»Wer? Wer hat das gesagt?«

»Mutter Hexe. Die hat's gesagt.«

»Seine Mutter?«

»Wenn sie ihn nicht findet – bin ich frei. Nimm mich, Matthew. Nimm mich, bitte, um Gottes willen!«

Als er sie zum Bett führte, beschloß Canfield, seinen Vorgesetzten irgendwie klarzumachen, daß er an Bord dieses Schiffes gehen mußte.

17.

Jefferson Cartwright hüllte sich in ein Handtuch und verließ das Dampfbad des Klubs. Er betrat die Duschkabine, ließ die kalten Wasserstrahlen auf sich herunterprasseln und drehte das Gesicht nach oben, bis es weh tat. Dann drehte er am Hahn, bis das Wasser langsam kälter und schließlich eisig wurde.

Er hatte sich in der vergangenen Nacht betrunken. Tatsächlich hatte er schon am frühen Nachmittag zu trinken begonnen und war um Mitternacht soweit gewesen, daß er beschlossen hatte, im Klub zu bleiben und nicht nach Hause zu gehen. Er hatte allen Grund zum Feiern. Seit seinem triumphalen Treffen mit Elizabeth Scarlatti hatte er einige Tage damit verbracht, die Angelegenheiten der Scarwyck-Stiftung, so gut er das konnte, zu analysieren. Jetzt war er bereit, sich unter seinesgleichen zu begeben. Die schriftliche Vereinbarung, die er mit Elizabeth geschlossen hatte, ging ihm nicht aus dem Sinn. Er würde sie in seiner Aktentasche behalten, bis er genug über Scarwyck wußte, so daß selbst seine eigenen Anwälte beeindruckt sein würden. Während das Wasser auf seinen Kopf herunterrann, erinnerte er sich, daß er die Aktentasche in einem Schließfach der Grand Central Station verwahrt hatte. Viele seiner Kollegen schworen, daß die Schließfächer der Grand Central Station sicherer als Tresore waren. Ganz bestimmt waren sie sicherer als die Scarlatti-Tresore.

Er würde sich die Aktentasche nach dem Mittagessen abholen und den Vertrag zu seinen Anwälten bringen. Sie würden erstaunt sein, und er hoffte, daß sie ihm Fragen über die Scarwyck-Stiftung stellen würden. Er würde so schnell Fakten und Zahlen herunterrasseln, daß sie einen Schock erleiden würden.

Er konnte sie jetzt schon hören.

»Mein Gott, alter Jeff! Wir hatten keine Ahnung!«

Cartwright lachte laut unter der Dusche.

Er, Jefferson Cartwright, war der erste Kavalier aller Virginia-Kavaliere. Diese Nordstaatentölpel mit ihrer aufgeblasenen, herablassenden Art, die nicht einmal ihre eigenen Frauen befriedigen konnten, würden jetzt mit dem alten Jeff rechnen müssen. Er konnte jetzt die Hälfte der Klubmitglieder kaufen und wieder verkaufen. Was für ein herrlicher Tag!

Nach der Dusche zog sich Jefferson an und betrat, im Vollgefühl seiner Macht, mit elastischen Schritten die private Bar. Die meisten der Mitglieder hatten sich zum Mittagessen versammelt, und einige ließen sich von ihm mit gespielter Gutmütigkeit zu einem Drink einladen. Ihr Widerstreben schlug freilich in leichten Enthusiasmus um, als Jefferson beiläufig verkündete, daß er ›die finanziellen Aufgaben von Scarwyck‹ übernommen hätte.

Zwei oder drei fanden plötzlich, daß der so tölpelhafte Jefferson Cartwright über Qualitäten verfügte, die sie vorher nicht bemerkt hatten. Wirklich, gar kein so übler Bursche, wenn man es sich einmal richtig überlegte. Er mußte doch etwas an sich haben. Bald waren die schweren Ledersessel rings um den runden Eichentisch, an den Jefferson sich zurückgezogen hatte, besetzt.

Als die Uhr auf halb drei zeigte, entschuldigten sich die Mitglieder und kehrten zu ihren Büros und ihren Telefonen zurück. Das Informationsnetz wurde in Gang gesetzt, und die überraschende Neuigkeit von Cartwrights Coup bei der Scarwyck-Stiftung verbreitete sich.

Ein Gentleman freilich ging nicht. Er blieb mit ein paar Hartnäckigen und schloß sich dem Hofe Jefferson Cartwrights an. Er war vielleicht fünfzig Jahre alt und stellte die Essenz jenes Bildes dar, das älter werdende Gesellschaftslöwen anstrebten, bis hin zum leicht angegrauten, perfekt gestutzten Schnurrbart.

Das Seltsame war, daß niemand am Tisch seinen Namen kannte, aber das wollte niemand zugeben. Schließlich war dies ein Klub.

Der Gentleman ließ sich elegant in den Sessel neben Jefferson sinken, als dieser frei wurde. Er plauderte gelockert mit dem Mann aus den Südstaaten und bestand darauf, eine weitere Runde Getränke zu bestellen.

Als die Martinis serviert wurden, griff der gepflegte Gentleman danach und stellte sie inmitten einer Anekdote vor sich hin. Als seine Geschichte zu Ende war, reichte er eines der Gläser an Jefferson weiter.

Jefferson nahm es entgegen und trank.

Der Gentleman entschuldigte sich. Zwei Minuten später fiel Jefferson Cartwright nach vorn auf den Tisch. Seine Augen waren nicht schläfrig oder sogar geschlossen, wie es einem Mann vielleicht zukam, der die Grenzen seiner Alkoholkapazität erreicht hatte. Statt dessen waren sie weit geöffnet und traten aus ihren Höhlen hervor.

Jefferson Cartwright war tot.
Und der Gentleman kehrte nie zurück.

In der Innenstadt, in der Setzerei einer New Yorker Boulevardzeitung, tippte ein alter Setzer die einzelnen Lettern der kurzen Nachricht. Sie sollte auf Seite zehn erscheinen. ›Bankdirektor stirbt in Herrenklub.‹ Der Schriftsetzer war völlig desinteressiert.

Ein paar Maschinen von ihm entfernt betätigte ein anderer Angestellter die Tasten, um eine andere Story zu setzen. Sie sollte zwischen ein paar Einzelhandelsanzeigen auf Seite achtundvierzig eingeschoben werden. ›Grand-Central-Schließfach beraubt.‹

Und der Mann fragte sich, ob denn überhaupt nichts mehr einbruchsicher wäre.

18.

Elizabeth war einigermaßen überrascht, am Kapitänstisch im Speisesaal der Ersten Klasse der *Calpurnia* einen Mann von höchstens dreißig als ihren Tischherrn vorzufinden. Üblicherweise beschaffte ihr die Schiffahrtslinie, wenn sie allein reiste, einen älteren Diplomaten oder einen Makler im Ruhestand, einen guten Kartenspieler – jemanden, mit dem es Gemeinsamkeiten gab.

Aber sie konnte niemandem einen Vorwurf machen, weil sie die Liste des Kapitäns überprüft – darauf bestand sie immer, um peinliche geschäftliche Konflikte zu vermeiden – und dabei nur festgestellt hatte, daß es da einen Matthew Canfield gab, Vorstandsmitglied einer Sportartikelfirma, die in großem Umfang in England einzukaufen pflegte. Jemand mit gesellschaftlichen Verbindungen, hatte sie angenommen.

Jedenfalls war er sympathisch. Ein höflicher junger Mann, ziemlich oberflächlich, dachte sie, und wahrscheinlich ein guter Verkäufer, was er auch mit erfrischender Offenheit zugab.

Gegen Ende des Dinners trat ein Deckoffizier neben sie. Ein Telegramm für sie war eingetroffen.

»Sie dürfen es mir an den Tisch bringen.« Elizabeth war etwas verstimmt.

Der Offizier sagte mit leiser Stimme etwas zu Elizabeth.

»Also gut.« Sie stand auf.

»Kann ich Ihnen behilflich sein, Madame Scarlatti?« fragte Matthew Canfield, der sich wie die übrigen Herren am Tisch erhoben hatte.

»Nein, vielen Dank.«

»Ganz bestimmt nicht?«

»Ganz bestimmt nicht, vielen Dank.« Sie folgte dem Deckoffizier aus dem Salon.

In der Radiokabine führte man Elizabeth an einen Tisch hinter der Theke und überreichte ihr die Nachricht. Sie las die Instruktion in der ersten Zeile: ›Wichtig – dringend – bitte Empfängerin wegen sofortiger Beantwortung in Radiokabine holen.‹

Sie blickte zu dem Deckoffizier hinüber, der auf der anderen Seite des Tresens darauf wartete, sie wieder in den Salon zurückzuführen. »Ich bitte um Entschuldigung, Sie hatten Anweisung.«

Sie las den Rest des Telegramms. ›An Madame Elizabeth Scarlatti: H. M. S. Calpurnia, auf See. Vizepräsident Jefferson Cartwright tot stop Todesursache unsicher stop Behörden argwöhnen abnormale Umstände stop vor Tod gab Cartwright bekannt daß hochrangige Position mit Scarwyck-Stiftung übernommen stop Wir haben keine Unterlagen über solche Position erhielten jedoch Information aus verläßlichen Quellen stop Wünschen Sie angesichts dessen Kommentar abzugeben oder uns Instruktionen irgendwelcher Art zu erteilen stop Vorgang für Waterman-Klienten höchst tragisch und peinlich stop Uns waren fragwürdige Aktivitäten von Vizepräsident Cartwright unbekannt stop Erwarten Antwort stop Horace Boutier Präsident Waterman Trust-Bank.‹

Elizabeth war erschüttert. Sie kabelte Mr. Boutier, daß sämtliche Verlautbarungen der Scarlatti-Firmen binnen einer Woche von Chancellor Drew Scarlett erfolgen würden. Bis dahin würde es keinen Kommentar geben.

Ein zweites Telegramm richtete sie an Chancellor Drew.

›C. D. Scarlett 129 East Sixty-Second Street, New York Bezüglich Jefferson Cartwright werden weder öffentlich noch privat irgendwelche Verlautbarungen wiederhole weder öffentlich noch privat gemacht bis wir von England aus in Kontakt sind stop Wiederhole keine Verlautbarungen stop In Liebe wie immer Mutter.‹

Elizabeth hatte das Gefühl, wieder am Tisch erscheinen zu müssen, und wäre es aus keinem anderen Grund, als um zu vermeiden, daß dem Zwischenfall zu viel Aufmerksamkeit beigemessen wurde. Aber während sie langsam hinter dem Deckoffizier durch die schmalen Korridore zurückging, erkannte sie mit wachsender Unruhe, daß Cartwrights Tod eine Warnung war. Die Theorie, daß die ›fragwürdigen Aktivitäten‹ des Bankers zu seiner Ermordung geführt hatten, tat sie sofort ab. Er war eine Witzfigur gewesen.

Natürlich mußte Elizabeth nun damit rechnen, daß man ihre Vereinbarung mit Cartwright entdecken würde. Es waren verschiedene Erklärungen denkbar, die sie, ohne auf Einzelheiten einzugehen, abgeben konnte. Bestimmt würde man sich, unabhängig von ihren Äußerungen, darüber einig sein, daß sie eben anfing, alt zu werden. Eine Vereinbarung dieser Art mit einem Mann wie Jefferson Cartwright bewies Exzentrik in einem Maße, das ihre Kompetenz in Zweifel zog.

Das ließ Elizabeth Scarlatti kalt. Die Meinung anderer interessierte sie nicht.

Keineswegs kalt ließ sie hingegen die Furcht, man könnte die Vereinbarung nicht finden.

Als sie wieder an der Kapitänstafel saß, erklärte sie ihre Abwesenheit mit der kurzen und aufrichtig klingenden Mitteilung, daß einer ihrer vertrautesten leitenden Angestellten, den sie sehr schätzte, gestorben war. Da sie ganz offensichtlich nicht näher auf das Thema eingehen wollte, versicherte man sie des Mitgefühls der Anwesenden und nahm nach einer angemessenen Pause die beiläufige Konversation wieder auf, wie sie bei solchen Anlässen üblich war.

Der Kapitän der *Calpurnia,* ein beleibter Engländer mit buschigen Brauen und einem Doppelkinn, stellte behäbig fest, daß der Verlust eines guten leitenden Angestellten etwa mit der Versetzung eines gut ausgebildeten Maat vergleichbar sein mußte.

Der junge Mann neben Elizabeth beugte sich zu ihr hinüber und meinte leise: »Wie eine Figur aus Gilbert und Sullivan, nicht wahr?«

Die alte Frau lächelte verschwörerisch. »Ein Fürst der Meere«, antwortete sie so leise, daß sie sonst niemand hören konnte. »Stellen Sie sich doch einmal vor, wie er seine armen Matrosen mit der neunschwänzigen Katze auspeitschen läßt …«

»Ich male mir lieber aus, wie er aus seiner Badewanne steigt«, erwiderte der junge Mann. »Das ist viel komischer.«

»Sie sind ein böser Junge. Wenn wir gegen einen Eisberg prallen, werde ich Ihnen aus dem Weg gehen.«

»Das könnten Sie nicht. Ich würde im ersten Rettungsboot sitzen, und irgend jemand hier würde ganz bestimmt einen Platz für Sie reservieren.« Er lächelte entwaffnend.

Elizabeth lachte. Der junge Mann amüsierte sie, und es wirkte erfrischend auf sie, mit ein wenig gut gemeinter Frechheit behandelt zu werden. Sie unterhielten sich angeregt über ihre Reisepläne in Europa. Es war faszinierend, weil keiner von beiden auch nur im geringsten geneigt war, dem anderen irgend etwas Bedeutsames zu verraten.

Als das Dinner vorüber war, begab man sich in den Spielsalon und bildete Gruppen für die Bridgepartien.

»Ich nehme an, Sie spielen miserabel«, sagte Canfield und lächelte Elizabeth zu. »Nachdem ich ziemlich gut bin, werde ich Sie unterstützen.«

»Es fällt schwer, eine so schmeichelhafte Einladung auszuschlagen.«

Und dann fragte er: »Wer ist denn gestorben? Könnte es sein, daß ich ihn kenne?«

»Das bezweifle ich, junger Mann.«

»Das kann man nie sagen. Wer war es denn?«

»Warum, in aller Welt, sollten Sie einen obskuren Direktor meiner Bank kennen?«

»Ich hatte den Eindruck, daß es sich um einen ziemlich wichtigen Burschen handelte.«

»Ich kann mir denken, daß ihn manche dafür hielten.«

»Nun, wenn er reich genug war, dann wäre es möglich, daß ich ihm einen Tennisplatz verkauft habe.«

»Wirklich, Mr. Canfield, Sie sind das letzte!« rief Elizabeth lachend, als sie den Salon erreichten.

Während des Spiels stellte sie fest, daß der junge Canfield zwar das Flair eines erstklassigen Spielers hatte, in Wirklichkeit aber nicht sehr gut war. Einmal machte er absichtlich und deutlich erkennbar einen Fehler, aber sie schrieb das seiner Höflichkeit zu. Er erkundigte sich beim Steward, ob eine bestimmte Zigarrensorte vorrätig wäre, und entschuldigte sich, als man ihm Ersatz anbot, mit der Bemerkung, er würde welche aus seiner Kabine holen.

Elizabeth erinnerte sich, daß der charmante Mr. Canfield, während der Kaffee im Speisesaal gereicht worden war, eine frische Packung Zigarren geöffnet hatte.

Er kehrte ein paar Minuten nach dem Ende der betreffenden Runde zurück und entschuldigte sich mit der Bemerkung, er hätte einem älteren Herrn, der etwas unter Seekrankheit litt, geholfen, zu seiner Kabine zurückzufinden.

Man murmelte ein paar höfliche Bemerkungen, aber Elizabeth sagte nichts. Sie starrte einfach den jungen Mann an und registrierte mit leichter Befriedigung, in die sich etwas Unruhe mischte, daß er ihrem Blick auswich.

Sie spielten nicht mehr lange. Das Stampfen der *Calpurnia* war inzwischen recht unangenehm geworden. Canfield begleitete Elizabeth Scarlatti zu ihrer Suite.

»Sie waren reizend«, sagte sie. »Ich entlasse Sie jetzt, damit Sie Jagd auf die jüngere Generation machen können.«

Canfield lächelte. »Wenn Sie darauf bestehen ... Aber damit verurteilen Sie mich zur Langeweile. Das wissen Sie ganz genau.«

»Die Zeiten haben sich wirklich geändert – oder vielleicht die jungen Männer.«

»Vielleicht.«

Elizabeth hatte das Gefühl, daß er es eilig hatte.

»Ein gar nicht mehr so junger Mann dankt Ihnen. Gute Nacht, Madame Scarlatti.«

Sie drehte sich um. »Interessiert es Sie immer noch, wer der Mann war, der gestorben ist?«

»Ich hatte den Eindruck, daß Sie es mir nicht sagen wollen. Es ist nicht wichtig. Gute Nacht.«

»Er hieß Cartwright. Jefferson Cartwright. Haben Sie ihn gekannt?« Sie sah ihm in die Augen.

»Nein, es tut mir leid. Ich habe ihn nicht gekannt.« Unschuldig erwiderte er ihren Blick. »Gute Nacht.«

»Gute Nacht, junger Mann.« Sie betrat ihre Suite und schloß die Tür. Draußen auf dem Korridor entfernten sich seine Schritte. Offenbar war er wirklich in großer Eile.

Elizabeth nahm ihr Nerzcape ab und betrat ihr Schlafzimmer mit den schweren, im Boden verankerten Möbeln. Sie knipste eine Lampe am Nachttisch an und setzte sich auf den Bettrand. Was hatte der Kapitän der *Calpurnia* über den jungen Mann gesagt? Sie versuchte sich mit gerunzelter Stirn zu erinnern. Er hatte ihr die

Gästeliste vorgelegt und sie mit besonderem Nachdruck auf Canfield hingewiesen.

»Ein jüngerer Mann, mit sehr guten Verbindungen, wie ich hinzufügen möchte.«

Elizabeth hatte der kurzen Schilderung seiner Vergangenheit und seines beruflichen Werdegangs ebensowenig Aufmerksamkeit gewidmet wie den Lebensläufen der anderen Gäste.

»Er ist für eine Sportartikelfirma tätig und macht die Überfahrt ziemlich regelmäßig. Wimbledon, glaube ich.«

Und dann hatte der Kapitän, falls Elizabeth sich richtig erinnerte, noch berichtet: »Die Reederei hat Priorität verlangt. Wahrscheinlich der Sohn von einem der alten Knaben. Die richtige Schulkrawatte und so. Ich mußte Dr. Barstow seinetwegen an einen anderen Tisch setzen.«

»Ich verstehe ...«

Eine englische Reederei hatte also dafür gesorgt, daß man Canfield an den Kapitänstisch plaziert hatte. Und ein beleibter alter Kapitän, der es gewöhnt war, mit den gesellschaftlichen Größen beider Kontinente zu verkehren, hatte sich genötigt gesehen, zugunsten dieses jungen Mannes einen hochgeschätzten Arzt von seiner Tafel zu verbannen.

Um ihrer unerschöpflichen Fantasie Nahrung zu geben, nahm Elizabeth den Telefonhörer ab und ließ sich mit dem Radioraum verbinden.

»*Calpurnia* Radio, guten Abend.« Der britische Akzent ließ das Wort ›Abend‹ in einem Summen ausklingen.

»Hier spricht Elizabeth Scarlatti. Suite Doppel-A drei. Kann ich bitte den leitenden Offizier sprechen?«

»Hier spricht Deckoffizier Peters. Kann ich Ihnen behilflich sein?«

»Waren Sie der Offizier, der heute abend Dienst hatte?«

»Ja, gnädige Frau. Ihre Kabel nach New York sind sofort abgegangen. Sie müßten binnen einer Stunde zugestellt werden.«

»Vielen Dank. Aber das ist nicht der Grund meines Anrufs. Ich fürchte, ich habe jemanden verpaßt, mit dem ich mich im Radioraum hätte treffen sollen. Hat sich jemand nach mir erkundigt?« Sie lauschte sorgfältig, ob da vielleicht ein Zögern zu bemerken war. Aber da war keines.

»Nein, gnädige Frau, niemand hat sich nach Ihnen erkundigt.«

»Nun, vielleicht war er etwas verlegen. Mir ist das wirklich peinlich.«

»Tut mir leid, Madame Scarlatti. Außer Ihnen waren den ganzen Abend nur drei Passagiere da. Die erste Nacht, wissen Sie …«

»Da es nur drei waren – würde es Ihnen schrecklich viel ausmachen, Sie mir zu beschreiben?«

»Oh, ganz und gar nicht. Da war zuerst ein älteres Ehepaar aus der Touristenklasse und dann ein Herr, ein wenig angesäuselt, muß ich sagen, der die Radiotour haben wollte.«

»Die was?«

»Die Tour, gnädige Frau. Wir haben drei pro Tag für die Erste Klasse. Zehn, zwölf und zwei Uhr. Ein netter Kerl übrigens, er hat nur einen Schluck zuviel getrunken.«

»War es ein junger Mann? Ende Zwanzig vielleicht? Trug er ein Dinnerjackett?«

»Die Beschreibung paßt, gnädige Frau.«

»Vielen Dank, Mr. Peters. Eigentlich ist es ja völlig unwichtig – aber ich wäre Ihnen dankbar, wenn Sie den Inhalt unseres Gesprächs für sich behielten.«

»Selbstverständlich.«

Elizabeth stand auf und ging ins Wohnzimmer. Ihr Bridgepartner verstand vielleicht nicht besonders viel von den Karten, dafür war er aber ein ausgezeichneter Schauspieler.

19.

Matthew Canfield ging mit eiligen Schritten den Korridor hinunter. Sein Magen revoltierte. Vielleicht würden die Bar und die Leute auf dem B-Deck dafür sorgen, daß er sich besser fühlte. Am Ziel angelangt, bestellte er sich einen Brandy.

»Ganz hübsch was los, wie?«

Ein korpulenter, breitschultriger Mann vom Typ Rugby-Spieler drängte Canfield gegen seinen Barhocker.

»Kann man wohl sagen«, antwortete Canfield mit einem leeren Grinsen.

»Ich kenne Sie doch! Sie sitzen am Kapitänstisch. Wir haben Sie beim Dinner gesehen.«

»So?«

»Wissen Sie was? Ich hätte auch am Kapitänstisch sitzen können, aber ich habe gesagt, daß ich drauf scheiße.«

»Nun, das wäre vielleicht als Horsd'œuvre ganz interessant gewesen.«

»Nein, ehrlich.« Dem Akzent nach kam der Mann aus New York, Fifth Avenue, entschied Canfield. »Ein Onkel von mir hat eine Menge Aktien. Aber ich habe gesagt, ich scheiß' drauf.«

»Sie können meinen Platz haben, wenn Sie ihn wollen.«

Der Rugbytyp taumelte einen Schritt nach hinten und hielt sich an der Theke fest. »Viel zu langweilig für uns. He, Barkeeper! Bourbon und Soda!«

Jetzt hatte er sich wieder gefangen und schwankte auf Canfield zu. Seine Augen wirkten glasig, und das strohblonde Haar fiel ihm in die Stirn. »Was machen Sie denn, Kumpel? Oder gehen Sie noch zur Schule?«

»Danke für das Kompliment. Nein, ich arbeite für Wimbledon-Sportbedarf. Und Sie?« Canfield wandte sich um und musterte die anderen Gäste.

»Godwin und Rawlins. Investmentberatung. Gehört meinem Schwiegervater. Fünftgrößte Firma in der Stadt.«

»Sehr eindrucksvoll.«

»Wo haben Sie denn Ihren Schub her?«

»Meinen was?«

»Ihren Schub. Wer hat Ihnen den Platz an der großen Tafel verschafft?«

»Oh, das meinen Sie. Die in der Firma, denke ich. Wir arbeiten mit ein paar englischen Firmen zusammen.«

»Wimbledon. Das ist in Detroit.«

»In Chicago.«

»Ah, ja. Jetzt erinnere ich mich. Abercrombie für die Hinterwäldler. Kapiert? Ein Hinterwäldler, Abercrombie.«

»Wir sind solvent.« Canfield sah den betrunkenen blonden Adonis scharf an. Sein Tonfall war nicht freundlich.

»Regen Sie sich nicht gleich auf! Wie heißen Sie?«

Canfield wollte gerade antworten, als sein Blick auf die Krawatte des Betrunkenen fiel. Er wußte nicht, weshalb. Dann fielen ihm die Manschettenknöpfe des Mannes auf. Sie waren ziemlich groß und hatten die gleichen intensiven Farben wie die Krawatte. Dunkelrot und schwarz.

»Hat Sie was gebissen?«

»Was?«

»Ich will wissen, wie Sie heißen. Ich heiße Boothroyd. Chuck Boothroyd.« Er hielt sich wieder an der mahagonivertäfelten Bar fest, um nicht umzufallen. »Für Abercrombie und ... Ups, entschuldigen Sie, für Wimbledon arbeiten Sie also?« Boothroyd schien jetzt Mühe zu haben, zusammenhängend zu reden.

Der Buchprüfer kam zu dem Schluß, daß der Brandy ihm auch nicht guttat. Ihm war jetzt speiübel.

»Ja, für die arbeite ich. Hören Sie, Freund, ich fühle mich nicht besonders. Nehmen Sie mir's nicht übel, aber ich glaube, ich gehe jetzt besser, ehe was passiert. Gute Nacht, Mr. ...«

»Boothroyd.«

»Richtig. Gute Nacht.«

Mr. Boothroyd nickte seinem neuen Bekannten grinsend zu, dann griff er nach seinem Bourbon. Canfield ging schnell, aber leicht schwankend davon.

»Chuck, Süßer!« Eine dunkelhaarige Frau ließ sich gegen den angeheiterten Mr. Boothroyd fallen. »Jedesmal, wenn ich dich suche, verschwindest du!«

»Werd nicht gleich pampig, Darling.«

»Wenn du so was machst, bin ich nun mal pampig!«

Der Barkeeper stellte fest, daß er anderswo gebraucht wurde, und entfernte sich eilig.

Mr. Boothroyd sah seine Frau an, und ein paar Augenblicke lang machte er einen völlig nüchternen Eindruck. Sein Blick war jetzt nicht mehr unsicher, sondern völlig wach. Auf einen unbefangenen Beobachter hätten die zwei wie ein Mann und eine Frau gewirkt, die sich in die Haare geraten waren, weil ersterer zuviel getrunken hatte – eine Situation, die andere Leute meist davon abhält, sich einzumischen. Obwohl Chuck Boothroyd immer noch halb gebückt dastand, sprach er ganz deutlich. Er war völlig nüchtern. »Keine Sorge, Kleines.«

»Bist du sicher?«

»Ganz sicher.«

»Wer ist er?«

»Vertretertyp. Der schnuppert hier bloß nach Geschäften, schätze ich.«

»Wie kommt es dann, daß man ihn an ihren Tisch gesetzt hat?«

»Ach, hör schon auf! Du bist nervös.«
»Nur vorsichtig.«
»Ich will's dir sagen. Er arbeitet für dieses Sportgeschäft in Chicago. Wimbledon. Die importieren die Hälfte ihres Krams von ein paar englischen Firmen ...« Boothroyd hielt inne, als müßte er einem Kind etwas erklären. »Das hier ist ein britisches Schiff. Die alte Dame hat eine Menge Verbindungen, und jemand hat sich abschmieren lassen. Außerdem ist er blau wie eine Haubitze und obendrein seekrank.«
»Gib mir einen Schluck.« Mrs. Boothroyd griff nach dem Glas ihres Mannes.
»Bedien dich.«
»Wann wirst du es tun?«
»In etwa zwanzig Minuten.«
»Warum ausgerechnet heute nacht?«
»Das ganze Schiff ist besoffen, und außerdem ist das Wetter miserabel. Jeder, der nicht betrunken ist, kotzt. Vielleicht sogar beides.«
»Was soll ich denn tun?«
»Schlag mich ins Gesicht, aber kräftig. Dann läßt du mich hier stehen und gehst zu den Leuten zurück, wo du warst. Du sagst ihnen, wenn es bei mir soweit ist, wäre das Ende in Sicht oder so was ähnliches. In ein paar Minuten werde ich umkippen. Sorg dafür, daß zwei von deinen Verehrern mich in die Kabine tragen, oder drei vielleicht.«
»Ich weiß nicht, ob jemand nüchtern genug ist.«
»Dann soll der Steward es tun oder der Barkeeper. Das ist sogar noch besser. Der Barkeeper. Dem hab' ich ziemlich zugesetzt.«
»In Ordnung. Hast du den Schlüssel?«
»Dein alter Herr hat ihn mir heute morgen am Pier gegeben.«

20.

Als Canfield seine Kabine erreicht hatte, glaubte er, es würde ihm jeden Augenblick übel werden. Die dauernden, inzwischen recht heftig gewordenen Schiffsbewegungen verfehlten ihre Wirkung nicht. Er fragte sich, wie es wohl kam, daß die Leute sich über die

Seekrankheit lustig machten. Für ihn war sie noch nie komisch gewesen. Er brachte es nicht fertig, über diese Witze zu lachen.

Er ließ sich ins Bett fallen, wobei er nur seine Schuhe auszog. Befriedigt nahm er zur Kenntnis, daß er todmüde war. Er würde sicher bald Schlaf finden. Die letzten vierundzwanzig Stunden hatte der Druck, unter dem er stand, nie nachgelassen.

Dann fing das Klopfen an.

Zuerst leise. So leise, daß Canfield sich nur im Bett herumdrehte. Dann lauter und lauter und immer schneller. Offenbar hämmerte jemand mit dem Knöchel gegen die Tür. Es hallte durch die ganze Kabine.

Canfield rief verschlafen: »Was ist denn?«

»Ich glaube, Sie sollten besser aufmachen, Kumpel.«

»Wer ist da?« Canfield versuchte, den Raum daran zu hindern, sich um ihn zu drehen.

Das intensive Klopfen fing von neuem an.

»Schon gut, Herrgott noch mal, schon gut!«

Canfield quälte sich aus dem Bett und taumelte auf die Tür zu. Es kostete ihn weitere Qualen, den Riegel zurückzuziehen. Die uniformierte Gestalt eines Radiooffiziers sprang in seine Kabine.

Canfield blinzelte den Mann an, der jetzt an seiner Tür lehnte. »Was wollen Sie, zum Teufel?«

»Sie haben gesagt, ich soll zu Ihrer Kabine kommen, wenn ich etwas Interessantes hätte. Sie wissen schon. Wegen dem, was Sie so interessiert.«

»Und?«

»Nun, Sie erwarten doch sicher nicht, daß ein britischer Seemann sich ohne Grund über seine Vorschriften hinwegsetzt, oder?«

»Wieviel?«

»Zehn Quid.«

»Was, um Himmels willen, sind zehn Quid?«

»Für Sie fünfzig Dollar.«

»Verdammt teuer.«

»Das ist es aber wert.«

»Zwanzig.«

»Jetzt kommen Sie!« klagte der Cockney-Seemann.

»Dreißig, und das ist mein letztes Wort.« Canfield ging wieder zu seinem Bett zurück.

»Okay. Her mit dem Kies!«

Canfield zog seine Brieftasche heraus und gab dem Funker drei Zehndollarscheine. »So, und was ist jetzt dreißig Dollar wert?«

»Die hat Sie erwischt. Madame Scarlatti.« Damit verschwand er.

Canfield wusch sich mit kaltem Wasser, um wach zu werden, und grübelte über die verschiedenen Alternativen nach, die sich ihm boten.

Man hatte ihn ohne vernünftiges Alibi erwischt. Nach allen Gesetzen der Logik hatte er daher seine Nützlichkeit verloren. Man würde ihn ersetzen müssen, und das würde Zeit in Anspruch nehmen. Wenigstens konnte er die alte Dame so weit von der Spur ablenken, daß sie nicht herausfand, woher er kam.

Wenn nur Benjamin Reynolds jetzt da wäre, um ihm einen Rat zu geben ... Dann fiel ihm etwas ein, was Reynolds einmal zu einem anderen Außenprüfer gesagt hatte, der unbarmherzig enttarnt worden war. »Benutzen Sie einen Teil der Wahrheit. Sehen Sie, ob es hilft. Lassen Sie sich irgendeinen Grund für das, was Sie getan haben, einfallen.«

Er verließ seine Kabine und ging die Treppe zum A-Deck hinauf. Er fand ihre Suite und klopfte an die Tür.

Charley Conaway Boothroyd, geschäftsführender Vizepräsident der Godwin & Rawlins-Investmentberatung, sank zu Boden und blieb reglos mitten in der Bar liegen.

Drei Stewards, zwei etwas angeheiterte Passagiere, seine Frau und ein zufällig anwesender Navigationsoffizier schafften es schließlich, seinen immensen Körper aus der Bar bis zu seiner Kabine zu schaffen. Lachend zogen sie dem blonden Hünen Schuhe und Hosen aus und deckten ihn mit einer Steppdecke zu.

Mrs. Boothroyd brachte zwei Flaschen Champagner zum Vorschein und füllte die Gläser der Retter. Für sich selbst schenkte sie nur Wasser ein.

Die Stewards und der Offizier der *Calpurnia* tranken nur auf eindringliches Zureden von Mrs. Boothroyd und verließen die Kabine, sobald es ging. Jedoch nicht, bevor Mrs. Boothroyd ihnen eindringlich klargemacht hatte, wie total betrunken ihr Mann war.

Mit den beiden Freiwilligen allein gelassen, sorgte Mrs. Boothroyd dafür, daß der Champagner bis auf den letzten Tropfen geleert wurde.

»Wer hat eine Kabine?« fragte sie.

Es stellte sich heraus, daß nur einer Junggeselle war, der andere hatte seine Frau in der Bar zurückgelassen.

»Soll sie sich doch besaufen, dann machen wir allein weiter!« forderte sie die beiden heraus. »Glaubt ihr, Boys, daß ihr mit mir fertig werdet?«

Die Boys antworteten wie aus einem Mund und nickten wie Hamster, die Zedernspäne gewittert haben.

»Ich warne euch, ich werde für euch beide den Rock heben, und ihr werdet noch nicht genug für mich sein!« Mrs. Boothroyd schwankte leicht, als sie ihnen die Tür öffnete. »Hoffentlich macht es euch nichts aus, wenn der eine dem anderen dabei zusieht. Mir macht es Spaß!«

Die zwei Männer zerdrückten einander fast, als sie der Dame durch die Kabinentür folgten.

»Miststück!« murmelte Charles Conaway Boothroyd.

Er warf die Daunendecke ab und schlüpfte wieder in seine Hosen. Dann griff er in eine Schublade und holte einen Strumpf seiner Frau heraus. Wie um zu üben, zog er sich den Strumpf über den Kopf, richtete sich im Bett auf und musterte sich im Spiegel. Er war mit dem zufrieden, was er sah. Jetzt zog er den Strumpf wieder herunter und öffnete seinen Koffer.

Unter einigen Hemden waren ein Paar Mokassins und ein dünnes, gummiertes Seil verstaut, das etwa vier Fuß lang war.

Charles Conaway Boothroyd schlüpfte in die Schuhe, während das Seil zu seinen Füßen lag. Dann zog er sich einen schwarzen Strickpullover über. Er lächelte. Er war jetzt glücklich.

Elizabeth Scarlatti lag bereits im Bett, als sie das Klopfen hörte. Sie griff in die Nachttischschublade und holte einen kleinen Revolver heraus.

Dann stand sie auf und ging zur Tür des Vorraums. »Wer ist da?« fragte sie mit lauter Stimme.

»Matthew Canfield. Ich würde Sie sehr gern sprechen.«

Elizabeth war verwirrt. Sie hatte ihn nicht erwartet und suchte nach Worten.

»Ich bin ganz sicher, daß Sie einen Schluck zuviel getrunken haben, Canfield. Hat das nicht bis morgen Zeit?« Damit wirkte sie nicht einmal auf sich selbst überzeugend.

»Sie wissen ganz genau, daß ich nicht betrunken bin, und es kann auch nicht bis morgen warten. Ich glaube, wir sollten jetzt miteinander reden.« Canfield vertraute darauf, daß der Wind und das Geräusch der Wellen seine Stimme dämpfen würden. Außerdem vertraute er darauf, daß er im Augenblick beschäftigt war und daß dies seinem miserablen körperlichen Befinden entgegenwirken würde.

Elizabeth ging auf die Tür zu. »Ich wüßte wirklich nicht, was wir jetzt miteinander zu besprechen hätten. Hoffentlich zwingen Sie mich nicht dazu, die Schiffspolizei zu rufen.«

»Um Himmels willen, Lady, machen Sie jetzt die Tür auf! Oder soll ich die Schiffspolizei verständigen und den Leuten mitteilen, daß wir uns beide für jemanden interessieren, der mit Wertpapieren im Wert von Millionen in Europa herumläuft – von denen ich übrigens keine einzige bekommen werde?«

»Was haben Sie gesagt?« Elizabeth stand jetzt neben der Kabinentür.

»Schauen Sie, Madame Scarlatti ...« Matthew legte die Hände wie einen Trichter vor den Mund und ging ganz nahe an die Türfüllung heran. »Wenn meine Informationen auch nur annähernd richtig sind, haben Sie einen Revolver. Also gut. Öffnen Sie die Tür, und wenn ich nicht beide Hände über dem Kopf habe und jemand hinter mir steht, dann schießen Sie! Kann ich noch fairer sein?«

Sie öffnete die Tür, und da stand Canfield. Nur der Gedanke an das bevorstehende Gespräch hielt ihn aufrecht, so übel war ihm. Er schloß die Tür, und Elizabeth Scarlatti erkannte seinen Zustand. Wie stets, wußte sie auch jetzt, was als erstes zu tun war.

»Benutzen Sie mein Badezimmer, Mr. Canfield! Hier! Wenn Sie sich einigermaßen erholt haben, werden wir uns unterhalten.«

Charles Conaway Boothroyd stopfte zwei Kopfkissen unter die Steppdecke seines Bettes. Er nahm das Seil und knotete eine Lassoschlinge hinein. Das Knistern der Fasern war wie Musik in seinen Ohren. Er steckte den Seidenstrumpf seiner Frau in die Tasche und verließ lautlos die Kabine. Da er sich bereits auf Deck A auf der Steuerbordseite befand, brauchte er nur um die Bugpromenade herumzugehen, um sein Ziel zu erreichen. Er schätzte das Stampfen des Schiffes in der rauhen See ab und bestimmte die Zeit, die ein menschlicher Körper brauchen würde, um mit einem Minimum an Störung durch die Schiffsaufbauten ins Wasser zu fallen. Boothroyd war durch und durch ein Profi. Bald würden alle wissen, was er wert war.

Als Canfield aus Elizabeth Scarlattis Toilette kam, fühlte er sich sehr erleichtert. Sie hatte in einem Lehnsessel neben dem Bett Platz genommen und richtete den Revolver auf ihn.

»Wenn ich mich setze, legen Sie dann das verdammte Ding weg?«

»Wahrscheinlich nicht. Aber setzen Sie sich, dann reden wir darüber.«

Canfield ließ sich auf das Bett sinken und schwang die Beine darüber, so daß er ihr gegenübersaß. Die alte Frau klappte den Hammer ihrer Waffe zurück. »Sie haben da an der Tür etwas gesagt, Mr. Canfield. Das ist der einzige Grund, warum ich noch nicht geschossen habe. Würden Sie bitte fortfahren?«

»Ja. Zunächst möchte ich Ihnen sagen, daß ich nicht ...« Canfield erstarrte.

Er hörte deutlich, wie sich der Knauf der Vorzimmertür drehte. Er gab der alten Frau ein Zeichen, worauf sie ihm instinktiv den Revolver reichte.

Canfield griff schnell nach ihrer Hand und drückte sie sachte, aber bestimmt, auf das Bett. Sein Blick war ihr Befehl genug, und sie gehorchte.

Sie streckte sich auf dem Bett aus, nur von der Tischlampe beleuchtet, während Canfield sich in die Dunkelheit hinter der offenen Schlafzimmertür zurückzog. Er bedeutete ihr, die Augen zu schließen, ein Befehl, bei dem er eigentlich nicht damit rechnete, daß sie ihn befolgen würde, aber sie tat es. Elizabeth ließ den Kopf nach links fallen, ihre Zeitung lag ein paar Zoll von ihrer rechten Hand entfernt. Sie sah so aus, als wäre sie während des Lesens eingeschlafen.

Die Kabinentür wurde schnell geöffnet und wieder geschlossen.

Canfield preßte den Rücken gegen die Wand und hielt den kleinen Revolver fest umfaßt. Zwischen Türrahmen und Tür klaffte ein schmaler Spalt, durch den Canfield hinaussehen konnte. Plötzlich wurde ihm bewußt, daß der Eindringling denselben Vorteil hatte, nur daß er, Canfield, sich im Schatten befand und der andere, wie er hoffte, nicht mit ihm rechnete.

Jetzt konnte er den Besucher erkennen, und Canfield ertappte sich dabei, wie er unwillkürlich schluckte, zum Teil aus Verblüffung, zum Teil aus Angst.

Der Mann war riesengroß, einige Zoll größer als Canfield, mit einer breiten Brust und mächtigen Schultern. Er trug einen schwarzen Pullover, schwarze Handschuhe, und sein ganzer Kopf war von einem halb durchsichtigen, schleierartigen Tuch bedeckt, Seide vielleicht, die dem Riesen ein gespenstisches Aussehen verlieh und sein Gesicht völlig unkenntlich machte.

Der Eindringling kam jetzt durch die Schlafzimmertür und blieb am Fußende des Bettes stehen, knapp einen Meter von Canfield entfernt. Er schien die alte Frau prüfend zu mustern, während er ein dünnes Seil aus der Hosentasche holte.

Jetzt trat er links neben das Bett, beugte sich leicht vor.

Canfield sprang aus seinem Versteck, schmetterte dem Mann mit aller Kraft den Revolver gegen den Schädel. Die Haut platzte unter dem Schlag auf, und Blut drang durch das Seidengewebe. Der Eindringling fiel nach vorn, stützte sich mit den Händen ab und wirbelte herum. Er war nur sekundenlang benommen.

»Sie!« Das klang, als hätte er Canfield erkannt. »Sie Hurensohn!«

Canfields Erinnerungsvermögen lief auf Hochtouren, tastete sich durch dichte Nebel an vergangene Ereignisse heran, und doch hatte er nicht die leiseste Ahnung, wer dieser hünenhafte Mensch war. Daß er ihn kennen müßte, war offensichtlich – daß er ihn nicht erkannte, möglicherweise gefährlich.

Madame Scarlatti preßte sich gegen das Kopfende ihres Bettes. Sie beobachtete die Szene voll Angst, aber ohne Panik. Eher erfüllte sie Zorn, weil dies eine Situation war, die sie unmöglich unter Kontrolle bekommen konnte.

»Ich werde die Schiffspolizei rufen«, sagte sie leise.

»Nein!« befahl Canfield. »Rühren Sie das Telefon nicht an! Bitte!«

»Sie müssen von Sinnen sein, junger Mann!«

»Wollen Sie einen Handel mit mir abschließen, Kumpel?«

Die Stimme kam ihm auf unbestimmte Weise bekannt vor. Der Buchprüfer richtete seinen Revolver auf den Kopf des Mannes.

»Kommt nicht in Frage. Runter mit dieser Karnevalsmaske!«

Der Mann hob langsam beide Arme.

»Nein, Kumpel. Eine Hand. Setzen Sie sich auf die andere. Mit der Handfläche nach oben!«

»Schlauer Junge.« Der Eindringling ließ einen Arm sinken.

»Mr. Canfield, ich muß wirklich darauf bestehen, die Polizei zu verständigen«, sagte Elizabeth. »Der Mann ist in meine Kabine eingedrungen. Weiß Gott, wahrscheinlich wollte er mich berauben oder töten. Nicht Sie! Ich muß jetzt die zuständigen Behörden rufen!«

Canfield wußte nicht recht, wie er es der alten Frau klarmachen sollte. Er war keineswegs der Heldentyp, und der Gedanke an formellen Schutz war verlockend. Aber würde es wirklich ein Schutz sein? Und selbst wenn – dieser Hüne zu seinen Füßen war die einzige Verbindung oder mögliche Verbindung, die er oder sonst jemand in der Gruppe 20 mit dem verschwundenen Ulster Scarlett besaß. Canfield war sich klar, daß der Eindringling einfach als gewöhnlicher Dieb geopfert werden würde, wenn man die Schiffsbehörden rief. Es war möglich, daß der Mann ein Dieb war, aber Canfield bezweifelte das stark.

Der maskierte Charles Boothroyd, der zu Füßen des Buchprüfers saß, gelangte in bezug auf seine Zukunft zu einem ähnlichen Schluß. Die Aussicht des Scheiterns, verbunden mit einem längeren Gefängnisaufenthalt, begann in ihm ein unkontrollierbares Gefühl der Verzweiflung auszulösen.

Canfield sagte leise zu der alten Frau: »Ich möchte darauf hinweisen, daß dieser Mann nicht eingebrochen ist. Er hat die Tür aufgeschlossen, was darauf hindeutet, daß man ihm einen Schlüssel gegeben hat.«

»Das ist richtig. Den hat man mir gegeben. Sie wollen doch keine Dummheit machen, Kumpel? Ich bin ganz sicher, daß wir uns einigen können. Sagen Sie mir, was Sie dafür kriegen, daß Sie Baseballhandschuhe verkaufen. Ich zahle Ihnen fünfzigmal so viel. Wie wäre das?«

Canfield blickte scharf auf den Mann hinunter. Das war eine neue, beunruhigende Wendung. Hatte man ihn enttarnt? Plötzlich wurde Canfield bewußt, daß es in dieser Kabine vielleicht zwei Leute gab, die geopfert werden würden.

»Nehmen Sie jetzt das verdammte Tuch ab!«

Elizabeth meldete sich wieder zu Wort. »Mr. Canfield, auf diesem Schiff sind schon Tausende von Passagieren gereist. Es kann nicht so schwierig sein, sich einen Schlüssel zu beschaffen. Ich muß darauf bestehen …«

Die rechte Hand des Eindringlings schoß vor und griff nach Canfields Fuß. Canfield feuerte auf die Schulter des Mannes, während er nach vorn gezogen wurde. Es war ein kleinkalibriger Revolver, und der Schuß war nicht laut.

Die Hand des maskierten Fremden ließ Canfields Knöchel los und fuhr an seine Schulter, wo die Kugel steckte. Canfield stand auf und trat mit aller Kraft nach dem Kopf des Mannes. Seine Schuhspitze traf ihn an der Schläfe. Trotzdem stürzte sich der Mann auf Canfield, versuchte mit beiden Händen seinen Leib zu umklammern. Canfield feuerte ein zweitesmal. Diesmal bohrte sich die Kugel seitlich in den Körper des Hünen. Canfield drückte sich gegen die Kabinenwand, als der Mann zu seinen Füßen zusammenbrach und sich vor Schmerzen wand. Die Kugel hatte ihm den Knochen zerschmettert.

Canfield griff nach unten, um die Seidenmaske wegzuziehen, die von Blut durchtränkt war. Plötzlich schlug der Hüne, der auf dem Boden kniete, mit dem linken Arm zu und schleuderte den Buchprüfer gegen die Wand. Canfield schmetterte ihm den Revolver gegen den Schädel und versuchte gleichzeitig, den stahlharten Arm von sich zu schieben. Als er das Handgelenk des Mannes nach oben zog, riß der schwarze Pullover auf, so daß man den Ärmel eines weißen Hemdes sehen konnte – und einen großen Manschettenknopf, der rot und schwarz gestreift war.

Canfield hielt einen Augenblick lang inne und versuchte, das Gesehene in sich aufzunehmen. Der Hüne, aus zwei Wunden blutend, stöhnte vor Schmerz und Verzweiflung. Aber Canfield kannte ihn jetzt und war äußerst verwirrt. Er versuchte, seine rechte Hand ganz ruhig zu halten, und zielte sorgfältig auf die Kniescheibe des Mannes. Das war nicht leicht. Der stählerne Arm des Fremden preßte sich wie der Kolben einer Dampfmaschine gegen seinen Unterleib.

Als er gerade schießen wollte, warf sich der Eindringling nach oben und stemmte sich mit aller Kraft gegen den Kleineren. Canfield drückte ab, und das war eher ein Reflex als eine bewußte Handlung. Die Kugel fuhr in den Leib seines Gegners.

Wieder stürzte Charles Boothroyd.

Matthew Canfield sah zu der alten Frau hinüber, die gerade nach dem Telefon griff. Er sprang über den Mann hinweg und riß ihr den Hörer aus der Hand, legte ihn auf die Gabel zurück. »Bitte! Ich weiß, was ich tue!«

»Sind Sie sicher?«

»Ja. Glauben Sie mir!«

»Du lieber Gott! Passen Sie auf!«

Canfield wirbelte herum und konnte so gerade noch dem Schlag ausweichen, den der verwundete, auf ihn zutaumelnde Boothroyd ihm zugedacht hatte. Er hatte dazu beide Hände geballt.

Der Mann taumelte gegen das Fußende des Bettes und rollte herunter. Canfield zog die alte Frau weg und richtete die Waffe auf den Angreifer.

»Ich weiß nicht, wie Sie das schaffen. Aber wenn Sie jetzt nicht aufhören, dann kriegen Sie die nächste Kugel in die Stirn. Das verspreche ich Ihnen als Scharfschütze, Kumpel!«

Canfield erinnerte sich, daß er das einzige Mitglied seiner Ausbildungsgruppe war, das zweimal nacheinander bei der Prüfung mit Handfeuerwaffen durchgefallen war.

Auf dem Boden liegend, den Blick ebenso von rasendem Schmerz wie von dem blutigen Seidengewebe behindert, das sein Gesicht bedeckte, wußte Charles Boothroyd, daß er praktisch am Ende war. Sein Atem ging stockend. Blut drang ihm in die Luftröhre. Ihm blieb nur noch eine Hoffnung – er mußte seine Kabine erreichen, mußte zu seiner Frau. Sie würde wissen, was zu tun war. Sie würde dem Schiffsarzt ein Vermögen dafür bezahlen, daß er ihn wieder zusammenflickte. Und *sie* würden irgendwie begreifen. Kein Mann konnte sich so zurichten lassen und dann einem Verhör Widerstand leisten.

Mit ungeheurer Willenskraft begann er sich aufzurichten. Er murmelte etwas Unverständliches vor sich hin, während er sich auf die Matratze stützte.

»Versuchen Sie nicht, aufzustehen, Freundchen«, sagte Canfield. »Sie brauchen mir nur eine Frage zu beantworten.«

»Was – was? Hören Sie auf ...«

»Wo ist Scarlett?« Canfield hatte das Gefühl, gegen die Zeit zu arbeiten. Der Mann würde jeden Augenblick zusammenbrechen.

»Weiß nicht ...«

»Lebt er?«

»Wer ...«

»Sie wissen verdammt genau, wer! Scarlett! Madame Scarlattis Sohn!«

Mit letzter Kraft brachte Boothroyd das scheinbar Unmögliche zustande. Er klammerte sich an der Matratze fest, taumelte nach rückwärts, als würde er zusammenbrechen. Seine Bewegung zog die schwere Matratze teilweise vom Bett, löste die Laken, und als Canfield nach vorn trat, hob Boothroyd die Matratze vom Bett und warf sie dem Buchprüfer entgegen. Als die Matratze sich aufbäumte, stemmte sich Boothroyd mit seinem ganzen Gewicht dagegen. Canfield feuerte wild in die Decke, während er ebenso wie die alte Frau von dem Aufprall umgeworfen wurde. Boothroyd stieß ein letztesmal zu, drückte die beiden gegen die Wand und den Boden und richtete sich auf. Dann drehte er sich blindlings um und taumelte aus dem Zimmer. Als er das Vorzimmer erreicht hatte, riß er sich die Strumpfmaske ab, öffnete die Tür und rannte hinaus.

Elizabeth Scarlatti stöhnte vor Schmerz und griff sich an den Knöchel. Canfield stieß die Matratze von sich und versuchte, der alten Frau auf die Beine zu helfen.

»Ich glaube, mein Knöchel ist gebrochen.«

Canfield drängte es danach, Boothroyd zu verfolgen, aber er konnte die verletzte alte Frau nicht allein lassen. Außerdem würde sie dann sofort wieder nach dem Telefon greifen, und das mußte er unter allen Umständen verhindern. »Ich trage Sie zum Bett.«

»Nehmen Sie um Himmels willen zuerst die Matratze weg!«

Canfield war zwischen dem Gedanken, den Gürtel abzunehmen, der alten Frau die Hände zu fesseln und Boothroyd zu verfolgen, und ihrer Anweisung hin- und hergerissen. Ersteres wäre verrückt gewesen – sie würde ein mörderisches Geschrei erheben. Also zog er die Matratze weg und legte sie vorsichtig aufs Bett.

»Wie fühlen Sie sich?«

»Schlimm.« Sie zuckte zusammen, während er ihr ein Kissen unter den Rücken schob.

»Ich glaube, ich rufe am besten den Schiffsarzt.« Aber Canfield machte keine Anstalten, den Telefonhörer abzuheben. Er versuchte, die richtigen Worte zu finden, damit sie ihn gewähren ließ.

»Dafür ist noch genügend Zeit. Sie wollen doch den Mann verfolgen, oder?«

Canfield sah sie überrascht an. »Ja.«

»Warum? Glauben Sie, daß er etwas mit meinem Sohn zu tun hat?«

»Jede Sekunde, die ich jetzt mit Erklärungen verbringe, verringert die Chance, daß wir das je erfahren.«

»Woher weiß ich denn, daß Sie in meinem Interesse handeln? Sie wollten nicht, daß ich die Polizei rufe – obwohl wir beide dringend Hilfe gebraucht hätten. Genauer gesagt, beinahe hätten Sie es so weit gebracht, daß wir beide getötet wurden. Ich glaube, ich habe Anspruch auf eine Erklärung.«

»Dafür ist jetzt keine Zeit. Bitte, vertrauen Sie mir.«

»Weshalb sollte ich das?«

Canfields Blick fiel auf das Seil, das Boothroyd fallen gelassen hatte. »Abgesehen von einigen anderen Gründen, die uns jetzt zuviel Zeit kosten würden, wären Sie getötet worden, wenn ich nicht hier gewesen wäre.« Er deutete auf das dünne Seil auf dem Boden. »Wenn Sie glauben, daß er Ihnen damit die Hände fesseln wollte, so bedenken Sie bitte, welchen Vorteil es bringt, wenn man zum Erdrosseln ein gummiertes Seil statt einer Wäscheleine verwendet. Zum Fesseln taugt das gar nichts.« Er hob das Seil auf und hielt es ihr hin. »Wohl aber zum Erdrosseln.«

Sie musterte ihn scharf. »Wer sind Sie? Für wen arbeiten Sie?«

Canfield erinnerte sich, mit welcher Absicht er gekommen war – um ihr einen Teil der Wahrheit zu sagen. Er hatte sich dazu entschieden, ihr zu sagen, daß er im Auftrag einer Privatfirma tätig wäre, die sich für Ulster Scarlett interessierte – eines Magazins oder irgendeines Verlags. Unter den augenblicklichen Umständen wäre das offensichtlich unklug. Boothroyd war kein Dieb – er war ein bezahlter Killer. Elizabeth Scarlatti sollte ermordet werden. Sie war kein Mitglied einer Verschwörung. Canfield brauchte jede Unterstützung, die ihm zugänglich war. »Ich vertrete die Regierung der Vereinigten Staaten.«

»Oh, mein Gott! Dieser Esel, Senator Brownlee! Ich hatte ja keine Ahnung!«

»Die hat er auch nicht, das kann ich Ihnen versichern. Er hat uns, ohne das zu wissen, in Bewegung gesetzt. Aber das ist auch schon alles.«

»Und jetzt, nehme ich an, spielt ganz Washington Detektiv und informiert mich nicht.«

»Wenn zehn Leute in ganz Washington davon wissen, würde mich das sehr überraschen. Was macht Ihr Knöchel?«

»Er wird es überleben, genauso wie ich unter den gegebenen Umständen.«

»Wenn ich den Arzt rufe, werden Sie sich irgendeine Geschichte einfallen lassen – zum Beispiel, daß Sie gestürzt sind? Nur, um mir Zeit zu verschaffen. Das ist alles, worum ich Sie bitte.«

»Ich werde noch mehr tun, Mr. Canfield. Ich werde Sie jetzt gehen lassen. Wir können später einen Arzt rufen, wenn es notwendig ist.« Sie zog die Nachttischschublade auf und reichte ihm die Schlüssel.

Canfield ging auf die Tür zu.

»Unter einer Bedingung!« rief ihm die alte Frau nach.

»Und die wäre?«

»Daß Sie einen Vorschlag ernsthaft in Erwägung ziehen, den ich Ihnen machen muß.«

Canfield drehte sich um und musterte sie verblüfft. »Was für einen Vorschlag?«

»Daß Sie für mich tätig werden.«

»Ich bin bald wieder da«, sagte er und rannte hinaus.

21.

Eine Dreiviertelstunde später sperrte Canfield leise Elizabeth Scarlattis Kabinentür auf. Als die alte Frau den Schlüssel im Schloß hörte, fragte sie besorgt: »Wer ist da?«

»Canfield.« Er trat ein.

»Haben Sie ihn gefunden?«

»Ja. Darf ich mich setzen?«

»Bitte.«

»Was ist geschehen? Wer ist der Mann?«

»Er hieß Boothroyd. Er hat für eine Maklerfirma in New York gearbeitet. Man hat ihn ganz offensichtlich dafür bezahlt oder ihn beauftragt, Sie zu ermorden. Er ist tot, und seine sterblichen Überreste sind weit hinter uns – ich schätze, etwa drei Meilen.«

»Du lieber Gott!« Die alte Frau setzte sich auf.

»Wollen wir am Anfang beginnen?«

»Junger Mann, wissen Sie, was Sie getan haben? Man wird nach ihm suchen, Nachforschungen anstellen! Es wird einen Aufruhr geben!«

»Oh, ein paar Leute werden sich ganz bestimmt aufregen. Aber ich bezweifle, daß man über eine Routineuntersuchung hinausgehen und gründliche Nachforschungen anstellen wird. Und die trauende, verwirrte Witwe wird ihre Kabine nicht verlassen dürfen.«

»Was meinen Sie?«

Canfield schilderte ihr, wie er die Leiche in der Nähe von Boothroyds eigener Kabine gefunden hatte. Dann ging er kurz auf die etwas unerfreulicheren Dinge ein, wie er die Leiche durchsucht und sie über Bord geworfen hatte, und beschrieb danach in allen Einzelheiten, wie er in die Bar zurückgekehrt war und dort erfahren hatte, daß Boothroyd scheinbar vor einigen Stunden die Besinnung verloren hatte. Der Barkeeper hatte erklärt, daß ihn ein halbes Dutzend Männer weggeschleppt und zu Bett gebracht hätten. Doch das war, wie Canfield meinte, sicher stark übertrieben gewesen.

»Sehen Sie, und dieses höchst auffällige Alibi ist die logischste Erklärung für sein – Verschwinden.«

»Man wird das Schiff durchsuchen, bevor wir den Hafen erreichen.«

»Nein, das wird man nicht.«

»Warum nicht?«

»Ich habe ihm ein Stück von seinem Pullover abgerissen und es in die Reling vor seiner Kabine gezwängt. Man wird daraus schließen, daß der betrunkene Mr. Boothroyd versuchte, wieder in die Bar zurückzukehren, und dabei einen tragischen Unfall erlitt. Immerhin war die See ziemlich unruhig ...« Canfield hielt inne und überlegte. »Wenn er allein operierte, dann sind wir außer Gefahr. Wenn nicht ...« Canfield beschloß, nicht weiterzusprechen.

»War es notwendig, den Mann über Bord zu werfen?«

»Wäre es besser gewesen, wenn man ihn mit vier Kugeln im Leib aufgefunden hätte?«

»Drei. Eine steckt in der Schlafzimmerdecke.«

»Das ist noch schlimmer. Dann würde man eine Verbindung zu Ihnen herstellen. Wenn er einen Kollegen an Bord hat, wären Sie vor morgen früh tot.«

»Wahrscheinlich haben Sie recht. Was tun wir jetzt?«

»Wir warten ab. Wir besprechen uns und warten ab.«

»Worauf warten wir?«

»Daß jemand herauszufinden versucht, was passiert ist. Vielleicht seine Frau. Vielleicht derjenige, der ihm den Schlüssel gegeben hat.«

»Glauben Sie, daß die das tun werden?«

»Ich glaube, das müssen sie, wenn es an Bord jemanden gibt, der mit ihm zusammengearbeitet hat. Aus dem einfachen Grund, daß alles geplatzt ist.«

»Vielleicht war er ein ganz gewöhnlicher Einbrecher.«

»Das war er nicht. Er war ein Killer.«

Die alte Frau sah Canfield nachdenklich in die Augen. »Wer sind ›sie‹, Mr. Canfield?«

»Das weiß ich nicht. Deshalb müssen wir miteinander reden.«

»Sie glauben, diese Leute stehen mit dem Verschwinden meines Sohnes in Verbindung, nicht wahr?«

»Ja, das glaube ich. Sie nicht?«

Darauf antwortete sie nicht direkt. »Sie sagten, wir sollten von vorne beginnen. Was verstehen Sie darunter?«

»Wir erfuhren, daß amerikanische Wertpapiere im Wert von einigen Millionen Dollar unter der Hand an einer ausländischen Börse verkauft worden waren. Damit fing alles an.«

»Was hat das mit meinem Sohn zu tun?«

»Er war dort. Er befand sich in dem speziellen Gebiet, als die Gerüchte entstanden. Ein Jahr später, nach seinem Verschwinden, erhielten wir verläßliche Informationen, daß der Verkauf getätigt worden war. Er war wieder dort. Auffällig, nicht wahr?«

»Oder ein Zufall.«

»Diese Theorie haben Sie vom Tisch gefegt, als Sie mir vor einer Stunde die Tür öffneten.«

Die alte Frau starrte den Buchprüfer an, der mit ausgestreckten Beinen in einem Lehnstuhl saß. Er seinerseits beobachtete sie aus halb geschlossenen Augen. Er sah, daß sie wütend war, sich aber unter Kontrolle hatte.

»Sie sind anmaßend, Mr. Canfield.«

»Das glaube ich nicht. Und da wir wissen, wer der Mann war, der Sie ermorden wollte, und für wen er arbeitete – Godwin Soundso Wall Street –, glaube ich, daß das Bild ziemlich klar ist. Jemand in der fünftgrößten Maklerfirma in New York ist wütend genug auf Sie oder hat genügend Angst vor Ihnen, um Ihnen nach dem Leben zu trachten.«

»Das ist reine Spekulation.«

»Zum Teufel mit Spekulationen! Ich habe genügend Schrammen, um das zu beweisen!«

»Wie hat Washington diese – zweifelhafte Verbindung hergestellt?«

»›Washington‹ umfaßt viel zu viele Leute. Wir sind eine sehr kleine Abteilung. Üblicherweise befassen wir uns in aller Stille mit unehrlichen Regierungsbeamten in gehobenen Positionen.«

»Das klingt ja sehr geheimnisvoll, Mr. Canfield.«

»Ganz und gar nicht. Wenn ein Onkel des schwedischen Botschafters einen großen Coup in schwedischen Importen landet, dann ziehen wir es vor, das in aller Stille zu bereinigen.« Er musterte sie scharf.

»Jetzt wirken Sie wieder harmlos.«

»Ich bin weder mysteriös noch harmlos, das kann ich Ihnen versichern.«

»Und die Wertpapiere?«

»Der schwedische Botschafter …« Canfield lächelte. »Der übrigens nach meinem besten Wissen keinen Onkel im Importgeschäft hat.«

»Der schwedische Botschafter? Ich dachte, Sie hätten gesagt, Senator Brownlee wäre derjenige, welcher.«

»Das war nicht ich. Das waren Sie. Brownlee hat genügend Wirbel gemacht, so daß das Justizministerium jeden vorlud, der irgendwann einmal mit Ulster Scarlett zu tun hatte. Auf einmal lag der Fall auf unserem Tisch.«

»Sie sind bei Reynolds!«

»Das haben auch wieder Sie gesagt, nicht ich.«

»Hören Sie auf, mit mir zu spielen. Sie arbeiten für diesen Reynolds, nicht wahr?«

»Eines bin ich ganz bestimmt nicht – Ihr Gefangener. Ich werde mich nicht ins Kreuzverhör nehmen lassen.«

»Also gut. Was ist mit diesem schwedischen Botschafter?«

»Sie kennen ihn nicht? Sie wissen nichts über Stockholm?«

»Herrgott noch mal, nein, ich weiß nichts!«

Canfield glaubte ihr. »Vor vierzehn Monaten ließ Botschafter Walter Pond Washington wissen, daß ein Syndikat in Stockholm dreißig Millionen Dollar für größere amerikanische Wertpapierpakete bereitgestellt hatte, falls man sie einschmuggeln konnte. Sein Bericht war am 15. Mai datiert worden. Das Visum Ihres Sohnes zeigt, daß er am 10. Mai nach Schweden eingereist ist.«

»Schwach! Mein Sohn befand sich auf Hochzeitsreise. Eine Reise nach Schweden war dabei nichts Außergewöhnliches.«

»Er war allein. Seine Frau blieb in London. Das ist außergewöhnlich.«

Elizabeth erhob sich von ihrem Bett. »Das liegt mehr als ein Jahr zurück. Das Geld wurde nur bereitgestellt.«

»Botschafter Pond hat bestätigt, daß die Transaktion durchgeführt wurde.«

»Wann?«

»Vor zwei Monaten. Kurz nach dem Verschwinden Ihres Sohnes.«

»Ich habe Sie etwas gefragt, ehe Sie diesem Mann nachgerannt sind.«

»Ich erinnere mich. Sie haben mir einen Job angeboten.«

»Sind Sie seitens Ihrer Behörde befugt, mit mir zusammenzuarbeiten? Wir haben dasselbe Ziel. Es liegt kein Konflikt vor.«

»Was soll das bedeuten?«

»Ist es Ihnen möglich zu berichten, daß ich mich freiwillig erboten habe, mit Ihnen zusammenzuarbeiten? Sagen Sie die Wahrheit, Mr. Canfield, einfach nur die Wahrheit. Man hat mich zu töten versucht. Wenn Sie nicht eingegriffen hätten, wäre ich jetzt tot. Ich bin eine alte Frau, und ich habe Angst.«

»Man wird annehmen, Sie wüßten, daß Ihr Sohn am Leben ist.«

»Ich weiß es nicht – ich vermute es.«

»Wegen der Wertpapiere?«

»Ich weigere mich, das zuzugeben.«

»Warum dann?«

»Beantworten Sie zuerst meine Frage. Könnte ich den Einfluß Ihrer Behörde benutzen, ohne weiter befragt zu werden? Ich wäre nur Ihnen allein verantwortlich ...«

»Was bedeuten würde, daß ich Ihnen verantwortlich bin.«

»Genau.«

»Das ist möglich.«

»Auch in Europa?«

»Wir haben Verträge auf Gegenseitigkeit mit den meisten Behörden ...«

»Dann ist das mein Angebot«, unterbrach ihn Elizabeth. »Ich füge hinzu, daß ich nicht mit mir handeln lasse ... Einhunderttausend Dollar. In zu vereinbarenden Raten zu zahlen.«

Matthew Canfield starrte die selbstbewußte alte Frau an und stellte plötzlich fest, daß sie ihm Furcht einflößte. An der Summe, die Elizabeth Scarlatti gerade genannt hatte, war etwas Beängstigendes. Er wiederholte mit kaum hörbarer Stimme: »Einhunderttausend ...«

»Das ist es mir wert, Mr. Canfield. Nehmen Sie mein Angebot an, und genießen Sie Ihr Leben.«

Der Buchprüfer schwitzte, dabei war es in der Suite weder heiß noch feucht. »Sie kennen meine Antwort.«

»Ja, ich hatte damit gerechnet. Regen Sie sich nicht auf. Der Übergang erfordert nur eine geringfügige Anpassungsfähigkeit. Sie werden genug haben, um bequem leben zu können, aber nicht so viel, daß Sie wirklich Verantwortung tragen. Das wäre unbequem. So, wo waren wir?«

»Was?«

»O ja. Warum vermute ich, daß mein Sohn am Leben ist? Ganz abgesehen von den Wertpapieren, von denen Sie sprechen.«

»Ja, warum?«

»Mein Sohn hat zwischen April und Dezember letzten Jahres Hunderttausende von Dollars auf Banken in ganz Europa überweisen lassen. Ich nehme an, er hat die Absicht, von diesem Geld zu leben. Ich bin auf der Suche nach diesen Depots. Ich folge der Spur jenes Geldes.« Elizabeth sah, daß der Buchprüfer ihr nicht glaubte. »Das ist zufälligerweise die Wahrheit.«

»Diese Wertpapiere sind auch die Wahrheit, nicht wahr?«

»Da ich mit jemandem spreche, den ich bezahle, und da wir beide wissen, daß ich außerhalb dieser Kabine alles leugnen würde – ja.«

»Warum würden Sie das leugnen?«

»Eine berechtigte Frage. Ich glaube nicht, daß Sie es verstehen werden, aber ich werde Ihnen alles zu erklären versuchen. Man wird die verschwundenen Wertpapiere fast ein Jahr lang nicht entdecken. Ich habe im juristischen Sinn nicht das Recht, vor Fälligkeit der Papiere die Entscheidungen meines Sohnes in Zweifel zu ziehen. Das zu tun, hieße die Scarlatti-Familie in aller Öffentlichkeit anzuklagen. Das würde das Scarlatti-Unternehmen auseinanderreißen, alle Scarlatti-Transaktionen in jedem Bankinstitut der zivilisierten Welt verdächtig machen. Das können wir nicht verantworten. Angesichts der in Rede stehenden Beträge könnte das in Hunderten von Firmen Panik erzeugen.«

Canfield hatte die Grenzen seines Konzentrationsvermögens erreicht. »Wer war Jefferson Cartwright?«

»Der einzige Mensch außer Ihnen und mir, der von den Wertpapieren wußte.«

»Oh, mein Gott!« Canfield richtete sich in seinem Sessel auf.

»Glauben Sie wirklich, daß man ihn aus den angegebenen Gründen getötet hat?«

»Ich wußte nicht, daß es welche gab.«

»Die waren indirekt. Er war ein notorischer Schürzenjäger.«

Der Buchprüfer sah der alten Frau in die Augen. »Und Sie sagen, er sei der einzige gewesen, der außer Ihnen über die Wertpapiere informiert war.«

»Ja.«

»Dann glaube ich, daß er deshalb getötet wurde. In Ihrem Teil der Stadt wird einer nicht deshalb umgebracht, weil er eine verheiratete Frau verführt hat. Ihr Mann würde das höchstens zum Anlaß nehmen, mit der Frau des anderen zu schlafen.«

»Dann brauche ich Sie doch, oder nicht, Mr. Canfield?«

»Was hatten Sie vor zu tun, sobald wir England erreicht haben?«

»Genau das, was ich gesagt hatte. Ich will bei den Banken beginnen.«

»Was würden Sie da erfahren?«

»Das weiß ich nicht genau, aber gemessen am Üblichen waren das beträchtliche Summen. Das Geld mußte doch irgendwohin gelangen. Ganz bestimmt hat man es nicht in Papiertüten herumgetragen. Vielleicht andere Konten unter falschen Namen – vielleicht kleine Firmen, die schnell etabliert wurden – ich weiß es nicht. Aber ich weiß, daß dies das Geld ist, das benutzt werden wird, bis die Zahlungen für die Wertpapiere fällig sind.«

»Er hat dreißig Millionen Dollar in Stockholm!«

»Das muß nicht sein. Es könnte sein, daß Konten mit insgesamt dreißig Millionen schwarz eröffnet worden sind, wahrscheinlich mit Gold bezahlt, und auf beträchtliche Zeit festliegen.«

»Wie lange?«

»So lange, wie man braucht, um die Echtheit eines jeden Dokuments zu bestätigen. Da sie an einer ausländischen Börse verkauft wurden, nimmt das Monate in Anspruch.«

»Sie werden also den Konten auf den Banken nachspüren.«

»Ich finde, das ist der einzig mögliche Einstieg.« Elizabeth Scarlatti zog eine Schreibtischschublade auf und griff nach einem Kosmetiketui. Sie öffnete es und entnahm ihm ein Blatt Papier.

»Ich nehme an, Sie besitzen davon eine Kopie. Ich möchte, daß Sie das lesen und Ihr Gedächtnis auffrischen.« Sie reichte ihm das Papier.

Es war die Liste der ausländischen Banken, auf denen Waterman für Ulster Stewart Scarlett Gelder deponiert hatte. Canfield erinnerte sich daran, aufgrund des Materials, das ihm das Justizministerium geschickt hatte.

»Ja, das habe ich gesehen, aber ich besitze keine Kopien. Etwas weniger als eine Million Dollar ...«

»Haben Sie die Abhebedaten bemerkt?«

»Ich erinnere mich, daß die letzte Abhebung etwa zwei Wochen vor der Rückkehr Ihres Sohnes mit seiner Frau nach New York stattfand. Ein paar Konten sind noch offen, nicht wahr? Ja, hier ...«

»London und Den Haag«, unterbrach ihn die alte Frau und fuhr dann fort: »Das ist es nicht, was ich meine, aber es könnte wertvoll sein. Was ich meine, ist die geografische Folge.«

»Was für eine geografische Folge?«

»Es fängt mit London an, dann geht es nach Norden, nach Norwegen, dann wieder nach Süden, nach England, Manchester; dann nach Paris; wieder nach Norden, Dänemark; nach Süden, Marseille; nach Westen, Spanien, Portugal, dann Berlin, und dann wieder nach Süden, Nordafrika, Kairo, wieder nach Nordwesten, Italien – Rom; dann der Balkan und die Schweiz – so geht es weiter.« Die alte Dame hatte die Orte aus dem Gedächtnis aufgezählt, während Canfield versuchte, ihnen auf der Liste zu folgen.

»Worauf wollen Sie hinaus, Madame Scarlatti?«

»Kommt Ihnen nichts ungewöhnlich vor?«

»Ihr Sohn befand sich auf der Hochzeitsreise. Ich weiß nicht, wie Leute wie Sie Ihre Hochzeitsreise planen. Ich denke dabei nur an die Niagarafälle.«

»Das ist keine normale Reiseroute.«

»Das kann ich nicht sagen.«

»Lassen Sie es mich so formulieren: Sie würden doch keine Vergnügungsreise aus Washington nach New York City machen und dann nach Baltimore zurückkehren und sich als nächste Station Boston wählen.«

»Nein, ich denke nicht.«

»Mein Sohn hat sich kreuz und quer innerhalb eines Halbkreises bewegt. Sein letzter Zielort, wo er den größten Betrag abgehoben hat, war ein Punkt, den er logischerweise viele Monate früher hätte erreichen können.«

Canfield war außerstande, sich die Reiseroute auf einer Landkarte vorzustellen und zugleich den einzelnen Daten zu folgen.

»Machen Sie sich keine Mühe, Mr. Canfield. Es war Deutschland. Eine obskure Stadt in Süddeutschland. Sie nennt sich Pullach.«

TEIL II

22.

Der zweite und dritte Tag auf hoher See verlief ruhig, was das Wetter und die Stimmung in der Ersten Klasse der *Calpurnia* anging. Die Nachricht vom Tod eines Passagiers wirkte auf die Passagiere bedrückend. Mrs. Charles Boothroyd blieb in ihrer Kabine unter dauernder Aufsicht des Schiffsarztes und einer Krankenschwester. Die Nachricht vom Tod ihres Mannes hatte einen hysterischen Anfall ausgelöst, und man hatte ihr eine größere Dosis von Beruhigungsmitteln verabreichen müssen.

Am dritten Tag hatten die meisten Passagiere sich von ihrer Seekrankheit und dem Schock erholt und betrachteten die Welt wieder optimistischer.

Elizabeth Wyckham Scarlatti und ihr junger Tischherr trennten sich nach jeder Mahlzeit. Gegen halb elf Uhr abends freilich begab sich Matthew Canfield in ihre Kabine, um dort Stellung zu beziehen, falls es zu einem weiteren Mordanschlag kommen sollte. Es war ein höchst unbefriedigendes Arrangement.

»Wenn ich hundert Jahre jünger wäre, könnten Sie sich als einer dieser geschmacklosen Männer ausgeben, die sich an ältere Damen vermieten.«

»Wenn Sie Ihr Geld dazu benutzten, sich selbst einen Ozeandampfer zu kaufen, würde ich nachts ein wenig Schlaf finden.«

Aber diese nächtlichen Gespräche hatten auch einen Nutzen.

Ihre Pläne begannen, Gestalt anzunehmen. Außerdem wurden Canfields Pflichten als ein Angestellter von Elizabeth Scarlatti in diplomatischer Weise diskutiert.

»Ich würde niemals von Ihnen erwarten, daß Sie irgend etwas tun, das der Regierung schaden könnte«, sagte Elizabeth. »Etwas, das Sie nicht mit Ihrem Gewissen vereinbaren können. Ich glaube an das menschliche Gewissen.«

»Aber Sie wollen wahrscheinlich darüber entscheiden, was schädlich ist und was nicht.«

»Bis zu einem gewissen Grad, ja. Ich glaube, hier ein gewisses Urteilsvermögen zu besitzen.«

»Was geschieht, wenn ich Ihre Ansicht nicht teile?«

»Über diese Brücke wollen wir gehen, wenn wir sie erreichen.«

»Das ist ja großartig.«

Es lief darauf hinaus, daß Matthew Canfield weiterhin seine Berichte an die Gruppe 20 in Washington senden würde, mit einer einzigen Änderung – Elizabeth Scarlatti würde sie vorher zu sehen bekommen. Sie würden gemeinsam durch seine Vermittlung gewisse Forderungen an sein Büro richten, die sie beide für notwendig hielten. In allen Dingen, die ihr körperliches Wohlbefinden angingen, würde die alte Frau den Anweisungen des jungen Mannes ohne Widerspruch Folge leisten.

Matthew Canfield würde zehn Raten von je zehntausend Dollar, angefangen mit ihrem ersten Tag in London, erhalten. In kleinen amerikanischen Scheinen.

»Sie sind sich natürlich darüber im klaren, Mr. Canfield, daß man diese Übereinkunft auch noch von einer anderen Seite betrachten kann.«

»Und die wäre?«

»Ihr Büro kann meine nicht unbeträchtlichen Talente absolut gratis nutzen. Das ist für den Steuerzahler äußerst nützlich.«

»Ich werde das in meinen nächsten Bericht aufnehmen.«

Damit war freilich das eigentliche Problem ihrer Übereinkunft nicht gelöst. Damit der Buchprüfer seine Verpflichtungen gegenüber beiden Auftraggebern erfüllen konnte, galt es, einen Grund zu finden, der seine Verbindung mit der alten Frau erklärte. Im Laufe der Wochen würde diese offenkundig sein, und es wäre unsinnig gewesen, sie entweder als eine geschäftliche oder eine private Beziehung darzustellen. Beide Erklärungen würden Argwohn erwecken.

Matthew Canfield fragte, nicht ohne persönliches Interesse: »Kommen Sie gut mit Ihrer Schwiegertochter aus?«

»Ich nehme an, Sie meinen Ulsters Frau. Chancellors Gattin könnte niemand ertragen.«

»Ja.«

»Ich mag sie. Wenn Sie freilich daran denken, sie als Dritte in unseren Bund aufzunehmen, so muß ich Ihnen sagen, daß sie mich verabscheut. Dafür gibt es viele Gründe, wovon die meisten durchaus verständlich sind. Um das zu erreichen, was ich will, mußte ich sie ziemlich schlecht behandeln. Ich könnte nur ein einziges Argument zu meiner Verteidigung vorbringen, falls ich dies für nötig hielte – was keineswegs der Fall ist: Alles, was ich tat, geschah zu ihrem Nutzen.«

»Das rührt mich zutiefst, aber glauben Sie, daß wir sie veranlassen könnten, uns zu unterstützen? Ich bin ihr einige Male begegnet.«

»Besonders verantwortungsbewußt ist sie nicht gerade. Aber das wissen Sie wahrscheinlich.«

»Ja. Ich weiß noch etwas – sie nimmt an, daß Sie wegen Ihres Sohnes nach Europa reisen.«

»Das ist mir bewußt. Wahrscheinlich würde es Ihnen nützen, wenn Sie Janet einschalten könnten. Aber ich glaube nicht, daß ich das per Telegramm bewerkstelligen könnte. Und ich würde es ganz bestimmt nicht in einem Brief darlegen.«

»Ich weiß eine bessere Methode. Ich werde zurückreisen, um sie zu holen, und eine schriftliche – Erklärung von Ihnen mitnehmen. Nicht zu detailliert und nicht zu deutlich. Den Rest übernehme ich.«

»Sie müssen sie sehr gut kennen.«

»Nein. Ich glaube nur, sie wird uns helfen, wenn ich sie überzeugen kann, daß Sie und ich auf ihrer Seite stehen.«

»Vielleicht könnte sie das. Sie könnte uns zeigen, wo ...«

»Sie könnte Leute erkennen ...«

»Aber was werde ich tun, während Sie in Amerika sind? Ich wäre ohne Zweifel tot, wenn Sie zurückkehren.«

Daran hatte Canfield gedacht. »Sobald wir England erreichen, sollten Sie untertauchen.«

»Wie, bitte?«

»Um Ihrer unsterblichen Seele willen – und natürlich der Ihres Sohnes.«

»Ich verstehe kein Wort.«

»Ein Nonnenkonvent. Die ganze Welt weiß, welchen Verlust Sie erlitten haben. So etwas wäre völlig logisch. Wir werden eine Verlautbarung an die Presse herausgeben und darin erklären, Sie hätten sich im Norden Englands an einem nicht näher bezeichneten Ort niedergelassen. Und dann schicken wir Sie irgendwohin nach Süden. Mein Büro wird uns dabei behilflich sein.«

»Das klingt ausgesprochen lächerlich.«

»In Schwarz werden Sie hinreißend aussehen.«

Die verschleierte, trauernde Mrs. Boothroyd wurde mit der ersten Gruppe von Passagieren von Bord geleitet. Beim Zoll empfing sie ein Mann, der für sie die Formalitäten erledigte und sie zu einem Rolls-Royce brachte, der auf der Straße wartete. Canfield folgte den beiden zum Wagen.

Fünfundvierzig Minuten später hatte er sich in einem Hotelzimmer einquartiert. Er hatte seine Londoner Kontaktstelle von einer öffentlichen Telefonzelle aus angerufen, und sie waren übereingekommen, sich so schnell wie möglich zu treffen. Dann verbrachte der Buchprüfer eine halbe Stunde damit, die Stabilität eines Festlandbettes zu genießen. Der Gedanke, sogleich wieder an Bord eines Schiffes gehen zu müssen, deprimierte ihn, aber er wußte, daß es keine andere Lösung gab. Janet würde die vernünftigste Erklärung dafür bieten, daß er die alte Dame begleitete, und es war logisch, daß die Frau und die Mutter des verschwundenen Ulster Scarlett gemeinsam reisten.

Und Canfield fand die Aussicht auf die Gesellschaft Janet Scarletts nicht gerade abstoßend. Sie war ohne Zweifel nicht gerade die solideste Person, aber er begann an seiner ursprünglichen Meinung zu zweifeln, daß sie moralisch schlecht war.

Er war im Begriff einzuschlafen, als ihm ein Blick auf die Uhr sagte, daß er sich bei seiner Verabredung verspäten würde. Er griff nach dem Telefon und hörte mit Freuden, was die Stimme ihm in britischem Akzent mitteilte: »Madame Scarlatti befindet sich in Suite fünf. Wir haben Anweisung, Besucher telefonisch anzumelden, Sir.«

»Dann tun Sie das bitte. Ich gehe gleich hinauf. Vielen Dank.«

Canfield sagte laut seinen Namen, ehe Elizabeth Scarlatti die Tür öffnete. Die alte Frau bedeutete dem jungen Mann, auf einem Stuhl Platz zu nehmen, dann setzte sie sich auf ein riesiges viktorianisches Sofa am Fenster.

»Nun, was tun wir jetzt?«

»Ich habe unseren Mann in London vor fast einer Stunde angerufen. Er sollte in Kürze hier sein.«

»Wer ist es denn?«

»Er sagte, sein Name wäre James Derek.«

»Kennen Sie ihn denn nicht?«

»Nein. Man gibt uns eine Telefonnummer und weist uns dann einen Mann zu. Das ist eine Abmachung auf Gegenseitigkeit.«

»Was wird er wissen wollen?«

»Nur, was wir ihm freiwillig sagen. Er wird keine Fragen stellen, sofern wir nicht etwas fordern, das entweder gegen die britische Regierung gerichtet oder so teuer ist, daß er sich rechtfertigen müßte. Dieser Punkt ist für ihn der wichtigste.«

»Wie amüsant!«

»Ja, das Geld der Steuerzahler ...« Canfield sah auf die Uhr. »Ich habe ihn gebeten, eine Liste von Klöstern mitzubringen.«

»Damit ist es Ihnen anscheinend sehr ernst, oder?«

»Ja. Es sei denn, er hätte eine bessere Idee. Ich werde etwa zweieinhalb Wochen weg sein. Haben Sie den Brief an Ihre Schwiegertochter geschrieben?«

»Ja.« Sie reichte ihm einen Umschlag.

Auf der anderen Seite des Zimmers, auf einem Tischchen neben der Tür, klingelte das Telefon. Elizabeth ging schnell zu dem Apparat und meldete sich.

»Ist das Derek?« fragte Canfield, als sie aufgelegt hatte.

»Ja.«

»Gut. Jetzt darf ich Sie bitten, Madame Scarlatti, daß Sie mir das Reden überlassen. Aber wenn ich Sie etwas frage, dann wissen Sie, daß ich eine ehrliche Antwort haben will.«

»Oh? Wir verabreden keine Signale?«

»Nein. Er will nichts wissen. Glauben Sie mir das. Tatsächlich sind wir einander sogar etwas unsympathisch.«

»Sollte ich ihm einen Drink oder einen Tee anbieten, oder ist das nicht gestattet?«

»Ich glaube, er wäre Ihnen für einen Drink sehr dankbar.«

»Ich werde den Zimmerservice anrufen und eine Bar schicken lassen.«

»Sehr schön.«

Elizabeth Scarlatti nahm den Hörer ab und bestellte eine Auswahl an Weinen und Schnäpsen. Canfield lächelte über die Gewohnheiten der Reichen und zündete sich eine seiner dünnen Zigarren an.

James Derek war ein freundlich wirkender Mann Anfang Dreißig. Er neigte zur Korpulenz und sah wie ein erfolgreicher Geschäftsmann aus. Er war schrecklich höflich, aber dem Wesen nach kühl. Sein konstantes Lächeln hatte die Tendenz, beim Reden in eine etwas gequälte gerade Linie überzugehen.

»Wir haben das Zulassungsschild des Rolls am Pier überprüft. Es gehört einem Marquis Jacques Louis Bertholde. Franzose, hier im Land wohnhaft. Wir werden Informationen über ihn besorgen.«

»Gut. Wie steht es mit den Klöstern?«

Der Brite holte ein Blatt Papier aus der Innentasche. »Es gibt einige, die wir empfehlen könnten. Je nachdem, welche Wünsche Madame Scarlatti in bezug auf Verbindungen nach draußen hat.«

»Haben Sie welche, wo ein Kontakt völlig unmöglich ist? Von beiden Seiten?« fragte der Buchprüfer.

»Das müßte natürlich ein katholisches Kloster sein. Davon gibt es zwei oder drei ...«

»Jetzt hören Sie zu!« unterbrach die selbstbewußte alte Dame.

»Was wären das für Klöster?« fragte Canfield.

»Da ist eines vom Benediktinerorden und ein Karmeliterinnenkonvent. Sie liegen übrigens im Südwesten. Das Karmeliterinnenkloster ist in der Nähe von Cardiff.«

»Es gibt gewisse Grenzen, Mr. Canfield. Ich beabsichtige, diese Grenzen festzulegen. Ich will mit solchen Leuten nichts zu tun haben!«

»Welches Kloster in England ist das berühmteste, das gesuchteste, Mr. Derek?« fragte der Buchprüfer.

»Nun, die Herzogin von Gloucester zieht sich einmal jährlich in die Abtei von York zurück. Englische Hochkirche natürlich.«

»Ausgezeichnet. Wir informieren sämtliche Presseagenturen, daß Madame Scarlatti dort einen Monat verbringen wird.«

»Das ist wesentlich akzeptabler«, sagte die alte Frau.

»Ich bin noch nicht fertig.« Canfield wandte sich an den amüsierten Londoner. »Dann melden Sie Madame Scarlatti im Karmeliterinnenkloster an. Sie werden sie morgen dorthin begleiten.«

»Wie Sie wünschen.«

»Einen Augenblick, Gentlemen!« rief Elizabeth. »Ich bin nicht einverstanden. Ich bin sicher, daß Mr. Derek meinen Wünschen Folge leisten wird.«

»Tut mir schrecklich leid, gnädige Frau. Meine Anweisungen lauten, daß ich Mr. Canfields Befehle ausführen soll.«

»Und wir haben eine schriftliche Vereinbarung, Madame Scarlatti, oder wollen Sie die aufkündigen?«

»Worüber kann man denn mit solchen Leuten reden? Ich ertrage diesen Mummenschanz aus Rom einfach nicht.«

»Die Unbequemlichkeit einer Unterhaltung wird Ihnen erspart bleiben, gnädige Frau«, sagte Mr. Derek. »Es gibt dort ein Gelübde des Schweigens.«

»Meditieren Sie«, fügte der Buchprüfer hinzu. »Das ist gut für die unsterbliche Seele.«

23.

›York, England, *12. August 1926* – In der weithin berühmten Abtei von York ereignete sich am frühen Morgen des heutigen Tages im Westflügel, dem Wohntrakt des religiösen Ordens, eine schwere Explosion. Eine unbekannte Zahl von Schwestern und Novizinnen kam bei dem tragischen Ereignis ums Leben. Man nimmt an, daß die Explosion auf einen Defekt in der Heizungsanlage zurückzuführen ist, die vor kurzem von dem Orden installiert wurde.‹

Canfield las die Notiz einen Tag vor seiner Ankunft in New York in der Schiffszeitung.

Denen entgeht nichts, dachte er. Und obwohl der Preis schmerzhaft hoch war, bewies der Zwischenfall eindeutig zwei Dinge: Die Presseberichte wurden gelesen, und jemand wünschte Madame Scarlattis Tod.

Der Buchprüfer griff in die Tasche und holte den Brief der alten Frau an Janet Scarlett heraus. Er hatte ihn häufig gelesen und hielt ihn für wirkungsvoll. Er las ihn aufs neue.

›Mein liebes Kind, ich weiß, daß Du mich nicht sonderlich magst, und finde mich mit dieser bedauerlichen Tatsache ab. Du hast allen Grund, so zu empfinden – die Scarlattis haben sich nicht als angenehme Menschen erwiesen. Aber aus welchen Gründen auch immer und ohne Rücksicht auf den Kummer, den man Dir zugefügt hat, bist Du jetzt eine Scarlatti und hast einen Scarlatti in diese Welt gesetzt. Vielleicht wirst Du es sein, die den Charakter unserer Familie verbessern wird.

Ich schreibe das nicht aus sentimentalen Gründen. Die Geschichte hat bewiesen, daß häufig gerade diejenigen unter uns, von denen man dies am wenigsten erwartet, aufgrund der schweren Verantwortung, die man ihnen auferlegt hat, besonders glanzvollen Ruhm erwerben. Ich bitte Dich, diese Möglichkeit in Betracht zu ziehen.

Ferner bitte ich Dich, gründlich über das nachzudenken, was Mr. Matthew Canfield Dir sagen wird. Ich vertraue ihm. Das tue ich, weil er mein Leben gerettet hat und dabei fast sein eigenes verloren hätte. Seine Interessen und die unseren sind unauflösbar miteinander verbunden. Er wird Dir sagen, was er tun kann, und wird sehr viel von Dir verlangen.

Ich bin eine sehr, sehr alte Frau, meine Liebe, und habe nicht mehr viel Zeit. Die Monate oder Jahre, die mir noch gewährt sind (und die vielleicht nur für mich selbst Wert haben), können sehr leicht auf eine Art abgekürzt werden, die, wie ich es gern sehen möchte, nicht im Willen Gottes liegt. Natürlich akzeptiere ich als Oberhaupt des Hauses Scarlatti dieses Risiko, und wenn ich die mir noch verbleibende Zeit damit verbringen kann, unserer Familie eine große Schande fernzuhalten, so will ich freudig und mit dankbarem Herzen zu meinem lieben Mann hinübergehen.

Ich erwarte Deine Antwort durch Mr. Canfield. Wenn sie so ausfällt, wie ich das vermute, werden wir in Kürze zusammen sein, und Du wirst mir mehr Freude machen, als ich es verdiene. Wenn nicht, kannst Du dennoch meiner Zuneigung und, glaube mir, wenn ich das sage, meines Verständnisses versichert sein. Elizabeth Wyckham Scarlatti.‹

Canfield steckte den Brief in den Umschlag zurück. Er war wirklich gut, dachte er zum wiederholten Mal. Er erklärte nichts und verlangte das Vertrauen darauf, daß die Angelegenheit, um die es hier ging, von lebenswichtiger Dringlichkeit war. Wenn er seine Aufgabe erfüllte, würde die junge Frau mit ihm nach England zurückkehren. Wenn es ihm nicht gelang, sie zu überzeugen, würde er eine andere Lösung finden müssen.

Die Backsteinvilla Ulster Scarletts an der Fiftyfourth Street wurde gerade frisch gestrichen. Am Dach waren einige Gerüste befestigt, und eine Anzahl Arbeiter waren emsig am Werk. Das schwere Checker-Taxi hielt vor dem Eingang. Matthew Canfield ging die Treppe hinauf und klingelte. Die korpulente Haushälterin öffnete die Tür.

»Guten Tag, Hannah. Ich weiß nicht, ob Sie sich erinnern, mein Name ist Canfield. Matthew Canfield. Ich möchte Mrs. Scarlett sprechen.«

Hannah war offenbar nicht gewillt, ihm Zutritt zu gewähren. »Werden Sie von Mrs. Scarlett erwartet?«

»Nein, aber ich bin sicher, daß sie mich empfangen wird.« Er hatte keine Sekunde daran gedacht, sie anzurufen. Es wäre zu leicht für sie gewesen, ihn abzuweisen.

»Ich weiß nicht, ob die gnädige Frau zu Hause ist, Sir.«

»Dann muß ich eben warten. Soll ich das hier auf der Treppe tun?«

Hannah machte dem Buchprüfer widerstrebend Platz und ließ ihn in die Eingangshalle mit ihren scheußlichen Farben treten. Wieder wurde sich Canfield der Intensität der roten Tapete und der schwarzen Vorhänge bewußt.

»Ich werde mich erkundigen, Sir«, sagte die Haushälterin und ging auf die Treppe zu.

Einige Minuten darauf kam Janet die lange Freitreppe herunter, gefolgt von der schwerfälligen Hannah. Sie wirkte sehr gefaßt. Ihre Augen waren klar und aufmerksam und ließen die Panik vermissen, an die er sich erinnerte. Sie hatte die Situation unter Kontrolle und war ohne Zweifel eine ausnehmend schöne Frau.

Canfield empfand ein Unbehagen, das ihm seine Unterlegenheit bewußt machte.

Diese Frau gehörte einer Klasse an, von der er nur träumen konnte.

»Mr. Canfield, was für eine Überraschung!«

Sie war freundlich, aber kühl und reserviert. Janet hatte die Lektionen der Reichen gut gelernt.

»Hoffentlich keine unwillkommene, Mrs. Scarlett.«

»Aber nein.«

Hannah hatte inzwischen die unterste Treppe erreicht und ging jetzt auf die Tür des Speisezimmers zu. Canfield sprach schnell weiter: »Während meiner Reise bin ich einem jungen Mann begegnet, dessen Firma lenkbare Luftschiffe herstellt. Ich wußte, daß Sie das interessieren würde.« Canfield beobachtete Hannah aus dem Augenwinkel, ohne dabei den Kopf zu bewegen. Hannah hatte sich abrupt herumgedreht und sah den Buchprüfer an.

Janet hob verwirrt die Brauen. »Aber ich muß schon sagen, Mr. Canfield! Weshalb sollte mich das interessieren?«

»Ich bin der Ansicht, daß Ihre Freunde in Oyster Bay eines für ihren Klub kaufen möchten. Hier, ich habe Ihnen alle Informationen mitgebracht. Kaufpreis, Mietbedingungen, technische Daten, alles ... Erlauben Sie mir, Ihnen die Unterlagen zu zeigen.«

Der Buchprüfer griff nach Janet Scarletts Arm und führte sie schnell zur Tür des Wohnzimmers. Hannah zögerte kurz, zog sich aber auf einen Blick Canfields hin in das Speisezimmer zurück. Jetzt schloß Canfield die Wohnzimmertür.

»Was soll das?« fragte Janet. »Ich will kein Luftschiff kaufen.«

Der Buchprüfer blieb an der Tür stehen und gab der jungen Frau mit einer Handbewegung zu verstehen, daß sie schweigen sollte.

»Was?«

»Sei einen Augenblick still!« flüsterte er. »Bitte!«

Er wartete etwa zehn Sekunden und riß dann die Tür auf.

Auf der anderen Seite des Korridors, vor dem Speisezimmer, standen Hannah und ein Mann im weißen Overall, offensichtlich einer der Maler. Sie redeten miteinander und blickten beide auf die Wohnzimmertür. Jetzt bemerkten sie Canfields Blick und entfernten sich verlegen.

Canfield schloß die Tür und wandte sich wieder Janet Scarlett zu. »Interessant, nicht wahr?«

»Was hat das zu bedeuten?«

»Einfach interessant, daß deine Angestellten so neugierig sind.«

»Oh …« Janet drehte sich um und nahm eine Zigarette aus der Kassette auf dem niedrigen Tisch. »Dienstboten reden immer, und ich denke, du hast ihnen Anlaß dazu gegeben.«

Canfield gab ihr Feuer. »Den Malern auch?«

»Hannahs Freunde sind ihre Angelegenheit. Sie interessieren mich nicht.«

»Es kommt dir nicht seltsam vor, daß Hannah fast gestolpert wäre, als ich das Luftschiff erwähnte?«

»Ich verstehe einfach nicht …«

»Ich gebe zu, daß es etwas kompliziert ist …«

»Warum hast du nicht angerufen?«

»Hättest du mich denn empfangen, wenn ich das getan hätte?«

Janet überlegte einen Augenblick lang. »Wahrscheinlich. Die Vorwürfe, die ich mir nach deinem letzten Besuch machte, wären kein Grund gewesen, dich zu beleidigen.«

»Das Risiko wollte ich nicht eingehen.«

»Das ist sehr lieb von dir, und ich bin gerührt. Aber warum dieses seltsame Verhalten?«

Es gab keinen Grund, es weiter hinauszuzögern. Er holte den Umschlag aus der Tasche. »Man hat mich gebeten, dir das zu geben. Darf ich mich setzen, während du liest?« Janet griff verblüfft nach dem Umschlag und erkannte sofort die Handschrift ihrer Schwiegermutter. Sie öffnete das Kuvert und las das Schreiben.

Wenn sein Inhalt sie erstaunte oder gar schockierte, so konnte sie jedenfalls ihre Gefühle gut verbergen.

Langsam setzte sie sich auf das Sofa und drückte ihre Zigarette aus. Sie blickte auf den Brief, dann auf Canfield und dann wieder auf den Brief. Schließlich fragte sie leise, ohne aufzublicken: »Wer bist du?«

»Ich bin im Auftrag der Regierung tätig. Ich bin Beamter. Ein kleiner Beamter im Innenministerium.«

»Die Regierung? Du bist also kein Vertreter?«

»Nein, das bin ich nicht.«

»Du wolltest mich kennenlernen und im Auftrag der Regierung mit mir sprechen?«

»Ja.«

»Warum hast du mir dann gesagt, daß du Tennisplätze verkaufst?«

»Manchmal erweist es sich als notwendig, unsere Position zu verbergen. So einfach ist das.«

»Ich verstehe.«

»Ich nehme an, du willst wissen, was deine Schwiegermutter mit dem Brief meint?«

»Du sollst gar nichts annehmen.« Ihre Stimme klang kalt. »Es war dein Auftrag, mich kennenzulernen und mir all diese amüsanten Fragen zu stellen?«

»Offen gestanden, ja.«

Die junge Frau stand auf, ging zu ihm und schlug ihn mit aller Kraft ins Gesicht. Es war ein scharfer, schmerzhafter Schlag. »Du Hurensohn! Verlaß dieses Haus!« Dabei wurde ihre Stimme nicht lauter. »Verschwinde, ehe ich die Polizei rufe!«

»Mein Gott, Janet, willst du damit aufhören?« Er packte sie an den Schultern, und sie versuchte, sich ihm zu entwinden. »Hör mir zu! Ich habe gesagt, du sollst mir zuhören, sonst schlage ich zurück!«

Haß blitzte in ihren Augen auf und, wie Canfield fand, eine Andeutung von Melancholie. Er ließ sie nicht los, während er weitersprach. »Ja, ich hatte Auftrag, dich kennenzulernen und mir so viele Informationen wie möglich zu beschaffen.«

Sie spuckte ihm ins Gesicht. Er verzichtete darauf, sich abzuwischen.

»Ich bekam die Information, die ich brauchte, und habe diese Information benutzt, weil man mich dafür bezahlt. Soweit meine Dienststelle Bescheid weiß, verließ ich dieses Haus um neun Uhr, nachdem du mir zwei Drinks vorgesetzt hattest. Wenn man dich wegen illegalen Alkoholbesitzes festnehmen will, reicht das dafür aus!«

»Ich glaube dir nicht!«

»Das ist mir egal. Und zu deiner weiteren Information – ich hatte dich seit Wochen überwachen lassen. Dich und den Rest deiner Spielgefährten. Vielleicht interessiert es dich zu wissen, daß ich weitere Einzelheiten über die – possierlicheren Aspekte deiner täglichen Aktivitäten in diesem Bericht verschwiegen habe.«

Die Augen der jungen Frau begannen sich mit Tränen zu füllen.

»Ich erledige meinen Auftrag, so gut ich kann«, fuhr er fort. »Ich bin gar nicht so sicher, daß du diejenige bist, die sich hier als ›verletzte Jungfrau‹ geben sollte. Vielleicht ist es dir nicht klar, aber dein Mann oder dein ehemaliger Mann – oder was zum Teufel er sonst ist – könnte noch sehr lebendig sein. Eine Menge netter Leute, die nie von ihm gehört haben, Frauen wie du und junge Mädchen, sind seinetwegen ums Leben gekommen, in einer Explosion verbrannt. Andere sind auch getötet worden, aber denen ist vielleicht recht geschehen.«

»Was redest du da?«

Er lockerte seinen Griff, ließ sie aber noch nicht los.

»Ich weiß nur, daß ich deine Schwiegermutter vor einer Woche in England verlassen habe. Die Überfahrt war die Hölle. Jemand hat sie in der ersten Nacht auf dem Schiff zu töten versucht. Oh, du kannst darauf wetten, daß es Selbstmord gewesen wäre! Man hätte gesagt, sie hätte sich aus Kummer über Bord geworfen. Vor einer Woche haben wir den Zeitungen mitgeteilt, daß sie in einem englischen Kloster Zuflucht gesucht hat. Vor zwei Tagen explodierte dort die Heizung und hat weiß Gott wie viele Leute getötet. Ein Unfall natürlich!«

»Ich weiß nicht, was ich sagen soll.«

»Willst du, daß ich weiterspreche, oder willst du immer noch, daß ich gehe?«

Ulster Scarletts Frau wirkte unsagbar traurig, als sie zu lächeln versuchte. »Ich glaube, du solltest besser bleiben und weitersprechen.«

Sie setzten sich auf das Sofa, und Canfield redete.

Er redete, wie er noch nie zuvor geredet hatte.

24.

Benjamin Reynolds beugte sich in seinem Sessel vor und schnitt aus der Sonntagsbeilage des New York Herald einen eine Woche alten Artikel aus. Es handelte sich um ein Foto von Janet Saxon Scarlett, die von M. Canfield, Vorstandsmitglied einer Sportartikelfirma, zu einer Hundeausstellung im Madison Square Garden begleitet wurde. Reynolds lächelte, als er sich an Canfields Bemerkung am Telefon erinnerte.

›Alles kann ich ertragen, nur die verdammten Hundeausstellungen nicht. Hunde sind für die sehr Reichen oder die sehr Armen da, nicht für jemanden zwischen diesen Klassen.‹

Doch das war unwichtig, dachte der Leiter der Gruppe 20. Die Zeitungen leisteten ausgezeichnete Arbeit. Washington hatte Canfield angewiesen, weitere zehn Tage in Manhattan damit zu verbringen, seine Beziehung zu Ulster Scarletts Frau vor der Rückkehr nach England gründlich zu vertiefen.

Die Beziehung war nicht mißzuverstehen, und Benjamin Reynolds fragte sich, ob es sich wirklich nur um eine Fassade für die Öffentlichkeit handelte. Oder war da mehr? War Canfield im Begriff, selbst in die Falle zu gehen? Die Leichtigkeit, mit der er die Zusammenarbeit mit Elizabeth Scarlatti eingeleitet hatte, verdiente Bewunderung.

»Ben …« Glover betrat munter sein Büro. »Ich glaube, jetzt haben wir das, was wir gesucht haben.« Er schloß die Tür und ging auf Reynolds' Schreibtisch zu.

»Was haben Sie denn?«

»Eine Verbindung zu der Scarlatti-Geschichte, da bin ich ganz sicher.«

»Lassen Sie sehen.«

Glover legte ein paar Blätter auf die ausgebreitete Zeitung.

»Nicht schlecht, wie?« sagte er und deutete auf das Foto mit Canfield und der jungen Frau.

»Genau das, was wir schmutzigen alten Männer befohlen haben. Die Gesellschaft wird ihm zujubeln, wenn er nicht auf den Boden spuckt.«

»Er macht seine Sache gut, Ben. Die sind jetzt wieder auf hoher See, nicht wahr?«

»Gestern abgelegt ... Was haben Sie denn hier?«

»Die Statistikabteilung hat das gefunden. Aus der Schweiz, Züricher Gegend. Vierzehn Anwesen, alle innerhalb des letzten Jahres gekauft. Sehen Sie sich doch die Längen- und Breitenangaben an. Jedes Grundstück liegt genau neben dem anderen. A grenzt an B, B an C, C an D und so weiter. Hunderttausende von Morgen, das Ganze bildet ein riesiges Areal.«

»Ist Scarlatti einer der Käufer?«

»Nein. Aber eines der Anwesen wurde unter dem Namen Boothroyd gekauft. Charles Boothroyd.«

»Sind Sie sicher? Was soll das beißen – ›unter dem Namen Boothroyd‹?«

»Der Schwiegervater hat es für seine Tochter und ihren Mann gekauft. Rawlins heißt er. Thomas Rawlins. Partner der Maklerfirma Godwin und Rawlins. Seine Tochter heißt Cecily. Sie ist mit Boothroyd verheiratet.«

Reynolds nahm das Blatt mit der Namenliste. »Wer sind diese Leute? Was besagt die Liste?«

Glover griff nach den zwei restlichen Blättern. »Das steht alles hier. Vier Amerikaner, zwei Schweden, drei Engländer, zwei Franzosen und drei Deutsche. Insgesamt vierzehn.«

»Haben Sie Einzelheiten?«

»Nur über die Amerikaner. Wir haben Informationen über den Rest angefordert.«

»Wer sind sie? Außer Rawlins.«

»Ein Howard Thornton, San Francisco. Er ist im Baugewerbe tätig. Und zwei Ölleute aus Texas. Ein Louis Gibson und ein Avery Landor. Sie besitzen zusammen mehr Öltürme als fünfzig ihrer benachbarten Konkurrenten.«

»Gibt es irgendwelche Verbindungen zwischen ihnen?«

»Bis jetzt nichts. Wir überprüfen das jetzt.«

»Was ist mit den anderen? Mit den Schweden, den Franzosen, den Engländern und den Deutschen?«

»Wir haben nur die Namen.«

»Kommt Ihnen irgendeiner dieser Namen bekannt vor?«

»Einige. Da ist ein gewisser Innes-Bowen, Engländer, im Textilgeschäft, glaube ich. Und den Namen Daudet habe ich auch schon mal gehört. Ein Franzose, er hat ein paar Reedereien. Und zwei von den Deutschen. Kindorf – der ist im Ruhrgebiet tätig. Kohlen. Und von Schnitzler – IG-Farben. Die anderen kenne ich nicht.«

»In einer Hinsicht sind sie sich alle ähnlich.«

»Und ob! Die sind alle so reich wie ein Zimmer voll Astors. Man kauft solche Anwesen nicht mit Hypotheken. Soll ich mit Canfield Verbindung aufnehmen?«

»Das werden wir tun müssen. Schicken Sie ihm die Liste per Kurier. Wir kabeln ihm, daß er in London bleiben soll, bis sie eintrifft.«

»Vielleicht kennt Madame Scarlatti einige von diesen Leuten.«

»Damit rechne ich. Aber ich sehe da ein Problem.«

»Und das wäre?«

»Das wird eine große Versuchung für das alte Mädchen sein, sofort nach Zürich zu reisen. Wenn sie das tut, ist sie tot. Und Canfield und Scarletts Frau genauso.«

»Das ist ja eine ziemlich drastische Vermutung.«

»Eigentlich nicht. Wir unterstellen, daß eine Gruppe wohlhabender Männer aus einem gemeinsamen Interesse heraus vierzehn Anwesen gekauft hat, die alle aneinander angrenzen. Und Boothroyd ist – dank eines großzügigen Schwiegervaters – einer davon.«

»Was eine Verbindung zwischen Zürich und Scarlatti herstellt ...«

»Das glauben wir. Wir nehmen das an, weil Boothroyd versucht hat, sie zu töten, stimmt's?«

»Natürlich.«

»Aber die Scarlatti lebt. Boothroyds Anschlag ist gescheitert.«

»Offensichtlich.«

»Und das Anwesen ist vorher gekauft worden. Wenn also Zürich mit Boothroyd in Verbindung steht, dann will Zürich, daß die Scarlatti stirbt. Die wollen sie stoppen.«

»Und jetzt ist Boothroyd verschwunden«, sagte Glover. »Zürich wird annehmen, daß die alte Frau herausgefunden hat, wer er war. Sogar noch mehr ... Ben, es könnte sein, daß wir zu weit gegangen sind. Es könnte besser sein, alles abzupfeifen, einen Bericht an das Justizministerium zu schicken und Canfield zurückzuholen.«

»Noch nicht. Wir kommen da einer Sache sehr nahe. Elizabeth Scarlatti ist im Augenblick der Schlüssel. Wir werden dafür sorgen, daß sie genügend Schutz bekommt.«

»Ich will nicht im voraus ein Alibi besorgen, aber das ist Ihre Verantwortung.«

»Das ist mir klar. Sie müssen in unseren Instruktionen an Canfield eines völlig klarmachen: Er soll sich aus Zürich heraushalten. Er darf unter keinen Umständen in die Schweiz reisen.«

»Das werde ich ihm mitteilen.«

Reynolds wandte sich von seinem Schreibtisch ab und starrte zum Fenster hinaus. Dann sagte er zu seinem Mitarbeiter, ohne ihn anzusehen: »Und erhalten Sie die Verbindung zu diesem Rawlins aufrecht, zu Boothroyds Schwiegervater. Er ist derjenige, der vielleicht einen Fehler gemacht hat.«

25.

Zwanzig Meilen von den alten Stadtgrenzen Cardiffs entfernt, in einem fernen Bergtal in einem walisischen Wald, steht das Kloster der Jungfrau Maria, das Haus der Karmeliterschwestern. Es reckt sich in der Reinheit des Alabasters dem Himmel entgegen und steht da wie eine neue Braut in heiliger Erwartung, inmitten eines üppigen Paradieses ohne Schlange. Der Buchprüfer und die junge Frau fuhren am Eingang vor. Canfield stieg aus dem Wagen und ging auf einen kleinen, in die Mauer eingelassenen Eingangsbogen zu, den eine Tür mit Guckloch verschloß. Er benutzte den schwarzen eisernen Klopfer neben der Tür und wartete dann ein paar Minuten, bis eine Nonne erschien.

»Kann ich Ihnen behilflich sein?«

Der Buchprüfer zog seinen Ausweis und hielt ihn so, daß die Nonne ihn sehen konnte. »Mein Name ist Canfield, Schwester. Ich komme, um Madame Elizabeth Scarlatti abzuholen. Ihre Schwiegertochter ist bei mir.«

»Wenn Sie bitte warten würden. Darf ich?« Sie deutete an, daß sie seinen Ausweis mitnehmen wollte. Er reichte ihn ihr durch die kleine Öffnung.

»Natürlich.«

Das Guckloch wurde verschlossen und versiegelt. Canfield schlenderte zum Wagen zurück und sagte zu Janet: »Die sind sehr vorsichtig.«

»Was geschieht jetzt?«

»Sie trägt meine Karte hinein, um sich zu vergewissern, daß die Fotografie mich darstellt und nicht jemand anderen.«

»Reizend hier, nicht wahr? So ruhig.«

»Jetzt ist es ruhig. Aber warte nur ab, was passieren wird, wenn wir das alte Mädchen sehen.«

»Ihre gefühllose Gleichgültigkeit für mein Wohlbefinden, ganz zu schweigen meine Bequemlichkeit, spottet jeder Beschreibung. Hatten Sie überhaupt eine Vorstellung, worauf diese Gänse schlafen? Ich will es Ihnen sagen – auf Militärpritschen!«

»Es tut mir leid.« Canfield gab sich Mühe, nicht zu lachen.

»Und wissen Sie, was für Mist die essen? Ich will es Ihnen sagen: Ich würde nicht einmal zulassen, daß man so etwas in meinen Stallungen verfüttert!«

»Wie ich höre, züchten sie ihr eigenes Gemüse«, konterte der Buchführer.

»Sie klauben den Dünger auf und lassen die Pflanzen stehen!«

In diesem Augenblick erklangen die Glocken des Angelus.

»Das geht hier Tag und Nacht! Ich habe diese verdammte Närrin, Mutter MacCree, oder wer auch immer sonst das ist, gefragt, warum das so früh am Morgen sein muß – und wissen Sie, was sie gesagt hat?«

»Was denn, Mutter?« fragte Janet.

»›Dies ist der Weg Christi‹, hat sie gesagt. ›Aber nicht der einer guten episkopischen Christin‹, habe ich erwidert. Es war unerträglich! Warum kommen Sie so spät, Canfield? Mr. Derek sagte, Sie würden schon vor vier Tagen hier sein.«

»Ich mußte einen Kurier aus Washington abwarten. Gehen wir. Ich werde Ihnen alles sagen.«

Elizabeth saß auf dem Rücksitz des Bentley und las die Züricher Liste.

»Kennen Sie irgendwelche von diesen Leuten?« fragte Canfield.

»Nicht persönlich. Aber die meisten ihrem Ruf nach.«

»Zum Beispiel?«

»Diese Amerikaner, Louis Gibson und Avery Landor, halten sich für so etwas wie texanische Bunyans.* Die bilden sich ein, sie hätten die Ölterritorien dort mit eigener Hand aufgebaut. Landor ist ein Schwein, wie ich höre. Harold Leacock, einer von den Engländern, ist ein mächtiger Mann an der britischen Aktienbörse. Sehr intelligent. Myrdal aus Schweden ist ebenfalls an der europäischen Börse tätig. Stockholm ...« Elizabeth blickte auf und begegnete Canfields Blick im Rückspiegel.

»Sonst noch jemand?«

»Ja. Thyssen in Deutschland, Fritz Thyssen. Stahlgesellschaften. Jeder kennt Kindorf – Ruhrkohle, und von Schnitzler. Er ist jetzt maßgebend bei den IG-Farben tätig. Einer der Franzosen, d'Almeida, kontrolliert einige Eisenbahnlinien, glaube ich. Daudet kenne ich nicht, aber der Name ist mir bekannt.«

»Er besitzt Tanker. Dampfschiffe.«

»O ja. Und Masterson. Sydney Masterson. Engländer. Fernostimporte, glaube ich. Innes-Bowen kenne ich nicht, aber den Namen habe ich auch schon gehört.«

»Sie haben Rawlins nicht erwähnt. Thomas Rawlins.«

»Das hielt ich nicht für nötig. Godwin und Rawlins. Boothroyds Schwiegervater.«

»Den vierten Amerikaner kennen Sie nicht, Howard Thornton? Er ist aus San Francisco.«

»Nie gehört.«

»Janet sagt, Ihr Sohn hätte einen Thornton aus San Francisco gekannt.«

»Überrascht mich gar nicht.«

Hinter Pontypridd, am Rand des Rhonddatals, bemerkte Canfield ein Automobil, das regelmäßig in seinem Seitenspiegel auftauchte. Es war weit hinter ihnen, kaum ein Punkt im Glas, aber er verlor es auch nie ganz aus den Augen, höchstens in den Kurven. Und jedesmal, wenn Canfield um eine der vielen Straßenbiegungen fuhr, tauchte das Automobil gleich darauf viel früher auf, als man es aufgrund seiner bisherigen Entfernung hätte annehmen müssen.

---

* Paul Bunyan, amerikanische Legendengestalt – ein hünenhafter Holzfäller, der mit Hilfe seines blauen Ochsen Babe einige übermenschliche Taten vollbrachte.

Auf langen geraden Strecken blieb es weit im Hintergrund und ließ oft andere Fahrzeuge zwischen ihnen einscheren.

»Was ist denn, Mr. Canfield?« Elizabeth beobachtete den Buchprüfer, der immer wieder in den Außenspiegel sah.

»Nichts.«

»Folgt uns jemand?«

»Wahrscheinlich nicht ...«

Zwanzig Minuten später sah Canfield, daß das Automobil näherrückte. Fünf Minuten darauf begann er zu begreifen. Es gab jetzt keine anderen Fahrzeuge mehr zwischen ihnen. Nur ein Straßenstück – eine sehr lange Kurve, die an einer Seite vom Felshang begrenzt wurde, auf der anderen von einem jähen Abgrund, an dessen Fuß, fünfzehn Meter tiefer, ein walisischer See schimmerte.

Am Ende der Kurve sah Canfield eine Wiese oder ein überwuchertes Feld. Er beschleunigte den Bentley. Er wollte dieses flache Stück erreichen.

Der Wagen hinter ihnen schoß nach vorn und schloß die Lücke zwischen ihnen. Er bog nach rechts auf die Straßenseite zu, die der Felshang begrenzte. Canfield wußte, daß dieser Wagen, sobald er einmal parallel zu ihnen fuhr, ihn leicht über den steilen Hang ins Wasser drängen konnte.

Der Buchprüfer hielt das Gaspedal niedergedrückt und lenkte den Wagen auf die Mitte zu, versuchte den Verfolger abzudrängen.

»Was ist denn? Was machst du?« rief Janet erschrocken. Sie saß auf dem Beifahrersitz, während Elizabeth im Fond Platz genommen hatte.

»Festhalten! Alle beide!«

Canfield blieb in der Straßenmitte und bog jedesmal nach rechts, wenn der Wagen hinter ihm versuchte, neben ihn zu fahren. Die Wiese rückte näher. Nur noch hundert Meter ...

Ein scharfes Knirschen ertönte, als der Bentley unter dem Aufprall des zweiten Wagens erbebte. Janet Scarlett schrie auf. Ihre Schwiegermutter blieb still und hielt die Schultern des Mädchens von hinten fest.

Jetzt lag die Wiese zu ihrer Linken, und Canfield riß plötzlich den Wagen herum, steuerte auf die Wiese zu, verließ die Straße und hielt sich an den Kiesstreifen neben dem Asphalt.

Der Wagen, der sie verfolgte, raste mit ungeheurer Geschwindigkeit nach vorn. Canfield heftete seinen Blick auf die sich schnell entfernende schwarz-weiße Zulassungstafel. Er schrie: »*E, B, I* oder *L!* Sieben! Sieben oder neun! Eins, eins, drei!«

Er wiederholte die Nummern mit leiser Stimme. Dann verlangsamte er die Fahrt des Bentley und kam zum Stillstand.

Janets Rücken war gegen den Sitz gepreßt. Sie hielt Elizabeths Arme mit beiden Händen fest. Die alte Frau beugte sich vor und drückte die Wange gegen den Kopf ihrer Schwiegertochter. »Die Buchstaben, die Sie gerufen haben, waren E, B, I oder L und die Ziffern sieben oder neun, eins, eins, drei«, sagte sie tonlos.

»Ich konnte die Marke des Wagens nicht ausmachen.«

Elizabeth löste die Arme von Janets Schultern. Dann sagte sie: »Es war ein Mercedes-Benz.«

26.

»Bei dem fraglichen Automobil handelt es sich um einen Mercedes-Benz Coupé. Modell neunzehnhundertfünfundzwanzig. Die Zulassungsnummer lautet EBI neun, eins, eins, drei. Das Fahrzeug ist auf den Namen Jacques Louis Bertholde zugelassen. Wieder der Marquis de Bertholde.« James Derek stand neben Canfield vor Elizabeth und Janet, die auf dem Sofa saßen. Er las aus seinem Notizbuch vor und fragte sich, ob diese neugierigen Amerikaner sich wohl darüber im klaren waren, wer der Marquis war. Auch Bertholde stieg häufig im Savoy ab und war vermutlich ebenso reich wie Elizabeth Scarlatti.

»Derselbe Mann, der Boothroyds Frau am Pier abgeholt hat?« fragte Canfield.

»Ja. Oder ich sollte sagen – nein. Wir vermuten, nach Ihrer Beschreibung, daß der Mann am Pier Bertholde war. Dieser Verfolger gestern kann er nicht gewesen sein. Wir haben verläßliche Aussagen, die bestätigen, daß er sich in London befand. Aber das Automobil ist auf ihn zugelassen.«

»Was glauben Sie, Mr. Derek?« Elizabeth strich glättend über ihr Kleid und vermied es, den Engländer anzusehen. Der Mann hatte etwas an sich, das sie beunruhigte.

»Ich weiß nicht, was ich denken soll. Aber ich habe das Gefühl, ich sollte Ihnen sagen, daß der Marquis de Bertholde ein in England ansässiger Ausländer von beträchtlichem Einfluß und Rang ist.«

»Er ist, wie ich mich erinnere, der Besitzer von Bertholde et Fils.« Elizabeth erhob sich von dem Sofa und reichte Canfield ihr leeres Sherryglas. Nicht, daß sie mehr Wein gewollt hätte. Sie war nur zu erregt, um stillsitzen zu können. »Bertholde et Fils ist eine alteingeführte Firma.«

Der Buchprüfer ging an das Tischchen mit den Getränken und schenkte Elizabeth Sherry ein.

»Dann sind Sie dem Marquis schon einmal begegnet, Madame Scarlatti?« fragte der Engländer. »Vielleicht kennen Sie ihn?«

Elizabeth gefiel die Anspielung Dereks nicht. »Nein, ich kenne den Marquis nicht. Vielleicht bin ich seinem Vater einmal begegnet. Ich bin nicht sicher.«

Canfield reichte Elizabeth das Glas. Es war ihm bewußt, daß die alte Frau und der britische Agent ein geistiges Tennismatch gegeneinander spielten. Er schaltete sich ein. »In welcher Branche ist er tätig?«

»Mehrzahl. In Branchen. Öl aus dem Nahen Osten, Bergbau in Afrika, Importe – Australien und Südamerika ...«

»Warum hat er Ausländerstatus?«

»Diese Frage kann ich beantworten«, sagte Elizabeth und kehrte zur Couch zurück. »Seine Fabriken und seine Büros liegen ohne Zweifel innerhalb der Empire-Territorien oder -Protektorate.«

»Völlig richtig, gnädige Frau«, pflichtete Derek ihr bei. »Da die Mehrzahl seiner Interessen innerhalb der Grenzen britischer Besitzungen liegt, hat er beständig mit White Hall zu tun.«

»Gibt es eine Regierungsakte über Bertholde?«

»Da er als Ausländer hier ansässig ist – selbstverständlich.«

»Können Sie sie mir beschaffen?«

»Ich würde einen sehr triftigen Grund angeben müssen. Das wissen Sie.«

»Mr. Derek«, sagte Elizabeth, »an Bord der *Calpurnia* ist ein Anschlag auf mein Leben verübt worden. Gestern versuchte in Wales ein Automobil, uns von der Straße zu drängen. Der Marquis de Bertholde ist möglicherweise in beide Vorgänge verwickelt. Das würde ich wirklich einen triftigen Grund nennen.«

»Ich fürchte, da muß ich anderer Ansicht sein. Was Sie beschreiben, sind Polizeiangelegenheiten. Sicherlich werden in beiden Fällen keine Anklagen erhoben. Ich muß zugeben, daß es sich um eine Grauzone handelt, aber Canfield weiß, wovon ich spreche.«

Der Buchprüfer sah Elizabeth an, und sie wußte, daß die Zeit gekommen war, um seine Kriegslist einzusetzen. Er hatte ihr erklärt, daß sie das am Ende wohl tun müßten. Er hatte es ›Teil der Wahrheit‹ genannt. Der Grund war einfach. Die britische Abwehr würde sich nicht als eine Art persönliche Polizeibehörde einsetzen lassen. Es mußte andere Begründungen geben. Begründungen, die Washington bestätigen würde.

Canfield sah den Engländer an und sagte leise: »Die Regierung der Vereinigten Staaten würde keine ihrer Agenturen einsetzen, wenn es nicht Gründe gäbe, die über Polizeidinge weit hinausgehen. Als Madame Scarlattis Sohn, der Ehemann von Mrs. Scarlett, letztes Jahr in Europa war, wurden größere Summen Geldes in Gestalt von Aktien einer Anzahl amerikanischer Gesellschaften an ihn übermittelt. Wir haben Grund zu der Annahme, daß sie insgeheim an den europäischen Börsen verkauft worden sind. Darunter auch an der britischen Börse.«

»Wollen Sie mir sagen, daß jemand versucht, hier ein amerikanisches Monopol aufzubauen?«

»Das Außenministerium in Washington ist der Meinung, daß die Manipulation vom Personal unserer eigenen Botschaft abgewickelt wurde. Diese Leute sind im Augenblick hier in London.«

»Ihr eigenes Botschaftspersonal! Und Sie glauben, Scarlett hatte damit zu tun?«

»Wir glauben, daß man ihn benutzt hat.« Elizabeths Stimme klang durchdringend. »Benutzt und dann ausgeschaltet.«

»Er bewegte sich in diesen Kreisen, Derek. Ebenso wie der Marquis de Bertholde.«

James Derek steckte sein kleines Notizbuch in die Brusttasche zurück. Diese Erklärung reichte offensichtlich aus. Der britische Agent war auch sehr wißbegierig. »Ich werde morgen eine Kopie für Sie haben, Canfield ... Guten Abend, meine Damen.« Er ging hinaus.

»Ich gratuliere Ihnen, junger Mann«, sagte Elizabeth. »Botschaftspersonal! Wirklich sehr intelligent von Ihnen.«

»Ich finde, er war einmalig!« sagte Janet Scarlett und lächelte Canfield zu.

»Das wird funktionieren«, murmelte er und leerte seinen Scotch mit einem Zug. »Und jetzt, wenn ich den Vorschlag machen darf, brauchen wir alle etwas Entspannung. Um für mich selbst zu sprechen, ich bin es müde, nachzudenken, und ich möchte dazu eigentlich keinen Kommentar hören, Madame Scarlatti. Wie wäre es mit einem Dinner in einem dieser Lokale, wie sie die Leute aus Ihrer Oberklasse immer besuchen? Ich hasse es zu tanzen, aber ich schwöre, ich werde mit Ihnen beiden tanzen, bis Sie umfallen.«

Elizabeth und Janet lachten.

»Nein, aber ich danke Ihnen«, sagte Elizabeth. »Gehen Sie nur mit Janet aus, und amüsieren Sie sich.« Sie sah den Buchprüfer freundlich an. »Nochmals, Sie haben sich den Dank einer alten Frau verdient, Mr. Canfield.«

»Sie werden die Türen und Fenster schließen?«

»Sieben Stockwerke über der Erde? Natürlich, wenn Sie das wollen.«

»Das will ich«, bestätigte er.

27.

»Himmlisch ist das!« kreischte Janet verzückt, um das Stimmengewirr im Claridge's zu übertönen. »Komm, Matthew, schau nicht so sauer!«

»Ich bin nicht sauer. Ich kann dich nur nicht hören.«

»Doch, das bist du! Es hat dir nicht gefallen. Laß wenigstens mir meinen Spaß.«

»Es würde mir niemals einfallen, dir den Spaß zu verderben. Willst du tanzen?«

»Nein. Du magst ja nicht tanzen. Ich will nur zusehen.«

»Okay. Das ist ein guter Whisky.«

»Guter – was?«

»Ich sagte Whisky.«

»Nein, danke. Siehst du? Ich kann artig sein. Du hast mir jetzt zwei voraus, weißt du.«

»Wenn das so weitergeht, werden es sechzig.«

»Was, Liebling?«

»Ich sagte, wenn wir hier herauskommen, könnten es sechzig sein. Oh, hör doch auf! Du sollst dich entspannen!«

Canfield sah das Mädchen, das ihm gegenübersaß, an und verspürte erneut eine Aufwallung von Freude. Es gab kein anderes Wort dafür, nur Freude. Sie war ein Vergnügen, das ihn mit Freude erfüllte, mit Wärme. Ein Gefühl, wie nur die Liebe es kennt, leuchtete aus ihren Augen. Und doch gab Canfield sich solche Mühe, das eine vom anderen zu trennen, zu objektivieren, und stellte doch immer wieder fest, daß er nicht dazu imstande war.

»Ich liebe dich so sehr«, sagte er.

Sie hörte ihn trotz der Musik, des Gelächters, der Hektik ringsum.

»Ich weiß.« Sie sah ihn an, und in ihren Augen standen Tränen. »Wir lieben einander. Ist das nicht bemerkenswert?«

»Willst du jetzt tanzen?«

Sie legte den Kopf leicht in den Nacken. »O Matthew! Mein lieber, süßer Matthew! Nein, Liebling. Du brauchst nicht zu tanzen.«

»Aber ich will doch.«

Sie griff nach seiner Hand. »Wir werden nachher tanzen, ganz für uns allein, später.«

Matthew Canfield entschied, daß er diese Frau für den Rest seines Lebens haben wollte.

Aber da war auch sein Beruf, und seine Gedanken wandten sich für einen Augenblick der alten Frau im Savoy zu.

In diesem Moment war Elizabeth Wyckham Scarlatti aus dem Bett gestiegen und hatte einen Morgenrock angelegt. Sie hatte den *Manchester Guardian* gelesen. Dabei hatte sie kurz hintereinander zweimal ein scharfes, metallisches Klicken gehört, dann leise Geräusche aus dem Wohnzimmer. Zunächst war sie nicht erschrocken. Sie hatte die Tür zum Gang verriegelt und nahm an, daß ihre Schwiegertochter einen Schlüssel ins Schloß gesteckt hatte und wegen des Riegels nicht eintreten konnte. Schließlich war es zwei Uhr morgens, und Janet hätte inzwischen nach Hause zurückkehren sollen.

»Augenblick, meine Liebe, ich bin noch wach!« rief sie.

Sie hatte eine Tischlampe brennen lassen, und der Schirm bewegte sich leicht, als sie an ihm vorbeiging, so daß winzige Schatten über die Wand tanzten.

Sie erreichte die Tür und begann den Riegel aufzuziehen. Jetzt fiel ihr der Buchprüfer ein, und sie blieb einen Augenblick lang stehen. »Das bist doch du, nicht wahr, meine Liebe?«

Sie bekam keine Antwort.

Automatisch zog sie den Riegel zurück. »Janet? Mr. Canfield? Sind das Sie?«

Schweigen.

Furcht ergriff Elizabeth. Sie hatte das Geräusch deutlich gehört. Das Alter hatte ihr Gehör nicht beeinträchtigt.

Vielleicht hatte sie das Klicken mit dem ihr nicht vertrauten Rascheln der dünnen englischen Zeitung verwechselt. Diese Erklärung wäre durchaus plausibel. Aber obwohl sie es zu glauben versuchte, konnte sie es nicht.

War doch noch jemand im Raum?

Bei diesem Gedanken verspürte sie einen Schmerz in der Magengrube.

Als sie sich umdrehte, um wieder ins Schlafzimmer zurückzugehen, sah sie, daß eines der großen französischen Fenster ein Stück offenstand, höchstens ein oder zwei Zoll, aber genug, um die seidenen Gardinen leicht in der nächtlichen Brise wehen zu lassen.

In ihrer Verwirrung versuchte sie sich zu erinnern, ob sie das Fenster vorher geschlossen hatte. Sie glaubte sich daran zu erinnern, aber sie hatte es rein mechanisch getan, ohne sich zu konzentrieren – weil sie Canfields Besorgnis nicht ernst genommen hatte. Warum sollte sie? Schließlich lag ihr Zimmer sieben Stockwerke über der Erde.

Natürlich hatte sie das französische Fenster nicht geschlossen. Oder, wenn sie es geschlossen hatte, dann hatte sie den Riegel nicht vorgeschoben, und er hatte sich wieder geöffnet. Ganz und gar nicht ungewöhnlich. Sie trat ans Fenster und verriegelte es.

Und dann hörte sie die Stimme.

»Hallo, Mutter!«

Aus den Schatten trat ein großer, schwarzgekleideter Mann. Sein Kopf war glattrasiert, und er war tief gebräunt.

Ein paar Sekunden lang erkannte sie ihn nicht. Das Licht der Tischlampe war schwach, und die Gestalt blieb am Ende des Zimmers stehen. Während sich ihre Augen langsam der Dunkelheit anpaßten, erkannte sie, warum ihr der Mann wie ein Fremder vorkam. Das Gesicht hatte sich verändert. Das glänzende schwarze Haar war abrasiert worden, die Nase war verändert, kleiner, und die Nasenlöcher standen weiter auseinander. Die Ohren waren ebenfalls anders, lagen dichter am Schädel an. Selbst die Augen, deren Lider früher etwas Neapolitanisches an sich gehabt hatten, diese Augen waren jetzt ganz groß, als besäßen sie keine Lider. Um Mund und Stirn waren rötliche Flecken zu sehen. Das war kein Gesicht, das war die Maske eines Gesichts. Das war monströs. Aber es war ihr Sohn.

»Ulster! Mein Gott!«

»Wenn du jetzt an Herzversagen stirbst, stempelst du ein paar hochbezahlte Meuchelmörder zu Narren.«

Die alte Frau versuchte nachzudenken, versuchte mit ihrer ganzen Kraft der Panik Widerstand zu leisten, die in ihr aufzusteigen drohte.

Sie packte eine Stuhllehne, umklammerte sie immer fester, bis die Venen in ihren alten Händen die Haut zu sprengen schienen.

»Wenn du gekommen bist, um mich zu töten, dann gibt es jetzt wenig, was ich dagegen tun kann.«

»Es interessiert dich vielleicht zu erfahren, daß der Mann, der deine Ermordung befohlen hat, selbst bald tot sein wird. Er war dumm.«

Ihr Sohn ging auf das französische Fenster zu und überprüfte den Riegel. Er spähte vorsichtig durch das Glas und war anscheinend zufrieden. Seine Mutter bemerkte, daß die Eleganz, mit der er sich stets bewegt hatte, geblieben war. Aber da war nichts Weiches mehr, keine gelockerte Sanftheit. Jetzt lag in seinen Bewegungen etwas Hartes, Straffes, etwas, das seine Hände akzentuierten. Sie steckten in engen schwarzen Handschuhen, die Finger waren ausgestreckt und leicht gebogen.

»Weshalb bist du hierhergekommen?« fragte Elizabeth leise.

»Wegen deiner dickschädligen Neugierde.« Er ging schnell zu dem Hoteltelefon auf dem Tisch mit der eingeschalteten Lampe, betastete den Hörer, wie um sich zu vergewissern, daß er fest auf der Gabel lag. Dann kehrte er zu seiner Mutter zurück, blieb wenige Schritte vor ihr stehen. Der Anblick seines Gesichts, das jetzt deutlich zu erkennen war, veranlaßte sie, die Augen zu schließen. Als sie ihn wieder ansah, rieb er sich die rechte Braue, die leicht gerötet war. Er bemerkte ihren schmerzlichen Blick.

»Die Narben sind noch nicht ganz verheilt. Gelegentlich jucken sie. Ist das mütterliche Sorge, was dich grämt?«

»Was hast du dir angetan?«

»Ein neues Leben. Eine neue Welt für mich. Eine Welt, die nichts mit der deinen zu tun hat. Noch nicht!«

»Ich habe dich gefragt, was du getan hast.«

»Du weißt, was ich getan habe, sonst wärst du nicht hier in London. Du mußt verstehen, daß Ulster Scarlett nicht mehr existiert.«

»Wenn es das ist, was die Welt glauben soll – weshalb kommst du dann ausgerechnet zu mir?«

»Weil du mit Recht angenommen hast, daß dem nicht so sei, und weil deine Einmischung für mich lästig werden könnte.«

Die alte Frau wartete einige Augenblicke, ehe sie antwortete. »Es ist also durchaus möglich, daß es gar nicht so dumm war, mir einen Killer an den Hals zu hetzen.«

»Wie tapfer, daß du das sagst! Ich frage mich freilich, ob du auch an die anderen gedacht hast.«

»Welche anderen?«

Scarlett setzte sich auf die Couch und sagte in schneidendem italienischen Dialekt: »La Famiglia Scarlatti! So lautet der Satz doch richtig, oder? Elf Mitglieder, um genau zu sein. Zwei Eltern, eine Großmutter, ein betrunkenes Miststück von einer Frau und sieben Kinder. Das Ende des Clans. Die Scarlatti-Linie endet abrupt in einem blutigen Massaker.«

»Du bist verrückt! Ich würde dich aufhalten! Stell nur deinen lächerlichen Diebstahl nicht gegen das, was ich habe, mein Junge!«

»Du bist eine närrische alte Frau! Das geht weit über solche Beträge hinaus. Es kommt nur darauf an, wie man sie einsetzt. Das hast du mich gelehrt.«

»Ich werde sie deinem Zugriff entziehen! Ich werde dafür sorgen, daß man dich verfolgt und jagt und vernichtet!«

Er sprang mühelos von der Couch auf.

»Wir vergeuden Zeit. Du kümmerst dich um Äußerlichkeiten. Wir wollen doch deutlich werden. Ich führe ein Telefonat, und der Befehl wandert nach New York. Binnen achtundvierzig Stunden sind die Scarlattis ausgelöscht. Das wird ein teures Begräbnis. Die Stiftung wird für das Beste sorgen.«

»Dein eigener Sohn auch?«

»Er wäre der erste. Alle tot. Keine erkennbaren Gründe. Das Geheimnis der verrückten Scarlattis.«

»Du bist wahnsinnig«, flüsterte sie fast unhörbar.

»Nur raus mit der Sprache, Mutter! Oder denkst du an diese Kleinen mit ihren Lockenköpfchen am Stand von Newport, wie sie in ihren kleinen Booten auf dem Sund lachen? Tragisch, nicht wahr? Nur einer von ihnen. Einer aus der ganzen Sippe könnte durchkommen, und dann setzt der Scarlatti-Clan seinen Ruhm fort. Soll ich anrufen? Mir ist es wirklich völlig gleichgültig.«

Die alte Frau ging langsam auf einen der Sessel zu. »Ist das, was du von mir willst, so wertvoll, daß das Leben meiner Familie davon abhängt?«

»Nicht für dich. Nur für mich. Es könnte schlimmer sein, weißt du. Ich könnte zusätzliche einhundert Millionen fordern.«

»Warum tust du das nicht? Unter den gegebenen Umständen weißt du, daß ich bezahlen würde.«

Er lachte. »Sicher würdest du bezahlen. Du würdest aus einer Quelle bezahlen, die eine Panik an der Börse auslösen würde. Nein, danke. Ich brauche es nicht. Vergiß nicht, wir stehen über den Summen.«

»Was willst du dann?« Sie setzte sich und verschränkte die dünnen Arme vor der Brust.

»Zunächst einmal die Bankbriefe. Dir nützen sie nichts, also sollten sie dein Gewissen auch nicht belasten.«

Er hatte recht gehabt. Man mußte sich immer praktische Ziele setzen. Das Geld.

»Bankbriefe?«

»Die Bankbriefe, die Cartwright dir gegeben hat.«

»Du hast ihn getötet! Du wußtest über unsere Vereinbarung Bescheid?«

»Komm schon, Mutter. Ein Esel aus dem Süden wird zum Vizepräsidenten der Waterman Trust-Bank gemacht. Man überträgt ihm tatsächlich Verantwortung. Wir sind ihm drei Tage lang gefolgt. Wir haben deine schriftliche Vereinbarung. Zumindest seine Kopien. Wir wollen einander doch nichts vormachen. Die Briefe, bitte!«

Die alte Dame erhob sich aus ihrem Sessel und ging in ihr Schlafzimmer. Sie kam zurück und reichte ihm die Briefe. Er öffnete schnell die Umschläge und nahm sie heraus, breitete sie auf der Couch aus und zählte sie. »Cartwright hat sich sein Geld verdient.« Er sammelte die Briefe ein und ließ sich auf das Sofa sinken.

»Ich hatte keine Ahnung, daß diese Briefe so wichtig sind.«

»In Wirklichkeit sind sie das gar nicht. Man könnte nichts mit ihnen bewirken. Sämtliche Konten sind geschlossen, und das Geld – ist auf andere verteilt worden, wollen wir sagen.«

»Weshalb warst du dann so erpicht darauf, sie zu bekommen?« Sie blieb stehen.

»Wenn man sie den Banken vorlegte, würden die eine Menge Spekulationen anstellen. Wir wollen im Augenblick kein Gerede verursachen.«

Sie blickte in die zuversichtlichen Augen ihres Sohnes. Er wirkte gelöst, mit sich selbst zufrieden, fast entspannt.

»Wer ist ›wir‹? In was hast du dich eingelassen?«

Wieder dieses groteske Lächeln auf dem gebogenen Mund unter der unnatürlichen Nase ... »Das wirst du zur rechten Zeit erfahren. Vielleicht bist du dann sogar stolz darauf, aber das wirst du nie zugeben.« Er sah auf die Armbanduhr.

»Kommen wir zum Geschäft.«

»Was noch?«

»Was geschah auf der *Calpurnia?* Und lüg mich nicht an!«

Elizabeth spannte die Bauchmuskeln an, um sich keine Reaktion auf diese Frage anmerken zu lassen. Sie wußte, daß die Wahrheit vielleicht alles war, was ihr noch blieb. »Ich verstehe dich nicht.«

»Du lügst!«

»Wieso? Ein Mann namens Boutier telegrafierte mir, daß Cartwright tot ist.«

»Hör auf damit!« Er beugte sich vor. »Du hättest dir nie die Mühe gemacht, alle mit der Geschichte von diesem Nonnenkloster in York abzulenken, wenn nicht etwas passiert wäre. Ich möchte wissen, wo er ist.«

»Wo wer ist? Cartwright?«

»Ich warne dich!«

»Ich habe keine Ahnung, wovon du redest.«

»Auf diesem Schiff ist ein Mann verschwunden. Man sagt, er sei über Bord gestürzt.«

»Ja. Ich erinnere mich ... Was hat das mit mir zu tun?« Ihr Blick war die personifizierte Unschuld.

»Du weißt also nichts über den Zwischenfall?«

»Das habe ich nicht gesagt.«

»Was hast du dann gesagt?«

»Es gab Gerüchte. Verläßliche Quellen.«

»Was für Gerüchte?«

Die alte Frau überlegte. Sie wußte, daß ihre Antwort glaubhaft klingen mußte, ohne offenkundige Fehler. Andererseits mußte, was immer sie sagte, die nebelhafte Unklarheit von Klatsch widerspiegeln.

»Angeblich war der Mann betrunken und suchte Streit. Es hatte eine Auseinandersetzung in der Bar gegeben. Man mußte ihn überwältigen und in seine Kabine schleppen. Er versuchte zurückzukehren und fiel dabei über die Reling. Hast du ihn gekannt?«

Scarletts Antwort schien aus weiter Ferne zu kommen. »Nein, er hatte nichts mit uns zu tun.« Er war unzufrieden, ging aber nicht weiter auf dieses Thema ein. Zum erstenmal seit einigen Minuten wandte er den Blick von ihr ab. Er war tief in Gedanken. Schließlich sagte er: »Eines noch. Du hast dich auf den Weg gemacht, um deinen verschwundenen Sohn wiederzufinden.«

»Ich habe mich auf den Weg gemacht, um einen Dieb zu finden!« korrigierte sie ihn scharf.

»Wie du willst. Von einem anderen Standpunkt aus betrachtet könnte man sagen, daß ich einfach den Kalender ein wenig vorgestellt habe.«

»Das stimmt nicht. Du hast Scarlatti bestohlen. Was man dir zugeteilt hatte, sollte im Einklang mit den Scarlatti-Firmen investiert werden!«

»Wir vergeuden wieder Zeit.«

»Ich wollte das klären.«

»Mich interessiert nur, daß du nach Europa gekommen bist, um mich zu finden, und dabei Erfolg hattest. Sind wir uns in dem Punkt einig?«

»Ja.«

»Jetzt sage ich dir, daß du Stillschweigen bewahren, nichts tun und nach New York zurückkehren sollst. Außerdem wirst du alle Briefe oder sonstige Instruktionen vernichten, die du bezüglich meiner Person noch hast.«

»Das sind unmögliche Forderungen!«

»In dem Fall werden meine Anweisungen erteilt. Die Scarlattis sind tot!«

Ulster Scarlett sprang von der viktorianischen Couch auf und hatte den Hörer von der Gabel gerissen, ehe die Augen der alten Frau seiner Bewegung hatten folgen können. Er wartete, bis die Vermittlung sich meldete. Die alte Frau erhob sich unsicher. »Nein!«

Er drehte sich zu ihr herum. »Warum nicht?«

»Ich will tun, was du verlangst!«

Er legte den Hörer auf. »Ganz sicher?«

»Ganz sicher.« Er hatte gewonnen.

Ulster Scarlett lächelte mit seinen verquollenen Lippen. »Dann ist unser Geschäft abgeschlossen.«

»Nicht ganz.« Elizabeth Scarlett mußte es versuchen, obwohl ihr klar war, daß es sie das Leben kosten konnte.

»Oh?«

»Ich möchte gern eine Vermutung anstellen, sie dauert nur einen Augenblick.«

»Über was?«

»Nur aus Neugierde ... Angenommen, ich würde beschließen, unsere Übereinkunft nicht einzuhalten?«

»Du kennst die Konsequenzen. Du könntest dich nicht vor uns verbergen, wenigstens nicht lange.«

»Aber die Zeit könnte für mich arbeiten.«

»Die Papiere sind verkauft worden. Es hat keinen Sinn, darüber nachzudenken.«

»Das hatte ich auch angenommen, sonst wärest du nicht hierhergekommen.«

»Weiter.«

»Wenn du selbst nicht darauf gekommen wärst, hätte dir sicher jemand gesagt, die einzig intelligente Methode, diese Papiere zu verkaufen, bestünde darin, sie zu einem reduzierten Kurs in Bargeld umzutauschen.«

»Das brauchte mir niemand zu sagen.«

»Jetzt möchte ich dir eine Frage stellen.«

»Nur zu.«

»Wie schwierig, glaubst du, ist es, Depots dieser Größenordnung ausfindig zu machen, Gold oder auch sonstige? Ich will zwei Fragen daraus machen. Wo sind die einzigen Banken auf der Welt, die bereit oder auch nur imstande sind, solche Depots anzunehmen?«

»Wir kennen beide die Antwort darauf. Das erfordert Codes, Nummern – unmöglich. «

»Und in welchem der großen Bankenkonzerne der Schweiz gibt es den unbestechlichen Mann?«

Ulster kniff die lidlosen Augen zusammen. »Jetzt bist du es, die verrückt ist«, antwortete er mit leiser Stimme.

»Ganz und gar nicht. Du denkst in kleinen Schritten, Ulster. Du benutzt große Summen, aber dein Denken bewegt sich in kleinen Schritten. In den Marmorhallen von Bern und Zürich spricht es sich herum, daß die Summe von einer Million amerikanischer Dollar für den vertraulichen Austausch von Informationen erhältlich ist.«

»Was würdest du damit gewinnen?«

»Wissen! Namen! Leute!«

»Da kann ich nur lachen!«

»Es wird ein kurzes Lachen sein. Es ist offensichtlich, daß du nicht allein handelst, daß du Komplicen hast. Du brauchst sie. Deine Drohungen machen das doppelt klar. Und ich bin sicher, daß du sie gut bezahlst. Die Frage ist – sobald ich diese Leute kenne und ich ihnen bekannt bin, werden sie meinem Preis wirklich widerstehen können? Du kannst ihn ganz sicher nicht überbieten, dessen bin ich sicher!«

Das groteske Gesicht verzerrte sich noch mehr. »Ich habe Jahre darauf gewartet, dir einmal zu sagen, daß deine Rechenschiebertheorien nach Fäulnis stinken! Deine Kauf-mich-verkauf-mich-Manipulationen sind am Ende! Das ist vorbei! Tot! Erledigt! Wer bist du denn, daß du glaubst, du könntest andere manipulieren? Du mit deinen Bankiers, die immer ein Auge zudrücken! Ihr stinkenden kleinen Juden! Ihr seid erledigt! Ich habe euch beobachtet! Mit euch ist Schluß, ihr seid tot! Sprich nicht mit mir über meine Komplicen! Allein schon das Wort – Komplicen! Sie würden dich und dein Geld nicht einmal mit der Zange anfassen!« Der Mann in Schwarz kochte vor Wut.

»Das glaubst du?« fragte Elizabeth gelassen.

»Voll und ganz!« Ulster Scarletts Narben hatten sich von dem Blut gerötet, das ihm in den Kopf geschossen war. »Wir haben etwas anderes! Und du kannst uns nichts anhaben! Keinem von uns! Für uns gibt es keinen Preis!«

»Aber du wirst mir zubilligen, daß ich mich als lästig erweisen könnte. Willst du dieses Risiko eingehen?«

»Damit unterzeichnest du sieben Todesurteile! Ein Massenbegräbnis! Ist es das, was du willst, Mutter?«

»Die Antwort auf unsere beiden Fragen scheint mir Nein zu sein. Das ist jetzt eine vernünftigere Übereinkunft.«

Die Menschenmaske in Schwarz hielt inne und sprach dann ganz leise und präzise: »Du bist mir nicht gleichgestellt. Glaub das keine Sekunde!«

»Was ist geschehen, Ulster? Was ist geschehen? Warum?«

»Nichts und alles! Ich tue das, wozu keiner von euch imstande ist! Das, was geschehen muß! Aber ihr könnt das nicht!«

»Würde denn ich – oder würden wir es wollen?«

»Mehr als alles in der Welt. Aber ihr habt nicht den Mumm dazu. Ihr seid schwach.«

Das Telefon klingelte schrill.

»Du kannst es dir sparen, den Hörer abzunehmen«, sagte Ulster. »Es wird nur einmal klingeln. Das ist nur ein Signal, daß meine Frau – die kleine Hure – und ihr neuester Bettgenosse das Claridge's verlassen haben.«

»Dann nehme ich an, daß unsere Zusammenkunft beendet ist.« Sie sah zu ihrer großen Erleichterung, daß er diese Feststellung akzeptierte. Sie sah auch, daß er gefährlich war. Über seinem rechten Auge zuckte ein Muskel. Wieder streckte er seine Finger in einer langsamen, überlegt wirkenden Bewegung.

»Vergiß nicht, was ich sage. Wenn du einen Fehler machst ...«

Sie unterbrach ihn. »Vergiß nicht, wer ich bin, junger Mann! Du sprichst mit der Frau von Giovanni Merighi Scarlatti! Du brauchst dich nicht zu wiederholen. Du hast deine Zusage. Geh deinen schmutzigen Geschäften nach! Du interessierst mich nicht mehr.«

Der Mann in Schwarz lief zur Tür. »Ich hasse dich, Mutter.«

»Ich hoffe, du hast ebensoviel Nutzen von denen, die du weniger liebst.«

»Auf eine Art und Weise, die du nie verstehen würdest.«

Er öffnete die Tür und schlüpfte hinaus. Dann warf er sie hinter sich zu.

Elizabeth Scarlatti stand am Fenster und schob die Gardinen beiseite. Sie lehnte sich gegen das kühle Glas. London schlief, und nur einige wenige Lichter saßen wie Punkte auf der Fassade der nächtlichen Stadt.

Was hatte er getan?

Und, noch wichtiger, wer beachtete ihn?

Was bloßer Abscheu hätte sein können, verwandelte sich in Schrecken, denn er besaß die Waffe. Die Waffe der Macht – eine Waffe, die Giovanni unschuldig bereitgestellt hatte, mit ihrer Hilfe.

Das hier ging weit über bloßes Geld hinaus.

Tränen fielen aus ihren alten Augen, und jenes innere Bewußtsein, das alle menschlichen Geschöpfe peinigt, empfand so etwas wie Überraschung. Sie hatte seit mehr als dreißig Jahren nicht mehr geweint.

Elizabeth stieß sich vom Fenster ab und ging langsam im Zimmer umher. Sie mußte nachdenken, gründlich nachdenken.

28.

In einem Zimmer im Innenministerium nahm James Derek eine Akte aus dem Schrank. ›Jacques Louis Bertholde, vierter Marquis von Chatellerault‹, stand auf dem Deckel.

Der Archivar kam herein. »Hallo, James. Sie arbeiten heute spät, wie ich sehe.«

»Leider, Charles. Ich nehme mir eine Kopie. Haben Sie meine Anforderung bekommen?«

»Ja, hier ist sie. Erklären Sie es mir, dann unterschreibe ich. Aber machen Sie es bitte kurz. In meinem Büro läuft ein Kartenspiel.«

»Kurz und einfach. Die Amerikaner verdächtigen ihr Botschaftspersonal, hier drüben unter der Hand Yankee-Wertpapiere zu verkaufen. Dieser Bertholde bewegt sich in diplomatischen Kreisen. Es könnte eine Verbindung mit Scarlatti vorliegen.«

Der Archivar machte sich die entsprechenden Notizen. »Wann ist das alles passiert?«

»Vor etwa einem Jahr, soviel ich weiß.«

Der Archivar hörte zu schreiben auf und sah James Derek an. »Vor einem Jahr?«

»Ja.«

»Und dieser Amerikaner will *jetzt* sein Botschaftspersonal überprüfen? *Hier?*«

»Richtig.«

»Er befindet sich auf der falschen Seite des Atlantiks. Das gesamte amerikanische Botschaftspersonal wurde vor vier Monaten versetzt. Es gibt im Augenblick niemanden hier, der vor einem Jahr in London war, nicht einmal eine Sekretärin.«

»Das ist sehr seltsam«, sagte Derek leise.

»Ich würde sagen, Ihr amerikanischer Freund hat recht armselige Beziehungen zu seinem Außenministerium.«

»Was bedeutet, daß er lügt.«

»Genau.«

Janet und Matthew stiegen lachend im siebenten Stock aus und gingen den Korridor hinunter, zu Elizabeths Suite. Sie hatten ungefähr dreißig Meter weit zu gehen und blieben viermal stehen, um sich zu umarmen und zu küssen.

Janet nahm einen Schlüssel aus der Handtasche und reichte ihn dem Buchprüfer.

Er steckte ihn ins Schloß, und sie drehte gleichzeitig den Türknopf, ehe er den Schlüssel zur Seite bewegte. Die Tür öffnete sich, und Canfield fiel praktisch ins Zimmer.

Elizabeth Scarlatti saß auf der viktorianischen Couch, im schwachen Licht einer Stehlampe. Sie rührte sich nicht, blickte nur zu Canfield und ihrer Schwiegertochter auf.

»Ich habe Sie im Flur gehört.«

»Ich sagte Ihnen, Sie sollen die Türen absperren.«

»Tut mir leid, das hatte ich vergessen.«

»Den Teufel haben Sie! Ich habe gewartet, bis ich den Riegel und den Bolzen hörte.«

»Ich habe vom Zimmerservice Kaffee bestellt.«

»Wo ist das Tablett?«

»In meinem Schlafzimmer, von dem ich annehme, daß es privat ist.«

«Glauben Sie das nur ja nicht!« Der Buchprüfer rannte auf die Schlafzimmertür zu.

»Ich bitte noch einmal um Entschuldigung. Ich habe den Zimmerkellner telefonisch gebeten, das Tablett zu holen. Ich bin ganz verwirrt. Bitte, verzeihen Sie mir.«

»Warum? Was ist denn?«

Elizabeth Scarlatti überlegte blitzschnell und sah dann ihre Schwiegertochter an. »Ich hatte einen höchst beunruhigenden Anruf. Eine geschäftliche Angelegenheit, die überhaupt nichts mit Ihnen zu tun hat. Es geht um ziemlich viel Geld, und ich muß eine Entscheidung treffen, ehe die britische Börse öffnet.« Sie blickte den Buchprüfer an.

»Darf ich fragen, was so wichtig ist, daß Sie meinen Anweisungen nicht folgen?«

»Einige Millionen Dollar. Vielleicht möchten Sie mir helfen. Sollten die Scarlatti-Firmen den Kauf der verbleibenden Wandelschuldverschreibungen in Sheffield-Schneidwaren durchführen und durch Ausübung des Wandlungsgewinns die Kontrolle über die Gesellschaft an sich bringen oder nicht?«

Immer noch unsicher fragte der Buchprüfer: »Warum ist das so – so beunruhigend?«

»Weil die Gesellschaft dauernd Geld verliert.«

»Dann kaufen Sie nicht. Deshalb sollten Sie nicht die ganze Nacht aufbleiben.«

Die alte Frau musterte ihn kühl. »Sheffield-Schneidwaren ist eine der besten Firmen in England. Ihr Produkt ist hervorragend. Das Problem liegt weder im Management noch in den Arbeitsbedingungen, sondern in japanischen Imitationen, die ins Land fließen. Die Frage ist: Wird das Käuferpublikum das rechtzeitig zur Kenntnis nehmen, um den Trend umzukippen?«

Elizabeth Scarlatti erhob sich von der Couch und ging ins Schlafzimmer. Sie schloß die Tür hinter sich. Der Buchprüfer wandte sich Janet Scarlett zu. »Hat sie denn keine Berater?«

Aber Janet starrte die Schlafzimmertür an. Dann nahm sie ihre Stola ab und ging auf den Buchprüfer zu. Dabei sagte sie mit leiser Stimme: »Sie lügt.«

»Woher weißt du das?«

»Das habe ich in ihrem Blick gelesen – in der Art, wie sie mich ansah, während sie mit dir sprach. Sie versuchte mir etwas mitzuteilen.«

»Was zum Beispiel?«

Die junge Frau zuckte ungeduldig mit den Schultern und fuhr im Flüsterton fort: »Oh, ich weiß nicht, aber du weißt schon, was ich meine. Du bist mit einer Gruppe von Leuten zusammen und fängst an, ein wenig aufzuschneiden oder zu übertreiben. Und während du noch dabei bist, wirfst du einen Blick auf einen Freund, der es besser weiß – und sofort spürt, daß er dich nicht korrigieren darf ...«

»Hat sie in bezug auf die Gesellschaft gelogen, von der sie sprach?«

»O nein, das ist schon die Wahrheit. Chancellor Drews hat schon seit Monaten versucht, sie zum Kauf dieser Firma zu überreden.«

»Woher weißt du das?«

»Sie hat bereits abgelehnt.«

»Weshalb hat sie dann gelogen?«

Als Canfield sich setzte, wurde seine Aufmerksamkeit auf das kleine Leinendeckchen am Kopfteil des Sessels gezogen. Zuerst achtete er nicht darauf, aber dann sah er ein zweitesmal hin. Das Material war zerdrückt, als hätte man es zusammengeballt. Es paßte nicht in die sonst makellose Suite. Er sah genauer hin. In den Fäden waren Risse zu sehen, und die Druckstellen von Fingern waren unverkennbar. Wer auch immer den Stuhl gepackt hatte, er hatte es mit beträchtlicher Kraft getan.

»Was ist denn, Matthew?«

»Nichts. Hol mir einen Drink, ja?«

»Natürlich, Liebling.« Sie ging zur Bar, während Canfield um den Sessel herumging und sich vor das französische Fenster stellte. Aus keinem besonderen Grund zog er die Vorhänge auseinander und inspizierte das Fenster selbst. Er drehte den Griff herum, zog die linke Seite auf und sah das, was er zu suchen begonnen hatte. Das Holz um den Beschlag herum war zerkratzt. Am Fenstersims konnte er sehen, wie ein schwerer Gegenstand die Farbe abgeschabt hatte, wahrscheinlich ein gummibesohlter Stiefel oder ein Schuh mit Kreppsohlen. Kein Leder. Am Email waren keine Kratzer festzustellen. Er öffnete den rechten Flügel und blickte hinaus. Unter ihm waren sechs Stockwerke, über ihm zwei Stockwerke und darüber ein steil geneigtes Dach. Er schob das Fenster zu und verschloß es.

»Was, in aller Welt, tust du denn?«

»Wir hatten Besuch. Einen ungeladenen Gast, könnte man sagen.«

Die junge Frau stand reglos da. »Mein Gott!«

»Hab keine Angst. Deine Schwiegermutter würde niemals etwas Unsinniges tun. Glaub mir das.«

»Das versuche ich ja. Was werden wir jetzt machen?«

»Wir müssen herausfinden, wer es war. Und jetzt reiß dich zusammen. Ich brauche dich.«

»Warum hat sie nichts gesagt?«

»Ich weiß nicht, aber vielleicht kriegen wir es heraus.«

»Wie?«

»Morgen früh wird sie wahrscheinlich diese geschäftliche Angelegenheit mit Sheffield aufs Tapet bringen. Wenn ja, dann sag ihr, du würdest dich erinnern, daß sie schon einmal abgelehnt hatte, die Firma für Chancellor zu kaufen. Sie wird dir wenigstens irgendeine Erklärung liefern müssen.«

»Wenn Mutter Scarlatti nicht reden will, dann redet sie einfach nicht. Das weiß ich.«

»Dann darfst du sie eben nicht bedrängen. Aber irgend etwas wird sie sagen müssen.«

Obwohl es beinahe drei Uhr war, kamen immer noch Nachzügler von ausgedehnten Partys ins Hotel zurück. Sie trugen hauptsächlich Abendkleidung, und eine ganze Anzahl kicherte und war aus dem Gleichgewicht geraten, aber alle waren vergnügt und müde.

Canfield ging zu dem Angestellten am Empfang und sagte leise und fast verschwörerisch: »Sagen Sie mal, Freund, ich habe da ein kleines Problem.«

»Ja, Sir. Können wir Ihnen helfen?«

»Nun, das ist ein bißchen schwierig. Ich reise mit Madame Elizabeth Scarlatti und ihrer Tochter ...«

»Ach ja! Mr. – Canfield, nicht wahr?«

»Ja, sicher. Nun, wissen Sie, die Leute, die über dem alten Mädchen wohnen, gehen erst ziemlich spät zu Bett.«

Der Angestellte, der die Legende des Scarlatti-Reichtums kannte, zerfloß fast vor Entschuldigungen. »Das tut mir schrecklich leid, Mr. Canfield. Ich werde selbst sofort hinaufgehen. Das ist wirklich höchst peinlich.«

»O nein, bitte, jetzt ist ja alles ruhig.«

»Nun, ich kann Ihnen versichern, daß es nicht wieder passieren wird. Die Leute müssen wirklich laut sein. Wie Ihnen ja sicher bewußt ist, ist das Savoy äußerst massiv gebaut.«

»Nun, ich denke, daß sie die Fenster offen haben. Aber bitte sagen Sie ihnen nichts. Madame Scarlatti wäre böse auf mich, wenn sie herausfände, daß ich mit Ihnen darüber gesprochen habe.«

»Ich verstehe nicht, Sir.«

»Sagen Sie mir einfach, wer diese Leute sind, dann spreche ich selbst mit ihnen. Sie wissen schon, ganz freundschaftlich, mit einem Glas in der Hand.«

Damit war der Empfangsangestellte sofort einverstanden. Insgeheim atmete er erleichtert auf. »Wenn Sie darauf bestehen, Sir ...« Er sah im Fremdenbuch nach. »In Acht West Eins wohnen der Viscount und die Viscountess Roxbury, ein charmantes Paar, und alt, wie ich glaube. Seltsam, daß sie soviel Lärm machen ... Aber es könnte natürlich sein, daß sie jemanden eingeladen haben.«

»Wer wohnt über ihnen?«

»Über ihnen, Mr. Canfield? Ich glaube nicht ...«

»Sagen Sie es mir bitte trotzdem.«

»Nun, in Neun West Eins ist ...« Der Angestellte blätterte eine Seite des Fremdenbuchs um. »Das ist frei, Sir.«

»Frei? Das ist doch für diese Jahreszeit ungewöhnlich, nicht wahr?«

»Ich hätte sagen sollen, es steht nicht zur Verfügung, Sir. Neun West Eins ist für den ganzen Monat für geschäftliche Konferenzen vermietet.«

»Sie meinen, nachts wohnt niemand dort?«

»Oh, das Recht dazu hätten die schon, aber das war nicht der Fall.«

»Wer hat es gemietet?«

»Die Firma Bertholde et Fils.«

29.

Das Telefon neben James Dereks Bett klingelte schrill und weckte ihn.

»Hier Canfield. Ich brauche Hilfe, es ist eilig.«

»Vielleicht sehen das nur Sie so. Um was geht es denn?«

»In Madame Scarlattis Suite ist eingebrochen worden.«

»Was? Und was sagt das Hotel dazu?«

»Die wissen es nicht.«

»Ich denke, Sie sollten es ihnen sagen.«

»So einfach ist das nicht. Sie will es nicht zugeben.«

»Das ist Ihr Problem. Warum rufen Sie mich an?«

»Ich glaube, sie hat Angst. Der Einbrecher ist durch das Fenster gekommen.«

»Mein lieber Mann, die Zimmer sind im siebten Stock! Das müssen Sie geträumt haben! Oder können die fliegen?«

Der Amerikaner wartete ein paar Augenblicke, gerade lange genug, um dem Engländer zu zeigen, daß er die Bemerkung keineswegs spaßig fand. »Die haben sich gedacht, daß sie die Tür nicht öffnen würde, was für sich betrachtet schon interessant ist. Wer auch immer es war – der Betreffende hat sich aus einem der Zimmer darüber heruntergelassen und eine Klinge benutzt. Haben Sie etwas über Bertholde erfahren?«

»Eines nach dem anderen.« Derek begann Canfield ernst zu nehmen.

»Das ist es ja gerade. Ich glaube, da gibt es einen Zusammenhang. Bertholdes Firma hat die Zimmer zwei Stockwerke darüber gemietet.«

»Wie, bitte?«

»Sie haben ganz richtig gehört. Für einen Monat. Tägliche Geschäftskonferenzen, nicht mehr und nicht weniger.«

»Ich glaube, wir sollten uns unterhalten.«

»Das Mädchen weiß Bescheid, und sie hat Angst. Können Sie ein paar Leute abstellen?«

»Halten Sie das für notwendig?«

»Eigentlich nicht. Aber ich würde mich ungern irren.«

»Also gut. Ich werde zur Tarnung sagen, daß ich einen Schmuckdiebstahl befürchte. Keine uniformierten Leute natürlich. Einer im Korridor, einer auf der Straße.«

»Ich bin Ihnen sehr dankbar. Fangen Sie an, aufzuwachen?«

»Ich bin hellwach, verdammt. Ich bin in einer halben Stunde bei Ihnen. Ich bringe alles mit, was ich über Bertholde ausfindig machen kann. Und ich denke, wir sollten uns die Suite ansehen.«

Canfield verließ die Telefonzelle und machte sich auf den Rückweg zum Hotel. Der Schlafmangel begann seine Wirkung zu zeigen. Und er wünschte sich, er wäre jetzt in einer amerikanischen Stadt, wo es rund um die Uhr geöffnete Imbißstuben gab, in denen man Kaffee bekommen konnte. Die Engländer, dachte er, halten sich für so zivilisiert. Aber niemand war zivilisiert, der keine rund um die Uhr geöffneten Imbißstuben besaß.

Er betrat die prunkvolle Hotelhalle und stellte fest, daß die Uhr in der Rezeption Viertel vor vier anzeigte. Er ging auf die uralten Lifts zu.

»Oh – Mr. Canfield, Sir!« Der Angestellte kam auf ihn zu. »Was ist denn?« Canfield dachte an Janet, und sein Herzschlag stockte.

»Gleich, nachdem Sie weggegangen waren, Sir, keine zwei Minuten, nachdem Sie weg waren – höchst ungewöhnlich um diese Nachtstunde ...«

»Wovon, zum Teufel, reden Sie?«

»Dieses Telegramm ist für Sie eingetroffen.« Der Angestellte reichte Canfield einen Umschlag.

»Danke«, sagte Canfield erleichtert, während er das Telegramm entgegennahm und die Gittertür der Liftkabine zuzog. Während er nach oben fuhr, drückte er das Kabel zwischen Daumen und Zeigefinger. Es war dick. Benjamin Reynolds hatte entweder einen langen, abstrakten Sermon geschickt, oder es stand ihm noch einige Dechiffrierarbeit bevor. Hoffentlich wurde er damit fertig, ehe Derek eintraf.

Canfield betrat sein Zimmer, setzte sich neben die Stehlampe und öffnete das Telegramm.

Ein Dechiffrieren war nicht notwendig. Es war im einfachen Geschäftsstil geschrieben und leicht zu verstehen, wenn man es im Licht der gegenwärtigen Situation betrachtete. Insgesamt waren es drei Blätter.

›Rawlins Thomas und Lillian Automobilunfall in den Pocono-Bergen stop Beide tot stop Weiß daß das ihre liebe Freundin E S beunruhigen wird stop Vorschlage Sie kümmern sich um sie in ihrem Leid stop Bezüglich Wimbledon Angelegenheit stop wir haben keine Kosten gescheut bei unseren englischen Lieferanten maximale Warenquoten zu beschaffen stop Sie haben Verständnis für unsere Probleme bezüglich skandinavischer Exporte stop Sie sind bereit Ihnen bei Ihren Verhandlungen für faire Reduzierungen von Maximalkäufen behilflich zu sein stop Man hat sie über unsere Konkurrenten in der Schweiz und die betroffenen Firmen informiert stop Sie wissen von den drei in Wettbewerb stehenden britischen Firmen stop Sie werden Ihnen jede Unterstützung zuteil werden lassen und wir erwarten daß Sie sich auf unsere Interessen in England konzentrieren stop Versuchen Sie nicht unsere Konkurrenten in der Schweiz zu unterbieten stop Halten Sie sich heraus stop Das bewirkt nichts stop J Hammer Wimbledon New York.‹

Canfield zündete sich eine dünne Zigarre an und legte die drei Blätter zwischen seine ausgestreckten Beine auf den Boden. Er blickte auf sie hinunter.

Hammer war Reynolds' Codebezeichnung für Nachrichten an Außenprüfer, sofern er deren Inhalt für besonders wichtig hielt. Die Rawlins ... Canfield mußte einen Augenblick überlegen, ehe er sich erinnerte, daß die Rawlins die Schwiegereltern von Boothroyd waren. Man hatte sie also ermordet. Kein Unfall. Und Reynolds hatte Angst um Elizabeth Scarlattis Leben. Washington hatte mit der britischen Regierung eine Übereinkunft erzielt, die ihm eine ungewöhnliche Unterstützung sicherte – ohne Kosten zu scheuen – und hatte als Gegenleistung die Engländer von den schwedischen Wertpapieren und den Landkäufen in der Schweiz informiert, zwischen denen man einen Zusammenhang vermutete. Allerdings gab Reynolds nicht an, wer die Männer in Zürich waren, nur daß sie existierten und daß drei angesehene Engländer auf der Liste standen. Canfield erinnerte sich an die Namen – Masterson, der sich seinen Ruhm in Indien erworben hatte, Leacock von der Britischen Börse und Innes-Bowen, der Textilmagnat.

Hammer hob besonders hervor, daß Canfield die alte Madame Scarlatti schützen und sich von der Schweiz fernhalten sollte.

Es klopfte leise an seiner Tür. Canfield hob die Papiere auf und steckte sie in die Tasche. »Wer ist da?«

»Schneewittchen, verdammt! Ich suche ein Bett, in dem ich schlafen kann.« Die Stimme mit dem britischen Akzent gehörte natürlich James Derek. Canfield öffnete die Tür, und der Engländer trat ohne weiteren Gruß ein. Er warf einen braunen Umschlag auf das Bett, legte seine Melone auf die Kommode und nahm in einem Lehnsessel Platz.

»Der Hut gefällt mir, James.«

»Ich bete darum, daß er mich davor bewahrt, verhaftet zu werden. Ein Londoner, der sich um diese Zeit im Savoy herumtreibt, muß ungeheuer respektabel wirken.«

»Das tun Sie, mein Wort darauf.«

»Als ob ich mir dafür etwas kaufen könnte, Sie Schlafwandler!«

»Haben Sie Lust auf einen Whisky?«

»Ganz bestimmt nicht. Madame Scarlatti hat Ihnen gegenüber gar nichts erwähnt?«

»Nichts. Weniger als nichts. Sie hat versucht, meine Aufmerksamkeit abzulenken. Dann verstummte sie einfach und schloß sich in ihrem Schlafzimmer ein.«

»Ich kann das einfach nicht glauben. Dabei dachte ich die ganze Zeit, daß Sie beide zusammenarbeiten.« Derek zog einen Hotelschlüssel mit dem üblichen hölzernen Anhänger heraus. »Ich habe mich ein wenig mit dem Hoteldetektiv unterhalten.«

»Können Sie ihm vertrauen?«

»Das ist nicht wichtig. Das hier ist ein Hauptschlüssel, und er glaubt, ich müßte jemanden im zweiten Stock überwachen.«

»Dann will ich mich auf den Weg machen. Warten Sie bitte auf mich. Vielleicht können Sie ein wenig schlafen.«

»Nun mal langsam. Sie stehen ganz offensichtlich mit Madame Scarlatti in Verbindung. Also sollte ich die Nachforschungen übernehmen.«

Der Buchprüfer hielt inne. Was Derek sagte, hatte etwas für sich. Vermutlich verstand sich auch der britische Agent viel besser auf diese Art von Arbeit als er. Andererseits konnte er nicht sicher sein, ob er dem Mann vertrauen durfte. Und er war nicht bereit, ihm umfassende Informationen zu geben. Nur so konnte vermieden werden, daß die britische Regierung irgendwelche Entscheidungen traf.

»Das ist sehr tapfer von Ihnen, Derek. Aber das kann ich wirklich nicht verlangen.«

»Überhaupt nicht tapfer. Es gibt genügend Erklärungen, die alle unter das Ausländergesetz fallen.«

»Trotzdem würde ich es vorziehen, selbst zu gehen. Offen gestanden, Sie haben keinen Grund, sich einzuschalten. Ich habe Sie um Hilfe gebeten, aber nicht darum, daß Sie meine Arbeit tun.«

»Schließen wir doch einen Kompromiß zu meinen Gunsten.«

»Warum?«

»Weil es sicherer ist.«

»Jetzt haben Sie einen Punkt für sich gewonnen.«

»Ich gehe als erster hinein, während Sie im Korridor neben dem Lift warten. Ich überprüfe die Zimmer und gebe Ihnen dann ein Signal, wenn Sie nachkommen können.«

»Wie?«

»So unauffällig wie möglich. Vielleicht ein kurzer Pfiff.«

Canfield hörte den kurzen, schrillen Pfiff und rannte den Korridor zu Neun West Eins hinunter.

Er schloß die Tür und ging auf den Lichtkegel der Taschenlampe zu. »Alles in Ordnung?«

»Eine sehr gepflegte Hotelsuite. Vielleicht nicht so protzig wie die amerikanische Version, aber viel wohnlicher.«

»Das ist beruhigend.«

»Allerdings. Ich mag diese Art von Arbeit wirklich nicht.«

»Ich dachte, Ihr Engländer seid dafür berühmt.«

Solche Reden leiteten ihre schnelle, aber gründliche Durchsuchung der Räume ein. Sie waren genau so angeordnet wie die Scarlatti-Suite, die zwei Stockwerke tiefer lag, aber anders eingerichtet. In der Mitte des Wohnraums stand ein langer Tisch, von einem Dutzend Stühlen umgeben.

»Vermutlich ein Konferenztisch«, sagte Derek.

»Sehen wir uns einmal das Fenster an.«

»Welches?«

Canfield überlegte. »Das hier.«

Er ging auf das französische Fenster zu, das genau über dem von Elizabeth Scarlatti lag.

Der Engländer schob Canfield zur Seite und richtete seine Taschenlampe auf den Fensterrahmen.

Er entdeckte eine Furche im Lack. An der Außenmauer war ein heller Strich in der Schmutzschicht zu sehen. Die Furche war vielleicht drei Zentimeter tief und offensichtlich von einem dicken Seil durch Reibung verursacht worden.

»Das muß eine Katze gewesen sein«, sagte Canfield.

»Sehen wir uns noch ein wenig um.«

Die zwei Männer gingen zuerst ins linke Schlafzimmer und fanden dort ein zugedecktes Doppelbett. Die Kommode war leer, und auf dem Schreibtisch lagen nur der übliche Umschlag mit Briefpapier und die mit Korken geschützten Federn. In den Kleiderschränken waren nur Bügel und Stoffsäcke für Schuhe zu finden. Das Badezimmer war makellos sauber, die Armaturen blitzten. Das zweite Schlafzimmer auf der rechten Seite glich dem ersten aufs Haar, nur daß die Bettdecke verschoben war. Jemand hatte in dem Bett geschlafen oder sich ausgeruht.

»Ein großer Mann. Wahrscheinlich sechs Fuß oder noch größer«, meinte der Engländer.

»Wie können Sie das feststellen?«

»Seine Gesäßbacken haben sich eingedrückt. Sehen Sie hier, in der unteren Betthälfte.«

»Daran hätte ich nie gedacht.«

»Kein Kommentar.«

»Vielleicht hat er gesessen.«

»Ich sagte – wahrscheinlich.« Der Buchprüfer öffnete die Schranktüren. »He, leuchten Sie mal hierher!«

»Bitte.«

»Hier ist es!«

Auf dem Schrankboden lag ein unordentlich zusammengerolltes Seil. Am unteren Ende waren drei breite Lederstreifen zu erkennen, die mit Metallösen befestigt waren.

»Ein Bergseil«, sagte der englische Agent.

»Zum Klettern?«

»Genau. Sehr sicher. Profis würden so etwas nicht benutzen. Es gilt als unsportlich. Man setzt es hauptsächlich für Rettungsaktionen ein.«

»Es geht doch nichts über den Sportsgeist. Könnte man damit eine Wand des Savoy hinaufklettern?«

»Mit Leichtigkeit. Sehr schnell, sehr sicher. Sie hatten recht.«

»Verschwinden wir von hier«, sagte Canfield.

»Jetzt könnte ich einen Drink gebrauchen.«

»Natürlich.« Canfield erhob sich etwas schwerfällig vom Bett. »Scotch Whisky und Soda, mein Freund?«

»Bitte.«

Der Amerikaner ging zu dem Tisch am Fenster, der ihm als Bar diente, und goß reichlich Whisky in zwei Gläser. Er reichte eines davon James Derek und prostete ihm zu. »Sie leisten gute Arbeit, James.«

»Sie sind auch ganz tüchtig. Und ich habe mir überlegt, daß Sie wahrscheinlich recht haben. Wir sollten uns dieses Seil holen.«

»Jedenfalls stiftet es Verwirrung.«

»Es könnte uns helfen … Das ist so typisch amerikanisch.«

»Ich verstehe nicht.«

»Nehmen Sie's nicht persönlich. Ich will damit nur sagen, daß ihr Amerikaner es so mit Geräten und Vorrichtungen habt – wenn Sie wissen, was ich meine. Wenn ihr nach Schottland auf Vogeljagd geht, schleppt ihr großkalibrige Kanonen mit. Wenn ihr im Flachland fischen geht, habt ihr sechshundert verschiedene Fliegen und Haken in der Schachtel. Der amerikanische Sportsgeist ist gleichzusetzen mit der Fähigkeit, den Sport mit Geräten zu meistern, nicht mit Geschicklichkeit.«

»Wenn das die ›Haßt-Amerika-Stunde‹ ist …«

»Bitte, Matthew! Ich versuche Ihnen ja nur zu sagen, daß ich Ihnen recht gebe. Der Mann, der in die Scarlatti-Suite eingebrochen ist, war Amerikaner. Möglicherweise können wir das Seil zu jemandem in Ihrer Botschaft zurückverfolgen. Ist Ihnen das nicht in den Sinn gekommen?«

»Wie?«

»Ihre Botschaft. Vielleicht ist es jemand von Ihrer Botschaft. Jemand, der Bertholde kennt. Die Männer, die Ihrer Ansicht nach mit den Wertpapieren zu tun hatten. So ein Kletterseil ist zwar idiotensicher, aber ich glaube trotzdem, daß nur ein erfahrener Bergsteiger damit umgehen kann. Wie viele Bergsteiger gibt es denn wohl in Ihrer Botschaft? Scotland Yard hätte das in einem Tag heraus.«

»Nein – darum kümmern wir uns selbst.«

»Reine Zeitvergeudung. Schließlich gibt es über das Botschaftspersonal ebenso Akten wie über Bertholde. Wie viele davon sind Bergsteiger?«

Canfield wandte sich von James Derek ab und schenkte sich nach. »Das riecht mir zu sehr nach Polizei. Das wollen wir nicht. Wir werden die Befragungen selbst vornehmen.«

»Wie Sie meinen. Schwierig sollte es eigentlich nicht sein. Höchstens zwanzig bis dreißig Leute. Sie müßten den Betreffenden bald haben.«

»Sicher.« Canfield ging zu seinem Bett und setzte sich.

Der Engländer leerte sein Glas. »Haben Sie eine Liste Ihres Botschaftspersonals?«

»Natürlich.«

»Und Sie sind absolut sicher, daß dieser Wertpapierschwindel letztes Jahr von Angestellten durchgeführt wurde, die jetzt in London tätig sind?«

»Ja, das sagte ich doch. Das Außenministerium ist jedenfalls dieser Meinung. Ich wollte, Sie würden aufhören, darauf herumzuhacken.«

»Das werde ich auch nicht mehr tun. Es ist schon spät, und auf meinem Schreibtisch wartet noch eine Menge Arbeit.«

Der britische Agent stand auf und ging zu der Kommode, auf die er seinen Hut gelegt hatte. »Gute Nacht, Canfield.«

»Oh, Sie gehen schon? Enthält die Bertholde-Akte irgend etwas Wichtiges? Ich will sie noch lesen, aber im Augenblick bin ich einfach zu müde.«

James Derek stand neben der Tür und blickte auf den erschöpften Buchprüfer herunter. »Eines wird Sie ganz sicher interessieren, wahrscheinlich sogar einige Stellen, aber eine fällt mir jetzt ein.«

»Und die wäre?«

»Zu den Sportarten, die der Marquis schätzt, gehört auch das Bergsteigen. Er ist sogar Mitglied des Matterhorn-Klubs. Außerdem gehört er zu den wenigen Menschen, die an der Nordwand der Jungfrau hochgestiegen sind. Soviel ich gehört habe, ist das gar nicht so leicht.«

Canfield stand ärgerlich auf und schrie den Engländer an: »Warum haben Sie das nicht gleich gesagt?«

»Offen gestanden, weil ich dachte, daß Sie seine Verbindungen mit Ihrer Botschaft mehr interessieren würden. Danach hatte ich in erster Linie gesucht.«

Der Amerikaner starrte Derek an. »Dann war es also Bertholde. Aber warum … Es sei denn, er hat gewußt, daß sie niemandem die Tür öffnen würde.«

»Vielleicht. Das kann ich wirklich nicht wissen. Viel Spaß mit der Akte, Canfield. Eine faszinierende Lektüre. Aber ich glaube nicht, daß Sie viel darin finden werden, das sich auf die amerikanische Botschaft bezieht. Aber deshalb wollten Sie sie ja gar nicht haben, oder?«

Der Brite verließ das Zimmer und warf krachend die Tür hinter sich zu. Canfield zuckte zusammen. Er war verwirrt, aber zu müde, als daß ihm das viel ausgemacht hätte.

30.

Das Telefon weckte ihn.

»Matthew?«

»Ja, Jan?«

»Ich bin in der Halle. Ich habe Mutter Scarlatti gesagt, daß ich einige Einkäufe zu erledigen hätte.«

Canfield sah auf die Uhr. Es war halb zwölf. Er hatte den Schlaf dringend gebraucht. »Was ist geschehen?«

»Ich habe sie noch nie so gesehen, Matthew. Sie hat Angst.«

»Das ist neu. Hat sie die Sheffield-Geschichte erwähnt?«

»Nein, das mußte ich tun. Sie ist nicht darauf eingegangen und hat nur gesagt, die Lage hätte sich geändert.«

»Sonst nichts?«

»Nein. Übrigens will sie heute nachmittag mit dir sprechen. Sie sagt, es gäbe Probleme in New York, um die sie sich kümmern müßte. Ich glaube, sie wird dir sagen, daß sie sich entschlossen hätte, England zu verlassen und nach Hause zu fahren.«

»Unmöglich! Was hat sie genau gesagt?«

»Sie hat sich ziemlich unklar ausgedrückt. Nur daß Chancellor ein Narr wäre und daß es keinen Sinn hätte, Zeit damit zu vergeuden, irgendwelchen Phantomen nachzujagen.«

»Das glaubt sie doch selbst nicht!«

»Wohl kaum. Sie wirkte auch nicht sehr überzeugend. Aber es ist ihr Ernst damit. Was wirst du tun?«

»Vielleicht kann ich sie mit einem Überraschungsangriff kleinkriegen. Bleib wenigstens zwei Stunden weg, ja?«

Sie verabredeten sich zu einem späten Lunch und verabschiedeten sich dann. Dreißig Minuten später ging Canfield durch die Halle des Savoy in den Grill Room und bestellte dort sein Frühstück. Es war jetzt nicht die Zeit, auf Nahrung zu verzichten. Er brauchte die Energiezufuhr.

Er hatte die Bertholde-Akte mitgenommen. Nun legte er sie neben seinen Teller, schlug sie auf und begann zu lesen.

Jacques Louis Aumont Bertholde, vierter Marquis von Chatellerault.

Es war eine Akte, wie es so viele andere Akten über die Superreichen gab. Erschöpfende Einzelheiten über den Familienstammbaum. Die Positionen und Titel eines jeden einzelnen Familienmitglieds im Geschäftsleben der Regierung und der Gesellschaft, über mehrere Generationen hinweg – alles höchst eindrucksvoll und für jeden Außenstehenden völlig bedeutungslos. Die Bertholde-Besitzungen – gigantisch – in erster Linie, so wie Elizabeth Scarlatti gesagt hatte, innerhalb der britischen Territorien. Die Ausbildung der fraglichen Person und sein darauffolgender Aufstieg in der Geschäftswelt. Seine Klubs – alle sehr korrekt. Seine Hobbys – Automobile, Pferdezucht, Hunde – ebenfalls korrekt. Die Sportarten, in denen er sich hervorgetan hatte – Segeln, das Matterhorn und die Jungfrau – nicht nur korrekt, sondern auch reizvoll und äußerst passend. Und schließlich die Einschätzung seines Charakters. Der interessanteste Teil und doch derjenige, den die meisten zu vernachlässigen pflegten. Gewöhnlich stammten die schmeichelhaften Beiträge von Freunden oder Geschäftspartnern, die sich davon einen Vorteil erhofften. Nicht schmeichelhafte Beiträge andererseits stammten von Feinden oder Konkurrenten, die seine Position untergraben wollten.

Canfield holte einen Bleistift heraus und machte zwei Anmerkungen in der Akte.

Die erste auf Seite 18, Absatz 5. Er tat das abgesehen davon, daß dieser Abschnitt deplaziert wirkte – unattraktiv – und den Namen einer Stadt enthielt, von der Canfield sich erinnerte, daß sie auf Ulster Scarletts europäischer Reiseroute gelegen hatte.

›Die Bertholde-Familie besitzt ausgedehnte Interessen im Ruhrgebiet, die einige Wochen vor dem Mord von Sarajewo an das deutsche Finanzministerium verkauft wurden. Die Bertholde-Büros in Stuttgart und Pullach wurden geschlossen. Der Verkauf führte in französischen Geschäftskreisen zu einigen unfreundlichen Kommentaren, und die Familie Bertholde wurde von den Generalstaaten und in zahlreichen Zeitungsartikeln kritisiert. Vorwürfe, daß irgendwelche Unregelmäßigkeiten vorgekommen seien, unterblieben auf die Erklärung hin, daß das deutsche Finanzministerium einen exorbitanten Preis bezahlt hätte. Diese Behauptung ist bewiesen. Nach dem Krieg wurden die Interessen an der Ruhr von der Weimarer Regierung zurückgekauft, die Büros in Stuttgart und Pullach wieder eröffnet.‹

Der zweite Hinweis auf Seite 23, Paragraph 2, bezog sich auf eine der erst kürzlich gegründeten Gesellschaften Bertholdes und enthielt die folgenden Informationen: ›Die Partner des Marquis de Bertholde in der Importfirma sind Mr. Sydney Masterson und Mr. Harold Leacock ...‹

Masterson und Leacock.

Beide standen auf der Züricher Liste. Jeder besaß eines der vierzehn Anwesen in der Schweiz.

Keineswegs überraschend. Das war das Bindeglied zwischen Bertholde und Zürich.

Überhaupt nicht überraschend, eher angenehm – im professionellen Sinn – zu wissen, daß ein weiteres Teil in das Puzzle paßte.

Während Canfield seinen Kaffee austrank, trat ein unbekannter Mann in der Livree des Savoy auf ihn zu. »Ich habe zwei Mitteilungen für Sie, Sir.«

Canfield war verblüfft. Er griff nach den Blättern, die ihm hingereicht wurden. »Sie hätten mich ausrufen lassen können.«

»Die beiden Herrschaften haben uns gebeten, das zu unterlassen, Sir.«

»Ich verstehe. Vielen Dank.«

Die erste Nachricht kam von Derek. ›Nehmen Sie mit mir Kontakt auf!‹

Die zweite kam von Elizabeth Scarlatti. ›Bitte, kommen Sie um halb drei in meine Suite. Es ist äußerst dringend. Vorher kann ich Sie nicht empfangen.‹

Canfield zündete sich eine seiner dünnen Zigarren an und ließ sich in den Stuhl zurücksinken. Derek konnte warten. Wahrscheinlich hatte der Engländer von Benjamin Reynolds' neuer Übereinkunft mit der britischen Regierung gehört und war entweder wütend oder empfand das Bedürfnis, sich entschuldigen zu müssen.

Madame Scarlatti hatte jedoch eine Entscheidung getroffen. Wenn Janet recht hatte, verlor die alte Dame allmählich die Fassung. Wenn er für den Augenblick den eigenen persönlichen Verlust vergaß, den er möglicherweise erleiden würde, so konnte er dennoch niemals glauben, daß sie sich wieder Reynolds oder Glover oder sonst jemandem in der Gruppe 20 zugewandt hatte. Er hatte Tausende von Dollars ausgegeben und dabei darauf gebaut, daß Elizabeth ihn unterstützen würde.

Canfield dachte über den Besucher der alten Frau nach, den vierten Marquis von Chatellerault, den Veteranen des Matterhorns und der Jungfrau, Jacques Louis Bertholde. Warum war er in die Scarlatti-Suite eingebrochen? Weil sie versperrt gewesen war und weil er gewußt hatte, daß sie versperrt bleiben würde? War es seine Absicht gewesen, Elizabeth zu erschrecken? Oder suchte er etwas?

Was konnte Bertholde gesagt haben, um ihren Willen zu brechen? Was konnte er überhaupt sagen, das einer Elizabeth Scarlatti angst machen konnte?

Er konnte ihr den Tod ihres Sohnes in Aussicht stellen, falls dieser noch am Leben war. Damit würde er sein Ziel möglicherweise erreichen.

Aber würde er das wirklich? Ihr Sohn hatte sie verraten – und die Scarlatti-Firmen. Canfield vermutete, daß Elizabeth ihren Sohn lieber tot sehen würde, als zuzulassen, daß er jenen Verrat fortsetzte.

Und doch war sie jetzt dabei, sich zurückzuziehen.

Wieder verspürte Canfield jenes Gefühl der Unzulänglichkeit, das er zum erstenmal an Bord der *Calpurnia* empfunden hatte. Ein Auftrag, den man als Diebstahl konzipiert hatte, war durch außergewöhnliche Vorkommnisse und ungewöhnliche Leute komplizierter geworden.

Er zwang seine Gedanken, zu Elizabeth Scarlatti zurückzukehren. Wahrscheinlich konnte sie ihn nicht vor halb drei empfangen, weil sie ihre Heimreise vorbereitete.

Nun, er hatte eine kleine Überraschung für sie in petto. Er wußte, daß sie bereits am frühen Morgen Besuch gehabt hatte. Und er hatte die Bertholde-Akte. Die Akte konnte sie möglicherweise zurückweisen. Aber das Kletterseil war unwiderlegbar.

»Ich habe Ihnen doch geschrieben, daß ich Sie vor halb drei nicht empfangen könnte! Würden Sie bitte meine Wünsche respektieren!«

»Es duldet keinen Aufschub. Lassen Sie mich schnell hinein!«

Sie öffnete widerstrebend die Tür und ließ sie einen kleinen Spalt offen. Canfield schloß sie lautstark, als sie in die Mitte des Raums ging, und schob den Riegel vor. Ehe sie sich zu ihm umdrehte, sagte er: »Ich habe die Akte gelesen, ich weiß jetzt, weshalb Ihr Besucher die Tür nicht zu öffnen brauchte.«

Es war, als hätte man vor dem alten Gesicht eine Pistole abgefeuert. Die alte Frau wandte sich ab und warf den Kopf in den Nacken. Wäre sie dreißig Jahre jünger gewesen, hätte sie sich in diesem Augenblick zweifellos wütend auf ihn gestürzt. Sie sprach mit einer Intensität, wie er sie noch nie zuvor an ihr bemerkt hatte.

»Sie gewissenloser Bastard! Ein Lügner sind Sie! Ein Dieb! Lügner! Lügner! Ich werde dafür sorgen, daß Sie den Rest Ihres Lebens im Gefängnis verbringen!«

»Das ist sehr gut. Angriff und Gegenangriff. Das wäre nicht das erstemal, daß Sie das tun. Aber diesmal schaffen Sie es nicht. Derek war bei mir. Wir haben das Kletterseil gefunden, das Ihr Besucher außen an der Gebäudewand heruntergelassen hat.«

Die alte Frau taumelte auf ihn zu. »Um Himmels willen, regen Sie sich doch nicht so auf! Ich bin auf Ihrer Seite.« Er hielt ihre schmalen Schultern umfaßt.

»Sie müssen ihn bestechen! Oh, mein Gott! Sie müssen ihn bestechen! Schaffen Sie ihn her!«

»Warum? Wen soll ich bestechen?«

»Derek. Seit wann wissen Sie es? Mr. Canfield, ich frage Sie im Namen von allem, was Ihnen heilig ist – wie lange wissen Sie es schon?«

»Seit etwa fünf Uhr heute früh.«

»Dann hat er mit anderen gesprochen! Du lieber Himmel, er hat mit anderen gesprochen!« Sie war völlig außer sich, und Canfield begann sich Sorgen um sie zu machen.

»Ganz bestimmt hat er das. Aber nur zu seinen unmittelbaren Vorgesetzten, und ich kann mir vorstellen, daß er selbst ziemlich weit oben steht. Was haben Sie denn erwartet?«

Die alte Frau rang um Fassung. »Sie haben vielleicht den Mord an meiner ganzen Familie verursacht. Wenn Sie das getan haben, werde ich dafür sorgen, daß Sie nicht mehr lange leben!«

»Das ist eine ungeheuerliche Beschuldigung! Sie sollten mir lieber sagen, warum Ihre Familie bedroht ist.«

»Ich werde Ihnen gar nichts sagen, solange Sie nicht Derek ans Telefon geholt haben.«

Canfield ging quer durch das Zimmer zum Telefon und gab der Vermittlung Dereks Nummer. Er redete ein paar Augenblicke lang eindringlich und leise und wandte sich dann zu der alten Frau um. »Er geht in zwanzig Minuten zu einer Besprechung. Er hat einen vollständigen Bericht, und man erwartet von ihm, daß er ihn verliest.«

Die alte Frau trat schnell neben Canfield. »Geben Sie mir das Telefon!«

Er reichte ihr den Hörer. »Mr. Derek! Hier spricht Elizabeth Scarlatti. Was für eine Besprechung das auch immer ist, gehen Sie nicht hin! Ich bin es nicht gewöhnt zu betteln, Sir. Aber ich flehe Sie an, gehen Sie nicht hin! Bitte, bitte, sagen Sie keiner Menschenseele etwas über letzte Nacht! Wenn Sie es tun, tragen Sie die Verantwortung am Tod vieler unschuldiger Menschen. Ich kann jetzt nicht mehr sagen ... Ja, ja, was Sie wollen ... Natürlich können Sie mit mir reden. In einer Stunde. Danke. Danke.«

Sie legte den Hörer auf die Gabel und stellte mit großer Erleichterung das Telefon auf den Tisch zurück. Dann sah sie den Buchprüfer an. »Dem Himmel sei Dank!«

Canfield musterte sie scharf und ging dann auf sie zu. »Heilige

Mutter Gottes! Jetzt beginne ich zu begreifen. Dieses verrückte Bergsteigerding. Diese akrobatischen Übungen um zwei Uhr morgens. Das diente nicht nur dazu, Sie zu Tode zu erschrecken – das war notwendig!«

»Wovon reden Sie?«

»Ich dachte die ganze Zeit, daß es Bertholde war! Daß er zu Ihnen gekommen war, um Ihnen angst zu machen! Aber das ergab keinen Sinn. Er hätte damit überhaupt nichts bewirkt. Ebensogut hätte er Sie in der Halle ansprechen können – oder in einem Geschäft oder im Speisesaal. Es mußte jemand sein, der das nicht tun konnte! Jemand, der das Risiko nicht eingehen konnte!«

»Was reden Sie da? Ich verstehe kein Wort.«

»Sicher, Sie wollen jetzt das Ganze abblasen. Warum auch nicht? Sie haben das getan, was Sie sich vorgenommen hatten. Sie haben ihn gefunden. Sie haben Ihren verschwundenen Sohn gefunden, nicht wahr?«

»Das ist eine Lüge!«

»O nein. Es ist so klar, daß ich schon gestern nacht daran hätte denken sollen. Die ganze verdammte Geschichte war so verrückt, daß ich nach unsinnigen Erklärungen suchte. Ich dachte, jemand wollte Sie erschrecken und dadurch irgend etwas erreichen. Das ist in den letzten paar Jahren Mode geworden. Aber das war es ja gar nicht! Es war unser gefeierter Kriegsheld, der von den Toten auferstanden ist. Ulster Stewart Scarlett! Der einzige Mensch, der es nicht wagen konnte, in aller Öffentlichkeit Verbindung mit Ihnen aufzunehmen. Der einzige, der nicht das Risiko eingehen konnte, daß Sie den Riegel nicht öffnen würden!«

»Eine reine Mutmaßung! Das streite ich ab!«

»Streiten Sie ab, was Sie wollen. Jetzt will ich Ihnen etwas sagen: Derek wird in weniger als einer Stunde hier sein. Entweder bringen wir das vorher zwischen uns beiden in Ordnung, oder ich verlasse das Zimmer durch diese Tür und telegrafiere meinem Büro, daß wir nach meiner sehr hoch angesehenen, professionellen Ansicht Ulster Scarlett gefunden haben. Und übrigens, Ihre Schwiegertochter nehme ich mit.«

Mit zögernden Schritten ging sie auf den Buchprüfer zu. »Wenn Sie diesem Mädchen auch nur das geringste Gefühl entgegenbringen, dann tun Sie, worum ich Sie bitte. Wenn Sie das nicht tun, wird man sie töten.«

»Sparen Sie sich Ihre Ankündigungen!« schrie er wütend. »Und kommen Sie mir nicht mit Drohungen, Sie oder Ihr Bastard von einem Sohn! Ein Stück von mir können Sie kaufen, aber nicht alles von mir! Sagen Sie ihm, daß ich ihn umbringe, wenn er dieses Mädchen auch nur anrührt!«

Jetzt verlegte sich Elizabeth Scarlatti aufs Betteln. Sie versuchte, sich an seinen Arm zu klammern, aber er entzog ihn ihr. »Die Drohung geht nicht von mir aus. Bitte, in Gottes Namen, hören Sie mir zu! Versuchen Sie zu verstehen ... Ich bin hilflos, und niemand kann mir helfen!«

Jetzt sah der Buchprüfer, wie ihr die Tränen über die runzeligen Wangen rollten. Ihr Gesicht war leichenblaß, und ihre Augenhöhlen waren vor Erschöpfung geschwärzt. Er dachte völlig zusammenhanglos, daß er eine tränenüberströmte Leiche vor sich sah. Sein Zorn verebbte.

»Niemand braucht hilflos zu sein. Lassen Sie sich das von niemandem einreden.«

»Sie lieben Janet, oder?«

»Ja. Und weil ich sie liebe, brauchen Sie keine solche Angst zu haben. Ich bin ein loyaler Beamter. Aber ich bin uns viel treuer als der Öffentlichkeit.«

»Das ändert die Dinge nicht.«

»Das werden Sie erst dann wissen, wenn Sie mir sagen, was hier gespielt wird.«

»Sie lassen mir keine Wahl? Keine Alternative?«

»Keine.«

»Dann möge Gott Ihnen gnädig sein. Sie tragen eine schreckliche Verantwortung. Sie sind für unser Leben verantwortlich.«

Und dann erzählte sie ihm alles.

Matthew Canfield wußte genau, was er tun würde. Es war Zeit, dem Marquis de Bertholde gegenüberzutreten.

31.

Hundert Kilometer südöstlich von London liegt der Strandort Ramsgate. In der Nähe der Stadt, auf einem Feld etwas abseits der Hauptstraße, stand eine Holzhütte, die höchstens sechs Meter im

Quadrat maß. Sie hatte zwei kleine Fenster, hinter denen man im frühen Morgennebel ein schwaches Licht erkennen konnte. Etwa hundert Meter nördlich davon stand eine ehemalige Scheune, die fünfmal so groß wie die Hütte war. Jetzt diente sie zwei kleinen Eindeckern als Hangar. Eines der Flugzeuge wurde gerade von drei Männern in grauen Overalls herausgerollt.

In der Hütte saß der Mann mit dem glattrasierten Kopf an einem Tisch, trank schwarzen Kaffee und aß ein Stück Brot. Der rötliche Fleck über seinem rechten Auge war entzündet, und er griff immer wieder an die schmerzende Stelle.

Er las die Nachricht, die vor ihm lag, und blickte dann zu dem Überbringer auf, einem Mann in Chauffeursuniform. Der Inhalt der Nachricht machte ihn wütend.

»Der Marquis ist zu weit gegangen. Die Anweisungen aus München waren ganz klar. Die Rawlins sollten *nicht* in den Staaten getötet werden. Sie sollten nach Zürich gebracht werden! Sie sollten in Zürich getötet werden!«

»Es besteht kein Anlaß zur Besorgnis. Der Tod des Mannes und seiner Frau ist so arrangiert worden, daß kein Verdacht entstehen kann. Der Marquis wollte, daß Sie das wissen. Es wirkte wie ein Unfall.«

»Auf wen? Verdammt noch mal, auf wen? Haut doch ab, ihr alle! München will keine Risiken! In Zürich hätte es kein Risiko bedeutet!« Ulster Scarlett stand auf und lief zu dem kleinen Fenster, das auf das Feld hinausging. Sein Flugzeug war beinahe fertig. Er hoffte, daß sein Zorn sich vor dem Start legen würde. Er flog nicht gern, wenn er zornig war. Dann neigte er dazu, Fehler zu machen. In letzter Zeit war es häufig dazu gekommen, als der Druck, der auf ihm lastete, immer stärker geworden war.

Der Teufel sollte Bertholde holen. Natürlich hatte man Rawlins töten müssen. In seiner Panik über Cartwrights Entdeckung hatte Rawlins seinen Schwiegersohn beauftragt, Elizabeth Scarlatti zu töten. Ein schwerer Fehler. Komisch, dachte er. Wenn er an die alte Frau dachte, sah er gar nicht mehr seine Mutter in ihr. Einfach nur Elizabeth Scarlatti. Trotzdem war es schierer Wahnsinn, Rawlins in dreitausend Meilen Entfernung ermorden zu lassen. Woher konnten sie denn wissen, wer die Fragen stellen würde? Und wie leicht würde man den Mordbefehl zu Bertholde zurückverfolgen können?

»Unabhängig davon, was geschehen ist ...«, begann Labishe.

»Was?« Scarlett wandte sich vom Fenster ab. Er hatte seine Entscheidung getroffen.

»Der Marquis wollte Ihnen auch mitteilen, daß unabhängig davon, was mit Boothroyd geschehen ist, alle Verbindungen zu ihm mit den Rawlins begraben sind.«

»Nicht ganz, Labishe, nicht ganz.« Scarlett sprach leise, aber seine Stimme war hart. »Der Marquis de Bertholde hatte aus München die Anweisung – den Befehl erhalten, die Rawlins in die Schweiz bringen zu lassen. Er hat nicht gehorcht. Das war höchst unglücklich.«

»Pardon, Monsieur?«

Scarlett griff nach seiner Fliegerjacke, die über der Stuhllehne hing. Wieder sprach er ganz leise und ausdruckslos. Nur drei Worte.

»Töten Sie ihn.«

»Monsieur!«

»Töten Sie ihn! Töten Sie den Marquis de Bertholde, und tun Sie es noch heute!«

»Monsieur! Ich traue meinen Ohren nicht ...«

»Hören Sie mir zu! Ich gebe hier keine Erklärungen ab! Wenn ich München erreicht habe, möchte ich, daß mich dort ein Telegramm erwartet. Darin soll mir bestätigt werden, daß dieser dumme Hundesohn tot ist! Und, Labishe, tun Sie es so, daß es keinen Zweifel daran gibt, wer ihn getötet hat – Sie! Wir können uns jetzt keine Nachforschungen leisten. Und dann kehren Sie hierher zurück. Wir fliegen Sie aus dem Land.«

»Monsieur, ich war fünfzehn Jahre lang mit *le Marquis* zusammen. Er ist gut zu mir gewesen. Ich kann nicht ...«

»Sie können was nicht?«

»Monsieur ...« Der Franzose sank auf die Knie. »Verlangen Sie von mir nicht ...«

»Ich verlange nicht. Ich befehle! München befiehlt!«

Das Foyer im zweiten Stock von Bertholde et Fils war riesig. Ganz hinten befanden sich zwei weiße Louis-XIV-Türen, die offensichtlich in das Allerheiligste des Marquis de Bertholde führten. Rechts standen sechs braune Ledersessel in einem Halbkreis – von der Art, wie man sie vielleicht im Arbeitszimmer eines wohlhabenden

Landedelmannes erwartete – und davor ein schwerer, rechteckiger Tisch. Auf dem Tisch lagen Stapel von Magazinen – Gesellschaftsmagazine und industrielle Fachzeitschriften. Auf der linken Seite des Raums prangte ein großer weißer, mit Gold abgesetzter Schreibtisch. Hinter dem Schreibtisch saß eine höchst attraktive Brünette mit kleinen Löckchen, die ihr in die Stirn hingen. All das nahm Canfield als zweiten Eindruck auf. Er brauchte einige Augenblicke, um den ersten zu verarbeiten.

Als er nämlich die Lifttür öffnete, hatte ihn die Farbenzusammenstellung der Wände überwältigt.

Sie waren purpurrot, und an den Fenstern hingen Vorhänge aus schwerem schwarzem Samt.

Du lieber Gott, sagte er sich. Jetzt stehe ich wieder in dem Korridor, der dreitausendfünfhundert Meilen entfernt ist …

Auf den Sesseln saßen zwei Herren in mittleren Jahren, in Anzügen aus der Savile Row, und lasen Magazine. Rechts von ihnen stand ein Mann in Chauffeursuniform. Er hatte die Mütze abgenommen und die Hände hinter dem Rücken verschränkt.

Canfield ging auf den Schreibtisch zu. Die Sekretärin mit den Löckchen begrüßte ihn, ehe er etwas sagen konnte. »Mr. Canfield?«

»Ja.«

»Der Marquis möchte, daß Sie gleich eintreten.« Sie stand auf und ging auf die breiten weißen Türen zu. Canfield sah, daß der Mann zur Linken sich ärgerte. Er brummte etwas Unverständliches und wandte sich dann wieder seinem Magazin zu.

»Guten Tag, Mr. Canfield.« Der vierte Marquis von Chatellerault stand hinter seinem wuchtigen weißen Schreibtisch und reichte ihm die Hand. »Wir sind uns natürlich noch nicht begegnet, aber ein Abgesandter von Elizabeth Scarlatti ist ein willkommener Gast. Bitte, setzen Sie sich.«

Bertholde entsprach dem Bild, das Canfield sich von ihm gemacht hatte, vollkommen, nur daß er vielleicht etwas kleiner war. Er war sehr gepflegt, sah gut aus, sehr maskulin, und seine sonore Stimme hätte vermutlich ein ganzes Opernhaus gefüllt. Dennoch war trotz seiner Männlichkeit, die ihm aus allen Poren zu quellen schien und einen an das Matterhorn und die Jungfrau erinnerte, etwas Künstliches, leicht Weibisches an ihm. Vielleicht lag es an der Kleidung. Sie war fast zu modisch.

»Wie geht es Ihnen?« Canfield schüttelte dem Franzosen die

Hand. »Soll ich Sie Monsieur Bertholde nennen? Oder Monsieur le Marquis? Ich bin nicht sicher ...«

»Ich könnte Ihnen ein paar wenig schmeichelhafte Namen nennen, die mir Ihre Landsleute verliehen haben.« Der Marquis lachte. »Aber bitte, halten Sie es mit dem französischen Brauch – den unsere Anglikaner so sehr verabscheuen. Ganz einfach Bertholde genügt. ›Marquis‹ klingt so altmodisch.« Der Franzose lächelte entwaffnend und wartete, bis Canfield auf dem Sessel vor seinem Schreibtisch Platz genommen hatte, ehe er sich seinerseits setzte. Jacques Louis Aumont Bertholde, vierter Marquis von Chatellerault, wirkte ungemein liebenswürdig, und Canfield war sich dieser Tatsache bewußt.

»Ich bin Ihnen dankbar, daß Sie Ihren Terminplan geändert haben.«

»Dazu sind Terminpläne da. Was für ein langweiliges Leben das sonst wäre!«

»Ich will keine Zeit vergeuden, Sir. Elizabeth Scarlatti wünscht zu verhandeln.«

Jacques Bertholde lehnte sich in seinem Sessel zurück und sah den anderen verblüfft an. »Verhandeln? Ich fürchte, ich verstehe nicht, Monsieur. Worüber will sie verhandeln?«

»Sie weiß Bescheid, Bertholde. Sie weiß so viel, wie sie zu wissen braucht. Sie möchte sich mit Ihnen treffen.«

»Ich wäre entzückt, mich mit Madame Scarlatti zu treffen – zu jeder Zeit. Aber ich kann mir nicht vorstellen, was wir zu besprechen hätten. Nicht im geschäftlichen Sinn, Monsieur, und darum geht es doch bei Ihrem – Auftrag.«

»Vielleicht ist ihr Sohn der Schlüssel. Ulster Scarlett.«

Bertholde sah den Amerikaner an. Sein Blick war eindringlich. »Das ist ein Schlüssel, für den ich kein Schloß besitze. Ich hatte nicht das Vergnügen ... Ich weiß, wie die meisten Menschen, die Zeitungen lesen, daß er vor einigen Monaten verschwunden ist – aber sonst nichts.«

»Und Sie wissen nichts über Zürich?«

Jacques Bertholde richtete sich ruckartig auf. »*Quoi?* Zürich?«

»Wir wissen über Zürich Bescheid.«

»Soll das ein Scherz sein?«

»Nein. Vierzehn Menschen in Zürich. Vielleicht haben Sie den fünfzehnten – Elizabeth Scarlatti.«

Canfield konnte Bertholdes Atem hören. »Woher haben Sie diese Information? Worauf wollen Sie hinaus?«

»Es geht um Ulster Scarlett! Weshalb glauben Sie, daß ich hier bin?«

»Ich glaube Ihnen nicht. Ich weiß nicht, wovon Sie reden.« Bertholde erhob sich aus seinem Stuhl.

»Herrgott, sie ist interessiert! Nicht seinetwegen – Ihretwegen! Und wegen der anderen. Sie hat etwas anzubieten, und wenn ich Sie wäre, würde ich mir das anhören.«

»Aber Sie sind nicht ich, Monsieur. Ich muß Sie jetzt leider bitten, mein Büro zu verlassen. Es gibt keine Geschäfte zwischen Madame Scarlatti und den Bertholde-Gesellschaften.«

Canfield rührte sich nicht von der Stelle. Er blieb in dem Stuhl sitzen und sagte mit leiser Stimme: »Dann sollte ich es vielleicht anders ausdrücken. Ich glaube, Sie müssen sie sehen und mit ihr sprechen. Zu Ihrem eigenen Nutzen. Zum Nutzen von Zürich.«

»Sie drohen mir?«

»Wenn Sie ihren Wunsch nicht erfüllen, wird sie meiner Meinung nach etwas Drastisches unternehmen. Ich brauche Ihnen nicht zu sagen, daß sie eine mächtige Frau ist. Sie stehen mit ihrem Sohn in Verbindung. Und sie hat ihren Sohn letzte Nacht getroffen!«

Bertholde stand wie erstarrt da. Canfield konnte nicht erkennen, ob der ungläubige Blick des Franzosen der Enthüllung von Scarletts Besuch galt oder der Tatsache, daß sein Besucher davon wußte.

Nach ein paar Augenblicken antwortete Bertholde: »Ich weiß nichts von dem, was Sie sagen. Es hat nichts mit mir zu tun.«

»Ach, kommen Sie schon! Ich habe das Kletterseil gefunden – unten in einem Schrank, in Ihrer Konferenzsuite im Savoy.«

»Was haben Sie?«

»Sie haben gehört, was ich gesagt habe. Und jetzt wollen wir doch aufhören, einander etwas vorzumachen.«

»Sie sind in die Privaträume meiner Firma eingebrochen?«

»Ja. Und das ist nur der Anfang. Wir haben eine Liste. Vielleicht kennen Sie einige der Namen, die auf dieser Liste stehen – Daudet und d'Almeida, Landsleute, glaube ich ... Olaffsen, Landor, Thyssen, von Schnitzler, Kindorf und – o ja – Mr. Masterson und Mr. Leacock, derzeit Ihre Partner, glaube ich. Da sind noch einige andere, aber ich bin sicher, daß Sie ihre Namen besser kennen als ich.«

»Genug! Genug, Monsieur!« Der Marquis de Bertholde setzte sich wieder – langsam, bedächtig. Er starrte Canfield an. »Ich muß noch ein paar Gespräche führen, und dann unterhalten wir uns weiter. Einige Leute wollen mich sehen. Ich kann sie nicht wegschicken. Warten Sie draußen. Ich werde das schnell hinter mich bringen.«

Der Amerikaner stand auf, während Bertholde nach dem Telefonhörer griff und seiner Sekretärin sagte: »Monsieur Canfield wird bleiben. Ich wünsche das, was heute nachmittag noch zu tun ist, schnell zu erledigen. Unterbrechen Sie mich bei jedem Gespräch nach fünf Minuten, wenn ich bis dahin nicht fertig bin. Was? Labishe? Sehr gut, schicken Sie ihn herein, ich gebe sie ihm.« Der Franzose griff in die Tasche und holte einen Schlüsselbund heraus.

Canfield ging auf die weißen Doppeltüren zu. Ehe seine Hand den Messingknauf berührte, öffnete sich die Tür zu seiner Linken schnell und schwungvoll.

»Tut mir leid, Monsieur«, sagte der Mann in Uniform.

»Voici les clefs, Labishe.«

»Merci, Monsieur le Marquis! Je regrette. J'ai un billet …«

Der Chauffeur schloß die Tür, und Canfield lächelte die Sekretärin an.

Er ging auf die im Halbkreis angeordneten Sessel zu und nickte den beiden Herren, die dort saßen, freundlich zu. Dann setzte er sich auf den Sessel, der Bertholdes Büro am nächsten stand, und nahm sich die London Illustrated News. Er stellte fest, daß der ihm am nächsten sitzende Mann sichtlich unruhig war und ungeduldig auf seinem Sessel umherrutschte. Er blätterte im Punch, las aber nicht. Der andere Mann war in einen Artikel im Quarterly Review vertieft.

Plötzlich fiel Canfield eine eigentlich unbedeutende Handlung des ungeduldigen Mannes auf. Der Mann schob die linke Hand vor, drehte das Handgelenk herum und sah auf die Uhr. Eine unter den gegebenen Umständen durchaus normale Handlung. Was den Amerikaner verblüffte, war der Manschettenknopf des Mannes. Er war mit Stoff überzogen und quadratisch, mit zwei diagonal verlaufenden Streifen. Die zwei Streifen waren von tiefem Rot und Schwarz. Das genaue Abbild des Manschettenknopfes, an dem er den hünenhaften maskierten Charles Boothroyd in Elizabeth Scarlattis Kabine an Bord der *Calpurnia* erkannt hatte. Die Farben waren dieselben wie die Tapete an den Wänden des Marquis und die schwarzen Samtvorhänge, die in weiten Falten von der Decke fielen.

Der ungeduldige Mann bemerkte Canfields Blick. Er zog abrupt die Hand zurück und legte den Arm auf die Sessellehne.

»Ich hatte versucht, auf Ihre Uhr zu sehen. Die meine geht vor.«

»Zwanzig nach vier.«

»Danke.«

Der ungeduldige Herr verschränkte die Arme und lehnte sich zurück. Er wirkte verärgert. Der andere Mann meinte: »Basil, wenn Sie sich nicht beruhigen, wird Sie noch der Schlag treffen.«

»Nun, das wäre doch höchst erfreulich für Sie, Arthur. Ich verspäte mich bei einer Besprechung. Ich habe Jacques gesagt, daß ich sehr beschäftigt wäre, aber er bestand darauf, daß ich herüberkomme.«

»Er kann sehr hartnäckig sein.«

»Und verdammt unhöflich.«

Dann herrschte fünf Minuten Stille, abgesehen vom Rascheln der Papiere auf dem Schreibtisch der Sekretärin.

Die linke Hälfte der weißen Doppeltüren öffnete sich, und der Chauffeur kam heraus. Er schloß die Tür, und Canfield stellte fest, daß der Chauffeur am Knauf drehte, um sich zu vergewissern, daß sie auch verschlossen war. Es war eine seltsame Bewegung.

Der uniformierte Mann ging zu der Sekretärin, beugte sich über ihren Schreibtisch und flüsterte ihr etwas zu. Sie reagierte auf das, was er ihr sagte, mit resignierter Verstimmung. Er zuckte mit den Schultern und ging schnell auf eine Tür rechts neben dem Lift zu. Canfield sah durch die Tür, die sich langsam schloß, die Treppe, die er dort vermutet hatte.

Die Sekretärin legte einige Papiere in einen Aktendeckel und sah zu den drei Männern hinüber. »Tut mir leid, meine Herren. Der Marquis de Bertholde kann heute nachmittag niemanden mehr empfangen. Wir bitten um Entschuldigung.«

»Jetzt hören Sie mal zu, junge Frau!« Der ungeduldige Herr war aufgesprungen. »Das ist ja lächerlich! Ich bin jetzt seit einer Dreiviertelstunde auf ausdrückliche Bitte des Marquis hier! Was heißt Bitte! Auf seine Anweisung!«

»Es tut mir leid, Sir, ich werde ihn Ihre Verstimmung wissen lassen.«

»Sie werden etwas ganz anderes tun! Sie werden Monsieur Bertholde wissen lassen, daß ich hier warte, bis er mich empfängt!« Er setzte sich wichtigtuerisch wieder hin.

Der Mann namens Arthur stand auf und ging auf den Lift zu.

»Um Himmels willen, Mann, Sie werden die französischen Manieren nicht ändern. Das haben schon andere Leute seit Jahrhunderten versucht. Kommen Sie, Basil, wir gehen ins Dorchester.«

»Ich bleibe, wo ich bin, Arthur.«

»Wie Sie meinen. Bis bald.«

Canfield blieb neben dem ungeduldigen Basil sitzen. Er wußte nur, daß er den Raum nicht verlassen würde, bis Bertholde herauskam. Basil war seine beste Waffe.

»Bitte, rufen Sie den Marquis noch einmal an, Miß«, sagte Basil.

Sie erfüllte seinen Wunsch. Aber er meldete sich nicht.

Der Amerikaner begann unruhig zu werden. Er stand auf, ging auf die breite Doppeltür zu und klopfte. Keine Antwort. Er versuchte beide Türen zu öffnen. Sie waren versperrt.

Basil sprang wieder auf. Die Sekretärin erhob sich hinter ihrem weißen Schreibtisch. Sie griff automatisch nach dem Telefon und drückte den Summer, nahm schließlich den Finger überhaupt nicht mehr vom Knopf.

»Sperren Sie die Tür auf!« befahl der Amerikaner.

»Oh, ich weiß nicht ...«

»Aber ich weiß es! Geben Sie mir den Schlüssel!«

Das Mädchen zog die oberste Schreibtischschublade auf und sah dann den Amerikaner an. »Vielleicht sollten wir warten ...«

»Verdammt noch mal, den Schlüssel!«

»Ja, Sir!« Sie nahm einen Schlüsselbund, wählte einen davon aus, zog ihn vom Ring und gab ihn Canfield. Er schloß schnell die Tür auf und öffnete die beiden Flügel.

Vor ihnen lag der Franzose, hingestreckt über seinen weißen Schreibtisch – Blut tropfte ihm aus dem Mund. Die Augen waren ihm aus den Höhlen getreten. Sein Hals war angeschwollen und unter dem Kinn aufgerissen. Man hatte ihn fachmännisch erdrosselt.

Das Mädchen begann gellend zu schreien, brach aber nicht zusammen – eine Tatsache, von der Canfield gar nicht sicher war, daß sie ihm gefiel. Basil begann zu zittern und sagte immer wieder: »Oh, mein Gott!«

Der Amerikaner ging auf den Schreibtisch zu und hob das

Handgelenk des Toten am Jackettärmel. Er ließ es los, und die Hand fiel wieder herunter.

Die Schreie des Mädchens wurden lauter, und zwei Angestellte in mittleren Jahren kamen durch die Treppentür ins Vorzimmer gerannt. Die Szene, die sich ihnen durch die geöffneten Doppeltüren darbot, war eindeutig. Einer rannte zur Treppe zurück und schrie, so laut er konnte, während der andere langsam und verängstigt Bertholdes Zimmer betrat.

»*Le bon Dieu!*«

Binnen einer Minute war ein Strom von Angestellten die Treppe herauf und hinunter gerannt und versperrte den Eingang. In dem Gedränge waren Schreie und Flüche zu hören. Innerhalb von zwei Minuten waren fünfundzwanzig Leute in dem Raum versammelt, die nicht existenten Untergebenen Befehle zuriefen.

Canfield schüttelte die Sekretärin und versuchte, sie zum Verstummen zu bringen. Er sagte ihr immer wieder, daß sie die Polizei anrufen sollte, aber sie schien ihn nicht zu verstehen. Canfield wollte nicht selbst anrufen, weil das zusätzliche Konzentration erfordert hätte. Er wollte seine volle Aufmerksamkeit auf die im Raum versammelten Leute richten, besonders auf Basil.

Ein großer, distinguiert wirkender, grauhaariger Mann in einem zweireihigen Nadelstreifenanzug drängte sich durch die Menge und kam auf die Sekretärin und Canfield zu. »Miß Richards! Miß Richards! Was, um Gottes willen, ist hier passiert?«

»Wir haben seine Tür geöffnet und ihn so vorgefunden – das ist passiert!« schrie der Amerikaner, um das erregte Stimmengewirr zu übertönen.

Und dann sah Canfield den Frager an. Wo hatte er den Mann schon einmal gesehen? War er ihm überhaupt schon einmal begegnet? Der Mann glich so vielen Angehörigen der Scarlatti-Welt. Bis auf den perfekt gestutzten Schnurrbart.

»Haben Sie die Polizei angerufen?« fragte der Herr.

Canfield sah, wie Basil sich seinen Weg durch die hysterische Menge bahnte. »Nein, die Polizei ist noch nicht gerufen worden!« schrie der Amerikaner und beobachtete Basil. »Rufen Sie sie an. Es wäre vielleicht eine gute Idee, die Türen zu schließen.«

Er eilte hinter Basil her, als wollte er die Türflügel zudrücken. Der distinguiert aussehende Mann mit dem gut gestutzten Schnurrbart hielt ihn am Revers fest.

»Sie sagen, Sie hätten ihn gefunden?«
»Ja, lassen Sie mich los!«
»Wie ist Ihr Name, junger Mann?«
»Was?«
»Ich habe Sie nach Ihrem Namen gefragt!«
»Derek, James Derek! Und jetzt rufen Sie die Polizei!«
Canfield griff nach dem Handgelenk des Mannes und drückte auf seine Vene. Der Arm wurde zurückgezogen, und Canfield rannte hinter Basil her.
Der Mann in dem Nadelstreifenanzug zuckte zusammen und wandte sich an die Sekretärin. »Haben Sie seinen Namen verstanden? Ich konnte ihn nicht hören.«
Das Mädchen schluckte. »Ja, Sir. Darren oder Derrick. Vorname James.«
»Die Polizei, Miß Richards. Rufen Sie die Polizei an!«
»Ja, Mr. Poole.«
Der Mann namens Poole schob sich durch die Menge. Er mußte sein Büro erreichen, mußte allein sein. Sie hatten es getan. Die Männer aus Zürich hatten Jacques' Tod befohlen. Sein liebster Freund war ermordet worden, sein Mentor, der Mann, der ihm näher stand als sonst jemand auf der Welt ... Der Mann, der ihm alles gegeben hatte, ihm alles möglich gemacht hatte ...
Der Mann, für den er getötet hatte – bereitwillig getötet hatte.
Dafür würden sie bezahlen.
Poole hatte Bertholde im Leben nie im Stich gelassen. Er würde ihn auch im Tod nicht im Stich lassen.
Aber es gab Fragen, so viele Fragen.
Dieser Canfield, der sich gerade unter einem falschen Namen vorgestellt hatte. Die alte Frau, Elizabeth Scarlatti ... Ganz besonders dieser unförmige Heinrich Kroeger. Der Mann, von dem Poole jenseits allen Zweifels wußte, daß er Elizabeth Scarlattis Sohn war. Er wußte das, weil Bertholde es ihm gesagt hatte. Ob es sonst noch jemand wußte?
Auf dem Treppenabsatz im zweiten Stockwerk, der mit Angestellten Bertholdes in verschiedenen Stadien der Hysterie angefüllt war, konnte Canfield den fliehenden Basil sehen. Der Mann war inzwischen ein Stockwerk tiefer gelaufen, und Canfield rief: »Zurücktreten! Zurücktreten! Der Arzt wartet! Ich muß ihn heraufbringen! Bitte, Platz machen!«

Seine List funktionierte in gewissem Maße, und er kam schneller voran. Als er die Halle im Erdgeschoß erreicht hatte, war Basil nicht mehr zu sehen. Canfield rannte ins Freie, auf den Bürgersteig hinaus. Da war Basil, eine Straße weiter. Er hinkte mitten in die Vauxhall Road hinaus, winkte, versuchte ein Taxi anzuhalten. Seine Hosenbeine waren am Knie beschmutzt, er mußte in seiner Hast gestürzt sein.

Aus verschiedenen Fenstern von Bertholde et Fils hallten Schreie und lockten Dutzende von Fußgängern vor den Eingang des Firmengebäudes.

Canfield drängte sich durch die Menge und folgte Basil.

Ein Taxi hielt, und Basil griff nach der Türklinke. Als er die Tür aufzog und ins Innere des Wagens stieg, hatte Canfield das Taxi erreicht und hinderte den Engländer daran, die Tür hinter sich zuzuziehen. Er schob sich neben Basil ins Wageninnere, schob ihn zur Seite, um sich Platz zu machen.

»He! Was machen Sie da?« Basil schien Angst zu haben, sprach aber mit leiser, unterdrückter Stimme. Der Fahrer blickte immer wieder nach vorn und zurück, um sich in der immer dichter werdenden Menschenmenge zu orientieren. Basil wollte ganz offensichtlich nicht die Aufmerksamkeit auf sich ziehen.

Und ehe Basil weiter überlegen konnte, packte der Amerikaner die rechte Hand des Engländers und schob ihm den Rockärmel hoch. Er drehte Basils Arm herum, so daß man den rot-schwarzen Manschettenknopf sehen konnte.

»Zürich, Basil!« flüsterte der Amerikaner.

»Wovon reden Sie?«

»Sie verdammter Narr, ich bin auf Ihrer Seite. Oder ich werde das zumindest sein, wenn man Sie leben läßt.«

»Oh, mein Gott!« jammerte Basil.

Der Amerikaner ließ Basils Hand los. Er blickte nach vorn, als interessierte ihn der Engländer überhaupt nicht. »Sie sind ein Idiot. Das ist Ihnen doch klar, oder?«

»Ich kenne Sie nicht, Sir! Ich kenne Sie nicht!« Der Engländer war dem Zusammenbruch nahe.

»Dann sollten wir das ändern. Vielleicht bin ich alles, was Ihnen noch geblieben ist.«

»Jetzt hören Sie mir zu. Ich hatte damit nichts zu tun. Ich war mit Ihnen im Vorzimmer. Ich hatte nichts damit zu tun!«

»Natürlich nicht. Es steht ja wohl fest, daß es der Chauffeur war. Aber einige Leute werden wissen wollen, weshalb Sie weggelaufen sind. Vielleicht sollten Sie sich nur vergewissern, daß der Auftrag ausgeführt wurde.«

»Das ist doch lächerlich!«

»Weshalb sind Sie dann weggerannt?«

»Ich – ich ...«

»Sprechen wir jetzt nicht darüber. Wohin können wir denn gehen, wo man uns zehn oder fünfzehn Minuten lang sehen kann? Die Leute sollen nicht glauben, daß wir untergetaucht sind.«

»Wir könnten zu meinem Klub fahren.«

32.

»Was, zum Teufel, soll das heißen?« schrie James Derek ins Telefon. »Ich war nicht dort. Ich bin seit dem frühen Nachmittag hier im Savoy gewesen ... Ja, natürlich. Seit etwa drei Uhr ... Nein, sie ist hier bei mir.« Plötzlich schien dem Engländer der Atem zu stocken. Als er wieder sprach, klang seine Stimme ungläubig und entsetzt. »Du lieber Gott! Wie schrecklich ... Ja. Ja, ich habe schon gehört.«

Elizabeth Scarlatti saß auf der anderen Seite des Zimmers auf der viktorianischen Couch und war in die Bertholde-Akte vertieft. Als sie Dereks veränderten Tonfall hörte, blickte sie auf. Er starrte sie an und sprach dann wieder in den Telefonhörer.

»Ja. Er ist gegen halb vier von hier weggegangen. Mit Ferguson aus unserem Büro. Sie sollten sich bei Tippins mit Mrs. Scarlett treffen, und er sollte von dort aus zu Bertholde gehen ... Ich weiß nicht. Seine Anweisung lautete, daß sie bis zu seiner Rückkehr unter Fergusons Obhut bleiben sollte. Ferguson soll anrufen, gegen ... Ich verstehe. Halten Sie mich, um Gottes willen, auf dem laufenden! Ich rufe Sie an, wenn es hier etwas Neues gibt.«

Er legte den Hörer auf die Gabel und blieb am Tisch sitzen. »Bertholde ist getötet worden.«

»Du lieber Gott! Wo ist meine Tochter?«

»Bei unserem Mann. Sie ist in Sicherheit. Er hat sich vor einer Stunde gemeldet.«

»Canfield! Wo ist Canfield?«

»Ich wünschte, ich wüßte das.«

»Wie geht es ihm?«

»Wie kann ich das beantworten, wo ich doch nicht weiß, wo er ist? Wir können davon ausgehen, daß er noch in Funktion ist. Er hat sich unter meinem Namen zu erkennen gegeben und die Szene verlassen.«

»Wie ist es geschehen?«

»Man hat ihn erdrosselt. Mit einem Draht um die Kehle.«

»Oh!« Plötzlich erinnerte sich Elizabeth lebhaft an das Bild Matthew Canfields, wie er ihr die Schnur vor die Nase hielt, nachdem Boothroyd an Bord der *Calpurnia* den Anschlag auf sie versucht hatte. »Wenn er ihn getötet hat, muß er einen Grund dafür gehabt haben. Wahrscheinlich hatte er keine andere Wahl.«

»Das ist höchst interessant.«

»Was?«

»Daß Sie annehmen, Canfield hätte ihn töten müssen.«

»Anders kann es gar nicht dazu gekommen sein. Er ist kein Mörder.«

»Er hat auch Bertholde nicht getötet, falls Sie das beruhigt.«

Sie war sichtlich erleichtert. »Weiß man, wer es getan hat?«

»Man glaubt es zu wissen. Allem Anschein nach war es Bertholdes Chauffeur.«

»Das ist seltsam.«

»Sehr. Der Mann war jahrelang bei ihm.«

»Vielleicht hat Canfield seine Verfolgung aufgenommen.«

»Das ist unwahrscheinlich. Der Mann hat das Büro verlassen, zehn oder zwölf Minuten, bevor man Bertholde fand.«

James Derek ging auf Elizabeth zu. »In Anbetracht der Geschehnisse möchte ich Ihnen eine Frage stellen. Sie brauchen natürlich keine Antwort zu geben.«

»Was wollen Sie wissen?«

»Wie – oder vielleicht auch warum – hat Mr. Canfield vom britischen Außenministerium eine volle Freigabe bekommen?«

»Ich weiß nicht, was Sie meinen.«

»Kommen Sie, Madame. Wenn Sie die Frage nicht beantworten wollen, dann werde ich das respektieren. Aber da man meinen Namen im Zusammenhang mit der Tötung eines einflußreichen Mannes benutzt hat, glaube ich, ein Recht darauf zu haben, mehr als eine weitere – Unwahrheit zu hören.«

»Eine weitere – Unwahrheit? Das ist beleidigend, Mr. Derek.«

»Wirklich? Und sind Sie und Mr. Canfield immer noch bestrebt, Botschaftsangehörigen, die vor mehr als vier Monaten in die Vereinigten Staaten zurückgekehrt sind, komplizierte Fallen zu stellen?«

»Oh!« Elizabeth setzte sich wieder auf die Couch. Die Klage des Engländers machte ihr nichts aus. Sie wünschte nur, Canfield wäre jetzt hier, um ihm Antwort zu geben. Was sie beunruhigte, war der Hinweis des Agenten auf das Außenministerium. »Eine bedauerliche Notwendigkeit.«

»Höchst bedauerlich. Ich schließe aus Ihren Worten, daß Sie meine Frage nicht beantworten möchten.«

»Im Gegenteil, ich habe sie beantwortet.« Elizabeth blickte zu dem Briten auf. »Ich würde gern verstehen, was Sie meinen. Was ist eine volle Freigabe?«

»Eine außergewöhnliche Unterstützung seitens der obersten Ränge unserer Regierung. Solche Entscheidungen des britischen Außenministeriums sind gewöhnlich größeren politischen Krisen vorbehalten, nicht Auseinandersetzungen über Wertpapiere zwischen habgierigen Millionären – oder, wenn Sie mir verzeihen, der persönlichen Tragödie eines Privatbürgers.«

Elizabeth Scarlatti erstarrte.

Was James Derek gerade gesagt hatte, erfüllte sie mit Schrecken. Sie mußte außerhalb des Zugriffs der ›obersten Ränge‹ operieren. Im Interesse der Scarlattis. Canfields Behörde war ihr da gerade richtig erschienen. Die Übereinkunft, die sie mit ihm getroffen hatte, verschaffte ihr amtliche Unterstützung, ohne daß sie irgendeiner bedeutenden Persönlichkeit verantwortlich gewesen wäre. Wenn ihre Entscheidung anders ausgefallen wäre, hätte sie eine beliebige Anzahl von Männern sowohl in der Legislative wie der Exekutive der amerikanischen Regierung einschalten können. Das wäre nicht schwierig gewesen. Jetzt, so schien es, war Canfields relativ unwichtige Abteilung an Bedeutung gewachsen. Oder ihr Sohn hatte sich vielleicht in etwas eingelassen, das viel schrecklicher war, als sie bisher geglaubt hatte.

War die Antwort auf diese Frage in der Bertholde-Akte zu finden? »Ich entnehme Ihrem Tonfall, daß diese volle Freigabe ziemlich jungen Datums ist.«

»Ich bin heute morgen darüber informiert worden.«

Dann muß es in der Bertholde-Akte stehen, dachte Elizabeth.

Natürlich. Selbst Matthew Canfield hatte angefangen, das zu erkennen. Nur daß seine Erkenntnis einzig und allein auf bestimmten Worten und Namen basierte. Er hatte die Seiten markiert. Elizabeth griff nach der Akte.

›Nach dem Krieg wurden die Interessen an der Ruhr zurückgekauft ... Büros in Stuttgart und Pullach ...‹

Pullach.

Deutschland.

Eine Wirtschaftskrise.

Die Weimarer Republik.

Eine Folge von Wirtschaftskrisen. Eine größere andauernde politische Krise.

›... Partner in der Importfirma sind Mr. Sydney Masterson und Mr. Harold Leacock ...‹

Masterson und Leacock.

Zürich!

Pullach!

»Sagt Ihnen die Stadt Pullach etwas?«

»Das ist keine Stadt. Das ist ein Außenbezirk von München. In Bayern. Warum fragen Sie?«

»Mein Sohn hat dort viel Geld ausgegeben und einige Zeit verbracht – unter anderem. Sagt Ihnen das etwas?«

»München?«

»Wahrscheinlich.«

»Ein Radikalennest. Eine Brutstätte der Unzufriedenheit.«

»Unzufriedene? Kommunisten?«

»Kaum. Die würden dort einen Roten sofort abknallen. Oder einen Juden. Die nennen sich ›Schutzstaffel‹, laufen herum und schlagen Leute nieder, halten sich für eine besondere Rasse, für besser als der Rest der Welt.«

Eine besondere Rasse.

O Gott!

Elizabeth sah auf die Akte, die sie in der Hand hielt. Sie schob sie langsam in den Umschlag zurück und stand auf. Ohne ein Wort zu dem Engländer zu sagen, ging sie zu ihrer Schlafzimmertür, betrat das Schlafzimmer und schloß die Tür hinter sich.

James Derek blieb draußen stehen und fragte sich, was sie vorhatte. Elizabeth ging an ihren Schreibtisch, auf dem mehrere Papiere lagen. Sie suchte und fand die Züricher Liste.

Sie las jeden einzelnen Namen sorgfältig.
Avery Landor, USA – *Öl*
Louis Gibson, USA – *Öl*
Thomas Rawlins, USA – *Wertpapiere*
Howard Thornton, USA – *Industriebauten*
Sydney Masterson, Großbritannien – *Importe*
David Innes-Bowen, Großbritannien – *Textilien*
Harold Leacock, Großbritannien – *Wertpapiere*
Louis François d'Almeida, Frankreich – *Eisenbahnen*
Pierre Daudet, Frankreich – *Schiffahrtslinien*
Ingmar Myrdal, Schweden – *Wertpapiere*
Christian Olaffsen, Schweden – *Stahl*
Otto von Schnitzler, Deutschland – *I.G. Farben*
Fritz Thyssen, Deutschland – *Stahl*
Erich Kindorf, Deutschland – *Kohle*

Man könnte sagen, daß die Zürich-Liste die Namen der mächtigsten Männer auf der westlichen Halbkugel enthielt.

Elizabeth legte die Liste auf den Tisch und griff nach einem ledergebundenen Notizbuch mit Telefonnummern und Adressen. Sie schlug das Register bei dem Buchstaben O auf.

›Ogilvie & Storm, Verlag, Bayswater Road, London.‹

Sie würde Thomas Ogilvie anrufen und veranlassen, daß er ihr alle ihm zugänglichen Informationen über die ›Schutzstaffel‹ schickte.

Sie wußte bereits einiges darüber. Sie erinnerte sich daran, daß es sich um eine Unterorganisation einer Vereinigung handelte, deren Mitglieder sich als Nationalsozialisten bezeichneten. Sie wurden von einem Mann namens Adolf Hitler angeführt.

33.

Der Mann hieß Basil Hawkwood, und Canfield sah sofort das Markenzeichen ›hawkwood‹ vor sich, mit kleinem Anfangsbuchstaben, wie es auf einer Vielzahl von Lederartikeln zu finden war. Hawkwood Leather war eine der größten Firmen dieser Branche in England und kam gleich hinter Mark Cross.

Der nervöse Basil führte Canfield in den riesigen Lesesaal seines

Klubs, Knights. Sie wählten sich zwei Sessel am Knigthsbridge-Fenster, wo sie sicher sein konnten, von niemandem belauscht zu werden.

Basil stotterte vor Angst. Er hoffte, daß ihm der junge Mann, der ihm gegenübersaß, helfen würde.

Canfield lehnte sich in den bequemen Sessel zurück und hörte sich ungläubig Hawkwoods Geschichte an.

Der Aufsichtsratsvorsitzende von Hawkwood Leather hatte eine Sendung nach der anderen mit ›beschädigten‹ Lederartikeln an eine unbekannte Firma in München gesandt. Mehr als ein Jahr lang hatten die Direktoren von Hawkwood die Verluste aufgrund der Einstufung als ›beschädigt‹ akzeptiert. Jetzt hatten sie allerdings einen vollständigen Bericht über die ungewöhnlich hohe Schadensrate der Fabriken angefordert. Der Hawkwood-Erbe saß in der Falle. Vorläufig konnte er nichts mehr nach München schicken.

Er flehte Matthew Canfield an, ihn doch bitte zu verstehen. Er bettelte den jungen Mann darum, seine Loyalität zu bestätigen, aber jetzt würde jemand anderer die Stiefel, die Gürtel, die Halfter beschaffen müssen.

»Weshalb tragen Sie die Manschettenknöpfe?« fragte Canfield.

»Ich habe sie heute getragen, um Bertholde an meine Unterstützung zu erinnern. Er hat sie mir selbst geschenkt … Sie tragen die Ihren nicht.«

»Ich muß nicht auf meine Loyalität hinweisen.«

»Verdammt, aber ich auf die meine! Ich war niemals kleinlich und werde es auch in Zukunft nicht sein.« Hawkwood beugte sich vor. »Die augenblicklichen Umstände ändern meine Gefühle nicht. Das können Sie melden. Diese verdammten Juden! Diese Radikalen und Bolschewiken in ganz Europa! Man hat sich verschworen, um alle anständigen Prinzipien zu vernichten, nach denen gute Christen jahrhundertelang gelebt haben. In unseren Betten werden sie uns ermorden, unsere Töchter schänden, die Rassen besudeln. Daran habe ich nie gezweifelt. Ich werde der Organisation auch in Zukunft helfen. Darauf haben Sie mein Wort. Bald werden uns Millionen zur Verfügung stehen.«

Plötzlich überkam Matthew Canfield Übelkeit. Was, um Gottes willen, hatte er getan?

Er stand auf, und seine Beine drohten ihm den Dienst zu versagen.

»Ich werde melden, was Sie mir gesagt haben, Mr. Hawkwood.«

»Das ist sehr anständig. Ich wußte, daß Sie es verstehen würden.«

»Ich fange gerade erst damit an.«

Als Canfield dann unter dem Vordach des Klubs auf ein Taxi wartete, war er vor Angst wie betäubt. Er hatte nicht länger mit einer Welt zu tun, die er erfassen konnte. Das waren Giganten, das waren Vorstellungen und Loyalitäten, die sein Begriffsvermögen weit überstiegen.

34.

Elizabeth hatte die Zeitung und die Artikel aus den Magazinen auf der Couch ausgebreitet. Ogilvie & Storm hatten ausgezeichnete Arbeit geleistet. Es gab hier mehr Material, als Elizabeth oder Canfield in einer Woche durchsehen konnten.

Die Nationalsozialistische Deutsche Arbeiterpartei zeigte sich ihnen als eine Ansammlung von Fanatikern. Die ›Schutzstaffel‹ bestand aus üblen Schlägern, die niemand ernst nahm. Die Artikel, die Fotografien, selbst die kurzen Schlagzeilen waren alle so formuliert, daß sie eher operettenhaft wirkten.

›Warum im Vaterland arbeiten, wenn man sich auch herausputzen und so tun kann, als wäre man Wagner?‹

Canfield griff nach einer Sonntagsbeilage und las die Namen der Führer. Adolf Hitler, Erich von Ludendorff, Rudolf Heß, Gregor Strasser. Und am Ende des Artikels standen Ausdrücke wie:

›... Verschwörung von Juden und Kommunisten ...‹

›... Töchter von bolschewistischen Terroristen geschändet ...‹

›... Arisches Blut von ränkeschmiedenden Semiten besudelt ...‹

›... ein Plan für tausend Jahre ...‹

Canfield sah das Gesicht von Basil Hawkwood vor sich, der eines der größten Industriewerke Englands besaß und der ähnliche Worte eindringlich geflüstert hatte. Er dachte an die Ledersendungen nach München. Das Leder ohne das Markenzeichen ›*hawkwood*‹, das Leder, das zu den Uniformen auf diesen Fotografien gehörte. Er erinnerte sich an die Manipulationen des toten Bertholde, die Straßen in Wales, den Massenmord von York.

Elizabeth saß am Schreibtisch und machte sich Notizen aus einem Artikel. Langsam begann sich ein Bild vor ihrem geistigen Auge abzuzeichnen. Aber es war unvollständig, so als fehlte ein Teil des Hintergrunds. Das störte sie, aber sie hatte schon genug erfahren.

»Es nimmt einem den Atem, nicht wahr?« fragte sie und erhob sich aus ihrem Sessel.

»Was lesen Sie heraus?«

»Genug, um mich zu fürchten. Eine obskure politische Organisation wird in aller Stille von den reichsten Männern der Welt finanziert. Von der Züricher Gruppe. Und mein Sohn gehört dazu.«

»Aber weshalb?«

»Das ist mir noch nicht klar.« Elizabeth ging ans Fenster. »Es gibt noch viel zu lernen. Aber eines steht fest. Wenn diese Bande von Fanatikern in Deutschland Fortschritte erzielt – im Reichstag, dann könnten die Männer von Zürich eine unerhörte wirtschaftliche Macht unter ihre Kontrolle bringen. Das ist ein langfristig angelegtes Konzept, denke ich. Dahinter könnte eine brillante Strategie stecken.«

»Dann muß ich nach Washington zurückkehren!«

»Dort weiß man es vielleicht schon – oder man ahnt es zumindest.«

»Wir müssen etwas unternehmen.«

»Das können Sie nicht!« Elizabeth wandte sich wieder zu Canfield. »Keine Regierung hat das Recht, sich in die Innenpolitik einer anderen Regierung einzuschalten. Es gibt einen anderen Weg. Einen wesentlich wirksameren Weg. Aber darin liegt auch ein ungeheures Risiko, das ich erwägen muß.«

»Was ist das für ein Weg? Und worin besteht das Risiko?«

Aber Elizabeth hörte ihm nicht zu. Sie konzentrierte sich ganz auf ihre Gedanken. Nach einigen Minuten sagte sie: »Es gibt da eine Insel in einem abgelegenen See in Kanada. Mein Mann hat sie vor vielen Jahren in einem unüberlegten Augenblick gekauft. Es gibt einige Wohnstätten darauf, primitiv, aber bewohnbar. Wenn ich Ihnen die notwendigen Mittel zur Verfügung stelle, können Sie dann diese Insel so bewachen lassen, daß sie absolut sicher wäre?«

»Ich glaube schon.«

»Das reicht nicht. Für Zweifel ist kein Platz. Das Leben meiner ganzen Familie würde von völliger Isolierung abhängen. Die Mittel, die ich erwähne, sind unbegrenzt.«

»Also gut. Ja, es wäre möglich.«

»Könnten Sie dafür sorgen, daß meine Familie in völliger Sicherheit dorthin gebracht wird?«

»Ja.«

»Könnten Sie das alles in einer Woche vorbereiten?«

»Ja, auch das.«

»Gut. Ich werde Ihnen erklären, was ich vorschlage. Glauben Sie mir, wenn ich Ihnen sage, daß das der einzige Weg ist.«

»Was schlagen Sie vor?«

»Ganz einfach ausgedrückt – die Scarlatti-Firmen werden jeden Investor in Zürich wirtschaftlich vernichten, in den finanziellen Ruin treiben.«

Canfield sah die anmaßende, selbstbewußte alte Frau an. Ein paar Sekunden lang sagte er nichts, holte nur tief Atem, als versuchte er eine Antwort zu formulieren.

»Sie sind verrückt«, sagte er leise. »Sie sind allein. Das sind vierzehn – nein, jetzt dreizehn stinkreiche Bonzen. Denen sind Sie nicht gewachsen.«

»Nicht das zählt, was jemand wert ist, Mr. Canfield. Jenseits einer gewissen Grenze hat das nichts mehr zu sagen. Es kommt darauf an, wie schnell man seinen Besitz bewegen kann. Im Wirtschaftsleben ist die stärkste Waffe der Zeitfaktor. Glauben Sie keinem, der das Gegenteil behauptet. In meinem Fall gilt nur ein Urteil.«

»Was soll das bedeuten?«

Elizabeth stand reglos vor Canfield. »Wenn ich die gesamten Scarlatti-Firmen liquidieren würde, dann gibt es niemanden auf der ganzen Welt, der mich daran hindern könnte.« Der Amerikaner war nicht sicher, ob er sie richtig verstanden hatte. Er musterte sie ein paar Sekunden lang, ehe er sprach. »Oh? Und?«

»Sie Narr! Abgesehen von den Rothschilds und vielleicht ein paar indischen Maharadschahs bezweifle ich, daß es noch jemanden in meiner Position oder in unserer Zivilisation gibt, der das sagen kann.«

»Warum kann nicht einer der Männer in Zürich das gleiche tun?«

Die alte Frau hob die Brauen. »Ich habe Sie bisher für einen intelligenten Menschen gehalten. Oder ist es nur Furcht, die es Ihnen verwehrt, die größeren Zusammenhänge zu erkennen?«

»Keine Gegenfragen, bitte! Ich will eine Antwort hören!«

»Der Hauptgrund, weshalb die Gruppe in Zürich das, was ich tun kann, weder kann noch will, liegt in ihrer Angst. Diese Männer haben Angst vor den Gesetzen, die ihre Verpflichtungen binden, vor den Investitionen und den Investoren, vor außergewöhnlichen Entscheidungen, vor der Panik, die stets aus solchen Entscheidungen erwächst. Und am allerwichtigsten – sie fürchten den finanziellen Ruin.«

»Und Sie stört nichts von all dem?«

»Die Scarlatti-Firmen haben keine Verpflichtungen, an die sie sich halten müssen. Bis zu meinem Tod gibt es nur eine Stimme. Ich bin Scarlatti.«

»Und die Entscheidungen, die Panik, der Ruin?«

»Meine Entscheidungen werden wie eh und je mit Präzision und Überlegung durchgeführt werden. Man wird eine Panik vermeiden.«

»Und ebenso den finanziellen Ruin, hm? Sie sind eine verdammt selbstbewußte alte Dame!«

»Sie begreifen wiederum nicht. An diesem Punkt sehe ich den Zusammenbruch von Scarlatti als unvermeidbar voraus, sofern man mich herausfordern sollte. Es wird keine Gnade geben.«

Jetzt begriff Matthew Canfield. »Ich will verdammt sein.«

»Ich brauche riesige Summen. Beträge, die für Sie unvorstellbar sind und die auf einen einzigen Befehl hin angewiesen werden können. Gelder, die ausreichen, ungeheure Besitzungen zu erwerben, und die ganze Märkte aufblähen oder zerstören können. Sobald diese Manipulation einmal eingeleitet ist, bezweifle ich, daß alles Kapital der Welt Scarlatti wieder zusammensetzen könnte. Man würde uns nie wieder vertrauen.«

»Dann wären Sie erledigt.«

»Unwiderruflich.«

Die alte Frau trat vor Canfield. Sie sah ihn an, aber nicht auf die Art und Weise, wie er es gewohnt war. Ebensogut hätte sie eine besorgte Großmutter aus den trockenen Prärien von Kansas sein können, die den Prediger fragte, ob der Herr im Himmel es regnen lassen würde.

»Mir bleiben keine Argumente mehr. Bitte, erlauben Sie mir meinen letzten Kampf. Meine letzte Geste sozusagen.«

»Sie verlangen schrecklich viel.«

»Nicht, wenn Sie darüber nachdenken. Wenn Sie zurückkehren, werden Sie eine Woche brauchen, um nach Washington zu kommen. Danach wird es einige Zeit dauern, bis Sie alles vorbereitet haben und an die Regierungsbeamten herangekommen sind, die auf Sie hören müßten – falls Sie es überhaupt zuwege bringen, daß man Ihnen zuhört. Nach meinen Berechnungen wird das wenigstens drei bis vier Wochen in Anspruch nehmen. Geben Sie mir recht?«

Canfield kam sich wie ein Narr vor, wie er so vor Elizabeth stand. Um den Abstand zwischen ihnen zu vergrößern, ging er in die Mitte des Zimmers. »Verdammt, ich weiß nicht, was ich denken soll!«

»Geben Sie mir vier Wochen. Nur vier Wochen vom heutigen Tag an. Wenn ich es nicht schaffe, dann tun wir, was Sie wollen – ja, noch mehr. Ich werde mit Ihnen nach Washington fahren. Ich werde, wenn nötig, vor einem dieser Ausschüsse meine Aussage machen. Ich werde alles tun, was Sie und Ihre Kollegen für notwendig halten. Ferner werde ich unsere persönliche Rechnung mit dem Dreifachen des Betrages begleichen, den wir vereinbart haben.«

»Angenommen, Sie schaffen es nicht?«

»Welchen Unterschied kann das schon für irgend jemanden außer mir machen? Auf dieser Welt gibt es wenig Mitgefühl für gefallene Millionäre.«

»Und was ist mit Ihrer Familie? Schließlich kann sie nicht den Rest ihres Lebens an einem abgelegenen See in Kanada verbringen.«

»Das wird nicht notwendig sein. Unabhängig von dem größeren Ziel werde ich meinen Sohn vernichten. Ich werde Ulster Scarlett als das darstellen, was er ist. Ich werde ihn in Zürich zum Tode verurteilen.«

Er schwieg eine Weile und sah Elizabeth an. Dann fragte er: »Haben Sie die Möglichkeit in Betracht gezogen, daß Sie getötet werden könnten?«

»Ja.«

»Das würden Sie riskieren ... Sie würden die Scarlatti-Firmen verkaufen, alles zerstören, was Sie aufgebaut haben? Ist es Ihnen das wert? Hassen Sie ihn so sehr?«

»Ja. So wie man eine ansteckende Krankheit haßt. Noch mehr, weil ich die Verantwortung dafür trage, daß sie gedeiht und blüht.«

Canfield stellte sein Glas auf den Bartisch und war versucht, sich nachzuschenken. »Das geht ein wenig zu weit.«

»Ich habe nicht gesagt, daß ich die Krankheit erfunden habe. Ich sagte nur, ich sei dafür verantwortlich, daß sie sich ausgebreitet hat. Nicht nur, weil ich das Geld geliefert habe, sondern weil ich den Keim zu einer Idee gelegt habe. Zu einer Idee, die während des Reifeprozesses pervertiert wurde.«

»Das glaube ich nicht. Sie sind keine Heilige, aber Sie denken nicht so.« Er wies auf die Papiere, die auf der Couch lagen.

Die müden Augen der alten Frau schlossen sich.

»Ein klein wenig von – dem steckt in jedem von uns. Das ist alles Teil der Idee – der verdrehten Idee. Mein Mann und ich haben Jahre unseres Lebens dem Aufbau eines Industrieimperiums gewidmet. Seit seinem Tod habe ich das Spiel an der Börse weitergetrieben – verdoppelt, wieder verdoppelt, hinzugefügt, aufgebaut – immer gekauft ... Es war ein anregendes, alles verzehrendes Spiel. Ich habe es gut gespielt. Und irgendwann in all den Jahren lernte mein Sohn das, was viele Beobachter nicht gelernt haben – daß es nie der Erwerb von Profit oder materieller Nutzen war, die mir etwas bedeuteten – das waren nur die Nebenprodukte. Die Macht war es. Ich wollte jene Macht, weil ich ehrlich überzeugt war, daß ich der Verantwortung gewachsen war. Je überzeugter ich wurde, desto klarer erkannte ich, daß andere ihr nicht gewachsen waren. Das Streben nach Macht wird, glaube ich, zu einem persönlichen Kreuzzug. Je mehr Erfolg man hat, desto persönlicher wird es. Ob er es nun begriff oder nicht, das war es jedenfalls, was mein Sohn miterlebte. Vielleicht gibt es Ähnlichkeiten in der Zielsetzung, vielleicht sogar im Motiv. Aber sonst trennt uns ein großer Abgrund – meinen Sohn und mich.«

»Ich gebe Ihnen die vier Wochen. Der Herr im Himmel allein weiß, warum ich das tue. Aber Sie haben mir immer noch nicht erklärt, weshalb Sie all das riskieren wollen. Weshalb Sie alles wegwerfen.«

»Das habe ich versucht. Sie sind manchmal sehr begriffsstutzig. Wenn ich beleidigend wirke, dann nur, weil ich glaube, daß Sie in Wirklichkeit alles verstehen. Sie verlangen bewußt von mir, eine unangenehme Wahrheit auszusprechen.« Sie trug ihre Notizen zu dem Tisch neben der Schlafzimmertür. Da es inzwischen dunkel geworden war, knipste sie die Lampe an, wobei der Lampenschirm etwas zitterte. Diese Bewegung schien sie zu faszinieren. »Ich stelle mir vor, daß wir – die Bibel nennt uns die Reichen und

Mächtigen – die Welt irgendwie anders verlassen wollen, als wir sie vorgefunden haben. Und in dem Maße, wie die Jahre verstreichen, wird dieser vage, nicht genau definierte Instinkt für uns überaus wichtig. Wie viele von uns haben denn mit dem Gedanken gespielt, wie unsere eigenen Nachrufe lauten könnten?« Sie wandte sich von der Lampe ab und sah Canfield an. »Wenn Sie alles in Betracht ziehen, was wir jetzt wissen, würden Sie gern Spekulationen über meinen in nicht so ferner Zukunft liegenden Nachruf anstellen?«

»Kommt nicht in Frage. Das ist etwas ganz anderes.«

»Eigentlich ist es ganz leicht, wissen Sie. Den Reichtum nimmt man als selbstverständlich hin. Jede quälende Entscheidung, jedes Risiko, das an den Nerven zerrt – das alles werden einfache Leistungen, die jeder von einem erwartet. Leistungen, die man eher verabscheut als bewundert. Weil ich eine Frau bin und eine höchst erfolgreiche Spekulantin. Eine unattraktive Kombination. Ein Sohn im Weltkrieg gefallen. Ein zweiter, der sich als aufgeblasen und unfähig erweist, dem man aus jedem nur erdenklichen falschen Grund Avancen macht und über den man, wann immer möglich, lacht. Und jetzt dies. Ein Verrückter, der eine Bande psychopathischer Unzufriedener anführt oder mindestens dieser Bande angehört ... Das ist es, was ich der Nachwelt vermache. Was Scarlatti der Nachwelt hinterläßt, Mr. Canfield ... Keine bewundernswerte Leistung, nicht wahr?«

»Nein.«

»Und demzufolge werde ich vor nichts halt machen, um diesen letzten Wahnsinn zu verhindern.« Elizabeth griff nach ihren Notizen und ging ins Schlafzimmer. Sie schloß die Tür hinter sich und ließ Canfield in dem großen Wohnraum allein. Einen Augenblick lang dachte er, daß die alte Frau den Tränen nahe gewesen war.

35.

Der Flug des Eindeckers über den Kanal war ohne besondere Vorkommnisse abgelaufen. Der Wind war ruhig, die Sicht ausgezeichnet. Das war günstig für Scarlett, denn der stechende Schmerz seiner Operationswunden, verbunden mit seiner Wut, hätten einen schwierigen Flug leicht zu einem katastrophalen machen können. Er war kaum imstande, sich auf den Kompaß zu konzentrieren. Und als er schließlich die Küste der Normandie erblickte, wirkte sie fremd auf ihn. Und doch war er die Strecke schon ein dutzendmal geflogen.

An dem kleinen Flughafen außerhalb von Lesieux holte ihn die Pariser Gruppe ab. Sie bestand aus zwei Deutschen und einem Gascogner, dessen kehliger Dialekt ähnlich wie die Sprechweise seiner beiden Begleiter wirkte.

Die drei Europäer rechneten damit, daß der Mann – sie kannten seinen Namen nicht – sie dazu auffordern würde, nach Paris zurückzukehren und dort weitere Befehle abzuwarten.

Aber der Mann hatte andere Absichten und bestand darauf, daß sie sich zu dritt unbequem auf den Vordersitzen zusammendrängten, während er die hintere Bank für sich allein beanspruchte. Er dirigierte den Wagen nach Vernon, wo zwei ausstiegen und angewiesen wurden, allein nach Paris zurückzureisen. Der Fahrer sollte bleiben.

Er protestierte schwach, als Scarlett ihm befahl, in westlicher Richtung nach Montbéliard weiterzufahren, einer kleinen Stadt in der Nähe der Schweizer Grenze.

»Mein Herr, das ist eine Fahrt von vierhundert Kilometern! Auf diesen schrecklichen Straßen brauchen wir dazu zehn Stunden!«

»Dann sollten wir bis zum Abendessen dort sein.«

»Es wäre vielleicht einfacher gewesen, wenn Sie wieder aufgetankt hätten und geflogen …«

»Ich fliege nicht, wenn ich müde bin. Regen Sie sich nicht auf. Ich besorge Ihnen in Montbéliard ein paar Meeresfrüchte. Sie müssen Ihre Speisekarte etwas abwechseln, Kircher. Das hält den Gaumen munter.«

»Jawohl!« Kircher grinste. Er wußte, daß der Mann in Wirklichkeit ein guter Oberführer war.

Scarlett seufzte. Dieses Pack! Eines Tages würde er sich mit diesem Pack nicht mehr herumärgern müssen.

Montbéliard war in seiner Anlage nicht viel komplizierter als ein etwas groß geratenes Dorf. Seine Bewohner lebten vorwiegend von landwirtschaftlichen Erzeugnissen, die hauptsächlich in die Schweiz und nach Deutschland verkauft wurden. Wie in vielen

Grenzstädten diente eine Mischung aus Franc, Mark und Schweizer Franken als Währung.

Scarlett und sein Fahrer erreichten ihr Ziel kurz nach neun Uhr abends. Sie hatten unterwegs einige Male angehalten, um zu tanken und um im Laufe des Nachmittags eine kleine Mahlzeit einzunehmen, sich jedoch während der ganzen Fahrt nicht unterhalten. Dieses Schweigen bewirkte, daß Scarletts Angst nachließ. Er konnte jetzt ohne Zorn denken, obwohl sein Zorn keineswegs verflogen war. Der Fahrer hatte recht gehabt, als er seinen Passagier darauf hingewiesen hatte, daß es einfacher und weniger anstrengend gewesen wäre, von Lesieux nach Montbéliard zu fliegen. Aber Scarlett wollte nicht riskieren, daß sein Temperament mit ihm durchging. Und diese Gefahr bestand immer, wenn er erschöpft war.

Irgendwann an diesem Tag oder am Abend – der Zeitpunkt war ungewiß – würde er sich mit dem Preußen treffen, mit dem wichtigen Mann, der ihm das liefern würde, was ihm nur wenige andere beschaffen könnten. Er mußte bei diesem Zusammentreffen fit sein, und jede einzelne seiner Gehirnzellen mußte funktionieren. Er durfte nicht zulassen, daß die Probleme der jüngsten Vergangenheit seine Konzentration störten. Das Zusammentreffen mit dem Preußen war der Höhepunkt einer jahrelangen Arbeit. Angefangen bei jenem ersten makabren Zusammentreffen mit Gregor Strasser bis zur Umwandlung seiner Millionen in Schweizer Kapital. Er, Heinrich Kroeger, besaß die finanziellen Mittel, die der Nationalsozialismus so dringend benötigte. Seine Bedeutung für die Partei stand jetzt außer Zweifel.

Es gab Probleme, ärgerliche Probleme … Aber er hatte seine Entscheidungen getroffen. Er würde dafür sorgen, daß Howard Thornton isoliert, vielleicht sogar getötet wurde. Der Mann aus San Francisco hatte sie verraten. Wenn die Manipulation von Stockholm bekannt geworden war, so traf Thornton dafür die Schuld. Sie hatten seine schwedischen Kontakte benutzt, und er hatte ganz offensichtlich größere Wertpapierpakete zu niedrigen Preisen in seine eigenen Kanäle gelenkt.

Man würde sich um Thornton kümmern.

Ebenso wie um diesen französischen Dandy, Jacques Bertholde.

Thornton und Bertholde – die taugten beide nichts. Habgierige, dumme Taugenichtse!

Was war Boothroyd passiert? Offensichtlich war er auf der *Cal-*

purnia getötet worden. Aber wie? Warum? Doch wie dem auch sei, er hatte den Tod verdient. Ebenso wie sein Schwiegervater. Rawlins' Anweisung, Elizabeth Scarlatti zu töten, war dumm, und der Zeitpunkt verrückt gewählt gewesen. Begriff Rawlins denn wirklich nicht, daß sie Briefe hätte hinterlassen können, Dokumente? Sie war tot viel gefährlicher als lebend. Zumindest, solange man nicht an sie herangetreten war – so wie er an sie herangetreten war, mit der Bedrohung ihrer hochgeschätzten Scarlattis. Jetzt konnte sie sterben. Jetzt würde es nichts mehr ausmachen. Und wenn Bertholde tot war und Rawlins und Thornton bald sterben würden, gab es niemanden mehr, der wußte, wer er war. Niemanden. Er war Heinrich Kroeger, ein führender Mann in der neuen Bewegung.

Sie hielten an der L'Auberge des Moineaux, einem kleinen Restaurant mit Zimmern für Reisende oder Leute, die aus anderen Gründen für sich sein wollten. Für Scarlett war es der vereinbarte Treffpunkt.

»Fahren Sie den Wagen ein Stück die Straße hinunter und parken Sie ihn«, sagte er zu Kircher. »Ich werde in einem der Zimmer sein. Essen Sie zu Abend. Ich lasse Sie später rufen. Ich habe mein Versprechen nicht vergessen.«

Kircher grinste.

Ulster Scarlett stieg aus dem Wagen und streckte sich. Er fühlte sich jetzt wohler, seine Haut war nicht mehr so gereizt, und er freute sich auf die bevorstehende Konferenz. Diese Tätigkeit war ganz nach seinem Herzen, denn hier ging es um Dinge von weitreichender Bedeutung, um ungeheure Macht.

Er wartete, bis der Wagen weit genug die Straße hinuntergefahren war, so daß Kircher ihn nicht mehr im Rückspiegel sehen konnte. Dann ging er zurück, zu dem mit Kopfsteinen gepflasterten Weg. Man durfte dem Pack nie etwas sagen, das es nicht zur Erledigung seiner unmittelbaren Aufträge wissen mußte.

Er erreichte die unbeleuchtete Tür und klopfte ein paarmal.

Die Tür öffnete sich, und ein ziemlich großer Mann mit dichtem welligem Haar und ausgeprägt dunklen Brauen stand darin, als bewachte er den Eingang, statt einen Gast willkommen zu heißen. Er trug ein graues Jackett, das nach der Art der süddeutschen Trachten geschnitten war, und braune Kniehosen. Sein Gesicht war dunkel und wirkte engelhaft, seine Augen waren groß und starrten ihn an. Der Mann hieß Rudolf Heß.

»Wo waren Sie?« Heß bedeutete Scarlett einzutreten und die Tür zu schließen. Der Raum war klein. In seiner Mitte standen ein Tisch und Stühle, an der Wand eine Anrichte und zwei Stehlampen, die den Raum beleuchteten. Ein zweiter Mann, der zum Fenster hinausgesehen hatte, offensichtlich, um den Neuankömmling zu identifizieren, nickte Scarlett zu. Er war ein schmächtiger, häßlicher Mann mit einem Vogelgesicht, zu dem auch die Adlernase paßte. Er hinkte leicht.

»Joseph?« sagte Scarlett zu ihm. »Sie habe ich hier nicht erwartet.«

Joseph Goebbels sah zu Heß hinüber. Er verstand kaum Englisch. Heß übersetzte schnell, was Scarlett gesagt hatte, und Goebbels zuckte mit den Schultern.

»Ich habe Sie gefragt, wo Sie waren«, sagte Heß.

»Ich hatte Schwierigkeiten in Lesieux. Ich konnte dort kein Flugzeug bekommen, also mußte ich fahren. Es war ein langer Tag für mich, also ärgern Sie mich bitte nicht.«

»Ach! Von Lesieux? Das ist eine lange Fahrt. Ich werde Ihnen etwas zu essen bestellen, aber Sie müssen sich beeilen. Reinhart wartet schon seit mittag.«

Scarlett zog seine Fliegerjacke aus und warf sie auf die Anrichte. »Wie geht es ihm?«

Goebbels verstand genug, um sich einzumischen. »Reinhart? Ungeduldig!«

Er sprach das englische Wort schlecht aus, und Scarlett grinste. Goebbels fand, daß dieser Hüne schrecklich aussah, und Scarlett fand an der äußeren Erscheinung des dünnen kleinen Mannes ebensowenig Gefallen.

»Das Essen ist jetzt nicht wichtig. Reinhart hat zu lange gewartet. Wo ist er?«

»In seinem Zimmer. Nummer zwei, unten am Gang. Er ist heute nachmittag spazierengegangen, glaubt aber die ganze Zeit, jemand würde ihn erkennen, also ist er nach zehn Minuten wieder zurückgekommen. Ich glaube, er ist ziemlich verstimmt.«

»Holen Sie ihn – und bringen Sie Whisky.« Scarlett sah Goebbels an und wünschte, daß dieser unattraktive kleine Mann gehen würde. Es war nicht gut, wenn Goebbels dabei war, während er mit Heß und dem preußischen Aristokraten sprach. Goebbels wirkte wie ein unbedeutender jüdischer Buchhalter.

Aber Scarlett wußte, daß er nichts tun konnte. Hitler hielt große Stücke auf Goebbels.

Joseph Goebbels schien die Gedanken des Amerikaners lesen zu können. »Ich werde an Ihrem Gespräch teilnehmen.« Er zog einen Stuhl zur Wand und setzte sich.

Heß war hinausgegangen, und die zwei Männer waren allein im Zimmer. Sie schwiegen.

Vier Minuten später kam Heß zurück. Ein alternder, korpulenter Deutscher, der etwas kleiner als Heß war, folgte ihm. Er trug einen schwarzen Zweireiher und einen steifen Kragen. Sein Gesicht war aufgedunsen und sein weißes Haar kurz gestutzt. Er hielt sich übertrieben gerade, und Scarlett fand, daß der Mann trotz seines imposanten Äußeren eine weiche Ausstrahlung hatte, die irgendwie nicht zu ihm passen wollte. Heß schloß die Tür und sperrte sie ab.

»Meine Herren, General Reinhart.« Heß nahm Haltung an. Goebbels stand auf und schlug die Hacken zusammen.

Reinhart musterte ihn sichtlich unbeeindruckt.

Scarlett ging auf den ältlichen General zu und streckte ihm die Hand hin.

»Herr General.«

Reinhart sah Scarlett an, und seine Reaktion auf Scarletts Aussehen war offensichtlich, wenn er sie auch gut verbarg. Die beiden Männer schüttelten sich flüchtig die Hände.

»Bitte, setzen Sie sich, Herr General.« Heß war höchst beeindruckt und ließ sich das auch anmerken. Reinhart setzte sich auf einen Stuhl am Ende des Tisches. Scarlett war einen Augenblick lang verstimmt. Er hatte sich diesen Stuhl als den ausgesucht, der offensichtlich die Szene bestimmte.

Heß fragte Reinhart, ob er Whisky, Gin oder Wein haben wolle. Der General lehnte mit einer flüchtigen Handbewegung ab.

»Für mich auch nichts«, fügte Ulster Scarlett hinzu und nahm links von Reinhart Platz. Heß ignorierte das Tablett und setzte sich ebenfalls. Goebbels hinkte zu seinem Stuhl an der Wand zurück.

Scarlett eröffnete das Gespräch. »Die Verspätung tut mir leid. Bedauerlicherweise war das nicht zu ändern. Es gab wichtige Geschäfte mit unseren Kollegen in London ...«

»Ihr Name, bitte?« unterbrach Reinhart. Sein Englisch hatte einen ausgeprägten, teutonisch wirkenden Akzent.

Scarlett sah Heß kurz an, ehe er antwortete. »Kroeger, Herr General, Heinrich Kroeger.«

Reinharts Blick ließ Scarlett nicht los. »Ich glaube nicht, daß das Ihr Name ist, Sir. Sie sind kein Deutscher.« Seine Stimme war ausdruckslos.

»Meine Sympathien gelten Deutschland«, erwiderte Scarlett. »So sehr, daß ich mich für den Namen Heinrich Kroeger entschieden habe ...«

Heß unterbrach ihn. »Herr Kroeger hat uns unschätzbare Dienste erwiesen. Ohne ihn hätten wir keine so großen Fortschritte erzielen können, Sir.«

»Amerikaner ... Dann sprechen wir also seinetwegen nicht deutsch.«

»Das wird zu gegebener Zeit korrigiert werden«, sagte Scarlett. Tatsächlich sprach er fast fehlerfrei deutsch, fühlte sich aber in dieser Sprache benachteiligt.

»Ich bin kein Amerikaner, General ...« Scarlett erwiderte Reinharts starren Blick, ohne mit der Wimper zu zucken. »Ich bin ein Bürger der neuen Bewegung. Ich habe ebenso viel, wenn nicht mehr als jeder andere dafür gegeben, um den Wandel herbeizuführen. Bitte, erinnern Sie sich in unserem Gespräch daran.«

Reinhart zuckte mit den Schultern. »Ich bin sicher, daß Sie ebenso wie ich Ihre Gründe dafür haben, an diesem Tisch zu sitzen.«

»Dessen können Sie versichert sein.«

»Also gut, meine Herren, zur Sache. Wenn es möglich ist, möchte ich Montbéliard heute abend verlassen.« Reinhart griff in die Tasche und holte ein zusammengefaltetes Blatt Papier heraus. »Ihre Partei hat gewisse, durchaus beachtliche Fortschritte im Reichstag gemacht. Nach Ihrem Münchner Fiasko könnte man sogar sagen, bemerkenswerte Fortschritte ...«

Heß unterbrach ihn enthusiastisch. »Wir haben erst angefangen! Deutschland wird sich aus der Schande der verräterischen Niederlage erheben! Wir werden die Herren ganz Europas sein!«

Reinhart hielt das zusammengefaltete Papier in der Hand und beobachtete Heß. Er antwortete leise und mit Nachdruck: »Uns würde es genügen, nur die Herren Deutschlands zu sein. Unser Land verteidigen zu können – das ist alles, was wir verlangen.«

»Das wird die geringste unserer Garantien sein, General.« Scarletts Stimme war nicht lauter als die Reinharts.

»Das ist die einzige Garantie, die wir wünschen. Wir interessieren uns nicht für die Exzesse, die Ihr Adolf Hitler predigt.«

Als Hitlers Name erwähnt wurde, beugte sich Goebbels vor. Es ärgerte ihn, daß er nicht verstehen konnte, was gesprochen wurde.

»Was ist mit Hitler? Was sagen Sie da über ihn?«

Reinhart antwortete Goebbels in deutscher Sprache: »Daß er stört.«

»Hitler ist die Hoffnung für Deutschland!«

»Vielleicht für Sie.«

Ulster Scarlett sah zu Goebbels hinüber. In den Augen des kleinen Mannes leuchtete Haß, und Scarlett vermutete, daß Reinhart eines Tages für seine Worte würde bezahlen müssen.

Der General fuhr fort, während er das Blatt auseinanderfaltete: »Die Zeiten, die unsere Nation erleben muß, verlangen ungewöhnliche Bündnisse. Ich habe mit von Schnitzler und Kindorf gesprochen. Krupp ist, wie Sie sicher wissen, nicht bereit, über das Thema zu reden. Der deutschen Industrie geht es nicht besser als der Armee. Die Alliierte Kontrollkommission kann mit uns beiden machen, was sie will. Es gibt keine Stabilität, nichts, worauf wir uns verlassen können. Wir haben ein gemeinsames Ziel, meine Herren – den Versailler Vertrag.«

»Das ist nur eines der Ziele«, warf Scarlett ein. »Es gibt noch andere.«

»Das ist das einzige Ziel, das mich nach Montbéliard geführt hat. Ebenso wie man der deutschen Industrie die Möglichkeit zum Atmen geben muß, die Möglichkeit zu uneingeschränktem Export, muß man der deutschen Armee eine angemessene Stärke zubilligen. Die Beschränkung auf einhunderttausend Soldaten bei über zweitausendfünfhundert Kilometern Grenze, die beschützt werden müssen, ist lächerlich. Man macht uns immer wieder Versprechungen, Versprechungen – und dann Drohungen. Nichts, worauf man sich verlassen kann. Keiner begreift uns. Man hindert uns am notwendigen Wachstum.«

»Man hat uns verraten! Man hat uns 1918 auf gemeine Art verraten, und dieser Verrat dauert fort! In ganz Deutschland gibt es immer noch Verräter!« Heß hätte sein Leben darum gegeben, zu den Freunden von Reinhart und seinen Offizieren zu zählen. Das verstand Reinhart, und er war keineswegs beeindruckt.

»Ja. An dieser Theorie hält Ludendorff immer noch fest. Es ist für ihn nicht leicht, mit der Erinnerung an die Niederlage in den Argonnen zu leben.«

Ulster Scarlett lächelte sein groteskes Lächeln. »Das fällt vielen von uns schwer, General.«

Reinhart sah ihn an. »Mit Ihnen will ich nicht darüber sprechen.«

»Eines Tages sollten Sie das aber tun. Denn das ist der Grund meines Hierseins – einer der Gründe.«

»Um es noch einmal zu sagen, Herr Kroeger, Sie haben Ihre Gründe, ich habe die meinen. Die Ihren interessieren mich nicht, aber Sie sind gezwungen, sich für die meinen zu interessieren.« Er schaute Heß an und blickte dann zu der teilweise im Schatten verborgenen Gestalt von Joseph Goebbels hinüber.

»Ich will rückhaltlos offen zu ihnen sein, meine Herren. Das ist bestenfalls ein schlecht gehütetes Geheimnis. Jenseits der polnischen Grenzen, im Lande der Bolschewiken, gibt es Tausende enttäuschter deutscher Offiziere. Männer, die in ihrem eigenen Land ihren Beruf nicht ausüben dürfen. Sie bilden das russische Offizierskorps aus. Sie bringen der roten Bauernarmee Disziplin bei. Warum? Einige tun es einfach nur, um sich ihr Brot zu verdienen. Andere sehen ihre Rechtfertigung darin, daß ein paar russische Fabriken uns Kanonen und sonstiges Kriegsmaterial herüberschmuggeln, das die Alliierte Kommission verboten hat. Dieser Zustand gefällt mir nicht, meine Herren. Ich vertraue den Russen nicht. Weimar ist unfähig. Ebert konnte der Wahrheit nicht ins Auge sehen. Hindenburg ist noch schlimmer. Er lebt in der Vergangenheit, in der Deutschland eine Monarchie war. Man muß die Politiker zwingen, sich mit Versailles auseinanderzusetzen. Wir müssen von innen heraus befreit werden!«

Rudolf Heß stützte sich mit beiden Händen auf den Tisch.

»Sie haben das Ehrenwort Adolf Hitlers und derjenigen von uns, die in diesem Raum sind, daß der erste Punkt auf der politischen Tagesordnung der Nationalsozialistischen Deutschen Arbeiterpartei die bedingungslose Ablehnung des Versailler Vertrages und seiner Einschränkungen ist.«

»Davon gehe ich aus. Aber ich bezweifle, daß Sie imstande sein werden, die unterschiedlichsten politischen Lager des Reichstages wirklich zu vereinen. Ich will nicht leugnen, daß von Ihnen eine gewisse Anziehungskraft ausgeht. Viel stärker als von den anderen. Die Frage, auf die wir gern eine Antwort hätten, ebenso wie ich annehme, daß die Industrie darauf eine Antwort haben möchte, lautet ganz einfach: Besitzen Sie die Macht, das durchzustehen? Können Sie überdauern? Werden Sie überdauern? Vor ein paar Jahren hat man Sie verboten. Wir können es uns nicht leisten, mit einem politischen Kometen verbündet zu sein, der sich selbst verzehrt.«

Ulster Scarlett erhob sich aus seinem Stuhl und blickte auf den alternden deutschen General herunter. »Was würden Sie sagen, wenn ich Ihnen erklärte, daß wir über finanzielle Quellen verfügen, die das Geld aller anderen politischen Organisationen in Europa weit übersteigen?«

»Ich würde sagen, daß Sie übertreiben.«

»Oder wenn ich Ihnen sagte, daß wir über ein Territorium verfügen, das groß genug ist, um Tausende und Abertausende von Elitetruppen darin auszubilden – und zwar jenseits jeglicher Überwachung der Versailler Mächte?«

»Sie würden mir das alles beweisen müssen.«

»Genau das kann ich.«

Reinhart stand auf und sah Heinrich Kroeger an.

»Wenn Sie die Wahrheit sprechen – werden Sie die Unterstützung der deutschen kaiserlichen Generalität haben.«

36.

Janet Saxon Scarlett griff mit noch immer geschlossenen Augen unter das Laken, nach ihrem Geliebten. Er war nicht da, und so schlug sie die Augen auf und hob den Kopf. Das Zimmer drehte sich um sie. Ihre Lider waren schwer, und ihr Leib schmerzte. Sie war immer noch erschöpft, immer noch ein wenig betrunken.

Matthew Canfield saß in Unterhosen am Schreibtisch, das Kinn in die Hände gestützt. Er starrte auf ein Papier, das vor ihm lag.

Janet beobachtete ihn, sie wußte, daß er sie nicht sah, sie überhaupt nicht zur Kenntnis nahm. Sie drehte sich auf die Seite, um ihn betrachten zu können.

Er war kein gewöhnlicher Mann, dachte sie, aber andererseits war er auch nicht gerade außergewöhnlich, mit der einen Ausnahme, daß sie ihn liebte. Was, so fragte sie sich, fand sie so attraktiv an ihm? Er war nicht wie die Männer aus ihrer Welt. Die meisten, die sie kannte, waren raffiniert, elegant, übertrieben gepflegt und interessierten sich nur für Äußerlichkeiten. Aber Matthew Canfield konnte nicht in diese Welt passen. Seine Raffinesse war intuitiv und hatte nichts mit gesellschaftlichem Schliff zu tun. Und in anderer Beziehung war da eine gewisse Schwerfälligkeit. Das Maß an Selbstvertrauen, das er besaß, entsprang einem überlegten Urteil und war nicht einfach angeboren.

Andere sahen auch viel besser aus, obwohl man ihn als attraktiv bezeichnen konnte, auf eine grobschlächtige Art. Das war es, überlegte sie. Sowohl in seinem Verhalten als auch in seinem Aussehen erweckte er den Anschein sicherer Unabhängigkeit, aber wenn man mit ihm allein war, änderte sich sein Benehmen. Dann war er außergewöhnlich sanft, fast schwach. Sie fragte sich, ob er schwach war. Sie wußte, daß er zutiefst beunruhigt war, und sie argwöhnte, daß Elizabeth ihm Geld gegeben hatte, um ihre Wünsche zu erfüllen. Er wußte in Wirklichkeit nicht, wie man locker mit Geld umging. Das hatte sie in den zwei Wochen gelernt, die sie zusammen in New York verbracht hatten.

Man hatte ihm offensichtlich den Auftrag erteilt, Geld auszugeben, ohne sich darüber den Kopf zu zerbrechen, hatte ihm das aufgetragen, damit er ihre Beziehung vertiefen konnte. Das hatte er sogar angedeutet, und sie hatten beide darüber gelacht, weil das, was sie mit Regierungsmitteln taten, eigentlich die Wahrheit hinausposaunte. Sie wäre mit Freuden bereit gewesen, selbst dafür zu bezahlen. Sie hatte für andere bezahlt, und keiner davon war ihr so lieb gewesen wie Matthew Canfield. Keiner würde ihr je so lieb sein. Er gehörte nicht in ihre Welt. Er zog eine einfachere, weniger kosmopolitische Welt vor. Aber Janet Saxon Scarlett wußte, daß sie sich seiner Welt anpassen würde, falls sie ihn dadurch behalten konnte.

Vielleicht würde sie, wenn alles vorbei war, falls es je vorbei sein sollte, mit ihm gemeinsam einen Weg finden. Es mußte einen Weg für diesen guten, rauhen, sanften jungen Mann geben, der ein besserer Mann war als alle anderen, die sie zuvor gekannt hatte. Sie liebte ihn sehr, und sie ertappte sich dabei, wie sie sich um ihn sorgte. Das war bemerkenswert für eine Janet Saxon Scarlett.

Als sie am vergangenen Abend um sieben Uhr in Begleitung von Dereks Beauftragtem Ferguson zurückgekehrt war, hatte sie Canfield allein in Elizabeths Wohnzimmer angetroffen. Er war ihr angespannt, gereizt, fast zornig vorgekommen. Und sie kannte den Grund nicht. Er hatte sich nicht sehr überzeugend für seine Laune entschuldigt und sie schließlich aus dem Hotel geführt.

Sie hatten in einem kleinen Restaurant in Soho gegessen. Sie hatten beide ziemlich viel getrunken, und seine Furcht hatte sie angesteckt. Und doch wollte er ihr nicht sagen, was ihn eigentlich beunruhigte.

Sie waren mit einer Flasche Whisky in sein Zimmer zurückgekehrt. In der Stille hatten sie sich geliebt. Janet wußte, daß er ein Mann war, der sich an irgendeinem mythischen Seil festhielt und Angst hatte, es loszulassen – Angst, er könnte dann in die Tiefe stürzen.

Während sie ihn am Schreibtisch beobachtete, erkannte sie instinktiv die Wahrheit – die Wahrheit, die sie verdrängen wollte, die sie aber seit jenem schrecklichen Augenblick vor ein paar Tagen schon geahnt hatte.

Damals hatte er zu ihr gesagt: »Janet, ich fürchte, wir hatten Besuch.«

Jener Besuch war ihr Mann gewesen.

Sie stützte sich auf den Ellbogen. »Matthew?«

»Oh … Guten Morgen, Liebling.«

»Matthew … Fürchtest du dich vor ihm?«

Canfields Magenmuskeln spannten sich an.

Sie wußte Bescheid.

Selbstverständlich wußte sie Bescheid.

»Ich glaube nicht, daß ich mich fürchten werde – wenn ich ihn finde.«

»So ist es immer, nicht wahr? Wir fürchten uns vor jemandem oder etwas, das wir nicht kennen oder nicht finden können.« Janets Augen begannen zu schmerzen.

»So hat es Elizabeth auch ausgedrückt.«

Sie setzte sich auf, zog sich die Decke über die Schultern und lehnte sich an das Kopfteil des Bettes. Sie fror, und der Schmerz in ihren Augen verstärkte sich. »Hat sie es dir gesagt?«

»Ganz am Ende. Sie wollte es nicht. Aber ich ließ ihr keine andere Wahl. Sie mußte es mir sagen.«

Janet starrte vor sich hin, ins Leere. »Ich wußte es«, flüsterte sie. »Ich habe Angst.«

»Natürlich – aber dazu hast du keinen Grund. Er kann nicht an dich herankommen.«

»Warum bist du so sicher? Ich glaube nicht, daß du gestern abend so sicher warst.« Sie merkte es nicht, aber ihre Hände begannen zu zittern.

»Nein, das war ich nicht. Aber nur, weil es ihn überhaupt gab. Weil das Gespenst lebte und atmete. Ganz gleich, wie sehr wir es auch erwartet haben, es war ein Schock. Aber inzwischen ist die Sonne aufgegangen.« Er griff nach dem Bleistift und machte sich eine Notiz.

Plötzlich warf sich Janet Scarlett nach unten auf das Bett. »O Gott, Gott, Gott!« Sie vergrub das Gesicht im Kissen.

Zuerst nahm Canfield das Flehen in ihrer Stimme gar nicht wahr, weil sie nicht schrie und er sich ganz auf seine Notizen konzentrierte. Ihr erstickter Schrei klang eher schmerzlich als verzweifelt.

»Jan ...«, begann er beiläufig. »Janet!« Er warf den Bleistift auf den Tisch und lief zum Bett. »Janet! Liebste, bitte nicht. Bitte nicht, Janet!« Er nahm sie in die Arme, gab sich alle Mühe, sie zu beruhigen. Und dann blickte er in ihre Augen.

Die Tränen strömten ihr unkontrolliert über das Gesicht, aber sie weinte nicht laut, sondern schnappte nur nach Luft. Was ihn beunruhigte, waren ihre Augen.

Anstatt sich im Tränenfluß zu bewegen, anstatt zu blinzeln, blieben sie weit geöffnet, als befände sie sich in Trance. Eine Trance des Schreckens.

Er sprach immer wieder ihren Namen.

»Janet, Janet, Janet ...«

Sie gab keine Antwort. Sie schien tiefer und tiefer in die Furcht zu versinken, die sie gepackt hielt. Sie begann zu stöhnen, zuerst leise, dann immer lauter und lauter.

»Janet! Hör auf! Hör auf! Liebste, hör auf!«

Sie hörte ihn nicht. Vielmehr versuchte sie, ihn wegzuschieben, sich von ihm zu lösen. Ihr nackter Körper wand sich auf dem Bett – ihre Arme schlugen nach ihm.

Er verstärkte seinen Griff, hatte einen Augenblick lang Angst, er könnte ihr weh tun.

Plötzlich lag sie reglos da und sagte mit einer halberstickten Stimme, die er noch nie zuvor an ihr gehört hatte: »Verdammt sollst du sein – zum Teufel mit dir, verdammt!«

Ihre Beine spreizten sich langsam, widerstrebend.

Und mit derselben erstickten, kehligen Stimme flüsterte sie: »Du Schwein! Schwein! Schwein!«

Canfield beobachtete sie entsetzt. Sie nahm eine Haltung ein wie beim Geschlechtsverkehr, stählte sich gegen das Schreckliche, das sie umfangen hielt und das immer schlimmer werden würde.

»Janet, um Himmels willen, Jan. Nicht! Nicht! Niemand wird dir etwas tun! Bitte, Liebling!«

Sie lachte hysterisch und schrill.

»Du bist eine *Spielkarte,* Ulster! Du bist der gottverdammte Bube – der Bube in ...« Sie kreuzte schnell die Beine, legte sie übereinander und schützte ihre Brüste mit den Händen. »Laß mich allein, Ulster! Bitte, lieber Gott, Ulster! Laß mich allein! Wirst du mich allein lassen?« Sie kuschelte sich wie ein Kind ins Bett und begann zu schluchzen.

Canfield griff ans Fußende des Bettes und zog die Decke über Janet.

Er hatte Angst.

Daß sie es fertigbrachte, ganz plötzlich, ohne Warnung, Scarletts willenlose Hure zu werden, machte ihm angst.

Aber es war geschehen, und er mußte es hinnehmen.

Sie brauchte Hilfe. Vielleicht viel mehr Hilfe, als er ihr bieten konnte. Er strich sanft über ihr Haar und legte sich neben sie.

Ihr Schluchzen ging über in tiefes, gleichmäßiges Atmen, und sie schloß die Augen. Er hoffte, daß sie schliefe, aber er war nicht sicher. Jedenfalls würde er sie ruhen lassen. Das würde ihm genug Zeit verschaffen, um zu überlegen, wie er ihr alles sagen konnte, was sie wissen mußte.

Die nächsten vier Wochen würden schrecklich für sie sein.

Für sie alle drei.

Aber jetzt war da etwas Neues, das es vorher nicht gegeben hatte, und Canfield war dafür dankbar. Er wußte, daß er das nicht hätte sein dürfen, weil es jedem professionellen Instinkt zuwiderlief.

Es war Haß. Sein eigener, persönlicher Haß.

Ulster Stewart Scarlett war nicht länger nur das Zielobjekt einer internationalen Jagd. Er war jetzt der Mann, den Matthew Canfield zu töten beabsichtigte.

37.

Ulster Scarlett musterte das gerötete, zornige Gesicht Adolf Hitlers. Er erkannte, daß Hitler trotz seiner Wut eine ans wunderbare grenzende Fähigkeit zur Selbstkontrolle besaß. Aber der Mann war an sich schon ein Wunder. Ein historisches Wunder, das sie in die beste aller Welten führen würde, die man sich auf Erden vorstellen konnte.

Sie waren zu dritt – Heß, Goebbels und Kroeger – die Nacht über von Montbéliard nach München gefahren, wo Hitler und Ludendorff einen Bericht über ihre Zusammenkunft mit Reinhart erwarteten. Falls die Konferenz ein gutes Ende gefunden hatte, sollte Ludendorffs Plan durchgeführt werden. Jede Fraktion des Reichstags, die über nennenswerte Gefolgschaft verfügte, sollte darauf aufmerksam gemacht werden, daß eine Koalition bevorstand. Man würde Versprechungen machen, Drohungen andeuten. Man würde Ludendorff als einziges Mitglied des Reichstags, das der Nationalsozialistischen Partei angehörte, und als Präsidentschaftskandidaten des vergangenen Jahres ernst nehmen. Er galt als Soldat und Denker und begann langsam den Status einzunehmen, den er bei der Niederlage an der Argonne verloren hatte.

Gleichzeitig würden in zwölf verschiedenen Städten Demonstrationen gegen Versailles stattfinden. Die Polizei war reichlich dafür bezahlt worden, diese Demonstrationen nicht zu behindern. Hitler sollte nach Oldenburg im Zentrum des nordwestpreußischen Territoriums reisen, wo die großen Rittergüter langsam vor die Hunde gingen – ein Schatten vergangenen Ruhms. Eine Massenveranstaltung war geplant, und Reinhart selbst sollte auftreten. Reinhart sollte der Partei in Militärkreisen Glaubwürdigkeit verleihen. Sein Erscheinen würde ein Höhepunkt der Veranstaltung sein. Daß er Hitler anerkannte, würde bezüglich der politischen Neigungen der Generäle keine Zweifel mehr offen lassen.

Ludendorff sah darin eine politische Notwendigkeit. Hitler betrachtete seinen Auftritt als einen politischen Coup. Den österreichischen Gefreiten ließ die Billigung der Junker nie kalt. Er wußte, daß die Vorsehung ihn auserwählt hatte, daß ihm diese Zustimmung daher zustand, er forderte sie. Dennoch erfüllte sie ihn mit Stolz. Und deshalb war er jetzt wütend.

Der häßliche kleine Goebbels hatte gerade Ludendorff und Hitler über Reinharts Bemerkungen bezüglich des Österreichers informiert.

In dem großen gemieteten Büro über der Sendlinger Straße packte Hitler die Armlehnen seines Sessels und stemmte sich in die Höhe. Sekundenlang stand er da und starrte Goebbels mit funkelnden Augen an, aber der Mann mit dem Klumpfuß wußte, daß Hitlers Zorn nicht ihm, sondern seinen Nachrichten galt.

»Dieses fette Schwein! Den schicken wir in sein Bauernkaff zurück! Soll er sich doch um seine Kühe kümmern!«

Scarlett lehnte neben Heß an der Wand. Wie gewöhnlich, wenn deutsch gesprochen wurde, wandte sich der stets beflissene Heß Ulster zu und sagte mit leiser Stimme: »Er ist sehr erregt. Reinhart könnte sich als Hindernis erweisen.«

»Warum?«

»Goebbels glaubt nicht, daß Reinhart die Bewegung in der Öffentlichkeit unterstützen wird. Er möchte alle Vorteile genießen, ohne sich die Uniform schmutzig zu machen.«

»Aber Reinhart hat doch zugesagt. In Montbéliard hat er uns ein Versprechen gegeben. Wovon redet Goebbels denn?« Scarlett konnte sich nur mühsam beherrschen. Er mochte Goebbels nicht.

»Er hat gerade berichtet, was Reinhart über Hitler gesagt hat. Erinnern Sie sich?« flüsterte Heß, wobei er sich die Hand vor den Mund hielt.

Scarletts Stimme wurde lauter. »Die sollten Reinhart einfach sagen, daß ohne Hitler nichts läuft. Soll er doch abhauen!«

»Was hat er gesagt?« fragte Hitler nach einem durchdringenden Blick auf Heß und Scarlett.

»Daß Reinhart zum Teufel gehen soll!«

Ludendorff lachte mit schiefem Mund. »Das ist naiv!«

»Sagen Sie Reinhart, er soll tun, was wir verlangen, oder er ist erledigt!« stieß Scarlett hervor. »Keine Truppen, keine Waffen! Keine Uniformen! Dann gibt es eben kein Geld! Und keine Übungsplätze, wo ihm nicht die Inspektionsteams im Nacken sitzen. Dann wird er schon zuhören.« Er ignorierte Heß, der schnell jedes Wort übersetzte.

Nun schaltete sich Ludendorff ein. »Einem Mann wie Reinhart droht man nicht. Er ist in Preußen sehr einflußreich.«

Heß wandte sich zu Ulster Scarlett. »Herr Ludendorff sagt, daß man Reinhart nicht bedrohen darf. Er ist ein Junker.«

»Er ist ein aufgeblasener, verängstigter Zinnsoldat, sonst gar nichts. Er hat Angst. Dem sitzt die Angst in den Knochen. Er braucht uns und weiß das auch ganz genau.«

Heß wiederholte Scarletts Bemerkungen. Ludendorff schnippte mit den Fingern, als wäre das, was er hörte, lächerlich.

»Lachen Sie nicht über mich!« rief Scarlett. »Ich habe schließlich mit ihm gesprochen, nicht Sie! Hier geht es um mein Geld, nicht um das Ihre!«

Heß brauchte nicht zu übersetzen. Ludendorff stand auf und war jetzt ebenso ergrimmt wie Scarlett.

»Sag dem Amerikaner, daß sein Geld ihm noch lange nicht das Recht gibt, uns Befehle zu erteilen!«

Heß zögerte. »Herr Ludendorff glaubt nicht, daß Ihre finanziellen Zuschüsse – so willkommen sie sind …«

»Sie brauchen nicht weiterzureden! Sagen Sie ihm, er soll auch zum Teufel gehen! Der benimmt sich genauso, wie Reinhart es erwartet!« Scarlett, der seinen Platz an der Wand nicht verlassen hatte, trat jetzt vor und richtete sich zu seiner ganzen Größe auf.

Einen Augenblick lang empfand der alternde Ludendorff körperliche Angst. Er vertraute den Motiven dieses neurotischen Amerikaners nicht. Ludendorff hatte Hitler und den anderen gegenüber häufig angedeutet, daß dieser Mann, der sich Heinrich Kroeger nannte, gefährlich werden könnte. Aber man hatte ihn immer wieder überstimmt, weil Kroeger nicht nur über unbeschränkte finanzielle Mittel zu verfügen schien, sondern offenbar auch imstande war, die Unterstützung oder zumindest das Interesse unglaublich einflußreicher Männer für die Partei zu gewinnen.

Trotzdem traute er ihm nicht. Vor allem, weil er glaubte, daß dieser Kroeger dumm war.

»Darf ich Sie vielleicht daran erinnern, Herr Kroeger, daß ich – die englische Sprache hinreichend beherrsche!«

»Warum gebrauchen Sie sie dann nicht?«

»Weil ich nicht der Ansicht bin, daß es notwendig ist.«

»Das ist es jetzt aber, verdammt!«

Plötzlich klatschte Hitler zweimal in die Hände, um damit alle zum Schweigen aufzufordern. Ludendorff war diese Geste unangenehm, aber sein Respekt für Hitlers Talente – ein Respekt, der an Ehrfurcht grenzte – veranlaßte ihn, ein solches Benehmen zu dulden.

»Das reicht jetzt, alle beide!«

Hitler trat vom Tisch zurück und wandte sich ab. Er verschränkte die Hände hinter dem Rücken. Einige Augenblicke lang sagte er nichts, aber niemand brach das Schweigen. Weil es sein Schweigen war – und Goebbels mit seiner ausgeprägten Liebe für alles Theatralische beobachtete befriedigt, welche Wirkung Hitler auf die anderen ausübte.

Ludendorff andererseits war verstimmt. Der Hitler, den er so gut kannte, war auch durchaus zu unüberlegten Entschlüssen fähig. Ein Visionär vielleicht, aber in Entscheidungen, die sich auf die praktischen Realitäten des Alltags bezogen, häufig recht oberflächlich. Unglücklicherweise mochte er auch keine Auseinandersetzungen über solche Dinge. Das machte Ludendorff und Rosenberg, den wahren Architekten der neuen Ordnung, das Leben häufig schwer. Der alte Soldat hoffte, daß dies nicht wieder einer der Fälle sein würde, wo Hitler seine Meinung in den Wind schlug. Ebenso wie er selbst war Reinhart ein Junker, stolz und unbeugsam. Man mußte ihn sehr geschickt anpacken. Wer wußte dies besser als der ehemalige Feldmarschall der kaiserlichen Armee, der sich gezwungen sah, seine Würde inmitten einer tragischen Niederlage zu bewahren?

Adolf Hitler sagte mit leiser Stimme: »Wir werden tun, was Kroeger gesagt hat.«

»Herr Hitler stimmt Ihnen zu, Kroeger!« Heß lächelte Kroeger entzückt an. Der arrogante Ludendorff gab sich ihm gegenüber immer sehr herablassend, und dies war keineswegs ein kleiner Sieg über ihn. Reinhart war der Preis. Wenn Kroeger recht hatte, würde Ludendorff eine schlechte Figur abgeben.

»Warum? Das ist sehr gefährlich.« Ludendorff mußte widersprechen, obwohl er wußte, daß es keinen Sinn hatte.

»Sie sind zu vorsichtig, Ludendorff«, meinte Hitler. »Kroeger hat recht. Aber wir werden noch einen Schritt weitergehen.«

Rudolf Heß richtete sich auf, musterte Ludendorff und Goebbels und stieß Scarlett mit dem Ellbogen an. »Herr Hitler sagt, daß unser Freund Ludendorff übervorsichtig ist. Er hat recht. Ludendorff ist immer vorsichtig. Aber Hitler möchte auf Ihren Vorschlag eingehen ...«

Adolf Hitler begann langsam, mit fester Stimme zu sprechen, und jeder seiner Sätze wirkte endgültig. Während er sprach, musterte er befriedigt die Gesichter seiner Zuhörer. Am Ende spie er die Worte förmlich aus: »Da ist Montbéliard!«

Für jeden bedeutete dieser Satz etwas anderes, hatte aber einen gemeinsamen Nenner – der Mann war ein Genie.

Für Heß war Hitlers Schluß mit einem Genieblitz politischer Einsicht gleichzusetzen.

Für Goebbels hatte Hitler aufs neue seine Fähigkeit unter Beweis gestellt, die fundamentale Schwäche des Gegners zu erkennen und sich selbst zunutze zu machen.

Für Ludendorff hatte der Österreicher eine mittelmäßige Idee aufgegriffen, ihr seine eigene Kühnheit hinzugefügt und daraus ein Stück brillanter Strategie gemacht.

Heinrich Kroeger – Scarlett – fragte: »Was hat er gesagt?«

Aber Rudolf Heß antwortete nicht. Vielmehr ergriff Erich Ludendorff das Wort, ohne dabei den Blick von Adolf Hitler zu wenden. »Herr Hitler hat gerade – das Militär auf unsere Seite gezogen, Kroeger. Mit einer kurzen Feststellung hat er die zögernden Preußen für uns gewonnen.«

»Was?«

Rudolf Heß wandte sich zu Scarlett. »Man wird General Reinhart sagen, daß man, sofern er nicht tut, was wir verlangen, den Behörden in Versailles mitteilen wird, daß er insgeheim über illegale Lieferungen verhandelt. Das ist die Wahrheit. Man kann Montbéliard nicht ableugnen.«

»Er ist ein Junker«, fügte Ludendorff hinzu. »Montbéliard ist der Schlüssel, weil es die Wahrheit ist. Reinhart kann das, was er getan hat, nicht leugnen. Selbst wenn er die Versuchung dazu verspüren sollte, es gibt zu viele, die Bescheid wissen – von Schnitzler, Kindorf. Selbst Krupp. Reinhart hat sein Wort gebrochen.« Und dann lachte Ludendorff heiser. »Das heilige Wort eines Junkers!«

Hitler lächelte kurz und redete dann schnell auf Heß ein, wobei er mit einer Kopfbewegung auf Ulster Scarlett wies.

»Der Führer bewundert Sie und schätzt Sie, Heinrich«, sagte Heß. »Er erkundigt sich nach unseren Freunden in Zürich.«

»Alles läuft planmäßig ab«, erwiderte Scarlett. »Einige Irrtümer sind behoben worden. Möglicherweise verlieren wir einen von den übrigen dreizehn. Das ist kein Verlust, er ist ein Dieb.«

»Wer ist das?« Jetzt sprach Ludendorff englisch, wie um seine Sprachkenntnisse unter Beweis zu stellen.

»Thornton.«

»Was ist mit seinem Land?«

Scarlett, der jetzt Kroeger geworden war, musterte den akademischen Ludendorff, den Militärintellektuellen, mit der Verachtung eines Mannes, für den Geld keine Rolle spielt. »Ich beabsichtige, es zu kaufen.«

»Ist das nicht gefährlich?« Heß beobachtete Ludendorff, der leise Scarletts Worte für Hitler übersetzt hatte. Beide Männer zeigten Anzeichen von Bestürzung.

»Überhaupt nicht.«

»Vielleicht nicht für Sie persönlich, mein kühner junger Freund.« Ludendorffs Tonfall klang deutlich beleidigend. »Wer weiß denn schon, wo Ihre Sympathie in sechs Monaten liegen wird?«

»Das verbitte ich mir!«

»Sie sind kein Deutscher. Das ist nicht Ihre Auseinandersetzung.«

»Ich brauche kein Deutscher zu sein. Ich brauche mich auch nicht vor Ihnen zu rechtfertigen. Wollen Sie, daß ich aussteige? Schön, dann steige ich aus. Und mit mir steigen ein Dutzend der reichsten Männer der ganzen Welt aus. Öl! Stahl! Die Industrie! Die Schiffahrtslinien!«

Heß gab sich keine Mühe mehr, taktvoll zu sein. Er sah Hitler an und hob erschrocken die Hände.

Hitler brauchte keinen Hinweis, denn er wußte genau, was zu tun war. Er ging schnell auf den ehemaligen General der kaiserlichen deutschen Armee zu und schlug dem alten Mann mit dem Handrücken leicht über den Mund. Es war eine sehr beleidigende Geste – gerade die Leichtigkeit des Schlages erinnerte an die Züchtigung eines kleinen Kindes. Die beiden Männer wechselten ein paar Worte, und Scarlett wußte, daß das ein Verweis für Ludendorff war.

»Man scheint meine Motive in Frage zu ziehen, Herr Kroeger. Ich wollte Sie nur – wie sagt man? – auf die Probe stellen.« Ludendorff griff sich an den Mund. Die Erinnerung an Hitlers Beleidigung lastete schwer auf ihm. Er gab sich Mühe, diesen Gedanken zu verdrängen. »Aber was den Besitz in der Schweiz angeht – das habe ich ernst gemeint. Ihre – Ihre Arbeit für uns war höchst eindrucksvoll und ist ohne Zweifel von vielen bemerkt worden. Wenn man den Kauf mit Ihnen und damit der Partei in Verbindung brächte, würde das – wie sagt man? – die ganze Übereinkunft sinnlos machen.«

Ulster Scarlett antwortete voll gleichgültigem Selbstvertrauen. Es machte ihm Spaß, Denker auf die ihnen gebührenden Plätze zu verweisen. »Kein Problem. Die Transaktion wird in Madrid stattfinden.«

»Madrid?« Joseph Goebbels begriff nicht ganz, was Scarlett gesagt hatte, aber die Stadt Madrid hatte für ihn eine besondere Bedeutung.

Die vier Deutschen sahen einander an. Keiner schien zufrieden zu sein.

»Warum ist – Madrid geeignet?« Heß machte sich Sorgen, sein Freund könnte etwas Unüberlegtes getan haben.

»Päpstlicher Attaché. Sehr katholisch. Jenseits allen Zweifels. Zufrieden?«

Heß wiederholte Scarletts, Worte automatisch in deutscher Sprache.

Hitler lächelte, während Ludendorff mit den Fingern schnippte, diesmal ein Zeichen ehrlich gemeinter Bewunderung. »Wie läßt sich das bewirken?« fragte er.

»Sehr einfach. Man wird Alfonsos Hof davon unterrichten, daß das Land mit weißrussischem Geld gekauft wird. Wenn es nicht schnell geschieht, könnte das Kapital wieder nach Moskau zurückfließen. Der Vatikan unterstützt das Ganze. Ebenso Rivera. Das wäre nicht das erstemal, das so etwas geschieht.«

Heß übersetzte diese Erklärung für Adolf Hitler, und Joseph Goebbels lauschte interessiert.

»Ich gratuliere, Herr Kroeger. Seien Sie – vorsichtig.« Ludendorff war sichtlich beeindruckt.

Plötzlich begann Goebbels hastig zu reden, wobei er übertriebene Handbewegungen machte. Die Deutschen lachten alle, und Scarlett war nicht sicher, ob der unattraktive kleine Faschist sich über ihn lustig machte oder nicht.

Heß übersetzte: »Herr Goebbels sagte, wenn Sie dem Vatikan erklären, Sie könnten vier hungrige Kommunisten daran hindern, einen Laib Brot zu besitzen, dann erlaubt Ihnen der Papst, daß Sie die Sixtinische Kapelle neu ausmalen.«

Das Gelächter verstummte, als Hitler herrisch fragte: »Was hört man aus Zürich?«

Ludendorff wandte sich Scarlett zu. »Sie erwähnten da etwas von unseren Freunden in der Schweiz?«

»Das läuft ganz planmäßig. Ende nächsten Monats – sagen wir, in fünf Wochen, werden die Gebäude fertig sein. Hier, ich zeige es Ihnen.«

Kroeger ging auf den Tisch zu, zog eine zusammengefaltete Landkarte aus der Jackettasche und breitete sie auf dem Tisch aus. »Diese dicke blaue Linie ist die Grenze des anliegenden Besitzes. Dieser Teil, hier im Süden, gehört Thornton. Unser Gebiet reicht im Westen bis hierher, im Norden bis Baden, im Osten bis zum Stadtrand von Pfäffikon. In etwa eineinviertel Meile Abstand gibt es Bauten, die fünfzig Soldaten aufnehmen können – insgesamt achtzehn Häuser. Neunhundert Mann. Die Wasserleitungen sind gelegt, die Fundamente fertig. Jedes Gebäude sieht wie eine Scheune oder wie ein Kornspeicher aus. Man kann den Unterschied nur von innen erkennen.«

»Ausgezeichnet!« Ludendorff klemmte sich ein Monokel ins linke Auge und musterte die Landkarte scharf. Er übersetzte für den interessierten Hitler und den skeptischen Goebbels, was Scarlett gesagt hatte. »Diese – Abgrenzung zwischen der Kaserne, ist das ein Zaun?«

»Zwölf Fuß hoch. Mit Generatoren in jedem Gebäude verbunden, mit Alarmanlagen versehen. Die Streifen sind vierundzwanzig Stunden täglich im Einsatz. Männer und Hunde ... Ich habe für alles bezahlt.«

»Ausgezeichnet!« rief Ludendorff. »Ausgezeichnet!«

Scarlett sah zu Hitler hinüber. Er wußte, daß Ludendorff mit seinem Lob zu geizen pflegte, und es war Scarlett trotz des unangenehmen Wortwechsels vor ein paar Augenblicken bewußt, daß Hitler großen Wert auf Ludendorffs Meinung legte, vielleicht mehr als auf die aller anderen. Es kam Scarlett so vor, als wäre Hitlers durchdringender Blick, der jetzt voll auf ihn gerichtet war, von leichter Bewunderung geprägt. Er verdrängte sein Hochgefühl und fuhr schnell fort.

»Die Ausbildung wird konzentriert sein – jeweils vier Wochen mit ein paar Tagen dazwischen für den Transport und die Unterbringung. Jedes Kontingent besteht aus neunhundert Mann. Nach einem Jahr ...«

Heß unterbrach ihn: »Prachtvoll! Am Ende eines Jahres stehen zehntausend ausgebildete Männer zur Verfügung!«

»Bereit, sich als Militäreinheit im ganzen Land auszubreiten. Für den Aufstand ausgebildet!« Scarlett platzte förmlich vor Energie.

»Nicht mehr ein zusammengewürfeltes Pack, sondern die Basis eines Elitekorps! Vielleicht das Elitekorps selbst!« Ludendorff wurde von der Begeisterung des Jüngeren angesteckt. »Unsere eigene private Armee!«

»Das ist es! Eine perfekte Maschine, imstande, sich schnell zu bewegen, hart zuzuschlagen und sich schnell und insgeheim neu zu gruppieren.«

Diesmal hatte Ludendorff es übernommen, Kroegers Worte für Hitler und Goebbels ins Deutsche zu übertragen.

Aber Goebbels war noch nicht überzeugt. Er sprach ganz leise, als könnte dieser Kroeger irgendwie die verborgene Bedeutung seiner Beobachtungen erkennen. Er war immer noch argwöhnisch. Dieser hünenhafte Amerikaner war zu glatt, wirkte trotz seiner Begeisterung zu gleichgültig. Trotz der Macht seines Geldes. Hitler nickte zustimmend. Jetzt meinte Heß: »Ganz richtig, Heinrich. Herr Goebbels macht sich Sorgen. Diese Männer in Zürich – ihre Forderungen sind so – nebulös.«

»Nein, sie sind ganz eindeutig. Diese Männer sind Geschäftsleute. Und außerdem sind sie unserer Bewegung freundlich gesinnt.«

»Kroeger hat recht.« Ludendorff sah Ulster Scarlett an und wußte, daß Heß für die anderen übersetzen würde. Er wollte nicht, daß Kroeger Zeit hatte, sich eine Antwort oder einen Kommentar zurechtzulegen. Dieser Mann sprach ihre Sprache zwar nicht fließend, verstand aber viel mehr, als er zugab. Das glaubte Ludendorff wenigstens. »Schließlich haben wir ja Verträge unterzeichnet, oder? Pakte, wenn Sie wollen, die unseren Freunden in Zürich gewisse – Prioritäten geben werden, sobald wir auf der politischen Szene Deutschlands an die Macht gelangt sind. Wirtschaftliche Prioritäten. Wir haben uns schließlich festgelegt, oder?« Aber dieses ›Oder‹ war keine Frage.

»Richtig.«

»Was geschieht denn, Herr Kroeger, wenn wir uns nicht an diese Abmachungen halten?«

Ulster Scarlett zögerte einen Augenblick lang und erwiderte Ludendorffs fragenden Blick. »Die würden ein Riesengeschrei erheben und versuchen, uns zu ruinieren.«

»Wie?«

»Mit allen Mitteln, die ihnen zur Verfügung stehen, Ludendorff. Und ihre Mittel sind beträchtlich.«

»Stört Sie das?«

»Nur wenn sie Erfolg hätten. Thornton ist nicht der einzige, das sind alles Diebe. Der Unterschied ist nur, daß die anderen schlau sind. Sie wissen, daß wir recht haben. Wir werden siegen! Jeder macht gern Geschäfte mit dem Sieger. Die wissen, was sie tun. Sie wollen mit uns zusammenarbeiten!«

»Ich glaube, Sie sind überzeugt.«

»Da haben Sie verdammt recht. Wir werden gemeinsam die Dinge so steuern, wie wir es haben wollen. Auf die richtige Art. So wie wir es wollen. Wir werden diesen Abschaum beseitigen. Die Juden, die Roten und die stinkenden, kleinen, bürgerlichen Speichellecker!«

Ludendorff musterte den selbstbewußten Amerikaner scharf. Er hatte recht, Kroeger war wirklich dumm. Seine Darstellung der geringen Rassen war emotionell und basierte nicht auf den Prinzipien der rassischen Integrität. Hitler und Goebbels gingen gelegentlich auch mit Scheuklappen durch die Welt, aber ihre Logik war immerhin nach der Art einer Pyramide aufgebaut, ob sie das nun wollten oder nicht – sie wußten, weil sie sahen und erkannten. Sie hatten studiert, so wie Rosenberg und er studiert hatten. Dieser Kroeger hatte die Mentalität eines Kindes. In Wirklichkeit war er scheinheilig.

»An dem, was Sie sagen, ist viel Wahres. Jeder denkende Mensch wird seinesgleichen unterstützen, mit seinesgleichen Geschäfte machen.«

Ludendorff würde alles, was Heinrich Kroeger tat, sorgfältig beobachten. Ein Mann, der so aufgeputscht war wie dieser Amerikaner, konnte großen Schaden anrichten. Er war wie ein Clown, den das Fieber gepackt hatte.

Aber ihr Hof brauchte einen solchen Hofnarren. Und sein Geld.

Hitler hatte recht, wie üblich. Sie durften es nicht riskieren, ihn zu verlieren.

»Ich reise morgen nach Madrid. Ich habe bereits Anweisungen bezüglich Thornton vorausgeschickt. Die ganze Geschichte sollte nicht länger als zwei oder drei Wochen in Anspruch nehmen, und dann bin ich in Zürich.«

Heß übersetzte Hitler und Goebbels, was Kroeger gesagt hatte. Der Führer stellte in seiner schnarrenden Stimme eine Frage. »Wo kann man Sie in Zürich erreichen?« dolmetschte Ludendorff. »Ihr

Zeitplan wird es, wenn er weiterhin so wie bisher abläuft, erforderlich machen, daß wir mit Ihnen in Verbindung treten können.«

Heinrich Kroeger wartete eine Weile, ehe er Antwort gab. Er hatte gewußt, daß man diese Frage wieder stellen würde. Sie wurde jedesmal gestellt, wenn er nach Zürich fuhr. Aber er wich jedesmal aus. Ein Teil seiner mystischen Macht in der Partei beruhte darauf, daß er die Individuen und Firmen, mit denen er Geschäfte machte, in einen geheimnisvollen Schleier hüllte. Das hatte er klar erkannt. In letzter Zeit hatte er gelegentlich eine Telefonnummer hinterlassen, ein Postfach oder vielleicht sogar den Namen eines der vierzehn Männer in Zürich mit der Anweisung, ihn nach einem Codenamen zu fragen.

Offen war er nie gewesen.

Sie begriffen nicht, daß Identitäten und Adressen und Telefonnummern unwichtig waren. Nur die Fähigkeit, das zu liefern, was gebraucht wurde, war wichtig.

Zürich begriff das.

Diese reichen Goliaths begriffen das. Die internationalen Finanziers mit ihren ineinander verschlungenen Labyrinthen der Manipulation begriffen voll und ganz.

Er hatte die Ware geliefert.

Ihre Verträge mit den künftigen Machthabern Deutschlands sicherten ihnen Märkte, die jedes Vorstellungsvermögen überstiegen. Und keinen interessierte, wer er war, woher er kam.

Aber jetzt, in diesem Augenblick, erkannte Ulster Stewart Scarlett, daß diese Titanen der neuen Bewegung ein Symbol von Heinrich Kroegers Wichtigkeit waren.

Er würde ihnen die Wahrheit sagen.

Er würde den Namen des einen Mannes in Deutschland nennen, den alle suchten, die auf Macht aus waren. Des einen Mannes, der es ablehnte, mit irgendeiner Partei zu sprechen, der sich weigerte, sich hineinziehen zu lassen oder sich mit jemandem zu treffen.

Der einzige Mann in Deutschland, der hinter einer Mauer völliger Geheimhaltung lebte. In völliger politischer Isolierung.

Der meistgefürchtete und zugleich am höchsten geschätzte Mann in ganz Europa.

»Ich werde bei Krupp sein. Essen wird wissen, wo man uns erreichen kann.«

38.

Elizabeth Scarlatti setzte sich im Bett auf. Man hatte ihr einen Kartentisch neben das Bett gestellt, und überall waren Papiere verstreut – auf dem Bett, auf dem Tisch und dem Boden. Einige Papiere waren zu sorgfältigen Stapeln geordnet, andere bildeten ein wildes Durcheinander. Einige waren zusammengeklammert und mit Karteikarten versehen, andere zerknüllt, bereit für den Papierkorb.

Es war vier Uhr nachmittags, und sie hatte ihr Schlafzimmer nur einmal verlassen, um Janet und Matthew die Tür der Suite zu öffnen. Sie stellte fest, daß sie schrecklich aussahen, ganz krank. Sie wußte, was geschehen war. Der Druck war dem Mann aus Washington zuviel geworden, er mußte ausbrechen, sich irgendwie erleichtern. Jetzt, da er das getan hatte, würde er besser auf ihren Vorschlag vorbereitet sein.

Elizabeth warf einen letzten Blick auf die Papiere, die sie in der Hand hielt.

Das war es also. Das Bild war jetzt klarer, der Hintergrund zu erkennen.

Sie hatte gesagt, daß die Männer in Zürich möglicherweise eine außergewöhnliche Strategie geplant hatten. Jetzt wußte sie, daß dies der Fall war.

Wäre das alles nicht auf so groteske Art böse gewesen, hätte sie ihrem Sohn vielleicht beipflichten können. Vielleicht wäre sie sogar auf die Rolle stolz gewesen, die er da gespielt hatte. Unter den vorliegenden Umständen freilich empfand sie nur Entsetzen.

Sie fragte sich, ob Matthew Canfield es begreifen würde. Doch das war gleichgültig. Jetzt mußte sie sich um Zürich kümmern.

Sie erhob sich von ihrem Bett, nahm die Papiere mit und ging zur Tür.

Janet saß am Schreibtisch und schrieb Briefe. Canfield hatte auf einem Sessel Platz genommen und las nervös in einer Zeitung. Beide erschraken, als Elizabeth ins Zimmer kam.

»Kennen Sie den Versailler Vertrag?« fragte sie den jungen Mann. »Die Restriktionen, die Reparationszahlungen?«

»Ich weiß vermutlich genausoviel wie die meisten Leute.«

»Ist Ihnen der Dawes-Plan bekannt? Dieses unvollkommene Dokument?«

»Ich dachte immer, er würde die Reparationen erträglich machen.«

»Nur zeitweise. Die Politiker haben sich darum gerissen, weil sie Augenblickslösungen brauchten. Wirtschaftlich betrachtet, ist der Plan eine Katastrophe. Er enthält nirgends eine endgültige Zahl. Wenn jemals eine endgültige Zahl genannt würde, könnte die deutsche Industrie, die diese Rechnung zu bezahlen hat, zusammenbrechen.«

»Worauf wollen Sie hinaus?«

»Haben Sie noch einen Augenblick Geduld mit mir. Ich möchte, daß Sie alles begreifen. Ist Ihnen bewußt, wer dafür sorgt, daß der Versailler Vertrag eingehalten wird? Wissen Sie, wessen Stimme bei den Entscheidungen nach dem Dawes-Plan das größte Gewicht hat? Wer die Wirtschaft Deutschlands lenkt?«

Canfield legte die Zeitung auf den Boden. »Ja, irgendein Ausschuß.«

»Die Alliierte Kontrollkommission.«

»Worauf wollen Sie hinaus?« fragte Canfield noch einmal und erhob sich aus seinem Stuhl.

»Sie ahnen es bereits. Drei der Männer aus Zürich sind Mitglieder der Alliierten Kontrollkommission. Der Versailler Vertrag wird von diesen Männern in die Tat umgesetzt. Wenn sie zusammenarbeiten, können die Männer aus Zürich buchstäblich die deutsche Wirtschaft manipulieren. Führende Industrielle der Großmächte im Norden, im Westen und im Südwesten – und dazu kommen die mächtigsten Finanzleute in Deutschland selbst ... Ein Wolfsrudel. Sie werden sicherstellen, daß die in Deutschland tätigen Kräfte auf Kollisionskurs bleiben. Wenn die Explosion stattfindet – und das wird sie –, werden sie bereit sein, die Bruchstücke aufzuheben. Um diesen – Meisterplan zu vervollständigen, brauchen sie nur eine politische Operationsbasis. Glauben Sie mir, wenn ich Ihnen sage, daß sie diese Basis gefunden haben. In Adolf Hitler und seinen Nazis – in meinem Sohn Ulster Scarlett.«

»Mein Gott!« Canfield starrte Elizabeth an. Er hatte die Einzelheiten ihrer Darstellung nicht völlig begriffen, aber die Schlüsse, die man daraus ziehen mußte, waren ihm klar.

»Es ist Zeit, in die Schweiz zu reisen, Mr. Canfield.«

Er würde seine Fragen unterwegs stellen.

39.

Die Telegramme waren alle in englischer Sprache abgefaßt und enthielten, abgesehen von den Namen und Adressen der Empfänger, den gleichen Wortlaut. Jedes wurde an die Firma oder Gesellschaft gerichtet, in der die betreffende Person die höchste Position innehatte. Man achtete auf Zeitzonen, jedes Telegramm sollte an seinem Bestimmungsort um zwölf Uhr mittags am Montag eintreffen, und jedes sollte persönlich gegen Empfangsquittung an den jeweiligen Empfänger ausgehändigt werden.

Elizabeth wollte, daß jene einflußreichen Firmen schriftlich identifiziert wurden. Die Empfänger ihrer Telegramme sollten wissen, daß sie es bitter ernst meinte.

Jedes Kabel lautete: ›Durch den verstorbenen Marquis de Bertholde haben die Scarlatti-Firmen über die Unterzeichnerin von Ihrer Zusammenarbeit gehört stop Als einzige Sprecherin für Scarlatti glaubt die Unterzeichnerin daß es Bereiche gemeinsamen Interesses gibt stop Die Mittel von Scarlatti könnten unter den richtigen Gegebenheiten zu Ihrer Verfügung stehen stop Die Unterzeichnete wird in zwei Wochen am Abend des 3. November um 9 Uhr in Zürich eintreffen stop Die Konferenz wird im Falkenhaus stattfinden stop Elizabeth Wyckham Scarlatti.‹ Es gab dreizehn Reaktionen, jede für sich, in vielen verschiedenen Sprachen, aber allen war eines gemeinsam – Furcht.

Es gab eine vierzehnte Reaktion, und die fand in der Zimmerflucht statt, die für Heinrich Kroeger im Hotel Emperador in Madrid reserviert war. Diese Reaktion war Wut.

»Das lasse ich nicht zu! Das darf nicht geschehen. Die sind alle tot! Man hat sie gewarnt! Sie sind tot! Jeder einzelne von ihnen ist tot! Meine Befehle gehen noch heute hinaus! Jetzt!«

Charles Pennington, den Ludendorff als Kroegers Leibwächter abgestellt hatte, stand auf der anderen Seite des Zimmers und blickte zum Balkon, auf die rötlichen, fächerförmigen Strahlen der spanischen Sonne.

»Herrlich! Einfach großartig! Seien Sie kein Esel!« Er mochte Heinrich Kroeger nicht ansehen. Dieses zusammengeflickte Gesicht war schon im Ruhezustand schlimm genug. Im Zorn war es abstoßend. Jetzt war es vor Wut purpurrot.

»Sagen Sie mir nicht …«

»Oh, hören Sie auf!« Pennington sah, daß Kroeger das Telegramm von Howard Thornton in der Faust zerknüllte, das ihn über die Scarlatti-Konferenz in Zürich informierte. »Welchen Unterschied macht das schon für Sie? Für irgendeinen von uns?« Pennington hatte den Umschlag geöffnet und die Nachricht gelesen, weil er, wie er Kroeger erklärt hatte, keine Ahnung gehabt hatte, wann dieser von seiner Besprechung mit dem päpstlichen Attaché zurückkehren würde. Es hätte dringend sein können. Was er Kroeger nicht sagte, war, daß Ludendorff ihn instruiert hatte, alle Briefe, Telefongespräche – was auch immer – zu überprüfen, die dieses Tier erhielt. Es war ihm ein Vergnügen.

»Wir wollen sonst niemanden hineinziehen. Es darf sonst niemanden geben. Unmöglich! Zürich wird in Panik geraten! Die laufen uns weg!«

»Sie haben alle diese Telegramme bekommen. Wenn Zürich wegläuft, können Sie sie jetzt nicht aufhalten. Außerdem ist diese Scarlatti einsame Klasse, wenn es dieselbe ist, an die ich denke. Die hat Millionen ... Ein verdammtes Glück für uns, wenn sie mitmachen will. Ich habe nicht viel von Bertholde gehalten – wahrscheinlich noch weniger als Sie –, ein stinkender französischer Jude. Aber wenn er das durchgezogen hat, dann ziehe ich den Hut vor ihm. Außerdem – was macht es Ihnen schon aus?«

Heinrich Kroeger starrte den weibisch wirkenden, geckenhaften Engländer an, der an seinen Manschetten zog, um sicherzugehen, daß sie genügend weit unter seinen Jackettärmeln hervorsahen. Die rot-schwarzen Manschettenknöpfe waren vom weichen Leinen seines hellblauen Hemds umgeben. Kroeger wußte, daß der Schein trog. Ebenso wie Boothroyd der Gesellschaftslöwe war Pennington ein Killer, dem seine Arbeit emotionelle Labsal war. Er wurde von Hitler hoch geschätzt und noch mehr von Joseph Goebbels. Dennoch hatte Kroeger seinen Entschluß getroffen. Er durfte es nicht riskieren.

»Diese Zusammenkunft wird nicht stattfinden. Man wird sie töten. Ich werde sie töten lassen.«

»Dann muß ich Sie daran erinnern, daß eine solche Entscheidung gemeinsam getroffen werden muß. So etwas können Sie nicht allein beschließen. Und ich glaube nicht, daß Sie jemanden finden werden, der Sie unterstützt.«

»Sie sind nicht hier, um mir Vorschriften zu machen!«

»Doch, das bin ich schon. Meine Instruktionen kommen von Ludendorff. Und er ist natürlich über Ihre Nachricht von Thornton informiert. Ich habe ihm vor einigen Stunden ein Telegramm geschickt.« Pennington sah auf seine Armbanduhr. »Ich gehe jetzt zum Abendessen. Offengestanden, ich würde es vorziehen, allein zu essen, aber wenn Sie darauf bestehen, mitzukommen, werde ich Ihre Gesellschaft ertragen.«

»Sie armseliger kleiner Pinscher! Den Hals könnte ich Ihnen brechen!«

Penningtons Nackenhaare sträubten sich. Er wußte, daß Kroeger unbewaffnet war, sein Revolver lag auf der Kommode im Schlafzimmer. Und die Versuchung war groß. Er könnte ihn töten, das Telegramm als Beweis benutzen und sagen, daß Kroeger ihm den Gehorsam verweigert hätte. Aber da waren die spanischen Behörden, und Kroeger hatte einen Auftrag zu erledigen. Seltsam, daß dieser Auftrag soviel mit Howard Thornton zu tun hatte ...

»Das ist natürlich möglich. Aber dann könnten wir einander auf vielfältige Art umbringen, nicht wahr?« Pennington zog eine winzige Pistole aus dem Schulterhalfter. »Ich könnte Ihnen zum Beispiel in diesem Augenblick eine Kugel in den Mund schießen. Aber ich würde das trotz Ihrer Provokation nicht tun, weil die Bewegung wichtiger ist als jeder einzelne von uns. Ich würde mich verantworten müssen – man würde mich ohne Zweifel dafür exekutieren. Und wenn Sie die Dinge selbst in die Hand nehmen, wird man Sie erschießen.«

»Sie kennen diese Scarlatti nicht, Pennington. Ich kenne sie!«

Wie konnte sie von Bertholde wissen? Was konnte sie von ihm erfahren haben?

»Natürlich, Sie sind alte Freunde!« Der Engländer steckte seine Pistole wieder in den Halfter und lachte.

Wie! Wie? Sie würde nicht wagen, ihn herauszufordern. Das einzige, worauf sie Wert legte, war der Name Scarlatti, sein Erbe, seine Zukunft. Und sie wußte zweifelsfrei, daß er diesen Namen zerstampfen würde. Wie! Warum?

»Man darf dieser Frau nicht vertrauen!«

Charles Pennington zog seinen Blazer zurecht, so daß die Schultern richtig fielen und das Tuch des Jacketts die kleine Ausbuchtung des Schulterhalfters verbarg. Er ging langsam zur Tür. »Wirklich, Heinrich? Kann man irgendeinem von uns vertrauen?«

Der Engländer schloß die Tür hinter sich und hinterließ nur einen schwachen Hauch von Yardley's.

Heinrich Kroeger glättete das Telegramm, das er in der Hand hielt.

Thornton war in Panik geraten. Jeder der restlichen dreizehn in Zürich hatte ein identisches Telegramm von Elizabeth Scarlatti erhalten. Aber keiner, mit Ausnahme Thorntons, wußte, wer er war.

Kroeger mußte schnell handeln. Pennington hatte nicht gelogen. Man würde ihn erschießen, wenn er die Tötung von Elizabeth Scarlatti befahl. Das schloß jedoch einen solchen Befehl nach Zürich nicht aus. Ja, ein solcher Befehl würde sogar obligatorisch sein.

Aber zuerst das Thornton-Land. Er hatte Thornton um seiner eigenen Sicherheit willen angewiesen, es aufzugeben. Der verängstigte Thornton hatte keinen Widerstand geleistet, und dieser Idiot von einem Attaché spielte ihm in die Hände. Zum größeren Ruhme Jesu, und um einen weiteren Schlag gegen den atheistischen Kommunismus zu führen.

Das Geld und der Besitztitel würden binnen einer Woche übertragen werden. Thornton schickte seinen Anwalt aus San Francisco, um die Verhandlungen durch Unterschrift abzuschließen.

Sobald das Land ihm gehörte, würde Heinrich Kroeger ein Todesurteil sprechen, dem sich niemand widersetzen konnte.

Und sobald jenes unwichtige Leben ausgelöscht war, würde Heinrich Kroeger frei sein. Dann würde er ein wahres Licht der neuen Ordnung sein. Niemand würde wissen, daß es einen Ulster Scarlett gab.

Mit einer Ausnahme.

Und ihr würde er in Zürich entgegentreten.

Er würde sie in Zürich töten.

40.

Die Botschaftslimousine rollte den kleinen Hügel zu dem georgianischen Haus in Fairfax, Virginia, hinauf. Es war die Residenz von Erich Reinhart, dem Attaché der Weimarer Republik, dem Neffen des einzigen kaiserlichen Generals, der die deutsche Radikalenbewegung unterstützte, der man die Bezeichnung Nazi verliehen hatte, und der seiner Philosophie nach selbst ein ausgewachsener Nazi war.

Der Mann mit dem pomadisierten Schnurrbart und dem gut sitzenden Maßanzug stieg aus dem Wagen und trat in die Einfahrt. Er blickte zu der prunkvollen Fassade auf.

»Ein herrliches Haus.«

»Das freut mich, Poole«, sagte Reinhart und lächelte dem Mann von Bertholde et Fils zu.

Die beiden Männer gingen ins Haus, und Erich Reinhart führte seinen Gast in ein Arbeitszimmer neben dem Wohnraum, dessen Wände von Bücherregalen verdeckt waren. Er wies auf einen Sessel und ging zu einem Schränkchen, dem er zwei Gläser und eine Flasche Whisky entnahm.

»Um gleich zum Geschäft zu kommen. Sie haben eine Seereise von dreitausend Meilen zu einer scheußlichen Zeit über den Nordatlantik hinter sich. Sie sagen mir, Ihr Besuch gilt meiner Person. Das ist für mich natürlich äußerst schmeichelhaft, aber was kann ...«

»Wer hat den Befehl für Bertholdes Tod gegeben?« fragte Poole mit finsterer Miene.

Erich Reinhart war verblüfft. Er schob die Schultern etwas vor, stellte sein Glas auf das kleine Tischchen und hob die Hände. »Mein lieber Mann, warum glauben Sie, daß das mich betrifft? Ich meine – in aller Offenheit –, Sie machen sich entweder falsche Vorstellungen in bezug auf meinen Einfluß, oder Sie sollten sich einmal längere Zeit ausruhen.«

»Labishe hätte ihn nicht getötet, wenn er keinen entsprechenden Befehl gehabt hätte. Jemand von ungeheurer Autorität mußte den Auftrag erteilt haben.«

»Nun, zunächst einmal besitze ich keine solche Autorität, und zum zweiten hätte ich auch keinen Grund. Ich mochte diesen Franzosen.«

»Sie kannten ihn kaum.«

Reinhart lachte. »Nun gut. Um so weniger Grund hätte ich ...«

»Ich sagte ja auch nicht, daß Sie persönlich der Mörder sind. Ich frage Sie, wer es getan hat und warum.« Poole war weit von seiner üblichen ruhigen Gelassenheit entfernt. Dieser arrogante Preuße hielt den Schlüssel in der Hand, wenn Poole recht hatte. Er würde nicht nachgeben, bis er es erfahren hatte. Er würde sich näher an die Wahrheit heranarbeiten, sie aber nicht offenbaren dürfen.

»Wußte Bertholde etwas, das er nach dem Wunsch von Ihnen allen nicht wissen sollte?«

»Jetzt werden Sie albern.«

»Antworten Sie!«

»Jacques Bertholde war unser Londoner Kontaktmann. Er genoß eine einmalige Position in England, die nahe an diplomatische Immunität heranreichte. Sein Einfluß war in einem Dutzend Ländern in der industriellen Elite zu verspüren. Sein Tod ist ein großer Verlust für uns. Wie können Sie es wagen, auch nur anzudeuten, daß jemand von uns dafür verantwortlich war!«

»Ich finde es interessant, daß Sie meine Frage nicht beantwortet haben.« Poole war enttäuscht. »Wußte er etwas, das die Männer in München vielleicht für gefährlich halten könnten?«

»Wenn das der Fall war, so habe ich keine Ahnung, was es sein könnte.«

Aber Poole wußte es. Vielleicht war er der einzige, der es wußte. Wenn er nur sicher sein könnte …

»Ich hätte gern noch ein Glas, bitte. Verzeihen Sie mir meine Erregung.«

Reinhart lachte. »Sie sind unmöglich. Geben Sie mir Ihr Glas … Sind Sie zufrieden?« Der Deutsche trat an das Schränkchen und füllte das Glas. »Sie reisen dreitausend Meilen für nichts. Das war eine schlimme Reise für Sie.«

Poole zuckte mit den Schultern. Er war die Reisen gewöhnt – manche waren angenehm, manche nicht. Bertholde und sein seltsamer Freund, dieser Heinrich Kroeger, hatten ihm vor knapp sechs Monaten befohlen, herüberzukommen. Damals waren seine Anweisungen ganz einfach gewesen. Schnappen Sie sich das Mädchen, und finden Sie heraus, was sie von der alten Scarlatti erfahren hat. Er hatte versagt. Dieser Canfield hatte ihn aufgehalten. Dieser aufdringliche Lakai, dieser Handelsvertreter und Gigolo hatte es verhindert. Aber bei seinen anderen Aufträgen hatte er nicht versagt. Er war dem Bankier namens Cartwright gefolgt. Er hatte ihn getötet, das Gepäckfach im Bahnhof aufgebrochen und den Vertrag des Bankers mit Elizabeth Scarlatti herausgeholt.

Damals hatte er die Wahrheit über Heinrich Kroegers Identität erfahren. Elizabeth Scarlattis Sohn hatte einen Verbündeten gebraucht, und Jacques Bertholde war jener Verbündete. Und als Gegenleistung für jene wertvolle Freundschaft hatte Ulster Scarlett

Bertholdes Tod angeordnet. Der Fanatiker hatte den Tod des Mannes befohlen, der ihm alles ermöglicht hatte.

Er, Poole, würde jenen schrecklichen Mord rächen. Aber ehe er das tat, mußte er die Bestätigung für das bekommen, was er für die Wahrheit hielt. Daß nämlich weder die Naziführer noch die Männer in Zürich wußten, wer Kroeger war. Wenn das der Fall war, dann hatte Kroeger den Franzosen ermordet, um seine Identität geheimzuhalten.

Die Enthüllung würde die Bewegung vielleicht Millionen kosten. Die Münchner Nazis würden das wissen, wenn sie überhaupt etwas wußten.

Erich Reinhart stand hochaufgerichtet vor Poole. »Ein Penny für Ihre Gedanken, mein Lieber ... Hier ist ein Bourbon. Sie sagen ja gar nichts.«

»Oh? Ja, es war eine schlimme Reise, Erich. Sie hatten recht.« Poole legte den Kopf in den Nacken, schloß die Augen und rieb sich die Stirn. Reinhart kehrte zu seinem Stuhl zurück.

»Sie brauchen Ruhe. Wissen Sie, was ich glaube? Ich glaube, Sie haben recht. Ich glaube, irgendein verdammter Narr hat tatsächlich diesen Befehl erteilt.« Poole öffnete die Augen, Erich Reinharts Worte hatten ihn erschreckt. »Ja! Nach meiner Ansicht haben Sie recht. Und das muß aufhören. Strasser kämpft gegen Hitler und Ludendorff. Eckhart führt sich auf wie ein Irrer. ›Greift an! Greift an!‹ Kindorf schreit sich an der Ruhr die Seele aus dem Leib. Jodl verrät die schwarze Wehrmacht in Bayern. Selbst mein eigener Onkel, der vielgerühmte Wilhelm Reinhart, macht sich zum Narren. Er spricht, und ich höre hier in Amerika, wie man hinter meinem Rücken über ihn lacht. Ich sage Ihnen, wir sind in zehn Gruppen aufgespalten – Wölfe, die einander an die Kehle gehen. So erreichen wir nichts. Nichts, wenn das nicht aufhört!«

Erich Reinhart gab sich keine Mühe, seinen Zorn zu verbergen. Es war ihm gleichgültig. Wieder erhob er sich aus seinem Stuhl. »Und am allerdümmsten ist das Offenkundigste. Wir dürfen nicht zulassen, daß wir die Männer in Zürich verlieren. Wenn wir uns schon untereinander nicht einigen können, wie lange glauben Sie denn dann, daß die bei uns bleiben? Ich sage Ihnen, diese Männer interessiert es nicht, wer in der nächsten Woche die Macht im Reichstag hat – nicht um der Macht selbst willen. Denen ist der Ruhm des neuen Deutschland egal – genauso wie der Ehrgeiz einer jeden Nation. Ihr Reichtum überwindet alle politischen Grenzen. Sie sind nur aus einem Grund auf unserer Seite – und das ist ihre eigene Macht. Wenn wir bei ihnen auch nur den geringsten Zweifel aufkommen lassen, daß wir gar nicht das sind, was wir behaupten, daß wir nicht die neue Macht in Deutschland sind, dann werden sie uns fallenlassen. Dann bleibt uns nichts. Selbst die Deutschen unter ihnen lassen uns dann fallen.«

Reinharts Zorn ließ nach. Er versuchte zu lächeln, leerte dann sein Glas und ging zu dem Schränkchen.

Wenn Poole nur sicher sein könnte ... »Ich verstehe«, sagte er leise.

»Ja, ich glaube schon, daß Sie verstehen. Sie haben lange und hart mit Bertholde zusammengearbeitet. Sie haben viel erreicht ...« Er drehte sich herum und sah Poole an. »Das meine ich ja. Alles, für das wir gearbeitet haben, kann durch diese inneren Reibungen verlorengehen. Die Leistungen Funkes, Bertholdes, von Schnitzlers, Thyssens, ja selbst Kroegers werden einfach ausgelöscht werden, wenn wir uns nicht zusammenfinden. Wir müssen uns hinter einem, vielleicht zwei akzeptablen Führern vereinen ...«

Das war es! Das war das Zeichen. Jetzt war Poole sicher. Reinhart hatte den Namen ausgesprochen – Kroeger!

»Vielleicht, Erich, aber wer?« Würde Reinhart den Namen noch einmal aussprechen? Das war nicht möglich, denn Kroeger war kein Deutscher. Aber konnte er Reinhart dazu bringen, den Namen zu benutzen, nur den Namen, ein einziges Mal, ohne dabei seine Besorgnis zu verraten?

»Strasser vielleicht. Er ist stark und attraktiv. Ludendorff besitzt natürlich eine Ausstrahlung von nationalem Ruhm, aber er ist jetzt zu alt. Hören Sie mir gut zu, Poole. Auf diesen Hitler müssen Sie aufpassen! Haben Sie die Berichte über den Münchner Prozeß gelesen?«

»Nein. Sollte ich das?«

»Ja! Der Mann ist elektrisierend. Höchst beredsam.«

»Er hat eine Menge Feinde. In den meisten Bezirken Deutschlands darf er nicht einmal sprechen.«

»Das sind die notwendigen Hindernisse auf dem Weg zur Macht. Diese Verbote werden aufgehoben. Dafür sorgen wir.«

Poole beobachtete Reinhart scharf.

»Hitler ist ein Freund von Kroeger, nicht wahr?«

»Ach! Wären Sie das nicht? Kroeger besitzt Millionen. Durch Kroeger bekommt Hitler seine Automobile, seinen Chauffeur und das Haus in Berchtesgaden, und weiß Gott was sonst noch! Sie glauben doch nicht, daß er sie mit seinen Tantiemen kauft, oder? Höchst amüsant. Letztes Jahr hat Hitler ein Einkommen angegeben, mit dem er sich nicht einmal zwei Reifen für seinen Mercedes kaufen könnte.« Reinhart lachte. »Zum Glück konnten wir dafür sorgen, daß die Nachforschungen in München nicht weitergeführt wurden. Ja, Kroeger ist nett zu Hitler.«

Jetzt war Poole absolut sicher. Die Männer in Zürich wußten nicht, wer Heinrich Kroeger war.

»Erich, ich muß jetzt gehen. Kann Ihr Mann mich nach Washington zurückfahren?«

»Aber selbstverständlich, mein Bester.«

Poole öffnete die Tür seines Zimmers im Ambassador-Hotel. Als er das Geräusch des Schlüssels hörte, stand der Mann drinnen auf, nahm Haltung an.

»Oh, Sie sind es, Bush.«

»Ein Telegramm aus London, Mr. Poole. Ich dachte, es wäre besser, wenn ich mit dem Zug herkomme und nicht telefoniere.« Er reichte Poole das Kabel.

Poole öffnete den Umschlag und zog das Blatt heraus. Er las. ›Herzogin hat London verlassen stop Festgestellter Zielort Genf stop Gerüchte über Züricher Konferenz stop Telegrafiert Instruktionen Pariser Büro stop.‹ Poole kniff die aristokratischen Lippen zusammen und bemühte sich krampfhaft, seinen Zorn zu unterdrücken.

›Herzogin‹ war die Codebezeichnung für Elizabeth Scarlatti. Sie fuhr also nach Genf. Und Genf war hundertzehn Meilen von Zürich entfernt … Eine Vergnügungsreise war das nicht. Das war eine weitere Etappe auf ihrer Trauerreise.

Was auch immer Jacques Bertholde gefürchtet hatte – Komplott oder Gegenkomplott –, jetzt geschah es. Elizabeth Scarlatti und ihr Sohn ›Heinrich Kroeger‹ machten ihre Schachzüge. Jeder für sich oder gemeinsam, wer konnte das schon wissen?

Poole traf seine Entscheidung.

»Teilen Sie dem Pariser Büro folgendes mit: ›Herzogin vom

Markt eliminieren. Ihr Angebot ist sofort von unseren Listen zu streichen. Wiederhole – Herzogin eliminieren‹.«

Poole entließ den Kurier und ging zum Telefon. Er mußte sofort eine Reservierung vornehmen. Er mußte nach Zürich fahren.

Es würde keine Konferenz geben. Das würde er verhindern. Er würde die Mutter töten und dafür sorgen, daß man den Sohn für den Mörder hielt. Kurz darauf würde Kroeger sterben.

Das war das mindeste, was er für Bertholde tun konnte.

TEIL III

41.

Der Zug polterte über die alte Rhône-Brücke in den Bahnhof von Genf. Elizabeth Scarlatti saß in ihrem Abteil und blickte zuerst auf die Flußschlepper, dann auf das ansteigende Ufer und schließlich auf die Gleise. Genf war eine saubere Stadt. Sie sah aus wie frischgewaschen, und das half mit, die Tatsache zu verbergen, daß Dutzende von Nationen und Tausende von Geschäftsgiganten diese neutrale Stadt dazu mißbrauchten, ihre im Konflikt liegenden Interessen zu verstärken. Während sich der Zug der Stadt näherte, dachte sie, daß jemand wie sie nach Genf gehörte. Oder daß Genf vielleicht einem Menschen wie ihr gehörte.

Sie musterte ihr Gepäck, das auf dem gegenüberliegenden Sitz aufgetürmt war. Ein Koffer enthielt die Kleider, die sie brauchte. Drei kleinere Taschen waren mit Papieren vollgestopft, mit Papieren, die tausend Schlüsse enthielten und die zusammen eine ganze Batterie von Waffen bildeten. Darunter befanden sich auch Zahlen, die detailliert den Besitz jedes einzelnen Mannes in Zürich darstellten. Zusätzliche Informationen erwartete sie in Genf, aber das war eine andere Art von Bewaffnung. Was sie nämlich in Genf erwartete, war eine komplette Darstellung sämtlicher Scarlatti-Interessen, der gesetzliche Schätzwert jedes einzelnen Besitzes, der von den Scarlatti-Firmen kontrolliert wurde. Was das Ganze so tödlich machte, war die Beweglichkeit der Firmen. Und jedem Baustein ihres Wohlstands war eine Kaufverpflichtung gegenübergestellt. Diese Kaufverpflichtungen waren einzeln aufgeführt. Und durch ein Telegramm an Elizabeths Anwälte konnte blitzschnell erreicht werden, daß man diesen Verpflichtungen nachkam.

Jedem dieser Blöcke folgten nicht etwa die üblichen zwei Spalten mit Schätzwert und Verkaufswert, sondern drei Spalten. Die dritte Spalte enthielt einen Nachlaß, der dem Käufer bei jeder Transaktion ein kleines Vermögen garantierte. In jedem einzelnen Fall handelte es sich um ein Kaufmandat, das keiner ablehnen konnte. All dies spielte sich in den höchsten Etagen der Finanz ab, und alles war infolge der Komplexität des Bankwesens auf die grundlegende Basis wirtschaftlichen Anreizes zurückgeführt, auf den Profit.

Und dann verließ sich Elizabeth noch auf einen letzten Faktor. Dabei handelte es sich um das genaue Gegenteil ihrer Instruktionen. Aber auch das war kalkuliert.

Die versiegelten Instruktionen, die sie über den Atlantik geschickt hatte, enthielten die eindringliche Festlegung, daß jeder Kontakt – um die Aufgabe zu vollenden, mußten ganze Gruppen von Verwaltern in Zwölf-Stunden-Schichten Tag und Nacht arbeiten – unter äußerster Geheimhaltung hergestellt werden sollte, und nur mit denjenigen, deren Autorität auch große finanzielle Festlegungen erlaubte. Die garantierten Gewinne schützten alle vor irgendwelchen Anklagen, verantwortungslos gehandelt zu haben. Jeder würde als ein Held daraus hervorgehen, sei es nun für sich selbst oder gegenüber seiner Wirtschaftsgruppe. Aber der Preis bestand in höchster Sicherheit, bis das Notwendige geschehen war. Der Lohn entsprach dem Preis. Millionäre, Handelsfürsten und Banker in New York, Chicago, Los Angeles und Palm Beach fanden sich mit ihren würdigen Kollegen aus einer der berühmtesten Anwaltsfirmen New Yorks in Konferenzräumen versammelt. Die Stimmen waren gedämpft und die Blicke wissend. Hier wurden Vermögen verdient. Unterschriften wurden geleistet.

Und es mußte auf ganz natürliche Weise geschehen.

Unglaublich viel Glück führt zum Überschwang. Und Überschwang ist nicht der geeignete Partner der Geheimhaltung.

Zwei oder drei begannen zu reden. Dann vier oder fünf. Dann ein Dutzend.

Telefongespräche wurden geführt. Fast keine aus Büros, die meisten aus stillen Bibliotheken oder Studierstuben. Die meisten wurden nachts geführt, im weichen Licht einer Schreibtischlampe, mit einem guten Glas Whisky in Reichweite.

In den höchsten wirtschaftlichen Kreisen lief das Gerücht, daß etwas Ungewöhnliches bei Scarlatti geschah.

Das genügte.

Elizabeth wußte, daß das genügen würde. Schließlich war das der Preis ... Und dann gelangten die Gerüchte zu den Männern in Zürich.

Matthew Canfield streckte sich in seinem Abteil aus. Er hatte die Beine auf seinen Koffer gestellt. Auch er blickte zum Fenster hinaus auf die Stadt Genf. Er hatte gerade eine seiner dünnen Zigarren geraucht, und der Rauch hing in einzelnen Schichten in der stillen Luft des kleinen Raums. Er überlegte, ob er ein Fenster öffnen sollte, war aber zu deprimiert, um sich zu bewegen.

Es waren jetzt auf den Tag genau zwei Wochen her, seit er Elizabeth Scarlatti ihren einen Monat zugebilligt hatte. Vierzehn chaotische Tage, die das Wissen um seine eigene Nutzlosigkeit nur noch schmerzhafter machten. Mehr als Nutzlosigkeit – eher persönliche Überflüssigkeit ... Er konnte nichts tun, und man erwartete auch nichts von ihm. Elizabeth hatte nicht wirklich gewollt, daß er ›eng‹ mit ihr zusammenarbeitete. Sie wollte nicht, daß irgend jemand mit ihr arbeitete – weder eng noch sonstwie. Sie liebte das Solo. Hoch über dem patrizierhaften Adel bewegte sie sich allein in den Lüften. Die schwierigste Aufgabe, die ihm zugeteilt wurde, bestand darin, Büromaterial zu kaufen, stapelweise Papier, Bleistifte, Blocks und endlose Schachteln mit Büroklammern.

Selbst der Verleger Thomas Ogilvie hatte es abgelehnt, ihn zu empfangen, offensichtlich auf Elizabeths Anweisung hin.

Canfield war einfach weggeschickt worden, so wie Elizabeth ihn wegschickte. Selbst Janet behandelte ihn mit einer gewissen Herablassung, entschuldigte sich zwar stets für ihr Verhalten, aber indem sie sich entschuldigte, bestätigte sie es zugleich. Er begann zu begreifen, was geschehen war. Jetzt war er die Hure. Er hatte sich verkauft, man hatte seine Gunsterweisungen angenommen und dafür bezahlt. Jetzt hatten sie für ihn wenig Verwendung. Sie wußten, daß er wieder zu haben war, so wie man weiß, daß eine Hure zu haben ist.

Er verstand nun viel besser, was Janet empfunden hatte.

Würde diese Liebe enden? Konnte sie jemals enden? Er redete sich ein, daß das unmöglich war. Sie sagte ihm dasselbe. Sie bat ihn, stark zu sein für sie beide, aber machte sie sich damit etwas vor und ließ ihn dafür bezahlen?

Er begann sich zu fragen, ob er überhaupt zu einem Urteil fähig war. Er war untätig gewesen, und das Gefühl, von innen heraus zu verfaulen, machte ihm angst. Was hatte er getan? Konnte er es ungeschehen machen? Er bewegte sich in einer Welt, zu der er nicht den richtigen Zugang fand.

Janet gehörte auch nicht in jene Welt. Sie gehörte ihm, mußte ihm gehören.

Die Pfeife auf dem Dach des Zuges kreischte zweimal, und die mächtigen Bremsbacken an den Rädern begannen zu mahlen. Der Zug rollte in den Bahnhof von Genf, und Canfield hörte Elizabeths schnelles Klopfen an der Wand, die ihr Abteil von dem seinen trennte. Das Klopfen ärgerte ihn. Sie benahm sich wie eine ungeduldige Hausherrin, die nach einem Dienstboten ruft.

»Ich trage den hier, nehmen Sie die zwei anderen. Die Gepäckträger sollen sich um die übrigen Koffer kümmern.« Canfield instruierte die Träger pflichtschuldig, ergriff die zwei Koffer und folgte Elizabeth aus dem Zug.

Da er sich mit den zwei Koffern abmühen mußte, war er einige Schritte hinter Elizabeth, als sie von der Metalltreppe stieg und den betonierten Bahnsteig hinunterging, auf die Mitte des Bahnhofs zu. Und diesen beiden Koffern hatten sie es zuzuschreiben, daß sie eine Minute später noch am Leben waren.

Zuerst war es nur die Andeutung einer dunklen Bewegung, die er aus dem Augenwinkel wahrnahm, dann das erschreckte Keuchen einiger Reisender hinter ihm. Dann die Schreie. Und jetzt sah er es. Von rechts kam ein schwerer Gepäckkarren auf Elizabeth zu, mit einer massiven stählernen Platte vorn, die dazu benutzt wurde, schwere Kisten aufzunehmen. Die Stahlplatte befand sich etwa vier Fuß über dem Boden und sah wie eine riesige, häßliche Schaufel aus.

Canfield sprang nach vorn, als das Monstrum direkt auf Elizabeth zuraste. Er schlang den rechten Arm um ihre Hüfte und zog sie von dem stählernen Monstrum weg. Der Karren krachte weniger als einen Fuß von ihnen entfernt gegen die Seitenwand des Zuges.

Die Leute schrien hysterisch. Niemand war sicher, ob jemand verletzt oder getötet worden war. Träger rannten herbei.

Elizabeth hauchte atemlos an Canfields Ohr: »Die Koffer! Haben Sie die Koffer?«

Canfield stellte zu seiner Überraschung fest, daß er immer noch einen in der linken Hand hielt. Er war zwischen Elizabeths Rücken und dem Zug eingezwängt. Der Koffer, den er in der rechten Hand gehalten hatte, war verschwunden. »Ich habe einen. Den anderen habe ich losgelassen.«

»Sie müssen ihn suchen!«
»Herrgott!«
»Suchen Sie ihn, Sie Narr!«

Canfield stemmte sich gegen die Menge, die sich vor ihnen gesammelt hatte. Er blickte nach unten und sah den Lederkoffer. Die schweren Vorderräder des Karrens waren über ihn hinweggerollt und hatten ihn zerdrückt, aber er war noch intakt. Er bahnte sich den Weg an einem Dutzend Neugieriger vorbei und griff nach unten. Im gleichen Augenblick näherte sich ein anderer Arm mit einer fleischigen, ungewöhnlich großen Hand der zerdrückten Ledermasse. Der Arm war mit einer Tweedjacke bekleidet – mit einer Frauenjacke. Canfield schob sich weiter nach vorn, berührte den Koffer mit den Fingern und begann ihn zu sich heranzuziehen. Instinktiv griff er inmitten des Panoramas aus Hosen und Mänteln nach dem Gelenk der fleischigen Hand und blickte nach oben.

Ein pausbäckiges Gesicht beugte sich herunter, die Augen voller Wut, ein Gesicht, das Canfield nie vergessen konnte. Es gehörte in jenen scheußlichen Vorraum mit den roten und schwarzen Wänden, der viertausend Meilen entfernt war. Es war Hannah, Janets Haushälterin.

Ihre Augen begegneten sich, erkannten einander. Das graue Haar der Frau war von einem dunkelgrünen Tiroler Hut bedeckt, der ihre Pausbacken noch deutlicher hervortreten ließ. Ihr mächtiger Körper wirkte geduckt, häßlich, unheilverheißend. Mit ungeheurer Stärke entriß sie ihre Hand Canfields Griff und gab ihm dabei einen Stoß, so daß er gegen den Gepäckkarren und die Leute stolperte, die ihn umgaben. Sie verschwand schnell in der Menge, eilte auf das Bahnhofsgebäude zu.

Canfield richtete sich auf, klemmte sich den zerdrückten Koffer unter den Arm. Er blickte ihr nach, aber sie war nicht mehr zu sehen. Einen Augenblick lang stand er da, umgeben von drängelnden Menschen, blickte verwirrt um sich.

Dann kämpfte er sich zu Elizabeth zurück.

»Bringen Sie mich von hier weg!« befahl sie. »Schnell!«

Sie gingen den Bahnsteig hinunter, und Elizabeth hielt seinen linken Arm fest, mit einer Kraft, die er ihr niemals zugetraut hätte. Sie tat ihm fast weh. Jetzt hatten sie die erregte Menge hinter sich gelassen.

»Es hat angefangen.« Sie blickte gerade vor sich hin, als sie das sagte.

Sie erreichten die überfüllte Bahnhofshalle. Canfield schaute sich die ganze Zeit um, versuchte, irgendeine Lücke zwischen all den Menschen zu finden, versuchte, ein Paar Augen zu erkennen, eine unbewegte Gestalt, jemanden, der wartete. Eine korpulente Frau mit einem Tiroler Hut.

Sie erreichten den Südausgang und fanden eine Reihe von Taxis auf dem Bahnhofsplatz.

Canfield hinderte Elizabeth daran, das erste Taxi zu nehmen. Sie war beunruhigt und wollte möglichst schnell von hier wegkommen. »Die schicken uns unser Gepäck.«

Er gab keine Antwort. Statt dessen stieß er sie nach links, zu dem zweiten Wagen und winkte dann dem Fahrer eines dritten Fahrzeugs, was sie beunruhigte. Er zog die Taxitür zu und sah den zerdrückten teuren Mark-Cross-Koffer an. Er versuchte, sich Hannahs zorniges, aufgedunsenes Gesicht vorzustellen. Wenn es je einen weiblichen Erzengel der Finsternis gegeben hatte, dann sie. Er gab dem Fahrer den Namen ihres Hotels an.

»Il n'y a plus de bagage, monsieur?«

»Nein, das kommt nach«, antwortete Elizabeth in englischer Sprache.

Die alte Frau hatte gerade ein erschreckendes Erlebnis gehabt, und er beschloß daher, Hannah nicht zu erwähnen, bevor sie das Hotel erreicht hatten. Zuerst sollte sie sich beruhigen. Und doch fragte er sich, ob er es war oder Elizabeth, die sich beruhigen mußte. Seine Hände zitterten immer noch. Er sah zu Elizabeth hinüber. Sie starrte noch immer vor sich hin, aber sie sah nichts, das jemand anderer hätte sehen können.

»Sind Sie in Ordnung?«

Sie ließ ihn fast eine Minute lang auf die Antwort warten.

»Mr. Canfield, auf Ihnen lastet eine schreckliche Verantwortung.«

»Ich bin nicht sicher, daß ich Sie verstehe.«

Sie drehte sich herum und sah ihn an. Ihre ganze Großspurigkeit war verflogen und damit auch das Gefühl der Überlegenheit, das sie bisher an den Tag gelegt hatte.

»Lassen Sie nicht zu, daß sie mich töten, Mr. Canfield. Lassen Sie nicht zu, daß sie mich jetzt töten. Sie müssen warten bis Zürich. Nach Zürich können sie tun, was sie wollen.«

42.

Elizabeth und Canfield verbrachten drei Tage und drei Nächte in ihren Zimmern im Hotel D'Accord. Canfield war während der ganzen Zeit nur ein einzigesmal ausgegangen und hatte zwei Männer entdeckt, die ihm folgten. Sie ließen ihn unbehelligt, und es kam ihm in den Sinn, daß sie ihn gegenüber ihrem Hauptziel Elizabeth für zweitrangig hielten. Offenbar wollten sie keinen Einsatz der Genfer Polizei riskieren, die als äußerst schlagkräftig galt – und allen Elementen gegenüber feindselig, die das empfindliche Gleichgewicht ihrer neutralen Stadt störten. Seine Erfahrung lehrte ihn, daß er in dem Augenblick, wo sie gemeinsam auftraten, mit einem nicht weniger bösartigen Angriff zu rechnen hatte als jenem, der auf dem Genfer Bahnhof auf sie verübt worden war. Wenn er jetzt nur Ben Reynolds hätte verständigen können … Aber er wußte, daß das nicht ging. Man hatte ihm den Befehl erteilt, die Schweiz nicht zu betreten. Er hatte in seinen Berichten alle wichtigen Informationen ausgeklammert. Dafür hatte Elizabeth gesorgt. Die Gruppe 20 wußte praktisch nichts über die augenblickliche Situation und die Motive der Beteiligten. Wenn er Hilfe anforderte, würde er eine Erklärung abgeben müssen, zumindest teilweise, und eine solche Erklärung würde zu einer sofortigen Einschaltung seitens der Botschaft führen. Reynolds würde nicht auf Formalitäten warten. Er würde Canfield gewaltsam festsetzen und isoliert halten.

Die daraus erwachsenden Folgen waren leicht vorherzusehen. Wenn man ihn aus dem Spiel nahm, würde Elizabeth nicht die leiseste Chance haben, Zürich zu erreichen. Scarlett würde sie in Genf töten. Und das zweite Opfer würde dann Janet in London sein. Sie konnte nicht ewig im Savoy bleiben. Derek konnte seine Sicherheitsvorkehrungen nicht bis in alle Ewigkeit aufrechterhalten. Am Ende würde sie abreisen, oder Derek würde schließlich die Geduld verlieren und unvorsichtig werden. Dann würde auch sie getötet werden.

Schließlich waren da noch Chancellor Drew, seine Frau und sieben Kinder. Es würde hundert Gründe für sie geben, den Zufluchtsort in Kanada zu verlassen. Und dann würde es zu einem Massaker kommen. Ulster Stewart Scarlett würde gewinnen.

Bei dem Gedanken an Scarlett war Canfield fähig, das, was noch an Zorn in ihm verblieben war, heraufzubeschwören. Es reichte fast aus, um seine Furcht und seine Depressionen auszugleichen. Fast.

Er betrat das Wohnzimmer, das Elizabeth in ein Büro verwandelt hatte. Sie saß am Tisch und schrieb.

»Erinnern Sie sich an die Haushälterin im Haus Ihres Sohnes?« fragte er.

Elizabeth legte ihren Bleistift beiseite. Das war eher ein Akt momentaner Höflichkeit als eine Geste der Besorgnis. »Ich habe sie ein paarmal gesehen. Ja.«

»Woher kommt sie?«

»Soweit ich mich erinnere, hat Ulster sie aus Europa mitgebracht. Sie hat ihm den Haushalt in einer Jagdhütte in – in Süddeutschland geführt. Warum fragen Sie?«

Jahre später würde Canfield darüber nachdenken, daß er versucht hatte, die richtigen Worte zu finden, um Elizabeth Scarlatti zu erklären, daß Hannah in Genf war – und daß dies ihn dazu veranlaßte, das zu tun, was er tat. Nämlich sich in diesem Augenblick von einem Ort zu einem anderen zu begeben. Zwischen Elizabeth und das Fenster zu treten. Er würde die Erinnerung daran so lange in sich tragen, wie er lebte.

Das Klirren von zerspringendem Glas war zu hören, und gleichzeitig empfand er einen scharfen, stechenden Schmerz an der linken Schulter. Der Schmerz schien sogar zuerst zu kommen. Der Schock war so kräftig, daß er Canfield herumriß, ihn über den Tisch warf, so daß Papiere hochflogen und die Lampe krachend auf den Boden fiel. Ein zweiter und ein dritter Schuß folgten, zersplitterten das dicke Holz neben ihm, und Canfield warf sich in seiner Panik zur Seite, stieß Elizabeth dabei vom Stuhl herunter auf den Boden. Der Schmerz an seiner Schulter war überwältigend, und ein riesiger Blutflecken breitete sich auf seinem Hemd aus.

Nach fünf Sekunden war alles vorbei.

Elizabeth kauerte an der Wandvertäfelung. Sie war gleichzeitig verängstigt und dankbar. Sie sah Canfield an, der vor ihr lag, und versuchte, seine Schulter zu halten. Sie war überzeugt, daß er sich über sie geworfen hatte, um sie vor den Kugeln zu schützen. Und er erklärte ihr nie, daß es anders gewesen war.

»Sind Sie schwer verletzt?«

»Ich bin nicht sicher. Es tut höllisch weh. Ich bin noch nie zuvor angeschossen worden.« Das Reden fiel ihm schwer. »Können Sie das Telefon erreichen? Aber bleiben Sie auf dem Boden! Ich glaube, ich brauche einen Arzt – einen Arzt ...« Er verlor die Besinnung.

Dreißig Minuten später erwachte Canfield. Er lag auf seinem Bett, und ein unbequemer Verband hüllte seine ganze linke Brustseite ein. Er konnte sich kaum bewegen. Er konnte – ganz undeutlich – eine Anzahl von Gestalten sehen, die ihn umgaben.

Als sein Blick klarer wurde, entdeckte er Elizabeth, die am Fußende des Bettes stand und auf ihn herabschaute. Rechts von ihr stand ein Mann in einem Mantel, hinter ihm ein uniformierter Polizist. Ein Mann mit strenger Miene, ohne Jackett, mit schütterem Haar, beugte sich über ihn, offensichtlich ein Arzt. Jetzt sprach er Canfield an. Er hatte einen französischen Akzent.

»Bewegen Sie bitte die linke Hand.«

Canfield gehorchte.

»Die Füße, bitte.«

Wieder gehorchte er.

»Können Sie den Kopf zur Seite drehen?«

»Was – wieso?«

»Bewegen Sie den Kopf hin und her!« befahl Elizabeth. »Versuchen Sie bloß nicht, komisch zu sein!« Sie war vermutlich so erleichtert wie sonst niemand im Umkreis von zwanzig Meilen des Hotel D'Accord. Sie lächelte sogar.

Canfield rollte den Kopf hin und her.

»Sie sind nicht ernsthaft verletzt.« Der Arzt richtete sich auf.

»Das scheint Sie zu enttäuschen«, antwortete Canfield.

»Darf ich ihn etwas fragen, Doktor?« fragte der Schweizer, der neben Elizabeth stand.

Der Arzt antwortete in seinem gebrochenen Englisch. »Ja. Die Kugel ist durchgegangen.«

Was das eine mit dem anderen zu tun hatte, wollte Canfield nicht ganz einleuchten. Aber er hatte keine Zeit, darüber nachzudenken. Jetzt ergriff Elizabeth wieder das Wort.

»Ich habe diesem Herrn erklärt, daß Sie mich nur auf meinen Geschäftsreisen begleiten. Was hier geschehen ist, hat uns völlig verblüfft.«

»Ich wäre dankbar, wenn dieser Mann für sich selbst sprechen würde, Madame.«

»Ich will verdammt sein, wenn ich Ihnen etwas sagen kann, Mister ...« Canfield hielt inne. Es hatte wenig Sinn, hier den Narr zu spielen. Er würde Hilfe brauchen. »Oder, wenn ich es mir richtig überlege, vielleicht kann ich es doch.« Er sah den Arzt an, der gerade in sein Jackett schlüpfte. Der Schweizer verstand.

»Sehr gut. Wir werden warten.«

»Mr. Canfield, was könnten Sie wohl hinzufügen?«

»Eine Passage nach Zürich.«

Elizabeth begriff.

Der Arzt ging, und Canfield stellte fest, daß er auf der rechten Seite liegen konnte. Der Schweizer Geheimpolizist trat näher.

»Setzen Sie sich, Sir«, sagte Canfield, und der Mann zog sich einen Stuhl heran. »Was ich Ihnen jetzt sagen werde, wird für jemanden wie Sie oder mich, die wir für unseren Lebensunterhalt arbeiten müssen, etwas seltsam klingen.« Der Amerikaner blinzelte. »Es handelt sich um eine private Angelegenheit – Familiengeschäfte, müssen Sie wissen, aber Sie können helfen ... Spricht Ihr Begleiter hier vielleicht Englisch?«

Der Schweizer warf einen kurzen Blick auf den uniformierten Polizisten.

»*Non, Monsieur.*«

»Gut. Wie ich schon sagte, Sie können uns helfen. Sowohl der gute Ruf Ihrer schönen Stadt könnte uns dienlich sein als auch Sie.«

Der Schweizer zog seinen Stuhl noch näher an das Bett. Er war entzückt.

Der Nachmittag begann. Sie hatten die Fahrpläne auf die Viertelstunde genau abgestimmt und telefonisch eine Limousine und einen Chauffeur bestellt. Das Hotel hatte ihre Eisenbahnbilletts gekauft und dabei den Namen Scarlatti erwähnt, um das beste Abteil für die kurze Fahrt nach Zürich zu bekommen. Ihr Gepäck wurde eine Stunde vorher hinuntergeschickt und am Vordereingang abgestellt. Die Gepäckanhänger waren deutlich ausgefüllt, die Zugabteile angegeben, und für die Träger in Zürich war sogar der Name der Mietwagengesellschaft angegeben worden. Canfield war der Ansicht, daß selbst der größte Idiot in Europa daraus den unmittelbaren Reiseplan von Elizabeth Scarlatti ableiten konnte, wenn er das wollte.

Die Fahrt vom Hotel zum Bahnhof dauerte etwa zwölf Minuten. Eine halbe Stunde vor der Abfahrt des Zuges nach Zürich stieg eine alte Frau mit einem dichten schwarzen Schleier in Begleitung eines jüngeren Mannes mit einer nagelneuen Baskenmütze, der den linken Arm in einer weißen Schlinge trug, in eine Limousine. Sie wurden von zwei Angehörigen der Genfer Polizei begleitet, die ihre Hände die ganze Zeit an den Pistolenhalftern hatten.

Es gab keinen Zwischenfall, und die beiden Reisenden erreichten den Bahnhof und bestiegen sofort den Zug.

Als der Zug aus dem Bahnhof rollte, verließ eine weitere ältere Frau in Begleitung eines jungen Mannes den Lieferanteneingang des Hotel D'Accord. Dieser junge Mann trug einen Brooks-Brothers-Hut und hatte den linken Arm ebenfalls in der Schlinge, aber von einem Mantel verborgen. Die ältere Frau trug die Uniform eines Obersten im weiblichen Roten Kreuz inklusive Feldmütze. Der Fahrer war ebenfalls Angehöriger des Internationalen Roten Kreuzes. Die beiden Personen nahmen auf dem Rücksitz Platz, und der junge Mann schloß die Tür. Er streifte die Zellophanhülle von einer dünnen Zigarre und sagte zu dem Fahrer: »Los!«

Als der Wagen aus der engen Einfahrt rollte, meinte die alte Frau tadelnd: »Wirklich, Mr. Canfield, müssen Sie dieses schreckliche Ding rauchen?«

»Genfer Konvention, Lady. Die Gefangenen dürfen Pakete von zu Hause bekommen.«

43.

Vierzig Kilometer von Zürich entfernt liegt die Ortschaft Menziken. Der Zug aus Genf hielt dort genau vier Minuten, die Zeit, die für das Einladen der Post veranschlagt war, und setzte dann seinen vorgezeichneten Weg zu seinem Bestimmungsort fort.

Fünf Minuten nach Menziken brachen zwei Männer, die Masken trugen, gleichzeitig die Abteile D 4 und D 5 der Ersten Klasse auf. Da sich in keinem der beiden Abteile Passagiere befanden und beide Toilettentüren versperrt waren, feuerten die maskierten Männer ihre Pistolen auf die dünnen Türfüllungen ab und erwarteten beim Öffnen der Türen, die Leichen ihrer Opfer vorzufinden.

Sie fanden niemanden. Nichts.

Die beiden Maskierten rannten fast zur gleichen Sekunde in den schmalen Korridor hinaus und wären fast zusammengestoßen.

»Halt! Stehenbleiben!« Die Rufe kamen von beiden Seiten des Laufgangs des Erste-Klasse-Waggons. Die beiden Männer trugen die Uniformen der Genfer Polizei.

Die zwei maskierten Männer blieben nicht stehen, sondern feuerten blind in beide Richtungen.

Ihre Schüsse wurden erwidert, und die zwei Männer stürzten zu Boden.

Man durchsuchte sie, fand aber keinerlei Ausweispapiere. Die Polizisten aus Genf waren darüber erfreut. Sie wollten keine Komplikationen.

Aber einer der getöteten Männer hatte eine Tätowierung am Unterarm – ein Symbol, dem man erst vor kurzem die Bezeichnung Hakenkreuz verliehen hatte. Und ein dritter Mann, den keiner sah, der keine Maske trug und der nicht getötet wurde, verließ als erster den Zug in Zürich und eilte zu einem Telefon.

»Da wären wir in Aarau. Sie können sich hier eine Zeitlang ausruhen. Ihre Kleider sind in einer Wohnung im ersten Stock. Ich glaube, Ihr Wagen ist hinter dem Haus geparkt, die Schlüssel liegen unter dem linken Sitz.« Ihr Fahrer war ein Engländer, und das gefiel Canfield. Der Amerikaner zog einen großen Schein aus der Tasche und hielt ihn dem Mann hin.

»Das ist wohl nicht notwendig, Sir«, sagte der Fahrer und tat den Schein, ohne sich umzudrehen, mit einer Handbewegung ab.

Sie warteten bis Viertel nach acht. Es war eine dunkle Nacht, und der Halbmond am Himmel wurde teilweise von tiefhängenden Wolken verdeckt. Canfield hatte den Wagen ausprobiert und war eine verlassene Landstraße hinauf- und hinuntergefahren, um sich daran zu gewöhnen und etwas Übung im einhändigen Fahren zu bekommen. Die Benzinuhr zeigte *rempli*, und sie waren bereit.

Genauer gesagt, Elizabeth Scarlatti war bereit.

Sie war wie eine Gladiatorin – bereit, zu bluten und anderes Blut zu vergießen. Sie war eiskalt, aber gefaßt.

Und ihre Waffen waren Papier – ihren Widersachern unendlich gefährlicher als Dreizack oder Schlachtbeil. Und außerdem war sie, wie es sich für einen guten Gladiator gehörte, in höchstem Maße selbstsicher.

Das war mehr als ihre letzte *grande geste*, das war der Höhepunkt eines Lebens – ihres Lebens, das sie Giovanni geweiht hatte. Sie würde ihm keine Schande machen.

Canfield hatte immer wieder die Karte studiert, bis er sie auswendig kannte. Er hatte sich den Weg zum Falkenhaus eingeprägt. Sie würden Zürich rechts liegen lassen und in Richtung Kloten fahren, dann in nördlicher Richtung bis Bülach. Etwa eine Meile nach Bülach, auf der Straße nach Winterthur, würde links die Einfahrt zum Falkenhaus kommen.

Er hatte den Wagen auf hundertdreißig Stundenkilometer hochgejagt und bei neunzig scharf auf einer Strecke von fünfzehn Metern gebremst, ohne daß die Sitze sich verschoben.

Der Genfer Geheimpolizist hatte gute Arbeit geleistet. Aber er war auch gut bezahlt worden, mit fast zwei Jahresgehältern. Und der Wagen trug ein Nummernschild, das ihm überall freie Durchfahrt sicherte – eine Nummer der Züricher Polizei. Canfield hatte ihn nicht gefragt, wie er das zuwege gebracht hatte. Elizabeth meinte, mit Geld könnte man sehr viel erreichen.

»Ist das alles?« fragte Canfield, als er Elizabeth Scarlatti zum Wagen führte. Er meinte damit die eine Aktentasche, die sie trug.

»Das genügt«, sagte die alte Frau, während sie ihm den Fußweg hinunter folgte.

»Sie hatten ein paar tausend Blätter, hunderttausend Zahlen!«

»Die haben jetzt keine Bedeutung mehr.« Sie hielt die Aktentasche auf dem Schoß, als Canfield die Wagentür schloß.

»Und wenn man Ihnen Fragen stellt?« Er steckte den Schlüssel in die Zündung.

»Das wird man ohne Zweifel tun. Und dann werde ich antworten.«

Sie wollte nicht reden.

Sie fuhren zwanzig Minuten lang, und die Straßen entsprachen genau Canfields Vorstellungen. Er war sehr mit sich zufrieden. Er war ein selbstsicherer Navigator. Plötzlich begann Elizabeth zu sprechen.

»Es gibt da etwas, das ich Ihnen bis jetzt nicht gesagt habe und das Sie auch nicht erwähnten. Es ist nur fair, wenn ich Sie jetzt darauf hinweise.«

»Worauf?«

»Es ist möglich, daß keiner von uns beiden diese Konferenz überlebt. Haben Sie darüber nachgedacht?«

Natürlich hatte Canfield darüber nachgedacht. Er hatte seit dem Boothroyd-Zwischenfall ein Risiko auf sich genommen, wenn dies das richtige Wort war. Später war das Risiko zu einer Gefahr angewachsen, als ihm klargeworden war, daß Janet und er wahrscheinlich ein Leben lang zusammenbleiben würden. Seit er wußte, was ihr Mann ihr angetan hatte, war für ihn eine Verpflichtung daraus geworden.

Und seit die Kugel zwei Zoll vom Tode entfernt seine Schulter durchdrungen hatte, war Matthew Canfield auf seine Art ein Gladiator geworden, ebenso wie Elizabeth. Sein Zorn war jetzt sein wichtigstes Motiv.

»Sie kümmern sich um Ihre Probleme – und ich mich um die meinen, okay?«

»Okay. Darf ich Ihnen sagen, daß Sie mir recht lieb geworden sind ... Oh, hören Sie auf, mich wie ein kleiner Junge anzusehen! Sparen Sie sich das für die Damen! Ich bin wirklich keine. Fahren Sie weiter.«

An der Schweizer Bundesstraße 7 nach Winterthur, einen halben Kilometer vor dem Falkenhaus, verläuft die Straße schnurgerade und ist zu beiden Seiten von hochaufragenden Fichten gesäumt. Matthew Canfield drückte das Gaspedal durch und holte aus dem Wagen heraus, was er hergab. Es war fünf Minuten vor neun, und er war fest entschlossen, dafür zu sorgen, daß die Frau an seiner Seite ihre Verabredung pünktlich einhielt.

Plötzlich winkte ein Mann im Lichtkegel der Scheinwerfer. Er winkte mit beiden Händen, hielt sie hoch über dem Kopf erhoben und stand mitten auf der Straße. Er gab das weltweit bekannte Haltezeichen – Gefahr. Trotz Canfields hoher Geschwindigkeit verließ er die Straßenmitte nicht.

»Festhalten!« Canfield raste weiter, ohne auf den Menschen vor ihm zu achten.

Plötzlich knatterten zu beiden Seiten der Straße Schüsse.

»Hinunter!« schrie Canfield. Er trat das Gaspedal immer noch durch und duckte sich dabei, zog den Kopf ein und sah, so gut er konnte, auf das gerade Straßenstück hinaus. Von der anderen Seite der Straße kam ein durchdringender Schrei – ein Todesschrei. Einer der Heckenschützen war im Kreuzfeuer getroffen worden.

Jetzt hatten sie den Schauplatz des Überfalls hinter sich gelassen, und die Sitze im Wagen waren mit Glas- und Metallsplittern übersät.

»Alles in Ordnung?« Canfield hatte keine Zeit für Mitgefühl.

»Ja. Ich bin in Ordnung. Wie weit ist es noch?«

»Wir sind bald da. Wenn wir es schaffen. Vielleicht haben sie einen Reifen erwischt.«

»Könnten wir trotzdem fahren?«

»Keine Sorge! Ich habe nicht vor anzuhalten und einen Wagenheber zu suchen.«

Die Tore des Falkenhauses tauchten auf, und Canfield bog scharf von der Straße ab. Der Weg führte in sanfter Neigung zu einem riesigen runden Platz vor einer Natursteinveranda, die mit Statuetten verziert war. Der Vordereingang, eine große hölzerne Tür, war etwa sechs Meter von den Stufen entfernt. Canfield konnte nicht näher heranfahren.

Rings um den Platz stand ein Dutzend langer, schwarzer Limousinen, umgeben von Chauffeuren, die sich gelangweilt unterhielten.

Canfield überprüfte noch einmal den Revolver, den er in die rechte Tasche gesteckt hatte, und forderte Elizabeth auf, den Wagen zu verlassen. Er bestand darauf, daß sie über den Sitz rutschte und auf seiner Seite ausstieg.

Er ging knapp hinter ihr und nickte den Chauffeuren zu.

Es war eine Minute nach neun, als ein formell gekleideter Diener die große Holztür öffnete.

Sie betraten die große Halle, einen gigantischen Tabernakel architektonischer Selbstsucht. Ein zweiter Diener, ebenso formell gekleidet, geleitete sie zu einer weiteren Tür und machte sie auf.

Drinnen stand der längste Tisch, den Matthew Canfield je gesehen hatte. Er mußte mindestens fünfzehn Meter lang sein – und gute zwei bis zweieinhalb Meter breit.

Um den mächtigen Tisch saßen fünfzehn bis zwanzig Männer aller Altersstufen von vierzig bis siebzig. Alle in teure Anzüge gekleidet. Und alle sahen Elizabeth Scarlatti an. Am Kopfende der Tafel, die halbe Raumlänge entfernt, war ein leerer Stuhl. Er schrie danach, gefüllt zu werden, und Canfield fragte sich einen Augenblick lang, ob Elizabeth dort Platz nehmen sollte. Dann erkannte er, daß dem nicht so war. Ihr Stuhl befand sich am Fußende des Tisches.

Wer sollte sich dann auf den leeren Stuhl setzen? Das war unwichtig. Für ihn gab es keinen Stuhl. Er würde an der Wand stehenbleiben und alles beobachten.

Elizabeth ging auf den Tisch zu. »Guten Abend, Gentlemen. Einige von Ihnen kenne ich schon persönlich. Die übrigen kenne ich ihrem Ruf nach.«

Die ganze Versammlung erhob sich wie ein Mann.

Der Gentleman links von Elizabeths Platz rückte ihr den Stuhl zurecht.

Sie setzte sich, und die Männer ließen sich ebenfalls nieder.

»Ich danke Ihnen. Aber einer scheint zu fehlen.« Elizabeth starrte den fünfzehn Meter entfernten Sessel an. In diesem Augenblick öffnete sich die Tür am anderen Ende des Saals, und ein hochgewachsener Mann kam hereinstolziert. Er war mit der makellos gebügelten Uniform der deutschen Revolutionäre bekleidet, trug ein dunkelbraunes Hemd, glänzende schwarze Schulterriemen und Koppel, gestärkte beigefarbene Reithosen über den schweren Stiefeln, die ihm bis zu den Knien reichten.

Der Schädel des Mannes war glattrasiert. Und sein Gesicht wirkte wie eine verzerrte, fratzenhafte Maske.

»Jetzt ist der Stuhl besetzt. Befriedigt Sie das?«

»Nicht ganz. Da ich auf dem einen oder anderen Weg an diesem Tisch jeden Anwesenden von einiger Bedeutung kenne, würde ich gern wissen, wer Sie sind.«

»Kroeger. Heinrich Kroeger. Sonst noch etwas, Madame Scarlatti?«

»Nichts – Herr Kroeger.«

44.

»Im Gegensatz zu meinen Wünschen und meiner Beurteilung der Situation, Madame Scarlatti, sind meine Kollegen entschlossen, sich anzuhören, was Sie zu sagen haben.« Damit eröffnete der groteske Kroeger mit dem glattrasierten Schädel das Gespräch. »Meine Position ist Ihnen klargemacht worden. Ich vertraue darauf, daß Sie sich gut daran erinnern.«

Am Tisch wurde geflüstert. Einige wechselten Blicke. Keiner der Männer hatte gewußt, daß Heinrich Kroeger schon früher mit Elizabeth Scarlatti Kontakt gehabt hatte.

»Ich erinnere mich sehr wohl. Ihre Kollegen repräsentieren eine Ansammlung von viel Weisheit und einigen Jahrhunderten Erfahrung. Beides, wie ich vermute, in weit stärkerem Maße als Sie – kollektiv und individuell.«

Die meisten Männer senkten nur die Augen, als sie das hörten, und einige unterdrückten ein schwaches Lächeln. Elizabeth musterte langsam ein Gesicht nach dem anderen.

»Wir haben hier eine hochinteressante Versammlung, wie ich sehe. Einige von uns waren vor wenigen Jahren Feinde im Krieg, aber notwendigerweise sind Erinnerungen dieser Art von kurzer Dauer. Wir wollen sehen.«

Ohne einem Individuum besondere Aufmerksamkeit zu widmen, fuhr Elizabeth Scarlatti schnell fort, fast als bete sie eine Litanei herunter: »Mein Land hat, wie ich betrübt feststelle, zwei Mitglieder verloren, aber ich glaube nicht, daß Gebete für Boothroyd und Thornton angebracht sind. Wenn doch, so bin ich zumindest nicht diejenige, die sie vortragen wird. Aber die Vereinigten Staaten sind immer noch hervorragend von Mr. Gibson und Mr. Landor vertreten, die zusammen fast zwanzig Prozent der riesigen Ölinteressen im amerikanischen Südwesten vertreten. Ganz zu schweigen von gemeinsamen Aktivitäten in den kanadischen Nordwestterritorien. Kombinierter persönlicher Wert – zweihundertfünfundzwanzig Millionen ... Unser früherer Feind Deutschland bringt uns die Herren von Schnitzler, Kindorf und Thyssen. IG-Farben – der Baron der Ruhrkohle – die großen Stahlgesellschaften. Persönlicher Wert? Wer kann das in diesen Tagen der Weimarer Republik schon sagen? Vielleicht hundertfünfundsiebzig Millionen, höchstens. Aber jemand fehlt in dieser Gruppe. Ich hoffe, man wird sich darum bemühen, ihn zu gewinnen. Ich spreche von Gustav Krupp. Er könnte den Einsatz beträchtlich erhöhen. England sendet uns Masterson, Leacock und Innes-Bowen. Wohl das mächtigste Triumvirat, das man im britischen Empire finden kann. Mr. Masterson ist für die Hälfte aller Indienimporte zuständig, und wie ich höre, jetzt auch für Ceylon. Mr. Leacock repräsentiert den größten Teil der britischen Aktienbörse. Und Mr. Innes-Bowen ist der Inhaber der größten Textilindustrien in Schottland und auf den Hebriden. Den Gesamtwert veranschlage ich auf dreihundert Millionen. Frankreich war ebenfalls großzügig. Mir ist bekannt, daß Monsieur d'Almeida der wahre Besitzer des französisch-italienischen Eisenbahnsystems ist. Ohne Zweifel ist das zum Teil auf seine italienische Herkunft zurückzuführen. Und Monsieur Daudet. Gibt es hier irgendeinen unter uns, der nicht irgendwann einmal einen Teil seiner Handelsflotte eingesetzt hat? Persönlicher Wert – einhundertfünfzig Millionen ... Und zuletzt unsere Nachbarn im Norden, die Schweden. Herr Myrdal und Herr Olaffsen. Verständlicherweise ...« Hier warf Elizabeth dem Mann mit dem seltsamen Gesicht am Kopfende der Tafel, ihrem Sohn, einen gezielten Blick zu. »Verständlicherweise verfügt einer dieser Herren, Herr Myrdal, über großen Einfluß auf Donnenfeld, die mächtigste Firma der Stockholmer Börse. Wohingegen die zahlreichen Gesellschaften von Herrn Olaffsen lediglich die Kontrolle über den Export des schwedischen Eisens und Stahls besitzen. Der persönliche Wert wird auf einhundertfünfundzwanzig Millionen beziffert ... Übrigens, Gentlemen, unter ›persönlicher Wert‹ verstehe ich jenes Eigentum, das leicht, schnell und ohne Gefährdung der betreffenden Märkte in Geld verwandelt werden kann. Ansonsten würde ich Sie nicht beleidigen, indem ich Ihr Vermögen nur so gering einschätze.«

Elizabeth hielt inne und stellte ihre Aktentasche vor sich auf den Tisch. Die Männer waren erregt, gespannt. Einige schockiert, wie beiläufig hier Dinge ausgesprochen wurden, die sie im Schutz strenger Vertraulichkeit glaubten. Die Amerikaner Gibson und Landor hatten das kanadische Geschäft ohne Ankündigung in Angriff genommen und ohne daß sie dafür eine juristische Sanktionierung besessen hätten, und sie hatten damit die US-kanadischen Verträge verletzt. Die Deutschen von Schnitzler und Kindorf hatten geheime Konferenzen mit Gustav Krupp abgehalten, der verzweifelt darum kämpfte, neutral zu bleiben, aus Angst, Weimar könnte eingreifen. Krupp hatte geschworen, sie zu desavouieren, wenn die Öffentlichkeit von diesen Konferenzen erfahren sollte. Der Franzose Louis François d'Almeida hütete das Wissen um das Ausmaß seines Einflusses auf das französisch-italienische Eisenbahnsystem wie sein Leben. Sollte davon etwas an die Öffentlichkeit gelangen, so bestand Gefahr, daß der Staat das System konfiszierte. Er hatte die Aktienmehrheit von der italienischen Regierung erworben und dabei vorwiegend mit Bestechungsgeldern gearbeitet.

Und Myrdal, dem korpulenten Schweden, traten die Augen ungläubig aus den Höhlen, als er erkennen mußte, wie gut Elizabeth Scarlatti über die Stockholmer Börse informiert war. Seine eigene Firma war insgeheim von Donnenfeld aufgesogen worden. Es war dies einer der kompliziertesten Firmenkäufe gewesen, die man sich vorstellen kann, und erst die illegale Transaktion mit amerikanischen Wertpapieren hatte das Ganze möglich gemacht. Wenn das an die Öffentlichkeit drang, würden sich die schwedischen Behörden einschalten, und dann würde er vollkommen ruiniert sein.

Nur die Engländer schienen völlig gelockert und auf ihre Leistungen sogar stolz zu sein. Denn Sydney Masterson, unbestrittener Erbe des Handelsimperiums von Sir Robert Clive, hatte erst vor kurzer Zeit die Ceylonverträge abgeschlossen. Sie waren in der Import-Export-Welt unbekannt, und es gab einige Verträge darunter, die noch als recht fragwürdig galten. Manche Leute hätten sogar sagen können, daß sie den Tatbestand des Betrugs erfüllten.

Rings um den Tisch wurden Köpfe zusammengesteckt, man tuschelte in vier Sprachen. Elizabeth hob ihre Stimme, um sich Gehör zu verschaffen.

»Ich kann mir vorstellen, daß einige von Ihnen jetzt mit ihren Mitarbeitern konferieren – ich nehme an, daß es sich um Ihre Mitarbeiter handelt. Wenn ich gewußt hätte, daß es bei diesem Zusammentreffen Vorkehrungen für Verhandlungen auf zweiter Ebene gäbe, hätte ich meine Anwälte mitgebracht. Dann hätten die untereinander Klatschgeschichten austauschen können, während wir unser Gespräch fortführen. Die Entscheidungen, die wir heute treffen, Gentlemen, müssen unsere eigenen sein.«

Heinrich Kroeger saß ganz vorn auf der Stuhlkante. Seine Stimme klang hart und unangenehm. »Ich wäre da in bezug auf Entscheidungen nicht so sicher. Es wird keine geben. Sie haben uns nichts mitgeteilt, was nicht auch jede größere Buchprüfungsfirma in Erfahrung bringen könnte.«

Einige der Männer am Tisch – besonders die beiden Deutschen sowie d'Almeida, Gibson, Landor, Myrdal und Masterson – vermieden es, ihn anzusehen. Denn Kroeger hatte unrecht.

»Glauben Sie?« entgegnete die alte Frau. »Vielleicht. Aber immerhin habe ich Sie übersehen, nicht wahr? Das hätte ich wohl nicht tun sollen, Sie sind offensichtlich schrecklich wichtig.« Wieder war auf den Gesichtern einiger der Anwesenden ein halb unterdrücktes Lächeln zu sehen.

»Ihr Verstand scheint mir ebenso langweilig wie Sie selbst!« stieß Kroeger hervor.

Elizabeth war sehr mit sich zufrieden. Dieser wichtigste Aspekt ihres Auftritts schien ihr zu gelingen. Sie provozierte Ulster Stewart Scarlett. Ohne auf seine Bemerkung einzugehen, fuhr sie fort.

»Auf seltsame Weise erworbene Aktiva im Werte von zweihundertsiebzig Millionen Dollar, die unter höchst fragwürdigen Umständen verkauft wurden, müßten notwendigerweise zu einem Verlust in Höhe von wenigstens fünfzig Prozent, wahrscheinlich sogar sechzig Prozent des Marktwertes führen. Ich will davon ausgehen, daß Sie mit dem niedrigst möglichen Verlust davongekommen sind, und schätze Sie daher auf einhundertfünfunddreißig Millionen Dollar bei den gegenwärtigen Umrechnungskursen. Hundertacht, wenn Sie schlecht verhandelt haben.«

Matthew Canfield zuckte zusammen, rührte sich aber nicht von der Stelle. Die Männer an der Tafel waren verblüfft. Das Stimmengewirr wurde merklich lauter. Einige der Angestellten schüttelten die Köpfe oder nickten zustimmend, runzelten unschlüssig die Stirn. Jeder Teilnehmer glaubte, etwas von den anderen zu wissen. Aber offensichtlich wußte keiner allzuviel über Heinrich Kroeger. Sie waren nicht einmal sicher gewesen, welchen Status er an diesem Tisch einnahm. Elizabeth unterbrach das Stimmengewirr.

»Mr. Kroeger, es ist Ihnen sicher bekannt, daß Diebstahl, wenn man ihn eindeutig beweisen kann, lediglich einer Identifizierung bedarf, ehe Schritte unternommen werden können. Es gibt internationale Gerichte und Auslieferungsvereinbarungen. Es ist daher auch vorstellbar, daß man Ihren Wert auf – null schätzen könnte!«

Schweigen senkte sich über den Tisch, als die Gentlemen mit ihren Assistenten Heinrich Kroeger ihre volle Aufmerksamkeit zuwandten. Die Worte ›Diebstahl‹, ›Gerichte‹ und ›Auslieferung‹ konnte man an diesem Tisch nicht akzeptieren. Es waren gefährliche Worte. Kroeger, der Mann, den viele von ihnen auf unbestimmte Art fürchteten, und dies aus Gründen, die ausschließlich mit seinem ungeheuren Einfluß in beiden Lagern in Verbindung standen, war jetzt gewarnt.

»Drohen Sie mir nicht, alte Frau!« Kroegers Stimme klang leise, selbstbewußt. Er lehnte sich in seinem Stuhl zurück und fixierte seine Mutter am entgegengesetzten Ende des langen Tisches. »Bringen Sie hier keine Anschuldigungen vor, wenn Sie sie nicht beweisen können. Wenn Sie bereit sind, das zu versuchen, bin ich bereit zu kontern. Wenn Sie oder Ihre Kollegen bei den Verhandlungen den kürzeren gezogen haben, dann ist dies nicht der Ort, um darüber zu klagen. Hier wird man Ihnen keine Sympathie entgegenbringen. Ich könnte sogar noch weitergehen und sagen, daß Sie sich auf gefährlichem Boden bewegen.« Seine starren Augen ließen sie nicht los, bis Elizabeth den Anblick seines Gesichts nicht mehr ertragen konnte. Sie wandte sich ab.

Sie war nicht bereit, etwas zu unternehmen. Sie würde das Leben ihrer Familie nicht noch mehr gefährden, als sie es bereits getan hatte. Sie würde an diesem Tisch den Namen Scarlatti nicht aussprechen. Nicht so. Nicht jetzt. Es gab einen anderen Weg.

Kroeger hatte diese Runde für sich entschieden. Das war für alle offensichtlich, und Elizabeth mußte das Gespräch vorantreiben, damit niemand ihre Schwäche ausnutzte.

»Behalten Sie das, was Sie haben. Es ist unwesentlich.«

Die Formulierung ›unwesentlich‹ in bezug auf so viele Millionen war selbst an diesem Tisch eindrucksvoll, das wußte Elizabeth.

»Gentlemen, ehe wir unterbrochen wurden, habe ich Ihnen nach nationalen Gruppierungen jeweils auf fünf Millionen genau den Wert jeder Gruppe genannt. Ich fand, das wäre höflicher, als den genauen Wert eines jeden einzelnen zu verraten – schließlich gibt es Grenzen. Aber wie einige von Ihnen wissen, war ich recht unfair. Ich habe auf einige – wollen wir sagen delikate – Verhandlungen angespielt, von denen ich sicher bin, daß Sie sie für geheim hielten. Sehr gefährlich für Sie – um Mr. Kroegers Worte zu benützen –, wenn das in Ihren jeweiligen Ländern bekannt würde.«

Sieben der zwölf Männer aus Zürich blieben stumm. Fünf waren neugierig.

»Ich beziehe mich auf meine Mitbürger Mr. Gibson und Mr. Landor. Auf Monsieur d'Almeida, Sydney Masterson und natürlich den brillanten Herrn Myrdal. Ich sollte wohl auch zwei Drittel der Investoren aus Deutschland mit einschließen – Herrn von Schnitzler und Herrn Kindorf, aber aus ganz anderen Gründen, wie es den betreffenden Herren sicherlich bekannt ist.«

Niemand sagte etwas. Niemand wandte sich seinen Helfern zu. Alle Augen ruhten auf Elizabeth.

»Es ist nicht meine Arbeit, so unfair zu bleiben, Gentlemen. Ich habe Ihnen allen etwas anzubieten.«

Jetzt meldete sich Sydney Masterson zu Wort. »Darf ich fragen, was das alles soll? All diese – beiläufigen Informationen? Ich bin sicher, daß Sie sehr eifrig waren – auch höchst akkurat, um für mich selbst zu sprechen, aber keiner von uns hier ist Anwärter auf einen Heiligenschein. Das wissen Sie doch.«

»Das weiß ich in der Tat. Sonst wäre ich heute abend nicht hier.«

»Warum also? Was hat das alles zu bedeuten?« Die Stimme sprach mit deutschem Akzent. Sie gehörte dem stiernackigen Baron von der Ruhr, Kindorf.

Masterson fuhr fort: »Ihr Telegramm, Madame, bezog sich ganz speziell auf gemeinsame Interessenbereiche. Ich glaube, Sie sind sogar so weit gegangen, daß Sie sagten, der Scarlatti-Besitz könnte zu unserer gemeinsamen Verfügung stehen. Höchst großzügig in der Tat ... Aber jetzt muß ich Mr. Kroeger zustimmen. Was Sie hier sagen, hört sich an, als wollten Sie uns bedrohen. Ich bin gar nicht sicher, daß mir das gefällt.«

»Ach, kommen Sie, Mr. Masterson! Haben Sie niemals der Hälfte der kleineren Potentaten Indiens Versprechungen über englisches Gold gemacht? Und Herr Kindorf hat seine Gewerkschaften mit Versprechungen höherer Löhne nach dem Abzug der Franzosen von der Ruhr auch nicht zum Streik bestochen? Bitte! Sie beleidigen uns alle! Natürlich bin ich hier, um Sie zu bedrohen! Und ich kann Ihnen versichern, es wird Ihnen noch weniger gefallen, wenn ich fortfahre!«

Masterson stand auf. Auch einige andere schoben ihre Stühle zurück. Die Atmosphäre war plötzlich feindselig geworden.

»Ich werde mir das nicht länger anhören«, sagte der Engländer.

»Dann werden das Außenministerium, die britische Börse und der Aufsichtsrat des englischen Importeurskollektivs morgen mittag Einzelheiten über Ihre höchst illegalen Verträge in Ceylon erhalten. Sie sind enorme Verpflichtungen eingegangen. Die Nachricht könnte möglicherweise zu einem Run auf Ihre Aktien führen.«

Masterson blieb neben seinem Stuhl stehen.

»Verdammt!« stieß er hervor und setzte sich wieder. Jetzt herrschte Stille im Saal.

Elizabeth klappte ihre Aktentasche auf. »Ich habe hier für jeden von Ihnen einen Umschlag. Ihre Namen sind mit Maschine darauf geschrieben. In jedem Umschlag befindet sich eine Zusammenstellung Ihres persönlichen Besitzes, Ihrer Stärken, Ihrer Schwächen. Ein Umschlag fehlt. Der einflußreiche, sehr wichtige Mr. Kroeger hat keinen. Offen gestanden, das ist belanglos.«

»Ich warne Sie!« rief Scarlett.

»Es tut mir leid, Mr. Kroeger.« Jeder konzentrierte sich ganz auf Elizabeth Scarlatti und ihre Aktentasche. »Einige Umschläge sind dicker als andere, aber das hat nicht viel zu sagen. Wir alle wissen, daß breitgestreute Diversifikationen nach einem bestimmten Punkt nichts mehr zu besagen haben.«

Elizabeth griff in die Tasche.

»Sie sind eine Hexe!« Kindorfs Akzent ließ seine Worte jetzt kehlig klingen, und an seinen Schläfen traten dicke Adern hervor.

»Hier! Ich verteile die Umschläge jetzt. Während Sie alle Ihre Portefeuilles überprüfen, werde ich weitersprechen, und ich bin sicher, daß es Ihnen angenehm sein wird.«

Die Kuverts wurden am Tisch verteilt. Einige wurden sofort hastig aufgerissen. Einige Männer hielten sie vorsichtig prüfend in den Händen, so wie erfahrene Pokerspieler ihre Karten.

Matthew Canfield stand an der Wand, sein linker Arm schmerzte in der Schlinge, die Rechte umfaßte in der Tasche den Revolver. Seit die alte Frau Ulster Scarlett mit den zweihundertsiebzig Millionen identifiziert hatte, konnte er den Blick nicht mehr von ihm wenden. Dieser Mann namens Heinrich Kroeger ... Dieser häßliche, arrogante Hundesohn war der Mann, den er vernichten wollte. Dies war das Schwein, der das alles getan hatte – der Mann, der Janet die Hölle bereitet hatte.

»Ich sehe, Sie haben alle Ihre Umschläge«, fuhr Elizabeth fort. »Mit Ausnahme des allgegenwärtigen Mr. Kroeger. Gentlemen, ich habe Ihnen versprochen, ich würde nicht unfair sein, und ich werde mein Wort halten. Es gibt hier fünf unter ihnen, die nicht einmal annähernd den Einfluß von Scarlatti ahnen. Deshalb werde ich, während Sie den Inhalt Ihrer Umschläge lesen, kurz auf diese empfindlichen Bereiche eingehen.«

Einige der Männer, die bis jetzt gelesen hatten, ließen ihre Blicke zu Elizabeth wandern, ohne dabei den Kopf zu heben. Andere legten trotzig ihre Papiere beiseite. Ein paar reichten sie ihren Mitarbeitern und starrten die alte Frau an. Elizabeth sah sich nach Matthew Canfield um. Sie machte sich Sorgen um ihn. Sie wußte, daß er Ulster Scarlett endlich gegenüberstand und daß das eine ungeheure Belastung für ihn bedeutete. Sie versuchte, seinen Blick aufzufangen, ihn mit einem zuversichtlichen Lächeln zu beruhigen.

Aber er sah sie nicht an. Sie konnte nur den Haß in seinen Augen lesen, die unverwandt den Mann namens Heinrich Kroeger anstarrten.

»Ich werde es alphabetisch aufzählen, Gentlemen ... Monsieur Daudet, die Republik Frankreich würde wohl zögern, Ihre Flotte weiterhin mit Aufträgen zu berücksichtigen, wenn sie um jene Schiffe unter der Flagge Paraguays wüßte, die in Kriegszeiten die Feinde Frankreichs beliefert haben.« Daudet blieb unbewegt, aber Elizabeth registrierte amüsiert, wie die drei Engländer den Franzosen mit schmalen Augen beobachteten. Diese berechenbaren, widersprüchlichen Briten!

»Ach, kommen Sie, Mr. Innes-Bowen! Mag sein, daß Sie keine Munition geliefert haben, aber wie viele neutrale Schiffe wurden denn in derselben Zeit an wie vielen Piers in Indien mit Textilladungen für Bremerhaven und Cuxhaven beladen? Und Mr. Leacock – Sie können Ihre irische Herkunft wohl nicht vergessen, wie? Die Sinn Féin hat Ihre Ratschläge zu nutzen gewußt und daraus Vorteil gezogen. Gelder, die durch Sie den irischen Aufständischen zugeführt wurden, haben Tausenden von britischen Soldaten das Leben gekostet, als England sich das am allerwenigsten leisten konnte. Und seien Sie ganz ruhig, Herr Olaffsen. Der Kronprinz des schwedischen Stahls ... Oder ist er jetzt der König? Schließlich hat ihm die schwedische Regierung ein Vermögen für kohlenstoffarme Stahlbarren bezahlt. Bloß, daß diese Barren nicht aus seinen eigenen hochqualifizierten Fabriken kamen ... Sie stammten aus minderwertigen Anlagen auf der anderen Seite der Welt – aus Japan!«

Wieder griff Elizabeth in ihre Aktentasche. Die Männer rings um sie wirkten wie Leichen, unbewegt, nur ihr Verstand arbeitete fieberhaft. Für Heinrich Kroeger hatte Elizabeth Scarlatti soeben ihr eigenes Todesurteil besiegelt. Er lehnte sich zurück und entspannte sich. Elizabeth holte ein dünnes Buch aus der Tasche.

»Zu guter Letzt kommen wir zu Herrn Thyssen. Kein großer Betrug, kein Hochverrat, nur ein paar Peinlichkeiten und kleinere Unregelmäßigkeiten … Kaum der passende Tribut für das Haus August Thyssen.« Sie warf das Heft auf den Tisch. »Schmutz, Gentlemen, einfach nur Schmutz. Fritz Thyssen, Pornograph! Obszönitäten. Bücher, Pamphlete, selbst Filme. Gedruckt und gefilmt in Thyssen-Lagerhäusern in Kairo. Jede Regierung auf dem ganzen Kontinent hat diese unbekannte Quelle verurteilt. Da ist er, Gentlemen, Ihr Kollege.«

Einige Augenblicke lang sagte niemand ein Wort. Jeder war ganz auf sich selbst konzentriert. Jeder berechnete den Schaden, der aus den Enthüllungen der alten Frau erwachsen konnte. In jedem Fall kam zum Schaden die Schande, würde ein Ruf zerstört werden. Die alte Frau hatte zwölf Anklagen ausgesprochen und persönlich zwölf Schuldsprüche gefällt. Im Augenblick dachte keiner an den Dreizehnten, an Heinrich Kroeger.

Schließlich löste Sydney Masterson die feindselige Spannung, die über allen lastete, mit einem lauten, gekünstelten Husten. »Also gut, Madame Scarlatti. Sie haben mir Antwort auf die Frage gegeben, die ich vor einer Weile stellte. Aber ich glaube, ich sollte Sie daran erinnern, daß wir nicht machtlos sind. Angriff und Gegenangriff sind ein Teil unseres Lebens. Unsere Anwälte können jeden Vorwurf, den Sie hier erhoben haben, entkräften, und ich kann Ihnen versichern, daß wir Ihnen Dutzende von Verleumdungsklagen anhängen könnten. Immerhin gibt es geeignete Antworten auf Angriffe aus der Gosse. Wenn Sie glauben, daß wir Angst vor Schmähungen haben, so glauben Sie mir, daß man die öffentliche Meinung mit viel weniger Geld, als hier an diesem Tisch versammelt ist, formen kann!«

Die Züricher Gentlemen schöpften neue Hoffnung, als sie Mastersons Worte hörten. Einige nickten zustimmend.

»Ich bezweifle das keinen Augenblick, Mr. Masterson. Personalakten können verschwinden, man kann andere vorschieben – Opferlämmer sozusagen. Bitte, Gentlemen, ich behaupte ja nur, daß Sie Ärger haben würden, unwillkommenen Ärger.«

»*Non, Madame.*« Claude Daudet gab sich äußerlich kühl, obwohl er innerlich höchst erregt war. Vielleicht kannten seine Züricher

Kollegen die Franzosen nicht. Ein Erschießungsbefehl war keineswegs undenkbar. »Sie haben recht. Man muß solche Schwierigkeiten vermeiden. Was kommt also als nächstes? Was haben Sie für uns vorbereitet, eh?«

Elizabeth zögerte kurz. Sie wußte nicht ganz, warum – sie handelte eher instinktiv, empfand das intuitive Bedürfnis, sich umzudrehen und Canfield anzuschauen.

Er hatte sich nicht von der Stelle gerührt. Er bot einen kläglichen Anblick. Sein Jackett war ihm von der linken Schulter gerutscht, so daß man die schwarze Schlinge sehen konnte, und seine rechte Hand steckte immer noch in seiner Tasche. Er schien die ganze Zeit zu schlucken, schien Mühe zu haben, seine Umgebung im Auge zu behalten. Elizabeth bemerkte, daß er es jetzt vermied, Ulster Scarlett anzusehen. Er schien seine ganze Kraft darauf zu verwenden, nicht den Verstand zu verlieren.

»Entschuldigen Sie mich, Gentlemen.« Elizabeth stand auf und ging auf Canfield zu. Sie flüsterte ihm zu: »Reißen Sie sich zusammen. Das verlange ich. Sie haben nichts zu fürchten. Nicht in diesem Raum!«

Canfield sprach ganz langsam, ohne dabei die Lippen zu bewegen. Sie konnte ihn kaum hören, aber was sie hörte, erschreckte sie. Nicht das, was er sagte, sondern wie er es sagte. Matthew Canfield hatte sich denen angeschlossen, die in diesem Raum in Zürich versammelt waren. Auch er war ein Killer geworden.

»Sagen Sie, was Sie zu sagen haben, und bringen Sie es hinter sich … Ich will ihn. Es tut mir leid, aber ich will ihn haben. Sehen Sie ihn jetzt an, Lady, denn er ist ein toter Mann.«

»Sie sollen sich zusammenreißen! Solche Reden nützen uns beiden nichts.« Sie drehte sich um und ging zu ihrem Stuhl zurück. Ohne sich zu setzen, sagte sie: »Wie Sie vermutlich bemerkt haben, Gentlemen, ist mein junger Freund ernsthaft verwundet worden. Er hat das Ihnen allen zu verdanken – oder einem von Ihnen. Damit sollte meine Ankunft in Zürich verhindert werden. Das war eine geheime Tat und höchst provozierend.«

Die Männer blickten einander an.

Daudet, dessen Fantasie nicht aufhörte, ihm Bilder nationaler Schande oder eines Erschießungskommandos vorzugaukeln, antwortete schnell: »Warum sollte einer der hier Anwesenden so etwas tun, Madame Scarlatti? Wir sind doch keine Wahnsinnigen.

Wir sind Geschäftsleute. Niemand hat versucht, Ihre Reise nach Zürich zu verhindern. Sehen Sie doch, Madame, wir sind alle hier.«

Elizabeth schaute den Mann namens Kroeger an und sagte langsam:

»Einer von Ihnen hat sich dieser Konferenz widersetzt. Man hat vor weniger als einer halben Stunde auf uns geschossen.«

Die Männer wandten sich zu Heinrich Kroeger. Einige begannen zornig zu werden. Vielleicht war dieser Kroeger zu brutal.

»Nein.« Er erwiderte ihre Blicke ruhig und antwortete voll Überzeugung: »Ich war mit Ihrem Kommen einverstanden. Hätte ich Sie aufhalten wollen, dann hätte ich Sie aufgehalten.«

Zum erstenmal seit dem Beginn der Konferenz sah Heinrich Kroeger den Sportartikelverkäufer am anderen Ende des Saales an, der halb im Schatten stand. Er hatte nur mäßig überrascht reagiert, als er begriffen hatte, daß Elizabeth Scarlatti ihn nach Zürich gebracht hatte. Gemäßigt, weil er Elizabeths Neigung für das Ungewöhnliche kannte, sowohl in ihren Methoden als auch in bezug auf die Leute, die sie einsetzte, und weil sie wahrscheinlich niemand anderen in ihrer Umgebung hatte, den sie so leicht zum Schweigen bringen konnte wie diesen geldgierigen gesellschaftlichen Aufsteiger. Er wäre ein bequemer Chauffeur, ein Diener. Kroeger haßte diese Typen.

Oder war er etwas anderes?

Warum hatte der Mann ihn angestarrt? Hatte Elizabeth ihm etwas gesagt? So dumm würde sie doch ganz bestimmt nicht sein. Ein solcher Mann würde sie in der nächsten Minute erpressen.

Eines stand fest – man würde ihn töten.

Aber wer hatte vorher versucht, ihn zu töten? Wer hatte versucht, Elizabeth am Kommen zu hindern? Und warum?

Elizabeth Scarlatti beschäftigte die gleiche Frage. Sie glaubte Kroeger, als dieser das Attentat von sich wies.

»Bitte, fahren Sie fort, Madame Scarlatti«, sagte Fritz Thyssen, dessen rundes Gesicht immer noch vor Zorn über Elizabeths Enthüllung seiner Kairoer Aktivitäten gerötet war. Er hatte das Heft an sich genommen.

»Das werde ich tun.« Sie trat neben ihren Stuhl, setzte sich aber nicht, sondern griff wieder in ihre Aktentasche. »Ich habe hier noch etwas, Gentlemen. Damit können wir unsere Geschäfte abschließen und Entscheidungen treffen. Ich habe hier für jeden der zwölf restlichen Investoren eine Kopie. Sie werden sie sich mit Ihren Assistenten teilen müssen. Ich bitte um Entschuldigung, Mr. Kroeger, für Sie habe ich leider keine.« Sie verteilte zwölf dünne Umschläge. Sie waren alle zugeklebt, und während sie weitergereicht wurden und jeder der Investoren einen nahm, war es offensichtlich, daß es jedem einzelnen schwerfiel, ihn nicht sofort aufzureißen. Aber keiner wollte sich seine Ungeduld anmerken lassen.

Als schließlich jeder der zwölf seinen Umschlag vor sich liegen hatte, begannen die Männer einer nach dem anderen, sie zu öffnen.

Fast zwei Minuten lang war nur das Rascheln von Papier zu hören, sonst herrschte Schweigen, atemloses Schweigen, wie es schien. Die Männer aus Zürich waren von dem, was sie sahen, wie hypnotisiert. Und Elizabeth sprach weiter.

»Ja, Gentlemen. Was Sie hier in Händen halten, ist die geplante Liquidation der Scarlatti-Firmen – und um Illusionen bezüglich der Echtheit dieses Dokuments zu vermeiden, können Sie feststellen, daß hinter jedem Besitztitel die Namen der Personen, Gesellschaften oder Syndikate aufgeführt sind, die als Käufer auftreten werden. Jeder von Ihnen kennt die Einzelpersonen oder die Organisationen. Sie kennen ihre Fähigkeiten und wissen ganz bestimmt auch um ihren Ehrgeiz. In den nächsten vierundzwanzig Stunden werden sie Scarlatti besitzen.«

Für die meisten der Männer aus Zürich war diese Information Bestätigung geflüsterter Gerüchte. Es war ihnen zu Ohren gekommen, daß irgend etwas Ungewöhnliches bei Scarlatti geschah, Verkäufe unter seltsamen Umständen.

Das war es also. Der Kopf Scarlattis stieg aus.

»Eine gigantische Operation, Madame Scarlatti.« Olaffsens Stimme hallte durch den Raum. »Aber um Daudets Frage zu wiederholen, was haben Sie für uns vorbereitet?«

»Bitte, sehen Sie sich die unterste Zeile auf der letzten Seite an, Gentlemen. Obwohl Sie das ganz sicher schon getan haben.« Wieder raschelte Papier. Jeder sah schnell auf die letzte Seite. »Dort steht siebenhundertfünfzehn Millionen Dollar – der vereinigte, sofort flüssig zu machende Wert aller an diesem Tisch Anwesenden beträgt höchstens eine Milliarde einhundertundzehn Millionen. Demzufolge besteht zwischen uns eine Differenz von dreihundertundfünfundneunzig Millionen. Man könnte natürlich auch von der anderen Seite zu kalkulieren beginnen. Die Liquidation der Scarlatti-Firmen wird vierundsechzig Komma vier Prozent der an diesem Tisch vertretenen Werte realisieren – falls Sie, Gentlemen, Ihre persönlichen Besitztümer auf eine Art und Weise flüssig machen könnten, um eine finanzielle Panik auszuschließen.«

Schweigen.

Einige der Männer griffen nach dem ersten Umschlag, den sie erhalten hatten, mit der Übersicht über ihren persönlichen Wert.

Einer davon war Sydney Masterson, der sich jetzt mit seinem frostigen Lächeln zu Elizabeth wandte. »Vermutlich wollen Sie uns sagen, daß diese reichlich vierundsechzig Prozent den Knüppel darstellen, mit dem Sie uns bedrohen?«

»Ganz recht, Mr. Masterson.«

»Meine liebe Lady, ich muß an Ihrem Verstand zweifeln ...«

»Das würde ich an Ihrer Stelle nicht tun.«

»Dann werde ich es tun, Frau Scarlatti.« Schnitzler von den IG-Farben sprach in einem Tonfall, als hätte er es mit einer Schwachsinnigen zu tun. »Um das zu bewirken, was Sie erreicht haben, müssen Sie kostspielige Opfer gebracht haben. Ich frage mich, zu welchem Zweck? Sie können nichts kaufen, was nicht zu verkaufen ist. Wir sind keine öffentliche Firma. Sie können nicht etwas zur Niederlage zwingen, das nicht existiert.« Sein deutscher Akzent war ausgeprägt und die von ihm ausgehende Arroganz fast körperlich zu spüren. Elizabeth fand ihn abstoßend.

»Ganz richtig, von Schnitzler.«

Der Deutsche lachte. »Dann waren Sie vielleicht unklug. Ich würde nicht den Wunsch haben, Ihre Verluste hinzunehmen. Ich meine – Sie können doch nicht zu irgendeinem mythischen Herrgott gehen und ihm sagen, daß Sie mehr Mittel zur Verfügung haben als wir – und daß er uns deshalb auf die Straße jagen muß!«

Einige Männer stimmten in sein Gelächter ein.

»Das wäre natürlich am einfachsten, nicht wahr? Der Appell an ein höheres Wesen und die Verhandlung mit einer einzigen Macht. Es ist wirklich jammerschade, daß ich das nicht kann. Das wäre so viel einfacher und nicht so kostspielig ... Aber ich sehe mich gezwungen, einen anderen Weg einzuschlagen, einen wesentlich teureren ... Vielleicht sollte ich das erklären. Ich habe diesen Weg eingeschlagen, Gentlemen. Ich habe das vollbracht, was ich mir vorgenommen habe. Die Zeit verrinnt.«

Einige starrten Elizabeth unverwandt an – warteten auf das leiseste Zeichen, daß ihr Selbstbewußtsein schwand, die winzigste Andeutung, daß sie bluffte. Andere fixierten leblose Gegenstände – achteten nur auf das, was sie sagte, ihren Tonfall, um so irgendeine Schwäche aufzudecken. Das hier waren Männer, die mit einer einzigen Geste, einem einzigen Wort ganze Nationen in Bewegung setzen konnten.

»Wenn morgen früh die Geschäftstätigkeit beginnt, werden je nach den einzelnen Zeitzonen in den Finanzzentren der fünf an diesem Tisch vertretenen Nationen ungeheuere Bewegungen in Scarlatti-Kapital stattgefunden haben. In Berlin, Paris, Stockholm, London und New York sind bereits Verhandlungen für umfangreiche Käufe der verfügbaren Aktien unserer Zentralgesellschaften abgeschlossen worden. Vor dem Mittag des nächsten Geschäftstages, Gentlemen, wird Scarlatti beträchtliche, wenn auch natürlich Minderheitspakete an vielen Ihrer ausgedehnten Firmen besitzen im Wert von sechshundertsiebzig Millionen Dollar! Begreifen Sie, was das bedeutet, Gentlemen?«

Kindorf brüllte: »Ja! Sie werden die Preise hochjagen und für uns ein Vermögen verdienen! Sie werden gar nichts besitzen!«

»Meine liebe Lady, Sie sind einmalig.« Innes-Bowens Textilpreise waren konservativ geblieben. Er war über die sich bietende Aussicht entzückt.

D'Almeida, der sich bewußt war, daß sie keinen Zugang zu seinen französisch-italienischen Eisenbahnen hatte, sah das anders. »Sie können keine einzige Aktie an meinem Eigentum kaufen!«

»Einige von Ihnen haben eben mehr Glück als andere, d'Almeida.«

Jetzt meldete sich Leacock, der Finanzier, mit einem ganz leicht irischen Tonfall in der Stimme zu Wort. »Angenommen, das, was Sie sagen, stimmt, Madame Scarlatti, und das wäre durchaus möglich – was ist uns dann passiert? Wir haben keine Tochter verloren, sondern einen Kollegen gewonnen, wenn auch einen unbedeutenden.« Er wandte sich den anderen zu und hoffte, daß sie seinen Vergleich spaßig finden würden.

Elizabeth hielt den Atem an, ehe sie weitersprach. Sie wartete, bis die Aufmerksamkeit aller wieder auf sie gerichtet war.

»Ich sagte, daß Scarlatti vor dem Mittag des nächsten Tages die Position einnehmen würde, die ich Ihnen geschildert habe – eine

Stunde später wird sich am Kurfürstendamm in Berlin eine Flutwelle aufbauen und an der Wall Street in New York enden. Eine Stunde später wird Scarlatti sein neu erworbenes Eigentum um einen Bruchteil des bezahlten Preises wieder abgeben. Ich habe drei Cent pro Dollar geschätzt ... Gleichzeitig wird jede Einzelheit, die Scarlatti über Ihre fragwürdigen Aktivitäten erfahren hat, an die wichtigsten Nachrichtenagenturen in Ihren Ländern freigegeben werden. Verleumdungen an sich könnten Sie vielleicht überstehen, Gentlemen. Aber wenn eine Börsenpanik damit Hand in Hand geht, werden Sie nicht unbehelligt bleiben. Einige von Ihnen werden es mit Mühe überwinden. Andere wird man vernichten. Die Mehrzahl von Ihnen wird einen katastrophalen Schaden erleiden.«

Nach einem kurzen Augenblick erschütterten Schweigens schien der Raum förmlich zu explodieren. Jeder redete auf jeden ein.

Heinrich Kroeger erhob sich aus seinem Stuhl und brüllte die Männer an: »Aufhören! Aufhören! Ihr verdammten Narren, hört auf! Das würde sie nie tun! Sie blufft!«

»Glauben Sie das wirklich?« schrie Elizabeth so laut, daß sie die Stimmen der anderen übertönte.

»Dann bringe ich Sie um, Sie Hexe!«

»Versuchen Sie es – Kroeger! Versuchen Sie es!« Matthew Canfield stand jetzt neben Elizabeth, und seine blutunterlaufenen Augen starrten Ulster Stewart Scarlett wütend an.

»Wer, zum Teufel sind Sie denn, Sie lausiger Krämer?« schrie der Mann namens Kroeger den Begleiter der alten Frau an und klammerte sich mit beiden Händen an der Tischplatte fest.

»Sehen Sie mich gut an! Ich bin Ihr Henker!«

»Was!«

Der Mann namens Kroeger kniff die häßlichen Augen zusammen. Er war verwirrt. Wer war dieser Schmarotzer? Aber er hatte jetzt keine Zeit, darüber nachzudenken. Die Stimmen der im Saal Versammelten waren angeschwollen. Jeder brüllte jeden an, ein unglaubliches Durcheinander herrschte im Raum.

Heinrich Kroeger schlug mit der Faust auf den Tisch. Er mußte die Versammlung wieder unter Kontrolle bekommen. Er mußte sie beruhigen. »Aufhören! Hören Sie mir zu! Wenn Sie mir zuhören, dann sage ich Ihnen, weshalb sie das nicht kann! Sie kann es nicht, das sage ich Ihnen!«

Eine Stimme nach der anderen verstummte, und schließlich

herrschte wieder Stille im Raum. Die Männer aus Zürich sahen Kroeger an. Er deutete mit dem Finger auf Elizabeth Scarlatti.

»Ich kenne diese Hexe! Das ist nicht das erstemal, daß sie das tut! Sie holt Männer zusammen, mächtige Männer, und macht ihnen Angst. Dann geraten sie in Panik und verkaufen! Sie spekuliert auf eure Angst, ihr Feiglinge!«

Daudet erwiderte ruhig: »Sie haben uns nichts erklärt. Warum kann sie nicht tun, was sie sagt?«

Kroeger ließ Elizabeth Scarlatti nicht aus den Augen, während er antwortete. »Weil sie alles, wofür sie je gekämpft hat, damit vernichten würde. Scarlatti würde zusammenbrechen!«

Sydney Mastersons Stimme war nicht mehr als ein Flüstern, als er sagte: »Das ist offensichtlich. Aber die Frage bleibt unbeantwortet.«

»Sie könnte ohne diese Macht nicht leben! Glauben Sie mir! Sie könnte ohne sie nicht leben!«

»Das ist Ihre Meinung«, sagte Elizabeth Scarlatti und sah ihren Sohn am anderen Ende des Tisches durchdringend an. »Verlangen Sie, daß die Mehrzahl der an diesem Tisch Anwesenden nur aufgrund Ihrer Meinung ein so hohes Risiko eingeht?«

»Verdammt sollen Sie sein!«

»Dieser Kroeger hat recht, Madame.« Der gedehnte Texas-Tonfall war unverkennbar. »Sie werden sich ruinieren. Am Ende haben Sie keinen Topf mehr, in den Sie pissen können.«

»Ihre Wortwahl paßt zur Primitivität Ihrer Geschäfte, Mr. Landor.«

»Für Worte gebe ich nicht einmal Schweinepisse, alte Dame. Bloß für Geld. Und davon reden wir hier. Was bezwecken Sie mit diesem Scheiß?«

»Es genügt, daß ich es tue, Mr. Landor ... Gentlemen, ich sagte, daß die Zeit knapp wird. Die nächsten vierundzwanzig Stunden werden entweder ein normaler Dienstag sein oder ein Tag, den man in den Finanzhauptstädten unserer Welt nie vergessen wird. Einige der hier Anwesenden werden überleben, die meisten nicht. Wie entscheiden Sie sich, Gentlemen? Ich behaupte, daß es angesichts von allem, was ich gesagt habe, eine schlechte Entscheidung wäre, wollte man zulassen, daß die Mehrheit es der Minderheit gestattet, ihre Vernichtung zu veranlassen.«

»Was wollen Sie denn von uns?« Myrdal war ein vorsichtiger

Verhandlungspartner. »Einige wenige könnten es vorziehen, Ihre Drohungen zu überleben, anstatt Ihre Forderungen zu akzeptieren. Manchmal glaube ich, daß das Ganze nur ein Spiel ist. Was fordern Sie?«

»Daß diese – Vereinigung sofort aufgelöst wird. Daß alle finanziellen und politischen Verbindungen in Deutschland zu den dortigen Parteien sofort gelöst werden. Daß diejenigen von Ihnen, denen man die Mitgliedschaft in der Alliierten Kontrollkommission anvertraut hat, sofort zurücktreten!«

»Nein! Nein! Nein! Nein!« Heinrich Kroeger tobte vor Wut. Er schmetterte seine Faust mit aller Kraft auf den Tisch. »Es hat Jahre gedauert, diese Organisation aufzubauen! Wir werden die Wirtschaft Europas kontrollieren! Ganz Europa werden wir kontrollieren!«

»Hören Sie mir zu, Gentlemen!« bat Elizabeth. »Mr. Myrdal hat gesagt, es sei ein Spiel. Natürlich ist es ein Spiel. Ein Spiel, für das wir unser Leben einsetzen. Unsere Seele. Ein Spiel, das uns verzehrt, und wir verlangen mehr und mehr, bis wir am Ende unsere eigene Vernichtung ersehnen ... Herr Kroeger sagt, ich könne nicht ohne die Macht leben, die ich mir aufgebaut habe. Mag sein, daß er recht hat, Gentlemen. Vielleicht ist für mich die Zeit gekommen, jenes logische Ziel zu erreichen, das Ziel, das ich jetzt ersehne und für das ich bereit bin, den Preis zu bezahlen. Natürlich werde ich tun, was ich sage, Gentlemen. Ich begrüße den Tod!«

»Dann mag es doch der Ihre sein und nicht der unsere!« stieß Sydney Masterson hervor.

»So soll es sein, Mr. Masterson. Ich habe keine Angst davor. Ich überlasse Ihnen allen die Notwendigkeit, mit dieser seltsamen neuen Welt fertig zu werden, in die wir eingetreten sind. Glauben Sie bitte keinen Augenblick, Gentlemen, daß ich Sie nicht verstehen könnte – daß ich nicht verstehen könnte, was Sie getan haben. Und am schrecklichsten ist der Grund, weshalb Sie es getan haben. Sie sehen sich in Ihren persönlichen Königreichen um und haben Angst. Sie sehen, wie Ihre Macht bedroht wird – von Theorien, Regierungen, seltsam klingenden Konzepten, die an Ihren Wurzeln nagen. Überwältigende Angst erfaßt Sie, und Sie wollen das Feudalsystem beschützen, das Sie hervorgebracht hat. Vielleicht sollten Sie das auch ... Aber auf diese Art werden Sie es nicht tun!«

»Da Sie das so gut verstehen, weshalb halten Sie uns dann auf?

Diese Unternehmung schützt uns alle. Am Ende auch Sie. Warum halten Sie uns auf?« D'Almeida würde es überstehen, daß er die französisch-italienischen Eisenbahnen verlor – wenn nur der Rest gerettet werden konnte.

»So fängt es immer an. Der größere Nutzen … Wir wollen sagen, daß ich Sie aufhalte, weil das, was Sie tun, mehr ein Makel als eine Heilung ist. Und das ist alles, was ich darüber sagen will.«

»Aus Ihrem Mund klingt das lächerlich! Ich sage Ihnen noch einmal, sie wird es nicht tun, meine Herren!« Kroeger schlug mit der flachen Hand auf den Tisch, aber niemand schenkte ihm besondere Beachtung.

»Wenn Sie sagen, daß die Zeit zu Ende geht, Madame Scarlatti, wie meinen Sie das?« fragte Masterson. »Aus dem, was Sie sagten, schloß ich, daß die Zeit schon abgelaufen wäre, daß Sie diesen teuren Weg schon eingeschlagen hatten …«

»Es gibt einen Mann in Genf, Mr. Masterson, der einen Telefonanruf von mir erwartet. Wenn er diesen Anruf erhält, wird ein Telegramm an meine Büros in New York abgesandt werden. Wenn jenes Telegramm eintrifft, wird die Organisation abgesagt. Wenn nicht, wird sie planmäßig durchgeführt.«

»Das ist unmöglich! Etwas so Kompliziertes – durch ein einziges Telegramm bewirkt? Ich glaube Ihnen nicht.« Monsieur Daudet sah seinen Ruin unabwendbar vor sich.

»Ich nehme beträchtlichen finanziellen Schaden dafür in Kauf.«

»Sie nehmen mehr als das auf sich, Madame«, sagte Masterson. »Man wird Ihnen nie wieder vertrauen. Scarlatti wird isoliert sein.«

»Das ist eine Möglichkeit, Mr. Masterson. Kein Schluß. Der Markt ist flexibel. Nun – Gentlemen? Was ist Ihre Antwort?«

Sydney Masterson erhob sich von seinem Sessel. »Führen Sie Ihr Telefongespräch. Es gibt keine andere Wahl, nicht wahr, Gentlemen?« Die Männer aus Zürich sahen einander an. Langsam erhoben sie sich aus ihren Stühlen und sammelten die Papiere ein, die vor ihnen lagen.

»Es ist vorbei. Ich steige aus.« Kindorf faltete den Umschlag zusammen und steckte ihn in die Tasche.

»Sie sind ein scharfer Tiger. Ich hätte keine Lust, Ihnen in der Arena zu begegnen, und wenn ich eine ganze Armee hinter mir hätte.« Leacock stand aufrecht da.

»Vielleicht bluffen Sie, aber ich riskier's nicht!« Landor stieß Gibson an, der sich offenbar noch nicht ganz von seinem Schrecken erholt hatte.

»Wir können nicht sicher sein – das ist unser Problem«, sagte Gibson. »Wir können nicht sicher sein.«

»Halt! Warten Sie doch! Einen Augenblick!« Heinrich Kroeger begann zu schreien. »Wenn Sie das tun, wenn Sie hinausgehen, dann sind Sie tot! Jeder einzelne von euch verdammten Blutegeln ist tot! Blutegel! Feige Blutegel ... Ihr saugt uns das Blut aus den Adern, ihr macht Verträge mit uns, und dann lauft ihr weg? Ihr habt Angst um eure kleinen Geschäfte? Ihr gottverdammten Judenschweine! Wir brauchen euch nicht! Keinen von euch! Aber ihr werdet uns brauchen! In Stücke werden wir euch reißen und an die Hunde verfüttern! Ihr gottverdammten Schweine!« Kroegers Gesicht war gerötet. Die Worte überschlugen sich, Speichel rann ihm aus den Mundwinkeln.

»Hören Sie auf, Kroeger!« Masterson trat einen Schritt auf den wütenden Mann mit dem rotgefleckten Gesicht zu. »Es ist vorbei! Verstehen Sie denn nicht? Vorbei!«

»Stehenbleiben, du Dreckschwein, du schwule Engländersau!« Kroeger zog seine Pistole aus dem Halfter. Canfield, der neben Elizabeth stand, sah, daß es eine langläufige Fünfundvierziger war. Ein einziger Schuß reichte, um den Kopf eines Menschen in Stücke zu reißen.

»Keiner rührt sich von der Stelle ... Vorbei! Nichts ist vorbei, bis ich es sage. Ihr gottverdammten, schmutzigen Schweine! Ihr feigen Würmer! Wir sind schon zu weit gekommen! Keiner hält uns mehr auf!« Er fuchtelte mit der Pistole herum, richtete sie auf Elizabeth und Canfield. »Vorbei! Ich will euch sagen, wer erledigt ist! Sie ist erledigt ... Aus dem Weg.«

Er schob sich links am Tisch vorbei, und der Franzose Daudet kreischte: »Tun Sie es nicht, Monsieur! Töten Sie sie nicht! Wenn Sie das tun, sind wir ruiniert!«

»Ich warne Sie, Kroeger!« rief Masterson. »Wenn Sie sie ermorden, werden Sie sich vor uns verantworten müssen! Wir lassen uns von Ihnen nicht einschüchtern! Wir werden uns Ihretwegen nicht selbst vernichten!« Er stand dicht neben Kroeger, so daß ihre Schultern sich fast berührten. Der Engländer rührte sich nicht von der Stelle.

Heinrich Kroeger richtete wortlos und ohne Warnung die Pistole auf Mastersons Leib und feuerte. Der Schuß hallte betäubend durch den Saal, und Sydney Masterson wurde nach hinten geworfen. Er fiel zu Boden, war sofort tot, von Blut überströmt.

Die elf Männer aus Zürich stöhnten, und einige schrien erschrocken auf, als sie die blutige Leiche sahen. Heinrich Kroeger ging weiter, alle wichen ihm aus.

Elizabeth Scarlatti blieb stehen. Ihre Augen erfaßten den Killer, der ihr Sohn war. »Ich verfluche den Tag, an dem Sie geboren wurden. Sie besudeln das Haus Ihres Vaters. Aber das wissen Sie, Heinrich Kroeger, das wissen Sie gut!« Die Stimme der alten Frau erfüllte den weiten Saal. Die Macht, die sie ausstrahlte, war so ungeheuerlich, daß ihr Sohn einen Augenblick lang wie benommen war und sie haßerfüllt anstarrte, während sie sein Todesurteil verkündete. »Sobald ich tot bin, wird jede Zeitung in der zivilisierten Welt Ihre Identität in Schlagzeilen hinausschreien. Man wird Sie jagen! Sie sind ein Wahnsinniger, ein Mörder, ein Dieb! Und jeder Mann in diesem Raum, jeder Investor in Zürich wird als Ihr Spießgeselle gebrandmarkt sein, falls sie Sie diese Nacht überleben lassen!«

Unkontrollierte Wut wallte in Heinrich Kroegers Augen auf. Sein ganzer Körper zitterte vor Zorn, als er nach dem Stuhl vor ihm trat und ihn krachend zu Boden warf. Es reichte nicht zu töten, er mußte sie aus der Nähe töten, mußte sehen, wie das Leben und der Geist von Elizabeth Scarlatti vor seinen Augen ausgelöscht wurden.

Matthew Canfield hatte den Finger der rechten Hand am Abzug des Revolvers, der in seiner Tasche steckte. Er hatte noch nie aus der Tasche geschossen und wußte, daß er und Elizabeth sterben würden, wenn er sein Ziel verfehlte. Er war nicht sicher, wie lange er noch warten durfte. Er würde auf die Brust des herannahenden Mannes zielen, das größte Ziel, das sich ihm bot. Er wartete, bis er nicht länger warten konnte.

Der Knall des kleinen Revolvers und der Aufprall der Kugel in Scarletts Schulter waren ein solcher Schock, daß Kroegers Augen sich den Bruchteil einer Sekunde lang ungläubig weiteten. Es war genug, gerade genug für Canfield.

Mit aller ihm zur Verfügung stehenden Kraft stieß er Elizabeth mit der rechten Schulter an, stieß ihren zerbrechlichen Körper zu

Boden, aus Kroegers Schußwinkel, während er, Canfield, sich nach links warf. Er zog den Revolver heraus und feuerte schnell hintereinander auf den Mann namens Heinrich Kroeger.

Kroegers schwere Waffe entlud sich, während er zusammenbrach.

Canfield taumelte nach vorn, vergaß den unerträglichen Schmerz in seinem linken Arm, der vom Gewicht seines eigenen Körpers zusammengedrückt wurde. Er sprang Ulster Stewart Scarlett an, entwand ihm die Waffe und begann mit dem Lauf auf Heinrich Kroegers Gesicht einzuschlagen. Er konnte nicht aufhören.

Er mußte das Gesicht zerstören, das scheußliche Gesicht zerstören!

Schließlich riß man ihn von seinem Opfer weg.

»*Herrgott*. Er ist tot! Halt! Aufhören! Hören Sie auf!« Der kräftige Fritz Thyssen hielt ihn fest.

Matthew Canfield versagten die Kräfte, und er sank zu Boden.

Die Männer von Zürich hatten sich um ihn gedrängt. Einige halfen Elizabeth auf die Beine, während die anderen sich über Heinrich Kroeger beugten.

Irgend jemand hämmerte gegen die Tür.

Von Schnitzler übernahm das Kommando. »Laßt sie herein!« befahl er mit seinem kehligen deutschen Akzent.

D'Almeida ging schnell auf die Tür zu und öffnete sie. Einige Chauffeure standen am Eingang. Canfield kam es in den Sinn, daß diese Männer nicht einfach nur Fahrer waren. Dazu hatte er guten Grund. Sie waren bewaffnet.

Während er vor Schmerz verkrümmt auf dem Boden lag, sah Canfield, wie ein brutal wirkender blonder Mann mit kurz geschnittenem Haar sich über Heinrich Kroegers Leiche beugte. Er schob die anderen einen Augenblick lang weg, während er ein Lid zurückzog.

Und dann fragte sich Canfield, ob die Qual der letzten Stunden ihm vielleicht den Blick verwirrt hatte – oder hatte der blonde Mann sich tatsächlich vorgebeugt und Heinrich Kroeger etwas ins Ohr geflüstert?

Lebte Heinrich Kroeger noch?

Von Schnitzler stand vor Canfield. »Man wird ihn wegschaffen. Ich habe veranlaßt, daß man ihm den Gnadenschuß gibt. Er ist tot.« Dann rief der korpulente von Schnitzler den uniformierten Chauffeuren, die Kroeger umstanden, in deutscher Sprache weitere Befehle zu. Einige schickten sich an, die leblose Gestalt aufzuheben, aber der blonde Mann mit dem kurz geschnittenen Haar hinderte sie daran. Er schob sie weg, ließ nicht zu, daß sie den Körper berührten.

Er allein hob Heinrich Kroeger auf und trug ihn zur Tür hinaus. Die anderen folgten ihm.

»Wie geht es ihr?« Canfield deutete auf Elizabeth, die auf einem Stuhl saß. Sie starrte auf die Tür, durch die man die Leiche hinausgetragen hatte, starrte den Mann an, von dem keiner wußte, daß er ihr Sohn war.

»Gut! Sie kann jetzt telefonieren!« Leacock gab sich große Mühe, entschlußkräftig zu wirken.

Canfield stand auf und ging zu Elizabeth hinüber. Er legte ihr die Hand auf die runzlige Wange. Er konnte nicht anders.

Tränen rannen ihr über das Gesicht.

Und dann blickte Matthew Canfield auf. Er konnte das Motorengeräusch eines schweren Wagens hören, der davonraste. Er war beunruhigt.

Von Schnitzler hatte gesagt, er hätte irgend jemanden veranlaßt, Kroeger den Gnadenschuß zu geben.

Aber Canfield hatte keinen Schuß gehört.

Einen Kilometer entfernt, auf der Schweizer Bundesstraße Nummer 7, schleppten zwei Männer eine Männerleiche zu einem Lastwagen. Sie wußten nicht, was sie tun sollten. Der tote Mann hatte sie bezahlt, hatte sie dafür bezahlt, den Wagen aufzuhalten, der zum Falkenhaus fuhr. Er hatte sie im voraus bezahlt, darauf hatten sie bestanden. Jetzt war er tot, von einer Kugel getötet, die für den Fahrer des Wagens bestimmt gewesen war, der vor einer Stunde vorbeigekommen war. Und während sie die Leiche über den Felshang zum Lastwagen schleppten, strömte das Blut aus seinem Mund über den perfekt gewachsten Schnurrbart.

Der Mann namens Poole war tot.

TEIL IV

45.

Major Matthew Canfield, fünfundvierzig Jahre alt, an der Schwelle zum sechsundvierzigsten Jahr, streckte die Beine quer über den Rücksitz des Militärwagens. Sie hatten inzwischen die Ortsgrenze von Oyster Bay überquert, und der Sergeant mit dem gelben Gesicht brach das Schweigen. »Wir sind gleich da, Major. Sie sollten jetzt besser aufwachen.« Aufwachen. Wenn es nur so einfach wäre ... Der Schweiß strömte ihm über das Gesicht. Sein Herz schlug den Rhythmus einer unbekannten Melodie.

»Danke, Sergeant.«

Der Wagen bog nach Osten und rollte in die Harbor Road, auf die Seepromenade zu. Als sie sich seinem Haus näherten, begann Major Matthew Canfield zu zittern. Er umfaßte mit der rechten Hand sein linkes Handgelenk, hielt den Atem an und biß sich auf die Zunge. Er durfte sich kein Selbstmitleid leisten. Er durfte das Janet nicht antun. Er schuldete ihr so viel.

Der Sergeant bog zügig in die Einfahrt und hielt an dem Steinplattenweg an, der zum Eingang des großen Strandgrundstücks führte. Der Sergeant fuhr gern mit seinem reichen Major nach Oyster Bay hinaus. Es gab immer gut und reichlich zu essen, trotz der Rationierung, und die alkoholischen Getränke waren die besten. Kein billiger Fusel.

Der Major stieg langsam aus dem Wagen. Der Sergeant war beunruhigt. Irgend etwas stimmte nicht mit dem Major. Hoffentlich bedeutete das nicht, daß sie nach New York zurückfahren mußten. Der Alte schien Schwierigkeiten zu haben, sich gerade zu halten.

»Alles okay, Major?«

»Okay, Sergeant. Hätten Sie Lust, heute nacht im Bootshaus zu übernachten?« Er sah den Sergeant dabei nicht an.

»Na klar. Fein, Major!« Dort pflegte er immer zu schlafen. Die kleine Wohnung im Bootshaus war mit einer kompletten Küche ausgestattet, und es gab dort genügend zu trinken, sogar ein Telefon. Aber der Sergeant hatte noch kein Signal erhalten, daß er die Wohnung auch wirklich benutzen durfte. Er probierte es. »Werden

Sie mich brauchen, Major? Dürfte ich mir ein paar Freunde einladen?«

Der Major ging den Weg hinauf. Jetzt drehte er sich halb um und rief leise; »Tun Sie, wozu Sie Lust haben, Sergeant. Nur das Radiotelefon benutzen Sie nicht, ist das klar?«

»Natürlich, Major!« Der Sergeant trat aufs Gas und fuhr zum Strand hinunter.

Major Canfield stand vor der weißen, mit Schnitzereien verzierten Tür mit den massiven Sturmlampen zu beiden Seiten.

Sein Haus.

Janet.

Die Tür ging auf – und da stand Sie. Das Haar mit den grauen Strähnen, die sie nicht färben wollte. Die leicht nach oben gerichtete Nase, der zart geschnittene, sensible Mund. Die hellen, großen braunen Augen, die immer so suchend blickten. Die sanfte Lieblichkeit ihres Gesichts. Die wohltuende Besorgtheit, die von ihr ausstrahlte ...

»Ich habe den Wagen gehört. Keiner fährt so zum Bootshaus wie Evans ... Matthew, Matthew! Liebster! Du weinst ja!«

46.

Das Flugzeug, ein B-29-Truppentransporter, tauchte aus den Nachmittagswolken auf den Flughafen von Lissabon herunter. Ein Korporal der Air Force ging den Mittelgang hinunter.

»Bitte, die Sitzgurte befestigen! Nicht mehr rauchen! Wir landen in vier Minuten.« Er sprach mit monotoner Stimme, weil er wußte, daß seine Passagiere wichtig sein mußten. Also mußte er noch wichtiger, aber höflich wirken, wenn er ihnen etwas zu sagen hatte.

Der junge Mann neben Matthew Canfield hatte seit dem Start in Shannon sehr wenig gesagt. Ein paarmal versuchte der Major, ihm zu erklären, daß sie einen Kurs flogen, der außer Reichweite der Luftwaffe war und daß es keinen Grund zur Besorgnis gab. Andrew Scarlett hatte nur irgend etwas Zustimmendes gemurmelt und sich wieder seinen Zeitschriften zugewandt.

Der Wagen am Flughafen von Lissabon war ein gepanzerter Lincoln mit zwei Leuten vom OSS, die vorn saßen. Die Fenster waren kugelsicher, und das Automobil brachte es auf eine Geschwindigkeit von hundertzwanzig Meilen die Stunde. Sie mußten zweiunddreißig Meilen den Tejo hinauffahren, zu einem Flugplatz in Algenguer.

In Algenguer bestiegen der Mann und der Junge eine speziell gebaute tieffliegende Navy TBF ohne Hoheitszeichen, die sie nach Bern bringen sollte. Es würde keine Zwischenlandungen geben. Für die ganze Flugstrecke waren Jagdmaschinen der Engländer, der Amerikaner und der freien Franzosen eingeteilt, um sie vor feindlichen Angriffen zu schützen.

In Bern wurden sie von einem Schweizer Regierungsfahrzeug abgeholt, das von acht Motorrädern eskortiert wurde – eines vorn, eines hinten und auf jeder Seite drei. Die Fahrer waren alle bewaffnet, was im Widerspruch zur Genfer Konvention stand.

Sie fuhren zu einem Dorf, das etwa dreißig Kilometer nördlich lag, auf die deutsche Grenze zu. Nach Kreuzlingen.

Sie erreichten einen kleinen Landgasthof, der vom Rest der Zivilisation isoliert war. Der Mann und der Junge stiegen aus. Der Fahrer raste mit dem Wagen davon, und die Motorradeskorte verschwand.

Matthew Canfield führte den Jungen die Treppe hinauf zum Eingang der Gaststätte.

Im Vorraum konnte man die klagenden Laute eines Akkordeons hören, die Musik kam aus einem schwach besetzten Speisesaal. Der Eingangssaal mit seiner hohen Decke wirkte ungastlich und vermittelte das Gefühl, daß Gäste hier nicht willkommen waren.

Matthew Canfield und Andrew Scarlett gingen auf den Tresen zu, der als Empfangstisch diente.

»Bitte, sagen Sie in Zimmer sechs Bescheid, daß April Red hier ist.«

Als der Angestellte seine Leitung einstöpselte, fing der Junge plötzlich zu zittern an. Canfield packte ihn am Arm und hielt ihn fest.

Sie stiegen die Treppe hinauf. Dann standen die zwei Männer vor der Tür mit der Nummer sechs.

»Ich kann dir jetzt nichts anderes sagen, Andy, als daß wir wegen eines Menschen hier sind. Zumindest ist das der Grund, warum ich hier bin – deiner Mutter wegen. Versuch dich daran zu erinnern.«

Der Junge holte tief Atem. »Ich will es versuchen, Dad. Mach die Tür auf! Herrgott, mach die Tür auf!«

Der Raum war schwach von kleinen Lampen beleuchtet, die auf kleinen Tischchen standen. Er war so ausgestattet, wie die Schweizer Zimmer für Touristen immer ausstatteten – schwere Teppiche und massives Mobiliar, mächtige Polstersessel mit weißen Deckchen.

Am anderen Ende des Raums saß ein Mann im Halbschatten. Das Licht der Stehlampen fiel über seine Brust, beleuchtete aber sein Gesicht nicht. Er war in braunen Tweed gekleidet, und sein Jackett war mit Leder besetzt. Er sprach mit einer kehligen, unfreundlichen Stimme. »Wer sind Sie?«

»Canfield und April Red. Kroeger?«

»Schließen Sie die Tür.«

Matthew Canfield machte die Tür zu und trat vor Andrew Scarlett. Er würde dem Jungen Deckung geben. Er schob die Hand in die rechte Jackettasche.

»Ich habe einen Revolver, der auf Sie gerichtet ist, Kroeger. Es ist nicht dieselbe Tasche, aber dieselbe Waffe wie bei unserer letzten Begegnung. Diesmal werde ich mich auf gar nichts verlassen. Drücke ich mich klar aus?«

»Wenn Sie mögen, können Sie das Schießeisen aus der Tasche nehmen und mir gegen den Kopf halten. Ich kann nicht viel dagegen tun.«

Canfield ging auf die Gestalt in dem Sessel zu.

Es war schrecklich.

Der Mann war ein halber Invalide. Seine ganze linke Körperhälfte schien gelähmt zu sein, bis zum Kinn. Er hatte die Hände vor sich gefaltet und die Finger ausgestreckt, als wären sie spastisch. Aber seine Augen blickten wach.

Seine Augen.

Sein Gesicht ... Die weißen Flecken von Hautverpflanzungen unter dem grauen, kurzgestutzten Haar ... Der Mann sprach.

»Was Sie hier sehen, ist aus Sebastopol herausgeschafft worden, Operation Barbarossa.«

»Was haben Sie uns zu sagen, Kroeger?«

»Zuerst April Red ... Sagen Sie ihm, er soll nähertreten.«

»Komm her, Andy. Zu mir.«

»Andy!« Der Mann in dem Sessel lachte mit halb geschlossenem Mund. »Ist das nicht nett! Andy! Komm her, Andy!«

Andrew Scarlett ging auf seinen Stiefvater zu und stand neben ihm, blickte auf den mißgestalteten Mann in dem Sessel hinunter.

»Du bist also der Sohn von Ulster Scarlett?«

»Ich bin Matthew Canfields Sohn.«

Canfield beobachtete Vater und Sohn. Plötzlich hatte er das Gefühl, nicht hierher zu gehören. Er hatte das Gefühl, daß hier Riesen – alt und geschwächt, jung und hager – im Begriff waren, einen Kampf auszutragen. Und er gehörte nicht zu ihrer Familie.

»Nein, junger Mann. Du bist der Sohn von Ulster Stewart Scarlett, der Erbe von Scarlatti!«

»Ich bin genau das, was ich sein will. Ich habe nichts mit Ihnen zu tun!« Der junge Mann atmete tief durch. Die Furcht begann ihn jetzt loszulassen. Und Canfield sah, daß an ihrer Stelle eine stille Wut in dem Jungen aufstieg.

»Ruhig, Andy. Ruhig.«

»Warum? Seinetwegen? Sieh ihn dir doch an! Der ist ja praktisch tot. Er hat nicht einmal mehr ein Gesicht.«

»Aufhören!« Ulster Scarletts schrille Stimme erinnerte Canfield an jenen Saal damals in Zürich, vor langer Zeit. »Aufhören, du Narr!«

»Weshalb? Warum sollte ich? Ich kenne Sie nicht! Ich will Sie nicht kennen! Sie sind vor langer Zeit weggegangen!« Der junge Mann deutete auf Canfield. »Er ist an Ihrer Stelle eingesprungen. Auf ihn höre ich. Sie sind nichts für mich!«

»Sprich nicht so zu mir! Wage es nicht!«

Jetzt schaltete Canfield sich mit scharfer Stimme ein. »Ich habe April Red mitgebracht, Kroeger. Jetzt müssen Sie liefern. Dazu sind wir hergekommen. Bringen wir es hinter uns!«

»Zuerst muß er es begreifen!« Der verformte Schädel nickte langsam. »Man muß ihn dazu bringen, daß er es begreift!«

»Wenn es Ihnen so viel bedeutet hat, warum haben Sie es dann verborgen? Warum sind Sie Kroeger geworden?«

Das Nicken hörte auf, und die aschefarbenen Schlitzaugen starrten ihn an. Canfield erinnerte sich daran, wie Janet ihm jenen Blick geschildert hatte.

»Weil Ulster Scarlett sich nicht dafür eignete, die neue Ordnung zu verkörpern, die neue Welt! Ulster Scarlett hat seinen Zweck erfüllt, und danach war er nicht mehr notwendig. Er war ein Hindernis. Er wäre zu einem Witz geworden. Er mußte eliminiert werden.«

»Vielleicht war da noch etwas.«

»Was?«

»Elizabeth. Sie hätte Sie wieder aufgehalten – auch später, so wie sie Sie in Zürich aufgehalten hat.«

Als Elizabeths Name fiel, räusperte sich Heinrich Kroeger und spuckte auf den Boden. Es war ein häßlicher Anblick. »Diese Hexe! Aber wir haben damals, 1926, einen Fehler gemacht ... Wollen wir ehrlich sein, ich habe den Fehler gemacht. Ich hätte sie bitten sollen, sich uns anzuschließen. Das hätte sie nämlich getan, wissen Sie. Sie wollte dasselbe wie wir ...«

»Darin irren Sie.«

»Ha! Sie haben sie nicht gekannt!«

Der ehemalige Buchprüfer erwiderte leise und ausdruckslos: »Ich habe sie gekannt. Glauben Sie mir, sie hat alles das verachtet, was Sie verkörperten.«

Der Nazi lachte leise. »Das ist sehr komisch. Ich habe ihr gesagt, daß sie alles verkörperte, was ich verachtete.«

»Dann hatten Sie beide recht.«

»Egal, Sie ist jetzt in der Hölle.«

»Sie starb in der Meinung, daß Sie tot wären, deshalb starb sie in Frieden.«

»Ha! Sie werden nie wissen, wie oft ich in all den Jahren versucht war – besonders damals, als wir Paris einnahmen. Aber ich wartete auf London, ich wollte vor White Hall stehen und es der Welt verkünden – und zusehen, wie Scarlatti sich selbst vernichtete.«

»Sie lebte schon nicht mehr, als Paris fiel.«

»Das hatte nichts zu sagen.«

»Wahrscheinlich nicht. Sie hatten ebenso große Angst vor ihr, als sie tot war, wie damals, als sie noch lebte.«

»Ich hatte vor niemandem Angst! Vor nichts hatte ich Angst!« Heinrich Kroeger beschwor die letzten Kräfte seines gebrechlichen Körpers herauf.

»Warum haben Sie dann Ihre Drohung nicht wahrgemacht? Das Haus Scarlatti lebt.«

»Hat Sie es Ihnen nie gesagt?«

»Was?«

»Diese Hexe hat immer alle ihre Flanken abgesichert. Sie hat den Mann gefunden, den sie korrumpieren konnte. Meinen einzigen Feind im Dritten Reich. Goebbels. Sie hat nie geglaubt, daß ich in Zürich getötet wurde. Goebbels wußte, wer ich war. Nach 1933 hat sie unseren guten Ruf mit Lügen bedroht. Mit Lügen über mich. Die Partei war wichtiger als meine Rache.«

Canfield sah den zerstörten Mann an, der da vor ihm saß. Wie stets, so war Elizabeth Scarlatti ihnen auch hier voraus gewesen. Weit voraus.

»Eine letzte Frage.«

»Was?«

»Warum Janet?«

Der Mann im Sessel hob mühsam die rechte Hand. »Er – er!« Er deutete auf Andrew Scarlett.

»Warum?«

»Weil ich geglaubt habe, weil ich immer noch glaube … Heinrich Kroeger war Teil einer neuen Welt, einer neuen Ordnung, der wahren Aristokratie. Und das alles hätte einmal ihm gehört!«

»Aber warum Janet?«

Heinrich Kroeger seufzte erschöpft auf. »Eine Hure. Wer braucht schon eine Hure? Wir suchen doch nur das Gefäß …«

Canfield spürte, wie Zorn in ihm aufstieg, aber in seinem Alter und seinem Beruf hatte er gelernt, solche Emotionen zu unterdrücken. Für den Jungen war er jedoch nicht schnell genug.

Andrew Scarlett sprang vor und schlug mit der flachen Hand nach dem wehrlosen Kroeger. Es war ein harter, gut gezielter Schlag. »Sie Bastard! Sie dreckiger Bastard!«

»Andy! Zurück!« Canfield zog den Jungen weg.

»Unehelich!« Heinrich Kroegers Augen schwammen in ihren Höhlen. »Es gehört dir! Deshalb bist du hier! Du mußt es wissen! Du wirst es verstehen und uns einen neuen Anfang bringen! Denk doch! Denk an die Aristokratie! Für dich – für dich …« Er griff mit der nur schwer beweglichen Hand in die Innentasche und holte ein Stück Papier heraus. »Die gehören dir. Nimm sie!«

Canfield ergriff das Papier und gab es, ohne einen Blick darauf zu werfen, an Andrew Scarlett weiter.

»Das sind Zahlen. Nur eine Menge Zahlen.«

Matthew Canfield wußte, was die Zahlen bedeuteten, aber ehe er es erklären konnte, sprach Kroeger weiter. »Das sind Schweizer Konten, mein Sohn. Mein einziger Sohn. Sie enthalten Millionen! Millionen! Aber es gibt da bestimmte Bedingungen. Bedingungen, die du lernen und dann begreifen wirst. Wenn du älter bist, wirst du wissen, daß diese Bedingungen erfüllt werden müssen. Und du wirst sie erfüllen. Weil diese Macht die geeignete Macht ist, um die Welt zu verändern. Auf die Art, wie wir sie verändern wollten.«

Der Junge sah die deformierte Gestalt in dem Sessel an. »Erwarten Sie jetzt von mir, daß ich Ihnen danke?«

»Eines Tages wirst du das tun.«

Matthew Canfield hatte genug. »Das reicht jetzt! April Red hat seine Nachricht. Jetzt will ich es haben! Was liefern Sie?«

»Es ist draußen. Helfen Sie mir aufstehen, dann gehen wir hin.«

»Niemals! Was ist draußen? Ihre Leute in Ledermänteln?«

»Da ist niemand. Niemand außer mir.«

Canfield sah das Wrack von einem Mann vor sich an und glaubte ihm. Er machte Anstalten, Heinrich Kroeger beim Aufstehen behilflich zu sein.

»Warte hier, Andy, ich bin gleich wieder da.«

Major Matthew Canfield, in voller Uniform, half dem Krüppel im braunen Tweed die Treppe hinunter in den Vorraum. Dort brachte ein Angestellter die Krücken, die der Nazi abgelegt hatte, als er sein Zimmer erreicht hatte. Der amerikanische Major und der Nazi gingen ins Freie.

»Wohin bringen Sie mich, Kroeger?«

»Glauben Sie nicht, daß es Zeit ist, mich bei meinem richtigen Namen anzusprechen? Ich heiße Scarlett. Oder, wenn Sie wollen, Scarlatti.« Der Nazi führte ihn nach rechts, weg von der Einfahrt, ins Gras.

»Sie sind Heinrich Kroeger. Das ist alles, was Sie für mich sind.«

»Sie erkennen natürlich, daß Sie es waren, und nur Sie, der die Schuld an unserem Rückschlag in Zürich trug. Sie haben unseren Zeitplan um gute zwei Jahre zurückgeworfen. Niemand hat je etwas geahnt. Sie waren ein Esel!« Heinrich Kroeger lachte. »Vielleicht braucht es einen Esel, um das Bild eines Esels zu malen!« Er lachte wieder.

»Wohin gehen wir?«

»Nur ein paar hundert Meter. Sie können ja wieder Ihren Revolver auf mich richten, wenn Sie mögen. Da ist niemand.«

»Was werden Sie mir geben? Sie können es mir ruhig sagen.«

»Warum nicht? Sie werden sie früh genug in Händen halten.« Kroeger humpelte auf ein freies Feld zu. »Und wenn Sie sie haben, bin ich frei. Vergessen Sie das nicht.«

»Wir haben einen Handel abgeschlossen. Was ist es?«

»Die Alliierten werden sich freuen. Eisenhower wird Ihnen wahrscheinlich einen Orden verleihen. Sie werden die vollständigen Pläne der Berliner Befestigungen erhalten. Nur die Elite des deutschen Oberkommandos kennt sie ... Unterirdische Bunker, Raketenbatterien, Nachschubdepots, selbst der Befehlsbunker des Führers. Sie werden ein Held sein, und ich werde nicht existieren. Wir haben gute Arbeit geleistet, Sie und ich.«

Matthew Canfield blieb stehen.

Die Pläne der Berliner Befestigungen waren schon vor Wochen von der Alliierten Abwehr beschafft worden.

Berlin wußte das.

Berlin gab es zu.

Jemand war in eine Falle gelockt worden, aber nicht er, nicht Matthew Canfield. Das Nazi-Oberkommando hatte einen der Seinen in den Rachen des Todes geführt.

»Sagen Sie mir, Kroeger, was passiert, wenn ich Ihre Pläne – das, was Sie gegen April Red eingetauscht haben – nehme und Sie nicht gehen lasse? Was passiert dann?«

»Ganz einfach. Dönitz selbst hat meine Aussage aufgenommen. Ich habe sie ihm vor zwei Wochen in Berlin gemacht. Ich habe ihm alles gesagt. Wenn ich in ein paar Tagen nicht wieder in Berlin bin, wird er sehr beunruhigt sein. Ich bin sehr wertvoll. Ich rechne damit, meinen Auftritt zu machen und dann – zu verschwinden. Wenn ich nicht erscheine, erfährt es die ganze Welt!«

Matthew Canfield dachte, was für eine seltsame Ironie des Schicksals das doch alles war. Aber es war nicht mehr, als er erwartet hatte. Er hatte das alles in der Akte aufgezeichnet, die seit Jahren versiegelt in den Archiven des Außenministeriums lag.

Und jetzt hatte ein Mann in Berlin, den er nur seinem Ruf nach kannte, der ihm sonst unbekannt war, denselben Schluß gezogen.

Heinrich Kroeger, Ulster Stewart Scarlett – war überflüssig.

Dönitz hatte es Kroeger erlaubt, mit seinen falschen Geschenken nach Bern zu kommen. Dönitz erwartete nach den ungeschriebenen Regeln des Krieges, daß Kroeger getötet wurde. Dönitz wußte, daß keine der beiden Nationen sich diesen Wahnsinnigen leisten konnte. Weder im Sieg noch in der Niederlage. Und der Feind mußte ihn exekutieren, damit keine Zweifel blieben. Dönitz war in diesen Tagen des Hasses jener seltene Feind – ein Mann, dem seine Gegner vertrauten. Dönitz war wie Rommel ein gründlicher Kämpfer. Ein bösartiger Kämpfer. Aber er war ein moralischer Mann.

Matthew Canfield zog seinen Revolver und feuerte zweimal.

Heinrich Kroeger lag tot auf dem Boden.

Ulster Stewart Scarlett existierte – endlich – nicht mehr.

Matthew Canfield ging durch das Feld zu dem kleinen Gasthof zurück. Die Nacht war klar. Der Mond schien hell auf das unbewegte Laub, das ihn umgab.

Plötzlich kam ihm in den Sinn, wie bemerkenswert es doch war, daß alles so einfach gewesen war.

Aber der Wellenkamm ist immer einfach. Täuschend einfach. Er zeigt den vielfältigen Druck darunter nicht, der den Schaum so rollen läßt, wie er rollt.

Es war vorbei.

Und da war Andrew.

Und Janet.

Über allem anderen Janet …

Robert Ludlum
Meister des politischen Thrillers

Geboren wurde Robert Ludlum 1927 in New York. Als Vierzehnjähriger riß er von zu Hause aus, um Soldat zu werden. Erst drei Jahre später konnte sein Wunschtraum erfüllt werden: Er wurde als Marinesoldat in die Armee aufgenommen.
Nach Ende des Zweiten Weltkrieges kehrte er aus dem Südpazifik nach Hause zurück. An der Universität lernte er seine Frau, eine angehende junge Schauspielerin, kennen. Kurz vor seinem erfolgreichen Studienabschluß heirateten sie. In den nächsten Jahren standen sie in New Yorker Theatern gemeinsam auf der Bühne.
1956 wurde Robert Ludlum erfolgreicher Theaterproduzent. Wenig später entdeckte ihn das amerikanische Fernsehen. Trotz seiner Erfolge sowohl als Schauspieler als auch als Produzent entschloß er sich mit 40 Jahren, die Schauspielerei aufzugeben. Er löste alle Engagements und zog sich 18 Monate zurück, um sein erstes Buch zu schreiben.
1971 erschien *Das Scarlatti-Erbe.* Sofort nach Erscheinen als »Buch des Monats« prämiert, erreichte Ludlums Erstlingswerk innerhalb kurzer Zeit die erste Stelle der amerikanischen Bestsellerlisten. Internationale Anerkennung seines schriftstellerischen Talentes folgte. Die Weltauflage seiner Bücher beträgt mittlerweile über 200 Millionen Exemplare. Ludlums Thriller werden in 27 Ländern verlegt und sind in 32 Sprachen erhältlich.
Was ist das Geheimnis seiner Erfolgsbilanz?
Ist es das in schillernden Variationen verwendete Thema der internationalen Spionage? Ist es Ludlums charakteristischer, durch spektakuläre Handlungen gekennzeichneter Stil? Oder ist es seine Disziplin als Schriftsteller, die ihn jeden Morgen schon um halb fünf Uhr früh an den Schreibtisch treibt? Er meint selbst, daß es wohl von jedem ein bißchen sei.
Jeder abgeschlossene Roman wird zuerst von seiner Frau gelesen. Ludlum vertraut ihrem Instinkt als Schauspielerin. »Das Theater ist das beste Training für einen Schriftsteller. Man lernt, die Aufmerksamkeit des Publikums zu wecken, die Menge zu fesseln und zu begeistern, andernfalls muß man am nächsten Tag den Laden dichtmachen«, erklärt Robert Ludlum.

Verzeichnis lieferbarer Titel

(Stand September 1994)

Die Aquitaine-Verschwörung (01/6941)
Der Borowski-Betrug (01/6417)
Das Borowski-Ultimatum (01/8431)
Der Gandolfo-Anschlag (01/6180)
Das Genessee-Komplott (01/7876)
Der Holcroft-Vertrag (01/9065)
Der Ikarus-Plan (01/8082)
Das Jesus-Papier (01/6044)
Das Kastler-Manuskript (01/5898)
Der Matarese-Bund (01/6265)
Die Matlock-Affäre (01/5723)
Das Omaha-Komplott
Das Osterman-Wochenende (01/5803)
Das Parsifal-Mosaik (01/6577)
Der Rheinmann-Tausch (01/5948)
Das Scarlatti-Erbe (01/6136)

2 Romane in einem Band:
Das Jesus-Papier/Das Kastler-Manuskript (23/41)
Das Osterman-Wochenende/Die Matlock-Affäre (23/90)
Das Parsifal-Mosaik/Der Holcroft-Vertrag (23/68)

Die Bandnummern der Heyne-Taschenbücher sind jeweils in Klammern angegeben.